CB056915

# ANNA KARÊNINA
Romance em oito partes

# ANNA KARÊNINA
## Romance em oito partes
# LEON TOLSTÓI

TRADUÇÃO DO RUSSO, NOTAS E PREFÁCIO
OLEG ALMEIDA

MARTIN CLARET

# Sumário

Prefácio  7

**Anna Karênina**

PRIMEIRA PARTE  19

SEGUNDA PARTE  139

TERCEIRA PARTE  265

QUARTA PARTE  387

QUINTA PARTE  471

SEXTA PARTE  585

SÉTIMA PARTE  705

OITAVA PARTE  805

# Prefácio

## O ESPELHO DE CALIBAN: *ANNA KARÊNINA* COMO O REFLEXO DA SOCIEDADE RUSSA NO SÉCULO XIX

> *The nineteenth century dislike of Realism is the rage of Caliban seeing his own face in a glass.*[1]
>
> OSCAR WILDE

### CONSIDERAÇÕES GERAIS

No bairro de Águas Claras, onde moro nesta última década, há um grande centro empresarial cujas paredes externas são recobertas de cartazes e letreiros publicitários. Um desses cartazes multicolores representa uma mulher jovem e muito bonita, de cabelos arruivados e tez rosada, que fixa nos transeuntes o olhar profundo e misterioso de seus olhos azuis. "Anna Karênina: Salão de beleza", diz a inscrição gravada debaixo do retrato. E mesmo quem ainda não leu o romance de Leon Tolstói protagonizado pela mulher que se chamava assim, limitando-se a assistir a um dos inúmeros filmes baseados nessa obra aclamada nos quatro cantos do mundo, pode ficar surpreso e perguntar a si próprio como ela veio parar aqui, no coração do Distrito Federal brasileiro que não tem praticamente nada a ver com a longínqua e álgida Rússia dos czares. A resposta é óbvia: o nome dessa personagem e, de modo geral, a história de sua vida criada pela impetuosa fantasia de Tolstói, uma história cotidiana, simples em aparência e, no entanto, arrebatadora, são conhecidos o suficiente para vencer quaisquer distâncias geográficas e temporais, atravessar oceanos e continentes, emocionar gerações e nações inteiras. Pouco importa que o autor a tenha descrito como uma sensual morena de cabelos cacheados

---

[1] A aversão do décimo nono século pelo realismo é a raiva de Caliban que vê sua própria cara num espelho (*O retrato de Dorian Gray*, prefácio).

e olhos escuros: sua imagem, a de uma mulher que amava e acabou sofrendo uma cruel punição pelo seu amor, não se torna menos simbólica nem menos persuasiva por esse motivo. As relações humanas, felizes ou trágicas, banais ou sublimes, constituem um daqueles assuntos universais que se discutem ao longo dos séculos sem nenhuma conclusão definitiva, de sorte que cada qual imagina Anna Karênina, a par de outras heroínas literárias, como lhe aprouver, porém nunca a trata com indiferença. Quer a condene quer se compadeça dela, entrega-se ao seu charme e não consegue mais distinguir a ficção da realidade, o que ocorreu de fato do que se passou na mente do escritor. Retraçando os sentimentos que todos nós já vivenciamos algum dia, Tolstói idealiza, em suas páginas, um quadro tão vivo, tangível, real que o miramos sem despregar os olhos, iguais aos homens embevecidos que rodeiam Anna no decorrer do romance. É nesta capacidade de mesclar o vivido com o imaginado, de apagar toda e qualquer fronteira entre eles, que se revela um dos traços marcantes de sua genialidade. Quem é, afinal de contas, aquela criatura extraordinária: nossa contraparente, amiga, vizinha, uma pessoa estreitamente ligada à nossa rotina, ou apenas uma figura quimérica, antes uma personificação da feminilidade do que uma mulher em carne e osso, um arquétipo construído a partir de sonhos e pesadelos, afetos e rancores, medos e gozos assimilados pela nossa consciência? Essa questão parece, ao contrário da precedente, bem menos fácil de esclarecer...

Publicado em folhetins, de 1875 a 1877, na revista literária "O mensageiro russo",[2] *Anna Karênina* causou aos seus primeiros leitores uma impressão forte e contraditória. Uns acharam estranho o autor ter aberto mão do gênero histórico, tão pitoresco em sua epopeia *Guerra e paz* que lhe trouxera renome e popularidade; outros se puseram a criticar o conteúdo de seu novo livro, as ideias expostas nele e os impulsos que tal livro seria capaz de provocar, direta ou indiretamente, em quem se propusesse a lê-lo. "É horrível pensarmos que ainda existe a possibilidade de embasar romances unicamente em impulsos sexuais" — escreveu o satírico Saltykov-Chtchedrin,[3] cuja língua ferina impunha, na época, muito respeito, se não temor, a todas as pessoas e instituições que se viam passíveis de escárnio ou repriminda em público. —

---

[2] Revista de orientação liberal, editada em Moscou de 1856 a 1887, que apresentou ao público russo os romances *Guerra e paz*, de Leon Tolstói, *Crime e castigo*, *O idiota* e *Os irmãos Karamázov*, de Fiódor Dostoiévski, *Pais e filhos*, de Ivan Turguênev, ao lado de outras obras de igual importância.

[3] Mikhail Yevgráfovitch Saltykov, conhecido sob o pseudônimo Chtchedrin (1826-1889): escritor e estadista russo, autor dos romances *História de uma cidade* e *Os senhores Golovliov*, além de numerosos contos satíricos que ele mesmo chamava de "estórias para crianças bastante crescidas" (veja: *Contos russos*, Tomo III. Martin Claret: São Paulo, 2017).

"É horrível vermos em nossa frente a figura do machão taciturno Vrônski. Isso me parece vil e imoral. Mas há um triunfante partido conservador que pega carona nisso. Pode-se imaginar que uma bandeira política se faça desse romance bovino de Tolstói?" Por que se pronunciou de forma tão drástica? Indignou-se apenas com o tema de "amores proibidos", onipresente em *Anna Karênina* e tratado com uma ousadia incomum para os padrões do recatado século XIX, ou então se deparou, durante a sua leitura, com outros detalhes que o instigaram a tachar o herói tolstoiano, fossem quais fossem as suas virtudes, de "um touro assanhado"?

"Todas as famílias felizes se parecem umas com as outras; cada família infeliz está infeliz à sua maneira" — essa frase inaugural do romance poderia caracterizá-lo melhor do que centenas de comentários hostis ou elogiosos, escritos por quem quer que seja. Conta-se nele, basicamente, sobre três mulheres pertencentes à alta sociedade russa. Uma delas vive cuidando dos filhos e gerindo o patrimônio familiar, com tanto afinco que é apelidada de "galinha choca", enquanto seu marido usufrui os deleites da solteirice, passando semanas e meses fora de casa, e só se recorda de ser um pai de família na iminência de enfrentar algum problema financeiro ou sob a pressão das conveniências mundanas. Outra mulher, sua recém-casada irmã mais nova, descobre aos poucos o reverso da lua de mel, visto que seu consorte, loucamente apaixonado por ela, mas cheio de cismas e preconceitos, mostra-se amiúde ciumento e possessivo, quase tirânico. A terceira mulher, sua cunhada e confidente, é casada com um homem poderoso, que a ama de certa maneira, porém se afasta cada vez mais da esposa, como se a trocasse por dinheiro e prestígio, tanto assim que ela acaba sedenta por prazer e consolo facilmente encontrados nos braços de outros homens. Casamento atribulado, malsucedido ou desfeito, decepção amorosa e adultério, laços conjugais sacramentados pela lei, sacralizados pela igreja e, não obstante, postos em xeque — são essas as questões capazes de deixar confusa mais de uma alma afeita a valores tradicionais que Tolstói aborda em seu livro inexoravelmente realista. E não se contenta com isso! Fala do desenvolvimento capitalista da Rússia, acompanhado de uma intensa especulação na Bolsa e múltiplos jogos de interesses; da gradual substituição da antiga classe de fazendeiros pelos novos proprietários rurais que faziam mau uso das suas terras; da polarização social, patente no campo e, máxime, em grandes cidades; da guerra contra a Turquia em que o Império Russo se envolveu em defesa dos sérvios, búlgaros e outros povos eslavos, mas sem se esquecer de suas pretensões geopolíticas a longo prazo; dos conflitos espirituais entre o pensamento conservador e as ideias progressistas de origem europeia, por um lado, e entre a dominante religião ortodoxa e diversas correntes evangélicas, também provindas da

Europa, por outro lado, que tendiam a mudar o cenário geral do país — ou seja, de tudo o que mais preocupava seus compatriotas — e não lança mão de meios-termos para adoçar o amargo nem encobrir o indisfarçável, mas segue o princípio "doa a quem doer" à letra, insistindo em pintar as facetas boas e ruins, atraentes e repulsivas do panorama que vem construindo com igual expressividade. Isso explica bem as eventuais reações negativas que *Anna Karênina* suscitou quando de seu aparecimento.

Nenhuma sociedade humana, por menos retrógrada que se pretenda, gosta de ver seus defeitos de perto, sobretudo se não lhe for possível corrigi-los de imediato (basta lembrar os infortúnios de *Madame Bovary*, de Gustave Flaubert, e d'*As flores do Mal*, de Charles Baudelaire,[4] para ter plena certeza disso). Ao entrelaçar as histórias pessoais de três mulheres russas, Tolstói conseguiu montar um imenso espelho em que se refletia, com absoluta nitidez, a Rússia inteira e, como o reflexo diante do qual a postou estava longe de evocar um paraíso terrestre, deu o primeiro passo em direção ao seu futuro confronto com as autoridades pátrias.[5] Ao criar *Anna Karênina*, não fez outra coisa senão testar, pela primeira vez, a paciência de Caliban.[6]

## PERSONAGENS E PROTÓTIPOS

Ciente de os leitores lusófonos terem, vez por outra, certa dificuldade em familiarizar-se com as obras de ficção russas, notadamente por causa dos nomes insólitos que delas constam e similares especificidades contextuais, eu gostaria de lhes apresentar, antes que procedam à leitura d'*Anna Karênina*, seus principais personagens, tais como são nos primórdios da narrativa. A lista desses personagens, elaborada de acordo com sua vinculação mútua e os respectivos lugares que eles ocupam na trama, seria a seguinte:

---

[4] Ambos os livros encararam, no mesmo ano de 1857, processos judiciais por imoralidade e obscenidade, posto que o Segundo Império francês fosse incomparavelmente mais liberal em matéria de "moral e bons costumes" que o Império Russo.

[5] Após a publicação da novela *Sonata a Kreutzer* (veja: Leon Tolstói. *A morte de Ivan Ilitch e outras histórias*. Martin Claret: São Paulo, 2018) e outros escritos contrários à ideologia oficial, Tolstói se viu censurado pelo governo, além de excomungado e amaldiçoado pela Igreja Ortodoxa Russa cujo veredicto continua a vigorar até hoje.

[6] Um dos protagonistas da peça teatral *A tempestade*, de William Shakespeare, que se destaca por uma índole selvagem e personifica as forças obscuras da natureza.

1) Dária Alexândrovna Oblônskaia, chamada de Dolly por seus parentes e amigos: descendente da ilustre família Chtcherbátski, exemplar dona de casa e mãe devotada que se aflige com a ruína de seu casamento sem se atrever, todavia, a rompê-lo. Adivinha-se, por trás da imagem dessa mulher resignada e magnânima, a de Sófia Andréievna Tolstáia, esposa do escritor, "que talvez não tivesse forças", no dizer dela mesma, "para carregar em seus frágeis ombros, desde a mais tenra mocidade, o sublime desígnio de ser a esposa de um gênio, de um grande homem".

2) O príncipe Stepan Arkáditch Oblônski, vulgo Stiva: brilhante fidalgo moscovita, cônjuge de Dária Alexândrovna, para quem traí-la não passa de engolir um apetitoso pãozinho numa padaria de esquina. Em rigor, não é um homem bom nem um vilão rematado, mas alguém que se submete ao capricho das circunstâncias e, sem atentar para o aspecto moral delas, vai aonde o levam. Dentre os supostos protótipos dele, cita-se o governador de Moscou Vassíli Perfíliev, casado com uma prima segunda de Tolstói, o qual teria declarado, mal começou a ler o romance, que de jeito nenhum comeria tanto quanto aquele festeiro Stiva Oblônski.

3) A "princesinha" Katerina Alexândrovna (Kátia) Chtcherbátskaia, que seus próximos chamam carinhosamente de Kitty: irmã mais nova de Dária Alexândrovna, uma linda moça romântica que sonha com um "príncipe encantado", mas ainda não sabe qual dos homens que a cortejam poderia assumir tal papel, deixando-os, por ora, todos enciumados. Decerto foi a princesa Praskóvia Chtcherbátova (condessa Uvárova depois de casada), mulher emancipada e culta em alto grau, além de chamada por Tolstói de "uma gracinha", quem lhe inspirou a carismática personagem de Kitty.

4) Anna Arkádievna Karênina: irmã de Stepan Arkáditch e cunhada de Dária Alexândrovna, infeliz em seu casamento como está e propensa à leviandade como aquele. "Não sabem como ele tem esganado... a minha vida", reclama do homem que vive com ela antes por hábito que por amá-la de coração, "como tem esganado tudo o que eu tinha de vivo, sem pensar, nenhuma vez, que sou uma mulher viva e que preciso de amor". Acredita-se que, descrevendo-a com simpatia e compaixão, Tolstói rememorava a exótica beleza de Maria Hartung, filha de Púchkin, que o impressionara em certa ocasião efêmera, e pensava no lastimável destino de Anna Pirogova, uma contemporânea sua que tinha ido aos extremos do desespero ao sofrer um abalo sentimental.

5) Alexei Alexândrovitch Karênin: influente servidor governamental, cuja carreira está em franca ascensão, aceito e respeitado nas esferas mais elevadas da sociedade russa. Marido de Anna, muito mais velho do que ela, chega a tratá-la como quem mantenha um passarinho raro numa gaiola de ouro e nisso se parece com o barão Vladímir Mengden, notando Tolstói, irônico, a respeito de

sua mulher Yelisaveta: "Ela é fascinante, e só se pode imaginar o que aconteceria caso viesse a trair seu marido...".

6) Konstantin Dmítritch Lióvin, vulgo Kóstia: fazendeiro interiorano, amigo do peito de Stepan Arkáditch, tido como "esquisitão" por ele e outros fidalgos que desaprovam a sua filosofia de vida. É o *alter ego* do autor, inseguro e atenazado por dúvidas de toda espécie, sempre em busca de respostas convincentes às mais sérias indagações existenciais. Suas opiniões políticas a misturarem um tocante apego ao torrão natal com uma dolorosa melancolia em face de todas as mazelas que o atingiam; sua descrença resultante numa acerba contestação religiosa, ambas suplantadas por uma fé cristã de mover as montanhas; sua visão dos casais fiéis ou nem tanto e das relações intrincadas entre pais e filhos, citadinos e camponeses, senhores e servos; até mesmo seu nome corretamente transcrito:[7] ao emprestar todos esses traços íntimos a Konstantin Lióvin, Tolstói projetou sua réplica literária através dos séculos.

7) O conde Alexei Kiríllovitch Vrônski: vistoso oficial de um regimento de elite e típico representante da jovem boemia de São Petersburgo. Nobre, rico, bem-apessoado, cortês — numa palavra, um verdadeiro gentil-homem —, é considerado um dos noivos mais promissores da Rússia, embora não se apresse a contrair matrimônio, empregando seu tempo livre em breves aventuras eróticas e corridas de cavalos. Pivô das maiores peripécias do livro, apresenta notável semelhança com o conde Alexei Tolstói,[8] primo distante do escritor, cuja paixão por Sófia Miller, jamais divorciada do seu esposo legítimo, desencadeou um escândalo descomunal na década de 1850.

É claro que o romance tem vários outros personagens interligados aos referidos acima (por exemplo, a princesa Betsy Tverskáia e a condessa Lídia Ivânovna que encarnam as idiossincrasias peculiares à fina flor da aristocracia russa), porém, menos relevantes para a adequada compreensão de seu conteúdo, eles podem ser omitidos neste momento inicial.

---

[7] A grafia moderna "Lev", que remete à palavra russa "leão", apareceu tão somente na primeira metade do século XX, em decorrência daquelas reformas ortográficas pelas quais passou a língua de Tolstói. Sabe-se que ele mesmo atendia por Lióv (Lioff em transcrição latinizada) e que, falando francês em seu dia a dia, também poderia ser chamado de Leon.

[8] Alexei Konstantínovitch Tolstói (1817-1875) é igualmente conhecido como literato, autor de poemas líricos, dramas históricos e do romance *O príncipe Serêbrianny* sobre a época de Ivan, o Terrível.

## DESAFIOS E CRITÉRIOS DE TRADUÇÃO

Inquestionável obra-prima de Tolstói, *Anna Karênina* foi traduzida para a maioria dos idiomas europeus logo depois de seu lançamento,[9] e a jornada tradutória *não* terminou por ali, de sorte que seria preciso, nos dias de hoje, escrever uma extensa monografia para analisar (aliás, por alto) só as melhores edições desse romance fora da Rússia propriamente dita. Existe cerca de uma dúzia de traduções lusas e brasileiras dele, inclusive algumas feitas por interposição das preexistentes versões francesas ou inglesas, tendo uma das mais recentes, ancorada no original russo e assinada por Rubens Figueiredo, sido publicada, em 2005, pela editora Cosac Naify.

Entabulada no dia 5 de janeiro de 2018, ao cabo de um longo período de pesquisa teórica, e finalizada no dia 10 de março de 2019, a minha versão d'*Anna Karênina*[10] foi efetuada em meio ao permanente embate com dois desafios linguísticos. Um deles, condicionado pela enorme diferença léxico-gramatical entre a língua-fonte (a russa) e a língua-alvo (a portuguesa), consistiu em assegurar a conversão tecnicamente precisa do texto original;[11] o outro, proveniente do notório bilinguismo de Tolstói, que dominava o francês, usual para as classes privilegiadas do Império Russo, como se fosse seu idioma nativo, foi o de conservar, ao mesmo tempo, um equilíbrio razoável entre o russo, o português e o francês em sua qualidade de idioma subliminar. De fato, como eu traduziria as frases "Igual a uma criança que se arrebentou [literalmente 'se matou'] e, saltitando, põe seus músculos em movimento para abafar a dor..." (parte II, capítulo XXVIII) e "Calada, enternecida, Kitty olhava para Várenka com seus grandes olhos abertos" (ibidem, capítulo XXXII), estranhas para qualquer leitor russófono ou lusófono (feitas as contas, ninguém saltita ao matar-se nem olha de olhos fechados), salvo se as tomasse pelas expressões francesas "Comme un enfant, sautillant après s'être meurtri, met ses muscles en mouvement pour engourdir la douleur..." e "Silencieuse, attendrie, Kitty regardait Varenka, les yeux grands ouverts" interpretadas em russo sem devido apuro? Poucos tradutores já haviam reparado nessa

---

[9] O texto integral d'*Anna Karênina* veio à luz em 1878, e suas primeiras edições francesa, alemã, sueca, inglesa, espanhola e italiana apareceram, em prazo recorde, nos anos de 1885 e 1886.

[10] Traduzi *Anna Karênina* usando, de modo concomitante e comparativo, duas edições originais: Лев Толстой. Собрание сочинений в 12-ти томах. Тома VII и VIII. Москва: Правда, 1984 e Л. Н. Толстой. Анна Каренина. Москва: Наука, 1970.

[11] Metodologia técnica e criativa que tenho aplicado às minhas traduções de obras literárias (Oleg Almeida. *Un conte de fées pour adultes (projet de traduction)*. In: *Caleidoscópio: linguagem e tradução*, volume 2, número 1, Brasília, 2018, pp. 132-136).

particularidade da linguagem tolstoiana,[12] o que empobrecerá um pouco o produto final do seu trabalho — razão pela qual os critérios norteadores do meu foram (a) exatidão em reproduzir o texto russo, com número mínimo de adaptações admissíveis, (b) preservação do estilo autoral, levando-se em conta seus galicismos, o uso restrito de sinônimos, a repetição de substantivos introduzidos por pronomes demonstrativos, etc. e (c) caracterização verbal de situações e personagens, nuançada de arcaísmos e termos vernaculares, nunca dicionarizados no Brasil, mas sem exagerar, quanto a eles, para não dificultar a leitura. Nesse sentido, minha tradução ultrapassa os limites de uma empreitada meramente literária e aparenta ser, em paralelo, um experimento científico.

## CONCLUSÃO

"Sim, é uma grande obra, um romance ao gosto de Dickens e Balzac que, aliás, supera, e muito, todos os romances deles", escreveu o crítico literário Nikolai Strákhov numa carta para Tolstói, datada de 10 de março de 1877, e não seria errado afirmar que sua avaliação d'*Anna Karênina* permanece justa até agora. Rotulado a princípio de "bovino", esse livro é reconhecido, em nossa época, como o melhor romance já produzido na face da Terra,[13] e mesmo quem não morre de amores por ele tampouco lhe nega altos créditos filosóficos e artísticos. Aquele espelho mágico, que nem a pátina do tempo deixou embaçado, reflete as feições da humanidade com a mesma nitidez absoluta, nem sempre agradável, que atraiu ao seu criador a ira do Caliban russo.

Oleg Almeida

---

[12] A única exceção que conheço pessoalmente é a versão inglesa de Margaret Wettlin (veja: Lev Tolstoy. *Anna Karenina*. Progress Publishers, Moscow, 1977), tendente ao supramencionado "equilíbrio razoável" entre diversas línguas envolvidas no processo de escrita.

[13] Confira: Lev Grossman. *The 10 Greatest Books of All Time*. In: TIME, Monday, Jan. 15, 2007.

# ANNA KARÊNINA
Romance em oito partes
## LEON TOLSTÓI

*Minha é a vingança, eu retribuirei...\**

---
\* Romanos, 12:19. A Bíblia Sagrada é citada na clássica tradução de João Ferreira de Almeida (1628-1691).

# primeira
# PARTE

I

Todas as famílias felizes se parecem umas com as outras; cada família infeliz está infeliz à sua maneira.

Tudo se confundira na casa dos Oblônski. A mulher soubera que seu marido se relacionava com a governanta francesa a trabalhar em sua casa e declarara ao marido que não podia mais viver sob o mesmo teto que ele. Tal situação durava havia quase três dias e era bem dolorosa tanto para o próprio casal quanto para todos os familiares e habitantes daquela casa. Todos os parentes e aderentes percebiam que sua coabitação não fazia sentido e que mesmo as pessoas reunidas, por mero acaso, numa pousada qualquer estariam mais ligadas entre si do que eles, os familiares e próximos dos Oblônski. A mulher não saía dos seus aposentos, e já ia para três dias que o marido não estava em casa. Os filhos do casal corriam pela casa toda, como se estivessem perdidos; a governanta inglesa brigara com a ecônoma[1] e escrevera um bilhete para sua amiga, pedindo que lhe procurasse um emprego novo; o cozinheiro tinha ido embora no dia anterior, bem na hora do almoço; a auxiliar de cozinha e o cocheiro vinham reclamando as contas.

No terceiro dia após a ruptura, o príncipe Stepan Arkáditch Oblônski — Stiva, conforme era chamado na alta sociedade — acordou na hora costumeira, isto é, às oito da manhã, só que não estava no quarto de sua esposa e, sim, em seu gabinete, num sofá de marroquim. Virou seu corpo cheio e bem cuidado sobre as molas do sofá, como se desejasse adormecer de novo e por muito tempo, abraçou, com força, o outro lado do travesseiro e premeu-o com sua bochecha, porém se sobressaltou de repente, sentou-se naquele sofá e abriu os olhos.

"Sim, sim, como é que foi?", pensava, relembrando seu sonho. "Sim, como é que foi? Sim! Alábin servia um almoço em Darmstadt, mas não era em Darmstadt, não: era algo americano. Sim, pois aquela Darmstadt ficava na

---

[1] Pessoa (no caso, uma mulher) encarregada de administrar uma propriedade privada com vários domésticos.

América. Sim: Alábin servia um almoço nas mesas de vidro, sim, e aquelas mesas cantavam: *Il mio tesoro*,² e não era *Il mio tesoro*, mas algo melhor, e havia lá umas garrafinhas pequenininhas, e elas mesmas eram mulheres", relembrava ele.

Os olhos de Stepan Arkáditch brilharam com alegria, e ele ficou pensando, sorridente: "Sim, foi bom, aquilo ali, muito bom. Ainda havia muitas coisas ótimas, só que não dá para exprimir na realidade, nem falando nem sequer refletindo". E, mal avistou uma faixa de luz que se insinuara ao lado de uma das cortinas de feltro, tirou jovialmente os pés do sofá, encontrou, tateando com eles, as pantufas bordadas pela sua mulher (presente de aniversário ganho no ano passado) e revestidas de marroquim dourado, e sem se levantar, de acordo com seu antigo hábito, adquirido nos últimos nove anos, estendeu a mão naquela direção onde pendia, no quarto de sua esposa, o roupão dele. E eis que recordou logo o motivo pelo qual não dormia naquele quarto e, sim, em seu gabinete: o sorriso sumiu-lhe do rosto, ele franziu a testa.

"Ai, ai, ai! Aaai!...", mugiu, rememorando tudo o que acontecera. E sua imaginação tornou a patentear todos os detalhes de sua ruptura com a mulher, todo o impasse de sua situação e, o que mais lhe doía, sua própria culpa.

"Não, ela não perdoará nem pode perdoar. E o mais horrível é que sou eu o culpado de tudo: sou culpado sem ter culpa. É nisso que consiste o drama todo", pensava. "Ai, ai, ai!", repetia com desespero, ao passo que evocava as impressões mais penosas de sua ruptura.

O mais desagradável fora aquele primeiro momento em que, voltando do teatro, risonho e contente, segurando uma enorme pera que ofereceria à sua mulher, ele não a encontrara no salão; tampouco a encontrara, para sua surpresa, no gabinete e, afinal, chegara a vê-la no quarto de dormir, com o maldito bilhete, que revelava tudo, na mão.

Sua mulher, aquela sempre preocupada, atarefada e bobinha, em sua opinião, Dolly, estava sentada lá, imóvel, segurava o bilhete e, com expressão de horror, desespero e cólera, olhava para ele.

— O que é isso? O que é? — perguntava, apontando-lhe o bilhete.

E, como isso ocorre de praxe, nem tanto o acontecido em si atormentava Stepan Arkáditch, que o relembrava, quanto aquilo que respondera às palavras de sua mulher.

Sobreviera-lhe, naquele momento, o que sobrevém às pessoas inesperadamente flagradas a fazer algo por demais vergonhoso. Ele não soubera preparar seu semblante para aquela situação em que ficaria, uma vez revelada

---

² O meu tesouro (em italiano).

sua culpa, perante a esposa. Em vez de expressar mágoa, negação, tentativa de justificar-se, pedido de desculpas ou mesmo indiferença — aquilo tudo seria melhor do que o que ele fizera! —, seu rosto, de modo totalmente involuntário ("...são os reflexos do cérebro", pensava Stepan Arkáditch, que gostava de fisiologia), esboçou, repentina e bem involuntariamente, um sorriso habitual, bondoso e, portanto, aparvalhado.

Ele não conseguia perdoar a si mesmo aquele sorriso aparvalhado. Ao vê-lo, Dolly estremeceu como quem sentisse uma dor física, derramou, com uma impetuosidade que lhe era peculiar, uma torrente de palavras cruéis e saiu correndo do quarto. Desde então, não queria mais ver seu marido.

"A culpa toda é daquele sorriso aparvalhado", pensava Stepan Arkáditch.

"Mas o que fazer? Fazer o quê?", dizia, desesperado, consigo mesmo e não achava resposta.

## II

Stepan Arkáditch era um homem sincero em relação a si próprio. Não conseguia enganar-se, assegurando que se arrependia de sua ação. Não conseguia arrepender-se agora daquilo que lamentara em certo momento, uns seis anos antes, ao trair sua esposa pela primeira vez. Não conseguia arrepender-se de que ele, um homem de trinta e quatro anos de idade, bonito e namoradiço, não estava apaixonado pela sua esposa, mãe de cinco filhos vivos e de dois falecidos, a qual tinha apenas um ano a menos que ele. Só se arrependia de não lhe ter escondido melhor sua traição. Contudo, abrangia toda a gravidade de sua situação e sentia pena de sua mulher, de seus filhos e de si mesmo. Poderia talvez ter ocultado melhor seus pecados da esposa, se tivesse previsto que essa notícia lhe causaria tamanho abalo. Nunca refletira conscientemente sobre essa questão, mas imaginava, de maneira vaga, que sua mulher vislumbrasse, havia muito tempo, a infidelidade dele e fingisse despercebê-la. Até lhe parecia que ela, uma mulher esgotada e envelhecida, já desprovida de beleza e de quaisquer faculdades notáveis, simplória e tão somente boa mãe de família, devia ser indulgente apenas por ser justa. Entretanto, acontecera o contrário.

"Ah, que horror! Ai, ai, ai, que horror!", repetia consigo Stepan Arkáditch e não conseguia inventar coisa alguma. "E como tudo corria bem antes disso, como a gente vivia bem! Ela estava contente, feliz por ter filhos; eu não a atrapalhava em nada, deixava que cuidasse dos filhos, da casa, conforme ela quisesse. Decerto não era bom que me envolvesse com a governanta em nossa casa. Não era bom mesmo! Há algo trivial, algo pífio em cortejar uma governanta. Mas que governanta era aquela! (Ele se lembrou vivamente dos olhos negros e brejeiros da *Mademoiselle* Roland e de seu sorriso.) Mas eu não me permitia nada, enquanto ela morava aqui conosco. E o pior é que ela já... Mas tudo isso aconteceu como que de propósito. Ai, ai, ai! Aaai! Mas o que fazer, o quê?"

Não havia resposta, a não ser aquela resposta geral que a vida reserva para todas as questões mais complexas e insolúveis. Tal resposta é: cumpre satisfazer as demandas de hoje, ou seja, esquecer o resto. Não podendo mais cair no sono, ao menos até que anoitecesse, e retornar àquela música que cantavam as garrafinhas-mulheres, ele só tinha, por conseguinte, de adormecer de olhos abertos.

— Depois veremos — disse consigo Stepan Arkáditch e, levantando-se, vestiu seu roupão cinza com forro de seda azul, fez um nó de suas borlas e, enchendo de ar sua larga caixa torácica, acercou-se da janela, com o costumeiro passo ligeiro das pernas arqueadas que levavam tão lestamente o corpo roliço dele, ergueu a cortina e tocou alto a campainha. Tão logo tocou, entrou seu velho amigo, o camareiro Matvéi, trazendo seu traje, suas botas e um telegrama. Atrás de Matvéi, entrou também o barbeiro com utensílios para barbear.

— Há papéis da repartição? — perguntou Stepan Arkáditch, pegando o telegrama e sentando-se diante do espelho.

— Estão em cima da mesa — respondeu Matvéi, olhando, de modo interrogativo e compassivo, para seu patrão, e acrescentou, após uma breve pausa, com um sorriso finório: — Vieram da parte do patrão de cocheiros.

Stepan Arkáditch não respondeu nada, apenas olhou para Matvéi, que se refletia no espelho; seus olhares, que se cruzaram no espelho, expressavam o quanto ambos compreendiam um ao outro. O olhar de Stepan Arkáditch parecia indagar: "Por que me dizes isso? Será que não sabes?".

Matvéi colocou as mãos nos bolsos de sua jaqueta, afastou uma perna e, calado como estava, cheio de bonomia, sorrindo de leve, mirou seu patrão.

— Mandei voltar no domingo que vem e disse para não incomodarem o senhor até lá nem se darem debalde ao trabalho — respondeu, aparentemente, com uma frase preparada de antemão.

Stepan Arkáditch entendeu que Matvéi queria brincar e atrair-lhe a atenção. Deslacrando o telegrama, leu-o a corrigir, por dedução, as palavras deturpadas como de praxe, e seu rosto ficou radiante.

— Matvéi, minha irmã Anna Arkádievna vem amanhã — disse, ao deter por um minutinho a mão do barbeiro, lustrosa e rechonchuda, que abria uma vereda rosada entre as suas compridas suíças encrespadas.

— Graças a Deus — disse Matvéi, demonstrando com essa resposta que entendia, igual ao seu patrão, a significância dessa visita, ou seja, que Anna Arkádievna, querida irmã de Stepan Arkáditch, poderia ajudar os cônjuges a fazer as pazes.

— A senhora vem só ou com seu esposo? — perguntou Matvéi.

Stepan Arkáditch não podia falar, pois o barbeiro se ocupava de seu lábio superior, e ergueu um dedo. Lá no espelho, Matvéi inclinou a cabeça.

— Vem só. Eu arrumo um quarto em cima?

— Advirta Dária Alexândrovna e faça o que ela mandar.

— Dária Alexândrovna? — repetiu Matvéi, como que tomado de dúvidas.

— Advirta, sim. E pegue o telegrama: depois me dirá o que ela responder.

"Pois o senhor quer tentar...", compreendeu Matvéi, mas disse apenas:

— Às suas ordens.

Stepan Arkáditch, lavado e penteado, já estava para se vestir, quando Matvéi, pisando devagar, com suas botas um pouco rangentes, na alcatifa macia, retornou ao quarto com o telegrama na mão. O barbeiro já havia saído.

— Dária Alexândrovna mandou avisar que ia embora. Que faça, quer dizer, que o senhor faça como quiser — disse, rindo tão só com os olhos e, as mãos enfiadas nos bolsos e a cabeça inclinada para um lado, fitou seu patrão.

Stepan Arkáditch se calou por um tempo. Depois um sorriso bondoso e um tanto lastimável transpareceu em seu rosto bonito.

— Hein, Matvéi? — comentou, balançando de leve a cabeça.

— Não faz mal, meu senhor, tudo se arranja — disse Matvéi.

— Será?

— Justamente.

— Você acha? Quem está aí? — perguntou Stepan Arkáditch, ouvindo uma veste feminina farfalhar do outro lado da porta.

— Sou eu — replicou uma voz feminina, firme e agradável, e por trás da porta surgiu o rosto sisudo e bexiguento da babá Matriona Filimônovna.

— O que há, Matriocha? — indagou Stepan Arkáditch, saindo porta afora.

Apesar de Stepan Arkáditch ser realmente culpado com relação à sua mulher e de ele próprio perceber isso, quase todos em sua casa, até mesmo a babá que era a maior amiga de Dária Alexândrovna, tomavam o partido dele.

— O que há? — disse, tristonho.

— Vá lá, meu senhor, e peça outra vez perdão. Talvez Deus o acuda. A senhora sofre demais, e faz pena olhar para ela, e tudo foi, nesta casa, por água abaixo. Tem, meu senhor, que se apiedar dos pequenos. Peça perdão, meu senhor. Fazer o quê? Quem gosta de andar de trenó...[3]

---

[3] Alusão ao provérbio russo: "Quem gosta de andar de trenó, que goste também de puxá-lo".

— Mas ela nem falará comigo...

— Pois faça a sua parte. Deus é piedoso; reze a Deus, meu senhor, reze a Deus.

— Está bem, vá — disse Stepan Arkáditch, corando de súbito. — Dê-me então minhas roupas, venha — dirigiu-se a Matvéi, tirando resolutamente o roupão.

Matvéi já segurava, soprando alguma poeira invisível, uma camisa pronta, dobrada como um colar de cavalo, e com ela envolveu, com evidente prazer, o corpo bem cuidado de seu patrão.

## III

Uma vez vestido, Stepan Arkáditch borrifou-se de perfume, esticou as mangas de sua camisa, distribuiu pelos bolsos, com gestos habituais, seus cigarros, sua carteira, seus fósforos, seu relógio munido de duas correntes e vários berloques, sacudiu seu lenço e, sentindo-se limpo, cheiroso, saudável e fisicamente jovial, malgrado a sua desgraça, foi à sala de jantar, vibrando-lhe levemente as pernas, e seu café já esperava por ele lá, e havia, ao lado de seu café, cartas e papéis da repartição.

Stepan Arkáditch sentou-se, leu as cartas. Uma delas, a do comerciante que comprava madeira na fazenda de sua esposa, era muito desagradável. Precisava-se vender aquela madeira, porém agora, antes que ele se reconciliasse com sua esposa, nem se tratava disso. E o que mais o desagradava, nesse caso, é que um interesse financeiro se intrometesse assim na futura reconciliação dos cônjuges. E a ideia de que tal interesse poderia guiá-lo, de que ele procuraria fazer as pazes com sua esposa a fim de vender aquela madeira — a própria ideia deixava-o magoado.

Ao ler as cartas, Stepan Arkáditch puxou os papéis da repartição, folheou rápido dois dossiês, fez, com um grande lápis, algumas anotações e, afastando os dossiês, passou a tomar seu café; abriu, enquanto o tomava, um jornal matutino, ainda úmido, e começou a lê-lo.

Stepan Arkáditch recebia e lia um jornal liberal, cuja tendência não era radical, mas aquela seguida pela maioria. E, muito embora não o interessassem nem a ciência, nem a arte, nem a política em si, considerava todas essas matérias precisamente como as consideravam a maioria e seu jornal, e só mudava suas opiniões quando a maioria mudava as dela, ou, melhor dito, não era ele quem as mudava, mas eram as próprias opiniões que mudavam, de modo imperceptível, nele.

Stepan Arkáditch não escolhia as tendências nem as opiniões; essas tendências e opiniões lhe vinham espontaneamente, da mesma forma que ele não escolhia o feitio de seu chapéu ou de sua sobrecasaca, mas comprava o que se usava. E para ele, que vivia em certa sociedade e necessitava de certa atividade mental a desenvolver-se de ordinário em sua idade madura, era tão indispensável ter umas opiniões quanto usar um chapéu. Se havia mesmo alguma razão pela qual preferia a tendência liberal à conservadora, também apoiada por muitas pessoas em seu meio, não o fazia por achar a tendência liberal mais razoável, mas porque ela correspondia melhor ao seu modo de viver. O partido liberal dizia que estava tudo ruim na Rússia, e, de fato, Stepan Arkáditch tinha muitas dívidas e carecia decididamente de dinheiro. O partido liberal dizia que o matrimônio era uma instituição obsoleta e que era preciso reformá-lo, e, de fato, a vida conjugal proporcionava pouco prazer a Stepan Arkáditch, forçando-o a mentir e fingir, o que era tão contrário à sua natureza. O partido liberal dizia, ou melhor, subentendia que a religião não passava de um freio para a parte bárbara da população e, de fato, Stepan Arkáditch não conseguia aguentar, sem dor nas pernas, nem um breve te-deum e não chegava a compreender para que serviam todas aquelas falas, medonhas e altissonantes, sobre o outro mundo, já que também se vivia, neste mundo da gente, com tanta alegria. Por outro lado, Stepan Arkáditch, que apreciava uma boa piada, achava por vezes agradável espantar um homenzinho bem-pensante dizendo que não cabia, a quem se orgulhasse de sua linhagem, parar em Riúrik[4] e renegar o primeiro dos ancestrais, isto é, o macaco. Assim, a tendência liberal se tornara o hábito de Stepan Arkáditch, e ele gostava de seu jornal como se fosse o charuto que fumava após o almoço, por aquela névoa sutil que ele produzia em sua cabeça. Leu o editorial a explicar que era totalmente vã a celeuma desencadeada em nossa época, a de que o radicalismo estaria ameaçando deglutir todos os elementos conservadores e que cumpriria ao governo tomar providências a fim de acabar com a hidra[5] revolucionária, pois, muito pelo contrário, "o perigo não consistia, em nossa visão, naquela suposta hidra revolucionária e, sim, na obstinação do tradicionalismo em reter o progresso", etc. Leu também outro artigo, de cunho financeiro, em que eram mencionados Bentham e Mill,[6] alfinetando-se à socapa o Gabinete de ministros. Com aquela velocidade de raciocínio que

---

[4] Mítico fundador do Estado russo (século IX), venerado pela fidalguia que o considerava o mais nobre e antigo dos seus ascendentes.

[5] Na mitologia grega, uma monstruosa serpente de sete cabeças.

[6] Jeremy Bentham (1748-1832) e John Stuart Mill (1806-1873): filósofos e sociólogos ingleses, teóricos do liberalismo econômico.

lhe era peculiar, ele compreendia o significado de cada alfinetada — de quem, para quem e por que motivo se dirigia — e isso lhe dava, como sempre, algum prazer. Todavia, esse prazer era envenenado, hoje em dia, com a recordação dos conselhos de Matriona Filimônovna e a constatação de que sua casa não ia nada bem. Leu, outrossim, que o conde Beust[7] fora, pelo que se ouvia falar, a Wiesbaden, que não havia mais cabelos grisalhos, que uma leve carruagem estava posta à venda, que uma jovem buscava sua cara-metade, porém essas notícias não lhe proporcionavam, como dantes, o mesmo prazer sereno e irônico.

Terminando de ler o jornal, de tomar a segunda xícara de café e de comer um *kalatch*[8] com manteiga, ele se levantou, sacudiu as migalhas de *kalatch* do seu colete e sorriu alegre, enfunando o peito largo, mas não sorriu por sentir algo sobremaneira agradável em sua alma: aquele sorriso alegre foi provocado pela boa digestão.

No entanto, aquele sorriso alegre lembrou-o logo de tudo, e ele ficou pensativo.

Duas vozes infantis (Stepan Arkáditch reconhecera as vozes de Gricha, seu caçulinha, e de Tânia,[9] sua filha mais velha) ouviram-se detrás das portas. Trazendo algo, as crianças deixaram-no cair.

— Eu disse que não podias colocar os passageiros em cima do vagão — gritava a menina em inglês. — Agora vem apanhar!

"Tudo se confundiu", pensou Stepan Arkáditch: "eis ali as crianças que correm sozinhas". E, aproximando-se da porta, chamou pelos filhos. Eles largaram o cofrinho, que representava um trem, e entraram para ver o pai.

A menina, seu xodozinho, entrou correndo, abraçou-o afoita e pendurou-se, rindo, em seu pescoço, como sempre, toda alegre com o familiar perfume que exalavam as suíças dele. Ao beijar, afinal, seu rosto avermelhado, depois que ele se inclinara, e radioso de ternura, a menina descerrou os braços e já ia sair correndo, porém o pai a deteve.

— Como está a mamãe? — perguntou, passando a mão pelo liso e tenro pescocinho da filha. — Bom dia — disse, sorrindo para o menino que o cumprimentava.

Estava consciente de gostar menos de seu filho e procurava sempre tratá-lo com equidade, mas o menino, que o percebia, não sorriu em resposta ao frio sorriso paterno.

---

[7] Friedrich Ferdinand von Beust (1809-1886): político e diplomata, chanceler do Império Austro-Húngaro de 1867 a 1871.
[8] Pão de trigo em forma de um cadeado.
[9] Formas diminutivas e carinhosas dos nomes russos Grigóri e Tatiana.

— A mamãe? Já se levantou — respondeu a menina.

Stepan Arkáditch deu um suspiro. "Quer dizer, não dormiu outra vez a noite inteira", pensou.

— E agora está animada?

A menina sabia que seus pais haviam brigado e que sua mãe não podia estar animada, e que seu pai devia saber disso e que fingia ao perguntar a respeito com tanta facilidade. Enrubesceu por causa do pai. Ele não demorou a compreendê-lo e também se ruborizou.

— Não sei — disse a menina. — Não me mandou estudar, mas disse para ir passear, com a *Miss* Hull, na casa da avó.

— Pois vai, minha Tantchúrotchka, vai lá. Ah, sim, espera — disse ele, detendo-a, ainda assim, e alisando sua delicada mãozinha.

Pegou uma caixinha de bombons, que pusera na véspera em cima da lareira, e deu-lhe dois, escolhendo os que ela preferia: um de chocolate e o outro recheado com doce pastoso.

— É para Gricha? — perguntou a menina, apontando para o bombom de chocolate.

— É, sim. — E, alisando mais uma vez o ombrinho dela, o pai lhe beijou as raízes dos cabelos, o pescoço, e deixou-a ir embora.

— A carruagem está pronta — disse Matvéi. — E uma requerente está esperando — acrescentou.

— Há muito tempo? — indagou Stepan Arkáditch.

— Meia horinha, por aí.

— Quantas vezes mandei que me avisasse logo?

— Mas precisava deixar o senhor, pelo menos, tomar seu café — replicou Matvéi, naquele tom amigavelmente grosseiro que não poderia zangá-lo.

— Então peça rápido que entre — disse Oblônski, com um esgar de desgosto.

Aquela requerente, a viúva do capitão Kalínin, viera com um pedido inviável e disparatado; porém, conforme seu hábito, Stepan Arkáditch fez que ela se sentasse, escutou tudo com atenção, sem interrompê-la, e aconselhou-a, de modo circunstanciado, a recorrer, de tal forma, a tal pessoa, e até mesmo escreveu, com sua letra alta, comprida, bonita e nítida, um bilhetinho desenvolto, mas coerente, para quem pudesse auxiliá-la. Deixando a viúva do capitão ir embora, Stepan Arkáditch pegou seu chapéu e parou a fim de pensar se não esquecera alguma coisa. Esclareceu-se que não esquecera nada, além do que desejava esquecer, isto é, sua esposa.

"Ah, sim!" Ele abaixou a cabeça, e seu rosto bonito assumiu uma expressão pesarosa. "Vou lá ou não vou?", perguntava a si próprio. E uma voz interior lhe dizia que não precisava ir lá, que lá não podia haver mais nada que não fosse falso, que não seria possível reparar, consertar suas relações conjugais, porquanto não se poderia torná-la de novo atraente e capaz de excitar os amores ou então o transformar, a ele, num velho incapaz de amar. Agora não podia haver mais nada além da falsidade e da mentira, e a falsidade, bem como a mentira, eram contrárias à sua natureza.

"Contudo, precisarei resolver um dia, pois isso não pode continuar assim", disse ele consigo, buscando aumentar a sua coragem. Enfunou o peito, tirou um cigarrozinho, acendeu-o, deu duas tragadas, jogou-o num cinzeiro de nácar, em forma de concha, atravessou a passos rápidos o sombrio salão e abriu outra porta, a que levava ao quarto de sua mulher.

## IV

Trajando uma blusinha, ao prender com grampos, sobre a nuca, seus cabelos entrançados, já meio ralos, mas outrora bastos e lindos, de rosto cavado, emagrecido, em que seus grandes olhos destacavam-se, assustados, devido àquela magreza, Dária Alexândrovna permanecia em meio aos seus pertences espalhados pelo quarto, diante do seu pequeno guarda-roupa, que estava revirando. Tão logo ouviu os passos de seu marido, ficou imóvel, a olhar para a porta, buscando em vão dar ao seu rosto uma expressão ríspida e desdenhosa. Sentia que tinha medo dele e do encontro por vir. Acabava de tentar fazer, pela décima vez, o que já tentara fazer nesses três dias — selecionar as roupas das crianças e dela mesma que levaria à casa de sua mãe — e não conseguia, de novo, tomar uma decisão dessas, conquanto agora também, como das outras vezes, dissesse consigo que não podia deixar tudo como estava, que lhe cumpria empreender algo para castigá-lo, comprometê-lo, retribuir-lhe, ao menos, uma partícula daquela dor que o marido lhe havia causado. Ainda pensava que o abandonaria, mas intuía que era impossível, e era impossível, notadamente, porque ela não conseguia perder o hábito de considerá-lo seu marido nem de amá-lo. Sentia, ademais, que, se mesmo ali, em sua casa, mal tinha tempo para cuidar de seus cinco filhos, eles ficariam pior ainda naquele lugar aonde ela os levaria todos. Apenas nesses três dias, o caçulinha adoecera por ter sido alimentado com um caldo ruim, e os outros haviam passado o dia anterior quase sem almoçar. Ela intuía, pois, que lhe seria impossível ir embora, mas, ludibriando a si própria, selecionava as roupas e fazia de conta que partiria.

Ao avistar seu marido, pôs as mãos na gaveta do guarda-roupa, como se estivesse procurando por algo, e só se virou para ele quando já estava bem próximo dela. Contudo, seu rosto, ao qual ela queria dar uma expressão ríspida e resoluta, exprimia desconcerto e sofrimento.

— Dolly! — disse ele, com uma voz baixa e tímida. Encolhera a cabeça entre os ombros, querendo aparentar tristeza e submissão, mas, não obstante, irradiava frescor e saúde.

Com um olhar rápido, ela examinou, da cabeça aos pés, seu vulto a irradiar frescor e saúde. "Está feliz e contente, sim!", pensou. "E eu mesma?... E aquela asquerosa bondade dele, pela qual todos o apreciam e elogiam: detesto aquela bondade dele!", tornou a pensar. Sua boca se contraiu, um músculo facial começou a tremer do lado direito de seu rosto pálido e nervoso.

— O que é que o senhor deseja? — perguntou ela depressa, com uma voz cavernosa que nem parecia ser dela.

— Dolly! — repetiu ele, e sua voz tremia. — Anna virá daqui a pouco.

— O que tenho a ver com isso? Não posso recebê-la! — exclamou a mulher.

— Só que devemos, ainda assim, Dolly...

— Vá embora, vá, saia daqui! — exclamou ela, sem olhar para o marido, como se esse grito fosse provocado por uma dor física.

Stepan Arkáditch podia estar tranquilo, quando pensava em sua esposa, podia esperar que tudo acabaria por se arranjar, segundo a expressão de Matvéi, e podia ler, sossegado, seu jornal e tomar seu café, mas logo que viu o semblante dela, exausto e dorido, logo que ouviu a voz dela, submissa e desesperada, algo lhe tapou a garganta, prendendo a sua respiração, e seus olhos brilharam cheios de lágrimas.

— Meu Deus, o que fiz! Dolly! Pelo amor de Deus!... É que... — Não conseguia mais falar: um soluço lhe contraíra a garganta.

Ela fechou, com força, o guarda-roupa e olhou para o marido.

— Dolly, o que é que posso dizer?... Só uma coisa: perdoe-me, perdoe... Lembre: será que nove anos de nossa vida não podem redimir um minuto, um minuto de...

Ela se mantinha cabisbaixa e escutava à espera daquilo que ele diria, como se lhe implorasse que a dissuadisse de algum modo.

— Um minuto de... um minuto de paixão... — articulou ele e já queria continuar, mas, dita essa palavra, os lábios dela crisparam-se outra vez, como os de quem sentisse uma dor física, e aquele músculo facial voltou a tremelicar do lado direito de seu rosto.

— Fora daqui, fora! — gritou ela, e sua voz estava mais estridente ainda. — E não me fale sobre suas paixões, sobre suas torpezas!

Ela queria sair, mas cambaleou e agarrou-se ao espaldar de uma cadeira para se arrimar nele. O semblante de seu marido ficou inchado, os lábios se intumesceram, os olhos se encheram de lágrimas.

— Dolly! — balbuciou ele, já soluçante. — Pelo amor de Deus, pense em nossos filhos: eles não têm culpa. A culpa é minha, e veja se me castiga, se manda que eu redima esta minha culpa. Farei o que puder, estou pronto para tudo! A culpa é minha: não tenho palavras para dizer como sou culpado! Mas, Dolly, perdoe-me!

Ela se sentou. Ele ouvia sua respiração penosa, arfante, e sentia uma lástima inexprimível por ela. Ela tentou, diversas vezes, começar a falar, mas não conseguiu. Ele esperava.

— Você se lembra dos filhos para brincar com eles, e eu me lembro deles sempre e sei que agora estão perdidos — pronunciou ela, aparentemente, uma daquelas frases que havia dito mais de uma vez a si mesma nos últimos três dias.

Tratou seu marido por "você", e ele a mirou com gratidão e avançou para lhe tomar a mão, porém ela se afastou com asco.

— Eu cá me lembro dos filhos e faria, portanto, qualquer coisa no mundo para salvá-los; só que nem eu mesma sei como vou salvá-los: levando para longe do pai ou deixando-os perto do pai libertino... sim, do pai libertino... Diga-me: depois daquilo... que aconteceu, poderíamos mesmo continuar vivendo juntos? Seria isso possível? Diga, pois, diga se seria possível! — repetia ela, elevando a voz. — Desde que meu marido, pai de meus filhos, tem uma ligação amorosa com a governanta de seus próprios filhos...

— Mas o que... Mas o que fazer? — dizia ele, com uma voz lastimável, já sem saber o que dizia e abaixando cada vez mais a sua cabeça.

— Tenho asco do senhor, tenho nojo! — bradou ela, cada vez mais exaltada. — Suas lágrimas são água! O senhor nunca me amou; o senhor não tem coração nem nobreza! Tenho nojo do senhor, sim, nojo... É um estranho para mim! — Ela pronunciava com dor e fúria essa palavra, "estranho", que a terrificava.

Ele olhou para sua esposa, e a fúria que denotava o rosto dela deixou-o intimidado e atônito. Não entendia que, apiedando-se dela, só lhe causava irritação. Ela só percebia sua piedade, mas não seu amor. "Não, ela me odeia. Ela não me perdoará", pensou Stepan Arkáditch.

— É terrível! Terrível! — disse ele.

Nesse momento uma criança, que teria caído, gritou no quarto vizinho; Dária Alexândrovna ficou escutando e, de repente, seu rosto suavizou-se.

Ela se recobrou, ao que parecia, por alguns segundos, como quem não soubesse onde estava nem o que tinha a fazer, e, levantando-se depressa, foi rumo à porta.

"Mas, ainda assim, ela ama meu filho", pensou ele, ao reparar na mudança que se operara em seu rosto com aquele grito infantil. "Ama meu filho... Então como pode odiar a mim?"

— Dolly, mais uma palavra — disse, indo atrás dela.

— Se o senhor me seguir, vou chamar os criados, as crianças! Que todos saibam que o senhor é um cafajeste! Vou embora hoje, e o senhor pode viver aqui com sua amante!

E ela saiu, batendo a porta.

Stepan Arkáditch suspirou, enxugou a cara e, a passos lentos, foi embora do quarto. "Matvéi diz ali que tudo se arranjará, mas como? Não enxergo nem a menor possibilidade. Ah, ah, que horror! E de que maneira trivial é que ela gritava", dizia consigo mesmo, relembrando os gritos dela e as palavras "cafajeste" e "amante". "E pode ser que as moças tenham ouvido! Horrivelmente trivial, horrivelmente". Stepan Arkáditch se quedou, por alguns segundos, sozinho, enxugou os olhos, deu um suspiro e, enfunando o peito, saiu do quarto.

Era uma sexta-feira, e o relojoeiro alemão dava corda ao relógio na sala de jantar. Stepan Arkáditch recordou sua piada sobre aquele calvo relojoeiro pontual — "deram corda ao alemão, para a vida toda, e eis que dá corda aos relógios" — e sorriu. Stepan Arkáditch gostava de boas piadas. "Talvez se arranje mesmo, hein? Que palavrinha boa: arranjar-se", pensou. "Tenho que contar disso."

— Matvéi! — chamou. — Arrume, pois, tudo lá na saleta íntima, com Maria, para Anna Arkádievna — disse a Matvéi, quando este apareceu.

— Às suas ordens.

Stepan Arkáditch vestiu sua peliça e foi ao terraço de entrada.

— Não vai comer em casa? — perguntou Matvéi, seguindo-o.

— Vou ver. Ah, sim: pegue aí... É para as despesas — disse Oblônski, tirando dez rublos da sua carteira. — Já basta?

— Quer baste, quer não baste, terei de me contentar, pelo jeito — respondeu Matvéi, fechando a portinhola da carruagem e subindo de volta ao terraço.

Nesse meio-tempo, ao acalmar o filho e compreender, pelo som da carruagem, que seu marido tinha ido embora, Dária Alexândrovna retornou ao seu quarto de dormir. Era o único lugar onde se abrigava dos problemas caseiros, que a cercavam tão logo saísse dali. Mesmo agorinha, naquele breve lapso de tempo que passara no quarto das crianças, a inglesa e Matriona Filimônovna haviam feito várias perguntas inadiáveis, às quais só ela, em pessoa, podia responder: o que as crianças vestiriam para ir passear, se lhes serviriam leite, se não seria preciso contratar outro cozinheiro.

— Ah, deixem-me, deixem-me em paz! — disse ela e, uma vez em seu quarto, sentou-se de novo naquele lugar onde conversara com o marido e, cerrando as mãos descarnadas cujos anéis lhe desciam dos dedos ossudos, pôs-se a rememorar toda a conversa recente. "Foi embora! Mas como é que terminou com ela?", pensava. "Será que ainda se vê com ela? Por que não lhe perguntei? Não, não: é impossível que voltemos a viver juntos. Nem que fiquemos na mesma casa, seremos estranhos. Estranhos para todo o sempre!" — repetiu, com especial significância, essa palavra que a terrificava. "Mas como eu o amava, meu Deus, como o amava a ele!... Como o amava! E será que não o amo agora? Será que não o amo mais do que antes? Mas, o principal, é terrível que..." — começou a esboçar uma ideia, mas não a levou adiante, visto que Matriona Filimônovna assomara por trás da porta.

— Mande, por favor, buscar meu irmão — disse. — Ele fará, pelo menos, o almoço, senão vai ser como ontem: já são seis horas, e as crianças não comeram ainda.

— Está bem: agora vou sair e dar ordens. Será que já mandaram trazer leite fresco?

E Dária Alexândrovna mergulhou nos afazeres cotidianos e afogou neles, por algum tempo, seu pesar.

## V

Stepan Arkáditch estudara bem na escola, graças às suas boas faculdades, mas fora preguiçoso e buliçoso, portanto terminara os estudos um dos últimos da sua turma; todavia, apesar de sua vida sempre folgada, de sua titulação modesta e de sua idade não muito avançada, ocupava um cargo de chefia, respeitável e bem remunerado, numa das repartições públicas de Moscou. Obtivera esse cargo por intermédio de Alexei Alexândrovitch Karênin, esposo de sua irmã Anna, que exercia uma das funções mais importantes no Ministério ao qual essa repartição se subordinava; e, mesmo se Karênin não tivesse designado seu cunhado para tal cargo, Stiva Oblônski teria recebido ainda assim, por intermédio de uma centena de outras pessoas, isto é, de seus irmãos, primos e tios, esse exato cargo, ou então outro semelhante, com uns seis mil de ordenado que lhe eram necessários, porquanto seus negócios, não obstante a fortuna considerável de sua mulher, iam de mal a pior.

Metade de Moscou e de Petersburgo compunha-se de parentes e amigos de Stepan Arkáditch. Ele nascera no meio daquelas pessoas que já eram ou viriam a ser as potestades deste mundo. Um terço dos velhos funcionários públicos, companheiros de seu pai, chegara a conhecê-lo ainda no berço, outro terço o tratava por "você", e o último terço incluía as pessoas que ele bem conhecia; destarte, os distribuidores de bens terrenos, ou seja, de cargos, licenças, concessões e assim por diante, eram todos seus amigos e não podiam preterir um deles, de modo que Oblônski nem precisava esforçar-se em demasia para obter um cargo proveitoso, bastando-lhe deixar de recusar, de invejar, de brigar, de se melindrar, enfim, de fazer aquilo que ele, com sua bondade particular, não fazia nunca. Teria achado ridículo alguém lhe dizer que não obteria cargo com o ordenado necessário, ainda mais que nem sequer reclamava nada de exorbitante: buscava apenas o mesmo ordenado que recebiam seus coetâneos e, quanto ao cargo daquele tipo, não seria pior que qualquer outro em preenchê-lo.

Stepan Arkáditch não só era amado por quem o conhecesse, em razão de sua índole bondosa e jovial e de sua honestidade indubitável, mas havia nele, em sua aparência bonita e luminosa, em seus olhos brilhantes, suas sobrancelhas negras, seus cabelos e seu semblante branco e corado, algo que produzia, fisicamente, uma impressão amistosa e animadora nas pessoas que o encontravam. "Ah-ah! Stiva! Oblônski! Lá vem ele!" — diziam essas pessoas, quase sempre com um sorriso alegre, ao encontrá-lo. Mesmo se percebiam vez por outra, após uma conversa com ele, que nada de especialmente feliz tinha acontecido, alegravam-se todas, de novo e da mesma maneira, quando o encontravam no dia seguinte ou dois dias mais tarde.

Exercendo em Moscou, pelo terceiro ano seguido, o cargo de diretor numa das repartições públicas, Stepan Arkáditch adquirira, a par do afeto, o respeito de seus colegas, subalternos, superiores e de todos os que recorriam a ele. As principais qualidades de Stepan Arkáditch, as quais lhe proporcionavam esse respeito geral em seu ambiente de trabalho, consistiam, primeiro, naquela magnanimidade extraordinária que mostrava às pessoas por estar consciente de seus próprios defeitos; segundo, em sua absoluta liberalidade, não aquela sobre a qual ele lia nos jornais, mas aquela que estava em seu íntimo, com a qual ele tratava, de forma plenamente igualitária, todas as pessoas, fossem quais fossem os cabedais e títulos delas; e, terceiro, o que era primordial, em sua completa indiferença em relação ao serviço de que estava encarregado, motivo pelo qual nunca se empolgava nem cometia erros.

Chegando àquele lugar onde servia, Stepan Arkáditch se dirigiu, com a pasta na mão e acompanhado por um respeitoso porteiro, para seu pequeno escritório, vestiu seu uniforme e entrou na repartição. Os escrivães e outros servidores ficaram todos em pé, saudando-o com mesuras alegres e reverentes. Stepan Arkáditch foi, apressado como sempre, até sua mesa, apertou as mãos dos seus assessores e sentou-se. Contou algumas piadas e conversou, precisamente o quanto fosse decoroso; em seguida, abriu o expediente. Ninguém conseguia definir melhor que Stepan Arkáditch aquele limite de desenvoltura, simplicidade e rigor oficial que era necessário para o expediente ser agradável. Com ares alegres e respeitosos, igual a todos na repartição de Stepan Arkáditch, o secretário veio trazendo os papéis e disse, naquele tom familiarmente liberal que Stepan Arkáditch implantara:

— Recebemos, pois, os dados da governadoria de Penza.[10] Aqui estão: o senhor gostaria...

— Receberam enfim? — replicou Stepan Arkáditch, dobrando a página com um dedo. — Pois bem, cavalheiros... — E o trabalho começou.

"Se soubessem", pensava Stepan Arkáditch, ao inclinar a cabeça com ar imponente, enquanto escutava o relatório, "que menino confuso foi, meia hora atrás, o chefe deles!" E, ao passo que se lia o relatório, seus olhos riam. O trabalho devia continuar, sem interrupções, até as duas horas da tarde, e às duas horas haveria um intervalo para almoçarem.

Ainda não eram duas horas, quando se abriram, de súbito, as grandes portas envidraçadas da sala de trabalho e alguém entrou. Todos os funcionários, sentados debaixo do retrato[11] e detrás do *zertsalo*,[12] animaram-se com tal diversão e voltaram-se para a entrada; contudo, o vigia plantado junto à entrada expulsou logo o intruso e fechou, atrás dele, as portas envidraçadas.

Uma vez lido o relatório, Stepan Arkáditch se levantou e se espreguiçou; depois, rendendo homenagem ao liberalismo da época, tirou um cigarrozinho dentro da repartição e foi ao seu escritório. Dois colegas, o veterano Nikítin e o fidalgo da Câmara[13] Grinêvitch, saíram com ele.

— Teremos tempo para terminar após o almoço — disse Stepan Arkáditch.

— Teremos, e muito! — disse Nikítin.

— E aquele Fomin deve ser um patife dos grandes — comentou Grinêvitch sobre um dos participantes do pleito que eles estavam analisando.

Stepan Arkáditch fez uma careta ao ouvir as palavras de Grinêvitch, dando assim a entender que não lhe cabia julgar antes da hora, e não respondeu mais nada.

— Quem foi que entrou? — perguntou ao vigia.

— Um sujeitinho qualquer, Excelência: entrou sem permissão, mal eu me virei. Procurava pelo senhor. Aí eu disse: quando o pessoal sair, então...

— Onde está ele?

— Deve ter ido à recepção, mas andou o tempo todo por aqui. É ele — disse o vigia, apontando para um homem robusto, de ombros largos e barba encaracolada, que, sem tirar sua *chapka*[14] de pele de carneiro, subia correndo,

---

[10] Grande cidade localizada na parte europeia da Rússia, a sudeste de Moscou.

[11] Tolstói se refere ao retrato oficial do imperador, obrigatório em todas as repartições públicas da Rússia.

[12] Prisma de três faces, encimado por uma águia imperial, que continha o texto das três leis cruciais do imperador Piotr (Pedro) I, o Grande, e simbolizava o poder judiciário no Império Russo.

[13] Título honorífico (*Kammerjunker* em alemão ou *Gentilhomme de la Chambre* em francês), atribuído aos servidores públicos russos a começar pela titulação da 9ª classe.

[14] Chapéu de peles que os russos usam no inverno.

rápida e lestamente, os degraus gastos da escada de alvenaria. Um servidor magro, que descia a escada com sua pasta na mão, deteve-se a olhar, com reprovação, para os pés do homem que corria e depois lançou um olhar interrogativo a Oblônski.

Stepan Arkáditch estava no alto da escada. Seu rosto, que radiava de bonomia por trás da gola bordada de seu uniforme, ficou mais radiante ainda quando ele reconheceu o homem que corria.

— É isso aí! Lióvin, até que enfim! — disse, com um sorriso amigável e jocoso, examinando Lióvin, que se aproximava dele. — Como é que não teve nojo de me procurar neste antro? — continuou Stepan Arkáditch e, sem se contentar com o aperto de mão, beijou seu amigo. — Faz muito tempo que está aqui?

— Acabei de chegar e queria muito ver você — respondeu Lióvin, olhando ao seu redor com timidez e, ao mesmo tempo, de modo severo e arredio.

— Então vamos ao meu escritório — disse Stepan Arkáditch, que conhecia aquela timidez melindrosa e irritável de seu amigo, e, pegando-lhe a mão, conduziu-o atrás de si, como quem o guiasse por entre os perigos.

Stepan Arkáditch tratava por "você" quase todos os seus conhecidos — os velhos de sessenta anos de idade, os moços de vinte anos, os atores, os ministros, os comerciantes e os generais ajudantes —, de sorte que muitas dessas pessoas tratadas por "você" estavam nas duas extremidades da escada social e ficariam estarrecidas ao saber que tinham, por intermédio de Oblônski, algo em comum. Ele tratava por "você" a todos com quem bebia champanhe, e bebia champanhe com todos; portanto, encontrando-se na presença de seus subalternos com seus vergonhosos "vocês", conforme chamava, por brincadeira, muitos dos seus companheiros, sabia abrandar, com aquele tato que lhe era peculiar, o desagrado da tal impressão para seus subalternos. Lióvin não era um desses "vocês" vergonhosos, porém Oblônski intuiu, cheio de perspicácia, que Lióvin estaria pensando que talvez não lhe apetecesse manifestar sua intimidade com ele na frente dos subalternos e apressou-se, por essa razão, a levá-lo ao seu escritório.

Lióvin tinha quase a mesma idade que Oblônski e era tratado por "você" não só pelo fato de beberem champanhe juntos. Lióvin era companheiro e amigo de sua primeira juventude. Eles gostavam um do outro, apesar de seus caracteres e gostos serem bem diferentes, como gostam um do outro os amigos próximos desde a primeira juventude. No entanto, como isso se dá amiúde com as pessoas que escolheram carreiras distintas, cada um deles, mesmo justificando, por simples raciocínio, a carreira do outro, desprezava-a no fundo da alma. Parecia a cada um deles que apenas sua própria vida era real, enquanto a de seu companheiro não passava de uma ilusão. Oblônski não podia conter um leve sorriso jocoso ao ver Lióvin. Quantas vezes já o vira chegar a Moscou do interior, onde ele fazia alguma coisa sem que Stepan Arkáditch conseguisse entender direitinho, em momento algum, o que precisamente ele fazia nem mesmo se interessasse por isso. Sempre que Lióvin chegava a Moscou, estava angustiado, apressado, um pouco embaraçado e irritado com esse seu embaraço, e exibia, na maioria das ocasiões, uma visão das coisas absolutamente nova e inesperada. Stepan Arkáditch zombava disso e gostava disso. De igual modo, Lióvin também desprezava, no fundo da alma, tanto a vida urbana de seu amigo quanto o serviço dele, que considerava algo insignificante, e zombava disso. Contudo, as zombarias de Oblônski, que fazia o que todo mundo fazia, estavam cheias de confiança e benevolência, enquanto as de Lióvin, cheias de insegurança, denotavam por vezes seu mau humor, e nisso consistia a diferença.

— Fazia muito tempo que esperávamos por você — disse Stepan Arkáditch, entrando no escritório e soltando a mão de Lióvin como se lhe mostrasse que os perigos acabavam lá dentro. — Estou muito, muito feliz de vê-lo — prosseguiu. — Como está, hein? Quando foi que chegou?

Lióvin estava calado, olhando para os dois colegas de Oblônski, cujos rostos desconhecia, e, sobretudo, para as mãos daquele elegante Grinêvitch que tinha dedos tão brancos e finos, unhas tão compridas e amarelas, de pontas recurvas, e botões de punho tão enormes e fulgurantes, a enfeitarem-lhe a camisa, que essas mãos absorviam, pelo visto, toda a atenção do recém-chegado e não o deixavam raciocinar livremente. Oblônski logo reparou nisso e ficou sorrindo.

— Ah, sim, permitam apresentá-los — disse ele. — Meus colegas: Filipp Ivânytch Nikítin, Mikhail Stanislávitch Grinêvitch — e, voltando-se para Lióvin —: Vereador local, novo homem do *zemstvo*,[15] ginasta capaz de levantar cinco *puds*[16] com uma só mão, pecuarista, caçador e meu amigo — Konstantin Dmítritch Lióvin, irmão de Serguei Ivânytch Kóznychev.

— Muito prazer — disse o velhinho.

— Tenho a honra de conhecer seu irmão Serguei Ivânytch — disse Grinêvitch, estendendo a sua mão fina de unhas compridas.

Lióvin carregou o cenho, apertou-lhe a mão com frieza e logo se dirigiu a Oblônski. Embora respeitasse muito seu irmão uterino, um escritor conhecido em toda a Rússia, detestava não ser tratado como Konstantin Lióvin e, sim, como o irmão do famoso Kóznychev.

---

[15] Administração provinciana, eleita pelas classes favorecidas, que existiu na Rússia de 1864 a 1917.

[16] Antiga medida de peso russa, equivalente a 16,38 kg.

— Não sou mais vereador, não. Briguei com todos ali e não participo mais de reuniões — disse, virando-se para Oblônski.

— Foi rápido! — respondeu Oblônski, sorrindo. — Mas como, por quê?

— É uma longa história. Vou contar algum dia — disse Lióvin, mas logo passou a contar. — Pois bem: em breves termos, estou convencido de que não há, nem pode haver, nenhuma atividade por parte do *zemstvo* — começou a falar como se alguém acabasse de magoá-lo. — Por um lado, é um brinquedo: eles lá brincam de parlamento, e eu cá não sou nem novo nem velho o suficiente para me divertir com brinquedos; por outro (ele gaguejou) lado, é um meio para a *coterie*[17] provinciana ganhar seu dinheirinho. Antes havia pistolões e juizados, e agora temos aquele *zemstvo*... Não é que cobrem propina, mas recebem salários que não merecem. — Ele falava com tanto ardor como se algum dos presentes contestasse a sua opinião.

— He-he! Pois você, pelo que vejo, está numa fase nova, conservadora — notou Stepan Arkáditch. — Aliás, falaremos nisso depois.

— Sim, depois. Mas eu precisava ver você — disse Lióvin, fitando com ódio a mão de Grinêvitch.

Stepan Arkáditch esboçou um sorriso quase imperceptível.

— E como você dizia que nunca mais vestiria um traje europeu? — perguntou, examinando suas roupas novas e, obviamente, feitas por um alfaiate francês. — Estou vendo, pois: uma fase nova.

De súbito, Lióvin enrubesceu: não daquela maneira como enrubescem as pessoas adultas — de leve, sem que elas mesmas se apercebam disso —, mas como se ruborizam os garotos, sentindo que ficam ridículos por causa de sua timidez e, portanto, envergonhando-se e corando ainda mais, quase até chorarem. E era tão estranho ver aquele rosto inteligente e viril num estado tão infantil que Oblônski cessou de olhar para ele.

— Sim, mas onde nos veremos? É que preciso muito falar com você, muito mesmo — disse Lióvin.

Oblônski parecia refletir.

— É o seguinte: vamos almoçar no restaurante de Gúrin e lá falaremos. Estou livre até as três horas.

— Não — respondeu Lióvin, ao pensar um pouco —, ainda preciso ir a um lugar.

— Está bem; então jantaremos juntos.

— Jantaremos? Mas eu cá não tenho nada de especial: quero apenas dizer duas palavras, perguntar, e depois conversaremos.

---

[17] Panelinha (em francês).

— Então me diga agora essas duas palavras, e conversaremos na hora do jantar.

— Eis como são minhas duas palavras... — disse Lióvin. — Aliás, não têm nada de especial mesmo.

Seu rosto assumiu, de repente, uma expressão furiosa, provinda daquele esforço que fazia para superar a sua timidez.

— Como estão os Chtcherbátski? Tudo na mesma? — perguntou ele.

Ciente, havia tempos, de que Lióvin estava apaixonado pela sua cunhada Kitty, Stepan Arkáditch sorriu, quase imperceptivelmente, e seus olhos brilharam alegres.

— Você disse duas palavras, e eu não posso responder com duas palavras também, já que... Desculpe, por um minutinho...

Entrou o secretário, familiarmente respeitoso e cheio de certa consciência humilde, própria de todos os secretários, de ser superior ao seu chefe quanto ao conhecimento do serviço, aproximou-se de Oblônski com papéis nas mãos e pôs-se a explicar, como quem perguntasse por algo, uma questão complicada. Sem escutá-lo até o fim, Stepan Arkáditch colocou, afavelmente, a sua mão na manga do secretário.

— Não: faça, por gentileza, conforme eu mandei — disse, atenuando sua objeção com um sorriso; a seguir, explicou-lhe brevemente como entendia aquela questão, afastou os papéis e arrematou —: Faça assim mesmo, por favor. Por favor, assim, Zakhar Nikítitch.

Confuso, o secretário se retirou. Lióvin, que superara totalmente o embaraço durante essa conversa com o secretário, estava em pé, apoiando-se com ambas as mãos numa cadeira, e seu semblante exprimia uma atenção irônica.

— Não compreendo, não compreendo — disse ele.

— Não compreende o quê? — indagou Oblônski, com o mesmo sorriso alegre, e tirou um cigarrozinho. Esperava, por parte de Lióvin, alguma esquisitice.

— Não compreendo o que estão fazendo aí — respondeu Lióvin, dando de ombros. — Como é que você pode levar isso a sério?

— Por quê?

— Porque não tem nada a fazer.

— É você quem pensa assim, mas estamos muito atarefados.

— Suas tarefas estão no papel. Pois é: você tem talento para isso — acrescentou Lióvin.

— Ou seja, você acha que me falta alguma coisa?

— Talvez sim — disse Lióvin. — Contudo, fico admirando essa sua grandeza e me orgulho de que meu amigo seja um homem tão grande. Só que você não respondeu à minha pergunta — adicionou, mirando Oblônski, com um esforço desesperado, bem nos olhos.

— Está bem, está bem. Espere aí, que também chegará a tanto. Ainda que tenha três mil *deciatinas*[18] de terra no distrito de Karázin[19] e esses músculos aí e o frescor de uma menina de doze anos, você também será como a gente. Pois bem... falando no que perguntou: nenhuma mudança, mas é pena que você não venha há tanto tempo.

— O que foi? — inquiriu Lióvin, com susto.

— Nada — respondeu Oblônski. — Vamos conversar, sim. Mas, afinal, por que é que você veio?

— Ah, mas nisso também falaremos depois — disse Lióvin, enrubescendo outra vez até as orelhas.

— Está bem, entendi — prosseguiu Stepan Arkáditch. — Está vendo: convidaria você para minha casa, só que minha esposa está indisposta. Mas, se quiser encontrá-los, decerto estão agora no Jardim Zoológico, das quatro às cinco. Kitty patina ali. Vá lá, então, e eu vou buscá-lo mais tarde e jantaremos, em algum lugar, juntos.

— Ótimo! Pois bem, até a vista!

— Mas veja se não esquece nem vai, de repente, à sua roça, que eu conheço você! — exclamou, rindo, Stepan Arkáditch.

— Prometo que não.

E lembrando-se, quando já estava às portas, de se ter esquecido de cumprimentar os colegas de Oblônski, Lióvin saiu do seu escritório.

— Deve ser um senhor muito enérgico — disse Grinêvitch, quando Lióvin saiu.

— Sim, meu querido — respondeu Stepan Arkáditch, abanando a cabeça —, é um felizardo! Três mil *deciatinas* no distrito de Karázin; tem tudo pela frente e tamanho frescor! Não é igual à gente.

— Ainda está reclamando, Stepan Arkáditch?

— Sim, pois estou mal mesmo — disse Stepan Arkáditch, com um profundo suspiro.

## VI

Quando Oblônski perguntou a Lióvin por que, afinal, ele viera, Lióvin enrubesceu e zangou-se consigo mesmo por ter enrubescido, pois não pudera responder-lhe: "Vim pedir sua cunhada em casamento", embora tivesse vindo unicamente por esse motivo.

---

[18] Antiga medida agrária russa, equivalente a 10.900 metros quadrados.
[19] Distrito fictício, supostamente localizado na região de Tula onde se encontrava a propriedade rural Yásnaia Poliana, pertencente a Tolstói.

As famílias Lióvin e Chtcherbátski eram duas antigas famílias da fidalguia moscovita e desde sempre mantinham entre si relações próximas e cordiais. Tal relacionamento se consolidou ainda mais na época estudantil de Lióvin. Preparara-se e entrara na universidade junto com o jovem príncipe Chtcherbátski, irmão de Dolly e Kitty. Àquela altura, Lióvin visitava amiúde a casa dos Chtcherbátski e acabou por se apaixonar pela casa dos Chtcherbátski. Por mais estranho que isso pudesse parecer, Konstantin Lióvin estava apaixonado notadamente pela casa, pela família e, sobretudo, pela parte feminina da família Chtcherbátski. Lióvin não se lembrava mais de sua mãe, e sua única irmã era mais velha que ele, de sorte que na casa dos Chtcherbátski ele viu, pela primeira vez, aquele ambiente próprio de uma antiga família fidalga, instruída e proba, do qual fora privado pela morte de seu pai e de sua mãe. Todos os membros daquela família, e, sobretudo, a parte feminina dela, pareciam-lhe envoltos num véu misterioso, poético, e ele não apenas deixava de lobrigar neles quaisquer defeitos que fossem, mas até pressupunha que existissem, por trás desse véu poético a encobri-los, os sentimentos mais sublimes e as perfeições mais variadas. Por que aquelas três moças precisavam falar, dia sim, dia não, ora francês, ora inglês; por que elas se revezavam, em certas horas, tocando aquele piano cujos sons sempre se ouviam lá em cima, no quarto de seu irmão, onde se encontravam os estudantes; por que vinham àquela casa tantos professores de literatura francesa, música, desenho e dança; por que, em certas horas, as três moças acompanhadas pela *Mademoiselle* Linon iam de carruagem até o bulevar Tverskói, vestindo aquelas suas peliçazinhas acetinadas: Dolly de saia comprida, Natalie de saia meio comprida e Kitty de saia nada comprida, de modo que suas perninhas formosas, com meias vermelhas e bem esticadas, estavam à mostra; por que lhes cumpria a elas, seguidas por um lacaio com um cocar de ouro sobre o chapéu, andar pelo bulevar Tverskói... Ele não compreendia nem isso nem várias outras coisas que se faziam no mundo misterioso delas, mas sabia que tudo quanto se fizesse ali era belo e estava apaixonado notadamente pelo mistério do que ocorria.

Em sua época estudantil, ele estava prestes a apaixonar-se pela irmã mais velha, Dolly, porém a casaram logo com Oblônski. Depois começou a apaixonar-se pela irmã do meio. Parecia-lhe que necessitava apaixonar-se por uma daquelas irmãs, apenas não conseguia decidir por qual delas. Contudo, Natalie também, mal apareceu na alta sociedade, casou-se com o diplomata Lvov. E Kitty era ainda uma criança, quando Lióvin saiu da universidade. O jovem Chtcherbátski, que se alistara na Marinha, morreu afogado no mar Báltico, e os encontros de Lióvin com os Chtcherbátski tornaram-se, apesar de sua amizade com Oblônski, mais espaçados. Todavia, quando esse ano, em princípios do inverno, Lióvin chegou a Moscou, ao passar um ano no interior, e reviu os Chtcherbátski, compreendeu por qual das irmãs estava realmente fadado a apaixonar-se.

Aparentemente, nada poderia ser mais fácil para ele, um homem de boa linhagem, antes rico que pobre, de trinta e dois anos de idade, do que pedir a princesinha Chtcherbátskaia em casamento: segundo toda probabilidade, seria logo reconhecido como um bom pretendente. Mas Lióvin estava apaixonado, e portanto lhe parecia que Kitty era uma criatura tão perfeita em todos os sentidos e tão superior a tudo quanto fosse terreno, sendo ele próprio uma criatura terrena tão baixa, que não se podia nem pensar que os outros e ela mesma pudessem reconhecê-lo como alguém digno dela.

Depois de passar em Moscou, como que estonteado, dois meses, encontrando Kitty quase todos os dias na alta sociedade que começara a frequentar a fim de encontrá-la, Lióvin concluiu de repente que isso não seria possível mesmo e voltou para o interior.

Tal convicção de Lióvin, a de que isso não seria possível, baseava-se na suposição de que ele fosse um pretendente desvantajoso e indigno da charmosa Kitty, aos olhos de sua família, e que Kitty em pessoa não pudesse amá-lo. De fato, ele não tinha, aos olhos da família Chtcherbátski, nenhuma função definida e costumeira nem posição social, enquanto agora, tendo ele trinta e dois anos, seus coetâneos eram já coronéis e ajudantes de campo,[20] ou professores, ou respeitáveis gerentes, diretores de um banco e de uma ferrovia, ou então de uma repartição pública, como Oblônski; de fato (sabia muito bem como os outros deviam considerá-lo), ele era apenas um fazendeiro que criava vacas, caçava narcejas[21] e mexia com a construção, ou seja, um sujeito inútil, que não conseguira coisa nenhuma e fazia, pelas noções da alta sociedade, exatamente aquilo que faziam as pessoas mais imprestáveis.

E, quanto àquela charmosa e misteriosa Kitty, ela não podia amar um homem tão feio, conforme ele se achava, e, o principal, tão ordinário, sem nada que o destacasse. Além disso, suas antigas relações com Kitty — as de um adulto com uma criança, em consequência de sua amizade com o irmão dela — pareciam-lhe também um obstáculo para seu amor. Um homem feio e bondoso, conforme ele se achava, poderia ser amado, a seu ver, como um amigo; entretanto, para ser amado com o mesmo amor que ele devotava a Kitty, precisava-se ser um homem lindo e, o principal, extraordinário.

---

[20] Oficiais incumbidos de transmitir as ordens de um general.
[21] Pequenas aves de bico reto e comprido, bastante comuns em vários países europeus, inclusive na Rússia.

Ouvira dizerem que as mulheres amavam frequentemente homens feios e ordinários, porém não acreditava nisso, já que julgava por si mesmo e só conseguia amar mulheres lindas, misteriosas e extraordinárias.

Contudo, ao passar dois meses sozinho em sua fazenda, Lióvin ficou persuadido de que não se tratava de uma daquelas paixonites que experimentara em sua primeira juventude, que esse sentimento não o deixava em paz nem por um minuto, que ele não podia viver sem ter resolvido a questão se Kitty seria sua esposa ou não, e que seu desespero advinha somente da sua imaginação, não tendo ele nenhuma prova de que seria rejeitado. E eis que veio agora a Moscou com a firme intenção de pedi-la em casamento e de desposá-la caso seu pedido fosse aceito. Ou... nem sequer conseguia pensar naquilo que lhe sucederia caso seu pedido fosse negado.

## VII

Chegando a Moscou com um trem matinal, Lióvin foi hospedar-se na casa de Kóznychev, seu irmão mais velho por parte de mãe, e, ao trocar de roupas, entrou no gabinete dele, tencionando contar-lhe logo por que tinha chegado e pedir-lhe conselho; porém, seu irmão não estava só. Estava com ele um renomado professor de filosofia, o qual viera de Khárkov[22] com o propósito de esclarecer um mal-entendido que surgira entre eles no tocante a uma questão filosófica bem importante. O professor polemizava acaloradamente com os materialistas, enquanto Serguei Kóznychev acompanhava com interesse aquela polêmica e, ao ler o último artigo do professor, enviara-lhe uma carta com suas objeções, admoestando-o pelas suas excessivas concessões aos materialistas. E o professor viera logo para se entender com ele. Tratava-se de uma questão em voga: se existia um limite entre os fenômenos psíquicos e fisiológicos da atividade humana, e onde ele se encontrava.

Serguei Ivânovitch acolheu seu irmão com um sorriso afavelmente frio, comum para todos os visitantes, e, apresentando-o ao professor, continuou a conversa.

O homenzinho amarelado, de óculos, com uma testa estreita, distraiu-se por um instante daquela conversa para cumprimentá-lo e, sem dar mais atenção a Lióvin, levou seu discurso adiante. Lióvin se sentou, esperando pela partida do professor, mas logo se interessou pelo tema da conversa.

Lióvin encontrava nos jornais os artigos em questão e lia-os, com interesse, por desenvolverem os princípios das ciências naturais, que lhe eram familiares

---

[22] Grande cidade industrial e universitária, situada na parte oriental da Ucrânia.

desde a universidade, mas nunca confrontava as conclusões científicas sobre a origem animal do homem, os reflexos, a biologia e a sociologia, com aquelas questões relativas ao significado da vida e da morte para ele próprio, que ultimamente lhe vinham cada vez mais à cabeça.

Escutando a conversa de seu irmão com o professor, ele percebia que os dois ligavam as questões científicas às espirituais, chegando quase a abordar, algumas vezes, aquelas questões cruciais, mas, todas as vezes que se aproximavam do que era, em sua opinião, o mais relevante, afastavam-se precipitadamente daquilo e adentravam de novo a área de sutis nuanças, ressalvas, citações, alusões, referências aos grandes nomes, e ele mal entendia de que se falava.

— Não posso admitir — disse Serguei Ivânovitch, expressando-se com aqueles termos claros e precisos e aquela dicção refinada que lhe eram peculiares —, não posso, em hipótese alguma, concordar com Keys admitindo que toda a minha visão do mundo exterior esteja resultando das impressões. A mais importante ideia da existência não foi assimilada por mim mediante uma sensação, visto que não há nem sequer órgão específico para assimilar essa ideia.

— Sim, mas eles lá, ou seja, Würst e Knaust e Pripássov,[23] responderão ao senhor que sua percepção de existência resulta do conjunto de todas as sensações, que essa percepção de existência é o resultado das sensações. Würst até mesmo diz às claras que, se não houver sensações, não haverá percepção de existência.

— Eu diria o contrário — redarguiu Serguei Ivânovitch.

Então pareceu outra vez a Lióvin que, aproximando-se do essencial, eles se afastavam de novo, e Lióvin ousou dirigir uma pergunta ao professor.

— Quer dizer que, se meus sentidos estiverem aniquilados, se meu corpo morrer, não pode mais haver existência alguma? — perguntou ele.

Com desgosto e uma espécie de dor mental por ter sido interrompido, o professor olhou para o estranho questionador, mais parecido com um *burlak*[24] que com um filósofo, e depois encarou Serguei Ivânovitch como quem perguntasse: o que mais haveria a dizer? Contudo, Serguei Ivânovitch, que estava longe daquele esforço e daquela unilateralidade com que falava o professor, e cuja mente continha bastante espaço para responder ao professor e, ao mesmo tempo, compreender o ponto de vista simples e natural que se revelava na pergunta feita, sorriu e disse:

---

[23] Todos os "grandes" nomes citados são fictícios e ridículos.
[24] Operário que puxava embarcações, mediante um cabo chamado "sirga", caminhando pela margem do rio.

— Ainda não temos o direito de resolver essa questão...
— Não temos dados para tanto — confirmou o professor e voltou aos seus argumentos. — Não — disse —, eu ressalto que, se a sensação se embasa mesmo, como diz claramente Pripássov, numa impressão, nós temos de distinguir rigorosamente essas duas noções.

Lióvin não escutava mais, esperando pela partida do professor.

## VIII

Quando o professor foi embora, Serguei Ivânovitch dirigiu-se ao irmão:
— Estou muito feliz por você ter vindo. Ficará por muito tempo? Como anda a fazenda?

Lióvin sabia que seu irmão mais velho se interessava bem pouco pela fazenda e que perguntara a respeito por mera conveniência, portanto só comentou em resposta a venda de trigo e o dinheiro ganho.

Lióvin queria contar ao irmão da sua intenção de se casar e pedir-lhe conselho, até mesmo tomara a firme resolução de fazer isso, porém, mal viu o irmão, escutou sua conversa com o professor e ouviu, a seguir, aquele tom involuntariamente protetor em que o irmão lhe indagava acerca dos negócios agrários (a fazenda que pertencera à mãe deles não fora dividida, e Lióvin gerenciava ambas as partes), sentiu que não podia, por alguma razão, começar a falar com ele sobre essa sua intenção de se casar. Intuía que a visão de seu irmão seria bem diferente da sua.

— E o *zemstvo* dali, como está? — perguntou Serguei Ivânovitch, que se interessava muito pelo *zemstvo* e atribuía-lhe uma grande importância.
— Não sei, não: palavra de honra...
— Como assim? Pois você é membro da administração?
— Não sou mais membro, não. Saí de lá — respondeu Konstantin Lióvin — e não participo mais de reuniões.
— Que pena! — replicou Serguei Ivânovitch, franzindo o sobrolho.

Justificando-se, Lióvin passou a contar sobre o que se fazia nas reuniões em seu distrito.

— Isso aí é sempre assim! — interrompeu-o Serguei Ivânovitch. — Nós, os russos, sempre fazemos isso. Talvez seja um bom traço nosso, essa capacidade de enxergarmos nossos defeitos, só que acabamos exagerando, consolamo-nos com a ironia que sempre temos na ponta da língua. Só lhe direi que, se os mesmos direitos das nossas instituições do *zemstvo* fossem entregues a outro povo europeu, os alemães e ingleses criariam, com base neles, a sua liberdade, e nós cá estamos apenas rindo.

— Mas o que fazer? — disse Lióvin, contrito. — Foi a minha última experiência. Tentei com toda a sinceridade possível. Só que não posso. Sou incapaz.

— Não é incapaz — disse Serguei Ivânovitch —, mas aborda esse assunto pelo lado errado.

— Pode ser — respondeu Lióvin, tristonho.

— E o irmão Nikolai está outra vez aqui, sabe?

Aquele irmão Nikolai era irmão germano mais velho de Konstantin Lióvin, e irmão uterino de Serguei Ivânovitch, um homem perdido que dilapidara a maior parte de seu patrimônio, transitava nos meios mais estranhos e amorais, e já havia brigado com seus irmãos.

— O que está dizendo? — exclamou Lióvin, horrorizado. — Como é que sabe?

— Prokófi o viu na rua.

— Aqui, em Moscou? Onde está ele? Você sabe? — Lióvin se levantou da cadeira, como que disposto a ir logo procurar pelo irmão.

— Estou arrependido de lhe dizer isso — prosseguiu Serguei Ivânovitch, abanando a cabeça em resposta à emoção de seu irmão mais novo. — Mandei averiguar onde ele morava e disse para lhe entregarem a sua promissória em favor de Trúbin, que eu tinha saldado. Eis o que ele me respondeu.

E Serguei Ivânovitch estendeu ao irmão um bilhete que estava embaixo do pesa-papéis.

Lióvin leu o seguinte, escrito com uma letra estranha, mas bem conhecida: "Peço encarecidamente que me deixem em paz. É a única coisa que exijo aos meus queridos irmãozinhos. Nikolai Lióvin".

Ao ler isso, Lióvin se manteve defronte a Serguei Ivânovitch, sem erguer a cabeça e com o bilhete nas mãos.

Lutavam, em sua alma, o desejo de se esquecer agora mesmo de seu infeliz irmão e a consciência de que seria mau.

— É óbvio que ele quer ofender-me — continuou Serguei Ivânovitch —, porém não pode ofender-me, e eu gostaria, do fundo de minha alma, de ajudá-lo, mas sei que não posso ajudá-lo.

— Sim, sim — repetia Lióvin. — Compreendo e aprecio a maneira como você o trata, mas eu mesmo vou visitá-lo.

— Vá lá, se quiser, mas eu o desaconselho — disse Serguei Ivânovitch. — Isto é, não tenho medo disso quanto a mim: ele não fará que nós dois briguemos; porém, quanto a você mesmo, aconselharia que não fosse vê-lo. Não podemos ajudar. Aliás, faça como quiser.

— Talvez não possamos ajudar de fato, só que eu sinto — especialmente, neste exato momento... mas é outra coisa —, eu sinto que não posso ficar tranquilo.

— Pois eu não entendo isso — disse Serguei Ivânovitch. — Só entendo uma coisa — acrescentou —: é uma lição de resignação. Passei a ver aquilo que se chama de vileza com outros olhos, de modo mais complacente, depois de nosso irmão Nikolai se tornar o que ele é... Você sabe o que ele fez...

— Ah, isso é terrível, terrível! — repetia Lióvin.

Assim que o lacaio de Serguei Ivânovitch lhe passou o endereço do irmão, Lióvin se dispôs a ir vê-lo, mas, ao pensar um pouco, decidiu adiar sua visita até a noite. Antes de tudo, para acalmar sua alma, cumpria-lhe abordar o assunto pelo qual viera a Moscou. Da casa de seu irmão, Lióvin foi à repartição de Oblônski e, uma vez informado sobre os Chtcherbátski, dirigiu-se àquele lugar onde, pelo que lhe fora dito, poderia encontrar Kitty.

## IX

Às quatro horas, sentindo seu coração palpitar, Lióvin deixou o carro de aluguel ao lado do Jardim Zoológico e tomou uma senda que levava às colinas e à pista de gelo, sabendo ao certo, por ter avistado o coche dos Chtcherbátski perto do portão, que encontraria Kitty ali.

Era um dia ensolarado e frio. Junto ao portão, enfileiravam-se carruagens, trenós, *vankas*,[25] gendarmes.[26] A gentinha boa, cujos chapéus rutilavam ao sol intenso, pululava à entrada e pelas veredas desembaraçadas de neve, no meio das casinhas russas com entalhaduras a representarem antigos príncipes; as velhas e frondosas bétulas do jardim, cujos galhos se encurvavam todos sob o peso da neve, pareciam ostentar novas casulas festivas.

Ele seguia aquela senda em direção à pista de gelo e dizia consigo mesmo: "Não é preciso que me perturbe, é preciso que me acalme. De que estás falando? Por quê? Cala-te, bobo!" — dirigia-se ao seu coração. E, quanto mais se esforçava para se acalmar, tanto mais algo lhe prendia a respiração. Um dos seus conhecidos, encontrado pelo caminho, chamou por ele, mas Lióvin nem sequer soube quem era. Aproximou-se das colinas, onde rangiam, ora descendo, ora subindo, as correntes dos pequenos trenós, estrondeavam os próprios trenós que rolavam ladeira abaixo e soavam as vozes alegres. Deu mais alguns passos, e a pista de gelo surgiu em sua frente, e logo ele reconheceu Kitty no meio de todas aquelas pessoas que patinavam.

---

[25] Apelido pejorativo dos cocheiros.
[26] Na Rússia do século XIX, militares da corporação policial incumbida de manter a ordem pública.

Soube que ela estava ali pela alegria e pelo medo que se apossavam do seu coração. Ela estava de pé, conversando com uma dama, do lado oposto da pista. Não havia, aparentemente, nada de especial no traje nem na postura dela, porém foi tão fácil, para Lióvin, reconhecê-la naquela multidão como reconhecer uma rosa em meio às urtigas. Tudo se alumiava por ela. Era como um sorriso que iluminava tudo ao seu redor. "Será que posso descer lá, àquele gelo, chegar perto dela?" — pensou Lióvin. O lugar onde ela estava parecia ser um santuário inacessível, e houve um momento em que ele se sentiu tão amedrontado que esteve para ir embora. Precisou fazer um esforço sobre si mesmo para compreender que as pessoas de toda espécie andavam ao lado dela, que ele próprio poderia ter ido ali no intuito de patinar. Ele desceu a colina, evitando olhar demoradamente para ela, como se fosse o sol; porém a via a todo instante, igual ao sol, mesmo sem olhar.

Quem se reunia no gelo, naquele dia da semana e naquela hora do dia, eram as pessoas pertencentes ao mesmo círculo, que se conheciam todas. Havia lá patinadores exímios a exibir sua arte e novatos que aprendiam a patinar, arrimando-se nas cadeiras e movendo-se tímida e canhestramente, garotos e velhos a patinar por motivos de saúde; Lióvin achava que fossem todos felizardos eleitos por estarem ali, perto dela. Todos os patinadores alcançavam Kitty e ultrapassavam-na com ares de plena indiferença, até lhe falavam e divertiam-se, totalmente independentes dela, aproveitando o ótimo gelo e o tempo agradável.

Nikolai Chtcherbátski, primo de Kitty, que estava sentado num banco, de jaqueta curtinha e calça estreita, com patins nos pés, gritou para Lióvin tão logo o viu:

— Ah, o primeiro patinador russo! Faz tempo que veio? O gelo está ótimo; ponha rápido os patins!

— Nem patins eu tenho — respondeu Lióvin, surpreso com sua coragem e sua desenvoltura na presença de Kitty: não a perdia de vista nem por um segundo, se bem que não olhasse para ela. Sentia que o sol se aproximava dele. Vinha contornando a curva da pista, visivelmente acanhada, e suas delgadas perninhas de altos botins formavam um ângulo obtuso. Agitando ansiosamente os braços e curvando-se sobre o gelo, um garoto vestido à russa ultrapassava Kitty. Ela patinava com certa hesitação: tirando as mãos do seu pequeno regalo de peles, que pendia numa cordinha, mantinha-as prontas e, fitando Lióvin ao reconhecê-lo, sorria para ele e para sua timidez. Acabada a curva, fez um empurrão com sua perninha elástica e deslizou ao encontro de Chtcherbátski; apoiando-se nele com sua mãozinha, cumprimentou Lióvin com um sorriso e uma leve mesura. Era mais bela ainda do que ele a imaginava.

Quando Lióvin pensava nela, conseguia imaginá-la toda, bem vivamente, sobretudo a graça daquela cabecinha loura que se fincava tão harmoniosa nos esbeltos ombros da moça e expressava uma serena bondade infantil. Tal expressão infantil de seu rosto, associada à linda esbelteza de seu corpo, provia Kitty de uma graça particular, da qual ele se lembrava muito bem, mas o que sempre o surpreendia nela, como algo inesperado, era a expressão de seus olhos dóceis, calmos e lhanos e, sobretudo, aquele seu sorriso que sempre transportava Lióvin para um mundo enfeitiçado, onde se sentia tão enternecido e suavizado quanto só estivera, conforme suas recordações, nos raros dias de sua remota infância.

— Faz tempo que o senhor está aí? — perguntou ela, estendendo-lhe a mão. — Obrigada — acrescentou, quando ele apanhou um lenço que caíra do seu regalo.

— Eu? Há pouco tempo, só ontem... quer dizer, hoje... é que cheguei — respondeu Lióvin, demorando, de tão emocionado, a entender sua pergunta. — Queria ir à sua casa — disse e, lembrando-se logo a seguir da intenção com que procurava por ela, ficou confuso e enrubesceu. — Não sabia que a senhorita patinava... e patinava otimamente.

Ela o mirou com atenção, como se quisesse compreender o motivo de seu embaraço.

— Cumpre-me valorizar o seu elogio. Ainda há por aqui umas lendas de que o senhor seja o melhor dos patinadores — disse ela, sacudindo, com sua mãozinha de luva preta, agulhas de geada que tinham caído sobre o seu regalo.

— Sim, estava outrora apaixonado pela patinação: queria ser perfeito.

— Parece que faz tudo quanto faça com paixão — disse Kitty, sorrindo.

— Gostaria tanto de ver o senhor patinar. Ponha então os patins, e vamos patinar juntos.

"Patinar juntos! Seria isso possível?", pensava Lióvin, olhando para ela.

— Já vou pôr — disse.

E foi pôr os patins.

— Faz muito tempo que o senhor não vem mais aqui — comentava o auxiliar, segurando-lhe a perna e parafusando o salto. — Não há mais, depois do senhor, ninguém que patine assim. Está bem desse jeito? — dizia, esticando a correia.

— Está bem, sim; mais rápido, por favor — respondia Lióvin, custando a dissimular o sorriso feliz que transparecia, sem que desejasse, em seu rosto.

"Sim", pensava, "esta é a vida, esta é a felicidade! Juntos, disse ela, vamos patinar juntos. Será que lhe digo agora mesmo? Mas, se tenho medo de dizer isso, é justamente porque estou feliz agora, feliz, pelo menos, com minha esperança... E depois, hein?... Mas preciso dizer, preciso, preciso! Às favas com a fraqueza!"

Lióvin se levantou, tirou o casaco e, ganhando velocidade no áspero gelo contíguo à casinha, correu até o gelo liso e foi deslizando sem esforço algum, como se fosse apenas sua vontade que acelerava, retardava e orientava seus passos. Achegou-se a Kitty com timidez, porém o sorriso dela tranquilizou-o de novo.

Ela lhe estendeu a mão e foram ambos lado a lado, cada vez mais depressa, e, quanto mais depressa avançavam, tanto mais a moça apertava a mão de Lióvin.

— Com o senhor, aprenderia a patinar mais rápido — disse-lhe —; não sei por que me sinto segura com o senhor.

— E eu me sinto seguro, quando a senhorita se apoia em mim — disse ele, mas logo se assustou com o que dissera e ficou rubro. De fato: assim que pronunciara essas palavras, o rosto dela perdera de súbito, como se o sol sumisse por trás das nuvens, toda a sua gentileza, e Lióvin reconhecera aquele jogo facial, já bem familiar, que traduzia um esforço mental: uma rugazinha surgira, túmida, na testa lisinha da moça.

— A senhorita teria alguma contrariedade? Aliás, não tenho o direito de questionar — replicou ele, rapidamente.

— Por que não?... Não tenho nenhuma contrariedade, não... — respondeu ela, com frieza, e logo acrescentou —: O senhor não viu a *Mademoiselle* Linon?

— Ainda não.

— Vá procurá-la: ela gosta tanto do senhor.

"O que é isso? Deixei-a magoada. Meu Deus, ajudai-me!", pensou Lióvin e acercou-se correndo da velha francesa, com aqueles seus cachinhos grisalhos, que estava sentada num banco. Sorrindo e mostrando seus dentes postiços, ela o saudou como a um velho amigo.

— Estamos crescendo, pois — disse, apontando Kitty com os olhos —, e envelhecendo. O *tiny bear*[27] já ficou grande! — continuou a francesa, rindo, e lembrou-o de sua piada sobre três senhoritas que ele chamava de três ursos da historinha inglesa. — O senhor falava assim, por vezes, lembra?

Decididamente, ele não se lembrava daquilo, mas a francesa ria com a tal piada, já havia uns dez anos, e gostava dela.

— Mas vá patinar, vá. E nossa Kitty passou a patinar bem, não é verdade?

Quando Lióvin voltou a aproximar-se correndo de Kitty, o rosto dela não parecia mais severo, seus olhos estavam lhanos e ternos como antes, mas Lióvin achou que sua afabilidade tivesse um tom especial, propositalmente tranquilo. Sentiu-se entristecido. Ao falar um pouco sobre a sua velha governanta e as estranhezas dela, Kitty perguntou como vivia Lióvin em pessoa.

---

[27] Ursinho (em inglês).

— Será que não se entedia, no inverno, em sua fazenda? — disse ela.

— Não me entedio, não: estou muito ocupado — respondeu Lióvin, sentindo que ela o submetia àquele seu tom tranquilo, do qual ele não teria mais condição de se libertar, assim como lhe ocorrera em princípios do inverno.

— O senhor ficará por muito tempo? — indagou-lhe Kitty.

— Não sei — respondeu Lióvin, sem pensar no que estava dizendo. Viera-lhe a ideia de que, deixando-se levar por aquele tom de sua serena amizade, iria outra vez embora sem tomar nenhuma decisão, e ele ousou ficar revoltado.

— Como assim, não sabe?

— Não sei. Isso depende da senhorita — disse ele e logo se apavorou com suas palavras.

Quer não tivesse ouvido essas palavras de Lióvin, quer não quisesse ouvi-las, Kitty pareceu tropeçar, batendo duas vezes seu pezinho, e afastou-se apressadamente dele. Aproximou-se da *Mademoiselle* Linon, disse-lhe algo e dirigiu-se à casinha onde as damas tiravam os patins.

"Meu Deus, o que eu fiz! Ajudai-me, Senhor meu Deus, ensinai-me!", dizia Lióvin consigo, rezando e, ao mesmo tempo, sentindo uma necessidade de se mover com força, aumentando a velocidade e percorrendo os círculos externos e internos da pista.

Nesse ínterim, um dos jovens, o melhor dos novos patinadores, saiu da cafeteria de patins, com um cigarrozinho na boca, e desceu correndo os degraus da escada, saltitando e fazendo barulho sem ter tirado os patins. Desceu a voar e, mesmo sem que seus braços mudassem a sua posição livre, foi deslizando pelo gelo.

— Ah, é um truque novo! — disse Lióvin e logo correu escada acima, disposto a repetir esse truque novo.

— Veja se não se machuca, que tem de se acostumar primeiro! — gritou-lhe Nikolai Chtcherbátski.

Lióvin subiu os degraus, recuou lá em cima o quanto pôde e foi descendo a correr, mantendo o equilíbrio, naquele movimento inabitual, com os braços. Cambaleou no último degrau, mas ao roçar, apenas de leve, no gelo com a mão, fez um arranco, aprumou-se e, rindo, correu adiante.

"Bonzinho, querido", pensou Kitty nesse momento, saindo da casinha com a *Mademoiselle* Linon e olhando para ele, com um sorriso meigo e calmo, como para um amado irmão. "Será que tenho alguma culpa, será que fiz algo ruim? Eles dizem: a coquetice. Eu sei que amo outra pessoa, mas, ainda assim, estou alegre com ele, e ele é tão bonzinho. Por que foi que me disse aquilo?...", pensava ela.

Ao ver Kitty, que ia embora, e sua mãe, que esperava por ela sobre os degraus, Lióvin parou, todo vermelho após a sua corrida, e ficou pensativo. Tirou os patins e alcançou, à saída do jardim, a mãe e a filha.

— Estou muito feliz de vê-lo — disse a princesa. — Às quintas-feiras, como sempre, estamos recebendo visitas.

— Quer dizer, hoje?

— Ficaremos muito felizes de ver o senhor — disse, secamente, a princesa.

Essa secura deixou Kitty desgostosa, e ela não pôde reprimir a vontade de expiar a frieza de sua mãe. Virou a cabeça e disse, sorrindo:

— Até a vista.

Nesse meio-tempo Stepan Arkáditch, de chapéu enviesado, semblante e olhos brilhantes, entrava no jardim como um vencedor alegre. Contudo, mal se aproximou da sogra, foi respondendo, com uma expressão triste e contrita, às perguntas que ela lhe fazia sobre a saúde de Dolly. Ao conversar, manso e pesaroso, com sua sogra, enfunou o peito e pegou o braço de Lióvin.

— Pois então, vamos? — perguntou. — Pensei em você o tempo todo e estou muito, muito feliz porque você veio — disse, encarando-o de modo significativo.

— Vamos, vamos — respondeu Lióvin, feliz por ouvir ainda o som daquela voz que dissera "Até a vista" e ver o sorriso com que essas palavras foram ditas.

— Ao "Inglaterra" ou ao "Ermitage"?

— Para mim, tanto faz.

— Então vamos ao "Inglaterra" — disse Stepan Arkáditch, escolhendo o hotel "Inglaterra" porque devia lá, no "Inglaterra", mais do que no "Ermitage". Por isso é que achava indecoroso evitar aquele hotel. — Tem um carro de aluguel? Excelente, pois eu deixei minha carruagem ir embora.

Ao longo de todo o percurso, os amigos ficaram calados. Lióvin pensava no que significava aquela mudança de expressão no rosto de Kitty e ora se convencia de que havia esperanças, ora se desesperava ao perceber claramente que tais esperanças eram uma loucura, enquanto se sentia, ainda assim, um homem absolutamente novo, bem diferente daquele que fora antes do seu sorriso e das palavras "Até a vista" que ela dissera.

Pelo caminho, Stepan Arkáditch inventava o cardápio.

— Pois você gosta de *turbot*?[28] — perguntou a Lióvin, chegando já ao hotel.

— O quê? — perguntou Lióvin, por sua vez. — De *turbot*? Sim, eu adoro *turbot*.

---

[28] Rodovalho, espécie de peixe mediterrâneo (em francês).

# X

Quando Lióvin entrou, com Oblônski, naquele hotel, não pôde deixar de perceber certa expressão especial, semelhante a uma discreta fulguração, tanto no rosto quanto em todo o vulto de Stepan Arkáditch. Oblônski tirou o sobretudo e passou, com seu chapéu enviesado, para a sala de jantar, dando ordens aos tártaros que se grudavam nele, todos de fraque e com guardanapos nas mãos. Saudando a torto e a direito os conhecidos que encontrava ali também, como por toda parte, que o cumprimentavam com alegria, foi até o balcão, tomou um cálice de vodca com um peixinho e disse algo tão engraçado a uma francesa, arrebicada e toda cheia de fitinhas, rendas e caracóis, que estava sentada à sua mesinha de escritório, que mesmo aquela francesa deu uma risada sincera. Quanto a Lióvin, só não tomou vodca por achar ultrajante a tal francesa que parecia composta inteiramente de cabelos alheios, *poudre de riz*[29] e *vinaigre de toilette*.[30] Afastou-se depressa dela, como se fosse um lugarzinho sujo. As lembranças de Kitty enchiam-lhe toda a alma, e um sorriso triunfal e feliz luzia em seus olhos.

— Venha Vossa Magnificência aqui, faça favor... Aqui Vossa Magnificência não será incomodada, — dizia um tártaro velho, embranquecido, de quadril largo e abas de fraque disjuntas em cima desse quadril, que adulava sobremaneira Oblônski. — Passe Vossa Magnificência, por favor, o chapéu — dizia também a Lióvin, cortejando, por respeito a Stepan Arkáditch, a quem o acompanhasse.

Estendendo num piscar de olhos uma toalha limpa sobre outra toalha a cobrir uma mesa redonda, posta embaixo de um *bras*[31] de bronze, ele achegou as cadeiras forradas de veludo e postou-se defronte de Stepan Arkáditch, com um guardanapo e um cartãozinho nas mãos, à espera de suas ordens.

— Se Vossa Magnificência ordenar, haverá logo um reservado: o príncipe Golítsyn acaba de jantar com uma dama. E recebemos ostras frescas.

— Ah, é? Ostras?

Stepan Arkáditch ficou pensativo.

— Será que a gente muda de plano, Lióvin? — perguntou, detendo seu dedo sobre o cardápio. Seu rosto exprimia uma séria perplexidade. — As ostras estão boas? Veja bem aí!

---

[29] Pó de arroz (em francês).
[30] Vinagre de toalete (em francês).
[31] Candeeiro cuja haste se parece com um braço humano (em francês).

— Vieram de Flensburg,³² Magnificência: não temos aquelas de Ostende.³³
— Vieram de Flensburg, sim, mas será que estão frescas mesmo?
— Recebidas ontem.
— Pois então: se a gente começar por ostras e depois mudar o plano todo, hein?
— Para mim, tanto faz. O melhor, para mim, seriam *chtchi*³⁴ e *kacha*,³⁵ só que não há disso por aqui.
— Manda servir *kacha à la russe*? — perguntou o tártaro, inclinando-se sobre Lióvin como uma babá se inclina sobre uma criança.
— Não, brincadeiras à parte: o que você escolher será bom. Corri bastante com aqueles patins e estou com fome. E não pense aí — acrescentou Lióvin, reparando na expressão descontente de Oblônski — que menosprezei a sua escolha. Vou comer bem, com todo o prazer.
— É claro! Diga o que disser, é um dos deleites de nossa vida — disse Stepan Arkáditch. — Então nos sirva, maninho querido, duas... não, seria pouco... três dezenas de ostras, sopa com cheiro-verde...
— *La printanière*³⁶ — comentou o tártaro. No entanto, Stepan Arkáditch não parecia disposto a proporcionar-lhe prazer citando os nomes dos pratos em francês.
— Aquela com cheiro-verde, sabe? Depois o *turbot* com molho espesso, depois... rosbife, e veja se está bom. E traga também uns capões,³⁷ digamos, e aquelas conservas.
Ao lembrar-se do hábito que Stepan Arkáditch tinha de não especificar as iguarias pelo cardápio francês, o tártaro não repetia suas palavras, mas proporcionou tal prazer a si próprio, repetindo a comanda toda segundo o cardápio: "*Soupe printanière, turbot à la sauce Beaumarchais, poularde à l'estragon, macédoine de fruits...*", e logo, como que movido por molas, pôs de lado o cardápio encadernado e, pegando a carta de vinhos, entregou-a para Stepan Arkáditch.
— O que é que vamos beber?
— O que quiser, mas só um pouquinho; talvez champanhe... — disse Lióvin.
— Como assim, só para começar? Aliás, talvez tenha razão. Você gosta daquele de selo branco?

---

³² Cidade alemã situada perto do mar Báltico.
³³ Cidade belga situada no litoral do mar do Norte.
³⁴ Sopa tradicional russa, feita de repolho, batata, cenoura e outros legumes.
³⁵ Espécie de mingau de trigo-sarraceno, muito popular na Rússia antiga e moderna.
³⁶ A [sopa] primaveril (em francês).
³⁷ Frangos capados e superalimentados para engorda rápida (*Dicionário Caldas Aulete*).

— *Cachet blanc* — comentou o tártaro.
— Então sirva essa marca com ostras, e depois veremos.
— Está certo. Que vinho de mesa é que manda servir?
— Sirva *Nuit*. Não, o Chablis[38] clássico seria melhor.
— Está certo. Manda servir aquele seu queijo?
— Pois sim, o parmesão. Ou você gosta de outros queijos?
— Não: para mim, tanto faz — respondeu Lióvin, não podendo mais dissimular o sorriso.

E o tártaro correu, com as abas a esvoaçar sobre o seu quadril largo, e voltou voando, cinco minutos mais tarde, com um prato cheio de ostras, cujas conchinhas nacaradas estavam abertas, e uma garrafa entre os dedos.

Stepan Arkáditch amarfanhou um guardanapo engomado, enfiou-o por baixo de seu colete e, pousando tranquilamente as mãos, começou a comer ostras.

— Nada más, hein? — dizia, arrancando, com um garfinho de prata, as ostras pegajosas das suas conchinhas de nácar e engolindo-as uma por uma.
— Nada más — repetia, erguendo seus olhos úmidos e brilhantes ora para Lióvin, ora para o tártaro.

Lióvin também comia ostras, ainda que o pão branco com queijo lhe agradasse mais. Contudo, admirava Oblônski. Até o tártaro, que desatarraxara a rolha e vertia o espumante em taças altas e finas, olhava amiúde para Stepan Arkáditch com um sorriso visivelmente prazenteiro, ao passo que arrumava sua gravata branca.

— E você não gosta tanto de ostras? — perguntou Stepan Arkáditch, despejando a sua taça. — Ou está preocupado, hein?

Queria que Lióvin estivesse alegre. E não que Lióvin não estivesse alegre: estava constrangido. Com aquilo que se passava em sua alma, sentia-se horrorizado e acanhado naquela taberna, em meio aos reservados onde se jantava com damas, em meio àquela correria e azáfama; naquele ambiente cheio de bronze, de espelhos, de gás, de tártaros, tudo lhe era ofensivo. Temia macular o que lhe enchia a alma.

— Eu? Estou preocupado, sim; mas, além disso, todas essas coisas me embaraçam — disse ele. — Você nem pode imaginar como tudo isso é esquisito para mim, habitante do interior, igual às unhas daquele senhor que vi no seu escritório...

— Sim, percebi que se interessava muito pelas unhas do pobre Grinêvitch — disse, rindo, Stepan Arkáditch.

---

[38] Vinho branco francês.

— Não consigo — respondeu Lióvin. — Faça aí um esforço, entre em meu íntimo, assuma o ponto de vista de um interiorano. Nós tratamos, lá na fazenda, de colocar nossas mãos num estado que propicie o trabalho manual; para isso, cortamos as unhas, arregaçamos, por vezes, as mangas. E por aqui as pessoas deixam propositalmente as unhas crescerem até onde aguentem e penduram uns pires em vez de abotoaduras, para não poderem fazer mais nada com as mãos.

Stepan Arkáditch sorria, alegre.

— Sim, é um indício de que ele não precisa de trabalhos manuais. É sua mente que está trabalhando...

— Pode ser. Mas acho que é esquisito, assim como acho esquisito agora que nós, os interioranos, tratemos de nos saciar o mais depressa possível para termos condições de levar adiante o nosso trabalho, enquanto nós dois tratamos de nos saciar o mais devagar possível e, para tanto, comemos ostras...

— Naturalmente — replicou Stepan Arkáditch. — Mas é nisso que consiste a meta da educação, em transformar tudo num prazer.

— Pois bem: se for essa a meta, eu cá desejo continuar bronco.

— Já é bronco sem isso. Todos vocês, os Lióvin, são broncos.

Lióvin deu um suspiro. Lembrou-se de seu irmão Nikolai e sentiu dor e remorso, e carregou o cenho; porém, Oblônski se pôs a falar num assunto que logo o distraiu.

— Pois então: você vai, esta noite, visitar os nossos, quer dizer, os Chtcherbátski? — perguntou, afastando as conchinhas ásperas e vazias, aproximando o queijo e dirigindo-lhe um olhar brilhante e significativo.

— Vou sim, sem falta — respondeu Lióvin. — Embora me pareça que a princesa me convidou de mau grado.

— Mas o que é isso? Mas que bobagem! É o jeito dela... Sirva a sopa, maninho, venha!... É o jeito dela, da *grande dame* — disse Stepan Arkáditch. — Eu também irei lá, só que antes preciso participar de um ensaio musical, na casa da condessa Bânina. Mas como é que você não seria bronco? Como explicar por que sumiu de Moscou, assim tão de repente? Os Chtcherbátski me perguntavam por você o tempo todo, como se eu devesse saber tudo. E eu sei uma só coisa: você faz sempre aquilo que ninguém mais faz.

— Sim — disse Lióvin, vagarosa e emocionadamente. — Tem razão: sou bronco. Só que esta minha bronquice não consiste em ter ido embora, mas em ter vindo agora. É que vim agora...

— Oh, como está feliz! — rebateu Stepan Arkáditch, mirando Lióvin bem nos olhos.

— Por quê?

— "Reconheço os potros brabos pelos seus... não sei que ferros, reconheço os namorados por aqueles olhos deles"³⁹ — declamou Stepan Arkáditch. — Você tem tudo no futuro.

— E você, pois, já tem tudo no passado?

— Não é que esteja no passado, mas você tem um futuro, e eu tenho um presente, e um presente assim... meio precário.

— Ou seja?

— Ruinzinho. Contudo, não quero falar sobre mim e, além do mais, não dá para explicar tudo — disse Stepan Arkáditch. — Então por que foi que veio a Moscou?... Ei, venha tirar! — gritou para o tártaro.

— Está adivinhando? — respondeu Lióvin, não despregando seus olhos, que cintilavam no fundo, de Stepan Arkáditch.

— Estou, sim, mas não posso começar a falar no assunto. Só por isso é que você pode saber se estou adivinhando certo ou errado — disse Stepan Arkáditch, olhando para Lióvin com um sorriso finório.

— E o que me dirá? — questionou Lióvin, com uma voz trêmula, sentindo todos os músculos tremerem em seu rosto. — O que acha disso?

Stepan Arkáditch despejou lentamente a sua taça de Chablis, sem desviar os olhos de Lióvin.

— Eu? — disse Stepan Arkáditch. — Nada desejaria tanto quanto isso, nada mesmo. É o melhor que possa acontecer.

— Mas não está enganado? Sabe de que estamos falando? — perguntou Lióvin, cravando os olhos em seu interlocutor. — Acha que isso seja possível?

— Acho que é possível. Por que não seria possível?

— Não, você tem certeza de que isso é possível? Não, diga-me tudo o que pensa! E se... e se uma recusa espera por mim?... Até mesmo estou seguro...

— Por que pensa assim? — disse Stepan Arkáditch, sorrindo ante a emoção dele.

— É o que me parece às vezes. Pois isso seria horrível, tanto para mim quanto para ela.

— Em todo caso, não há nada de horrível nisso para uma moça. Qualquer moça fica orgulhosa quando a pedem em casamento.

— Qualquer moça, sim, mas não ela.

Stepan Arkáditch sorriu. Conhecia tanto esse sentimento de Lióvin, sabia que, para ele, todas as moças do mundo se dividiam em duas categorias: uma categoria abrangia todas as moças do mundo, salvo ela, e eram moças bem

---

³⁹ Cita-se o poema "Reconheço os potros brabos por seus ferros rutilantes...", de Alexandr Púchkin (1799-1837).

ordinárias e providas de todas as fraquezas humanas; a outra categoria incluía apenas uma moça, ela mesma, que não tinha nenhum ponto fraco e estava acima de tudo quanto fosse humano.

— Espere, pegue um pouco de molho — disse ele, segurando a mão de Lióvin que empurrava a molheira.

Submisso, Lióvin colocou molho em seu prato, mas não deixou Stepan Arkáditch comer.

— Não, espere você, espere — disse. — Entenda que, para mim, é uma questão de vida ou morte. Nunca falei nisso com ninguém. E nem sequer posso falar nisso com alguém, se não for com você. É que somos alheios um ao outro em tudo: gostos e convicções, tudo é diferente; porém eu sei que você gosta de mim, que me compreende, e é por isso que adoro você. Mas, pelo amor de Deus, seja plenamente sincero.

— Digo-lhe o que penso — disse Stepan Arkáditch, sorrindo. — Até lhe direi mais: minha esposa é uma mulher admirabilíssima... — Stepan Arkáditch suspirou, recordando as suas relações com a esposa, e, após um minutinho de silêncio, prosseguiu —: Ela tem o dom de prever. Ela vê mesmo o íntimo das pessoas, mas isso não basta: ela sabe o que ocorrerá no futuro, sobretudo em se tratando de casamentos. Predisse, por exemplo, que Chakhovskáia se casaria com Brenteln. Ninguém queria acreditar nisso, mas aconteceu isso mesmo. E ela está do seu lado.

— Como assim?

— É que, como se não bastasse ela gostar de você, ela diz que Kitty será infalivelmente sua esposa.

Ditas essas palavras, no rosto de Lióvin surgiu repentinamente aquele sorriso fúlgido que beirava o choro de enternecimento.

— Ela diz isso! — exclamou Lióvin. — Eu sempre disse que era uma gracinha, essa sua mulher. Chega, pois, chega de falar nisso — disse, levantando-se do seu assento.

— Está bem, mas veja se fica sentado: eis que vem a sopa.

Entretanto, Lióvin não conseguia ficar sentado. Atravessou duas vezes, com seus passos firmes, o cômodo, pequeno como um cubículo, piscou repetidamente para esconder as lágrimas e só então se sentou de novo à mesa.

— Entenda — disse — que não é um amor. Já estive apaixonado, mas é outra coisa. Não foi meu sentimento, mas uma força externa, que se apossou de mim. É que fui embora por ter decidido que isso não era possível — entende? — como aquela felicidade que não existe na terra, mas fiquei lutando comigo mesmo e percebi que, sem isso, não havia mais vida. E preciso resolver...

— Então por que você foi embora?

— Ah, mas espere! Ah, quantas ideias! Quanta coisa é que tem a perguntar! Escute. Nem pode imaginar o que fez para mim com o que me disse. Estou tão feliz que até me tornei abjeto; esqueci-me de tudo... Soube agorinha que meu irmão Nikolai... sabe, ele está aqui... até dele eu me esqueci. Parece-me que ele também está feliz. É algo como uma loucura. Mas uma coisa é que me horroriza... Você se casou, você conhece aquele sentimento ali... O que é horrível é que nós, velhos, que já temos nosso passado cheio... não de amores, mas de pecados... aproximemo-nos de repente de uma criatura imaculada, inocente; isso é asqueroso e, portanto, não há como deixarmos de nos sentir indignos.

— Pois você não tem tantos pecados assim.

— Ah... e, porém — disse Lióvin —, porém, "a ler, com asco, minha vida, tremo, amaldiçoo e, todo amargurado, reclamo...".[40] Sim.

— O que fazer, o mundo foi feito assim — disse Stepan Arkáditch.

— O único consolo, como naquela oração de que sempre gostei, é que rogo para me perdoarem por misericórdia e não porque mereço. Só desse modo é que ela também pode perdoar.

## XI

Lióvin despejou a sua taça, e eles ficaram calados por algum tempo.

— Tenho mais uma coisa a dizer para você. Conhece Vrônski? — dirigiu-se Stepan Arkáditch a Lióvin.

— Não o conheço, não. Por que está perguntando?

— Traga outra — disse Stepan Arkáditch ao tártaro, o qual enchia as taças e rodopiava à volta dos homens no exato momento em que não precisavam dele.

— Por que é que teria de conhecer Vrônski?

— Teria de conhecer Vrônski, notadamente, por ser um dos seus concorrentes.

— Quem é esse Vrônski? — inquiriu Lióvin, e aquela expressão de arroubo pueril, que Oblônski acabava de admirar, ficou repentinamente substituída em seu rosto por uma expressão maldosa e repulsiva.

— Vrônski é um dos filhos do conde Kirill Ivânovitch Vrônski e um dos melhores representantes da juventude dourada petersburguense. Eu o conheci em Tver,[41] quando servia ali, vindo ele para o alistamento militar. É

---

[40] Cita-se o poema *Uma lembrança*, de Alexandr Púchkin, pelo qual Tolstói tinha uma predileção especial.

[41] Cidade localizada na parte central da Rússia, próximo a Moscou.

terrivelmente rico, bonito, bem relacionado, ajudante de campo e, ao mesmo tempo, um sujeito muito simpático e bondoso. Aliás, não é simplesmente um sujeito bondoso. Quando o conheci aqui, soube que era também instruído e muito inteligente. É um homem que irá longe.

Calado, Lióvin carregava o cenho.

— Pois bem: ele apareceu por aqui logo após a sua partida e, pelo que percebo, está apaixonadíssimo por Kitty, e você entende que a mãe dela...

— Desculpe-me, mas não entendo nada — disse Lióvin, com uma carranca soturna. E logo se lembrou de seu irmão Nikolai, sendo este tão abjeto que ele pudera mesmo esquecê-lo.

— Espere, espere — disse Stepan Arkáditch, sorrindo e tocando-lhe o braço. — Contei para você o que sabia e repito que nesse negócio fino e delicado, o quanto a gente possa adivinhar, as chances estão, aparentemente, do seu lado.

Lióvin se reclinou em sua cadeira; o rosto dele estava pálido.

— Mas eu aconselharia a você que abordasse o assunto o mais depressa possível — continuou Oblônski, vertendo mais vinho na taça dele.

— Não, obrigado: não posso beber mais — disse Lióvin, afastando a sua taça. — Ficarei bêbado... E você, como tem passado? — prosseguiu, querendo, pelo visto, mudar de conversa.

— Uma palavra a mais: em todo caso, aconselho que aborde essa questão sem demora. Mas não aconselho que fale nisso hoje — disse Stepan Arkáditch. — Vá amanhã de manhã, classicamente, pedi-la em casamento, e Deus o abençoe...

— Pois você queria tanto ir caçar em minhas terras? Então venha na primavera, quando houver *tiaga*[42] — disse Lióvin.

Agora se arrependia, com toda a sua alma, de ter encetado essa conversa com Stepan Arkáditch. Seu sentimento extraordinário fora maculado com as falas sobre a concorrência por parte de um oficial petersburguense, com as suposições e os conselhos de Oblônski.

Stepan Arkáditch sorriu. Compreendia o que se passava na alma de Lióvin.

— Irei lá, um dia — disse ele. — Sim, meu irmão, as mulheres são aquele eixo ao redor do qual gira tudo. E meus negócios também vão mal, muito mal. E tudo é por causa das mulheres. Diga-me, pois, francamente — continuou, tirando um charuto e segurando a taça com a outra mão —, dê-me um conselho.

— Mas sobre o quê?

---

[42] Migração de aves em certos períodos do ano (em russo).

— Sobre o seguinte. Suponhamos que você esteja casado, que ame sua esposa, mas eis que se engraçou com outra mulher...

— Desculpe, mas não entendo, decididamente, nada disso, como se... Do mesmo jeito que não entendo como agora, depois de me empanturrar, passaria perto de uma padaria e furtaria um *kalatch*.

Os olhos de Stepan Arkáditch brilhavam mais que de praxe.

— Por que não? De vez em quando, o *kalatch* tem um cheiro tão bom que a gente não se segura.

>  *Himmlisch ist's wenn ich bezwungen*
>  *Moine irdische Begier;*
>  *Aber doch wenn's nicht gelungen,*
>  *Hatt'ich auch recht hubsch Plaisir.*[43]

Stepan Arkáditch dizia isso com um sorriso finório. Lióvin tampouco pôde deixar de sorrir.

— Sim, mas sem brincar — prosseguiu Oblônski. — Entenda que aquela mulher é uma criatura meiga, dócil e amorosa, mas é pobre, está sozinha e sacrificou tudo. Agora que o estrago está feito — veja se entende! —, será que eu a abandonaria? Suponhamos que me afaste dela, para não destruir a minha vida conjugal... Mas será que não teria pena dela, que não arranjaria, que não amenizaria?

— Não, veja se me desculpa. Você sabe que, para mim, todas as mulheres se dividem em duas categorias... quer dizer, não... para ser mais preciso, há mulheres e há... Não vi aquelas "criaturas libertinas, mas lindas",[44] nem as verei, e as que se parecem com aquela francesa pintada e cheia de cachos, lá na entrada, são para mim canalhas, e todas as depravadas também.

— E aquela do Evangelho?

— Ah, deixe! Cristo nunca teria dito aquelas palavras, se soubesse como se abusaria delas. Só se lembra, de todo o Evangelho, daquelas palavras ali. De resto, não digo o que estou pensando, mas o que estou sentindo. Tenho nojo das mulheres depravadas. Você tem medo de aranhas, e eu daquelas canalhas. Você não ficou, por certo, estudando as aranhas e não conhece os costumes delas: o mesmo se dá comigo.

---

[43] É bom que tenha conseguido
Vencer minha paixão terrena;
E, mesmo sem a ter vencido,
Lutar com ela vale a pena (em alemão: trecho da opereta cômica *O morcego*, de Johann Strauss, 1825-1899).

[44] Cita-se a "pequena tragédia" *Festim em tempos da peste*, de Alexandr Púchkin.

— É fácil você falar desse modo: é como aquele senhor de Dickens que joga, com a mão esquerda, todas as questões melindrosas por cima do ombro direito.⁴⁵ Mas a negação do fato não é uma resposta. O que fazer, diga-me, fazer o quê? Sua esposa envelhece, e você continua cheio de vida. Mal piscou e já vem sentindo que não pode mais amar sua mulher com amor, por mais que a respeite a ela. Aí, de repente, surge um amor, e você está perdido, perdido! — discorria Stepan Arkáditch, com um lúgubre desespero.

Lióvin esboçou um sorriso.

— Estou perdido, sim — prosseguia Oblônski. — Mas fazer o quê?

— Não furtar os *kalatchs*.

Stepan Arkáditch se pôs a rir.

— Ó, moralista! Mas entenda que existem duas mulheres: uma insiste apenas nos direitos dela, e tais direitos consistem naquele seu amor que você não pode dar a ela, enquanto a outra sacrifica tudo por você e não exige nada em troca. O que você tem a fazer? Como lhe cumpre agir? É um drama terrível.

— Se você quiser minha confissão a respeito disso, eu lhe direi que não acredito que haja mesmo um drama aí. E a razão é esta. A meu ver, o amor... ambos os amores que Platão define — lembra? — em seu "Banquete"...⁴⁶ ambos os amores servem de pedra de toque para as pessoas. Umas pessoas só compreendem um desses amores, outras só compreendem o outro. E as que só compreendem o amor não platônico falam à toa em qualquer drama que seja. Com aquele amor, não pode haver drama algum. "Muito lhe agradeço o prazer, passar bem", e o drama está completo. E, para o amor platônico, não pode haver drama porque tudo está claro e puro, nesse amor, porque...

Nesse momento, Lióvin se recordou de seus pecados e da luta interior que vivenciara. E acrescentou de improviso:

— Aliás, pode ser que você tenha razão. Pode ser mesmo... Só que eu cá não sei, decididamente não sei.

— Está vendo — disse Stepan Arkáditch —: é um homem muito íntegro. É uma qualidade sua e um defeito seu. Você mesmo tem um caráter íntegro e quer que a vida inteira se componha de fenômenos íntegros, mas isso não é possível. Está desprezando, por exemplo, as atividades laborais socialmente úteis, pois quer que a atividade sempre corresponda ao objetivo, mas isso não é possível. Também quer que as atividades de uma pessoa qualquer sempre tenham um objetivo, que o amor e a vida conjugal sempre sejam o mesmo.

---

⁴⁵ Alusão ao *Mister* Podsnap, personagem do romance *Nosso amigo comum*, de Charles Dickens (1812-1870).

⁴⁶ Tolstói se refere ao diálogo filosófico *O banquete*, de Platão (427 a.C.-347 a.C.), dedicado aos mais diversos aspectos do amor humano.

Mas isso não é possível. Toda a diversidade, toda a graça, toda a beleza da vida compõem-se de sombra e de luz.

Lióvin suspirou, sem responder nada. Pensava em seus próprios assuntos e não escutava Oblônski.

De chofre, ambos os homens sentiram que, apesar de serem amigos, de terem jantado juntos e bebido o vinho que devia aproximá-los ainda mais, cada um deles pensava apenas em seus assuntos e nenhum dos dois se importava com o outro. Oblônski já havia experimentado, mais de uma vez, esse estranhamento acentuado que costumava ocorrer após o jantar, substituindo a aproximação, e sabia o que era preciso fazer em tais ocasiões.

— A conta! — gritou ele e passou para a sala vizinha, onde logo encontrou um oficial conhecido e puxou conversa sobre uma atriz e o homem que a sustentava. E logo ficou aliviado e refrescado, puxando conversa com o tal oficial, após seu colóquio com Lióvin, que sempre lhe provocava uma tensão demasiada, tanto mental como espiritual.

Quando o tártaro apareceu com uma conta a somar vinte e seis rublos e alguns copeques, sendo a vodca adicional cobrada à parte, Lióvin, que noutros tempos ficaria apavorado, em sua qualidade de interiorano, com sua cota de catorze rublos, não deu a tanto agora nenhuma atenção, pagou e foi para casa, a fim de trocar de roupas e ir à casa dos Chtcherbátski, onde seu destino seria determinado.

## XII

A princesinha Kitty Chtcherbátskaia tinha dezoito anos. Era o primeiro inverno em que ela aparecia em público. Tinha mais sucesso na alta sociedade do que ambas as irmãs mais velhas, e mais ainda do que esperava a mãe dela. Como se não bastasse quase todos os jovens que dançavam nos bailes moscovitas estarem apaixonados por Kitty, já nesse primeiro inverno surgiram dois pretendentes sérios: Lióvin e, logo após a sua partida, o conde Vrônski.

O aparecimento de Lióvin, no início do inverno, suas visitas frequentes e seu amor manifesto por Kitty foram os motivos das primeiras conversas sérias entre os pais de Kitty sobre o futuro dela e das discussões entre o príncipe e sua esposa. O príncipe tomava o partido de Lióvin, dizendo que não desejava para Kitty nada melhor. Quanto à sua esposa, ela dizia, por aquele hábito, próprio das mulheres, de contornar a questão, que Kitty era nova demais, que Lióvin não demonstrava, de modo algum, a seriedade de suas intenções, que Kitty não lhe tinha apego, e usava de outros argumentos; porém, não dizia o principal, ou seja, que estava à espera de um noivo melhor para sua filha, que não sentia simpatia por Lióvin nem mesmo o compreendia. Quando Lióvin partira de súbito, a princesa ficara contente e dissera com júbilo ao marido: "Eu tinha razão, está vendo?". E, quando aparecera Vrônski, rejubilara-se mais ainda por ficar persuadida de que cumpria a Kitty arranjar um noivo não apenas bom como excelente.

Na opinião da mãe, nem podia haver comparação entre Vrônski e Lióvin. Ela não gostava nem daquelas tiradas estranhas e bruscas de Lióvin, nem de sua falta de desenvoltura na sociedade, que decorria, a seu ver, da sua soberba, nem de sua vida, lá na fazenda onde ele criava o gado e lidava com os mujiques,[47] que lhe parecia meio selvagem; tampouco ela gostava de que ele, apaixonado pela filha dela, visitasse-a em casa por um mês e meio, mas como se estivesse esperando por algo, bisbilhotando, temendo que a honra fosse grande demais, caso ele a pedisse em casamento, e não entendendo que quem visitasse uma casa onde houvesse uma moça casadoura tinha de se explicar com ela. De chofre, sem explicação alguma, ele foi embora. "Ainda bem que seja tão feioso que Kitty não se apaixonou por ele!" — pensava a mãe.

Vrônski satisfazia, por sua vez, todas as exigências da mãe. Era bem rico, inteligente, nobre; estava trilhando uma brilhante carreira militar e palaciana e era, ademais, um homem charmoso. Nem se podia desejar nada melhor.

Nos bailes, Vrônski cortejava abertamente Kitty, dançava com ela e depois a visitava em casa, ou seja, não se podia duvidar de suas intenções serem sérias. Mas, apesar disso, a mãe se sentia, ao longo de todo aquele inverno, muito ansiosa e alarmada.

A própria princesa se casara havia trinta anos, por intermédio de sua tia. O noivo, de quem se sabia tudo de antemão, viera, vira a noiva e fora visto por ela; a tia intermediária soubera e divulgara a impressão mútua dos noivos, a qual era positiva; mais tarde, num dia marcado, a proposta esperada fora apresentada aos pais da noiva e aceita por eles. Tudo se passara mui fácil e simplesmente. Era, ao menos, o que achava a princesa. Mas, quanto às suas filhas, ela compreendera que esse negócio tão ordinário em aparência, o de casar as filhas, não era nada fácil nem simples. Quantos receios sentira, quantas cismas tivera, quanto dinheiro gastara, quantas vezes discutira com o marido para casar as duas filhas mais velhas, Dária e Natália! Agora que levava a caçula aos bailes, tinha os mesmos receios, as mesmas dúvidas, e altercava com o marido ainda mais do que altercara por causa das filhas mais velhas. O velho príncipe, igual a todos os pais, preocupava-se em demasia com a honra e a pureza de suas filhas; era insensatamente ciumento em relação a elas, sobretudo a Kitty, que era seu xodozinho, e a cada passo brigava

---

[47] Apelido coloquial e, não raro, pejorativo dos camponeses russos.

com a princesa por comprometer a filha. A princesa se acostumara a tanto, ainda ao casar as filhas mais velhas, mas agora percebia que a preocupação do príncipe tinha fundamentos maiores. Via que muita coisa havia mudado, nesses últimos tempos, nas convenções sociais, que os deveres de mãe eram agora mais complicados ainda. Via que as coetâneas de Kitty formavam certos grêmios, estudavam em certos cursos, comunicavam-se livremente com os homens, andavam sozinhas pelas ruas, que muitas delas não faziam reverências e, o principal, que estavam todas firmemente convictas de que não cabia aos pais e, sim, a elas mesmas escolher seus maridos. "Agora não se casa mais como antes" — pensavam e diziam todas essas mocinhas, e até mesmo todas as pessoas vividas. Contudo, ninguém podia informar a princesa sobre como se casava presentemente. O hábito francês, o de os pais definirem o destino dos filhos, não se aceitava, mas se condenava. O hábito inglês, o de concederem à moça uma liberdade total, tampouco era aceito nem sequer possível na sociedade russa. O hábito russo, o de arranjar o casamento da filha, era considerado algo bárbaro: todos se riam dele, inclusive a própria princesa. Ninguém sabia, porém, como se devia casar e casar-se. Todas as pessoas com quem a princesa chegava a falar sobre tal assunto diziam-lhe o mesmo: "Misericórdia! Em nossos tempos, já está na hora de abandonarmos toda essa velharia. É que os jovens têm de se casar, não os pais deles; precisamos, portanto, deixar que os jovens se arranjem como bem entenderem". Mas só para quem não tivesse filhas é que era fácil falar desse modo, enquanto a princesa entendia que sua filha poderia apaixonar-se, com certa aproximação dos homens, e apaixonar-se por alguém que não quisesse desposá-la ou não prestasse para ser seu esposo. E, por mais que se inculcasse na princesa que em nossa época os jovens deviam determinar, eles mesmos, seu destino, ela não conseguia acreditar nisso, assim como não conseguiria acreditar que os melhores brinquedos para as crianças de cinco anos fossem, em qualquer época, as pistolas carregadas. Por isso é que a princesa se inquietava por causa de Kitty mais do que por causa de suas filhas mais velhas.

Agora ela receava que Vrônski não se limitasse apenas a cortejar sua filha. Percebia que sua filha já estava apaixonada por ele, mas se consolava pensando que era um homem honesto e, assim sendo, não faria aquilo. Ao mesmo tempo, sabia como era fácil, com essa desinibição moderna, virar a cabeça de uma moça e como os homens, em geral, eram levianos quanto àquela culpa. Na semana passada, Kitty contara à mãe sobre a sua conversa com Vrônski durante uma mazurca.[48] A princesa ficara, de certa forma, tranquilizada

---

[48] Dança de origem polonesa, muito popular ao longo do século XIX, tanto na Rússia quanto pelo mundo afora.

com essa conversa, se bem que não pudesse ficar completamente tranquila. Vrônski havia dito a Kitty que ambos, ele e seu irmão, estavam tão habituados a obedecer em tudo à mãe deles que nunca se atreveriam a empreender algo importante sem antes se aconselharem com ela. "E agora espero, como por uma felicidade especial, pelo regresso da mamãe de Petersburgo" — dissera Vrônski.

Kitty contou sobre isso, sem dar nenhum valor às palavras dele. No entanto, a mãe entendeu-as de outra maneira. Ela sabia que esperavam pela velhota entre hoje e amanhã, sabia que a velhota se alegraria com a escolha do filho e achava estranho que ele, temendo ofender a mãe, não pedisse Kitty em casamento; queria tanto, porém, que tal casamento se consumasse e, mais ainda, que ela mesma se acalmasse depois de todo o seu desassossego que acreditava nisso. Por mais que a princesa se afligisse agora, vendo a desgraça de sua filha mais velha, Dolly, que estava para abandonar o marido, sua preocupação com o destino da caçula, ainda em jogo, absorvia todos os demais sentimentos dela. O dia presente, com aquele retorno de Lióvin, trouxera-lhe uma nova aflição. Ela receava que sua filha, a qual se apegara, na visão dela, a Lióvin por algum tempo, recusasse o pedido de Vrônski por mero excesso de probidade e, de modo geral, que a chegada de Lióvin acabasse intrincando e retardando o negócio tão próximo de ser concluído.

— Pois então: faz muito tempo que ele chegou? — perguntou a princesa a respeito de Lióvin, quando elas voltaram para casa.

— Hoje mesmo, *maman*.[49]

— Só quero dizer uma coisa... — começou a princesa, e Kitty adivinhou, pela sua expressão séria e exaltada, de que se trataria.

— Mamãe — disse ela, enrubescendo e voltando-se rápido para a mãe —, não diga, por favor, não diga nada sobre isso. Eu sei, sei de tudo.

Ela desejava o mesmo que sua mãe, porém os motivos daquele desejo materno deixavam-na ofendida.

— Só quero dizer que, dando esperanças a um deles...

— Mamãe, queridinha, não fale nisso, por Deus! É tão medonho falar nisso.

— Não vou, não vou — disse a mãe, vendo as lágrimas nos olhos da filha. — Só uma coisa, minha alma: tu me prometeste que não guardarias nenhum segredo de mim. É assim mesmo?

— Nunca, mamãe, nenhum segredo — respondeu Kitty, corando e olhando para a mãe bem de frente. — Mas não tenho nada a dizer agora. Eu... eu... mesmo se quisesse, não saberia o que dizer nem como... não saberia...

---

[49] Mamãe (em francês).

"Não, ela não poderia mentir com esses olhos" — pensou a mãe, sorrindo ante a emoção e a felicidade da filha. A princesa sorria porque a filha dela achava, coitadinha, tão enorme e significativo aquilo que se passava agora em sua alma.

## XIII

Desde o almoço até o anoitecer, Kitty sentia uma emoção semelhante àquela que um rapaz sentiria antes de um combate. Seu coração batia forte, seus pensamentos não se fixavam em assunto algum.

Kitty sentia que essa noite, em que os dois homens se encontrariam pela primeira vez, haveria de ser determinante para o destino dela. E não parava de imaginá-los, ora cada um em separado, ora os dois juntos. Quando pensava no passado, detinha-se com prazer e ternura naquelas lembranças que se referiam à sua relação com Lióvin. As lembranças de sua infância e da amizade de Lióvin com seu finado irmão revestiam essa sua relação com ele de uma graça poética bem especial. O amor que Lióvin nutria por ela, e do qual ela mesma estava segura, lisonjeava e alegrava a moça. Lembrava-se de Lióvin com serenidade. Quanto às lembranças de Vrônski, misturava-se a elas, pelo contrário, algo constrangedor, embora fosse um homem tranquilo e educado no mais alto grau, como se houvesse alguma falsidade, mas não nele, que era tão singelo e carinhoso, e, sim, nela mesma, que se sentia absolutamente simples e franca na companhia de Lióvin. Em compensação, tão logo pensava em seu futuro com Vrônski, surgia em sua frente uma perspectiva resplandecente e feliz; quanto ao seu futuro com Lióvin, achava-o assaz nebuloso.

Subindo para vestir seu traje de noite e olhando para o espelho, Kitty notou, com alegria, que estava num dos seus dias bons e em plena posse de todas as suas forças, e isso lhe era tão necessário para o que estava por vir: sentia, em seu íntimo, tanto o silêncio externo quanto a elegância desinibida de sua postura.

Às sete e meia, mal ela desceu ao salão, o lacaio anunciou: "Konstantin Dmítritch Lióvin". A princesa estava ainda em seu quarto, o príncipe tampouco havia saído. "É isso aí" — pensou Kitty, e o sangue afluiu todo ao seu coração. Mirando-se no espelho, ela se assustou com sua palidez.

Agora sabia ao certo que Lióvin chegara antes da hora com o propósito de encontrá-la sozinha e de pedi-la em casamento. E foi só então, pela primeira vez, que viu a situação toda sob um ângulo novo e bem diferente. Só então Kitty entendeu que não se tratava apenas dela — com quem ficaria feliz e de quem estava gostando —, mas que ela teria, nesse exato momento, de ofender o homem de quem gostava. E ofendê-lo cruelmente... Por quê? Porque ele, querido, gostava dela, estava apaixonado por ela. Mas não havia nada a fazer: devia e precisava ser assim mesmo.

"Meu Deus, será que me cumpre, a mim, dizer isso a ele?" — pensou a moça. "O que é que lhe direi? Direi a ele que não o amo, é isso? Não será verdade. Então, o que lhe direi? Direi que amo outro homem? Não, isso é impossível! Vou embora daqui, vou sair."

Já se aproximava das portas quando ouviu os passos dele. "Não, seria desonesto! O que é que tenho a temer? Não fiz nada de mau. Aconteça o que acontecer! Vou dizer a verdade. E a gente não se embaraça com ele. Ali está..." — disse consigo mesma ao avistar Lióvin, com aquele seu vulto robusto e tímido, cujos olhos fulgentes estavam cravados nela. Kitty olhou bem para o rosto dele, como que pedindo que a poupasse, e estendeu-lhe a mão.

— Parece que vim fora de hora, cedo demais — disse ele, examinando o salão vazio. Quando percebeu que suas expectativas se confirmavam, que nada o impedia de se pronunciar, seu rosto ficou sombrio.

— Oh, não — disse Kitty, sentando-se junto à mesa.

— Mas eu só queria mesmo encontrá-la sozinha — começou ele, sem se sentar nem olhar para a moça a fim de não perder a coragem.

— Mamãe virá logo. Ela ficou muito cansada ontem. Ontem...

Ela falava sem saber o que diziam seus lábios nem desviar de Lióvin seu olhar suplicante e acariciante.

Lióvin olhou para a moça; ela enrubesceu e ficou calada.

— Disse à senhorita que não sabia se ficaria aqui por muito tempo... que isso dependia da senhorita...

Kitty abaixava a cabeça cada vez mais, sem saber como responderia àquilo que ele dissesse em seguida.

— Que isso dependia da senhorita — repetiu ele. — Queria dizer... queria dizer que... Vim para dizer... que... ser minha esposa! — gaguejou, sem se dar conta do que estava dizendo, mas, ao sentir que o mais terrível já fora dito, parou e olhou para Kitty.

Ela respirava a custo, sem mirá-lo. Estava extasiada. Sua alma transbordava de felicidade. Não esperava, de modo algum, que o amor de Lióvin lhe causaria, uma vez expresso, tamanha impressão. Mas isso durou apenas um instante. Ela se lembrou de Vrônski. Ergueu seus olhos claros e francos para Lióvin e, vendo seu rosto desesperado, apressou-se a dizer:

— Isso não é possível... Perdoe-me...

Como ela estivera, um minuto antes, próxima dele, como fora importante para sua vida! E como lhe era estranha agora, como estava longe!

— Não poderia ser de outra maneira — disse Lióvin, sem olhar para ela. Saudou-a e já queria sair...

# XIV

Mas, nesse exato momento, entrou a princesa. Seu rosto exprimiu horror, quando ela os viu a sós e reparou em suas caras desconcertadas. Lióvin cumprimentou-a com uma mesura, mas não disse nada. Kitty se mantinha calada, sem erguer os olhos. "Graças a Deus, recusou" — pensou a mãe, e aquele costumeiro sorriso, com que ela acolhia, às quintas-feiras, seus convidados, iluminou-lhe o rosto. A princesa se sentou e começou indagando a Lióvin como ele vivia em sua fazenda. Ele se sentou de novo, esperando pela chegada dos convidados para ir embora despercebido.

Cinco minutos depois, entrou uma das amigas de Kitty, que se casara no inverno passado, a condessa Nordstone.

Era uma mulher enxuta, amarelada, doentia e nervosa, de olhos negros e cintilantes. Ela gostava de Kitty, e seu afeto se traduzia, como o afeto das mulheres casadas pelas moças solteiras sempre se traduz, em seu desejo de casar Kitty de acordo com seu próprio ideal de felicidade. Destarte, ela queria casá-la com Vrônski. Lióvin, que a condessa encontrava amiúde naquela casa em princípios do inverno, sempre lhe fora desagradável. Sua ocupação constante e predileta consistia, ao encontrá-lo, em caçoar dele.

— Gosto de vê-lo olhar para mim do alto de sua grandeza: ora interrompe a sua sábia conversa comigo, porque sou boba, ora acaba condescendendo. Gosto muito disto: ele desce ao meu nível! Estou muito contente, já que ele me detesta — dizia a respeito de Lióvin.

E tinha razão, pois Lióvin a detestava, de fato, e a desprezava por aquilo que ela considerava um motivo de orgulho e uma das suas vantagens: pela sua nervosidade, pelo desdém refinado e pela indiferença com que tratava tudo quanto fosse rude e cotidiano.

Estabelecera-se, entre a condessa Nordstone e Lióvin, uma relação bastante comum na alta sociedade, a de duas pessoas que, mantendo aparentemente relações amigáveis, desprezam uma à outra a ponto de não poderem nem tratar uma à outra com seriedade nem sequer ofender uma à outra.

A condessa Nordstone investiu logo contra Lióvin.

— Ah! Konstantin Dmítritch! Veio de novo à nossa obscena Babilônia? — disse ela, estendendo-lhe sua minúscula mão amarela e recordando as palavras que Lióvin dissera certa feita, no início do inverno, comparando Moscou à Babilônia. — O que houve: Babilônia se emendou ou o senhor se depravou? — prosseguiu, ao olhar, sorridente, para Kitty.

— Fico muito lisonjeado, condessa, porque a senhora se lembra tão bem de minhas palavras — respondeu Lióvin, que já tivera tempo para se recobrar e retomava logo, por hábito, aquele tratamento comicamente hostil que dispensava à condessa Nordstone. — Decerto impressionam demais a senhora.

— Ah, isso sim! Estou anotando tudo. E aí, Kitty, foi patinar outra vez?...

Ela passou a falar com Kitty. Por mais embaraço que Lióvin sentisse em partir agora, seria mais fácil, para ele, ficar embaraçado assim do que permanecer lá a noite toda e ver Kitty, que o mirava, de vez em quando, porém evitava o olhar dele. Já queria levantar-se, mas a princesa notou que estava calado e dirigiu-lhe estas palavras:

— Ficará por muito tempo em Moscou? É que o senhor se dedica, pelo que me parece, ao nosso *zemstvo* provinciano, e não pode ficar muito tempo aqui.

— Não, princesa, não me dedico mais ao *zemstvo* — disse ele. — Vim passar aqui alguns dias.

"É algo especial que se dá com ele hoje" — pensou a condessa Nordstone, fitando seu rosto sombrio e sério. "Demora a abrir aquelas suas discussões de sempre. Mas eu cá vou provocá-lo. Adoro fazê-lo de bobalhão, na frente de Kitty, e farei mesmo."

— Konstantin Dmítritch — disse-lhe —, explique-me, por favor (pois o senhor está a par disso tudo), por que todos os mujiques e todo o mulherio, em nossa aldeia próxima a Kaluga,[50] gastaram tudo quanto tiveram com bebedeiras e não nos pagam agora nenhum imposto. O que significa isso? O senhor elogia tanto aqueles mujiques, o tempo todo...

Nesse momento outra dama entrou no salão, e Lióvin ficou em pé.

— Desculpe-me, condessa, mas juro que não sei nada disso nem posso explicar nada para a senhora — disse, olhando para um militar que entrava após aquela dama.

"Deve ser Vrônski" — pensou Lióvin e, para se certificar disso, olhou para Kitty. Ao avistar Vrônski, ela olhou de relance para Lióvin. E um só olhar de seus olhos, que refulgiam involuntariamente, bastou para Lióvin compreender que ela amava aquele homem e ter tanta certeza disso quanta teria se ela lhe dissesse isso com todas as letras. Mas quem era aquele homem?

Agora Lióvin não podia mais ir embora, fosse isso bom, fosse mau: precisava saber como era aquele homem que ela amava.

Há pessoas que se dispõem, mal encontram seu rival feliz em qualquer área que seja, a ignorar logo todas as boas qualidades dele e a ver somente seu lado ruim; há pessoas que desejam acima de tudo, pelo contrário, descobrir aquelas qualidades de seu rival feliz que lhe permitiram vencer e procuram, com uma dorzinha angustiante no coração, somente pelo seu lado bom. Lióvin fazia parte dessa última categoria. E não lhe era difícil achar o que

---

[50] Cidade russa localizada a sudoeste de Moscou.

Vrônski tinha de bom e atraente. Aquilo lhe saltou logo aos olhos. Vrônski era um homem não muito alto, mas robusto, de cabelos escuros e rosto bondoso, bonito, extremamente calmo e firme. Em seu semblante e seu vulto, desde aqueles cabelos pretos e rasos e seu queixo recentemente escanhoado até o uniforme largo, novinho em folha, que ele trajava, tudo era bem simples e, ao mesmo tempo, distinto. Deixando passar à sua frente a dama que entrava, Vrônski se achegou à princesa e depois a Kitty.

Ao passo que se aproximava dela, seus belos olhos irradiavam uma ternura peculiar; com um sorriso quase imperceptível, feliz e modestamente vitorioso (conforme parecera a Lióvin), inclinando-se respeitosa e cautelosamente perante a moça, Vrônski lhe estendeu sua mão pequena, mas larga.

Cumprimentando a todos e dizendo algumas palavras, sentou-se sem ter olhado nenhuma vez para Lióvin, que não despregava os olhos dele.

— Permita que os apresente — disse a princesa, apontando para Lióvin. — Konstantin Dmítritch Lióvin. O conde Alexei Kiríllovitch Vrônski.

Vrônski se levantou e, encarando Lióvin de modo amistoso, apertou-lhe a mão.

— Parece que neste inverno eu devia almoçar com o senhor — disse, com aquele seu sorriso aberto e singelo —, mas o senhor foi, de repente, para sua fazenda.

— Konstantin Dmítritch despreza e odeia a cidade, e a nós, a gente urbana, também — disse a condessa Nordstone.

— Minhas palavras devem impressioná-la sobremaneira, visto que se lembra tão bem delas — replicou Lióvin e, recordando-se de já ter dito isso antes, enrubesceu.

Vrônski olhou para Lióvin e para a condessa Nordstone, e sorriu.

— Mora, pois, sempre em sua fazenda? — perguntou. — Acho que se entedia, no inverno, por lá.

— Não me entedio quando tenho o que fazer, nem mesmo quando fico sozinho — respondeu bruscamente Lióvin.

— Eu gosto do campo — disse Vrônski, reparando no tom de Lióvin e fazendo de conta que não reparava nele.

— Mas espero, conde, que o senhor não consinta em morar no campo o tempo todo — disse a condessa Nordstone.

— Não sei: não tentei morar lá por muito tempo. Tive um sentimento estranho — continuou Vrônski. — Nenhures senti tanta saudade do campo, da aldeia russa com aqueles *lápti*[51] e mujiques, quanta aturei ao passar, com

---

[51] Calçado tradicional dos camponeses russos; espécie de alpercata feita de entrecasca de árvores.

minha mãe, um inverno em Nice. Como se sabe, Nice em si é tediosa. E até mesmo Nápoles e Sorrento agradam apenas por pouco tempo. É justamente ali que a gente se lembra da Rússia, e sobretudo do campo russo, com nitidez especial. Como se fossem...

Ele falava, dirigindo-se a Kitty e a Lióvin, e seu olhar calmo e amistoso passava de um para o outro; dizia, aparentemente, o que lhe vinha à cabeça.

Mal notou que a condessa Nordstone queria dizer alguma coisa, calou-se sem terminar a frase e passou a escutá-la com atenção.

A conversa não se interrompia nem por um minuto, de sorte que a velha princesa, que sempre guardava por via das dúvidas, caso não houvesse mais temas a discutir, duas armas pesadas — a instrução clássica e real[52] e o serviço militar obrigatório —, não precisou lançar mão delas, enquanto a condessa Nordstone não teve a oportunidade de desafiar Lióvin.

Lióvin queria, mas não podia participar da conversa de todos; dizendo consigo, a cada minuto, "agora vou embora", não ia embora, mas esperava por algo.

Puseram-se a falar sobre as mesas girantes e os espíritos, e a condessa Nordstone, que acreditava no espiritismo, foi relatando os milagres que tinha visto.

— Ah, condessa, leve-me, pelo amor de Deus, leve-me sem falta até eles! Nunca vi nada de extraordinário, se bem que procure milagres por toda parte — disse Vrônski, sorrindo.

— Está bem, no próximo sábado — respondeu a condessa Nordstone. — Mas o senhor, Konstantin Dmítritch, acredita nisso? — perguntou a Lióvin.

— Por que me pergunta? Pois a senhora sabe o que direi.

— Mas eu quero ouvir a sua opinião.

— Minha única opinião — respondeu Lióvin — é que aquelas mesas girantes comprovam que a chamada sociedade instruída não está acima dos mujiques. Eles lá acreditam no mau-olhado, nas pragas, nos feitiços amorosos, e nós cá...

— Então, o senhor não acredita?

— Não posso acreditar, condessa.

— Mas se eu mesma vi?

— E as camponesas contam sobre os duendes que elas mesmas viram.

— Então acha que estou mentindo?

E ela deu uma risada amarela.

---

[52] Dois tipos de ensino médio que coexistiam na Rússia antes da revolução comunista de 1917, focando-se o primeiro no estudo das ciências humanas, inclusive das línguas grega e latina, e o segundo no das ciências exatas.

— Mas não, Macha,[53] Konstantin Dmítritch diz que não pode acreditar — disse Kitty, ruborizando-se com as falas de Lióvin, e Lióvin, que compreendera isso, ficou ainda mais irritado e já queria retrucar, mas Vrônski logo se intrometeu, com seu sorriso aberto e jovial, naquela conversa que estava para se tornar desagradável.

— Não admite nem a mínima possibilidade? — questionou. — Então por que admitimos a existência da eletricidade, que desconhecemos? Por que não existiria uma força nova, ainda ignorada por nós, que...

— Quando foi descoberta a eletricidade — interrompeu-o rapidamente Lióvin —, foi detectado apenas um fenômeno, mas não se sabia de onde ele se originava nem o que produzia; então se passaram séculos antes de alguém pensar em seu uso. E os espíritas começaram, pelo contrário, afirmando que as mesinhas escreviam para eles, que os espíritos vinham visitá-los, e só depois chegaram a dizer que era uma força desconhecida.

Vrônski escutava Lióvin atentamente, como escutava de praxe: era óbvio que se interessava pelas suas palavras.

— Sim, mas os espíritas dizem: por ora, não sabemos que força é aquela, mas a força existe, e eis em que condições ela se revela. Cabe aos cientistas buscar em que consiste aquela força. Não, eu não vejo por que não poderia ser uma força nova, se ela...

— Porque — voltou a interrompê-lo Lióvin —, quanto à eletricidade, todas as vezes que o senhor esfregar a resina contra a lã, acontece certo fenômeno, mas, nesse caso aí, nem todas as vezes, ou seja, não é um fenômeno natural.

Sentindo, pelo visto, que a conversa se tornava por demais séria para um salão, Vrônski não contradizia; tentando, porém, mudar de assunto, sorriu com alegria e virou-se para as damas.

— Vamos experimentar agora, condessa... — começou ele, mas Lióvin queria terminar de expor as suas ideias.

— Eu acho — prosseguiu — que aquela tentativa dos espíritas de explicar seus milagres com uma nova força é a mais fracassada possível. Eles se referem explicitamente a uma força espiritual e querem submetê-la a um ensaio material.

Todos esperavam pelo fim de sua arenga, e ele se apercebia disso.

— E eu acho que o senhor será um ótimo médium — disse a condessa Nordstone. — O senhor tem algo extático.

Lióvin abriu a boca, quis dizer algo, enrubesceu e não disse nada.

— Vamos agora, princesa, pôr as mesas à prova, por gentileza — disse Vrônski. — A senhora permite?

---

[53] Forma diminutiva e carinhosa do nome russo Maria.

E Vrônski se levantou, procurando com os olhos uma mesinha.

Kitty se postou detrás da mesinha; quando passava por perto, seu olhar se cruzara com o de Lióvin. Ela se compadecia dele, do fundo de sua alma, ainda mais que se tratava de um infortúnio ocorrido por sua causa. "Se for possível que me perdoe, perdoe-me" — disse seu olhar. "Estou tão feliz!"

"Tenho ódio por todos, pela senhorita e por mim mesmo" — respondeu o olhar de Lióvin, e ele pegou seu chapéu. Contudo, não teria a ventura de ir embora. Tão logo todos foram acomodar-se ao redor da mesinha e Lióvin se dispôs a sair, entrou o velho príncipe e, cumprimentando as damas, dirigiu-se a Lióvin.

— Ah! — começou, risonho. — Faz tempo que chegou? Eu nem sabia que você estava aqui. Muito prazer em ver o senhor.

O velho príncipe tratava Lióvin ora por "você", ora por "senhor". Abraçou Lióvin e, ao passo que lhe falava, não reparava em Vrônski, que estava de pé, esperando tranquilamente até o príncipe se dirigir a ele.

Kitty sentia que, depois do ocorrido, a amabilidade de seu pai desgostava Lióvin. Percebia também com quanta frieza seu pai retribuíra, por fim, a mesura de Vrônski e como Vrônski olhara, com amistosa perplexidade, para seu pai, tentando entender e não entendendo como e por que se podia tratá-lo de forma inamistosa. Ela enrubesceu.

— Veja se o senhor deixa Konstantin Dmítritch ficar conosco, príncipe — pediu a condessa Nordstone. — Queremos fazer um ensaio.

— Que ensaio? Girar as mesas? Não, desculpem-me, damas e cavalheiros, só que é mais divertido, a meu ver, brincar de argolas — disse o velho príncipe, mirando Vrônski e adivinhando que fora ele quem inventara aquilo. — Ainda faz sentido brincar de argolas.

Surpreso, Vrônski olhou para o príncipe com seus olhos firmes e, sorrindo de leve, passou logo a conversar com a condessa Nordstone sobre um grande baile que se daria na semana seguinte.

— Espero que a senhorita esteja lá — dirigiu-se a Kitty.

Assim que o velho príncipe lhe virou as costas, Lióvin saiu à socapa, e a última impressão que teve daquela tertúlia noturna foi o rosto de Kitty, que estava sorridente e feliz ao responder à pergunta de Vrônski sobre o baile.

## XV

Quando a tertúlia terminou, Kitty contou à mãe sobre a sua conversa com Lióvin; apesar de toda aquela pena que sentia de Lióvin, alegrava-se ao pensar que ele a pedira em casamento. Não duvidava de ter agido como devia. Entretanto, uma vez na cama, durante muito tempo não conseguiu adormecer. Era uma só impressão que insistia em persegui-la. Era o semblante de Lióvin, com aquelas sobrancelhas franzidas e aqueles olhos bondosos embaixo delas, que a fitavam sombrios e tristonhos, enquanto ele estava ali plantado, escutando seu pai e olhando ora para ela, ora para Vrônski. E Kitty acabou por se apiedar tanto dele que as lágrimas lhe brotaram nos olhos. Mas a moça imaginou logo por quem o havia trocado. Relembrou vivamente o rosto viril e firme de Vrônski, sua nobre serenidade e sua bondade por todos que transluzia em tudo; relembrou como a amava o homem que ela amava e sentiu outra vez alegria na alma, e deitou-se, com um sorriso feliz, em seu travesseiro. "Tenho pena dele, sim, mas o que é que faria? A culpa não é minha!" — dizia a si mesma, só que uma voz interior lhe dizia outras coisas. Kitty não sabia se estava arrependida de ter atraído Lióvin ou de tê-lo rejeitado, porém as dúvidas envenenavam agora a felicidade dela. "Deus me acuda, Deus me acuda, Deus me acuda!" — repetia consigo até pegar no sono.

Nesse meio-tempo, desdobrava-se em baixo, no pequeno gabinete do príncipe, uma daquelas cenas frequentes que ocorriam entre os pais por causa de sua filha querida.

— O quê? Eis o que é! — gritava o príncipe, agitando os braços e, logo em seguida, voltando a fechar seu roupão de peles de esquilo. — É que a senhora não tem orgulho nem dignidade, é que a senhora envergonha e leva à perdição sua filha com esses seus esponsais baixos e tolos!

— Tenha piedade, príncipe, que lhe peço por Deus! O que foi que eu fiz? — dizia a princesa, prestes a chorar.

Contente e feliz depois de conversar com a filha, ela fora, conforme seu hábito, desejar boa noite ao príncipe e, bem que não pretendesse falar com ele sobre o pedido de Lióvin e a recusa de Kitty, aludira que o negócio de Vrônski lhe parecia quase concluído e chegaria ao desfecho tão logo viesse a mãe do jovem. Então, ditas essas palavras, o príncipe se enfurecera subitamente e começara a bradar indecências.

— O que fez? Eis o que é: primeiro, está aliciando o noivo, e toda Moscou vai falar nisso, e com todo o direito. Se fizer saraus, então convide todo o mundo e não apenas esses noivinhos seletos. Convide todos esses frangotes (assim o príncipe apelidava os jovens moscovitas), convide um *tapeur*,[54] e que eles dancem, mas não faça como se faz hoje, chamando os noivinhos e alcovitando. Fico enojado, sim, enojado de ver isso, mas a senhora conseguiu

---

[54] Pianista contratado para tocar em bailes ou saraus (antiga gíria russa, derivada do verbo francês *taper*: tocar piano de modo mecânico e brutal, batendo nas teclas com toda a força).

o que queria, virou a cabeça da garotinha! Lióvin é um homem mil vezes melhor. E aquele almofadinha petersburguense... Eles todos são feitos na máquina, são todos do mesmo jeito e todos são uma droga. E, nem que seja um príncipe herdeiro, minha filha não precisa de ninguém lá!

— Mas o que foi que eu fiz?

— É que... — exclamou o príncipe, furioso.

— Eu sei que, se escutar você aí — interrompeu-o a princesa —, jamais casaremos nossa filha. Se for assim, é melhor irmos para o campo.

— É melhor mesmo.

— Mas espere. Será que estou bajulando? Não estou, nem um pouco. E aquele jovem, um jovem muito bom, por sinal, está apaixonado, e ela parece...

— Sim, é o que lhe parece! E se ela se apaixonar de verdade, e se ele pensar em casar-se tanto quanto eu penso aqui?... Oh, nem que meus olhos não vejam!... "Ah, o espiritismo, ah, Nice, ah, no baile..." — E o príncipe, imaginando que imitava a sua mulher, agachava-se a cada palavra. — E se tornarmos Kátenka[55] infeliz, se ela meter mesmo em sua cabeça...

— Mas por que é que pensa assim?

— Não penso, não: sei! A gente é que tem olhos para isso, e as mulherzinhas não têm. Eu vejo um homem com intenções sérias, é Lióvin; e vejo um periquito, como aquele traste ali, que só quer fazer a festa.

— Mas é cada coisa que você mete nessa sua cabeça...

— Ainda se lembrará dela, como se lembrou de Dáchenka,[56] mas será tarde demais!

— Está bem, pois, está bem: não vamos falar nisso — deteve-o a princesa, lembrando-se mesmo de sua infeliz Dolly.

— Está ótimo! Adeus!

Ao benzer e beijar um ao outro, os cônjuges foram dormir, sentindo, porém, que cada um continuava com sua opinião.

De início, a princesa estava firmemente convicta de que o destino de Kitty fora determinado naquela noite e que as intenções de Vrônski eram indubitáveis, mas as palavras de seu marido deixaram-na confusa. E, retornando ao seu quarto, ela ficou amedrontada por ignorar como seria o futuro e repetiu várias vezes, igual a Kitty, em seu âmago: "Deus me acuda, Deus me acuda, Deus me acuda!".

---

[55] Forma diminutiva e carinhosa do nome russo Yekaterina (Katerina, Kátia ou, neste contexto, Kitty).

[56] Forma diminutiva e carinhosa do nome russo Dária (Dacha ou, neste contexto, Dolly).

## XVI

Vrônski jamais conhecera a vida familiar. Sua mãe fora, quando nova, uma vistosa mulher mundana e tivera, durante seu casamento e, sobretudo, mais tarde, muitos romances, dos quais todo mundo estava ciente. Vrônski quase não se lembrava de seu pai, tendo sido criado no Corpo de Pajens.[57]

Ao sair da escola, esse oficial jovem e brilhante logo se imiscuiu no meio dos abastados militares petersburguenses. Embora visitasse, vez por outra, a alta-roda petersburguense, todos os seus interesses amorosos encontravam-se fora dela.

Foi pela primeira vez que descobriu, em Moscou, após a suntuosa e desregrada vida petersburguense, a graça de se aproximar de uma moça fidalga, meiga e inocente, que chegara a amá-lo. Nem lhe passava pela cabeça a possibilidade de haver algo ruim em suas relações com Kitty. Nos bailes, dançava principalmente com ela; visitava-a também na casa dos pais. Dizia-lhe o que se costuma dizer na alta sociedade, ou seja, bobagens de toda espécie, mas atribuía àquelas bobagens, de forma involuntária, um sentido bem especial aos olhos da moça. Apesar de não lhe ter dito nada que não pudesse dizer em público, percebia que ela ficava cada vez mais dependente dele e, quanto mais percebia isso, tanto mais prazer sentia e tanto mais terno se tornava seu sentimento por ela. Ignorava que esse seu modo de agir com Kitty tinha um nome específico, que era aquele aliciamento de donzelas quando não há intenção de se casar, e que tal aliciamento era uma das más ações que se praticavam de ordinário entre os jovens brilhantes de seu tipo. Parecia-lhe que fora o primeiro a descobrir esse deleite e regozijava-se com sua descoberta.

Se pudesse ouvir o que diziam os pais da moça naquela noite, se pudesse assumir o ponto de vista da sua família e ficasse sabendo que Kitty seria infeliz caso ele não a desposasse, muito se espantaria e não acreditaria nisso. Não conseguiria acreditar que aquilo que proporcionava um prazer tão grande e bom a ele e, sobretudo, a ela pudesse causar algum mal. Ainda menos acreditaria em seu dever de se casar com a moça.

O casamento nunca constituíra, para ele, uma possibilidade. Não apenas se desgostava da vida familiar como vislumbrava na família e, máxime, no marido, segundo a convicção geral daquele mundo dos solteiros no qual vivia, algo alheio, hostil e, antes de tudo, ridículo. Mas, mesmo sem atinar com o que diziam os pais, Vrônski sentiu, saindo naquela noite da casa dos Chtcherbátski, que a oculta ligação espiritual que existia entre ele e Kitty

---

[57] Prestigiosa escola militar que funcionou em São Petersburgo, de 1750 a 1917.

acabara de se tornar tão forte que lhe cumpria empreender algo. Contudo, não conseguia idealizar o que podia e devia empreender.

"O que é encantador..." — pensava, voltando da casa dos Chtcherbátski com sua costumeira sensação agradável, a de pureza e frescor, provinda em parte de ele não ter fumado uma noite inteira, e, ao mesmo tempo, com a nova sensação de enternecimento ante o amor de Kitty por ele — "o que é encantador é que não dissemos nada, nem eu nem ela, mas compreendemos um ao outro tão bem, naquela invisível conversa das olhadas e entonações, que agora ela me disse, mais claramente do que nunca, que me amava. E como isso foi dito: meiga e simplesmente e, o principal, com plena confiança! Eu mesmo me sinto melhor, mais puro. Sinto que tenho um coração e que há muita coisa boa cá dentro. Aqueles belos olhos apaixonados! Quando ela disse: e muito...".

"E o que é que há nisso? Não há nada. Eu estou bem, e ela está bem." E Vrônski se pôs a pensar em como terminaria a noite.

Imaginou, um por um, os lugares aonde poderia ir. "O clube? Uma partida de *bésigue*,[58] depois champanhe com Ignátov? Não vou lá, não. *Château des fleurs*?[59] Lá encontrarei Oblônski, modinhas, cancã... Não, estou farto disso. É por isso que gosto dos Chtcherbátski, porque fico melhor com eles. Vou para casa." Foi direto ao seu quarto no hotel de Dussault, mandou servir a ceia e depois, logo que se despiu e mal colocou a cabeça no travesseiro, mergulhou em seu sono de sempre, profundo e calmo.

## XVII

No dia seguinte, às onze horas da manhã, Vrônski foi buscar sua mãe na estação da ferrovia Petersburguense, e a primeira pessoa que encontrou por acaso nos degraus da grande escadaria foi Oblônski a esperar pela sua irmã, que estava no mesmo trem.

— Ah! É Vossa Magnificência! — exclamou Oblônski. — Quem é que veio buscar?

— Vim buscar minha mãe — respondeu Vrônski, sorrindo igual a todos os que se encontravam com Oblônski, apertando-lhe a mão e subindo a escadaria ao lado dele. — Deve chegar de Petersburgo hoje.

---

[58] Jogo de baralho em que a combinação da dama de espadas com o valete de ouros é chamada de *bésigue* (em francês).

[59] Castelo das flores (em francês): cabarés em São Petersburgo e Moscou, que estavam na moda em meados do século XIX.

— Pois eu esperei por você até as duas da madrugada. Aonde é que foi depois de se encontrar com os Chtcherbátski?

— Fui para casa — respondeu Vrônski. — Confesso que me sentia tão bem ontem, quando saía da casa dos Chtcherbátski, que não quis mais ir a lugar algum.

— "Reconheço os potros brabos pelos seus... não sei que ferros, reconheço os namorados por aqueles olhos deles" — declamou Stepan Arkáditch, da mesma maneira que o fizera da outra vez, na frente de Lióvin.

Vrônski sorriu como quem desse a entender que não contestava aquilo, mas logo mudou de conversa.

— E quem é que você mesmo veio buscar? — perguntou.

— Eu? Uma mulher bonitinha — disse Oblônski.

— Ah, é?

— *Honni soit qui mal y pense!*[60] É minha irmã Anna.

— Ah, é Karênina? — disse Vrônski.

— Decerto você a conhece?

— Parece que sim. Ou não... Juro que não me lembro — respondeu Vrônski distraído, enquanto imaginava vagamente, ao ouvir o nome de Karênina, algo afetado e tedioso.

— Mas, quanto a Alexei Alexândrovitch, meu famoso cunhado, você o conhece por certo. Aliás, o mundo inteiro o conhece.

— Quer dizer que o conheço pela reputação e pela cara. Sei que é um homem inteligente, sábio, algo divinal... Mas, sabe, isso não é... *not in my line*[61] — disse Vrônski.

— Sim, é um homem bem destacado; um tanto conservador, mas um homem bom — notou Stepan Arkáditch —; um homem bom, sim.

— Melhor para ele — disse Vrônski, sorrindo. — Ah, você está aí — dirigiu-se ao lacaio de sua mãe, velho e alto, que estava junto à porta. — Venha cá.

Ultimamente, além de compartilhar aquela impressão agradável que Stepan Arkáditch produzia em geral, Vrônski se sentia apegado a ele também por associá-lo, em sua imaginação, a Kitty.

— Pois bem: faremos, no domingo, um jantar para a diva? — indagou, tomando-lhe sorridente o braço.

— Sem falta. Vou fazer a lista de convidados. Ah, pois ontem você conheceu meu companheiro Lióvin? — perguntou Stepan Arkáditch.

— Claro. Só que ele se retirou logo em seguida.

---

[60] Envergonhe-se quem mal pensar (em francês).
[61] Não é da minha conta, não me diz respeito (em inglês).

— É um bom rapaz — prosseguiu Oblônski. — Não é mesmo?

— Não sei — respondeu Vrônski — por que todos os moscovitas (à exceção daqueles, bem entendido, com quem estou falando) — comentou, em tom de gracejo — têm algo de bruto. Acabam todos por se empinar, ficam zangados, como se quisessem, o tempo todo, fazer sentir algo...

— Têm, sim, têm de fato... — disse, com uma risada alegre, Stepan Arkáditch.

— O trem vai demorar? — Vrônski se dirigiu a um funcionário.

— Já está chegando — respondeu esse funcionário.

A chegada do trem percebia-se cada vez mais pela movimentação na gare, pela correria dos carregadores, pela vinda dos gendarmes e ferroviários, pela aproximação de quem viesse buscar os passageiros. Entreviam-se, através do vapor hibernal, os operários que atravessavam, de peliças e macias botas de feltro, os trilhos da via férrea em curva. Ouviam-se os apitos de uma locomotiva, que vinham dos trilhos distantes, e o ruído de algo pesado que se movia.

— Não — disse Stepan Arkáditch, querendo muito contar a Vrônski sobre as intenções de Lióvin no tocante a Kitty. — Não, você errou em avaliar aquele meu Lióvin. É um homem muito nervoso e, seja dita a verdade, fica chato de vez em quando, mas também fica, por vezes, bem agradável. É honesto e franco por natureza, tem um coração de ouro. Só que houve ontem umas razões especiais — continuou Stepan Arkáditch, com um sorriso significativo, esquecendo-se completamente daquela sincera compaixão que sentira, na véspera, pelo seu companheiro e sentindo agora a mesma compaixão por Vrônski. — Houve, sim, uma razão pela qual ele podia ficar ou sobremodo feliz ou sobremodo infeliz.

Vrônski parou e perguntou às claras:

— Mas como assim? Foi ontem que ele pediu sua *belle-sœur*[62] em casamento, é isso?...

— Talvez — disse Stepan Arkáditch. — Tive uma impressão dessas ontem. Se ele se retirou cedo e estava, ainda por cima, mal-humorado, então é isso mesmo... Faz tanto tempo que anda apaixonado, e tenho muita pena dele.

— Ah, é?... Creio, aliás, que ela pode contar com um partido melhor — disse Vrônski e, enfunando o peito, pôs-se a andar de lá para cá. — De resto, não o conheço — acrescentou. — Sim, é uma situação difícil! É bem por isso que a maioria prefere ter com as Klaras.[63] Aqui o fracasso prova apenas que você tem pouco dinheiro, mas ali sua dignidade é valorizada. Contudo, lá vem o trem.

---

[62] Cunhada (em francês).
[63] Nome genérico que designava as prostitutas de origem alemã.

De fato, uma locomotiva já silvava ao longe. Minutos depois, a plataforma ficou tremendo, e a locomotiva rodou a soltar o vapor, cujas bufadas se arrastavam por causa do frio, ao passo que a alavanca das suas rodas do meio se dobrava e se esticava lenta e compassadamente e que o maquinista, de agasalho recoberto de geada, fazia mesuras; atrás do tênder,[64] cada vez mais devagar e sacudindo cada vez mais a plataforma, passou o bagageiro, onde guinchava um cão, e finalmente, vibrando um pouco antes de pararem, chegaram os vagões para passageiros.

O condutor galhardo saltou, sem se deter para dar um apito, e atrás dele foram descendo, um por um, os passageiros impacientes: um oficial da guarda imperial, que se portava com brio e lançava olhadas severas à sua volta; um comerciante de pouca monta, todo irrequieto, que levava uma bolsa e sorria alegremente; um mujique em cujo ombro pendia um sacão.

Vrônski, que estava ao lado de Oblônski, examinava os vagões e quem saía deles, e acabou por se esquecer totalmente de sua mãe. O que soubera agorinha a respeito de Kitty deixava-o excitado e entusiasmado. Seu peito se enfunava de modo involuntário, seus olhos brilhavam. Ele se sentia como um vencedor.

— A condessa Vrônskaia está naquele vagão — disse o condutor galhardo, aproximando-se de Vrônski.

As palavras do condutor despertaram-no e fizeram que se lembrasse de sua mãe e do próximo encontro com ela. No fundo da alma, não respeitava a mãe e, sem se dar conta disso, não a amava, embora nem pudesse imaginar, conforme as convenções daquele círculo ao qual pertencia e a educação recebida, outras relações com sua mãe senão aquelas cheias de submissão e respeito, e tanto mais submissas e respeitosas em aparência quanto menos ele a respeitasse e amasse no fundo da alma.

## XVIII

Vrônski entrou no vagão atrás do condutor e deteve-se, enquanto entrava, para deixar passar uma dama que saía. Com seu costumeiro tato de homem mundano, Vrônski compreendeu, bastando-lhe para tanto ver a aparência dessa dama uma só vez, que ela pertencia à alta sociedade. Pediu desculpas e já ia adentrar o vagão, mas sentiu a necessidade de olhar para ela mais uma

---

[64] Vagão em que se transportavam a água e o carvão (ou a lenha) necessários para o funcionamento da locomotiva a vapor.

vez: não por ser muito bonita nem devido à elegância e à graça modesta que se revelavam em todo o seu vulto, mas porque havia na expressão de seu rosto atraente, enquanto ela passava ao lado de Vrônski, algo especialmente terno e carinhoso. Quando ele se voltou, ela também virou a cabeça. Seus olhos cinza, que brilhavam e pareciam bem escuros por causa dos espessos cílios, fixaram-se no rosto do jovem, atentos e amistosos, como se ela o reconhecesse, e logo se dirigiram para a multidão que se aproximava, como se procurasse por alguém. Mas Vrônski teve tempo para vislumbrar, naquele breve olhar, uma vivacidade contida que animava o rosto dela e volteava entre seus olhos brilhantes e o sorriso quase imperceptível que lhe curvava os lábios corados. Parecia que algo excessivo enchia tanto seu ser que se expressava, contra a vontade dela, ora naquele brilho de seu olhar ora em seu sorriso. Ela fazia questão de reduzir a luz de seus olhos, mas esta fulgia, sem que ela quisesse, em seu sorriso quase imperceptível.

Vrônski entrou no vagão. Sua mãe, uma velhinha magra, de olhos negros e cachos miúdos, fitava o filho, entrefechando os olhos, e seus lábios finos sorriam de leve. Ao levantar-se do pequeno sofá e passar uma sacola à governanta, estendeu sua mãozinha seca ao filho e, quando ele se inclinou para lhe beijar a mão, soergueu a cabeça dele e beijou-o no rosto.

— Recebeu o telegrama? Está com saúde? Graças a Deus.

— A viagem foi tranquila? — perguntou o filho, sentando-se perto da velhinha e atentando involuntariamente para a voz feminina que soava por trás da porta. Sabia que era a voz daquela dama com a qual se deparara à entrada.

— Ainda assim, não concordo com o senhor — dizia a voz daquela dama.

— Seu ponto de vista é petersburguense, minha senhora.

— Não é petersburguense, mas simplesmente feminino — respondeu ela.

— Pois bem: permita beijar a sua mãozinha.

— Até a vista, Ivan Petróvitch. E veja se meu irmão está por aí, e peça que venha buscar-me — disse a dama, que já estava bem perto da porta, e retornou ao vagão.

— Encontrou seu irmão, não é? — perguntou Vrônskaia, dirigindo-se à dama.

Agora Vrônski se lembrava de que era Karênina.

— Seu irmão está por aqui — disse, levantando-se. — Desculpe-me por não reconhecer a senhora; além do mais, nosso encontro foi tão momentâneo — prosseguiu, com uma mesura — que a senhora certamente não se lembra de mim.

— Oh, sim — disse ela —: teria reconhecido o senhor, pois não falei noutras coisas com sua mãe, pelo que me parece, ao longo de toda a viagem —

comentou, permitindo enfim que sua vivacidade, a qual insistia em externar-se, transparecesse em seu sorriso. — E meu irmão não está nem aí.

— Então vá chamá-lo, Aliocha[65] — disse a velha condessa.

Vrônski desceu à plataforma e gritou:

— Oblônski! Ela está aqui!

Todavia, Karênina não esperou pelo irmão, mas, avistando-o, saiu do vagão a passos rápidos e resolutos. E, tão logo o irmão se achegou a ela, fez um gesto que surpreendeu Vrônski com sua firmeza e graça: cingiu-lhe, com o braço esquerdo, o pescoço, puxou-o depressa para si e beijou-o com força. Vrônski mirava a dama, sem despregar os olhos dela, e sorria sem saber, ele mesmo, por que motivo. Lembrando, porém, que sua mãe esperava por ele, tornou a entrar no vagão.

— É uma gracinha, não é verdade? — disse a condessa, referindo-se a Karênina. — Seu marido veio acomodá-la perto de mim, e fiquei muito contente. Passamos a viagem toda conversando. E você, pelo que dizem... *vous filez le parfait amour. Tant mieux, mon cher, tant mieux.*[66]

— Não sei a que a senhora vem aludindo, *maman* — respondeu o filho, com frieza. — Pois bem, *maman*, vamos.

Karênina voltou a entrar no vagão, a fim de se despedir da condessa.

— Eis que a senhora encontrou seu filho, condessa, e eu, meu irmão — disse alegremente. — E todas as minhas histórias se esgotaram: não teria mais o que contar, se continuássemos viajando.

— Mas não, minha querida — disse a condessa, tomando-lhe a mão —; eu daria a volta ao mundo com você e não ficaria entediada. É uma daquelas mulheres amáveis com quem é agradável tanto falar quanto se calar. E não pense, por favor, em seu filho, pois não seria possível que nunca se separasse dele.

Karênina se mantinha imóvel, extremamente reta, e seus olhos estavam sorrindo.

— Anna Arkádievna — explicou a condessa ao filho — tem um filhinho de oito anos, ao que me parece, e ela nunca se separou dele e fica aflita, o tempo todo, por tê-lo deixado ali.

— Sim, passamos o tempo todo falando: eu do meu filho, e a condessa do seu — disse Karênina, e o sorriso iluminou de novo o semblante dela, um terno sorriso que se destinava a Vrônski.

— Decerto se enfadou muito com isso — replicou ele, apanhando num átimo aquela bola da coquetice que Karênina lhe jogara. Contudo, ela não

---

[65] Forma diminutiva e carinhosa do nome russo Alexei.
[66] ... está tecendo o amor perfeito. Tanto melhor, meu querido, tanto melhor (em francês).

parecia disposta a continuar a conversa no mesmo tom e dirigiu-se à velha condessa.

— Muito lhe agradeço. Nem percebi como havia passado o dia de ontem. Até a vista, condessa.

— Adeus, minha amiguinha — respondeu a condessa. — Deixe que eu beije essa sua carinha bonita. Digo-lhe simplesmente, como uma velha que sou, e com toda a franqueza: gostei de você.

Por mais trivial que fosse tal frase, Karênina parecia feliz por acreditar intimamente nisso. Corou levemente, inclinou-se um pouco, oferecendo o rosto aos lábios da condessa, endireitou-se outra vez e, com o mesmo sorriso que ondeava entre os lábios e os olhos dela, estendeu sua mão a Vrônski. Ele apertou a mãozinha estendida e alegrou-se, como se fosse algo bem especial, por ela lhe sacudir a mão, forte e audazmente, com um aperto enérgico. Saiu, a seguir, com aquele andar ligeiro que portava seu corpo assaz carnudo com tanta facilidade estranha.

— Uma gracinha — disse a velhinha.

Seu filho pensava o mesmo. Acompanhou-a com os olhos até seu vulto gracioso desaparecer, e o sorriso se congelou no rosto dele. Vi-a, pela janela do vagão, aproximar-se do irmão, colocar a sua mão na dele e começar, toda animada, a falar-lhe de algo que obviamente não tinha nada a ver com Vrônski como tal, e isso lhe pareceu importuno.

— Pois bem, *maman*, a senhora está em plena saúde? — repetiu, dirigindo-se à sua mãe.

— Está tudo bom, excelente. Alexandre foi muito gentil. E Marie se tornou muito bonita. É uma moça bem atraente.

E pôs-se a contar novamente daquilo que mais a interessava, a ela mesma: do batizado de seu neto que presenciara em Petersburgo e da simpatia particular com que o soberano tratava seu filho mais velho.

— Lá vem Lavrênti — disse Vrônski, olhando pela janela. — Agora vamos, se for de seu agrado.

O velho mordomo, que viajara com a condessa, veio ao vagão para informar que estava tudo pronto, e a condessa se levantou para sair.

— Vamos, que agora há pouca gente — disse Vrônski.

A governanta pegou a sacola e o cachorrinho, ficando as demais bagagens com o mordomo e um carregador. Vrônski tomou o braço de sua mãe; porém, quando já estavam saindo do vagão, várias pessoas passaram de repente, correndo, de rostos assustados. Passou correndo também o gerente da estação, com seu casquete daquela cor extraordinária. Era óbvio que acontecera algo incomum. A multidão, que estava junto do trem, corria recuando.

— O que foi?... O quê?... Onde?... Atirou-se!... Ficou esmagado!... — ouviam-se as exclamações dos passantes.

Stepan Arkáditch, que segurava o braço de sua irmã, também retornou; ambos de rostos assustados, pararam longe da multidão, à entrada do vagão.

As damas entraram outra vez no vagão, enquanto Vrônski foi, com Stepan Arkáditch, atrás de todos para se informar sobre os detalhes do acidente.

Um vigia, estivesse bêbado ou agasalhado demais por causa do frio intenso, não ouvira o trem dando ré e morrera esmagado.

Antes ainda de Vrônski e Oblônski voltarem, o mordomo participara esses detalhes às damas.

Oblônski e Vrônski voltaram ao ver o cadáver desfigurado. Pelo visto, Oblônski estava sofrendo. Contraindo-se todo, parecia prestes a chorar.

— Ai, que horror! Ai, Anna, se tu visses! Ai, que horror! — não cessava de repetir.

Vrônski permanecia calado; seu rosto bonito estava sério, mas absolutamente tranquilo.

— Ah, se a senhora visse, condessa! — dizia Stepan Arkáditch. — E a esposa dele está aqui... Foi terrível vê-la... Ela se jogou em cima do corpo. Dizem que ele alimentava sozinho uma família enorme. Mas que horror!

— Será que se pode fazer alguma coisa por ela? — sussurrou Karênina, emocionada.

Vrônski olhou para ela e saiu logo do vagão.

— Já volto, *maman* — acrescentou, virando-se antes de sair.

Quando voltou, alguns minutos depois, Stepan Arkáditch já conversava com a condessa sobre uma nova cantora, e a condessa lançava olhadas impacientes para a porta, esperando pelo seu filho.

— Agora vamos — disse Vrônski, entrando.

Todos saíram juntos. Vrônski ia à frente, com sua mãe. Karênina seguia-o, com seu irmão. O gerente da estação, que vinha atrás de Vrônski, alcançou-o perto da saída.

— O senhor entregou duzentos rublos ao meu ajudante. Digne-se a explicar a quem se destina esse dinheiro.

— À viúva — disse Vrônski, encolhendo os ombros. — Não entendo por que está perguntando.

— Você deu dinheiro? — exclamou Oblônski por trás dele e adicionou, apertando a mão de sua irmã: — Muito gentil, mas muito gentil! É um bom moço, não é verdade? Saudações, senhora condessa!

E parou, com sua irmã, procurando pela criada dela.

Quando eles saíram da gare, o coche dos Vrônski já havia partido. As pessoas que estavam saindo comentavam ainda sobre o acontecido.

— Que morte terrível! — disse um senhor, passando ao lado deles. — Dizem que foi rachado ao meio.

— Pois eu penso que é, pelo contrário, a morte mais fácil, instantânea — retorquiu outro senhor.

— Por que é que não tomam providências? — disse alguém.

Karênina subiu à carruagem, e Stepan Arkáditch viu, atônito, que seus lábios estavam tremendo e que ela mal conseguia conter o choro.

— O que tens, Anna? — inquiriu, tendo a carruagem percorrido umas centenas de braças.[67]

— É mau agouro — respondeu ela.

— Que bobagens! — disse Stepan Arkáditch. — O importante é que tenhas chegado. Nem podes imaginar quantas esperanças deposito em ti.

— Faz bastante tempo que conheces Vrônski? — perguntou ela.

— Sim. A gente espera que ele se case com Kitty, sabes?

— Ah é? — disse Anna, em voz baixa. — Mas agora vamos falar de ti — acrescentou, sacudindo a cabeça como se quisesse afastar, fisicamente, algo supérfluo que lhe causava incômodo. — Vamos falar de teus negócios. Recebi tua carta, e eis-me aqui.

— Sim, só contava contigo — disse Stepan Arkáditch.

— Então me conta tudo.

E Oblônski se pôs a contar.

Uma vez em casa, ajudou sua irmã a descer da carruagem, suspirou, apertou-lhe a mão e foi à sua repartição.

## XIX

Quando Anna entrou, Dolly estava sentada na pequena sala de visitas, com um menino rechonchudinho, de cabelo bem louro, que já agora se parecia com seu pai, e escutava sua lição de leitura em francês. O menino lia, girando com a mão e tentando arrancar um botão de sua jaqueta, que estava para se soltar. A mãe lhe afastara várias vezes a mão, mas aquela mãozinha roliça tornava a pegar o botão. Então a mãe arrancou o botão e colocou-o em seu bolso.

— Vê se aquietas as mãos, Gricha — disse ela e foi tricotando a sua coberta, trabalho manual já antigo que sempre retomava em seus momentos difíceis e que agora fazia toda nervosa, puxando as malhas com o dedo e contando os pontos. Apesar de ter mandado dizer, na véspera, ao marido que não se importava com a vinda de sua irmã, preparara tudo para a visita da cunhada e esperava ansiosamente por ela.

---

[67] Antiga medida de comprimento equivalente a 2,2 m.

Dolly estava arrasada com sua desgraça, toda absorta nela. Recordava-se, todavia, de Anna, sua cunhada, ser a esposa de um dos homens mais influentes de Petersburgo e uma *grande dame* petersburguense. Em razão dessa circunstância, não cumpriu o que prometera ao marido, ou seja, não se esqueceu de que sua cunhada estava vindo. "Afinal de contas, Anna não tem culpa de nada" — pensava Dolly. "Não sei nada, além do bom e do melhor, a respeito dela, e nunca a vi tratar-me senão de maneira carinhosa e amigável." Por outro lado, e na medida em que conseguia reviver a impressão que tivera em Petersburgo, na casa dos Karênin, não gostava daquela casa em si: havia algo falso em todo o transcorrer de sua vida familiar. "Mas por que é que eu não a acolheria? Tomara que não tenha apenas a ideia de me consolar!" — pensava Dolly. "Todas as consolações e exortações, e todos os perdões cristãos — já refleti mil vezes sobre isso tudo, e nada serve para mim."

Dolly passara todos aqueles dias a sós com seus filhos. Não queria falar de seu pesar nem podia, com tanto pesar na alma, falar de outras coisas. Sabia que, de qualquer modo, diria tudo a Anna e ora se alegrava ao pensar em como tudo seria dito, ora se zangava com a necessidade de conversar sobre a sua humilhação com ela, a irmã de seu marido, e de ouvi-la pronunciar aquelas frases feitas de quem exorta ou consola.

Olhando para o relógio, aguardava sua visita a cada minuto e, como isso ocorre de praxe, despercebeu justamente aquele minuto em que ela chegou, de sorte que nem a ouviu tocar a campainha.

Ouvindo o ruge-ruge de seu vestido e o som de seus passos leves, quando Anna já estava às portas, Dolly voltou a cabeça, e não foi a alegria que se exprimiu espontaneamente em seu rosto extenuado, mas, sim, a perplexidade. Ela se levantou e abraçou a cunhada.

— Como assim, já chegou? — disse, beijando-a.

— Dolly, como estou feliz de vê-la!

— Eu também — disse Dolly, com um baço sorriso, tentando adivinhar, pela expressão facial de Anna, se ela sabia do acontecido. "Sabe, sim", pensou, ao reparar na condolência expressa no rosto de Anna. — Pois bem, vamos: levarei você para seu quarto — continuou, buscando postergar, quanto pudesse, o momento das explicações.

— É Gricha? Meu Deus, como ele cresceu! — disse Anna, beijando o menino; depois se deteve, sem desviar os olhos de Dolly, e ruborizou-se. — Não, permita que eu fique aqui mesmo.

Tirou o lenço e o chapéu, prendendo com este uma mecha de seus cabelos negros e bem cacheados, e balançou a cabeça para desprendê-los.

— Está radiando saúde e felicidade! — notou Dolly, quase invejosa.

— Eu?... Sim — disse Anna. — Meu Deus, Tânia! Tens a mesma idade de meu Serioja[68] — acrescentou, dirigindo-se à menina que entrara correndo. Sentou-a no colo e beijou-a. — É uma graça, essa menina, uma gracinha! Mostre-me, pois, todos.

Foi nomeando os sobrinhos, rememorando não só os nomes como também os anos e meses de nascimento, as índoles, as doenças de todas essas crianças, e Dolly não pôde deixar de apreciá-lo.

— Então vamos ao quarto deles — disse ela. — Vássia está dormindo agora, faz pena acordá-lo.

Ao ver as crianças, elas se sentaram, agora a sós, no salão, para tomar café. Anna pegou a bandeja, depois a colocou de lado.

— Dolly — começou a falar —, ele me contou.

Dolly mirou Anna com frieza. Esperava agora pelas frases de falsa compaixão, porém Anna não disse nada parecido.

— Dolly, minha querida! — disse. — Não posso nem lhe falar por ele nem a consolar: não se pode fazer isso. Mas simplesmente tenho pena de você, meu benzinho, do fundo de minha alma!

De chofre, as lágrimas surgiram por trás dos espessos cílios de seus olhos brilhantes. Ela se sentou mais perto da cunhada e pegou a mão dela com sua mãozinha enérgica. Dolly não se afastou, mas seu rosto conservou a mesma expressão seca. Ela disse:

— Não é possível que me consolem. Está tudo perdido, depois daquilo que houve; tudo se foi!

E, assim que ela disse isso, a expressão de seu rosto ficou repentinamente mais branda. Anna levantou a mão seca e fina de Dolly, beijou-a e prosseguiu:

— Mas o que fazer, Dolly, o que fazer? Como é que agiria melhor nessa situação horrível? É nisso que precisa pensar.

— Está tudo acabado, e nada mais — disse Dolly. — E o pior, veja se me entende, é que não posso abandoná-lo: temos filhos, estou amarrada. Só que não posso mais viver com ele: estou sofrendo de vê-lo.

— Dolly, meu amorzinho, ele me contou, mas eu quero ouvir tudo de você. Conte-me tudo.

Dolly fixou nela um olhar interrogativo.

A compaixão e o amor percebiam-se, indisfarçados, no rosto de Anna.

— Está bem — disse, de súbito. — Mas vou contar do começo. Você sabe como me casei. Com aquela educação da *maman*, não apenas era inocente, mas boba. Não sabia coisa nenhuma. Dizem, que eu saiba, que os maridos contam

---

[68] Forma diminutiva e carinhosa do nome russo Serguei.

às suas mulheres sobre a sua vida anterior, mas Stiva... — ela se corrigiu — Stepan Arkáditch não me contou nada. Você não vai acreditar, mas eu cá pensava até agora que era a única mulher que ele tinha conhecido. Assim vivi oito anos. Entenda que não apenas não suspeitava de infidelidade como achava isso impossível, e eis que fiquei sabendo de supetão, imagine só, de todo aquele horror, com aquelas ideias minhas, de toda a torpeza... Veja se me entende. Viver plenamente segura de minha felicidade e, de repente... — prosseguiu Dolly, contendo os prantos — receber uma carta... uma carta dele para sua amante, para minha governanta. Não, é horrível demais! — Ela se apressou a tirar um lencinho e tapou o rosto com ele. — Ainda compreenderia, se fosse uma paixão cega — continuou, após uma pausa —, mas me enganar assim, premeditada, astuciosamente... e com quem?... Continuar sendo meu marido, com ela no meio... é um horror! Você não pode entender...

— Oh, sim, eu entendo! Entendo sim, minha querida Dolly, entendo — dizia Anna, apertando a mão dela.

— E você acha que ele entende todo o horror de minha situação? — replicou Dolly. — Nem um pouco! Ele está contente e feliz.

— Oh, não! — interrompeu-a depressa Anna. — Ele está lamentável, abatido pelo seu arrependimento...

— Seria mesmo capaz de se arrepender? — interrompeu Dolly, olhando atentamente para o rosto de sua cunhada.

— Sim, eu o conheço. Não pude olhar para ele sem dor. Nós duas o conhecemos. Ele é bondoso, mas orgulhoso, e agora está tão humilhado. O que me tocou, sobretudo (e foi ali que Anna adivinhou o que poderia, sobretudo, tocar Dolly), é que está sofrendo por dois motivos: porque se envergonha na frente das crianças e porque, amando você... Sim, sim, amando mais do que tudo no mundo — interrompeu apressadamente Dolly, que já queria retrucar —, ele a deixou magoada, ele a matou. "Não, não, ela não vai perdoar", é o que diz o tempo todo.

Meditativa, Dolly olhava para longe de sua cunhada, enquanto a escutava.

— Sim, compreendo que a situação dele é horrível: o culpado se sente pior que o inocente — disse ela —, se perceber que da sua culpa provém a calamidade toda. Mas como é que perdoaria, como voltaria a ser sua esposa depois dela? Viver com ele será agora uma tortura, exatamente porque o amei como o amei, porque amo aquele meu antigo amor por ele...

E os soluços interromperam as palavras dela.

Mas, cada vez que se abrandava, punha-se novamente, como se o fizesse de propósito, a falar daquilo que a irritava.

— É que ela é jovem, é que ela é bonita — prosseguiu. — Será que entende, Anna, quem me tomou minha juventude e minha beleza? Foram ele e os filhos dele. Servi ao marido, e tudo o que era meu ficou gasto nesse serviço, e agora, bem entendido, ele se compraz mais com uma criatura fresca e vulgar. Eles devem ter falado sobre mim ou, pior ainda, nem ter falado... Será que me entende? — Seus olhos voltaram a irradiar ódio. — E depois disso ele me dirá... Será que vou acreditar nele? Jamais. Não, está tudo acabado, tudo o que foi consolo, recompensa pelo trabalho, pelo pesar... Será que você acreditaria? Estava agorinha ensinando a Gricha: antes era a alegria, mas agora é pesar. Para que tanto esforço, tanto trabalho? Para que servem os filhos? O que é horrível é que minha alma se revirou de repente, é que, em vez do amor, da ternura, não sinto por ele nada que não seja ódio, sim, ódio. Eu o mataria e...

— Dolly, meu amorzinho, eu entendo, mas não se aflija. Está tão ofendida, tão transtornada que vê muita coisa às avessas.

Dolly se acalmou, e elas se calaram por uns dois minutos.

— O que fazer, Anna? Invente, ajude-me. Já pensei em tudo e não vejo saída alguma.

Anna não conseguia inventar nada, porém o coração dela respondia diretamente a cada palavra, a cada mudança de expressão de sua cunhada.

— Só lhe digo uma coisa — começou Anna —: sou irmã dele, conheço o caráter dele, aquela capacidade de esquecer tudo, tudo mesmo (ela agitou a mão diante da testa), aquela capacidade de se empolgar totalmente e de se arrepender totalmente depois, em compensação. Ele não acredita, não compreende agora como pôde fazer o que fez.

— Ele compreende, sim, ele tem compreendido! — interrompeu-a Dolly. — Mas eu... você se esquece de mim... será que fico aliviada com isso?

— Espere. Quando ele falava comigo, confesso que eu não entendia ainda em que situação horrível você estava. Só o via a ele, entendia que sua família estava em apuros; tinha pena dele, mas, ao falar com você, percebo, como mulher, outra coisa: vejo como você está sofrendo e nem posso dizer quanta pena sinto de você! Mas, Dolly, meu amorzinho, eu compreendo esses seus sofrimentos, em geral, mas não sei de uma só coisa: não sei... não sei quanto amor por ele você tem ainda em sua alma. É você quem sabe se seu amor basta para que possa perdoar-lhe. Se bastar, então lhe perdoe!

— Não... — ia dizer Dolly, mas Anna a interrompeu, beijando-lhe outra vez a mão.

— Conheço a sociedade melhor que você — disse ela. — Conheço os homens como Stiva, sei de que maneira eles tratam aquilo. Diz que ele falou de você com sua amante? Não houve nada disso. Aqueles homens andam traindo, mas seu lar e sua esposa são algo sagrado para eles. De certa forma, as outras mulheres são desprezadas por eles e não se intrometem em suas famílias. Eles marcam um limite intransponível entre a família e aquilo ali. Não entendo como conseguem, mas é assim mesmo.

— Sim, mas ele a beijava...[69]

— Dolly, meu benzinho, espere. Eu vi Stiva quando ele estava apaixonado por você. Eu me lembro daquele tempo, quando ele vinha à minha casa e ficava chorando, enquanto falava de você, daquela poesia e daquela sublimidade que você representava para ele, e sei que, quanto mais Stiva vivia com você, tanto mais sublime você se tornava aos seus olhos. A gente se ria dele, às vezes, por adicionar a cada palavra: "Dolly é uma mulher admirável". Você sempre foi e continua sendo uma divindade para ele, e aquela paixão não toca em sua alma...

— E se aquela paixão se repetir?

— Não pode, pelo que entendo...

— Sim, mas você mesma lhe perdoaria a ele?

— Não sei. Não posso julgar a respeito disso... Aliás, posso, sim — disse Anna, depois de refletir um pouco, e, abrangendo mentalmente a situação toda e pesando-a em sua balança interior, acrescentou —: Posso, sim, posso. Perdoaria, sim. É verdade que não seria mais a mesma, porém lhe perdoaria, e perdoaria como se aquilo não tivesse acontecido nunca, de modo algum.

— Bem entendido — Dolly a interrompeu rapidamente, como se dissesse o que já pensara diversas vezes —, ou não seria um perdão. Se a gente perdoa, perdoa mesmo, por completo. Mas vamos, que levarei você para seu quarto — disse, levantando-se, e abraçou Anna pelo caminho. — Minha querida, como estou feliz porque você veio, como estou feliz! Agora me sinto melhor, bem melhor.

## XX

Anna passou todo aquele dia em casa, isto é, na casa dos Oblônski, sem receber ninguém, visto que alguns dos seus conhecidos já estavam a par de sua visita e vinham, no mesmo dia, para vê-la. Anna ficou, durante a manhã inteira, ao lado de Dolly e das crianças. Apenas mandou um bilhetinho para seu irmão, pedindo que viesse sem falta almoçar em casa. "Vem aqui, Deus é misericordioso", escreveu-lhe.

Oblônski veio almoçar em casa; a conversa era geral, e sua esposa, falando com ele, tratava-o por "você", o que não ocorria antes. Ainda se mantinha nas relações dos cônjuges o mesmo alheamento, porém não se tratava mais de se separarem, e Stepan Arkáditch vislumbrava a possibilidade de se explicarem e de fazerem as pazes.

---

[69] Eufemismo derivado do verbo francês *baiser* e usado para designar relações sexuais.

Logo após o almoço veio Kitty. Ela conhecia Anna Arkádievna, mas bem pouco, e vinha agora visitar sua irmã com certo receio do tratamento que lhe dispensaria aquela dama provinda da alta sociedade petersburguense, tão elogiada por todo mundo. No entanto, Anna Arkádievna gostou da moça, que se apercebeu logo disso. Anna lhe admirava, obviamente, a beleza e a juventude, e Kitty, que nem sequer tivera tempo para pensar a respeito, já se sentia não só influenciada por ela, mas até mesmo apaixonada por ela daquela maneira como as mocinhas são capazes de se apaixonar por mulheres casadas e mais maduras. Anna não se assemelhava a uma dama mundana, nem à mãe de um menino de oito anos, mas antes lembraria uma moça de vinte anos, graças à flexibilidade de seus movimentos, ao seu frescor e àquela constante animação de seu rosto que se entrevia ora em seu sorriso, ora em seu olhar, se não fosse a expressão séria e, por vezes, triste de seus olhos, a qual surpreendia e atraía Kitty. A moça intuía que Anna era absolutamente franca e não dissimulava nada, mas encerrava em si todo um mundo bem diferente, algo superior e cheio de interesses inacessíveis para ela mesma, complexos e poéticos.

Terminado o almoço e tendo Dolly ido ao seu quarto, Anna se levantou depressa e se achegou ao irmão, que estava acendendo um charuto.

— Stiva — disse-lhe, com uma piscadela alegre, benzendo-o e apontando, com os olhos, para a porta. — Vai lá, e que Deus te ajude.

Ele largou o charuto ao compreendê-la e desapareceu por trás da porta.

Quando Stepan Arkáditch saiu, Anna retornou ao sofá onde estivera sentada, no meio das crianças. Tendo já percebido que sua mamãe gostava daquela tia, ou então percebendo nela, por sua vez, uma graça particular, as duas mais velhas e, logo em seguida, as crianças menores, como se dá amiúde com as crianças, tinham-se grudado, ainda antes do almoço, naquela nova tia e não se afastavam mais dela. E houve em seu meio uma espécie de jogo que consistia em sentarem-se o mais perto possível da tia, roçarem nela, segurarem a sua mãozinha, beijarem-na, brincarem com seu anel ou, pelo menos, tocarem nos babados de seu vestido.

— Assim, assim, como a gente estava antes — disse Anna Arkádievna, sentando-se em seu lugar.

E Gricha passou de novo a cabeça por baixo do seu braço, encostando-a em seu vestido, e ficou radiante de tão orgulhoso e feliz.

— Quando é que será esse baile? — Anna se dirigiu a Kitty.

— Na semana que vem, e será um baile lindo. Um daqueles bailes em que sempre se está alegre.

— E há bailes em que sempre se está alegre? — perguntou Anna, com terna jocosidade.

— É estranho, mas há, sim. Os bailes dos Bobríchtchev são sempre alegres, os dos Nikítin também, mas os dos Mejkov são sempre enfadonhos. Será que a senhora não reparou nisso?

— Não, meu benzinho: para mim, não há mais bailes nos quais se está alegre — disse Anna, e Kitty avistou, em seus olhos, aquele mundo singular que não lhe era acessível. — Para mim, há bailes em que me sinto menos incomodada e chateada...

— Mas como a senhora pode ficar chateada num baile?

— E por que não poderia ficar chateada num baile? — questionou Anna. Kitty notou que ela sabia como seria a resposta.

— Porque a senhora é sempre melhor que todos.

Anna tinha a capacidade de enrubescer. Ela enrubesceu e disse:

— Primeiro, não sou nunca; e, segundo, ainda que fosse assim, por que é que precisaria disso?

— Pois a senhora vai àquele baile? — perguntou Kitty.

— Acho que não poderei deixar de ir. Pega isso aí — disse a Tânia que retirava, sem esforço, o anel do seu dedo branco e afilado na ponta.

— Ficarei muito feliz se a senhora for. Gostaria tanto de vê-la no baile.

— Se tiver de ir mesmo, vou consolar-me, ao menos, com a ideia de que isso lhe agradará... Gricha, não mexas, por favor, que já estão todos despenteados — disse Anna, arrumando a mecha emaranhada de seus cabelos com a qual brincava Gricha.

— Imagino a senhora de lilás, naquele baile.

— Por que logo de lilás? — perguntou Anna, sorrindo. — Pois bem, crianças, vão lá, vão. A *Miss* Hull está chamando para tomar chá, ouviram? — disse, apartando de si as crianças e mandando-as ir à sala de jantar.

— Pois eu sei por que a senhorita me convida para o baile. Deposita muitas esperanças nesse baile e quer que todos estejam presentes, que todos participem.

— Sim... Como a senhora sabe?

— Oh! Como é boa a sua idade — respondeu Anna. — Lembro e conheço essa neblina azul, parecida com a das montanhas, ali na Suíça. Essa neblina recobre tudo na época bem-afortunada em que a infância está chegando ao fim, e aquele imenso círculo feliz e alegre acaba por se transformar num caminho cada vez mais estreito, e nós sentimos prazer e pavor em adentrar essa enfiada, embora seja bela e luminosa... Quem é que não passou por isso?

Kitty sorria, calada. "Mas como foi que ela passou por isso? Como eu gostaria de conhecer todo o romance dela", pensava, rememorando a aparência nada poética de Alexei Alexândrovitch, o marido de Anna.

— Sei umas coisinhas. Stiva me contou e felicito a senhorita, pois gosto muito dele — prosseguiu Anna. — Encontrei Vrônski na estação ferroviária.

— Ah, ele estava lá? — perguntou Kitty, corando. — O que foi que Stiva lhe disse?

— Stiva deu com a língua nos dentes. E eu ficaria muito feliz com isso. Eu estava viajando ontem com a mãe de Vrônski — continuou Anna —, e sua mãe não parava de falar sobre ele. É o xodozinho dela; eu sei como as mães são parciais, mas...

— E o que a mãe dele contou para a senhora?

— Ah, muita coisa! Eu sei que é o xodozinho dela, mas, ainda assim, dá para ver que é um gentil-homem... Ela me contou, por exemplo, que ele queria repassar todo o seu patrimônio ao irmão, que tinha feito algo extraordinário ainda na infância, salvando uma mulher que se afogava. Numa palavra, é um herói — disse Anna, sorrindo e relembrando aqueles duzentos rublos que Vrônski entregara na estação.

Todavia, não contou sobre aqueles duzentos rublos. Incomodava-se, por alguma razão, ao lembrar-se do episódio. Sentia que nisso havia algo que lhe dizia respeito, a ela, e algo que não devia ter ocorrido.

— Ela me pediu muito que fosse visitá-la — prosseguiu Anna —, e eu tornaria a ver a velhinha com todo o prazer e vou visitá-la amanhã. Contudo, graças a Deus, Stiva se demora bastante com Dolly no quarto — acrescentou, mudando de assunto e levantando-se, como parecera a Kitty, aborrecida com alguma coisa.

— Não, eu sou o primeiro! Não, eu! — gritavam as crianças, tendo já terminado de tomar chá e correndo ao encontro da tia Anna.

— Todos juntos! — disse Anna e correu, ridente, ao encontro dos pequeninos, e abraçou e fez cair toda aquela turminha que se agitava e pipilava de alegria.

## XXI

Servido o chá dos adultos, Dolly saiu do seu quarto. Stepan Arkáditch não tinha saído. Decerto usara a porta dos fundos para deixar o quarto de sua esposa.

— Temo que você sinta frio lá em cima — notou Dolly, dirigindo-se a Anna. — Quero transferi-la para o andar de baixo, e ficaremos mais perto uma da outra.

— Ah, mas não se preocupe comigo, por favor — respondeu Anna, fitando o rosto de Dolly e buscando compreender se houvera reconciliação ou não.

— Teria mais luz por aqui — objetou a cunhada.

— Pois eu lhe digo que durmo, em qualquer lugar e sempre, como uma marmota.

— De que estão falando? — perguntou Stepan Arkáditch, saindo do gabinete e dirigindo-se à sua mulher.

Pelo seu tom, Kitty e Anna compreenderam logo que a reconciliação se consumara.

— Quero transferir Anna para o andar de baixo, mas é preciso recolocar as cortinas. Ninguém saberá fazer isso, terei de penar eu mesma — respondeu Dolly, voltando-se para ele.

"Sabe lá Deus se fizeram mesmo as pazes", pensou Anna ao ouvir o tom dela, frio e tranquilo.

— Ah, Dolly, mas chega de criar problemas — disse o marido. — Se quiser, farei tudo...

"Sim, devem ter feito as pazes", pensou Anna.

— Sei como você fará tudo — respondeu Dolly —: mandará que Matvéi faça o que não der para fazer, depois irá embora, e ele confundirá tudo — e, ao passo que Dolly dizia isso, um costumeiro sorriso jocoso franzia-lhe as pontas dos lábios.

"Uma reconciliação completa, completa, sim...", pensou Anna, "graças a Deus!" — e, toda alegre por ter sido o motivo dela, achegou-se a Dolly e beijou-a.

— De jeito nenhum. Por que é que despreza tanto a gente, eu cá e Matvéi? — disse Stepan Arkáditch, dirigindo-se à esposa com um sorriso quase imperceptível.

Dolly passou a tarde inteira, como sempre, caçoando um pouco de seu marido, enquanto Stepan Arkáditch estava contente e risonho, mas justo a ponto de não dar a entender que, sendo perdoado, ele se esquecera de sua culpa.

Às nove e meia, esse colóquio vespertino, que transcorria, sobremodo alegre e agradável, à mesa de chá da família Oblônski, foi interrompido por um acontecimento bem simples em aparência, porém todos acharam, por alguma razão, que tal acontecimento simples fosse estranho. Falando sobre os conhecidos petersburguenses que tinham em comum, Anna se levantou depressa.

— Tenho a fotografia dela no meu álbum — disse — e vou mostrar, a propósito, meu Serioja — acrescentou, com um orgulhoso sorriso materno.

Por volta das dez horas, quando ela costumava desejar boa noite ao filho e amiúde fazia, antes de ir a um baile, que se deitasse, ficou triste por estar tão longe dele; fosse qual fosse o tema da conversa, tornava frequentemente a pensar em seu Serioja com aquela cabeleira anelada que o menino tinha. Quis olhar para a fotografia dele e falar sobre ele. Aproveitando, pois, o primeiro ensejo, levantou-se da mesa e foi, com seus passos leves e resolutos, buscar o álbum. A escada que levava ao quarto dela, situado no andar de cima, dava para o patamar da escadaria de entrada, grande e bem aquecida.

Quando ela saía da sala de jantar, ouviu-se, na antessala, o toque da campainha.

— Quem poderia ser? — disse Dolly.

— É cedo para me virem buscar a mim, mas é tarde para uma visita — notou Kitty.

— Decerto trouxeram a papelada — adicionou Stepan Arkáditch. Enquanto Anna passava perto da escadaria, um criado subia correndo para anunciar a visita e o próprio visitante estava ao lado de um lampadário. Olhando para baixo, ela reconheceu logo Vrônski, e uma estranha sensação de prazer e, ao mesmo tempo, de medo inexplicável despontou repentinamente em seu coração. Plantado ali, sem despir o sobretudo, ele tirava algo do bolso. No momento em que Anna passava pelo meio da escadaria, ele ergueu os olhos, viu-a, e a expressão de seu rosto tornou-se como que envergonhada e assustada. Ela passou, inclinando de leve a cabeça, e logo se ouviram a voz sonora de Stepan Arkáditch, que pedia para entrar, e a voz baixa, macia e calma de Vrônski, que recusava o convite.

Quando Anna voltou com o álbum na mão, ele não estava mais lá, e Stepan Arkáditch contava que tinha vindo para se informar acerca do almoço que eles fariam, no dia seguinte, em homenagem a uma celebridade recém-chegada.

— Não quis entrar de modo algum. Está meio estranho — arrematou Stepan Arkáditch.

Kitty enrubesceu. Pensava que fosse a única a entender por que Vrônski tinha vindo e não entrara. "Ele esteve em nossa casa", pensava, "mas não me encontrou lá e pensou que eu estava aqui. Não entrou porque lhe parecia ser tarde demais e porque Anna está conosco".

Todos se entreolharam, sem dizer nada, e foram ver o álbum de Anna.

Não era nada extraordinário nem esquisito que um homem tivesse ido, às nove e meia, à casa de seu companheiro para se inteirar dos detalhes de um almoço planejado e não tivesse entrado. No entanto, todos acharam isso estranho. E foi Anna quem o achou, mais do que todos, estranho e agourento.

## XXII

O baile estava bem no começo quando Kitty entrava, com sua mãe, numa grande escadaria ladeada de flores e lacaios empoados de cafetãs,[70] que se banhava toda de luz. Das salas vinha o barulho da movimentação que reinava ali, uniforme como numa colmeia, e enquanto, postadas num patamar entre as árvores, as damas recompunham seus penteados diante de um espelho, ouviram-se os sons timidamente nítidos dos violinos da orquestra, que encetava a primeira valsa. Um velhinho civil, que alisava o cabelo em suas têmporas embranquecidas diante do outro espelho e dispersava o odor de seu perfume por toda parte, deparou-se com elas na escadaria e deixou-as subir, decerto admirando Kitty, que não conhecia. Um moço imberbe, um daqueles jovens mundanos que o velho príncipe Chtcherbátski chamava de frangotes, saudou-as com uma mesura, passando a correr de colete aberto de par em par e ajustando a sua gravata branca, e logo retornou e convidou Kitty para uma quadrilha. A primeira quadrilha já fora prometida a Vrônski, e ela teria de conceder a segunda àquele moço. Abotoando a sua luva, um militar se afastava da porta e, alisando o bigode, contemplava aquela rosadinha Kitty.

Apesar de sua toalete, seu penteado e todos os preparativos do baile terem custado a Kitty grandes esforços e cismas, agora ela aparecia no baile usando um complexo vestido de tule por cima de um corpete rosa, tão livre e desembaraçada como se todas aquelas rosetas e rendas e todas as minúcias de seu traje não tivessem custado, nem a ela mesma nem aos familiares dela, sequer um minuto de atenção, como se a moça já tivesse nascido coberta de tule e rendas, com aquele seu alto penteado encimado por uma rosa e duas folhas.

Quando a velha princesa quis arrumar, antes de entrarem na sala, uma das fitas que se entortara na cintura de Kitty, ela recuou um pouco. Sentia que tudo havia de lhe cair bem e de ser gracioso por si só, e que não se precisava arrumar coisa alguma.

Kitty vivia um dos seus dias felizes. O vestido não a incomodava nenhures, tampouco descia a *berthe*[71] rendilhada; as rosetas não estavam amassadas nem se desprendiam; os sapatos rosa com saltos altos e recurvados não apertavam, mas alegravam os pezinhos dela. As espessas tranças de cabelo louro justapunham-se, com plena naturalidade, à sua cabecinha. Todos os três botões de sua luva comprida estavam bem encaixados, sem nenhum deles se ter soltado, e a própria luva lhe moldava a mão sem alterar sua forma.

---

[70] Vestimenta tradicional russa, de origem oriental; espécie de comprido sobretudo masculino.

[71] Faixa de tecido que orla o decote (em francês).

O veludo negro do medalhão cingia-lhe o pescoço com especial ternura. Esse veludo era uma gracinha, e Kitty havia sentido, quando estava em casa e via seu pescoço num espelho, que ele sabia falar. Ainda se podia duvidar de todas as outras coisas, mas esse veludo era uma gracinha. Kitty voltou a sorrir, lá no baile, ao vê-lo de novo no espelho. Sentia que seus ombros e braços desnudos irradiavam um frio marmóreo, e era bem dessa sensação que gostava sobremaneira. Seus olhos brilhavam, e seus lábios corados não podiam deixar de sorrir com a consciência que a moça tinha de ser atraente. Mal entrou na sala e chegou perto da multidão de damas, cheia de tules e fitas e rendas e cores, esperando pelo convite dos cavalheiros (Kitty nunca se demorava no meio da tal multidão), foi convidada para uma valsa, e convidada pelo melhor cavalheiro, pelo cavalheiro-mor da hierarquia dos bailes, pelo famoso regente de festas e mestre de cerimônias, homem casado, bonito e garboso, chamado Yegóruchka Kórsunski. Acabando de deixar a condessa Bânina, com quem dançara a primeira valsa, ele estava de olho em sua área, ou seja, em vários casais que dançavam; avistou Kitty, que entrava na sala, e correu em sua direção com aquele singular passo esquipado, inerente tão só aos regentes de bailes, e cheio de desenvoltura; a seguir, fez uma mesura e, mesmo sem perguntar se ela queria, ergueu o braço para envolver a fina cintura da moça. Kitty se virou, buscando a quem passar o seu leque, e a dona da casa sorriu para ela e tomou-o da sua mão.

— Como é bom a senhorita chegar na hora certa — disse Kórsunski, abraçando-lhe a cintura. — Pois que hábito é aquele, o de se atrasar!

Ela dobrou seu braço esquerdo, colocou-o sobre o ombro dele, e seus pezinhos de sapatos rosa foram deslizando rápida, ligeira e compassadamente, ao ritmo da música, pelo parquete[72] escorregadio.

— A gente descansa valsando com a senhorita — disse-lhe o cavalheiro, enquanto fazia os primeiros e vagarosos passos da valsa. — Que graça, que leveza, que *précision*[73] — dizia-lhe o mesmo que dizia a quase todas as moças conhecidas.

Kitty sorriu ao ouvir o elogio dele e continuou a examinar a sala por cima do seu ombro. Não era uma novata, para a qual todos os rostos se uniam num baile, formando uma só impressão mágica; tampouco era uma festeira inveterada que conhecia todos os rostos daquele baile a ponto de se entediar com eles, mas estava na posição mediana entre esses dois extremos, isto é, excitada e, ao mesmo tempo, reservada o suficiente para poder observar.

---

[72] Assoalho feito de tacos de madeira que formam desenhos ou figuras (*Dicionário Caldas Aulete*).

[73] Precisão (em francês).

Via, por exemplo, a fina flor da sociedade que se agrupara no canto esquerdo da sala. Ali estava, impossivelmente desnuda, a bela Lydie, a esposa de Kórsunski; ali estava a dona da casa; ali refulgia a careca de Krívin, que sempre se mantinha junto da fina flor da sociedade; para lá é que olhavam os moços, sem se atreverem a chegar perto, e foi lá que seus olhos encontraram Stiva e depois viram o vulto formoso e a cabeça de Anna, que trajava um vestido de veludo negro. Vrônski também estava lá. Kitty não o via desde aquela noite em que recusara o pedido de Lióvin. Reconheceu-o logo, com sua vista aguda, e até mesmo notou que ele a mirava.

— Mais uma valsa, então? A senhorita não está cansada? — disse Kórsunski, um tanto ofegante.

— Não, obrigada.

— Aonde é que levo a senhorita?

— Parece que Karênina está aqui... Leve-me até ela.

— Às suas ordens.

E Kórsunski foi valsando, a passos mais lentos, rumo ao grupo reunido no canto esquerdo da sala, repetindo: *"Pardon, mesdames, pardon, pardon, mesdames"*[74] e manobrando no meio daquele mar de rendas, tules e fitas; sem roçar numa só plumazinha, acabou por girar bruscamente sua dama, de modo que ficaram à mostra suas finas perninhas de meias rendilhadas e se abriu como uma ventarola, cobrindo os joelhos de Krívin, a cauda de seu vestido. Kórsunski fez uma mesura, enfunou o peito sob a casaca aberta e estendeu-lhe a mão para conduzi-la até Anna Arkádievna. Toda vermelha, Kitty tirou a cauda dos joelhos de Krívin e voltou-se, um pouco tonta, à procura de Anna. Anna estava em pé, rodeada de damas e homens, e conversava. O vestido dela não era lilás, como apetecia a Kitty que fosse sem falta, mas feito de veludo negro e bem decotado, descobrindo seus ombros roliços, como que modelados em marfim mate, seu peito e seus braços torneados, com aquelas mãozinhas finas. Todo o seu vestido estava bordado de *guipure*[75] veneziana. Sobre a cabeça dela, em cima dos cabelos negros e todos naturais, sem alusão a apliques, estava uma pequena grinalda de amores-perfeitos; uma grinalda igual enfeitava, suspensa entre as rendas brancas, a fita preta de seu cinto. O penteado de Anna não dava na vista; só se avistavam, adornando-a, os aneizinhos rebeldes e curtos de seus cabelos encrespados que sempre lhe sobressaíam na nuca e nas têmporas. Um colarzinho de pérolas pendia em seu pescoço firme e bem torneado.

---

[74] Perdão, senhoras... (em francês).
[75] Espécie de renda delicada que representa diversos tipos de arabesco (em francês).

Kitty via Anna todos os dias, estava apegada a ela e só a imaginava vestida de lilás. Mas, agora que a via de negro, percebeu que ainda não se dera conta de todo o encanto dela. Agora a via de maneira totalmente nova e inesperada. Agora entendia que Anna nem podia estar de lilás e que seu charme consistia precisamente em ultrapassar sempre a sua toalete, tanto assim que as roupas nunca poderiam ser notadas no corpo dela. Nem aquele vestido negro se notava, com todas as suas rendas vistosas, nela: era apenas uma moldura em que só se via ela mesma — simples, natural, requintada e, ao mesmo tempo, alegre e animada.

Ela estava lá, de dorso bem reto como sempre, e, quando Kitty se aproximou do grupo, conversava com o dono da casa, virando de leve a cabeça em sua direção.

— Não vou atirar a pedra, não — respondia a certa indagação dele —, se bem que não entenda — continuou, dando de ombros, e logo se dirigiu a Kitty com um sorriso a expressar sua meiga proteção. Avaliando a toalete da moça com um rápido olhar feminino, fez um gesto com a cabeça, quase imperceptível, mas compreensível para Kitty, de que aprovava seu traje e sua beleza. — Até na sala você entra dançando — acrescentou.

— É uma das minhas ajudantes mais leais — disse Kórsunski, saudando Anna Arkádievna, que ainda não tinha visto. — A princesinha ajuda a tornar o baile alegre e belo. Anna Arkádievna, uma valsa... — solicitou, inclinando-se.

— Pois vocês se conhecem? — perguntou o dono da casa.

— E quem é que a gente não conhece? Somos, eu e minha esposa, como os lobos brancos:[76] todo mundo nos conhece — respondeu Kórsunski. — Uma valsa, Anna Arkádievna...

— Não danço quando se pode deixar de dançar — disse ela.

— Só que hoje não se pode — replicou Kórsunski.

Nesse meio-tempo, Vrônski se aproximava de Anna.

— Então, se não se pode deixar de dançar hoje, vamos dançar — disse ela, sem reparar na mesura de Vrônski, e pôs depressa o braço sobre o ombro de Kórsunski.

"Por que está aborrecida com ele?", pensou Kitty, ao notar que Anna não reagira adrede ao cumprimento de Vrônski. O jovem se achegou a Kitty, lembrando-a da primeira quadrilha e lamentando não ter tido, nesse tempo todo, o prazer de revê-la. Kitty olhava com admiração para Anna, que estava valsando, e escutava Vrônski. Esperava que a convidasse para uma valsa, mas ele não a convidou, e a moça olhou para ele pasmada. Enrubescendo, Vrônski

---

[76] A expressão francesa *être connu comme le loup blanc*, que o personagem traduz literalmente para o russo, significa "ser por demais conhecido".

se apressou a convidá-la para valsarem, mas, tão logo abraçou a fina cintura da moça e fez o primeiro passo, a música se interrompeu de repente. Kitty mirou o semblante dele, que estava tão próximo, e esse olhar cheio de amor, que fixou nele então e que ele não retribuiu, continuaria por muito tempo, até vários anos depois, a pungir-lhe o coração com uma vergonha atormentadora.

— *Pardon, pardon!* A valsa, a valsa! — gritou Kórsunski, do outro lado da sala, e, apanhando a primeira senhorita que viesse, passou logo a dançar.

## XXIII

Vrônski dançou com Kitty algumas valsas seguidas. Após a valsa, Kitty se acercou de sua mãe e, mal teve tempo para trocar umas palavras com Nordstone, Vrônski veio convidá-la para a primeira quadrilha. Não foi dito nada de significativo durante essa quadrilha: falavam, de modo entrecortado, ora sobre os Kórsunski, o marido e a mulher, que Vrônski descrevia bem engraçadamente, como se fossem duas doces crianças de quarenta anos de idade, ora sobre o futuro teatro comunitário, e foi só uma vez que a conversa tocou Kitty no vivo, quando ele perguntou por Lióvin, se estava em Moscou, e acrescentou que gostara muito de Lióvin. Aliás, Kitty nem esperava por algo maior na hora da quadrilha. Esperava, de coração desfalecente, pela mazurca. Parecia-lhe que, durante a mazurca, tudo se resolveria. Não se preocupava por ele não a ter convidado, enquanto dançavam quadrilha, para a mazurca. Estava certa de que dançaria mazurca com Vrônski, como nos bailes anteriores, e recusou os convites de cinco cavalheiros, dizendo que estava dançando. O baile inteiro, até a última quadrilha, era para Kitty um sonho mágico, cheio de cores, sons e movimentos alegres. Só não dançava quando se sentia cansada demais e pedia descanso. Todavia, dançando a última quadrilha com um daqueles moços chatos cujos pedidos não se podia recusar, chegou por acaso a ficar *vis-à-vis*[77] com Vrônski e Anna. Não se aproximava de Anna desde a sua chegada e, de improviso, viu-a outra vez de maneira totalmente nova e inesperada. Vislumbrou em Anna aquele traço de excitação devida ao sucesso que conhecia tão bem ela mesma. Viu que Anna se inebriara com o vinho daquela admiração que estava provocando. Conhecia essa sensação, bem como os indícios dela, e percebia-os em Anna: via o brilho trêmulo, cintilante, dos seus olhos, e o sorriso da felicidade e da excitação que lhe curvava, sem que ela desejasse, os lábios, e a graça distinta, a precisão e a leveza de seus movimentos.

---

[77] Face a face, cara a cara (em francês).

"Quem?", perguntou Kitty a si mesma. "Todos ou um só?" E, sem ajudar o pobre moço, com quem dançava, em sua conversa, cujo fio ele deixara cair e não podia mais apanhar, mas apenas obedecendo, em aparência, aos brados alegres e imperiosos de Kórsunski, que mandava todos fazerem ora um *grand rond*,[78] ora uma *chaîne*,[79] ela observava, e seu coração ficava cada vez mais apertado. "Não foi o enlevo da multidão que a inebriou, não, mas a admiração de um homem só. E quem é esse homem? Seria ele?" Todas as vezes que Vrônski falava com Anna, um brilho alegre se acendia nos olhos dela, e aquele sorriso da felicidade encurvava seus lábios corados. Ela parecia fazer um esforço sobre si mesma para não revelar tais indícios de alegria, mas eles se manifestavam espontaneamente em seu rosto. "E ele lá?", Kitty olhou para Vrônski e ficou horrorizada. Percebeu nele o mesmo que avistava tão claramente espelhado no rosto de Anna. Que fim teriam levado a sua postura, sempre tranquila e firme, e a expressão serena de sua cara? Não: todas as vezes que se dirigia a ela agora, Vrônski inclinava um pouco a cabeça, como se quisesse cair de joelhos em sua frente, e seu olhar exprimia apenas submissão e temor. "Não quero ofendê-la", parecia dizer, todas as vezes, o olhar dele, "quero salvar a mim mesmo, mas não sei como". A expressão de seu rosto era tal que Kitty jamais vira antes.

Eles falavam sobre alguns conhecidos que tinham em comum, levavam uma conversa por demais pífia, mas parecia a Kitty que cada palavra que articulavam era capaz de definir o destino deles e dela também. E, coisa estranha: conquanto falassem, efetivamente, de como Ivan Ivânovitch estava ridículo com aquele seu francês, e de como Yelêtskaia poderia ter arranjado um partido melhor, essas palavras tinham, não obstante, certo significado para ambos, e eles sentiam isso da mesma forma que o sentia Kitty. O baile inteiro, o mundo inteiro... tudo se encobriu, em sua alma, com uma neblina. Apenas a rigorosa escola de sua educação servia-lhe de suporte e fazia-a cumprir o que lhe era exigido, ou seja, dançar, responder às perguntas, conversar e até mesmo sorrir. Contudo, pouco antes de começar a mazurca, quando já se punha a deslocar as cadeiras e vários casais iam passando das salas pequenas para a sala grande, Kitty atravessou um momento de desespero e de pavor. Recusara cinco convites e agora não dançaria mazurca. Nem sequer esperava que alguém a convidasse, notadamente por ter tamanho sucesso na sociedade que não passaria por nenhuma cabeça a suposição de ela não ter sido convidada até então. Precisava dizer à sua mãe que estava doente e voltar para casa, porém não tinha forças para tanto. Sentia-se aniquilada.

---

[78] Grande círculo (em francês).
[79] Corrente, fileira (em francês).

Foi até o canto mais distante da pequena sala de visitas e deixou-se cair numa poltrona. A saia airosa de seu vestido ergueu-se, qual uma nuvem, ao redor de seu torso esbelto; um dos seus braços nus, fino e terno braço de menina, imergiu, caindo sem forças, nas pregas da *tunique*[80] rosa; com a outra mão, ela segurava seu leque e abanava, com gestos breves e rápidos, seu rosto em brasa. Mas, apesar dessa aparência de uma borboleta que acaba de se enganchar numa ervinha e está prestes a desdobrar, mal torna a alçar voo, suas asinhas irisadas, um desespero horrível premia-lhe o coração.

"Será que estou enganada? Será que não houve nada disso?"

E ela rememorava tudo o que tinha visto.

— Kitty, o que é isso? — perguntou a condessa Nordstone, que se acercara dela pisando silenciosamente na alfombra. — Não estou entendendo.

O lábio inferior de Kitty tremeu; ela se levantou depressa.

— Você não dança mazurca, Kitty?

— Não, não — respondeu Kitty, e sua voz tremia chorosa.

— Ele a convidou, a ela, para a mazurca — disse Nordstone, sabendo que Kitty entenderia quem eram aqueles "ele" e "ela". — Aí ela disse: o senhor não dança com a princesa Chtcherbátskaia?

— Ah, tanto faz para mim! — retorquiu Kitty.

Ninguém, a não ser ela mesma, compreendia a sua situação, ninguém sabia que, na véspera, ela repelira um homem a quem talvez amasse e que o repelira por confiar num outro homem.

A condessa Nordstone procurou por Kórsunski, com quem estava dançando mazurca, e mandou que fosse convidar Kitty.

Kitty dançava na primeira dupla e, felizmente para ela, não precisava falar, porquanto Kórsunski corria sem trégua, tomando conta da sua área. Vrônski e Anna estavam sentados quase defronte dela. Com sua vista aguda, Kitty os enxergava de longe; via-os também de perto, quando ambos se deparavam de dupla em dupla, e, quanto mais os via, tanto mais se persuadia de que sua desgraça se consumara. Percebia que eles se sentiam sós naquela sala repleta de gente. E lobrigava no rosto de Vrônski, sempre tão firme e independente, aquela mesma expressão de desnorteio e submissão que a espantara antes, a expressão semelhante à de um cão inteligente que fizera algo reprovável.

Anna sorria, e seu sorriso se transmitia a Vrônski. Ela ficava meditativa, e ele se tornava sério. Alguma força sobrenatural atraía os olhos de Kitty ao rosto de Anna. Ela era encantadora com aquele seu simples vestido negro: encantadores eram os braços roliços dela, adornados com braceletes, encantador o pescoço firme com o colarzinho de pérolas, encantadores os cabelos

---

[80] A parte superior do vestido (em francês).

anelados do penteado um tanto confuso, encantadores os movimentos leves e graciosos de seus pequenos pés e mãos, encantador o semblante bonito naquela sua animação... Contudo, havia algo aterrador e cruel no encanto dela.

Kitty a admirava ainda mais do que antes e sofria cada vez mais. Sentia-se esmagada, e seu rosto exprimia isso. Quando Vrônski viu a moça, esbarrando com ela durante a mazurca, demorou mesmo a reconhecê-la — tanto ela havia mudado.

— Que baile maravilhoso! — disse-lhe, só para dizer alguma coisa.

— Sim — respondeu ela.

No meio da mazurca, repetindo uma complexa figura recém-inventada por Kórsunski, Anna se postou no meio do círculo e chamou dois cavalheiros, uma dama e Kitty. Ao passo que se aproximava de Anna, Kitty a mirava com susto. Anna olhou para ela entrefechando os olhos e sorriu ao apertar-lhe a mão. Notando, porém, que o rosto de Kitty respondia ao sorriso dela apenas com uma expressão de desespero e pasmo, virou-lhe as costas e puxou uma conversa alegre com a outra dama.

"Sim, há nela algo estranho, demoníaco e charmoso", disse Kitty consigo.

Anna não queria ficar para o jantar, mas o dono da casa começou a dissuadi-la.

— Chega, Anna Arkádievna — disse-lhe Kórsunski, passando o braço desnudo dela sob a manga de sua casaca. — Que ideia de *cotillon*[81] é que tenho! *Un bijou!*[82]

E ele se movia devagarinho, tentando envolvê-la. O dono da casa sorria com aprovação.

— Não vou ficar, não — respondeu Anna, sorrindo, mas, não obstante aquele sorriso, tanto Kórsunski quanto o dono da casa compreenderam, pelo tom resoluto em que ela respondeu, que não ficaria mesmo.

— Não, ainda assim dancei em Moscou, só neste baile dos senhores, mais do que em Petersburgo durante o inverno inteiro — disse Anna olhando para Vrônski, que estava ao seu lado. — Preciso descansar antes de partir.

— Pois a senhora parte amanhã mesmo? — perguntou Vrônski.

— Acho que sim — respondeu Anna, parecendo surpresa com a ousadia dessa pergunta, porém o brilho infrene, cintilante, de seus olhos e de seu sorriso abrasou-o enquanto ela falava.

Anna Arkádievna não ficou para o jantar e foi embora.

---

[81] Diversão (jogo ou dança animada) que termina um baile (em francês).
[82] Uma joia (em francês).

## XXIV

"Sim, há algo nojento, repulsivo, em mim", pensava Lióvin, saindo da casa dos Chtcherbátski e dirigindo-se, a pé, à de seu irmão. "E não presto para lidar com outras pessoas. Dizem que é meu orgulho. Não: nem mesmo orgulho eu tenho. Se tivesse orgulho, não me teria colocado numa posição dessas." Imaginava Vrônski — feliz, bondoso, inteligente e tranquilo — que nunca ficara, sem dúvida, numa situação tão horrível como aquela em que ele mesmo estivera havia pouco. "Sim, ela devia escolhê-lo. Deve ser assim, e não me cabe reclamar de alguém por qualquer motivo que seja. Eu mesmo é que sou o culpado. Que direito é que tinha de pensar que ela desejaria unir sua vida à minha? Quem sou eu? O que é que eu sou? Um sujeitinho nulo, de quem ninguém precisa para nada." Lembrou-se do irmão Nikolai e deteve-se nessa lembrança com alegria. "Será que ele não tem razão em dizer que tudo neste mundo é ruim e abjeto? E é pouco provável que tenhamos julgado e continuemos julgando o irmão Nikolai de maneira justa. Dá para entender que, do ponto de vista de Prokófi, que o viu de peliça rasgada e bêbado, é um homem desprezível, mas eu o conheço sob outro ângulo. Conheço a alma dele e sei que nos parecemos um com o outro. E eu, em vez de ir procurá-lo, fui jantar e depois fui àquela casa." Lióvin se aproximou de um lampião, leu o endereço do irmão, que estava em sua carteira, e chamou por um cocheiro. Ao longo de todo o caminho até onde morava seu irmão, Lióvin recordava vivamente todos os fatos da vida de Nikolai que eram de seu conhecimento. Recordava como na universidade, e um ano depois de completar o curso, seu irmão levava, apesar de os companheiros zombarem dele, uma vida monástica, seguindo à risca todos os ritos religiosos, indo às missas e jejuando, mantendo-se longe de quaisquer prazeres e, sobretudo, das mulheres; como se desenfreara mais tarde, de supetão, travando amizades com as pessoas mais asquerosas e caindo na mais horrorosa esbórnia. Recordava a seguir a história daquele garoto que ele trouxera de uma aldeia para educar, acabando por espancá-lo tanto, numa crise de fúria, que fora instaurado um inquérito sobre as lesões corporais que tinha causado. Recordava depois a história do fulheiro para quem perdera algum dinheiro, dando-lhe uma promissória, e de quem logo prestara queixa, alegando ter sido ludibriado (fora aquele dinheiro pago por Serguei Ivânytch). Recordava também como passara uma noite na delegacia por sua conduta violenta. Recordava aquele vergonhoso pleito que abrira contra seu irmão Serguei Ivânytch, o qual teria deixado de lhe entregar a sua parte da herança materna, e o caso mais recente, quando Nikolai, indo servir nas províncias ocidentais, fora preso ao espancar um suboficial... Tudo isso era torpe demais, porém Lióvin não o achava, nem de longe, tão torpe como haveriam de achá-lo as pessoas que não conheciam Nikolai Lióvin, não conheciam toda a sua história nem o coração dele.

Lióvin não se esquecera de que, quando Nikolai estava em seu período de devoção, afeito àqueles jejuns, monges e ofícios religiosos, quando buscava na religião uma ajuda, um freio para sua natureza passional, ninguém o apoiava nisso, mas todos, inclusive ele próprio, andavam zombando dele. Escarneciam-no, chamavam-no de Noé e de frade e, quando ele acabou caindo na farra, ninguém o socorreu, mas todos lhe viraram, com horror e asco, as costas.

Lióvin sentia que, apesar de toda a feiura de sua vida, o irmão Nikolai não estava no íntimo, lá nos alicerces de sua alma, mais equivocado que aquelas pessoas por quem se via menosprezado. Não tinha culpa de ter nascido com uma índole impetuosa e uma mente, de certa forma, limitada. Mas sempre quisera ser bom. "Direi tudo para ele, farei que ele me diga tudo e mostrarei que o amo e, portanto, que o compreendo", decidiu Lióvin consigo mesmo, chegando, por volta das onze horas, ao hotel cujo endereço lhe fora indicado.

— Andar de cima, quartos 12 e 13 — respondeu o porteiro à indagação de Lióvin.

— Está lá?

— Deve estar, sim.

A porta do quarto 12 estava entreaberta, e de lá saía, numa faixa de luz, a espessa fumaça de um tabaco ruim e fraco, e ouvia-se uma voz que Lióvin desconhecia. Contudo, Lióvin soube, num átimo, que seu irmão estava ali: tinha ouvido os pigarros dele.

Quando entrou porta adentro, a voz desconhecida dizia:

— Tudo depende da sensatez e da consciência com que o negócio será feito.

Olhando através da porta, Konstantin Lióvin viu que falava um jovem de *poddiovka*,[83] com uma cabeleira descomunal, e que uma moça um tanto bexiguenta, trajando um vestido de lã sem mangas nem golas, estava sentada num sofá. Não dava para ver seu irmão. Konstantin sentiu um doloroso aperto no coração, ao pensar que seu irmão vivia no meio dessas pessoas estranhas. Ninguém o ouvira entrar, e Konstantin prestava atenção, enquanto tirava suas galochas, naquilo que dizia o senhorzinho de *poddiovka*. Este falava sobre alguma empresa.

— Mas aquelas classes privilegiadas, que o diabo as leve! — disse, pigarreando, a voz do irmão. — Macha! Arruma um jantar para a gente e traz vinho, se ainda sobrou; se não, manda buscar mais.

---

[83] Leve casaco masculino pregueado na cintura.

A moça se levantou, passou pelo tabique e viu Konstantin.

— Um senhor está aqui, Nikolai Dmítritch — disse ela.

— Procura por quem? — a voz de Nikolai Lióvin soava zangada.

— Sou eu — respondeu Konstantin Lióvin, postando-se em plena luz.

— "Eu" quem? — repetiu, ainda mais zangada, a voz de Nikolai. Ouviu-se como ele se levantou depressa, tropeçando em algo, e Lióvin avistou bem na frente, às portas, o vulto enorme, magro e meio curvado de seu irmão, tão familiar e, não obstante, tão espantoso, com seu aspecto selvagem e doentio, e os olhos dele, grandes e assustados.

Nikolai estava ainda mais magro do que três anos antes, quando Konstantin Lióvin o vira pela última vez. Usava uma sobrecasaca curta. Seus braços e seus ossos largos pareciam maiores ainda. Os cabelos estavam mais ralos; o mesmo bigode reto encimava os lábios; os mesmos olhos fitavam, ingênuos e esquisitos, quem entrara.

— Ah, Kóstia![84] — disse de súbito, reconhecendo o irmão, e seus olhos fulgiram de alegria. Mas, no mesmo instante, ele olhou para aquele jovem e moveu de modo espasmódico, tão familiar para Konstantin, a cabeça e o pescoço, como que incomodado pela sua gravata, e uma expressão bem diferente, asselvajada, endolorida e cruel fixou-se em seu rosto descarnado.

— Tenho escrito para o senhor e para Serguei Ivânytch, dizendo que não os conheço nem quero conhecê-los. O que tu... o que o senhor deseja?

Ele não era, nem de longe, como Konstantin o havia imaginado. Os traços mais penosos e perversos de seu caráter, os quais tornavam tão difícil a convivência com ele, já estavam esquecidos por Konstantin Lióvin depois de pensar no irmão, mas agora, tendo ele visto seu rosto e, sobretudo, aquele espasmódico girar da cabeça, ressurgiam-lhe todos na memória.

— Não tenho motivo algum para te ver — respondeu ele, tímido. — Vim apenas para te ver.

A timidez do irmão parecia deixar Nikolai mais brando. Seus lábios estremeceram.

— Pois é isso, hein? — disse ele. — Entra, pois, senta-te. Queres jantar? Macha, traz aí três porções. Não, espera. Sabes quem é esse? — dirigiu-se ao irmão, apontando para o moço de *poddiovka*. — É o senhor Krítski, meu amigo desde Kiev, um homem muito notável. É claro que a polícia está atrás dele, porque não é um canalha.

E ele mirou, conforme seu hábito, todos os que estavam no quarto. Vendo a moça, que tinha parado às portas, prestes a sair, gritou para ela: "Espera,

---

[84] Forma diminutiva e carinhosa do nome russo Konstantin.

eu disse!". E, com aquela inaptidão, aquele jeito canhestro de conversar que Konstantin conhecia tão bem, começou a contar ao irmão, olhando de novo para todos os presentes, a história de Krítski: como fora expulso da universidade por ter montado um fundo de assistência mútua para os estudantes pobres e umas escolas noturnas, e como depois passara a ensinar numa escola pública e fora expulso dali também, e acabara julgado por alguma razão.

— O senhor estudou na universidade de Kiev? — perguntou Konstantin Lióvin a Krítski para desvanecer o silêncio embaraçoso que se fizera.

— Estudei em Kiev, sim — disse Krítski num tom sombrio, carregando o cenho.

— E aquela mulher — interrompeu-o Nikolai Lióvin, apontando para a moça — é a companheira dos meus dias, Maria Nikoláievna. Tirei-a de um bordel — e seu pescoço tremeu, quando disse isso. — Mas eu a amo e respeito, e peço a todos os que me prezem — adicionou, elevando a voz e franzindo o sobrolho — que a amem e respeitem também. Como se fosse minha esposa, dá na mesma. Pois bem: agora sabes com quem estás lidando. E, se pensares que ficarás humilhado, então Deus está cá e a saída está lá.

E seus olhos tornaram a percorrer todos, de modo interrogativo.

— Por que é que ficaria humilhado? Não entendo...

— Então, Macha, manda aí que tragam o jantar: três porções, vinho e vodca... Não, espera... Mas não precisas, não... Podes ir.

## XXV

— Estás vendo — prosseguiu Nikolai Lióvin, franzindo, com esforço, a testa e voltando a estremecer. Custava, pelo visto, a decidir o que diria e faria. — Estás vendo, pois... — Ele apontou para umas barras de ferro, atadas com cordinhas e amontoadas num canto do quarto. — Estás vendo aquilo? É o começo de um novo negócio que estamos iniciando. Esse negócio é uma *artel*[85] produtiva...

Konstantin quase não ouvia. Examinava o rosto doentio de seu irmão, o de um tísico, e sentia cada vez mais pena dele, e não conseguia forçar a si mesmo a escutar o que Nikolai lhe contava sobre a tal *artel*. Percebia que era apenas uma âncora que o salvava do desprezo por si próprio. Nikolai Lióvin continuava falando:

— Tu sabes que o capital oprime o trabalhador: nossos trabalhadores, os mujiques, carregam o fardo inteiro de seu labor, e a situação deles é tal que,

---

[85] Grupo, muitas vezes informal, de operários que têm a mesma profissão.

por mais que estejam trabalhando, não conseguem superar essa sua situação bestial. Todos os lucros do salário ganho, com os quais poderiam melhorar sua condição, garantir seu lazer e, consequentemente, ter acesso à instrução, todos os excedentes da recompensa lhes são tomados pelos capitalistas. E o feitio da sociedade é tal que, quanto mais eles trabalham, tanto mais enriquecem os comerciantes, os fazendeiros, e eles são, para todo o sempre, bestas de carga. E esse sistema deve ser mudado — finalizou e olhou, de modo interrogativo, para o irmão.

— Sem dúvida — disse Konstantin, atentando naquele rubor que transparecia sob os ossos salientes das faces de seu irmão.

— Pois a gente está organizando uma *artel* de serralheiros, na qual toda a produção e todos os lucros e, o principal, os instrumentos de trabalho serão de todo mundo.

— E onde vai ficar essa *artel*? — perguntou Konstantin Lióvin.

— Na aldeia Vozdrioma da província de Kazan.

— Por que logo numa aldeia? Pelo que me parece, há muito trabalho a fazer no campo. Será que essa aldeia precisa de uma *artel* de serralheiros?

— Precisa, sim, pois os mujiques são hoje os mesmos escravos de ontem,[86] e é bem por isso que tu mesmo, com Serguei Ivânytch, ficas incomodado, já que se quer tirá-los dessa escravidão — disse Nikolai Lióvin, irritado com a objeção.

Konstantin Lióvin suspirou, examinando ao mesmo tempo aquele quarto sombrio e sujo. Seu suspiro parecia deixar Nikolai ainda mais irritado.

— Conheço essas convicções aristocráticas que tu mesmo, com Serguei Ivânytch, tens aí. Sei que ele emprega todas as forças de sua mente para justificar o mal existente.

— Não, mas por que só falas em Serguei Ivânytch? — questionou Lióvin, sorrindo.

— Serguei Ivânytch? É o seguinte! — exclamou de repente, mal ouviu o nome de Serguei Ivânovitch, Nikolai Lióvin. — É o seguinte, pois... Não adianta falar! Sempre o mesmo... Por que é que vieste para cá? Estás desprezando isso, e tudo bem, e vai com Deus, vai! — gritava, levantando-se da cadeira. — Vai embora, vai!

— Não estou desprezando nem um pouco — disse Konstantin Lióvin, tímido. — Nem mesmo fico discutindo.

Maria Nikoláievna voltou nesse meio-tempo. Nikolai Lióvin olhou para ela com raiva. Ela se achegou rapidamente a ele e cochichou algo.

---

[86] Alusão ao longo período de servidão rural, abolida na Rússia em 1861.

— Estou indisposto, fiquei irritadiço... — comentou Nikolai Lióvin, acalmando-se e respirando a custo. — Ademais, tu me falas de Serguei Ivânytch e do artigo dele. É tanta bobagem, tanta falsidade, tanta ilusão! O que pode escrever sobre a justiça um homem que não a conhece? Você leu o artigo dele? — dirigiu-se a Krítski, sentando-se outra vez à mesa e jogando no chão as pontas de cigarros, que a cobriam pela metade, a fim de liberar o espaço.

— Não li — disse lugubremente Krítski, que não queria, por certo, participar da conversa.

— Por quê? — Nikolai Lióvin tornou a dirigir-se a Krítski, irritado agora com ele.

— Porque não acho necessário perder meu tempo com isso.

— Quer dizer, veja bem: como sabe que perderá seu tempo, hein? Esse artigo é inacessível para muitas pessoas, ou seja, está acima delas. Mas eu cá sou diferente: compreendo as ideias dele a fundo e sei por que seu artigo é fraco.

Todos ficaram calados. Krítski se levantou devagar e pegou sua *chapka*.

— Não quer jantar? Então, adeus. Traga amanhã o serralheiro.

Tão logo Krítski saiu, Nikolai Lióvin sorriu com uma piscadela.

— Também é ruim — disse. — Eu é que vejo...

Mas, nesse exato momento, Krítski chamou por ele, ainda às portas.

— O que quer mais? — perguntou Nikolai e passou, com ele, para o corredor. Uma vez a sós com Maria Nikoláievna, Lióvin se dirigiu a ela:

— Faz tempo que vive com meu irmão? — indagou-lhe.

— Já vai para dois anos. A saúde dele está muito má. Anda bebendo demais — disse ela.

— Como assim, "bebendo"?

— Bebe vodca, e isso é mau para ele.

— Será que bebe muito? — sussurrou Lióvin.

— Sim — disse ela, olhando timidamente para a porta onde se entremostrara Nikolai Lióvin.

— De que estavam falando? — disse ele, franzindo o sobrolho e passando seu olhar assustado de um para o outro. — De quê?

— De nada — respondeu Konstantin, confuso.

— Se não quiserem contar, façam como quiserem. Só que não tens de que falar com ela. Ela é uma rapariga, e tu és um fidalgo — disse Nikolai, girando o pescoço. — Pois eu vejo que entendeste e ponderaste tudo, e que estás lamentando meus erros — voltou a falar, elevando a voz.

— Nikolai Dmítritch, hein, Nikolai Dmítritch — cochichou novamente Maria Nikoláievna, aproximando-se dele.

— Está bem, pois, está bem!... E o jantar, onde está? Ah, sim, está aí — disse ele, vendo o lacaio com uma bandeja. — Ponha cá, ponha — acrescentou, resmungando, e logo pegou a garrafa de vodca, encheu um cálice e bebeu avidamente. — Queres beber? — virou-se para o irmão, alegrando-se num instante. — Pois bem, chega de falar naquele Serguei Ivânytch. Ainda assim, estou feliz de te ver. Digam o que disserem por lá, não somos estranhos. Bebe aí, vai! Conta o que andas fazendo — continuou, ao passo que mastigava, sôfrego, um pedaço de pão e enchia outro cálice. — Como vives?

— Vivo sozinho no campo, como vivia antes, mexendo com a agricultura — respondeu Konstantin, atentando com pavor naquela avidez com que seu irmão bebia e comia, e tentando dissimular a sua atenção.

— Por que não te casaste?

— Não deu — replicou Konstantin, corando.

— Por que não? É para mim que "não deu"! Estraguei minha vida. Já disse e continuo dizendo que, se me tivessem dado então a minha parte, quando eu precisava dela, toda a minha vida seria bem diferente.

Konstantin Dmítritch se apressou a mudar de assunto.

— E tu sabes que teu Vaniuchka[87] trabalha no meu escritório, lá em Pokróvskoie? — perguntou.

Nikolai girou o pescoço e ficou pensativo.

— Conta-me, pois, o que está havendo lá em Pokróvskoie. Como está tudo: a casa, as bétulas, a nossa sala de aulas? E Filipp, o jardineiro, será que está vivo ainda? Como me lembro bem do caramanchão e do sofá! Pois vê se me entendes: não mudes nada em nossa casa, mas te casa depressa e deixa tudo do mesmo jeito que estava. Então vou à tua fazenda, se tua mulher for uma boa pessoa.

— Mas vem agora mesmo — disse Lióvin. — Como a gente viveria bem lá!

— Iria à tua fazenda, pois, se soubesse que não encontrarei lá Serguei Ivânytch.

— Não vais encontrá-lo. Vivo totalmente independente dele.

— Sim, mas, digas o que disseres, tens de escolher entre mim e ele — disse Nikolai, encarando timidamente o irmão. Essa timidez deixou Konstantin enternecido.

— Se quiseres saber toda a confissão minha nesse sentido, então te direi que, nessa tua briga com Serguei Ivânytch, não tomo o partido nem de um nem do outro. Estão ambos errados. Tu estás errado mais pelo lado externo, e ele, por dentro.

— Ah, ah! Compreendeste isso, compreendeste? — exclamou Nikolai com alegria.

---

[87] Forma diminutiva e pejorativa do nome russo Ivan.

— Mas eu, pessoalmente, se é que queres saber, prezo mais a tua amizade, porque...

— Por que, pois, por quê?

Konstantin não podia dizer que prezava a amizade dele porque Nikolai estava infeliz e precisava de amigos. Contudo, Nikolai entendeu que queria dizer exatamente aquilo e ficou de novo sombrio, pegando a garrafa de vodca.

— Já basta, Nikolai Dmítritch — disse Maria Nikoláievna, estendendo seu braço, rechonchudo e nu, em direção à garrafa.

— Larga! Deixa de me aporrinhar! Senão te bato! — gritou Nikolai.

Maria Nikoláievna sorriu, com um sorriso dócil e bondoso que se transmitiu a ele também, e afastou a garrafa.

— Achas que ela não entenda nada? — disse Nikolai. — Pois ela entende tudo isso melhor que nós todos. Há nela algo bom, algo meigo, não é verdade?

— A senhora nunca veio antes a Moscou? — perguntou Konstantin, só para dizer alguma coisa.

— Mas não a trates por "senhora"! Ela tem medo disso. Ninguém, salvo o juiz de paz, quando ela foi julgada por querer sair daquela casa de perdição, ninguém a tratou por "senhora". Meu Deus, quanto disparate há neste mundo! — exclamou Nikolai, repentinamente. — Aquelas novas instituições, aqueles juízes de paz, aquele *zemstvo*, mas que porcaria é aquilo tudo!

E ele se pôs a contar sobre suas desavenças com aquelas novas instituições. Konstantin Lióvin escutava-o, e a negação da utilidade de todas as instituições sociais, que compartilhava com seu irmão e expressava amiúde, causava-lhe incômodo, agora que o ouvia deliberar a respeito.

— Só vamos entender tudo isso no outro mundo — disse, brincando.

— No outro mundo? Oh, como não gosto daquele outro mundo! Não gosto mesmo — disse Nikolai, fixando seus olhos assustados e asselvajados no rosto do irmão. — Até parece que seria bom ir embora, para bem longe de todo esse nojo, de toda a confusão, seja ela da gente, seja dos outros, só que tenho medo da morte, um medo horrível da morte. — Ele estremeceu. — Mas bebe alguma coisinha! Queres champanhe? Ou então vamos para algum lugar. Vamos ver os ciganos! Passei a gostar muito dos ciganos e das canções russas, sabes?

Começava a enrolar a língua e a pular de um assunto para outro. Konstantin convenceu-o, com a ajuda de Macha, a não ir a lugar algum e deitou-o, completamente embriagado, para dormir.

Macha prometeu que escreveria a Konstantin, caso houvesse necessidade, e que tentaria persuadir Nikolai Lióvin a mudar-se para a fazenda de seu irmão.

## XXVI

Konstantin Lióvin partiu de Moscou pela manhã e chegou à sua fazenda ao cair da noite. Enquanto estava viajando, conversava com seus vizinhos, no vagão, sobre a política, as novas estradas de ferro, e, assim como em Moscou, sentia-se atormentado pela confusão de ideias, pelo descontentamento consigo mesmo, pela vergonha ante alguma coisa; porém, quando desceu em sua estação e reconheceu seu cocheiro zarolho, chamado Ignat, a erguer a gola de seu cafetã, quando viu, naquela tênue luz que saía das janelas da estação, seu trenó atapetado e seus cavalos de rabos atados, de jaez com argolas e franjas, quando o cocheiro Ignat lhe contou, ao passo que acomodavam ainda suas bagagens no trenó, as notícias da aldeia, dizendo que viera o tal empreiteiro e que a vaca Pava havia parido, Lióvin percebeu que a confusão se dissipava aos poucos e que sua vergonha e seu descontentamento consigo iam passando. Apenas lhe bastara ver Ignat e os cavalos para percebê-lo, mas, quando vestiu aquele *tulup*[88] trazido para ele, sentou-se, todo agasalhado, em seu trenó e foi embora, pensando nas ordens que daria na aldeia e olhando, vez por outra, para o cavalo lateral, antes um cavalo de sela proveniente da região do Don,[89] exausto, mas ainda brabo, chegou a compreender tudo quanto lhe ocorrera de modo bem diferente. Sentia que era ele mesmo e não queria ser outra pessoa. Agora só queria ser melhor do que fora antes. Em primeiro lugar, resolveu que, a partir desse dia, não contaria mais com aquela felicidade extraordinária que o casamento haveria de lhe proporcionar no futuro, nem, portanto, negligenciaria mais o presente. Em segundo lugar, não permitiria nunca mais a si próprio ceder àquela paixão asquerosa, cuja lembrança o torturava tanto, aturada no momento em que se dispunha a pedir Kitty em casamento. Depois, recordando-se do irmão Nikolai, decidiu no íntimo que nunca mais permitiria a si mesmo esquecê-lo, que o observaria e não o perderia de vista para poder socorrê-lo assim que ele ficasse em apuros. Estava pressentindo que isso aconteceria em breve. A seguir, aquela conversa de seu irmão sobre o comunismo, que escutara então com tamanha leviandade, fê-lo também refletir bastante. Achava que a mudança das condições econômicas seria uma bobagem, mas sempre se dera conta de sua abastança ser injusta, se comparada à pobreza do povo, e agora resolveu consigo mesmo que, para se sentir totalmente justo, ele se poria dali em diante, se bem que já trabalhasse muito, desde antes, e vivesse sem muita opulência, a trabalhar mais ainda, permitindo a si próprio ainda menos luxo do que antes. E tudo isso lhe parecia

---

[88] Sobretudo de peles (em russo).
[89] Grande rio situado na parte meridional da Rússia europeia.

tão fácil de realizar, em sua vida, que passou o percurso inteiro a sonhar da maneira mais agradável. Sentindo-se animado com a esperança de construir uma vida nova e melhor, chegou à sua casa por volta das nove horas da noite.

A luz acesa no quarto de Agáfia Mikháilovna, sua babá velhinha que fazia, na casa dele, as vezes de governanta, esparramava-se, brilhando nas janelas, pela neve a cobrir um terreno diante da casa.

Ela não dormia ainda. Kuzmá, que ela acordara, foi correndo até o terraço de entrada, sonolento e descalço. A perdigueira Laska também saíra correndo, quase derrubara Kuzmá, e agora se esfregava nos joelhos de Lióvin, guinchava, erguia-se em suas patas traseiras e queria, mas não ousava, colocar as patas dianteiras no peito dele.

— Mas foi logo que o senhorzinho voltou — disse Agáfia Mikháilovna.

— Estava com saudades, Agáfia Mikháilovna. É bom ficar na casa dos outros, mas é melhor na casa da gente — respondeu-lhe Lióvin, indo ao seu gabinete.

A vela que trouxe iluminou devagar o gabinete. Surgiram os detalhes bem conhecidos: a galhada de um cervo, umas prateleiras com livros, o espelho do forno, com aquele respiradouro que precisava, havia muito tempo, de reparos, o sofá de seu pai, uma grande escrivaninha, um livro aberto em cima dela, um cinzeiro quebrado, um caderno com anotações feitas de próprio punho. Quando Lióvin viu tudo isso, ficou duvidando, por um minuto, de poder construir aquela vida nova com que sonhara pelo caminho. Todos os rastros de sua vida atual pareciam tê-lo dominado e dizer-lhe agora: "Não te afastarás de nós nem te tornarás diferente, não, mas serás como foste: cheio de dúvidas, eternamente insatisfeito contigo mesmo, procurando em vão corrigir-te, decaindo e sempre esperando pela felicidade que não foi nem será possível para ti".

Mas quem dizia isso eram as coisas que lhe pertenciam, enquanto outra voz dizia, em sua alma, que não devia submeter-se ao passado e que tudo se poderia fazer consigo. E, obedecendo àquela voz, ele foi ao canto onde estavam dois pesos de um *pud* cada e começou a levantá-los, como quem fizesse ginástica, tentando reaver seu estado de animação. Os passos se ouviram, rangentes, por trás da porta. Lióvin se apressou a colocar os pesos no mesmo lugar.

Entrou o feitor e disse que estava, graças a Deus, tudo em ordem, mas comunicou que o trigo-sarraceno ficara tostado na nova câmara de secar. Essa notícia deixou Lióvin irritado, tendo a nova câmara de secar sido construída e, parcialmente, idealizada por ele. O feitor sempre estivera contra aquela câmara e agora declarava, intimamente vitorioso, que o trigo-sarraceno se tostara. Quanto a Lióvin, estava firmemente convicto de que, se ele se tostara mesmo, fora apenas por não terem sido tomadas aquelas providências que ele tinha mandado, centenas de vezes, tomar. Ficou desgostoso e acabou censurando o feitor. Havia, contudo, uma notícia importante e animadora: a melhor vaca, chamada Pava, a mais cara e adquirida numa exposição, tivera filhotes.

— Kuzmá, traga-me meu *tulup*. E você aí manda pegar a lanterna, que vou dar uma olhada — disse ao feitor.

O estábulo para vacas caras ficava logo atrás da casa. Passando através do pátio, rente a um montículo de neve que estava ao pé de uma moita de lilás, Lióvin se acercou do estábulo. Soprou um vapor quente de estrume quando se abriu a porta coberta de gelo, e as vacas, surpresas com a luz inabitual da lanterna, moveram-se sobre a palha fresca. Entreviu-se o dorso largo e liso, com malhas pretas, da vaca holandesa. O touro Bêrkut estava deitado, com aquela sua argola no lábio, e já queria ficar em pé, porém mudou de ideia e só roncou umas duas vezes, quando os homens passavam ao seu lado. A bela vaca vermelha, enorme que nem um hipopótamo, a Pava lhes virava o traseiro, tapando o bezerro a quem entrava e cheirando-o.

Lióvin entrou no cercado, examinou a Pava e levantou o bezerro com malhas vermelhas pelo corpo, para colocá-lo sobre as suas patas compridas e frágeis. A Pava mugiu inquieta, mas se acalmou, quando Lióvin empurrou a novilha para perto dela, e começou, dando um suspiro profundo, a lambê-la com sua áspera língua. A novilha buscava a teta, roçando no ventre de sua mãe com o nariz e agitando o rabinho.

— Mas dirija a luz para cá, Fiódor, traga a lanterna — dizia Lióvin, examinando a novilha. — Puxou à mãe! É só pela cor que se parece com o pai. Muito boa: comprida e robusta. Mas é boa, hein, Vassíli Fiódorovitch? — dirigia-se ao feitor, totalmente reconciliado com ele quanto ao trigo-sarraceno, sob o influxo de sua alegria por causa daquela novilha.

— A quem puxaria para ficar ruim? E Semion, o empreiteiro, veio no dia seguinte à sua partida. Teremos de combinar com ele, Konstantin Dmítritch — disse o feitor. — Já contei ao senhor sobre aquela máquina dele.

Apenas essa questão deixou Lióvin ciente de todos os pormenores de sua economia doméstica, que era grande e complexa, e logo do estábulo ele foi ao escritório; ao conversar com o feitor e o empreiteiro Semion, voltou para casa e subiu direto à sua sala de estar.

## XXVII

A casa era grande, antiga, e Lióvin, se bem que vivesse sozinho, aquecia e ocupava a casa inteira. Sabia que era tolo, sabia que era mesmo nocivo e oposto aos seus planos atuais, porém essa casa representava, para Lióvin, um mundo à parte. Naquele mundo haviam vivido e falecido os pais dele. Sua vida aparentava, na visão de Lióvin, um ideal de toda a perfeição possível, tanto assim que ele sonhava em revivê-la com sua esposa, com sua própria família.

Lióvin mal se lembrava da mãe. A imagem materna era uma lembrança sagrada para ele, e sua futura esposa deveria, conforme vinha imaginando, copiar aquele fascinante e santo ideal feminino que sua mãe era aos olhos dele.

Não apenas não conseguia imaginar que amaria uma mulher sem se casar com ela, mas antes imaginava uma família e só depois a mulher que lhe daria essa família. Suas noções do casamento não se assemelhavam, portanto, às da maioria de seus conhecidos, para quem o casamento era um de vários afazeres cotidianos; para Lióvin, era o acontecimento mais importante de sua vida, do qual dependia toda a felicidade dela. E agora ele teria de desistir disso!

Quando entrou na pequena sala de estar, onde sempre tomava chá, e acomodou-se em sua poltrona, com um livro na mão, e Agáfia Mikháilovna lhe trouxe seu chá e, dizendo como de hábito: "Pois eu me sento, meu senhorzinho", sentou-se numa cadeira próxima da janela, ele sentiu que, por mais estranho que fosse, não abandonara seus sonhos nem mesmo podia viver sem eles. Quer se casasse com ela, quer com outra mulher, haveria de se casar. Lia seu livro, pensava naquilo que estava lendo, parava a fim de escutar Agáfia Mikháilovna, que não se cansava de tagarelar; ao mesmo tempo, diversos quadros de seus negócios e de sua futura vida familiar surgiam, desconexos, em sua imaginação. Percebia que algo se estabelecia e se moderava e se dispunha no fundo de sua alma.

Ouvia Agáfia Mikháilovna dizer que Prókhor se esquecera de Deus e gastava aquele dinheiro que Lióvin lhe tinha dado para comprar um cavalo em beber o tempo todo, e quase chegara a matar sua mulher de tanto bater nela; ouvia-a e lia o livro e relembrava todo o fluxo de suas ideias inspiradas pela leitura. Era o livro de Tyndall sobre o calor.[90] Relembrava como reprovara a Tyndall aquela presunção com que fazia suas experiências habilidosas e sua falta de visão filosófica. E eis que aflorava, de chofre, um pensamento animador: "Daqui a dois anos, terei duas holandesas neste meu rebanho, a própria Pava ainda estará talvez viva, haverá doze novas crias do Bêrkut... e, se juntar com elas, para melhorar a raça, aqueles três touros, será uma maravilha!". E ele tornava a ler.

"Tudo bem: a eletricidade e o calor são a mesma coisa, mas seria possível, para resolver esse dilema, trocar na equação um valor pelo outro? Não. E daí, pois? A ligação entre todas as forças da natureza já se percebe pelo instinto...

---

[90] Trata-se do livro *Heat as a Mode of Motion* (*Calor como um modo de movimento*), do físico inglês John Tyndall (1820-1893).

E o mais agradável é que a cria da Pava venha a ser uma vaca de malhas vermelhas, então todo o rebanho em que forem introduzidos aqueles três... Excelente! Sair, com minha esposa e meus convidados, para ver o rebanho voltar do pasto... Minha esposa dirá: 'Ficamos nós dois, eu e Kóstia, cuidando daquela novilha, como se fosse uma criança'. 'Como é que isso pode deixar a senhora tão interessada assim?' — perguntará um dos convidados. 'Tudo quanto interessar a ele interessa a mim.' Mas quem seria ela?" E Lióvin se lembrava daquilo que ocorrera em Moscou... "Fazer o que, pois?... Não tenho culpa. Mas agora será tudo de outra maneira. Pensar que a vida não deixará, que o passado impedirá, é uma bobagem. É preciso lutar para viver melhor, sim, bem melhor..." Ele soergueu a cabeça e ficou pensativo. A velha Laska, que ainda não digerira por completo o arroubo de sua chegada e corria, só para latir à toa, pelo pátio, retornou abanando o rabo e trazendo consigo o aroma do ar, aproximou-se dele, passou a cabeça embaixo do seu braço e começou a guinchar, como se lamuriasse e pedisse carinho.

— Só não sabe falar — disse Agáfia Mikháilovna. — Mas o cachorro... é que entende lá que o dono chegou e está tristezinho.

— Por que é que estaria tristezinho?

— Será que não vejo, meu senhorzinho? Chegou a hora de conhecer os fidalgos. Cresci, desde pequena, no meio deles. Não é nada, meu senhorzinho. Tomara que tenha saúde e consciência limpa.

Lióvin mirava-a com atenção, surpreso de ela ter compreendido tão bem o que estava pensando.

— Será que lhe trago mais chazinho? — perguntou a babá e, pegando a chávena, saiu. A Laska insistia em passar a cabeça embaixo do seu braço. Lióvin a afagou, e ela ficou logo enrodilhada aos pés dele, pondo a cabeça sobre a sua pata traseira que sobressaía. E, abrindo de leve a boca, em sinal de que agora estava tudo bem e ótimo, estalou seus lábios viscosos, dispondo-os melhor rente aos velhos dentes, e entorpeceu numa ditosa tranquilidade. Lióvin acompanhou, atento, esses últimos movimentos dela.

"Eu faço o mesmo!", disse consigo. "E eu faço o mesmo! Mas não é nada... Está tudo bem."

## XXVIII

Após o baile, de manhã cedo, Anna Arkádievna telegrafou ao marido que partiria de Moscou no mesmo dia.

— Não, eu preciso, preciso ir — explicava à sua cunhada essa mudança de intenções, e seu tom era de quem recordava tantos afazeres que nem podia enumerá-los. — Não, é melhor que vá hoje!

Stepan Arkáditch não almoçou em casa, mas prometeu que viria às sete horas para se despedir da irmã.

Kitty tampouco viera, comunicando, por meio de um bilhete, que estava com dor de cabeça. Dolly e Anna almoçaram somente com as crianças e a governanta inglesa. Fossem as crianças volúveis em geral ou tivessem percebido, sendo muito sensíveis, que Anna não era nesse dia como naquele outro, quando haviam gostado tanto dela, e que não lhes dispensava mais seu desvelo, pararam abruptamente de brincar com a tia, como se não a amassem mais, e não se preocupavam nem um pouco por ela ir embora. Anna passara a manhã inteira preparando a sua partida. Escrevia bilhetes aos seus conhecidos moscovitas, fazia as contas e arrumava as malas. Em suma, Dolly tinha a impressão de que não estava tranquila, mas tomada daquele desassossego que Dolly conhecia bem por experiência própria, o qual não vinha acometê-la sem motivo e, na maioria das ocasiões, dissimulava sua oculta insatisfação consigo mesma. Depois do almoço, Anna foi ao seu quarto para se vestir, e Dolly seguiu-a.

— Como está estranha hoje! — disse-lhe.

— Eu? Você acha? Não estou estranha, estou maluquinha. Isso se dá comigo. Às vezes, só quero chorar. É muito bobo, mas passa — disse rapidamente Anna, inclinando seu rosto avermelhado sobre uma sacola de brinquedo em que guardava uma touca de dormir e uns lenços de cambraia. Seus olhos brilhavam de certo modo singular, e as lágrimas brotavam volta e meia neles. — Não queria tanto sair de Petersburgo e agora não quero sair daqui.

— Veio cá e fez muito bem — disse Dolly, fitando-a com atenção.

Anna fixou nela seus olhos cheios de lágrimas.

— Não diga isso, Dolly. Não fiz nem mesmo pude fazer nada. Fico pasmada, frequentemente, porque as pessoas se entenderam para me adular. O que fiz e o que poderia ter feito? É que há tanto amor em seu coração que você pôde perdoar...

— Só Deus sabe o que teria acontecido sem você! Mas como está feliz, Anna! — disse Dolly. — Tudo, em sua alma, está claro e sereno.

— Cada qual tem seus *skeletons*[91] na alma, como dizem os ingleses.

— Mas que *skeletons* é que você tem aí? Está tudo tão claro com você.

— Tenho, sim! — disse Anna, de supetão, e um sorriso brejeiro e jocoso franziu, logo depois do choro, os lábios dela.

— Pois eles são engraçados, seus *skeletons*, e não sinistros — disse Dolly, sorrindo.

---

[91] Nesse contexto, segredos, mistérios (em inglês).

— São sinistros, sim. Você sabe por que vou embora hoje e não amanhã? É uma confidência que me premia por dentro: quero fazê-la para você — disse Anna, recostando-se, toda resoluta, em sua poltrona e olhando bem nos olhos de Dolly.

Para sua surpresa, Dolly viu que Anna enrubescera até as orelhas, até os caracóis negros de seus cabelos que se anelavam sobre o pescoço.

— Sim — continuou Anna. — Você sabe por que Kitty não veio almoçar? Ela tem ciúmes de mim. Estraguei... Foi por minha causa que esse baile não lhe trouxe alegria e, sim, aflição. Mas juro, juro que não tenho culpa ou então só um pouquinho... — disse, arrastando, com uma voz fina, a palavra "pouquinho".

— Oh, como disse isso... do mesmo jeito que Stiva — respondeu Dolly, rindo.

Anna ficou sentida.

— Oh, não; oh, não! Não sou Stiva — disse, de cara sombria. — Digo isto para você porque não me permito, nem por um minutinho, duvidar de mim mesma — arrematou Anna.

Mas, no momento em que pronunciava essas palavras, intuía que não eram justas: não apenas duvidava de si mesma como se sentia emocionada ao pensar em Vrônski e partia mais cedo do que desejava com a única finalidade de não se encontrar mais com ele.

— Sim, Stiva me disse que você dançava mazurca com ele, e que ele...

— Nem pode imaginar como aquilo foi engraçado. Mal pensei em arranjar o noivado de Kitty, e de repente aconteceu outra coisa. Fiz, talvez, sem querer...

Ela corou e ficou calada.

— Oh, mas eles sentem isso agora! — disse Dolly.

— Pois eu ficaria desesperada, se houvesse nisso algo sério por parte dele — interrompeu-a Anna. — E tenho certeza de que tudo isso se esquecerá, e Kitty deixará de me odiar.

— Aliás, Anna, para lhe dizer a verdade, não desejaria tanto aquele casamento para Kitty. E seria melhor que os dois se separassem, já que ele, Vrônski, pôde apaixonar-se por você num só dia.

— Ah, meu Deus, mas isso seria tão bobo! — disse Anna, e a espessa vermelhidão de prazer voltou a cobrir-lhe o rosto quando ela ouviu, expressa com todas as letras, aquela ideia que a deixava ansiosa. — Então vou embora ao transformar Kitty, de quem gostei tanto, em minha inimiga. Ah, como ela é boazinha! Mas você consertará isso, Dolly? Sim?

Dolly mal conseguia dissimular seu sorriso. Gostava de Anna, mas achava agradável descobrir que ela também tinha uns pontos fracos.

— Sua inimiga? Não pode ser.

— Gostaria tanto que a senhora me amasse como eu a amo, pois agora vim a gostar ainda mais da senhora — disse Anna, com lágrimas nos olhos.
— Ah, como estou boba hoje!
Passou seu lenço pelo rosto e começou a vestir-se.
Faltando bem pouco até a sua partida, veio Stepan Arkáditch: estava atrasado, de fisionomia vermelha e jovial, cheirando a vinho e a charutos.
A sensibilidade de Anna transmitira-se também a Dolly, e, abraçando sua cunhada pela última vez, ela sussurrou:
— Lembre-se, Anna: nunca vou esquecer aquilo que você fez por mim. E lembre-se de que gosto e sempre vou gostar de você como da minha melhor amiga!
— Não entendo por quê — respondeu Anna, beijando-a e escondendo as lágrimas.
— Você me entendeu e entende. Adeus, minha graça!

## XXIX

"Pois bem: está tudo acabado, graças a Deus!" — foi o primeiro pensamento que acudiu a Anna Arkádievna, quando ela se despediu pela última vez do irmão a obstruir, até o terceiro sinal, a passagem no vagão. Sentou-se numa espécie de sofazinho, ao lado de Ânnuchka, e olhou ao redor naquela penumbra do vagão-dormitório. "Graças a Deus, amanhã verei Serioja e Alexei Alexândrovitch, e minha vida, boa e costumeira, será como sempre foi."
Ainda no mesmo desassossego em que passara todo aquele dia, Anna se acomodou, prazerosa e metodicamente, para viajar: com suas destras mãozinhas, abriu e depois fechou a sacola vermelha, tirou uma almofadinha, colocou-a nos joelhos e, tratando de agasalhar bem as pernas, ficou tranquilamente sentada. Uma dama enferma já se deitava para dormir. As duas outras damas puxavam conversa com Anna, e uma velhota obesa estava embrulhando as pernas e objetando acerca do aquecimento. Anna respondeu em poucas palavras àquelas damas, porém, antevendo que a conversa não seria interessante, pediu a Ânnuchka que tirasse uma pequena lanterna, pendurou-a sobre o braço da poltrona e pegou um romance inglês, que estava dentro da sua bolsinha, e um canivete para recortar as páginas. Logo de início, não conseguiu ler. Primeiro se atrapalhava com as andanças azafamadas pelo vagão; a seguir, tendo o trem já partido, não podia deixar de escutar os sons com que avançava; depois a neve, que vinha de encontro à janela esquerda e se grudava no vidro, bem como a aparência do condutor que passava, bem agasalhado e coberto, de um só lado, de neve, e as conversas sobre aquela

tempestade medonha que se enfurecia agora lá fora distraíam-lhe a atenção. Depois era, o tempo todo, a mesma coisa: o mesmo sacolejo com regulares batidas, a mesma neve que se grudava no vidro, as mesmas passagens rápidas do calor vaporoso ao frio e, outra vez, ao calor, o mesmo surgir das mesmas caras na penumbra, as mesmas vozes... e eis que Anna se pôs a ler e foi entendendo o que lia. Ânnuchka já cochilava, segurando a sacola vermelha, posta em seu regaço, com suas largas mãos de luvas, uma das quais estava rota. Anna Arkádievna lia e entendia, mas não se aprazia em ler, ou seja, em contemplar o reflexo de uma vida alheia. Queria demais viver sua própria vida. Quando lia como a protagonista do romance velava um doente, queria também andar, a passos inaudíveis, pelo quarto daquele doente; quando lia como um parlamentar fazia um discurso, queria também proferir aquele discurso; quando lia como a *Lady* Mary seguia, a cavalo, uma matilha e provocava sua cunhada e deixava todos pasmados com sua coragem, queria também fazer o mesmo. Contudo, não tinha nada a fazer e, revirando o liso canivete com suas mãozinhas, esforçava-se para ler.

O herói do romance já ia granjeando a sua felicidade inglesa, tornando-se baronete[92] e arranjando um castelo, e Anna desejava ir com ele àquele castelo e de repente sentiu que ele devia estar com vergonha e que ela também se envergonhava pela mesma razão. Mas qual seria essa razão? "Por que me envergonharia?", disse consigo, melindrando-se com seu pasmo. Largou o livro e recostou-se no espaldar da poltrona, apertando o canivete com ambas as mãos. Não havia nada de vergonhoso. Ela evocou, uma por uma, todas as suas lembranças moscovitas. Eram todas boas e agradáveis. Lembrou-se do baile, lembrou-se de Vrônski e de seu rosto apaixonado e submisso, lembrou-se de todas as suas relações com ele: não havia nada de vergonhoso. Mas, não obstante, a sensação de vergonha crescia, nesse exato momento de suas recordações, como se uma voz interior lhe dissesse, precisamente quando ela se lembrava de Vrônski: "Quente, muito quente, está queimando". "Pois bem, e daí?", disse, resoluta, para si mesma, mudando de posição em sua poltrona. "O que é que isso significa? Será que tenho medo de encarar isso? E daí? Será que, entre mim e aquele garoto oficial, existem e podem existir quaisquer outras relações além daquelas que a gente tem com toda pessoa que conhece?" Com um sorriso desdenhoso, tornou a pegar o livro, mas, decididamente, não conseguia mais entender o que lia. Passou seu canivete pelo vidro, depois aplicou a superfície da lâmina, lisa e fria, à sua face e quase ficou rindo, em voz alta, por causa daquela alegria que se apossara dela subitamente e sem

---

[92] Na Inglaterra, o primeiro dentre os títulos da nobreza, superior ao de cavaleiro e inferior ao de barão.

motivo algum. Sentia que seus nervos, iguais às cordas estiradas com o girar das cravelhas, retesavam-se cada vez mais. Sentia que seus olhos se abriam cada vez mais, que os dedos de suas mãos e de seus pés moviam-se, nervosos, que algo premia a respiração em seu peito, que todas as imagens e todos os sons atingiam-na, em meio àquela penumbra oscilante, com uma intensidade descomunal. Chegava a duvidar instantaneamente se o vagão ia para frente ou para trás, ou então se permanecia parado. Se era mesmo Ânnuchka quem estava ao seu lado ou uma pessoa estranha. "O que está lá, no cabide: uma peliça ou um bicho? E eu mesma, o que faço aqui? Sou eu mesma ou é outra mulher?" Tinha medo de se entregar àquele estupor. Mas algo a envolvia nele, e Anna podia, conforme seu livre arbítrio, aceitá-lo e repeli-lo. Levantou-se para se recobrar, afastou a coberta e tirou o mantelete de seu vestido quente. Recobrou-se, por um minuto, e compreendeu que o mujique magro que acabava de entrar, usando um comprido sobretudo de *nanka*[93] ao qual faltava um botão, era o fornalheiro, que ele olhava para o termômetro, que o vento e a neve tinham irrompido, no encalço dele, porta adentro, mas, logo em seguida, tudo se confundiu outra vez... Aquele mujique de talhe bem longo passou a roer algo que estava na parede, a velhinha foi esticando as pernas através de todo o vagão e acabou por enchê-lo como uma nuvem negra; depois algo rangeu, estalou pavorosamente, como se alguém estivesse sendo dilacerado; enfim uma chama vermelha ofuscou-lhe os olhos, e eis que um muro encobriu tudo. Anna sentia que caíra num buraco. Aliás, tudo isso não a assustava, mas a alegrava. A voz de um homem agasalhado e coberto de neve gritou algo ao ouvido dela. Uma vez em pé, Anna se recobrou, afinal, e compreendeu que o trem se aproximava de uma estação e que esse homem era o condutor. Pediu que Ânnuchka lhe passasse de volta o mantelete e o lenço, vestiu-os e dirigiu-se à porta.

— A senhora quer sair? — perguntou Ânnuchka.
— Sim, quero respirar um pouco. Faz muito calor aqui.

E ela abriu a porta. A nevasca se arrojou ao seu encontro, competindo com Anna pela porta, e isso lhe pareceu divertido. Abriu a porta e saiu. Como se esperasse apenas por ela, o vento foi silvando alegremente e já queria arrastá-la e levá-la embora, mas Anna se agarrou com força ao gélido corrimão e, segurando o vestido, desceu à plataforma e contornou o vagão. Ventava forte na saída, mas na plataforma, detrás dos vagões, estava tudo calmo. Anna aspirava com deleite, a plenos pulmões, aquele ar frio e nevoso; postando-se perto do vagão, mirava a plataforma e a estação iluminada.

---

[93] Tecido resistente de algodão, geralmente amarronzado.

## XXX

Uma nevasca terrível prorrompia por entre as rodas dos vagões e os postes, silvava raspando o canto da estação. Os vagões, os postes e as pessoas — tudo quanto se via estava coberto, de um só lado, de neve, e essa neve se amontoava cada vez mais. Por momentos, a tempestade se apaziguava, mas logo depois se desenfreava de novo, com tanto ímpeto que parecia ser impossível peitá-la. Todavia, várias pessoas estavam correndo, falando alegremente, fazendo rangerem as tábuas da plataforma, abrindo e fechando, sem trégua, as grandes portas. Uma sombra de homem esgueirou-se, curvada, aos pés de Anna, e ela ouviu um martelo bater no ferro. "Despacha aí!", ressoou uma voz zangada do outro lado, em meio à escuridão tempestuosa. "Por aqui, faça favor! Número 28!" — gritavam ainda outras vozes, e as pessoas agasalhadas, cobertas de neve, corriam diante de Anna. Dois senhores passaram, com cigarros acesos na boca, ao seu lado. Ela inspirou mais uma vez, fartando-se de ar, e já tirava a mão do regalo a fim de se apoiar no corrimão e de subir ao vagão, quando um homem de casaco militar tapou, acercando-se dela, a luz vacilante do lampião. Anna se virou e, no mesmo instante, reconheceu o rosto de Vrônski. Levando a mão à viseira de seu casquete, o jovem se inclinou em sua frente e perguntou se não precisava de alguma coisa, se ele não podia prestar-lhe algum serviço. Ela se quedou, por um longo momento, sem responder nada, fitando-o e, não obstante a sombra na qual ele se mantinha, vendo ou imaginando ver a expressão de seu semblante e de seus olhos. Era, de novo, aquela expressão de respeitoso encanto que tanto a impressionara na véspera. Já dissera consigo diversas vezes, nesses últimos dias, e acabara de repetir que Vrônski não passava, para ela, de mais um daquelas centenas de moços, sempre iguais e encontrados por toda parte, que ela nunca se permitiria nem pensar nele, só que agora, nesse primeiro instante depois de encontrá-lo, ficou dominada pela sensação de prazeroso orgulho. Não precisava perguntar por que Vrônski estava ali. Sabia o porquê com tanta certeza como se o tivesse ouvido dizer que estava ali para estar no mesmo lugar que ela.

— Não sabia que o senhor partia também. Por que vai embora? — disse, abaixando a mão que já pusera sobre o corrimão. Uma alegria irrefreável lhe animava o rosto.

— Por que vou embora? — repetiu ele, mirando-a bem nos olhos. — Sabe que vou embora para ficar no mesmo lugar que você — disse. — Não posso deixar de fazer isso.

E nesse exato momento, como que rompendo os obstáculos, a ventania foi varrendo a neve de cima do vagão, balançando uma folha de ferro que se desprendia, e lá adiante rugiu, lamentosa e lugubremente, o ruidoso sinal da locomotiva. Todo o terror da nevasca parecia-lhe ainda mais belo agora. Vrônski dissera justamente aquilo que desejava a alma dela, mas que sua razão temia. Anna não respondeu nada, e ele viu uma luta em seu rosto.

— Caso lhe desagrade o que eu disse, perdoe-me — pediu, submisso.

Seu tom era cortês, respeitoso, mas tão firme e perseverante que ela demorou muito a responder.

— O que está dizendo é mau, e peço que o senhor, se for mesmo um homem bom, esqueça o que acabou de dizer, assim como eu vou esquecer — disse ela, por fim.

— Nunca esquecerei nenhuma palavra sua, nenhum gesto seu, e não posso...

— Basta, já basta! — exclamou ela, tentando em vão dar uma expressão severa ao seu rosto, que o jovem fitava sofregamente. E, apoiando-se naquele gélido corrimão, subiu os degraus e entrou depressa na antecâmara do vagão. Deteve-se, porém, nessa pequena antecâmara, revendo, em sua imaginação, o que ocorrera. Sem relembrar as suas próprias palavras nem as dele, compreendeu por mera intuição que essa conversa instantânea os aproximara tremendamente um do outro, e ficou assustada e feliz com isso. Ao passar lá, parada, alguns segundos, entrou no vagão e sentou-se em seu lugar. Aquela tensão fascinante, que a deixava, de início, angustiada, não apenas lhe ressurgira, mas até mesmo se tornara tão forte que ela sentia medo de algo demasiadamente reteso poder rebentar, em seu íntimo, a qualquer momento. Passou a noite toda sem dormir. Entretanto, não havia nada de repulsivo nem de soturno naquela tensão e naqueles sonhos de que transbordava a sua imaginação; havia neles, pelo contrário, algo feliz, ardente e excitante. Anna ficou dormitando ao amanhecer, sentada em sua poltrona, e, quando acordou, estava já tudo claro e branco à sua volta, e o trem se aproximava de Petersburgo. E logo os pensamentos sobre a casa, o marido e o filho dela, bem como os afazeres desse dia e dos outros dias por vir, cercaram-na de todos os lados.

Em Petersburgo, assim que o trem parou e ela desceu, o primeiro rosto que lhe atraiu a atenção foi o de seu marido. "Ah, meu Deus, mas por que as orelhas dele ficaram assim?", pensou ela, olhando para seu vulto frio e imponente, e, sobretudo, para as cartilagens de suas orelhas, que lhe causavam agora espanto a escorar as abas de seu chapéu redondo. Mal avistou sua esposa, Karênin foi ao encontro dela, fazendo os lábios esboçarem aquele sorriso irônico que lhe era peculiar e mirando-a, bem de frente, com seus grandes olhos cansados. Certa sensação desagradável premia o coração de Anna quando ela enfrentou o persistente e cansado olhar do marido, como se tivesse pensado que o encontraria com outra aparência. Ficou pungida, em especial, pela sensação de descontentamento consigo mesma, que tivera ao encontrá-lo. Era uma sensação antiga e bem conhecida, semelhante àquele estado de fingimento que praticava em suas relações com o marido; porém, se antes não reparava nessa sensação, agora se apercebia dela nítida e dolorosamente.

— Pois bem: está vendo que este terno esposo, terno como no segundo ano de casado, estava ardendo de vontade de vê-la — disse ele, com sua voz lenta e fina, naquele tom que quase sempre usava em suas conversas com ela, como se escarnecesse, por meio daquele tom, das pessoas que proferissem tais palavras com sinceridade.

— Serioja está bem? — perguntou ela.

— E essa é toda a recompensa — disse ele — pelo meu ardor? Está bem, sim...

## XXXI

Vrônski nem tentou dormir nessa noite toda. Estava sentado em sua poltrona, ora olhando, imóvel, bem para a frente, ora examinando as pessoas que entravam e saíam; se antes já vinha inquietando e perturbando a gente desconhecida com seus ares de inalterável tranquilidade, agora parecia ainda mais altivo e autossuficiente. Olhava para as pessoas como se olhasse para os objetos. Um jovem nervoso, servidor de um tribunal distrital, que estava sentado diante dele, passou a odiá-lo por causa daqueles ares. Tal jovem lhe pedia fogo, puxava conversa com ele, até mesmo chegava a cutucá-lo para lhe dar a entender que não era um objeto e, sim, um homem, mas Vrônski continuava a encará-lo como se fosse um lampião, e o moço fazia caretas, sentia que, acossado pela mágoa de não ser reconhecido como um homem, estava perdendo o domínio de si mesmo e não conseguia, portanto, adormecer.

Vrônski não enxergava ninguém nem nada. Não se sentia um czar por acreditar que tivesse impressionado Anna, pois ainda não acreditava nisso, mas porque a impressão que ela lhe causara deixava-o feliz e orgulhoso.

Não sabia, nem sequer imaginava, qual seria o desfecho daquilo tudo. Percebia que todas as suas forças, até então dispersas e afrouxadas, estavam concentradas num ponto só e dirigiam-se, com assombrosa energia, para uma só meta deliciosa. Estava feliz com isso. Sabia apenas que lhe dissera a verdade, que ia aonde ela fosse, que toda a felicidade e o único sentido de sua vida consistiam agora em vê-la e ouvi-la. E, quando saiu do vagão em Bologóie[94] para tomar água de Seltz[95] e avistou Anna, sua primeira frase involuntária lhe

---

[94] Cidade russa, localizada aproximadamente no meio do caminho entre Moscou e São Petersburgo.

[95] Água mineral naturalmente gasosa, proveniente das fontes situadas no município alemão de Selters.

disse justamente o que ele estava pensando. Sentiu-se feliz por ter dito isso, por ela saber disso agora e pensar nisso. Passou a noite toda sem dormir. De volta ao seu vagão, ficou rememorando, sem parar, todas as situações em que a tinha visto, todas as palavras dela, ao passo que surgiam em sua imaginação, fazendo seu coração desfalecer, os quadros de seu possível futuro.

Quando saiu do vagão em Petersburgo, sentia-se animado e fresco, após essa noite que passara em branco, como quem acabasse de tomar um banho gelado. Deteve-se perto de seu vagão, esperando pela saída dela. "Verei mais uma vez", dizia consigo, sorrindo involuntariamente, "verei o andar dela, o rosto dela. Talvez ela diga alguma coisa, vire a cabeça ou, quem sabe, olhe para mim e sorria". Contudo, antes ainda de vê-la, viu o marido dela, que o gerente da estação acompanhava, todo prestativo, no meio da multidão. "Ah, sim, o marido!" E foi só então que Vrônski compreendeu, pela primeira vez, claramente que aquele marido era alguém relacionado a ela. Sabia que ela tinha um marido ali, porém não acreditava em sua existência, e só veio a acreditar mesmo quando o viu por inteiro, com a cabeça, os ombros e as pernas de calça negra, e, sobretudo, quando viu aquele marido tomar calmamente, ciente de ser uma propriedade sua, a mão dela.

Ao ver Alexei Alexândrovitch, com seu rosto fresco à moda petersburguense e seu vulto rigidamente presunçoso, com um chapéu redondo na cabeça, de costas um tanto salientes, acreditou na existência dele e teve uma sensação desagradável, semelhante àquela de um homem sedento que alcançasse uma fonte e achasse lá dentro um cachorro, uma ovelha ou um porco que bebera e turvara a água toda. O caminhar de Alexei Alexândrovitch, que movia não só as pernas lerdas como também a bacia inteira, ocasionava a Vrônski uma ofensa especial. Supunha que apenas a si próprio coubesse o direito indubitável de amá-la. Entretanto, ela continuava sendo a mesma, e seu aspecto o influenciava da mesma maneira, animando-o fisicamente, excitando e rejubilando a alma dele. Mandou seu lacaio alemão, que viera correndo da segunda classe, levar suas bagagens para casa e depois se aproximou de Anna. Observara o primeiro encontro dos cônjuges e notara, com a perspicácia de um homem apaixonado, um indício de leve constrangimento com que ela se dirigia ao marido. "Não, ela não o ama nem mesmo pode amá-lo", definiu em seu âmago.

Ainda naquele momento em que se aproximava de Anna Arkádievna por trás, percebeu com alegria que ela sentia a sua aproximação: virara a cabeça e, reconhecendo-o, tornara a falar com o marido.

— A senhora passou bem essa noite? — disse Vrônski, inclinando-se na frente dela e do marido ao mesmo tempo e concedendo a Alexei Alexândrovitch a opção de aceitar sua mesura, como destinada a ele próprio, e de reconhecê-lo, ou não, conforme lhe apetecesse.

— Muito bem, obrigada — respondeu Anna.

O rosto dela parecia cansado e não expressava mais aquele jogo de animação que se vislumbrava ora em seu sorriso, ora em seu olhar; todavia, quando Anna olhou para ele, algo fulgiu, por um instante, nos olhos dela e, muito embora essa chama se apagasse logo em seguida, apenas esse instante bastaria para o jovem se sentir feliz. Ela mirou o marido, querendo saber se ele conhecia Vrônski. Alexei Alexândrovitch encarava Vrônski com desprazer, recordando distraidamente quem era. E foi então que a tranquilidade e a altivez de Vrônski colidiram, como uma gadanha a bater numa pedra, com a fria soberba de Alexei Alexândrovitch.

— É o conde Vrônski — disse Anna.

— Ah, sim! Parece que nos conhecemos — replicou Alexei Alexândrovitch com indiferença, estendendo-lhe a mão. — Foi lá com a mãe e voltou com o filho — disse, cunhando zelosamente, como se valesse um rublo inteiro, cada palavra. — Decerto o senhor estava de férias? — perguntou e, sem esperar pela resposta, dirigiu-se à sua mulher naquele seu tom de pilhéria —: Pois bem... muitas lágrimas foram vertidas, lá em Moscou, quando da despedida?

Dirigindo-se à sua mulher, deu a entender que desejava ficar só e, voltando-se para Vrônski, tocou em seu chapéu. Não obstante, Vrônski se dirigiu a Anna Arkádievna, dizendo:

— Espero ter a honra de visitá-los.

Alexei Alexândrovitch fixou nele seus olhos cansados.

— Muito prazer — disse friamente —; nós recebemos às segundas-feiras. — Despedindo-se, a seguir, de Vrônski, disse à sua mulher —: Mas como é bom eu ter tido, precisamente, meia horinha de lazer para ir buscá-la e para lhe mostrar esta minha ternura — continuou, no mesmo tom farsante.

— Ressalta demais essa sua ternura para eu vir a apreciá-la tanto — respondeu ela, imitando o tom farsante do marido e ouvindo, sem querer, o som dos passos de Vrônski que vinha atrás deles. "Mas o que tenho a ver com isso?", pensou e foi indagando ao marido sobre o passatempo de Serioja na ausência dela.

— Oh, foi maravilhoso! Mariette diz que estava muito gentil e... devo entristecê-la... não tinha saudades de você como este seu marido. Mas... *merci*,[96] minha cara, mais uma vez, pelo dia que me ofereceu. Nosso querido samovar ficará felicíssimo! (Chamava de samovar[97] a famosa condessa Lídia

---

[96] Obrigado (em francês).
[97] Espécie de chaleira aquecida por um tubo central com brasas e munida de uma torneira na parte inferior.

Ivânovna, porque ela sempre se agitava e esquentava a cabeça por qualquer motivo que fosse.) Ela tem perguntado por você. E sabe, se me atrevo a aconselhá-la, deveria ir visitá-la hoje. É que ela toma qualquer coisa a peito. Agora se preocupa, além de todos os seus afazeres, com a reconciliação dos Oblônski.

A condessa Lídia Ivânovna era amiga de seu marido e o centro de uma daquelas igrejinhas da alta-roda petersburguense às quais Anna estava, graças ao seu marido, especialmente ligada.

— Pois eu escrevi para ela.

— Só que ela precisa de todos os pormenores. Vá visitá-la, minha cara, a menos que esteja cansada. Pois bem: Kondráti a levará de carruagem, e eu irei ao Comitê. Tampouco vou almoçar sozinho — continuou Alexei Alexândrovitch, e seu tom não estava mais escarninho. — Não vai acreditar como me acostumei...

E, com um longo aperto de mão e um sorriso inusual, ele ajudou sua mulher a subir à carruagem.

## XXXII

A primeira pessoa que recebeu Anna em casa foi seu filho. Saiu correndo ao seu encontro pela escada, apesar dos gritos da governanta, exclamando num enlevo apaixonado: "Mamãe, mamãe!". Veio a correr e pendurou-se no pescoço dela.

— Eu disse à senhorita que era a mamãe! — gritou para a governanta. — Eu sabia!

E o filho, assim como o marido, provocou em Anna uma sensação semelhante à decepção. Ela o imaginava melhor do que era na realidade. Cumpria-lhe descer ao nível da realidade para se deleitar em vê-lo tal como era. Todavia, mesmo tal como era, seu filho era maravilhoso com seus cachos louros, seus olhos azuis e suas perninhas bonitas, meio roliças, de meias bem esticadas. Anna vivenciava um prazer quase físico, quando o sentia tão próximo e carinhoso, e uma serenidade moral, quando encontrava seu olhar cândido, cheio de confiança e de amor, e ouvia suas perguntas ingênuas. Anna tirou os presentes que mandavam os filhos de Dolly e contou ao filho sobre a menina Tânia, que morava em Moscou, e como aquela Tânia sabia ler e até mesmo ensinava outras crianças.

— Então sou pior que ela? — perguntou Serioja.

— Para mim, tu és o melhor de todos.

— Estou sabendo — disse Serioja, sorridente.

Anna nem tinha ainda tomado o café, quando anunciaram a condessa Lídia Ivânovna. Essa condessa Lídia Ivânovna era uma mulher alta e rechonchuda, de tez morbidamente amarela e olhos negros, belos e pensativos. Anna gostava dela, mas agora tinha a impressão de vê-la, pela primeira vez, com todos os seus defeitos.

— Pois bem, minha cara: levou o ramo de oliveira?[98] — perguntou a condessa Lídia Ivânovna tão logo entrou no quarto.

— Sim, aquilo tudo acabou... Aliás, nem era tão importante como a gente pensava — respondeu Anna. — Em suma, minha *belle-sœur* é resoluta demais.

No entanto, a condessa Lídia Ivânovna, que se interessava por tudo quanto não lhe dissesse respeito, costumava nunca escutar falarem naquilo que a interessava. Ela interrompeu Anna:

— Sim, há muita dor e muito mal neste mundo, e estou tão exausta hoje.

— Por quê? — perguntou Anna, tentando dissimular um sorriso.

— Começo a ficar cansada de tanto digladiar em vão pela verdade, e eis que me sinto, às vezes, toda desengonçada. O negócio das irmãzinhas (era uma instituição filantrópica de caráter religioso e patriótico) já ia às mil maravilhas, só que não é possível lidar com aqueles senhores ali — acrescentou a condessa Lídia Ivânovna, aludindo jocosamente que se resignava ao seu destino. — Eles se agarraram à nossa ideia, deturparam-na e depois a discutem de modo tão reles e mesquinho. Umas duas ou três pessoas, inclusive seu marido, entendem toda a significância dessa empresa, mas os outros só a rebaixam. Právdin me escreveu ontem...

Právdin era um pan-eslavista[99] conhecido que morava no estrangeiro, e a condessa Lídia Ivânovna relatou o conteúdo de sua carta.

Depois contou sobre outras contrariedades e maquinações urdidas contra a causa da união das igrejas e foi embora às pressas porquanto necessitava participar, nesse mesmo dia, das reuniões de um grêmio e do Comitê Eslavo.

"Mas tudo isso já existia antes. Então por que antes eu não reparava nisso?", indagou Anna a si própria. "Ou ela está por demais irritada hoje? Só que, de fato, é ridículo: o objetivo dela é a virtude, ela é cristã, porém não faz outra coisa senão se aborrecer e tem tantos desafetos, e todos aqueles desafetos atrapalham sua cristandade e sua virtude."

Após a condessa Lídia Ivânovna veio uma amiga, esposa de um diretor, e contou todas as notícias urbanas. Às três horas, ela também se retirou, prometendo voltar na hora do almoço. Alexei Alexândrovitch estava no Ministério.

---

[98] Alusão à reconciliação dos Oblônski (o ramo de oliveira simbolizava a paz na tradição greco-romana).

[99] Adepto do pan-eslavismo, movimento político e cultural que visava à união de todos os povos eslavos.

Uma vez só, Anna empregou o tempo que lhe restava antes do almoço em presenciar a refeição do filho (ele comia em separado) e pôr em ordem seus pertences, ler bilhetes e cartas, que se acumulavam em cima da mesa, e escrever respostas.

A sensação daquela vergonha imotivada que experimentara pelo caminho e sua inquietude desapareceram completamente. No ambiente costumeiro de sua vida, ela se sentia outra vez firme e irreprochável.

Anna se lembrou, surpresa, de seu recente estado. "O que foi, pois? Nada. Vrônski disse uma besteira, de que é fácil dar cabo, e eu respondi como se deve responder. Não preciso nem posso falar daquilo com meu marido. Falar daquilo significa tornar importante o que não tem importância alguma." Lembrou como contara daquela quase declaração de amor que lhe havia dirigido, em Petersburgo, um jovem subalterno de seu marido, e como Alexei Alexândrovitch respondera que, vivendo na sociedade, toda mulher podia ser assediada, mas que ele confiava plenamente no tato dela e nunca se permitiria humilhar, nem a ela nem a si próprio, com ciúmes. "Não tenho, pois, por que falar? Não, graças a Deus, e não vou falar mesmo", disse consigo.

## XXXIII

Alexei Alexândrovitch voltou do Ministério às quatro horas, porém não teve tempo, como ocorria amiúde, para entrar no quarto de Anna. Foi ao gabinete no intuito de receber os requerentes que esperavam por ele e de assinar alguns papéis trazidos pelo seu secretário. Na hora do almoço (sempre havia umas três pessoas almoçando na casa dos Karênin) vieram uma velha prima de Alexei Alexândrovitch, o diretor do departamento com sua esposa e um jovem que fora recomendado, como servidor, para Alexei Alexândrovitch. Anna foi à sala de estar para entretê-los. Às cinco horas em ponto, mal o relógio de bronze da época de Piotr I[100] acabou de dar a quinta badalada, entrou Alexei Alexândrovitch de gravata branca, vestindo um fraque com duas estrelas[101] porque precisava partir logo após o almoço. Cada minuto da vida de Alexei Alexândrovitch era ocupado e destinado de antemão. E, para conseguir fazer o que tinha de fazer todos os dias, ele se portava com a mais estrita meticulosidade. "Sem pressa nem descanso": assim era o lema dele.

---

[100] Piotr I (1672-1725), também conhecido no Ocidente como Pedro, o Grande: primeiro imperador russo, fundador da dinastia dos Românov, cujas reformas políticas, administrativas e econômicas visavam à transformação da Rússia patriarcal e subdesenvolvida numa das grandes potências europeias.

[101] Trata-se das ordens do Império Russo, confeccionadas em forma de estrelas.

Entrou, esfregando de leve a testa, na sala, cumprimentou todo mundo e sentou-se, apressado, sorrindo à sua mulher.

— Sim, acabou este meu recolhimento. Não vai acreditar como é chato (acentuou a palavra "chato") almoçar sozinho.

Durante o almoço, ele falou com sua mulher sobre as notícias moscovitas e perguntou, com um sorriso irônico, por Stepan Arkáditch, se bem que a conversa fosse, principalmente, de interesse comum e concernisse às notícias petersburguenses, oficiais e sociais. Após o almoço, passou meia hora com os convidados e, apertando outra vez, sorridente, a mão de sua mulher, saiu de casa e foi ao Conselho. Anna não foi, daquela feita, nem à casa da princesa Betsy Tverskáia, que a convidara, ciente de sua chegada, a visitá-la de noite, nem ao teatro onde tinha agora um camarote. Não foi, antes de tudo, porque o vestido que pretendia usar não estava pronto. De modo geral, passando, após a partida dos convidados, a cuidar de suas toaletes, Anna ficou muito contrariada. Antes de ir a Moscou, ela, que se esmerava em brilhar com trajes não muito caros, entregou três vestidos seus a uma modista para que os refizesse. Esses vestidos deviam ser refeitos de modo que não se pudesse reconhecê-los e já estar prontos na antevéspera. Esclareceu-se, porém, que dois vestidos não estavam nada prontos e que o terceiro não fora refeito conforme Anna queria. A modista, que veio para se explicar, afirmava que seria melhor assim, e Anna se exaltou tanto que depois ficaria envergonhada até mesmo de se lembrar daquilo. Para se acalmar totalmente, foi ao quarto do filho e passou o fim da tarde com ele, colocou-o para dormir, benzeu-o e agasalhou-o com uma coberta. Estava contente por não ter ido a lugar algum e por ter passado aquela tarde tão bem. Sentia-se tão leve e tranquila, percebia tão bem que tudo quanto lhe parecera, lá na estrada de ferro, por demais significativo era apenas um dos acasos da vida social, habituais e insignificantes, e que ela não tinha de que se envergonhar perante quem quer que fosse, inclusive perante si mesma. Anna se sentou perto da lareira, com seu romance inglês nas mãos, esperando pelo marido. Precisamente às nove e meia, ouviu-o tocar a campainha, e ele entrou em seu quarto.

— Enfim você chegou! — disse ela, estendendo-lhe a mão.

Karênin beijou sua mão e sentou-se ao lado dela.

— Em resumo, estou vendo que sua viagem foi boa — disse-lhe.

— Sim, muito — respondeu Anna, pondo-se a narrar tudo do começo: sua viagem em companhia de Vrônskaia, sua chegada, aquele acidente na ferrovia. Depois contou sobre a impressão lamentável que tivera ao ver, primeiro, seu irmão e, a seguir, Dolly.

— Não acho que se possa desculpar um homem desses, ainda que seja seu irmão — disse Alexei Alexândrovitch, todo severo.

Anna sorriu. Entendia que ele dissera aquilo, notadamente, para mostrar que nem os laços de parentesco poderiam impedi-lo de expressar sua franca opinião. Conhecia esse traço marcante de seu marido e gostava dele.

— Fico feliz porque tudo acabou bem e você voltou — prosseguiu Alexei Alexândrovitch. — O que é, pois, que dizem por lá daquela nova portaria que eu promovi no Conselho?

Anna não ouvira dizerem nada a respeito da tal portaria e ficou envergonhada por ter podido esquecer, tão facilmente assim, o que importava tanto para seu marido.

— Aqui, pelo contrário, houve muito barulho — disse ele, com um sorriso vaidoso.

Anna percebeu que Alexei Alexândrovitch queria participar-lhe algo que agradava a ele próprio nesse assunto e induziu-o, fazendo perguntas, a contar disso. Com o mesmo sorriso vaidoso, ele contou como fora ovacionado em consequência da portaria que tinha promovido.

— Fiquei muito, mas muito contente. Isso prova que uma visão firme e racional desse tema já começa, enfim, a estabelecer-se em nosso meio.

Terminando de tomar o segundo copo de chá com nata e pão, Alexei Alexândrovitch se levantou e foi ao seu gabinete.

— Pois você não saiu hoje... Estava, por certo, entediada? — disse ele.

— Oh, não! — respondeu ela, também se levantando para acompanhar o marido, através da sala, até o gabinete. — O que está lendo agora? — perguntou em seguida.

— Agora estou lendo *Poésie des enfers*,[102] de Duc de Lille — respondeu ele. — Um livro muito notável.

Anna sorriu, como se sorri ante as fraquezas das pessoas amadas, e, passando o seu braço sob o dele, acompanhou-o até as portas do gabinete. Conhecia o hábito do marido, o de ler à noite, que se tornara uma necessidade. Sabia que, absorvendo quase todo o seu tempo em deveres oficiais, ele considerava seu dever pessoal observar tudo quanto aparecesse na esfera intelectual e viesse a merecer atenção. Sabia também que se interessava mesmo por obras políticas, filosóficas, teológicas, que as artes lhe eram, devido ao seu caráter, completamente alheias, mas que, apesar disso, ou melhor, em razão disso, Alexei Alexândrovitch não deixava de lado nada que produzisse estouro naquela esfera e tinha por dever ler tudo. Sabia que, quanto à política, à filosofia e à teologia, Alexei Alexândrovitch duvidava ou perscrutava; contudo, em se tratando da arte, da poesia e, sobretudo, da música, cuja compreensão lhe era

---

[102] Poesia do inferno (em francês): o livro e o autor foram inventados por Tolstói com o propósito de satirizar o decadentismo literário europeu.

totalmente negada, suas opiniões eram as mais definidas e firmes. Ele gostava de falar sobre Shakespeare, Rafael, Beethoven, sobre o significado das novas escolas poéticas e musicais que estavam todas classificadas, em sua mente, de forma bem clara e coerente.

— Bem... que Deus esteja com você — disse Anna, uma vez às portas do gabinete onde já estavam preparadas para ele, ao lado de sua poltrona, uma vela munida de quebra-luz e uma garrafa d'água. — E eu vou escrever para Moscou.

O marido apertou a mão dela e tornou a beijá-la.

"Ainda assim, é um homem bom: sincero, bondoso e destacado em sua área", dizia Anna consigo, voltando ao seu quarto, como se defendesse o marido perante alguém que o acusasse de não poder ser amado. "Mas por que é que suas orelhas sobressaem daquele jeito estranho? Será que cortou o cabelo?"

À meia-noite em ponto, quando Anna estava ainda sentada à sua escrivaninha, finalizando uma carta para Dolly, ouviram-se os passos regulares de quem usasse pantufas, e Alexei Alexândrovitch, bem lavado e penteado, com um livro debaixo do braço, achegou-se a ela.

— É hora, é hora — disse, com um sorriso significativo, e passou para o quarto de dormir.

"Mas que direito é que tinha de olhar assim para ele?", pensou Anna, recordando o olhar que Vrônski fixara em Alexei Alexândrovitch.

Despida, entrou no quarto, porém não se via, em seu rosto, aquela animação que parecia jorrar, quando estava em Moscou, dos seus olhos e do seu sorriso, e mais que isso: dir-se-ia, pelo contrário, que agora o fogo estava extinto, no íntimo dela, ou então escondido num canto distante.

## XXXIV

Partindo de Petersburgo, Vrônski deixara seu grande apartamento, situado na rua Morskáia, sob os cuidados de seu colega e amigo do peito Petrítski.

Petrítski era um jovem tenente, de origem não muito nobre, o qual, além de não ser nada rico, estava coberto de dívidas, andava sempre embriagado ao anoitecer e ficava amiúde preso, por suas diversas gaiatices, ora divertidas ora indecentes, no cárcere militar, mas se via amado tanto pelos seus companheiros quanto pelos seus comandantes. Chegando, por volta do meio-dia, da estação ferroviária, Vrônski avistou, ao portão do prédio onde morava, um carro de aluguel que já conhecia. Mal tocou a campainha, ouviu por trás da porta as gargalhadas de vários homens, bem como uma voz feminina que palrava em francês, e o grito de Petrítski: "Se for um daqueles facínoras, não o deixem entrar!". Mandando que seu ordenança não o anunciasse, Vrônski entrou, de mansinho, no primeiro cômodo. A baronesa Schilton, amiguinha de Petrítski, estava sentada diante de uma mesa redonda e preparava o café, fulgindo com o cetim lilás de seu vestido e sua carinha corada, emoldurada de cabelos louros, e enchendo o quarto todo, tal e qual um canário, de seu falar parisiense. Petrítski, de casaco, e o capitão de cavalaria Kameróvski, todo uniformizado por ter vindo, provavelmente, direto do quartel, estavam sentados ao lado dela.

— Bravo! Vrônski! — bradou Petrítski, pulando ruidosamente fora da sua cadeira. — O dono da casa em pessoa! Sirva-lhe café, baronesa, dessa cafeteira nova! Não esperávamos por você! Está contente com o adorno de seu gabinete, não está? — perguntou, apontando para a baronesa. — Pois vocês se conhecem?

— Como não? — disse Vrônski, sorrindo com alegria e apertando a mãozinha da baronesa. — É claro que sim, minha velha amiga!

— O senhor acabou de chegar — disse a baronesa —, então me retiro. Ah, vou embora num instante, se estiver atrapalhando.

— Esteja onde estiver, baronesa, a senhora está em casa — respondeu Vrônski. — Bom dia, Kameróvski — acrescentou, apertando friamente a mão de Kameróvski.

— Pois o senhor nunca sabe dizer coisinhas tão bonitinhas... — A baronesa se dirigiu a Petrítski.

— Por que não? Depois do almoço, direi umas coisas melhores.

— Só que, depois do almoço, não há mérito! Pois então: eu lhe sirvo café, e aí o senhor vai tomar banho e trocar de roupa — disse a baronesa, sentando-se outra vez e girando, solícita, o parafusinho da nova cafeteira. — Passe-me o café, Pierre — dirigiu-se a Petrítski, a quem chamava de Pierre, aludindo ao sobrenome Petrítski, sem ocultar suas relações com ele. — Vou colocar mais.

— Vai estragar.

— Não vou, não! E sua esposa, hein? — disse a baronesa, interrompendo de súbito a conversa de Vrônski com seu companheiro. — Não trouxe sua esposa? Já casamos o senhor por aqui.

— Não, baronesa. Nasci cigano e morrerei cigano.

— Ainda bem, ainda bem. Dê-me a mão.

E, sem deixar Vrônski sair do quarto, a baronesa se pôs a contar-lhe, em meio a brincadeiras, sobre os seus últimos planos de vida e a pedir que a aconselhasse.

— Pois ele não quer mesmo anuir ao nosso divórcio! O que tenho a fazer? ("Ele" era o marido dela.) Quero abrir o processo agora. O que me aconselha?

Kameróvski, veja se vigia esse café... Escafedeu-se... Será que não veem que estou ocupada? Quero abrir o processo porque preciso dispor de meus bens. Será que dá para entender uma tolice destas: ele me acha infiel — disse ela, com desprezo — e, portanto, quer meter a mão em minha fazenda.

Vrônski escutava com prazer a jovial tagarelice daquela mulher bonitinha, aprovava, dava conselhos em tom de brincadeira e, de modo geral, adotou logo o mesmo tom com que costumava tratar as mulheres dessa estirpe. Todas as pessoas se dividiam, em seu mundinho petersburguense, em duas categorias diametralmente opostas. A categoria inferior abrangia as pessoas toscas, bobas e, máxime, ridículas, convencidas de que o homem devia viver com uma mulher só, com sua esposa legítima, de que a moça devia ser virgem, a mulher, pudica, o homem, viril, sóbrio e firme, de que lhes cumpria criar seus filhos, ganhar seu pão, pagar suas dívidas, e várias bobagens da mesma espécie. Essa categoria se compunha de pessoas antiquadas e ridículas. Contudo, havia outra categoria, à qual eles todos pertenciam, composta de pessoas idôneas que deviam, antes de tudo, ser elegantes, bonitas, magnânimas, corajosas, alegres e entregar-se a toda e qualquer paixão sem enrubescer, bem como debochar de todo o resto.

Fora apenas no primeiro momento que Vrônski ficara atônito com as impressões de um mundo bem diferente, que trouxera de Moscou; porém regressou de pronto, como se tivesse calçado suas velhas pantufas, ao seu mundo antigo, alegre e prazenteiro.

O café não deu certo, mas transbordou e respingou em todos e produziu exatamente aquele efeito que era necessário, ou seja, esparramou-se pela cara alcatifa e pelo vestido da baronesa, e criou um pretexto para todos fazerem barulho e rirem.

— Pois agora adeus, senão o senhor nunca vai tomar banho, e terei na consciência o maior crime da gente decente, o desasseio. Então o senhor aconselha que eu ponha uma faca na garganta dele?

— Sem falta, e de maneira que sua mãozinha fique o mais perto possível dos lábios. Ele vai beijar essa sua mãozinha, e tudo acabará bem — respondeu Vrônski.

— Então, hoje no Francês! — E, farfalhando com seu vestido, a baronesa sumiu.

Kameróvski também se levantou, e Vrônski, sem esperar pela sua partida, estendeu-lhe a mão e foi ao banheiro. Enquanto se lavava, Petrítski descreveu para ele, em traços gerais, a sua situação, contando como ela mudara desde que Vrônski viajara. Não tinha dinheiro algum. Seu pai dissera que não lhe daria mais um tostão nem pagaria suas dívidas. Um alfaiate queria botá-lo na cadeia, e o outro também ameaçava mandá-lo, sem falta, para o calabouço.

O comandante de seu regimento declarara que, se tais escândalos não cessassem, ele teria de deixar o serviço. Já estava farto da baronesa, como do rábano picante,[103] especialmente porque queria, o tempo todo, dar dinheiro para ele, mas havia uma moça, a qual ele mostraria a Vrônski, uma maravilha, uma gracinha "naquele rigoroso estilo oriental — *genre*[104] da escrava Rebeca[105] —, está entendendo?". Brigara também com Berkóchev no dia anterior, e aquele dali já queria mandar os padrinhos,[106] mas, bem entendido, não se faria coisa nenhuma. E, feitas as contas, estava tudo ótimo e engraçadíssimo. Sem deixar que seu companheiro se aprofundasse nos pormenores de sua situação, Petrítski passou a narrar todas as notícias interessantes. Ouvindo a narração de Petrítski, tão conhecida, no ambiente tão familiar do apartamento em que morava havia três anos, Vrônski experimentava uma sensação agradável, a de retornar à sua costumeira e desleixada vida petersburguense.

— Não pode ser! — exclamou, soltando o pedal do lavatório ao jogar água em seu pescoço vermelho e forte. — Não pode ser! — gritou ao saber que Laure se juntara a Miléiev e abandonara Fertinhof. — E ele está ainda tão bobo e contente como antes? E Buzulúkov, como tem passado?

— Ah, mas foi uma história daquelas que se deu com Buzulúkov, foi uma graça! — vociferou Petrítski. — É que ele está apaixonado pelos bailes e não deixa passar nenhum baile palaciano. Foi, pois, a um grande baile com seu capacete novo. Você já viu os capacetes novos? São bons, mais leves. Ele está lá, plantado... Não, escute aí!

— Mas estou escutando — respondeu Vrônski, esfregando-se com uma toalha felpuda.

— Pois vem passando a grande princesa, com um embaixador, e eis que começaram, para sua desgraça, a falar naqueles capacetes novos. A grande princesa queria mostrar um capacete assim... e viu nosso rapazote ali plantado. (Petrítski representou aquele homem com seu capacete.) A grande princesa pede que lhe mostre o capacete, mas ele não mostra. Por que será? Lá vêm piscadelas, acenos, caretas: mostra o capacete, vem! Não mostra. Petrificou-se. Você pode imaginar?... Só que aquele outro — como é que se chama? — já quer tomar o capacete das mãos dele... mas ele não deixa!... Então lhe arranca o capacete e passa-o para a grande princesa. "Este é um capacete novo" — diz a grande princesa. Vira o capacete, e veja se pode imaginar, baque!... Caem,

---

[103] Tempero russo, usado em doses muito pequenas.
[104] Gênero, tipo (em francês).
[105] Personagem bíblica, mulher de Isaque e mãe de Jacó e Esaú (Gênesis, 24-27).
[106] Pessoas encarregadas de organizar um duelo.

lá de dentro, uma pera e vários bombons, duas libras de bombons!... Ficou guardando, danado!

Vrônski rompeu a gargalhar. E por muito tempo ainda, enquanto falava de outras coisas, daria essas risadas sadias, exibindo seus dentes fortes e compactos, quando se lembrasse do tal capacete.

A par de todas as notícias, Vrônski vestiu, auxiliado por um lacaio, seu uniforme e foi apresentar-se ao comandante. A seguir, tencionava visitar seu irmão, Betsy e algumas outras pessoas para depois ir frequentando o círculo em que poderia encontrar Karênina. Como sempre lhe ocorria em Petersburgo, saiu de casa para não mais voltar até altas horas da noite.

segunda
PARTE

I

Pelo fim do inverno, passava-se na casa dos Chtcherbátski uma consulta médica cuja finalidade consistia em definir como estava a saúde de Kitty e quais medidas deveriam ser adotadas para restabelecer as suas forças, que definhavam. Ela se sentia doente, e seu estado ia piorando ao passo que se aproximava a primavera. O médico da família administrava-lhe óleo extraído do fígado de bacalhau, depois ferro, depois o cáustico lunar,[1] mas, como nenhum desses três remédios surtia efeito e o médico aconselhava que ela partisse, ao chegar da primavera, para o estrangeiro, foi convidado um doutor ilustre. Tal doutor ilustre, um homem ainda não muito velho e assaz bonito, reclamou o exame da paciente. Parecia insistir, com um prazer especial, em dizer que o pudor de donzela não passava de um resquício de barbárie e que nada seria mais natural, para um homem ainda não muito velho, do que apalpar uma mocinha nua. Achava isso natural porquanto fazia isso todo santo dia, sem sentir nem pensar, nesse meio-tempo, nada que lhe parecesse perverso: razão pela qual tomava o pudor de donzela não só por um resquício de barbárie como também por uma ofensa particular.

A família devia obedecer, pois, apesar de todos os médicos terem estudado na mesma escola, com os mesmos livros, e conhecerem a mesma ciência, e muito embora alguns afirmassem que aquele doutor ilustre era um doutor medíocre, na casa da princesa e no meio social dela existia, por algum motivo, a convicção de que apenas o tal doutor ilustre sabia de algo extraordinário e era, portanto, o único que poderia salvar Kitty. Ao examinar com toda a atenção, dando batidinhas aqui e acolá, sua paciente confusa e aturdida pela vergonha, o doutor ilustre, tendo lavado cuidadosamente as mãos, estava plantado no salão e conversava com o príncipe. O príncipe franzia o sobrolho, tossia de vez em quando e escutava o doutor. Como um homem

---

[1] Denominação comercial do nitrato de prata, amplamente usado no século XIX para fins medicinais.

idoso, nada tolo nem doentio, ele não acreditava na medicina e tanto mais se zangava, em seu âmago, com toda aquela comédia quanto mais entendia, praticamente o único dentre todos os familiares, o que causava a doença de Kitty. "Um ladrador ali", pensava, aplicando mentalmente esse termo próprio dos caçadores ao doutor ilustre, enquanto ouvia suas falácias sobre os sintomas que apresentava a filha doente. Nesse ínterim, o doutor a custo se abstinha de expressar seu desprezo por aquele velho fidalgote, descendo, também a custo, ao nível da compreensão vulgar dele. Entendia que nem sequer valia a pena falar com o caduco, pois quem mandava, de fato, naquela casa era a mãe da moça. Bem na frente dela é que tencionava derramar suas pérolas. Entrementes, a princesa entrara no salão com o médico da família. O príncipe se afastou, procurando não deixar entreverem o quanto achava ridícula aquela comédia toda. A princesa estava desconcertada e não sabia o que fazer. Sentia-se culpada perante Kitty.

— Então, doutor, veja se define nosso destino — disse a princesa. — Conte-me tudo. — "Será que há esperanças?", queria dizer, mas seus lábios ficaram tremendo, e ela não conseguiu articular essa pergunta. — O que está pensando, doutor?...

— Agora me aconselho com meu colega, senhora princesa, e depois terei a honra de lhe relatar a minha opinião.

— Deveríamos, pois, sair daqui?

— Conforme for de seu agrado.

A princesa saiu, suspirando.

Quando os doutores ficaram a sós, o médico da família se pôs a detalhar, timidamente, a sua opinião, dizendo que supunha o início de um processo tuberculoso, porém... e assim por diante. O doutor ilustre escutava-o e, bem no meio de seu discurso, olhou para seu grande relógio de ouro.

— Certo — disse ele. — Mas...

O médico da família calou-se, todo respeitoso, no meio de seu discurso.

— Não podemos, como o colega sabe, detectar o início de um processo tuberculoso: nada de definido antes que apareçam cavernas. Contudo, podemos supor. Aliás, há indícios: má alimentação, excitação nervosa e outros. A questão seria a seguinte: o que nos cumpre fazer, se supusermos um processo tuberculoso, para melhorar a alimentação?

— Mas o senhor sabe que sempre existem lá uns motivos ocultos, morais ou espirituais — O médico de família permitiu-se, com um sorriso arguto, essa observação.

— Sim, isso se entende por si só — respondeu o doutor ilustre, voltando a olhar para seu relógio. — Desculpe: já consertaram a ponte do Yáuza[2] ou

---

[2] Um dos rios que atravessam a cidade de Moscou.

a gente ainda tem de fazer aquele rodeio todo? — inquiriu. — Ah, já consertaram? Pois então poderei chegar lá em vinte minutos. Como dissemos, a questão seria a seguinte: melhorar a alimentação e fortalecer os nervos. São coisas interligadas, por isso devemos agir de ambos os lados do círculo.

— E a viagem para o estrangeiro? — perguntou o médico da família.

— Sou contrário às viagens para o estrangeiro. E digne-se a notar: se houver mesmo um início de processo tuberculoso, o que não podemos saber, aquela viagem para o estrangeiro não vai ajudar. Precisamos de um meio que melhore a alimentação e não seja prejudicial.

E o doutor ilustre explicitou seu plano de tratamento com águas de Soden,[3] consistindo o principal trunfo de sua prescrição, obviamente, em não poderem causar prejuízo.

O médico de família ouviu-o atenta e respeitosamente.

— Só que eu alegaria, em favor da viagem para o estrangeiro, a mudança de hábitos, o afastamento das condições que provocam lembranças. Ademais, a mãe dela quer ir — disse ele.

— Ah, é? Pois nesse caso... tudo bem, que vão lá; apenas serão prejudicadas por aqueles charlatães alemães... É preciso que obedeçam... Pois bem, que vão mesmo.

E ele olhou novamente para seu relógio.

— Oh, mas está na hora! — E foi rumo à porta.

O doutor ilustre comunicou à princesa (fora sua sensação de decência que lhe sugerira isso) que precisaria ver a doente mais uma vez.

— Como assim? Para examiná-la de novo? — exclamou a mãe, apavorada.

— Oh, não, senhora princesa: só para saber uns detalhes.

— Faça o favor.

E a mãe entrou, acompanhada pelo doutor, no salão onde estava Kitty. Emagrecida e corada, de olhos sobremaneira brilhantes por causa da vergonha que aturara, ela se mantinha de pé, no meio do cômodo. Quando o doutor entrou, ficou toda rubra, e seus olhos se encheram de lágrimas. Toda a sua doença e todo o seu tratamento pareciam-lhe algo tão bobo e até mesmo ridículo! Esse tratamento lhe parecia tão ridículo quanto a colagem dos cacos de um vaso partido. Fora seu coração que se partira. Então por que é que eles pretendiam tratá-la com pílulas e remédios em pó? Não podia, porém, ofender sua mãe, ainda mais que sua mãe se achava culpada para com ela.

— Tenha a bondade de se sentar, senhorita princesa — disse o doutor ilustre.

---

[3] Cidade alemã, próxima a Frankfurt e conhecida por suas fontes de água mineral.

Sentou-se, com um sorriso, na frente dela, pegou-lhe o pulso e tornou a fazer suas perguntas maçantes. Kitty lhe respondia e, de repente, levantou-se zangada.

— Desculpe-me, doutor, mas juro que isso não vai dar em nada; além do mais, o senhor me pergunta, pela terceira vez, a mesma coisa.

O doutor ilustre não ficou sentido.

— Uma irritação mórbida — disse à princesa, quando Kitty saiu. — Aliás, já terminei...

E foi perante a princesa, tida por uma mulher excepcionalmente inteligente, que o doutor descreveu, de modo científico, a situação da princesinha e concluiu explicando como se bebiam aquelas águas de que ela nem precisava. Perguntado se deveriam ir para o estrangeiro, imergiu em meditações como quem estivesse resolvendo uma questão complicada. Sua resolução ficou, afinal, explícita: ir, sim, mas não confiar em charlatães e recorrer, em tudo, pessoalmente a ele.

Era como se algo feliz tivesse ocorrido após a saída do doutor. A mãe se alegrou, indo outra vez ver a filha, e Kitty fingiu que se alegrara também. Agora se via obrigada a fingir com frequência, quase constantemente.

— Juro que estou bem, *maman*. Mas, se a senhora quiser ir, vamos! — disse ela e, buscando mostrar que se interessava pela futura viagem, passou a falar sobre os preparativos da partida.

## II

Logo depois do doutor veio Dolly. Ela sabia que, nesse dia, haveria uma consulta médica e, conquanto acabasse de se recuperar após um parto (dera à luz uma menina, pelo fim do inverno), apesar de ter, ela mesma, muitas contrariedades e preocupações, deixara sua bebê, e outra filha doente, e viera para se informar sobre o estado de Kitty, que se discutia agora.

— Então, o que é? — perguntou, entrando no salão sem tirar o chapéu. — Estão todas alegres. Decerto está tudo bem?

Tentaram contar para Dolly o que dissera o doutor, porém se esclareceu que, mesmo tendo o doutor falado por muito tempo e mui coerentemente, não havia nenhum meio de relatar suas falas. Só era interessante a decisão de irem para o estrangeiro.

Dolly suspirou sem querer. Sua melhor amiga — a irmã dela — estava partindo. E sua própria vida não era nada alegre. Suas relações com Stepan Arkáditch haviam ficado, após a reconciliação, humilhantes. A soldadura feita por Anna revelara-se frágil, e a concórdia familiar se rachara outra vez, no mesmo lugar. Nada estava claro, só que Stepan Arkáditch não parava quase nunca em casa, assim como o dinheiro não parava quase nunca em casa, e as suspeitas de infidelidade atormentavam Dolly o tempo todo, e ela já tentava afastá-las de si, por medo daquele sofrimento de ciúmes que tinha vivenciado. Uma vez aturada, a primeira explosão ciumenta não se repetiria mais, nem mesmo uma traição descoberta poderia abalá-la da mesma maneira que na primeira ocasião. Agora uma descoberta dessas não faria outra coisa senão privá-la dos seus hábitos familiares, e Dolly se deixava enganar, desprezando o marido e, máxime, a si mesma por ser fraca. Além disso, afligia-se volta e meia a cuidar de sua grande família: ora não conseguia amamentar direito sua bebê, ora a babá ia embora, ora adoecia, como dessa feita, um dos seus filhos.

— E aí, como estão os teus? — perguntou a mãe.

— Ah, *maman*, a senhora já tem tantos problemas! Lily está doente: temo que seja escarlatina. Agora saí só para saber como estão, mas se, Deus me livre, for escarlatina mesmo, vou ficar trancada em casa.

O velho príncipe, que também saíra do seu gabinete após a partida do doutor, ofereceu sua bochecha a Dolly e, ao falar um pouco com ela, dirigiu-se à esposa:

— Pois então, o que decidiram: vão lá ou não vão? E o que querem fazer de mim?

— Acho que seria bom você ficar, Alexandr Andréitch — disse sua esposa.

— Como quiserem.

— *Maman*, mas por que o papai não iria conosco? — disse Kitty. — E ele ficaria mais animado, e nós também.

O velho príncipe se levantou e alisou os cabelos de Kitty. Ela ergueu o rosto e, com um sorriso forçado, olhou para ele. Sempre achara que o pai a compreendia melhor que todos os demais familiares, embora não falasse muito com ela. Filha caçula, era o xodozinho do pai, e parecia-lhe que seu amor por ela tornava-o clarividente. Agora que via os olhos paternos, azuis e tão meigos, que a fitavam daquele seu rosto enrugado, parecia-lhe que o pai enxergava todo o íntimo dela e compreendia todo o mal que se operava nela. Então se achegou, enrubescendo, ao pai, esperando por um beijo, mas ele só tocou em seus cabelos e disse:

— Essa droga de cabeleiras postiças! Nem se chega perto da filha verdadeira: só se acaricia a cabelama do mulherio morto. E tu, Dólinka? — dirigiu-se à filha mais velha. — O que anda fazendo teu figurão?

— Nada, papai — respondeu Dolly, entendendo que se tratava de seu marido. — Não para de viajar, quase não o vejo mais — não pôde deixar de acrescentar, com um sorriso irônico.

— Ainda não foi, pois, à fazenda, para vender aquela madeira ali?

— Não, só se apronta para ir.

— Ah, é? — disse o príncipe. — Pois eu também tenho de me aprontar? Certo... — dirigiu-se à sua mulher, sentando-se. — Eis o que é, Kátia — adicionou, para a filha caçula —: vê se acordas, um belo dia, e dizes contigo mesma: pois já estou toda boazinha e alegrinha, e vamos outra vez, eu com meu pai, passear, de manhã cedo, com aquele friozinho gostoso. Hein?

O que dissera o pai parecia bem simples, porém Kitty ficou, mal ouviu essas palavras, toda confusa e perturbada, como um ladrão pego em flagrante. "Sim, ele sabe tudo, entende tudo e diz para mim, com aquelas palavras, que estou com vergonha, sim, mas preciso superar esta minha vergonha." Não conseguia juntar suas ideias para responder qualquer coisa que fosse. Já ia responder, mas desandou, de supetão, a chorar e saiu correndo do cômodo.

— Mas essas suas brincadeiras! — A princesa foi censurando o marido. — Você sempre... — abriu um discurso reprobativo.

O príncipe ficou, por bastante tempo, escutando os reproches da princesa; estava calado, mas seu semblante se tornava cada vez mais sombrio.

— Ela está tão infeliz, coitadinha, tão infeliz, e você não percebe que está sofrendo com qualquer alusão às causas de sua desgraça. Ah, mas como a gente se engana a respeito das outras pessoas! — disse a princesa, e tanto Dolly quanto o príncipe adivinharam, pela mudança de seu tom, que se referia a Vrônski. — Não entendo como não há leis contra as pessoas tão baixas e ignóbeis assim!

— Ah, mas seria melhor se eu não ouvisse! — replicou lugubremente o príncipe, levantando-se da poltrona, como se quisesse sair, e parando às portas. — Há leis, queridinha, e, já que me provocou desse jeito, eu lhe direi quem é o culpado de tudo: você, você mesma e só você. Sempre houve e há leis contra aquele tipo de fanfarrão! Pois sim: se não houvesse o que não deveria haver, eu, velho, colocaria aquele frajola bem na barreira.[4] Pois sim... mas agora façam aí seu tratamento, tragam à casa da gente esses seus charlatães.

O príncipe parecia disposto a dizer muita coisa ainda, porém a princesa, tão logo ouviu o tom dele, ficou resignada, como sempre lhe acontecia em situações graves, e arrependida.

— *Alexandre, Alexandre* — sussurrou, aproximando-se dele, e começou a chorar.

Assim que começou a chorar, o príncipe se calou por sua vez. Foi ao encontro de sua esposa.

---

[4] Trata-se da posição de quem duela com armas de fogo, marcada com uma espécie de barreira ou apenas com um objeto visível, para o duelista não se aproximar demasiadamente do seu adversário.

— Mas chega, chega! Você também está com pesar, eu sei. Mas fazer o quê? O mal não é tão grande. Deus é misericordioso... que seja louvado — disse, já sem saber o que estava dizendo em resposta ao beijo molhado da princesa, que sentira em sua mão, e saiu do salão.

Ainda quando Kitty saíra, chorosa, do cômodo, Dolly percebeu logo, graças ao seu hábito materno e familiar, que precisaria agir como mulher e preparou-se para tanto. Tirou seu chapéu e, arregaçando as mangas no sentido moral, aprontou-se para agir. Tentou refrear sua mãe, enquanto esta altercava com seu pai, na medida em que a deferência filial lhe permitia isso. Tendo o príncipe explodido, permaneceu calada, sentindo vergonha pela conduta da mãe e ternura pela bondade do pai, a qual não demorara a manifestar-se de novo, mas, quando o pai se retirou, propôs-se a fazer o mais importante que lhe cumpria fazer: ir ao quarto de Kitty e acalmá-la.

— Fazia tempos, *maman*, que eu queria dizer à senhora: está sabendo que Lióvin queria pedir Kitty em casamento, quando estava aqui pela última vez? Ele comentou com Stiva.

— Mas por quê? Não estou entendendo...

— Será que Kitty recusou seu pedido?... Ela não falou nisso com a senhora?

— Não, ela não me disse nada, nem de um nem do outro, que é orgulhosa demais. Mas eu sei que é tudo por causa disso...

— Sim, imagine só que ela recusou o pedido de Lióvin... E ela não o recusaria, se não fosse por aquele outro, eu sei... E depois aquele outro a enganou de maneira tão horrorosa...

A princesa se apavorou demais ao pensar em como era culpada perante sua filha e ficou zangada.

— Ah, mas não estou entendendo mais nada mesmo! Agora todos querem viver de seu próprio jeito, as mães não dizem nada, e eis que...

— Vou ao quarto dela, *maman*.

— Vai. Será que te proíbo de ir? — disse a mãe.

## III

Entrando na pequena alcova de Kitty — um quartinho rosa, tão bonitinho com suas bonecas de *vieux saxe*[5] e tão novinho, rosado e jovial como Kitty também tinha sido apenas dois meses antes —, Dolly se lembrou do amor e da alegria com que elas arrumavam juntas, no ano passado, esse quartinho. Seu coração gelou quando ela viu Kitty, que estava sentada numa cadeira

---

[5] Antiga porcelana saxônica (em francês).

baixinha, a mais próxima à porta, e fixava um olhar vidrado num canto do tapete. Kitty olhou para a irmã, porém sua expressão facial, fria e um tanto severa, não mudou com isso.

— Agora vou embora daqui e ficarei trancada em casa, e tu não poderás ir lá para me ver — disse Dária Alexândrovna, sentando-se ao seu lado. — Gostaria de falar contigo.

— Falar de quê? — perguntou rapidamente Kitty, erguendo, assustada, a cabeça.

— De que mais falaria contigo, senão dessa tua tristeza?

— Não estou triste.

— Chega, Kitty. Será que pensas mesmo que eu poderia não saber disso? Sei de tudo. E acredita em mim: isso é tão ínfimo... Nós todas passamos por isso.

Kitty se mantinha calada, e a expressão de seu rosto estava sombria.

— Ele não vale teus sofrimentos — continuou Dária Alexândrovna, abordando o assunto de modo direto.

— Vale, sim, pois ele me desprezou — disse Kitty, com uma voz tilintante. — Não fales! Por favor, não fales!

— Mas quem foi que te disse isso? Ninguém falou a respeito. Tenho certeza de que ele estava apaixonado por ti e continua apaixonado, mas...

— Ah, essas condolências são o que há de mais horrível! — exclamou Kitty, zangando-se de repente. Virou-se em sua cadeira, enrubesceu e passou a mover depressa os dedos, apertando, ora com uma mão ora com a outra, a fivela do cinto que segurava. Dolly conhecia aquele hábito da irmã, o de agitar as mãos em seus momentos de exaltação, sabendo que, num momento desses, Kitty era capaz de perder a cabeça e de dizer muitas coisas desnecessárias e desagradáveis; queria, pois, acalmá-la, mas já era tarde demais.

— O que, mas o que queres que eu sinta, o quê? — Kitty falava bem rápido. — Que me apaixonei por um homem que não queria nem saber de mim, e que estou morrendo de amor por ele? É isso que me diz minha irmã, achando que... que... que me expressa assim suas condolências!... Pois eu não quero mais dessas lamentações e simulações!

— Não és justa, Kitty.

— Por que é que me torturas?

— Mas eu, pelo contrário... percebo que estás magoada...

Todavia, exaltada como estava, Kitty não a ouvia.

— Não tenho nem o que lamentar nem do que me consolar. Sou orgulhosa o suficiente para nunca me permitir amar um homem que não me ama.

— Mas não estou falando nisso... Só uma coisa: vê se me dizes a verdade — prosseguiu, tomando-lhe a mão, Dária Alexândrovna. — Diz-me: Lióvin falou contigo?

Essa menção a Lióvin parecia ter privado Kitty de seu último sangue-frio. Ela saltou da sua cadeira e, jogando a fivela no chão e gesticulando energicamente com ambas as mãos, rompeu a falar:

— O que é que ainda Lióvin tem a ver com isso? Não entendo por que tu precisas dessa tortura toda! Já disse e repito que sou orgulhosa e nunca, nunca farei o mesmo que tu fazes para voltar a viver com um homem que te traiu, que se envolveu com outra mulher. Não entendo isso, não entendo! Tu podes, mas eu não posso!

Ditas essas palavras, Kitty olhou para a irmã e, vendo que Dolly estava calada, abaixando tristemente a cabeça, não saiu do quarto, conforme pretendia fazer, mas se sentou perto da porta e, tapando o rosto com um lenço, também ficou cabisbaixa.

Esse silêncio durou por uns dois minutos. Dolly pensava em si mesma. Aquela sua humilhação, que sempre sentia, ressurgira em seu íntimo, com uma dor singular, quando sua irmã a lembrara dela. Não esperava por tanta crueldade da parte de sua irmã e estava zangada com ela. De chofre, ouviu o ruge-ruge do vestido e, ao mesmo tempo, o som de um soluço contido, mas prestes a jorrar para fora, e eis que as mãos de alguém abraçaram-lhe, por baixo, o pescoço. Kitty se ajoelhara à sua frente.

— Dólinka, estou tão, mas tão infeliz! — sussurrou ela, contrita.

E, banhada em lágrimas, aquela carinha gentil se escondeu nas pregas da saia de Dária Alexândrovna.

Como se o choro fosse aquele óleo indispensável sem o qual não podia funcionar direito a máquina de comunicação mútua entre as duas irmãs, elas não passaram a conversar, depois de chorarem juntas, sobre o que as preocupava, mas, mesmo falando de outras coisas, chegaram a compreender uma à outra. Kitty compreendeu que, referindo-se, exaltada, à traição do marido e à humilhação de sua pobre irmã, ela a pungira até o fundo do coração, mas que Dolly lhe perdoava aquilo. Dolly, por sua vez, compreendeu tudo quanto queria saber: ficou persuadida de suas conjeturas serem corretas, de que aquele pesar, o pesar incurável de Kitty, consistia notadamente em Lióvin tê-la pedido em casamento e ela ter recusado seu pedido, enquanto Vrônski a enganava, e que ela estava pronta a amar Lióvin e a odiar Vrônski. Aliás, Kitty não dissera meia palavra daquilo: falava apenas de seu estado de espírito.

— Não estou arrasada — dizia, ao acalmar-se —, mas será que tu podes entender como tudo se tornou asqueroso, nojento, tosco para mim, tudo e, antes do mais, eu mesma? Nem podes imaginar que ideias abjetas tenho agora a respeito de tudo.

— Mas que ideias abjetas é que podes ter aí? — perguntou Dolly, sorrindo.

— As mais abjetas e torpes que existem: nem posso dizer para ti. Não é uma tristeza, nem um tédio; é bem pior que isso. Como se tudo se tivesse escondido, tudo o que era bom dentro de mim, e como se só ficasse o pior. Pois bem... como é que te diria? — continuou, vendo uma perplexidade nos olhos de sua irmã. — O papai começou agorinha a falar comigo... parece que só pensa em como eu teria de me casar. A mamãe me leva ao baile: parece que me leva lá somente para arranjar rapidinho um partido e para se livrar logo de mim. Sei que não é verdade, mas não consigo afastar essas ideias. Não posso nem ver aqueles pretensos noivos. Parece que estão tirando ali as minhas medidas. Ir a qualquer lugar com um vestido de baile... antes era simplesmente um prazer: eu admirava a mim mesma; só que agora me sinto envergonhada, toda sem graça. O que queres, hein? Aquele doutor... foi...

Kitty ficou gaguejando: queria dizer a seguir que, desde aquela mudança que se operara nela, Stepan Arkáditch lhe era insuportavelmente desagradável e que ela nem conseguia vê-lo sem imaginar as coisas mais grosseiras e repulsivas.

— Pois sim, imagino tudo da maneira mais tosca e feia — prosseguiu. — É minha doença. Talvez isto passe...

— Não penses nisso...

— Não consigo. Só no meio das crianças é que me sinto à vontade, só em sua casa.

— É pena que não possas ir à minha casa.

— Não, eu vou lá. Já tive escarlatina, e pedirei à *maman*...

Kitty acabou insistindo: mudou-se para a casa de sua irmã e cuidou das crianças, que realmente estavam com escarlatina. As irmãs conseguiram salvar todos os seis filhos de Dolly, porém a saúde de Kitty não se restabeleceu, e, logo que chegou a Quaresma, os Chtcherbátski foram para o estrangeiro.

## IV

A alta sociedade petersburguense propriamente dita é uma só; todos se conhecem, lá dentro, e até mesmo visitam uns aos outros em casa. Entretanto, esse grande meio se divide em círculos menores. Anna Arkádievna Karênina mantinha amizades e boas relações em três círculos diferentes. Um desses círculos era o meio oficial de seu marido: compunha-se de colegas e subalternos dele, unidos e desunidos, de acordo com as respectivas condições sociais, das maneiras mais variadas e sofisticadas. Agora Anna se recordava a custo daquele sentimento de veneração quase religiosa que já havia devotado, nos primeiros tempos, a tais pessoas. Agora as conhecia todas, da mesma forma que se conhecem os habitantes de uma cidade interiorana: sabia quais eram seus hábitos e suas fraquezas, sabia que bota apertava o pé de quem; sabia como elas se tratavam mutuamente e como se relacionavam com o centro do círculo; sabia quem apoiava quem e de que modo e por que motivo, e quais eram as áreas e razões de todas as convergências e divergências. Contudo, apesar das pressões da condessa Lídia Ivânovna, esse círculo de interesses ministeriais e masculinos nunca chegara a interessá-la, e Anna o evitava.

Outro círculo próximo de Anna era o que propiciara a carreira de Alexei Alexândrovitch. No centro daquele círculo estava a condessa Lídia Ivânovna. Era um grêmio composto de velhas, feiosas, virtuosas e piedosas mulheres e de homens inteligentes, instruídos e ambiciosos. Um daqueles homens inteligentes, que fazia parte do grêmio, chamava-o de "consciência da sociedade petersburguense". Alexei Alexândrovitch valorizava muito aquele grêmio, e Anna, que sabia tão bem entender-se com todo mundo, encontrara alguns amigos, no período inicial de sua vida petersburguense, naquele meio também, só que agora, na volta de Moscou, ele se tornava insuportável para Anna. Parecia-lhe que tanto ela mesma quanto todas aquelas pessoas andavam fingindo, e eis que se sentiu tão enfadada e acanhada em similar companhia que passou a ver a condessa Lídia Ivânovna com a menor frequência possível.

Afinal, o terceiro círculo ao qual Anna estava ligada era a alta sociedade como tal: todo um mundinho de bailes, almoços e trajes esplendorosos, um mundinho que se agarrava, com uma mão, à corte, para não descer até o *demi-monde*[6] que os membros desse círculo pretendiam desprezar, muito embora os gostos de ambos os meios fossem não só semelhantes como exatamente iguais. Quem a ligava àquele âmbito era a princesa Betsy Tverskáia, esposa de um primo seu, que apurava cento e vinte mil de renda anual e, desde que Anna ingressara na alta-roda, gostava especialmente dela e envolvia-a, com bajulações, em seu círculo, enquanto zombava do círculo da condessa Lídia Ivânovna.

— Quando me tornar velha e feia, também serei assim — dizia Betsy —, mas para você, uma mulher nova e bonitinha, é cedo demais para entrar naquele hospício.

A princípio, Anna evitava, na medida do possível, aquele mundinho da princesa Tverskáia, porquanto ele exigia despesas acima dos seus recursos, além de preferir, em seu íntimo, o primeiro dos círculos; porém, ao regressar de Moscou, passou a fazer o contrário. Agora evitava seus amigos virtuosos e frequentava a alta-roda. Encontrando lá Vrônski, experimentava uma alegria

---

[6] Meio social que se encontrava abaixo da chamada "alta sociedade", sem chegar, todavia, a ser um "submundo" (em francês).

perturbadora a cada encontro. Deparava-o, sobretudo, na casa de Betsy, cujo nome de solteira era Vrônskaia por ser uma prima dele. Vrônski aparecia em todo lugar onde pudesse ver Anna e, sempre que podia, falava-lhe de seu amor por ela. Anna não dava nenhuma margem a tanto, mas, todas as vezes que o encontrava, a mesma sensação animadora que se apossara dela naquele dia, no vagão, quando o vira pela primeira vez, tornava a acender-se em sua alma. Ela mesma sentia que, na presença dele, uma alegria brilhava em seus olhos e franzia seus lábios para fazê-los sorrir, e não podia mais apagar a expressão dessa alegria.

A princípio, Anna acreditava piamente que estava amuada com ele porque Vrônski tinha a ousadia de persegui-la, mas logo ao regressar de Moscou, indo a um sarau onde pretendia encontrá-lo e não o encontrando ali, compreendeu claramente, por aquela tristeza que a dominara, que vinha enganando a si mesma, que a tal perseguição não apenas não lhe desagradava como resumia agora todo o interesse de sua vida.

Uma cantora famosa apresentava-se pela segunda vez, e toda a alta sociedade estava no teatro. Avistando, de uma poltrona da primeira fileira, sua prima, Vrônski não esperou pelo intervalo e foi ao camarote dela.

— Por que você não veio almoçar? — perguntou-lhe ela. — Fico pasmada com essa clarividência dos enamorados — acrescentou, sorrindo, de forma que só ele pudesse ouvir. — Ela não estava aqui. Mas venha depois da ópera.

Vrônski mirou-a de modo interrogativo. Ela inclinou a cabeça. Agradecendo com um sorriso, ele se sentou ao seu lado.

— Ah, como me lembro bem de suas galhofas! — prosseguiu a princesa Betsy, que achava um prazer especial em observar os avanços daquela paixão. — Que fim levou tudo isso? Está amarrado, meu caro.

— Não desejo outra coisa senão ficar amarrado — respondeu Vrônski, com seu sorriso calmo e cheio de bonomia. — Se for reclamar, reclamarei apenas de minhas amarras serem frouxas, que seja dita a verdade. Começo a perder esperanças.

— Mas que esperanças é que pode ter? — disse Betsy, sentida com o malogro de seu amigo. — *Entendons-nous...*[7] — Umas centelhas luziam, porém, nos olhos dela, dizendo que compreendia muito bem, assim como ele próprio, que tipo de esperanças o jovem podia nutrir.

— Nenhuma — disse Vrônski, rindo e deixando à mostra seus dentes compactos. — Desculpe — adicionou, pegando um binóculo das mãos dela e pondo-se a examinar, por cima do seu ombro nu, a fileira oposta de camarotes. — Receio que esteja ficando ridículo.

---

[7] Convenhamos... (em francês).

Sabia muito bem que, aos olhos de Betsy e de toda a gente mundana, não corria o mínimo risco de parecer ridículo. Sabia muito bem que, aos olhos dessas pessoas, o papel de amante infeliz de uma moça solteira, ou então de uma mulher livre em geral, podia, sim, ser ridículo, porém o de homem que importunava uma mulher casada e dedicava sua vida à única meta de envolvê-la, a qualquer preço, num adultério, esse papel, ao contrário, tinha algo belo, sublime, e nunca poderia ser ridículo — razão pela qual, com um sorriso alegre e altivo a transparecer embaixo de seu bigode, abaixou o binóculo e olhou para sua prima.

— Por que foi que não veio almoçar? — perguntou ela, admirando-o.

— Tenho de lhe contar sobre isso. Estava ocupado, mas com o quê? Tente você aí cem vezes, ou mil, mas não vai adivinhar. Estava reconciliando um marido com o ofensor de sua mulher. Sim, juro!

— Pois bem... e reconciliou os dois?

— Quase.

— Tem mesmo de me contar sobre isso — replicou a princesa, levantando-se. — Venha cá no próximo intervalo.

— Não posso: vou ao teatro Francês.

— Depois de Nilsson?[8] — questionou Betsy com pavor, ainda que em hipótese alguma pudesse distinguir Nilsson de qualquer corista.

— Fazer o quê? Tenho um encontro marcado ali: tudo por causa dessa minha ação pacificadora.

— Bem-aventurados os pacificadores, porque serão salvos[9] — disse Betsy, lembrando-se de algo parecido que ouvira alguém dizer. — Então se sente de novo e conte do que aconteceu!

Voltou a sentar-se.

## V

— Isto é um pouco escabroso, mas tão divertido que dá muita vontade de contar — disse Vrônski, mirando-a com seus olhos ridentes. — Não vou citar os sobrenomes.

— Pois eu vou adivinhá-los: melhor ainda!

— Então escute... Dois jovens risonhos vão cavalgando...

---

[8] Kristina Nilsson (1843-1921): cantora sueca, uma das sopranos mais apreciadas do século XIX, que se apresentava periodicamente, em 1872/85, nos teatros de São Petersburgo e Moscou.

[9] A personagem estropia o Sermão da Montanha: "Bem-aventurados os pacificadores, porque eles serão chamados filhos de Deus" (Mateus, 5:9).

— Entenda-se bem que são oficiais de seu regimento?

— Não digo "oficiais", mas apenas dois jovens que já tomaram um cafezinho...

— Traduza-se "um copinho".

— Bem pode ser. Rumam à casa de um companheiro, para almoçar lá, e seu estado de espírito é o mais alegre possível. E veem uma mulher bonitinha que os ultrapassa de carro de aluguel, e se vira e, pelo que lhes parece, ao menos, acena para eles com a cabeça e ri. Os dois correm, bem entendido, atrás dela. Disparam a toda a brida. Para sua surpresa, aquela beldade desce ao portão do mesmo prédio aonde eles vão. Sobe voando ao andar de cima. E eles só veem seus labiozinhos corados, embaixo de um véu curto, e suas lindas perninhas.

— Está contando tão empolgado que até me parece que você mesmo é um desses dois jovens.

— Mas o que foi que me disse agorinha? Pois bem... Nossos jovens entram no apartamento de seu companheiro, e ele vem servindo um almoço de despedida. Aí sim, eles bebem, de fato e, quem sabe, demais da conta, como sempre acontece nos almoços de despedida. E ficam perguntando, durante o almoço, quem mora naquele prédio, no andar de cima. Ninguém sabe ao certo; tão só o lacaio do anfitrião, quando lhe perguntam se há "mamzeles"[10] lá em cima, responde que são muitas naquele lugar. Depois do almoço, esses jovens passam pelo gabinete do anfitrião e acabam escrevendo uma carta para a moça desconhecida. Escrevem uma carta passional, uma declaração de amor, e levam-na pessoalmente até o andar de cima para explicarem, se for o caso, tudo o que essa carta possa conter de não muito claro.

— Para que me conta essas torpezas? Bom... e depois?

— Tocam a campainha. Aquela moça se apresenta, eles entregam a carta e ficam assegurando que estão ambos tão apaixonados que agora mesmo vão cair duros perto da porta. A moça, desentendida, entra no lero-lero. De repente, aparece um senhor de suíças, como se fossem duas linguicinhas, vermelho que nem um lagostim cozido, declara que não mora em sua casa nenhuma mulher, à exceção da esposa dele, e põe ambos no olho da rua.

— Mas como você sabe que as suíças dele são, como diz aí, que nem duas linguicinhas?

— Escute, pois. Fui hoje reconciliá-los.

— Bom, e depois?

---

[10] Corruptela da palavra francesa *Mademoiselles* (senhoritas), que se refere, nesse contexto, às moças solteiras e, provavelmente, de má conduta.

— Depois vem a parte mais interessante. Fica claro que é um feliz casal: um servidor de nona classe e sua esposa legítima. Tal servidor de nona classe dá queixa, e eis que me torno um conciliador, e que conciliador! Garanto-lhe que Talleyrand[11] não é nada em comparação comigo!

— Então, qual seria a dificuldade?

— Escute... A gente se desculpa como se deve: "Estamos desesperados e pedimos que nos perdoe esse mal-entendido nefasto". O servidor de nona classe, com aquelas linguicinhas dele, já está para se derreter, só que deseja também exprimir seus sentimentos e, tão logo começa a exprimi-los, fica exaltado e passa a dizer baixarias, e eis que me vejo outra vez obrigado a lançar mão de todos os meus talentos diplomáticos. "Concordo que a ação deles não é decorosa, mas rogo que leve em consideração o mal-entendido e a juventude dos culpados. Além do mais, esses jovens acabavam de tomar um cafezinho: o senhor entende. Estão intimamente arrependidos e pedem que o senhor os desculpe." O servidor se abranda de novo: "Concordo, senhor conde, e estou pronto a desculpá-los, porém, veja se me entende também, minha esposa, sim, minha esposa, uma mulher honesta, fica exposta à perseguição, à grosseria e à petulância de quaisquer moleques ali, daqueles cana...". E, você me entende, esse moleque está presente, e tenho de reconciliar os dois. Recorro novamente à diplomacia e, novamente, assim que chega o momento de concluirmos a negociação toda, meu servidor de nona classe esquenta a cabeça, enrubesce, põe suas linguicinhas em pé, e novamente me desmancho em sutilezas diplomáticas.

— Ah, mas preciso contar disso para a senhora! — Betsy se dirigiu, rindo, a uma dama que entrava em seu camarote. — Ele me fez rir tanto! Então... *bonne chance*[12] — acrescentou, estendendo a Vrônski um dedo livre da mão que segurava o leque e, com um movimento de ombros, abaixando o corpete de seu vestido para se quedar, conforme as regras mundanas, bastante desnuda na hora de ir até a ribalta, iluminada pelo gás e vista por todo mundo.

Vrônski foi ao teatro Francês, onde lhe cumpria realmente encontrar o comandante de seu regimento, que não perdia nenhum espetáculo daquele teatro, a fim de falar com ele sobre a sua tentativa de pacificação, a qual o retinha e entretinha havia quase três dias. Participavam daquela história Petrítski, de quem ele gostava, e outro oficial, bom sujeito e ótimo companheiro que acabava de ingressar no regimento, o jovem príncipe Kêdrov. E, o mais importante, estavam em jogo os interesses do próprio regimento.

---

[11] Charles-Maurice de Talleyrand-Périgord (1754-1838): político e diplomata francês, um dos estadistas mais talentosos e maquiavélicos de todos os tempos.

[12] Boa sorte (em francês).

Ambos os jovens serviam no esquadrão de Vrônski. Um funcionário público, o servidor de nona classe Venden, veio reclamar, com o comandante do regimento, de dois oficiais que teriam ofendido sua esposa. Sua jovem esposa, contava Venden (estava casado havia uns seis meses), encontrava-se numa igreja, com a mãezinha dela, e de repente, sentindo uma indisposição provinda de seu estado interessante, não conseguira mais permanecer de pé e fora para casa, chamando pelo primeiro cocheiro que tinha visto. Então esses dois oficiais teriam corrido atrás dela, e, assustada e ainda mais indisposta, ela subira voando a escada do prédio. Fora Venden em pessoa quem, ao voltar do serviço, ouvira o toque da campainha e umas vozes, saíra do apartamento e, vendo dois oficiais bêbados com uma carta nas mãos, enxotara-os dali. Veio pedir um severo castigo para eles.

— Não — disse o comandante do regimento a Vrônski, convidando-o para seu escritório —, queira ou não, Petrítski se torna insuportável. Nem uma semana passa sem alguma história. Aquele servidor não vai deixar para lá: ele irá mais longe.

Vrônski se dava conta de toda a feiura desse caso e compreendia que nem se tratava de um duelo, que precisava fazer de tudo para apaziguar o servidor de nona classe e encobrir a história toda. O comandante do regimento recorrera a Vrônski notadamente por conhecê-lo como um homem nobre e inteligente e, o principal, como um homem que prezava a honra do regimento. Eles conversaram e decidiram que Petrítski e Kêdrov deviam ir, acompanhados por Vrônski, pedir desculpas àquele servidor de nona classe. O comandante do regimento e Vrônski entendiam que o nome de Vrônski e seu monograma de ajudante de campo haveriam de contribuir muito para amansar o servidor ofendido. E, com efeito, esses dois fatores se revelaram parcialmente eficazes; não obstante, o resultado da reconciliação continuava, segundo contava Vrônski, meio duvidoso.

Chegando ao teatro Francês, Vrônski se recolheu, com o comandante do regimento, ao saguão e contou-lhe sobre o seu sucesso, ou melhor, insucesso. Ao ponderar tudo, o comandante resolveu deixar o caso sem consequências, mas depois, por mero prazer, começou a interrogar Vrônski acerca dos pormenores de seu encontro e não conseguiu, por muito tempo ainda, conter o riso, ao passo que o escutava contar como o servidor de nona classe, já prestes a aquietar-se, voltava de supetão a esbravejar, enquanto relembrava os detalhes do ocorrido, e como Vrônski, manobrando com a última meia palavra conciliadora, batera em retirada a empurrar Petrítski à sua frente.

— Uma história ruim, mas engraçadíssima. Pois Kêdrov não pode mesmo duelar com aquele senhor! Esbravejava tanto assim? — perguntou de novo, rindo. — Mas como está Claire hoje, hein? Uma maravilha! — mencionou uma nova atriz francesa. — Por mais que a gente olhe, cada dia está diferente. Só os franceses é que são capazes daquilo.

## VI

A princesa Betsy foi embora do teatro sem esperar pelo fim do último ato. Mal teve tempo para entrar em seu banheiro, polvilhar seu rosto comprido e pálido com pó de arroz, remover esse pó, ajeitar o penteado e mandar que servissem o chá no salão principal: os coches já vinham chegando, um após o outro, ao portão de sua casa enorme, situada na rua Bolcháia Morskáia. Os convidados passavam por uma larga entrada, e um porteiro obeso, que lia toda manhã, sentado detrás daquela imensa porta envidraçada, vários jornais, como se pretendesse fornecer um exemplo edificante aos transeuntes, abria-a sem o menor barulho e deixava os visitantes entrarem.

Entraram, quase ao mesmo tempo, a anfitriã, de rosto e penteado refrescados, por uma porta, e os convidados, pela outra, num grande salão com paredes escuras, alfombras felpudas e uma mesa bem iluminada, em cima da qual reluziam, sob as velas acesas, o alvor da toalha, a prata do samovar e a transparente porcelana do aparelho de chá.

A anfitriã se sentou perto do samovar e tirou as luvas. Deslocando as cadeiras e poltronas com o auxílio dos lacaios imperceptíveis, a sociedade se instalou dividida em duas partes — uma ao lado do samovar e da anfitriã, e a outra, na extremidade oposta do salão, junto da linda esposa de um ministro plenipotenciário, a qual tinha sobrancelhas negras e nítidas e cuja toalete era de veludo negro. Como sempre ocorre nos primeiros minutos, a conversa ficou oscilando em ambos os centros, amiúde interrompida por encontros, saudações, ofertas de chá, como se todos procurassem por um tema a discutir.

— Ela é singularmente boa, como atriz: dá para ver que tem estudado Kaulbach[13] — dizia um diplomata, que fazia parte do grupo reunido ao redor da esposa daquele ministro. — Os senhores repararam no tombo que ela levou?

— Ah, por favor, não vamos falar de Nilsson! Não se pode dizer nada de novo a respeito dela — pediu uma dama loura, gorda e vermelha, sem sobrancelhas nem peruca, que usava um antigo vestido de seda. Era a princesa Miagkáia,[14] conhecida por se comportar de forma simples e rude e apelidada

---

[13] Wilhelm von Kaulbach (1805-1874): pintor alemão, chamado pelos contemporâneos de "supremo e, talvez, derradeiro representante do idealismo".

[14] O sobrenome da personagem é a palavra russa "branda, dócil, mansa", empregada de modo irônico.

de *enfant terrible*.[15] Sentada entre os dois grupos, ela atentava em ambos e tomava parte ora de uma conversa, ora da outra. — Foram três as pessoas que me disseram hoje essa mesma frase sobre Kaulbach, como se tivessem pactuado. Nem sei por que essa frase lhes agradou tanto a todas.

A conversa ficou interrompida por aquela objeção: precisava-se inventar, novamente, um tema a discutir.

— Conte-nos algo engraçado, mas não cáustico — disse a esposa do ministro, exímia naquela conversação refinada que se chama *small-talk* em inglês, dirigindo-se ao diplomata que tampouco sabia, por sua vez, que tema abordar.

— Dizem que é muito difícil, que só o cáustico é engraçado — começou ele, sorridente. — Mas vou tentar. Sugira-me um assunto. Tudo consiste em ter um assunto. Desde que haja um assunto, fica fácil bordar uma trama. Muitas vezes penso que os célebres falastrões do século passado teriam agora dificuldades em levar uma conversa inteligente. Tudo quanto for inteligente já aborreceu tanto...

— Foi dito há tempos — interrompeu-o, rindo, a esposa do ministro.

O colóquio começou gentil, mas, justamente pelo fato de ser por demais gentil, interrompeu-se de novo. Cumpria-se recorrer a um meio seguro, que nunca falhava: à maledicência.

— Não acham que Tuszkiewicz tem algo de Louis XV?[16] — disse o diplomata, apontando com os olhos para um jovem bonito, de cabelo louro, que estava plantado rente à mesa.

— Oh, sim! Ele combina bem com o salão: é por isso que vem aqui com tanta frequência.

Essa conversa foi adiante, pois se falava, com alusões, precisamente daquilo que não poderia ser comentado no salão com todas as letras, ou seja, das relações que Tuszkiewicz mantinha com a dona da casa.

Enquanto isso, a conversa dos que estavam reunidos ao lado do samovar e da anfitriã ficou igualmente oscilando, por algum tempo, entre os três temas inevitáveis — a mais recente notícia social, o teatro e a condenação do próximo — e também acabou por se fixar no último tema, isto é, na maledicência.

— Os senhores ouviram dizer que Maltíchtcheva — não a filha, mas a mãe! — também tinha encomendado um tailleur *diable-rose*?[17]

— Não pode ser! Não, mas é uma gracinha!

— Até me espanto: será que não percebe, com sua inteligência (pois não é nada boba), como está ridícula?

---

[15] Menina danada (em francês).
[16] Trata-se de Luís XV (1710-1774), rei da França a partir de 1715.
[17] Rosa-choque (em francês).

Cada qual tinha alguma coisa a dizer, para criticar e escarnecer aquela coitada da Maltíchtcheva, e a conversa foi crepitando alegremente, tal e qual uma fogueira a arder.

O marido da princesa Betsy, um gorducho bonachão que adorava colecionar gravuras, entrou, ao saber que sua esposa convidara algumas pessoas, no salão antes de ir ao clube. Pisando, silenciosamente, numa alfombra macia, aproximou-se da princesa Miagkáia.

— Gostou de Nilsson, senhora princesa? — perguntou-lhe.

— Ah, queridinho, será que se pode chegar assim, de mansinho? Como me assustou! — respondeu ela. — Por favor, não me fale da ópera, que não entende nada de música. É melhor que eu mesma desça até o senhor e fale sobre aquelas suas maiólicas e gravuras. Pois bem, qual foi o tesouro que acabou de comprar no mercado de pulgas?

— Quer que lhe mostre? Só que a senhora tampouco entende patavina.

— Mostre, sim. Eu aprendi com aqueles... como se chamam... com os banqueiros... que têm gravuras maravilhosas. Eles as mostravam para a gente.

— Como assim, a senhora foi à casa dos Schutzburg? — perguntou a anfitriã, sentada perto do samovar.

— Fui, *ma chère*.[18] Eles convidaram a gente, eu e meu marido, para um almoço, e alguém me disse que o molho custava, naquele almoço, mil rublos... — A princesa Miagkáia falava bem alto, sentindo que todos a escutavam. — Mas era um molho muito ruim, algo verde. Era preciso, então, convidá-los também, e eu fiz um molho de oitenta e cinco copeques, e ficou todo mundo muito contente. Não posso servir molhos de mil rublos ali!

— Ela é a única! — disse a esposa do ministro.

— Fenomenal! — disse alguém.

A impressão produzida pelos discursos da princesa Miagkáia era sempre a mesma, e o segredo dessa impressão por ela produzida consistia em seu hábito de dizer, embora de forma meio despropositada, como agora, umas coisas simples que faziam sentido. No ambiente em que ela vivia, tais ditos surtiam o efeito da mais arguta piada. A princesa Miagkáia não conseguia atinar com os motivos disso, porém sabia que o efeito era aquele mesmo e tirava proveito dele.

Como, durante a intervenção da princesa Miagkáia, todos a escutavam, e a conversa ficou suspensa ao redor da esposa do ministro, a anfitriã tentou reunir a sociedade toda e dirigiu-se à esposa do ministro:

— Decididamente a senhora não quer chá? Por que não se une a nós?

---

[18] Minha cara (em francês).

— Não, estamos muito bem aqui — respondeu a esposa do ministro, sorrindo, e continuou a conversa iniciada.

Essa conversa era muito agradável. Bisbilhotava-se a respeito dos Karênin, da mulher e do marido.

— Anna tem mudado bastante, desde que viajou para Moscou. Há nela algo estranho — dizia uma das suas amigas.

— A maior mudança é que trouxe consigo a sombra de Alexei Vrônski — comentou a esposa do ministro.

— E daí? Há uma fábula de Grimm: um homem sem sombra, um homem privado de sua sombra.[19] E, para ele, seria um castigo por alguma falta. Eu nunca soube entender qual era precisamente aquele castigo. Mas uma mulher deveria ficar desgostosa por não ter sombra.

— Sim, só que as mulheres com sombra costumam acabar mal — disse a amiga de Anna.

— Que sua língua se inche — disse, de súbito, a princesa Miagkáia, ao ouvir essas palavras. — Karênina é uma mulher adorável. Não gosto do marido dela, mas dela mesma, sim, gosto muito.

— Mas por que é que não gosta do marido? É um homem tão distinto — disse a esposa do ministro. — Meu marido diz que há poucos homens de Estado iguais a ele em toda a Europa.

— E meu marido também me diz a mesma coisa, mas eu cá não acredito — prosseguiu a princesa Miagkáia. — Se nossos maridos não estivessem falando, nós veríamos o que existe de fato, e Alexei Alexândrovitch, pelo que me parece, é simplesmente tolo. Mas digo isso cochichando... E como tudo se torna claro, não é verdade? Antigamente, quando me mandavam achá-lo inteligente, ficava procurando, o tempo todo, e achava que fosse eu mesma tola por não enxergar a inteligência dele, mas, logo que disse comigo: "Ele é tolo", assim, cochichando, tudo se tornou tão claro, não é verdade?

— Como a senhora está maldosa hoje!

— Nem um pouco. Apenas não tenho outra saída. Um de nós dois há de ser tolo. E a senhora sabe que não daria nunca para dizer isso da gente.

— Ninguém se contenta com seu patrimônio, mas todos, com sua inteligência[20] — citou o diplomata um verso francês.

— É isso aí! A princesa Miagkáia se dirigiu apressadamente a ele. — Mas a verdade é que não lhes entregarei Anna. Ela é tão gentil, tão amável. O

---

[19] Alusão à novela *A fabulosa história de Peter Schlemihl*, do escritor e biólogo alemão Adelbert von Chamisso (1781-1838), sendo o nome dos irmãos Grimm citado por engano.
[20] Paráfrase da máxima de François de La Rochefoucauld (1613-1680) *Tout le monde se plaint de sa mémoire, et personne ne se plaint de son jugement* (Todos se queixam de sua memória, e ninguém se queixa de seu juízo).

que tem a fazer, se todos estão apaixonados por ela e andam, feito sombras, em seu encalço?

— Mas eu nem penso em condená-la — defendia-se a amiga de Anna.

— Se ninguém anda, feito uma sombra, no encalço da gente, isso não prova ainda que a gente tem o direito de censurar os outros.

E, exprobrando devidamente a amiga de Anna, a princesa Miagkáia se levantou e, junto com a esposa do ministro, foi até a mesa onde a conversa geral se referia ao rei da Prússia.

— Sobre o que estavam mexericando lá? — perguntou Betsy.

— Sobre os Karênin. A princesa vinha caracterizando Alexei Alexândrovitch — respondeu a esposa do ministro, sentando-se, com um sorriso, à mesa.

— É pena que não tenhamos ouvido — disse a anfitriã, olhando para a porta de entrada. — Ah, enfim você chegou! — dirigiu-se sorrindo a Vrônski, que entrava.

Vrônski não apenas conhecia todos os presentes, mas também via diariamente todos os que encontrou ali; portanto, entrou com aquela postura tranquila com que entramos num quarto cheio de pessoas que acabamos de deixar.

— De onde é que venho? — respondeu à indagação da esposa do ministro. — Tenho de confessar... Fazer o quê? Venho do Ópera-bufa.[21] Parece que vou lá pela centésima vez, mas toda vez é um prazer novo. Uma graça! Sei que é vergonhoso, mas acabo dormindo quando assisto a uma ópera séria e fico acordado, lá no Ópera-bufa, até a última cena, e todo alegre. Hoje...

Ele mencionou uma atriz francesa e queria contar algo sobre ela, porém a esposa do ministro interrompeu-o, com um pavor cômico:

— Por favor, não conte sobre aquele horror!

— Não vou contar, não, ainda mais que todos conhecem aqueles horrores.

— E todos iriam lá também, se fosse algo tão convencional quanto a ópera séria — adicionou a princesa Miagkáia.

## VII

Ouviu-se à porta de entrada o som de passos, e a princesa Betsy, sabendo que era Karênina, olhou furtivamente para Vrônski. Ele fitava a porta, e seu rosto tinha uma expressão nova e algo estranha. Risonho, absorto e, ao mesmo tempo, tímido, ele olhava para a mulher a entrar e, pouco a pouco, levantava-se. Era Anna que entrava no salão. De costas, como sempre, extremamente retas,

---

[21] Teatro francês que funcionava em São Petersburgo desde 1870.

andando rápida, firme e ligeiramente, ao contrário de outras mulheres da alta-roda, e sem mudar a direção do olhar, ela deu aqueles poucos passos que a separavam da anfitriã, apertou-lhe a mão, sorriu e, com o mesmo sorriso, mirou Vrônski por cima do ombro. Vrônski saudou-a com uma profunda mesura e puxou uma cadeira para ela.

Anna lhe respondeu apenas com uma leve inclinação de cabeça, ficando rubra e sombria. Mas, logo a seguir, acenando depressa aos seus conhecidos e apertando as mãos que lhe estendiam, dirigiu-se à dona da casa:

— Fui visitar a condessa Lídia; queria vir aqui mais cedo, porém me detive. O *Sir* John estava na casa dela. É um homem muito interessante.

— Ah, sim, aquele missionário?

— Ele mesmo: estava contando sobre a vida dos índios, e era muito interessante.

Interrompida pela chegada de Karênina, a conversa tornou a oscilar como a chama assoprada de um candeeiro.

— O *Sir* John! Sim, aquele *Sir* John. Já o vi. Ele fala bem. Vlássieva está totalmente apaixonada por ele.

— Mas é verdade que a caçula dos Vlássiev está para se casar com Tópov?

— Sim, dizem que está tudo decidido.

— Fico pasmada com os pais dela. Dizem que se casa por amor.

— Por amor? Que ideias antediluvianas é que a senhora tem! Quem é que fala de amores, hoje em dia? — disse a esposa do ministro.

— Fazer o quê? Essa velha moda abobalhada não se extinguiu ainda — disse Vrônski.

— Pior para quem seguir essa moda. Sei que os casamentos felizes só se fazem por interesse.

— Sim, mas a felicidade de tais casamentos por interesse vai pelos ares, que nem a poeira e com tanta frequência, exatamente porque surge aquele mesmo amor que não era reconhecido — disse Vrônski.

— Só que a gente chama de casamentos por interesse aqueles casamentos que se fazem depois de ambos já terem feito bobagens. É como a escarlatina: é preciso passar por isso.

— Então é preciso aprender a vacinar contra o amor, como se fosse a varíola.

— Quando jovem, eu estava apaixonada por um sacristãozinho — disse a princesa Miagkáia. — Não sei se aquilo adiantou para alguma coisa.

— Não, brincadeiras à parte, eu acho que, para conhecer o amor, é preciso errar e depois se corrigir — alegou a princesa Betsy.

— Até depois do casamento? — questionou, gracejando, a esposa do ministro.

— Nunca é tarde para nos arrependermos — citou o diplomata um provérbio inglês.

— Justamente — concordou Betsy —, é preciso errar e corrigir o erro. O que acha disso? — dirigiu-se a Anna, que escutava essa conversa calada, com um sorriso quase imperceptível, mas firme, nos lábios.

— Eu acho — disse Anna, revirando a luva que havia tirado —, eu acho que... se as mentes são tantas quantas são as cabeças, os tipos de amor também são tantos quantos são os corações.

Vrônski olhava para Anna e esperava, de coração desfalecente, pelo que ela diria. Suspirou, como quem acabasse de evitar um perigo, quando ela pronunciou essas palavras.

De súbito, Anna se dirigiu a ele:

— Pois eu recebi uma carta de Moscou. Escrevem para mim que Kitty Chtcherbátskaia está muito doente.

— Verdade? — perguntou Vrônski, sombrio.

Anna mirou-o severamente.

— Não se importa com isso?

— Sim, muito, pelo contrário. O que escrevem, notadamente, para a senhora, se é que posso saber? — perguntou o jovem.

Uma vez em pé, Anna se aproximou de Betsy.

— Dê-me uma chávena de chá — pediu, ao postar-se detrás de sua cadeira.

Enquanto a princesa Betsy enchia uma chávena, Vrônski se achegou a Anna.

— O que é, pois, que lhe escrevem? — repetiu.

— Muitas vezes penso que os homens não distinguem o que é nobre do que não é nobre, mas sempre falam no assunto — disse Anna, sem lhe responder. — Fazia bastante tempo que queria dizer isso para o senhor — acrescentou e, dando alguns passos, sentou-se a uma mesa lateral com álbuns em cima.

— Não entendo bem o significado de suas palavras — disse Vrônski, trazendo-lhe a chávena.

Ela olhou para o canapé que estava por perto, e ele se sentou logo.

— Sim, eu queria dizer para o senhor — disse Anna, sem olhar para ele. — O que fez é mau, muito mau, péssimo.

— Será que não sei que minha ação foi má? Mas quem é a razão dessa minha ação?

— Por que me diz isso? — perguntou Anna, mirando-o com severidade.

— A senhora sabe por quê — respondeu ele, ousada e alegremente, enfrentando o olhar dela sem baixar os olhos.

Não fora ele e, sim, ela mesma quem se confundira.

— Isso prova apenas que o senhor não tem coração — disse Anna. Contudo, pelo que dizia seu olhar, ela sabia que o jovem tinha coração, sim, sendo esse o motivo pelo qual o temia.

— Aquilo que a senhora acabou de lembrar foi um erro, mas não um amor.

— Não se esqueça de que o proibi de usar essa palavra, essa palavra abjeta — disse Anna, estremecendo, mas logo percebeu que, dita essa única palavra, "proibi", mostrava que se atribuía certos direitos no tocante a ele e, desse modo, incitava-o mais ainda a falar sobre amor. — Fazia muito tempo que queria dizer isso para o senhor — continuou, olhando, resoluta, bem nos olhos do jovem e toda ardente daquele rubor que lhe queimava o rosto —, e hoje vim para cá de propósito, por saber que o encontraria. Vim para lhe dizer que isso tem de terminar. Nunca enrubesci na frente de ninguém, mas o senhor faz que me sinta culpada de alguma coisa.

Vrônski olhava para ela, perturbado com a nova, espiritual, beleza de seu rosto.

— O que quer que eu faça? — perguntou, simples e seriamente.

— Quero que vá a Moscou e peça perdão a Kitty — disse Anna, e uma centelha fulgiu nos olhos dela.

— A senhora não quer isso — respondeu Vrônski.

Percebia que ela não dizia o que queria, mas, sim, o que se forçava a dizer.

— Se me ama tanto quanto diz — sussurrou ela —, deixe-me em paz.

O rosto dele ficou radiante.

— Será que você não sabe que é, para mim, toda esta vida? Só que não conheço aquela paz e não posso dá-la para você. Dar todo o meu ser, meu amor... isso sim. Não consigo pensar em você e em mim separadamente. Para mim, você e eu somos um só. E não enxergo, lá na frente, nenhuma paz que seja possível, nem para mim nem para você. Enxergo uma possibilidade de ficarmos desesperados, infelizes... ou então de sermos felizes, e como felizes!... Não seria essa felicidade possível? — acrescentou, quase sem mover os lábios, porém ela ouviu.

Empregava todas as forças de sua mente em dizer o que lhe cumpria dizer, mas, em vez disso, fixou nele seu olhar cheio de amor e não respondeu nada.

"É isso!", pensou ele, extático. "Quando eu já estava desesperado, quando já me parecia não haver mais saída, isso aconteceu! Ela me ama. Ela confessa isso."

— Então faça algo por mim: nunca mais me diga essas palavras, e seremos bons amigos... — Assim foram as palavras dela, mas seu olhar disse bem o contrário.

— Não seremos amigos, e a senhora sabe disso. E, se seremos as mais felizes ou as mais infelizes das pessoas, isso depende da senhora.

Anna queria dizer outra coisa, mas ele a interrompeu:

— Não lhe peço senão o direito de ter esperanças e de sofrer como sofro agora, mas, se nem isso for possível, mande que eu desapareça, e vou desaparecer. A senhora não me verá nunca mais, se minha presença lhe pesa tanto.

— Mas eu não quero enxotá-lo...

— Então apenas não mude nada. Deixe tudo como está — disse ele, com uma voz trêmula. — Ali vem seu marido.

De fato, Alexei Alexândrovitch entrava nesse momento, com seu andar vagaroso e desajeitado, no salão.

Ao olhar para sua mulher e Vrônski, aproximou-se da anfitriã e, sentando-se com uma chávena na mão, passou a falar, com aquela sua voz pausada, sempre audível, e naquele seu habitual tom irônico, e a zombar de alguém.

— Seu Rambouillet[22] está todo reunido — disse, examinando a sociedade toda. — As graças e as musas.

Entretanto, a princesa Betsy não suportava aquele seu tom *sneering*,[23] como se referia a ele, e logo induziu Karênin, em sua qualidade de sábia anfitriã, a falar seriamente do serviço militar obrigatório. Alexei Alexândrovitch não demorou a empolgar-se com tal conversa e foi defendendo, já com plena seriedade, um novo decreto ante a princesa Betsy, que o criticava.

Vrônski e Anna permaneciam sentados à mesinha lateral.

— Aquilo se torna indecente — cochichou uma dama, apontando com os olhos para Karênina, Vrônski e o marido dela.

— O que foi que eu lhe disse? — respondeu a amiga de Anna.

Todavia, não eram só essas damas, mas quase todos os reunidos no salão, inclusive a princesa Miagkáia e Betsy em pessoa, que olhavam volta e meia para o casal distante do seu círculo, como se isso os incomodasse. Apenas Alexei Alexândrovitch não olhou nenhuma vez na mesma direção, nem se distraiu da conversa interessante que encetara.

Ao reparar na impressão desagradável que todos vinham experimentando, a princesa Betsy fez outra pessoa ficar em seu lugar, escutando Alexei Alexândrovitch, e acercou-se de Anna.

— Sempre me surpreendo com a clareza e a precisão das expressões de seu marido — disse. — As noções mais transcendentais ficam acessíveis para mim, quando ele está falando.

---

[22] Alusão ao salão aristocrático da marquesa Catherine de Rambouillet (1588-1665), onde se reuniam os maiores artistas e intelectuais franceses de sua época.

[23] Sarcástico, zombeteiro (em inglês).

— Oh, sim! — disse Anna, com um sorriso feliz, sem entender uma só daquelas palavras que lhe dirigia Betsy. Foi, a seguir, até a mesa grande e tomou parte na conversa geral.

Meia hora depois, Alexei Alexândrovitch aproximou-se de sua mulher e propôs que fossem juntos para casa, mas Anna respondeu, sem olhar para ele, que ficaria para o jantar. Alexei Alexândrovitch cumprimentou todos os presentes e foi embora.

O cocheiro de Karênina, um tártaro velho e gordo de *kojan*[24] lustroso, custava a segurar o cavalo cinza, atrelado do lado esquerdo e todo gelado, que se empinava ao pé do portão. Um lacaio mantinha aberta a portinhola da carruagem, e o porteiro, a porta da casa. Anna Arkádievna desprendia, com sua mãozinha ágil, as rendas da manga do colchete de sua curta peliça e, inclinando a cabeça, ouvia com admiração o que dizia, acompanhando-a, Vrônski.

— A senhora não disse coisa nenhuma. Suponhamos que eu não exija nada — dizia ele —, mas está sabendo que não preciso de sua amizade, que só uma felicidade é possível em minha vida — aquela palavra da qual a senhora não gosta tanto... sim, o amor...

— O amor... — repetiu ela, com uma voz lenta e cavernosa, e de repente, ao mesmo tempo que desprendeu as rendas, acrescentou —: Se é que não gosto daquela palavra, é por ela ser significativa demais para mim, por significar muito mais do que o senhor pode compreender... — e ela encarou Vrônski. — Até a vista!

Estendeu-lhe a mão e, passando rápida e energicamente ao lado do porteiro, sumiu dentro da carruagem.

Seu olhar e o toque de sua mão abrasaram Vrônski. Ele beijou a palma de sua própria mão, justo no lugar onde ela a tocara, e foi para casa feliz por estar consciente de que seu objetivo se tornara, naquela noite, bem mais próximo do que nos dois últimos meses.

## VIII

Alexei Alexândrovitch não vislumbrara nada de especial nem de indecente no fato de que sua mulher estava sentada, com Vrônski, a uma mesa separada e falava animadamente sobre qualquer coisa, porém notara que outras pessoas reunidas no salão percebiam naquilo, sim, algo especial e indecente, razão

---

[24] Casaco de couro (em russo).

pela qual chegara a achá-lo indecente também. Resolvera que precisava dizer isso à sua mulher.

Ao voltar para casa, Alexei Alexândrovitch foi ao seu gabinete, conforme fazia de praxe, sentou-se numa poltrona e, abrindo um livro sobre o papismo[25] naquela parte que havia marcado com uma lâmina de recortar as páginas, ficou lendo até uma hora da madrugada, também como fazia de praxe; só de vez em quando é que esfregava de leve a sua testa alta e sacudia a cabeça, como quem afastasse alguma coisa de si. Na hora costumeira, levantou-se e procedeu à sua toalete noturna. Anna Arkádievna não estava ainda em casa. Com o livro debaixo do braço, ele subiu ao andar de cima, só que nessa noite, em vez de habituais ideias e considerações relativas ao seu trabalho, o que lhe enchia a mente eram sua mulher e algo ruim que teria acontecido com ela. Contrariamente ao seu hábito, não foi para a cama, mas, colocando as mãos entrecruzadas por trás das costas, pôs-se a caminhar, de lá para cá, através dos cômodos. Não conseguia deitar-se, sentindo que antes necessitava ponderar uma circunstância que acabava de surgir.

Quando Alexei Alexândrovitch decidira, em seu íntimo, que precisava falar com sua mulher, isso lhe parecera muito fácil e simples; porém, agora que estava refletindo acerca da tal circunstância que acabava de surgir, parecia-lhe ser algo muito complexo e embaraçoso.

Alexei Alexândrovitch não era ciumento. Estava convencido de que, sendo os ciúmes ofensivos para qualquer mulher, devia confiar em sua esposa. Não indagava a si mesmo por que lhe cumpria confiar em sua jovem esposa, ou seja, ter toda a certeza de que ela o amaria para sempre; por outro lado, não desconfiava dela e, assim sendo, tinha a confiança e dizia consigo que precisava tê-la. Contudo, posto que sua convicção de que os ciúmes eram um sentimento vergonhoso, e de que lhe cumpria, a ele, confiar em sua esposa, não estivesse ainda destruída, percebia agora que defrontava algo ilógico e absurdo, e não sabia o que tinha a fazer. Alexei Alexândrovitch defrontava a vida, a possibilidade de sua mulher amar outra pessoa que não fosse ele, e era bem isso que lhe parecia muito absurdo e incompreensível, porquanto era a própria vida. Alexei Alexândrovitch sempre vivera e atuara no âmbito oficial, que lidava com os reflexos da vida real. E, todas as vezes que se deparava com a vida real, distanciava-se dela. Agora tinha uma sensação semelhante àquela que teria quem acabasse de atravessar um abismo, passando tranquilamente por uma ponte, e visse de súbito que a ponte estava desmontada e um precipício se abria aos seus pés. Tal precipício era a vida real, e a ponte, aquela

---

[25] Poder exercido pelos papas sobre a comunidade católica.

vida artificial que vivera Alexei Alexândrovitch. Cogitava, pela primeira vez, na possibilidade de sua mulher amar outra pessoa e ficava tomado de pavor.

Sem se despir, andava de lá para cá, com aquele seu passo regular, pelo sonoro parquete da sala de jantar, alumiada por uma lâmpada só, pela alcatifa da escura sala de estar, onde a luz se refletia apenas no grande retrato dele, recentemente pintado e pendurado sobre o sofá, e pelo gabinete de Anna, onde duas velas ardiam iluminando os retratos dos parentes e das amigas dela, além das bagatelas, bonitas e bem familiares para ele havia tempos, que estavam em cima da sua escrivaninha. Passando pelo gabinete, ele chegava à porta do quarto de dormir, virava-se e caminhava de novo.

A cada prolongamento de seu passeio e, sobretudo, pisando no parquete da sala de jantar, que estava iluminada, ele parava e dizia a si mesmo: "Sim, é preciso resolver aquilo e fazê-lo cessar, e explicitar meu ponto de vista, quanto àquilo, e minha decisão". E virava-se outra vez. "Mas explicitar o quê? Que decisão?", dizia consigo, na sala de estar, e não achava resposta. "Mas enfim", perguntava a si mesmo, antes de regressar ao gabinete, "o que foi que aconteceu? Nada. Ela falou, por muito tempo, com ele. E daí? Seriam poucas aquelas pessoas com quem uma mulher poderia falar na sociedade? E depois, ter ciúmes significa humilhar a mim mesmo e a ela também" — raciocinava ao entrar no gabinete de Anna, mas esse raciocínio, antes tão valioso para ele, agora não tinha valor nem significado algum. E, chegando à porta do quarto de dormir, ele se virava para voltar à sala de estar, mas, assim que entrava nela, escura como permanecia, uma voz oculta lhe sugeria que não era bem assim e que, se os outros também se apercebiam daquilo, havia mesmo alguma coisa. Então voltava a dizer consigo, uma vez na sala de jantar: "Sim, é preciso resolver aquilo e fazê-lo cessar, e explicitar meu ponto de vista...". E de novo, passando pela sala de estar antes de se virar, perguntava a si mesmo: "Resolver, sim, mas como?". E perguntava, a seguir, o que acontecera. E respondia: "Nada", e lembrava que os ciúmes eram um sentimento humilhante para qualquer esposa, mas, tão logo retornava à sala de estar, convencia-se de algo ter acontecido. Seus pensamentos, assim como seu corpo, faziam uma circunferência completa sem encontrar nada de novo. Ele se deu conta disso, esfregou sua testa e ficou sentado no gabinete de Anna.

Ali, quando olhou para a escrivaninha dela, em cima da qual estavam um *tampon-buvard*[26] de malaquita e um bilhete iniciado, seus pensamentos tomaram, de chofre, um rumo diferente. Começou a pensar nela, naquilo que sua esposa pensava e sentia. Pela primeira vez, imaginou vivamente a vida

---

[26] Acessório confeccionado em forma de um suporte recoberto de mata-borrão e destinado a secar a tinta de documentos escritos (em francês).

íntima dela, seus pensamentos e desejos, e a própria ideia de que ela podia e devia ter uma vida pessoal pareceu-lhe tão aterradora que ele se apressou a afastá-la. Era aquele precipício que teria medo de lobrigar. Transferir-se, mental e emocionalmente, para outra pessoa era uma ação espiritual alheia a Alexei Alexândrovitch. Achava que tal ação espiritual fosse uma fantasia nociva e perigosa.

"E o mais horrível de tudo", pensava, "é que justo agora, quando meu negócio está chegando ao fim (pensava num projeto que promovia nesse meio-tempo), quando preciso de toda a serenidade e de todas as forças de minha alma, agora é que vem desabar sobre mim essa absurda inquietação. Mas o que tenho a fazer? Não sou um daqueles homens que ficam aturando as inquietações e tribulações sem ter força para encará-las".

— Tenho de ponderar, resolver e acabar — disse em voz alta.

"O que concerne aos sentimentos dela, àquilo que ocorria e pode estar ocorrendo na alma dela, não é da minha conta: aquilo diz respeito à consciência dela mesma e tem a ver com a religião", disse consigo, sentindo certo alívio ao intuir que encontrara aquele ponto de legitimações ao qual se sujeitava a circunstância recentemente surgida.

"Pois então", disse Alexei Alexândrovitch a si próprio, "o que concerne aos sentimentos dela, e assim por diante, diz respeito à consciência dela, que não pode, de modo algum, preocupar-me. Quanto ao meu dever, ele fica bem definido. Como chefe de família, sou aquela pessoa que deve guiá-la; portanto, de certa forma, sou responsável por ela e tenho de apontar para o perigo que estou percebendo, de adverti-la e até mesmo de empregar meu poder. Tenho de lhe dizer tudo".

E na cabeça de Alexei Alexândrovitch formou-se nitidamente tudo quanto ele diria agora à sua esposa. Refletindo no que lhe diria, ficou lamentando ter de gastar para uso doméstico, tão imperceptivelmente assim, seu tempo e suas forças mentais, porém, apesar disso, compuseram-se em sua cabeça, claras e lógicas como um relatório, a forma e a sequência do discurso por vir. "Devo dizer e explanar o seguinte: primeiro, expor a relevância da opinião pública e da conduta decente; segundo, explicar o significado do matrimônio sob a ótica religiosa; terceiro, se for necessário, evocar aquela desgraça que pode atingir o filho dela; quarto, aludir à desgraça que vai atingi-la também." Entrelaçando os dedos e volvendo as palmas das mãos para baixo, Alexei Alexândrovitch esticou-as, e seus dedos estralaram nas articulações.

Esse gesto, ou melhor, esse cacoete — juntar as mãos e fazer os dedos estralarem — sempre o acalmava e lhe devolvia a meticulosidade da qual precisava tanto agora. Ouviu-se, perto do portão, o barulho da carruagem que se aproximava. Alexei Alexândrovitch veio postar-se no meio da sala.

Os passos femininos ressoavam pela escada. Pronto para seu discurso, Alexei Alexândrovitch estava ali, apertando seus dedos entrelaçados e esperando por um estralo a mais. Uma das articulações estralou.

Ainda pelo som dos passos leves na escada, sentiu a aproximação dela e, conquanto estivesse contente com seu discurso, ficou amedrontado com a explicação que aconteceria em breve...

## IX

Anna veio de cabeça baixa, remexendo nas borlas de seu *bachlyk*.[27] Seu rosto irradiava um brilho intenso, porém não era um brilho de alegria: lembrava antes o reflexo medonho de um incêndio no meio de uma noite escura. Ao ver o marido, Anna ergueu a cabeça e, como que acordando, sorriu.

— Não está deitado? Que milagre! — disse, tirando o *bachlyk*, e, sem se deter, foi adiante, direto ao banheiro. — Está na hora, Alexei Alexândrovitch — adicionou, por trás da porta.

— Anna, preciso falar com você.

— Comigo? — disse ela, surpresa, saiu porta afora e olhou para o marido.

— Sim.

— O que há? Falar sobre o quê? — perguntou ela, sentando-se. — Pois bem, vamos falar, se preciso. Só que seria melhor se fôssemos para a cama.

Anna dizia o que lhe vinha aos lábios e, ouvindo suas próprias falas, surpreendia-se, ela mesma, com sua capacidade de mentir. Como suas palavras eram simples e naturais, como parecia, de fato, que apenas estava com sono! Sentia-se resguardada pela couraça impenetrável de sua mentira. Sentia-se assistida e amparada por alguma força indiscernível.

— Anna, preciso adverti-la — disse seu marido.

— Advertir? — perguntou ela. — Mas de quê?

Parecia tão natural, tão alegre, que quem não a conhecesse tanto quanto a conhecia seu marido não poderia notar, nem no som nem no sentido de suas palavras, nada que fosse forjado. Mas para ele, que a conhecia e sabia que, quando ele se deitava com cinco minutos de atraso, ela reparava nisso e perguntava pelo motivo, para ele, ciente de que sua mulher logo lhe participava qualquer um dos seus júbilos ou pesares — ver agora que não queria reparar no estado dele nem dizer meia palavra de si mesma, isso significava, para ele, muita coisa. Percebia que a profundeza de sua alma, antes sempre escancarada

---

[27] Espécie de capuz cujas abas envolvem o pescoço (em russo).

na frente dele, agora lhe estava fechada. E, como se não bastasse, percebia também, pelo tom de sua mulher, que ela nem sequer se embaraçava com isso, mas parecia dizer-lhe às claras: está fechada, sim, e deve estar mesmo, e sempre estará daqui em diante. Agora ele tinha uma sensação semelhante àquela que teria quem regressasse à sua casa e achasse sua casa trancada. "Mas pode ser que encontre ainda a chave", pensou Alexei Alexândrovitch.

— Quero adverti-la, sim — disse, em voz baixa —, já que, por meras imprudência e leviandade, você pode dar margem a falarem de você na sociedade. Aquela conversa por demais animada, que teve hoje com o conde Vrônski (articulou esse nome firme, pausada e calmamente), atraiu as atenções.

Falava assim, olhando naqueles ridentes, agora terríveis para ele por serem impenetráveis, olhos dela, e sentia, enquanto falava, toda a inutilidade e ociosidade de suas palavras.

— Está sempre assim — respondeu ela, como se não entendesse nada e propositalmente optasse por entender, de tudo quanto o marido dissera, tão só a última frase. — Ora se aborrece porque estou com tédio, ora se aborrece porque estou alegre. Apenas não estava com tédio. Isso deixa você magoado?

Alexei Alexândrovitch estremeceu e retorceu as mãos para que estralassem.

— Ah, por favor, não faça que estralem: não gosto tanto disso! — pediu ela.

— Anna, mas é você mesma? — disse baixinho Alexei Alexândrovitch, fazendo um esforço sobre si próprio e retendo aquele movimento das mãos.

— Mas, afinal, o que é isso? — perguntou ela, com um pasmo tão sincero e cômico. — O que você quer de mim?

Calando-se por algum tempo, Alexei Alexândrovitch esfregou a testa e os olhos. Percebia que, em vez daquilo que desejava fazer, ou seja, prevenir sua esposa contra um erro aos olhos da alta sociedade, preocupava-se involuntariamente com o que concernia à consciência dela e defrontava uma espécie de muro imaginário.

— Pretendo dizer o seguinte — continuou, frio e tranquilo — e peço que me escute até o fim. Considero os ciúmes, como você já sabe, um sentimento ofensivo e humilhante, e nunca permitirei que tal sentimento me influencie. Todavia, existem certas leis da decência que não se pode infringir impunemente. Não fui eu quem percebeu hoje, mas, a julgar pela impressão que foi imposta à sociedade, todos perceberam que você não se comportava nem agia exatamente daquela maneira que teria sido desejável.

— Decididamente, não compreendo nada — disse Anna, dando de ombros. "Tanto faz para ele", pensou. "Mas a sociedade reparou nisso, e ele ficou alarmado". — Está indisposto, Alexei Alexândrovitch — acrescentou, levantando-se, e já queria sair da sala, mas o marido foi avançando, como se pretendesse detê-la.

O rosto dele estava tão feio e sinistro como Anna nunca o vira ainda. Ela parou e, inclinando a cabeça para trás e um tanto para o lado, começou a retirar os grampos com sua mão ágil.

— Pois bem: estou escutando o que vai dizer — replicou, num tom calmo e jocoso. — Escutarei mesmo com interesse, porque gostaria de entender de que se trata.

Dizendo isso, pasmava-se com o tom naturalmente tranquilo e desenvolto que usava e com a escolha das palavras que empregava.

— Não tenho o direito de entrar em todos os detalhes de seus sentimentos e, de modo geral, acho que isso seria inútil e até mesmo prejudicial — começou Alexei Alexândrovitch. — Revirando a nossa alma, encontramos frequentemente tais coisas que teriam permanecido lá imperceptíveis. Seus sentimentos só dizem respeito à sua consciência, mas eu tenho, ante você, ante mim mesmo e ante Deus, a obrigação de lhe apontar para seus deveres. Nossas vidas estão ligadas uma à outra, e não foram as pessoas que as ligaram: foi Deus. Só um crime é que seria capaz de romper essa ligação, e um crime desse tipo acarreta um severo castigo.

— Não entendo nada. Ah, meu Deus, e como quero dormir, para mal dos pecados! — disse ela, apalpando depressa os cabelos e procurando pelos grampos que sobravam.

— Anna, pelo amor de Deus, não fale assim — disse ele, manso. — Talvez eu esteja enganado, mas acredite: o que estou dizendo é dito tanto por mim mesmo quanto por você. Sou seu marido e amo você.

Por um instante, abaixou-se o rosto dela, e apagou-se a centelha jocosa que cintilava em seu olhar. Contudo, a palavra "amo" tornou a indigná-la. Ela pensou: "Ama? Será que ele pode amar? Se não tivesse ouvido dizerem por aí que existe um tal de amor, nunca teria usado essa palavra. Nem sequer sabe o que é o amor".

— Juro que não entendo, Alexei Alexândrovitch — disse então. — Defina o que está achando...

— Permita, deixe que eu termine. Amo você. Mas não estou falando de mim: aqui, os principais personagens são nosso filho e você mesma. Repito: é bem possível que minhas palavras lhe pareçam completamente vãs e despropositadas; talvez provenham de uma ilusão minha. Nesse caso, peço que me desculpe. Mas, se você mesma sentir que existem, pelo menos, os menores fundamentos, aí lhe peço que reflita e, se seu coração sugerir, que me diga...

Sem mesmo reparar nisso, Alexei Alexândrovitch dizia algo diametralmente oposto ao que tinha preparado.

— Não tenho nada a dizer. Ademais... — disse ela, repentina e rapidamente, contendo a custo um sorriso — juro que está na hora de dormir.

Alexei Alexândrovitch suspirou e, sem dizer mais nada, foi ao quarto.

Quando Anna entrou no quarto, seu marido já estava deitado. Seus lábios estavam cerrados, com severidade, e seus olhos não olhavam para ela. Anna se deitou do seu lado da cama; esperava que ele voltasse, a qualquer momento, a falar com ela. Temia que lhe falasse e, ao mesmo tempo, queria isso. Mas ele se mantinha calado. Anna ficou esperando por muito tempo, imóvel, e finalmente se esqueceu dele. Pensava num outro homem, via-o e sentia seu coração se encher, com esse pensamento, de emoção e de uma alegria pecaminosa. De chofre, ouviu um silvo nasal, tranquilo e compassado. No primeiro minuto, Alexei Alexândrovitch como que se assustou com esse seu silvo e parou de silvar; porém, duas aspirações adiante, o silvo ressurgiu com o mesmo compasso tranquilo.

— Tarde, tarde, já é tarde — sussurrou ela, sorrindo.

Quedou-se deitada por muito tempo, sem se mover, de olhos abertos, parecendo-lhe que ela mesma enxergava seu brilho na escuridão.

## X

Desde aquela noite, uma vida nova começou para Alexei Alexândrovitch e para sua esposa. Não ocorrera nada de incomum. Anna frequentava, como sempre, a alta sociedade, ia, com especial frequência, à casa da princesa Betsy e cruzava com Vrônski por toda parte. Alexei Alexândrovitch via isso, mas não podia fazer nada. A todas as suas tentativas de levá-la a explicar-se, Anna opunha uma impenetrável muralha de certa perplexidade jocosa. Por fora, era sempre o mesmo, porém as relações internas do casal haviam mudado completamente. Alexei Alexândrovitch, que era tão forte nas atividades estatais, sentia-se impotente nessa área. Qual um touro, esperava submisso, de cabeça baixa, pelo golpe da marreta erguida, como lhe sugeria a intuição, sobre ele. Todas as vezes que chegava a pensar nisso, percebia que precisava tentar mais uma vez, que ainda existia uma esperança, a de salvá-la com suas bondade, ternura e persuasão, a de fazê-la mudar de ideia, e aprontava-se diariamente para falar com ela. Mas, todas as vezes que começava a falar, sentia que o espírito do mal e da mentira, que dominava Anna, vinha apoderar-se dele também, e falava-lhe sobre outras coisas e num tom bem diferente daquele que gostaria de usar. Falava-lhe, sem querer, naquele seu costumeiro tom de quem caçoasse de alguém a falar assim. E não podia dizer para ela, naquele seu tom, o que precisava dizer para ela.

## XI

Aquilo que, para Vrônski, compunha, havia quase um ano, o único e exclusivo desejo de sua vida, substituindo-lhe todos os desejos antigos; aquilo que, para Anna, era um impossível, tétrico e, portanto, ainda mais cativante sonho de felicidade — aquele desejo de ambos ficou satisfeito. Pálido, de queixo tremente, Vrônski estava de pé sobre ela e suplicava que se acalmasse, sem saber, ele mesmo, por que nem como se acalmaria.

— Anna! Anna! — dizia, com uma voz trêmula. — Anna, pelo amor de Deus!...

Contudo, quanto mais alto ele falava, tanto mais ela abaixava a cabeça, outrora tão orgulhosa e jovial, mas agora prensada pela vergonha, e curvava-se toda e caía do sofá, em que estava sentada, no chão, aos pés dele. Teria caído mesmo sobre o tapete, se Vrônski não a segurasse.

— Meu Deus! Perdoa-me! — dizia ela, soluçando e apertando as mãos dele ao seu peito.

Sentia-se tão criminosa e culpada que nada mais lhe restava senão se humilhar e pedir perdão; só que não havia agora mais ninguém além dele em sua vida, de sorte que dirigia a ele também seus rogos pelo perdão. Olhando para ele, sentia fisicamente a sua humilhação e não conseguia dizer mais nada. Quanto a ele próprio, sentia o mesmo que deveria sentir um assassino ao ver um corpo que tinha privado de vida. Aquele corpo, que privara de vida, era o amor deles, a primeira fase desse amor. Havia algo aterrador e abominável em recordarem-se daquilo que se comprara com o terrível preço da vergonha. Aquela vergonha, que ambos sentiam ante a sua nudez espiritual, oprimia a mulher e transmitia-se ao homem. Mas, não obstante todo o pavor do assassino ante o corpo de quem assassinou, é preciso esconder esse corpo, cortando-o em pedaços, para aproveitar o que o assassino adquiriu com seu assassínio.

Enraivecido, como que tomado de paixão, o assassino se atira para cima desse corpo, arrasta-o, corta-o; era assim que o homem cobria de beijos o rosto e os ombros da mulher. Ela segurava a mão dele e não se movia. Sim, esses beijos eram o que se comprara com a vergonha. Sim, essa mão que sempre lhe pertenceria, dali em diante, era a mão de seu cúmplice. Ela soergueu essa mão e beijou-a. Ele se pôs de joelhos, querendo ver o rosto dela, mas ela o escondia e não dizia nada. Por fim, como se fizesse um esforço sobre si mesma, ela se levantou e empurrou-o. Seu rosto era tão lindo quanto antes, mas nem por isso parecia menos lastimável.

— Acabou tudo — disse ela. — Não tenho mais nada, além de ti. Vê se te lembras disso.

— Não posso deixar de me lembrar do que é minha vida. Por um minuto dessa felicidade...

— Que felicidade? — disse ela, com asco e horror, e esse horror se transmitiu espontaneamente ao seu amante. — Nem uma palavra a mais, pelo amor de Deus, nem uma palavra...

Depressa, ela se levantou e se afastou dele.

— Nem uma palavra a mais — repetiu e, com uma expressão de frio desespero, que o deixou estranhado, despediu-se dele. Sentia que, naquele momento, não podia expressar com palavras o sentimento de pejo, alegria e pavor ante seu ingresso numa vida nova, tampouco queria falar a respeito, aviltando esse sentimento com termos impróprios. Mas nem mesmo depois, nem no segundo nem no terceiro dia, chegaria a encontrar não apenas palavras que lhe permitissem expressar toda a complexidade de seus sentimentos, mas sequer ideias que lhe servissem para refletir consigo mesma sobre tudo o que estava em sua alma.

Ela dizia consigo: "Não, agora não posso pensar naquilo; pensarei depois, quando ficar mais tranquila". Mas essa tranquilidade mental não surgia nunca; todas as vezes que ela pensava no que tinha feito, no que se daria com ela e no que lhe cumpria fazer, ficava apavorada e afastava tais pensamentos de si.

— Depois, depois... — dizia então — quando ficar mais tranquila.

Por outro lado, quando Anna dormia e não controlava mais seus pensamentos, a situação se apresentava a ela em toda a sua nudez horrorosa. Tinha, quase todas as noites, o mesmo sonho. Sonhava que ambos eram, ao mesmo tempo, maridos dela, que ambos lhe prodigalizavam suas carícias. Alexei Alexândrovitch chorava, beijando as mãos dela, e dizia: "Como estamos bem agora!". E Alexei Vrônski também estava lá, e também era seu marido. E ela, pasmada por ter achado antes que isso seria impossível, explicava aos dois homens, rindo, que assim era bem mais fácil, e que ambos estavam agora contentes e felizes. Entretanto, esse sonho a oprimia, como um pesadelo, e ela acordava cheia de medo.

## XII

Ainda no primeiro momento depois de retornar de Moscou, todas as vezes que estremecia e corava ao relembrar o vexame da recusa, Lióvin dizia em seu íntimo: "Corava e estremecia do mesmo jeito, achando que estivesse tudo perdido, quando levei a nota $1^{28}$ em Física e tive de repetir o segundo ano;

---

[28] A nota mais baixa no ensino médio e superior da Rússia antiga e moderna.

do mesmo jeito, achava que eu mesmo estivesse perdido depois de estragar o pleito de minha irmã, do qual estava encarregado. Pois então? Agora que já decorreram anos, lembro-me daquilo e fico surpreso de que aquilo me tenha afligido. O mesmo se dará com este meu novo pesar. Daqui a algum tempo, passarei a vê-lo com indiferença".

Decorreram, todavia, três meses, mas ele não passou a vê-lo com indiferença: assim como nos primeiros dias, sofria ao lembrar-se do ocorrido. Não se conformava ainda, porque, tendo sonhado por tanto tempo com a vida conjugal, sentindo-se tão amadurecido para ela, não estava, porém, casado e permanecia mais longe do que nunca do casamento. Percebia com dor, assim como percebiam todos os seus próximos, que "não é bom que o homem esteja só"[29] em sua idade. Lembrava como dissera certa feita, antes de partir para Moscou, ao seu vaqueiro Nikolai, um mujique ingênuo com quem gostava de prosear: "É mesmo, Nikolai: quero casar-me", e como Nikolai respondera apressadamente, como se fosse algo que não gerava nem sombra de dúvida: "Já tava demorando, Konstantin Dmítritch". Só que agora o casamento distava dele mais do que nunca. O lugar estava ocupado e, quando agora, em sua imaginação, ele colocava nesse lugar uma das outras moças que conhecia, sentia que tal coisa era absolutamente impossível. Além do mais, recordando-se da recusa e daquele papel que fizera na ocasião, padecia de vergonha. Por mais que dissesse a si próprio que não tinha nenhuma culpa do ocorrido, essa recordação, igual às outras vexatórias recordações do mesmo tipo, fazia-o estremecer e corar. Havia em seu passado, assim como no passado de qualquer homem, certas más ações das quais estava consciente, pelas quais sua consciência deveria atormentá-lo; porém a lembrança daquelas más ações pungia-o muito menos do que suas lembranças recentes, ínfimas e, não obstante, vergonhosas. Essas feridas nunca cicatrizavam. E, com essas lembranças, ombreavam agora a recusa e aquela situação deplorável em que os outros deviam tê-lo visto naquela noite. Contudo, o tempo e o trabalho faziam a sua parte. As recordações penosas ficavam cada vez mais eclipsadas, aos olhos dele, pelos imperceptíveis, mas significativos eventos da vida rural. A cada semana que transcorria, lembrava-se de Kitty cada vez menos. Esperava, impaciente, pela notícia de que ela já se casara, ou então se casaria um dia desses, e presumia que tal notícia, como a extração de um dente, haveria de curá-lo por completo.

Nesse meio-tempo chegara a primavera, bela e impetuosa que era, sem a gente esperar demais pela sua chegada nem se iludir com ela: uma daquelas raras primaveras com que se rejubilam, todos juntos, as plantas, os animais

---

[29] Gênesis, 2:18.

e os humanos. Essa bela primavera deixou Lióvin ainda mais entusiasmado e firme em sua intenção de renegar tudo quanto ficasse para trás, a fim de alicerçar, de modo sólido e independente, a sua vida solitária. Embora não tivesse realizado muitos dos planos com que retornara à sua fazenda, observara bem o mais importante, isto é, a pureza da vida. Não experimentava mais aquela vergonha que costumava atenazá-lo após uma falta cometida e podia encarar corajosamente quaisquer pessoas. Recebera, ainda em fevereiro, uma carta de Maria Nikoláievna, tendo ela escrito que a saúde de seu irmão Nikolai vinha piorando, mas ele não queria tratar-se, e fora por causa dessa carta que Lióvin tornara a visitar seu irmão em Moscou e acabara por incitá-lo a consultar um médico e a ir tomar águas medicinais no estrangeiro. Conseguira tão bem convencer o irmão, e até lhe emprestar, sem irritá-lo, algum dinheiro para sua viagem que estava agora contente, nesse aspecto, consigo mesmo. Além da fazenda, que exigia na primavera uma atenção especial, além da leitura, Lióvin encetara, ainda no inverno, um tratado econômico cujo plano consistia em tomar o caráter do trabalhador, no campo da agricultura, por uma constante absoluta, igual ao clima e ao solo, para que todos os postulados da ciência econômica resultassem, consequentemente, não apenas dos dados relativos ao solo e ao clima, mas, de forma geral, das informações relativas tanto ao solo e ao clima quanto ao definido e imutável caráter do trabalhador rural. Destarte, apesar do recolhimento, ou melhor, em razão do recolhimento, a vida de Lióvin estava extremamente cheia; só de vez em quando é que sentia uma vontade insatisfeita de participar as ideias que erravam em sua cabeça a alguém que não fosse Agáfia Mikháilovna, conquanto chegasse não raro a deliberar, com ela também, sobre a física, a teoria econômica e, máxime, a filosofia, constituindo a filosofia o assunto predileto de Agáfia Mikháilovna.

O início da primavera foi lento. O tempo, nas últimas semanas da Quaresma, estava ensolarado, mas frio. De dia, a neve derretia ao sol, mas, de noite, fazia até sete graus abaixo de zero; a camada de neve congelava-se tanto que as carroças passavam por cima como por uma estrada. Havia neve ainda na Semana Santa. De súbito, dois dias após a Páscoa, soprou um vento quente, adensaram-se as nuvens, e a chuva durou, intensa e tépida, três dias e três noites a fio. Na quinta-feira o vento se aquietou, mas veio, como se acobertasse os mistérios daquelas mudanças que se operavam na natureza, uma espessa neblina cinzenta. Em meio àquela neblina, as águas foram brotando, os blocos de gelo se deslocaram, estrondeantes, as torrentes avançaram mais rapidamente, turvas e espumosas, e eis que na Krásnaia Gorka,[30] ao anoitecer, rompeu-se a neblina, dissiparam-se os cirrocúmulos, clareou o céu e abriu-se uma

---

[30] Nome popular do primeiro domingo após a Páscoa ortodoxa (em russo).

primavera de verdade. O sol rutilante comeu depressa, pela manhã, o gelinho bem fino a cobrir levemente as águas, e o ar morno ficou todo vibrante com as emanações da terra esgotada que o enchiam. Foram verdejando as ervas, tanto as velhas quanto as novas, que já se eriçavam aqui e acolá, intumesceram os brotos do viburno e do cássis, além dos viscosos rebentos da bétula, de que se faz aquela tisana alcoólica, e no salgueiro semeado de flores douradas pousou, zumbindo, uma abelha que deixara a colmeia e se cansara de tanto voar. As cotovias foram trilando, invisíveis, sobre o verdor aveludado e o gélido restolhal, as ventoinhas foram chorando sobre as baixadas, que transbordavam de água sobrante, toda lamacenta, e sobre os pântanos, e lá no alto passaram, com suas grasnadas primaveris, os grous e gansos. O gado puído, que estava ainda na muda, foi berrando no pasto; os cordeirinhos de pernas tortas foram brincando ao redor de suas mães a balirem, cujo tosão não estava mais tão onduloso assim; os destros meninos foram correndo, descalços, pelas veredas que secavam aos poucos e as quais os pés nus haviam marcado com suas pegadas; as vozes alegres das mulheres foram tagarelando à beira do tanque onde elas branqueavam suas lonas, e os machados dos homens, que consertavam seus arados e grades,[31] foram batendo de casa em casa. Chegou, pois, uma primavera de verdade.

## XIII

Lióvin pôs suas grandes botas e, pela primeira vez, uma *poddiovka* de *suknó*[32] em vez da peliça, e foi ver a sua propriedade, passando por cima dos riachos, cujo brilho ao sol fazia seus olhos lacrimejarem, pisando ora num fino gelinho, ora numa lama visguenta.

A primavera é uma época dos planos e das conjeturas. Assim, saindo da casa, Lióvin parecia uma árvore que ainda não sabe, na primavera, até onde nem como vai crescer toda aquela nova ramada contida em seus brotos cheios de seiva: não sabia ainda muito bem o que empreenderia agora em sua querida fazenda, mas se sentia cheio de ótimos planos e conjeturas. Antes de tudo, caminhou até os currais. Soltas no cercado, as vacas lisas e lustrosas, que já haviam mudado de pelo, mugiam em pleno sol, como se pedissem para ir aos campos. Ao admirar aquelas vacas que conhecia até os mínimos detalhes, Lióvin mandou que as conduzissem aos campos e que deixassem

---

[31] Utensílios agrícolas que, arrastados pelo terreno já lavrado e semeado, permitem escarificar o solo e cobrir as sementes plantadas.
[32] Tecido de lã (raramente de algodão) cuja textura se assemelha à do feltro (em russo).

os bezerros pastar no cercado. O vaqueiro saiu correndo, todo alegre, para se aprontar. As mulheres, que cuidavam das vacas, corriam com varetas nas mãos, soerguendo suas *poniovas*[33] e chapinhando a lama com seus pés descalços, brancos por não terem ainda bronzeado, atrás dos bezerros que mugiam, doidinhos de alegria primaveril, para conduzi-los até o cercado.

Ao admirar também as crias desse ano, que eram excelentes — os novilhos precoces, do tamanho de uma vaca de mujique, e a cria da Pava, que só tinha três meses, como uma vitela de um ano de idade —, Lióvin mandou colocarem, do lado de fora, uma gamela para elas e espalharem feno por trás da cerca gradeada. Esclareceu-se, porém, que a tal cerca, posta no outono em volta do terreno que não se usava no inverno, ficara quebrada. Lióvin mandou chamarem o carpinteiro, a quem cumpria, segundo uma ordem prévia, consertar a debulhadora. Esclareceu-se, porém, que o carpinteiro estava consertando as grades que deviam estar prontas desde a *máslenitsa*.[34] Tudo isso deixou Lióvin muito aborrecido. Aborrecido porque se repetia, em sua fazenda, aquele eterno desmazelo contra o qual ele tinha lutado, por tantos anos, com todas as suas forças. Ficou sabendo que a cerca, desnecessária no inverno, fora desmontada e levada para a cocheira de serviço e, frágil como era por se destinar ao resguardo dos bezerros, acabou sendo despedaçada. Soube, além disso, que as grades e todas as máquinas agrícolas que mandara conferir e consertar ainda no inverno, contratando de propósito, para seu conserto, três carpinteiros, não tinham sido consertadas, e que as grades se consertavam, ainda assim, na hora de escarificar as plantações. Lióvin mandou procurar o feitor, mas, logo em seguida, foi pessoalmente procurá-lo. De *tulup* orlado de *merluchka*,[35] radiante como tudo naquele dia, o feitor voltava da eira coberta, retorcendo uma palhinha com ambas as mãos.

— Por que o carpinteiro não está consertando a debulhadora?

— Pois eu queria dizer ontem para o senhor: temos que consertar as grades. Daqui a pouco, vamos arar.

— Mas por que não fizeram isso no inverno?

— Mas por que o senhor precisa do carpinteiro?

— Onde está a cerca daquele terreno dos bezerros?

— Mandei colocar de volta. O que fazer com um povo desses? — respondeu o feitor, agitando a mão.

---

[33] Parte do traje popular russo: saia de lã, com uma barra ornamentada, que usavam as camponesas casadas.
[34] Festa de origem pagã que precede a Quaresma, análogo eslavo do Carnaval brasileiro.
[35] Pele de cordeiro (em russo).

— Não com um povo, mas com um feitor desses! — disse Lióvin, irado. — Por que lhe pago, hein? — rompeu a gritar, mas, recordando que não adiantaria, parou em meio ao seu discurso e apenas deu um suspiro. — Bem... já dá para semear? — inquiriu, após uma pausa.

— Para lá de Túrkino, vai dar amanhã ou depois.

— E o trevo?

— Mandei Vassíli com Michka:[36] estão plantando. Só que não sei se conseguem passar por um lamaçal daqueles.

— Quantas *deciatinas*?

— Seis.

— Por que não o lote todo? — exclamou Lióvin.

O fato de que o trevo não seria plantado em vinte *deciatinas*, mas apenas em seis, era mais lamentável ainda. O plantio do trevo, tanto pela teoria quanto pelas experiências próprias, só dava certo se efetuado o mais cedo possível, quase antes de a neve derreter toda. E Lióvin não chegava nunca a consegui-lo.

— Não temos gente. O que fazer com um povinho desses? Três homens não vieram. E Semion também.

— Deveria mandar que deixasse o palheiro para depois.

— Mas eu mandei mesmo.

— E onde está o povo?

— Cinco homens estão fazendo compota (isso significava "compostagem"); quatro passam a aveia para o celeiro de baixo: tomara que não se toque, Konstantin Dmítritch.

Lióvin sabia muito bem que esse "tomara que não se toque" significava que a aveia inglesa, destinada à semeadura, já estava estragada: de novo, não fizeram o que ele tinha mandado.

— Pois eu disse, ainda na Quaresma: as tubulações, não disse?... — exclamou.

— Não se preocupe, faremos tudo na hora certa.

Zangado, Lióvin fez um gesto enérgico, foi até os celeiros, para ver a tal aveia, e voltou à cavalariça. A aveia não estava ainda estragada; contudo, os operários usavam pás a fim de transferi-la, enquanto se podia fazê-la descer logo ao celeiro de baixo. Dando ordens acerca disso e mandando dois operários irem ajudar a plantar trevo, Lióvin não se sentia mais aborrecido com o feitor. Ademais, o dia estava tão bom que nem se podia ficar zangado.

— Ignat! — gritou ele para o cocheiro, que estava ao lado do poço, de mangas arregaçadas, e lavava uma caleça.[37] — Vá selar para mim...

---

[36] Forma diminutiva e pejorativa do nome russo Mikhail.
[37] Carruagem com dois assentos e quatro rodas, também denominada "caleche".

— Que cavalo é que manda selar?
— Bem... digamos, o Kólpik.
— Entendido.

À espera do cavalo selado, Lióvin tornou a chamar pelo feitor, que rodava por perto, a olhos vistos, para se reconciliar com ele; passou a falar-lhe sobre os futuros trabalhos primaveris e os planos que tinha para sua fazenda.

Dever-se-ia transportar o esterco mais cedo, de modo que tudo estivesse finalizado antes da próxima ceifa. Cumprir-se-ia arar por inteiro um campo distante, a fim de deixá-lo descansar em barbeito. E, quanto às ceifas, não se fariam meio a meio com os camponeses e, sim, mandando os operários ceifarem tudo de vez.

O feitor escutava com atenção e, obviamente, esforçava-se para aprovar as conjeturas de seu patrão; não obstante, sua expressão facial, tão familiar e sempre tão irritante para Lióvin, estava desanimada e desesperançada. Tal expressão dizia: tudo isso é bom, mas quem manda é Deus.

Nada entristecia Lióvin tanto quanto esse tom, mas era o tom geral de todos os feitores que já haviam passado, bem numerosos, pela sua fazenda. Todos tratavam as conjeturas dele da mesma forma, portanto agora, em vez de se zangar como dantes, ele ficava triste e acabava por se sentir ainda mais disposto a lutar contra essa espécie de força natural que não saberia qualificar de outra maneira senão "quem manda é Deus", e que se opunha constantemente a ele.

— Se tivermos tempo, Konstantin Dmítritch — disse o feitor.
— Por que não teriam?
— É que devemos contratar, sem falta, mais uns quinze mujiques. E eles não vêm. Estavam aqui hoje: pediram setenta rublos, cada um, pelo verão.

Lióvin ficou calado. Aquela força se opunha outra vez a ele. Sabia que não podiam, por mais que se esforçassem, contratar mais de quarenta, ou de trinta e sete, ou de trinta e oito operários por um preço justo; ainda dava para contratar quarenta homens, mas era o máximo. Entretanto, não podia desistir da luta.

— Mande procurar em Súry, em Tchefírovka, se não vierem mais. Temos de procurar.
— Mandar cá, mandarei — disse Vassíli Fiódorovitch, abatido. — Só que até os cavalos andam fracos.
— Vamos comprar uns novos. Pois estou sabendo — acrescentou Lióvin, rindo —: para você, o que for menor e pior é o melhor, mas este ano não deixarei que faça assim, do seu jeito. Vou mexer eu mesmo.
— Pois o senhor já dorme pouco, pelo que me parece. Só que a gente se anima mais, quando o amo está olhando...

— Estão plantando trevo detrás do *Beriózovy Dol*,[38] não é? Vou lá olhar — disse Lióvin, montando o cavalinho da cor isabel,[39] chamado Kólpik, que lhe trouxera o cocheiro.

— Pelo riacho não passará, Konstantin Dmítritch! — gritou-lhe o cocheiro.

— Então vou pela floresta.

E foi com aquele veloz passo esquipado de um bom cavalinho que se cansara de ficar na cavalariça e agora corria bufando, de poça em poça, e mordiscando as rédeas, que Lióvin saiu do lamacento pátio, portão afora, e enveredou para os campos.

Se já se sentia alegre ao lado dos currais e celeiros, alegrou-se ainda mais em pleno campo. Sacudido pelo regular passo esquipado de seu rápido cavalinho, sorvendo o morno, mas cheio de frescor, ar com cheiro de neve, enquanto passava pela floresta onde havia, aqui ou acolá, sobras de neve afofada que se desfazia e sumia aos poucos, mas guardava ainda umas vagas pegadas, Lióvin se animava ao ver cada uma das suas árvores, com aquele musgo que se avivava sobre a casca e aqueles rebentos túmidos de seiva. Quando atravessou a floresta, desdobrou-se em sua frente, tal e qual uma lisa alfombra de veludo, a imensidão dos campos verdejantes, sem um só ermo nem brejo, manchada apenas, de vale em vale, por restos de neve que derretia. Não se zangou nem ao ver uma égua dos camponeses que calcava, com seu potranco, o campo dele (mandou um mujique que havia encontrado enxotá-los dali), nem ao ouvir a resposta jocosa e tola de outro mujique, chamado Ipat, que deparara perguntando: "Pois então, Ipat, logo vamos plantar?" — "Temos que lavrar primeiro, Konstantin Dmítritch" — respondeu Ipat. Quanto mais ele avançava, tanto mais se regozijava, e os projetos agrícolas que imaginava eram um melhor que o outro: plantar videiras ao redor de todos os campos, pelas linhas traçadas sob o sol a pino, para que a neve não se acumulasse por muito tempo embaixo delas; demarcar seis terrenos adubados e três reservados, cobertos de capim; construir um curral na extremidade do campo e cavar um tanque e, a fim de juntar adubo, fazer uns cercados móveis para o gado. Então haveria trezentas *deciatinas* de trigo, cem de batata e cento e cinquenta de trevo, sem que nenhuma *deciatina* ficasse exaurida.

Sonhando assim, guiando seu cavalo, cautelosamente, de raia em raia, para que não pisasse nas plantas, aproximou-se dos operários que semeavam trevo. Carregada de sementes, a carroça não estava na margem do terreno lavrado e, sim, no próprio terreno, e a sementeira de trigo, preparada no outono, estava revolvida pelas rodas e escavada pelos cascos do cavalo. Sentados numa raia,

---

[38] Vale das Bétulas (em russo).
[39] Branco-amarelado, em se tratando da cor de um cavalo.

os dois operários pareciam acender o cachimbo que fumavam juntos. A terra com que se mesclavam as sementes, amontoada naquela carroça, não estava amolecida, mas formava bolotas, toda prensada ou congelada. Avistando o patrão, o operário Vassíli foi até a carroça, e Michka se pôs a semear. Não era nada bom, mas raramente Lióvin implicava com os operários. Quando Vassíli se acercou dele, mandou que conduzisse o cavalo para a margem do campo.

— Mas vai atolar, patrãozinho — replicou Vassíli.

— Por favor, não fique discutindo — disse Lióvin —, mas faça o que se pede.

— Certo... — respondeu Vassíli, puxando o cavalo pela brida. — E a semeadura, Konstantin Dmítritch — disse, adulador —, é de primeira ordem. Só que andar por aqui é uma tortura! Um *pud* de lama em cada *lápot*[40] pra carregar.

— E por que essa terra aí não está peneirada? — questionou Lióvin.

— Mas a gente amassa — respondeu Vassíli, pegando uma mancheia de terra com sementes e triturando-a entre as palmas das mãos.

Vassíli não tinha culpa de ter recebido sementes mescladas com aquela terra, porém Lióvin se sentiu desgostoso.

Tendo já utilizado, diversas vezes e com sucesso, um meio conhecido de abafar seu desgosto e de tornar novamente bom tudo quanto lhe parecesse ruim, Lióvin recorreu outra vez a esse meio. Olhou para Michka, que caminhava a revirar enormes bolas de lama grudadas em ambos os pés dele, apeou do cavalo, tomou a bacia com sementes das mãos de Vassíli e foi semeando.

— Onde foi que você parou?

Vassíli mostrou, com o pé, uma marca, e Lióvin passou a espalhar, como podia, a terra com sementes. Andava a custo, como se fosse um pântano; ficou suado ao fim do primeiro sulco, parou e devolveu a bacia.

— Só peço, meu patrãozinho, pra não me xingar, no verão, por esse sulco — disse Vassíli.

— Por quê? — rebateu Lióvin, alegremente, já percebendo a eficiência do meio que utilizara.

— Ainda vai ver, no verão. Será diferente. Veja, pois, onde eu plantei na primavera passada. Como plantei, hein? Até parece, Konstantin Dmítritch, que faço pro senhor como faria pro meu paizinho. Não gosto, eu mesmo, de fazer de qualquer jeito, nem mando que os outros façam. O patrão tá bem, e a gente tá bem! É só olhar pra lá — disse Vassíli, apontando para o campo —, e o coração se conforta.

— E a primavera está boa, Vassíli, não está?

---

[40] Forma singular do substantivo *lápti* (em russo). Ver nota 51, página 72.

— Tá assim mesmo: nem os velhos se lembram de uma primavera dessas. Eu tava em casa, pois lá um velho também semeou três *osmínniks*[41] de trigo. E tá dizendo que nem dá pra entender se é trigo ou centeio.

— E já faz muito tempo que estão semeando trigo?

— Pois foi o senhor mesmo quem ensinou a gente, no ano retrasado, e foi o senhor também que me passou duas medidas de grãos. A gente vendeu um quarto daquilo e depois semeou três *osmínniks*.

— Veja, então, se tritura bem essas bolotas — disse Lióvin, aproximando-se do seu cavalo — e fique de olho em Michka. E, se a safra for boa, ganhará cinquenta copeques por *deciatina*.

— Agradecemos de coração. Pois a gente já tá muito contente, parece, não tá?

Lióvin montou seu cavalo e foi aos campos, àquele do trevo plantado no ano passado e àquele que ficara lavrado para semear o trigo tremês.

Os rebentos de trevo, naquela seara, eram maravilhosos. Todos arraigados, verdejavam firmemente por entre as hastes fendidas do trigo que crescera no ano passado. O cavalo atolava até o tornozelo, e cada uma das suas pernas chapinhava ao arrancar-se daquele solo meio degelado. Nem mesmo seria possível passar através da lavoura: o solo resistia apenas onde havia gelinho, porém, nos sulcos degelados, a perna do cavalo atolava acima do tornozelo.

A lavoura estava excelente: daria, em dois dias, para gradar o campo e, a seguir, semeá-lo. Estava tudo ótimo, estava tudo animador. Tomando o caminho de volta, Lióvin enveredou pelo riacho. Esperava que a água tivesse baixado e, realmente, atravessou o riacho e assustou dois patos. "Decerto há galinholas também", pensou ele e, logo antes de virar em direção à sua casa, encontrou um guarda florestal que confirmou a sua suposição sobre as galinholas.

Lióvin rumou para casa a trote: assim teria bastante tempo para almoçar e preparar a sua espingarda antes que entardecesse.

## XIV

Voltando para casa no melhor estado de espírito, Lióvin ouviu uma sineta tinir do lado da entrada principal.

"Sim, é alguém vindo da ferrovia", pensou ele; "está bem na hora de chegar o trem moscovita... Quem será? E se for meu irmão Nikolai? Pois ele me disse:

---

[41] Antiga unidade de medida agrária russa: terreno semeado com 1/8 de libra de grãos e equivalente, em regra, a 1/4 de *deciatina*.

talvez vá àquelas águas ou, quem sabe, à tua casa". Sentiu-se, no primeiro momento, assustado e contrariado, pensando que a presença do irmão Nikolai fosse estragar essa sua feliz disposição primaveril. Contudo, ficou envergonhado com tal sensação: logo abriu, por assim dizer, seu amplexo espiritual e, cheio de alegria enternecida, esperava e desejava agora, com toda a sua alma, que fosse mesmo seu irmão. Fez o cavalo avançar e, passando além de uma acácia, viu uma troica[42] de posta, que vinha da estação ferroviária, e um senhor de peliça. Não era seu irmão. "Ah, se fosse um homem agradável, com quem se pudesse conversar um pouco", pensou Lióvin.

— Ah! — bradou, com alegria, erguendo ambos os braços. — Mas que bela visita! Ah, como estou feliz de ver você! — exclamou, reconhecendo Stepan Arkáditch.

"Por certo, vou saber se ela já se casou ou quando se casará", pensou.

E percebeu que a lembrança de Kitty não lhe causava, nesse lindo dia primaveril, nem a mínima dor.

— Não esperava, hein? — disse Stepan Arkáditch descendo do trenó, com respingos de lama no intercílio, na bochecha e numa das sobrancelhas, mas radiante de tão jovial e saudável. — Vim para ver você, primeiro — continuou, abraçando e beijando Lióvin —; para ficar na *tiaga*, segundo, e para vender a madeira, lá em Yerguchovo, terceiro.

— Que ótimo! E o que acha dessa primavera? Como foi que chegou aqui de trenó?

— De carroça seria pior ainda, Konstantin Dmítritch — respondeu o postilhão, que ele conhecia.

— Estou muito, mas muito feliz de vê-lo, sim — disse Lióvin, com um sorriso sincero e puerilmente alegre.

Conduziu seu amigo ao quarto de hóspedes, aonde foram levadas também as bagagens de Stepan Arkáditch — um saco, uma espingarda em estojo, uma charuteira —, e, deixando-o só para se lavar e trocar de roupas, foi ao escritório a fim de falar sobre a lavoura e o trevo. Agáfia Mikháilovna, sempre muito preocupada com a honra da casa, encontrou-o na antessala, fazendo várias perguntas a respeito do almoço.

— Sirva como quiser, mas depressa — disse Lióvin, indo falar com o feitor.

Quando voltou, Stepan Arkáditch, limpo, penteado e todo sorridente, saía do seu quarto, e eles subiram juntos.

— Como estou contente por chegar até você! Agora vou entender em que consistem os mistérios que está praticando aí. Mas não: juro que estou com

---

[42] Carruagem ou trenó puxado por três cavalos.

inveja. Que casa você tem, como está tudo simpático! Quanta luz, quanta alegria! — dizia Stepan Arkáditch, esquecendo que nem sempre havia primavera e fazia tão claro como agora. — E essa sua babá, que gracinha! Seria preferível que tivesse uma governanta bem bonitinha, de aventalzinho assim, mas, com essa sua vida monástica e seu estilo rigoroso, já é alguma coisa.

Stepan Arkáditch contou muitas notícias interessantes, inclusive uma de especial interesse, a de que Serguei Ivânovitch, o irmão de Lióvin, pretendia visitá-lo, nesse verão, em sua fazenda.

Não disse, porém, meia palavra sobre Kitty e a família Chtcherbátski em geral; apenas lhe transmitiu as saudações de sua esposa. Grato pela sua delicadeza, Lióvin se alegrava muito com sua visita. Como sempre, tinha acumulado, ao longo do seu recolhimento, uma porção de ideias e sensações, que não podia compartilhar com quem estivesse à sua volta, e agora infundia em Stepan Arkáditch o júbilo poético da primavera, os problemas e planos referentes à sua fazenda, as ideias e observações acerca dos livros que estava lendo e, principalmente, a ideia de seu tratado que se embasava, conquanto ele próprio não reparasse nisso, na crítica de todas as antigas obras econômicas. Sempre gentil, capaz de entender tudo com uma só alusão, Stepan Arkáditch estava, nessa ocasião, sobremodo gentil, e Lióvin vislumbrou nele ainda um traço novo e lisonjeiro: certa deferência particular e como que uma ternura em relação a ele.

Os esforços de Agáfia Mikháilovna e do cozinheiro, empenhados para que o almoço ficasse especialmente bom, não tiveram outras consequências senão a de que, atacando os antepastos, dois amigos famintos empanturraram-se de pão com manteiga, *polotok*[43] e cogumelos em salmoura, mandando Lióvin, em seguida, que servissem a sopa sem pasteizinhos, com os quais o cozinheiro queria surpreender deveras o hóspede. No entanto, Stepan Arkáditch, embora habituado a outro tipo de almoços, achava tudo delicioso: fossem o *trávnik*,[44] o pão, a manteiga, o *polotok* visto como uma iguaria à parte, os cogumelinhos, o *chtchi* com urtiga, a galinha com molho branco ou o vinho branco da Crimeia, estava tudo gostoso e maravilhoso.

— Delícia, delícia — dizia ele, acendendo um grosso cigarro após o guisado. — Estou em sua casa como quem desceu do navio, depois do barulho e do sacolejo, para uma costa plácida. Então você diz que o trabalhador, como um elemento específico, deve ser estudado para determinar a escolha das opções econômicas. É que sou leigo nisso; porém me parece que a teoria e a aplicação dela hão de influenciar também o trabalhador como tal.

---

[43] Metade de peixe (ou ave) tostado, salgado ou defumado, servido como petisco (em russo).
[44] Bebida artesanal, feita à base de ervas (em russo).

— Sim, mas espere: não me refiro à economia política, mas à ciência econômica. Ela deve ser igual às ciências naturais e observar dados fenômenos, inclusive o trabalhador em seus aspectos econômico, etnográfico...

Nesse ínterim, entrou Agáfia Mikháilovna com as geleias.

— Mas, Agáfia Mikháilovna — disse-lhe Stepan Arkáditch, beijando as pontinhas de seus dedos roliços —, que *polotok* é que a senhora faz, que *travnitchok*!... Será que já está na hora, hein, Kóstia? — acrescentou.

Lióvin olhou, através da janela, para o sol que se punha a roçar nos cimos desnudos da floresta.

— Está, sim — disse. — Kuzmá, vá preparar o breque![45] — E desceu correndo a escada.

Descendo por sua vez, Stepan Arkáditch tirou cuidadosamente o estojo de lona, que cobria uma caixa laqueada, e, abrindo-a, começou a montar sua cara espingarda de novo modelo. Kuzmá, que já farejava uma vultosa gorjeta para arranjar vodca, não se afastava de Stepan Arkáditch, calçando-lhe tanto as meias quanto as botas, o que Stepan Arkáditch lhe permitia fazer com todo o gosto.

— Veja se manda aí, Kóstia: se vier Riabínin, o negociante (pois ordenei que viesse hoje), que seja recebido e fique esperando...

— É para Riabínin que está vendendo aquela madeira?

— Sim. Será que o conhece?

— É claro que o conheço. Já negociei com ele "positiva e definitivamente".

Stepan Arkáditch ficou rindo. "Positiva e definitivamente" eram as palavras prediletas do tal negociante.

— Sim, ele fala de um jeito assombrosamente engraçado. Entendeu, pois, aonde o dono está indo! — acrescentou, alisando o pelo da Laska, que rodopiava, guinchando, perto de Lióvin e lambia-lhe ora a mão, ora as botas e a espingarda.

Uma *dolgucha*[46] já estava rente às portas quando eles saíram.

— Mandei atrelar, se bem que não seja longe. Talvez queira ir a pé?

— Não, é melhor irmos de carroça — disse Stepan Arkáditch, acercando-se da *dolgucha*. Acomodou-se nela, agasalhou as pernas com uma manta tigrada e acendeu um charuto. — Como é que você não fuma? Não é que o charuto seja um prazer, mas o cúmulo e o símbolo do prazer. Essa é a vida! Como está boa! É desse modo que eu gostaria de viver!

— Mas quem o impede de viver deste modo? — perguntou Lióvin, sorrindo.

---

[45] Carruagem de quatro rodas, com uma boleia elevada na frente e dois bancos, postos um defronte ao outro, na parte traseira.

[46] Carroça ou carruagem comprida (em russo).

— Não, você é um homem feliz. Tem tudo o que for de seu agrado. Gosta de cavalos e tem cavalos; tem cães, tem caça, tem fazenda.

— Talvez seja porque me contento com aquilo que tenho e não me entristeço por causa daquilo que não tenho — disse Lióvin, lembrando-se de Kitty.

Stepan Arkáditch compreendeu, olhou para ele, mas não disse nada.

Lióvin agradecia a Oblônski porque ele, com sua delicadeza de sempre, notara que seu amigo temia conversar sobre os Chtcherbátski e não dissera nada a respeito deles; porém agora Lióvin já queria saber o que lhe causava tanto incômodo, mas não ousava falar nisso.

— Pois bem: como vão seus negócios? — perguntou Lióvin, pensando em como era mau, por parte dele, preocupar-se apenas consigo mesmo.

Os olhos de Stepan Arkáditch fulgiram alegres.

— Você não admite que se possa gostar de *kalatchs*, quando se tem pão à farta, admite? Para você, é um crime, mas eu cá não admito viver sem amor — respondeu ele, ao interpretar a pergunta de Lióvin à sua maneira. — Fui criado assim, fazer o quê? E juro que se faz, com isso, um mal tão pequeno a outrem e um bem tão grande a si próprio que...

— E daí? Será que tem alguma novidade? — tornou a perguntar Lióvin.

— Tenho, sim, mano! Está vendo: será que conhece aquele tipo de mulheres de Ossian...[47] daquelas mulheres que vemos em sonhos? Tais mulheres existem também na realidade... e tais mulheres são terríveis. Uma mulher é um assunto que sempre se renova completamente, por mais que a gente o estude, está vendo?

— Então é melhor não estudar esse assunto.

— Pelo contrário! Um matemático disse que o deleite não consiste em descobrir a verdade, mas antes em procurar por ela.

Lióvin escutava em silêncio e, apesar de todos os esforços que fazia sobre si mesmo, não conseguia, de modo algum, imiscuir-se na alma de seu companheiro e compreender seus sentimentos e os deleites intrínsecos ao estudo de tais mulheres.

## XV

O local da *tiaga* encontrava-se não muito longe dali, rente a um pequeno rio, num bosque de choupos-tremedores. Aproximando-se dele, Lióvin desceu

---

[47] Alusão às personagens das obras românticas do poeta escocês James Macpherson (1736-1796), atribuídas por ele ao lendário bardo chamado Ossian, que eram, em sua maioria, admiravelmente fiéis e abnegadas.

e conduziu Oblônski até o canto de uma clareira musguenta e paludosa que já se livrara de neve. Depois caminhou até a outra borda da clareira, parou ao pé de uma bétula geminada, encostou a espingarda na bifurcação de um galho baixo e seco, tirou seu cafetã, apertou o cinto e conferiu se suas mãos se moviam com desenvoltura.

A velha e grisalha Laska, que o seguia por toda parte, sentou-se de manso na frente dele e soergueu as orelhas. O sol se punha detrás da floresta grande; à luz do arrebol, as betulazinhas espalhadas por entre os choupos desenhavam-se nítidas, com seus ramos pendentes e seus brotos intumescidos, prestes a rebentar.

Da mata cerrada, onde restava neve, fluíam ainda, quase inaudivelmente, filetes d'água estreitos e sinuosos. Os passarinhos trinavam e, vez por outra, voavam de árvore em árvore.

Ouvia-se, nos intervalos de um silêncio absoluto, o farfalho das folhas caídas no ano passado, que se mexiam com o degelo da terra e o nascer das ervas.

"Que coisa, hein? Dá para ouvir e para ver as ervas crescerem!", disse Lióvin consigo, reparando numa folha de choupo molhada, da cor da ardósia, que estremecera junto às hastes da relva nascente. Estava ali, ouvindo e olhando para baixo: ora mirava o solo úmido e coberto de musgo, ora a Laska de orelhas em pé, ora aqueles cimos desnudos da floresta que se espraiavam, qual um mar, em sua frente, debaixo do outeiro, ora o céu, já embaciado e nuançado pelas faixas brancas de nuvens. Agitando sem pressa as asas, um gavião sobrevoou, bem alto, a floresta longínqua; um outro foi voando, da mesma maneira e na mesma direção, e logo desapareceu. Azafamados, os pássaros gorjeavam, cada vez mais alto, pelas brenhas. Ouviu-se por perto o grito de um corujão, e a Laska, sobressaltada, deu cautelosamente alguns passos e, inclinando a cabeça para um lado, pôs-se à escuta. Um cuco passou a cucular do outro lado do rio. Soltou dois gritos comuns e depois rouquejou, apressado, e acabou por se confundir.

— Mas que coisa! Já temos um cuco! — disse Stepan Arkáditch, assomando por trás de uma moita.

— Sim, estou ouvindo — respondeu Lióvin, interrompendo com desprazer o silêncio da floresta com uma voz que desagradava a ele mesmo. — Agora falta pouco.

O vulto de Stepan Arkáditch sumiu outra vez por trás da moita, e Lióvin só via agora a luzinha viva de um fósforo, logo substituída pelo brilho de seu cigarro, vermelho como o carvão em brasa, e por uma leve fumaça azul.

"Tchik! Tchik!" — estalaram os gatilhos que Stepan Arkáditch estava armando.

— Que grito é esse? — perguntou Oblônski, chamando a atenção de Lióvin para um som estridente e arrastado, semelhante ao relincho fininho de um potro a brincar.

— Ah, você não sabe? É um lebrão. Mas chega de falar! Escute, que vem voando! — Lióvin quase gritou, engatilhando a sua espingarda.

Ouviu-se um silvo distante e agudo; a seguir, exatamente naquele ritmo habitual e tão familiar para todo e qualquer caçador, sucedeu, ao cabo de dois segundos, outro silvo, depois o terceiro, e eis que ressoou, após esse terceiro silvo, o grasnido de uma ave.

Rapidamente, Lióvin olhou à direita, depois à esquerda, e uma ave apareceu, voando, em sua frente, naquele turvo azul do céu a encimar os topos suavemente verdejantes dos choupos, que pareciam entrelaçados. Voava bem ao seu encontro: já próximos, os sons do grasnido, que lembravam o pausado rasgar de um tecido elástico, estouraram ao ouvido dele; já se viam o bico comprido e o pescoço da ave e, justo naquele momento em que Lióvin apontou a arma, um relâmpago vermelho fulgiu detrás da moita onde estava Oblônski. A ave mergulhou, como uma flecha, e levantou voo de novo; fulgiu outro relâmpago, ouviu-se uma detonação, e a ave parou, sacudindo as asas como se tentasse manter-se nos ares, deteve-se por um instante e, com um baque pesado, tombou sobre o solo pantanoso.

— Será que não acertei? — gritou Stepan Arkáditch, que não enxergava direito por causa da fumaça.

— Aqui está! — disse Lióvin ao apontar para a Laska, que, erguendo uma orelha e abanando a pontinha ereta de sua cauda felpuda, aproximava-se do seu dono, a passos lentos como se quisesse prolongar o prazer e até mesmo lhe sorrisse, com aquela ave morta. — Pois bem: estou feliz porque você conseguiu — acrescentou, já sentindo, nada obstante, certa inveja por não ter conseguido, ele próprio, matar a tal galinhola.

— Mas, com o cano direito, errei feio — replicou Stepan Arkáditch, recarregando a espingarda. — Psiu! Lá vem outra.

De fato, ouviram-se vários silvos agudos que se sucediam depressa. Duas galinholas, que brincavam a voar uma atrás da outra e apenas silvavam sem grasnar, surgiram acima das cabeças dos caçadores. Seguiram-se quatro tiros, e as galinholas, iguais a duas andorinhas, deram, num átimo, meia-volta e sumiram.

..................

A *tiaga* estava admirável. Stepan Arkáditch matou ainda duas aves, e Lióvin também, só que não encontrou depois uma delas. Começou a escurecer. Prateado e luminoso, Vênus já cintilava por trás das betulazinhas, baixo no oeste, com seu brilho suave, enquanto a lúgubre Arcturus reverberava, com suas luzes vermelhas, alto no leste. Bem acima de sua cabeça, Lióvin avistava e perdia de vista as estrelas da Ursa. As galinholas não voavam mais, porém Lióvin decidiu esperar um pouco, até que Vênus, que via abaixo do galho de uma das bétulas, subisse acima dele, e as estrelas da Ursa ficassem todas claramente visíveis. E eis que Vênus já brilhava acima daquele galho, e o carro da Ursa, com seu timão, via-se todo no céu azul-escuro, mas ele esperava ainda.

— Não está na hora, está? — disse Stepan Arkáditch.

A floresta já estava silenciosa: nenhum passarinho se movia por lá.

— Vamos ficar mais um pouco — respondeu Lióvin.

— Como quiser.

Agora eles estavam a uns quinze passos um do outro.

— Stiva! — disse, de súbito, Lióvin. — Por que não me diz se sua cunhada já se casou, ou então quando se casará?

Lióvin se sentia tão firme e tranquilo que nenhuma resposta, na opinião dele, poderia alvoroçá-lo. Contudo, nem por sombras esperava pelo que lhe responderia Stepan Arkáditch.

— Nem pensou, nem pensa em casar-se, mas está muito doente, e os doutores mandaram que fosse ao estrangeiro. Até mesmo temem pela vida dela.

— O que diz? — exclamou Lióvin. — Muito doente? O que é que ela tem? Como ela...

No momento em que diziam isso, a Laska, de orelhas em pé, olhava amiúde para o céu, depois fixava seu olhar neles, como se os exprobrasse.

"Acharam um tempo bom para bater papo", pensava. "Lá vem voando... Ali está, é ela mesma. Vão perder...", pensava a Laska.

Mas, nesse exato momento, ambos os homens ouviram, de chofre, um silvo agudo, que parecia fustigar-lhes os ouvidos, e agarraram juntos, subitamente, as espingardas, e dois relâmpagos fulguraram, e duas detonações estouraram no mesmo instante. Uma galinhola, que voava alto, dobrou as asas e, fulminada, caiu na mata, curvando as finas hastes.

— Que ótimo! É de nós dois! — exclamou Lióvin e foi correndo, com a Laska, através da mata, à procura da galinhola. "Ah, sim, o que foi que me desagradou?", lembrava. "Sim, Kitty está doente... É muita pena, mas... fazer o quê?", pensava ele.

— Ah, encontraste? Boa cachorrinha — disse, tirando da boca da Laska a ave, ainda quente, e colocando-a em sua bolsa de caça, que estava quase cheia. — Aqui está, Stiva! — gritou a seguir.

## XVI

Voltando para casa, Lióvin se informou, nos mínimos detalhes, sobre a doença de Kitty e os planos dos Chtcherbátski, e, mesmo sentindo vergonha em reconhecer isso, achou agradável o que acabara de saber. Agradável, inclusive, por lhe sobrar um pouco de esperança, e mais agradável ainda porque ela, que lhe causara tamanha dor, também estava sofrendo. Mas, quando Stepan Arkáditch se pôs a falar no que provocara a doença de Kitty e mencionou o nome de Vrônski, Lióvin interrompeu-o:

— Não tenho direito algum de saber essas minúcias familiares, nem, para lhe dizer a verdade, nenhum interesse em sabê-las.

Stepan Arkáditch esboçou um sorriso quase imperceptível ao reparar naquela instantânea mudança da expressão facial de Lióvin, que conhecia tão bem: seu amigo ficou, de repente, tão sombrio quanto estivera alegre um minuto antes.

— Já concluiu sua venda de madeira para Riabínin? — perguntou Lióvin.

— Concluí, sim. O preço está ótimo: trinta e oito mil. Oito mil adiantados, e o restante, a prestação por seis anos. Gastei muito tempo com isso. Ninguém se dispunha a pagar mais.

— Quer dizer, entregou a madeira de graça — disse Lióvin, mal-humorado.

— Mas por que foi de graça? — disse Stepan Arkáditch, com um sorriso cheio de bonomia, sabendo que, dali em diante, tudo seria ruim para Lióvin.

— Porque a madeira custa, pelo menos, quinhentos rublos por *deciatina* — respondeu Lióvin.

— Ah, mas esses donos da terra! — retorquiu, gracejando, Stepan Arkáditch. — Esse seu tom de desprezo pela nossa laia urbana!... E, quando se trata de fazer negócios, então a gente é que sempre leva vantagem. Acredite que calculei tudo — disse —, e a madeira foi vendida com muito proveito, tanto assim que até receio que ele acabe desistindo. Pois não é a madeira miúda — prosseguiu Stepan Arkáditch, querendo, com essa palavra "miúda", persuadir definitivamente Lióvin de que suas dúvidas eram injustas —, mas antes aquela de lenha. E não haveria mais de trinta braças por *deciatina*, mas ele me paga duzentos rublos por cada uma.

Lióvin sorriu com desprezo. "Conheço", pensou, "esse modo de falar, não só dele, mas de toda a gente urbana que vem ao campo umas duas vezes em dez anos, aprende duas ou três palavras interioranas e depois usa essas palavras a torto e a direito, tendo plena certeza de que já sabe de tudo. Miúda, trinta braças por *deciatina*... Usa essas palavras, mas não entende patavina".

— Não vou ensinar para você essas coisas que está escrevendo em sua repartição — disse ele —, mas, se for preciso, perguntarei. Só que você anda tão certo de entender toda aquela ciência florestal, e ela é difícil! Você contou os troncos?

— Como contaria os troncos? — disse Stepan Arkáditch, rindo e tentando ainda livrar o amigo de seu mau humor. — Nem que pudesse uma alta mente contar os raios dos planetas e os grãos de areia...[48]

— Pois é... mas a alta mente de Riabínin pode, sim. E nenhum comerciante compraria sem ter contado, a menos que lhe entregassem de graça, como você faz. Conheço essa sua madeira. Todo ano vou caçar onde a cortam, e sua madeira custa quinhentos rublos à vista, mas ele paga duzentos a prestação. Isso quer dizer que você lhe deu de presente uns trinta mil rublos.

— Mas chega dessa conversa — disse Stepan Arkáditch, num tom queixoso. — Então por que ninguém oferecia mais?

— Porque ele se entendeu com outros comerciantes e pagou um adiantamento. Já negociei com todos eles, conheço-os a todos. Aqueles ali não são comerciantes, são especuladores. Ele nem sequer faria um negócio em que fosse ganhar dez ou quinze por cento de lucro: espera que consiga um rublo inteiro por vinte copeques.

— Basta aí, basta! Você está aborrecido.

— Nem um pouco — respondeu Lióvin, carrancudo, ao passo que se aproximavam da sua casa.

Rente ao terraço de entrada já estava parada uma charrete, toda revestida de ferro e couro e atrelada, com largas correias, a um cavalo bem nutrido. Estava sentado naquela charrete um feitor, todo corado de tão saudável e bem cintado, que servia de cocheiro para Riabínin. Quanto a Riabínin em pessoa, já estava dentro da casa, encontrando os dois amigos na antessala. Riabínin era um homem de meia-idade, alto e magro, que usava bigode e tinha um queixo protuberante, bem escanhoado, e olhos esbugalhados e turvos. Trajava uma sobrecasaca azul, de abas compridas e botões abaixo da cintura, e calçava botas altas, preguedas sobre os tornozelos e retas sobre as panturrilhas, por cima das quais pusera grandes galochas. Com um gesto circular, enxugou o rosto e, ajustando a sobrecasaca que lhe caía, mesmo sem isso, muito bem, cumprimentou os homens que entravam com um sorriso, estendendo a mão a Stepan Arkáditch como quem buscasse apanhar algo.

— Eis que o senhor chegou — disse Stepan Arkáditch, estendendo-lhe a mão. — Que ótimo!

— Não me atrevi a descumprir as ordens de Vossa Magnificência, ainda que o caminho seja horrível. Percorri, positivamente, o caminho todo a pé,

---

[48] Cita-se a célebre ode *Deus*, do poeta clássico russo Gavriil Derjávin (1743-1816).

mas cheguei a tempo. Minhas reverências para Konstantin Dmítritch — dirigiu-se a Lióvin, tentando apanhar a mão dele também. Contudo, Lióvin fazia de conta que não se apercebia de sua mão e, carrancudo como estava, retirava as galinholas da bolsa. — Dignou-se a caçar por prazer? Quais são mesmo essas aves aí? — acrescentou Riabínin, olhando, com desprezo, para as galinholas. — Estão mesmo saborosas? — E abanou a cabeça de modo reprobativo, como se duvidasse muito que valesse, de fato, a pena curtir esse couro.[49]

— Quer passar para o gabinete? — perguntou Lióvin a Stepan Arkáditch em francês, carregando soturnamente o cenho. — Passem para o gabinete e falem lá dentro.

— Bem pode ser como o senhor quiser — disse Riabínin, com uma dignidade arrogante, como quem desejasse dar a entender que, mesmo sendo difícil, para outrem, decidir de que maneira tratar certas pessoas, nem poderia haver nunca, para ele próprio, nenhuma dificuldade desse tipo.

Entrando no gabinete, Riabínin olhou, por hábito, à sua volta, como se estivesse procurando por um ícone, mas, ao encontrá-lo, não se benzeu. Correu os olhos pelas estantes e prateleiras cheias de livros e, com a mesma dúvida que exprimira em relação às galinholas, sorriu com desprezo e abanou a cabeça de modo reprobativo, dessa vez não admitindo mesmo que valesse a pena curtir um couro desses.

— Afinal, o senhor trouxe o dinheiro? — questionou Oblônski. — Sente-se.

— Não pouparemos dinheiro, não. É para ver o senhor, para lhe falar, que a gente veio.

— Falar sobre o quê? Mas sente-se aí, venha!

— Podemos — disse Riabínin, sentando-se e, da maneira mais incômoda possível, pondo os cotovelos no espaldar da poltrona. — Teria de me dar um desconto, senhor príncipe. Senão será um pecado seu. E, quanto ao dinheiro, está pronto definitivamente, até o último copeque. Quanto ao dinheiro, a gente não se demora nunca.

Lióvin, que tinha ido colocar a espingarda num armário, já estava saindo porta afora, mas, tão logo ouviu as falas do negociante, deteve-se ali.

— Tomou aquela madeira de mão beijada — disse. — É tarde que ele vem à minha casa, senão eu mesmo fixaria o preço.

Riabínin se levantou e, calado, mas sorridente, encarou Lióvin de baixo para cima.

---

[49] Expressão idiomática russa que significa que o resultado de certa ação não compensa o esforço feito para realizá-la.

— O senhor é sovina demais, Konstantin Dmítritch — disse, com um sorriso, dirigindo-se a Stepan Arkáditch —; não dá para lhe comprar definitivamente nada. A gente negociava o trigo, oferecia um bom dinheiro.

— Mas por que lhe daria de graça o que é meu? Não achei aquilo no chão nem o roubei.

— Tenha piedade: não se pode mais, positivamente, roubar nestes tempos nossos! Pois tudo se resolve, nestes tempos nossos, definitiva e publicamente, quer dizer, na justiça; está tudo nobre, ninguém rouba mais. Tivemos um trato honesto. Cobra-se caro pela madeira, nem dá para fechar as contas. Peço um desconto assim, pequenino, ao menos.

— Mas já concluíram o negócio, vocês aí, ou não? Se concluíram, não há mais barganha; se não concluíram — disse Lióvin —, quem compra a madeira sou eu.

De chofre, o sorriso sumiu do rosto de Riabínin. Uma expressão de gavião, rapace e ríspida, estabeleceu-se nele. Desabotoou, com seus dedos ossudos e ágeis, a sobrecasaca, abriu a camisa que usava por cima da calça, além dos botões de cobre do seu colete e da corrente de seu relógio, e tirou depressa uma velha carteira avolumada.

— Faça favor: a madeira é minha — declarou, benzendo-se rapidamente e estendendo a mão. — Aqui está o dinheiro, é minha a madeira. É desse jeito que Riabínin faz negócios: não fica lá contando tostões — rompeu a falar, de cara amarrada, agitando a sua carteira.

— Se fosse você, não me apressaria — disse Lióvin.

— Misericórdia — respondeu Oblônski, atarantado —: dei minha palavra!

Lióvin saiu do gabinete, batendo a porta. Riabínin olhou para essa porta e abanou, sorrindo, a cabeça.

— É tudo coisa de jovem, definitivamente, é tudo garotice. Confie na honra da gente: estou comprando só pela fama de que foi Riabínin, e ninguém mais, quem comprou de Oblônski um bosque inteiro. E queira Deus ainda que consiga fechar as contas. Mas, com fé em Deus, faça favor: é só escrever um papelzinho...

Uma hora depois, abotoando meticulosamente a camisa e acolchetando a sobrecasaca, o negociante subiu, com o tal papelzinho no bolso, à sua charrete revestida de ferro e foi para casa.

— Oh, aqueles senhores! — disse ao seu feitor. — São todos farinha do mesmo saco.

— São mesmo — respondeu o feitor, passando-lhe as rédeas para fechar a capa de couro que envolvia a charrete. — Parabéns pela comprinha, hein, Mikhail Ignátitch?

— Pois é...

## XVII

Stepan Arkáditch subiu a escada, e seu bolso se estufava cheio de títulos do Tesouro, com juros pagos três meses antes do prazo legal, que o negociante lhe entregara. A venda de sua madeira fora concluída, o dinheiro estava embolsado, a *tiaga* havia sido excelente, e Stepan Arkáditch se encontrava no melhor estado de espírito e, portanto, queria sobremaneira dissipar aquele mau humor que tomara conta de Lióvin. Apetecia-lhe terminar o dia, jantando, da mesma forma agradável como o iniciara.

De fato, Lióvin estava mal-humorado e, apesar de toda a sua vontade de tratar seu caro hóspede com amabilidade e carinho, não conseguia dominar suas emoções. Ciente de que Kitty não se casara, inebriava-se aos poucos com essa notícia.

Kitty não se casara e estava doente, doente por amar um homem que a desdenhara. Essa ofensa parecia recair nele mesmo. Vrônski fizera pouco caso dela, e ela fizera pouco caso de Lióvin. Destarte, Vrônski tinha o direito de desprezar Lióvin e era, por conseguinte, seu inimigo. Não era em tudo isso, porém, que Lióvin pensava. Sentia vagamente que havia nisso algo ofensivo para ele e não se zangava agora com o que lhe causara desgosto, mas implicava com tudo quanto se passava ao seu redor. A estupidez de ter vendido aquela madeira e a cilada, armada na própria casa dele, em que Oblônski acabara de cair deixavam-no irritado.

— E aí, terminou? — disse ele, ao encontrar Stepan Arkáditch no andar de cima. — Quer jantar?

— Quero, sim, não nego. Que apetite é que tenho no campo: uma maravilha! Por que foi que não convidou Riabínin a jantar também?

— Ah, que o diabo o leve!

— Mas como você o trata! — disse Oblônski. — Nem sequer lhe apertou a mão. Por que não apertar a mão dele?

— Não aperto a mão de um lacaio, embora um lacaio seja mil vezes melhor que ele.

— Como você é retrógrado, hein? E a fusão das classes? — questionou Oblônski.

— Quem gosta de se fundir, que faça bom proveito, mas eu tenho nojo.

— Sim, pelo que vejo, é um retrógrado rematado.

— Juro que nunca pensei em quem era. Sou Konstantin Lióvin, e nada mais.

— E esse Konstantin Lióvin está muito mal-humorado — disse, sorrindo, Stepan Arkáditch.

— Estou mal-humorado, sim, e sabe por quê? Por causa, veja se me desculpa, dessa sua venda estúpida...

Stepan Arkáditch fez uma careta benévola, como uma pessoa destratada e magoada sem justa causa.

— Basta! — disse ele. — Quando alguém já vendeu alguma coisa e não ouviu, logo após a venda, comentarem: "Mas o preço disso é bem maior"? Só que, na hora de vender, ninguém paga mais... Não, pelo que vejo, você afia os dentes contra aquele infeliz Riabínin.

— Talvez afie mesmo. E você sabe por que razão? Dirá outra vez que sou retrógrado, ou vai usar mais alguma palavra medonha, porém me sinto desgostoso e magoado quando vejo, por toda parte, esse empobrecimento da fidalguia à qual eu mesmo pertenço e, apesar da fusão das classes, pertenço com muito prazer. E tal empobrecimento não ocorre devido ao luxo: ainda não faria mal viver de modo senhoril, já que é algo próprio dos fidalgos, já que só os fidalgos sabem viver assim. Agora os mujiques estão comprando terras perto da gente, mas isso não me ofende. O senhor não faz nada, o mujique trabalha e desaloja quem estiver ocioso. Assim é que deve ser, e estou muito contente de ter aquele mujique por perto. Mas o que me machuca é perceber que esse empobrecimento acontece por causa de alguma... nem sei como chamaria àquilo... de alguma inocência. Aqui, um locatário polonês compra, pela metade do preço, uma fazenda maravilhosa, de uma fidalga que mora em Nice. Acolá, deixam um comerciante alugar, por um rublo só, uma *deciatina* de terra que custa dez rublos. E eis que você aí presenteia, sem nenhum motivo, aquele velhaco com trinta mil.

— Mas o que fazer? Contar cada tronco?

— Contar sem falta. Você não contou, mas Riabínin contou, sim. Os filhos de Riabínin terão meios para viver e ter boa educação, e seus filhos, quem sabe, não terão esses meios.

— Não, desculpe-me, mas há algo mesquinho nesses cálculos. Nós temos nossos negócios, eles têm negócios seus e precisam de lucros. Aliás, a venda está consumada, e ponto-final. E eis que vêm ali os ovos estrelados, os meus preferidos! E Agáfia Mikháilovna servirá para a gente aquele *travnitchok* milagroso...

Stepan Arkáditch sentou-se à mesa e pôs-se a gracejar com Agáfia Mikháilovna, assegurando-lhe que não tivera um almoço nem um jantar desses havia bastante tempo.

— É, pelo menos, o senhor que está elogiando — disse Agáfia Mikháilovna —, e Konstantin Dmítritch, qualquer coisa que a gente servir, nem que seja uma crosta de pão, come rápido e vai embora.

Por mais que Lióvin se esforçasse para se dominar, continuava calado e carrancudo. Precisava fazer uma pergunta para Stepan Arkáditch, mas não se atrevia a fazê-la, sem achar um momento que fosse oportuno nem um pretexto que a favorecesse. Stepan Arkáditch já descera a escada, tirara as roupas, tornara a lavar-se, vestira seu pijama plissado e fora para a cama, mas Lióvin permanecia ainda em seu quarto, falando de várias ninharias e não tendo forças para lhe perguntar o que queria.

— Mas de que jeito pasmoso é que fazem o sabonete — disse, desembrulhando e examinando um sabonete cheiroso, que Agáfia Mikháilovna havia preparado para o hóspede e que Oblônski não usara ainda. — Veja só, mas é uma obra de arte.

— Sim, agora temos aperfeiçoamentos em tudo — respondeu Stepan Arkáditch, com um bocejo úmido e ditoso. — Os teatros, por exemplo, e aquelas casas de diversão... aaah! — bocejava sem parar. — Há luz elétrica por toda parte... aah!

— Há luz elétrica, sim — disse Lióvin. — Sim. E Vrônski, onde está ele agora? — perguntou de repente, largando o sabonete.

— Vrônski? — disse Stepan Arkáditch, parando de bocejar. — Está em Petersburgo. Foi embora logo depois de você e, desde então, não apareceu nenhuma vez em Moscou. E sabe, Kóstia, eu lhe direi a verdade — continuou, fincando os cotovelos na mesa e colocando, em cima da mão, seu rosto bonito e corado em que se destacavam, como duas estrelas, os olhos brilhosos, bondosos e sonolentos. — Foi você mesmo quem errou. Teve medo de seu rival. E eu, como já lhe disse então, eu cá não sei quem de vocês dois tinha chances melhores. Por que não foi direto, sem rodeios? Eu lhe disse então que... — Ele bocejou sem abrir a boca, apenas com seus maxilares.

"Sabe ou não sabe que a pedi em casamento?", pensou Lióvin, olhando para ele. "Sim, há nele algo astuto, algo diplomático" — e, sentindo que enrubescia, encarou Stepan Arkáditch, calado como estava, olho no olho.

— Se houve então alguma coisa por parte dela, foi apenas uma empolgação com as aparências — prosseguiu Oblônski. — Você sabe: aquele perfeito aristocratismo e a futura posição social não impressionaram Kitty, mas antes a mãe dela.

Lióvin franziu o sobrolho. A ofensa daquela recusa que tinha vivenciado atingiu o coração dele como uma nova ferida que acabava de receber. Contudo, estava em casa e, quando se está em casa, até as paredes ajudam.[50]

— Espere, espere — começou a falar, interrompendo Oblônski. — Você diz "aristocratismo". E permita-me perguntar em que consiste o tal aristocratismo de Vrônski ou de quem quer que seja, tamanho aristocratismo que até se pode fazer pouco caso de mim? Você considera Vrônski um aristocrata, mas eu não. Um homem cujo pai saiu do nada por meio de sua esperteza,

---

[50] Antigo provérbio russo.

cuja mãe só não teve caso Deus sabe com quem... Não, veja se me desculpa, mas acho que somos aristocratas eu mesmo e as pessoas de minha estirpe, capazes de apontar, no passado de suas famílias, três ou quatro gerações honestas, que estavam instruídas no mais alto grau (o talento e a inteligência são outras coisas) e nunca se aviltaram na frente de ninguém nem precisaram de ninguém, ou seja, viveram como meu pai e meu avô. Conheço muitas pessoas assim. Você acha que me rebaixo contando as árvores na floresta e, ao mesmo tempo, presenteia Riabínin com trinta mil, só que você ficará com o aluguel e não sei mais o quê, e eu não terei nada disso: portanto, dou valor à herança e ao trabalho... Nós somos aristocratas, e não aqueles que só podem existir graças à gorjeta que recebem dos grandes e poderosos, e que se pode comprar com duas *grivnas*.[51]

— De quem é que está falando? Concordo com você — dizia Stepan Arkáditch, franca e alegremente, conquanto sentisse que, referindo-se àqueles que se podia comprar com duas *grivnas*, Lióvin aludia a ele também. Gostava sinceramente de ver seu amigo tão animado assim. — De quem é que está falando? Embora muita coisa que diz a respeito de Vrônski não seja verdade, não é disso que falo eu mesmo. Digo-lhe às claras: se estivesse em seu lugar, iria comigo a Moscou e...

— Não sei se você está sabendo ou não, mas tanto faz para mim. E lhe digo o seguinte: pedi-a em casamento e fui repelido, e agora Katerina Alexândrovna não passa, para mim, de uma lembrança penosa e vergonhosa.

— Por quê? Mas quanta bobagem!

— Chega de prosear. Desculpe-me, por favor, se fui brutal com você — disse Lióvin. Agora que pusera tudo em pratos limpos, voltava a ser aquela pessoa que era pela manhã. — Não está zangado comigo, Stiva? Não se zangue, por favor — disse e, sorrindo, tomou-lhe a mão.

— Não, nem um pouco, e não teria com que me zangar. Estou feliz porque nos explicamos. E sabe, a *tiaga* matinal também pode ser boa. Será que vamos de novo? Não dormiria tanto e, logo da *tiaga*, iria à estação.

— Excelente ideia.


## XVIII

Se bem que toda a vida interior de Vrônski transbordasse de sua paixão, a vida externa dele rodava, invariável e incontida, pelos trilhos antigos e costumeiros, os dos vínculos e interesses sociais e militares.

---

[51] Moedas russas equivalentes a 10 copeques cada.

Os interesses militares ocupavam, na vida de Vrônski, um lugar importante, tanto porque ele gostava do regimento em que servia quanto, e mais ainda, porque gostavam dele no regimento. Não apenas gostavam de Vrônski no regimento como também o respeitavam e se orgulhavam dele, notadamente porque esse homem riquíssimo, perfeitamente instruído e dotado de grandes faculdades, que lhe abriam o caminho do sucesso de toda espécie e permitiam satisfazer, inclusive, seu amor-próprio e sua vaidade, vivia negligenciando tudo isso e, dentre todos os interesses vitais, tomava a peito, principalmente, os de seu regimento e de seus companheiros. Consciente de eles o considerarem sob esse ângulo, Vrônski não só gostava dessa vida, mas até mesmo se sentia obrigado a manter tal visão, já consolidada, que lhe concernia.

Entenda-se bem que Vrônski não falava a nenhum dos seus companheiros sobre o seu amor, nem desamarrava a língua sequer na hora das bebedeiras mais infrenes (de resto, nunca se embriagava a ponto de perder o controle sobre si mesmo), e tapava a boca àqueles seus companheiros levianos que tentavam aludir ao romance dele. Entretanto, apesar de toda a cidade saber de seu amor — todos adivinhavam, com maior ou menor certeza, que tipo de relação o ligava a Karênina —, a maioria dos homens jovens invejava-lhe precisamente o que havia de mais penoso em seu amor: a alta posição de Karênin e a consequente visibilidade desse caso na alta-roda.

A maioria das mulheres jovens, que tinham inveja de Anna e já estavam, havia tempos, enfastiadas com sua reputação de justa, entusiasmavam-se com aquilo que vinham supondo e só esperavam pela confirmação da respectiva opinião pública para esmagá-la com todo o peso do contempto feminino. Já preparavam aquelas bolas de lama que jogariam nela quando a hora tivesse chegado. A maioria das pessoas idosas, bem como as pessoas de alta posição social, andava desgostosa com o escândalo público que se preparava.

A mãe de Vrônski ficou, tão logo soube de seu romance, contente: não apenas porque nada, segundo as convicções dela, arrematava o requinte de um jovem brilhante melhor que um adultério na alta sociedade, mas ainda porque Karênina, de quem ela gostara tanto e que tanto falara de seu filho, era, apesar de tudo, igual a todas as mulheres que a condessa Vrônskaia achava bonitas e honestas. Todavia, nesses últimos tempos, ela soube também que seu filho tinha recusado um cargo importante para a carreira, que lhe fora oferecido, com a única finalidade de permanecer no regimento e, desse modo, continuar a encontrar-se com Karênina; soube que certas pessoas poderosas estavam descontentes com ele por causa disso e acabou mudando de opinião. Tampouco lhe agradava saber que, julgando por todos os indícios, não era aquele romance mundano, excelso e gracioso, que ela teria aprovado, mas uma paixão desesperada, conforme lhe haviam contado, uma paixão digna de Werther,[52] que poderia instigar seu filho a fazer alguma bobagem. Não o via desde aquela sua inesperada partida de Moscou e exigia, por intermédio do filho mais velho, que viesse visitá-la.

O filho mais velho da condessa tampouco estava contente com o filho mais novo. Não questionava se tal amor era grande ou pequeno, passional ou nem tanto, perverso ou puro (ele mesmo, tendo filhos, sustentava uma dançarina e, portanto, tratava esse assunto com indulgência), porém sabia que tal amor desagradava a quem se devia agradar e reprovava, por esse motivo, a conduta de seu irmão.

Além do serviço militar e da alta sociedade, Vrônski tinha outra ocupação: os cavalos que adorava.

Já estava marcada, para esse mesmo ano, uma corrida com obstáculos da qual participariam vários oficiais. Vrônski se inscrevera nessa corrida, comprara uma égua inglesa puro-sangue e, não obstante seu amor, andava empolgado, passional, mas discretamente, com a futura competição...

Suas duas paixões não atrapalhavam uma à outra. Pelo contrário, ele precisava de uma ocupação, de uma atração independente de seu amor, com que se refrescasse e descansasse das impressões que o deixavam por demais enlevado.

## XIX

No dia da corrida, que se daria em Krásnoie Seló,[53] Vrônski foi, mais cedo que de costume, comer um bife no refeitório de seu regimento. Sua dieta não precisava ser rigorosa em excesso, porquanto seu peso equivalia precisamente aos devidos quatro *puds* e meio; contudo, ele não podia engordar, razão pela qual evitava comer massas e doces. Ao desabotoar a sobrecasaca, que usava por cima de um colete branco, estava sentado a uma das mesas, apoiando-se nos cotovelos e fixando os olhos num romance francês, aberto sobre o prato dele, à espera do bife que mandara trazer. Fixava os olhos no livro apenas para não conversar com os oficiais, que entravam e saíam, e pensava.

Pensava naquele encontro que Anna lhe prometera nesse mesmo dia, após a corrida. Já fazia, porém, três dias que não a via e, acabando o marido dela de voltar do estrangeiro, ignorava se tal encontro seria possível nesse dia ou não, e como poderia saber disso. Vira-a, pela última vez, no sítio de sua

---

[52] Alusão ao protagonista da novela *Os sofrimentos do jovem Werther*, do grande escritor alemão Johann Wolfgang von Goethe (1749-1832), que trata de um amor trágico.
[53] Vila Vermelha (em russo).

prima Betsy. Quanto ao sítio dos Karênin, aparecia por lá o mais raramente que pudesse. Agora queria ir bem ali e cogitava em como o faria.

"Direi, bem entendido, que Betsy me mandou perguntar se ela ia ver a corrida. É claro que vou até lá", decidiu em seu íntimo, reerguendo a cabeça sobre o livro. E, ao imaginar vivamente a felicidade de vê-la, ficou radioso.

— Mande alguém para minha casa, pedindo que atrelem rápido três cavalos à minha caleça — disse ao criado, que lhe servira o bife numa travessa quente de prata, e, achegando essa travessa, pôs-se a comer.

Na sala vizinha, onde jogavam sinuca, ouviam-se boladas, falas e risadas. À porta de entrada, surgiram dois oficiais: um deles era bem novinho, de rosto fino e frágil, e só havia pouco ingressara no regimento ao sair do Corpo de Pajens; o outro era um oficial dos antigos, meio obeso, que usava um bracelete e tinha olhos pequenos e pálpebras adiposas.

Vrônski olhou de relance para eles, franziu o sobrolho e, fingindo que não os vira, tornou a fixar os olhos no livro, comendo e lendo ao mesmo tempo.

— E aí? Abastecendo antes de trabalhar? — perguntou o oficial obeso, sentando-se ao seu lado.

— Como está vendo — respondeu Vrônski, sombrio, enxugando a boca sem olhar para ele.

— E não tem medo de engordar? — disse ele, virando uma cadeira para que o oficial novinho se sentasse também.

— Como? — perguntou Vrônski, zangado, fazendo uma careta de asco e mostrando seus dentes compactos.

— Não tem medo de engordar?

— Moço, traga aí um xerez![54] — pediu Vrônski sem lhe responder e, colocando o livro do outro lado, continuou a leitura.

O oficial obeso tomou a carta de vinhos e dirigiu-se ao oficial novinho.

— Escolha você o que vamos beber — disse, passando-lhe a carta e olhando para ele.

— Talvez o *Rheinwein*[55] — disse o oficial novinho, lançando de esguelha um olhar tímido para Vrônski e tentando apanhar, com seus dedos, o bigode que lhe brotava aos poucos. Vendo que Vrônski não se virava, o oficial novinho ficou em pé.

— Vamos à sala de sinuca — disse.

O oficial obeso também se levantou, resignado, e ambos foram em direção à porta.

---

[54] Vinho branco e licoroso, de origem espanhola.
[55] Nome genérico dos vinhos alemães e austríacos, cuja matéria-prima se origina nos vinhedos situados pelas margens do Reno.

Nesse momento, entrou no refeitório o alto e robusto capitão Yachvin; fazendo com a cabeça, de baixo para cima, um aceno desdenhoso para os dois oficiais, acercou-se de Vrônski.

— Ah! Aqui está ele! — bradou, dando com sua mãozona um forte tapa na ombreira dele. Vrônski se virou, zangado, mas seu semblante voltou de pronto a irradiar aquele carinho sereno, mas firme, que lhe era peculiar.

— É sábio, Aliocha — disse o capitão, com um sonoro barítono. — Agora coma e tome um calicezinho.

— Mas estou sem fome.

— Eta, inseparáveis — acrescentou Yachvin, olhando com escárnio para os dois oficiais que saíam, nesse meio-tempo, da sala. Sentou-se, a seguir, perto de Vrônski, dobrando em ângulos agudos suas coxas demasiadamente compridas, em comparação à altura das cadeiras, e suas pernas moldadas por um estreito calção de montar. — Por que foi que não deu um pulinho ontem no teatro de Krásnoie? Númerova não era de se jogar fora. Onde estava?

— Eu me detive na casa dos Tverskói — respondeu Vrônski.

— Ah, sim! — replicou Yachvin.

Jogador, patusco e não apenas desprovido de quaisquer regras, mas adepto das regras mais imorais, Yachvin era, no regimento, o melhor amigo de Vrônski. Vrônski gostava dele tanto pela sua extraordinária força física, a qual se traduzia, na maioria das vezes, em sua capacidade de beber como um barril, não dormir e, todavia, permanecer em pleno vigor, quanto pela sua grande força moral, que ele explicitava em suas relações com os superiores e companheiros, suscitando temor e respeito, assim como no jogo, em que apostava dezenas de milhares, levando-o sempre, apesar do vinho tomado, tão astuciosa e firmemente que era considerado o melhor jogador do Clube Inglês.[56] Vrônski o estimava e respeitava, em especial, por sentir que Yachvin não gostava dele em razão de seu nome e sua riqueza, mas apenas porque gostava dele. E era a única de todas as pessoas com quem Vrônski queria falar de seu amor. Intuía que Yachvin, muito embora aparentasse desprezar todo e qualquer sentimento, fosse o único capaz de compreender, na visão de Vrônski, aquela paixão ardente que enchia agora toda a vida dele. Ademais, tinha a certeza de que Yachvin não se comprazia, sem dúvida alguma, com boatos e escândalos, mas interpretaria esse sentimento como se devia interpretá-lo, ou seja, saberia e acreditaria que tal amor não era uma brincadeira nem uma diversão, mas algo mais sério e relevante.

---

[56] Um dos primeiros e mais prestigiosos clubes aristocráticos da Rússia, que funcionava em São Petersburgo desde 1770 e tinha por mote a frase *Concordia et laetitia* (*Concórdia e letícia* em latim).

Vrônski não lhe falara de seu amor, porém sabia que ele estava ciente de tudo, que compreendia tudo devidamente, e regozijava-se em ver isso nos olhos dele.

— Ah, sim! — disse Yachvin, ao saber que Vrônski estivera na casa dos Tverskói; pegou seu bigode esquerdo e começou a enfiá-lo na boca, segundo o mau hábito que tinha, ao passo que seus olhos negros fulgiam.

— E você mesmo, o que fez ontem? Ganhou? — perguntou Vrônski.

— Oito mil. Só que há três mil duvidosos: é difícil que ele me pague.

— Então pode até perder, por minha conta — disse Vrônski, rindo (Yachvin tinha apostado, por Vrônski, uma quantia vultosa).

— Não vou perder de jeito nenhum.

— Só Makhótin é perigoso.

E eles passaram a conversar sobre as expectativas da corrida por vir, já que Vrônski não conseguia agora pensar em outras coisas.

— Vamos lá: terminei — disse Vrônski e, levantando-se, foi à porta. Yachvin também se levantou, esticando suas pernas enormes e seu dorso comprido.

— Ainda é cedo para almoçar, mas preciso tomar uma. Já vou aí. Ei, tragam vinho! — gritou, com sua voz famosa junto aos comandantes, tão potente que fazia os vidros tremerem. — Não quero mais, não! — tornou a gritar, logo em seguida. — Você vai para casa, então vamos juntos.

E saiu com Vrônski.

## XX

Vrônski estava de pé, no meio de uma isbá[57] de tipo finlandês, espaçosa e limpa, dividida em dois cômodos por um tabique. Petrítski morava com ele, inclusive, nos campos militares. Estava dormindo, quando Vrônski e Yachvin entraram.

— Levante-se, chega de dormir — disse Yachvin, passando para trás do tabique e sacudindo pelo ombro Petrítski, que dormia todo desgrenhado, afundando o nariz no travesseiro.

Sobressaltado, Petrítski se pôs de joelhos e olhou ao redor.

— Seu irmão passou por aqui — disse a Vrônski. — Ele me acordou, que o diabo o carregue, e disse que voltaria. — E, puxando o cobertor, tombou de novo sobre o travesseiro. — Mas deixe, Yachvin — dizia, zangando-se com

---

[57] Casa de madeira (em russo).

Yachvin, que tirava o cobertor de cima dele. — Deixe, hein! — Virou-se e abriu os olhos. — É melhor você me dizer o que devo beber: tanta porcaria na boca que...

— É melhor que beba vodca — respondeu Yachvin, com sua voz grossa. — Terêchtchenko, traz aí vodca e um pepino para teu patrão! — gritou, aparentemente gostando de escutar sua própria voz.

— Vodca, você acha, hein? — perguntou Petrítski, com uma careta, esfregando os olhos. — E você mesmo vai beber? Então vamos beber juntos! E você, Vrônski? — disse, uma vez em pé, e embrulhou-se, deixando os braços do lado de fora, em seu cobertor tigrado.

Passou pela porta do tabique, ergueu os braços e cantou em francês: "Havia um rei em Tu-u-ula!".[58]

— Vai beber, Vrônski?

— Vá embora, vá — disse Vrônski, vestindo a sobrecasaca que lhe trouxera seu lacaio.

— Aonde é que vai? — perguntou-lhe Yachvin. — Lá vem a troica — adicionou, vendo a caleça que chegava.

— Vou à cocheira e preciso ainda falar com Briánski sobre os cavalos — disse Vrônski.

De fato, Vrônski prometera ir à casa de Briánski, que distava dez verstas[59] de Peterhof,[60] a fim de lhe pagar pelos cavalos adquiridos, e agora esperava que tivesse tempo para cumprir essa sua promessa também. No entanto, seus companheiros entenderam logo que não ia apenas falar com Briánski.

Petrítski, que continuava a cantar, deu uma piscadela e enfunou os lábios como quem dissesse: a gente sabe que Briánski é aquele.

— Veja se não se atrasa! — só disse Yachvin e, para mudar de conversa —: E meu baio está servindo bem? — perguntou, olhando pela janela, por um cavalo de raça que havia vendido.

— Pare! — gritou Petrítski para Vrônski, que já estava para sair. — Seu irmão deixou uma carta e um bilhetinho para você. Espere, onde estão eles?

Vrônski ficou parado.

— Pois bem: onde estão?

— Onde? Eis a questão! — articulou solenemente Petrítski, erguendo o indicador acima de seu nariz.

— Diga, enfim! Mas que bobagem... — disse Vrônski, sorrindo.

---

[58] Cita-se um verso da tragédia *Fausto*, de Johann Wolfgang von Goethe.
[59] Antiga medida de comprimento russa, equivalente a 1.067 metros.
[60] Subúrbio de São Petersburgo, chamado de "Versalhes russo" por causa de uma luxuosa residência imperial que lá se encontrava.

— Não acendi a lareira. Quer dizer, estão por aqui mesmo.
— Chega de lorotas! Onde está a carta?
— Não, juro que esqueci. Ou então sonhei com ela? Espere, espere! Mas não fique zangado, não! Se tivesse tomado, como eu fiz ontem, quatro garrafinhas por cabeça, você também teria esquecido onde estava deitado. Espere, que já vou lembrar!

Petrítski retornou para trás do tabique e deitou-se em sua cama.

— Um minutinho! Eu estava deitado aqui, ele estava de pé ali. Sim, sim, sim, sim... A carta é esta! — E Petrítski tirou uma carta que guardara embaixo do colchão.

Vrônski pegou a carta e o bilhete entregues pelo seu irmão. Era aquilo mesmo que já pressentia: uma carta de sua mãe, cheia de censuras por não a ter visitado, e um bilhete de seu irmão, que lhe pedia que conversassem. Vrônski sabia que se tratava daquele mesmo assunto. "O que têm a ver com isso?", pensou e, amassando as mensagens, enfiou-as entre os botões de sua sobrecasaca para lê-las com mais atenção pelo caminho. Deparou-se, na saída de sua isbá, com dois oficiais: um deles servia em seu regimento, e o outro, não.

A morada de Vrônski era, desde sempre, um antro de todos os oficiais.

— Aonde vai?
— Preciso ir a Peterhof.
— Já trouxeram o cavalo de Tsárskoie?[61]
— Trouxeram, mas ainda não o vi.
— Dizem que o Gladiador de Makhótin está mancando.
— Besteira! Mas como vocês todos vão cavalgar por aquele lamaçal? — disse outro oficial.
— Ali estão meus salvadores! — exclamou, avistando os visitantes, Petrítski, cujo ordenança, postado em sua frente, servia-lhe um cálice de vodca e um pepino numa bandeja. — Yachvin manda beber para me refrescar um pouco.
— Pois você nos deu trabalho ontem — disse um dos oficiais. — Não deixou a gente dormir a noite inteira!
— Não, mas como terminamos! — contava Petrítski. — Vólkov subiu ao telhado e disse que estava triste. Então eu disse: vamos cantar uma música, uma marcha fúnebre! E foi lá mesmo, no telhado, que ele pegou no sono, ouvindo a marcha fúnebre. Tenho de beber, hein? — dizia, segurando o cálice e franzindo a cara toda.

---

[61] Vila Czarina (em russo), denominada, desde 1937, Púchkin: cidade nos arredores de São Petersburgo, onde se situava uma das principais residências dos monarcas russos.

— Beba, beba vodca sem falta, e depois vai tomar água de Seltz e muito limão — exortava Yachvin, inclinando-se sobre Petrítski como uma mãe que força seu filho a tomar um remédio. — E depois, um pouquinho de champanhe: assim, uma garrafinha só.

— Isso, sim, é sábio. Espere, Vrônski: vamos beber.

— Não vou beber hoje, não. Adeus, meus senhores!

— Será que ganharia peso? Bom... só a gente é que vai beber. Tragam aí água de Seltz e limão.

— Vrônski! — gritou alguém, quando ele já saía porta afora.

— O quê?

— Devia cortar os cabelos, que pesam muito, sobretudo na sua careca.

Realmente, Vrônski começava a ficar calvo antes do prazo. Com uma risada alegre, mostrando seus dentes compactos e camuflando sua calvície com o casquete, saiu e subiu à caleça.

— Vamos à cocheira! — disse e já ia tirar as cartas, querendo lê-las, mas logo mudou de ideia, para não se distrair antes de examinar seu cavalo. "Mais tarde..."

## XXI

A cocheira provisória, uma barraca de tábuas, havia sido construída rente ao hipódromo; deviam ter trazido ali, na véspera, a égua de Vrônski. Ainda não a tinha visto. Não ia cavalgar, nesses últimos dias, mas entregara a égua ao treinador e não sabia, decididamente, em que estado ela chegara e como estava agora. Tão logo desceu da caleça, o estribeiro (o *groom*) dele, o chamado moço de estrebaria, que reconhecera ainda de longe essa caleça, foi buscar o treinador. Um inglês enxuto, de altas botas e jaqueta curta, em cujo queixo se destacava um só tufo de pelos que não raspara, veio ao encontro de Vrônski com aquele canhestro andar próprio dos jóqueis, virando os cotovelos para fora e balançando-se de um lado para o outro.

— Como está a Frou-Frou? — perguntou Vrônski em inglês.

— *All right, sir* — Tudo em ordem, cavalheiro! — A voz do inglês soava algures no fundo de sua garganta. — Seria melhor que não fosse lá — acrescentou ele, soerguendo seu quepe. — Coloquei uma mordaça, e o cavalo está agitado. É melhor não entrar, pois isso perturba o cavalo.

— Não, vou entrar. Quero vê-la.

— Vamos — disse o inglês da mesma maneira, ou seja, sem abrir a boca; depois, franzindo o cenho e revirando os cotovelos, seguiu à frente com seu caminhar desengonçado.

Eles entraram num pequeno pátio fronteiro à barraca. O plantonista, um rapaz galhardo que vestia um blusão limpo e segurava uma vassoura, encontrou os homens que entravam e foi atrás deles. Havia naquela barraca cinco cavalos, cada um em sua baia, e Vrônski sabia que deviam ter trazido e colocado ali também seu maior adversário, o ruivo Gladiador de Makhótin, que tinha cinco *verchoks*[62] de altura. Ainda mais do que sua égua, Vrônski queria ver o Gladiador, que não vira antes; porém, Vrônski sabia que, conforme as regras de decoro dessas corridas, não poderia não apenas vê-lo, mas nem sequer perguntar por ele, senão seu comportamento seria indecente. Enquanto passava pelo corredor, o rapaz abriu a porta da segunda baia do lado esquerdo, e Vrônski lobrigou um grande cavalo ruivo de pernas brancas. Sabia que era o Gladiador, mas se virou, como quem visse uma carta deslacrada que não lhe pertencia, e achegou-se à baia da Frou-Frou.

— Ali está o cavalo de Mak... Mak... nunca consigo pronunciar esse nome — disse o inglês, por cima do ombro, apontando a baia do Gladiador com seu grande dedo de unha suja.

— Makhótin? Sim, é um sério adversário meu — disse Vrônski.

— Se o senhor o montasse — comentou o inglês —, eu apostaria no senhor.

— A Frou-Frou é mais sensível, ele é mais forte — disse Vrônski, sorrindo com esse elogio à sua equitação.

— Numa corrida com obstáculos, tudo consiste em saber montar e ter *pluck* — disse o inglês.

Quanto a ter *pluck*, ou seja, energia e coragem, Vrônski não apenas se sentia enérgico e corajoso o suficiente, como também, o que valia muito mais, estava firmemente convicto de que ninguém, no mundo inteiro, podia ter maior *pluck* do que ele.

— Mas o senhor tem certeza de que o cavalo não precisa ter suado mais?

— Tenho, sim — respondeu o inglês. — Não fale alto, por favor. O cavalo está nervoso — acrescentou, acenando com a cabeça em direção à baia trancada, diante da qual eles tinham parado e onde se ouvia o repisar dos cascos sobre a palha.

Abriu a porta, e Vrônski entrou numa baia parcamente iluminada por uma só janelinha minúscula. Naquela baia estava uma égua amordaçada, preta com malhas douradas, que se meneava sobre a palha fresca. Acostumando-se à penumbra daquela baia, Vrônski tornou a abranger, de modo involuntário,

---

[62] Antiga medida de comprimento russa, equivalente a 4,445 cm. Na época descrita, a altura dos seres humanos e dos animais era medida, na Rússia, segundo a fórmula "dois *archins* (aproximadamente 142 cm) + tantos *verchoks*"; assim, a altura do cavalo em questão é de 5 *verchoks* acima de dois *archins*, ou seja, aproximadamente 164 cm.

todos os apanágios do animal, de que tanto gostava, com um olhar inclusivo. A Frou-Frou era uma égua de porte médio, cujos atributos não eram impecáveis. Todos os ossos dela eram estreitos; seu peito, embora se projetasse muito para fora, era estreito também. Sua garupa era um tanto descaída, e suas pernas dianteiras e, sobretudo, traseiras apresentavam uma curvatura considerável. Os músculos das pernas traseiras e dianteiras não estavam por demais volumosos, mas, em compensação, a égua era incomumente larga, naquela parte onde se colocava a barrigueira, e isso impressionava sobremodo agora, em contraste com sua ossatura frágil e seu ventre seco. Os ossos de suas pernas, abaixo dos joelhos, não aparentavam ser mais grossos do que um dedo, se vistos de frente, mas se mostravam, em compensação, singularmente largos, se vistos de lado. À exceção das costelas, a égua parecia toda achatada dos lados e estirada ao comprido. Entretanto, possuía, e no mais alto grau, uma qualidade que fazia esquecer todos os seus defeitos: tal qualidade era o sangue dela, aquele sangue que se manifesta, segundo uma expressão inglesa. Sobressaindo-se nitidamente embaixo de uma rede de veias a permearem sua pele fina, elástica e lisa como cetim, seus músculos em relevo pareciam tão sólidos quanto os próprios ossos. Sua cabeça ossuda, com olhos proeminentes, fúlgidos e alegres, alargava-se para baixo, formando um par de ventas salientes com uma membrana a latejar cheia de sangue. Todo o vulto e, sobretudo, a cabeça dela tinham certa expressão enérgica e, ao mesmo tempo, suave. Era um daqueles animais que só não falam, em aparência, porque a estrutura mecânica de sua boca não lhes permite falar.

Vrônski imaginou, pelo menos, que a égua compreendia tudo quanto ele sentia, agora que a mirava.

Tão logo Vrônski entrou na baia, ela aspirou profundamente o ar e, enviesando seu olho proeminente de maneira que a esclera se injetou de sangue, ficou olhando, do lado oposto, para os homens, sacudindo a mordaça e fincando-se, graciosa, ora numa perna ora na outra.

— Pois o senhor bem vê como está agitada — disse o inglês.

— Oh, minha boazinha! Oh! — dizia Vrônski, aproximando-se da égua e acalmando-a.

Todavia, quanto mais ele se aproximava, tanto mais a égua se agitava. Só quando ele estava perto de sua cabeça é que se aquietou de repente, e seus músculos passaram a tremelicar sob a pelugem fina e macia. Vrônski alisou o pescoço forte da égua, ajeitou um tufo de crina que se dobrara, em sua cerviz pontuda, para o lado oposto e aproximou o rosto das suas ventas, que se dilatavam, finas como uma asa de morcego. Ruidosamente, ela aspirou e, a seguir, expirou o ar com essas ventas enrijecidas, estremeceu, abaixou sua orelha aguda e avançou seu beiço preto e firme, como se quisesse apanhar a manga de Vrônski. Mas, ao lembrar-se de estar amordaçada, sacudiu a mordaça e voltou a saracotear, uma por uma, suas perninhas torneadas.

— Calma, menina, calma! — disse Vrônski, passando ainda a mão pela sua garupa, e, com a consciência jovial de que seu cavalo estava ótimo, saiu da baia.

A inquietude da Frou-Frou transmitira-se também a Vrônski: ele sentia o sangue afluir ao seu coração e uma vontade de se agitar e de morder, igual à de sua égua, apossar-se dele. Era algo medonho e, ao mesmo tempo, divertido.

— Pois estou contando com o senhor — disse ao inglês. — Venha às seis e meia.

— Tudo certo — respondeu o inglês. — E o senhor vai aonde, *milord*? — perguntou, empregando inesperadamente esse termo *my-Lord* que não usava quase nunca.

Surpreso, Vrônski soergueu a cabeça e olhou como sabia olhar, não para os olhos, mas para a testa do inglês, pasmando-se com a ousadia de sua indagação. Mas, entendendo que o inglês não o tratava, ao dirigir-lhe tal indagação, como seu patrão e, sim, como um jóquei, respondeu:

— Preciso ver Briánski; daqui a uma hora, estarei em casa.

"Quantas vezes é que já me fizeram hoje essa pergunta!", disse consigo e enrubesceu, o que raramente lhe ocorria. O inglês olhou para ele com atenção. E, como se soubesse aonde Vrônski iria, acrescentou:

— O mais importante é ficar calmo antes da corrida... Não se aborreça nem se preocupe com nada — disse.

— *All right* — respondeu Vrônski, sorridente, e, saltando à sua caleça, mandou rumar para Peterhof.

Mal percorreu alguns passos, o nimbo, que prenunciava desde a manhã uma chuva torrencial, adensou-se ainda mais, e eis que começou um aguaceiro.

"Nada de bom!", pensou Vrônski, subindo o toldo da caleça. "Já havia muita lama, e agora será um pântano." Sozinho naquela caleça toldada, tirou a carta de sua mãe e o bilhete de seu irmão e leu-os.

Era, sim, aquele mesmo assunto, de novo e outra vez. Todos: sua mãe e seu irmão, todos achavam necessário intrometer-se em sua vida íntima. Essa intromissão provocava-lhe fúria, sentimento que experimentava raras vezes. "O que têm a ver com isso? Por que cada qual considera seu dever cuidar de mim? Por que eles me importunam? Porque veem que é algo incompreensível para eles. Se fosse qualquer relação mundana, ordinária e aviltada, teriam deixado a gente em paz. Mas eles percebem que é algo diferente, que não é um brinquedo, que essa mulher é mais cara, para mim, que a própria vida. É justamente isso que não conseguem entender e, portanto, ficam desgostosos com isso. Seja qual for ou vier a ser nosso destino, fomos nós que o criamos e não nos queixamos dele", dizia a si mesmo, reunindo-se com Anna nessa palavra "nós". "Mas não, eles têm de ensinar para nós como se vive. Só que não fazem a menor ideia de que é a felicidade, não sabem que, sem esse amor, não há nem felicidade nem desgraça para nós dois: não há mais vida", pensava.

Zangava-se com todos devido àquela intromissão sua; zangava-se notadamente por sentir, no fundo da alma, que eles estavam todos com a razão. Sentia que o amor a ligá-lo a Anna não era uma paixão instantânea que passaria, igual a qualquer relação mundana, sem deixar outros rastros na vida dos amantes senão umas lembranças agradáveis ou desagradáveis. Dava-se conta de como a situação deles dois era periclitante, de como era difícil ocultarem seu amor, expostos como estavam aos olhos de toda a sociedade, mentirem e ludibriarem os outros, e mentirem de novo e recorrerem a engodos e artimanhas, e pensarem o tempo todo nos outros, enquanto a paixão que os amarrava estava tão forte que ambos se esqueciam de tudo quanto não fosse o amor deles.

Vrônski se recordou vivamente de todos aqueles casos amiudados em que a mentira e o ludíbrio, tão contrários à sua natureza, faziam-se indispensáveis; recordou-se, com especial nitidez, daquela sensação de vergonha que, mais de uma vez, vislumbrara nela, obrigada a ludibriar e a mentir por necessidade. E teve uma sensação estranha, a qual o dominava por vezes desde que se envolvera com Anna. Era um asco que sentia por alguém ou algo; não sabia muito bem se era por Alexei Alexândrovitch, por si mesmo ou pelo mundo inteiro que o sentia, mas sempre afastava de si essa sensação esquisita. E agora, recobrando-se, levou adiante o curso de seus pensamentos.

"Sim, antes ela vivia infeliz, mas orgulhosa e tranquila, porém agora não pode mais, embora não demonstre isso, viver com tranquilidade e dignidade. Sim, precisamos dar cabo disso", resolveu em seu âmago.

E, pela primeira vez, veio à sua mente uma ideia clara de que se devia acabar com essa mentira, e quanto mais cedo, melhor. "Abandonaríamos tudo, ela e eu, e depois nos esconderíamos em algum lugar, sós com nosso amor!", disse consigo.

## XXII

O aguaceiro não durara muito: ao passo que o cavalo do varal avançava a todo o trote, puxando a caleça de Vrônski e apressando os laterais que corriam, já sem rédeas, através da lama, o sol repontava, os telhados das casas de veraneio e as velhas tílias dos jardins situados de ambos os lados da rua principal brilhavam molhados, e a água pingava, alegre, dos galhos e escorria dos telhados. Vrônski não pensava mais em como essa chuvarada estragaria o hipódromo, porém se animava agora com a certeza de encontrá-la, graças à chuva, em casa e sozinha, ciente de que Alexei Alexândrovitch, acabando de voltar de um balneário, não viera ainda de Petersburgo.

Esperando encontrá-la sozinha, Vrônski fez o que sempre fazia para atrair a menor atenção possível: desceu antes de passar por uma pequena ponte e foi caminhando. Não subiu ao terraço de entrada pelo lado da rua, mas enveredou para o pátio.

— O senhor já veio? — perguntou ao jardineiro.

— Ainda não. A senhora está em casa. Mas entre pela porta da rua, faça favor: há pessoal por ali, vai abrir — respondeu o jardineiro.

— Não, vou passar pelo jardim.

E, seguro de que estava sozinha e querendo surpreendê-la, porquanto não lhe prometera vir nesse dia e ela não pensava, por certo, que viria justo antes da corrida, Vrônski foi ao terraço que dava para o jardim, segurando o seu sabre e pisando cautelosamente na areia de uma vereda margeada de flores. Já se esquecera de tudo o que havia pensado, pelo caminho, acerca das penas e dificuldades de sua situação. Pensava apenas em como a veria agora, não mais em sua imaginação, mas viva, inteira, tal como era na realidade. Já estava subindo, pé ante pé, os degraus do terraço em declive, já entrava procurando não fazer barulho, quando se lembrou de improviso daquilo que sempre esquecia e que era a parte mais aflitiva de seu relacionamento com ela — do filho de Anna, com seu olhar interrogativo e, como lhe parecia, repulsivo.

Esse menino estorvava as relações deles mais vezes do que todas as outras pessoas. Quando estava presente, tanto Vrônski quanto Anna não apenas se abstinham de falar em qualquer coisa que não pudessem repetir na frente de todo mundo, mas nem sequer se permitiam aludir àquilo que ele não entendesse. Não era um acerto que tinham feito, mas algo que se acertara por si só. Teriam achado insultante, para eles mesmos, ludibriar essa criança. Em sua presença, conversavam como dois conhecidos. Mas, apesar dessa precaução, Vrônski captava frequentemente aquele olhar atento e atônito que o menino fixava nele e percebia aquela estranha timidez e desarmonia com que ele o tratava, ora carinhoso, ora frio e acanhado. Era como se o menino intuísse que entre aquele homem e sua mãe existia certa ligação importante, cujo significado ele não podia compreender.

De fato, o menino sentia que não podia compreender esse relacionamento; esforçava-se, mas não conseguia esclarecer para si mesmo o sentimento que lhe cumpria ter por aquele homem. Sensível, como toda criança, pelos sentimentos que se externavam, percebia claramente que seu pai, sua governanta, sua babá... que todos não apenas não gostavam de Vrônski, mas o miravam com asco e medo, embora não dissessem nada a respeito dele, e que sua mãe o tratava, não obstante, como o melhor amigo.

"O que isso significa, enfim? Quem é ele? Como se deve amá-lo? Se não entendo, é que a culpa é minha, ou então sou uma criança boba ou má", pensava o menino, e disso resultava aquela sua expressão perscrutadora, interrogativa, em parte hostil, a timidez e a desarmonia que deixavam Vrônski tão constrangido assim. A presença desse menino suscitava em Vrônski, constante e invariavelmente, aquela estranha sensação de repulsa imotivada que ele tinha nesses últimos tempos. A presença desse menino suscitava em Vrônski e Anna uma sensação parecida com a de um navegador que percebe, consultando a bússola, que o rumo seguido velozmente por ele diverge muito do rumo necessário, mas não consegue parar seu movimento, e acaba por entender que se distancia, a cada minuto, cada vez mais do rumo certo, e que reconhecer em seu íntimo esse distanciamento seria o mesmo que reconhecer sua próxima perdição.

Esse menino, com sua ingênua percepção da vida, era uma bússola a indicar-lhes o grau de distanciamento daquele rumo bem conhecido que eles deviam, mas não pretendiam, seguir.

Dessa feita, Serioja não estava em casa; ela estava totalmente só e, sentada no terraço, esperava pelo retorno do filho, que fora passear e ficara surpreendido pela chuva. Mandando um criado e uma moça irem procurá-lo, quedara-se à sua espera. De vestido branco, orlado de largos bordados, estava sentada num canto daquele terraço, detrás das flores, e não ouvira Vrônski chegar. Inclinando a sua cabeleira negra e encrespada, apertava a testa contra um gélido regador posto no parapeito, que segurava com ambas as mãos, tão lindas e enfeitadas daqueles anéis que ele conhecia tão bem. A beleza de todo o seu corpo, de sua cabeça, de seu pescoço, de seus braços, arrebatava Vrônski todas as vezes que a via, como se fosse algo inopinado. Ele parou, mirando-a com admiração. Mas, logo que quis dar um passo a fim de se aproximar dela, Anna sentiu essa aproximação e, empurrando o regador, voltou seu rosto afogueado na direção dele.

— O que você tem? Está indisposta? — perguntou Vrônski em francês, achegando-se a ela. Queria ir correndo, porém se lembrou de que podia haver lá pessoas estranhas; olhou de viés para a porta do terraço e ruborizou-se, como sempre se ruborizava ao sentir que precisava temer e olhar, temeroso, ao seu redor.

— Não, estou bem — disse ela, levantando-se e apertando com força a mão que Vrônski lhe estendia. — Não esperava... por ti.

— Meu Deus, como suas mãos estão frias! — disse ele.

— Tu me assustaste — respondeu ela. — Estou sozinha, esperando por Serioja: ele foi passear. Eles vão voltar por aqui mesmo.

Contudo, se bem que ela buscasse manter-se tranquila, seus lábios tremiam.

— Desculpe por ter vindo, mas eu não podia passar nem um dia sem ver você — Vrônski continuava falando francês, como sempre fazia para evitar os termos "a senhora", que seria impossivelmente frio entre eles dois, e "tu", que se tornaria perigoso caso falasse russo.

— Por que te desculparia? Estou tão feliz!

— Mas está indisposta ou então triste — prosseguiu ele, sem deixar a mão de Anna e inclinando-se sobre ela. — Em que estava pensando?

— Como sempre, na mesma coisa — disse ela, sorrindo.

Dizia a verdade. A qualquer momento que lhe indagassem em que estava pensando, ela poderia responder sem errar: na mesma coisa, ou seja, em sua felicidade e em sua desgraça. Eis em que pensava agora mesmo, quando ele viera surpreendê-la: por que para os outros — por exemplo, para Betsy (ela estava a par de seu envolvimento com Tuszkiewicz, que a sociedade ignorava) — aquilo tudo era fácil, mas para ela mesma, tão penoso assim? Agora tal pensamento, por algumas razões, atormentava-a em demasia. Perguntou a Vrônski pela corrida de cavalos. Ele respondeu e, ao notar que Anna estava emocionada, começou a esmiuçar, tentando distraí-la e adotando o tom mais despojado possível, os pormenores das preparações para a corrida.

"Dizer ou não dizer?", pensava ela, olhando para os calmos e carinhosos olhos dele. — "Está tão feliz, tão empolgado com essa sua corrida que não entenderá aquilo como se deve, não entenderá todo o significado daquele acontecimento para nós dois."

— Mas você não disse em que estava pensando quando eu entrei — disse ele, interrompendo a sua narração. — Diga-me, por favor!

Ela não respondia; inclinando um pouco a cabeça, fitava-o de soslaio, como se o interrogasse, com seus olhos a brilhar por trás dos cílios compridos. A mão dela, brincando com uma folha que arrancara, estava trêmula. Ele se apercebia disso, e seu semblante acabou exprimindo aquela submissão, aquela lealdade servil, que tanto a fascinava.

— Bem vejo que aconteceu alguma coisa. Será que poderia ficar tranquilo, apenas por um minuto, sabendo que você tem algum pesar que não compartilho? Diga-me, pelo amor de Deus! — repetiu ele, suplicante.

"Não lhe perdoarei, não, se acaso não entender todo o significado daquilo. É melhor que não diga: por que tentaria a sorte?", pensava ela, continuando a fitá-lo e sentindo que sua mão, com aquela folha, tremia cada vez mais.

— Pelo amor de Deus! — repetiu ele, pegando-lhe a mão.

— Dizer?

— Sim, sim, sim...

— Estou grávida — disse ela, baixo e devagar.

A folha que segurava passou a tremer mais ainda, porém ela não desviava os olhos dele, querendo ver como reagiria àquilo. Ele empalideceu, já ia dizer algo, mas se conteve, soltou a mão dela e abaixou a cabeça. "Entendeu, sim, todo o significado deste acontecimento", pensou ela e apertou-lhe, agradecida, a mão.

Contudo, enganou-se ao pensar que ele entendera o significado dessa notícia como ela mesma, uma mulher, havia de entendê-lo. Tão logo ouviu essa notícia, Vrônski sentiu em décuplo o acesso daquela estranha sensação de asco por alguém que se apossava dele às vezes, mas, ao mesmo tempo, compreendeu que a crise, por cuja chegada estava ansiando, acabara de chegar, que não se poderia mais esconder aquilo tudo de seu marido e que seria preciso, de algum modo, romper o mais depressa possível essa situação antinatural. Além do mais, a emoção de Anna transmitia-se fisicamente a ele próprio. Então a mirou com um olhar enternecido e submisso, beijou-lhe a mão, levantou-se e, calado, andou um pouco pelo terraço.

— Sim — disse, resoluto, aproximando-se dela. — Não achávamos, nem eu nem você, que nossas relações fossem um brinquedo, e agora nosso destino está definido. Temos de acabar — disse, olhando ao seu redor — com essa mentira em que estamos vivendo.

— Acabar? Mas acabar como, Alexei? — perguntou ela, baixinho. Agora estava calma, e seu rosto se alumiava com um terno sorriso.

— Deixando seu marido de lado e juntando as nossas vidas.

— Elas já estão juntas — respondeu ela, quase inaudivelmente.

— Sim, mas de vez, para sempre...

— Como, Alexei, ensina-me como faríamos isso! — disse Anna, como se caçoasse, cheia de tristeza, desse seu impasse fatal. — Será que uma situação dessas tem saída? Será que não sou esposa de meu marido?

— Toda e qualquer situação tem alguma saída. É preciso que nos decidamos — disse ele. — Qualquer saída seria melhor que a situação que você está vivendo. Pois vejo como tudo a deixa aflita: a sociedade, o filho, o marido...

— Ah, não: o marido, não — disse ela, com um leve sorriso. — Não o conheço, não penso nele. Ele não existe.

— Só que não falas com sinceridade. Eu te conheço. Estás aflita por causa dele também.

— Mas ele nem sabe... — disse Anna, e de repente um vivo rubor veio invadir-lhe o rosto: as faces, a testa, o pescoço dela enrubesceram, e as lágrimas de vergonha subiram-lhe aos olhos. — Não vamos mais falar nele.

## XXIII

Vrônski já tentara diversas vezes, embora menos resolutamente do que nesse dia, levá-la a discutirem a situação deles, mas se deparara, em todas as ocasiões, com as mesmas superficialidade e leviandade do raciocínio que se revelavam agora na própria maneira como Anna reagia ao seu desafio. Era como se houvesse nisso algo que ela não podia, ou então não queria, apreender em seu âmago, como se ela, a verdadeira Anna, imergisse em si, tão logo passava a falar nisso, e desse lugar a outra mulher, estranha e alheia para ele, de quem ele não gostava, mas tinha medo, e que o peitava. Entretanto, resolvera que nesse dia expressaria tudo.

— Quer ele saiba, quer não... — disse Vrônski, com seu costumeiro tom firme e tranquilo — quer ele saiba, quer não, isso não interessa. Nós não podemos... Você não pode continuar assim, sobretudo agora.

— O que tenho a fazer, como acha? — perguntou ela, com a mesma jocosidade leviana. Ao recear tanto que Vrônski não fosse aceitar facilmente a gravidez dela, sentia-se agora aborrecida por ele deduzir daquilo a necessidade de tomarem certas providências.

— Declarar tudo para ele e abandoná-lo.

— Muito bem: suponhamos que eu faça isso — disse ela. — Você sabe o que será depois? Vou contar tudo de antemão — e uma luzinha malvada acendeu-se nos olhos dela, um minuto antes tão carinhosos. — "Ah, pois então a senhora ama outro homem e mantém uma relação criminosa com ele? (Representando seu marido, Anna acentuou, exatamente como teria feito Alexei Alexândrovitch, a palavra 'criminosa'). Avisei-a das consequências, sob os aspectos religioso, civil e familiar. A senhora não me deu ouvidos. Agora não posso permitir que arrastem meu nome pela lama..." — Ela queria dizer "e o nome de meu filho", porém não ousava colocá-lo em jogo — "... sim, meu nome pela lama" e outras coisas do mesmo gênero — acrescentou. — Em suma, ele dirá naquele seu estilo de estadista, clara e precisamente, que não pode deixar que eu vá embora, mas há de tomar as medidas que dependerem dele para abafar o escândalo. E depois fará, calma e minuciosamente, tudo quanto disser. É o que vai acontecer. Não é um homem e, sim, uma máquina: transforma-se, quando fica zangado, numa máquina cruel — arrematou, recordando-se nesse momento de Alexei Alexândrovitch com todos os detalhes de sua aparência, de seu modo de falar e de seu caráter, e culpando-o de tudo quanto pudesse encontrar nele de mau, sem lhe perdoar nada em razão daquela terrível culpa que ela própria tinha para com ele.

— Mas, Anna — disse Vrônski, com uma voz meiga e persuasiva, buscando tranquilizá-la —, é preciso, ainda assim, dizer para ele e depois partir daquilo que ele empreender.

— Ou seja, fugir?

— E por que não fugiríamos? Eu não enxergo nenhuma possibilidade de continuarmos assim. E não é por mim mesmo: bem vejo que você está sofrendo.

— Sim: nós fugiríamos, e eu me tornaria sua concubina? — disse ela, zangada.

— Anna! — exclamou ele, em tom de suave reproche.

— Sim — insistiu ela —, eu me tornaria sua concubina e destruiria tudo... Queria dizer outra vez "meu filho", porém não conseguiu articular essa palavra.

Vrônski não chegava a compreender como Anna, com sua índole forte e honesta, podia suportar essa situação enganosa e não desejava sair dela; todavia, nem imaginava que o principal motivo consistia naquela palavra "filho" que Anna não conseguia pronunciar. Quando pensava em seu filho, em como viria a tratar, no futuro, a mãe que abandonara o pai dele, ficava tão apavorada com aquilo que tinha feito que já não raciocinava, mas apenas tentava, de modo bem feminino, acalmar a si mesma por meio de falsas reflexões e palavras, para que tudo continuasse como dantes e ela pudesse esquecer a terrível questão sobre o futuro de seu filho.

— Eu te peço, eu te imploro — disse ela, de súbito, num tom bem diferente, singelo e terno, pegando-lhe a mão —: nunca fales disso comigo!

— Mas, Anna...

— Nunca. Deixa comigo mesma. Conheço toda a vileza e todo o horror desta minha situação, mas isso não é tão fácil de resolver como estás achando. Deixa comigo e confia em mim. Nunca mais fales disso comigo. Prometes?... Não, não: promete-me!...

— Prometo tudo o que quiseres, mas não posso ficar tranquilo, sobretudo depois do que me disseste. Não posso ficar tranquilo, quando tu não podes ficar tranquila...

— Eu? — repetiu ela. — Sim: às vezes, estou aflita, mas isso vai passar, se nunca mais falares disso comigo. Só quando me falas disso é que isso me aflige.

— Não compreendo — disse ele.

— Eu sei — interrompeu-o Anna — como é difícil mentir, com tua índole honesta, e tenho pena de ti. Muitas vezes, penso em como pudeste destruir a tua vida por mim.

— Pensava agorinha nisto também — disse ele —: como pudeste sacrificar tudo por mim? Não consigo perdoar a mim mesmo por te fazer infeliz.

— Eu, infeliz? — disse Anna, achegando-se a ele e mirando-o com um sorriso extático de amor. — Sou igual a uma pessoa faminta a quem deram comida. Talvez esteja com frio, ande esfarrapada e sinta vergonha, mas não está infeliz. Eu, infeliz? Não: aqui está minha felicidade...

Ela ouviu a voz de seu filho, que estava voltando, correu um rápido olhar pelo terraço e levantou-se num ímpeto. Fulgia em seus olhos aquela chama que ele já conhecia; ela ergueu depressa suas lindas mãos cobertas de anéis, segurou a cabeça do jovem, olhou demoradamente para ele e, aproximando o rosto de lábios abertos e sorridentes, beijou-o de relance na boca, em ambos os olhos, e logo o afastou com um empurrão. Queria ir embora, mas ele a deteve.

— Quando? — perguntou baixinho, mirando-a com enlevo.

— Hoje, a uma hora — sussurrou ela e, dando um profundo suspiro, foi ao encontro do filho com aquele seu passo ligeiro e rápido.

A chuva surpreendera Serioja no grande jardim, e ele ficara com sua babá num caramanchão.

— Pois bem, até a vista — disse Anna a Vrônski. — Já, já vou ver a corrida. Betsy prometeu vir aqui para me buscar.

Consultando o relógio, Vrônski partiu às pressas.

## XXIV

Quando Vrônski consultara o relógio, ali no terraço dos Karênin, estava tão ocupado e alarmado com seus pensamentos que via os ponteiros sobre o mostrador, mas não conseguia entender que horas eram. Caminhou até a estrada e dirigiu-se, pisando cautelosamente na lama, para sua caleça. Transbordava de emoções por Anna, a ponto de nem imaginar o horário nem pensar se ainda lhe restava tempo para visitar Briánski. Só preservava, como isso ocorre amiúde, aquela capacidade externa da memória a indicar o que decidira fazer após o quê. Acercou-se de seu cocheiro que dormitava na boleia, à sombra já enviesada de uma tília frondosa, contemplou o acúmulo de moscardos a redemoinhar, formando colunas irisadas sobre os cavalos em suor, acordou o cocheiro e, saltando à caleça, mandou ir à casa de Briánski. Apenas ao percorrer umas sete verstas, recobrou-se tanto que consultou novamente o relógio e compreendeu que eram cinco e meia e que ele estava atrasado.

Haveria várias corridas no mesmo dia: a dos escoltadores, depois as dos oficiais, uma de duas e a outra de quatro verstas, indo ele próprio participar dessa última. Ainda poderia chegar a tempo para participar de sua corrida, porém, se fosse ver Briánski, chegaria em cima da hora, além de chegar quando a corte toda já estivesse lá. Não era nada bom. Contudo, ele havia jurado que visitaria Briánski e resolveu, portanto, seguir adiante, mandando o cocheiro não poupar a troica.

Chegou à casa de Briánski, passou cinco minutos com ele e logo tomou o caminho de volta. Essa rápida cavalgada acalmou-o. Tudo quanto o afligisse, em suas relações com Anna, toda a indecisão que sobrara após a conversa deles, tudo lhe sumiu da cabeça; agora pensava, com prazerosa emoção, na corrida, em como chegaria, nada obstante, na hora certa, e a expectativa do encontro amoroso que teria nessa mesma noite rutilava em sua imaginação, vez por outra, como uma luz viva.

A sensação da corrida por vir apoderava-se dele cada vez mais, à medida que se aprofundava cada vez mais na atmosfera dessa corrida, ultrapassando as carruagens de quem rumava, ao sair do seu sítio ou de Petersburgo, para o hipódromo.

Em seu apartamento não havia mais ninguém: todos tinham ido assistir à corrida, e seu lacaio esperava ao pé do portão. Enquanto Vrônski trocava de roupas, esse lacaio comunicou que a segunda corrida já começara, que vários senhores tinham vindo a fim de perguntar por ele e que um moço de estrebaria também viera correndo duas vezes.

Vestindo-se sem pressa (nunca se apressava nem deixava de se controlar), Vrônski mandou ir às barracas. Uma vez perto das barracas, já divisava um mar de carruagens, pedestres e soldados, que rodeavam o hipódromo, e os pavilhões onde fervilhava o povo. Decerto a segunda corrida estava em curso, tendo Vrônski ouvido, ao entrar na barraca, uma sineta tocar. Quando se aproximava da cocheira, encontrou o Gladiador de Makhótin, aquele cavalo ruivo de pernas brancas que conduziam, de xairel laranja e azul, para o hipódromo, e cujas orelhas, também orladas de azul, pareciam enormes.

— Onde está Cord? — perguntou ele ao estribeiro.

— Na cocheira, botando a sela.

A Frou-Frou, já selada, estava na baia aberta. Já iam conduzi-la para fora.

— Não me atrasei?

— *All right! All right!* Tudo certo, tudo em ordem — respondeu o inglês. — Não se preocupe.

Vrônski tornou a correr os olhos pelas graciosas, queridas formas de seu cavalo, que tremelicava com todo o corpo, e, custando a despregar o olhar desse espetáculo, saiu da barraca. Foi até os pavilhões no momento mais oportuno para não atrair a atenção de ninguém. A corrida de duas verstas acabava de terminar, e todos os olhos se cravavam num cavaleiro da guarda imperial e num hussardo,[63] também da guarda, que voavam, um à frente e o outro logo em seu encalço, gastando as últimas forças para fazer seus cavalos correrem até a baliza final. Todos os espectadores, tanto de dentro quanto de fora do círculo, espremiam-se ao redor da baliza, e um grupo de soldados e

---

[63] Oficial da cavalaria ligeira que existia em vários países europeus, inclusive na Rússia.

oficiais da guarda imperial expressava, com altos brados, sua alegria ante o triunfo de seu comandante e companheiro pelo qual esperavam. Vrônski se insinuou no meio da multidão quase no mesmo instante em que soou a sineta, finalizando a corrida, e aquele alto, salpicado de lama, cavaleiro da guarda, que fora o primeiro a chegar, abaixou-se na sela e pôs-se a afrouxar a brida de seu grande garanhão cinza, escurecido pelo suor, que galopava arfando.

O garanhão desacelerou, esforçando-se para fincar as pernas, seu andar veloz, e o oficial da guarda, igual a quem acordasse de um sono de pedra, olhou à sua volta e sorriu a custo. Uma multidão de conhecidos e de estranhos cercou-o.

Vrônski evitava propositalmente aquela seleta turma mundana que se movia, reservada, mas livremente, e conversava diante dos pavilhões. Sabia que Karênina e Betsy e a esposa de seu irmão estavam lá, e de propósito, para não se distrair, mantinha-se longe delas. Todavia, não cessava de encontrar seus conhecidos, que o paravam, contando os detalhes da corrida finalizada e indagando-lhe por que chegara atrasado.

Quando os competidores foram convidados a receber seus troféus num dos pavilhões e todos se viraram para aquele lado, o irmão mais velho de Vrônski, Alexandr — um coronel que usava agulhetas,[64] de estatura baixa, tão robusto quanto Alexei, porém mais bonito e corado, de nariz vermelho e semblante ébrio e simpático —, achegou-se a ele.

— Recebeste meu bilhete? — perguntou. — Não dá nunca para te encontrar.

Apesar daquela vida desregrada e, sobretudo, etílica que o tornava famoso, Alexandr Vrônski era um cortesão rematado.

Agora que falava com seu irmão sobre uma coisa muito desagradável para ele e sabia que os olhos de muita gente podiam ser direcionados para ambos, sorria como quem estivesse brincando com o irmão a respeito de uma ninharia qualquer.

— Recebi, sim, mas juro que não entendo com que te preocupas aí — disse Alexei.

— Estou preocupado porque acabam de comentar comigo que estás ausente e que te encontraram, na segunda-feira, em Peterhof.

— Há temas que só pode discutir quem estiver diretamente interessado neles, e o tema com que te preocupas tanto é um deles...

— Sim, mas nesse caso não se está em serviço, nem...

— Só te peço que não te intrometas, e nada mais.

---

[64] Comendas militares em forma de cordões prateados ou dourados que pendiam, em curva, do ombro sobre o peito.

O rosto sombrio de Alexei Vrônski ficou pálido, e sua mandíbula saliente estremeceu, o que raramente lhe ocorria. Dotado de um coração muito bondoso, zangava-se raras vezes, mas, quando se zangava e quando seu queixo passava a tremer, chegava a ser, como sabia Alexandr Vrônski, perigoso. Alexandr Vrônski sorriu com jovialidade.

— Queria apenas entregar a carta de nossa mãezinha. Responde para ela e não te perturbes antes da corrida. *Bonne chance* — acrescentou, sorrindo, e afastou-se dele.

Mas, logo a seguir, outra saudação amistosa fez Vrônski parar.

— Não quer mais saber de seus camaradas? Boa tarde, *mon cher*! — Stepan Arkáditch desandou a falar, e ali, em meio àquele brilho petersburguense, a cara corada e as suíças lustrosas e bem penteadas dele brilhavam nada menos que em Moscou. — Vim ontem e estou muito contente porque hei de ver seu triunfo. Quando a gente se encontra?

— Venha amanhã ao quartel — disse Vrônski, apertou-lhe, pedindo desculpas, a manga do casaco e foi ao centro do hipódromo, aonde os cavalos já eram levados para uma grande corrida com obstáculos.

Os cavalos que tinham galopado, suados e exaustos, voltavam para casa, acompanhados por estribeiros; outros cavalos, em sua maioria ingleses, apareciam um por um, vigorosos e prontos para a próxima corrida, assemelhando-se, com suas gualdrapas e barrigas enxutas, a imensas aves estranhas. Do lado direito, passeavam a linda e magra Frou-Frou, que se meneava, como se pisasse em molas, sobre as suas quartelas elásticas e assaz compridas. Ao lado dela, tiravam o xairel do orelhudo Gladiador. As formas do garanhão, avolumadas, mas graciosas e perfeitamente corretas, sua garupa maravilhosa e suas quartelas por demais curtas, situadas justo acima dos cascos, atraíam de modo involuntário a atenção de Vrônski. Já queria aproximar-se da sua égua, mas um conhecido fê-lo de novo parar.

— Lá está Karênin! — disse-lhe o conhecido, com quem Vrônski estava falando. — Procura pela esposa, mas ela está no pavilhão do meio. Você não a viu?

— Não vi, não — respondeu Vrônski e, mesmo sem olhar para o pavilhão que lhe fora apontado e onde estava Karênina, acercou-se da sua égua.

Mal Vrônski examinou a sela, sobre a qual se dispunha a dar uma ordem, os competidores foram convidados para o pavilhão, no intuito de sortearem os números e receberem as instruções. De rostos sérios, severos e, não raro, pálidos, dezessete oficiais se reuniram na frente do pavilhão e tiraram seus números, cabendo a Vrônski o número "sete". Ouviu-se o comando: "Montar!"

Sentindo que ficaria, junto dos outros cavaleiros, num foco que havia de atrair todos os olhos, Vrônski se achegou à sua égua naquele estado de tensão em que se tornava, de ordinário, vagaroso e calmo em seus movimentos. Para a solenidade da corrida, Cord envergara seu traje de gala: uma sobrecasaca negra e toda abotoada, colarinhos engomados que lhe escoravam as faces, um chapéu redondo e negro e um par de botas à frederica.[65] Estava, como sempre, tranquilo e imponente, e segurava pessoalmente, postado diante da égua, ambas as rédeas dela. A Frou-Frou continuava a tremer, como se estivesse com febre. Seu olho cheio de fogo envesgava-se em direção a Vrônski, que estava chegando. Vrônski passou um dedo embaixo de sua barrigueira. A égua envesgou mais ainda os olhos, arreganhou os dentes e dobrou a orelha. O inglês franziu os lábios, querendo esboçar um sorriso ao ver seu patrão conferir se ele pusera direito a sela.

— Monte, que ficará mais calmo.

Pela última vez, Vrônski olhou para seus adversários. Sabia que não os veria mais durante a corrida. Dois oficiais já avançavam rumo àquele lugar onde se daria a largada. Gáltsin, companheiro de Vrônski e um dos perigosos adversários dele, girava ao redor de um garanhão baio, que não o deixava montar. Um baixinho hussardo da guarda, que usava um estreito calção de couro, galopava arqueado que nem um gato, querendo imitar os ingleses, na garupa de seu cavalo. O príncipe Kuzovliov montava, pálido, a sua égua puro-sangue, proveniente do haras de Grábovo,[66] que um treinador inglês conduzia pela cabeçada. Vrônski e todos os companheiros dele conheciam bem Kuzovliov, cujas particularidades eram seus nervos "fracos" e seu amor-próprio estarrecedor. Sabiam que ele tinha medo de tudo, temia montar um cavalo militar; porém agora, notadamente por sentir medo, porque os cavaleiros se quebravam os pescoços e por haver, rente a cada obstáculo, um médico e uma ambulância hipomóvel, com uma cruz bordada e uma enfermeira dentro, estava disposto a cavalgar. Seus olhares se entrecruzaram, e Vrônski deu uma piscadela afável e aprovadora. Só uma pessoa é que não via ainda: seu principal adversário, Makhótin, montado no Gladiador.

— Não se apresse — disse Cord a Vrônski — e lembre-se de uma coisa: não freie perto dos obstáculos nem esporeie, deixe o cavalo correr como lhe aprouver.

— Está bem, está bem — respondeu Vrônski, segurando as rédeas.

— Conduza a corrida, se for possível; mas não se desespere, até o último minuto, mesmo se ficar para trás.

A égua nem sequer se moveu, e Vrônski já pisara, com um movimento forte e flexível, no estribo denteado de aço e assentara, com facilidade e firmeza,

---

[65] Botas de cano longo, usadas por jóqueis.
[66] Aldeia localizada na região de Penza, a sudeste de Moscou, e pertencente, ao longo do século XIX, à família fidalga Ustínov, que lá criava cavalos de raça.

seu corpo robusto na rangente sela de couro. Encaixando o pé direito no estribo, fez um gesto habitual para nivelar as duplas rédeas entre os dedos, e Cord retirou as mãos. Como que sem saber qual das pernas seria a primeira a dar um passo, a Frou-Frou esticou as rédeas com seu pescoço comprido e avançou, como se pisasse em molas, balançando o cavaleiro sobre seu dorso elástico. Apertando o passo, Cord caminhava atrás dela. Inquieta, a égua tentava enganar o cavaleiro, estirando as rédeas ora de um lado ora do outro, e Vrônski procurava, à toa, acalmá-la com a voz e a mão.

Eles já se aproximavam do riacho represado, dirigindo-se àquele lugar onde deveria ser dada a largada. Vários competidores estavam à sua frente, vários outros os seguiam, e de repente Vrônski ouviu, atrás dele, os sons do galope de um cavalo que repercutiam pela estrada coberta de lama, e foi então que Makhótin o ultrapassou, montando o Gladiador, de pernas brancas e orelhas enormes. Makhótin sorriu, exibindo seus dentes compridos, mas Vrônski fitou-o com aversão. Não gostava dele em geral e agora o tomava pelo mais perigoso dos seus adversários, zangando-se com ele por ter passado ao seu lado e deixado a Frou-Frou mais excitada ainda. A égua ergueu a perna esquerda para galopar, fez dois saltos e, irritada com as rédeas esticadas, foi trotando e sacudindo, com força, o cavaleiro. Cord, que também carregara o cenho, quase corria, a passo esquipado, atrás de Vrônski.

## XXV

Competiriam, ao todo, dezessete oficiais. A corrida se daria numa grande pista elíptica, que media quatro verstas e passava defronte ao pavilhão. Havia, ao longo dessa pista, nove obstáculos: um rio, uma grande barreira contínua, de dois *archins* de altura,[67] que ficava bem na frente do pavilhão, uma vala seca, outra vala com água, um outeiro íngreme, uma "banqueta irlandesa" (um dos obstáculos mais difíceis) composta de um aterro coberto de faxinas em pé, detrás do qual, invisível para o cavalo, estendia-se uma terceira valeta, de sorte que o cavalo tinha de saltar ambos os obstáculos de vez ou então se matar; a seguir, mais duas valas cheias d'água e uma vala seca, e afinal, defronte ao pavilhão, o término da corrida. Contudo, ela não se iniciava na própria pista, mas a cem braças dali, e o primeiro obstáculo — um riacho represado, de três *archins* de largura,[68] que os cavaleiros podiam, conforme sua vontade, saltar ou atravessar a vau — surgia já nesse trecho inicial.

---

[67] Aproximadamente 1 metro e 42 centímetros.
[68] Aproximadamente 2 metros e 13 centímetros.

Os competidores se alinharam umas três vezes, porém cada vez um dos cavalos avançava demais e precisava-se refazer o alinhamento. O coronel Sestrin, um mestre em dar largadas, já começava a ficar furioso, quando enfim, na quarta tentativa, gritou: "Avante!", e os competidores foram cavalgando.

Todos os olhos, todos os binóculos estavam dirigidos para aquele multicolor grupo de cavaleiros, enquanto eles se alinhavam.

"A largada foi dada! Partiram!" — ouviu-se, de todos os lados, após essa espera silenciosa.

Tanto agrupados quanto esparsos, os presentes trocavam correndo de lugar para enxergarem melhor. Logo no primeiro minuto, o grupo compacto de cavaleiros alongara-se, e dava para ver como se aproximavam do riacho: dois a dois, três a três ou um atrás do outro. Parecia aos espectadores que tinham partido todos juntos, porém houvera, para os cavaleiros, alguns segundos de diferença, bem significativos para eles.

Inquieta e por demais nervosa, a Frou-Frou perdera o primeiro instante, tendo vários cavalos disparado antes dela, mas, sem ter ainda chegado ao riacho, Vrônski, que freava com todas as forças sua égua prestes a romper as rédeas, ultrapassou facilmente três rivais, de modo que só o ruivo Gladiador de Makhótin corria à sua frente, alçando a garupa, ligeira e regularmente, bem na cara de Vrônski, sem contar a graciosa Diana que voava à frente de todos, levando Kuzovliov semimorto de susto.

Naqueles primeiros minutos, Vrônski não controlava ainda a égua, nem a si mesmo. Até o primeiro obstáculo, o riacho, não conseguia orientar os movimentos do animal.

O Gladiador e a Diana galopavam lado a lado e, quase no mesmo instante, ergueram-se, um por um, sobre o riacho e transvoaram-no; descontraída, como se estivesse pairando, a Frou-Frou adejou no encalço deles, mas, naquele exato momento em que se sentiu no ar, Vrônski avistou de chofre, quase sob os cascos de sua égua, Kuzovliov que se debatia, com a Diana, na outra margem do riacho (Kuzovliov havia soltado as rédeas após o salto, e a égua dele fizera uma cambalhota, arremessando-o por cima de sua cabeça). Saberia desses detalhes posteriormente, mas agora só percebia que a perna ou a cabeça da Diana poderiam ficar justo embaixo dele, no lugar onde a Frou-Frou pisaria num átimo. Todavia, no exato momento de seu salto, a Frou-Frou fez, como uma gata a cair, um esforço com as pernas e o dorso e, passando acima da égua, correu adiante.

"Oh, boazinha!", pensou Vrônski.

Do outro lado do riacho, dominou totalmente a égua e passou a freá-la, tencionando atravessar a grande barreira depois de Makhótin e, já no próximo trecho, de umas duzentas braças de comprimento e livre de obstáculos, tentar ultrapassá-lo.

A grande barreira ficava defronte ao pavilhão do czar. O soberano e toda a corte, e multidões de pessoas, todos olhavam para eles, para Vrônski e para Makhótin, que estava um corpo de cavalo à frente, quando se aproximavam do "diabo" (assim se chamava a barreira contínua). Vrônski sentia aqueles olhares, que se fixavam nele por todo lado, mas não via nada senão as orelhas e o pescoço de sua égua, o solo que vinha correndo ao seu encontro e a garupa e as pernas brancas do Gladiador, que batiam rapidamente o compasso à sua frente e mantinham, o tempo todo, a mesma distância. O Gladiador saltou sem roçar na barreira e, agitando seu rabo curto, desapareceu ante os olhos de Vrônski.

— Bravo! — disse uma só voz.

No mesmo instante, surgiram ante os olhos de Vrônski, justo em sua frente, as tábuas da barreira. Sem a menor alteração de ritmo, a égua se empinou embaixo dele; as tábuas sumiram, mas se ouviu, por trás, uma pancada. Excitada pelo Gladiador que galopava adiante, a égua se erguera cedo demais, em face da barreira, e batera nela com seu casco traseiro. Nem por isso seu andar se alterou e, atingido no rosto por uma bola de lama, Vrônski entendeu que voltara a cavalgar à mesma distância do Gladiador. Via de novo, à sua frente, a garupa dele, aquele rabo curto e as pernas brancas que se moviam depressa, mas não se afastavam.

Naquele exato momento em que Vrônski pensou que agora deveria ultrapassar Makhótin, a Frou-Frou entendeu, por si só, a ideia dele e, sem nenhum incentivo, aumentou consideravelmente a velocidade e começou a aproximar-se de Makhótin pelo lado mais vantajoso, pelo da corda que limitava a pista. Makhótin não a deixava passar pelo lado da corda. Mal Vrônski pensou que podia ultrapassá-lo também por fora, a Frou-Frou mudou logo de rumo e foi ultrapassando precisamente dessa maneira. A espádua da Frou-Frou, que já escurecia aos poucos por causa do suor, emparelhou-se com a garupa do Gladiador. Fizeram alguns saltos lado a lado. Mas, diante do obstáculo de que se aproximavam, Vrônski se pôs a manejar as rédeas, para não ter de correr pelo círculo grande, e prontamente, bem na encosta do outeiro, ultrapassou Makhótin. Viu de relance o rosto dele, todo salpicado de lama. Até lhe pareceu que o rival estava sorrindo. Ao ultrapassar Makhótin, Vrônski sentia, não obstante, que ele vinha logo em seu encalço e não cessava de ouvir, rente às suas costas, o passo cadenciado do Gladiador e os bufidos entrecortados que lhe escapavam, ainda bem próximos, ventas afora.

Os dois obstáculos a seguir, a vala e a barreira, foram atravessados com facilidade, mas Vrônski passou a ouvir o Gladiador correr e bufar mais perto. Esporeou a Frou-Frou e percebeu, com alegria, que ela acelerara sem muito esforço e que o som dos cascos do Gladiador ouvia-se agora à mesma distância.

Vrônski conduzia a corrida, agindo como lhe apetecia agir e seguindo o conselho de Cord, e agora estava certo de seu sucesso. Sua emoção, sua alegria e a ternura que sentia pela Frou-Frou iam crescendo. Queria olhar para trás, mas não ousava fazê-lo, tentando acalmar-se e poupar a sua cavalgadura para preservar nela um resto de forças equivalente, pelo que intuía, àquele que guardava ainda o Gladiador. Havia mais um obstáculo pela frente, e o mais difícil de todos: se fosse o primeiro a superá-lo, venceria a corrida. Aproximava-se, a galope, da "banqueta irlandesa". Assim como a Frou-Frou, via essa banqueta ainda de longe, e eis que tiveram ambos, ele mesmo e sua égua, uma dúvida instantânea. Percebeu, pelas orelhas da égua, que estava indecisa e ergueu sua vergasta, mas logo sentiu que tal dúvida era imotivada: a Frou-Frou sabia o que tinha a fazer. Ela disparou e, precisamente como Vrônski havia previsto, empinou-se num salto regular e, tomando impulso no solo, entregou-se àquela força da inércia que a levou para muito além da vala. E no mesmo ritmo, sem esforços, começando pela mesma perna, a Frou-Frou continuou a corrida.

— Bravo, Vrônski! — ouviram-se as vozes de alguns homens — dos oficiais de seu regimento e companheiros dele, pelo que sabia — postados ao lado desse obstáculo. Não poderia deixar de reconhecer a voz de Yachvin, embora não o visse.

"Oh, minha gracinha!", pensava na Frou-Frou, prestando ouvido ao que se passava atrás dele. "Saltou!" — ficou pensando ao ouvir atrás o galope do Gladiador. Restava apenas uma última valeta cheia d'água, aquela de dois *archins* de largura: Vrônski nem sequer olhava para ela, mas, querendo ultrapassar de longe todos os seus rivais, foi manejando as rédeas em círculo, soerguendo e abaixando a cabeça da égua ao ritmo de seu andar. Sentia que ela esgotava as últimas forças; não só o pescoço e as espáduas dela estavam molhados, mas até na cerviz, na cabeça, nas orelhas pontudas gotejava-lhe o suor, e sua respiração se tornara brusca e entrecortada. No entanto, Vrônski sabia que essas forças seriam bem suficientes para percorrer as últimas duzentas braças. Tão só por se sentir mais próximo do solo, e julgando pela singular fluidez da cavalgada, sabia o quanto sua égua aumentara a velocidade. Transvoou a valeta, como se nem a tivesse visto. Transvoou-a como uma ave; porém, nesse mesmo instante, Vrônski sentiu, apavorado, que demorara a seguir o movimento da cavalgadura e se movera, mesmo sem entender como o tinha feito, de modo ruim, imperdoável, abaixando-se em sua sela. De súbito, sua posição mudou, e ele compreendeu que acontecera algo terrível. Ainda não se dava conta do que lhe sobreviera, mas as pernas brancas do ruivo garanhão já surgiam voando à sua frente e Makhótin passava, a toda a brida, ao seu lado. Uma perna de Vrônski tocava no solo, e sua égua estava caindo em cima dessa perna. Mal conseguiu retirar a perna, e a Frou-Frou tombou de lado, roncando penosamente; fazendo, para se levantar, vãos esforços com seu pescoço fino e encharcado de suor, passou a debater-se, como uma ave ferida, aos pés dele. Aquele movimento desastroso que Vrônski fizera quebrara-lhe a espinha. Mas ele entenderia isso muito mais tarde. E agora só via Makhótin, que se afastava depressa enquanto ele estava ali sozinho, de pé, cambaleando naquele imóvel solo enlameado, e diante dele, respirando a custo, jazia a Frou-Frou e, virando a cabeça em sua direção, mirava-o com seu belo olho. Ainda sem entender o que ocorrera, Vrônski puxava-lhe a brida. Ela tornou a debater-se, como um peixinho tirado da água, fazendo estalarem as asas da sela; esticou as pernas dianteiras, mas, não conseguindo mais levantar a garupa, logo se contorceu toda e caiu outra vez de lado. Desfigurado pela paixão, pálido, tremendo-lhe a mandíbula, Vrônski bateu com o salto na barriga do animal e puxou novamente a brida. Contudo, a égua não se movia mais: enfiando as ventas na lama, apenas fitava seu dono com um olhar que parecia falante.

— Aaah! — mugiu Vrônski, agarrando sua cabeça. — Aaah, o que fiz! — berrou. — E essa corrida perdida! E minha culpa, vergonhosa, imperdoável! E esse pobre cavalo... querido... que matei! Aaah! O que fiz!

Muita gente corria em sua direção: o médico e o enfermeiro, os oficiais de seu regimento e as pessoas estranhas. Para seu desgosto, ele se sentia são e salvo. Sua égua havia quebrado a espinha: ficou decidido que a matariam a tiros. Vrônski não conseguia responder às perguntas que lhe faziam, não podia falar com ninguém. Voltou-se e, sem apanhar o casquete que caíra da sua cabeça, foi embora do hipódromo, ignorando aonde ia. Sentia-se infeliz. Lidava, pela primeira vez em sua vida, com a mais tétrica das desgraças: uma desgraça irreparável que ele mesmo causara.

Yachvin alcançou-o, com seu casquete na mão, acompanhou-o até sua casa e, meia hora depois, Vrônski se recuperou desse estupor. Entretanto, a lembrança daquela corrida haveria de permanecer por muito tempo em sua alma, sendo a mais penosa e aflitiva lembrança de sua vida.

## XXVI

Em aparência, as relações que Alexei Alexândrovitch mantinha com sua esposa eram como dantes. A única diferença consistia no fato de que ele estava ainda mais ocupado. Em princípios da primavera, assim como nos anos anteriores, foi a um balneário estrangeiro a fim de restabelecer a saúde, que sua labuta hibernal deixava anualmente desarranjada; como de praxe, retornou em julho e logo, com redobrada energia, voltou a exercer suas atividades rotineiras. Sua esposa se mudou, também como de praxe, para o sítio da família, e ele ficou em Petersburgo.

Desde aquela conversa, após o sarau na casa da princesa Tverskáia, ele nunca falava com Anna sobre suas suspeitas e seus ciúmes, e o tom que adotava de ordinário, como se estivesse representando outra pessoa, era o mais adequado possível às relações que mantinha agora com sua esposa. Tratava-a de modo um tanto mais frio. Parecia andar um tanto aborrecido com ela, por causa daquela primeira conversa noturna da qual Anna se esquivara. Havia em suas relações conjugais certo matiz de desgosto, e nada além disso. "Você não quis explicar-se comigo", parecia dizer ele, dirigindo-se mentalmente à sua mulher: "pior para você. Agora você mesma me pedirá, só que não vou explicar-me. Pior para você", dizia em seu âmago, como quem tentasse, em vão, apagar um incêndio, ficasse zangado com seus próprios esforços baldados e dissesse: "Então toma aí! Vais queimar por isso!".

Aquele homem, tão inteligente e arguto quanto ao seu serviço, não atinava em toda a loucura de tratar sua mulher dessa maneira. Não atinava porque temia demais abranger a sua situação real e acabou por fechar, trancar e lacrar em sua alma aquela caixeta em que se encontravam os sentimentos relativos à sua família, isto é, à sua esposa e ao seu filho. Aquele pai atencioso tratava seu filho, desde o fim do inverno, com especial frieza e caçoava dele da mesma forma que da sua mulher. "Ah, meu jovem!", dirigia-se ao filho.

Alexei Alexândrovitch pensava e dizia que em nenhum outro ano estivera tão ocupado com seu serviço como naquele ano; não entendia, porém, que era ele mesmo quem inventava, naquele ano, diversas ocupações, sendo um dos meios de não abrir a caixeta onde estavam guardados seus sentimentos e pensamentos relacionados com sua esposa e sua família, os quais se tornavam tanto mais assustadores quanto mais permaneciam ali trancados. Se alguém tivesse o direito de perguntar a Alexei Alexândrovitch o que pensava do comportamento de sua mulher, aquele dócil e pacato Alexei Alexândrovitch não responderia nada, mas ficaria muito zangado com quem lhe fizesse tal pergunta. Por isso mesmo é que havia algo soberbo e severo na expressão facial de Alexei Alexândrovitch, quando lhe perguntavam pela saúde de sua esposa. Alexei Alexândrovitch não queria, de modo algum, refletir sobre a conduta e os sentimentos dela, e realmente não refletia nem um pouco acerca disso.

O sítio particular de Alexei Alexândrovitch encontrava-se em Peterhof, e a condessa Lídia Ivânovna costumava passar o verão ali mesmo, perto de Anna, com quem se comunicava o tempo todo. Naquele ano, a condessa Lídia Ivânovna recusou-se a morar em Peterhof, não visitou Anna Arkádievna nenhuma vez e aludiu, para Alexei Alexândrovitch, ao incômodo que resultaria da aproximação de Anna com Betsy e Vrônski. Alexei Alexândrovitch fê-la parar, expressando rispidamente a ideia de que sua esposa estava acima de qualquer suspeita, e passou, desde então, a evitar a condessa Lídia Ivânovna. Não via, nem queria ver, que várias pessoas da alta-roda já olhavam de esguelha para sua esposa; não entendia, nem queria entender, por que sua esposa insistia sobremaneira em mudar-se para Tsárskoie, onde morava Betsy e que não distava muito de onde acampava o regimento de Vrônski. Não pensava nem se permitia pensar nisso; ao mesmo tempo, sem nunca o comentar consigo nem ter, para tanto, nenhuma prova ou, pelo menos, suspeita, sabia com toda a certeza, no fundo de sua alma, que vinha sendo traído e estava profundamente infeliz com isso.

Quantas vezes, durante a vida feliz que levara, por oito anos, com sua mulher, Alexei Alexândrovitch dissera a si mesmo, olhando para outras mulheres infiéis e outros maridos traídos: "Como se deixa que isso aconteça? Por que não se resolve essa situação asquerosa?". Todavia, agora que a mesma desgraça desabara sobre a cabeça dele, não apenas se abstinha de pensar em como resolveria essa situação, mas nem sequer desejava saber dela, preferia ignorá-la, notadamente, por ser horrível e antinatural em demasia.

Ao retornar do estrangeiro, Alexei Alexândrovitch foi duas vezes ao seu sítio. Almoçou lá numa dessas ocasiões e, na outra, passou uma tarde com seus convidados, porém não ficou nenhuma vez para dormir, ao contrário do que costumava fazer nos anos anteriores.

No dia da corrida, Alexei Alexândrovitch estava muito atarefado; não obstante, ao programar ainda pela manhã as tarefas diárias, ele decidiu ir, logo que almoçasse antes da hora, ao sítio e, depois de visitar sua esposa, ao hipódromo, onde se reuniria a corte toda e por onde lhe cumpria também dar uma passadinha. Ia visitar sua esposa porque havia decidido visitá-la uma vez por semana e, desse modo, manter as aparências. Além disso, precisava entregar à sua esposa, naquele dia, a mesada dela, como sempre fazia, segundo uma ordem predeterminada, pelo dia quinze do mês.

Controlando de forma habitual seus pensamentos, não permitiu, ao pensar tudo isso a respeito de sua esposa, que eles fossem mais longe no que lhe dizia respeito.

Naquela manhã, Alexei Alexândrovitch estava muito ocupado. A condessa Lídia Ivânovna lhe repassara, na véspera, o livreto de um ilustre viajante que estava em Petersburgo ao voltar da China, com uma carta em que pedia para receber esse viajante, um homem que era, por várias razões, muito interessante e útil. Alexei Alexândrovitch não tivera tempo para ler esse livreto à noite: terminou de lê-lo pela manhã. Depois vieram os requerentes, começaram os relatórios, as audiências, as designações, as demissões, as distribuições de recompensas, de aposentadorias, de salários, as correspondências — aquele trabalho cotidiano, como o chamava Alexei Alexândrovitch, que demandava tamanho tempo. Houve, a seguir, alguns negócios pessoais, uma visita do médico e uma consulta com seu administrador. O administrador não lhe tomou muito tempo: apenas entregou o dinheiro de que Alexei Alexândrovitch precisava e relatou brevemente a situação financeira, a qual não estava muito boa porquanto, naquele ano, os gastos tinham sido maiores, em razão de frequentes viagens, e havia certo *deficit*. Por outro lado, o médico, um famoso doutor petersburguense que mantinha relações amigáveis com Alexei Alexândrovitch, tomou-lhe bastante tempo. Alexei Alexândrovitch nem esperava por ele, surpreendendo-se por ele ter vindo e, mais ainda, por interrogá-lo com muita atenção sobre seu estado, auscultar-lhe o peito, dar umas batidinhas e palpadelas em seu fígado. Alexei Alexândrovitch não sabia que sua amiga Lídia Ivânovna percebera que sua saúde não estava bem naquele ano e pedira que o doutor fosse examinar o doente. "Faça isso por mim", disse-lhe a condessa Lídia Ivânovna.

— Farei isso pela Rússia, condessa — respondeu o doutor.

— Eis um homem que não tem preço! — disse a condessa Lídia Ivânovna.

O doutor ficou muito descontente com Alexei Alexândrovitch. Achou que seu fígado aumentara consideravelmente de volume, que sua alimentação estava insuficiente e que o balneário não surtira efeito algum. Prescreveu que mais se exercitasse fisicamente e menos se esforçasse mentalmente e, o principal, que evitasse quaisquer mágoas, ou seja, fizesse exatamente aquilo que seria, para Alexei Alexândrovitch, tão impossível quanto não mais respirar. Em seguida, retirou-se deixando Alexei Alexândrovitch com a desagradável consciência de que algo não estava bem dentro dele e que não daria para repará-lo.

Saindo da casa de Alexei Alexândrovitch, o doutor se deparou, no terraço de entrada, com Sliúdin, o administrador de Alexei Alexândrovitch, a quem conhecia muito bem. Tinham sido colegas na universidade e, conquanto se encontrassem raras vezes, respeitavam um ao outro e eram bons amigos: por isso é que a ninguém, exceto a Sliúdin, o doutor teria revelado a sua sincera opinião sobre o doente.

— Como estou contente de que o tenha examinado — disse Sliúdin. — Ele não está bem, e até me parece... O que ele tem?

— É o seguinte — respondeu o doutor, acenando ao seu cocheiro por cima da cabeça de Sliúdin, para que trouxesse a carruagem. — É o seguinte — repetiu, pegando o dedo de sua luva de pelica com suas mãos brancas e estirando-o. — Não estique a corda e tente rompê-la: será muito difícil; porém é só retesá-la até o último limite e colocar o peso de um só dedo sobre a corda tesa, e ela se romperá. Pois ele, com seu afinco e sua escrupulosidade em serviço, está tenso no último grau; ademais, há uma pressão alheia, e forte — concluiu o doutor, erguendo de modo significativo as sobrancelhas. — Vai assistir à corrida? — acrescentou, descendo até a carruagem. — Sim, sim, bem entendido, precisa-se de muito tempo — respondeu a uma réplica de Sliúdin, que nem ouvira direito.

Depois do médico, que lhe tomara tanto tempo, compareceu o ilustre viajante, e Alexei Alexândrovitch espantou-o, aproveitando o livreto que acabara de ler e seu prévio conhecimento dessa matéria, com a profundeza de sua compreensão do tema e o alcance de sua visão esclarecida.

Em paralelo ao viajante, anunciaram um decano da nobreza,[69] vindo a Petersburgo de uma província, com quem lhe cumpria conversar um pouco. Indo ele embora, restava ainda terminar os negócios cotidianos com o administrador e visitar, com um assunto sério e importante, certa pessoa influente. Alexei Alexândrovitch regressou apenas por volta das cinco, na hora de seu almoço, e convidou o administrador, depois de almoçar com ele, a irem ao seu sítio e, de lá, ao hipódromo.

Sem se dar conta disso, Alexei Alexândrovitch procurava agora por um pretexto qualquer para se encontrar com sua esposa na presença de um terceiro.

## XXVII

Anna estava no andar de cima, plantada defronte ao espelho, e prendia, com a ajuda de Ânnuchka, o último laço de fita em seu vestido, quando ouviu, lá perto do portão, o som de rodas passando pela brita.

"Ainda é cedo para Betsy", pensou e, olhando da janela, viu uma carruagem, um chapéu redondo, que assomava dela, e as orelhas, tão conhecidas, de Alexei Alexândrovitch. "Vem fora de hora... Será que fica para dormir?", pensou Anna. E tudo quanto pudesse resultar disso pareceu-lhe tão feio e horroroso que, sem refletir por um minuto sequer, foi ao encontro dos visitantes, de rosto alegre e radioso, e, sentindo que o espírito da mentira e do ludíbrio, já tão familiar para ela, estava presente em seu íntimo, logo se entregou àquele espírito e começou a falar mesmo sem saber o que diria.

---

[69] Presidente das reuniões elitistas, designado, nas cidades interioranas da Rússia antiga, pela fidalguia local; representante da classe nobre junto aos órgãos governamentais.

— Ah, que gracinha! — disse, estendendo a mão ao seu marido e cumprimentando, com um sorriso, Sliúdin, que era de casa. — Vai dormir aqui, não é mesmo? — foi a primeira palavra que lhe sugeriu o espírito da mentira. — E, agora, vamos lá juntos. Só é pena que eu tenha combinado com Betsy. Ela virá para me buscar.

Ouvindo o nome de Betsy, Alexei Alexândrovitch fez uma carranca.

— Oh, mas não vou separar as inseparáveis — disse, em seu habitual tom de gracejo. — Eu vou lá com Mikhail Vassílievitch. Até os doutores me aconselham a andar mais. Darei, pois, uma voltinha, imaginando que estou no balneário.

— Não tem pressa — disse Anna. — Querem chá? — Tocou a campainha.

— Sirvam chá e digam a Serioja que veio Alexei Alexândrovitch. Mas, então, como está sua saúde? Ainda não me visitou, Mikhail Vassílievitch: vá ver como é bonito esse meu terraço — dizia ela, dirigindo-se ora a um dos homens, ora ao outro.

Falava de maneira bem simples e natural, porém demasiado prolixa e rápida. Dava-se conta disso, ainda mais ao perceber, por aquele olhar curioso que lhe lançara Mikhail Vassílievitch, que ele parecia observá-la.

Logo, Mikhail Vassílievitch foi ao terraço.

Anna sentou-se junto do seu marido.

— Sua cara não está muito boa — disse.

— Não mesmo — respondeu ele —: o doutor me examinou hoje e me tomou uma hora inteira. Venho sentindo que foi algum dos meus amigos quem o mandou. Minha saúde é tão valiosa assim...

— Não, mas o que foi que ele disse?

Indagava-lhe sobre a saúde e o trabalho, exortava-o a descansar e a vir morar com ela.

Risonha como estava, dizia tudo isso depressa e com um brilho singular nos olhos, só que agora Alexei Alexândrovitch não dava mais a mínima importância ao tom dela. Apenas escutava as palavras que Anna dizia, entendendo-as tão somente naquele sentido literal que elas tinham. E respondia-lhe com simplicidade, embora jocosamente. Não havia nada de especial naquela conversa toda, porém nunca mais Anna poderia, sem que sua vergonha lhe causasse uma dor lacerante, rememorar toda aquela cena momentânea.

Entrou Serioja, precedido pela sua governanta. Se Alexei Alexândrovitch se permitisse observar, repararia naquele tímido, desconcertado olhar que Serioja dirigira para seu pai e depois para sua mãe. Entretanto, não queria ver nem via nada.

— Ah, meu jovem! Está crescido. Torna-se um verdadeiro homem, palavra de honra. Boa tarde, meu jovem.

E estendeu a mão a Serioja, que levara um susto.

Serioja estava, desde sempre, assaz tímido em seu relacionamento com ele; agora que Alexei Alexândrovitch o chamava de "seu jovem" e que o enigma de quem era Vrônski, um amigo ou um inimigo, não lhe saía mais da cabeça, já se mantinha longe do pai. Olhou para sua mãe, como se lhe pedisse amparo. Tão só com ela é que se sentia à vontade. Nesse meio-tempo, passando a conversar com a governanta, Alexei Alexândrovitch segurava o ombro dele, e Serioja estava tão dolorosamente acanhado que Anna percebeu que logo ia chorar.

Corando naquele momento em que seu filho entrara, Anna se levantou depressa, ao perceber que Serioja estava acanhado, tirou o braço de Alexei Alexândrovitch dos seus ombros, beijou o filho, levou-o para o terraço e retornou em seguida.

— Pois bem: está na hora — disse, olhando para seu relógio. — Por que é que Betsy não chegou ainda?...

— Sim — disse Alexei Alexândrovitch e, levantando-se, cruzou as mãos por trás das costas e fez que estralassem. — Vim também para lhe entregar o dinheiro, já que o saco vazio não para em pé[70] — continuou. — Acho que você está precisando.

— Não estou precisando, não... sim, estou — disse ela, sem olhar para o marido, e ruborizou-se até a raiz dos cabelos. — E você ainda vai passar por aqui, depois da corrida, eu acho!

— Oh, sim! — respondeu Alexei Alexândrovitch. — Lá vem a beldade de Peterhof, a princesa Tverskáia — adicionou, vendo da janela uma carruagem inglesa, de carroçaria minúscula, mas extremamente alta, que vinha puxada por cavalos de antolhos. — Que janotice! Uma graça! E vamos nós também...

A princesa Tverskáia não descia da carruagem, apenas seu lacaio apeara, de escarpins, mantelete e chapéu negro, ao lado do portão.

— Já vou, adeus! — disse Anna e, beijando seu filho, achegou-se a Alexei Alexândrovitch e estendeu-lhe a mão. — É muito gentil você ter vindo.

Alexei Alexândrovitch beijou a mão dela.

— Então, até a vista. Virá tomar chá e fará muito bem! — disse ela e saiu, radiante de alegria. Mas, tão logo se afastou o bastante para não ver mais o marido, sentiu um ponto de sua mão, o que os lábios dele haviam tocado, e estremeceu com asco.

---

[70] Cita-se, no original, um provérbio russo cujo significado é o mesmo: "não nutrem o rouxinol com lorotas".

## XXVIII

Quando Alexei Alexândrovitch apareceu no hipódromo, Anna já estava sentada, ao lado de Betsy, naquele pavilhão onde se reunia toda a alta sociedade. Ela avistou seu marido ainda de longe. Dois homens, seu marido e seu amante, eram para ela dois centros da vida e, mesmo sem o auxílio dos sentidos externos, Anna percebia a proximidade de ambos. Ao sentir, ainda de longe, a aproximação do marido, observava-o, involuntariamente, no meio daquelas ondas da multidão por entre as quais ele estava passando. Via seu marido aproximar-se do pavilhão, ora respondendo, com indulgência, às mesuras lisonjeadoras, ora saudando, amigável, mas distraidamente, seus pares, ora esperando, solícito, pela olhada dos potentados e tirando seu grande chapéu redondo que comprimia as pontas das suas orelhas. Anna conhecia todas aquelas técnicas, e todas elas lhe eram abomináveis. "Só a ambição, só o desejo de prosperar... é tudo o que existe na alma dele", pensava; "e as altas considerações, o gosto pela instrução, a religião, nada disso vai além dos meios de prosperar".

Julgando pelos olhares que o marido dirigia ao pavilhão das damas (olhava diretamente para sua mulher, mas não a reconhecia naquele mar de musselina e tule, de fitas, cabelos e sombrinhas), Anna compreendeu que procurava por ela, mas fingiu propositalmente que não o via.

— Alexei Alexândrovitch! — gritou a princesa Betsy. — Decerto o senhor não vê sua esposa... Ela está aqui!

Karênin sorriu, com aquele seu sorriso gelado.

— Há tanto brilho por aqui que os olhos correm por todo lado — disse e entrou no pavilhão. Sorriu para sua mulher, como tem de sorrir um marido ao reencontrar sua mulher que acaba de ver, e cumprimentou a princesa e os demais conhecidos, rendendo devida homenagem a cada um deles, ou seja, gracejando com as damas e trocando saudações com os cavalheiros. Ao pé do pavilhão estava um general ajudante, respeitado por Alexei Alexândrovitch e conhecido graças à sua inteligência e à sua cultura. Alexei Alexândrovitch pôs-se a falar com ele.

Era um intervalo entre as corridas, portanto nada atrapalhava essa conversa. O general ajudante criticava a corrida de cavalos, e Alexei Alexândrovitch objetava para defendê-la. Ouvindo sua voz fina e compassada, Anna não perdia uma só palavra, e cada uma dessas palavras parecia-lhe falsa e causava dor aos ouvidos dela.

Quando começou a corrida de quatro verstas com obstáculos, inclinou-se para a frente e, sem desviar os olhos, passou a olhar para Vrônski, que se achegava ao seu cavalo, depois o montava, escutando, ao mesmo tempo, aquela asquerosa voz de seu marido, que não se calava. Afligia-se temendo por Vrônski, porém se afligia ainda mais com aquela voz fina do marido, que lhe parecia ininterrupta, com suas entonações familiares.

"Sou uma mulher perversa, sou uma mulher perdida", estava pensando, "porém, não gosto de mentir, não suporto a mentira, e ele (o marido) se nutre de mentiras. Ele sabe de tudo, vê tudo... O que é, pois, que está sentindo, se pode falar com tanta tranquilidade? Se ele me matasse, se matasse Vrônski, daria para respeitá-lo. Mas não: ele só precisa de mentiras e aparências", dizia Anna consigo, sem refletir no que queria, notadamente, de seu marido, em como gostaria de vê-lo. Tampouco entendia que essa atual prolixidade extraordinária de Alexei Alexândrovitch, que a deixava tão irritada, era apenas uma expressão das suas angústia e inquietude interiores. Igual a uma criança que se machucou e, saltitando, põe seus músculos em movimento para abafar a dor, Alexei Alexândrovitch necessitava de certo movimento mental para abafar aqueles pensamentos acerca de sua esposa, que, na presença dela e na de Vrônski, cujo nome se repetia o tempo todo, exigiam uma atenção particular. E, sendo natural para uma criança saltitar, era também natural, para ele, falar de modo bonito e sábio. Ele dizia:

— O perigo, nessas competições dos militares e cavaleiros, é uma condição imprescindível da corrida. Se a Inglaterra pode citar, em sua história militar, os mais brilhantes feitos da cavalaria, isso é possível apenas por ter desenvolvido, historicamente, aquela força dos animais e dos homens. O esporte tem, a meu ver, uma grande importância, mas nós cá só vemos, como sempre, o lado mais superficial dele.

— Não é nada superficial — disse a condessa Tverskáia. — Dizem que um oficial quebrou duas costelas.

Alexei Alexândrovitch esboçou aquele seu sorriso que só entremostrava os dentes, porém não dizia mais nada.

— Suponhamos, princesa, que não seja algo superficial — disse —, mas antes intrínseco. Todavia, não se trata disso — voltou a dirigir-se ao general, com quem falava de maneira séria —: não se esqueça de que estão competindo os militares, que escolheram essa atividade, e consinta que toda vocação tenha seu próprio reverso da medalha. Isso é parte integrante dos deveres de um militar. O esporte horroroso dos pugilistas, ou dos toureiros espanhóis, é um indício de barbárie. Mas um esporte especializado é um indício de desenvolvimento.

— Não virei outra vez, não: isso me perturba demais — disse a princesa Betsy. — Não é verdade, Anna?

— Perturba, sim, mas não dá para despregar os olhos — disse outra dama.
— Se eu fosse uma romana, não perderia nenhuma batalha no circo.

Anna não dizia nada e, sem abaixar o binóculo, olhava para um só lugar. Nesse ínterim, um general influente passava pelo pavilhão. Interrompendo seu discurso, Alexei Alexândrovitch levantou-se, apressada, mas decentemente, e saudou, com uma profunda mesura, o militar que passava.

— Não participa da corrida? — perguntou, brincando, o militar.

— Minha corrida é mais difícil — respondeu Alexei Alexândrovitch, respeitoso.

Ainda que tal resposta não significasse nada, o militar fez de conta que ouvira uma palavra inteligente, dita por um homem inteligente, e que saboreava plenamente *la pointe de la sauce*.[71]

— Há dois lados — prosseguiu, sentando-se, Alexei Alexândrovitch —: o dos competidores e o dos espectadores, e o gosto por esses espetáculos é um indício indubitável do baixo desenvolvimento dos espectadores: concordo, sim, mas...

— Uma aposta, senhora princesa! — ouviu-se lá embaixo a voz de Stepan Arkáditch, que se dirigia a Betsy. — Em quem está apostando?

— Nós apostamos, eu e Anna, no príncipe Kuzovliov — respondeu Betsy.

— Eu aposto em Vrônski. Um par de luvas.

— Aceito!

— E como isso é belo, não é?

Alexei Alexândrovitch ficou calado enquanto se conversava ao seu redor, mas logo voltou a falar.

— Concordo, mas esses jogos viris... — já ia continuar.

Contudo, nesse meio-tempo, foi dada a largada, e todas as conversas cessaram. Alexei Alexândrovitch calou-se, e todos se levantaram e se voltaram para o riacho. Alexei Alexândrovitch não se interessava pela corrida, portanto não olhava para quem cavalgava, mas corria, distraído, seus olhos cansados pelos espectadores. Seu olhar se deteve em Anna.

O rosto dela estava pálido e severo. Obviamente, não via ninguém nem nada, exceto um só homem. Sua mão apertava, convulsa, um leque; ela mal respirava. Ao olhar para ela, o marido se apressou a virar-lhe as costas, mirando outros semblantes.

"Sim, aquela dama ali, e outras pessoas também estão muito emocionadas: é bem natural!", disse consigo Alexei Alexândrovitch. Não queria olhar para Anna, porém seu olhar se fixava espontaneamente nela. E ele tornava a fitar esse rosto, esforçando-se para não ler o que estava escrito tão nitidamente nele, e eis que, contra sua vontade, lia nele, chocado, o que nem queria saber.

---

[71] O picante do molho (em francês).

A primeira queda, a de Kuzovliov perto do riacho, deixou todo mundo alarmado, mas Alexei Alexândrovitch percebeu claramente, pelo rosto de Anna, pálido, mas triunfante, que o homem para o qual ela olhava não tinha caído. Quando, logo depois de Makhótin e Vrônski terem saltado a grande barreira, um dos oficiais que os seguiam tombou, de cabeça para baixo, e ficou estatelado como um cadáver, e um sussurro de pavor percorreu o público todo, Alexei Alexândrovitch viu que Anna nem sequer reparara nisso, custando a entender o que se dizia à sua volta. Entretanto, ele ficava cada vez mais obstinado em observá-la. Toda absorta em contemplar Vrônski, que cavalgava, Anna sentiu, do lado, aquele olhar frio que seu marido cravava nela.

Então se voltou por um instante, mirou-o de modo interrogativo e, um tanto sombria, virou-lhe de novo as costas.

"Ah, tanto faz para mim", parecia ter dito ao marido, sem olhar nenhuma vez mais para ele.

A corrida foi desastrada, caindo e machucando-se mais da metade daqueles dezessete homens que dela participavam. Pelo fim da corrida, ficaram todos dominados pela emoção, a qual aumentou ainda porquanto o czar não estava contente.

## XXIX

Todos expressavam a sua reprovação em voz alta, todos repetiam a frase dita por alguém: "Só falta um circo com leões", todos se sentiam amedrontados, de sorte que, quando Vrônski tombara e Anna dera um grito, não havia nisso nada de extraordinário. Mas, logo a seguir, o semblante de Anna mudou, e já essa mudança foi positivamente indecente. Ela ficou toda perdida. Passou a agitar-se como um pássaro pego: ora queria levantar-se e ir não sabia aonde, ora se dirigia a Betsy.

— Vamos embora, vamos — dizia.

Mas Betsy não a ouvia. Falava, inclinando-se sobre o parapeito, com um general que se acercara dela.

Achegando-se a Anna, Alexei Alexândrovitch lhe estendeu, cortesmente, a mão.

— Vamos embora, se quiser — disse em francês; porém Anna prestava ouvidos àquilo que dizia o general e não reparou em seu marido.

— Dizem que também quebrou uma perna — dizia o general. — Isso já é demais!

Sem responder ao marido, Anna erguera seu binóculo e olhava para aquele lugar onde caíra Vrônski, mas a distância era tão grande e acumulara-se lá tanta gente que não se podia enxergar nada. Ela abaixou o binóculo, querendo ir embora, mas um oficial, que viera a galope nesse meio-tempo, estava relatando algo ao soberano. Anna avançou, escutando.

— Stiva! Stiva! — chamou pelo seu irmão.

Seu irmão tampouco a ouvia. Ela quis partir novamente.

— Ofereço-lhe outra vez minha mão, se quiser ir embora daqui — disse Alexei Alexândrovitch, roçando na mão dela.

Anna se afastou do marido, com asco, e respondeu sem olhar para seu rosto:

— Não, não, deixe-me: vou ficar.

Agora via um oficial que vinha correndo daquele lugar onde caíra Vrônski, atravessando a pista rumo ao pavilhão. Betsy lhe acenava com seu lenço.

O oficial trouxe a notícia de que o cavaleiro não se matara, mas seu cavalo quebrara a espinha.

Ouvindo isso, Anna se sentou depressa e tapou o rosto com seu leque. Alexei Alexândrovitch via que ela estava chorando e não podia conter não apenas as lágrimas como também os soluços que lhe soerguiam o peito. Alexei Alexândrovitch postou-se em sua frente, dando-lhe um tempinho para se recobrar.

— É a terceira vez que lhe ofereço minha mão — disse algum tempo depois, dirigindo-se a ela. Anna mirava-o sem saber o que diria. A princesa Betsy veio em seu auxílio.

— Não, Alexei Alexândrovitch: eu trouxe Anna e prometi que a levaria de volta — intrometeu-se Betsy.

— Desculpe-me, princesa — disse ele, sorrindo amavelmente, mas encarando-a com firmeza —, mas vejo que Anna está indisposta e desejo que volte comigo.

Anna olhou assustada ao seu redor, levantou-se submissa e pôs a mão no braço de seu marido.

— Mandarei perguntar por ele e, quando souber de algo, vou avisá-la — disse-lhe Betsy, sussurrando.

Ao sair do pavilhão, Alexei Alexândrovitch falava, como sempre, com as pessoas que encontrava, e Anna devia, como sempre, responder e falar com elas também. No entanto, estava fora de si e avançava como uma sonâmbula, apoiando-se no braço de seu marido.

"Matou-se ou não? É verdade? Virá ou não virá? Vou mesmo vê-lo hoje?", pensava.

Calada, subiu à carruagem de Alexei Alexândrovitch e, calada, passou pelo acúmulo de veículos. Apesar de tudo o que tinha visto, Alexei Alexândrovitch não se permitia, ainda assim, refletir no estado real de sua mulher. Divisava apenas uns indícios externos. Via que ela se comportava de modo indecente e considerava seu dever falar-lhe nisso. Ser-lhe-ia, porém, muito difícil deixar outras coisas de lado e falar tão somente nisso. Abriu a boca para dizer quão indecente era a atitude dela, mas disse, sem querer, algo bem diferente.

— Mas como é que somos todos dados àqueles espetáculos cruéis — disse.
— Estou notando...
— O quê? Não entendo — respondeu Anna, em tom de desprezo.

Melindrado, ele se pôs logo a dizer o que queria.

— Tenho de lhe dizer... — começou.

"Aí vem a explicação", pensou ela e sentiu medo.

— Tenho de lhe dizer que hoje você se comportou indecentemente — disse seu marido em francês.

— Por que é que me comportei indecentemente? — perguntou Anna, em voz alta, virando rapidamente a cabeça na direção dele e olhando diretamente para seus olhos, mas não com aquela alegria de antes, que escondia alguma coisa, e, sim, com um ar resoluto que camuflava a custo o medo sentido por ela.

— Não se esqueça — disse-lhe o marido, apontando para um postigo aberto defronte ao cocheiro.

Soergueu-se e subiu o vidro.

— O que foi que achou indecente? — repetiu ela.

— Esse desespero que não conseguiu ocultar, quando um dos cavaleiros caiu.

Esperava pelas objeções dela, mas Anna estava calada, olhando para a frente.

— Já lhe pedi que se comportasse, na sociedade, de maneira que nem as más línguas pudessem dizer algo contra você. Houve um momento em que eu falava de nossas relações conjugais; agora não falo mais delas. Agora estou falando das relações mundanas. Você se comportou indecentemente, e eu gostaria que isso nunca mais ocorresse de novo.

Ela não ouvira nem metade das suas palavras; tinha medo dele e pensava se era verdade que Vrônski não se matara. Era mesmo a respeito dele que se dizia por lá que o cavaleiro estava bem, mas seu cavalo quebrara a espinha? Apenas sorriu, com falsa jocosidade, quando seu marido terminou, mas não respondeu nada, sem ter ouvido o que lhe dissera. Alexei Alexândrovitch se pusera a falar com ousadia, porém, tão logo entendeu claramente de que estava falando, o medo que sentia sua esposa transmitiu-se a ele também. Viu aquele sorriso dela e ficou dominado por um estranho equívoco.

"Está sorrindo por causa das minhas suspeitas. Sim, agora me dirá o mesmo que disse daquela feita: minhas suspeitas não têm fundamentos e são ridículas."

Agora que a descoberta de tudo estava prestes a desabar sobre ele, não desejava nada além de que sua esposa respondesse ironicamente, como daquela vez, que suas suspeitas eram ridículas e não tinham fundamento. Estava tão apavorado com o que estava sabendo que agora se disporia a acreditar em qualquer coisa. Não obstante, a expressão facial dela, receosa e lúgubre, não prometia agora nem sequer uma ilusão.

— Talvez esteja enganado — disse ele. — Nesse caso, peço que me desculpe.

— Não está enganado, não — respondeu Anna devagar, olhando com desespero para o gélido rosto dele. — Não se enganou. Fiquei mesmo, e não podia deixar de ficar, desesperada. Escuto o senhor falar e penso nele. Amo aquele homem, sou a amante dele e não consigo suportar, temo e odeio o senhor... Faça de mim o que quiser.

E, recostando-se num canto da carruagem, ela rompeu a soluçar, tapando-se com as mãos. Alexei Alexândrovitch não se moveu nem mudou a direção reta de seu olhar. Mas todo o seu rosto ficou, de chofre, solenemente imóvel, como o de um morto, e essa expressão permaneceria nele ao longo de todo o caminho até o sítio. Chegando ali, Karênin voltou-se, com a mesma expressão, para sua mulher.

— Que seja! Mas exijo que respeite as condições externas da decência até... — sua voz ficou trêmula — até eu tomar as providências que resguardem minha honra e participá-las à senhora.

Saiu da carruagem e ajudou Anna a descer. Calado, apertou-lhe a mão na frente dos criados, subiu à carruagem e partiu para Petersburgo.

Indo ele embora, veio um lacaio da princesa Betsy e trouxe um bilhete para Anna: "Mandei perguntar pela saúde de Alexei, e ele me escreve que está são e salvo, mas desesperado".

"Pois virá mesmo!", pensou Anna. "Como fiz bem dizendo tudo para ele."

Consultou o relógio. Restavam ainda três horas, e a lembrança dos pormenores de seu último encontro amoroso fez o sangue dela ferver.

"Meu Deus, quanta luz! Estou com medo, mas gosto tanto de ver o rosto dele e gosto tanto dessa luz fantástica... Ah, sim, meu marido... Mas, graças a Deus, está tudo acabado com ele."

## XXX

Como em todos os lugares onde se reúnem as pessoas, operou-se, naquele pequeno balneário alemão aonde foram os Chtcherbátski, uma espécie de cristalização habitual da sociedade, a qual delimitou, para cada um dos seus membros, uma posição definida e permanente. Assim como uma gota d'água adquire sob o influxo do frio, definida e permanentemente, certa forma de cristal de neve, cada pessoa que acabava de chegar ao balneário adquiria logo, de igual maneira, certa posição que lhe seria peculiar.

Em razão dos aposentos que ocupavam, de seu nome e dos conhecidos que tinham encontrado, *Fürst Scherbatzki mit Gemahlin und Tochter*[72] logo se cristalizaram naquela forma bem definida que se destinava a eles.

Morava no balneário, naquele ano, uma verdadeira *Fürstin*[73] alemã, razão pela qual a cristalização da sociedade era ainda mais enérgica. A princesa Chtcherbátskaia desejava sem falta apresentar sua filha àquela *Fürstin* e, logo no segundo dia, efetuou tal ritual. Com seu vestido de verão encomendado em Paris, simplesinho, ou seja, elegantíssimo, Kitty fez uma vênia profunda e graciosa. A princesa alemã disse: "Espero que as rosas voltem logo a desabrochar nessa linda carinha", e eis que se estabeleceram, para os Chtcherbátski, certos caminhos de vida que eles não poderiam mais deixar de seguir. Conheceram a família de uma *Lady* inglesa, e uma condessa alemã, e o filho dela, ferido na última guerra, e um estudioso sueco, e o tal de *Monsieur* Canut, e a irmã dele. No entanto, a principal companhia dos Chtcherbátski compusera-se, espontaneamente, de uma dama moscovita, chamada Maria Yevguênievna Rtíchtcheva, com sua filha, que estava desagradando Kitty por ter adoecido do mesmo modo que ela própria, isto é, por amor, e de um coronel moscovita, que Kitty via e conhecia, desde criança, uniformizado e com dragonas,[74] e que agora, com seus olhos pequenos e seu pescoço aberto sob uma gravatinha colorida, estava extremamente ridículo e tedioso porquanto não se podia mais desvencilhar-se dele. Quando tudo isso ficou tão firmemente estabelecido, Kitty se sentiu muito entediada, ainda mais que o príncipe fora a Karlsbad[75] e ela ficara sozinha com sua mãe. Não se interessava pelas pessoas que conhecia, intuindo que delas não viria nada de novo. O maior interesse íntimo dela consistia agora, naquele balneário, em observar as pessoas desconhecidas e conjeturar a respeito delas. Graças às qualidades de seu caráter, Kitty sempre vislumbrava nas pessoas, especialmente naquelas que não conhecia, tudo quanto houvesse de mais belo, e agora que tentava adivinhar quem era quem, quais relações mantinham entre si e como eram tais pessoas, imaginava as índoles mais excelsas e extraordinárias, e até mesmo comprovava isso por meio de suas observações.

---

[72] O príncipe Chtcherbátski com esposa e filha (em alemão).
[73] Princesa (em alemão).
[74] Palas ornadas de franjas de ouro que os militares usavam em cada ombro.
[75] Nome alemão da cidade tcheca Karlovy Vary, famosa por suas atrações turísticas em toda a Europa.

Quem a interessava sobretudo, no meio daquelas pessoas, era uma moça russa que viera ao balneário com uma dama enferma, chamada por todos de *Madame* Schtal. Essa *Madame* Schtal pertencia à alta sociedade russa, mas estava tão doente que não conseguia andar e só vez por outra, quando o tempo estava bom, aparecia numa cadeira de rodas. Contudo, nem tanto por causa de sua doença quanto por mero orgulho, conforme explicava a princesa, a *Madame* Schtal não conhecia nenhum dos russos. Uma moça russa cuidava da *Madame* Schtal e além disso, como percebia Kitty, travava amizade com todos os doentes graves, que eram muitos no balneário, e cuidava deles com a maior naturalidade possível. Tal moça russa não era, segundo as observações de Kitty, nem uma parenta da *Madame* Schtal nem tampouco uma ajudante contratada. A *Madame* Schtal chamava-a de Várenka,[76] e os outros, de *Mademoiselle* Várenka. Mesmo sem falar no interesse de Kitty em observar as relações dessa moça com a *Madame* Schtal e várias pessoas desconhecidas, ela sentia, como isso ocorre amiúde, uma simpatia inexplicável pela *Mademoiselle* Várenka e percebia, cruzando-se os olhares das duas moças, que também lhe era simpática.

Não que essa *Mademoiselle* Várenka não estivesse em sua primeira juventude, mas aparentava ser uma criatura sem juventude alguma: podia-se supor que tivesse dezenove ou então trinta anos. Se alguém viesse a esquadrinhar os traços dela, acharia que, apesar de sua tez doentia, era antes bonita do que feia. Não fosse seu corpo enxuto em demasia e sua cabeça desproporcional à sua estatura média, teria mesmo uma compleição harmoniosa; não devia, porém, ser atraente para os homens. Assemelhava-se a uma flor bela e ainda cheia de pétalas, mas já murcha e desprovida de aroma. Além do mais, não poderia ser atraente para os homens por lhe faltar, outrossim, aquilo que sobejava em Kitty: o flamejar contido de sua vitalidade e a consciência de ser atraente.

A moça parecia sempre ter alguma ocupação indubitável, portanto nem podia, aparentemente, importar-se com outras coisas. Foi justamente esse contraste que a tornou interessante para Kitty. Kitty sentia que encontraria nela, em seu modo de viver, um modelo daquilo que buscava agora, angustiada: um modelo dos interesses vitais, da dignidade da vida, que ficassem fora daquelas relações mundanas, repugnantes para ela, que existiam entre uma moça e diversos homens e agora lhe pareciam a mostra vexatória de uma mercadoria à espera de quem a comprasse. Quanto mais Kitty observava essa sua amiga desconhecida, tanto mais se persuadia de ser, realmente,

---

[76] Forma diminutiva e carinhosa do nome russo Varvara (Bárbara).

aquela criatura perfeita que ela vinha imaginando e tanto mais ansiava por conhecê-la.

Ambas as moças se encontravam todo dia e várias vezes, e os olhos de Kitty diziam, a cada encontro: "Quem é você? Como é você? É mesmo aquela criatura charmosa que tenho imaginado, não é verdade? Mas, pelo amor de Deus, não pense aí", acrescentava o olhar dela, "que me permito insistir em conhecê-la. Apenas admiro você e amo você". "Eu também amo você e acho você muito, muito atraente. E amaria você mais ainda, se estivesse mais livre", respondia-lhe o olhar da moça desconhecida. De fato, Kitty via que ela estava sempre ocupada: ou levava embora do balneário os filhos de uma família russa, ou trazia uma manta para agasalhar a dama enferma, ou procurava distrair um doente irritado, ou escolhia e comprava biscoitos para alguém tomar seu café.

Logo após a chegada dos Chtcherbátski, passaram a aparecer no balneário, nas horas matinais, duas pessoas que atraíam uma atenção generalizada, mas inamistosa. Eram um homem bem alto, de dorso um pouco arqueado e braços enormes, que usava um casaco curto, para a estatura dele, e velho, cujos olhos negros pareciam ingênuos e, ao mesmo tempo, medonhos, e uma mulher bonitinha, um tanto bexiguenta, com roupas precárias e muito deselegantes. Reconhecendo esse casal como russo, Kitty já começava a compor, em sua imaginação, um belo romance enternecedor sobre ele, mas a princesa soube, lendo a *Kurliste*,[77] que eram Nikolai Lióvin e Maria Nikoláievna, explicou para Kitty como aquele Lióvin era imprestável, e todos os seus sonhos relativos àquelas duas pessoas desvaneceram-se. Nem tanto porque sua mãe lhe falara a respeito quanto porque era o irmão de Konstantin, ambas pareceram a Kitty, de súbito, extremamente desagradáveis. Com seu hábito de sacudir espasmodicamente a cabeça, Nikolai Lióvin lhe suscitava agora uma insuperável sensação de asco.

Parecia-lhe que seus grandes olhos medonhos, que teimavam em espiá-la, exprimiam escárnio e ódio por ela, e Kitty buscava evitar qualquer encontro com aquele homem.

## XXXI

Fazia mau tempo, chovia durante a manhã toda, e os pacientes se aglomeravam, com seus guarda-chuvas, na galeria do balneário.

Kitty estava em companhia de sua mãe e do coronel moscovita, alegre e ajanotado com sua sobrecasaca de estilo europeu, comprada pronta em

---

[77] Lista de clientes (de um balneário) (em alemão).

Frankfurt. Eles passeavam de um lado da galeria, procurando evitar Lióvin, que passeava do outro lado. Várenka, que usava um vestido escuro e um chapéu negro, de abas dobradas para baixo, andava com uma francesa cega ao longo de toda a galeria e, todas as vezes que cruzava com Kitty, trocava olhares amistosos com ela.

— Mamãe, será que posso falar com ela? — perguntou Kitty ao notar, observando sua amiga desconhecida, que ela se aproximava da fonte e que podiam ambas encontrar-se ali.

— Sim, já que tu queres tanto, mas antes eu mesma vou perguntar por ela — respondeu sua mãe. — O que foi que achaste nela de tão especial? Deve ser uma dama de companhia. Se quiser, eu me apresentarei à *Madame* Schtal. Conheci a *belle-sœur* dela — acrescentou a princesa, erguendo altivamente a cabeça.

Kitty sabia que a princesa se melindrava a supor que a *Madame* Schtal evitasse conhecê-la. Não ficou insistindo.

— Ela é tão gentil: uma graça! — disse, olhando para Várenka, que, nesse meio-tempo, servia um copo à francesa. — Veja como está tudo simples e agradável.

— Esses teus *engouements*[78] são tão divertidos — disse a princesa. — Não, é melhor que voltemos — prosseguiu, avistando Lióvin, que vinha ao encontro delas, com sua mulher e um médico alemão a quem dizia algo, zangado, em voz alta.

As damas se viravam para retornar, quando ouviram não mais uma conversa em voz alta e, sim, uma gritaria. Lióvin gritava, parado, e o médico também estava exaltado. Uma multidão se reunia ao redor deles. A princesa e Kitty retiraram-se apressadamente, e o coronel se juntou àquela multidão para saber de que se tratava.

Alguns minutos depois, o coronel alcançou-as.

— O que foi que aconteceu lá? — perguntou a princesa.

— Vexame e infâmia! — respondeu o coronel. — A gente tem medo de uma só coisa, de se encontrar com os russos no estrangeiro. Aquele senhor alto brigou com o doutor e lhe fez muita afronta, por não o tratar como se devia, e até o ameaçou com sua bengala. É uma infâmia pura!

— Ah, que dissabor! — disse a princesa. — Mas como é que acabou?

— Ainda bem que se tenha intrometido aquela... aquela moça de chapéu parecido com um cogumelo. Parece que é russa — disse o coronel.

— A *Mademoiselle* Várenka? — perguntou Kitty, com alegria.

---

[78] Arroubos, enlevos (em francês).

— Sim, sim. Foi a primeira a achar uma saída: pegou aquele senhor pelo braço e levou-o embora.

— É isso, mamãe — disse Kitty à sua mãe. — Ainda está surpresa porque admiro essa moça?

Logo no dia seguinte, observando sua amiga desconhecida no balneário, Kitty notou que a *Mademoiselle* Várenka já mantinha tanto com Lióvin quanto com sua mulher as mesmas relações que com seus outros *protégés*. Acercava-se deles, conversava, fazia as vezes de tradutora junto à mulher, que não sabia falar nenhuma língua estrangeira.

Kitty passou a implorar ainda mais que sua mãe lhe permitisse conhecer Várenka. E, por mais que a princesa parecesse desgostosa por ter de dar o primeiro passo em sua vontade de conhecer a *Madame* Schtal, a qual ousava orgulhar-se de alguma coisa na frente dela, informou-se a respeito de Várenka e, ciente dos pormenores deixando concluir que conhecê-la não faria nada mal nem, aliás, muito bem, tomou a iniciativa de se aproximar dessa moça e de conhecê-la.

Escolhendo um momento em que sua filha tinha ido à fonte e Várenka parara defronte ao padeiro, a princesa se aproximou dela.

— Permita-me conhecê-la — disse, com um sorriso cheio de dignidade.
— Minha filha adora a senhorita — continuou. — Pode ser que não me conheça. Eu...

— É mais do que recíproco, senhora princesa — apressou-se a responder Várenka.

— Mas que favor é que prestou ontem ao nosso lastimável compatriota! — disse a princesa.

Várenka enrubesceu.

— Não lembro... Parece que não fiz nada — disse.

— Fez, sim: a senhorita salvou esse tal de Lióvin de uma contrariedade.

— Sim, *sa compagne*[79] me chamou, e tentei acalmá-lo. Ele está muito doente e andava insatisfeito com o médico. E eu tenho o hábito de cuidar desses doentes.

— Pois é: ouvi dizerem que a senhorita morava em Menton,[80] com a *Madame* Schtal, que é, pelo que me parece, sua tia. Cheguei a conhecer a *belle-sœur* dela.

— Não é minha tia, não. Chamo-a de *maman*, mas não sou sua parenta: fui criada por ela — respondeu Várenka, enrubescendo de novo.

---

[79] Sua companheira (em francês).
[80] Cidade localizada no sul da França e banhada pelo mar Mediterrâneo.

Isso foi dito com tanta simplicidade, a expressão de seu rosto, sincero e aberto, estava tão gentil, que a princesa compreendeu por que Kitty gostava dessa Várenka.

— E como está Lióvin? — questionou a princesa.

— Ele vai embora — respondeu Várenka.

Nesse ínterim, radiante de alegria porque sua mãe acabava de conhecer sua amiga desconhecida, Kitty voltava da fonte.

— Pois bem, Kitty, teu ardente desejo de conhecer a *Mademoiselle*...

— Várenka — sugeriu Várenka, sorridente. — Assim é que todo mundo me chama.

Corando de alegria, Kitty apertou longamente, calada como estava, a mão de sua nova amiga, a qual não retribuía o aperto, mas estava imóvel na mão dela. A mão não retribuía o aperto, porém o rosto da *Mademoiselle* Várenka alumiou-se com um sorriso silencioso, alegre, embora um tanto tristonho, que entremostrava seus dentes grandes, mas belos.

— Eu mesma queria isso havia muito tempo — disse ela.

— Mas está tão ocupada...

— Ah, pelo contrário, não tenho nada a fazer — respondeu Várenka, mas teve, no mesmo instante, de abandonar suas novas conhecidas, visto que duas menininhas russas, filhas de um paciente, vinham correndo buscá-la.

— Várenka, a mamãe está chamando! — gritavam.

E Várenka foi atrás delas.

## XXXII

Os pormenores que a princesa soubera acerca do passado de Várenka, das suas relações com a *Madame* Schtal e da *Madame* Schtal em pessoa eram os seguintes.

A *Madame* Schtal, de quem uns diziam que ela acabara com seu marido e outros diziam que seu marido a trucidara com uma conduta por demais imoral, sempre fora uma mulher doentia e exaltada. Quando dera à luz, já separada do marido, seu primeiro filho, aquele filho morrera logo em seguida, e a família da *Madame* Schtal, ciente de sua sensibilidade e receosa de que tal notícia viesse a matá-la, substituíra o bebê morto, levando a filha de um cozinheiro palaciano que havia nascido na mesma noite e na mesma casa petersburguense. Era Várenka. A *Madame* Schtal soube mais tarde que Várenka não era a filha dela, mas continuou a criá-la, ainda mais que Várenka perdeu, pouco depois disso, todos os seus parentes.

Já fazia mais de dez anos que a *Madame* Schtal morava, o tempo todo, no estrangeiro, no Sul, sem nunca se levantar da cama. Uns comentavam que se impusera na alta sociedade como uma mulher virtuosa e profundamente devota; outros afirmavam que era de fato, no fundo da alma, aquela criatura sublime que vivia, de acordo com a opinião pública, apenas para o bem de seu próximo. Ninguém sabia que religião ela professava, se era católica, protestante ou ortodoxa, mas uma coisa não gerava dúvidas: ela mantinha relações amistosas com os maiores expoentes de todas as igrejas e crenças.

Várenka morava constantemente com ela, ali no estrangeiro, e quem conhecesse a *Madame* Schtal conhecia a *Mademoiselle* Várenka, conforme todos a chamavam, e gostava dela.

Uma vez a par de todos esses detalhes, a princesa não vislumbrou nada de condenável na aproximação de sua filha com Várenka, ainda mais que Várenka tinha excelentes maneiras e era muito bem-educada, falava perfeitamente francês e inglês e, o mais importante, manifestara, em nome da *Madame* Schtal, o lamento de não ter, por causa de sua doença, o prazer de conhecer a princesa.

Ao conhecer Várenka, Kitty ficava cada vez mais atraída pela sua amiga e, dia após dia, encontrava nela diversos méritos novos.

Ouvindo alguém dizer que Várenka cantava bem, a princesa pediu que viesse cantar para eles todos à noite.

— Kitty sabe tocar, e temos um piano... na verdade, ruinzinho, mas a senhorita nos proporcionaria muito prazer — disse a princesa, com aquele seu falso sorriso que agora desagradava sobremodo a Kitty, por ter percebido que Várenka não queria cantar. Todavia, Várenka veio à noite e trouxe consigo um caderno de notas. A princesa convidara ainda Maria Yevguênievna, com sua filha, e o coronel.

Parecia que Várenka estava totalmente indiferente às pessoas estranhas, que lá estavam, e logo se aproximou do piano. Não sabia acompanhar seu canto, porém lia otimamente a partitura em voz alta. Kitty, que tocava bem, acompanhava-a.

— Tem um talento extraordinário — disse a princesa depois de Várenka cantar, eximiamente, a primeira peça.

Maria Yevguênievna, com sua filha, também lhe agradeciam e elogiavam-na.

— Veja só — disse o coronel, olhando pela janela — que público se reuniu para ouvi-la. — De fato, uma multidão bastante grande reunira-se embaixo das janelas.

— Estou muito feliz, porque isso lhe agrada — respondeu Várenka, simplesmente.

Kitty mirava sua amiga com orgulho. Estava encantada com sua arte, sua voz e seu rosto, porém se encantava mais ainda com sua atitude, visto que Várenka não se importava, obviamente, nem com seu canto nem com os elogios, parecendo perguntar apenas se já cantara o suficiente ou se devia continuar.

"Se fosse eu mesma", ponderava Kitty, "como me orgulharia com isso! Como me alegraria ao olhar para aquela multidão sob as janelas! E ela está toda indiferente. Está movida apenas pela vontade de não recusar e de agradar à *maman*. O que é que há nela? O que lhe dá essa força para não se importar com nada, para ficar independentemente tranquila? Como eu gostaria de saber, de aprender isso com ela!", pensava, fitando aquele rosto sereno. A princesa pediu que Várenka cantasse mais, e ela cantou outra peça, do mesmo modo regular, nítido e bonito, postando-se de costas eretas junto do piano e batendo o compasso, sobre a tampa dele, com sua mão fina e bronzeada.

A peça que se seguia em seu caderno de notas era uma canção italiana. Kitty tocou a introdução, da qual gostara muito, e olhou para Várenka.

— Vamos deixá-la para depois — disse Várenka, enrubescendo.

Kitty fixou seu olhar, assustado e interrogativo, no rosto dela.

— Outra coisa, então? — apressou-se a dizer, folheando as páginas e logo entendendo que algo estava ligado àquela peça.

— Não — respondeu Várenka, colocando a mão sobre a partitura e sorrindo —, não: vamos cantar essa. — E voltou a cantar de maneira tão calma, sóbria e bonita como antes.

Quando ela terminou de cantar, todos lhe agradeceram de novo e foram tomar chá. Kitty e Várenka dirigiram-se para um jardinzinho contíguo à casa.

— É verdade que alguma lembrança sua está ligada àquela canção? — perguntou Kitty. — Não me conte — acrescentou depressa —, só diga se é verdade.

— Não, por quê? Vou contar — disse Várenka com simplicidade e, sem esperar pela resposta, continuou —: Sim, é uma lembrança que já foi penosa outrora. Eu amava um homem. Cantava aquela peça para ele.

Enternecida, Kitty mirava Várenka com seus grandes olhos, sem dizer nada.

— Eu o amava, e ele me amava, mas sua mãe era contra, e ele se casou com outra mulher. Agora ele mora perto da gente, e eu o vejo por vezes. Você pensou que havia um romance, não é? — disse, e no belo rosto dela bruxuleava aquela luzinha que Kitty sentia iluminá-la toda por dentro.

— Como não pensaria? Se eu fosse homem, não conseguiria amar mais ninguém depois de conhecer você. Só não entendo como ele pôde esquecê-la, para agradar à mãe, e torná-la infeliz. Ele não tinha coração.

— Oh, sim, é um homem muito bom, e eu não estou infeliz: pelo contrário, estou muito feliz. Pois então... não vamos mais cantar hoje? — adicionou ela, indo em direção à casa.

— Como é boa, mas como é boa! — exclamou Kitty e, detendo Várenka, beijou-a. — Se eu pudesse ser, pelo menos um pouquinho, como você!

— Por que teria de ser como alguém? Você é boa tal como é — disse Várenka, com seu sorriso dócil e cansado.

— Não sou nada boa, não! Mas diga-me... Espere, sentemo-nos — disse Kitty, fazendo que Várenka se sentasse outra vez num banco ao lado dela. — Será que não é ofensivo pensar que um homem fez pouco caso de seu amor, que ele não a quis, diga?...

— Mas ele não fez pouco caso: acredito que me amava, mas era um filho submisso...

— Sim, mas, se não fosse por vontade da mãe, se ele mesmo não quisesse?... — dizia Kitty, dando-se conta de que revelara seu próprio segredo e que seu rosto, púrpura de vergonha, já comprovara isso.

— Nesse caso, ele teria agido mal, e eu não sentiria pena dele — respondeu Várenka, decerto compreendendo que não se tratava mais dela e, sim, de Kitty.

— E a ofensa? — disse Kitty. — Não se pode esquecer uma ofensa, não se pode mesmo — prosseguiu, lembrando-se daquilo que vira no último baile, quando a música parara de tocar.

— Mas que ofensa é essa? Você mesma não fez nada de mau, fez?

— Fiz algo vergonhoso, o que é pior.

Várenka balançou a cabeça e pôs a sua mão na de Kitty.

— Mas o que há de vergonhoso nisso? — disse. — Não podia dizer a um homem indiferente que o amava, podia?

— É claro que não. Nunca disse uma palavra sequer, só que ele sabia. Não, não: há olhares, há gestos... Nem que eu viva cem anos, não vou esquecer.

— O que é isso, então? Não entendo. O que importa é se você o ama ainda hoje ou não — disse Várenka, chamando todas as coisas por nomes reais.

— Eu o odeio; eu não posso perdoar...

— Perdoar o quê?

— A vergonha... a ofensa...

— Ah, se todos fossem tão sensíveis quanto você — disse Várenka. — Não há moça que não tenha passado por isso. E tudo isso é tão desimportante.

— Então, o que é importante? — indagou Kitty, fitando o semblante dela com uma curiosa perplexidade.

— Ah, muitas coisas são importantes — disse Várenka, sorridente.

— Que coisas?

— Ah, muitas... — respondeu Várenka, sem saber o que diria. Mas, nesse meio-tempo, ouviu-se, através da janela, a voz da princesa:

— Está fresco aí, Kitty! Ou pega o xale, ou vem aos quartos.

— É verdade que está na hora! — disse Várenka, levantando-se. — Ainda tenho de ir ver a *Madame* Berthe: ela me pediu.

Kitty segurava a mão dela e, com uma curiosidade passional, perguntava-lhe, suplicante, com o olhar: "Mas o que é, o que é o mais importante, aquilo que dá tanta serenidade? Você sabe; então me diga a mim!". Contudo, Várenka nem sequer entendia o que perguntava esse olhar de Kitty. Só recordava que lhe cumpria ir ver ainda, nessa mesma ocasião, a *Madame* Berthe e voltar para casa por volta da meia-noite, na hora em que sua *maman* tomava chá. Entrou nos aposentos, recolheu as partituras e, despedindo-se de todos, aprontou-se para sair.

— Permite que a acompanhe? — disse o coronel.

— Sim, como é que voltaria agora, sozinha, à noite? — concordou a princesa. — Vou mandar, pelo menos, que Paracha vá com ela.

Kitty via que Várenka custava a conter o sorriso, ouvindo que era preciso acompanhá-la.

— Não: sempre ando sozinha, e nunca acontece nada comigo — disse ela, pegando seu chapéu. E, ao beijar outra vez Kitty, mas sem ter dito o que era tão importante assim, desapareceu na penumbra da noite estival, indo a passos lestos, com as partituras debaixo do braço, e levando consigo aquele mistério do que lhe importava e de onde provinham suas invejáveis calma e dignidade.

## XXXIII

Kitty conhecera igualmente a *Madame* Schtal, e essa aproximação, a par de sua amizade com Várenka, não apenas exercia uma forte influência sobre ela como também a consolava de seu pesar. Encontrou tal consolo naquele mundo inteiramente novo que se abrira para ela graças à sua aproximação com tais pessoas e não tinha nada a ver com o passado dela, um mundo sublime e belo de cujas alturas se podia mirar, com serenidade, esse passado. Kitty acabou descobrindo que, além da vida instintiva à qual ela se entregara até então, havia uma vida espiritual. Essa vida se revelava na religião, mas não era a mesma religião familiar para Kitty desde criança, nem tinha nada em comum com a religião que se traduzia em assistir às missas diurnas e noturnas na Casa das Viúvas,[81] onde ela podia encontrar seus conhecidos,

---

[81] Instituição de caridade que funcionava, em São Petersburgo e Moscou, desde 1803, dando abrigo às viúvas idosas, enfermas e indigentes.

ou em decorar, com um padre, textos eslavos: era uma religião sublime, misteriosa, relacionada com toda uma série de belas ideias e sensações, uma religião em que não apenas se podia acreditar, porquanto se ordenava assim, mas que também se podia amar.

Não foi das palavras que Kitty deduziu tudo isso. A *Madame* Schtal lhe falava como se fosse uma criança encantadora, que admiramos qual uma lembrança de nossa juventude, e foi apenas uma vez que lhe disse que tão só o amor e a fé consolavam de todos os pesares humanos, não havendo pesares insignificantes para Cristo se apiedar de nós, e logo mudou de conversa. Não obstante, em cada gesto, em cada palavra, em cada olhar celestial, como dizia Kitty, daquela mulher e, sobretudo, em toda a história de sua vida, da qual se inteirara por intermédio de Várenka — em tudo ela divisava o "que era importante" e que ignorara até então.

Todavia, por mais sublime que fosse o caráter da *Madame* Schtal, por mais comovente que fosse toda a sua história, por mais excelsas e carinhosas que fossem as suas falas, Kitty percebeu nela, involuntariamente, certos traços que vieram a constrangê-la. Notou que, ao perguntar pelos parentes dela, a *Madame* Schtal sorrira com desdém, o que contradizia a bondade cristã. Notou ainda que, quando se deparara, no quarto dela, com um sacerdote católico, a *Madame* Schtal insistia em manter o rosto à sombra de um abajur e sorria de modo estranho. Por mais ínfimas que fossem essas duas objeções, deixavam Kitty constrangida, e ela chegava a desconfiar da *Madame* Schtal. Por outro lado, Várenka — solitária, sem parentes nem amigos, triste e decepcionada, que nada queria nem lamentava nada — era aquela perfeição em carne e osso com a qual Kitty só se permitia sonhar. Graças a Várenka, ela compreendeu que lhe bastaria esquecer-se de si mesma, passando a amar a outrem, para ficar tranquila, feliz e bela. Era assim que queria ser. Entendendo agora, bem claramente, aquilo que era o mais importante, Kitty não se contentou em admirá-lo, mas logo se entregou com toda a sua alma àquela vida nova que se abrira para ela. Ouvindo Várenka contar do que faziam a *Madame* Schtal e outras pessoas que ela mencionava, já vinha traçando consigo mesma um ditoso plano de sua vida futura. Igual à sobrinha da *Madame* Schtal, chamada Aline, de quem Várenka lhe contava amiúde, Kitty ia, onde quer que morasse, procurar pela gente infeliz, ajudá-la o quanto pudesse, distribuir o Evangelho naquele meio e ler o Evangelho aos enfermos, criminosos e moribundos. Essa ideia de ler o Evangelho aos criminosos, como fazia Aline, fascinava sobremaneira Kitty. Mas tudo isso não passava de sonhos ocultos, que ela não compartia nem com sua mãe nem com Várenka.

De resto, esperando pela hora de realizar em grandes proporções esses seus planos, Kitty encontrou, facilmente e agora mesmo, naquele balneário onde havia tantos enfermos e infelizes, uma oportunidade de empregar, a exemplo de Várenka, suas regras novas.

De início, a princesa percebia apenas que Kitty se deixava influenciar em excesso por aquele seu *engouement*, conforme ela se expressava, pela *Madame* Schtal e, sobretudo, por Várenka. Via que Kitty não só imitava Várenka em suas atividades, mas também imitava, espontaneamente, seu modo de andar, de falar e de piscar. Logo em seguida, a princesa percebeu que se operava em sua filha, sem depender desse encanto dela, uma séria reviravolta espiritual.

A princesa notava que Kitty lia, de noite, o Evangelho em francês, presenteado pela *Madame* Schtal, o que não fazia antes, que evitava seus conhecidos mundanos e andava com os doentes que estavam sob a proteção de Várenka, em especial com uma família pobre, a do pintor enfermo Petrov. Obviamente, Kitty se orgulhava de fazer, junto àquela família, as vezes de enfermeira. Tudo isso era bom, e a princesa não tinha nada contra isso, ainda mais que a esposa de Petrov era uma mulher plenamente decente e que até a princesa alemã reparara nos esforços de Kitty e agora a elogiava, chamando a moça de anjo consolador. Tudo isso seria ótimo, se não houvesse alguns exageros. E a princesa percebia que sua filha estava exagerando e falava-lhe a respeito.

— *Il ne faut jamais rien outrer*[82] — dizia-lhe.

Mas sua filha não lhe respondia nada; apenas pensava, consigo mesma, que não se podia falar em exagero no ofício cristão. Que tipo de exagero podia haver em seguirmos uma doutrina que manda, quando se bate numa das faces, oferecer a outra, e tirar a camisa quando se tira o cafetã?[83] A princesa não gostava, porém, de tais exageros e ficava ainda mais desgostosa ao sentir que Kitty não queria abrir toda a sua alma para ela. Realmente, Kitty lhe escondia seus novos credos e sentimentos. Não os escondia, aliás, por não respeitar ou não amar sua mãe, mas tão somente por ser a mãe dela. Antes os revelaria a qualquer outra pessoa.

— Faz muito tempo que Anna Pávlovna não vem para cá — disse a princesa, certa feita, referindo-se a Petrova. — Convidei-a, mas parece que ela está descontente por algum motivo.

— Não reparei nisso, não, *maman* — disse Kitty, enrubescendo.

— Já faz muito tempo que tu não vais vê-los?

— Queremos dar amanhã um passeio pelas montanhas — respondeu Kitty.

---

[82] Jamais é preciso passar dos limites (em francês).
[83] Alusão ao respectivo trecho do Sermão da Montanha, em que se diz literalmente: "... se qualquer te bater na face direita, oferece-lhe também a outra; E, ao que quiser pleitear contigo, e tirar-te a túnica, larga-lhe também a capa" (Mateus, 5:39-40).

— Pois bem: vão lá mesmo — prosseguiu a princesa, mirando o semblante confuso de sua filha e tentando adivinhar a razão de seu embaraço.

No mesmo dia, Várenka veio para almoçar e comunicou que Anna Pávlovna não queria mais ir, no dia seguinte, passear nas montanhas. E a princesa notou que Kitty tornara a enrubescer.

— Será que tiveste alguma contrariedade com os Petrov, Kitty? — perguntou a princesa, quando elas ficaram sós. — Por que ela não manda mais as crianças nem vem para cá?

Kitty respondeu que não ocorrera nada e que nem ela entendia, decididamente, por que Anna Pávlovna parecia descontente com ela. Sua resposta foi absolutamente verídica. Não sabia por que razão Anna Pávlovna não a tratava mais como antes, porém estava adivinhando. Intuía uma coisa tal que não podia dizer à sua mãe, nem mesmo dizia a si própria. Era uma daquelas coisas que a gente sabe, mas não consegue dizer nem sequer em seu íntimo — tão horroroso e vergonhoso seria o possível equívoco.

Voltava a esmiuçar em sua memória, outras e outras vezes, todas as relações que mantinha com aquela família. Rememorava a ingênua alegria que se manifestava no rosto de Anna Pávlovna, redondo e amigável, quando de seus encontros; rememorava suas conversas secretas sobre o enfermo, as armações que faziam para distraí-lo do seu trabalho, o qual lhe fora proibido, e levá-lo para um passeio, bem como o apego do caçulinha, que a chamava de "minha Kitty" e não queria dormir sem que ela o embalasse. Como tudo estava bem! Depois recordava o vulto magérrimo de Petrov, com seu pescoço comprido e sua sobrecasaca marrom, seus ralos cabelos encrespados, seus olhos azuis, interrogativos, que assustavam Kitty logo de início, e os esforços doentios que o pintor empenhava em parecer desperto e animado na presença dela. Recordava também como ela mesma se esforçava, inicialmente, para superar aquela aversão que sentia por ele, assim como por todos os tísicos, e como se aplicava em inventar o que lhe diria. Relembrava aquele seu tímido olhar enternecido que se fixava nela e a estranha sensação de compaixão e desajeito, seguida pela consciência de ser virtuosa, que experimentava nessas ocasiões. Como aquilo tudo era bom! Mas só no primeiro momento. E eis que, alguns dias atrás, tudo se estragara de chofre. Anna Pávlovna fazia de conta que deparava Kitty por mero acaso e não despregava os olhos dela nem de seu marido.

Seria aquela tocante alegria que ele explicitava, quando Kitty estava por perto, a razão pela qual Anna Pávlovna passara a tratá-la com frieza?

"Sim", lembrava a moça, "havia algo falso em Anna Pávlovna, algo que não se parecia nem um pouco com sua bondade, quando ela me disse anteontem, aborrecida: 'Pois é... esperou pela senhorita, o tempo todo, não quis tomar seu café sem a senhorita, se bem que estivesse todo debilitado'...".

"Sim, pode ser que a tenha contrariado de novo, quando passei uma manta para ele. Foi tudo tão simples, mas ele se acanhou tanto, ficou agradecendo por tanto tempo, que eu também me senti acanhada. E depois aquele retrato meu que ele desenhou tão bem. E, o mais importante, aquele olhar dele, tímido e terno! Sim, sim, é isso mesmo!", repetiu Kitty, apavorada, consigo. "Não, isso não pode, não deve acontecer! Ele é tão coitadinho!", disse a seguir para si mesma.

Era essa dúvida que envenenava a graça de sua vida nova.

## XXXIV

Pouco antes de o tratamento no balneário ter chegado ao fim, o príncipe Chtcherbátski, que logo de Karlsbad fora a Baden e Kissingen para visitar uns russos conhecidos e, como ele dizia, impregnar-se de espírito russo, retornou para junto da sua família.

As opiniões que o príncipe e a princesa tinham quanto à vida no estrangeiro eram diametralmente opostas. A princesa achava tudo maravilhoso e, apesar de sua firme posição na sociedade russa, buscava assemelhar-se, no estrangeiro, a uma dama europeia, que nem de longe era por ser uma genuína fidalga russa, e fingia, por esse motivo, que estava um tanto constrangida. O príncipe achava, pelo contrário, que tudo no estrangeiro era horroroso, incomodava-se com a vida europeia, conservava seus hábitos russos e fazia questão de se mostrar, fora da Rússia, menos europeu do que era na realidade.

O príncipe retornou emagrecido, com pelancas nas faces, mas, ao mesmo tempo, no melhor estado de espírito. Sua jovialidade aumentou ainda, quando ele viu Kitty totalmente curada. As notícias relativas à amizade de Kitty com a *Madame* Schtal e Várenka e as observações, narradas pela princesa, daquela mudança que se operara em Kitty deixaram o príncipe confuso e provocaram-lhe o costumeiro sentimento de ciúmes por tudo quanto interessasse à sua filha, além dele próprio, e o medo de que sua filha acabasse desistindo da sua tutela e indo para alguma paragem aonde ele não teria acesso. Contudo, essas notícias desagradáveis afundaram naquele mar de bonomia e alegria que lhe eram, desde sempre, peculiares e que as águas medicinais de Karlsbad haviam reforçado.

No dia seguinte à sua chegada, o príncipe envergou um comprido casaco e, com suas rugas russas e faces flácidas, escoradas pelos colarinhos engomados, foi ao balneário com sua filha, no mais alegre estado de espírito.

A manhã estava magnífica; as casas limpinhas e joviais, com seus jardinzinhos, a aparência das criadas alemãs, de caras e mãos vermelhas, cheias de seiva, ou melhor, de cerveja, a trabalhar entusiasmadas, e o sol rutilante alegravam o coração; porém, quanto mais eles se aproximavam do balneário, tanto mais se deparavam com os enfermos, cujo aspecto parecia ainda mais deplorável em meio às condições normais da confortável vida alemã. Kitty não se surpreendia mais com esse contraste. O sol rutilante, o brilho alegre do verdor, os sons da música constituíam, para ela, uma moldura natural de todos aqueles rostos conhecidos e das pioras ou melhoras que ela vinha observando, mas, para o príncipe, a luz e o brilho daquela manhã junina, e os sons da orquestra a tocar uma valsa animada, que estava em voga, e, sobretudo, a aparência das valentes criadas, eram algo indecente e monstruoso, se ligados àqueles cadáveres, vindos de todos os cantos da Europa, que deambulavam tristemente por lá.

Apesar de se sentir orgulhoso e como que remoçado quando sua filha querida andava de braço dado com ele, o príncipe experimentava agora uma espécie de embaraço e remorso por causa de seu caminhar enérgico e de seus membros graúdos, banhados em gordura. Sentia quase o mesmo que um homem despido em praça pública.

— Apresenta-me, pois, às tuas novas amigas — dizia à sua filha, premendo-lhe o braço com o cotovelo. — Até mesmo gostei dessa tua Soden nojenta, porque ela te fez tão bem. Só que estou enfadado aqui, enfadado mesmo. Quem é essa?

Kitty lhe apresentava aquelas pessoas conhecidas e desconhecidas que eles encontravam. Cruzaram, à entrada do jardim, com a cega *Madame* Berthe, que passava com sua acompanhante, e o príncipe se alegrou ao ver a expressão enternecida da velha francesa, quando ela ouviu a voz de Kitty. Logo se pôs a falar com ele, elogiando-o, com o excesso de gentileza próprio dos franceses, por ter uma filha tão adorável assim, divinizando Kitty às escâncaras e chamando-a de tesouro, de pérola e de anjo consolador.

— Então ela é o segundo anjo — disse o príncipe, sorrindo. — É a *Mademoiselle* Várenka que ela chama de anjo número um.

— Oh! A *Mademoiselle* Várenka é um verdadeiro anjo, *allez!*[84] — replicou a *Madame* Berthe.

Na galeria, eles depararam Várenka em pessoa. Ela vinha, apressada, ao seu encontro, com uma elegante bolsinha vermelha na mão.

— Eis que meu papai chegou! — disse-lhe Kitty.

Simples e naturalmente, como tudo quanto ela fazia, Várenka fez um movimento intermediário entre uma mesura e uma vênia, e logo foi conversando com o príncipe, desenvolta e simplesmente, como falava com todo mundo.

---

[84] Ora vamos (em francês).

— É claro que conheço a senhorita, conheço muito bem — disse-lhe o príncipe, com um sorriso pelo qual Kitty soube, com alegria, que sua amiga agradara ao seu pai. — Aonde é que vai com tanta pressa?

— A *maman* está aqui — disse Várenka, dirigindo-se a Kitty. — Ela não dormiu a noite toda, e o doutor aconselhou que fosse dar uma volta. Levo um bordado para ela.

— Esse é, pois, o anjo número um! — disse o príncipe, quando Várenka se retirou.

Kitty percebia que ele queria zombar de Várenka, mas não podia de modo algum fazer isso, porque tinha gostado dela.

— Vamos, pois, ver todas as tuas amigas — acrescentou o príncipe —; até a *Madame* Schtal, se ela se dignar a reconhecer-me.

— Será que já a conhece, papai? — perguntou Kitty, assustada ao reparar naquela centelha escarninha que se acendera nos olhos do príncipe com a menção à *Madame* Schtal.

— Conhecia o marido dela, sim, e a ela também, um pouquinho, antes ainda de se alistar nas pietistas.[85]

— O que é uma pietista? — perguntou Kitty, assustada, dessa vez, por aquilo que tanto valorizava na *Madame* Schtal ter um nome específico.

— Nem eu mesmo sei direito. Sei apenas que agradece tudo a Deus, agradece, inclusive, qualquer desgraça e até mesmo a morte de seu marido. E isso parece ridículo, porque foi um casamento ruim... Quem é esse? Que sujeito miserável! — questionou ele, avistando um doente de estatura baixa, sentado num banco, que usava um casaco marrom e uma calça branca a formar esquisitos vincos na ossatura descarnada de suas pernas.

Aquele senhor soergueu um chapéu de palha sobre os seus ralos cabelos encrespados, abrindo uma testa alta, morbidamente avermelhada devido àquele chapéu.

— É Petrov, um pintor — respondeu Kitty, enrubescendo. — E aquela é a esposa dele — acrescentou, ao apontar para Anna Pávlovna, que fora — como se fosse de propósito, no exato momento de sua aproximação — atrás de seu filho correndo por uma vereda.

— Como está lastimoso, e que rosto bonito é que ele tem! — disse o príncipe. — Por que não chegaste perto dele? Ele queria dizer alguma coisa para ti?

— Então vamos lá — disse Kitty, virando-se resolutamente. — Como se sente hoje? — perguntou a Petrov.

---

[85] Movimento de intensificação e renovação da fé cristã, que valorizava o misticismo na experiência religiosa e que teve origem na Igreja luterana alemã, no século XVII (*Dicionário Caldas Aulete*).

Petrov se levantou, apoiando-se em sua bengala, e olhou, tímido, para o príncipe.

— É minha filha — comentou o príncipe. — Permita que me apresente.

O pintor inclinou a cabeça e sorriu, exibindo seus dentes brancos, estranhamente brilhosos.

— Esperamos pela senhorita ontem, princesa — disse a Kitty.

Cambaleou ao dizer isso e, repetindo o mesmo movimento, tentou mostrar que o fizera propositalmente.

— Eu queria ir, mas Várenka disse que Anna Pávlovna mandava dizer que não iam mais passear.

— Como "não íamos mais"? — indagou Petrov, corando e começando logo a tossir enquanto procurava, com os olhos, pela sua mulher. — *Annette, Annette!* — disse bem alto, e as veias grossas se esticaram como cordas em seu fino pescoço branco.

Anna Pávlovna acercou-se deles.

— Como foi que mandaste dizer à princesa que a gente não ia mais passear? — sussurrou-lhe Petrov, que até perdera a voz de tanta irritação.

— Bom dia, princesa! — disse Anna Pávlovna, com um falso sorriso que nem por sombra se parecia com sua atitude de antes. — Muito prazer em conhecê-lo — dirigiu-se ao príncipe. — Fazia muito tempo que esperávamos pelo senhor.

— Como foi que mandaste dizer à princesa que a gente não ia mais passear? — tornou a sussurrar o pintor, rouco e ainda mais zangado, irritando-se, evidentemente, também com a voz que o traía e com a incapacidade de se expressar conforme lhe apetecesse.

— Ah, meu Deus! Pensava mesmo que não íamos mais — respondeu, com desgosto, sua esposa.

— Então como, quando... — Ele ficou tossindo e agitou a mão.

O príncipe soergueu o chapéu e afastou-se com sua filha.

— O-oh! — disse, com um profundo suspiro. — Oh, infelizes!

— Sim, papai — respondeu Kitty. — Mas precisa saber que eles têm três filhos, mas nenhuma criadagem e quase nenhum dinheiro. Ele recebe alguma coisa da Academia — contava animadamente, buscando abafar a emoção que se apossara dela por causa daquela estranha mudança na maneira como Anna Pávlovna a tratava. — Eis ali a *Madame* Schtal — disse, apontando para uma cadeira de rodas em que, cercado de almofadas, envolto em azul e cinza, coberto por uma sombrinha, jazia algo.

Era a *Madame* Schtal. Detrás dela estava um ajudante alemão, muito robusto e carrancudo, que empurrava a cadeira. Ao lado dela estava um homem louro, o conde sueco que Kitty conhecia de nome. Alguns pacientes se demoravam também perto de sua cadeira de rodas, olhando para aquela dama como se fosse algo extraordinário.

O príncipe se aproximou dela. De pronto, Kitty viu a mesma centelha escarninha que a deixava embaraçada acender-se em seus olhos. Achegando-se à *Madame* Schtal, ele passou a falar naquele francês impecável que poucas pessoas usam hoje em dia, com especiais cortesia e galanteza.

— Não sei se a senhora se lembra de mim, mas eu tenho de lembrá-la de meu nome para lhe agradecer a bondade com que tem tratado minha filha — disse, tirando o chapéu sem pô-lo de volta.

— O príncipe Alexandr Chtcherbátski — disse a *Madame* Schtal, erguendo seus olhos celestiais em cuja expressão Kitty lobrigou certo desprazer. — Muito prazer. Vim a gostar tanto de sua filha.

— Ainda não está bem de saúde?

— Já me acostumei — disse a *Madame* Schtal e apresentou o príncipe ao conde sueco.

— A senhora mudou bem pouco — continuou o príncipe. — Não tive a honra de vê-la por uns dez ou onze anos.

— Sim, Deus nos dá nossa cruz e a força para carregá-la. Ficamos amiúde pasmados: por que é que esta vida se arrasta tanto?... Do outro lado! — dirigiu-se, aborrecida, a Várenka, que lhe embrulhara as pernas, com uma manta, de modo errado.

— Decerto para fazermos o bem — disse o príncipe, cujos olhos estavam rindo.

— Não é a nós que cabe julgar a respeito disso — notou a *Madame* Schtal, avistando um matiz jocoso no rosto do príncipe. — Pois o senhor me mandará esse livro, meu caro conde? Muito lhe agradeço — dirigiu-se ao jovem sueco.

— Ah! — exclamou o príncipe, vendo o coronel moscovita que estava ao seu lado, e, saudando a *Madame* Schtal com uma mesura, afastou-se com sua filha e o coronel moscovita que viera acompanhá-los.

— Essa é nossa aristocracia, senhor príncipe! — disse, querendo ser irônico, o coronel moscovita que se melindrava com a *Madame* Schtal por não se importar com ele.

— Sempre a mesma — respondeu o príncipe.

— Mas o senhor a conheceu ainda antes dessa doença, quer dizer, antes de ela ficar acamada?

— Conheci. Vi-a cair de cama — disse o príncipe.

— Dizem que não se levanta mais há dez anos.

— Não se levanta porque tem pernas curtas. O corpo dela é muito feio...

— Não pode ser, papai! — exclamou Kitty.

— São as más línguas, minha amiguinha, que dizem isso. E tua Várenka vem apanhando — acrescentou. — Oh, essas senhoras doentes!

— Oh, não, papai! — redarguiu Kitty, calorosamente. — Várenka a adora. Ademais, ela faz tantas coisas boas! Pergunte a quem quiser! Todo mundo as conhece, ela mesma e Aline Schtal.

— Pode ser — respondeu ele, premendo-lhe o braço com o cotovelo. — Mas é melhor fazer de tal jeito que ninguém saiba, a quem quer que a gente pergunte.

Kitty se calou, e não foi porque não tinha nada a dizer, mas antes porque não queria participar, nem ao pai, suas ideias ocultas. E, algo estranho: apesar de se ter preparado tanto para resistir à opinião do pai, negando-lhe o acesso ao seu santuário, chegou a sentir que aquela divina imagem da *Madame* Schtal, que ela guardava havia um mês inteiro em sua alma, desaparecera sem deixar vestígios, como um vulto composto de roupas mescladas desaparece quando se atina com a maneira de tais roupas terem sido mescladas. Restou apenas uma mulher de pernas curtas, que vivia deitada por ter um corpo feio e apoquentava aquela humilde Várenka por não colocar a manta como se devia colocá-la. E nenhum esforço de sua imaginação faria, dali em diante, que a antiga *Madame* Schtal reaparecesse.

## XXXV

O príncipe transmitiu seu alegre estado de espírito tanto aos seus familiares e conhecidos quanto ao hoteleiro alemão, dono daquele estabelecimento onde os Chtcherbátski se hospedavam.

Ao voltar com Kitty do balneário e convidar o coronel, Maria Yevguênievna e Várenka a tomar café juntos, o príncipe mandou levar a mesa e as poltronas para o jardinzinho, colocá-las embaixo de um castanheiro e servir o desjejum lá. O hoteleiro e os criados animaram-se sob o influxo de sua alegria. Conheciam a generosidade dele e, meia hora mais tarde, um doutor de Hamburgo, que estava doente e morava no andar de cima, já espiava com inveja, pela janela, essa jovial turma russa, composta de pessoas saudáveis, que se reunira ao pé do castanheiro. Usando uma touca com fitas lilás, a princesa estava sentada à sombra circular das folhas, que tremiam ao vento, rente à mesa coberta de uma toalha branca, em cima da qual havia várias cafeteiras, bem como pão, manteiga, queijo e caça fresca, e distribuía as xícaras e torradas. O príncipe estava sentado na outra ponta da mesa, comendo à farta e conversando alto e bom som. Colocara ao seu lado as lembranças — cofretes entalhados, bugigangas, faquinhas de recortar as páginas de toda espécie —, que havia comprado, aos magotes, em todos os balneários visitados, e oferecia-as a todos, inclusive à criada chamada Lieschen e ao hoteleiro, com quem brincava, assegurando-lhe em seu alemão comicamente precário que Kitty não se curara graças às águas medicinais, mas, sim, aos seus deliciosos pratos, especialmente àquela sopa com ameixas passas. A princesa caçoava de seu marido, por causa dos hábitos russos dele, mas estava tão animada e alegre como não estivera durante toda a sua permanência no balneário. O coronel sorria, como sempre, ouvindo as piadas do príncipe, mas, com relação à Europa, que imaginava estudar a fundo, tomava o partido da princesa. Maria Yevguênievna ria, com sua bonomia habitual, de tudo quanto o príncipe dizia de engraçado, e Várenka se desmanchava, por sua vez (algo que Kitty ainda não vira nunca), naquele riso baixinho, mas contagioso, que lhe suscitavam as piadas do príncipe.

Tudo isso divertia Kitty, mas ela não podia deixar de se sentir preocupada. Não conseguia resolver o problema que o pai lhe impusera, sem querer, com sua visão leviana das amigas dela e da própria vida que ela apreciava tanto. Ainda se juntava a esse problema a mudança ocorrida em suas relações com os Petrov, a qual acabara de se revelar tão evidente e desagradável. Todos estavam cheios de alegria, mas Kitty não podia alegrar-se, e isso a deixava ainda mais aflita. Sua sensação se assemelhava àquela que tivera na infância, quando ficara de castigo, trancada em seu quarto, escutando o riso alegre das irmãs.

— Por que foi que comprou esse montão todo? — dizia a princesa, sorrindo e servindo uma xícara de café ao seu marido.

— A gente vai passear e chega perto de uma lojinha, e eis que já pedem para comprar: *"Erlaucht, Exzellentz, Durchlaucht"*.[86] E, quando me dizem *"Durchlaucht"*, aí não posso mais aguentar, e eis que dez táleres[87] vão embora.

— É apenas por tédio — disse a princesa.

— Claro que sim. Tanto tédio, minha querida, que a gente não sabe aonde se meteria.

— Mas como pode ficar entediado, príncipe? Agora há tanta coisa interessante na Alemanha — disse Maria Yevguênievna.

— Pois já conheço tudo o que é interessante: conheço a sopa com ameixas passas, conheço a linguiça com ervilhas. Conheço tudo.

— Não, senhor príncipe: queira ou não, as instituições alemãs são interessantes — disse o coronel.

— Mas o que têm de interessante? Eles todos estão radiantes que nem os tostões de cobre: derrotaram o mundo inteiro.[88] E eu cá ficaria contente de

---

[86] Senhoria, Excelência, Alteza (em alemão).
[87] Antiga moeda alemã de prata.
[88] Alusão à Guerra Franco-Prussiana (1870/71), em que uma coalizão de Estados germânicos liderados pela Prússia derrotou o Segundo Império francês.

quê? Não derrotei ninguém, só tenho de tirar minhas botas, sozinho, e de colocá-las, eu mesmo, na frente da porta. Levanto-me de manhã cedo, logo me visto e vou ao salão, tomar aquele chá asqueroso. Em casa, é outra coisa! A gente acorda sem pressa, depois se zanga por algum motivo, resmunga um pouco, junta bem as ideias, pondera tudinho e não se apressa.

— Só que o tempo é dinheiro, e o senhor se esquece disso — objetou o coronel.

— Que tempo? Às vezes, daria um mês inteiro por um *poltínnik*[89] e, outras vezes, não trocaria meia horinha por todo o dinheirão que houver. É verdade, Kátenka? Por que estás tristezinha?

— Estou bem.

— Aonde é que a senhorita vai? Fique mais um pouco — dirigiu-se o príncipe a Várenka.

— Preciso voltar para casa — disse Várenka, levantando-se, e tornou a dar uma risada.

Uma vez calma, despediu-se e entrou no hotel para pegar seu chapéu. Kitty foi atrás dela. Até mesmo Várenka lhe parecia agora bem diferente. Não estava pior, mas era outra, distinta daquela moça que ela havia imaginado.

— Ah, mas há quanto tempo é que não ri assim! — disse Várenka, recolhendo sua sombrinha e sua sacola. — Seu papai é uma graça!

Kitty se mantinha calada.

— Quando nos veremos? — perguntou Várenka.

— A *maman* queria visitar os Petrov. Você não estará lá? — disse Kitty, testando-a.

— Estarei, sim — respondeu Várenka. — Eles estão para ir embora, e eu prometi que os ajudaria a fazer as malas.

— Pois eu também irei lá.

— Não, mas você não precisa.

— Por que não preciso, por quê? — Kitty se pôs a falar, arregalando os olhos e, para não deixar Várenka sair, segurando a sombrinha dela. — Não, espere: por quê?

— Porque seu papai chegou, e depois... Com você, eles se atrapalham.

— Não, diga-me por que não quer que eu vá, muitas vezes, ver os Petrov? É que você não quer mesmo? Por quê?

— Eu não disse isso — respondeu Várenka, tranquilamente.

— Não: diga-me, por favor!

— Será que lhe digo tudo? — perguntou Várenka.

— Tudo, sim, tudo! — insistiu Kitty.

---

[89] Nome coloquial da moeda de 50 copeques (em russo).

— Não há nada de especial nisso, só que Mikhail Alexéievitch (assim se chamava o pintor) queria antes ir embora mais cedo e agora quer ficar aqui — disse, sorrindo, Várenka.

— E daí? E daí? — apressava-a Kitty, olhando sombriamente para ela.

— E Anna Pávlovna disse, por alguma razão, que ele queria ficar porque você estava lá. Era, bem entendido, fora de propósito, mas por causa disso, por causa de você, eles discutiram. E você sabe como esses doentes são irritáveis.

Kitty ficava cada vez mais sombria, e Várenka falava sozinha, buscando abrandá-la e acalmá-la ante a explosão de prantos, ou então de palavras (ela não sabia direito), que estava por vir.

— Pois é melhor que não vá mais lá... E, veja se me entende, não se ofenda...

— Bem feito para mim, bem feito! — Kitty passou a falar depressa, arrancando a sombrinha das mãos de Várenka e evitando mirar a sua amiga olho no olho.

Várenka queria sorrir, vendo aquela fúria infantil de sua amiga, mas receava ofendê-la.

— Como assim, "bem feito"? Não estou entendendo — disse ela.

— Bem feito porque tudo isso era falso, porque era uma fantasia, porque não vinha do coração. O que eu tinha a ver com um homem estranho? E eis que me tornei o pivô de uma briga, fazendo o que ninguém me pedia que fizesse. É que foi tudo fingido, fingido, fingido!...

— Mas com que intenção é que você teria fingido? — perguntou Várenka, em voz baixa.

— Ah, como fui boba, abjeta! Não tinha nenhuma necessidade... Foi tudo fingido! — dizia Kitty, abrindo e fechando a sombrinha.

— Mas com que intenção?

— Para parecer melhor às pessoas, a mim mesma, a Deus... para enganar todo mundo. Não, agora não me renderei mais àquilo! Nem que seja má, não serei, pelo menos, falsa nem mentirosa!

— Mas quem é mentirosa? — disse Várenka, em tom de reproche. — Você fala como se...

Mas Kitty estava numa crise de irritação. Não a deixou terminar.

— Não falo de você, não falo mesmo. Você é uma perfeição. Sim, sim, eu sei que vocês todas são perfeitas, mas o que fazer se eu sou má? Não haveria nada disso, se eu não fosse má. Então, que eu seja como sou, mas não vou mais fingir. O que tenho a ver com Anna Pávlovna? Que eles vivam como quiserem, e eu também viverei como quiser. Não posso ser outra... Nada disso serve, nada disso!...

— O que é que não serve? — dizia Várenka, perplexa.

— Nada. Não posso viver de outra maneira, senão como manda meu coração, e vocês aí vivem conforme as regras. Eu amava você, simplesmente amava, mas você veio, na certa, só para me salvar, para me ensinar!

— Está sendo injusta — disse Várenka.

— Mas não digo nada de outras pessoas, só falo de mim.

— Kitty! — ouviu-se a voz de sua mãe. — Vem cá, mostra teus coraizinhos ao *papa*.[90]

Com um ar orgulhoso, sem se reconciliar com sua amiga, Kitty pegou a caixeta com coraizinhos, que estava em cima de uma mesa, e voltou para sua mãe.

— O que tens? Por que estás tão vermelha? — perguntaram-lhe, de uma vez só, seus pais.

— Nada — respondeu Kitty —, já volto... — e saiu correndo.

"Ela ainda está lá!", pensou. "O que direi para ela, meu Deus? O que fiz, o que disse! Por que a magoei? O que tenho a fazer? O que direi para ela?" — pensando assim, Kitty parou junto à porta.

De chapéu e com a sombrinha nas mãos, Várenka estava sentada àquela mesa, examinando uma mola quebrada por Kitty. Ergueu a cabeça.

— Perdoe-me, Várenka, perdoe! — sussurrou Kitty, achegando-se a ela. — Nem lembro mais o que disse. Eu...

— Juro que não queria afligi-la — disse Várenka, sorridente.

Assim fizeram as pazes. Entretanto, com a chegada do pai, mudara todo aquele mundo em que Kitty vivia. Ela não renunciou a tudo o que descobrira, mas compreendeu que estava ludibriando a si própria ao pensar que podia ser como gostaria de ser. Estava como quem tivesse recuperado os sentidos: percebeu quão difícil era manter-se, sem fingimento nem gabolice, naquele nível que ela queria alcançar; sentiu, além disso, todo o peso daquele mundo cheio de desgraças, doenças e moribundos em que vivia, achou exaustivos os esforços que fazia sobre si mesma para amá-lo e quis logo voltar ao ar livre, à Rússia, a Yerguchovo, para onde, segundo lhe informava uma carta, já se mudara sua irmã Dolly com os filhos.

Mas seu apego a Várenka não diminuiu. Despedindo-se dela, Kitty exortava sua amiga a visitá-la na Rússia.

— Irei lá quando você se casar — disse Várenka.

— Nunca me casarei.

— Então nunca irei lá.

— Se for assim, vou casar-me só para isso. Veja se não se esquece de sua promessa! — disse Kitty.

---

[90] Papai (em francês).

Os prognósticos do doutor confirmaram-se. Voltando para sua casa, para a Rússia, Kitty estava curada. Não estava mais tão alegre e despreocupada como antes, mas se sentia em paz, e seus pesares moscovitas não passavam agora de uma recordação.

# terceira
# PARTE

I

Serguei Ivânovitch Kóznychev queria descansar de seu trabalho intelectual e, em vez de partir, como de praxe, para o estrangeiro, veio, em fins de maio, à fazenda de seu irmão. Estava convencido de que a melhor de todas as vidas era a vida rural. Agora vinha fruir dessa vida na casa de seu irmão. Konstantin Lióvin estava muito contente, ainda mais que já não esperava, naquele verão, pelo irmão Nikolai. Todavia, apesar de seus amor e respeito por Serguei Ivânovitch, Konstantin Lióvin se sentia acanhado em sua presença. Ficava sem graça e até mesmo se desgostava de ver como seu irmão tratava o campo. Para Konstantin Lióvin, o campo era um lugar de vida, ou seja, de alegrias, sofrimentos e labores; para Serguei Ivânovitch, o campo era, por um lado, o descanso de seu trabalho e, por outro lado, um antídoto válido contra a depravação, que ele tomava com prazer, consciente de sua validez. Para Konstantin Lióvin, o campo era bom, em particular, por ensejar um trabalho de indubitável utilidade; para Serguei Ivânovitch, o campo era bom, em particular, porque se podia e se devia ficar lá sem fazer coisa alguma. Além do mais, era a maneira como Serguei Ivânovitch tratava o povo que também deixava Konstantin um tanto chocado. Serguei Ivânovitch dizia que conhecia o povo e gostava dele, propunha-se muitas vezes a conversar com os mujiques, o que sabia fazer otimamente, sem sombra de afetação ou denguice, e deduzia, de cada uma dessas conversas, alguns dados gerais a favor do povo, provando assim que o conhecia mesmo. Essa maneira de tratar o povo desagradava a Konstantin Lióvin. Para ele, o povo era apenas o principal participante do trabalho comum, e, apesar de todo o seu respeito e de uma espécie de amor visceral pelo mujique, que teria assimilado, conforme ele próprio dizia, com o leite de sua ama camponesa, Konstantin, que também participava desse trabalho comum e ficava, vez por outra, admirando a força, a docilidade e a justiça daquela gente, amiúde se zangava com o povo, quando o trabalho comum exigia outras qualidades, por causa de seu desleixo e seu desasseio, de sua bebedeira e mentira. Se lhe perguntassem se gostava do povo, Konstantin

Lióvin não saberia, decididamente, responder a essa pergunta. Gostava do povo e não gostava dele da mesma forma que das pessoas em geral. Entenda-se bem que, sendo um homem bondoso, antes gostava do que não gostava das pessoas e, consequentemente, do povo. Entretanto, não podia gostar, ou então não gostar, do povo como de algo especial, pois não apenas vivia no meio do povo, ligando todos os seus interesses a ele, como também considerava a si mesmo parte do povo, sem divisar em si mesmo, nem no povo, nenhuma vantagem ou desvantagem especial, nem poder contrapor-se ao povo. Ademais, tendo mantido por muito tempo as relações mais estreitas com os mujiques, na qualidade de patrão, intermediário e, principalmente, conselheiro (os mujiques acreditavam nele e vinham percorrendo umas quarenta verstas para lhe pedir conselho), não tinha, ainda assim, nenhuma visão definida do povo e, se lhe indagassem se o conhecia, haveria de se embaraçar tanto com essa pergunta quanto indagado se gostava do povo. Dizer que conhecia o povo seria, para ele, equivalente a dizer que conhecia as pessoas. Observava e estudava, o tempo todo, as pessoas de toda espécie, inclusive os mujiques que achava serem pessoas boas e interessantes, e não cessava de detectar nelas vários traços novos, mudava suas antigas opiniões a respeito delas e criava opiniões novas. Serguei Ivânovitch fazia o contrário. Assim como gostava da vida rural, elogiando-a em contraste com aquela vida da qual não gostava, gostava do povo em oposição àquela classe de pessoas da qual não gostava e, da mesma maneira, conhecia o povo como algo oposto às pessoas em geral. Já se haviam consolidado, em sua mente metódica, as formas predefinidas da vida popular, deduzidas em parte da vida popular propriamente dita, mas, sobretudo, daqueles contrastes. Nunca mudava de opinião, no tocante ao povo, e sempre se compadecia dele.

Quando os irmãos chegavam a discordar um do outro, em suas opiniões acerca do povo, Serguei Ivânovitch sempre vencia seu irmão, notadamente por ter noções definidas do povo, de seu caráter, de suas qualidades e preferências. Konstantin Lióvin não tinha, por sua parte, nenhuma noção definida e consolidada, de sorte que sempre se via, na hora de tais discussões, acusado de contradizer a si próprio.

Para Serguei Ivânovitch, seu irmão mais novo era um bom rapaz, de coração bem colocado (segundo se expressava em francês),[1] porém a mente dele, embora bastante ágil, submetia-se às impressões do momento presente e, portanto, transbordava de contradições. Explicando-lhe de vez em quando, com a condescendência de irmão mais velho, o significado das coisas, não

---

[1] A expressão francesa *avoir le cœur bien placé* significa "ser honesto, nobre, virtuoso".

se comprazia nem um pouco em discutir com ele, já que o vencia com demasiada facilidade.

Konstantin Lióvin achava que seu irmão era um homem dotado de enormes inteligência e erudição, nobre no sentido mais sublime desse termo e agraciado com a capacidade de atuar para o bem comum. Mas no fundo de sua alma, quanto mais velho se tornava e quanto mais conhecia seu irmão, tanto mais e mais pensava consigo que essa capacidade de atuar para o bem comum, da qual ele mesmo se sentia completamente privado, não era, talvez, uma qualidade, mas, pelo contrário, uma falta qualquer: não que faltassem ao seu irmão desejos e gostos bons, probos e nobres, mas, sim, uma força vital, aquilo que chamam de coração, aquele anelo que instiga o homem a escolher, entre todos os incontáveis caminhos da vida que tem pela frente, um só caminho e a desejar tão somente segui-lo. Quanto mais conhecia seu irmão, tanto mais se conscientizava de que Serguei Ivânovitch, igual a muitas outras pessoas a atuarem para o bem comum, não tinha desenvolvido tal amor pelo bem comum graças ao seu coração, mas concluíra, pelo esforço de sua mente, que era bom mexer com isso e só mexia com isso por tal motivo. Lióvin ficou ainda mais persuadido de sua hipótese ser correta porquanto seu irmão se importava com as questões do bem comum e da imortalidade da alma na mesma medida em que se preocupava com uma partida de xadrez ou a construção original de uma nova máquina.

Além disso, Konstantin Lióvin se acanhava também na presença de seu irmão porque em sua fazenda, e sobretudo no verão, ele estava constantemente ocupado com seus negócios, tanto assim que os longos dias estivais não lhe bastavam para fazer tudo quanto lhe cumpria fazer, ao passo que Serguei Ivânovitch descansava. E, posto que descansasse, ou seja, não trabalhasse agora com seu tratado, estava tão afeito às atividades mentais que gostava de exprimir, de forma lacônica e bonita, as ideias que vinham à sua cabeça e gostava de ter por perto alguém que o escutasse. Assim, o irmão era seu ouvinte mais costumeiro e natural. Assim, a despeito da amistosa simplicidade de suas relações, Konstantin se sentia sem graça ao deixá-lo sozinho. Serguei Ivânovitch gostava de se deitar sobre a relva, em pleno sol, e ficar lá deitado, assando-se aos poucos e proseando com indolência.

— Não vai acreditar — dizia ao irmão — quanto prazer encontro nesta preguiça dos *khokhols*.[2] Nenhum pensamento na cabeça: nada vezes nada.

Mas Konstantin Lióvin aborrecia-se de ficar parado, escutando seu irmão, sobretudo por saber que o esterco seria levado, em sua ausência, para um

---

[2] Apelido pejorativo dos ucranianos, considerados, devido a um preconceito antigo e arraigado, valdevinos e comilões.

campo não demarcado e jogado ali de qualquer jeito, salvo se ele ficasse de olho, que os dentes dos arados não seriam atarraxados e, sim, tirados fora, dizendo-se em seguida que os arados são uma invenção inútil, que a charrua "Andréievna" de madeira é bem melhor, e assim por diante.

— Mas chega de andar nesse sol quente — dizia-lhe Serguei Ivânovitch.

— Não: é só por um minutinho, só dar um pulo no escritório — respondia Lióvin e ia correndo aos campos.

## II

Aconteceu, nos primeiros dias de junho, que a babá e governanta Agáfia Mikháilovna ia descer ao porão uma latinha de cogumelos salgados, mas escorregou, caiu e deslocou a mão. Veio o médico do *zemstvo*, jovem e verborrágico, que acabava de concluir o curso. Examinou a mão, disse que não estava deslocada, aplicou umas compressas e, ficando para almoçar, passou a deleitar-se, visivelmente, em conversar com o famoso Serguei Ivânovitch Kóznychev e a participar-lhe, a fim de explicitar sua visão esclarecida das coisas, todos os boatos do distrito, queixando-se, inclusive, do estado ruim em que se encontravam os negócios do *zemstvo*. Serguei Ivânovitch escutava com atenção, indagava e, motivado pelo seu novo ouvinte, acabou fazendo todo um discurso e revelando algumas observações certeiras e consistentes, respeitosamente apreciadas pelo jovem doutor, de modo que estava, por fim, naquela sua animação espiritual, tão familiar para seu irmão, que soía tomar conta dele após uma conversa brilhante e acalorada. Quando o doutor foi embora, Serguei Ivânovitch quis ir, com suas varas de pesca, à margem do rio. Gostava de pescar e parecia orgulhar-se de poder gostar de um passatempo tão bobo assim.

Konstantin Lióvin, que precisava ir à lavoura e aos prados, ofereceu-se para levar o irmão de cabriolé.[3]

Era aquela estação, quase em meados do verão, quando a safra deste ano já está definida; quando se começa a cuidar do plantio do ano que vem e se apronta para a ceifa; quando o centeio se espigou todo, e suas espigas cinza--esverdeadas, não maduras, mas ainda leves, tremulam ao vento; quando o aveal verde, com tufos de erva amarela espalhados aqui e acolá, ergue-se, ondulante, por sobre a sementeira tardia; quando o trigo-sarraceno já se espessa, precoce, a recobrir o solo; quando os campos em barbeito, calcados

---

[3] Carruagem de rodas altas, puxada por um só cavalo.

pelo gado até se petrificarem, com alguns trechos transformados em veredas, pois a charrua não os revolve, ficam arados pela metade; quando o esterco amontoado nos campos, já ressequido, mistura seu cheiro, ao alvorecer, com o das ervas melíferas, e lá embaixo, esperando pela gadanha, estendem-se, como um mar infindo, os prados virgens onde negrejam as pilhas de hastes sachadas de azedeira.

Era aquela estação em que os trabalhos agrícolas se interrompem por algum tempo, antes que a colheita, repetida a cada ano, venha mobilizar todas as forças do povo. A safra estava excelente, e os dias claros e cálidos revezavam-se com as noites curtas e orvalhadas.

Para chegarem aos prados, os irmãos tinham de passar pela floresta. Serguei Ivânovitch admirava o tempo todo a beleza daquela floresta imersa em suas folhagens, apontando ao seu irmão ora uma velha tília, escura pelo lado sombroso, toda semeada de estípulas amarelas e prestes a enflorar, ora os rebentos que acabavam de aparecer, brilhantes como as esmeraldas, nas árvores. Konstantin Lióvin não gostava de falar nem de ouvir os outros falarem sobre as belezas da natureza. As falas privavam de toda a beleza aquilo que ele via. Se bem que concordasse com seu irmão, pensava, de maneira involuntária, em outras coisas. Quando eles atravessaram a floresta, toda a sua atenção se absorveu na contemplação de um campo em barbeito, situado numa elevação, que estava, de lugar em lugar, ora coberto de ervas amarelas, ora calcado e recortado em quadrículos, ora atravancado com esterco, ora já lavrado. Passava por esse campo uma fileira de carroças. Lióvin contou as carroças e ficou contente em saber que levariam embora tudo quanto fosse necessário, e eis que seus pensamentos se concentraram, à vista dos prados, na questão da ceifa. Sempre que pensava na coleta de feno, sentia algo que lhe tocava mesmo no vivo. Aproximando-se do prado, Lióvin fez o cavalo parar.

O orvalho matinal sobrava ainda no baixo espesso da relva, e Serguei Ivânovitch pediu, para não molhar os pés, que o levasse de cabriolé, através do prado, até aquele salgueiro perto do qual havia percas.[4] Por mais que Konstantin Lióvin se apiedasse de sua relva, que teria de amassar, enveredou pelo prado. Suavemente, a relva alta enroscava-se nas pernas do cavalo e nas rodas do cabriolé, deixando sementes nos raios e cubos molhados.

Seu irmão se sentou sob o salgueiro, retirando as varas de pesca, e Lióvin levou o cavalo embora, amarrou-o e adentrou a imensidão do prado, verde-acinzentado como um mar, que o vento não movia. A relva sedosa, cheia de sementes a amadurecerem, chegava-lhe à cintura num lugar inundável.

---

[4] Espécie de peixe de água doce, muito apreciado em razão de seu sabor.

Atravessando o prado de par em par, Konstantin Lióvin chegou à estrada e encontrou um velho camponês de olho inchado, que carregava uma colmeia de abelhas.

— Pois então, Fomitch, arrumou mais abelhas? — perguntou.

— Arrumei, que nada, Konstantin Mítritch! Tomara que guarde as minhas. Já é a segunda vez que se vão... Ainda bem que a moçada me ajudou. Estão arando a terra do senhorzinho. Desatrelaram o cavalo e me levaram...

— E o que me diz aí, Fomitch: a gente ceifa ou espera?

— O que digo? A gente acha que é melhor esperar até o dia de Piotr.[5] E o senhorzinho sempre manda ceifar mais cedo. Pois bem: as ervas serão boas, se Deus quiser. O gado terá onde se esbaldar.

— E o tempo, como acha?

— É coisa de Deus. Fará bom tempo, quem sabe.

Lióvin se achegou ao seu irmão. Serguei Ivânovitch não conseguira pescar nada, mas não se desanimava e parecia em seu melhor estado de espírito. Lióvin percebia que, encorajado pela conversa com o doutor, queria falar. E ele mesmo, pelo contrário, queria voltar logo para casa e ordenar que os ceifeiros viessem no dia seguinte, e sanar aquela dúvida acerca da ceifa que o preocupava bastante.

— Vamos, hein? — disse Lióvin.

— Por que tanta pressa? Fiquemos um pouco. Como você está suado, não está? Ainda que não dê para pescar, gosto muito daqui. Qualquer caça é boa porque estamos lidando com a natureza. Mas que graça é essa água da cor de aço! — disse seu irmão. — Essas margens, ao longo dos prados, sempre me lembram uma adivinha, sabe? A relva diz à água: vamos lá balançar, balançar.

— Não conheço essa adivinha — respondeu Lióvin, desanimado.

### III

— Fiquei pensando em você, sabe? — disse Serguei Ivânovitch. — O que se faz nesse seu distrito não se parece com nada: foi o doutor quem me contou, e aquele moço não é nada tolo. Tenho dito para você: não é bom que deixe de participar das reuniões e fique, em geral, afastado das atividades do *zemstvo*. Está claro que, se a gente honesta se afastar assim, só Deus sabe em que tudo resultará. Gastamos nosso dinheiro, que se emprega em pagar vencimentos, mas não temos nem escolas, nem enfermeiros diplomados, nem mesmo parteiras, nem farmácias... Não temos nada.

---

[5] Dia de São Pedro e São Paulo (29 de junho, segundo o calendário juliano).

— Pois eu já tentei — respondeu Lióvin, em voz baixa e sem vontade. — Não consigo! O que teria a fazer?

— Não consegue o quê? Confesso que não estou entendendo. Não acredito que esteja indiferente nem que seja incapaz... Seria apenas a sua preguiça?

— Nenhuma dessas três coisas. Já tentei e bem vejo que não posso fazer nada — disse Lióvin.

Pouco atentava naquilo que dizia seu irmão. Olhando para a lavoura, que se encontrava do outro lado do rio, distinguia algo preto, porém não conseguia enxergar se era um cavalo ou um feitor montado.

— Por que é que não pode fazer nada? Fez uma tentativa; ela não deu certo, pelo que está pensando, e você já se rende. Como é que não tem amor-próprio?

— Não entendo — disse Lióvin, magoado pelas palavras de seu irmão — esse tal de amor-próprio. Se me tivessem dito na universidade que os outros davam conta do cálculo integral, e eu, não, aí seria um amor-próprio ferido, sim. Mas, nesse caso, temos de nos convencer, desde logo, de que precisamos ter certas habilidades para essas coisas e, o principal, de que essas coisas são todas muito importantes.

— Quer dizer que não têm importância? — disse Serguei Ivânovitch, magoado, por sua vez, tanto porque seu irmão achava desimportante aquilo que lhe importava, a ele, quanto, em especial, porque seu irmão, obviamente, quase não o escutava.

— O que você quer, se isso não me parece importante, não me arrebata?... — respondeu Lióvin, enxergando, afinal, que aquilo que tinha visto era mesmo um feitor, e que tal feitor acabava, aparentemente, de deixar os mujiques saírem da lavoura. Eles estavam emborcando as charruas. "Será que já lavraram?", pensou Lióvin.

— Mas escute — disse-lhe o irmão, cujo rosto bonito e inteligente estava sombrio —: tudo tem seus limites. É muito bom ser um esquisitão e um homem sincero, e não gostar de falsidade: sei disso tudo. Só que aquilo que você diz não tem sentido algum, ou então tem um sentido muito ruim. Como acha desimportante que esse povo do qual você gosta, conforme anda asseverando...

"Nunca andei asseverando", pensou Konstantin Lióvin.

— ... morra desamparado? Aquelas mulherzinhas broncas acabam matando as crianças, o povo se atola na ignorância e se submete à autoridade de qualquer escriba, e você tem nas mãos um meio de ajudá-lo, mas não o ajuda porque isso não tem importância.

E Serguei Ivânovitch lhe impôs um dilema: ou você está tão atrasado que não consegue enxergar tudo quanto possa fazer, ou não quer sacrificar sua tranquilidade, sua vaidade... sei lá mais o quê... para fazer isso.

Konstantin Lióvin sentiu que só lhe restava conformar-se ou então reconhecer que lhe faltava apego à causa social. E eis que se ofendeu e se entristeceu com isso.

— Ambas as coisas — disse, resoluto. — Não vejo como se poderia...

— O quê? Não se poderia, fazendo bons investimentos, promover o atendimento médico?

— Não, pelo que me parece... Com quatro mil verstas quadradas que tem nosso distrito, com nossas enchentes, nevascas, fainas agrícolas, não vejo como seria possível prestar a ajuda médica por toda a parte. E, de modo geral, nem acredito na medicina.

— Mas espere... isso é injusto... Citarei mil exemplos para você... Pois bem, e as escolas?

— Para que servem essas escolas?

— O que está dizendo? Será que se pode duvidar de que a educação é útil? Se for boa para você, será boa para qualquer um.

Konstantin Lióvin sentia que seu irmão o colocara, no sentido moral, contra a parede; portanto se exaltou e revelou, sem querer, o principal motivo de sua indiferença pela causa social.

— Talvez tudo isso seja bom, mas por que é que eu mesmo me preocuparia com a implantação dos postos de saúde, de que nunca me valho, e das escolas para as quais não mandaria meus filhos, para onde nem os camponeses querem mandar os filhos deles, ainda mais que nem tenho certeza de que devam mandá-los para lá? — questionou.

Serguei Ivânovitch ficou, por um minuto, surpreso com essa visão inopinada do tema, porém logo elaborou um novo plano de ataque.

Fez uma pausa, retirou um dos anzóis, mergulhou-o de novo e, sorrindo, dirigiu-se ao seu irmão.

— Mas, veja se me permite... Em primeiro lugar, precisamos de um posto de saúde, sim. Mandamos buscar um médico do *zemstvo* para Agáfia Mikháilovna, não mandamos?

— Pois eu acho que a mão dela ficará torta para sempre.

— Ainda vamos ver... E depois, um mujique letrado, um bom trabalhador, é mais necessário e valioso para você, não é mesmo?

— Não, pergunte a quem quiser — respondeu, resolutamente, Konstantin Lióvin. — Um trabalhador letrado é bem pior. Não dá nem para consertar as estradas com esses trabalhadores; e, quanto às pontes, desmontam tudo e roubam no dia seguinte.

— De resto... — disse, carregando o cenho, Serguei Ivânovitch, que não gostava de contradições, sobretudo daquelas que se referiam simultaneamente a vários assuntos e, sem nenhuma transição, acarretavam novos argumentos, de sorte que não se sabia mais como responder — de resto, não se trata disso. Espere aí. Você reconhece que a educação é um bem para o povo?

— Reconheço — disse Lióvin, espontaneamente, e logo pensou que não dissera o que estava pensando. Sentia que, caso reconhecesse aquilo, ser-lhe-ia provado que vinha dizendo bobagens desprovidas de qualquer sentido. Não sabia quais seriam, exatamente, as provas, mas sabia que seriam, sem dúvida, lógicas e esperava por elas.

O argumento acabou sendo bem mais simples do que esperava Konstantin Lióvin.

— Se reconhece isso como um bem — disse Serguei Ivânovitch —, então, por ser um homem honesto, não pode deixar de gostar de uma causa dessas, de se solidarizar com ela, e, portanto, não pode deixar de querer trabalhar por ela.

— Mas ainda não reconheço que essa causa seja boa — disse Konstantin Lióvin, corando.

— Como assim? Mas você acabou de dizer...

— Queria dizer que não a considerava nem boa nem viável.

— Só que não pode saber como ela é, sem ter feito esforços.

— Suponhamos, pois — disse Lióvin, embora não supusesse nada disso —, suponhamos que seja isso mesmo, mas eu cá não o enxergo. Então por que me preocuparia com isso?

— Mas como assim?

— Não: se começamos essa conversa, explique-me do ponto de vista filosófico — pediu Lióvin.

— Não entendo o que a filosofia tem a ver com isso — disse Serguei Ivânovitch, como se estivesse negando ao seu irmão, a julgar pelo tom que adotara, o direito de falar sobre a filosofia. E Lióvin ficou irritado com esse tom dele.

— Tem a ver, sim! — passou a falar, exaltando-se. — Creio que, de qualquer maneira, o motor de todas as nossas ações é a felicidade pessoal. Agora eu, como fidalgo, não vejo naquelas instituições do *zemstvo* nada que contribua para meu bem-estar. As estradas não são melhores, nem podem ser melhores: não faz mal, que meus cavalos me levam até pelas estradas ruins. Não preciso nem do médico nem do posto de saúde. Tampouco preciso do juiz de paz: nunca recorro nem vou recorrer a ele. Quanto às escolas, não só não preciso delas, mas até mesmo acho que são nocivas, como já lhe disse. Para mim, aquelas instituições do *zemstvo* não passam, pura e simplesmente, de minha obrigação de pagar dezoito copeques por *deciatina*, de ir à cidade, de pernoitar no meio dos percevejos e de escutar diversas besteiras e porcarias, sem que nenhum interesse pessoal me incite a tanto.

— Espere — Serguei Ivânovitch interrompeu-o, sorridente. — Nenhum interesse pessoal nos incitava a trabalhar para a libertação dos camponeses, mas, ainda assim, nós trabalhávamos.

— Não! — interrompeu Konstantin, ainda mais exaltado. — A libertação dos camponeses era outra coisa. Havia nisso um interesse pessoal. A gente queria jogar fora aquele jugo que apertava todas as pessoas de bem. Mas ser membro da administração, deliberar sobre a quantidade de lixeiros e a instalação dos encanamentos naquela cidade onde não moro, ou ser jurado e julgar um mujique que furtou presunto, e ouvir, por seis horas seguidas, toda a burrice que vêm tecendo os defensores e promotores, e, ainda por cima, o presidente do tribunal perguntar ao meu velho Aliochka,[6] o lesadinho: "O senhor réu confirma o fato da subtração do presunto?" e receber em resposta: "Hein?".

Afastando-se do tema, Konstantin Lióvin se pôs a representar o presidente do tribunal e o tal de Aliochka, o lesadinho. Parecia-lhe que tudo isso vinha bem a calhar.

Entretanto, Serguei Ivânovitch só encolheu os ombros.

— Mas, enfim, o que você quer dizer?

— Quero dizer apenas que aqueles direitos que me concernem... que concernem aos meus interesses... que sempre vou defendê-los com todas as forças. E, quando faziam uma busca na casa da gente, dos estudantes, e quando os gendarmes liam as cartas da gente, já estava pronto a defender, e com todas as forças, aqueles direitos, a defender meus direitos à educação e à liberdade. Compreendo o alistamento obrigatório, pois diz respeito ao destino de meus filhos, de meus irmãos, e ao meu próprio destino; estou pronto a discutir o que me concerne, mas decidir como distribuiria quarenta mil rublos do *zemstvo* ou julgar aquele lesado Aliochka, isso não, que não compreendo nem posso compreender isso.

Konstantin Lióvin falava tanto como se a represa de sua fala estivesse rompida. Serguei Ivânovitch sorriu.

— E se amanhã você mesmo for julgado? Seria, pois, mais agradável para você, se o julgassem na antiga Câmara penal?

— Não me julgarão tão cedo. Não vou degolar ninguém; aliás, nem preciso disso. Veja bem! — prosseguiu Lióvin, abordando outra vez um assunto que divergia totalmente do tema. — Essas instituições nossas, e tudo o mais, são como umas betulazinhas que nós mesmos fincamos, aqui e acolá, no dia da Trindade, para se parecerem com uma floresta que cresceu sozinha, lá na Europa, e eu cá não posso regar, de todo o coração, essas betulazinhas nem acreditar que são de verdade!

---

[6] Forma diminutiva e pejorativa do nome russo Alexei.

Serguei Ivânovitch voltou a encolher os ombros, exprimindo com esse gesto a sua surpresa ante tais betulazinhas que haviam surgido, não se sabia por que motivo, na discussão deles, conquanto tivesse entendido de imediato o que seu irmão queria dizer.

— Espere... só que não pode raciocinar desse modo — notou.

Mas Konstantin Lióvin queria justificar aquele seu defeito que bem conhecia, aquela sua indiferença pelo bem comum, e continuou a falar.

— Acredito — declarou — que nenhuma atividade pode ser consistente se não se embasar num interesse pessoal. É uma verdade geral, filosófica — disse, repetindo com ênfase a palavra "filosófica", como se desejasse mostrar que ele também, igual a qualquer pessoa, tinha o direito de falar sobre a filosofia.

Serguei Ivânovitch tornou a sorrir. "E ele também tem alguma filosofia própria, que atende às propensões dele", pensou.

— Veja se deixa a filosofia em paz — disse. — A principal tarefa da filosofia de todos os séculos consiste, precisamente, em encontrar aquela coligação necessária que existe entre o interesse pessoal e o social. Contudo, não se trata disso, mas apenas de eu emendar um pouco essa sua comparação. Não fincamos aquelas betulazinhas, porém as plantamos, fizemos que se arraigassem e temos de cuidar delas com todo o afinco. Só aqueles povos têm um futuro, só aqueles povos podem ser chamados de históricos, que possam intuir o que suas instituições têm de importante e considerável e saibam valorizá-las.

E Serguei Ivânovitch transferiu a questão para a área filosófica e histórica, inacessível para Konstantin Lióvin, e demonstrou-lhe toda a incoerência de sua visão.

— Quanto a você não gostar disso, veja se me desculpa, mas são apenas nossas preguiça e fidalguice russas, e tenho certeza de ser apenas um equívoco temporário seu, que vai logo passar.

Konstantin estava calado. Sentia-se derrotado em todos os sentidos, mas, ao mesmo tempo, sentia também que seu irmão não compreendera o que ele queria dizer. Só ignorava por que não o compreendera: porque ele mesmo não soubera expressar claramente o que queria dizer ou porque seu irmão não quisera, ou então não pudera, compreendê-lo. Não se aprofundou, todavia, nessas ideias e, sem contradizer o irmão, passou a refletir num assunto bem diferente e bem pessoal.

— Vamos, enfim, para casa.

Serguei Ivânovitch retirou seu último anzol, Konstantin desamarrou o cavalo, e eles foram embora.

## IV

O assunto pessoal que preocupava Lióvin durante sua conversa com o irmão era o seguinte: quando viera um dia, no ano passado, inspecionar a ceifa e ficou zangado com um feitor, Lióvin lançara mão de seu próprio meio de tranquilização, pegando a gadanha de um mujique e pondo-se a ceifar.

Gostava tanto desse trabalho que voltava amiúde a ceifar: ceifara um prado inteiro diante da sua casa e, nesse ano, desde a chegada da primavera, vinha compondo seu plano de ceifar, dias a fio, com os mujiques. Desde que seu irmão estava ali, andava pensando se ia mesmo ceifar ou não. Envergonhava-se de deixar seu irmão sozinho, o dia todo, e receava que ele o escarnecesse por causa disso. Contudo, ao passar pelo prado e relembrar as impressões da ceifa, estava quase decidido a ceifar de novo. E, depois dessa conversa irritante com seu irmão, tornou a recordar essa intenção sua.

"Preciso de exercícios físicos; senão, decididamente, meu caráter se estraga", pensou e resolveu ceifar mesmo, por mais que se constrangesse com isso na frente do irmão e do povo.

De tardezinha, Konstantin Lióvin foi ao escritório, deu ordens acerca dos trabalhos agrícolas e mandou o feitor reunir, de aldeia em aldeia, os ceifeiros para que fossem, no dia seguinte, ceifar o prado Kalínovy, o maior e o melhor de todos.

— E mande, por favor, que Tit afie a minha gadanha e que a leve amanhã para o prado. Talvez eu também vá ceifar — disse, tentando não se embaraçar.

O feitor respondeu, sorrindo:

— Às suas ordens.

De noite, tomando chá, Lióvin disse o mesmo ao irmão.

— Parece que o tempo se firmou — disse. — Amanhã começo a ceifar.

— Gosto muito desse trabalho — comentou Serguei Ivânovitch.

— Gosto demais dele! Já ceifei algumas vezes com os mujiques e quero ceifar amanhã, o dia todo.

Serguei Ivânovitch ergueu a cabeça e fitou seu irmão com curiosidade.

— De que jeito? O dia inteiro, igual aos mujiques?

— Sim, que é bem agradável — disse Lióvin.

— Seria um ótimo exercício físico, mas duvido que você consiga aguentá-lo — replicou Serguei Ivânovitch, sem sombra de escárnio.

— Já experimentei. É difícil, logo de início, mas depois a gente se acostuma. Acho que não ficarei para trás...

— Ah, é? Mas diga aí como os mujiques veem tudo isso? Devem rir, às escondidas, desse senhor esquisito.

— Creio que não. Aliás, é um trabalho tão animado e, ao mesmo tempo, tão árduo que nem temos tempo para pensar.

— E como é que vai almoçar com eles? Não ficaria sem graça se lhe mandassem uma garrafa de Laffitte[7] e um peru assado, hein?

— Não: quando eles forem descansar, voltarei para casa.

Na manhã seguinte, Konstantin Lióvin se levantou mais cedo que de costume, porém as ordens domésticas o retiveram, e, quando ele chegou ao prado, os ceifeiros já passavam a segunda faixa.

Ainda do alto da colina, ele avistou, lá embaixo, uma parte do prado, sombrosa e já ceifada, com suas faixas cinzentas e pilhas pretas de cafetãs, que os ceifeiros haviam tirado naquele lugar onde começava a primeira faixa.

À medida que chegava mais perto, desdobrava-se, em sua frente, uma extensa fileira de mujiques, que caminhavam um atrás do outro, este de cafetã e aquele só de camisa, brandindo suas gadanhas de maneiras dessemelhantes. Lióvin contou quarenta e dois homens.

Os ceifeiros se movimentavam devagar na parte baixa do prado, toda acidentada, onde havia uma barragem antiga. Lióvin reconheceu alguns dos mujiques. Lá estava o velho Yermil, que usava uma camisa branca, muito comprida, e agitava, curvando-se, sua gadanha; lá estava Vaska,[8] um jovem baixinho que trabalhava na fazenda de Lióvin como cocheiro e agora atacava, com largos cortes, cada faixa do prado. Lá estava também Tit, um mujique pequeno, magrinho, que ensinara Lióvin a ceifar: ia direto, sem se inclinar, e cortava sua parte da faixa como quem brincasse com uma gadanha.

Lióvin apeou do cavalo e, amarrando-o perto da estrada, aproximou-se de Tit, que pegou a segunda gadanha, encostada numa moita, e entregou-a ao patrão.

— Tá pronta, senhorzinho: corta sozinha, feito uma navalha — disse Tit, tirando, com um sorriso, seu chapéu e entregando-lhe a gadanha.

Lióvin empunhou a gadanha, dispondo-se a agir. Os ceifeiros suados e alegres, que acabavam de terminar suas faixas, vinham, um após o outro, até a estrada e saudavam, com risadinhas, o patrão. Olhavam todos para ele, mas ninguém dizia nada, e eis que um velho alto, de rosto enrugado e imberbe, que trajava um blusão de pele de carneiro, veio também até a estrada e dirigiu-se a ele.

— Veja aí, patrãozinho: se entrou nessa, não fique pra trás! — disse, e Lióvin ouviu um riso contido no meio dos ceifeiros.

— Tentarei não ficar — respondeu ele, postando-se detrás de Tit e esperando pelo recomeço da ceifa.

---

[7] Vinho tinto francês.
[8] Forma diminutiva e pejorativa do nome russo Vassíli.

— Veja aí — repetiu o velho.

Tit abriu um espaço, e Lióvin foi no encalço dele. A relva era baixa, daquelas que crescem ao longo das estradas, e Lióvin, que não ceifava havia bastante tempo e estava embaraçado com os olhares focados nele, ceifava mal, nos primeiros minutos, embora movesse a gadanha com força. Ouviram-se, atrás dele, umas vozes:

— A lâmina tá errada, o cabo ficou alto demais: olha só como ele tem de se curvar — disse um dos mujiques.

— Aperta mais no calcanhar... — disse o outro.

— Não é nada: deixa pra lá, que dá um jeito — continuou o velho. — Eta, como foi rápido... A faixa tá larga demais, vai cansar... Mas ele é dono, labuta pra ele mesmo! Tão vendo aqueles tufos que não cortou, hein? Por isso batiam, nos velhos tempos, na giba da gente.

A relva se tornava mais macia, e Lióvin, ouvindo sem responder e buscando ceifar da melhor maneira possível, seguia os passos de Tit. Já haviam dado uns cem passos; Tit avançava o tempo todo, sem parar nem mostrar o mínimo cansaço, mas Lióvin já sentia medo de não aguentar, tamanha era a estafa dele.

Sentia que suas forças se esgotavam e decidiu pedir que Tit parasse. Mas, nesse exato momento, Tit parou sozinho, inclinou-se e, pegando uma mancheia de erva, limpou a gadanha e começou a afiá-la. Lióvin endireitou-se e, dando um suspiro, olhou ao redor. Um mujique vinha em seu encalço e, pelo visto, também estava cansado: logo em seguida, sem se aproximar de Lióvin, deteve-se e passou a afiar a sua gadanha. Tit afiou a dele e a de Lióvin, e ambos foram adiante.

Na segunda passagem, repetiu-se o mesmo processo. Tit avançava ceifando, sem parar nem se fatigar. Lióvin ia atrás dele, tentando não ficar para trás, e penava cada vez mais: sentia chegar aquele momento em que não teria mais forças, porém, justamente nesse momento, Tit parava e afiava a gadanha.

Assim eles passaram a primeira faixa. E essa faixa comprida pareceu exaustiva demais a Lióvin, mas em compensação, quando a faixa acabou e Tit colocou a gadanha no ombro e foi recuando, a passos lentos, por aquelas pegadas que seus calçados haviam deixado no prado, e Lióvin também foi seguindo do mesmo modo as pegadas dele, sentia-se muito bem, posto que o suor escorresse, gota sobre gota, pelo seu rosto, respingando-lhe do nariz, e todo o seu dorso estivesse molhado, ou melhor, encharcado de suor. Estava especialmente feliz de saber agora que aguentaria a ceifa.

Se seu prazer se azedou um pouco, foi só porque sua faixa não estava boa. "Vou mover menos o braço e mais o tronco inteiro", pensava Lióvin, comparando a faixa de Tit, que parecia cortada ao longo de um fio esticado, com a sua faixa caótica e retorta.

Percebeu que Tit passara a primeira faixa com muita velocidade, querendo, decerto, pôr o patrãozinho à prova, ainda mais que a faixa era bastante comprida. As faixas seguintes eram um tanto mais fáceis, só que, ainda assim, Lióvin tinha de empregar todas as suas forças para se igualar aos mujiques.

Não pensava em nada nem desejava outra coisa senão trabalhar igual aos mujiques e ceifar da melhor maneira possível. Ouvia apenas o silvo das gadanhas e via, justo em sua frente, o vulto ereto de Tit que se afastava dele, o semicírculo convexo da área ceifada, as ervas e as corolas das flores, que se abaixavam devagar, ondulantes, rente à lâmina de sua gadanha, e, mais longe ainda, o termo da faixa onde poderia enfim descansar.

Sem entender o que era, nem de onde viera, sentiu de repente, em meio à sua faina, um frio agradável a percorrer seus quentes ombros suados. Olhou para o céu, enquanto Tit afiava sua gadanha. Uma nuvem se adensara, pesada e baixa; uma chuva grossa estava caindo. Alguns mujiques foram buscar seus cafetãs e puseram-nos; outros, assim como Lióvin, só davam de ombros, alegrando-se com aquele refrigério gostoso.

Passaram outra faixa, depois outra ainda. Havia faixas compridas e curtas, cheias de relva boa e ruim. Lióvin não fazia mais a menor ideia do tempo, nem sabia, decididamente, se era tarde ou cedo agora. Começava a operar-se, em seu trabalho, uma mudança que lhe proporcionava enorme prazer. Surgiam, em meio àquele trabalho, certos momentos em que ele se esquecia do que estava fazendo, sentia-se refrescado, e nesses momentos a faixa dele ficava quase tão reta e boa quanto a de Tit.

Mas, logo que se lembrava do que estava fazendo e passava a esforçar-se para ceifar melhor, voltava a sentir quão árduo era seu trabalho, e sua faixa ficava torta.

Ao terminar outra faixa, já queria retornar, porém Tit parou e, acercando-se do velho, disse-lhe algo em voz baixa. Ambos olharam para o sol. "De que estão falando e por que não abrem uma faixa nova?", pensou Lióvin, nem sequer imaginando que os mujiques ceifavam, sem trégua, havia quatro horas ao menos, e que estava na hora de merendarem.

— Lanchar, patrãozinho — disse o velho.

— Será que está na hora? Pois bem, vamos lanchar.

Lióvin devolveu a gadanha a Tit e, com os mujiques que iam buscar pão guardado junto dos seus cafetãs, foi através das faixas, levemente umedecidas pela chuva, daquele comprido terreno ceifado, dirigindo-se ao lugar onde deixara seu cavalo. Só então é que compreendeu: errara, quanto ao tempo, e a chuva molhava agora o feno dele.

— Vai estragar o feno — disse.

— Que nada, patrãozinho: ceifar com a chuva, juntar com o sol! — respondeu o velho.

Lióvin desamarrou o cavalo e foi para casa tomar seu café.

Serguei Ivânovitch acabava de acordar. Tomando o café, Lióvin foi outra vez ao prado, antes mesmo que Serguei Ivânovitch se vestisse e aparecesse na sala de jantar.

## V

Após o lanche, Lióvin não continuou ceifando no mesmo lugar, mas ficou entre aquele velho zombeteiro, que o convidara a trabalharem juntos, e um mujique novo, casado apenas desde o outono passado, que viera ceifar, naquele verão, pela primeira vez.

O velho, todo ereto, seguia à frente, dando passos largos e regulares com seus pés virados para fora, e, com um movimento preciso e uniforme que não lhe exigia, aparentemente, maiores esforços que os dos braços numa simples caminhada, deitava uma por uma, como se estivesse brincando, renques iguais de hastes compridas. Parecia que não era o ceifeiro e, sim, sua gadanha afiada que cortava, silvante, a relva viçosa.

Atrás de Lióvin caminhava o rapaz Michka. Seu rosto jovem e bonito, com uma cordinha, tecida de ervas frescas, a prender-lhe os cabelos, exprimia muito esforço; porém, tão logo alguém o mirava, Michka sorria. Decerto preferiria morrer a confessar que estava penando.

Lióvin avançava entre os dois homens. Em pleno calor, a ceifa não lhe parecia mais tão difícil assim. O suor a molhá-lo refrescava Lióvin, o sol, que lhe queimava o dorso, a cabeça e o braço desnudo até o cotovelo, tornava-o firme e perseverante em seu trabalho, e ressurgiam, cada vez mais frequentes, aqueles momentos de inconsciência em que ele podia deixar de pensar no que estava fazendo. A gadanha cortava sozinha. Eram momentos felizes. E mais felizes ainda eram os momentos em que, aproximando-se do rio onde desembocavam as faixas, o velho limpava a gadanha com um tufo espesso de relva úmida, enxaguava o aço da lâmina com a água fresca daquele rio, enchia sua *brusnitsa*[9] de água e oferecia-a para Lióvin.

— Um pouquinho deste meu *kvas*,[10] hein? Eta, como tá bom! — dizia, piscando.

---

[9] Pequena caixa de lata que o ceifeiro portava na cintura, guardando nela o amolador de sua gadanha.

[10] Bebida levemente fermentada, semelhante à cerveja.

E, realmente, Lióvin nunca tinha provado uma bebida semelhante àquela água morna, mesclada com ervinhas verdes a flutuarem, que sabia a ferrugem por causa da *brusnitsa* feita de lata. E, logo depois disso, iniciava-se um lento passeio ditoso, com a gadanha na mão, durante o qual se podia enxugar o suor que rolava pelo corpo, respirar a plenos pulmões e correr os olhos por toda a extensa fileira de ceifeiros, vendo também o que se fazia ao redor, na floresta e no campo.

Quanto mais Lióvin ceifava, tanto mais frequentes se tornavam aqueles momentos de olvido em que já não eram suas mãos que brandiam a gadanha, mas a própria gadanha movimentava todo o seu corpo, consciente de si mesmo e cheio de vida, quando seu trabalho se fazia, exato e correto, sem ele pensar a respeito, como se fosse algum feitiço. Esses minutos eram os mais ditosos.

Custava a trabalhar apenas quando precisava interromper esse seu movimento, que se tornara inconsciente, e refletir em como lidaria com um cômoro ou uma moita de azedeira que não fora ainda sachada. O velho não se incomodava com isso. Havendo um cômoro pela frente, mudava de movimento e, ora com o calcanhar, ora com a ponta de sua gadanha, dava rápidas pancadinhas nele, de ambos os lados. Enquanto fazia isso, examinava e observava tudo quanto se apresentasse a ele: ora colhia uma íris, mastigava-a ou então a oferecia para Lióvin, ora afastava, com o bico de sua gadanha, um galho, ora fitava o ninho de uma codorna, a qual voava embora, adejando embaixo da lâmina, ora apanhava uma serpente, que lhe cruzava o caminho, erguia-a com a gadanha, como se fosse um forcado, mostrava-a para Lióvin e jogava-a fora.

Tanto Lióvin quanto o rapaz que o seguia esforçavam-se muito para mudar assim de movimento. Ambos repetiam o mesmo movimento exaustivo e, absortos em seu trabalho, não conseguiam alterá-lo e, de uma só vez, observar o que havia em sua frente.

Lióvin nem reparava na passagem do tempo. Se lhe perguntassem por quanto tempo estava ceifando, diria que por meia horinha, enquanto já era tempo de almoçar. Arrematando uma das faixas, o velho chamou-lhe a atenção para as crianças que vinham de vários lados, quase invisíveis no meio das altas ervas e na estrada longínqua, ao encontro dos ceifeiros, trazendo trouxas com pão e jarrinhas de *kvas*, tapadas com pedaços de pano, a puxarem, de tão pesadas, seus braços.

— Os besourinhos rastejam, tá vendo? — disse o velho, apontando para elas, e olhou, por baixo da sua mão, para o sol.

Ao terminarem outras duas faixas, o velho parou.

— Pois bem, patrãozinho: almoçar! — disse, resoluto. Chegando ao rio, os ceifeiros foram, através das faixas, até seus cafetãs, junto dos quais estavam sentadas, à espera deles, as crianças que tinham trazido o almoço. Os mujiques se agruparam: os que ceifavam mais longe, ao lado das carroças, e os que ceifavam mais perto, ao pé de um salgueiro, acomodando-se sobre a relva empilhada.

Lióvin se sentou ao lado deles: não queria mais ir para casa.

Todo embaraço na presença do patrãozinho sumira havia muito tempo. Os mujiques se aprontavam para almoçar. Uns se lavavam, os jovens se banhavam no rio; outros arranjavam um lugar para descansar, desatavam as trouxas com pão, destapavam as jarrinhas de *kvas*. O velho esmigalhou uma fatia de pão dentro de uma caneca, triturou-a com o cabo de sua colher, verteu um pouco de água, com sua *brusnitsa*, fatiou o resto do pão, espalhou em cima uma pitada de sal e, voltando-se para o leste, começou a rezar.

— Prova da minha *tiurka*,[11] hein, patrãozinho? — disse, pondo-se de joelhos diante da sua caneca.

A tal de *tiurka* estava tão saborosa que Lióvin não quis ir almoçar em casa. Almoçou com o velho, puxou conversa sobre os afazeres domésticos dele, mostrando-se vivamente interessado, e contou-lhe de todos os seus negócios e todas as circunstâncias que podiam interessar ao velho. Sentia-se mais próximo dele que do seu próprio irmão e sorria, involuntariamente, com a ternura que lhe suscitava aquele homem. Quando o velho se levantou de novo, tornou a rezar e logo se deitou embaixo de uma moita, colocando uma pilha de relva à sua cabeceira, Lióvin fez o mesmo e, apesar daqueles pegajosos, teimosos em pleno sol, besouros e moscas que lhe cocegavam o rosto suado e o corpo todo, não demorou a pegar no sono e despertou só depois de o sol, passando para o outro lado da moita, voltar a queimá-lo. O velho não dormia mais havia bastante tempo e afiava, sentado, as gadanhas dos ceifeiros jovens.

Lióvin olhou ao redor e não reconheceu a paisagem, tanto se transformara tudo. A imensidão do prado estava ceifada e fulgurava, com suas faixas já perfumosas sob os raios oblíquos do sol no ocaso, com um brilho novo, bem singular. E as moitas contíguas ao rio, que os ceifeiros haviam contornado, e o próprio rio, antes invisível, cujos meandros fulgiam agora como o aço, e os homens que se levantavam e se moviam, e o íngreme paredão de relva a erguer-se naquela parte do prado que não tinham ainda ceifado, e os gaviões que sobrevoavam a parte desnuda — tudo isso era absolutamente novo. Ao acordar, Lióvin se pôs a pensar em quanto já fora feito e quanto se podia ainda fazer nesse dia.

---

[11] Antigo prato russo (comumente chamado de *tiúria*), feito de pão com sal dissolvido em água, leite ou *kvas*.

Fora feito, só por quarenta e dois ceifeiros, um trabalho descomunal. O prado grande, que trinta homens costumavam ceifar, em tempos da servidão, por dois dias, já estava todo ceifado. Restavam intactos apenas os cantos do terreno, com faixas curtas. Contudo, Lióvin queria ceifar, nesse dia, o máximo que pudesse, aborrecendo-se com o sol que se punha tão cedo. Não sentia cansaço algum; só lhe apetecia fazer, o mais depressa possível, um trabalho maior ainda.

— E se ceifarmos também o Barranco da Machka,[12] que tal? — perguntou ao velho.

— Se Deus quiser, que o sol já tá baixo. Será que serve vodcazinha à moçada?

Na hora da merenda, quando todos se sentaram e os fumantes passaram a fumar, o velho comunicou à moçada que, "ceifando o Barranco da Machka, vai ter vodca".

— Uai, por que não? Vamos, Tit! Rapidinho a gente corta! Enches essa pança à noite. Vamos! — ouviram-se várias vozes e, engolindo às pressas seu pão, os ceifeiros se alinharam de novo.

— Pois bem, rapazes, segurem firme! — disse Tit e foi adiante quase trotando.

— Vai, vai! — dizia o velho, indo atrás dele e alcançando-o com facilidade.
— Cuidado, que vou cortar!

Tanto os velhos quanto os jovens ceifavam como se competissem uns com os outros. Todavia, por mais que se apressassem, não estragavam o feno, cortando faixas tão retas e nítidas quanto antes. A relva que sobrava ainda num cantinho foi ceifada em cinco minutos. Os últimos ceifeiros terminavam de ceifar as faixas, e os que se tinham adiantado já punham seus cafetãs por cima dos ombros e enveredavam, cruzando a estrada, para o Barranco da Machka.

O sol se punha roçando nos cimos das árvores quando eles entraram, ao tilintar de suas *brusnitsas*, na ravina agreste chamada Barranco da Machka. O mato crescia até a cintura no meio daquela ravina; misturando-se com as ervas tenras e macias, muito espessas, viam-se, no bosque que a circundava, diversos tufos de ivan-e-maria.[13]

Após uma breve discussão — se seria melhor ceifarem ao comprido ou de atravessado —, foi Prókhor Yermílin, outro ceifeiro de renome, um enorme mujique moreno, quem começou a ceifa. Passou a primeira faixa, virou-se para trás, abriu a segunda, e todos se alinharam para segui-lo, ora descendo pela encosta da ravina, ora subindo até a orla do bosque. O sol se pusera, o

---

[12] Forma diminutiva e pejorativa do nome russo Maria.
[13] Nome regional de várias flores silvestres (amor-perfeito, violeta, etc.).

orvalho tinha caído, e os ceifeiros não estavam ao sol senão quando andavam pela beira do barranco, mas, quando o adentravam, ao passo que um vapor se elevava ali no fundo, e caminhavam pelo seu lado oposto, mergulhavam numa penumbra fresca e orvalhada. O trabalho ia de vento em popa.

Ao silvo sonoro das gadanhas, a relva caía cortada rente ao solo, exalando um cheiro capitoso, em largas camadas. Os ceifeiros se espremiam nas faixas curtas, ouvindo-se de todos os lados o tinir das *brusnitsas*, o ranger das gadanhas que se entrechocavam e o das lâminas afiadas que deslizavam pelos amoladores, os gritos alegres com que eles animavam um ao outro.

Lióvin continuava avançando entre o rapaz e o velho. Ao vestir seu blusão de pele de carneiro, o velho estava tão jovial, zombeteiro e livre em seus movimentos quanto antes. Aqui e acolá, surgiam no bosque, volta e meia, os *podberiózoviks*[14] intumescidos em meio às ervas viçosas, que os mujiques cortavam com suas gadanhas. Entretanto, todas as vezes que encontrava um deles, o velho se inclinava, apanhava o cogumelo e guardava-o sobre o peito, debaixo da roupa. "Mais um presente pra minha velhota", comentava então.

Por mais fácil que fosse ceifar aquela relva molhada e frágil, era difícil caminhar descendo e subindo pelas íngremes encostas da ravina. O velho, porém, não se importava com isso. Agitando de modo costumeiro a sua gadanha, ele subia devagar, a passos miúdos, mas firmes, de seus pés calçados em grandes *lápti*, escarpa após escarpa e, ainda que seu corpo tremesse todo e sua calça pendesse sob a camisa, não deixava pelo caminho nem uma ervinha nem um cogumelo, e não parava de brincar com os mujiques e com Lióvin. Seguindo-o, Lióvin pensava amiúde que, ao escalar com sua gadanha uma ladeira tão escarpada que mesmo sem nenhuma gadanha seria difícil subi-la, acabaria infalivelmente por levar um tombo, mas ele escalava, ainda assim, e fazia o que devia fazer. Sentia que uma força externa impulsionava aquele mujique.

## VI

Ceifaram, pois, o Barranco da Machka, arremataram as últimas faixas, puseram os cafetãs e, todos alegres, foram caminhando para casa. Lióvin montou seu cavalo e, lamentando ter de se despedir dos mujiques, também foi para casa. Ao subir a colina, olhou para trás: não os via mais, naquela

---

[14] Aqueles que crescem ao pé das bétulas (em russo): cogumelos comestíveis, também denominados "boletos castanhos".

neblina que se elevava por sobre o prado; ouvia apenas suas vozes grossas e animadas, seu gargalhar e o ranger das gadanhas que roçavam uma na outra.

Serguei Ivânovitch, que almoçara havia muito tempo, bebia água com limão e gelo em seu quarto, folheando os jornais e as revistas que acabava de receber pelos correios, quando Lióvin, de cabelos emaranhados e grudados, de tanto suar, na testa, de dorso e peito enegrecidos pelo suor, irrompeu lépido e loquaz no quarto dele.

— A gente ceifou o prado inteiro! Ah, como é bom: é fantástico! E você, como tem passado? — dizia Lióvin, que já se esquecera completamente daquela conversa desagradável da véspera.

— Gente do céu! Com quem é que se parece! — disse Serguei Ivânovitch, mirando o irmão, no primeiro momento, com desprazer. — Mas a porta... feche aí a porta! — exclamou. — Tem mesmo de deixar entrar uma dezena de vez?

Serguei Ivânovitch detestava as moscas: abria as janelas de seu quarto tão só à noite e fechava as portas com todo o cuidado.

— Nenhuma, juro por Deus. E, se deixei entrar mesmo, então vou apanhar. Não vai acreditar que prazer foi aquele! E você, como passou o dia?

— Muito bem. Mas será que você ceifou o dia todo? Acho que está faminto que nem um lobo. Kuzmá preparou tudo para você.

— Não quero nem comer! Aliás, comi lá. Agora só tenho que me lavar.

— Então vá, vá logo, e eu vou atrás — disse Serguei Ivânovitch, que abanava a cabeça a olhar para Lióvin. — Vá indo, rápido — acrescentou, sorridente, e arrumou seus livros para segui-lo. De súbito, ele mesmo se sentira alegre e não queria mais distanciar-se do seu irmão. — E onde foi que ficou na hora da chuva?

— Que chuva, hein? Só respingou um pouquinho. Já volto, pois. Você mesmo passou bem o dia, não passou? Está ótimo... — E Lióvin foi trocar de roupas.

Cinco minutos depois, os irmãos se reencontraram na sala de jantar. Embora Lióvin achasse que não estava com fome e viesse à mesa só para não magoar Kuzmá, o jantar lhe pareceu gostosíssimo, tão logo se pôs a comer. Serguei Ivânovitch sorria a mirá-lo.

— Ah, sim, tenho uma carta para você — disse. — Kuzmá, traga, por favor, a carta que está lá em baixo. E veja se fecha a porta!

Era uma carta de Oblônski. Lióvin leu-a em voz alta. Oblônski escrevia de Petersburgo: "Recebi uma carta de Dolly: ela está em Yerguchovo, e parece que algo não dá certo ali. Vá, por favor, visitá-la; ajude-a com seus conselhos, já que sabe de tudo. Ela ficará tão feliz de vê-lo. Está sozinha, coitada. A sogra, com todos, continua no estrangeiro".

— Que ótimo! Vou, sem falta, à fazenda deles — disse Lióvin. — Se quiser, vamos juntos. Ela é tão boazinha, não é verdade?

— Pois a fazenda deles fica perto daqui?

— A umas trinta verstas, talvez umas quarenta... Mas a estrada está em ordem. O passeio será excelente.

— Será um prazer — disse Serguei Ivânovitch, que ainda sorria.

A aparência de seu irmão mais novo predispunha-o espontaneamente à alegria.

— Que apetite é que você tem! — disse, olhando para seu rosto inclinado sobre o prato, tão bronzeado que ficara pardacento e avermelhado, e seu pescoço.

— Uma maravilha! Nem vai acreditar como esse regime é útil contra toda e qualquer mania. Quero enriquecer a medicina com um termo novo: *Arbeitscur*.[15]

— Só que você mesmo não precisa disso, pelo que me parece.

— Não... Mas muita gente nervosa, sim.

— Pois é: deveríamos testar esse método. E eu até queria ir ao prado, para ver você ceifar, mas o calor estava tão insuportável que não fui além daquele bosque. Fiquei sentado um pouco, depois fui, através do bosque, até o arraial, encontrei sua ama de leite e interroguei-a sobre a opinião que os mujiques têm de você. Pelo que entendi, eles não aprovam essas coisas todas. Ela disse: "Não é um negócio da senhoria". De modo geral, parece-me que, na mente do povo, os critérios de certas atividades, que ele chama de "senhoris", são definidos bem firmemente. E os mujiques não admitem que os senhores passem daqueles limites que são definidos na mente deles.

— Pode ser... mas é um deleite que nunca senti em toda a minha vida. E não há nada de mau nisso, não é verdade? — redarguiu Lióvin. — O que fazer, se eles lá não gostarem? De resto, acho que é pouca coisa, hein?

— Afinal... — prosseguiu Serguei Ivânovitch — pelo que vejo, você está contente com seu dia.

— Muito contente. Ceifamos o prado inteiro. E com que velho é que fiz amizade! Você nem pode imaginar que maravilha é essa!

— Está, pois, contente com seu dia. Eu também. Primeiro, resolvi dois problemas de xadrez, e um deles é tão bonitinho: um peão abre o jogo. Vou mostrá-lo para você. E depois fiquei pensando em nossa conversa de ontem.

— Como? Em nossa conversa de ontem? — perguntou Lióvin, entrefechando prazerosamente os olhos e retomando fôlego após o jantar que

---

[15] Terapia laboral (em alemão).

finalizara. Não conseguia, decididamente, lembrar-se daquela "conversa de ontem" de que se tratava.

— Creio que em parte você tem razão. Nossa divergência consiste em você tomar o interesse pessoal por uma força motriz, enquanto eu acho que toda pessoa que atingir certo grau de instrução deve interessar-se pelo bem comum. Talvez tenha razão em afirmar que as atividades materialmente estimuladas seriam mais desejáveis. E, de modo geral, sua natureza é por demais *primesautière*,[16] como dizem os franceses: o que você quer é agir com paixão, energicamente, ou não fazer nada.

Escutando seu irmão, Lióvin não entendia, nem mesmo queria entender, decididamente nada. Receava apenas que Serguei Ivânovitch acabasse por lhe fazer alguma pergunta da qual poderia deduzir que ele não ouvira coisa nenhuma.

— É isso, meu amiguinho — disse Serguei Ivânovitch, tocando-lhe o ombro.

— Sim, com certeza. E daí? Não insisto em minha opinião — respondeu Lióvin, com um sorriso confuso e algo infantil. "Qual mesmo foi o tema da discussão?", pensava. "É claro que eu tenho razão, e ele também tem razão, e está tudo ótimo! Só tenho de ir ao escritório, para dar umas ordens". E ele se levantou, espreguiçando-se e sorrindo.

Serguei Ivânovitch também sorriu.

— Quer dar uma volta? Então vamos juntos — disse, sem querer afastar-se do seu irmão, que estava literalmente irradiando frescor e ânimo. — Vamos lá... e, se precisar, passaremos pelo seu escritório.

— Ah, gente! — exclamou Lióvin, tão alto que Serguei Ivânovitch levou um susto.

— O que tem? O que houve?

— Como está a mão de Agáfia Mikháilovna? — perguntou Lióvin, dando uma pancada em sua cabeça. — Já me esqueci dela!

— Está bem melhor.

— Ainda assim, vou dar um pulinho para vê-la. Antes que você ponha seu chapéu, estarei de volta.

E correndo, fazendo os saltos estalarem como uma matraca, ele desceu a escada.

---

[16] Espontânea, impulsiva (em francês).

# VII

Ao mesmo tempo que Stepan Arkáditch viera a Petersburgo no intuito de cumprir a mais natural, familiar para todos os servidores, conquanto incompreensível para quem não servisse, e a mais imprescindível das suas obrigações, sem a qual o serviço público em si não seria viável — a de lembrar o Ministério de sua presença —, e, levando, em pleno cumprimento dessa obrigação, quase todo o dinheiro de sua casa, passava seu tempo, de modo alegre e agradável, nas corridas de cavalos e casas de veraneio, Dolly se mudou com os filhos do casal para a fazenda, a fim de reduzir, na medida do possível, as suas despesas. Mudou-se para a fazenda Yerguchovo, que fazia parte de seu dote: aquela mesma fazenda onde na primavera fora vendida a madeira e que distava cinquenta verstas da Pokróvskoie, pertencente a Lióvin.

A antiga casa grande fora demolida, lá em Yerguchovo, havia tempos, e fora ainda o príncipe em pessoa quem mandara reformar e aumentar a casinha dos fundos. Uns vinte anos antes, quando Dolly era menina, essa casinha era espaçosa e confortável, embora ficasse, igual a todas as casinhas dos fundos, de lado para a alameda principal e para o sul. Só que agora estava velha e apodrecida. Ainda na primavera, indo Stepan Arkáditch vender aquela madeira, Dolly pedira que examinasse a casa e ordenasse reparar o que precisasse de reparos. Stepan Arkáditch, que muito se preocupava, igual a todos os maridos culpados, com o conforto de sua mulher, chegara a examinar pessoalmente a casa e dera ordens no tocante a tudo quanto fosse, na opinião dele, necessário fazer. Na opinião dele, era necessário forrar todos os móveis de *cretonne*,[17] pendurar as cortinas, limpar o jardim, construir uma pontezinha na lagoa e plantar flores; esquecera-se, porém, de várias outras coisas, não menos necessárias, cuja falta haveria de deixar Dária Alexândrovna apoquentada.

Por mais que Stepan Arkáditch se esforçasse para ser um solícito pai e marido, não conseguia, em caso algum, lembrar-se de ter lá uma mulher e uns filhos. Seus gostos eram próprios de um solteirão, e só com esses gostos é que ele se importava. Voltando para Moscou, declarara orgulhosamente à sua esposa que estava tudo pronto, que a casa mais parecia um brinquedinho e que ele fazia questão de aconselhá-la a ir logo para a fazenda. A partida de sua mulher para a fazenda era bem agradável para Stepan Arkáditch, em todos os sentidos: seus filhos ficariam animadinhos, os gastos diminuiriam e ele

---

[17] Tecido de algodão, composto de fios multicolores que formam um ornamento geométrico (em francês).

mesmo teria mais liberdade. Quanto a Dária Alexândrovna, ela considerava essa mudança estival para o campo indispensável para as crianças, sobretudo para a menina, que não se recuperara ainda da escarlatina, e almejava também, feitas as contas, livrar-se das suas miúdas humilhações, das dividazinhas com o lenheiro, o peixeiro e o sapateiro, que andavam a importuná-la. Além disso, a mudança seria de seu agrado porque ela sonhava em convidar sua irmã Kitty, que devia retornar do estrangeiro em meados do verão, a passar uma temporada em sua fazenda, ainda mais que os médicos lhe tinham prescrito banhos de rio. Kitty escrevia, lá do balneário, que nada lhe sorria tanto quanto a perspectiva de passar o verão com Dolly em Yerguchovo, a qual estava tão cheia, para ambas as irmãs, de recordações infantis.

Os princípios dessa vida rural foram muito difíceis para Dolly. Morara na fazenda em sua infância e tinha, desde então, a impressão de que a fazenda era um remédio contra todos os dissabores urbanos, de que a vida rural, mesmo sem ser bonita (com isso Dolly se conformava facilmente), era, por outro lado, barata e confortável: havia lá tudo, e tudo se arranjava por um preço módico, e as crianças se sentiriam bem à vontade. No entanto, agora que morava na fazenda como proprietária, ela via que tudo era muito diferente daquilo que tinha imaginado.

No dia seguinte à sua chegada, caiu uma chuva torrencial e, de noite, houve goteiras no corredor e no quarto das crianças, de sorte que precisaram levar as caminhas para a sala de estar. Nada de cozinheira que prestasse; havia, sim, nove vacas, mas, no dizer de quem cuidava delas, umas estavam prenhes, outras acabavam de parir pela primeira vez, outras eram velhas, outras, enfim, tinham tetas enrijecidas... destarte, faltavam manteiga e leite até mesmo à criançada. Nada de ovos: nem se podia arranjar uma galinha, sendo assados e cozidos só aqueles galos velhos, arroxeados e fibrosos. Não havia nem sequer mulheres que lavassem o chão: estavam todas plantando batata. Não se podia passear de carruagem, visto que um dos cavalos ora parava, ora arrancava sob o timão. Não havia onde se banhar: a margem do rio estava toda espezinhada pelo gado e aberta do lado da estrada. Não dava nem mesmo para passear a pé, porquanto as vacas entravam no jardim, cuja cerca estava quebrada, e havia um touro assustador que bramia e, provavelmente, marrava. Faltavam armários para guardar roupas; os armários de que se dispunha não se fechavam direito, abrindo-se quando alguém passava por perto. Faltavam, igualmente, panelas de ferro e potes de barro; a lavanderia estava sem caldeira, e o quartinho das moças, sem tábua de passar.

Logo de início, tendo de enfrentar, sem paz nem repouso, tais calamidades, terríveis do seu ponto de vista, Dária Alexândrovna ficou desesperada: azafamava-se com todas as forças, via-se num impasse e, a cada minuto, continha as lágrimas que lhe brotavam nos olhos. Seu feitor, um furriel[18] reformado que antes era porteiro e acabara promovido por Stepan Arkáditch, que gostava dele, em razão de sua postura agradável e sua conduta respeitosa, não tomava conhecimento dessas calamidades de Dária Alexândrovna, dizendo-lhe com deferência: "Nem a mínima possibilidade, que é um povo muito ruim", nem a ajudava em nada.

A situação parecia catastrófica. Entretanto, havia na casa dos Oblônski, bem como em todas as casas de família, uma pessoa imperceptível, mas importantíssima e utilíssima — Matriona Filimônovna. Ela acalmava sua patroa, assegurando-lhe que "tudo se arranja" (era a expressão dela, que Matvéi chegara a imitar), enquanto agia, ela mesma, sem se apressar nem se desanimar.

Logo travou amizade com a esposa do feitor e, já no primeiro dia, foi tomar chá, com ela e com o próprio feitor, embaixo das acácias, discutindo os três acerca de todos os problemas. Logo se formou, embaixo das mesmas acácias, um clube presidido por Matriona Filimônovna, e foi assim, por meio daquele clube composto da esposa do feitor, do *stárosta*[19] e do contador, que as dificuldades da vida começaram a resolver-se aos poucos, de modo que, uma semana depois, estava tudo realmente arranjado. Consertaram o teto; acharam uma cozinheira, a comadre Stárostina; compraram várias galinhas; fizeram que o leite não faltasse mais; cercaram o jardim de varas; chamaram um carpinteiro que confeccionou uma calandra;[20] muniram os guarda-roupas de trincos para não se abrirem sozinhos... E eis que uma tábua, envolta naquele *suknó* usado por soldados, estendeu-se entre o braço da poltrona e a cômoda, e o quartinho das moças ficou cheirando a ferro de passar.

— É isso aí! E a senhora já andava agoniada... — disse Matriona Filimônovna, apontando para a tábua.

Até foi construída, com painéis de palha, uma casinha para se banhar. Agora Lily tomava banhos de rio, e para Dária Alexândrovna realizavam-se, pelo menos em parte, suas expectativas de uma vida rural nem tanto tranquila quanto confortável. Aliás, Dária Alexândrovna nem poderia, com os seis filhos que tinha, ficar mesmo tranquila: um deles adoecia, outro podia adoecer, o terceiro carecia de alguma coisa, o quarto revelava indícios de mau caráter, e assim por diante. Raramente, mui raramente é que surgiam breves períodos serenos. Não obstante, essas tarefas e preocupações eram, para Dária Alexândrovna, a única felicidade possível. Se não houvesse nada disso, ela se quedaria a

---

[18] Patente militar superior à de cabo e inferior à de sargento.

[19] Chefe de povoado em certos países eslavos, inclusive na Rússia antiga, também denominado "estaroste".

[20] Máquina de alisar os tecidos.

sós com seus pensamentos sobre o marido que não a amava. Todavia, além disso, por mais penosos que fossem para uma mãe o medo de seus filhos adoecerem, as doenças deles e o amargor que lhe provocavam os indícios de mau caráter em seus filhos, as crianças lhe compensavam agora, com umas pequenas alegrias, seus pesares maternos. Essas alegrias eram tão ínfimas que nem se percebiam, como os grãos de ouro na areia, e ela não enxergava, em seus momentos ruins, senão os pesares, aquela areia; havia, porém, bons momentos em que não via senão as alegrias, aquele ouro.

Agora, recolhida em sua fazenda, passou a compenetrar-se cada vez mais dessas alegrias. Muitas vezes, olhando para os filhos, fazia tantos esforços para convencer a si mesma de que se iludia, de que não podia, como uma mãe, tratá-los com imparcialidade. Não conseguia, ainda assim, deixar de dizer a si mesma que seus filhos eram encantadores, todos os seis, e que, apesar de sê-lo cada um à sua maneira, eram crianças excepcionais. Estava feliz ao seu lado e orgulhava-se deles.

## VIII

Em fins de maio, quando já estava tudo mais ou menos organizado, seu marido respondeu às suas queixas relativas à desordem rural. Escreveu para ela, pedindo desculpas por não ter pensado em tudo, e prometeu que iria à fazenda tão logo pudesse. Tal possibilidade não se apresentou, e Dária Alexândrovna ficou, até o começo de junho, morando sozinha no campo.

Com a chegada das *Petróvki*,[21] num domingo, Dária Alexândrovna levou todos os seus filhos à igreja, na hora da missa matinal, para comungarem. Conversando de modo íntimo, filosófico, com sua irmã, sua mãe e seus amigos, espantava-os amiúde com seu livre-pensamento em matéria de religião. Tinha sua própria, estranha religião da metempsicose,[22] na qual acreditava firmemente, ligando pouca importância aos dogmas eclesiásticos. Contudo, no seio da família (e não apenas para dar um exemplo, mas do fundo de sua alma), cumpria em rigor todas as exigências da igreja, e o fato de seus filhos não terem comungado havia cerca de um ano deixava-a muito inquieta. Com plenas aprovação e adesão de Matriona Filimônovna, decidiu redimir-se dessa falta no mesmo verão.

Dária Alexândrovna vinha pensando, com vários dias de antecedência, em como vestiria todos os filhos. Foram costuradas, remendadas e lavadas as

---

[21] Na Rússia arcaica, período em que se efetuava a ceifa.
[22] Teoria da reencarnação das almas humanas após a morte, conhecida desde a Grécia antiga.

roupas, rematadas as bainhas e dobras, presos os botõezinhos e preparadas as fitas. Um dos vestidos de Tânia, que a governanta inglesa se incumbira de arrumar, causou muito desgosto a Dária Alexândrovna. Refazendo aquele vestido, a inglesa deslocou as pences, deixou as mangas compridas em demasia e quase estragou o vestido todo. Os ombros de Tânia estavam tão apertados que fazia pena vê-la, mas Matriona Filimônovna teve a ideia de inserir umas nesgas e de improvisar um mantelete. Quase brigaram, pois, com a inglesa, porém seu erro foi corrigido. De manhãzinha estava tudo pronto, e eis que as crianças ajanotadas e radiantes de alegria reuniram-se, por volta das nove horas (combinando-se de antemão com o padre que não começaria a missa antes desse prazo), à entrada da casa, diante de uma caleça, à espera de sua mãe.

Em vez do Vóron, que se atrapalhava, ficou atrelado àquela caleça, por sugestão de Matriona Filimônovna, o cavalo do feitor, chamado Búry,[23] e Dária Alexândrovna, retida pelos cuidados de sua toalete, veio trajando um vestido branco de musselina.

Penteara-se e vestira-se com desvelo e emoção. Antigamente, ela se vestia para si mesma, a fim de ficar bonita e agradar a quem a visse; depois, ao passo que envelhecia, sentia cada vez mais desprazer em vestir-se, percebendo o quanto se afeara. Só que agora se vestia de novo com prazer e emoção. Não se ataviava agora para si mesma, para ressaltar a sua beleza, mas antes para não estragar, sendo a mãe daquelas gracinhas, a impressão geral. Ao mirar-se pela última vez no espelho, ficara contente consigo. Estava bonita: nem tanto quanto lhe apetecia, outrora, ficar bonita num baile, mas na medida adequada àquela meta que tinha agora em vista.

Não havia, lá na igreja, outra gente além dos mujiques, serventes e suas esposas. Contudo, Dária Alexândrovna via, ou então imaginava que via, a admiração suscitada por seus filhos e por ela mesma. Seus filhos não apenas estavam lindos, com as roupinhas vistosas que usavam, mas também se destacavam pela sua boa conduta. É verdade que Aliocha não se mantinha quieto — virava-se volta e meia, querendo ver sua jaquetinha por trás —, mas, ainda assim, estava bem bonitinho. De olho em seus irmãos mais novos, Tânia se portava como uma moça adulta, enquanto a caçulinha, Lily, parecia encantadora com aquele seu pasmo ingênuo ante tudo o que via, e foi difícil deixar de sorrir quando, ao comungar, ela disse: *"Please, some more"*.[24]

Voltando para casa, as crianças sentiam que ocorrera algo solene e estavam todas sossegadinhas.

Em casa também estava tudo certo, porém, na hora do desjejum, Gricha se pôs a assobiar e, algo pior ainda, desobedeceu à inglesa, ficando, portanto,

---

[23] Marrom, pardo (em russo).
[24] Por favor, mais um pouco (em inglês).

sem seu pedaço de bolo doce. Dária Alexândrovna não teria aceitado, num dia desses, tal punição, se estivesse sozinha; cumpria-lhe, todavia, apoiar a ordem da inglesa, e ela confirmou sua decisão de deixar Gricha sem bolo doce. Isso azedou um pouco a alegria de todos.

Gricha chorava, dizendo que Nikólenka também assobiara, mas não fora punido, e que não chorava por causa do bolo, nem sequer se importava com ele, mas porque seu castigo era injusto. Isso já era triste demais, e Dária Alexândrovna resolveu desculpar Gricha e falar com a inglesa, indo procurá-la para tanto. E foi então que, passando pela sala, viu uma cena que rejubilou seu coração a ponto de as lágrimas lhe encherem os olhos e ela mesma desculpar o infrator.

Punido, Gricha se sentara no peitoril da janela lateral da sala; Tânia estava ao lado dele, com um prato na mão. Fingindo que queria servir o almoço às suas bonecas, ela pedira que a inglesa lhe permitisse levar sua porção de bolo ao quarto das crianças, mas a trouxera, em vez disso, para seu irmão. Ainda chorando por causa do injusto castigo que aturara, Gricha comia aquele bolo e, soluçante, dizia: "Come também, vamos comer juntos... sim, juntos".

Tânia se sensibilizara, primeiro, por sentir pena de Gricha, depois por se dar conta de que sua ação era virtuosa, e as lágrimas brilhavam em seus olhos também, posto que, sem se negar, ela comesse o bolo com ele.

Ao verem sua mãe, as crianças se assustaram, mas, atentando para o rosto dela, compreenderam que estavam agindo bem, desandaram a rir e, com a boca cheia de bolo, passaram a enxugar com as mãos seus lábios sorridentes e acabaram por lambuzar, misturando lágrimas com geleia, suas radiosas carinhas.

— Deus do céu! Teu novo vestido branco! Tânia! Gricha! — dizia a mãe, tentando salvar esse vestido e, ao mesmo tempo, sorrindo, com lágrimas nos olhos, de tão enlevada e feliz.

Fez as crianças tirarem as roupas novas, mandou que as meninas pusessem as blusas, e os meninos, as velhas jaquetas, e ordenou que atrelassem o Búry (outra vez, para desgosto do feitor) a um breque, para irem colher cogumelos e banhar-se. Um guincho extático, que por pouco não se tornava um berro, ouviu-se no quarto das crianças e não se aquietou mais até que fossem à margem do rio.

Colheram uma cesta inteira de cogumelos; até Lily encontrou um *podberiózovik*. Antes era a *Miss* Hull quem achava um cogumelo e mostrava-o à menina, mas agora ela mesma encontrou um grande *chliúpik*,[25] e houve um grito geral de empolgação: "Lily achou um *chliúpik*!".

---

[25] Termo regional que designava o boleto castanho, também chamado, em russo, de *podberiózovik*.

Depois se acercaram do rio, deixaram os cavalos sob as betulazinhas e foram à casinha de banho. O cocheiro Terênti amarrou os cavalos, que agitavam seus rabos para afastar os moscardos, ao tronco de uma bétula, deitou-se, amassando a relva, à sombra da árvore e ficou fumando *tiutiun*,[26] enquanto o alegre vozerio das crianças, a estourar naquela casinha, chegava ininterrupto aos seus ouvidos.

Embora fosse trabalhoso cuidar de todos os filhos de uma vez, coibindo suas travessuras, embora fosse difícil memorizar e não confundir todas aquelas meias, calcinhas, sapatilhas de vários tamanhos, e desatar, desabotoar e, logo em seguida, atar e abotoar novamente as tirinhas e os botõezinhos, Dária Alexândrovna, que sempre gostara, por si mesma, daqueles banhos de rio e achava-os benéficos para as crianças, em nada se comprazia tanto quanto em banhar-se, dessa maneira, com todos os seus filhos. Tocar, uma por uma, em todas aquelas perninhas roliças, calçando as meiazinhas; pegar, com ambas as mãos, aqueles corpinhos nus e mergulhá-los na água; ouvir as crianças guincharem, ora de alegria, ora de susto; ver os rostinhos, de olhos arregalados, ora alegres, ora assustados, daqueles seus pequenos querubins que brincavam, arfantes, jogando água uns nos outros — tudo isso lhe proporcionava muito prazer.

Quando metade das crianças já estava vestida, umas camponesas bem-postas, que andavam buscando *snítka* e *molótchnik*,[27] aproximaram-se da casinha e, tímidas, lá pararam. Matriona Filimônovna chamou uma delas, pedindo que secasse um lençol e uma camisa que tinham caído no rio, e Dária Alexândrovna foi conversando com essas mulheres. De início elas riam, tapando-se com as mãos, sem entender o que ela lhes perguntava, mas logo se animaram e também entraram na conversa, agradando de pronto a Dária Alexândrovna com a sincera admiração que demonstravam pelos seus filhos.

— Mas que menina lindinha, branquinha que nem o açúcar — dizia uma das camponesas, mirando Tânetchka e balançando a cabeça. — Só que tá magrinha...

— Sim: estava doente.

— Olha só: banharam também o pimpolho — dizia outra mulher, referindo-se ao bebê.

— Não, ele só tem três meses — respondeu Dária Alexândrovna, orgulhosa.

— Ah, é?

— E você tem filhos?

---

[26] Nome coloquial do tabaco.
[27] Plantas medicinais, respectivamente denominadas, em português, "podagrária" e "leiteira".

— Tive quatro, sobraram dois: um menino e uma menina. Foi no último come-carne[28] que a tirei do peito.
— Mas que idade é que ela tem?
— Vai ter dois aninhos.
— Por que foi que amamentou tanto tempo?
— Costume da gente: três jejuns...

E a conversa se tornou interessante demais para Dária Alexândrovna: como ela dera à luz... que doença tivera o filho dela... onde estava o marido... será que passavam muito tempo juntos?

Dária Alexândrovna não queria deixar aquelas mulheres, tanto se interessava pela sua conversa com elas e tão idênticos eram os interesses que as uniam a todas. E, o mais agradável, Dária Alexândrovna via claramente que todas elas a admiravam, especialmente, por ter muitos filhos e por seus filhos serem tão bons. As camponesas fizeram-na rir e magoaram a inglesa, que lhes provocava um riso incompreensível para ambas. Uma camponesa jovem não despregava os olhos da inglesa, que se vestia depois de todos, e, quando ela pôs a terceira saia, não se conteve e fez uma objeção. "Olha só: coloca uma, coloca duas e acha pouco ainda!", disse, e todas as outras caíram na gargalhada.

## IX

Rodeada de todos os seus filhos, cujos cabelos estavam molhados depois de se banharem no rio, Dária Alexândrovna voltava para casa de carruagem, com um lenço na cabeça, quando o cocheiro lhe disse:
— Lá vem um senhor: parece que é aquele da Pokróvskoie.

Dária Alexândrovna olhou para a frente e ficou animada ao ver o vulto familiar de Lióvin, que vinha de chapéu e casaco cinza ao seu encontro. Sempre se animava na presença dele, mas agora se animou sobremodo, porque ele a via em toda a sua glória. Ninguém melhor do que Lióvin poderia estimar a sua grandeza nem compreender em que esta consistia.

Ao avistá-la, Lióvin ficou defronte a um dos quadros daquela vida familiar que tinha outrora imaginado.
— A senhora é como uma galinha choca, Dária Alexândrovna.
— Ah, como estou feliz! — disse ela, estendendo-lhe a mão.
— Está feliz, mas nem me avisou. Meu irmão mora comigo agora. E foi Stiva quem me mandou um bilhete, dizendo que a senhora estava aí.

---

[28] Trata-se do fim da Quaresma, durante a qual os cristãos ortodoxos se abstêm de comer carne.

— Foi Stiva? — perguntou Dária Alexândrovna, surpresa.

— Sim, ele escreve que a senhora se mudou e pensa que me permitirá ajudá-la de alguma maneira — disse Lióvin e logo se confundiu, de repente, interrompeu suas falas e, calado, foi caminhando rente ao breque, arrancando os brotos de tília e mordiscando-os. Confundira-se ao supor que não aprouvesse a Dária Alexândrovna um estranho ajudá-la naquilo que seu marido deveria ter feito. De fato, não aprazia a Dária Alexândrovna esse hábito, que Stepan Arkáditch tinha, de impor os problemas de sua família a pessoas estranhas. Ela não demorou a entender que Lióvin também entendia isso. Era por ser tão fino, compreensivo e delicado assim que Dária Alexândrovna gostava dele.

— É claro que entendi — disse Lióvin —: isso significa apenas que a senhora gosta de me ver, e fico muito feliz com isso. É claro que imagino: a senhora, que é dona de casa e mora na cidade, deve achar esse ambiente selvagem, e, se precisar de alguma coisa, estou à sua inteira disposição.

— Oh, não! — respondeu Dolly. — Fiquei incomodada só nos primeiros tempos, mas agora está tudo ótimo, graças à minha velha babá — disse, apontando para Matriona Filimônovna, a qual compreendia que se falava dela e sorria, alegre e amistosamente, para Lióvin. Conhecia-o, sabia que era um noivo perfeito para a senhorita e desejava que o casamento se arranjasse.

— Queira sentar-se, a gente fica aqui de lado — propôs a Lióvin.

— Não, vou caminhando. Crianças, quem é que aposta a corrida comigo: a gente contra os cavalos, hein?

As crianças conheciam Lióvin bem pouco, nem recordavam mais quando o tinham visto, porém não lhe expressavam aquele estranho sentimento de timidez e aversão que as crianças experimentam tantas vezes em relação aos adultos dissimulados e devido ao qual ficam tão frequente e dolorosamente punidas. A falsidade, em qualquer área que se revele, pode enganar mesmo o adulto mais inteligente e perspicaz; entretanto, mesmo a criança mais limitada acaba por descobri-la, sejam quais forem as artimanhas usadas para ocultá-la, e sente aversão. Fossem quais fossem, pois, os defeitos de Lióvin, não havia nele nem sombra de falsidade, portanto as crianças o tratavam com uma benevolência igual àquela que se vislumbrava no rosto de sua mãe. Assim que ouviram o convite, dois garotos mais velhos pularam da carruagem e foram correndo ao lado dele, tão desenvoltos quanto correriam ao lado de sua babá, da *Miss* Hull ou de sua mãe. Lily também pediu que a deixassem correr com ele, e sua mãe passou a menina para Lióvin, que a colocou no ombro e foi correndo.

— Calma, Dária Alexândrovna, calma! — dizia ele, dirigindo-se à mãe com um sorriso alegre. — Impossível que eu a machuque ou deixe cair.

E, vendo seus movimentos hábeis, fortes e, ao mesmo tempo, prudentemente cuidadosos e por demais tensos, a mãe se acalmou e passou a sorrir, de modo alegre e aprovador, enquanto olhava para Lióvin.

Ali no campo, com as crianças e Dária Alexândrovna, com quem estava simpatizando, Lióvin reouve aquele estado de espírito que o dominava amiúde, aquele júbilo pueril que Dária Alexândrovna apreciava especialmente nele. Correndo com as crianças, ensinava-lhes a ginástica, fazia a *Miss* Hull rir com seu inglês macarrônico e contava a Dária Alexândrovna sobre os seus afazeres de fazendeiro.

Após o almoço, acomodando-se, a sós com ele, no terraço da casa, Dária Alexândrovna começou a falar de Kitty.

— Kitty virá aqui e passará o verão comigo, sabe?

— É mesmo? — perguntou ele, corando, e logo, para mudar de assunto, disse —: Pois eu lhe mando duas vacas, certo? Se quiser comprá-las, queira pagar-me cinco rublos por mês, a menos que se encabule...

— Não, obrigada. Já estamos muito bem.

— Então vou ver suas vacas e, se a senhora me permitir, mandarei que as alimentem direito. Tudo depende da ração.

E, apenas para mudar de conversa, Lióvin expôs para Dária Alexândrovna toda uma teoria de produção láctea, em termos da qual uma vaca não passava de uma máquina a transformar as rações em leite, etc.

Dizia aquilo e ardia todo de vontade de saber mais detalhes acerca de Kitty e, ao mesmo tempo, estava com medo. Temia que sua tranquilidade, adquirida a duras penas, fosse embora.

— Sim, mas, de resto, é necessário cuidar disso tudo... E quem é que vai cuidar para mim? — respondeu, a contragosto, Dária Alexândrovna.

Sua fazenda estava agora tão bem organizada, graças a Matriona Filimônovna, que não lhe apetecia mudar mais nada; nem acreditava, por outro lado, que Lióvin entendesse de agricultura. Aquelas reflexões dele, as de que uma vaca não passava de uma máquina de leite, pareciam-lhe meio suspeitas. Achava que as reflexões desse gênero só podiam estorvar a agricultura. Imaginava que tudo isso era bem mais simples: precisava-se apenas, segundo lhe explicava Matriona Filimônovna, dar mais ração e água à Pestrukha e à Belopákhaia, e fazer que o cozinheiro parasse de levar aquelas lavagens de cozinha para a vaca da lavadeira. Isso estava claro, e a discussão sobre as rações herbáceas e farináceas era, na opinião dela, obscura e duvidosa. E, o principal, ela queria falar de Kitty.

## X

— Kitty escreve para mim que nada deseja tanto quanto ficar recolhida e sossegada — disse Dolly, após uma pausa.

— E a saúde dela está melhor? — perguntou Lióvin, emocionado.

— Graças a Deus, ela se recuperou totalmente. Aliás, nunca acreditei que ela tivesse uma doença peitoral.

— Ah, estou muito feliz! — disse Lióvin, e Dolly entreviu, no momento em que, dito isso, ele a fitava em silêncio, algo inseguro, enternecedor, em seu rosto.

— Escute, Konstantin Dmítritch — disse Dária Alexândrovna, com aquele sorriso bondoso e um tanto irônico que lhe era peculiar —, por que é que se zanga com Kitty?

— Eu? Não estou zangado — respondeu Lióvin.

— Está, sim. Por que foi que não visitou, nem a nós nem a eles, quando estava em Moscou?

— Dária Alexândrovna — disse Lióvin, enrubescendo até a raiz dos cabelos —, fico mesmo surpreso de que a senhora, com sua bondade, não se dê conta disso. Como não tem simplesmente pena de mim, sabendo que...

— Do que é que estaria sabendo?

— A senhora sabe que a pedi em casamento e fui repelido — murmurou Lióvin, e toda a ternura que sentia por Kitty apenas um minuto antes foi substituída, em sua alma, pelo rancor ligado àquela ofensa.

— Por que o senhor acha que estou a par disso?

— Porque todo mundo está a par disso.

— Só que aí o senhor se engana redondamente: eu não sabia disso, embora andasse desconfiando.

— Ah, bem! Agora é que ficou sabendo.

— Sabia apenas que algo vinha acontecendo, mas Kitty nunca me disse o que era. Percebia apenas que vinha acontecendo algo com que minha irmã se afligia demais, e ela me pedia que nunca falássemos nisso. E, se ela não me contou nada a mim, é que não contou nada a ninguém. Mas o que foi que aconteceu? Diga-me.

— Já lhe disse o que tinha acontecido.

— Quando?

— Quando eu estava pela última vez em sua casa.

— Pois sabe o que lhe diria? — continuou Dária Alexândrovna. — Tenho muita, muitíssima pena dela. O senhor só está sofrendo por causa de seu orgulho...

— Pode ser — disse Lióvin —, mas...

Ela interrompeu-o:

— Só que tenho muita, sim, muita pena dela, coitadinha. Agora é que entendi tudo.

— Pois bem, Dária Alexândrovna, veja se me desculpa — disse Lióvin, levantando-se. — Adeus! Até a vista, Dária Alexândrovna.

— Não, espere — disse ela, segurando-o pela manga. — Espere, sente-se.

— Por favor, não vamos falar nisso, por favor — disse ele, voltando a sentar-se e, ao mesmo tempo, sentindo a esperança, que lhe parecia morta e enterrada, despertar e mover-se em seu coração.

— Se não gostasse do senhor — disse Dária Alexândrovna, e as lágrimas brotaram nos olhos dela —, se não o conhecesse como o conheço...

O sentimento que parecia morto vivificava-se cada vez mais, crescendo e dominando o coração de Lióvin.

— Sim, agora entendi tudo — prosseguiu Dária Alexândrovna. — O senhor não pode entender isso: para vocês, os homens livres que vêm escolhendo, sempre está claro a quem vocês amam. Mas uma moça que está esperando, com aquele seu pudor feminino, o de uma donzela, uma moça que vê vocês, os homens, de longe, dá crédito às palavras: uma moça pode ter e tem mesmo aquela sensação de não saber a quem ela ama, e ela nem sabe o que lhe cabe dizer.

— Sim, caso o coração dela esteja calado...

— Não: o coração dela não está calado, mas pense aí: vocês, os homens, interessam-se pela moça; vão à casa dela, aproximam-se dela, observam, aguardam para saber se chegam mesmo a amá-la e depois, convencidos de que a amam, pedem-na em casamento...

— Digamos que não é bem assim...

— Não importa: vocês a pedem em casamento quando seu amor amadurecer, ou quando uma das moças que estão cortejando levar alguma vantagem. E não perguntam pelo que pensa aquela moça. Querem que ela mesma escolha, só que ela não pode escolher, apenas responde "sim e não".

"Sim: ela escolhe entre mim e Vrônski", pensou Lióvin, e aquela morta que estava ressuscitando em sua alma morreu outra vez, passando a premer dolorosamente seu coração.

— Dária Alexândrovna — disse ele —, assim se escolhe um vestido ou não sei que coisa para comprar, mas não um amor. A escolha está feita, e tanto melhor... E não pode haver outra chance.

— Ah, orgulho e mais orgulho! — disse Dária Alexândrovna, como se o desprezasse pela baixeza do tal sentimento em comparação com aquele outro que só as mulheres conhecem. — Quando foi pedir Kitty em casamento, ela estava precisamente numa situação em que não podia responder. Estava hesitando.

Hesitava em escolher: o senhor ou Vrônski. Pois via Vrônski todos os dias e não tinha visto o senhor havia muito tempo. Se ela fosse mais madura ou, suponhamos, se eu mesma estivesse no lugar dela, para mim, por exemplo, não poderia haver nem sombra de hesitação. Ele sempre foi antipático para mim, e tudo acabaria nisso.

Lióvin se lembrou da resposta que Kitty lhe dera. Ela dissera: "Não, isso não é possível...".

— Dária Alexândrovna — disse secamente —, eu valorizo a confiança que a senhora tem em mim e acho que está enganada. Mas, quer eu tenha razão, quer não, este meu orgulho, que a senhora despreza tanto, torna impossível qualquer pensamento meu em relação a Katerina Alexândrovna... absolutamente impossível, entende?

— Só lhe digo mais uma coisa: o senhor compreende que me refiro à minha irmã, que amo tanto quanto amo meus filhos. Não digo que ela o ame, apenas queria dizer que a recusa dela, naquele momento, ainda não prova nada.

— Não sei, não! — exclamou Lióvin, levantando-se num rompante. — Se a senhora soubesse que dor me tem causado! Seria o mesmo se um dos seus filhos tivesse morrido e se lhe dissessem, ao mesmo tempo, que ele poderia ser assim ou assim, que poderia viver ainda e que a senhora ficaria feliz de vê-lo viver. Só que ele morreu, morreu, morreu...

— Como está ridículo — disse Dária Alexândrovna, com um triste sorriso, sem atentar para a emoção de Lióvin. — Agora sim, entendo tudo — continuou, pensativa. — Pois o senhor não virá, quando Kitty estiver aqui?

— Não virei, não. Não vou, bem entendido, evitar Katerina Alexândrovna, mas buscarei, sempre que puder, livrá-la do desprazer de minha presença.

— Está muito ridículo, muito mesmo — repetiu Dária Alexândrovna, olhando com ternura para o rosto dele. — Tudo bem, que seja como se nem tivéssemos tocado nesse assunto. Por que vieste, Tânia? — disse em francês, dirigindo-se à menina que entrara.

— Onde está minha pazinha, mamãe?

— Eu falo francês, e tu tens de responder assim.

A menina queria responder, mas esqueceu como se chamava a pazinha em francês; sua mãe lhe sugeriu a palavra certa e depois, novamente em francês, disse onde encontraria aquela pazinha. E Lióvin se melindrou com isso.

Agora nada lhe parecia, quanto à casa de Dária Alexândrovna e aos filhos dela, tão agradável como antes.

"Por que é que fala francês com seus filhos?", pensou ele. "Como é antinatural e falso! E as crianças se apercebem disso. Acostumá-las a falar francês e desacostumá-las de ser sinceras", raciocinava consigo, sem saber que Dária Alexândrovna já refletira nisso tudo umas vinte vezes e, ainda assim, mesmo em detrimento da sinceridade, achara necessário ensinar seus filhos dessa maneira.

— Mas aonde é que o senhor iria? Fique mais um pouquinho.

Lióvin ficou para tomar chá, porém toda a sua alegria se esvaíra, e ele se sentia embaraçado.

Depois de tomar chá, foi à antessala para mandar que atrelassem os cavalos e, quando voltou, encontrou Dária Alexândrovna toda abatida, de semblante tristonho, com lágrimas nos olhos. Enquanto Lióvin estava fora, sobreviera algo terrível, algo que destruíra de vez, para Dária Alexândrovna, toda a sua felicidade hodierna e todo o orgulho que tinha de seus filhos. Gricha e Tânia haviam brigado por causa de uma bolinha. Ouvindo gritos no quarto das crianças, Dária Alexândrovna correra lá e flagrara ambos enraivecidos. Tânia segurava Gricha pelos cabelos, e ele, desfigurado pelo furor, esmurrava-a sem dó nem piedade. Algo se rompera no coração de Dária Alexândrovna, quando ela vira aquilo. Compreendera então que seus filhos, de quem se orgulhava tanto, eram não apenas crianças totalmente ordinárias, mas até mesmo mal-educadas, propensas à brutalidade, asselvajadas e maldosas.

Era como se as trevas cobrissem a vida dela: não conseguia falar nem pensar em nada além daquilo. Não pôde deixar de contar a Lióvin sobre a sua desgraça.

Lióvin percebia que ela estava infeliz e tentou consolá-la, dizendo que aquilo não provava ainda nada de mau, que todas as crianças se batiam, mas, enquanto o dizia, pensava em seu íntimo: "Não, eu mesmo não me requebraria falando francês com meus filhos; só que meus filhos não seriam assim: bastaria apenas não mimar as crianças, não estragá-las, e elas seriam encantadoras. Não, meus filhos não seriam assim mesmo".

Despediu-se e foi embora, sem que ela o retivesse.

## XI

Em meados de julho, o *stárosta* da aldeia pertencente à irmã de Lióvin, situada a vinte verstas da Pokróvskoie, veio à casa dele com um relatório sobre a ceifa e o estado das coisas em geral. A principal receita que trazia a fazenda da irmã estava ligada aos prados inundados na primavera. Antigamente, os mujiques levavam o feno pagando vinte rublos por *deciatina*. Quando Lióvin passara a administrar aquela fazenda, examinara os prados e, concluindo que o feno valia mais, fixara o preço de vinte e cinco rublos por *deciatina*. Os mujiques se recusavam a pagar tal preço e, como Lióvin chegara a suspeitar, afugentavam outros compradores. Então fora lá pessoalmente e mandara ceifar os prados não só repassando parte do feno aos mujiques, mas também contratando os ceifeiros desinteressados. Em sua fazenda, os mujiques faziam de tudo para atrapalhar essa inovação, porém o negócio corria bem, de sorte que, já no primeiro ano, os prados haviam lucrado quase o dobro. A mesma resistência dos mujiques continuara no ano retrasado e no ano passado, transcorrendo a ceifa da mesma maneira. Nesse ano, os mujiques receberiam, em contrapartida de seu trabalho, um terço da ceifa, e agora o *stárosta* veio comunicar que os prados estavam ceifados e que, por medo da chuva, ele chamara pelo contador a fim de separar logo, em sua presença, o feno do proprietário e de dispô-lo em onze medas. As respostas imprecisas do *stárosta*, perguntando-lhe Lióvin quanto feno havia no prado principal, a afobação com que o repartira sem aviso prévio e o próprio tom daquele mujique deram a entender que a divisão do feno teria sido algo errada. Lióvin decidiu, pois, que conferiria em pessoa o negócio todo.

Chegando à aldeia na hora do almoço e deixando o cavalo na casa de um velho que conhecia, esposo da ama de seu irmão, Lióvin foi ao colmeal desse velho para se informar sobre os pormenores da ceifa. O velho Narmênytch, verboso e bem-apessoado, recebeu Lióvin com alegria, mostrou-lhe todas as suas colmeias, contou, nos mínimos detalhes, sobre as suas abelhas e a enxameação desse ano; todavia, às perguntas de Lióvin sobre a ceifa, respondeu vagamente e sem muita vontade. Aquilo fortaleceu ainda mais as suspeitas de Lióvin. Foi ao prado e examinou as medas. Não podia haver cinquenta carroçadas em cada uma delas, e Lióvin mandou de pronto, para desmascarar os mujiques, trazerem as mesmas carroças que tinham transportado o feno, tirarem uma das medas e levarem-na até o palheiro. Só havia, naquela meda, trinta e duas carroçadas. Embora o *stárosta* asseverasse que o feno era volumoso demais e não se empilhara direito, embora jurasse que fora tudo feito como Deus quisera, Lióvin insistia em dizer que o feno tinha sido repartido sem sua ordem, e que, portanto, ele não admitia haver cinquenta carroçadas de feno em cada meda. Após longas discussões, ficou decidido que os mujiques aceitariam aquelas onze medas, supondo-se que contivessem cinquenta carroçadas cada uma, como a parte deles, e que a parte do proprietário seria recalculada. Essas negociações e a divisão do feno, pilha por pilha, duraram até o lanche da tarde. Quando as sobras do feno ficaram divididas, Lióvin incumbiu o contador de observar o resto e sentou-se numa das pilhas, marcada com um raminho de laburno, contemplando o prado fervilhante de gente.

Em sua frente, ladeando uma curva do rio posterior a um pequeno pântano, movimentava-se uma fileira versicolor de camponesas, que tagarelavam, alegres, com suas vozes sonoras, e o feno espalhado sobre a relva verde-clara, que acabava de brotar ali, formava rapidamente montões acinzentados e sinuosos. Os mujiques, com forcados nas mãos, vinham atrás das mulheres, e eis que se faziam, daqueles montões de feno, as medas largas, altas e fofas. Do lado esquerdo, as carroças passavam, ruidosas, pelo prado ceifado e, soerguidas em pilhas enormes, as medas sumiam uma por uma, e o feno cheiroso amontoava-se nas carroças e elevava-se, pesado, sobre as garupas dos cavalos que as puxavam.

— Curtindo o tempinho bom, né? Vai ter muito feno! — disse um velho, sentando-se ao lado de Lióvin. — Parece que nem feno é, mas um chá cheiroso! Parece que jogam grãos pros patinhos: assim é que tão colhendo, ó! — acrescentou, apontando para as pilhas amontoadas. — Já levaram boa metade, depois do almoço... É a última, né? — gritou, dirigindo-se ao rapaz que passava por perto, de pé sobre a dianteira de uma carroça, e agitava de leve as pontas de suas rédeas de cânhamo.

— A última, sim, paizinho! — vociferou o rapaz, freando o cavalo; olhou, sorridente, para uma mulherzinha corada, toda alegre, que estava sentada em sua carroça e também sorria, e seguiu adiante.

— Quem é esse? Seu filho? — perguntou Lióvin.

— Meu caçulinha — respondeu o velho, com um terno sorriso.

— Que valentão!

— Um bom moço.

— Já está casado?

— Sim: vai pra três anos, desde as *Filíppovki*.[29]

— E tem filhos, não tem?

— Que filhos? Andou, por um ano inteiro, sem entender patavina, e até com vergonha — respondeu o velho. — Vixe, que feno! Cheira que nem o chá! — repetiu, querendo mudar de conversa.

Lióvin mirou, com mais atenção, Vanka[30] Parmiónov e a mulher dele. Estavam amontoando o feno perto dali. De pé sobre a carroça, Ivan Parmiónov carregava enormes pilhas de feno, calcando-as em seguida para se aplanarem, e sua mulher, uma jovem beldade, passava-lhe agilmente o feno, primeiro braçada após braçada, e depois lançando mão de um forcado. Aquela jovem trabalhava com facilidade, alegre e desembaraçada. Graúdo e prensado como estava, o feno não se deixava levar prontamente com o forcado. A mulher começava por alisá-lo, depois enfiava o forcado, empurrando-o rápida, elasticamente, com todo o peso de seu corpo, e logo se aprumava, retesando as costas cingidas com um *kuchak*[31] vermelho, e eis que seus seios

---

[29] Para os cristãos ortodoxos, nome coloquial do jejum natalino.
[30] Forma diminutiva e pejorativa do nome russo Ivan.
[31] Cinturão usado por camponeses.

fartos transpareciam sob o tecido branco enquanto ela erguia destra, com ambas as mãos, o forcado e arremessava uma pilha de feno, bem alto, sobre a carroça. Buscando, pelo visto, livrá-la de cada minuto de trabalho desnecessário, Ivan se apressava a agarrar, escancarando os braços, as pilhas que ela lhe repassava e aplanava-as dentro da carroça. Ao empilhar o restante do feno com um ancinho, a jovem sacudiu as ervinhas que lhe tinham caído sobre o pescoço, ajustou seu lenço vermelho que se entortara em sua testa branca, nada bronzeada, e subiu à carroça para amarrar a meda. Ivan lhe mostrava como prender a corda na *lissitsa*[32] e, dizendo ela alguma coisa, pôs-se a gargalhar. A cara de ambos exprimia um amor forte e jovem, que acabava de despertar neles.

## XII

A meda estava amarrada. Ivan saltou lá de cima e puxou as rédeas de seu cavalo forte e bem nutrido. Sua esposa jogou o ancinho sobre a carroça e foi a passos rápidos, agitando os braços, ao encontro das outras mulheres que se reuniam em roda. Ao chegar à estrada, Ivan se juntou ao comboio formado por outras carroças. Com ancinhos nos ombros, exibindo as cores vivas de suas roupas e tagarelando com suas vozes lépidas e sonoras, as mulheres seguiam aquele comboio. Uma das vozes femininas, bruta e asselvajada, entoou uma cantiga, arrastando-a até o refrão, e eis que umas cinquenta vozes diferentes, grossas e finas, mas todas saudáveis, puseram-se juntas, de uma vez só, a cantá-la desde o começo.

O mulherio se aproximava, cantando, de Lióvin, e parecia-lhe que uma nuvem vinha avançando com um alegre trovão. A nuvem se acercou dele, envolveu-o, e a pilha de feno em cima da qual ele estava deitado, e outras pilhas, e as carroças, e todo o prado com um campo longínquo — tudo estremeceu e passou a ondular ao ritmo daquela cantiga selvagemente alegre, acompanhada de berros, assobios e chiados. Lióvin sentiu inveja daquele sadio regozijo, querendo compartilhar a expressão daquele júbilo de viver. Contudo, não podia fazer nada: só lhe restava continuar deitado, olhar, escutar. Quando não alcançava mais o povo cantante com a vista nem com o ouvido, um sentimento penoso e lúgubre, a consciência de sua solidão, de sua ociosidade física e de sua postura hostil para com este mundo, apoderou-se de Lióvin.

Alguns daqueles mesmos mujiques que mais o peitavam por causa do feno, aqueles que Lióvin ofendera ou aqueles que almejavam enganá-lo, aqueles

---

[32] Barra que ligava os eixos dianteiro e traseiro de uma carroça (em russo).

mesmos mujiques saudavam-no com alegres mesuras e, obviamente, não se zangavam nem sequer conseguiam zangar-se com ele, não se arrependiam de modo algum nem sequer se lembravam de ter almejado enganá-lo. Tudo isso se afogara no mar do alegre trabalho que faziam juntos. Deus dera o dia, Deus dera a força. Tanto aquele dia quanto aquela força eram consagrados ao trabalho, e nele mesmo consistia a recompensa. E quem tirava proveito desse trabalho? Quais seriam os frutos desse trabalho? Eram questionamentos alheios e supérfluos.

Frequentemente, Lióvin admirava aquela vida, sentia inveja das pessoas que a levavam, mas foi agora, pela primeira vez e, máxime, sob a impressão que tivera ao observar o relacionamento de Ivan Parmiónov com sua jovem esposa, que Lióvin chegou à percepção clara de que dependia dele trocar essa vida tão incômoda por ser ociosa, artificial e individual, que ele mesmo levava, por aquela vida encantadora por ser laboriosa, pura e social.

O velho que estava sentado ao seu lado voltara, havia muito tempo, para casa; o povo se dispersara todo. Quem morava por perto tinha ido embora; quem morava mais longe dispusera-se a cear e a pernoitar no meio do prado. Despercebido pelo povo, Lióvin continuava deitado numa pilha de feno, observando, ouvindo e refletindo. Os camponeses que pernoitavam no prado passaram em branco quase toda aquela curta noite estival. De início, ouviam-se lérias alegres e risadas gerais que acompanhavam a ceia; mais tarde, novas cantigas e gargalhadas.

O dia longo e cheio de trabalho não deixara neles outros vestígios senão muita alegria. Pouco antes do alvorecer, tudo se aquietou. Ouviam-se apenas os sons noturnos das rãs, que não se calavam no pântano, e dos cavalos que bufavam no prado, em meio à neblina que se espessara de madrugada. Recobrando-se, Lióvin se levantou da sua pilha de feno, olhou para as estrelas e compreendeu que a noite havia passado.

"Pois então, o que vou fazer? Como farei aquilo?", disse ele consigo, tentando explicitar para si mesmo tudo quanto pensara e sentira nessa curta noite. Tudo quanto pensara e sentira dividia-se em três ideias distintas uma da outra. Uma dessas ideias era a renúncia à sua vida antiga, aos seus conhecimentos inúteis, à sua instrução que não servia para nada. Tal renúncia lhe parecia prazerosa e fácil de realizar. As demais ideias e reflexões concerniam àquela vida que ele desejava levar de agora em diante. Percebia claramente a simplicidade, a pureza e a legitimidade daquela vida; estava convicto de que encontraria nela a satisfação, a calma e a dignidade cuja ausência lhe era tão dolorosa. Entretanto, sua terceira ideia girava ao redor da questão como ele transitaria da vida antiga para a vida nova. E, nesse ponto, nada lhe parecia claro. "Ter uma esposa? Ter um trabalho e sentir necessidade de trabalhar?

Abandonar a Pokróvskoie? Comprar outras terras? Ingressar na comunidade? Desposar uma camponesa? Como é que farei isso?", perguntava outra vez a si mesmo e não achava respostas. "Aliás, não dormi uma noite inteira, nem posso enxergar com clareza", disse consigo. "Vou entender mais tarde. Só uma coisa é certa: esta noite determinou meu destino. Todos os meus sonhos antigos, aqueles da vida conjugal, são bobagens...", pensou. "Não é isso... Está tudo muito mais simples e bem melhor..."

"Que beleza!", pensou a seguir, olhando para uma estranha, como que feita de nácar, concha de nuvenzinhas brancas que se detivera acima de sua cabeça, no meio do céu encarneirado. "Como está tudo belo nesta bela noite! Quando foi que aquela concha se fez, hein? Olhei agorinha para o céu, e não havia nada ali... só duas faixas brancas. Sim, foi dessa maneira, imperceptivelmente, que mudou também a minha visão de vida!"

Saindo do prado, ele enveredou pela estrada mestra, rumo à aldeia. Começava a ventar de leve; o tempo estava cinzento, sombrio. Era aquele momento de cerração que costuma anteceder ao nascer do sol, à vitória completa da luz sobre as trevas.

Encolhendo-se de frio, Lióvin caminhava depressa, olhando para o solo. "O que é isso? Alguém está passando", pensou, ao ouvir umas sinetas tinirem, e reergueu a cabeça. A uns quarenta passos dele, vinha ao seu encontro, pela grande *muravka*[33] que ele seguia, uma carruagem munida de *vajas*[34] e puxada por quatro cavalos. Os cavalos da frente saíam do carril, deslocando os varais, porém o cocheiro destro, sentado de lado sobre a boleia, endireitava os varais rente ao carril, de modo que as rodas corriam pelo liso.

Tão logo avistou a carruagem, sem pensar em quem poderia estar nela, Lióvin olhou distraído para dentro.

Uma velhinha cochilava num canto daquela carruagem, e perto da janela, acabando, por certo, de acordar, estava sentada uma moça novinha, que segurava com ambas as mãos as fitinhas de sua touca branca. Luminosa, meditativa, toda compenetrada de sua vida interior, airosa, mas complexa e totalmente estranha a Lióvin, ela mirava o arrebol através da janela.

De súbito, naquele exato momento em que essa miragem já estava sumindo, os olhos francos da moça fixaram-se nele. A moça reconheceu-o, e uma alegria misturada com pasmo alumiou-lhe o rosto.

Ele não poderia enganar-se. Não havia, no mundo inteiro, outros olhos iguais àqueles. Só existia no mundo uma criatura capaz de concentrar, para

---

[33] Gíria arcaica que designava uma estrada mestra (em russo).
[34] Corruptela da palavra francesa *vache* (vaca) que se referia às malas feitas de pele de bezerro e instaladas em cima da carruagem.

ele, toda a luz e todo o sentido da vida. Era ela. Era Kitty. Lióvin compreendeu que ia da estação ferroviária a Yerguchovo. E tudo quanto o inquietava nessa noite insone, todas as decisões que tinha tomado — tudo se desvaneceu de improviso. Com asco, ele recordou como sonhava em desposar uma camponesa. Apenas lá dentro, naquela carruagem que passara para o lado oposto da estrada e rapidamente se afastava, só nela é que se encerrava a possibilidade de resolver o enigma de sua vida, enigma que tanto o afligia nesses últimos tempos.

Ela não olhou mais para fora. O som das molas não se ouvia mais, o das sinetas mal se distinguia ao longe. O latido dos cães testemunhou que a carruagem atravessara também a aldeia, e eis que ficaram os campos desertos, ao redor dele, aquela aldeia em sua frente e, afinal, ele mesmo, sozinho e alheio a tudo, que caminhava solitário pela erma estrada mestra.

Lióvin fitou o céu, esperando que lá encontrasse a concha que admirara, a qual representava, para ele, todo o curso de seus pensamentos e sentimentos nessa noite. Não havia, ali no céu, nada que se assemelhasse àquela concha. Já se operara ali, nas alturas inalcançáveis, uma mudança misteriosa. Não havia nem rastro da concha, apenas uma alfombra lisa, composta de nuvenzinhas cada vez mais miúdas, estendia-se a cobrir metade do firmamento. O céu se azulava, brilhava e respondia, tão terno como antes e, não obstante, tão inalcançável quanto, ao olhar interrogativo dele.

"Não", disse Lióvin consigo, "por melhor que seja aquela vida simples e laboriosa, não posso abraçá-la. Amo Kitty".

## XIII

Ninguém, à exceção das pessoas mais próximas de Alexei Alexândrovitch, sabia que esse homem, aparentemente bem frio e sensato, tinha uma fraqueza contrária ao feitio geral de sua índole. Alexei Alexândrovitch não conseguia ouvir nem ver, com indiferença, uma criança ou uma mulher chorarem. A vista do choro deixava-o confuso, e ele perdia completamente a sua capacidade de raciocinar. O chefe de seu gabinete e seu secretário sabiam disso e advertiam as requerentes para se absterem de chorar, salvo se quisessem detonar todo o seu processo. "Ele se zangará e nem vai escutá-las", diziam. E, realmente, o distúrbio espiritual que o choro provocava em Alexei Alexândrovitch traduzia-se, nesses casos, numa ira precipitada. "Não posso, não posso fazer nada. Digne-se a sair daqui!", gritava ele, de ordinário, nesses casos.

Quando, na volta da corrida, Anna explicitou para ele as relações que mantinha com Vrônski e, logo em seguida, rompeu a chorar, tapando o rosto com as mãos, Alexei Alexândrovitch sentiu, apesar de zangado com ela, um acesso simultâneo do mesmo distúrbio espiritual que o choro alheio sempre lhe suscitava. Ciente disso e sabendo que a manifestação de seus sentimentos naquele momento seria incompatível com as circunstâncias, ele tentava reprimir qualquer indício de vida em seu âmago e, portanto, não se movia nem olhava para sua esposa. Por isso é que surgiu, no rosto dele, aquela estranha expressão cadavérica que tanto assombrou Anna.

Quando a carruagem se aproximou da sua casa, Karênin ajudou Anna a descer e, fazendo um esforço sobre si mesmo, despediu-se dela com a habitual cortesia e pronunciou umas palavras que não o obrigavam a nada: disse que lhe comunicaria sua decisão no dia seguinte.

As falas de sua mulher, que comprovavam as suas piores suspeitas, haviam desencadeado uma dor atroz no coração de Alexei Alexândrovitch. Essa dor ficara mais forte ainda por causa daquela estranha sensação de piedade física que lhe suscitara o choro dela. Contudo, uma vez sozinho na carruagem, Alexei Alexândrovitch sentiu-se, surpreso e aliviado, totalmente livre tanto daquela piedade por ela quanto das dúvidas e dos aflitivos ciúmes que o torturavam nesses últimos tempos.

Sua sensação era a de alguém acabando de extrair um dente que lhe doera por muito tempo, quando, depois de experimentar uma dor horrível, ao passo que algo enorme, maior que a própria cabeça, era arrancado pouco a pouco do seu maxilar, o enfermo percebe de supetão, ainda sem acreditar em sua felicidade, que não existe mais aquilo que estava envenenando, tão longamente, a vida dele, acorrentando toda a sua atenção, e que agora ele pode voltar a viver, a pensar, a interessar-se por outras coisas além daquele seu dente. Foi essa a sensação que teve Alexei Alexândrovitch. Sua dor era esquisita e pavorosa, mas eis que passou, sentindo ele que agora podia voltar a viver e a pensar em outras coisas além de sua esposa.

"É uma mulher corrompida, sem honra, sem coração, sem religião! Sabia disso, percebia isso nela desde sempre, se bem que tentasse, por ter pena dela, enganar a mim mesmo", disse consigo. Parecia-lhe, realmente, que sempre se apercebera disso: agora que relembrava os pormenores de sua vida passada, os quais não aparentavam antes ser minimamente ruins, esses pormenores lhe demonstravam, com toda a clareza, que sua mulher estava corrompida desde sempre. "Errei ao ligar minha vida a ela, porém não há nada de mau nesse meu erro e, assim sendo, não posso ficar infeliz. A culpa não é minha", disse Karênin a si mesmo, "mas dela. Aliás, não tenho nada a ver com ela. Para mim, ela não existe mais..."

Tudo o que haveria de atingi-la, bem como o filho do casal, por quem seus sentimentos haviam mudado da mesma forma que pela sua esposa, cessara de preocupá-lo. A única questão que o preocupava atualmente era como, da melhor maneira possível, da maneira mais conveniente, mais cômoda para ele e, destarte, mais justa, sacudiria aquela lama de que ela o salpicara em sua queda e continuaria seguindo o mesmo caminho da vida ativa, proba e útil que ele levava.

"Não posso ficar infeliz porque uma mulher desprezível cometeu um delito: só preciso achar a melhor saída possível dessa penosa situação em que ela me coloca. E vou achá-la", dizia ele consigo, cada vez mais sombrio. "Não sou o primeiro nem serei o último." E, sem falar nos exemplos históricos, a começar por Menelau,[35] que permanecia na memória do mundo inteiro graças à sua Bela Helena, surgiu, na imaginação de Alexei Alexândrovitch, toda uma série de casos recentes de traição conjugal perpetrada na alta sociedade. "Dariálov, Poltávski, o príncipe Karibânov, o conde Paskúdin. Dram... Sim, Dram também... um homem tão honesto, tão capaz... Semiônov, Tcháguin, Sigônin", recordava Alexei Alexândrovitch. "Suponhamos que algum tolo *ridicule*[36] esteja escarnecendo aqueles homens, só que eu mesmo nunca vi nisso nada além de uma desgraça e sempre me compadeci disso", comentou Alexei Alexândrovitch em seu íntimo, embora não fosse verdade, e ele nunca se compadecesse das desgraças desse gênero, tanto mais valorizando a si próprio quanto mais numerosos fossem os exemplos daquelas mulheres que traíam seus maridos. "Tal desgraça pode atingir qualquer um. E tal desgraça me atingiu a mim. Só que se trata apenas de suportar essa situação da melhor maneira possível." Pôs-se então a rememorar os detalhes do comportamento daqueles homens que estavam na mesma situação que ele.

"Dariálov foi duelar..."

Na juventude, o duelo atraía sobremodo os pensamentos de Alexei Alexândrovitch, notadamente porque era um homem fisicamente tímido e sabia bem disso. Nem podia pensar sem pavor numa pistola apontada para ele e nunca utilizara, em toda a sua vida, nenhuma arma. Esse pavor o fazia, desde a juventude, pensar muitas vezes num duelo e colocar-se, mentalmente, numa situação em que precisasse expor sua vida ao perigo. Alcançando um sucesso e uma posição estável na vida, já se esquecera havia tempos daquela sensação sua, porém o hábito arraigado tomava agora a dianteira, e o medo de sua própria covardia estava de novo tão forte que Alexei Alexândrovitch ficou, demoradamente e de todos os lados, analisando e até mesmo acariciando,

---

[35] Na mitologia grega, o rei de Esparta, cuja mulher — Helena — fugiu com seu amante, o príncipe troiano Páris, provocando assim a expedição militar do marido, apoiado por outros soberanos gregos, contra Troia.

[36] Ridículo (em francês).

com seu pensamento, a questão do duelo, conquanto soubesse de antemão que não duelaria em hipótese alguma.

"Sem dúvida, a nossa sociedade está ainda tão selvagem (não como na Inglaterra) que muitas pessoas — e figuravam, entre essas muitas, algumas pessoas cuja opinião Alexei Alexândrovitch prezava em particular — veem o duelo com bons olhos. Sim, mas como será o resultado? Suponhamos que eu o desafie...", continuava a raciocinar Alexei Alexândrovitch e, ao imaginar vivamente tanto aquela noite que passaria depois de fazer o desafio quanto uma pistola apontada para ele, estremeceu e compreendeu que jamais faria isso, "suponhamos que o desafie para um duelo. Suponhamos que me ensinem...", continuava raciocinando, "que me ponham onde se deve, que eu puxe o gatilho...", dizia consigo, fechando os olhos, "e aconteça que o mate...", disse Alexei Alexândrovitch a si mesmo e sacudiu a cabeça para afastar tais pensamentos estúpidos. "Que sentido faz o assassinato de um homem para que eu defina como tratar minha mulher adúltera e meu filho? Do mesmo modo, terei de decidir o que me cabe fazer com ela. Mas, o que é mais provável ainda e o que acontecerá sem falta, é que eu mesmo acabarei morto ou ferido. Eu, homem inocente, vítima, serei morto ou ferido. Ainda mais absurdo! E não só isso: o desafio para um duelo redundará, por minha parte, num ato desonesto. Será que não sei de antemão que meus amigos nunca me deixarão duelar: não deixarão que a vida de um estadista indispensável para a Rússia seja exposta ao perigo? O que acontece, então? Acontece que eu, sabendo de antemão que nunca me exporei mesmo a perigo algum, quero apenas revestir-me, com tal desafio, de certo brilho forjado. Isso é desonesto, isso é falso, isso significa enganar a outrem e a mim mesmo. O duelo é impensável, e ninguém espera que eu vá duelar. Meu objetivo consiste, pois, em assegurar a minha reputação, da qual necessito para continuar, desimpedido, as minhas atividades." Suas atividades oficiais, que desde antes eram, aos olhos de Alexei Alexândrovitch, muito importantes, agora lhe pareciam especialmente significativas.

Ao ponderar e descartar o duelo, Alexei Alexândrovitch passou a refletir no divórcio, outro recurso escolhido por alguns daqueles maridos de quem ele se lembrara. Arrolando, em sua memória, todos os divórcios conhecidos (e eram muitos naquela mais alta sociedade que bem conhecia), não encontrou nenhum caso em que o objetivo do divórcio fosse o mesmo que ele visava. Em todos aqueles casos, o marido cedia, ou então vendia, a mulher adúltera, e sua cara-metade, que não tinha o direito, em razão de sua culpa, de contrair outro matrimônio, atava relações fictícias, pretensamente legítimas, com um novo esposo. Quanto ao seu próprio caso, Alexei Alexândrovitch percebia que a consumação de um divórcio legal, ou seja, de um divórcio que se limitasse somente a rejeitar sua esposa culpada, não seria possível. Percebia que as complexas condições de sua vida não admitiam nem a remota possibilidade daquelas vis provas que a lei exigia para desmascarar uma mulher adúltera; percebia que certo refinamento dessa vida não admitia o uso de tais provas, mesmo se existissem de fato, que o uso delas rebaixaria, na opinião pública, antes o marido do que a mulher.

Sua tentativa de se divorciar poderia levar apenas a um processo escandaloso, seria um feliz achado para seus inimigos, que passariam a caluniá-lo e a rebaixar sua alta posição social. Quanto à sua meta principal, que consistia em definir a situação com o menor transtorno possível, ela não se alcançava nem mediante o divórcio. Além do mais, o divórcio ou tão somente uma tentativa de divórcio evidenciavam que a mulher rompia as relações com seu marido e amasiava-se com seu amante. E na alma de Alexei Alexândrovitch, conquanto tratasse agora sua esposa, pelo que lhe parecia, com plena e desdenhosa indiferença, restava ainda um sentimento ligado a ela: não queria que Anna pudesse amasiar-se, sem obstáculos, com Vrônski, de modo que o crime dela acabasse por lhe trazer benefícios. Só de pensar nisso Alexei Alexândrovitch ficava tão irritado que, apenas ao imaginá-lo, gemeu de dor íntima, soergueu-se, mudando de lugar dentro da carruagem, e ficou depois disso, por muito tempo, sombrio, enrolando suas pernas ossudas e friorentas com uma manta felpuda.

"Além do divórcio formal, poderia ainda agir como Karibânov, Paskúdin e aquele bondoso Dram, ou seja, passar a morar separado de minha esposa", continuou a pensar, acalmando-se; porém, essa medida acarretaria, por sua vez, o mesmo incômodo da desonra, como no caso do divórcio, e, o mais importante, jogaria sua esposa, da mesma maneira que um divórcio formal, nos braços de Vrônski. "Não, isso é impossível, impossível!", começou a falar em voz alta, tornando a revirar sua manta. "Não posso viver infeliz, só que ela e seu amante tampouco podem viver felizes."

O sentimento de ciúmes, pelo qual ele se via atormentado enquanto estava incerto, passara naquele momento em que lhe fora arrancado, com as palavras de sua mulher, o dente dolorido. Mas esse sentimento ficara substituído por outro, pelo desejo de não só impedi-la de triunfar como também de castigá-la pelo seu crime. Karênin não reconhecia tal sentimento, porém lhe apetecia, no fundo da alma, que ela sofresse por ter abalado a paz e a dignidade dele. Então, recapitulando outra vez as condições do duelo, do divórcio, da separação, e voltando a descartá-los todos, Alexei Alexândrovitch convenceu-se de que só havia uma saída: mantê-la perto de si, escondendo o ocorrido da sociedade e usando de todas as medidas cabíveis para interromper aquele romance e, o principal — algo que não confessava nem sequer a si próprio —, para castigá-la. "Preciso declarar a minha decisão, dizendo que, ao ponderar a situação complicada em que ela colocou a família, eu acho que todos os outros recursos serão piores, para ambas as partes, do que o presente *status quo*,[37] e que consinto em respeitá-lo, mas com a rigorosa condição de ela se submeter, por sua parte, à minha vontade, ou seja, de interromper quaisquer relações com o amante." Confirmando essa decisão sua, quando já estava tomada em definitivo, Alexei Alexândrovitch fez mais uma observação relevante. "Só tomando uma decisão dessas é que estou agindo também de acordo com a religião", disse consigo; "só com essa decisão é que não estou repelindo minha mulher adúltera, mas lhe concedo um ensejo de se corrigir e mesmo, por mais penoso que isso venha a ser para mim, dedico certa parte das minhas forças à correção e à salvação dela". Embora Alexei Alexândrovitch soubesse que não podia exercer influência moral sobre a sua esposa e que nada resultaria, de toda essa tentativa de corrigi-la, senão uma mentira; embora nem tivesse pensado nenhuma vez, enquanto vivenciava tais momentos difíceis, em procurar pela orientação religiosa — agora que sua decisão coincidia, na mente dele, com os preceitos da religião, a sanção religiosa de sua decisão proporcionava-lhe plena satisfação e parcial alívio. Pensava com alegria que, até mesmo numa circunstância tão crucial como essa, ninguém teria condições de sustentar que ele não procedera conforme as regras daquela religião cuja bandeira sempre hasteava bem alto em meio ao ceticismo e à indiferença gerais. Refletindo acerca das minúcias posteriores, Alexei Alexândrovitch nem atinava com a razão pela qual suas futuras relações com a esposa não poderiam continuar sendo quase as mesmas. Nunca se disporia, sem dúvida, a respeitá-la futuramente como dantes, porém não tinha, nem sequer poderia ter, nenhuma razão para estragar sua própria vida e sofrer em consequência da corrupção e do adultério dela. "Sim, o tempo irá passando, aquele tempo que tudo arranja, e nossas relações serão restauradas", disse Alexei Alexândrovitch a si mesmo, "ou seja, restauradas a ponto de eu não sentir mais transtornos no decorrer de minha vida. Ela tem de ser infeliz, mas eu cá não sou culpado e, portanto, não posso ficar infeliz".

## XIV

Ao passo que se aproximava de Petersburgo, Alexei Alexândrovitch não apenas tomara essa sua decisão em definitivo, mas também compusera, em

---

[37] Estado [atual] das coisas (em latim).

sua mente, a carta que escreveria para a esposa. Entrando na portaria, correu os olhos pelas correspondências e outros papéis trazidos do Ministério e mandou levá-los para o seu gabinete.

— Ponha-os de lado e não receba ninguém — disse, respondendo à pergunta do porteiro e acentuando as palavras "não receba" com certo prazer, que era um indício de sua boa disposição.

Uma vez no gabinete, Alexei Alexândrovitch atravessou-o duas vezes e parou junto à sua enorme escrivaninha, em cima da qual já haviam sido acesas, pelo seu camareiro que entrara antes, seis velas; a seguir, fez estralarem os dedos e sentou-se, remexendo os utensílios de escrita. Fincou os cotovelos na escrivaninha, inclinou a cabeça para um lado, pensou por um minuto e pôs-se a escrever sem parar por um segundo sequer. Escrevia em francês, sem se dirigir pessoalmente à sua esposa, empregando o pronome "você" livre daquela frieza intrínseca que ele possui no idioma russo.

"Quando de nossa última conversa, expressei o meu intento de lhe comunicar minha decisão relativa ao assunto dessa conversa. Ao ponderar tudo com atenção, escrevo-lhe agora com o fim de cumprir essa promessa. Minha decisão é a seguinte: sejam quais forem as suas ações, não me atribuo o direito de romper aqueles laços com que nos ligou o poder supremo. Uma família não pode ser destruída por capricho ou arbitrariedade, nem mesmo em razão do crime cometido por um dos cônjuges, e nossa vida deve continuar transcorrendo como tem transcorrido. Isso é necessário para mim, para você e para nosso filho. Tenho plena certeza de que você se arrependeu e ainda se arrepende daquilo que enseja a presente carta, e que me ajudará a desarraigar o motivo de nossa desavença e a esquecer o passado. Caso contrário, você mesma pode imaginar o que espera por você e pelo seu filho.

Pretendo falar-lhe disso tudo, de forma mais detalhada, quando a encontrar em particular. Como a estação do veraneio está terminando, gostaria de lhe pedir que se mude para Petersburgo o mais depressa possível, ao mais tardar na próxima terça-feira. Todas as medidas que disserem respeito à sua mudança serão tomadas. Note, por gentileza, que revisto o cumprimento deste meu pedido de especial importância.

A. Karênin.

P.S.: Envio, junto com esta carta, o dinheiro de que pode necessitar para as suas despesas."

Releu a carta e ficou contente com ela, sobretudo por não se esquecer de anexar o dinheiro: não havia nela nenhuma palavra cruel, nenhuma censura, mas tampouco havia condescendência. E, o principal, era uma ponte de ouro para voltarem atrás. Dobrando a carta, alisando-a com uma grande faca de marfim maciço e colocando-a, com aquele dinheiro, num envelope, tocou a campainha com todo o prazer que sempre lhe proporcionava o uso de seus utensílios de escrita, tão bem arranjados.

— Diga ao mensageiro que vá amanhã entregar esta carta a Anna Arkádievna, lá na casa de veraneio — ordenou, levantando-se.

— Às ordens de Vossa Excelência! Deseja que sirva o chá no gabinete?

Mandando servir o chá no gabinete, Alexei Alexândrovitch foi, brincando com sua faca maciça, até a poltrona, perto da qual já estavam preparados um candeeiro e aquele livro francês sobre as inscrições de Eugubbium[38] que começara a ler. Acima da sua poltrona, pendia o retrato de Anna, oval, com uma moldura dourada, magistralmente executado por um famoso pintor. Alexei Alexândrovitch olhou para ele. Os olhos impenetráveis fitavam-no com escárnio e ousadia, bem como naquele último momento da discussão conjugal. A vista das rendas negras sobre a cabeça de sua mulher, representadas pelo pintor com impecável mestria, dos cabelos negros e da linda mão branca dela, cujo dedo anular estava coberto de anéis, causou a Alexei Alexândrovitch uma insuportável impressão de insolência e desafio. Ao encarar o retrato por um minuto, ele estremeceu, tanto que seus lábios passaram a tremer e produziram o som "b-r-r", e virou-lhe as costas. Sentando-se, apressado, em sua poltrona, abriu o livro. Tentou ler, mas não conseguia, de modo algum, reaver aquele vivo interesse que antes lhe suscitavam as inscrições de Eugubbium. Olhava para o livro e pensava em outras coisas. Não pensava, aliás, em sua esposa, mas numa complicação que surgira, nesses últimos tempos, em suas atividades oficiais e agora constituía o aspecto mais importante de seu serviço público. Sentia que agora se aprofundava mais do que nunca nessa complicação e que em sua cabeça despontava — ele podia dizer isso sem se iludir — uma ideia fundamental que haveria de desenredar todo esse problema, de alavancar a carreira dele, de humilhar seus desafetos e, assim sendo, de ser utilíssima para o Estado. Tão logo o criado serviu o chá e saiu do gabinete, Alexei Alexândrovitch levantou-se e foi até a escrivaninha. Empurrando a pasta com tarefas correntes para o meio dela, tirou, com um sorriso de presunção quase imperceptível, um lápis do suporte e mergulhou na leitura de um dossiê intrincado, referente à complicação por vir, que conseguira para si. Tal complicação era a seguinte. A peculiaridade de Alexei Alexândrovitch, tido como um estadista, aquele traço característico que lhe era inerente como a qualquer funcionário que se promovesse, aquele traço que, a par de sua ambição obstinada e de suas discrição, probidade e confiança, consolidara a carreira dele, consistia em negligenciar a oficialidade burocrática,

---

[38] Trata-se das antigas inscrições no dialeto úmbrico que foram encontradas na cidade italiana Gubbio, denominada "Eugubbium" em latim.

em abreviar a correspondência, em tratar os negócios reais, na medida do possível, de maneira direta e em economizar os recursos. Acontecera, porém, que o célebre Comitê de 2 de junho chegara a examinar o problema da irrigação de campos na província de Zarai,[39] o qual cabia ao Ministério de Alexei Alexândrovitch e fornecia um exemplo gritante da improdutividade de gastos e métodos burocráticos. Alexei Alexândrovitch sabia que aquilo era justo. O problema da irrigação de campos na província de Zarai fora abordado ainda pelo antecessor do antecessor de Alexei Alexândrovitch. E, realmente, a solução desse problema exigira e continuava exigindo muito dinheiro, gasto sem produtividade alguma, e todos esses esforços não podiam, obviamente, levar a nada. Logo que assumira o cargo, Alexei Alexândrovitch se dera conta daquilo e já queria tomar o problema em suas mãos; contudo, nos primeiros tempos, quando ele não se sentia ainda seguro, ficara ciente de tal problema envolver tantos interesses que não seria sensato enfrentá-lo, e depois, ocupando-se de outros assuntos, simplesmente se esquecera daquele problema, deixando-o tramitar por si só, igual a todos os negócios públicos, apenas por mera inércia. (Muitas pessoas lucravam com aquele negócio, em especial uma família extremamente moral e musical: todas as filhas tocavam instrumentos de cordas, e Alexei Alexândrovitch conhecia bem a família toda e fora padrinho no casamento de uma das filhas mais velhas.) A solução do problema por um ministério hostil seria, na visão de Alexei Alexândrovitch, um ato desonesto, porque havia, em cada ministério, problemas mais sérios ainda que ninguém, por certa conveniência oficial, nem tentava resolver. E agora, visto que lhe lançavam tal desafio, aceitava-o corajosamente e solicitava que uma comissão especial fosse designada para estudar e conferir as atividades da antiga comissão incumbida da irrigação de campos na província de Zarai; além do mais, não pouparia nenhum daqueles senhores ali. Solicitava também a instauração de outra comissão especial, que viesse a cuidar do assentamento dos forasteiros.[40] O assunto do assentamento dos forasteiros havia sido casualmente abordado pelo Comitê de 2 de junho e era energicamente apoiado por Alexei Alexândrovitch, que o considerava urgente, dada a situação deplorável dos forasteiros. No Comitê, esse assunto deu margem a altercações entre vários ministérios. O Ministério hostil ao de Alexei Alexândrovitch alegava que a situação dos forasteiros estava bastante próspera, que a eventual transferência deles para outras regiões poderia acabar com essa prosperidade e que, se ocorria mesmo algo ruim, ocorria unicamente porque o Ministério de Alexei Alexândrovitch descumpria as exigências da

---

[39] Região fictícia, supostamente situada na zona das estepes próximas ao rio Volga.
[40] Trata-se das minorias étnicas que povoavam o interior da Rússia.

lei. Agora Alexei Alexândrovitch tencionava exigir, em primeiro lugar, que fosse instaurada uma comissão nova, encarregada de estudar diretamente a situação dos forasteiros; em segundo lugar, esclarecendo-se porventura que a situação dos forasteiros estava, de fato, tal como se julgava com base em dados oficiais, disponíveis para o Comitê, que fosse formada ainda outra comissão, científica e encarregada de estudar as causas dessa situação lamentável dos forasteiros, dos pontos de vista: a) político, b) administrativo, c) econômico, d) etnográfico, e) material e f) religioso; em terceiro lugar, que fossem reclamadas, ao Ministério hostil, informações sobre aquelas medidas que o Ministério em questão teria tomado, na última década, para prevenir as condições desfavoráveis em que se encontravam atualmente os forasteiros; e afinal, em quarto lugar, que esse Ministério fosse instado a explicar o motivo pelo qual, segundo constava das circulares n$^{os}$ 17.015 e 18.308, datadas de 5 de dezembro de 1863 e de 7 de junho de 1864, respectivamente, ambas entregues ao Comitê, ele agia de forma absolutamente contrária ao espírito da Lei Orgânica, título..., artigo 18 e comentário ao artigo 36. Um rubor de animação cobriu o rosto de Alexei Alexândrovitch enquanto ele anotava, ao correr da pena, o essencial das suas ideias. Gastando uma folha de papel, levantou-se, tocou a campainha e mandou um bilhetinho ao chefe de seu gabinete, pedindo que lhe fornecesse outras informações necessárias. Uma vez em pé, andou pelo cômodo, tornou a olhar para o retrato, franziu o sobrolho e sorriu com desdém. Ao ler um pouco o livro sobre as inscrições de Eugubbium e reaver seu interesse por elas, Alexei Alexândrovitch foi para a cama às onze horas e, quando se lembrou, já deitado, daquele incidente com sua mulher, não o achou mais tão sinistro como lhe parecera antes.

## XV

Embora Anna, teimosa e exasperada, contradissesse Vrônski quando este lhe dizia que sua situação era insustentável e procurava convencê-la de revelar tudo ao seu marido, ela achava mesmo, no fundo da alma, que sua situação era falsa, desonesta, e desejava com toda a sua alma mudá-la. Voltando daquela corrida, com seu esposo, explicitara-lhe tudo num momento de emoção e, não obstante a dor que sentira então, estava contente com isso. Quando o marido a deixou sozinha, disse consigo que estava feliz, que agora tudo se definiria e não haveria, pelo menos, mentiras nem ludíbrios. Parecia-lhe indubitável que agora sua situação se definiria para todo o sempre. Seria, quem sabe, ruim, essa nova situação dela, mas ficaria bem definida, deixando de ser imprecisa e enganosa. A dor que ela causara a si mesma e ao marido com aquelas palavras suas seria aplacada agora, porque tudo se definiria. Assim ela pensava. Encontrou-se com Vrônski na mesma noite, porém não lhe contou o que se passara entre ela e seu esposo, embora lhe cumprisse, para que a situação se definisse de fato, contar-lhe aquilo.

Quando ela acordou, na manhã seguinte, a primeira coisa que lhe veio à mente foram as palavras ditas ao seu marido, e aquelas palavras lhe pareceram tão horríveis que nem conseguiu entender como tivera a coragem de pronunciar tais palavras bizarras e brutais nem imaginar o que sucederia. Contudo, ela pronunciara aquelas palavras, e Alexei Alexândrovitch partira sem responder nada. "Eu me encontrei com Vrônski, mas não contei para ele. Ainda naquele momento em que estava para sair, eu quis fazê-lo voltar e contar para ele, só que mudei de ideia, porque seria estranho não ter contado logo de início. Por que é que quis contar e não contei?" Em resposta a essa indagação, o rubor de vergonha esparramou-se, cálido, pelo rosto dela. Anna compreendeu o que a impedia de contar; compreendeu que estava envergonhada. Sua situação, que parecera esclarecida na noite anterior, apresentou-se a ela, subitamente, não apenas obscura, mas até mesmo desesperadora. Sentiu medo daquele vexame em que nem pensava antes. Só de imaginar o que seu marido ia fazer, ficou dominada pelas ideias mais pavorosas. Imaginou que logo viria um feitor para expulsá-la da casa de veraneio, que sua vergonha seria levada ao conhecimento do mundo inteiro. Perguntava a si mesma aonde iria, uma vez expulsa da sua casa, e não achava resposta.

Quando pensava em Vrônski, dizia consigo que ele não a amava e já começava a fartar-se dela, que ela não podia oferecer-se a ele, e sentia, por esse motivo, hostilidade pelo amante. Parecia-lhe que as palavras ditas ao seu marido, as quais ela não cessava de repetir em sua imaginação, tinham sido ditas a todo mundo e ouvidas por todo mundo. Nem se atreveria a encarar agora as pessoas com quem convivia. Nem ousava chamar pela sua criada nem, menos ainda, descer a escada e ver seu filho e a governanta.

A criada, que estava escutando havia muito tempo do outro lado da porta, entrou no quarto de Anna sem ser chamada. Com um olhar interrogativo, cravado bem nos olhos dela, Anna enrubesceu, assustada. Pedindo desculpas por ter entrado assim, a criada disse que achava ter ouvido a campainha tocar. Trouxera um vestido e um bilhete. Quem escrevia para Anna era Betsy. Lembrava-a de que Lisa Merkálova e a baronesa Schtolz com seus admiradores, Kalújski e o velho Striómov, iriam à sua casa, nessa manhã, para uma partida de *croquet*. "Venha pelo menos para ver, como quem estuda os costumes. Espero por você", terminava de escrever.

Anna leu o bilhete e deu um suspiro profundo.

— Não preciso de nada, não — disse a Ânnuchka, que remexia os frascos e as escovas sobre a mesinha de toalete. — Pode ir, que me visto logo e saio. Não preciso de nada, não.

Ânnuchka saiu, mas Anna não foi vestir-se nem mudou de posição, abaixando a cabeça, deixando os braços caírem, estremecendo, vez por outra, com todo o corpo, como que buscando fazer algum gesto ou dizer algo, e entorpecendo de novo. Não cessava de repetir: "Meu Deus! Meu Deus!". Mas nem "meu" nem "Deus" faziam o menor sentido para ela. Nessa situação sua, a ideia de procurar amparo na religião era para Anna, conquanto nunca duvidasse da religião em cujos princípios fora educada, tão alheia quanto a de pedir ajuda a Alexei Alexândrovitch em pessoa. Ela sabia de antemão que o amparo religioso só seria possível com a condição de renunciar àquilo que resumia todo o sentido de sua vida. Não apenas estava pesarosa, mas também começava a temer o seu estado de espírito novo, jamais experimentado antes. Sentia que tudo se tornava dúplice em sua alma, do mesmo modo que os objetos se desdobram, por vezes, nos olhos cansados. Vez por outra, não sabia o que temia nem o que desejava. Ignorava se temia ou desejava o que estava presente ou ainda por vir, e o que, precisamente, ela desejava.

"Ah, o que estou fazendo!", disse ela, em seu íntimo, ao sentir uma dor repentina de ambos os lados da cabeça. Quando se recobrou, percebeu que segurava, com ambas as mãos, seus cabelos sobre as têmporas e que as apertava. Levantou-se num ímpeto e foi andando pelo quarto.

— O café está pronto, e a *mamzel* com Serioja estão esperando — disse Ânnuchka, entrando outra vez e vendo que Anna estava ainda desarrumada.

— Serioja? O que tem Serioja? — perguntou Anna, animando-se de improviso ao recordar-se, pela primeira vez naquela manhã inteira, da existência de seu filho.

— Parece que andou malinando — respondeu Ânnuchka, sorridente.

— Como assim, "malinando"?

— A gente tinha uns pêssegos, ali no quartinho lateral... Pois ele comeu um, às escondidas, ao que parece.

Lembrada de ter um filho, Anna saiu de repente daquele impasse em que estava. Lembrou-se daquele papel da mãe a viver para seu filho, em parte sincero, embora muito exagerado, que ela assumia nesses últimos anos e sentiu com alegria que, mesmo em seu estado atual, possuía um domínio independente da situação em que ficaria relativamente ao seu marido e a Vrônski. Esse domínio era o filho dela. Fosse qual fosse a sua situação, não poderia afastar-se do filho. Nem que seu marido a desonrasse e pusesse no olho da rua, nem que Vrônski esfriasse por ela e continuasse levando uma vida independente (pensou nele, outra vez, com zanga e reproche), ela não poderia abandonar o filho. Havia, pois, uma meta em sua vida. E cumpria-lhe agir, agir para assegurar tanto a sua própria situação quanto a de seu filho, para que Serioja não lhe fosse tirado. Precisava mesmo agir o mais depressa possível, antes que lhe tirassem o filho. Precisava ir embora com ele. Era a única coisa que tinha a fazer agora. Tinha de se acalmar e de sair desse seu aflitivo impasse. Ao pensar numa ação direta com relação ao seu filho, em ir com ele, agora mesmo, aonde quer que fosse, recuperou um pouco da calma que lhe era necessária.

Vestiu-se rapidamente, desceu a escada e entrou, a passos resolutos, na sala de estar, onde, como de praxe, esperavam por ela o café servido e Serioja com sua governanta. Todo de branco, Serioja estava de pé, junto à mesa, embaixo do espelho, e, curvando o dorso e o pescoço, exprimindo aquela atenção concentrada que Anna conhecia nele e que o tornava semelhante ao pai, fazia algo com as flores que havia trazido.

O ar da governanta estava severo em demasia. Com uma voz estridente, como fazia amiúde, Serioja exclamou: "Ah, mamãe!" e parou indeciso: ia logo cumprimentar sua mãe, deixando as flores para depois, ou perfaria o ramalhete e a cumprimentaria com flores na mão?

Saudando Anna, a governanta se pôs a contar, de forma prolixa e taxativa, sobre o deslize de Serioja, mas Anna nem a escutava: pensava se a levaria também consigo. "Não a levarei, não", decidiu. "Vou embora só com meu filho."

— Foi muito mau, sim — disse Anna; pegou no ombro do filho, fitou-o com um olhar que deixou o garoto confuso e aliviado por não ser severo, mas antes tímido, e beijou-o. — Deixe comigo — disse à governanta surpresa e, sem largar a mão do filho, sentou-se à mesa em cima da qual estava o café servido.

— Mamãe! Eu... eu... não... — balbuciou ele, tentando entender, pela expressão de sua mãe, qual seria o castigo por causa daquele pêssego.

— Serioja — disse Anna, tão logo a governanta saiu porta afora —, isso é mau, sim, mas tu não vais mais fazer isso?... Tu me amas?

Sentia as lágrimas brotarem em seus olhos. "Será que posso deixar de amá-lo?", dizia a si mesma, mergulhando no olhar do filho, assustado e, ao mesmo tempo, feliz. "E será que ele vai ficar do lado do pai para me trucidar? Será que não vai ter pena de mim?" As lágrimas já fluíam pelo seu rosto e, para escondê-las, Anna se levantou impetuosamente e foi, quase correndo, ao terraço.

Após as chuvas tempestuosas dos últimos dias, fazia um tempo claro e fresco. Mesmo ao sol, que se insinuava através da folhagem molhada, o ar estava frio.

Anna estremeceu, tanto de frio quanto de seu pavor interno que lá, ao ar livre, apossara-se dela com força renovada.

— Vai atrás de Mariette, vai — disse ela a Serioja, que também saíra da sala, e começou a andar pela esteira de palha a recobrir o terraço. "Será que não me perdoarão, não entenderão que tudo isso nem poderia ser de outro jeito?", perguntou a si mesma.

Deteve-se, olhando para os cimos dos choupos que oscilavam ao vento, cujas folhas úmidas refulgiam ao sol frio, e compreendeu que não lhe perdoariam mesmo, que tudo e todos seriam, de agora em diante, tão impiedosos para com ela quanto aquele céu e aquele verdor. E sentiu outra vez que tudo se desdobrava em sua alma. "Não preciso pensar nisso, não preciso", disse consigo. "Preciso fazer as malas. Mas aonde irei? Quando? Quem é que levarei comigo? Irei a Moscou, sim, no trem vespertino. Levarei Ânnuchka e Serioja, e apenas as coisas mais necessárias. Mas antes preciso escrever para eles dois." Depressa, ela entrou na casa, foi ao seu quarto, sentou-se à mesa e escreveu para seu marido:

"Depois daquilo que aconteceu, não posso mais permanecer em sua casa. Vou embora e levo meu filho comigo. Não conheço as leis nem sei, portanto, com qual dos pais o filho deve ficar, porém o levo comigo porque não consigo viver sem ele. Seja magnânimo e deixe-o comigo."

Até então, ela escrevia rápida e naturalmente, mas, apelando à magnanimidade do marido, que não enxergava nele, e tendo de concluir a carta com alguma frase tocante, parou de escrever.

"Não posso falar de minha culpa, nem de meu arrependimento, porque..."

Parou de novo, sem achar nexo em seus pensamentos. "Não", disse consigo: "nada além disso". Rasgou a carta, reescreveu-a, excluindo aquela menção à magnanimidade, e lacrou-a.

Cumpria-lhe escrever outra carta, para Vrônski. "Declarei ao meu marido...", escreveu e quedou-se, por muito tempo, sem forças para continuar. Era algo tão grosseiro, tão descabido para uma mulher. "E depois, o que é que diria para ele?", pensou. O rubor de vergonha cobriu-lhe novamente o rosto; ela se lembrou da tranquilidade de Vrônski, e a sensação de aborrecimento com ele fez que rasgasse, em pedacinhos minúsculos, a folha com essa frase escrita. "Nada mesmo", disse em seu íntimo. Fechando o *buvard*,[41] subiu a escada, declarou à governanta e aos criados que iria logo a Moscou e começou, sem demora, a arrumar as malas.

---

[41] Pasta com folhas de mata-borrão (em francês).

## XVI

Os zeladores, jardineiros e lacaios andavam, levando diversas coisas para fora, por todos os quartos da casa de veraneio. Os armários e as cômodas estavam abertos; alguém já correra, duas vezes, comprar cordas numa lojinha; as folhas de jornais espalhavam-se pelo chão. Dois baús, vários sacos e mantas enroladas e amarradas tinham sido levados para a antessala. Havia, perto da entrada, uma carruagem e dois carros de aluguel. Esquecendo-se, ao passo que fazia as malas, de sua inquietação interior, Anna arrumava, postada diante da mesa em seu gabinete, a sua sacola de viagem, quando Ânnuchka lhe chamou a atenção para o barulho de uma carruagem que se aproximava. Olhando pela janela, Anna avistou, no terraço de entrada, o mensageiro de Alexei Alexândrovitch, que tocava a campainha da porta principal.

— Vá perguntar o que há — disse ela e, tranquilamente pronta para o que desse e viesse, sentou-se, pondo as mãos sobre os joelhos, numa poltrona. O lacaio trouxe um volumoso pacote assinado pela mão de Alexei Alexândrovitch.

— Foi ordenado ao mensageiro que obtivesse uma resposta — disse.

— Está bem — respondeu Anna e, tão logo o lacaio saiu, rasgou o envelope com seus dedos trêmulos. Um maço de notas bancárias, nunca dobradas e lacradas num invólucro, caiu lá de dentro. Anna abriu a carta anexa e começou a lê-la de trás para frente. "Tomei as medidas para que se mudasse... revisto de importância o cumprimento do meu pedido..." — leu ela. Correu os olhos adiante, ou seja, do fim ao começo, leu tudo e releu a carta na íntegra, do começo ao fim. Terminada a leitura, sentiu que estava com frio e que uma desgraça terrível, pela qual nem sequer esperava, acabara de desabar sobre ela.

Pela manhã, arrependia-se do que dissera ao seu marido e desejava apenas nunca ter dito aquelas palavras. E eis que a carta dele confirmava que nunca dissera, de fato, aquelas palavras e concedia-lhe o desejado. Só que agora tal carta lhe parecia mais terrível que tudo quanto pudesse imaginar.

"Ele tem razão, sim!", murmurou. "É claro que sempre tem razão: é cristão, é magnânimo! Sim, homenzinho baixo, abjeto! E ninguém, a não ser eu mesma, entende nem entenderá isso; e eu mesma não poderei explicar. Eles lá dizem: que homem devoto, moral, honesto, inteligente; só que não veem o que eu cá vi. Não sabem como ele tem esganado, por oito anos, a minha vida, como tem esganado tudo o que eu tinha de vivo, sem pensar, nenhuma vez, que sou uma mulher viva e que preciso de amor. Não sabem como ele me ofendia a cada passo e ficava contente consigo. Não fui eu que tentei, com todas as minhas forças, encontrar uma justificativa dessa vida? Não fui eu que tentei amá-lo, amar nosso filho quando já não podia amar meu marido? Só que chegou a hora, e compreendi que não podia mais enganar a mim mesma, que estava ainda viva, que não tinha culpa de Deus me ter feito assim, que precisava amar e viver. E agora? Se ele me matasse, se matasse Vrônski, eu suportaria tudo, perdoaria tudo, mas não, ele..."

"Como não adivinhei o que ele ia fazer? Vai fazer o que for próprio daquele seu vil caráter. E terá razão nisso, e eu, já perdida, ficarei mais perdida e humilhada ainda..." "Você mesma pode imaginar o que espera por você e pelo seu filho" — rememorou as palavras da carta. "É uma ameaça: ele me tomará o filho, e bem pode ser que, pela estúpida lei deles, isso seja possível. Mas será que não sei por que ele diz isso? Não acredita nem no amor que tenho pelo meu filho, ou então está desprezando (aliás, sempre zombou de mim), desprezando este meu sentimento, porém sabe que não abandonarei meu filho, que não posso abandoná-lo, que não poderei viver sem meu filho, nem mesmo com aquele homem que amo, e que, se abandonasse meu filho e fugisse dele, eu agiria como a mulher mais torpe, mais asquerosa — ele sabe disso e sabe que não terei forças para fazer tal coisa."

"Nossa vida deve continuar transcorrendo como tem transcorrido" — foi outra frase da carta que lhe veio à memória. "Minha vida estava penosa desde antes, estava horrível nesses últimos tempos. O que é que será de mim agora? E ele sabe disso tudo, sabe que não posso arrepender-me de respirar, de amar; sabe que nada resultará disso, além de engodos e mentiras, mas precisa continuar judiando de mim. Eu o conheço! Sei que está nadando, feito um peixe, nas mentiras, que se regozija dessas mentiras. Mas não: eu não lhe darei esse prazer; vou rasgar essa sua teia de mentiras, com que ele quer amarrar-me, e aconteça o que acontecer! Qualquer coisa seria melhor do que esses engodos e mentiras!"

"Mas como? Meu Deus! Meu Deus! Será que uma mulher já ficou tão infeliz quanto eu?..."

— Vou rasgar, sim, vou rasgar! — exclamou ela, levantando-se num rompante e contendo os prantos. Então foi até a escrivaninha para responder, por escrito, ao seu esposo. Contudo, já sentia no fundo da alma que não teria forças para rasgar qualquer teia que fosse, para sair da sua situação costumeira, por mais falsa e desonesta que a julgasse.

Sentou-se à escrivaninha, mas, em vez de escrever, colocou os braços sobre a tampa, pôs a cabeça em cima e desandou a chorar, soluçando, estremecendo com todo o peito, como choram as crianças. Chorava porque o sonho de clarear e definir a sua situação estava desfeito para sempre. Sabia de antemão que tudo permaneceria como antes ou mesmo ficaria bem pior do que antes. Sentia que aquela sua posição social, da qual ela gozava e que lhe parecera, pela manhã, tão ínfima, era valiosa para ela, que não teria forças para trocá-la pela posição ignominiosa de uma mulher que abandonara seu marido e seu filho a fim de se entregar ao seu amante, que não se tornaria, por mais que se esforçasse para tanto, mais forte que ela mesma. Jamais desfrutaria da liberdade no amor, mas sempre seria uma mulher adúltera, ameaçada, a cada minuto, de ser acusada, que trai seu marido a fim de manter um vínculo desonroso com um homem estranho, independente, com quem ela não poderia compartilhar a vida. Estava ciente de que seria tudo assim mesmo e, não obstante, era tudo tão pavoroso que ela nem podia imaginar o desfecho por vir. E estava chorando, sem se conter, como choram as crianças punidas.

Os passos do lacaio, que se ouviram por trás da porta, fizeram-na acordar, e ela fingiu, escondendo-lhe seu semblante, que escrevia.

— O mensageiro espera pela resposta — comunicou o lacaio.

— Pela resposta? Sim — disse Anna —, que espere mais um pouco. Vou tocar a campainha.

"O que posso escrever?", pensou ela. "O que posso decidir sozinha? O que é que sei? O que é que quero? O que é que amo?" Sentiu outra vez que tudo se tornava dúplice em sua alma. Sentiu outra vez medo dessa sensação e agarrou o primeiro pretexto capaz de fazê-la parar de pensar em si mesma. "Tenho que ver Alexei (assim é que chamava Vrônski em seu íntimo); só ele pode dizer para mim o que devo fazer. Vou à casa de Betsy: talvez o encontre por lá", disse consigo, totalmente esquecida de que lhe dissera, ainda na véspera, que não visitaria a princesa Tverskáia, respondendo Vrônski então que, portanto, ele tampouco a visitaria. Retornou à escrivaninha, escreveu para seu marido: "Eu recebi sua carta. A." e, tocando a campainha, entregou o bilhete ao lacaio.

— Não vamos embora — disse a Ânnuchka, que havia entrado.

— Não mesmo?

— Não, mas deixe as bagagens prontas até amanhã. E a carruagem também: vou ver a princesa.

— Que vestido é que preparo para a senhora?

## XVII

Na reunião "da partida de *croquet*", para a qual a princesa Tverskáia convidara Anna, deviam participar duas damas com seus admiradores. Essas duas damas eram as principais expoentes de um novo grêmio petersburguense, muito seleto e denominado, em imitação de alguma imitação, *Les sept merveilles du monde*.[42] Embora pertencente à alta-roda, o círculo dessas damas era totalmente avesso àquele frequentado por Anna. Além do mais, o velho Striómov,

---

[42] As sete maravilhas do mundo (em francês).

um dos homens fortes de Petersburgo e admirador de Lisa Merkálova, era desafeto de Alexei Alexândrovitch no âmbito oficial. Levando em conta todos esses argumentos, Anna não queria ir à casa da princesa Tverskáia, que aludia, em seu bilhete, à possível recusa dela. Só que agora, na esperança de encontrar Vrônski, Anna quis ir ali.

Chegou à casa da princesa Tverskáia antes dos outros convidados.

Enquanto entrava, o lacaio de Vrônski, semelhante a um fidalgo da Câmara com suas suíças bem penteadas, também estava entrando. Parou junto da porta e, tirando o boné, deixou-a passar. Anna reconheceu-o e só então recordou como Vrônski dissera, na véspera, que não iria lá. O bilhete que enviara referia-se, provavelmente, àquilo.

Despindo o casaco na antessala, Anna ouviu o lacaio, que até mesmo pronunciava o "r" como um fidalgo da Câmara,[43] dizer, entregando aquele bilhete: "Do conde para a princesa".

Queria perguntar onde estava o patrão dele. Queria também voltar para casa e mandar-lhe uma carta, pedindo que viesse vê-la, ou então ir, ela mesma, vê-lo. Contudo, não daria para fazer nenhuma dessas três coisas: já se ouvia, na frente dela, o tilintar das sinetas anunciando a sua chegada, e o lacaio da princesa Tverskáia já se postara, dando uma meia-volta, às portas abertas para convidá-la a entrar nos cômodos interiores.

— A princesa está no jardim: já fica avisada. Aprazeria à senhora ir ao jardim? — disse outro lacaio, na sala vizinha.

Sua situação continuava sendo tão incerta e imprecisa quanto em casa; aliás, piorara ainda, já que não podia fazer nada, não podia ver Vrônski, mas tinha de ficar lá, num ambiente estranho e tão contrário ao humor dela. Todavia, usava um traje que lhe caía (Anna sabia disso) muito bem; não estava sozinha, mas se via em meio àquela pomposa ociosidade, que lhe era familiar, e sentia-se melhor do que em casa. Não lhe cumpria inventar o que faria, pois tudo se fazia naturalmente. Avistando Betsy, que vinha ao seu encontro, com uma toalete branca cuja elegância a deixara estupefata, Anna sorriu, como sempre, para ela. A princesa Tverskáia estava com Tuszkiewicz e uma donzela parenta, que viera, para enorme júbilo de seus pais provincianos, passar o verão na casa da célebre princesa.

Decerto havia algo singular na aparência de Anna, visto que Betsy reparou logo nisso.

— Dormi mal — respondeu Anna, fitando o lacaio que vinha ao encontro delas e, segundo ela pensava, trazia o bilhete de Vrônski.

---

[43] Não raro, os fidalgos russos falavam com o sotaque francês, velarizando o "r".

— Como estou feliz por você ter vindo — disse Betsy. — Estou cansada e já queria tomar uma chávena de chá, antes que eles viessem. Por que é que não vai, com Macha — dirigiu-se a Tuszkiewicz —, conferir o *croquet-ground*,[44] onde a grama foi aparada. Teremos tempo para as confidências enquanto tomamos chá: *we'll have a cosy chat*,[45] não é verdade? — dirigiu-se a Anna, sorrindo e apertando-lhe a mão que segurava a sombrinha.

— Ainda mais que não posso ficar aqui por muito tempo: preciso ir à casa da velha Vrede. Faz cem anos que prometi visitá-la — disse Anna, para quem a mentira, alheia à sua natureza, tornara-se não apenas fácil e natural, quando utilizada em seu meio social, mas até mesmo prazerosa.

Não poderia, de modo algum, explicar a razão pela qual tinha dito o que nem sequer imaginava um segundo antes. Dissera aquilo unicamente porque Vrônski não estaria lá e ela deveria, portanto, garantir a sua liberdade e tentar, de qualquer maneira, vê-lo depois. Não saberia explicar, entretanto, por que mencionara justamente a velha dama da corte chamada Vrede, que teria de visitar a par de várias outras pessoas; ao mesmo tempo, como viria a saber mais tarde, não conseguira, ao passo que inventava os meios mais astuciosos de encontrar-se com Vrônski, inventar nada melhor.

— Não, faça o que fizer, não a deixarei ir embora — replicou Betsy, olhando atentamente para o rosto de Anna. — Juro que, se não gostasse de você, ficaria sentida. Como se estivesse com medo de que minha companhia possa comprometê-la. Sirva, por favor, nosso chá no pequeno salão — disse, entrefechando os olhos, como sempre fazia quando se dirigia ao lacaio. Pegando o bilhete das suas mãos, leu-o. — *Alexis nous a fait faux bond*[46] — disse em francês. — Escreve que não pode vir — acrescentou, num tom tão simples e desenvolto como se nunca lhe tivesse ocorrido a ideia de que Vrônski pudesse ser, para Anna, alguém mais importante do que um mero jogador de *croquet*.

Anna estava ciente de que Betsy sabia de tudo, porém, cada vez que a ouvia falar, em sua presença, de Vrônski, convencia-se, por um minuto, de que ela não sabia de nada.

— Ih! — disse Anna, indiferente como quem se importasse pouco com isso, e prosseguiu, sorrindo —: Como é que sua companhia pode comprometer quem quer que seja? — Esse jogo de palavras, para ocultar um mistério, era muito empolgante para Anna, bem como para todas as mulheres. E não era a necessidade de ocultá-lo nem o objetivo dessa ocultação, mas o processo de ocultação em si que a empolgava. — Não posso ser mais católica do que o

---

[44] Campo de croqué (em inglês).
[45] Teremos uma conversa agradável (em inglês).
[46] Alexei faltou ao nosso encontro (literalmente: Alexei fez um salto em falso) (em francês).

papa — disse. — Striómov e Lisa Merkálova são a nata das natas da sociedade. Ademais, são recebidos por toda parte, e eu — ela acentuou, sobretudo, aquele "eu" — nunca fui rigorosa e intolerante. Não tenho tempo para isso, pura e simplesmente.

— Não, talvez você não queira encarar Striómov? Que ele digladie com Alexei Alexândrovitch naquele seu comitê: não é conosco. Mas, na sociedade, é o homem mais gentil que conheço e um jogador de *croquet* apaixonado. Você mesma verá. E, apesar de sua situação engraçada de um velho louco por Lisa, você precisa ver como se sai bem nessa situação engraçada! É muito amável. E Safo Schtolz, você não a conhece? É um tom novo, completamente novo.

Betsy dizia tudo isso, mas, pelo olhar dela, jovial e arguto, Anna adivinhava que entendia, em parte, a sua situação e vinha tramando algo. Elas estavam no pequeno salão.

— Tenho, porém, de escrever para Alexei — E Betsy se sentou à mesa, escreveu umas linhas e colocou o bilhete num envelope. — Escrevo para que ele venha almoçar. Uma dama fica almoçando comigo desacompanhada. Veja aí se é convincente. Perdão, que vou deixá-la por um minutinho. Lacre, por favor, e despache — disse, saindo. — E eu preciso dar uma ordem.

Sem refletir por um instante sequer, Anna se sentou à mesa, com aquela carta de Betsy na mão, e, sem lê-la, escreveu em baixo: "Necessito vê-lo. Venha ao jardim de Vrede. Estarei lá às 6 horas". Lacrou o envelope, e Betsy, ao regressar, entregou-o, em sua presença, ao lacaio.

De fato, quando o chá foi servido, sobre uma mesinha-bandeja, no pequeno salão arejado, travou-se entre as duas mulheres aquela *cosy chat* que a princesa Tverskáia havia prometido antes da chegada dos convidados. Elas mexericavam aqueles por quem esperavam, e a conversa se focou em Lisa Merkálova.

— É uma gracinha, e sempre simpatizei com ela — disse Anna.

— Deve gostar dela. Ela está louquinha por você. Ontem se achegou a mim, após a corrida: estava desesperada por não a encontrar. Diz que você é uma verdadeira heroína de romance e que, se ela fosse um homem, faria mil bobagens por sua causa. Striómov diz para ela que, mesmo sem ser um homem, já anda fazendo bobagens.

— Mas diga-me, que nunca pude entender... — disse Anna após uma breve pausa, e seu tom deixava bem claro que não fazia uma pergunta ociosa, mas perguntava por algo mais relevante, para ela, do que deveria ser. — Diga-me, por favor, o que seria o relacionamento dela com o príncipe Kalújski, o chamado Michka? Eu os encontrei poucas vezes. O que seria?

Betsy sorriu, tão só com os olhos, e mirou Anna com atenção.

— É um novo jeitinho — respondeu ela. — Todas elas o adotaram. *Elles ont jeté leurs bonnets par-dessus les moulins.*⁴⁷ Só que há várias maneiras de jogar as toucas.

— Sim, mas que tipo de relação ela mantém com Kalújski?

De súbito, Betsy deu uma risada alegre e infrene, o que se dava com ela mui raramente.

— Nisso você invade a área da princesa Miagkáia. É uma pergunta d'*enfant terrible*... — Pelo visto, Betsy queria, mas não conseguia conter-se, rompendo a rir daquele modo contagioso das pessoas que riem pouco. — Precisa perguntar para eles — disse a custo, rindo até chorar.

— Não, você fica rindo — disse Anna, que também se contagiara, sem querer, com aquele riso —, mas eu cá jamais consegui entender. Não entendo que papel cabe ao marido.

— Ao marido? O marido de Lisa Merkálova carrega mantas atrás dela e está sempre pronto para servi-la. E ninguém quer saber o que acontece, além disso, na realidade. Numa sociedade fina, não se fala nem mesmo se pensa em certos detalhes da toalete, sabe? Com isso, é a mesma coisa.

— Você irá à festa dos Rolandaki? — perguntou Anna, para mudar de assunto.

— Acho que não — respondeu Betsy e, sem olhar para sua amiga, começou a encher, com todo o cuidado, as chavenazinhas translúcidas de chá aromático. Ao servir uma chávena para Anna, tirou uma *pakhitoska*⁴⁸ e, colocando-a numa piteira de prata, quedou-se fumando.

— Minha posição é favorável, está vendo? — tornou a falar, sem rir mais, segurando a sua chávena. — Compreendo você e compreendo Lisa. Lisa é uma daquelas criaturas ingênuas que não discernem, iguais às crianças, o que é bom do que é ruim. Pelo menos, ela não discernia quando era muito nova. E agora sabe que tal falta de discernimento lhe cai bem. Agora, quem sabe, não discerne de propósito — dizia Betsy, com um sorriso finório. — Mas, ainda assim, isso lhe cai bem. Está vendo: a gente pode ver a mesma coisa de forma trágica e transformá-la num suplício, ou de forma simples e até mesmo alegre. Pode ser que você tenha uma visão das coisas por demais trágica.

— Gostaria tanto de conhecer os outros como me conheço a mim — disse Anna, séria e meditativa. — Sou pior ou melhor que os outros? Creio que sou pior.

— *Enfant terrible, enfant terrible!* — repetiu Betsy. — Mas lá vêm eles!

---

⁴⁷ Elas pouco se lixam (literalmente: Elas jogaram suas toucas por cima dos moinhos) (em francês).

⁴⁸ Fino cigarro de tabaco miúdo, enrolado em folha de milho (corruptela da palavra castelhana *pajito*).

## XVIII

Ouviram-se o som de passos e uma voz masculina, depois uma voz feminina e o riso, e, logo em seguida, entraram as pessoas por quem se esperava: Safo Schtolz e um jovem radiante a transbordar de saúde, o assim chamado Vaska. Dava para ver que tirava muito proveito da carne de vaca malpassada, das trufas e do borgonha[49] que vivia consumindo. Vaska cumprimentou as damas com uma mesura e olhou para elas, mas só por um segundo. Ao entrar no salão atrás de Safo, andava pelo salão atrás dela, como se estivesse amarrado, fitando-a com seus olhos brilhantes, como se quisesse comê-la. Safo Schtolz era uma loura de olhos negros. Entrara a passos miúdos, mas enérgicos, de salto alcantilado, e apertou fortemente, de jeito masculino, a mão das damas.

Anna, que não encontrara ainda nenhuma vez essa nova celebridade, ficou pasmada com a sua beleza, com os extremos aos quais fora levada a sua toalete e com a ousadia de suas maneiras. Os cabelos suavemente dourados, naturais e postiços, formavam na cabeça dela um tal *échafaudage*[50] do penteado que o tamanho de sua cabeça equivalia ao de seu busto harmoniosamente saliente e bem descoberto. Quanto ao ímpeto com que avançava, era tão intenso que se destacavam por baixo do vestido, com cada movimento dela, as formas de seus joelhos e suas coxas, impondo-se então a questão espontânea onde terminava por trás, naquele artificial amontoado oscilante, seu corpo real, pequeno e esbelto, tão desnudo em cima e tão esconso nas partes traseira e inferior.

Betsy se apressou a apresentá-la a Anna.

— Quase atropelamos dois soldados, podem imaginar? — De pronto, ela se pôs a contar, piscando, sorrindo e puxando para trás a cauda de seu penteado, que deixara, de início, pender demasiadamente para um lado. — Estava passando com Vaska... Ah, sim, vocês não se conhecem... — e ela apresentou o jovem, citando o sobrenome dele, e depois, corando um pouco, passou a rir alto da sua gafe, ou seja, por tê-lo chamado, na frente de uma dama desconhecida, de Vaska.

Vaska saudou novamente Anna, mas não lhe disse nada. Dirigiu-se a Safo:

— A aposta está perdida. Chegamos antes deles. Veja se paga — disse, sorrindo.

O riso de Safo tornou-se mais jovial ainda.

— Mas não agora... — replicou ela.

---

[49] Vinho francês, tinto ou branco, produzido na região de Borgonha (Bourgogne).
[50] Andaime ou, no sentido figurado, acúmulo de coisas empilhadas uma em cima da outra que lembra um andaime (em francês).

— Tanto faz: cobrarei mais tarde.

— Está bem, está bem. Ah, sim! — de repente, ela se dirigiu à anfitriã. — Que papelão... Já esqueci... Trouxe mais uma visita. Aqui está!

Aquele jovem visitante inesperado,[51] que Safo trouxera e de quem se esquecera, era, todavia, uma pessoa tão importante que, apesar de sua juventude, ambas as damas se levantaram para cumprimentá-lo.

Era um novo admirador de Safo. Agora não se desgrudava dela, igual a Vaska.

Pouco depois vieram o príncipe Kalújski e Lisa Merkálova com Striómov. Lisa Merkálova era uma morena magrinha, cujo rosto, de tipo oriental, expressava indolência e cujos olhos encantadores eram, no dizer de todos, inefáveis. O feitio de seu traje escuro, logo percebido e apreciado por Anna, correspondia perfeitamente à sua beleza. Quanto Safo era impetuosa e firme, tanto Lisa era delicada e relaxada.

Contudo, Lisa era, para o gosto de Anna, muito mais atraente. Betsy acabara de lhe dizer que Lisa assumia o tom de uma criança ingênua, porém, quando Anna a viu, intuiu que não era bem assim. Era, de fato, uma mulher ignorante e corrompida, mas carinhosa e dócil. É verdade que se portava do mesmo modo que Safo: assim como atrás de Safo, dois admiradores, um novo e o outro velho, andavam atrás dela, como se estivessem amarrados, e devoravam-na com os olhos; não obstante, havia nela algo que ficava acima daquilo que a rodeava: o brilho de um diamante autêntico em meio aos cacos de vidro. Esse brilho cintilava em seus olhos lindos, realmente inefáveis. O olhar cansado e, ao mesmo tempo, passional desses olhos cercados de círculos escuros arrebatava com sua absoluta franqueza. Qualquer um acharia, ao mirá-la olho no olho, que a conhecera inteira e, ao conhecê-la, não poderia deixar de amá-la. Tão logo ela viu Anna, um sorriso feliz alumiou, de improviso, todo o seu rosto.

— Ah, como estou feliz de vê-la! — disse, aproximando-se de Anna. — Ontem, naquela corrida, já ia até você, mas você foi embora. Queria tanto vê-la justo ontem. Aquilo foi um horror, não é mesmo? — disse, fixando em Anna esse seu olhar que parecia deixar toda a sua alma à mostra.

— Sim: eu nem imaginava que ficaria tão emocionada — respondeu Anna, corando.

Nesse meio-tempo, os convidados se levantaram para ir ao jardim.

— Não vou lá — disse Lisa, sorrindo, e sentou-se ao lado de Anna. — Você também não? Que prazer é que há em jogar *croquet*?

---

[51] Tal visitante anônimo devia ser um dos Grandes Príncipes da Rússia, porquanto cumpria a toda e qualquer pessoa ficar em pé no momento em que o cumprimentava.

— Não, eu gosto — disse Anna.

— Mas como é que você consegue não se entediar? Só de olhar para você, a gente fica alegre. Você vive, e eu me entedio.

— Como é que se entedia? Mas esse seu meio é o mais alegre de Petersburgo — disse Anna.

— Talvez aqueles que não são do nosso meio fiquem mais entediados ainda, mas a gente, ou seja, eu mesma não estou, com certeza, alegre, mas terrivelmente entediada, terrivelmente.

Acendendo um cigarro, Safo foi ao jardim com ambos os jovens. Betsy e Striómov ficaram para tomar chá.

— Como assim, "entediada"? — questionou Betsy. — Safo diz que ontem eles se divertiram muito em sua casa.

— Ah, que tédio! — disse Lisa Merkálova. — Fomos, nós todos, à minha casa após a corrida. É sempre a mesma coisa, sempre! É sempre a mesma coisa, sim! Ficamos, a tardezinha toda, repimpados nos sofás. O que há de alegre nisso? Não, como é que consegue não se entediar? — dirigiu-se outra vez a Anna. — É só olhar para você, e a gente vê uma mulher que pode estar feliz ou infeliz, mas não se entedia nunca. Ensine-me a fazer como você faz.

— Mas não faço nada — respondeu Anna, enrubescendo com essas perguntas insistentes.

— Essa é a melhor maneira... — Foi Striómov quem se intrometeu na conversa.

Striómov era um homem de mais ou menos cinquenta anos de idade, meio grisalho, mas ainda vigoroso, bem feio, mas com um semblante característico e inteligente. Lisa Merkálova era a sobrinha de sua mulher, e ele passava todas as suas horas vagas com ela. Ao encontrar Anna Karênina, esse desafeto de Alexei Alexândrovitch no âmbito oficial fez questão, como um homem mundano e sábio, de tratar a esposa de seu desafeto com especial cortesia.

— "Nada" — continuou, com um sorriso arguto — é o melhor dos meios. Digo-lhe há tempos — dirigiu-se a Lisa Merkálova — que, para não nos entediarmos, temos que deixar de pensar que ficaremos com tédio. Seria o mesmo que não temermos a insônia se temêssemos não dormir. Foi isso aí que lhe disse Anna Arkádievna.

— Ficaria muito feliz, se tivesse dito isso, por ser não só algo inteligente, mas também a verdade — disse Anna, sorrindo.

— Não, diga por que não se dorme e por que não se entedia?

— Deve-se fazer um esforço para dormir; e, para ficar alegre, também se deve fazer um esforço.

— Por que é que faria esse esforço, se ninguém está precisando dele? E fingir de propósito, hum... não sei nem quero fazer esforços para isso.

— Você não tem jeito — disse Striómov, sem olhar para ela, e dirigiu-se de novo a Anna.

Deparando-se raramente com ela, Striómov não podia dizer-lhe nada, senão algumas banalidades, porém lhe dizia essas banalidades perguntando quando se mudaria para Petersburgo e contando como a adorava a condessa Lídia Ivânovna, com uma expressão a mostrar que ele desejava, do fundo de sua alma, agradar-lhe, manifestar a Anna seu respeito e até algo maior.

Tuszkiewicz entrou anunciando que a assembleia toda esperava pelos jogadores de *croquet*.

— Não vá embora, não, por favor — pediu Lisa Merkálova, ao saber que Anna estava prestes a partir, e Striómov apoiou-a:

— O contraste seria grande demais, se a senhora fosse, após essa turma, ver a velhota Vrede. E depois lhe daria o ensejo de fofocar, enquanto, se ficasse conosco, haveria de suscitar outros sentimentos, tão só os mais agradáveis e contrários à maledicência — disse a Anna.

Por um minuto, ela ficou refletindo, indecisa como estava. As falas lisonjeiras daquele homem inteligente, a simpatia ingênua, infantil, que lhe expressava Lisa Merkálova e todo esse habitual ambiente mundano — tudo isso era tão fácil, enquanto o difícil estava por vir, que ela passou um minuto hesitando, pensando em deter-se lá, em postergar ainda o penoso momento de explicações. Contudo, ao lembrar-se daquilo que esperava por ela, sozinha, em casa, a menos que tomasse alguma decisão, ao lembrar-se daquele gesto, tétrico mesmo em suas lembranças, que fizera ao agarrar, com ambas as mãos, seus cabelos, despediu-se e partiu.

## XIX

Apesar da sua vida mundana aparentemente desregrada, Vrônski era um daqueles homens que detestam a desordem. Ainda bem novo, estudando no Corpo de Pajens, ficara endividado e, pedindo um empréstimo, experimentara a humilhação da recusa. Desde então, não se vira, nenhuma vez mais, na mesma situação.

Para que seus negócios estivessem sempre em ordem, ele se recolhia, conforme as circunstâncias, com maior ou menor frequência, umas cinco vezes ao ano e passava-os todos a limpo. Chamava aquilo de "acertar as contas" ou de *"faire la lessive"*.[52]

---

[52] Lavar as roupas (em francês).

Ao acordar tarde no dia seguinte à corrida, sem raspar a barba nem tomar banho, Vrônski envergou sua túnica militar e, espalhando o dinheiro, as contas e as cartas pela mesa, pôs-se ao trabalho. Petrítski, que também acordara, viu seu companheiro sentado à escrivaninha e, ciente de que em tais momentos ele ficava, por vezes, zangado, vestiu-se na surdina e saiu para não o atrapalhar.

Toda e qualquer pessoa, sabendo, nos mínimos detalhes, quão complicadas são as condições de sua vida, supõe de maneira involuntária que a complexidade dessas condições e a dificuldade em assimilá-las sejam apenas um problema pessoal e fortuito, porém não pensa, em caso algum, que os outros também se vejam expostos à mesma complexidade das condições pessoais que ela mesma. Era isso que imaginava Vrônski, pensando, com certo orgulho íntimo e não sem fundamentos, que qualquer um já se teria intrincado havia muito tempo e seria forçado a agir desonestamente, caso as condições de sua vida fossem tão complicadas assim. Todavia, Vrônski sentia que precisava, justo agora, ordenar suas contas e clarear a situação geral para não se intrincar.

O primeiro ponto que Vrônski abordou por ser o mais simples era o estado de suas finanças. Ao anotar numa folha de papel de carta, com sua letra miúda, todas as suas dívidas, fez o somatório e viu que estava devendo dezessete mil, com algumas centenas de rublos que desconsiderou para arredondar o total. Contou o dinheiro, inclusive aquele de sua caderneta bancária, e concluiu que lhe restavam mil e oitocentos rublos, sem haver mais nada a receber até o Ano Novo. Relendo a lista, Vrônski reescreveu-a, repartindo as dívidas em três categorias. As dívidas inclusas na primeira categoria deveriam ser pagas de imediato, ou, em todo caso, cumpriria a Vrônski preparar logo o dinheiro para pagá-las, se exigido, sem um minuto de atraso. Tais dívidas somavam cerca de quatro mil rublos: mil e quinhentos pelo cavalo e uma garantia de dois mil e quinhentos em favor de seu jovem companheiro Venêvski, que perdera aquele dinheiro, na presença de Vrônski, jogando com um fulheiro. Aliás, Vrônski quisera pagar já naquele momento, pois estava com o dinheiro necessário, mas Venêvski e Yachvin tinham insistido em pagarem pessoalmente, ainda mais que Vrônski nem participara do jogo. Tudo isso era excelente, só que Vrônski sabia: naquele negócio sujo, embora sua participação consistisse apenas numa garantia verbal em favor de Venêvski, precisaria ter aqueles dois mil e quinhentos rublos nas mãos, a fim de jogá-los na cara do trapaceiro e de romper quaisquer relações com ele. Afinal, essa primeira, e a mais importante, categoria de dívidas exigiria quatro mil rublos. A segunda categoria, que somava oito mil, compunha-se de dívidas menos importantes. Elas concerniam, principalmente, à cavalariça de corridas, ao fornecedor de aveia e feno, ao inglês, ao seleiro, etc. Também lhe cumpriria desembolsar uns dois mil, quanto a essas dívidas, para ficar plenamente tranquilo. A última categoria englobava as dívidas relacionadas com lojas, hotéis e alfaiates, as que nem mereciam ser levadas a sério. Assim, ele necessitava de, pelo menos, 6000 rublos, mas tinha somente 1800 para despesas cotidianas. Parecia que, para um homem a apurar cem mil de renda anual, segundo todos avaliavam o patrimônio de Vrônski, tais dívidas não podiam ser por demais onerosas, mas o problema é que ele estava longe de apurar esses cem mil anuais. O enorme cabedal de seu pai, que rendia, por si só, até duzentos mil por ano, não fora dividido entre os irmãos. Quando seu irmão mais velho se casara, coberto de dívidas, com a princesinha Vária Tchirkova, filha de um dezembrista[53] que não tinha sequer um tostão, Alexei lhe cedera todos os lucros das fazendas paternas, pedindo para si mesmo apenas vinte e cinco mil anuais. Dissera então ao seu irmão que aquele dinheiro lhe bastaria até ele se casar, o que não ocorreria, provavelmente, jamais. E seu irmão, que comandava um dos regimentos mais ostensórios e acabava de se casar, não pudera recusar tal presente. Sua mãe, que possuía uma fortuna própria, entregava a Alexei, para completar aqueles vinte e cinco mil dele, ainda uns vinte mil rublos por ano, e Alexei gastava-os todos. Nesses últimos tempos, zangada por causa de seu romance e por ter ido embora de Moscou, sua mãe não lhe repassava mais dinheiro algum. Portanto, Vrônski, que já se acostumara a gastar quarenta e cinco mil rublos, mas só recebera, nesse ano, vinte e cinco mil, estava agora em apuros. Para sair dessa situação, não poderia reclamar dinheiro à sua mãe. A última carta dela, recebida na véspera, deixara-o irritado, notadamente por aludir que sua mãe estivesse disposta a ajudá-lo a obter bom êxito na alta sociedade e no serviço militar, mas não a continuar levando uma vida a escandalizar todas as pessoas decentes. O desejo de suborná-lo expresso pela sua mãe ofendera-o até o fundo da alma, fazendo que passasse a tratá-la com maior frieza ainda. Entretanto, ele não podia renunciar à sua decisão magnânima, se bem que percebesse agora, prevendo vagamente certos reveses de sua ligação com Karênina, que aquela decisão magnânima fora tomada de modo leviano, e que ele, ainda solteiro, poderia vir a necessitar de todos os cem mil rublos de renda. Contudo, não podia renunciar. Bastava-lhe recordar apenas como a esposa de seu irmão, aquela gentil, carinhosa Vária, tornava a dizer, em qualquer ocasião favorável, que não se esquecera da sua generosidade e muito a estimava, para compreender que não lhe seria possível tomar de volta o que havia cedido. Seria mesmo tão impossível quanto bater numa

---

[53] Um dos fidalgos que participaram da chamada rebelião dezembrista, ocorrida em 1825, cujas metas tendiam a modernizar a Rússia arcaica e despótica.

mulher, furtar ou mentir. Restava tão só uma coisa que Vrônski podia e devia fazer, e ele resolveu fazer isso sem hesitar nem por um minuto: arranjar dez mil rublos emprestados com um agiota, o que não teria nenhum empecilho, reduzir suas despesas em geral e vender os cavalos de corrida que tinha. Ao tomar essa resolução, escreveu logo um bilhete para Rolandaki, que já lhe apresentara, mais de uma vez, a proposta de comprar seus cavalos. Depois mandou buscarem o inglês e o agiota, e acabou classificando o dinheiro que lhe sobrava. Terminados esses negócios, escreveu uma resposta fria e ríspida à carta de sua mãe. A seguir, tirando da carteira três bilhetinhos de Anna, releu-os, queimou-os e, mal se lembrou da conversa que tivera com ela na véspera, ficou pensativo.

## XX

A vida de Vrônski era feliz, em particular, porque ele tinha um código de regras que definiam, indiscutivelmente, tudo quanto se devia e não se devia fazer. Tal código abrangia um círculo de condições muito restrito, mas, em compensação, suas regras eram indubitáveis, e Vrônski, sem nunca sair desse círculo, nunca hesitava, por um minuto sequer, em cumprir o devido. As regras dele rezavam, incontestáveis, que se devia pagar ao fulheiro, mas não se devia pagar ao alfaiate, que não era preciso mentir para os homens, mas se podia mentir para as mulheres, que não se podia enganar a ninguém, mas se podia enganar o marido, que não se podia relevar as ofensas, mas se podia ofender, e assim por diante. Todas essas regras podiam ser insensatas e até mesmo perversas, porém não geravam dúvidas, e Vrônski sentia, ao passo que as aplicava, que estava tranquilo e podia andar de cabeça erguida. Só mesmo nos últimos tempos, em se tratando de suas relações com Anna, é que começava a perceber que seu código de regras não definia plenamente todas as condições e vislumbrava, em seu porvir, certas dificuldades e dúvidas para as quais não encontrava, desde já, a chave mestra.

A maneira como tratava agora Anna e o marido dela era simples e clara para Vrônski. Estava definida, precisa e claramente, naquele código de regras que o guiava.

Anna era uma mulher decente, que lhe oferecera seu amor, e Vrônski a amava e a considerava, portanto, digna de ser respeitada tanto quanto uma esposa legítima, e até mais que isso. Antes deixaria que lhe decepassem um braço do que se permitiria não só ofendê-la com uma palavra, ou apenas uma alusão, mas lhe faltar, simplesmente, com aquele respeito pelo qual uma mulher pudesse esperar.

No tocante à sociedade, também estava tudo esclarecido. Todos podiam saber disso, suspeitar disso, mas ninguém devia ousar falar nisso. Caso contrário, ele estaria disposto a silenciar os maldizentes e a obrigá-los a respeitar a inexistente honra da mulher que amava.

Quanto ao marido, era o ponto mais claro de todos. Desde o momento em que Anna se apaixonara por Vrônski, ele só tem achado seu direito de possuí-la inalienável. Aquele marido era uma pessoa de sobra, que não fazia outra coisa senão atrapalhar. Encontrava-se, sem dúvida, numa situação lamentável, mas o que Vrônski tinha a fazer com isso? O único direito que cabia ao marido era o de reclamar satisfações com uma arma na mão, porém Vrônski estava pronto a enfrentá-lo desde o primeiro minuto.

Contudo, nesses últimos tempos, vinham à tona umas relações novas, íntimas, entre os amantes, relações cuja imprecisão assustava Vrônski. Fora apenas na véspera que Anna lhe declarara que estava grávida. E Vrônski intuíra: aquela notícia e o que Anna esperava dele exigiam algo novo, não definido plenamente naquele código de regras que o guiava pela vida. De fato, ela o pegara desprevenido, e eis que, logo naquele momento em que se explicitara o estado dela, o coração sugerira a Vrônski a exigência de abandonar o marido. Chegara a dizer isso para ela, porém agora, pensando a respeito, percebia claramente que seria melhor evitar tal reviravolta e, ao mesmo tempo, perguntava a si mesmo, receoso, se não acabaria fazendo mal.

"Propondo eu que deixasse o marido, propus que viesse viver comigo, não foi isso? Será que estou pronto para tanto? Como a levarei embora daqui, já que não tenho agora dinheiro? Suponhamos que consiga arranjar uns trocados... Mas como a levarei embora, já que estou servindo? Desde que falei naquilo, preciso ficar pronto para o que der e vier, ou seja, preciso arranjar dinheiro e pedir reforma."

E Vrônski ficou pensativo. A questão se pediria reforma ou não fizera-o refletir sobre outro interesse seu, um interesse que só ele próprio conhecia, latente, mas quase o principal, por mais oculto que fosse, interesse de toda a sua vida.

A ambição era um sonho antigo de suas infância e adolescência, um sonho que ele não confessava nem a si mesmo, mas tão forte que até agora essa paixão se opunha ao seu amor. Os primeiros passos que dera na alta sociedade e no serviço militar tinham sido bem-sucedidos, mas ele cometera, havia dois anos, um erro sério. Querendo promover-se exibindo a sua independência, recusara um posto que lhe ofereciam, na esperança de sua recusa aumentar o valor dele. Portara-se, todavia, com excessiva coragem e ficara de lado; assim, ao impor-se involuntariamente como um homem independente, continuava agindo como tal: fingia, com sua conduta muito sutil e sábia, que não se zangava com ninguém nem se achava preterido pelos superiores, e desejava apenas que o deixassem em paz, porquanto vivia alegre. Só que, no fundo, deixara de se alegrar ainda no ano passado, quando fora a Moscou. Sentia que essa posição de um homem independente, que podia tudo, mas não queria nada, já perdia aos poucos seu brilho, pois muitas pessoas chegavam a pensar que ele nem sequer poderia nada, além de ser um rapaz honesto e bondoso. Seu romance com Karênina, que produzira tamanho barulho e despertara uma atenção generalizada, revestindo-o de um brilho novo, apaziguara, por um tempinho, aquele caruncho da ambição que o carcomia, porém, havia uma semana, esse caruncho voltara a atacá-lo com forças renovadas. Um dos amigos de sua infância, chamado Serpukhovskói, que provinha do mesmo meio, gozava da mesma riqueza e tinha estudado com ele no Corpo de Pajens, formado no mesmo ano que Vrônski e seu rival nas matérias e na ginástica, nas travessuras e nos sonhos ambiciosos, acabava de regressar da Ásia Central,[54] duplamente promovido por lá e agraciado com uma distinção raras vezes outorgada a generais tão novos assim.

Logo que ele chegara a Petersburgo, passara-se a falar dele como de uma estrela nascente da primeira grandeza. Coetâneo e colega de Vrônski, era um general à espera de um cargo que poderia influenciar o curso das políticas estatais, enquanto Vrônski, embora independente, brilhante e amado por uma mulher charmosa, era apenas um capitão em seu regimento, a quem se deixava ser independente o quanto lhe apetecesse. "Entenda-se bem que não tenho, nem poderia ter, inveja de Serpukhovskói, porém a ascensão dele mostra que vale a pena esperar pela ocasião certa, para que a carreira de alguém como eu seja feita num piscar de olhos. Havia três anos, ele estava na mesma posição que eu. Pedindo reforma, queimarei meus navios.[55] Continuando a servir, não perderei nada. Ela mesma disse que não queria mudar de vida. E eu, com o amor dela, não poderia invejar Serpukhovskói." Então, enrolando com um gesto lento o bigode, ele se levantou da mesa e deu uma voltinha pelo quarto. Seus olhos irradiavam um brilho peculiar: via-se naquele firme, tranquilo e lépido estado de espírito que se apossava dele todas as vezes que acabava esclarecendo a sua situação. Estava tudo, como depois dos cálculos que fizera, limpo e claro. Vrônski fez a barba, tomou um banho gelado, vestiu-se e saiu.

---

[54] Alusão às expedições militares da Rússia, que visava, na segunda metade do século XIX, anexar o Turcomenistão e outras regiões da Ásia Central.

[55] A expressão francesa *brûler ses vaisseaux* significa "tomar uma decisão irreversível e não poder mais recuar".

## XXI

— Venho buscar você. Hoje ficou muito tempo lavando essas suas roupas — disse Petrítski. — Pois então, acabou?

— Acabei — respondeu Vrônski, sorrindo tão só com os olhos e enrolando as pontinhas de seu bigode com tanta cautela como se, tendo ele colocado seus negócios em plena ordem, qualquer movimento por demais brusco e rápido pudesse desordená-los de novo.

— Sempre que faz isso, parece que saiu de uma *bânia*[56] — disse Petrítski. — Venho da casa de Gritskó (assim eles alcunhavam o comandante de seu regimento): esperam por você lá.

Vrônski olhava para seu companheiro sem responder, pensando em outras coisas.

— Sim... Aquela música toca na casa dele? — disse, atentando para os sons familiares das trombetas-baixo, que tocavam polcas e valsas a chegarem aos seus ouvidos. — Que festa é aquela?

— Veio Serpukhovskói.

— Ah, é? — disse Vrônski. — Nem sabia disso.

E o sorriso de seus olhos tornou-se ainda mais fúlgido.

Decidindo consigo mesmo, de uma vez por todas, que estava feliz com seu amor, que lhe sacrificara sua ambição, ou, pelo menos, assumindo esse papel, Vrônski não podia mais nem invejar Serpukhovskói nem se aborrecer com ele por não lhe ter feito, tão logo chegara ao regimento, a primeira das suas visitas. Serpukhovskói era um bom amigo, e Vrônski se alegrava com a chegada dele.

— Ah, estou muito feliz!

O comandante do regimento Diómin ocupava um casarão de fazendeiro. Todos os seus convidados estavam no espaçoso terraço inferior. A primeira coisa que saltou aos olhos de Vrônski no pátio eram os coristas de túnicas militares, reunidos perto de um barril de vodca, e o vulto robusto de seu jovial comandante rodeado de oficiais; ao postar-se no primeiro degrau do terraço, ele gritava de modo a abafar os músicos, que tocavam uma quadrilha de Offenbach,[57] ordenava algo e acenava para os soldados que se mantinham à distância. Um punhado de soldados, um furriel e alguns suboficiais acercaram-se, junto com Vrônski, do terraço. Voltando à mesa, o comandante do regimento foi outra vez, com uma taça na mão, ao terraço e proclamou um

---

[56] Espécie de sauna improvisada, cujos banhos a vapor são muito apreciados na Rússia.
[57] Jacques Offenbach (1819-1880): compositor franco-alemão, autor de várias operetas extremamente populares, na época descrita, em toda a Europa.

brinde: "À saúde de nosso antigo companheiro e destemido general, príncipe Serpukhovskói. Hurra!".

Logo após o comandante, também com uma taça na mão, apareceu, sorrindo, Serpukhovskói em pessoa.

— Ficas cada vez mais novo, hein, Bondarenko? — dirigiu-se sem rodeios ao valente furriel de faces vermelhas, que completava já o segundo tempo de serviço e agora estava plantado em sua frente.

Fazia três anos que Vrônski não via Serpukhovskói. Ele amadurecera, deixando as costeletas crescerem, mas continuava sendo esbelto como dantes e impressionava nem tanto com a beleza quanto com o feitio delicado e nobre do rosto e do corpo todo. A única mudança que Vrônski percebeu nele era aquele contínuo brilho sereno que se estabelece no rosto de quem obtém sucesso e fica convencido de todos reconhecerem esse sucesso. Vrônski conhecia aquele brilho e logo o vislumbrou em Serpukhovskói.

Descendo a escada, Serpukhovskói avistou Vrônski. Um sorriso feliz alumiou o rosto de Serpukhovskói. Acenou-lhe, de baixo para cima, com a cabeça e soergueu a sua taça, cumprimentando Vrônski e mostrando, com esse gesto, que não podia deixar de se achegar, primeiro, ao furriel, que se aprumara todo e já aprontava os lábios para um beijo.

— Aí está ele! — exclamou o comandante do regimento. — Pois Yachvin me disse que você estava desse seu humor torvo.

Serpukhovskói beijou os lábios úmidos e frescos do valente furriel e, enxugando a boca com um lenço, aproximou-se de Vrônski.

— Mas como estou feliz! — disse, apertando-lhe a mão e levando-o à parte.

— Cuide dele! — gritou o comandante para Yachvin, apontando para Vrônski, e desceu a escada para falar com os soldados.

— Por que não veio ontem assistir à corrida de cavalos? Pensava que o veria ali — disse Vrônski, mirando Serpukhovskói.

— Fui lá, mas cheguei tarde. Desculpe — acrescentou Serpukhovskói e dirigiu-se ao seu ajudante —: Mande, por gentileza, distribuir em meu nome o quanto couber a cada um.

Tirou, apressadamente, três notas de cem rublos da sua carteira e ruborizou-se.

— Vrônski! Quer comer alguma coisa ou beber? — perguntou Yachvin. — Ei, tragam aí comida para o conde! Beba isto...

A farra na casa do comandante durou por muito tempo.

Beberam em demasia. Ficaram levantando Serpukhovskói nos braços e jogando-o, todos juntos, para cima. Depois jogaram assim o comandante do regimento. Depois o comandante dançou, com Petrítski, na frente dos coristas. Depois, já um tanto cansado, ele se sentou num banco, no meio do pátio, e começou a provar para Yachvin as vantagens da Rússia sobre a Prússia, máxime quanto aos ataques de cavalaria, e a patuscada se aquietou por um minuto. Serpukhovskói entrou na casa, para lavar as mãos num banheiro, e lá encontrou Vrônski, que se refrescava. Tirando a túnica, pusera seu pescoço vermelho, coberto de pelos, sob o jato do lavabo e esfregava-o, bem como a cabeça, com as mãos. Ao terminar sua toalete, Vrônski se sentou ao lado de Serpukhovskói. Ambos se acomodaram logo num sofazinho e travaram uma conversa de especial interesse mútuo.

— Sabia todas as suas notícias graças à minha esposa — disse Serpukhovskói. — Estou feliz por você a ver com frequência.

— Ela é amiga de Vária, e são as únicas petersburguesas que me agradam — respondeu Vrônski, sorrindo. Sorria por antever o tema ao qual se referiria a conversa deles e sentia prazer em abordá-lo.

— As únicas? — inquiriu Serpukhovskói, também sorridente.

— E eu cá sabia as notícias suas, mas não só graças à sua esposa — disse Vrônski, proibindo-o, com sua expressão severa, de fazer tais alusões. — Fiquei muito feliz com seu sucesso, mas não me surpreendi nem um pouco. Esperava por algo maior ainda.

Serpukhovskói sorriu. Comprazia-se, obviamente, com essa opinião a seu respeito e não achava necessário escondê-lo.

— Confesso sinceramente que, pelo contrário, esperava por algo menor. Mas estou contente, muito contente. Sou ambicioso: esta é minha fraqueza, e eu a reconheço.

— Não a reconheceria, quem sabe, se não tivesse sucesso — disse Vrônski.

— Não acho — replicou Serpukhovskói, voltando a sorrir. — Não digo que nem valeria a pena vivermos sem isso, mas ficaríamos entediados. Talvez esteja enganado, é claro, porém me parece que tenho certas capacidades, nesta área que escolhi, e que o poder, se cair em minhas mãos, por maior que seja aquele poder, será aproveitado melhor do que caindo nas mãos de muitos conhecidos meus — comentou, radiante com a consciência do seu sucesso. — Assim, quanto mais me aproximo daquilo, tanto mais contente me sinto.

— Talvez seja assim para você, mas não para todos. Eu também pensava desse modo, só que agora vivo e acho que não vale a pena vivermos só para aquilo — disse Vrônski.

— É isso aí! É isso aí! — Serpukhovskói se pôs a rir. — Já comecei dizendo que tinha ouvido falarem de você, dessa sua recusa... É claro que o aprovei. Mas cada coisa deve ser feita com jeito. Pois acho que sua ação foi boa em si, mas você não a fez como deveria ter feito.

— O que foi feito foi feito, e você sabe que nunca renuncio àquilo que faço. Ademais, estou muito feliz.

— Muito feliz, sim, por um tempo. Só que você não se contentará com isso. Não falo de seu irmão. É um menininho querido, igual àquele nosso anfitrião. É ele! — acrescentou, escutando os brados "hurra!". — Ele é que está feliz, mas você não se satisfaz com isso.

— Nem digo que esteja satisfeito.

— Ou melhor, só com isso. Os homens como você são necessários.

— Para quem?

— Para quem? Para a sociedade. A Rússia necessita de homens, necessita de um partido, senão tudo acabará indo aos cães.

— Mas como assim? O partido de Bertênev contra os comunistas russos?

— Não — disse Serpukhovskói e franziu-se todo, aborrecido por se ver suspeito de uma bobagem dessas. — *Tout ça est une blague.*[58] Sempre foi e será assim. Os comunistas não existem. Só que aquela gente intrigante precisa sempre inventar algum partido nocivo e perigoso. É um velho truque. Não, é necessário um partido do poder, criado por homens independentes como você e eu.

— Mas por quê? — Vrônski citou alguns homens já investidos de poder. — Por que eles não seriam homens independentes?

— Só porque não têm, ou não tiveram desde a nascença, a independência da fortuna, nem o nome, ou seja, porque não nasceram tão próximos ao sol quanto nós dois. Podem ser subornados com dinheiro ou com afago. E, para se manterem no poder, precisam inventar alguma política. Insistem, pois, numa ideia, numa política em que nem eles mesmos acreditam e que causa danos; e toda aquela política deles não passa de um meio de terem seu apartamento funcional e tantos rublos de ordenado. *Cela n'est pas plus fin que ça,*[59] quando se olha para o baralho com que eles jogam. Talvez eu seja pior que eles, mais tolo que eles, embora não veja por que teria de ser pior. Mas o que é certo é que nós dois temos, você e eu, uma vantagem importante: é mais difícil subornar a gente. E tais homens são necessários mais do que nunca.

Vrônski escutava com atenção, porém não se interessava tanto pelo conteúdo daquele discurso como tal quanto pela posição de Serpukhovskói, que já pensava em lutar contra o poder e tinha suas próprias simpatias e antipatias naquele meio, enquanto para ele mesmo só existiam, no tocante ao seu serviço, as questões do esquadrão que comandava. Também entendera quão forte podia ser Serpukhovskói em razão da sua indubitável capacidade de ponderar e de compreender as coisas, bem como das suas inteligência e oratória, tão raras

---

[58] Tudo isso é uma piada (em francês).
[59] Não é mais astuto que isso (em francês).

naquele ambiente onde ele vivia. E, por mais que se envergonhasse com isso, Vrônski sentiu inveja.

— Ainda assim, falta-me uma coisa essencial para aquilo — respondeu —: falta a vontade de poder. Já houve e depois passou.

— Desculpe-me, mas não é verdade — disse Serpukhovskói, sorrindo.

— É verdade, sim, é verdade!... Agora... — acrescentou Vrônski, para ser sincero.

— De fato, agora é outra coisa, sim... Só que esse "agora" não durará para sempre.

— Talvez — respondeu Vrônski.

— Você me diz "talvez" — continuou Serpukhovskói, como que adivinhando os pensamentos dele —, mas eu lhe digo "certamente". E foi por isso que quis vê-lo. Você agiu como devia ter agido. Compreendo isso, mas não lhe cabe perseverar. Só peço que me dê *une carte blanche*.[60] Não o protejo... mas, afinal, por que é que não o protegeria? Você me protegeu tantas vezes! Espero que nossa amizade fique acima disso. Sim... — disse, sorrindo-lhe ternamente, como uma mulher. — Veja se me dá *une carte blanche*, saia do regimento, e vou envolvê-lo de mansinho.

— Mas entenda aí: eu não preciso de nada — disse Vrônski —; apenas quero que tudo continue como estava.

Uma vez de pé, Serpukhovskói se postou defronte a ele.

— Quer que tudo continue como estava, você disse? Entendo o que isso significa. Mas escute: somos da mesma idade; pode ser que você tenha conhecido, numericamente, mais mulheres do que eu. — O sorriso e os gestos de Serpukhovskói diziam que Vrônski não devia temer que ele viesse a tocar, meiga e cautelosamente, em seu ponto fraco. — Mas estou casado, e acredite que, conhecendo apenas sua esposa (como alguém escreveu) que você ama, conhecerá todas as mulheres melhor do que caso conheça milhares delas.

— Já vamos! — gritou Vrônski para um oficial que entrara de passagem no quarto, dizendo que o comandante do regimento chamava por eles.

Agora ele queria escutar até o fim, para saber o que Serpukhovskói lhe diria.

— Eis a minha opinião para você. As mulheres são o principal obstáculo para as atividades do homem. É difícil amar uma mulher e fazer alguma coisa. Só existe um meio de resolver isso, conveniente e sem o estorvo de amar: é o casamento. Como, mas como é que lhe diria o que estou pensando? — discorria Serpukhovskói, que gostava de comparações. — Espere, espere! Sim: como você pode carregar *un fardeau*[61] e fazer alguma coisa com as mãos, só quando

---

[60] Uma carta branca (em francês).
[61] Um fardo (em francês).

esse *fardeau* estiver amarrado em suas costas, dá na mesma você se casar. Senti isso, eu mesmo, quando me casei. Minhas mãos ficaram, de repente, soltas. Mas, se você carregar tal *fardeau* sem que se case, então suas mãos estarão tão ocupadas que não poderá fazer coisa nenhuma. Olhe para Mazankov, para Krúpov. Eles destruíram suas carreiras por causa de mulheres.

— Que mulheres? — rebateu Vrônski, lembrando-se da francesa e da atriz, com as quais aqueles dois homens haviam mantido relações.

— Pior ainda: quanto mais sólida for a posição social de uma mulher, tanto pior fica tudo. Dá na mesma você não apenas carregar seu *fardeau* com as mãos, mas também arrebatá-lo ao outro homem.

— Você nunca amou — disse Vrônski baixinho, olhando para a frente e pensando em Anna.

— Pode ser. Mas não se esqueça do que eu lhe disse. E outra coisa: todas as mulheres são mais materiais que os homens. Nós fazemos do amor algo descomunal, mas elas estão sempre *terre-à-terre*.[62]

— Já, já! — dirigiu-se ao lacaio que entrara. Contudo, esse lacaio não viera chamá-los de novo, conforme ele tinha pensado. O lacaio trouxera um bilhete para Vrônski:

— Foi um criado da princesa Tverskáia quem entregou.

Deslacrando o bilhete, Vrônski ficou todo rubro.

— Estou com dor de cabeça; vou para casa — disse a Serpukhovskói.

— Então, adeus. Você me dá *une carte blanche*?

— Falaremos nisso depois. Procurarei por você em Petersburgo.

## XXII

Já eram quase seis horas e, portanto, a fim de chegar a tempo e de não usar, todavia, seus próprios cavalos que todos conheciam, Vrônski pegou o carro alugado de Yachvin e mandou partir o mais depressa possível. Aquela velha carruagem de quatro assentos era espaçosa. Ele se sentou num canto, estirou as pernas, colocando os pés sobre o assento dianteiro, e ficou refletindo.

A vaga consciência da ordem em que pusera seus negócios, a vaga recordação da amizade e da lisonja de Serpukhovskói, que o considerava um homem necessário, e, o principal, a expectativa de seu encontro — tudo isso se agregava formando a impressão geral de se sentir vivo. Essa feliz sensação era tão forte que Vrônski sorria sem querer. Tirou os pés do assento, cruzou

---

[62] Triviais, terra a terra (em francês).

as pernas, colocando uma no joelho da outra, apalpou a elástica panturrilha da perna que machucara, caindo, na véspera, reclinou-se para trás e aspirou, várias vezes, o ar com todo o seu peito.

"Estou bem, estou muito bem!", disse consigo. Já vinha, desde antes, experimentando amiúde essa feliz consciência do seu corpo, mas nunca amara tanto a si mesmo, nunca amara seu corpo tanto quanto agora. Aprazia-se em sentir essa leve dorzinha em sua perna forte, aprazia-se em perceber os movimentos que faziam os músculos de seu peito quando ele respirava. O mesmo dia de agosto, claro e frio, o qual provocava tanto desespero em Anna, parecia-lhe excitante, vivificante, e refrescava seu rosto e seu pescoço, que ardiam após o banho gelado. O cheiro de brilhantina, exalado pelo seu bigode, parecia-lhe especialmente agradável nesse ar fresco. Tudo quanto ele via pelo postigo da carruagem estava tão fresco, alegre e forte, com aquele ar frio e puro, com aquela pálida luz do entardecer, como ele próprio: e os telhados das casas, que brilhavam aos raios do sol poente, e os contornos nítidos das cercas e quinas das construções, e os vultos dos pedestres e carros, que apareciam de vez em quando pelo caminho, e o verdor imóvel das árvores, dos gramados e do campo, com os sulcos regulares da plantação de batatas, e as sombras oblíquas, projetadas pelas casas, pelas árvores, pelas moitas e até mesmo por aqueles sulcos de batatas. Tudo estava bonito, como uma paisagem lindinha que acabassem de pintar e de envernizar.

— Vá indo, vá indo! — disse Vrônski, ao assomar do postigo, e, tirando uma nota de três rublos do bolso, colocou-a na mão do cocheiro, que virara a cabeça. A mão do cocheiro apalpou algo junto da lanterna; ouviu-se então o silvo do chicote, e a carruagem foi rodando depressa pela estrada lisa.

"Não preciso de nada, de nada mesmo, além desta felicidade", pensava Vrônski, olhando para a bolota da campainha, feita de osso, que pendia no interstício dos postigos e imaginando Anna tal como a tinha visto da última vez. "E, quanto mais tempo passa, tanto mais eu a amo. Eis ali o jardim da chácara pública, onde mora Vrede. Onde é que Anna está? Onde? Como? Por que marcou nosso encontro neste lugar, por que me avisou naquela carta de Betsy?", foi o que Vrônski chegou a pensar só agora; porém, não lhe sobrava mais tempo para pensar. Mandou o cocheiro parar antes que se acercasse da alameda; abrindo a portinhola, saltou da carruagem em movimento e enveredou pela alameda que conduzia até a casa. Não havia ninguém naquela alameda, mas, ao olhar para a direita, ele viu Anna. Seu rosto estava coberto por um véu, mas ele abarcou, com um olhar exultante, aquele seu caminhar, aquela postura singular, que tão só ela tinha, dos ombros roliços e da cabeça, e uma espécie de corrente elétrica percorreu logo o corpo dele. E Vrônski sentiu, com força renovada, seu próprio corpo, desde os passos elásticos das pernas até o movimento dos pulmões a sorverem o ar, e algo veio titilar-lhe os lábios.

Achegando-se a ele, Anna lhe apertou fortemente a mão.

— Não estás zangado porque eu te chamei? Tinha de te ver — disse ela, e a comissura de seus lábios, séria e áspera, que Vrônski viu embaixo daquele seu véu, alterou logo o humor dele.

— Eu, zangado? Mas como vieste, aonde?

— Tanto faz — disse Anna, pondo a sua mão na dele. — Vamos, que preciso falar contigo.

Ele entendeu que acontecera alguma coisa, e que esse encontro não seria feliz. Não tinha, na presença dela, sua própria vontade: sem saber por que motivo Anna estava angustiada, sentia, desde já, que a mesma angústia se transmitia, involuntariamente, a ele também.

— O que foi? O quê? — perguntava, apertando o braço dela com o cotovelo e tentando ler, no rosto de Anna, seus pensamentos.

Calada, ela deu alguns passos, criando coragem, e de repente parou.

— Não te contei ontem — começou, respirando rápida e penosamente — como, voltando para casa com Alexei Alexândrovitch, declarei tudo para ele... Tinha dito que não podia mais ser a esposa dele, que... e todo o mais.

Vrônski a escutava, curvando espontaneamente o corpo todo, como se buscasse aliviar-lhe, dessa maneira, o peso de sua situação. Mas, tão logo ela disse aquilo, endireitou-se de súbito, e seu semblante assumiu uma expressão altiva e rigorosa.

— Sim, sim, é melhor, é mil vezes melhor! Entendo como isso foi difícil — disse.

Mas Anna não escutava as falas dele: lia seus pensamentos pela expressão facial. Não podia saber que tal expressão se referia à primeira ideia que lhe viera à mente, ao duelo que seria agora inevitável. Essa ideia de duelo nem sequer passava pela cabeça de Anna, portanto ela explicou a expressão de rigor, que transparecera no rosto de seu amante, de outra maneira.

Ao receber a carta do marido, já sabia, no fundo da alma, que tudo continuaria como dantes, que ela não teria forças para negligenciar sua posição social, abandonar seu filho e amasiar-se com seu amante. A manhã que passara na casa da princesa Tverskáia fortalecera ainda mais essa sua convicção. Todavia, o encontro com Vrônski era de suma importância para ela. Esperava que esse encontro fosse mudar a situação e salvá-la. Se Vrônski dissesse, àquela notícia, de modo resoluto e passional, sem hesitar nem por um minutinho: "Larga tudo e foge comigo!", ela abandonaria seu filho e partiria com ele. No entanto, aquela notícia não produzira o efeito pelo qual Anna esperava: parecia que Vrônski apenas se melindrara com algo.

— Não foi nada difícil para mim. Tudo se fez por si só — disse ela, irritadiça. — Aqui está... — e ela tirou a carta do marido, que estava dentro da sua luva.

— Entendo, entendo — interrompendo-a, ele pegou a carta, mas não a leu e tentou acalmar Anna. — Só queria uma coisa, só te pedia uma coisa: romper essa situação para dedicar minha vida à tua felicidade.

— Por que é que me dizes isso? — perguntou Anna. — Será que posso duvidar disso? Se estivesse duvidando...

— Quem é que está vindo? — disse Vrônski repentinamente, apontando para duas damas que vinham ao seu encontro. — Talvez elas conheçam a gente... — E apressou-se a enveredar, levando Anna embora dali, por uma senda lateral.

— Ah, tanto faz para mim! — disse ela. Seus lábios passaram a tremer. E Vrônski achou que seus olhos o fitassem, por baixo do véu, com uma estranha ira. — Pois estou dizendo que não se trata disso, que não posso duvidar mesmo, mas eis o que ele escreve para mim. Lê... — E ela parou de novo.

Outra vez, como no primeiro momento em que recebera a notícia de sua ruptura com o marido, Vrônski se entregou involuntariamente, ao passo que lia a carta, àquela impressão natural que lhe suscitava a imagem do esposo ofendido. Agora que segurava uma carta dele, imaginava, de forma espontânea, aquele desafio que decerto receberia agora mesmo, ou então no dia seguinte, em sua casa, e o duelo como tal, quando, com uma expressão fria e orgulhosa, igual à que estava em seu rosto nesse exato momento, viesse a expor-se, ao atirar pelos ares, ao fogo do esposo ofendido. E logo surgiu, em sua mente, a lembrança daquilo que Serpukhovskói acabara de lhe dizer, e que ele mesmo pensara pela manhã — de que seria melhor se não se amarrasse —, sabendo ele que não poderia compartilhar essa ideia com Anna.

Depois de ler a carta, reergueu os olhos, mirando-a, mas seu olhar não denotava mais firmeza. E Anna compreendeu logo que já pensara naquilo antes com seus botões. Sabia que, dissesse Vrônski o que dissesse para ela, não diria tudo quanto pensasse. E compreendeu que sua última esperança estava lograda. Não era aquilo por que ela esperara.

— Bem vês que homem é esse — articulou, com uma voz trêmula. — Ele...

— Perdoa-me, mas estou contente com isso — interrompeu-a Vrônski. — Deixa que eu termine, pelo amor de Deus — adicionou, implorando, com seu olhar, que lhe desse tempo bastante para explicar suas palavras. — Estou contente porque isso não pode, de jeito nenhum, ficar como ele supõe que fique.

— Por que não pode? — balbuciou Anna, contendo os prantos e, obviamente, não ligando mais importância alguma ao que ele diria. Sentia que seu destino estava determinado.

Vrônski queria dizer que, após o duelo que seria, em sua opinião, inevitável, isso não poderia continuar, mas acabou dizendo outra coisa.

— Não pode continuar mesmo. Espero que agora tu abandones o marido. Espero — ele se confundiu e ficou vermelho — que me permitas refletir sobre a nossa vida e arranjá-la. Amanhã... — já ia prosseguir, mas ela não permitiu que falasse:

— E meu filho? — exclamou Anna. — Estás vendo o que ele escreve? É preciso que eu o abandone, mas eu não posso nem quero fazer isso.

— Mas, pelo amor de Deus, o que é que seria melhor? Abandonares teu filho ou continuares nessa situação humilhante?

— Humilhante para quem?

— Para todos e, principalmente, para ti mesma.

— Tu dizes "humilhante"... não digas isso. Essas palavras não fazem sentido para mim — disse ela com sua voz trêmula. Agora não queria que ele mentisse. Restava-lhe apenas o amor dele, e Anna queria amá-lo. — Vê se me entendes: tudo, desde aquele dia em que me apaixonei por ti, tudo mudou para mim. Tudo é, para mim, teu amor. Se o tenho, sinto-me tão enaltecida, tão firme, que nada pode ser humilhante para mim. Estou orgulhosa da minha situação porque... estou orgulhosa de... orgulhosa... — Ela não terminou dizendo de que estava orgulhosa. Os prantos de vergonha e desespero sufocaram a voz dela. Anna se calou e rompeu a chorar.

Vrônski também percebeu que algo subia a sua garganta, picava-lhe as narinas, e sentiu, pela primeira vez na vida, que estava prestes a chorar. Não saberia dizer o que fora, precisamente, que o deixara tão enternecido: tinha pena dela e sentia que não podia ajudá-la, e sabia, ao mesmo tempo, que era culpado da sua desgraça, que fizera algo ruim.

— E o divórcio não seria possível? — perguntou, em voz fraca. Sem responder, ela balançou a cabeça. — Será que não poderias levar teu filho e, ainda assim, abandonar teu marido?

— Poderia, sim, mas tudo isso depende dele. Agora tenho de ir vê-lo — disse Anna, secamente. Seu palpite, o de que tudo continuaria como dantes, não a enganara.

— Na terça-feira estarei em Petersburgo, e tudo ficará resolvido.

— Sim — disse Anna. — Não vamos mais falar nisso.

A carruagem de Anna que ela mandara embora, pedindo para aguardá-la mais tarde às grades daquele jardim de Vrede, chegou. Anna se despediu do amante e foi para casa.

## XXIII

Passava-se, na segunda-feira, uma sessão ordinária do Comitê de 2 de junho. Alexei Alexândrovitch entrou na sala de reuniões, cumprimentou, como de praxe, os membros e o presidente do Comitê e depois se sentou em seu lugar, colocando a mão sobre os papéis que estavam empilhados em sua frente. Faziam parte dessa papelada as informações de que ele precisava e o esboço geral da declaração que tencionava fazer. De resto, nem precisava de informações: lembrava-se de tudo e não achava necessário recapitular, em sua memória, o que tinha a dizer. Sabia que na hora certa, chegando ele a encarar seu oponente, cujo semblante se esforçaria em vão para exibir uma expressão indiferente, seu discurso prorromperia, espontâneo, e seria melhor ainda do que se estivesse preparado de antemão. Sentia que o conteúdo desse seu discurso era tão significativo que cada palavra dele ficaria pesando. Entrementes, ao passo que escutava um relatório rotineiro, assumia o ar mais inocente e inofensivo. Ninguém pensava, olhando para suas mãos brancas, com veias intumescidas, cujos dedos compridos apalpavam tão suavemente ambas as bordas da folha de papel em branco, que estava na frente dele, e para sua cabeça inclinada, aparentando cansaço, para um lado, que agora jorrariam, da sua boca, as falas capazes de produzir uma tempestade horrível, de fazer os membros do Comitê gritarem, interrompendo um ao outro, e o presidente exigir que mantivessem a ordem. Finalizado o relatório, Alexei Alexândrovitch declarou, com sua voz baixa e fina, que lhe cumpria divulgar alguns argumentos referentes ao assunto do assentamento dos forasteiros. A atenção se concentrou nele. Alexei Alexândrovitch pigarreou e, sem encarar seu oponente, mas escolhendo, como sempre fazia na hora de discursar, a primeira pessoa vista — um velhinho bem sossegado, sentado diante dele, que nunca tinha nenhuma opinião naquele Comitê —, pôs-se a arrolar seus argumentos. Quando mencionou a Lei Orgânica, o adversário pulou fora do seu assento e começou a objetar. Striómov, também membro do Comitê e também atingido num ponto fraco, começou a justificar-se, e a sessão se tornou agitada de modo geral. Nada obstante, Alexei Alexândrovitch acabou triunfando, e sua proposta foi aceita: três novas comissões foram designadas, e no dia seguinte não se falaria, em certo meio petersburguense, senão nessa sessão. O sucesso obtido por Alexei Alexândrovitch foi ainda maior do que ele próprio esperava.

Na manhã seguinte, ou seja, na terça-feira, Alexei Alexândrovitch recordou com prazer, logo ao acordar, a vitória da véspera e não pôde deixar de sorrir, embora quisesse parecer indiferente, quando o chefe de seu gabinete comunicou, no intuito de lisonjeá-lo, ter ouvido alguns boatos sobre o ocorrido no Comitê.

Conversando com o chefe do gabinete, Alexei Alexândrovitch esqueceu totalmente que era terça-feira, o dia que marcara para a chegada de Anna Arkádievna, e teve uma surpresa desagradável quando um criado veio anunciar-lhe a chegada dela.

Anna chegara a Petersburgo de manhã cedo; em resposta ao telegrama, que ela tinha enviado, uma carruagem fora buscá-la, portanto Alexei Alexândrovitch podia saber de sua chegada. No entanto, vindo ela para casa, não a recebeu. Foi dito para Anna que ele não saíra ainda por estar ocupado com o chefe do gabinete. Anna mandou dizerem ao seu marido que acabara de chegar, foi ao seu quarto e começou a desarrumar as malas, esperando por ele. Passou-se, porém, uma hora inteira, e ele não apareceu. Anna se dirigiu para a sala de jantar, pretextando ter uma ordem a dar, e falou propositalmente bem alto, esperando que seu marido viesse vê-la, mas ele não saiu, ainda assim, conquanto Anna o ouvisse aproximar-se das portas e despedir-se do chefe do gabinete. Sabia que, dentro em pouco, ele iria, como de hábito, ao seu Ministério e queria vê-lo antes disso, para que suas relações ficassem definidas.

Ao andar um pouco pela sala, foi, resoluta, ao gabinete dele. Quando entrou lá, seu marido, já uniformizado e, obviamente, pronto a partir, estava sentado a uma mesinha, na qual fincava os cotovelos, e olhava, tristonho, para a frente. Ela o viu antes que ele a visse e compreendeu que estava pensando nela.

Mal a avistou, seu marido quis levantar-se, porém mudou de ideia; em seguida, o rosto dele enrubesceu (algo que Anna nunca vira antes), ele se levantou depressa e foi ao seu encontro, não olhando para os olhos da esposa, mas um tanto acima, para a testa e o penteado dela. Achegando-se a Anna, Karênin pegou-lhe a mão e pediu que se sentasse.

— Estou muito contente por você ter vindo — disse, sentando-se ao lado dela. Queria, pelo visto, dizer algo, mas titubeou. Tentou várias vezes puxar conversa, mas se calou novamente. Apesar de ter combinado consigo mesma, enquanto se preparava para esse encontro, que desprezaria e acusaria seu marido, Anna não sabia mais o que dizer e sentia pena dele. Assim, o silêncio recíproco foi bastante longo. — Serioja está bem? — perguntou Karênin e, sem esperar pela resposta, acrescentou —: Hoje não vou almoçar em casa e tenho de sair agora mesmo.

— Eu queria ir para Moscou — disse Anna.

— Não, você fez muito, mas muito bem em ter vindo — disse ele e voltou a calar-se.

Percebendo que não tinha forças para encetar a conversa, ela tomou a iniciativa.

— Alexei Alexândrovitch — disse, encarando o marido sem abaixar os olhos sob aquele olhar que ele cravava em seu penteado —, sou uma mulher adúltera, sou uma mulher depravada, mas continuo sendo como sempre fui e venho para repetir o que lhe disse então: não posso mudar nada.

— Não lhe perguntei por isso — disse ele de chofre, olhando resolutamente, com ódio, bem nos olhos dela —, pois já suspeitava disso. — Aparentava ter dominado de novo, sob o influxo da fúria, todas as suas faculdades. — Mas, conforme lhe disse então e depois escrevi — passou a falar com uma voz fina e brusca —, agora lhe repito que não tenho a obrigação de saber disso. Ignoro isso. Nem todas as mulheres são tão gentis quanto a senhora para se apressarem tanto a participar uma notícia tão agradável aos seus maridos... — ele acentuou, sobretudo, a palavra "agradável". — Ignoro isso, enquanto a sociedade não está a par disso, enquanto meu nome não ficar desonrado. Portanto, apenas aviso a senhora de que nossas relações devem ser como sempre foram e que, só caso a senhora se comprometa mesmo, terei de tomar certas medidas para resguardar minha honra.

— Mas nossas relações não podem ser como sempre foram — respondeu Anna, em voz tímida, fitando-o com susto.

Quando tornara a ver aqueles gestos tranquilos, a ouvir aquela voz estridente, pueril e escarninha, o asco que sentia pelo marido aniquilara sua recente piedade: agora ela só o temia, mas desejava, custasse o que custasse, clarear a sua situação atual.

— Não posso ser sua esposa, porque... — começou a falar.

Ele deu uma risada maldosa e fria.

— Possivelmente, esse modo de viver que a senhora escolheu acabou deturpando as suas noções. Respeito, ou desprezo, ambas as coisas... respeito seu passado e desprezo seu presente... a ponto que estava longe da interpretação que a senhora tem dado às minhas palavras.

Anna suspirou e abaixou a cabeça.

— Aliás, não entendo como uma mulher tão independente quanto a senhora — prosseguiu ele, exaltado —, declarando abertamente ao seu marido que não lhe é fiel e não achando nisso, pelo que me parece, nada de condenável, acha condenável cumprir, em relação àquele marido, seus deveres conjugais!

— Alexei Alexândrovitch! O que o senhor quer de mim?

— Não quero cruzar com aquele homem aqui, e que a senhora se comporte de modo que nem a sociedade nem a criadagem possam acusá-la... Quero que não o veja mais. Parece que não é grande coisa. Em troca, a senhora vai desfrutar de todos os direitos de uma esposa honesta, sem cumprir os respectivos deveres dela. É tudo o que tenho a dizer para a senhora. Agora preciso ir, que está bem na hora. Não vou almoçar em casa.

Uma vez em pé, Karênin se dirigiu para a porta. Anna também se levantou. Calado, ele fez uma mesura, deixando-a passar.

## XXIV

A noite que Lióvin passara naquela pilha de feno não fora baldada: os negócios que ele geria acabaram perdendo qualquer interesse para ele, chegando a provocar-lhe aversão. Apesar da excelente safra, ele nunca sofrera, ou, pelo menos, imaginara ter sofrido, tantos malogros, tantos conflitos com os mujiques, quantos enfrentara ao longo daquele ano, e a causa de tais malogros e conflitos estava agora totalmente clara para ele. A graça que achava no próprio trabalho campestre, a consequente aproximação dos mujiques, a inveja que sentia deles, ou melhor, da vida deles, o desejo de levá-la também, o qual deixara, naquela noite, de ser um sonho, transformando-se numa intenção sua, cuja realização Lióvin planejava agora nos mínimos detalhes — tudo isso mudara tanto a visão dos negócios que Lióvin tinha que ele não podia mais, de modo algum, interessar-se como dantes por esses negócios nem desconsiderar a maneira antipática como tratava os camponeses, que constituíam a base de todas as suas atividades. O rebanho de vacas melhoradas, iguais à Pava, toda a sua terra, adubada e revolvida por charruas, nove campos do mesmo tamanho, margeados de videiras, noventa *deciatinas* de estrume em compostagem profunda, as semeadeiras de uso contínuo, etc. — tudo isso seria ótimo, se fosse ele mesmo, sozinho ou auxiliado por companheiros a partilharem as suas opiniões, que estivesse lidando com isso. Só que agora ele percebia claramente (seu trabalho relativo àquele livro sobre a agricultura, cujo essencial agente econômico haveria de ser o operário agrícola, contribuíra muito para tanto), percebia claramente agora que seus negócios não passavam de uma luta renhida e obstinada entre o fazendeiro e os camponeses, e que de um lado, do lado dele, ficava uma aspiração permanente e intensa, a de refazer tudo conforme um modelo tido como o melhor de todos, e do outro lado, apenas a ordem natural das coisas. E, no decorrer dessa luta, ele via que, com o maior esforço do lado dele e sem nenhum esforço nem mesmo intento de se esforçar do lado oposto, o resultado obtido não era bom nem para o fazendeiro nem para os camponeses, e que se estragavam em vão as excelentes máquinas agrícolas, o gado e as terras de primeira qualidade. E, o mais importante, não só se desperdiçava a energia destinada àquele trabalho, mas ele próprio não podia deixar de sentir, agora que se desnudava ante seus olhos o significado de seus negócios, que o objetivo com o qual se gastava essa energia era o mais aviltante possível. Em que é que consistia, no fundo, tal luta? Ele defendia cada tostão que tinha (e não poderia deixar de defendê-lo, porquanto, se relaxasse um pouco, faltar-lhe-ia dinheiro para remunerar os operários agrícolas), e os operários só queriam trabalhar sossegada e agradavelmente, ou seja, de seu modo habitual. O interesse dele consistia em fazer cada camponês produzir o mais que pudesse, não se esquecendo, ao mesmo tempo, da sua responsabilidade, buscando não estragar uma tarara,[63] um rastelo puxado por cavalos ou uma debulhadora, pensando naquilo que estivesse fazendo; quanto ao camponês como tal, só lhe apetecia trabalhar da maneira mais prazerosa possível, com descanso e, o principal, com descuido e desmazelo, sem pensar em nada. Lióvin se apercebia disso, ao longo daquele verão, a cada passo. Quando mandava ceifarem o trevo e prepararem o feno nas *deciatinas* ruins, recobertas de ervas daninhas e de absinto e, portanto, inadequadas à semeadura, os camponeses ceifavam, indiscriminadamente, as melhores *deciatinas* de sementes e depois se justificavam dizendo que fora o feitor quem assim ordenara e consolavam Lióvin com o argumento de que o feno seria supimpa; porém, ele sabia que tinham ceifado aquelas *deciatinas* por serem mais fáceis de ceifar. Quando mandava espalharem o feno, a espalhadeira se quebrava bem no começo do terreno, pois o mujique se entediava ao ficar sentado em sua boleia, embaixo das asas que giravam sem parar. E os camponeses diziam a Lióvin: "Não se preocupe, por favor, que a mulherada vai espalhar tudo rapidinho". Os arados não prestavam mais, porque nem passava pela cabeça do operário abaixar a lâmina erguida, de sorte que, forçando o arado, ele maltratava os cavalos e danificava o solo; então se pedia ainda que Lióvin ficasse tranquilo. Deixava-se que os cavalos pastassem no meio do trigo, porque nenhum dos operários queria vigiá-los à noite, e, não obstante a ordem de não fazerem isso, os camponeses se revezavam em sua vigília, e um tal de Vanka, que trabalhara o dia inteiro, acabava adormecendo e depois confessava seu pecado e dizia: "Faça o senhorzinho comigo o que quiser". As três melhores novilhas se estufavam de tanto comer, porque as deixavam empanturrar-se com *otava*[64] de trevo sem antes tomarem água, e ninguém queria acreditar que ficavam tão inchadas assim por causa do trevo, contando-se, para consolar Lióvin, como cento e doze vacas haviam morrido, em três dias, na fazenda vizinha. Nada disso se fazia por alguém desejar o mal do fazendeiro ou de sua propriedade; pelo contrário, Lióvin sabia que os camponeses gostavam dele, considerando-o "um senhorzinho simples" (sendo esse o maior dos elogios possíveis), mas faziam isso apenas

---

[63] Espécie de ventilador usado para limpar o grão do trigo e de outros cereais.
[64] Erva crescida no lugar daquela que foi ceifada no mesmo ano (em russo).

por desejarem trabalhar com alegria e desleixo, e que seus interesses eram não só estranhos e incompreensíveis para os camponeses, mas até mesmo contrários, de modo fatal, aos mais legítimos interesses deles. Fazia bastante tempo que Lióvin intuía esse descontentamento com seus métodos de gerir a fazenda. Percebia que sua barca estava vazando, porém não achava o buraco nem sequer procurava por ele, enganando a si próprio, quem sabe, propositadamente. Só que agora não podia mais enganar a si próprio. A fazenda que explorava não apenas deixara de interessá-lo como também se tornara asquerosa para ele, a ponto de não poder mais explorá-la.

Ainda se juntava a tanto a presença de Kitty Chtcherbátskaia, que morava a trinta verstas de distância e que ele queria, mas não podia, ver. Dária Alexândrovna Oblônskaia chegara a convidá-lo, quando Lióvin estava em sua casa, a visitá-la outra vez, com o fim de renovar sua proposta à irmã dela, que agora, segundo dava a entender, aceitaria essa proposta. De resto, Lióvin também entendeu, quando viu Kitty Chtcherbátskaia, que nunca deixara de amá-la; contudo, não podia ir à fazenda dos Oblônski, ciente de que ela estava lá. O fato de tê-la pedido em casamento, e de ter sido rejeitado por ela, erguia entre Lióvin e Kitty uma barreira insuperável. "Não posso pedir que se case comigo só porque ela não pode ser a esposa daquele com quem gostaria de se casar", dizia ele em seu íntimo. Essa ideia tornava-o frio e hostil a Kitty. "Não terei condição de falar com ela sem reproche, de olhar para ela sem rancor, e ela sentirá apenas mais ódio por mim, e deve ser assim mesmo! Ademais, como é que posso agora, depois daquilo que me disse Dária Alexândrovna, ir visitá-las? Poderei fingir mesmo que não sei daquilo que me foi dito? Irei lá cheio de magnanimidade, para desculpá-la, para poupá-la. Ficarei assumindo, na frente dela, o papel de quem lhe perdoa, de quem a agracia com seu amor!... Por que é que Dária Alexândrovna me disse aquilo? Se a visse por mero acaso, aí sim, tudo se faria naturalmente, mas agora é impossível, é impossível!"

Dária Alexândrovna mandou-lhe um bilhete, pedindo uma sela feminina para Kitty. "Disseram-me que o senhor tinha uma sela dessas", escreveu para ele. "Espero que a traga pessoalmente."

Lióvin não podia mais suportar isso. Como é que uma mulher inteligente e delicada podia humilhar tanto sua irmã? Escreveu dez bilhetes em resposta, porém os rasgou todos e mandou uma sela sem resposta alguma. Não podia escrever que iria lá, pois não poderia ir lá, e, se escrevesse que não poderia ir lá, pois estaria viajando ou por qualquer outra razão, então seria pior ainda. Mandou a sela sem resposta alguma e no dia seguinte, consciente de ter feito algo vergonhoso, encarregou o feitor de gerir toda aquela fazenda, da qual se enjoara, e partiu para um distrito longínquo, a fim de visitar seu companheiro

Sviiájski, cuja propriedade se encontrava perto de um magnífico pantanal rico em narcejas, e que lhe escrevera recentemente, pedindo para visitar, de acordo com sua intenção já antiga, a casa dele. Aquele pantanal rico em narcejas, que se situava no distrito de Súrov, seduzia Lióvin havia muito tempo, mas ele vinha adiando a viagem por causa da sua fazenda. Agora estava contente com o ensejo de partir, distanciando-se das irmãs Chtcherbátskaia e, o principal, da sua fazenda, justo para a caça, que era, para ele, o melhor consolo de todos os males.

## XXV

Não havia nem ferrovia nem estrada de posta que levassem até o distrito de Súrov, e Lióvin foi lá de *tarantás*[65] com seus próprios cavalos.

Parou, no meio do caminho, a fim de alimentar os cavalos na casa de um mujique abastado. Um velho calvo, ainda vigoroso, cuja larga barba ruiva embranquecia rente às bochechas, abriu o portão e, apertando-se à ombreira, deixou a troica passar. Indicando ao cocheiro um lugar toldado, num pátio grande e novo, bastante limpo, com umas charruas de madeira chamuscadas, o velho convidou Lióvin a entrar em sua *górnitsa*.[66] Uma moçoila, de roupas limpas e galochinhas sem meias, esfregava, curvando-se, o assoalho do novo *sêni*.[67] Assustou-se ao ver o cão, que entrou correndo atrás de Lióvin, e deu um grito, mas logo se pôs a rir do seu susto, quando lhe foi dito que o cão não a morderia. Esticou o braço, nu até o cotovelo, para mostrar a porta da *górnitsa* e curvou-se de novo, tornando a esconder seu rosto bonito enquanto lavava o chão.

— A gente bota o samovar, hein? — perguntou.

— Sim, por favor.

A *górnitsa* era grande, com um forno holandês e um tabique. Debaixo dos ícones estavam uma mesa ornamentada, um banco e duas cadeiras. Havia, logo à entrada, um armarinho com louças. Os contraventos estavam fechados, as moscas eram poucas, e o cômodo estava tão limpo que Lióvin ficou preocupado de que a Laska, que correra, chapinhando de poça em poça, junto do *tarantás*, fosse sujar o chão e tratou de lhe apontar um cantinho ao lado da porta. Ao examinar a *górnitsa*, Lióvin foi ao pátio dos fundos. A bonita

---

[65] Carro de quatro rodas, cujo comprimento permitia abrandar os solavancos durante uma viagem por estradas vicinais.
[66] Cômodo principal de uma casa camponesa (em russo).
[67] Antessala de uma habitação camponesa (em russo).

moçoila desceu, com suas galochinhas, à frente dele e, balançando dois baldes vazios num *koromyslo*,⁶⁸ correu até o poço buscar água.

— Depressa aí! — Com esse grito alegre, o velho se achegou a Lióvin. — Pois bem, meu senhor: vai visitar Nikolai Ivânovitch Sviiájski, não é? Ele também visita a gente, de vez em quando — começou a falar, loquaz, pondo os cotovelos no parapeito do terraço.

Em meio ao seu relato sobre a amizade com Sviiájski, o portão voltou a ranger, e os operários agrícolas, que retornavam do campo com charruas e grades, entraram no pátio. Os cavalos que puxavam aquelas charruas e grades eram graúdos e bem nutridos. Os operários aparentavam ser homens casados: dois eram jovens e usavam camisas de chita e bonés; outros dois, um velho e um rapagão novo, vestiam camisas de *poskon*⁶⁹ e pareciam contratados fora da propriedade. Afastando-se do terraço, o dono se acercou dos cavalos e começou a desatrelá-los.

— O que estavam lavrando? — indagou Lióvin.

— O campo de batatas. Também temos uns lotezinhos. Tu, Fedot, não deixes o *mêrin*⁷⁰ andar à toa, mas o bota perto da manjedoura, que a gente pega outro cavalo.

— Então, paizinho, eu pedi pra trazer as relhas... Trouxe, não trouxe? — perguntou um rapaz muito alto e forte, pelo visto, o filho do velho.

— Ali, ó... no trenó — respondeu o velho, enrolando as rédeas que acabara de tirar e jogando-as no solo. — Vai arrumando, enquanto a gente almoça.

A bonita moçoila passou para o *sêni*, carregando os baldes cheios d'água que lhe puxavam os ombros para baixo. Apareceram, a seguir, outras mulheres: jovens, que eram bonitas, de meia-idade e idosas, que eram feias, umas sozinhas e outras com crianças.

Ronronou o tubo do samovar; os operários terminaram de soltar os cavalos e foram almoçar com suas mulheres. Tirando as provisões da carruagem, Lióvin convidou o velho a tomar chá com ele.

— Mas a gente já bebeu chá hoje — disse o velho, aceitando esse convite com visível prazer. — Só se for para lhe fazer companhia.

Enquanto tomavam chá, Lióvin soube toda a história da propriedade daquele velho. Ele alugara de uma fazendeira, dez anos antes, cento e vinte *deciatinas* de terra e, no ano passado, comprara-as todas e alugara outras trezentas *deciatinas* de um fazendeiro vizinho. Arrendava uma pequena parte dessa propriedade, a pior, para quem quisesse e lavrava pessoalmente,

---

⁶⁸ Vara recurva, posta nos ombros de quem a levasse, que se usava para transportar simultaneamente dois baldes com água, pendurados em ambas as pontas dela.

⁶⁹ Tecido confeccionado com fibras de cânhamo.

⁷⁰ Cavalo castrado (em russo).

com sua família e dois operários contratados, umas quarenta *deciatinas* boas. Queixou-se para Lióvin de que seus negócios iam mal. Contudo, Lióvin compreendeu que se queixara apenas por conveniência e que seus negócios prosperavam. Se fossem mal mesmo, não teria desembolsado cento e cinco rublos por *deciatina* de terra, não teria casado três filhos e um sobrinho, não teria reconstruído, e cada vez melhor, seu sítio após dois incêndios. Apesar das queixas, era evidente que o velho se orgulhava, e com razão, de seu bem-estar, de seus filhos, de seu sobrinho, de suas noras, de seus cavalos, de suas vacas e, sobretudo, de que sua propriedade se mantivesse toda intacta. Conversando com ele, Lióvin ficou sabendo que o velho não menosprezava as inovações. Plantava muita batata, e essa batata, que Lióvin vira chegando ao sítio, já desflorescia e formava tubérculos, sendo que a de Lióvin só começava a florescer. Lavrava o campo de batatas com uma "arada", chamando assim o arado que alugava de um fazendeiro. Semeava trigo. Um detalhe miúdo, o de que, sachando o centeio, o velho alimentava seus cavalos com esse centeio sachado, deixou Lióvin especialmente pasmado. Quantas vezes é que já vira aquela excelente ração desperdiçada e queria recolhê-la, mas sempre se achava impossibilitado de fazer isso. E o velho mujique fazia isso, sim, e não parava de elogiar aquela ração.

— E as mulherzinhas fariam o quê? Levam o centeio até a estrada, e uma carroça passa colhendo.

— E nós, os fazendeiros, só temos problemas com os lavradores — disse Lióvin, servindo-lhe um copo de chá.

— Agradeço — respondeu o velho, tomando o copo, mas recusando o açúcar ao apontar para um pedacinho mascado que lhe sobrava. — Como é que se daria bem com os lavradores? — comentou. — Uma ruína, e nada mais. Eis, por exemplo, Sviiájski. A gente sabe que terras ele tem, um ouro preto, só que também não se gaba tanto com a sua safra. Só falta de zelo!

— Mas você mesmo consegue lidar com os lavradores?

— A gente é mujique. A gente não precisa de ninguém. Se for um sujeitinho ruim, a gente o bota no olho da rua: vamos dar conta sem ele.

— Finoguén mandou buscar alcatrão, hein, senhorzinho? — disse, entrando, a moça de galochinhas.

— É isso aí, meu senhor! — concluiu o velho.

Levantou-se, benzeu-se demoradamente, agradeceu a Lióvin e saiu porta afora.

Quando Lióvin entrou na isbá negra[71] para chamar seu cocheiro, viu toda a família daqueles homens à mesa. As mulheres serviam comida de pé. O

---

[71] Parte da tradicional casa russa destinada à alimentação e ao descanso.

jovem robusto, o filho do velho, contava algo engraçado, de boca cheia de *kacha*, e todos gargalhavam, e quem estava mais alegre que todos era a moça de galochinhas, que vertia *chtchi* numa tigela.

Era bem possível que a carinha bonita daquela moça tivesse contribuído muito para a impressão da prosperidade que Lióvin tivera ao visitar essa casa camponesa, porém sua impressão estava tão forte que não conseguia, de modo algum, livrar-se dela. E ficou recordando amiúde, ao passo que ia da casa do velho para a de Sviiájski, aquele sítio, como se houvesse algo, na impressão dele, que lhe exigia uma atenção particular.

## XXVI

Sviiájski era o decano da nobreza em seu distrito. Cinco anos mais velho que Lióvin, estava casado havia tempos. Sua jovem cunhada, com quem Lióvin simpatizava muito, morava em sua casa. E Lióvin sabia que Sviiájski e sua esposa anelavam por casá-lo com aquela moça. Sabia disso com toda a certeza, como sempre sabem os jovens chamados de noivos, embora nunca se atrevesse a falar disso com ninguém, e sabia igualmente que, apesar da sua vontade de contrair matrimônio, apesar de que aquela moça bem atraente haveria de ser, segundo todos os indícios, uma esposa irreprochável, tanto poderia desposá-la, mesmo se não estivesse apaixonado por Kitty Chtcherbátskaia, quanto poderia ir voando ao céu. E tal ciência lhe estragava, desde já, aquele prazer que esperava tirar da sua visita à casa de Sviiájski.

Ao receber uma carta de Sviiájski, que o convidava para a caça, Lióvin pensou logo nisso, mas, nada obstante, concluiu que aqueles planos matrimoniais de Sviiájski não passavam de uma conjetura falta de quaisquer fundamentos e decidiu ir, ainda assim, visitá-lo. Além do mais, queria, no fundo da alma, testar a si mesmo, aproximar-se novamente daquela moça. Quanto à vida caseira dos Sviiájski, era agradável no mais alto grau, e Sviiájski em pessoa — o melhor representante do *zemstvo* que Lióvin chegara a conhecer — sempre lhe suscitava muitíssimo interesse.

Sviiájski era um daqueles homens, sempre surpreendentes aos olhos de Lióvin, cujo raciocínio, bem consequente, embora nunca independente, segue seu próprio caminho, ao passo que sua vida real, perfeitamente definida e firme em seu transcorrer, toma outros rumos, com plena independência e quase sempre de encontro ao raciocínio deles. Sviiájski era um liberal extremo. Desprezava a fidalguia e achava que os fidalgos eram, em sua maioria, partidários ocultos da servidão, mantendo suas convicções em segredo por mera pusilanimidade. Achava que a Rússia era um país perdido, semelhante à Turquia, e considerava o governo russo tão ruim que nunca se permitia nem sequer criticar, de maneira séria, as atividades desse governo, porém, ao mesmo tempo, estava no serviço público e era um exemplar decano da nobreza, costumando usar, sempre que viajava, um casquete munido de um cocar e uma cinta vermelha. Sustentava que a vida humana era possível apenas no estrangeiro, para onde partia com a primeira oportunidade que surgisse, porém, ao mesmo tempo, fazia vários negócios complexos e primorosos na Rússia, acompanhando com enorme interesse e conhecendo tudo quanto se passava na Rússia. Tomava o mujique russo por um degrau intermediário, em matéria de desenvolvimento, entre o macaco e o homem, porém, ao mesmo tempo, dispunha-se mais do que todo mundo, quando das eleições do *zemstvo*, a apertar as mãos dos mujiques e a ouvir as opiniões deles. Não acreditava nem no mau-olhado nem mesmo na morte, porém se preocupava muito com tais aspectos como a melhora das condições de vida do clero e a redução do número de paróquias, esforçando-se, sobretudo, para preservar a igreja em sua aldeia.

Em se tratando da questão feminina, solidarizava-se com os partidários radicais da absoluta emancipação das mulheres — em especial, com quem preconizasse seu direito ao trabalho —, porém vivia com sua mulher de modo que todos admiravam a vida dessa família, unida, se bem que privada de filhos, e organizou a vida de sua mulher de modo que ela não fizesse nem pudesse fazer nada, senão cuidar, ao lado do marido, de se proporcionarem os passatempos mais joviais e agradáveis.

Se Lióvin não costumasse explicar o comportamento humano para si mesmo da melhor maneira possível, o caráter de Sviiájski não lhe provocaria nenhuma dúvida ou pergunta a mais; ele diria consigo: "imbecil" ou "canalha", e ficaria tudo bem claro. Entretanto, não podia dizer "imbecil", porque Sviiájski era, indubitavelmente, um homem não só muito inteligente, como também muito instruído, e demonstrava essa sua instrução com uma simplicidade extraordinária. Não havia tema que ele desconhecesse, mas sua erudição se revelava apenas se o forçassem a revelá-la. Ainda menos Lióvin podia chamá-lo de "canalha", porque Sviiájski era, indubitavelmente, um homem honesto, bondoso e sábio, que não parava de fazer, alegre e animado, algo bem valioso para todas as pessoas que o rodeavam e, com certeza, nunca fazia em sã consciência, nem mesmo poderia fazer, nada de mau.

Lióvin buscava compreendê-lo, mas não o compreendia e sempre olhava para ele, e para a vida dele, como quem contemplasse um enigma vivo.

Por ser amigo de Sviiájski, Lióvin se permitia interrogá-lo, querendo chegar às raízes da sua visão de vida, mas seus esforços têm sido vãos. Cada vez que tentava ir além do vestíbulo de sua mente, cujas portinholas estavam abertas para todos, percebia que Sviiájski ficava um tanto confuso: um susto quase imperceptível manifestava-se em seu olhar, como se ele temesse que Lióvin acabasse por compreendê-lo, e eis que lhe opunha uma resistência amistosa e lépida.

Agora que estava desiludido com sua fazenda, Lióvin ia visitar Sviiájski com um prazer especial. Sem falar naquela alegre impressão que ele tinha, mui simplesmente, ao ver o casal de pombinhos felizes, contentes consigo e com todo o mundo, assim como o confortável ninho deles, queria desvendar, agora que se sentia descontente com sua própria vida, aquele segredo cuja posse tornava a vida de Sviiájski tão clara, definida e prazenteira. Ademais, Lióvin sabia que veria, na casa de Sviiájski, alguns fazendeiros vizinhos, tendo agora uma vontade particular de conversar sobre os negócios deles, de ouvir aquelas mesmas conversas sobre a safra, a contratação de operários agrícolas, etc., tomadas de praxe, como Lióvin sabia bem, por algo pífio, mas unicamente importantes, para Lióvin, nesse exato momento. "Talvez isso não tenha importado na época da servidão ou não importe na Inglaterra. As condições básicas estão definidas em ambos os casos; só que aqui conosco, agora que está tudo de cabeça para baixo e apenas começando a entrar nos eixos, a questão de como ficarão essas condições é a única questão importante na Rússia", pensava Lióvin.

A caça foi pior do que Lióvin esperava. O pantanal ficara seco, e não havia nem sombra de narcejas. Depois de andar o dia inteiro, ele trouxe apenas três aves, mas, em compensação, trouxe, como todas as vezes que voltava da caça, um apetite voraz, um ótimo estado de espírito e aquela excitação mental que sempre acompanhava nele um intenso movimento físico. Mesmo durante a caça, quando Lióvin não pensava aparentemente em nada, tornava amiúde a lembrar-se daquele velho com sua família, e tal impressão parecia exigir que não só atentasse para ela, mas também resolvesse algum problema relacionado.

De noite, na hora do chá, travou-se, na presença de dois fazendeiros vindos por causa de certos negócios tutelares, aquela mesma conversa interessante pela qual esperava Lióvin.

Sentado à mesa de chá, ao lado da anfitriã, ele devia conversar com ela e com a cunhada, que se sentara em sua frente. A dona da casa era uma mulher baixinha, de semblante redondo e cabelos louros, toda radiante com suas covinhas e seus sorrisinhos. Lióvin tentava descobrir, com o auxílio dela, a solução daquele enigma, tão importante para ele, que seu marido representava, porém não estava plenamente livre em seus pensamentos, pois se sentia tremendamente acanhado. O motivo desse tremendo acanhamento era a cunhada sentada em sua frente com um vestido, que pusera, segundo lhe parecia, especialmente para ele, cujo decote, recortado em forma de um trapézio, deixava à mostra o peito branco dela; embora tal peito fosse muito branco, ou justo porque era tão branco assim, esse decote quadrilátero destituía Lióvin de toda a sua liberdade mental. Imaginava, decerto equivocadamente, que esse decote fora feito por sua causa e, achando que não lhe coubesse mirá-lo, procurava não o mirar mesmo, porém se sentia culpado tão só por esse decote ter sido feito. Parecia a Lióvin que estava enganando alguém, que devia explicar algo, mas não podia explicá-lo de forma alguma, e ele corava, portanto, o tempo todo, ficava inquieto e desajeitado. Seu desajeito se transmitia também à lindinha cunhada. No entanto, a anfitriã parecia não reparar nisso, insistindo de propósito em envolvê-lo na conversa.

— O senhor diz — continuava uma conversa encetada — que meu marido não pode interessar-se por nada que seja russo. Pelo contrário: ele anda alegre no estrangeiro, sim, mas nunca tanto quanto em casa. Aqui se sente em seu meio. Está tão ocupado e tem o dom de se interessar por tudo. Ah, o senhor não foi ver nossa escola?

— Já a vi... É aquela casinha coberta de hera?

— Sim, é o que Nástia[72] faz — disse ela, apontando para sua irmã.

— É a senhorita quem ensina? — perguntou Lióvin, tentando não olhar para o decote, mas percebendo que, olhasse para onde olhasse, sempre o veria daquele lado.

— Sim, eu mesma tenho ensinado, mas temos também uma ótima professora. Ensinamos até ginástica...

— Não, obrigado: não quero mais chá — disse Lióvin e, sentindo que se portava de modo descortês, mas não tendo mais forças para levar essa conversa adiante, ficou em pé, todo vermelho. — Estou ouvindo uma conversa muito interessante — acrescentou, passando para a outra ponta da mesa, onde estavam sentados o anfitrião e aqueles dois fazendeiros. Sviiájski se virava de lado para a mesa, na qual se apoiava com um cotovelo, girando, com uma mão, sua chávena e, com a outra, empunhando sua barba, puxando-a até o nariz e soltando-a outra vez, como se a cheirasse. Fixava seus brilhantes olhos negros num dos fazendeiros, o de bigode grisalho que discursava enfático, e parecia achar graça nas falas dele. O fazendeiro se queixava do povo. Estava claro para Lióvin que Sviiájski sabia tal resposta àquelas queixas do fazendeiro que logo destruiria todo o sentido de seu discurso, mas não podia, como anfitrião que era, dar-lhe essa resposta e apenas ouvia, não sem prazer, a cômica ladainha dele.

---

[72] Forma diminutiva e carinhosa do nome russo Anastassia (Nastácia).

O fazendeiro de bigode grisalho era, pelo visto, um partidário inveterado da servidão e um aldeão dos antigos: um dono de terras apaixonado. Lióvin percebia os indícios daquilo em seu traje, uma sobrecasaca surrada e antiquada, evidentemente inabitual para um fazendeiro desses, em seus olhos inteligentes debaixo do seu sobrolho franzido, em sua fala russa, bem coerente, em seu tom imperioso, assimilado sem dúvida com longas experiências pessoais, e nos gestos resolutos de suas mãos bronzeadas, grandes e bonitas, com uma só velha aliança no dedo anular.

## XXVII

— Se não fizesse tamanha pena largar o que foi construído... pois me esforcei demais para isso... desistiria de tudo, venderia tudo, iria embora daqui, igual a Nikolai Ivânytch... Daria ouvidos a Yelena — dizia o fazendeiro, com um agradável sorriso a iluminar seu semblante velho e inteligente.

— Só que não larga — replicou Nikolai Ivânovitch Sviiájski. — Tem, quer dizer, suas vantagens.

— A única vantagem é que estou em casa, e esta minha casa não foi comprada nem alugada. E a gente espera ainda que o povo acabe criando juízo. Pois só há bebedeira e crápula por aqui, acredita? Desde que dividiram tudo, nem cavalinho nem vaquinha que sobre. Tente aí contratar um cara daqueles em sua fazenda, nem que esteja morrendo de fome: fará, por pirraça, algum estrago e depois irá reclamar com o juiz de paz.

— Mas o senhor também vai reclamar com o juiz de paz — disse Sviiájski.

— Eu vou reclamar? Por nada neste mundo! Haverá tanta conversa que nem me contentarei com minha reclamação! Veja ali, na usina: cobraram adiantado e logo se escafederam. O que fez o juiz de paz, hein? Absolveu todos... Os únicos meios são o tribunal de *vólost*[73] e o capataz. Ele é que sabe chibatar à antiga. Não fosse isso, largue-se tudo de mão! Corra-se para o fim do mundo!

Era óbvio que o fazendeiro reptava Sviiájski, o qual não apenas não se zangava, mas, pelo visto, até se divertia com isso.

— Mas nós cá gerimos nossas fazendas sem essas medidas aí — comentou, sorridente. — Eu, Lióvin e ele também...

Sviiájski apontou para o outro fazendeiro.

---

[73] A menor unidade administrativa na Rússia czarista e soviética até 1930.

— Sim, Mikhail Petróvitch está gerindo, mas pergunte para ele de que maneira. Será uma gestão racional? — disse o fazendeiro, gabando-se, por certo, de conhecer o termo "racional".

— Minha fazenda é simples — disse Mikhail Petróvitch. — Agradeço a Deus. E minha gestão toda é para juntar um dinheirinho até a tributação outonal. Vêm lá uns mujiquezinhos: socorro, paizinho querido! Pois bem: são todos meus vizinhos, aqueles mujiques; estou com pena deles. Adianto, pois, o primeiro terço, mas digo: vejam se não se esquecem, rapazes — eu ajudei vocês, e vocês me ajudam também, quando preciso for, a semear aveia, a ceifar, a recolher o feno... Assim é que consigo uma parte do *tiaglo*.[74] Aliás, alguns deles também não têm vergonha na cara, é verdade.

Ciente, havia muito tempo, desses métodos patriarcais, Lióvin olhou de relance para Sviiájski e dirigiu-se, interrompendo Mikhail Petróvitch, ao fazendeiro de bigode grisalho.

— Pois o que está achando — questionou —: como é que deveria ser agora a gestão?

— Igual àquela de Mikhail Petróvitch: ou dividir a terra, meia a meia, ou arrendá-la toda para os mujiques. Será possível, mas se destrói com isso a riqueza geral do país. Se minha terra, com o trabalho servil e a gestão boa, lucrava o nônuplo, agora lucra, se dividida assim, o triplo. A emancipação é que deu cabo da Rússia!

Sviiájski fixou em Lióvin seus olhos, que estavam sorrindo, e até mesmo lhe fez um sinal, quase imperceptível, mas desafiador; porém, Lióvin não achava as falas do fazendeiro ridículas, compreendendo-as melhor do que as de Sviiájski. E muitas daquelas coisas que o fazendeiro disse a seguir, explicando como a Rússia fora arrasada pela emancipação, pareceram-lhe, inclusive, certíssimas, novas para ele e irrefutáveis. O fazendeiro desenvolvia, evidentemente, uma ideia própria, algo bastante raro, e não fora a vontade de ocupar sua mente ociosa com algum raciocínio, mas, sim, a condição pessoal dele, que produzira essa ideia, pacientemente cogitada e ponderada, de todos os lados, em seu retiro campestre.

— Digne-se a notar que todo e qualquer progresso é realizado tão só pelo poder — dizia ele, querendo mostrar, sem dúvida, que não era alheio à instrução. — Veja as reformas de Piotr, de Yekaterina, de Alexandr.[75] Veja a história europeia. Ainda mais se for o progresso nas atividades agrícolas. Veja,

---

[74] Arcaica gíria russa que designava os tributos anuais pagos por fazendeiros.
[75] Trata-se de Piotr (Pedro) I, o Grande (1672-1725), Yekaterina II, a Grande (1729-1796) e Alexandr I, o Abençoado (1777-1825), soberanos russos que se destacaram pelo seu espírito inovador e progressista.

por exemplo, a batata: até ela foi implantada, aqui conosco, à força. E nem sempre usávamos o arado. Também o implantaram, quiçá, quando a Rússia não estava ainda unida, mas certamente o implantaram à força. E agorinha, já em nossos tempos, sob o regime servil, nós — quer dizer, os fazendeiros — geríamos nossas fazendas de modo aprimorado: as secadoras, as tararas, o transporte de estrume e todas as máquinas em geral — tudo era imposto pelo nosso poder, e os mujiques resistiam, bem no começo, mas depois passavam a imitar a gente. Só que agora, com a abolição do regime servil, ficamos sem nosso poder, e nossas fazendas, aquelas que estavam num patamar alto, tiveram de voltar ao estado mais primitivo e tosco. Esta é minha visão.

— Mas por que seria assim? Se sua gestão for racional mesmo, o senhor pode continuar lucrando com sua terra — disse Sviiájski.

— Só que não tenho poder. Como é que vou continuar, permita que lhe pergunte?

"Aí está ela, a mão de obra: o principal elemento da economia", pensou Lióvin.

— Contratando os operários.

— Os operários não querem trabalhar bem, nem com bons instrumentos. Esse nosso operário só sabe de uma coisa: encher a cara, que nem um porco, e depois estragar, bêbado, tudo o que a gente lhe der. Vai deixar que os cavalos se estufem de água, vai rasgar os arreios de primeira, trocar uma roda cavilhada e vendê-la para se embebedar, vai enfiar uma cravija na debulhadora para quebrá-la. Está enojado de ver tudo quanto não for dele. Foi por isso que todo o nível da economia baixou. As terras estão abandonadas, tomadas por absinto ou entregues aos mujiques, e lá onde antes se contavam milhões hoje se contam centenas de milhares, ou seja, a riqueza geral diminuiu. Se fizessem a mesma coisa, mas calculando...

E ele se pôs a desenvolver seu próprio plano de emancipação, em que esses contratempos teriam sido eliminados.

Lióvin não se interessava por isso, mas, quando o fazendeiro terminou, ele voltou a abordar a primeira das suas teses e disse, dirigindo-se a Sviiájski e buscando desafiá-lo a explicitar sua opinião séria:

— Dizer que o nível de nossa economia está baixando e que, se tratarmos os operários como a gente os trata, não poderemos gerir nossas fazendas de forma racional e lucrativa, é completamente justo — disse Lióvin.

— Não acho — objetou Sviiájski, dessa vez seriamente —; apenas vejo que não sabemos gerir nossas fazendas, e que aquela economia dos tempos da servidão não era tão desenvolvida assim, mas, pelo contrário, bastante precária. Não temos nem máquinas, nem bons animais de tração, nem gestão verdadeira; tampouco sabemos calcular. Pergunte a um fazendeiro por aí: ele nem sabe o que seria, ou não seria, proveitoso para ele.

— Contabilidade italiana — respondeu o fazendeiro, irônico. — Calcule o senhor ou deixe de calcular, tanto faz: quando lhe estragarem tudo, não terá lucro nenhum.

— Por que é que estragariam? A debulhadora do senhor, nosso pisadorzinho russo, é que vão quebrar, sim, mas a minha, movida a vapor, de jeito nenhum. O cavalinho russo do senhor, aquele... — como se chama mesmo a raça? — aquele *puxaron* que só presta para se puxar o rabo dele é que se arrebentará todo, sim, mas os *percherons* ou, sei lá, os *bitiuks*,[76] se o senhor os criar, continuarão firmes e fortes. E todo o resto é assim. Precisamos aprimorar estas nossas fazendas.

— Haja dinheiro, Nikolai Ivânytch! O senhor está bem, mas eu cá tenho meu primogênito, que estuda na universidade, e meus pequeninos também, que estão no ginasial, para sustentar. Que *percherons* é que compraria nessa penúria, hein?

— E os bancos servem para quê?

— Para venderem meus últimos bens em leilão? Não, obrigado!

— Está dizendo que devemos e podemos elevar o nível de nossas fazendas, mas eu não concordo — disse Lióvin. — Eu me ocupo disso e tenho recursos, porém ainda não consegui fazer nada. Não sei para quem são úteis os bancos. Eu, pelo menos, só tinha prejuízos com qualquer coisa em que investisse: o gado dava prejuízo, as máquinas davam prejuízo...

— Isso aí está certo — confirmou, pondo-se mesmo a rir de tão contente, o fazendeiro de bigode grisalho.

— E não estou sozinho — continuou Lióvin. — Posso citar quaisquer fazendeiros que agem de modo racional: todos eles, com raras exceções, estão amargando prejuízos. Diga-me você mesmo: será que sua fazenda traz lucros? — disse e logo percebeu, no olhar de Sviiájski, aquela instantânea expressão de susto em que reparava querendo ir além do vestíbulo de sua mente.

Ademais, tal indagação não era, por parte de Lióvin, totalmente idônea. A dona da casa acabara de lhe dizer, enquanto tomavam chá, que o casal tinha convidado, nesse verão, um alemão de Moscou, muito versado em contabilidade, que fizera, remunerado com quinhentos rublos, o balanço de sua fazenda e concluíra que estava gerando três mil e tantos rublos de prejuízo. Ela não se lembrava mais da soma exata, porém lhe parecia que aquele alemão computara tudo até um quarto de copeque.

---

[76] São mencionadas duas raças de cavalos, uma francesa (*percheron*) e a outra russa (*bitiuk* ou *bitiug*), usados na agricultura por serem grandes e fortes.

O fazendeiro sorriu ao ouvir essa menção aos lucros que a fazenda de Sviiájski estaria trazendo, por saber, aparentemente, quanto proveito podia mesmo tirar dela o decano da nobreza e seu vizinho.

— Talvez não traga lucros — respondeu Sviiájski —, mas isso prova apenas que sou um mau proprietário, ou então gasto meus cabedais para aumentar a renda fundiária.

— A renda fundiária? — exclamou Lióvin, estarrecido. — Talvez exista a renda fundiária na Europa, onde a terra ficou melhor com o trabalho a ela aplicado, mas aqui a terra toda só piora com esse trabalho, ou seja, fica esgotada com a lavoura, e não há renda alguma.

— Como assim, "não há renda"? É uma lei.

— Só que a gente está fora daquela lei: a renda fundiária não explica nada para a gente, mas, pelo contrário, deixa tudo confuso. Não, diga-me como essa doutrina da renda fundiária poderia ser...

— Querem coalhada? Macha, peça aí para nos servirem coalhada ou framboesa — Sviiájski se dirigiu à sua esposa. — Neste ano, a framboesa tem durado tanto assim...

E ele se levantou, em seu mais agradável estado de espírito, e afastou-se, aparentando supor que a conversa terminasse precisamente naquele ponto que Lióvin tomava pelo início dela.

Uma vez privado de seu interlocutor, Lióvin continuou a falar com o fazendeiro, tentando provar-lhe que o impasse todo surgia por não desejarmos conhecer as qualidades, nem os hábitos, de nosso operário agrícola. Entretanto, o fazendeiro, igual a todas as pessoas que pensam de forma autônoma e solitária, estava moroso em assimilar as ideias de outrem e por demais enérgico em defender suas próprias ideias. Dizia, insistente, que o mujique russo era um porco e gostava de porcaria, e que, para tirá-lo dessa porcaria, precisaríamos de um poder, mas não havia poder algum, precisaríamos de um porrete, mas ficáramos tão liberais que de repente substituíramos esse porrete milenário com não se sabia quais advogados e sentenças mandando alimentar tais mujiques inúteis e fedorentos com boa sopa e contar os pés cúbicos de ar necessários para a respiração deles.

— Por que o senhor acha — disse Lióvin, buscando retomar a questão discutida — que não se pode tratar a mão de obra de maneira que o trabalho se torne produtivo?

— Com o povo russo, nunca conseguiremos isso sem o porrete! Não há mais poder — respondeu o fazendeiro.

— Então que novas condições é que poderiam ser estabelecidas? — disse Sviiájski, ao comer coalhada, acender um cigarro e aproximar-se outra vez dos polemistas. — Todos os possíveis modos de tratar a mão de obra foram estudados e definidos — prosseguiu. — A comunidade primitiva com sua mancomunação geral, esse sobejo da barbárie, desfaz-se naturalmente; o regime servil está abolido; resta, pois, o trabalho livre, cujas formas estão definidas e prontas, então nos cabe usá-las. Diarista, peão assalariado, granjeiro: não dá para irmos além disso.

— Mas a Europa não está contente com essas formas.

— Não está contente e procura por formas novas. E acabará, provavelmente, achando...

— Só tenho falado disso — replicou Lióvin. — Então por que não procuraríamos por nossa vez?

— Porque seria o mesmo que inventarmos novos métodos de construção das estradas de ferro. Eles já estão prontos, já foram inventados.

— E se não nos convêm, se são estúpidos? — retorquiu Lióvin.

E percebeu novamente a expressão de susto nos olhos de Sviiájski.

— É isso, sim: a gente soterra vocês aí com *chapkas*,[77] já encontramos o que a Europa está procurando! Já sei disso tudo, mas, veja se me desculpa, será que você sabe de tudo quanto foi feito na Europa para acomodar os operários?

— Não sei bem, não.

— Pois essa questão preocupa agora as melhores mentes da Europa. A teoria de Schulze-Delitzsch...[78] E depois, toda aquela enorme literatura sobre a questão operária, daquele rumo mais liberal de Lassalle...[79] A sociedade de Milhausen[80] é um fato de que, com certeza, está ciente.

— Tenho uma noção, mas bem imprecisa.

— Não, apenas fala assim, mas certamente sabe disso tanto quanto eu mesmo. É claro que não sou professor de sociologia, mas isso me interessava e, sinceramente, se você também se interessar, deve estudá-lo.

— Quais foram, então, as conclusões deles?

— Perdão...

Os fazendeiros se levantaram, e Sviiájski, voltando a frustrar Lióvin em seu desagradável costume de tentar invadir aquilo que ficava além do vestíbulo de sua mente, foi despedir-se das suas visitas.

---

[77] Expressão idiomática russa, alusiva à fanfarrice de quem superestimar as suas forças.

[78] Hermann Schulze-Delitzsch (1808-1883): economista e político alemão que propôs, na década de 1850, um programa de organização de cooperativas independentes e "caixas de empréstimos e poupanças".

[79] Ferdinand Lassalle (1825-1864): pensador alemão cuja ideia de criar associações produtoras subvencionadas pelo Estado contrariava a proposta econômica de Schulze-Delitzsch.

[80] Trata-se de uma sociedade filantrópica, fundada na cidade alemã de Milhausen, que visava melhorar as condições de vida dos operários e construía, em particular, casas que eles pudessem adquirir a prestação.

## XXVIII

Naquela noite, Lióvin se enfadava mortalmente na companhia das damas: estava, como nunca estivera antes, preocupado com a ideia de que o descontentamento com sua fazenda, experimentado agora por ele, não era algo exclusivamente pessoal, mas uma condição geral, concernente a toda a situação econômica da Rússia, onde a elaboração de um modo de tratar os operários permitindo fazê-los trabalhar como no sítio daquele velho mujique não era um sonho e, sim, um problema que era necessário resolver. E parecia-lhe que se podia resolver esse problema e que se devia tentar resolvê-lo.

Despedindo-se das damas e prometendo que passaria ali mais um dia inteiro, para irem a cavalo, todos juntos, ver um barranco interessante na floresta pública, Lióvin entrou, antes de dormir, no gabinete do anfitrião, decidido a tomar os livros sobre a questão operária que Sviiájski lhe oferecera. O gabinete de Sviiájski era um cômodo enorme, com estantes cheias de livros, rente a todas as paredes, e duas mesas: uma pesada escrivaninha instalada no meio do cômodo e uma mesa redonda, em cima da qual estavam dispostos, formando uma estrela ao redor de um candeeiro, os últimos números de jornais e revistas em várias línguas. Junto da escrivaninha havia um móvel com gavetas, munidas de letreiros dourados, para guardar toda espécie de documentos.

Sviiájski tirou os livros e sentou-se numa cadeira de balanço.

— O que está vendo aí? — disse a Lióvin, que se detivera ao lado da mesa redonda e folheava as revistas.

— Ah, sim, há um artigo muito interessante — continuou, referindo-se àquela revista que Lióvin tinha nas mãos. — Acontece — adicionou, com alegre animação — que o principal responsável pela divisão da Polônia não foi Friedrich, coisa nenhuma. Acontece que...

E, com a clareza que lhe era peculiar, relatou brevemente umas descobertas recentes, bem importantes e interessantes. Ainda que Lióvin estivesse agora absorto, antes de tudo, em suas ideias econômicas, perguntava a si mesmo, ouvindo o anfitrião discursar: "O que é que fica por trás disso? E por que, mas por que ele se interessa justo pela divisão da Polônia?". Quando Sviiájski terminou, Lióvin perguntou sem querer: "Bom... e daí?". Mas não havia nada por trás: o que interessava Sviiájski era tão somente aquele seu "acontece". Ele não explicou nem sequer achou necessário explicar por que se importava com tais coisas.

— Sim, mas me interessei muito por aquele fazendeiro zangado — prosseguiu Lióvin, suspirando. — É inteligente e disse muitas verdades.

— Ah, nem me fale! Não passa de um adepto da servidão, oculto, mas inveterado como eles todos! — disse Sviiájski.

— Dos quais você é o decano...

— Sim, mas sou um decano bem diferente — disse Sviiájski, com uma risada.

— Eis o que me preocupa muito — comentou Lióvin. — Ele tem razão: o negócio da gente, isto é, nossa gestão racional não anda bem; só avança a agiotagem, como no caso daquele outro, de falas mansas, ou então o negócio mais simples. Quem seria culpado disso?

— É claro que nós mesmos. E depois, não é verdade que nosso negócio não avança. Vassíltchikov está muito bem...

— Mas ele tem uma usina...

— Ainda assim, não sei o que espanta você. O povo fica num degrau tão baixo de desenvolvimento material e moral que há de se opor, evidentemente, a tudo quanto lhe for alheio. A economia racional dá certo na Europa porque o povo é instruído ali; portanto, temos de instruir o povo aqui, e ponto-final.

— Mas como é que poderíamos instruí-lo?

— Para instruir o povo são necessárias três coisas: escolas, escolas e escolas.

— Mas você mesmo disse que o povo estava num degrau baixo de desenvolvimento material. Como é que as escolas o ajudariam?

— Você me lembra aquela anedota sobre os conselhos dados a um doente, sabe? "O senhor deveria tomar laxante." "Já tomei e fiquei pior." "Então aplicar umas sanguessugas." "Já apliquei e fiquei pior." "Pois então só lhe resta rezar a Deus." "Já rezei e fiquei pior". O mesmo se dá com a gente. Eu digo: a economia política; você responde: pior. Eu digo: o socialismo; você responde: pior. Eu digo: a instrução; você responde: pior.

— Mas, enfim, como é que as escolas ajudariam?

— Provendo o povo de outras necessidades.

— É disso aí que nunca entendi patavina — objetou Lióvin, exaltado. — De que maneira é que as escolas ajudariam o povo a melhorar sua situação material? Você diz que a instrução e as escolas o proverão de novas necessidades. Tanto pior, já que ele não terá condição de satisfazê-las. E de que maneira é que a capacidade de somar e de subtrair, bem como o conhecimento da catequese, ajudaria a melhorar a situação material do povo, disso eu nunca pude entender nada. Encontrei anteontem, de tardezinha, uma mulher com uma criança de peito e perguntei aonde ela ia. E ela respondeu: "Fui ver uma curandeira: o menino tá com *kriksa*,[81] pois o levei pra tratar". Aí perguntei

---

[81] Antiga gíria russa, derivada da palavra крик (grito), que designava o choro ininterrupto e mórbido de uma criança.

como a tal curandeira tratava da *kriksa*. "Bota a criancinha no poleiro, junto das galinhas, e fala umas coisinhas lá."

— Pois você mesmo está dizendo! Para que não trate mais dessa *kriksa* botando o menino num poleiro, é necessário... — disse Sviiájski, com um sorriso alegre.

— Ah, não! — rebateu Lióvin, aborrecido. — Esse tratamento não passa, para mim, do semelhante tratamento do povo com escolas. O povo está pobre e bronco: vemos isso tão claramente quanto a curandeira vê a *kriksa*, já que a criança está chorando. Só que não dá para entender como as escolas ajudariam contra aquele mal, a pobreza e a bronquice, da mesma forma que não dá para entender como as galinhas no poleiro ajudam contra a tal de *kriksa*. Temos de tratar dos motivos daquela pobreza.

— Nisso, pelo menos, você está de acordo com Spencer,[82] de quem gosta tanto: ele também diz que a instrução pode desenvolver-se com o aumento do bem-estar e do conforto, com banhos frequentes, no dizer dele, e não à medida que se aprende a ler e a contar...

— Pois bem: estou muito contente ou, bem ao contrário, muito descontente por concordar com Spencer, só que sei disso há muito tempo. As escolas não vão ajudar, mas vai ajudar um sistema econômico em que o povo fique mais abastado, tenha mais tempo livre: aí é que virão as escolas também.

— Todavia, as escolas são obrigatórias agora em toda a Europa.

— E você mesmo não está de acordo com Spencer, nesse quesito? — inquiriu Lióvin.

No entanto, uma expressão de susto ressurgiu nos olhos de Sviiájski, dizendo ele com um sorriso:

— Não, essa *kriksa* é esplêndida! Será que você mesmo ouviu?

Lióvin percebeu que nunca encontraria a ligação entre a vida daquele homem e as ideias dele. Obviamente, Sviiájski não se importava em absoluto com os resultados de seu raciocínio: precisava apenas do processo de raciocínio como tal. E ficava desgostoso quando esse processo o conduzia para um beco sem saída. Era só isso que detestava e evitava, puxando conversa sobre algo alegre e prazenteiro.

Todas as impressões daquele dia, a começar pelo mujique encontrado no meio do caminho, o qual aparentava ser a base primordial de todas as impressões e ideias presentes, deixaram Lióvin muito emocionado. Esse gentil Sviiájski, que só expressava os pensamentos destinados ao uso explícito,

---

[82] Herbert Spencer (1820-1903): filósofo e antropólogo inglês em cuja opinião não era a instrução pública que contribuía para o bem-estar do povo, mas, pelo contrário, esse bem--estar constituía uma condição indispensável para o desenvolvimento da instrução pública.

mas tinha, pelo visto, outros princípios de vida inacessíveis para Lióvin e, não obstante, junto de uma legião de pessoas da mesma estirpe, influenciava a opinião pública mediante as ideias que lhe eram alheias; esse fazendeiro enraivecido, totalmente certo em sua argumentação criada, a duras penas, pela própria vida, mas equivocado naquela raiva com que tratava toda uma classe — aliás, a melhor classe social da Rússia; o descontentamento dele mesmo com suas atividades e uma vaga esperança de corrigir, de alguma forma, tudo isso — todas essas impressões se fundiam numa sensação de angústia íntima, na de quem esperasse por um desfecho próximo.

Uma vez só no quarto reservado para ele, deitado sobre um colchão de molas que ondulava de súbito com cada movimento de seus braços e pernas, Lióvin ficou, por muito tempo, sem dormir. Nenhuma conversa com Sviiájski, posto que ele tivesse dito várias coisas inteligentes, despertava o interesse de Lióvin, porém os argumentos do fazendeiro exigiam uma ponderação. Lióvin se lembrara, involuntariamente, de todas as falas dele e corrigia agora, em sua imaginação, as respostas que lhe dera.

"Sim, deveria ter dito para ele: o senhor afirma que nossa economia não anda bem porque o mujique odeia quaisquer inovações, e que é necessário implantá-las à força. Contudo, se a economia não avançasse, sem essas inovações, de maneira alguma, o senhor estaria com a razão; porém, ela avança, e avança só lá onde o operário trabalha conforme seus hábitos, como no sítio daquele velho que encontrei no meio do caminho. Essa nossa insatisfação comum, a sua e a minha, com a economia prova que nós mesmos somos culpados disso, ou então os operários. Já faz muito tempo que forçamos a barra como nos aprouver, de modo europeu, sem perguntarmos pelas qualidades da nossa mão de obra. Tentemos reconhecer que tal mão de obra não é ideal, mas se limita àquele mujique russo com seus instintos, e vamos organizar respectivamente as nossas fazendas. Imagine só — deveria ter dito para ele — que sua fazenda se parece com o sítio daquele velho, que o senhor encontrou um meio de deixar os operários interessados no sucesso de seu trabalho e que também encontrou um meio-termo nas inovações que eles aceitam: então o senhor apurará, sem esgotar a terra, o dobro ou o triplo de lucros. Divida, pois, a receita ao meio, entregue metade à sua mão de obra: a diferença, que ficará com o senhor, será maior, e a mão de obra receberá mais dinheiro. E, para fazer isso, é preciso abaixar o nível econômico e deixar os operários interessados no sucesso do negócio todo. Como fazer isso é uma questão de detalhes, mas não há dúvida de que isso é possível."

Lióvin ficou profundamente comovido com essa ideia. Não dormiu metade da noite, repensando os detalhes da execução de seu projeto. Não se dispunha a partir no dia seguinte, mas agora resolveu que iria, de manhã cedo, para casa. Além do mais, a cunhada, com aquele seu vestido decotado, suscitava-lhe uma sensação semelhante à vergonha e ao arrependimento de ter feito algo ruim. E, o mais importante, cumpria-lhe partir sem demora: precisava apresentar seu novo projeto aos mujiques antes de semearem os hibernais,[83] a fim de que os semeassem nessas condições novas. Decidiu revolucionar toda a sua gestão antiga.

## XXIX

A execução do projeto de Lióvin acarretava muitas dificuldades, porém ele se aplicava com todas as forças e, mesmo que não tivesse conseguido o que desejava, mas apenas o que podia, chegou a acreditar, sem iludir a si mesmo, que seu trabalho valia a pena. Uma das principais dificuldades era que sua fazenda já estava funcionando, e que não se podia interromper o funcionamento dela e começar tudo de novo, mas se precisava ajustar o processo em curso.

Quando Lióvin, na mesma noite em que voltara para casa, comunicou seus planos ao feitor, este concordou, com visível prazer, com aquela parte do seu discurso que mostrava como tudo quanto se fizera até então era bobagem e desperdício. O feitor disse que vinha falando nisso havia tempos, sem que ninguém quisesse escutá-lo. E no que tangia à proposta de Lióvin — a de participarem, ele próprio e os demais camponeses, de todo o empreendimento agrícola na qualidade de sócios — não expressou nenhuma opinião definida, mas tão somente um profundo desânimo, passando logo a alegar a necessidade de recolher, no dia seguinte, todos os feixes de centeio que ainda sobravam e de mandar lavrar outra vez o campo, de sorte que Lióvin percebeu que não teria tempo para refletir sobre a proposta feita.

Abordando o mesmo tema em suas conversas com os mujiques e propondo-lhes aquelas novas condições de trabalho, deparava-se igualmente com essa principal dificuldade: eles também estavam tão absortos na labuta cotidiana que não se dispunham a cogitar as vantagens e desvantagens de seu empreendimento.

Um mujique ingênuo, o vaqueiro Ivan, parecia entender plenamente a proposta de Lióvin — a de participar, com sua família, dos lucros obtidos por conta do gado — e solidarizar-se com esse projeto. Todavia, ao passo que Lióvin lhe explicava os benefícios por vir, o rosto de Ivan exprimia inquietude e lástima de não poder ouvi-lo até o fim, e ele se apressava a arranjar alguma

---

[83] Cereais resistentes ao frio, cujo plantio é efetuado no outono.

tarefa inadiável: ora pegava um forcado para encher a manjedoura de feno, ora se punha a verter água nos bebedouros ou a retirar o esterco.

Outra dificuldade consistia na invencível desconfiança dos camponeses, os quais não acreditavam que um fazendeiro pudesse ter outros objetivos senão o de depená-los até o último vintém. Estavam firmemente convictos de que a verdadeira meta de Lióvin (dissesse o que dissesse para eles) sempre seria aquela que não lhes revelaria. Aliás, os próprios camponeses também diziam muita coisa, quando falavam com ele, mas nunca deixavam clara a verdadeira meta deles. Por fim (e Lióvin intuía que o fazendeiro bilioso tinha razão), a primeira e imutável condição de todo e qualquer acordo, que os camponeses lhe impunham, era a de nunca serem forçados a empregar quaisquer novos métodos de trabalho nem a utilizar novas ferramentas. Concordavam que o arado lavrava melhor, que o escarificador trazia proveitos maiores, mas encontravam milhares de motivos para não usar nem este nem aquele, e Lióvin, embora persuadido de que era preciso abaixar o nível econômico, lamentava ter de abrir mão das inovações cuja utilidade era tão evidente assim. Contudo, apesar de todas essas dificuldades, insistiu em seu projeto, e eis que, em princípios do outono, o negócio foi avançando, ou, pelo menos, Lióvin teve a impressão de que avançava.

No começo, pensava em arrendar a fazenda toda, como estava, para os mujiques, seus operários, e para o feitor, que seriam doravante os sócios dele, porém se convenceu, muito em breve, que isso não seria possível e resolveu dividi-la. Os currais, o pomar e a horta, os prados e campos loteados deviam compor fontes específicas de renda. O vaqueiro ingênuo Ivan, que compreendera o projeto, segundo parecia a Lióvin, melhor do que todos, formou uma *artel*, principalmente de seus familiares, e tornou-se sócio dos currais. Um campo longínquo, que ficara, por oito anos, abandonado à espera de tempos melhores, foi tomado, graças ao intermédio do carpinteiro esperto Fiódor Rezunov, por seis famílias camponesas, indo elas trabalhar nessas novas condições de sociedade, e o mujique Churáiev arrendou, sob as mesmas condições, todas as hortas. O resto estava ainda como antes, mas essas três fontes de renda eram o início da nova organização e bastavam para manter Lióvin todo atarefado.

É verdade que nos currais o trabalho não se fazia ainda melhor do que antigamente, porquanto Ivan opunha uma resistência ativa ao recinto aquecido para as vacas e à manteiga de nata, sustentando que, com o frio, a vaca não necessitaria de tanta ração e que a manteiga de creme seria mais "bacana", além de exigir a mesma remuneração antiga e de não se importar, nem por sombras, com o fato de que o dinheiro recebido por ele não era uma remuneração e, sim, o adiantamento de seu quinhão dos lucros.

É verdade que a brigada de Fiódor Rezunov não arou o campo duas vezes, como fora combinado, alegando ter pouco tempo à sua disposição. É verdade que, mesmo ao decidirem aceitar as novas condições de trabalho, os mujiques dessa brigada não chamavam a terra arrendada de comum e, sim, de alugada, meia a meia, do senhorzinho, e que diziam amiúde, eles mesmos e Rezunov em pessoa, a Lióvin: "Se acaso nos pagasse só pelo serviço, ficaria mais calmo, e a gente também se soltaria". Ademais, os mujiques não cessavam de postergar, com diferentes pretextos, a construção pactuada de um curral e de uma eira naquela terra, e só a começaram em princípios do inverno.

É verdade que Churáiev já queria distribuir, uma por uma, as hortas arrendadas entre os mujiques. Era óbvio que entendera de modo absolutamente errado as condições sob as quais arrendara as hortas, e parecia que o fizera de propósito.

É verdade que muitas vezes, conversando com os mujiques e explanando para eles todas as vantagens da nova empresa, Lióvin percebia que os mujiques escutavam, nessas ocasiões, apenas o canto de sua voz, tendo plena certeza de que, dissesse o senhorzinho lá o que dissesse, eles não se deixariam ludibriar. Percebia isso, em especial, quando falava com Rezunov, o mais inteligente daqueles mujiques, e lobrigava nos olhos dele um brilho a deixar bem claro que o carpinteiro debochava de Lióvin e estava totalmente seguro de que, se alguém viesse a ser ludibriado, não seria ele, Rezunov.

Todavia, apesar disso tudo, Lióvin acreditava que seu negócio ia para a frente e que, mantendo as contas em rigorosa ordem e insistindo em seu projeto, conseguiria futuramente provar aos mujiques os benefícios desse sistema: então é que o negócio avançaria mesmo, e de per si.

Tais afazeres, bem como as demais tarefas que permaneciam em suas mãos e o trabalho de gabinete relativo ao seu livro, ocupavam tanto Lióvin, durante o verão todo, que ele quase não ia mais caçar. Um criado das irmãs Oblônskaia, vindo pelo fim de agosto para devolver a sela, comunicou-lhe que elas tinham voltado para Moscou. E Lióvin compreendeu que, ignorando a carta de Dária Alexândrovna, queimara, com essa grosseria da qual nem podia lembrar-se sem corar de vergonha, seus navios, e que nunca mais iria àquela casa. De resto, tratara Sviiájski da mesma maneira, indo embora sem se despedir dele, e tampouco o visitaria de novo. Agora não ligava àquilo a mínima importância: a nova organização de sua fazenda absorvia-o mais do que qualquer outra coisa em toda a sua vida. Leu os livros que lhe emprestara Sviiájski e, anotando tudo quanto não soubesse ainda, releu os escritos sobre economia política e os tratados socialistas referentes a esse assunto, porém, como havia previsto, não encontrou neles nada que concernisse ao seu empreendimento. Nos escritos sobre economia política — por exemplo, nos de Mill que estudava, em primeiro lugar, com muito entusiasmo, esperando achar neles, a qualquer momento, uma solução dos problemas que o preocupavam — encontrara as leis deduzidas da situação econômica da Europa, porém não entendia de modo algum por que essas leis, inaplicáveis à Rússia, deviam ser tidas como gerais. O mesmo dizia respeito aos tratados socialistas: quando não eram belas, mas irrealizáveis, fantasias com as quais ele se empolgava ainda na universidade, eram correções ou emendas daquela situação em que estava a Europa, não tendo ela nada a ver com a agricultura russa. A economia política dizia que as leis, segundo as quais se desenvolvera, e continuava a desenvolver-se, a riqueza da Europa, eram gerais e indubitáveis. A doutrina socialista dizia, por sua vez, que o desenvolvimento embasado nessas leis levava à perdição. Entretanto, nenhuma dessas teorias respondia às indagações de Lióvin nem sequer aludia ao que ele mesmo, a par de todos os mujiques e fazendeiros russos, devia fazer com todos aqueles milhões de braços e *deciatinas* a fim de tirar deles o máximo de proveito para o bem-estar comum.

Encarregando-se dessa tarefa, Lióvin fazia questão de ler tudo quanto se referisse a essa temática e pretendia ir, no outono, para o estrangeiro, com o intuito de estudá-la ainda fora da Rússia e evitar, em relação a ela, o que lhe ocorria tão frequentemente em relação a diversos outros assuntos. Mal começava ele, vez por outra, a compreender as ideias de seu interlocutor e a expor as suas, diziam-lhe de improviso: "E Kaufmann, e Jones, e Dubois, e Micelli?[84] O senhor não os leu. Leia, pois: eles têm esquadrinhado essa questão".

Agora via com toda a clareza que nem Kaufmann nem Micelli tinham nada a dizer para ele. Estava ciente do que desejava. Via que a Rússia dispunha de ótimas terras, de ótimos operários, e que em certos casos, como no sítio daquele mujique encontrado no meio do caminho, os operários e as terras produziam muito, mas na maioria dos casos, quando o capital se aplicava à europeia, a produção era fraca, unicamente porque os operários queriam trabalhar e trabalhavam bem daquela única forma que lhes era peculiar, não sendo tal resistência deles nada fortuita, mas antes permanente e decorrente do próprio espírito popular. Lióvin achava que o povo russo, cuja vocação consistia em povoar e colonizar conscientemente imensos espaços desocupados, até povoar assim todas as terras, utilizava os métodos adequados para tanto, e que esses métodos não eram tão ruins quanto se consideravam de praxe. E ele desejava provar isso teoricamente em seu livro e, na prática, em sua fazenda.

---

[84] Citando esses nomes fictícios, Tolstói ironiza as pessoas que valorizam a teoria livresca em detrimento da prática.

## XXX

Em fins de setembro, trouxeram madeira para construir umas dependências no lote entregue à *artel*; ao mesmo tempo, venderam a manteiga e dividiram o lucro. A parte prática do negócio ia de vento em popa, ou, pelo menos, Lióvin achava que fosse. Quanto à explicação teórica do negócio todo e à finalização do livro, que deveria, conforme seus devaneios, não apenas consumar uma reviravolta na economia política, mas destruir aquela ciência até os alicerces e dar início a uma ciência nova, dedicada às relações entre o povo e a terra, só lhe restava ir para o estrangeiro e lá estudar tudo o que fora feito nessa área, visando encontrar provas convincentes de que tudo o que fora feito não servia mesmo para nada. Lióvin esperava somente pela colheita do trigo, a fim de receber seu dinheiro e de partir para o estrangeiro. Mas começaram as chuvas, que não deixavam colher os cereais e a batata sobrantes no campo, e todos os trabalhos, inclusive a colheita do trigo, ficaram parados. A lama tornou as estradas intransitáveis; uma enchente desmoronara dois moinhos, e o tempo piorava dia após dia.

Em 30 de setembro, o sol raiou logo pela manhã, e Lióvin, acreditando que o tempo melhoraria, começou a preparar resolutamente a sua partida. Mandou armazenar o trigo, enviou o feitor à casa do comerciante, que lhe pagaria pela safra, e foi rodando a fazenda para dar as últimas ordens antes de viajar.

Assim, ao resolver todas as pendências, todo molhado por causa daqueles filetes d'água que serpenteavam pelo seu *kojan*, caindo-lhe ora por baixo da gola, ora direto nas botas, porém no mais álacre e animado estado de espírito, Lióvin voltou para casa ao entardecer. O tempo ficara pior ainda, pelo fim do dia: o granizo açoitava seu cavalo encharcado, cujas orelhas e a cabeça toda tremiam sem parar, com tanta força que ele avançava de viés; não obstante, Lióvin estava bem, envolto em seu *bachlyk*, e olhava jovialmente ao seu redor, ora para os turvos riachos, que corriam ao longo dos carris, ora para as gotas suspensas em cada galho desnudo, ora para a mancha branca de granizo, que não se derretera logo sobre as tábuas da ponte, ora para as folhas caídas de ulmeiro, ainda polpudas e suculentas, cuja espessa camada se espraiava à volta da árvore nua. Apesar da lugubridade da natureza que o circundava, sentia-se sobremodo eufórico. Suas conversas com os mujiques, numa aldeia afastada, evidenciavam que eles se acostumavam, pouco a pouco, àquele novo sistema. Um velho servente, em cuja casa Lióvin se detivera para secar as roupas, aprovava, obviamente, seu plano e mesmo se oferecia como sócio para comprar gado.

"Só tenho que perseguir obstinadamente esse meu objetivo, então o alcançarei", pensava Lióvin. "Vale a pena trabalhar nisso, sim! Não é meu negócio pessoal: é do bem-estar geral que se trata. Toda a economia e, o principal, a situação do povo todo devem mudar completamente. Em vez da pobreza, uma abastança geral, uma abundância; em vez da hostilidade mútua, a concórdia dos interesses ligados. Numa palavra, uma revolução, pacífica, mas a maior das revoluções: primeiro, nesta pequena área do nosso distrito, depois na província toda, e depois em toda a Rússia e no mundo inteiro. É que uma ideia justa não pode deixar de ser frutuosa. Sim, é um objetivo com que vale a pena trabalhar. E o fato de ser eu, Kóstia Lióvin, aquele mesmo que foi a um baile de gravata negra e acabou rejeitado por Chtcherbátskaia, e que é tão deplorável e nulo aos seus próprios olhos, ainda não prova nada. Tenho certeza de que Franklin[85] também se sentia nulo e tampouco acreditava em si mesmo, quando refletia consigo assim. Isso não significa coisa nenhuma. Ele também tinha, por certo, sua Agáfia Mikháilovna, a quem confiava seus planos."

Pensando dessa maneira, Lióvin se acercou, já na escuridão, da sua casa.

O feitor, que tinha ido ver o comerciante, voltara e trouxera parte do dinheiro ganho com a venda do trigo. Fizera também um acordo com aquele servente e soubera, pelo caminho, que os cereais se demoravam no campo em todas as redondezas, de modo que cento e sessenta medas de Lióvin, que não haviam sido recolhidas, não eram nada em comparação com os prejuízos de outrem.

Depois do jantar, Lióvin se sentou, como de hábito, em sua poltrona, com um livro na mão, e continuou refletindo, enquanto lia, sobre a viagem que faria em razão de sua obra. Agora imaginava, com especial clareza, toda a significância dessa obra, e trechos inteiros se compunham na mente dele, exprimindo a essência de suas ideias. "Preciso anotar isto", pensou. "Será uma breve introdução, que antes me parecia desnecessária." Ele se levantou, querendo ir até a escrivaninha, e a Laska, deitada aos seus pés, também se levantou, espreguiçando-se e olhando para o dono, como se lhe perguntasse aonde iria. Contudo, não havia tempo para fazer anotações: os capatazes vieram receber as ordens do fazendeiro, e Lióvin foi conversar com eles na antessala.

Após essa conversa, dando ordens relativas aos trabalhos do dia seguinte e atendendo todos os mujiques que tinham de falar com ele, Lióvin retornou ao seu gabinete e sentou-se para escrever. A Laska veio deitar-se embaixo

---

[85] Benjamin Franklin (1706-1790): grande cientista, empreendedor e diplomata norte-americano.

da escrivaninha; Agáfia Mikháilovna, que tricotava uma meia, ficou em seu lugar habitual.

Escrevendo por algum tempo, Lióvin se recordou, de chofre e com uma vivacidade extraordinária, de Kitty, de sua recusa e do último encontro com ela. Levantou-se e foi andando pelo cômodo.

— Mas não tem de ficar chateado — disse-lhe Agáfia Mikháilovna. — Por que é que não sai de casa? Devia ir às águas quentes, ainda mais que já se aprontou.

— Vou lá mesmo, depois de amanhã, Agáfia Mikháilovna. Mas preciso terminar o negócio.

— Pois que negócio é esse? Será que recompensou ainda pouco os mujiques? Já andam dizendo: o senhorzinho de vocês terá por isso um favor especial do czar. E que coisa mais esquisita: por que tem de cuidar daqueles mujiques?

— Não estou cuidando deles: trabalho para mim mesmo.

Agáfia Mikháilovna conhecia todas as minúcias dos planos econômicos de Lióvin. Muitas vezes, Lióvin explanava suas ideias para ela, com todos os pormenores, e não raro discutia com ela e discordava dos seus comentários. Mas agora ela entendera o dito de forma bem diferente.

— Sabemos que se deve pensar, antes de tudo, na alma da gente — disse, com um suspiro. — Eis nosso Parfion Deníssytch: nem sabia ler, mas morreu como permita Deus que cada qual morra — referiu-se a um camponês que acabara de falecer. — Teve a hóstia e os santos óleos.

— Não falo disso, não — respondeu Lióvin. — Digo que estou trabalhando para meu proveito. É mais proveitoso, para mim, que os mujiques trabalhem melhor.

— Faça o senhorzinho o que fizer, mas, se são preguiçosos mesmo, só vão capengar de cepo em cepo[86] ali. Quem tiver vergonha na cara vai trabalhar, sim; e, com quem não tiver, não adianta nada.

— Mas você mesma diz que Ivan passou a cuidar melhor do gado.

— Só digo uma coisa — respondeu Agáfia Mikháilovna, e sua resposta não parecia casual, mas resultava de uma rigorosa conexão de ideias —: o senhorzinho tem de se casar, é isso!

A menção que Agáfia Mikháilovna fazia àquilo mesmo que ele acabava de relembrar deixou Lióvin triste e ofendido. Carregando o cenho, ele se sentou de novo à escrivaninha, sem lhe responder, e repetiu em seu íntimo tudo quanto pensava acerca da significância de sua obra. Só de vez em quando é que atentava, em silêncio, para o som das agulhas de tricô que

---

[86] A expressão russa *через пень колоду* (de cepo em cepo) significa aproximadamente "de qualquer jeito, sem se esforçar".

Agáfia Mikháilovna usava e, rememorando aquilo que não queria rememorar, franzia-se novamente.

Às nove horas, ouviram-se o tilintar de uma sineta e o surdo ruído de um carro a chapinhar na lama.

— Eis ali umas visitas que estão chegando: o senhorzinho não ficará mais chateado — disse Agáfia Mikháilovna, levantando-se e indo à porta. Mas Lióvin foi à frente dela. Agora que seu trabalho não ia mais bem, qualquer visita seria muito bem-vinda.

## XXXI

Ao descer correndo até o meio da escada, Lióvin ouviu, lá na antessala, o som familiar de pigarros; era, porém, um som impreciso, abafado pelo de seus próprios passos, e ele esperava que se tivesse equivocado. Depois avistou todo o vulto comprido, ossudo e bem conhecido, mas, mesmo sem ser mais possível que se enganasse, esperava ainda que tivesse errado e que esse homem alto, o qual tirava a peliça e pigarreava, não fosse seu irmão Nikolai.

Lióvin amava seu irmão, mas sempre se sentia aflito ao ficar junto dele. E agora que, sob o influxo da lembrança que lhe viera e da alusão de Agáfia Mikháilovna, estava confuso e indeciso, o encontro com Nikolai parecia-lhe especialmente penoso. Em vez de alguém que, sendo alegre, saudável e vindo de fora, pudesse distraí-lo, conforme Lióvin esperava, da sua confusão espiritual, teria de ver seu irmão, que lia em sua alma, que haveria de lhe despertar os pensamentos mais íntimos, que o faria externá-los todos. E Lióvin não queria nada disso.

Zangado consigo mesmo por causa dessa vil sensação, desceu correndo para a antessala. Tão logo viu Nikolai de perto, sua decepção pessoal se esvaiu num átimo e deu lugar à comiseração. Por mais temeroso que seu irmão parecesse, desde antes, com sua magreza e seu ar mórbido, agora estava ainda mais magro e exausto. Era um esqueleto coberto de pele.

Plantado na antessala, arrancava um cachecol do seu pescoço comprido e descarnado, que se contraía amiúde, e sorria de modo estranhamento queixoso. Vendo aquele sorriso dócil e resignado, Lióvin sentiu um espasmo que lhe apertava a garganta.

— Eis que cheguei para te ver — disse Nikolai, com uma voz cavernosa, sem desviar, nem por um segundo, os olhos do rosto de seu irmão. — Já fazia bastante tempo que queria vir aqui, mas estava adoentado. Só que agora estou muito bem — dizia, enxugando a barba com suas mãos grandes e finas.

— Sim, sim! — respondia Lióvin. Seu medo aumentara quando, ao beijar seu irmão, ele sentira com os lábios a sequidão de sua pele e vira, bem de perto, seus grandes olhos, que irradiavam um brilho estranho.

Semanas antes, havia escrito para Nikolai que, com a venda daquela pequena parte da fazenda que não fora ainda dividida, ele tinha agora seu quinhão, cerca de dois mil rublos, a receber.

Nikolai disse que viera a fim de receber esse dinheiro e, o mais importante, de rever o ninho familiar, tocar na terra e aprovisionar-se, igual aos antigos guerreiros, de força necessária para as atividades futuras. Conquanto seu dorso se arqueasse mais ainda e sua magreza, com essa sua altura, chegasse a ser espantosa, movia-se, como de praxe, rápida e ansiosamente. Lióvin conduziu-o para seu gabinete.

Nikolai trocou de roupas com especial zelo, o que não lhe ocorria antes, penteou seus cabelos lisos e ralos, e depois, sorridente, subiu a escada.

Estava muito gentil e alegre, tal e qual como Lióvin o tinha visto, uma porção de vezes, na infância. Até mesmo a Serguei Ivânovitch é que se referia sem rancor. Ao ver Agáfia Mikháilovna, brincou com ela e perguntou pelos criados antigos. A notícia da morte de Parfion Deníssytch causou-lhe uma impressão desagradável. Seu rosto exprimiu um susto, mas ele se recobrou logo.

— Pois já estava velho, não é? — disse e mudou de assunto. — Vou ficar aqui, contigo, um mês ou dois, e depois irei a Moscou. Sabes: Miagkov me prometeu um cargo, e vou entrar no serviço público. Agora hei de arranjar esta minha vida de outro jeito — continuou. — Mandei embora aquela mulher, sabes?

— Maria Nikoláievna? Como foi, por quê?

— Ah, é uma mulher asquerosa! Tantas vezes me contrariou... — Não contou, todavia, quais eram aquelas contrariedades. Não poderia dizer que expulsara Maria Nikoláievna por lhe servir um chá fraco e, principalmente, por cuidar dele como de um enfermo. — Ademais, quero agora mudar de vida completamente. É claro que fiz muitas bobagens, como todo mundo, mas a fortuna é o último dos bens, não a lamento! Tomara que haja saúde, e minha saúde, graças a Deus, tem melhorado.

Lióvin escutava, tentando inventar o que lhe diria, mas não conseguia inventar nada. Decerto Nikolai sentia o mesmo: passou a indagar-lhe sobre os seus negócios, e Lióvin se animou contando sobre si próprio, já que podia falar sem fingir. Explicitou para o irmão seus planos e suas ações.

Nikolai escutava, mas não se interessava, aparentemente, por isso.

Esses dois homens eram tão próximos e amavam tanto um ao outro que o mínimo gesto, o tom da voz, diziam a ambos mais do que tudo quanto se pudesse dizer com palavras.

Agora pensavam ambos na mesma coisa: na doença e na morte próxima de Nikolai, a qual eclipsava todo o resto. Não se atreviam, porém, a falar dela, e tudo quanto estivessem dizendo um para o outro, sem expressarem aquilo que unicamente os preocupava, era mentira. Jamais Lióvin se alegrara antes tanto quanto agora, com a chegada da noite e a necessidade de irem dormir. Jamais tratara uma pessoa estranha, nem se portara no âmbito oficial, de maneira tão antinatural e falsa como nessa ocasião. E, consciente e arrependido da tal antinaturalidade, tornava-se mais antinatural ainda. Queria chorar sobre seu querido irmão, que estava morrendo, mas tinha de escutar as falas dele e de levar adiante a conversa de como ele viveria.

Dado que a casa estava úmida e só um cômodo ficara aquecido, Lióvin deixou seu irmão dormir em seu quarto, detrás de um tabique.

O irmão se deitara e, dormisse ou não, revirava-se todo, como um doente, tossia e, quando não conseguia parar de tossir, ficava resmungando. Por vezes, dizia com um profundo suspiro: "Ah, meu Deus!". Outras vezes, quando se sufocava com sua expectoração, murmurava aborrecido: "Ah, diabo!". Lióvin passou muito tempo sem dormir, a escutá-lo. Seus pensamentos eram os mais diversos, porém o desfecho deles todos era o mesmo: a morte.

Foi então que a morte, o iminente fim de tudo, apresentou-se a ele, pela primeira vez, com uma força irresistível. E essa morte, encarnada em seu querido irmão, que cochilava ali gemendo e apelava, com habitual indiferença, ora a Deus, ora ao diabo, não estava tão distante como lhe parecia antes. Estava também em seu próprio âmago: Lióvin sentia isso. Se não viesse agora, viria no dia seguinte; se não viesse no dia seguinte, viria trinta anos depois, mas não seria a mesma? E ele não apenas ignorava o que seria aquela morte inevitável, não apenas nunca pensara nela, mas nem sequer ousava ou sabia pensar a respeito.

"Estou trabalhando, quero fazer alguma coisa, mas já esqueci que tudo acabaria, que viria a morte."

Sentara-se sobre a sua cama, nas trevas, encolhendo-se e abraçando os joelhos; absorvia-se, retendo a respiração, em suas meditações. Contudo, quanto mais se esforçava para meditar, tanto mais claro ficava, para ele, que não podia duvidar disso, que realmente se esquecera de uma pequena circunstância da vida humana, ou então não a levara em conta: viria a morte e tudo acabaria, e nem valia a pena ter começado qualquer negócio que fosse, e não havia meios de remediar isso. Era algo terrível, mas era assim mesmo.

"Só que ainda estou vivo. O que fazer agora, o que fazer, hein?", dizia Lióvin, desesperado. Acendeu uma vela, levantou-se cautelosamente e foi até o espelho. Pôs-se a examinar seu rosto e seus cabelos: sim, havia fios brancos nas têmporas. Abriu a boca: os dentes traseiros se estragavam aos poucos. Desnudou seus braços musculosos: sim, tinha muita força. Só que Nikólienka, que lá respirava com as sobras dos pulmões, também já tivera um corpo saudável. De súbito, recordou como iam dormir juntos, ele e seu irmão quando crianças, esperando apenas até Fiódor Bogdânytch sair porta afora para jogarem travesseiros um ao outro e gargalharem, gargalharem tão impetuosamente que nem o medo de Fiódor Bogdânytch podia coibir aquela transbordante, fervente consciência de felicidade da vida. "E, agora, só aquele peito entortado e oco... e eu mesmo, sem saber o que, nem por que, acontecerá comigo..."

— Kha! Kha! Ah, diabo! Por que te mexes aí, por que não dormes? — chamou por ele a voz do irmão.

— Sei lá... assim, a insônia.

— E eu tenho dormido bem, não fico mais suando agora. Olha só, vem pegar na camisa. Não estou suado, estou?

Lióvin apalpou a camisa de seu irmão, passou para o outro lado do tabique, apagou a vela, mas se quedou, ainda por muito tempo, sem dormir. Mal clareara um pouco a questão de como se devia viver, surgia outra questão insolúvel: a morte.

"Pois ele está morrendo, pois ele morrerá antes da primavera, mas... como é que posso ajudá-lo? O que posso dizer para ele? O que sei disso? Já havia esquecido que isso existia."

## XXXII

Lióvin tinha notado, já havia muito tempo, que as pessoas capazes de provocar embaraço, por serem demasiado transigentes e dóceis, não demoravam a tornar-se insuportáveis por serem demasiado exigentes e dadas à critiquice. Sentia que o mesmo se daria com seu irmão. E, de fato, a docilidade de Nikolai durou pouco. Logo na manhã seguinte ele ficou irritadiço e passou a implicar assiduamente com seu irmão, atingindo-lhe os pontos mais vulneráveis.

Lióvin se sentia culpado e não podia corrigir isso. Percebia que, se ambos deixassem de fingir e conversassem daquela maneira chamada de cordial, ou seja, se dissessem apenas o que estavam realmente pensando e sentindo, não fariam outra coisa senão fitar um ao outro, olho no olho, e Konstantin só diria: "Vais morrer, vais morrer, vais morrer!", e Nikolai só responderia: "Sei que vou morrer, mas tenho medo, medo, medo!". E não diriam mais nada, um para o outro, se conversassem de maneira cordial. Mas não se podia viver assim, e Konstantin procurava, portanto, fazer aquilo que procurara e não soubera fazer ao longo de toda a sua vida, e que muitas pessoas, segundo as observações dele, sabiam fazer tão bem, por ser algo imprescindível: procurava não dizer o que estava pensando e percebia, o tempo todo, que parecia falso, que seu irmão reparava nisso e ficava irritado.

No terceiro dia da sua visita, Nikolai desafiou o irmão a explicar-lhe de novo seu projeto e não apenas se pôs a condená-lo, mas acabou por misturá-lo, propositalmente, com o comunismo.

— Pegaste uma ideia de outrem, e nada além disso, porém a deturpaste e queres aplicá-la onde não se aplica.

— Pois eu te digo que são coisas bem diferentes. Eles estão negando a justiça da propriedade, do capital, da hereditariedade, e eu, sem contestar esse estímulo principal (Lióvin se aborrecia consigo mesmo por empregar tais palavras, mas, desde que se empolgara com sua obra, vinha recorrendo cada vez mais, embora de forma involuntária, à terminologia que não era russa), quero somente regulamentar o trabalho.

— É isso mesmo: pegaste uma ideia de outrem, cortaste fora tudo o que constituía a força dela e queres assegurar que é algo novo — disse Nikolai, cujo pescoço se contraía, com zanga, sob a sua gravata.

— Mas esta minha ideia não tem nada a ver...

— Lá — retorquiu Nikolai Lióvin, com um brilho irado nos olhos, e sorriu ironicamente —, lá, pelo menos, há uma graça, digamos, geométrica: está tudo claro, indubitável. Talvez seja uma utopia. Mas admitamos que se possa fazer, de todo o passado, uma *tabula rasa*:[87] não há propriedade, não há família... Então o trabalho se faz por si mesmo. Só que tu não tens nada disso...

— Por que mesclas as coisas? Eu nunca fui comunista.

— Pois eu fui e acho que isso é extemporâneo, mas razoável, e tem futuro, igual ao cristianismo em seus primeiros séculos.

— E eu acho apenas que a mão de obra deve ser vista sob a ótica das ciências naturais, ou seja, precisamos estudá-la, reconhecer suas qualidades e...

— Só que não adianta. Essa força encontra sozinha, à medida que se desenvolva, certo modo de agir. Houve escravos, por toda a parte, depois houve *metayers*,[88] e aqui também existem a divisão de terras, o arrendamento, o salário para os peões. O que mais estás procurando aí?

De chofre, Lióvin ficou exaltado com essas palavras, porque temia, no fundo da alma, que fosse verdade, que ele pretendesse, de fato, manobrar entre o comunismo e os modos de agir existentes, e que não adiantasse mesmo fazê-lo.

---

[87] Tábua raspada (em latim): expressão que caracteriza algo criado a partir do zero.
[88] Arrendatários (em inglês).

— Tenho buscado meios de trabalhar produtivamente, tanto para mim quanto para o operário. Quero organizar... — respondeu, entusiástico.

— Não queres organizar coisa nenhuma: vives, simplesmente, como sempre viveste e queres exibir a tua originalidade, mostrar que não exploras os mujiques à toa, mas com uma ideia.

— Se pensas assim, deixa para lá! — retrucou Lióvin, sentindo um músculo de sua face esquerda tremer incontrolavelmente.

— Nunca tiveste nem tens convicções: tomara que esse teu amor-próprio fique satisfeito!

— Pois está ótimo: vê se me deixas em paz!

— Vou deixar, sim! Já era tempo, que o diabo te carregue! Que pena eu ter vindo aqui!

Por mais que Lióvin se esforçasse depois para acalmar seu irmão, Nikolai não queria ouvir nada, dizendo que seria bem melhor eles se separarem, e Konstantin via apenas que a vida se tornara insuportável para ele.

Nikolai já estava pronto a ir embora, quando Konstantin voltou a falar com ele e pediu, sem sombra de naturalidade, que lhe perdoasse aquelas ofensas que porventura causara ao seu irmão.

— Magnanimidade, hein? — disse Nikolai, sorrindo. — Se quiseres ter razão, posso proporcionar-te esse prazer. Tens razão, sim, mas eu vou embora!

Só quando da despedida os irmãos se beijaram, e Nikolai disse, encarando Konstantin, de repente, com estranha seriedade:

— Ainda assim, não me leves a mal, Kóstia! — E sua voz ficou trêmula.

Foram as únicas palavras ditas sinceramente. Lióvin compreendeu que, ao dizê-las, seu irmão subentendia: "Estás vendo e sabendo aí que estou mal, e que talvez não nos vejamos mais". Lióvin compreendeu isso, e as lágrimas jorraram dos seus olhos. Tornou a beijar seu irmão, porém não pôde nem soube dizer nada para ele.

Dois dias depois de sua partida, Lióvin também foi para o estrangeiro. Encontrando-se, na estrada de ferro, com Chtcherbátski, o primo de Kitty, deixou-o estarrecido com seu ar sombrio.

— O que é que tem? — perguntou-lhe Chtcherbátski.

— Nada... Assim, há pouca alegria neste mundo.

— Como "pouca"? Vamos juntos para Paris, em vez daquela sua Mulhouse. Vai ver quanta alegria há por ali!

— Não, já terminei. Está na hora de morrer.

— Que piada é essa? — inquiriu Chtcherbátski, rindo. — Eu cá só me preparo para começar.

— Eu também pensava assim, faz pouco tempo, mas agora sei que logo vou morrer.

Lióvin dizia o que realmente pensava nesses últimos tempos. Via em tudo apenas a morte ou a aproximação dela. Tanto mais se envolvia com o negócio que havia empreendido. Precisava passar, de alguma forma, o resto de sua vida, antes que a morte chegasse. A escuridão encobria tudo aos olhos dele, mas, exatamente em razão dessa escuridão, Lióvin intuía que o único fio capaz de guiá-lo nas trevas era seu negócio, ao qual se agarrara, com as últimas forças, e que não soltava mais.

quarta
PARTE

I

Ainda marido e mulher, os Karênin continuavam morando na mesma casa, viam-se todos os dias, mas eram absolutamente estranhos um para o outro. Alexei Alexândrovitch fixara como regra ver sua esposa cada dia, a fim de privar a criadagem de todo direito de conjeturar, mas evitava almoçar em casa. Vrônski nunca vinha à casa de Alexei Alexândrovitch, porém Anna se encontrava com ele fora, e seu marido sabia disso.

A situação estava aflitiva para os três, e nenhum deles teria forças para viver um só dia nessa situação se não esperasse que, não passando de uma dificuldade penosa, mas passageira, ela fosse mudar dentro em pouco. Alexei Alexândrovitch esperava que a paixão de sua mulher fosse acabar, como tudo acaba, que todos fossem esquecê-la e que seu nome permaneceria imaculado. Anna, de quem essa situação dependia e para quem era mais aflitiva do que para os outros, aturava-a não apenas por esperar, mas por ter plena certeza de que tudo isso ficaria logo esclarecido e resolvido. Decididamente, não sabia como seria o desfecho dessa situação, mas estava bem convencida de que um desfecho não tardaria a sobrevir. Vrônski, que lhe obedecia de modo involuntário, também esperava por algo que devia, sem depender dele próprio, desenredar a trama.

Em meados do inverno, Vrônski passou uma semana muito tediosa. Incumbido de acompanhar um príncipe estrangeiro que viera a Petersburgo, teve de lhe mostrar os lugares de interesse metropolitanos. Além de ser, ele mesmo, apresentável, Vrônski dominava a arte de se comportar com respeitosa dignidade e já estava acostumado a lidar com tais potentados: por isso mesmo é que fora incumbido de acompanhar o príncipe. Todavia, sua tarefa lhe parecia dificílima. O príncipe queria ver tudo quanto pudesse ensejar, voltando ele para casa, a indagação se o vira mesmo na Rússia; ademais, desejava usufruir, na medida do possível, daqueles prazeres russos. Vrônski tinha por dever orientá-lo em ambas as áreas. De manhã, eles iam visitar os lugares de interesse; de noite, participavam das diversões nacionais. O príncipe gozava de uma saúde incomum até mesmo no meio dos príncipes: fazendo ginástica e cuidando bem de seu corpo, desenvolvera tamanho vigor que, apesar dos excessos que praticava em seus prazeres, estava tão viçoso quanto um grande, verde e lustroso pepino holandês. Viajava muito e achava que uma das principais vantagens daquela agilidade com que se viajava atualmente consistia em facilitar o acesso às diversões nacionais. Ao visitar a Espanha, ficara cantando serenatas e aproximara-se de uma espanhola que tocava bandolim. Indo à Suíça, matara uma camurça. De passagem na Inglaterra, cavalgara, de fraque vermelho, por cima das barreiras e, apostando que abateria duzentos faisões, ganhara a aposta. Frequentara um harém na Turquia, montara um elefante na Índia e, agora que estava na Rússia, pretendia desfrutar de todos os deleites genuinamente russos.

Cumprindo, junto dele, a função de mestre de cerimônias, Vrônski se esforçava muito para distribuir todos aqueles deleites russos que diversas pessoas ofereciam ao príncipe. Havia lá corcéis e crepes, e caças a ursos, e troicas, e ciganos, e farras com louças quebradas à russa. O príncipe tinha assimilado com extraordinária desenvoltura o espírito russo: quebrava bandejas com pratos, punha ciganas no colo e parecia perguntar volta e meia se todo o espírito russo se limitava a tanto, ou se havia outras coisas também.

No fundo, dentre todos os prazeres russos o príncipe apreciava, em especial, umas atrizes francesas, uma bailarina e aquele champanhe de carimbo branco. Vrônski costumava lidar com os manda-chuvas, mas — por ter mudado, ele próprio, nesses últimos tempos, ou então por se manter demasiado próximo do príncipe — acabou achando essa semana terrivelmente penosa. Sentiu ao longo da semana toda algo semelhante ao que sentiria um homem a cuidar de um louco perigoso, temendo aquele louco e, ao mesmo tempo, receando, devido à sua proximidade com ele, que viesse enlouquecer por sua vez. Sentia uma constante necessidade de não afrouxar, nem por um segundo, o tom da rigorosa cortesia oficial, para não ser ofendido. O príncipe tratava com desdém aquelas pessoas que, deixando Vrônski pasmado, faziam das tripas coração para atulhá-lo de prazeres russos. Suas opiniões relativas às mulheres russas, que lhe apetecia estudar, amiúde levavam Vrônski a enrubescer de indignação. Aliás, a razão principal pela qual o príncipe o aborrecia tanto era a analogia que Vrônski notava, involuntariamente, entre eles dois. O que enxergava naquele espelho nem por sombras lisonjeava o seu amor-próprio. O príncipe era um homem muito tolo, muito presunçoso, muito saudável e muito asseado, sem ser nada além disso. Era, de fato, um gentil-homem, e Vrônski não podia negar isso: era equilibrado e comedido com os superiores, desenvolto e simples com os iguais, desdenhoso e benevolente com os inferiores. Vrônski também era assim e achava que fosse uma grande vantagem sua, porém era inferior, ao lado do príncipe, e revoltava-se com esse tratamento que juntava o desprezo à bonomia.

"Que bife estúpido! Será que eu mesmo sou assim?", pensava Vrônski.

Em todo caso, despedindo-se do príncipe no sétimo dia, antes de sua partida para Moscou, e recebendo seus agradecimentos, ficou feliz por se livrar dessa situação constrangedora e desse espelho desagradável. Despediu-se do príncipe na estação ferroviária, voltando ambos de uma caça a ursos onde haviam assistido, durante a noite toda, à exibição da valentia russa.

## II

Uma vez em casa, Vrônski encontrou um bilhete de Anna. Ela escrevia: "Estou doente e infeliz. Não posso sair de casa, porém não consigo mais ficar longe de você. Venha à noite. Às sete horas, Alexei Alexândrovitch vai a uma reunião e só voltará às dez". Ao pensar, por um minuto, como era estranho ela convidá-lo diretamente para sua casa, embora o marido a proibisse de recebê-lo, Vrônski resolveu ir lá.

Promovido naquele inverno a coronel, ele saíra do regimento e morava sozinho. Logo após o desjejum, deitou-se sobre o sofá, e a lembrança daquelas cenas horrorosas, que vira nos últimos dias, entrelaçou-se em cinco minutos com as imagens de Anna e do mujique batedor cujo papel fora importante na caça aos ursos. Assim, Vrônski adormeceu. Acordou na escuridão, tremendo de susto, e apressou-se a acender uma vela. "O que foi? O quê? O que foi que vi, sonhando, de tão assustador? Sim, sim. Parece que aquele mujique batedor — baixinho, sujo, de barbicha eriçada — fazia alguma coisa, inclinado ali, e de repente passou a falar francês e disse umas palavras estranhas. Não houve mais nada nesse sonho, não houve", disse consigo. "Mas por que isso foi tão horrível?" Depressa, lembrou-se outra vez daquele mujique, das palavras ininteligíveis que ele pronunciara em francês, e o frio de pavor percorreu-lhe o dorso.

"Que bobagem!", pensou Vrônski e consultou seu relógio.

Já eram oito horas e meia. Vrônski tocou a campainha, chamando pelo seu criado, vestiu-se às pressas e saiu de casa, totalmente esquecido de seu sonho e preocupado apenas com seu atraso. Quando o trenó se aproximava da casa dos Karênin, tornou a consultar o relógio e viu que faltavam dez minutos para as nove. Uma carruagem alta, estreitinha e atrelada a um par de cavalos cinza, estava perto da entrada. Vrônski reconheceu a carruagem de Anna. "Ela vai à minha casa", pensou, "e seria melhor assim. Como é desagradável entrar naquela casa! Mas tanto faz: não posso esconder-me", disse a si mesmo e, adotando aquela postura, assimilada desde a infância, de quem não tem motivo algum para se envergonhar, desceu do trenó e caminhou até a porta. A porta se abriu, e um porteiro, com uma manta sobre o braço, mandou a carruagem chegar à entrada. Mesmo que não costumasse reparar em detalhes, Vrônski atentou agora para a expressão estarrecida com que o porteiro o mirava. Já entrando porta adentro, quase esbarrou em Alexei Alexândrovitch. Um bico de gás iluminava em cheio aquele semblante lívido, encovado, embaixo de um chapéu preto, e uma gravata branca que brilhava sob o casaco de castor. Os olhos de Karênin, imóveis e baços, cravaram-se no rosto de Vrônski. Ele fez uma mesura, e Alexei Alexândrovitch moveu os lábios, como se estivesse mastigando, levou sua mão ao chapéu e seguiu adiante. Vrônski viu-o subir, sem olhar para trás, à carruagem, tomar, através do postigo, a manta e um binóculo e partir. Então adentrou o vestíbulo. Franzia o sobrolho; seus olhos lançavam um brilho maldoso e orgulhoso.

"Que situação!", pensava. "Se ele lutasse, defendesse a sua honra, eu poderia agir, exprimir os meus sentimentos, porém aquela fraqueza ou vileza... Ele me coloca na situação de quem está mentindo, enquanto eu nunca quis nem quero mentir."

Desde a explicação com Anna no jardim de Vrede, as ideias de Vrônski têm mudado bastante. Sem querer, cedendo à fragilidade de Anna, que se entregava toda a ele e, aceitando qualquer coisa de antemão, só esperava que definisse seu destino, o jovem não achava mais, havia muito tempo, que esse romance pudesse acabar conforme vinha imaginando. Seus ambiciosos projetos estavam novamente relegados a segundo plano, de sorte que, percebendo ter saído daquele círculo de atividades no qual estava tudo determinado, ele se entregava por inteiro ao seu sentimento, e esse sentimento o ligava cada vez mais a Anna.

Ainda no vestíbulo, ouviu os passos dela, que se afastavam. Compreendeu que Anna se quedara esperando por ele, escutando, e que agora retornava à sala de estar.

— Não! — exclamou ela, quando o viu, e as lágrimas lhe brotaram nos olhos com o primeiro som de sua voz. — Não: se continuar desse modo, isso acontecerá antes, bem antes!

— O que acontecerá, minha querida?

— O quê? Fico aqui, esperando, uma hora, duas horas... Não falo mais, não!... Não posso brigar contigo. Tu não pudeste, por certo. Não falo mais, não!

Colocou ambas as mãos nos ombros de Vrônski e fixou nele um olhar longo e profundo, extático e, ao mesmo tempo, indagador. Estava perscrutando as mudanças ocorridas em seu rosto desde que o vira pela última vez.

Sobrepunha, como fazia em cada encontro, a imagem idealizada de seu amante (incomparavelmente melhor e impossível na realidade) à sua imagem real.

### III

— Será que o encontraste? — perguntou Anna, sentando-se eles à mesa, debaixo de um abajur. — Esse é teu castigo pelo atraso.

— Sim, mas como? Ele não deveria estar numa reunião?

— Já tinha ido lá, depois voltou e saiu de novo. Mas isso não faz mal. Não fales nisso. Onde estavas? Com o príncipe, o tempo todo?

Ela conhecia todos os detalhes de sua vida. Vrônski queria dizer que não tinha dormido a noite inteira e acabara adormecendo, porém, ao olhar para o rosto dela, emocionado e feliz como estava, sentiu-se envergonhado. E disse que precisara ir prestar o relatório sobre a partida do príncipe.

— Mas agora acabou? Ele foi embora?

— Acabou, graças a Deus. Não vais acreditar como aquilo foi insuportável para mim.

— Por quê? Não é sempre assim que vivem todos vocês, os moços? — disse Anna, franzindo o sobrolho. Pegou um tricô que estava em cima da mesa e, sem olhar para Vrônski, pôs-se a retirar a agulha.

— Já faz muito tempo que desisti daquela vida — disse ele, surpreso com a mudança na expressão de seu rosto e tentando apreender o significado dessa mudança. — E confesso — prosseguiu, entremostrando num sorriso seus dentes compactos e brancos — que passei a semana toda mirando aquela vida, como quem se mirasse num espelho, e fiquei enjoado.

Anna segurava seu tricô, mas não tricotava, fixando nele um olhar estranho, fulgente e inamistoso.

— Lisa me visitou esta manhã: eles não têm ainda medo de vir para cá, diga o que disser a condessa Lídia Ivânovna — replicou ela. — Contou para mim sobre aquele sarau ateniense que vocês fizeram. Que coisa asquerosa!

— Só queria dizer que...

Anna interrompeu-o:

— E aquela Thérèse, com quem andavas antes, estava lá?

— Queria dizer...

— Como vocês são vis, os homens! Como é que não entendem que uma mulher não pode relevar isso? — dizia Anna, exaltando-se cada vez mais e expondo assim o motivo de sua irritação. — Sobretudo, uma mulher que não está a par de tua vida! O que sei? O que soube? — dizia. — Apenas o que me contavas. Mas como saberia se me contavas a verdade?

— Anna! Tu me ofendes. Será que não acreditas em mim? Não tenho um pensamento sequer que não te revele... Será que não te disse isso?

— Disseste, sim — respondeu ela, fazendo esforços visíveis para rechaçar essas ideias ciumentas. — Mas se soubesses como isso me pesa! Acredito em ti, acredito... De que, pois, é que estavas falando?

Contudo, Vrônski não conseguiu rememorar logo aquilo que queria dizer. Esses acessos de ciúmes, cada vez mais frequentes nos últimos tempos, causavam-lhe medo e, por mais que procurasse ocultar isso, deixavam-no mais frio para com ela, embora ciente de que Anna se enciumava por amá-lo. Tantas vezes já dissera consigo que o amor dela era uma felicidade, e eis que ela o amava, como só pode amar uma mulher para quem o amor tem excedido a todos os bens da vida, mas ele estava muito mais longe de ser feliz do que tendo saído de Moscou para segui-la. Então se considerava infeliz, porém a felicidade estava por vir; agora percebia que a maior felicidade já ficara para trás. Anna não era mais aquela mulher que ele vira logo de início. Mudara para pior, tanto moral quanto fisicamente. Engordara bastante, e no rosto dela, ao passo que falava daquela atriz, surgia uma expressão rancorosa que o alterava todo. Vrônski olhava para ela como quem olhasse para uma flor que havia colhido, custando a reconhecer, naquela flor murcha, a mesma beleza pela qual a colhera e trucidara. Não obstante, sentia que então, quando seu amor estava bem forte, ele teria podido, se quisesse muito, extirpá-lo do seu coração, mas agora, parecendo-lhe nesse exato momento que não tinha mais amor por ela, sabia que a ligação íntima deles dois não poderia mais ser rompida.

— Pois bem: o que é que querias contar para mim sobre aquele príncipe? Já expulsei o demônio, já o expulsei — acrescentou Anna. Eram os ciúmes que os amantes chamavam de demônio. — Sim, o que foi que começaste contando sobre o príncipe? Por que ficaste tão chateado assim?

— Ah, foi insuportável! — disse ele, buscando apanhar o fio da meada. — Ele só perde quando visto de perto. Se me cumprisse defini-lo, diria ser um daqueles animais bem nutridos que ganham as primeiras medalhas nas exposições, e nada mais que isso — prosseguiu, com um desgosto que deixou Anna intrigada.

— Não, mas como assim? — objetou ela. — De qualquer modo, ele viu muita coisa, é instruído.

— A instrução deles é uma instrução bem diferente. Parece que estudam somente para ter o direito de desprezar a instrução verdadeira, como eles desprezam tudo além dos prazeres animalescos.

— Mas vocês todos gostam desses prazeres animalescos — disse Anna, e ele reparou novamente em seu olhar lúgubre, que o rondava.

— Por que o defendes tanto, hein? — perguntou Vrônski, sorrindo.

— Não o defendo, pois tanto faz para mim: apenas acho que, se tu mesmo não gostasses desses prazeres, até que poderias dispensá-los. Só que te agrada ver Thérèse em traje de Eva...[1]

— Lá vem o demônio, lá vem! — disse Vrônski pegando-lhe a mão, que ela pusera em cima da mesa, e beijando-a.

— Sim, mas eu não aguento! Nem sabes como fiquei aflita, enquanto esperava por ti! Acho que não sou ciumenta. E não sou mesmo, pois acredito em ti quando estás aqui comigo; mas quando levas sozinho, em algum lugar por aí, essa tua vida que não compreendo...

Anna se afastou dele, retirou finalmente a agulha do seu tricô, e depressa, com o auxílio do indicador, foi enfiando, um por um, os lacinhos de lã branca, brilhosa à luz do candeeiro, ao passo que sua mão fina se revolvia, rápida e nervosamente, em sua manga bordada.

— Mas como foi? Onde encontraste Alexei Alexândrovitch? — De súbito, a voz dela soou de maneira falsa.

— Deparamo-nos à entrada.

— E ele te cumprimentou bem assim?

Esticando o semblante e semicerrando os olhos, ela mudou repentinamente de expressão, juntou as mãos, e Vrônski avistou de improviso, no rosto bonito dela, o mesmo esgar com que o cumprimentara Alexei Alexândrovitch. Ficou sorrindo, e Anna se pôs a rir, toda alegre, com aquele charmoso riso peitoral que era um dos seus maiores encantos.

— Decididamente, não o entendo — disse Vrônski. — Se ele rompesse contigo, após aquela explicação no sítio, se me desafiasse para um duelo... Mas não entendo aquilo ali: como ele pode tolerar uma situação dessas? Dá para ver que anda sofrendo.

— Ele? — disse Anna, com um sorrisinho. — Anda perfeitamente contente.

— Por que estamos sofrendo, nós todos, se tudo poderia ficar tão bem?

— Nós todos, menos ele. Será que não o conheço, com aquela mentira de que está impregnado?... Será que se pode, sentindo alguma coisa, viver como ele vive comigo? Ele não entende nada, não sente nada. Será que um homem que tivesse algum sentimento poderia viver com sua mulher adúltera sob o mesmo teto? Será que poderia falar com ela? Tratá-la por "você"?

De novo, involuntariamente, ela imaginou seu marido: "Você, *ma chère*; você, Anna!".

— Não é um homem, nem mesmo uma pessoa: é um boneco! Ninguém sabe disso, mas eu cá sei. Oh, se eu estivesse no lugar dele, se qualquer um estivesse no lugar dele, já teria matado, há muito tempo, já teria rasgado em

---

[1] A expressão idiomática russa que significa "totalmente nua, em pelo".

pedaços uma mulher igual a mim, em vez de dizer "*ma chère*, Anna"! Não é um homem, é uma máquina ministerial. Ele não entende que sou tua mulher, que ele mesmo é um estranho, que está sobrando... Não vamos mais falar dele, não vamos!...

— Não estás com a razão, minha querida, não estás... — disse Vrônski, buscando tranquilizá-la. — Mas não importa: não vamos falar dele. Conta para mim o que andaste fazendo. O que tens aí? Qual é essa tua doença, o que disse teu médico?

Anna mirava-o com uma alegria jocosa. Decerto se lembrara de outras facetas ridículas e repelentes de seu marido, esperando por um momento oportuno a fim de colocá-las à mostra.

Vrônski tornou a falar:

— Adivinho que não é uma doença e, sim, teu estado atual. Quando isso vai acontecer?

O brilho jocoso extinguiu-se nos olhos dela, mas outro sorriso, a denotar o conhecimento de algo que ele ignorava e uma mansa tristeza, substituiu sua expressão precedente.

— Logo, logo. Disseste que nossa situação era dolorosa, que precisávamos resolvê-la. Se soubesses como isso me pesa, quanto sacrificaria para te amar livre e corajosamente! Não me afligiria com meus ciúmes, nem te afligiria a ti... E o desfecho virá logo, mas não daquele modo que imaginamos.

E, ao pensar em como seria o desfecho, Anna sentiu tanta pena de si mesma que as lágrimas lhe brotaram nos olhos, e ela não pôde continuar. Pôs sua mão, reluzente de tão branca e recoberta de anéis, embaixo do candeeiro, sobre a manga dele.

— Não será como estamos imaginando. Não queria contar disso para ti, mas tu me obrigaste. Logo ficará tudo resolvido, logo, e nós todos nos acalmaremos e pararemos todos de sofrer.

— Não entendo — disse ele, já entendendo.

— Perguntaste quando, não é? Daqui a pouco. E não vou sobreviver àquilo. Não me interrompas! — Ela passou a falar apressadamente. — Sei disso e sei com toda a certeza. Vou morrer... e estou muito contente porque morrerei e livrarei vocês dois e a mim também.

As lágrimas escorriam dos seus olhos; Vrônski se inclinou sobre a mão dela e começou a beijá-la, tentando esconder a sua emoção que, como ele sabia, não tinha fundamento algum, mas não conseguindo superá-la.

— É isso, assim está melhor — dizia ela, apertando-lhe fortemente o braço. — É a única, a única coisa que nos resta.

Recobrando-se, ele reergueu a cabeça.

— Que bobagem é essa? Que bobagem absurda é que estás dizendo?

— Não, é verdade.
— O que é verdade, o quê?
— Que eu vou morrer. Tive um sonho.
— Um sonho? — repetiu Vrônski, recordando-se, num instante, daquele mujique com que sonhara.
— Sim, um sonho — disse Anna. — Já faz tempo que tive aquele sonho. Vi que entrava correndo em meu quarto, que precisava pegar lá alguma coisa, ou perguntar por alguma coisa: bem sabes como isso se passa em sonhos — dizia, arregalando os olhos com pavor. — E vi algo lá, no quarto, postado num canto.
— Ah, que bobagem! Como podes acreditar...
Todavia, Anna não se deixava interromper. O que vinha dizendo era por demais importante aos olhos dela.
— E essa coisa se virou, e vi que era um mujique baixinho, de barba eriçada, e todo medonho. Já queria fugir, mas ele se inclinou sobre um saco e foi mexendo assim, com as mãos, lá dentro...
Imaginou aquele mujique mexendo em seu saco. Um terror se refletia no rosto dela. E, relembrando seu próprio sonho, Vrônski sentiu o mesmo terror encher-lhe a alma.
— E foi mexendo e murmurando em francês, bem rápido, e apertando no "r", sabes? *Il faut le battre, le fer, le broyer, le pétrir...*[2] Então eu quis acordar, de tão assustada, e acordei... mas acordei sonhando ainda. E fiquei perguntando a mim mesma o que isso significava. E Kornéi me disse: "Vai morrer no parto, minha senhora, no parto é que vai morrer...". E acordei mesmo...
— Que bobagem, mas que bobagem! — dizia Vrônski, sentindo, ao mesmo tempo, que não havia em sua voz nem sombra de persuasão.
— Não vamos mais falar nisso. Toca a campainha, que mandarei servir chá. Espera, que agora não vou demorar...
De chofre, ela ficou calada. Sua expressão facial mudou num átimo. O terror e a emoção foram instantaneamente substituídos por uma atenção tácita, grave e serena. Vrônski não pôde entender o significado dessa mudança. Anna sentia, em seu âmago, o movimento de uma nova vida.

### IV

Ao deparar-se com Vrônski às portas de sua casa, Alexei Alexândrovitch foi, conforme havia planejado, assistir a uma ópera italiana. Aturou dois

---

[2] É preciso forjá-lo, o ferro, moê-lo, moldá-lo (em francês).

atos inteiros e viu todas as pessoas que precisava ver. Voltando para casa, examinou atentamente o cabideiro e, sem ter encontrado o casaco militar, passou, como de praxe, para seu gabinete. No entanto, contrariamente ao que costumava fazer, não foi para a cama e ficou andando pelo seu gabinete, de lá para cá, até as três horas da madrugada. A ira contra sua mulher, que não queria respeitar as conveniências e cumprir a única condição que lhe fora imposta, a de não receber seu amante em casa, não o deixava em paz. Anna descumprira a exigência dele, e agora ele devia castigá-la e levar adiante a sua ameaça, reclamando o divórcio e tomando-lhe o filho. Estava ciente de todas as dificuldades relacionadas àquilo, mas prometera que o faria e tinha de honrar a promessa. A condessa Lídia Ivânovna já aludira que seria a melhor saída da sua situação; ademais, a prática dos divórcios tem aperfeiçoado tanto esse procedimento, nos últimos tempos, que Alexei Alexândrovitch vislumbrava, inclusive, a possibilidade de superar os empecilhos formais. Ainda por cima, visto que o mal nunca anda sozinho, as questões do assentamento dos forasteiros e da irrigação de campos na província de Zarai vinham também provocando tamanhos embates no serviço de Alexei Alexândrovitch que ultimamente ele permanecia, o tempo todo, numa irritação extremosa.

Passou a noite inteira em claro, e sua ira, que aumentava em progressão enorme, tornou-se, pela manhã, desmedida. Ele se vestiu às pressas e, como quem levasse uma copa cheia de ira e temesse entorná-la, entrou no quarto de sua esposa, tão logo soube que Anna se levantara, receando perder, junto com sua ira, aquela energia de que necessitaria para se explicar com ela.

Achando que conhecesse tão bem seu marido, Anna ficou, não obstante, pasmada de vê-lo, quando ele entrou em seu quarto. A testa de Karênin estava toda enrugada; sombrio, ele olhava bem para a frente, evitando o olhar da esposa; sua boca se cerrava firme e desdenhosamente. Em seu andar, em seus gestos, no som de sua voz, havia resolução e firmeza que Anna jamais percebera nele. Entrou no quarto sem cumprimentá-la e, achegando-se logo à escrivaninha, pegou as chaves e abriu a gaveta.

— O que está querendo? — exclamou Anna.

— As cartas de seu amante — respondeu Karênin.

— Não há cartas aqui — disse ela, fechando a gaveta. Contudo, ele entendeu, pelo seu movimento, que adivinhara bem e, ao empurrar brutalmente a mão da esposa, agarrou a pasta em que estavam guardados, segundo lhe constava, os papéis mais importantes dela. Anna queria arrancar a pasta das suas mãos, mas ele a afastou com um empurrão.

— Sente-se! Preciso falar com a senhora — disse Karênin, colocando a pasta debaixo do braço e apertando-a tão tensamente com o cotovelo que seu ombro ficou empinado.

Calada, Anna olhava para ele com pasmo e timidez.
— Já lhe disse que não permitiria à senhora receber seu amante em casa.
— Tinha de vê-lo para...
Ela se atrapalhou, sem inventar nenhuma desculpa.
— Não preciso saber em detalhes por que uma mulher quer ver seu amante.
— Eu queria... apenas... — disse ela, enrubescendo. Além de deixá-la irritada, a grosseria do marido infundira-lhe coragem. — Não sente mesmo com quanta facilidade o senhor me ofende? — disse a seguir.
— Pode-se ofender um homem honesto e uma mulher honesta, mas dizer para um ladrão que é um ladrão não passa de *la constatation d'un fait*.³
— Ainda não conhecia esse seu traço novo, essa sua crueldade.
— Chama de cruel um marido que concede à sua mulher toda a liberdade, que a resguarda com seu nome imaculado, contanto que ela só respeite as conveniências? Chama isso de crueldade?
— É pior do que uma crueldade: é uma vileza, se é que o senhor quer saber! — exclamou Anna, numa explosão de fúria, e levantou-se para sair do quarto.
— Não! — gritou ele, com sua voz estridente que ressoava agora um tom mais alto do que de ordinário, e, pegando-lhe a mão, com seus grandes dedos, tão fortemente que uma marca vermelha se imprimiu nela por causa da pulseira que ele apertara, forçou Anna a sentar-se de novo. — Uma vileza? Se quiser empregar essa palavra, saiba que a vileza é abandonar o marido e o filho para se juntar ao amante e continuar comendo o pão do marido!
Ela abaixou a cabeça. Não apenas se absteve de repetir o que dissera na véspera ao seu amante, afirmando que este era seu verdadeiro marido e que o marido legítimo estava sobrando, mas nem sequer pensou nisso. Sentia toda a justiça das suas palavras e acabou por dizer baixinho:
— O senhor não pode representar a minha situação de maneira pior do que eu mesma a vejo... Então por que está dizendo tudo isso?
— Por que estou dizendo isso, por quê? — prosseguiu ele, tão furioso quanto antes. — Para a senhora saber que, como descumpriu a minha vontade e andou desrespeitando as conveniências, vou tomar certas medidas para acabar com essa situação.
— Logo, logo ela vai acabar por si só — balbuciou ela, e outra vez, com a ideia de sua próxima e agora desejável morte, as lágrimas lhe encheram os olhos.
— Acabará mais cedo ainda do que está pensando aí, com seu amante! A senhora precisa satisfazer essa sua paixão animal...

---

³ Constatação de um fato (em francês).

— Alexei Alexândrovitch! Não digo que não seja nada magnânimo, mas bater em quem já caiu é indecente!

— Sim: a senhora só se lembra de si mesma, enquanto os sofrimentos do homem que foi seu marido não a interessam. Tanto faz, para a senhora, se toda a vida dele estiver ruindo, se ele estiver saf... sof... safrendo!

Alexei Alexândrovitch falava tão rápido que se confundira afinal e não conseguia, de modo algum, pronunciar essa palavra. Articulou-a, por fim, como "safrendo". Ela se sentiu prestes a rir, mas logo se envergonhou por ser capaz de achar, num momento desses, qualquer coisa que fosse engraçada. E, pela primeira vez, sentiu, por um instante, pena do marido, imaginou que estava em seu lugar e compadeceu-se dele. Mas o que poderia dizer ou fazer? Cabisbaixa, quedou-se em silêncio. Ele também se calou por algum tempo e depois começou a falar com uma voz menos estridente, bem fria, salientando arbitrariamente várias palavras que escolhia sem terem nenhuma importância particular.

— Vim para lhe dizer... — disse.

Anna olhou para ele. "Não, foi apenas uma impressão", pensou, rememorando o que exprimia o rosto de seu marido, quando se confundira com a palavra "safrendo". "Não: será que um homem com esses olhos turvos, com essa tranquilidade fátua, pode sentir alguma coisa?"

— Não posso mudar nada — sussurrou ela.

— Vim para lhe dizer que amanhã irei para Moscou: não voltarei mais aqui, e a senhora receberá as notícias referentes à minha decisão por intermédio do advogado que incumbirei de nosso divórcio. Quanto ao meu filho, ele se mudará para a casa de minha irmã — disse Alexei Alexândrovitch, custando a lembrar-se daquilo que queria dizer a respeito do filho.

— Precisa de Serioja para me causar dor — disse Anna, fitando-o de soslaio. — O senhor não o ama... Deixe Serioja comigo!

— Sim, perdi até mesmo o amor pelo filho, porque a ele está ligada a minha aversão pela senhora. Ainda assim, vou levá-lo. Adeus!

Ele queria sair, mas agora foi Anna quem o deteve.

— Alexei Alexândrovitch, deixe Serioja comigo — sussurrou novamente. — Não tenho mais nada a dizer. Deixe Serioja comigo, até que eu... Daqui a pouco, darei à luz... Deixe-o comigo!

Alexei Alexândrovitch ficou rubro e, retirando-lhe bruscamente a mão, saiu, calado, do quarto.

## V

A sala de recepção do famoso advogado petersburguense estava lotada quando Alexei Alexândrovitch entrou nela. Três damas: uma velhinha, uma jovem e a esposa de um comerciante, e três senhores: um banqueiro alemão, com um vistoso anel no dedo, um mercador barbudo e um funcionário colérico e uniformizado, que portava uma cruz no pescoço, esperavam, pelo visto, havia muito tempo. Dois ajudantes escreviam, ao ranger das penas, sentados às suas mesas. Os utensílios de escrita, que Alexei Alexândrovitch apreciava sobremaneira, eram excelentes: Alexei Alexândrovitch não poderia deixar de constatá-lo. Sem se levantar, apenas entrefechando os olhos, um dos ajudantes se dirigiu, rabugento, a Alexei Alexândrovitch:

— O que deseja?

— Tenho um assunto a discutir com o advogado.

— O advogado está ocupado — respondeu o ajudante num tom ríspido, apontando com sua pena para outros clientes a esperarem, e continuou a escrever.

— Será que não poderia achar um tempinho? — perguntou Alexei Alexândrovitch.

— Ele não tem tempo livre: está sempre ocupado. Digne-se a aguardar.

— Talvez o senhor se dê ao trabalho de entregar meu cartão? — disse imponentemente Alexei Alexândrovitch, percebendo que era necessário revelar a sua identidade.

O ajudante pegou seu cartão de visita e, obviamente reprovando o conteúdo dele, entrou porta adentro.

Embora apoiasse, em princípio, o julgamento a portas abertas, Alexei Alexândrovitch não apoiava tanto assim, no âmbito das suas relações oficiais de ordem suprema, alguns detalhes desse julgamento, se aplicado na Rússia, e até mesmo os censurava naquela medida em que podia censurar algo preconizado pelas mais altas autoridades. Dedicara a vida inteira às atividades burocráticas, portanto, deixando ele de aprovar algo, sua desaprovação se suavizava com o reconhecimento da iminência de erros e da possibilidade de corrigi-los em qualquer caso. Quanto às novas instituições judiciais, desaprovava as condições em que se encontrava a advocacia. Não havia lidado, porém, com a advocacia até então, razão pela qual a desaprovava somente em tese, mas agora essa sua desaprovação se tornava mais definida por causa da impressão desagradável que acabara de ter na recepção de um advogado.

— Já vem — disse o ajudante e, de fato, assomaram às portas, dois minutos mais tarde, o vulto alto de um velho jurisconsulto, que se aconselhava com o advogado, e o do próprio advogado.

O advogado era um homem baixo, robusto, um tanto calvo, de barba negra arruivada, sobrancelhas compridas e claras e testa pesada. Estava todo ajanotado, feito um noivo, desde a gravata e a corrente dupla até os sapatos envernizados. Seu rosto era inteligente, ainda que de feições rudes, e seu traje garboso denotava mau gosto.

— Entre, por favor — disse o advogado, dirigindo-se a Karênin. E, deixando-o passar, fechou, carrancudo, a porta.

— Não gostaria de se sentar? — Ele apontou para uma poltrona posta ao lado de uma escrivaninha recamada de papéis e tomou o assento presidencial, esfregando as mãozinhas de dedos curtos, cobertos de pelos brancos, e inclinando a cabeça para o lado. Todavia, mal se acomodou nessa posição, uma traça passou voando acima da sua escrivaninha. Com uma destreza que nem se podia esperar dele, o advogado afastou as mãos, apanhou a traça e tomou novamente a mesma pose.

— Antes que comece a falar de meu negócio — disse Alexei Alexândrovitch, acompanhando, perplexo, o gesto do advogado com os olhos —, preciso ressaltar que o assunto que vou discutir com o senhor deve ser mantido em segredo.

Um sorriso quase imperceptível soergueu o farto bigode arruivado do advogado.

— Eu não seria advogado, se não soubesse guardar os segredos que me são confiados. Mas, caso o senhor deseje uma confirmação...

Encarando-o, Alexei Alexândrovitch viu que seus olhos cinza estavam rindo, argutos, e compreendeu que ele já sabia de tudo.

— Conhece meu sobrenome? — continuou Alexei Alexândrovitch.

— Conheço o senhor e suas úteis... — ele apanhou mais uma traça — atividades, como qualquer russo — disse o advogado, inclinando a cabeça.

Alexei Alexândrovitch suspirou, criando coragem. E, uma vez decidido, pôs-se a falar com sua voz estridente, sem se intimidar nem gaguejar, e salientando certas palavras.

— Tenho a desgraça — começou Alexei Alexândrovitch — de ser um esposo traído e desejo romper legalmente as minhas relações com a cônjuge, ou seja, divorciar-me dela, e de maneira que nosso filho não fique com a mãe.

O advogado se esforçava para conter o riso, porém seus olhos cinza saltitavam de alegria irrefreável, e Alexei Alexândrovitch percebia que não era apenas a alegria de quem arranjasse um negócio lucrativo, mas também um júbilo, um êxtase... em resumo, algo semelhante àquele brilho sinistro que via nos olhos de sua mulher.

— O senhor deseja, pois, que eu o auxilie na consumação do divórcio?

— Exatamente, mas preciso avisá-lo — disse Alexei Alexândrovitch — de que talvez esteja abusando de sua atenção. Vim apenas para me aconselhar previamente com o senhor. Gostaria de me divorciar, sim, mas me importo com as condições em que o divórcio venha a ser viável. É bem possível que, se tais condições não corresponderem às minhas exigências, eu desista do pleito legítimo.

— Oh, é sempre assim — disse o advogado — e sempre dependerá de sua vontade.

Abaixou os olhos, mirando os pés de seu cliente por sentir que poderia ofendê-lo com aquela infrene alegria que seus olhos manifestavam, avistou uma traça a voar diante do seu nariz e moveu rapidamente a mão, porém não a apanhou por mera deferência à situação de Alexei Alexândrovitch.

— Se bem que conheça, em traços gerais, nossas leis relativas a este assunto — prosseguiu Alexei Alexândrovitch —, gostaria de ter uma ideia geral daquelas condições em que se efetuam, na prática, os pleitos desse tipo em nosso meio.

— O senhor deseja — respondeu o advogado, sem reerguer os olhos enquanto se compenetrava, de modo algo prazeroso, do tom das falas de seu cliente — que eu lhe descreva as vias pelas quais seu intento pode ser realizado?

E, vendo-o inclinar a cabeça em sinal de aprovação, continuou, só vez por outra olhando de esguelha para o rosto de Alexei Alexândrovitch, o qual se avermelhava de mancha em mancha:

— O divórcio, conforme as nossas leis — disse, com leve matiz de censura em relação àquelas leis nossas —, é possível, como o senhor sabe, nos casos seguintes... Esperar! — dirigiu-se ao seu ajudante, que assomara à porta entreaberta; ainda assim, levantou-se, disse umas palavras e sentou-se de novo. — Nos casos seguintes: os defeitos físicos dos consortes, depois a ausência infundada que dura, no mínimo, cinco anos — disse, dobrando um dedo curto e piloso —, depois o adultério (pronunciou essa palavra com visível prazer). A classificação é a seguinte (ficou dobrando seus dedos roliços, posto que os casos e sua classificação não pudessem, obviamente, ser arrolados juntos): os defeitos físicos do marido ou da mulher, depois o adultério do marido ou da mulher. — Como não tinha mais dedos a dobrar, esticou-os todos e continuou falando —: Essa é uma visão teórica, porém eu suponho que o senhor se digne a recorrer a mim para saber qual é a sua aplicação prática. Portanto, guiando-me pelos antecedentes, tenho de lhe informar que todos os casos de divórcio resultam no seguinte: como não se trata de defeitos físicos, pelo que pude entender, nem da ausência infundada, não é?...

Alexei Alexândrovitch anuiu inclinando a cabeça.

— Resultam, pois, no seguinte: o adultério de um dos consortes e a acusação da parte adúltera, de comum acordo, ou então, na ausência de tal acordo, um flagrante espontâneo. Preciso dizer que esse último caso é muito raro na prática — disse o advogado e, olhando de esguelha para Alexei Alexândrovitch, calou-se, igual a um vendedor de pistolas que já descreveu as vantagens de ambas as armas e agora espera pela escolha do comprador. Entretanto, Alexei Alexândrovitch se mantinha calado, e o advogado levou seu discurso adiante —: O recurso mais ordinário e simples, e o mais sensato também, é, a meu ver, um adultério de comum acordo. Não me permitiria falar desse modo, se conversasse com um homem pouco desenvolvido — disse o advogado —, mas suponho que o senhor me compreenda bem.

Contudo, Alexei Alexândrovitch estava tão desconcertado que não compreendeu, desde logo, o caráter sensato do adultério de comum acordo e expressou sua perplexidade com os olhos. De pronto, o advogado lhe veio em socorro:

— Duas pessoas não podem mais viver juntas, esse é um fato. E, se concordarem ambas com isso, então os detalhes e as formalidades não fazem mais diferença. Assim sendo, é o recurso mais simples e eficaz.

Agora Alexei Alexândrovitch compreendia tudo às mil maravilhas. Tinha, porém, certos escrúpulos religiosos que o impediam de aceitar essa medida.

— Em meu caso, está fora de cogitação — disse. — Só seria possível um meio: um flagrante espontâneo, comprovado pelas cartas de que disponho.

Quando ele se referiu às cartas, o advogado cerrou os lábios e soltou um som agudo, compassivo e desdenhoso.

— Digne-se a notar — respondeu ele. — Os litígios desse gênero são julgados, como o senhor sabe, pelas instâncias eclesiásticas, e os padres arciprestes[4] gostam muito, em situações como essa, de analisar tudo nos mínimos pormenores — disse, com um sorriso a traduzir sua simpatia pelo gosto dos arciprestes. — É claro que as cartas podem comprovar, em parte... só que as provas devem ser diretas, isto é, fornecidas por testemunhas. E, de modo geral, se o senhor me conceder a honra de sua confiança, deixe comigo mesmo a escolha daquelas medidas que hão de ser tomadas. Quem busca o resultado aceita quaisquer meios.

— Se for assim... — começou Alexei Alexândrovitch, de repente empalidecendo, mas nesse momento o advogado se levantou e foi outra vez até a porta, para atender o ajudante que o interrompia.

— Diga para ela que não estamos num mercado de pulgas! — disse e voltou a falar com Alexei Alexândrovitch.

---

[4] Párocos idosos e respeitáveis, investidos de alta autoridade espiritual.

Retornando à sua escrivaninha, apanhou, às esconsas, mais uma traça. "Mas esta minha *tripe*[5] fica boa até o verão!", pensou, carregando o cenho.

— Então o senhor se dignou a dizer... — prosseguiu.

— Vou comunicar-lhe a minha decisão por escrito — disse Alexei Alexândrovitch. Uma vez em pé, apoiou-se na escrivaninha. Após uma breve pausa, acrescentou —: Por conseguinte, posso deduzir das suas palavras que a consumação do divórcio é possível. Gostaria também que o senhor me expusesse suas condições de trabalho.

— Tudo é possível, se o senhor me conceder total liberdade de ação — comentou o advogado, sem responder à sua pergunta. — Quando é que poderia esperar pelas suas notícias? — indagou, dirigindo-se à porta. Brilhavam-lhe tanto os olhos quanto os sapatos envernizados.

— Dentro de uma semana. Quanto à sua resposta, se consente em mover esse pleito e em quais condições, tenha a bondade de comunicá-la para mim.

— Muito bem.

O advogado saudou seu novo cliente com uma respeitosa mesura, deixou-o sair porta afora e, uma vez só, entregou-se à sua sensação jovial. Ficou tão animado que contrariou suas regras, fazendo um desconto para a senhora que barganhava, desistindo de caçar as traças e resolvendo, em definitivo, que mandaria forrar, lá pelo próximo inverno, seus móveis de veludo, para se tornarem iguais aos de Sigônin.

## VI

Alexei Alexândrovitch chegou a triunfar na reunião do Comitê de 17 de agosto, porém as consequências de seu triunfo voltaram-se contra ele. Uma nova comissão, incumbida de estudar, em todos os aspectos, a vida cotidiana dos forasteiros, foi instaurada e encaminhada para o interior com agilidade e energia singulares e ainda mais atiçadas por Alexei Alexândrovitch. Seu relatório foi apresentado três meses depois. A vida cotidiana dos forasteiros tinha sido explorada em seus aspectos político, administrativo, econômico, etnográfico, material e religioso. Todas as questões tiveram respostas primorosas e indubitáveis, por não resultarem dos pensamentos humanos, sempre sujeitos a erros, mas serem obra das atividades governamentais. Todas essas respostas se fundamentavam nas informações oficiais, ou seja, nas declarações dos governadores e bispos, que se embasavam nas declarações dos

---

[5] Tecido de pelos compridos e ralos, semelhante ao veludo e usado no revestimento de móveis (em francês).

administradores distritais e vigários-gerais, que se baseavam, por sua vez, nas declarações dos prefeitos de *vólosts* e párocos; destarte, nenhuma dessas respostas gerava dúvidas. Todas as questões relativas, por exemplo, às más colheitas que vinham acontecendo, às crenças tradicionais que as populações vinham professando, e similares, que não se resolvem nem podem ser resolvidas durante séculos sem a eficiência da máquina pública, tiveram uma solução clara e indiscutível. E tal solução condizia com a opinião de Alexei Alexândrovitch. Todavia, Striómov, que se sentira atingido na última reunião, valeu-se, ao receber o relatório da comissão, de uma tática inesperada. Atraindo, para junto de si, alguns membros do Comitê, Striómov tomou de improviso o partido de Alexei Alexândrovitch e passou não apenas a defender calorosamente a adoção das medidas propostas por ele como também a propor, por sua parte, outras medidas exageradas do mesmo gênero. Tais medidas, ainda reforçadas em comparação com a principal ideia de Karênin, acabaram sendo adotadas, e foi então que a tática de Striómov veio à tona. Levadas ao extremo, essas medidas se revelaram, de súbito, tão estúpidas que os estadistas e a opinião pública, as damas inteligentes e a imprensa — todos se arregimentaram, ao mesmo tempo, contra elas, indignando-se tanto com as medidas em si quanto com Alexei Alexândrovitch, seu pai reconhecido. E Striómov se mantinha à distância, fazendo de conta que só seguira, às cegas, o plano de Karênin e agora estava, ele próprio, abismado e revoltado com o feito. Isso deixou Alexei Alexândrovitch abalado. Entretanto, apesar de sua saúde enfraquecida e dos problemas em sua família, ele não se dava por vencido. O Comitê ficou dividido. Uns membros, com Striómov à frente, alegavam, para justificar seu erro, terem dado crédito à comissão de controle, encabeçada por Alexei Alexândrovitch, que apresentara o relatório, e diziam que o relatório como tal não passava de uma bobagem e uma escrevedura. Alexei Alexândrovitch, com um grupo de colegas que consideravam perigoso tratar a documentação oficial de modo tão revolucionário assim, continuava insistindo nos dados elaborados pela sua comissão de controle. Por isso é que tudo se confundiu, nas altas esferas e até mesmo na sociedade, e, posto que todos se interessassem muito por essa questão, ninguém conseguia entender se os forasteiros estavam, de fato, perecendo à míngua ou prosperando. Em razão disso e, parcialmente, daquele desprezo que o acometera devido à traição de sua mulher, a situação de Alexei Alexândrovitch tornou-se bastante frágil. E, uma vez nessa situação, ele tomou uma decisão importante. Declarou, surpreendendo o Comitê todo, que solicitaria a permissão de ir pessoalmente para o interior, com o intento de estudar esse assunto. E, ao solicitar mesmo tal permissão, Alexei Alexândrovitch partiu para as províncias longínquas.

A partida de Alexêi Alexândrovitch produziu muito barulho, ainda mais que, pouco antes de partir, ele devolvera oficialmente, de papel passado, a ajuda de custo recebida para ir, alugando doze cavalos de posta, até seu destino.

— Acho que é muito nobre — dizia Betsy à princesa Miagkáia, comentando a respeito disso. — Para que alugar os cavalos de posta, se todo mundo sabe que agora há estradas de ferro por toda a parte?

Não obstante, a princesa Miagkáia discordava e mesmo se irritava com a opinião da princesa Tverskáia.

— É fácil a senhora falar assim — disse —, pois tem aí seus milhões, nem sei quantos são, mas eu cá adoro que meu marido faça inspeções no verão. É tão bom e agradável viajar um pouquinho, para ele, e eu mantenho, como já decidi de uma vez por todas, a carruagem e o cocheiro com aquele dinheiro lá.

Rumando para as províncias longínquas, Alexêi Alexândrovitch se deteve por três dias em Moscou.

No dia seguinte à sua chegada, foi visitar o governador-geral moscovita. No cruzamento do beco Gazêtny,[6] onde sempre se espremem os coches e carros de aluguel, ouviu de repente seu nome: uma voz gritava-o tão alto e com tanta alegria que Alexêi Alexândrovitch não pôde deixar de se virar para aquele lado. No ângulo da calçada, de casaco curto e pequeno chapéu à banda, ambos em voga, exibindo seus dentes brancos entre os lábios vermelhos, soabertos num radiante sorriso, estava plantado Stepan Arkáditch — lépido, jovem, esplendoroso — a gritar, resoluto e insistente, para detê-lo. Pondo uma mão sobre o postigo da carruagem parada naquela esquina, pelo qual assomavam uma cabeça feminina, coberta por um chapéu de veludo, e duas cabecinhas infantis, sorria e acenava para seu cunhado. A dama também exibia um sorriso bondoso e acenava com uma das mãos para Alexêi Alexândrovitch. Eram Dolly e seus filhos.

Alexêi Alexândrovitch não pretendia cruzar em Moscou com ninguém, principalmente com o irmão de sua esposa. Soergueu o chapéu e já queria ir embora, mas Stepan Arkáditch ordenou que seu cocheiro parasse e acorreu, através da neve, à sua carruagem.

— Mas que pecado nem avisar a gente! Faz tempo que chegou? Pois eu estive ontem lá no Dussault e vi "Karênin" escrito na placa, mas nem me ocorreu que fosse você! — dizia Stepan Arkáditch, enfiando a cabeça no postigo da carruagem. — Senão teria ido visitá-lo. Como estou feliz de ver você! — dizia, batendo um pé contra o outro para sacudir a neve dos seus calçados. — Mas que pecado nem dar um alô! — repetia.

---

[6] Esse topônimo significa "beco dos Jornais" em russo.

— Não tive tempo: estou muito ocupado — respondeu secamente Alexei Alexândrovitch.

— Vamos então? Minha mulher quer tanto ver você!

Alexei Alexândrovitch desdobrou a manta, na qual estavam envoltos seus pés friorentos, desceu da carruagem e caminhou, através da neve, ao encontro de Dária Alexândrovna.

— O que é isso, Alexei Alexândrovitch? Por que é que nos evita assim? — perguntou Dolly, com um sorriso tristonho.

— Fiquei muito ocupado... Estou muito feliz de ver a senhora — disse ele, com um tom a deixar bem claro que se afligia com isso. — Como tem passado?

— E como está minha querida Anna?

Ao murmurar algo em resposta, Alexei Alexândrovitch já queria ir embora, mas Stepan Arkáditch fê-lo parar.

— Eis o que vamos fazer amanhã. Dolly, convide-o para o jantar! Convidaremos também Kóznychev e Pestsov, para brindá-lo com nossos intelectuais moscovitas.

— Então venha, por favor — disse Dolly —: esperaremos pelo senhor às cinco ou às seis horas, se desejar. Mas como está minha querida Anna? Faz tanto tempo que...

— Ela está bem — murmurou Alexei Alexândrovitch, sombrio. — Foi um prazer! — e dirigiu-se à sua carruagem.

— O senhor virá? — gritou Dolly.

Alexei Alexândrovitch respondeu algo, mas Dolly não conseguiu entender essa sua resposta abafada pelo ruído das carruagens em movimento.

— Amanhã vou buscá-lo! — gritou-lhe Stepan Arkáditch.

Subindo à carruagem, Alexei Alexândrovitch se escondeu lá dentro de modo que não pudesse ver mais nada nem ser visto por mais ninguém.

— Esquisitão! — disse Stepan Arkáditch à sua esposa; em seguida, consultou o relógio, fez um gesto diante do rosto, que traduzia o carinho dedicado a ela e aos seus filhos, e foi caminhando, com ares de valentão, pela calçada.

— Stiva! Stiva! — exclamou Dolly, enrubescendo.

Stepan Arkáditch se voltou para ela.

— Mas eu preciso comprar os casacos para Gricha e Tânia. Dê-me algum dinheiro!

— Diga aí que pagarei mais tarde: não faz mal...

E ele se retirou ao saudar, com uma alegre mesura, um conhecido seu que passava de carruagem.

## VII

O dia seguinte era um domingo. Stepan Arkáditch passou pelo teatro Bolchói durante um ensaio de balé e presenteou Macha Tchíbissova, uma bailarina bem bonitinha que acabava de ser contratada por sugestão dele, com os coraizinhos prometidos na véspera; a seguir, lá nos bastidores, naquela penumbra diurna do teatro, beijou ainda o lindo rostinho da moça, que ficara toda radiante ao receber seu mimo. Além de presenteá-la com os coraizinhos, precisava marcar um encontro com ela após o espetáculo. Explicando-lhe que não poderia assistir ao balé desde o começo, prometeu que viria pelo último ato e depois a levaria para uma ceia. Voltando do teatro, Stepan Arkáditch passou pela Okhótny Riad,[7] escolheu pessoalmente os peixes e aspargos para o jantar e, ao meio-dia, já estava no Dussault, onde tinha de ver três homens que se hospedavam, por sorte, todos no mesmo hotel: Lióvin, que regressara havia pouco do estrangeiro e agora morava ali; seu novo chefe, que acabara de ser designado para esse cargo superior e agora inspecionava as repartições moscovitas; e, finalmente, seu cunhado Karênin, que deveria sem falta jantar em sua casa.

Stepan Arkáditch gostava de jantares, porém se comprazia mais ainda em servir um jantar que fosse pequeno, mas requintado nos quesitos de comida, bebida e escolha de convidados. A composição do jantar por vir agradava-lhe em cheio: haveria percas vivas, aspargos e *la pièce de résistance*[8] — um rosbife maravilhoso, embora assaz simples, além dos vinhos apropriados; isso dizia respeito aos comes e bebes. Quanto aos convidados, viriam Kitty e Lióvin e, para ninguém reparar nisso, estariam presentes também sua prima e o jovem Chtcherbátski, além de *la pièce de résistance* que comporiam Serguei Kóznychev e Alexei Alexândrovitch. Sendo Serguei Ivânovitch moscovita e filósofo, e Alexei Alexândrovitch petersburguês e prático, seria convidado ainda Pestsov, um entusiasta e esquisitão bem conhecido — liberal, falastrão, músico, historiador e, resumindo, um gentilíssimo garotão de cinquenta anos de idade que serviria de molho ou, quem sabe, de guarnição para Kóznychev e Karênin. Haveria de atiçar ambos e de colocá-los um contra o outro.

Stepan Arkáditch já recebera do comerciante o segundo pagamento pela madeira vendida, mas ainda não o gastara; Dolly andava muito amável e carinhosa nesses últimos tempos, e a ideia de oferecer tal jantar alegrava-o em todos os sentidos. Seu estado de espírito era o mais jovial possível. Havia,

---

[7] Rua no centro histórico de Moscou, famosa ao longo do século XIX pelos seus armazéns e lojas de todos os tipos e tamanhos.

[8] O prato principal (em francês).

sim, duas circunstâncias um tanto desagradáveis, mas elas afundavam ambas naquele mar de bonomia e alegria que se agitava na alma de Stepan Arkáditch. Essas duas circunstâncias eram as seguintes: em primeiro lugar, ao deparar-se com Alexei Alexândrovitch na véspera, no meio da rua, Stepan Arkáditch percebera que seu cunhado o tratava de forma seca e ríspida, e, confrontando a expressão facial de Alexei Alexândrovitch com o fato de ele não ter ido à sua casa nem mesmo avisado de que estava em Moscou e, máxime, com os boatos que tinha ouvido a respeito de Anna e Vrônski, adivinhara, por fim, que algo não estava bem entre a sua irmã e o esposo dela.

Essa era uma circunstância desagradável. A outra, um tanto desagradável também, era a reputação de seu novo chefe, o qual já passava, como todos os novos chefes, por um homem terrível que se levantava às seis horas da manhã, trabalhava feito um cavalo e exigia o mesmo trabalho aos seus subalternos. Ademais, esse novo chefe passava por um verdadeiro urso, quanto ao seu modo de tratar as pessoas, e aderia, conforme se comentava, a uma vertente diametralmente oposta àquela que representavam o chefe antigo e, até então, Stepan Arkáditch em pessoa. Na véspera, indo Oblônski falar com seu novo chefe, estava uniformizado e vira o chefe tratá-lo com muita amabilidade e prosear como se fosse um conhecido seu; portanto, Stepan Arkáditch achava que lhe cumpria agora visitar o chefe de sobrecasaca. A conjetura de que seu novo chefe pudesse dispensar-lhe agora um tratamento pior era a outra circunstância desagradável. Contudo, Stepan Arkáditch sentia instintivamente que tudo se arranjaria da melhor maneira possível. "São todos humanos, são todos uma gentinha, como nós cá, pecadora: por que se zangaria e brigaria comigo?", pensava, entrando no hotel.

— Olá, Vassíli — disse, passando pelo corredor com seu chapéu à banda e dirigindo-se a um lacaio que conhecia. — Deixou crescerem as costeletas, hein? Lióvin está no quarto sete, correto? Acompanhe-me, por favor. E pergunte aí se o conde Ânitchkin (era seu novo chefe) recebe visitas.

— Às suas ordens — respondeu Vassíli, sorrindo. — Faz tempos que o senhor não vem para cá.

— Estive cá ontem, só que entrei pela outra porta. O quarto sete é esse?

Lióvin, com um mujique de Tver, estava plantado no meio do quarto e media, com um *archin*,[9] uma fresca pele de urso, quando entrou Stepan Arkáditch.

— Mataram, hein? — exclamou Stepan Arkáditch. — Boa coisinha! Foi uma ursa? Olá, Arkhip!

---

[9] Antiga medida de comprimento russa, equivalente a 71 cm; nesse contexto, uma régua de madeira cujo comprimento é de um *archin*.

Apertando a mão do mujique, sentou-se numa cadeira sem tirar o casaco nem o chapéu.

— Mas tire aí, fique sentado! — disse Lióvin, tirando-lhe o chapéu.

— Não, estou sem tempo: vim por um segundinho... — respondeu Stepan Arkáditch. Desabotoou o casaco, depois o despiu e ficou sentado ali por uma hora inteira, conversando com Lióvin sobre a caça e os assuntos mais íntimos.

— Diga-me, por favor, o que fez lá fora! Onde esteve? — inquiriu Stepan Arkáditch, quando o mujique saiu do quarto.

— Estive na Alemanha, na Prússia, na França, na Inglaterra... Aliás, não fui às capitais, mas antes às cidades industriais, e vi muita coisa nova. Estou contente de ter passado por lá.

— Sim, já conheço essa sua ideia de acomodar os operários.

— Nada disso: a questão operária não pode existir na Rússia. Existe na Rússia a questão de relacionamento entre o povo trabalhador e a terra; a mesma questão existe também lá fora, mas só para consertar os estragos, enquanto aqui conosco...

Stepan Arkáditch escutava Lióvin com atenção.

— Sim, sim! — anuía. — Bem pode ser que tenha razão — disse, enfim. — Mas estou feliz de ver você tão animado: anda caçando os ursos e trabalha e até se empolga com essas ideias. É que Chtcherbátski me disse (ele encontrou você) que estava meio abatido e não parava de falar da morte...

— De fato, não paro de pensar na morte — disse Lióvin. — É verdade que está na hora de morrer. E que tudo isso é uma bobagem. E francamente lhe digo: valorizo demais minhas ideias e meus trabalhos, só que, no fundo, pense você mesmo... Este nosso mundo é apenas um mofo ínfimo que cresceu num planeta minúsculo. E a gente pensa ainda que pode haver algo grande por aqui: as ideias e os trabalhos! Tudo isso não passa de umas migalhas.

— Mas o que diz, meu irmão, é velho como o mundo!

— É velho, sim, mas, quando se chega a entender claramente isso, tudo se torna ínfimo, sabe? Quando se chega a entender que a gente morrerá entre hoje e amanhã, e que não sobrará nada da gente, tudo se torna nulo! Eu também considero estas minhas ideias bem importantes, mas acontece que são tão nulas, mesmo se postas em prática, quanto a ideia de deixar aquela ursa para lá. Assim é que a gente passa a vida, divertindo-se com a caça ou a pesca, só para não pensar na morte.

Escutando Lióvin, Stepan Arkáditch sorria irônica e gentilmente.

— Bem entendido! Eis que chegou para mim. Lembra como me atacava por buscar prazeres na vida? Não sejas tão severo, ó moralista![10]

---

[10] Parafraseia-se um verso do poeta russo Afanássi Fet (1820-1892).

— Não, mas o lado bom da vida é... — Lióvin atrapalhou-se. — Não sei, não. Só sei que a gente vai morrer logo.

— Por que logo?

— E sabe: a vida parece menos bela quando se pensa na morte, porém mais tranquila.

— Pelo contrário: a gente se diverte mais ainda nas últimas. Pois bem: tenho que ir — disse Stepan Arkáditch, levantando-se pela décima vez.

— Não, fique aí mais um pouco! — disse Lióvin, detendo-o. — Quando é que nos veremos de novo? Amanhã vou embora.

— Que papelão! Estou aqui para isso... Venha hoje, sem falta, jantar comigo. Seu irmão estará lá; Karênin, meu cunhado, também.

— Será que ele está em Moscou? — disse Lióvin e já queria perguntar por Kitty. Ouvira dizerem que, em princípios do inverno, ela estivera em Petersburgo, visitando sua irmã casada com um diplomata, e não sabia se já retornara a Moscou ou não, mas desistiu da sua indagação: "Quer esteja lá, quer não esteja, tanto faz".

— Pois você virá?

— É claro que sim.

— Então venha às cinco horas e de sobrecasaca.

E Stepan Arkáditch se levantou e foi, descendo a escada, ao quarto de seu novo chefe. O instinto não o enganara. Aquele novo chefe terrível era, na realidade, um homem muito cortês, e Stepan Arkáditch lanchou em sua companhia e tanto se demorou que só foi encontrar-se com Alexei Alexândrovitch pelas quatro horas da tarde.

## VIII

Ao voltar da missa diurna, Alexei Alexândrovitch estava no hotel. Naquela manhã, tinha dois assuntos a abordar: em primeiro lugar, receber e orientar uma delegação de forasteiros que ora passava por Moscou a caminho de Petersburgo; em segundo lugar, escrever a carta que prometera ao seu advogado. Embora convidada por iniciativa de Alexei Alexândrovitch, a delegação trazia vários incômodos e até mesmo perigos, e ele ficou todo contente ao encontrá-la ainda em Moscou. Os membros dessa delegação não faziam a menor ideia de seu papel nem de seu dever. Tinham a ingênua convicção de que sua tarefa consistia em relatarem as necessidades dos forasteiros e o estado real das coisas, solicitando a ajuda do governo, e decididamente não entendiam que certas declarações e exigências deles corroboravam o partido hostil e, desse modo, punham tudo a perder. Alexei Alexândrovitch gastou muito tempo com eles, redigiu um programa que a delegação teria de seguir à risca e, deixando-os ir embora, escreveu umas cartas de recomendação para Petersburgo. Sua principal aliada nesse negócio haveria de ser a condessa Lídia Ivânovna. Ela se especializava em lidar com tais delegações, e ninguém sabia melhor do que ela veicular os rumores que lhes concerniam nem indicar àquelas delegações seu rumo certo. Uma vez livre disso, Alexei Alexândrovitch escreveu também uma carta para seu advogado. Sem sombra de hesitação, autorizou-o a agir como lhe aprouvesse. Anexou à carta três bilhetes de Vrônski para Anna, encontrados na pasta que arrancara à sua mulher.

Desde que saíra de sua casa, tencionando abandonar a família, desde que visitara o advogado, compartindo essa intenção sua, pelo menos, com uma só pessoa, e, sobretudo, desde que transformara esse tema vital em algo transcrito no papel, Alexei Alexândrovitch se acostumava cada vez mais à sua intenção e agora divisava, bem claramente, a possibilidade de realizá-la.

Estava lacrando o envelope quando ouviu a sonora voz de Stepan Arkáditch. Ele discutia com o criado de Alexei Alexândrovitch, insistindo que sua visita fosse anunciada.

"Tanto faz", pensou Alexei Alexândrovitch, "e melhor assim: já vou esclarecer esta minha situação com a irmã dele e explicar por que não posso jantar em sua casa".

— Deixe-o entrar! — disse em voz alta, juntando os papéis e colocando-os num *buvard*.

— Pois ele está lá, e você mente para mim, viu? — respondeu a voz de Stepan Arkáditch ao lacaio, que não o deixava entrar, e, dito isso, Oblônski apareceu no quarto, tirando logo o casaco. — Estou tão feliz de encontrar você! Espero, pois... — começou, alegremente, a falar.

— Não posso jantar aí — disse Alexei Alexândrovitch com frieza, permanecendo em pé e não propondo ao seu visitante que se sentasse.

Ele pretendia assumir de imediato aquela postura fria que lhe cumpria manter com o irmão de sua esposa, contra a qual abria um processo de divórcio, porém não contara com aquele mar de bonomia que transbordava da alma de Stepan Arkáditch.

E eis que Stepan Arkáditch arregalou seus olhos fúlgidos e serenos.

— Por que é que não pode? O que quer dizer? — perguntou, com perplexidade, em francês. — Não, isso já foi prometido. E nós todos contamos com você.

— Quero dizer que não posso jantar em sua casa, porquanto as relações de parentesco, que nos ligavam, devem ser rompidas.

— Como? Mas como assim? Por quê? — indagou Stepan Arkáditch, sorridente.

— Porque estou abrindo um processo de divórcio contra a irmã do senhor e minha esposa. Precisava...

Alexei Alexândrovitch nem tinha acabado essa sua frase, e Stepan Arkáditch já fez algo totalmente inesperado. Soltou um ai e sentou-se numa poltrona.

— Não, Alexei Alexândrovitch, o que está dizendo? — exclamou Oblônski, e um sofrimento se refletiu em seu rosto.

— É assim mesmo.

— Desculpe-me, mas não posso nem consigo acreditar nisso.

Alexei Alexândrovitch também se sentou: percebia que suas falas não haviam surtido aquele efeito pelo qual ele esperava, que precisaria explicar-se ainda e que, explicasse-se como se explicasse, suas relações com seu cunhado continuariam sendo as mesmas.

— Sim, eu me vejo na árdua necessidade de reclamar o divórcio — disse ele.

— Só digo uma coisa, Alexei Alexândrovitch. Conheço você como um homem excelente e muito justo; conheço Anna — veja se me desculpa, mas não posso mudar de opinião a respeito dela — como uma mulher boníssima e também excelente, portanto, veja se me desculpa mesmo, não posso acreditar nisso. Há um mal-entendido aí — disse Oblônski.

— Pois se fosse apenas um mal-entendido...

— Espere, já compreendo — interrompeu-o Stepan Arkáditch. — Mas é claro... Só uma coisa: não se apresse. Não deve apressar-se, não deve!

— Não me apressei — respondeu friamente Alexei Alexândrovitch. — E não se pode, num caso desses, pedir conselhos a ninguém. Minha decisão está firme.

— Mas é terrível! — disse Stepan Arkáditch, com um profundo suspiro. — Eu só faria uma coisa, Alexei Alexândrovitch. Imploro-lhe que faça isto! — continuou. — O processo ainda não começou, pelo que entendi. Antes de abrir esse processo, encontre-se com minha mulher, fale com ela. Ela ama Anna como sua irmã, ama você também e é uma mulher admirável. Fale com ela, pelo amor de Deus! Eu lhe imploro: faça isso por amizade!

Alexei Alexândrovitch ficara pensativo, e Stepan Arkáditch mirava-o, cheio de compaixão, sem interromper seu silêncio.

— Vai falar com ela?

— Não sei mesmo. Foi por isso que não visitei vocês. Acho que nossas relações devem mudar.

— Mas por quê? Não vejo motivo algum. Deixe-me pensar que, além das nossas relações de parentesco, você compartilha, ao menos parcialmente, os sentimentos amistosos que eu sempre tive por você... E meu sincero respeito — disse Stepan Arkáditch, apertando a mão de Karênin. — Mesmo que suas piores suposições sejam justas, eu não consinto, e nunca consentirei, em julgar nenhuma das partes, nem vejo motivo algum pelo qual nossas relações deveriam mudar. Mas agora faça isto: vá conversar com minha mulher.

— Nós vemos esse assunto sob ângulos diferentes — disse, com a mesma frieza, Alexei Alexândrovitch. — De resto, não vamos mais falar disso.

— Não, mas por que não iria à casa da gente? Nem que fosse para jantar hoje conosco? Minha mulher espera por você. Venha, por favor! E, o mais importante, fale com ela. É uma mulher admirável. Pelo amor de Deus: imploro-lhe de joelhos!

— Já que o senhor quer tanto assim, vou lá — disse Alexei Alexândrovitch, suspirando.

E, disposto a mudar de conversa, perguntou pelo que interessava a ambos: pelo novo chefe de Stepan Arkáditch, um homem ainda não muito velho que de repente fora designado para um cargo tão alto.

Alexei Alexândrovitch não gostava do conde Ânitchkin desde antes e sempre discordava das suas opiniões, mas agora não podia reprimir aquele ódio, compreensível para quem estivesse servindo, de um homem preterido em seu serviço por outro homem que fora promovido.

— Pois então, você já o viu? — perguntou Alexei Alexândrovitch, com um sorriso peçonhento.

— Como não o veria? Ele veio ontem à nossa repartição. Parece que entende perfeitamente das coisas e que é muito ativo.

— Sim, mas qual seria a meta das suas atividades? — prosseguiu Alexei Alexândrovitch. — Faz o que deve ser feito ou refaz o que foi feito? A desgraça de nosso Estado é essa burocracia da qual ele é um digno representante.

— Não sei o que se pode recriminar nele, palavra de honra. Não conheço a linha dele, só sei de uma coisa: é um bom sujeito — respondeu Stepan Arkáditch. — Acabo de me encontrar com ele e juro que é um bom sujeito. Ficamos lanchando, e eu o ensinei a fazer aquela bebida, o vinho com laranjas, sabe? Ela refresca tão bem. E, coisa surpreendente: ele não sabia disso. Gostou muito. Não, juro que é um sujeito ótimo.

Stepan Arkáditch consultou seu relógio.

— Ah, nossa, já são quase cinco horas, e eu preciso ainda ver Dolgovúchin! Então, por favor: venha jantar conosco. Nem pode imaginar como ficaríamos tristes, minha mulher e eu.

Alexei Alexândrovitch se despediu do cunhado de uma maneira bem diferente daquela como o recebera.

— Vou lá, já que lhe prometi — respondeu, desanimado.

— Acredite que prezo essa sua promessa e espero que não se arrependa dela — replicou, sorrindo, Stepan Arkáditch.

E, pondo logo o casaco, roçou sem querer na cabeça do lacaio, deu uma risada e saiu.

— Às cinco horas e de sobrecasaca, por favor! — voltou a gritar, retornando à porta.

## IX

Já eram quase seis horas, e alguns convidados já estavam presentes, quando veio o próprio dono da casa. Entrou com Serguei Ivânovitch Kóznychev e Pestsov, que acabavam de se encontrar ao portão. Eram os dois principais representantes da intelectualidade moscovita, segundo os nomeava Oblônski. Ambos se viam respeitados, tanto pelo caráter quanto pela inteligência. Respeitavam também um ao outro, mas tinham, quase em tudo, opiniões totalmente contrárias e irreconciliáveis: não por seguirem os rumos opostos, mas notadamente porque pertenciam ao mesmo grupo (seus desafetos chegavam a confundi-los) e ocupavam, cada um dentro desse grupo, uma posição diferente. E, dado que nada é menos propenso à reconciliação do que a discrepância das opiniões no âmbito meio abstrato, eles não só discordavam constantemente um do outro como também costumavam, havia muito tempo, apenas caçoar, sem se zangarem, dos seus equívocos mútuos e incorrigíveis.

Eles entravam porta adentro, falando sobre o tempo que fazia, quando Stepan Arkáditch os alcançou. No salão já estavam sentados o príncipe Alexandr Dmítrievitch, o sogro de Oblônski, o jovem Chtcherbátski, Túrovtsyn, Kitty e Karênin.

Stepan Arkáditch percebeu logo que as coisas não iam bem, ali no salão, sem ele. Dária Alexândrovna, que trajava seu vestido de gala feito de seda cinza, andava visivelmente preocupada com as crianças, que deveriam jantar sós em seu quarto, e com o atraso de seu marido, e não soubera misturar bem, na ausência dele, toda aquela assembleia. Estavam todos sentados, iguais às filhas do padre numa festinha (como se expressava o velho príncipe), parecendo não entender por que tinham vindo ali e forçando uma conversa tão só para não ficarem calados. O bonachão Túrovtsyn sentia-se, obviamente, fora da sua esfera, e o sorriso dos lábios carnudos, com que ele saudou Stepan Arkáditch, queria dizer: "Pois tu me botaste, mano, junto daqueles sábios! E meu negócio aqui é tomar uma e depois ir ao *Château des fleurs*". O velho príncipe se mantinha calado, mirando de esguelha Karênin com seus olhinhos brilhantes, e Stepan Arkáditch intuiu que ele já inventara algum chiste para reptar aquele estadista servido, como se fosse um esturjão, nos jantares. Kitty fitava a porta, esforçando-se de antemão para não enrubescer com a chegada de Konstantin Lióvin. O jovem Chtcherbátski, que não fora apresentado a Karênin, fazia questão de mostrar que não se importava nem um pouco com isso. Quanto a Karênin como tal, ele viera jantar com as damas, conforme seu hábito petersburguense, de fraque e gravata branca, e Stepan Arkáditch deduziu da sua expressão facial que viera apenas para cumprir a sua promessa e que sua presença nesse ambiente não passava de uma penosa obrigação. Fora ele o principal responsável daquele frio que congelara todos os convidados na ausência de Stepan Arkáditch.

Ao entrar no salão, Stepan Arkáditch pediu desculpas, explicou que se atrasara por causa de certo príncipe, o eterno bode expiatório de todos os seus atrasos e sumiços, apresentou, num só minutinho, todos os convidados uns aos outros e, conduzindo Alexei Alexândrovitch até Serguei Kóznychev, sugeriu-lhes o tema da russificação da Polônia, agarrado logo por ambos e, de quebra, por Pestsov. Dando um tapinha no ombro de Túrovtsyn, sussurrou-lhe algo engraçado e fez que se sentasse ao lado de sua esposa e do velho príncipe. Depois disse a Kitty que estava muito bonita na ocasião e apresentou Chtcherbátski a Karênin. Num só minutinho, socou tanto toda aquela massa social que a atmosfera do salão ficou excelente e as vozes passaram a soar mais animadas. Apenas Konstantin Lióvin não chegara ainda. Contudo, há males que vêm para o bem: indo à sala de jantar, Stepan Arkáditch viu, horrorizado, que o vinho do Porto e o xerez não eram do armazém de Levé e, sim, do de Deprez. Mandando que o cocheiro fosse, o mais depressa possível, ao armazém de Levé, voltou para o salão.

Deparou-se, na sala de jantar, com Konstantin Lióvin.

— Será que me atrasei?

— Será que poderia não se atrasar? — disse Stepan Arkáditch, tomando-lhe o braço.

— Há muita gente aí? Quem veio? — perguntou Lióvin, corando sem querer e sacudindo, com sua luva, a neve da *chapka*.

— Só gente nossa. Kitty está aqui. Vamos, então, que apresentarei você a Karênin.

Apesar de seu liberalismo, Stepan Arkáditch sabia que não podia deixar de ser lisonjeiro conhecer Karênin e, portanto, brindava seus melhores amigos com isso. Todavia, Konstantin Lióvin não estava, naquele momento, em condição de apreciar todo o prazer do tal fato. Não via Kitty desde o baile memorável em que cruzara com Vrônski, sem contar o instantâneo encontro com ela na grande estrada. Sabia no fundo da alma que a veria agora, porém, insistindo em preservar sua liberdade espiritual, tentava convencer a si próprio de que não sabia disso. Uma vez informado de que ela estava lá, sentiu de repente tanta alegria e, ao mesmo tempo, tanto medo que parou de respirar e não conseguiu articular o que queria dizer.

"Como, mas como ela está? Como estava antes ou como a vi naquela carruagem? E se Dária Alexândrovna disse a verdade? Por que não seria a verdade?", pensou Lióvin.

— Ah, por favor, apresente-me a Karênin — pronunciou a custo. Entrou no salão, a passos desesperadamente firmes, e viu Kitty.

Ela não estava mais como antes, nem como Lióvin a vira na carruagem: era bem diferente.

Parecia assustadinha, tímida, um pouco envergonhada e, portanto, ainda mais graciosa.

Ela o viu no mesmo instante em que Lióvin entrou no salão. Já esperava por ele. Ficou alegre e confusa com essa sua alegria, a ponto que em certo momento, naquele exato momento em que Lióvin se aproximava da anfitriã e tornou a olhar para a moça, tanto ele mesmo quanto ela e Dolly, que via tudo, acharam Kitty prestes a chorar de tão emocionada assim. Ela enrubesceu, empalideceu, enrubesceu novamente e ficou imóvel, de lábios tremelicantes, a esperar por ele. Achegando-se a Kitty, Lióvin inclinou a cabeça e estendeu-lhe, calado, a mão. Se os lábios da moça não estivessem levemente trêmulos, nem seus olhos ainda mais brilhantes com a umidade que os encobria, seu sorriso pareceria quase tranquilo quando ela disse:

— Faz tanto tempo que não nos vemos! — E, com uma firmeza desesperada, Kitty lhe apertou a mão com sua mãozinha fria.

— A senhorita não me viu, mas eu vi a senhorita — disse Lióvin, com um sorriso feliz a raiar. — Vi-a, sim, quando a senhorita ia da estação ferroviária para Yerguchovo.

— Quando foi? — perguntou ela, atônita.

— A senhorita ia para Yerguchovo — repetiu Lióvin, sentindo que se sufocava com a felicidade a inundar-lhe a alma. "Como ousei ligar a ideia de algo que não fosse puro com essa criatura tocante? Pois sim: parece que Dária Alexândrovna me disse a verdade", pensava.

Stepan Arkáditch puxou-o pela mão e levou-o ao encontro de Karênin.

— Permitam apresentar os senhores... — E ele disse ambos os nomes.

— Muito prazer em encontrá-lo de novo — replicou friamente Alexei Alexândrovitch, apertando a mão de Lióvin.

— Já se conhecem? — perguntou Stepan Arkáditch, surpreso.

— Passamos juntos três horas num vagão — comentou Lióvin, sorrindo —, mas saímos de lá intrigados, como quem saísse de uma mascarada... eu, pelo menos.

— Ah é? Façam o favor — disse Stepan Arkáditch, apontando para o lado da sala de jantar.

Os homens passaram então para a sala de jantar, acercando-se da mesa de entradas em que estavam expostas seis marcas de vodca e a mesma quantidade de queijos, com pequenas espátulas de prata e sem elas, além de vários tipos de caviar, arenques,[11] conservas e de pratinhos com fatias de pão francês.

Postaram-se junto daquelas cheirosas vodcas e entradas, ao passo que a conversa sobre a russificação da Polônia, travada por Serguei Ivânovitch Kóznychev, Karênin e Pestsov, extinguia-se pouco a pouco, na expectativa do jantar.

Serguei Ivânovitch, que sabia como ninguém acrescentar de improviso uma pitada de sal ático[12] pelo fim da polêmica mais abstrata e séria, mudando assim o humor dos polemistas, fez isso agora.

Alexei Alexândrovitch alegava que a russificação da Polônia só se consumaria com a implantação dos princípios supremos, os quais deveriam ser impostos pela administração russa.

Pestsov insistia em dizer que um povo assimilava o outro apenas quando sua densidade populacional era maior.

Kóznychev reconhecia ambos os pontos de vista, porém com certas ressalvas. E, quando eles saíam do salão, Kóznychev disse, sorrindo, para finalizar a discussão:

— Destarte, só existe um meio de russificar os forasteiros: produzir o maior número possível de filhos. Nós cá, eu e meu irmão, agimos pior do que todos. Mas vocês aí, meus senhores casados, e, sobretudo, você, Stepan Arkáditch, estão agindo de modo plenamente patriótico. Quantos filhos é que o senhor tem? — dirigiu-se, com um amável sorriso, ao anfitrião, oferecendo-lhe um calicezinho.

Todos ficaram rindo, especialmente Stepan Arkáditch.

— Sim, esse é o melhor meio que existe! — disse, mastigando o queijo e vertendo uma espécie algo singular de vodca no cálice oferecido. De fato, a discussão terminou com uma piada. — Esse queijo não está nada mau. Querem? — dizia o anfitrião. — Será que voltou a fazer ginástica? — dirigiu-se a Lióvin, apalpando-lhe o músculo com a mão esquerda. Lióvin sorriu, retesou o braço, e eis que uma bossa de aço cresceu, como um queijo redondo, sob o fino tecido da sua sobrecasaca e os dedos de Stepan Arkáditch.

— Que bíceps, hein? Um Sansão![13]

— Acho que se precisa de muita força para caçar os ursos — disse Alexei Alexândrovitch, cujas noções da caça eram as mais nebulosas, esparramando

---

[11] Peixe muito apreciado pelo seu sabor, proveniente do mar Báltico e de outros mares setentrionais.

[12] Uma palavra, frase ou citação irônica e arguta, usada para "temperar" uma conversa e torná-la mais envolvente.

[13] Alusão ao personagem bíblico que era capaz de rasgar um leão ao meio e de derrotar, sozinho, todo um exército inimigo.

o queijo por uma fatia de pão, fina como uma teia de aranha, e acabando por furá-la.

Lióvin sorriu.

— De nenhuma. Pelo contrário: até uma criança pode matar um urso — disse, afastando-se com uma leve mesura ante as damas que se achegavam, com a anfitriã, à mesa de entradas.

— Pois me disseram que o senhor teria matado um urso — disse Kitty, buscando em vão apanhar com seu garfo um cogumelo rebelde, que não cessava de escorregar, e agitando as rendas através das quais alvejava seu braço. — Há mesmo ursos em sua fazenda? — adicionou, virando sua cabecinha encantadora de perfil, para o lado de Lióvin, e sorrindo.

Não havia, aparentemente, nada de extraordinário naquilo que ela dissera, mas quanta significância, inexprimível com palavras, é que transluzia, para ele, em cada som, em cada movimento de seus lábios, de seus olhos, de sua mão, quando lhe dizia aquilo! Pedia que a desculpasse, manifestava-lhe sua confiança e seu carinho, um carinho tão meigo e tímido, e sua promessa, e sua esperança, e seu amor por ele, aquele amor em que Lióvin não podia deixar de acreditar e que o sufocava com tanta felicidade.

— Não, fomos à província de Tver. Na volta dali encontrei, num vagão, seu *beau-frère*[14] ou, sei lá, o cunhado de seu *beau-frère* — disse ele, radiante. — Foi um encontro engraçado.

E contou, de maneira animada e divertida, como não dormira uma noite inteira e depois invadira, envolto numa peliça, o compartimento de Alexei Alexândrovitch.

— O condutor já queria, contrariamente ao provérbio,[15] despedir-me pela roupa, mas aí comecei a palestrar em alto estilo, e... o senhor também — disse, referindo-se a Karênin cujo nome já esquecera. — No começo, estava para me expulsar, por causa daquela minha peliça, só que depois me defendeu, o que muito lhe agradeço.

— Os direitos dos passageiros, quanto a escolherem seus lugares, são muito incertos em geral — disse Alexei Alexândrovitch, enxugando, com um lenço, as pontas de seus dedos.

— Percebi que o senhor estava incerto quanto a mim — respondeu Lióvin, com um sorriso bondoso — e comecei logo uma conversa inteligente para me redimir da peliça.

---

[14] Cunhado (em francês).
[15] Trata-se do provérbio russo "saúda-se pela roupa, despede-se pela mente", segundo o qual não se deve julgar as pessoas por sua aparência.

Serguei Ivânovitch, que estava falando com a anfitriã e escutando, com um só ouvido, o discurso de seu irmão, olhou de viés para ele. "O que tem lá? Parece um vencedor!", pensou. Não sabia que Lióvin se sentia alado. E Lióvin sabia que, ouvindo suas palavras, Kitty se comprazia em ouvi-las. Era a única coisa com que se importava. Não apenas naquela sala, mas na terra inteira, só existiam, para Lióvin, ele mesmo, revestido de imensas significância e importância aos seus próprios olhos, e Kitty. Sentia-se nas alturas, tanto assim que lhe girava a cabeça, e lá embaixo, algures bem longe, estavam todos aqueles bons e amáveis Karênin, Oblônski e o mundo todo.

Imperceptivelmente, sem olhar para eles, mas como se não houvesse mais onde acomodá-los, Stepan Arkáditch fez que Lióvin e Kitty se sentassem lado a lado.

— Sente-se, pelo menos, aí — disse para Lióvin.

O jantar era tão bom quanto as louças, que Stepan Arkáditch apreciava em especial. A sopa de Marie-Louise estava excelente; os pasteizinhos minúsculos, que se derretiam na boca, estavam irrepreensíveis. Dois lacaios e Matvéi, todos de gravatas brancas, serviam os pratos e vinhos discreta, silenciosa e rapidamente. Pelo lado material, o jantar deu certo; pelo lado imaterial, teve o mesmo êxito. A conversa, ora geral, ora particular, não se interrompia, ficando, pelo fim do jantar, tão acalorada que os homens se levantaram da mesa sem parar de conversar, e até mesmo Alexei Alexândrovitch se animou um pouco.

## X

Pestsov, que gostava de levar seu raciocínio às últimas consequências, não se satisfez com as palavras de Serguei Ivânovitch, ainda mais que percebera a incorreção de seu próprio conceito.

— Nunca tive em vista — disse, quando foi servida a sopa, dirigindo-se a Alexei Alexândrovitch — apenas a densidade populacional em si, mas aquela vinculada às bases e não aos princípios.

— Eu acho — respondeu Alexei Alexândrovitch, num tom pausado e relaxado — que é a mesma coisa. Em minha opinião, um povo só pode influenciar outro povo se for mais desenvolvido e se...

— Mas a questão é justamente essa — interrompeu, com seu baixo, Pestsov que sempre se apressava a falar e parecia sempre externar toda a sua alma no que dizia —: como definir o nível de desenvolvimento? Os ingleses, os franceses, os alemães — quem está no patamar mais alto? Quem vai nacionalizar os outros? A gente vê que o Reno se afrancesou, porém os alemães não são menos desenvolvidos! — passou a gritar. — Há outra lei nisso!

— Eu acho que a influência sempre decorre da verdadeira educação — disse Alexei Alexândrovitch, erguendo de leve as sobrancelhas.

— E quais seriam os indícios dessa educação verdadeira? — indagou Pestsov.

— Acredito que esses indícios são notórios — respondeu Alexei Alexândrovitch.

— Seriam notórios mesmo? — intrometeu-se, com um sorriso astuto, Serguei Ivânovitch. — Agora é reconhecido que a verdadeira educação só pode ser puramente clássica, mas presenciamos as discussões obstinadas de ambas as partes, e não se pode negar que a vertente oposta também possua fortes argumentos em seu favor.

— O senhor é clássico, Serguei Ivânovitch. Manda servir o tinto? — disse Stepan Arkáditch.

— Não explicito a minha opinião acerca de ambos os modelos educacionais — disse Serguei Ivânovitch, sorrindo-lhe indulgentemente, como quem sorrisse a uma criança, e acercando a sua taça —, apenas digo que ambas as partes possuem seus argumentos fortes — continuou, dirigindo-se a Alexei Alexândrovitch. — Sou clássico, em termos de minha instrução, mas, pessoalmente, não consigo encontrar meu lugar nessa polêmica. Não enxergo as justificativas que tornem clara a vantagem das matérias clássicas em comparação com as reais.

— As ciências naturais têm a mesma importância pedagógica e edificante — aprovou Pestsov. — Veja tão só a astronomia, veja a botânica, a zoologia com seu sistema de leis gerais!

— Não posso acatar isso completamente — retorquiu Alexei Alexândrovitch. — A meu ver, não podemos deixar de reconhecer que o próprio processo de estudo das formas linguísticas exerce uma influência especialmente benéfica sobre o desenvolvimento espiritual. Além disso, tampouco podemos negar que a influência dos escritores clássicos seja moral no mais alto grau, enquanto, infelizmente, ao ensino das ciências naturais estão ligadas aquelas doutrinas nocivas e falsas que são a úlcera de nossa época.

Serguei Ivânovitch queria dizer algo, mas Pestsov interrompeu-o com seu baixo sonoro. Começou a provar, apaixonadamente, que tal opinião não era justa. Serguei Ivânovitch esperou pela sua vez de falar com calma, já tendo, pelo visto, uma objeção pronta e vitoriosa.

— Contudo — disse Serguei Ivânovitch, dirigindo-se a Karênin com o mesmo sorriso astuto —, não podemos deixar de convir que é difícil medirmos bem todas as vantagens e desvantagens daquelas ciências, tanto de umas quanto das outras, e a questão das ciências pelas quais nos caberia optar não teria sido resolvida tão rápida e definitivamente, se a educação clássica não tivesse em seu cerne essa vantagem que o senhor acabou de citar: uma influência moral e, *disons le mot*,[16] antiniilista.

— Sem dúvida.

— Se as ciências clássicas não tivessem, pois, em seu cerne essa vantajosa influência antiniilista, pensaríamos mais nisso, ponderaríamos os argumentos de ambas as partes — dizia Serguei Ivânovitch, sorrindo com astúcia —, daríamos espaço a ambas as vertentes. Mas agora sabemos que essas pílulas da educação clássica encerram a força salutar do antiniilismo e assim as oferecemos, atrevidamente, aos nossos pacientes... E se não houver nenhuma força salutar? — concluiu, derramando o sal ático.

Todos riram das pílulas de Serguei Ivânovitch, e quem deu uma risada sobremodo alta e lépida foi Túrovtsyn, cuja espera por algo engraçado, ao longo de toda a conversa que escutava, chegara ao fim.

Convidando Pestsov, Stepan Arkáditch acertou em cheio. Uma conversa inteligente não se interrompia nem por um minuto na presença dele. Tão logo Serguei Ivânovitch finalizou um assunto com sua piada, Pestsov evocou o outro.

— Nem se pode admitir — disse — que o governo tenha esse objetivo. Decerto o governo se orienta por algumas razões gerais, sem se importar com aquelas influências que podem exercer as medidas tomadas. Por exemplo, a questão da instrução feminina deveria ser tida como nociva, porém o governo abre os cursos universitários para as mulheres.

E a conversa enveredou logo para esse novo tema da instrução feminina.

Alexei Alexândrovitch exprimiu a ideia de que a questão da instrução feminina se confundia, de ordinário, com a da emancipação feminina e só por esse motivo podia ser considerada nociva.

— Eu acredito, pelo contrário, que essas duas questões são estreitamente ligadas — disse Pestsov —: é um círculo vicioso. A mulher é privada de direitos por falta de instrução, e a falta de instrução resulta da privação de direitos. Não devemos esquecer: a escravidão feminina é tão ampla e antiga que muitas vezes nem queremos entender que abismo separa as mulheres de nós — argumentou.

— O senhor falou em direitos — disse Serguei Ivânovitch, quando Pestsov fez a sua primeira pausa. — Seriam os direitos de preencher cargos de jurados, conselheiros municipais, presidentes de câmaras, servidores públicos, parlamentares?...

— Sem dúvida.

---

[16] Falemos às claras (em francês).

— Mas, mesmo que as mulheres, a título de rara exceção, possam preencher esses cargos, parece-me que o senhor usa o termo "direitos" de forma equivocada. Seria mais justo dizer "deveres". Qualquer um conviria que, ocupando algum cargo de jurado, conselheiro municipal ou funcionário de telégrafo, a gente sinta que está cumprindo algum dever. Portanto, seria mais justo dizer que as mulheres estão procurando por deveres e que isso é plenamente legítimo da parte delas. E só podemos concordar com aquela sua vontade de auxiliarem o trabalho geral dos homens.

— Absolutamente justo — confirmou Alexei Alexândrovitch. — Acredito que a questão se resume em sabermos se elas são capazes de cumprir tais deveres.

— É provável que se tornem bem capazes — notou Stepan Arkáditch —, quando a instrução se difundir no meio delas. Percebemos isso...

— E o ditado? — disse o príncipe, cujos olhinhos brilhavam, jocosos, ao passo que ele atentava, já havia bastante tempo, para essa conversa. — Até que posso dizer na frente das filhas: o cabelo está comprido...[17]

— Assim se pensava dos negros antes da sua libertação! — disse Pestsov, zangado.

— Apenas acho estranho que as mulheres procurem por novos deveres — prosseguiu Serguei Ivânovitch —, enquanto vemos, infelizmente, que os homens costumam evitá-los.

— Os deveres se associam aos direitos; o poder, o dinheiro, as honrarias: é por eles que as mulheres procuram — disse Pestsov.

— Daria na mesma se eu procurasse pelo direito de ser ama de leite e ficasse sentido porque pagam às mulheres por isso e não querem pagar a mim — resmungou o velho príncipe.

Túrovtsyn deu uma gargalhada ruidosa, e Serguei Ivânovitch lamentou não ter sido ele quem o dissera. Até mesmo Alexei Alexândrovitch ficou sorrindo.

— Sim, mas um homem não pode amamentar — disse Pestsov —, e uma mulher...

— Não, houve um inglês que amamentou, num navio, seu bebê — redarguiu o velho príncipe, permitindo-se essa licença coloquial na frente de suas filhas.

— Quantos são tais ingleses, tantas serão as mulheres funcionárias! — Dessa vez, foi Serguei Ivânovitch quem o disse.

— Sim, mas o que faria uma moça que não tivesse família? — questionou Stepan Arkáditch, lembrando-se de Tchíbissova, que tinha em vista, o tempo todo, quando se solidarizava com Pestsov e apoiava as opiniões dele.

---

[17] O personagem alude ao ditado machista "o cabelo está comprido, mas a mente é curta".

— Se analisar direitinho o histórico dessa moça, o senhor saberá que ela abandonou a família, a dos pais ou então a de sua irmã, onde poderia achar umas ocupações femininas! — Foi Dária Alexândrovna quem se intrometeu de chofre nessa conversa, toda irritada por adivinhar, provavelmente, a que moça se referia Stepan Arkáditch.

— Só que nós cá defendemos um princípio, um ideal! — objetou Pestsov, com seu baixo retumbante. — A mulher deseja ter o direito de ser independente e instruída. Está aflita, abatida com a consciência de que é impossível.

— E eu estou aflito e abatido porque não me aceitarão, como ama de leite, num orfanato — voltou a dizer o velho príncipe. Ria tanto que, para enorme alegria de Túrovtsyn, acabou deixando um aspargo cair de ponta grossa no molho.

## XI

Todos participavam da conversa geral, salvo Kitty e Lióvin. De início, quando se falava da influência que um povo exerce sobre o outro, Lióvin pensava, de modo involuntário, naquilo que poderia dizer a respeito; porém esses pensamentos, antes de suma importância para ele, surgiam em sua cabeça como se fossem um sonho e nem por sombras o interessavam agora. Até mesmo achava estranho que os presentes se esforçassem tanto para debater coisas de que ninguém precisava. De igual maneira, deveria ser interessante para Kitty o que se dizia acerca dos direitos da mulher e da instrução feminina. Quantas vezes ela já pensara nisso, recordando-se da sua amiga estrangeira Várenka e da penosa dependência dela, quantas vezes imaginara, em seu íntimo, o que se daria com ela própria, se porventura não se casasse, e quantas vezes discutira esse tema com sua irmã! Todavia, isso nem por sombras a interessava agora. Levavam uma conversa à parte, ela e Lióvin, e nem sequer uma conversa era, mas certa comunicação misteriosa que os aproximava, a cada minuto, mais um do outro e provocava em ambos uma sensação de álacre medo daquilo, ainda desconhecido, em que estavam entrando.

Primeiro, Kitty perguntou como Lióvin pudera vê-la no ano passado, naquela carruagem, e ele contou como a encontrara ao voltar, após a ceifa, pela estrada mestra.

— Era de manhãzinha, bem cedo. A senhorita acabava, por certo, de acordar. Sua *maman* dormia ainda no cantinho dela. A manhã estava maravilhosa. Eu caminhava lá e pensei: quem é que estaria naquela carruagem com quatro cavalos? Quatro cavalos ótimos, com sinetas... E foi então que vi a senhorita, de relance, pelo postigo: estava sentada assim e segurava, com ambas as mãos, as tirinhas da sua touca, e parecia muitíssimo pensativa — dizia Lióvin, sorrindo. — Como eu gostaria de saber em que estava pensando então. Era algo importante?

"Será que eu estava toda desgrenhada?", pensou Kitty, porém, ao ver aquele sorriso extático que lhe suscitavam, uma vez relembrados, tais pormenores, sentiu que, pelo contrário, a impressão que ela havia produzido era muito boa. Enrubescendo, riu com alegria.

— Não lembro mais, juro!

— Mas como Túrovtsyn está rindo bem! — disse Lióvin, mirando com ironia os olhos úmidos dele e o corpo todo, que vibrava de riso.

— É de longa data que o conhece? — perguntou Kitty.

— Quem é que não o conhece?

— E, pelo que vejo, o senhor acha que é um homem ruim.

— Não que seja ruim, mas é nulo.

— Pois não é verdade! E trate rapidinho de não pensar mais assim! — disse Kitty. — Eu também fazia pouco caso dele, mas é um homem simpaticíssimo e admiravelmente bondoso. O coração dele é de ouro.

— Mas como é que a senhorita sabe tanto do coração dele?

— Somos grandes amigos. Eu o conheço muito bem. No inverno passado, logo depois de... o senhor ir à nossa casa — disse ela, com um sorriso confuso e, ao mesmo tempo, confiante —, os filhos de Dolly estavam todos com escarlatina, e ele veio, um dia, visitá-la. E, veja se pode imaginar — passou a falar sussurrando —: sentiu tanta pena dela que ficou e começou a ajudá-la a cuidar das crianças. Morou três semanas, sim, na casa deles, cuidando das crianças como uma babá. — Inclinando-se para sua irmã, disse: — Estou contando para Konstantin Dmítritch sobre Túrovtsyn e a escarlatina.

— Foi admirável, sim: uma graça! — disse Dolly, olhando para Túrovtsyn a sentir que se falava dele e dirigindo-lhe um dócil sorriso. Lióvin tornou a mirá-lo também e pasmou-se de não ter percebido antes todo o charme daquele homem.

— Desculpem, desculpem: nunca mais vou pensar mal dos outros! — disse alegremente, sincero em expressar o que sentia agora.

## XII

Travada a conversa sobre os direitos da mulher, surgiram algumas questões, melindrosas na presença das damas, que concerniam à desigualdade de direitos no âmbito matrimonial. Ao longo do jantar, Pestsov atacava amiúde essas questões, porém Serguei Ivânovitch e Stepan Arkáditch distraíam-no com cautela.

Quando todos se levantaram da mesa e as damas saíram da sala, Pestsov não foi atrás delas, mas começou a expor, dirigindo-se a Alexei Alexândrovitch, a principal causa dessa desigualdade. A desigualdade dos cônjuges consistia, na visão dele, naquela maneira desigual como eram punidas, tanto pela lei quanto pela opinião pública, a traição da mulher e a traição do marido.

Stepan Arkáditch se achegou depressa a Alexei Alexândrovitch, oferecendo-lhe um cigarro.

— Não fumo, não — respondeu tranquilamente Alexei Alexândrovitch e, como se quisesse mostrar, de caso pensado, que não tinha medo dessa conversa, voltou-se para Pestsov com um frio sorriso.

— Creio que os fundamentos da tal abordagem residem na própria essência das coisas — disse, querendo já ir ao salão, mas de repente Túrovtsyn se pôs também a falar, dirigindo-se a Alexei Alexândrovitch.

— Dignou-se a ouvir rumores sobre Priátchnikov? — Animado com o champanhe bebido, Túrovtsyn esperava, havia muito tempo, por um ensejo de interromper aquele silêncio, tão penoso para ele. — Vássia Priátchnikov... — prosseguiu, com um sorriso bondoso nos lábios úmidos e corados, dirigindo-se, em especial, a Alexei Alexândrovitch, tido como o convidado mais importante. — Contaram para mim hoje como ele tinha duelado com Kvýtski, em Tver, e como o tinha matado.

Sempre nos parece que machucamos, como que de propósito, o nosso ponto mais vulnerável... e era assim que Stepan Arkáditch sentia agora que, para mal dos pecados, essa conversa pungia, a cada minuto, o ponto mais vulnerável de Alexei Alexândrovitch. Tentou de novo levar seu cunhado embora, mas Alexei Alexândrovitch perguntou de súbito, curioso:

— Por que foi que duelou Priátchnikov?
— Pela sua mulher. Agiu como um varão! Desafiou e matou!
— Ah, é? — disse Alexei Alexândrovitch, com indiferença.
Erguendo de leve as sobrancelhas, foi ao salão.
— Como estou contente de vê-lo — disse-lhe Dolly, com um sorriso tímido, ao depará-lo na saleta pela qual ele passava. — Preciso falar com o senhor. Sentemo-nos aqui.

Com a mesma expressão indiferente que lhe davam as sobrancelhas soerguidas, Alexei Alexândrovitch se sentou, com um falso sorriso, ao lado de Dária Alexândrovna.

— Ainda mais — disse — que eu já queria pedir desculpas e logo me despedir da senhora. Tenho de partir amanhã.

Dária Alexândrovna estava firmemente convicta da inocência de Anna e sentia que ficava pálida, que seus lábios tremiam de ira, perante aquele homem frio e insensível que se dispunha, tão calmo assim, a acabar com sua inocente amiga.

— Alexei Alexândrovitch — disse ela, fitando-o, com uma resolução desesperada, olho no olho. — Perguntei-lhe por Anna, mas o senhor não me respondeu. Como está Anna?

— Parece que está bem, Dária Alexândrovna — respondeu Alexei Alexândrovitch, sem olhar para ela.

— Desculpe-me, Alexei Alexândrovitch, que não tenho o direito... mas amo e respeito Anna como se fosse minha irmã e peço, imploro que o senhor me diga o que está acontecendo em sua família! De que vem acusando Anna?

Alexei Alexândrovitch franziu a cara e, quase fechando os olhos, abaixou a cabeça.

— Creio que seu marido já lhe relatou as razões pelas quais eu acho necessário mudar as minhas antigas relações com Anna Arkádievna — disse, sem encará-la, mas olhando, aborrecido, para Chtcherbátski que passava pela saleta.

— Não acredito, não acredito, não posso acreditar nisso! — exclamou Dolly, juntando em sua frente, com um gesto enérgico, suas mãos descarnadas. Levantou-se depressa e pôs uma mão sobre a manga de Alexei Alexândrovitch. — Seremos incomodados aqui. Siga-me, por favor.

A emoção de Dária Alexândrovna impressionava Alexei Alexândrovitch. Ele se levantou e, resignado, foi atrás dela à sala de estudos. Sentaram-se ambos a uma mesa, cujo forro de oleado estava todo cortado por canivetes.

— Não acredito, não acredito nisso! — disse Dolly a custo, buscando captar o olhar esquivo de Karênin.

— Não se pode descrer dos fatos, Dária Alexândrovna — redarguiu ele, acentuando a palavra "fatos".

— Mas o que ela fez? O que foi? O quê? — inquiria Dária Alexândrovna. — O que foi, precisamente, que ela fez?

— Ela negligenciou seus deveres e traiu seu marido. Foi bem isso que fez — disse Karênin.

— Não, não pode ser, não! Não, pelo amor de Deus: o senhor está enganado! — repetia Dolly, tocando em suas têmporas e fechando os olhos.

Alexei Alexândrovitch sorriu friamente, tão só com os lábios, querendo demonstrar, tanto a ela quanto a si próprio, a firmeza de sua convicção; porém essa ardorosa defesa, mesmo sem abalá-lo, avivava sua ferida. Passou então a falar mais enfaticamente.

— É muito difícil estar enganado, quando é a mulher em pessoa quem declara isso ao marido. Declara que oito anos de vida e o filho deles não passam de um erro, e que ela quer viver tudo de novo — disse, zangado, fungando com o nariz.

— Anna e o pecado... Não posso ligá-los entre si, não posso acreditar nisso!

— Dária Alexândrovna! — disse ele, agora olhando diretamente para o rosto de Dolly, meigo e emocionado, e percebendo que sua língua se desamarrava de forma involuntária. — Quão caro é que eu pagaria para que a dúvida pudesse ainda ser possível. Quando estava duvidando, andava aflito, mas nem tanto como agora. Quando estava duvidando, tinha uma esperança, mas agora não tenho mais esperança alguma e continuo, ainda assim, duvidando de tudo. Duvido de tudo; odeio meu filho; às vezes, não acredito que esse filho seja meu. Estou muito infeliz.

Ele nem precisava dizer aquilo. Dária Alexândrovna entendeu tudo, tão logo Karênin a encarou, e condoeu-se dele, e sua fé na inocência de sua amiga ficou abalada.

— Ah, é horrível, horrível! Mas será verdade que o senhor decidiu reclamar o divórcio?

— Decidi tomar essa medida extrema. Não tenho mais nada a fazer.

— Nada a fazer, nada a fazer... — balbuciou ela, com lágrimas nos olhos. — Não pode ser que não tenha mais nada a fazer, não! — concluiu.

— O que mais apavora nessa espécie de provação é que a gente não pode — como faria em qualquer outro caso de perda, de morte... — carregar sua cruz, mas precisa agir — disse Karênin, como que adivinhando a ideia dela. — É preciso sairmos daquela situação humilhante em que estamos: não se pode viver a três.

— Eu entendo, entendo isso muito bem — disse Dolly e abaixou a cabeça. Ficou calada por algum tempo, pensando em si mesma, em seu drama familiar, e de improviso reergueu energicamente a cabeça e juntou as mãos com um gesto suplicante. — Mas espere! O senhor é cristão. Pense nela! O que será de Anna, se o senhor a abandonar?

— Já pensei, Dária Alexândrovna, e pensei muito — dizia Alexei Alexândrovitch. Seu rosto se avermelhara, mancha por mancha, e seus olhos turvos fitavam-na bem de frente. Agora Dária Alexândrovna se apiedava dele com toda a sua alma. — Fiz isso mesmo depois de ela me declarar, pessoalmente, este meu vexame: deixei tudo como estava. Concedi a ela uma possibilidade de redenção, tentei salvá-la. E daí? Ela não cumpriu nem a exigência mais suave, a de respeitar as conveniências — dizia, exaltando-se. — Pode-se salvar uma pessoa que não quer perecer, mas se a própria natureza estiver toda tão corrompida, tão depravada que acaba tomando a perdição pela salvação, o que se pode fazer então?

— Qualquer coisa, menos o divórcio! — respondeu Dária Alexândrovna.
— Mas como assim, "qualquer coisa"?
— Não, é horrível! Ela não será mais esposa de ninguém, ela será perdida!
— O que é que posso fazer? — indagou Alexei Alexândrovitch, soerguendo os ombros e as sobrancelhas. A lembrança da última falta de sua mulher irritara-o a ponto de ele se tornar outra vez tão frio quanto no começo da conversa. — Muito lhe agradeço a sua compaixão, mas tenho de ir embora — disse, uma vez em pé.
— Não, espere! O senhor não deve perdê-la. Espere, que lhe contarei sobre mim. Eu me casei. Meu marido me traía; enraivecida, enciumada como estava, eu queria abandonar tudo, eu mesma queria, mas... mudei de ideia. E quem foi? Foi Anna quem me salvou. E continuo vivendo. Meus filhos crescem, meu marido volta para a família e sente a sua culpa, depois se torna mais limpo, melhor... e continuo vivendo. Eu perdoei, e o senhor deve perdoar!

Alexei Alexândrovitch escutava-a, porém suas palavras não o impressionavam mais. Agitava-se novamente, em sua alma, toda a fúria daquele dia em que resolvera optar pelo divórcio. Recuperando seu sangue-frio, ele se pôs a falar alto, com uma voz estridente:

— Não posso nem quero perdoar, e acho isso injusto. Fiz tudo por aquela mulher, e ela mesclou tudo com a lama que é própria dela. Não sou maldoso, nunca odiei ninguém, mas a odeio, a ela, com todas as forças de minha alma e nem sequer posso perdoar, pois a odeio demais por todo aquele mal que me tem causado! — disse, e sua voz estava prestes a transformar-se num choro exasperado.

— Amai a quem vos odeia...[18] — sussurrou Dária Alexândrovna, envergonhada.

Alexei Alexândrovitch sorriu com desdém. Sabia disso havia muito tempo, mas isso não se aplicava ao seu caso pessoal.

— Amai a quem vos odeia, sim... só que não podemos amar a quem odiamos. Desculpe por tê-la entristecido. Basta a cada um seu próprio pesar! — E, dominando suas emoções, Alexei Alexândrovitch se despediu calmamente dela e partiu.

## XIII

Quando todos se levantaram da mesa, Lióvin queria ir logo ao salão, seguindo Kitty, porém receava que ela se aborrecesse com seus galanteios por demais evidentes. Ficou, pois, no círculo masculino, participando da

---

[18] Cita-se, sem muita precisão, o Sermão da Montanha (Mateus, 5:44).

conversa geral, e, mesmo sem olhar para Kitty, sentia os movimentos e os olhares dela, sabia onde, exatamente, ela estava no salão.

Agora cumpria, sem o menor esforço, aquela promessa que lhe fizera, a de pensar sempre bem de todas as pessoas e de amá-las sempre a todas. A conversa se referia à comunidade camponesa em que Pestsov lobrigava certo princípio bem especial, que chamava de "princípio de coro".[19] Lióvin não concordava nem com Pestsov, nem com seu irmão, o qual reconhecia e, ao mesmo tempo, deixava de reconhecer, de sua maneira peculiar, a significância dessa comunidade russa. Entretanto, ao passo que falava com ambos, só procurava reconciliá-los e amenizar suas objeções. Nem por sombras se interessava pelo que dizia ele mesmo, ainda menos pelo que esses dois homens diziam, mas desejava unicamente que ambos, e todos juntos, tivessem um passatempo bom e agradável. Sabia agora que apenas uma pessoa era importante. E tal pessoa estava, primeiro, ali no salão, e depois começou a mover-se e parou ao lado da porta. Sem se virar, Lióvin sentiu o olhar e o sorriso de Kitty, que se destinavam a ele, e não pôde mais ficar de costas para a moça. Ela estava às portas, junto de Chtcherbátski, e olhava para Lióvin.

— Pensei que a senhorita fosse tocar piano — disse ele, aproximando-se de Kitty. — É o que me falta, lá na fazenda: a música.

— Não, a gente só ia chamá-lo... e agradeço — disse ela, presenteando-o com seu sorriso como se fosse um mimo — por ter vindo. Que vontade é essa, a de discutir? É que um nunca vai convencer o outro.

— Sim, é verdade — disse Lióvin —: na maioria das vezes, acontece que discutimos, com tanto ardor, apenas por não entendermos, de jeito nenhum, o que precisamente quer provar o nosso adversário.

Lióvin notara, ao presenciar as disputas das pessoas mais inteligentes, que depois de imensos esforços, de inumeráveis sutilezas lógicas e palavras, os disputadores chegavam afinal a conscientizar-se de saberem havia muito tempo, desde o início de sua contenda, daquilo que se esforçavam tanto para provar um ao outro, mas gostarem de coisas diferentes e não desejarem, portanto, nomear o que era de seu agrado para não serem mutuamente refutados. Percebera que vez por outra, durante uma discussão, um dos participantes chegava a compreender o que defendia seu adversário, passando de repente a gostar da mesma coisa e concordando logo com ele, e todos os argumentos se esvaíam então como inúteis; em outras ocasiões, percebera, pelo contrário, que um dos participantes explicitava afinal o que vinha defendendo, a inventar

---

[19] Esse princípio eslavófilo, segundo o qual a comunidade camponesa era vista como um "coro moral" em que cada voz particular, "obediente à ordem geral, é ouvida na harmonia de todas as vozes", foi proposto pelo escritor e filósofo russo Konstantin Aksákov (1817-1860).

para tanto uma porção de argumentos, e, caso o explicitasse bem e com toda a sinceridade, seu adversário lhe dava de chofre razão e cessava de discutir. Era isso mesmo que Lióvin queria dizer.

Kitty franziu a testa, buscando compreender isso. Mal ele se pôs a explicá-lo, já havia compreendido.

— Entendo: é preciso sabermos por que ele está discutindo, o que está defendendo, então poderemos...

Adivinhou plenamente e formulou a ideia mal formulada dele. Lióvin sorriu com alegria: tanto o surpreendera a passagem da polêmica intrincada e verborrágica com Pestsov e seu irmão para essa clara e lacônica, quase sem palavras, expressão dos pensamentos mais complicados.

Chtcherbátski se afastou deles, e Kitty, ao aproximar-se de uma mesa de jogo já pronta, sentou-se e, pegando um bastonete de giz, começou a traçar, com ele, vários círculos divergentes sobre o pano verde, novinho em folha.

Eles retomaram a conversa que se levava na hora do jantar, falando sobre a liberdade e as ocupações da mulher. Lióvin concordava com a opinião de Dária Alexândrovna, a de que uma moça solteira podia achar o que fazer no seio de uma família. Comprovava isso dizendo que nenhuma família podia passar sem ajudantes, que qualquer família pobre ou rica tinha e devia ter algumas babás, fossem parentas ou contratadas.

— Não — disse Kitty, enrubescendo, porém o mirando de frente, ainda mais corajosa, com seus olhos francos —: a moça pode não estar em condição de ingressar, sem ser humilhada, numa família alheia, mas, se viver só...

Ele a entendeu com uma só alusão.

— Oh, sim! — anuiu. — Sim, sim, sim, a senhorita tem razão, tem mesmo!

Reduziu tudo quanto dissera Pestsov, na hora do jantar, sobre a emancipação feminina tão somente ao medo de ficar para tia e ser humilhada, que imaginava ter visto no coração de Kitty, e, vivenciando ele mesmo, por amá-la, aquele medo e aquela humilhação, logo renunciou aos seus argumentos.

Houve um silêncio. Ela continuava a riscar a mesa com giz. Seus olhos irradiavam um brilho pacato. Submetendo-se ao humor dela, Lióvin sentia, em todo o seu ser, a tensão da felicidade que se tornava cada vez mais forte.

— Ah, já risquei a mesa toda! — disse ela e, deixando o giz, fez um gesto de quem quisesse levantar-se.

"Como é que vou ficar sozinho... sem ela?", pensou Lióvin, receoso, e pegou o giz. — Espere — disse, sentando-se à mesa de jogo. — Fazia muito tempo que eu queria perguntar uma coisa à senhorita.

Olhava bem nos olhos dela, tão carinhosos, embora assustados.

— Fique à vontade: pergunte.

— Veja — disse ele e escreveu as letras iniciais: "Q.v.m.r.:i.n.e.p.q.d.j.o.a.e?" Essas letras significavam: "Quando você me respondeu: isso não é possível, queria dizer jamais ou apenas então?". Não havia probabilidade alguma de que a moça viesse a entender essa frase complexa, mas, quando Lióvin olhou para ela, parecia que toda a sua vida dependia de Kitty entender essas palavras.

Fitando-o com um ar sério, Kitty apoiou sua testa franzida numa das mãos e começou a ler. Olhava, de vez em quando, para ele, como se lhe perguntasse, com seu olhar: "É isso mesmo que estou pensando?".

— Entendi — disse, enrubescendo.

— Que palavra é essa? — indagou ele, apontando para a letra "j", que significava a palavra "jamais".

— É a palavra "jamais" — disse a moça —, só que não é verdade!

Rápido, ele apagou o escrito, passou o giz para ela e ficou em pé. Kitty escreveu: "E.n.p.d.o.r".

Dolly já estava consolada de toda a tristeza que lhe causara a conversa com Alexei Alexândrovitch quando viu aqueles dois vultos: o de Kitty, que segurava um bastonete de giz e olhava para Lióvin de baixo para cima, com um sorriso tímido e feliz, e o dele, bonito que era, inclinado sobre a mesa de jogo. Seus olhos brilhavam, fixando-se ora na mesa, ora em Kitty. De súbito, ele ficou radiante por ter compreendido. Isso significava: "Então não pude dar outra resposta".

Lióvin mirou-a de modo interrogativo, com timidez.

— Foi só então?

— Sim — respondeu o sorriso dela.

— E "a"... E agora? — perguntou ele.

— Pois bem: leia isto. Vou dizer o que desejaria. Desejaria muito! — Ela escreveu as letras iniciais: "Q.v.p.e.e.p.o.q.h.". Isso significava: "Que você possa esquecer e perdoar o que houve".

Com seus dedos rijos e trêmulos, ele pegou o bastonete de giz e, quebrando-o, escreveu as letras iniciais do seguinte: "Não tenho nada a esquecer nem a perdoar — nunca deixei de amá-la".

Kitty olhou para ele com um sorriso entorpecido.

— Entendi — sussurrou em resposta.

Ele se sentou e escreveu uma frase comprida. Kitty entendeu tudo e, sem lhe indagar mais se era isso mesmo, pegou o giz e logo respondeu.

Lióvin demorou a compreender o que ela escrevera, fitando-a amiúde olho no olho. Ficou perturbado de tão feliz. Não conseguia, de modo algum, adivinhar as palavras que a moça subentendia, porém vislumbrou tudo quanto lhe cumprisse saber em seus lindos olhos que fulgiam de felicidade.

Escreveu três letras a mais. Então, antes mesmo que concluísse a frase, Kitty a leu, seguindo a mão dele com os olhos, e terminou-a com a resposta "sim".

— Brincam de secretário? — disse o príncipe, acercando-se deles. — Vamos ao teatro, pois, se é que ainda queres chegar a tempo.

Uma vez em pé, Lióvin acompanhou Kitty até as portas.

Tudo já fora dito naquela conversa; fora dito, notadamente, que ela o amava e diria aos seus pais que ele os visitaria na manhã seguinte.

## XIV

Quando Kitty foi embora e Lióvin ficou só, ele sentiu tanta inquietude, em sua ausência, e tanta vontade sôfrega de viver depressa, mas depressa mesmo, até a manhã seguinte, em que a veria de novo e se uniria com ela para todo o sempre, que até se intimidou, como se fosse a própria morte, ante essas catorze horas que teria de passar sem Kitty. Precisava ficar perto de alguém, conversando com ele, para não se quedar, de alguma forma, sozinho, para enganar o tempo. Stepan Arkáditch teria sido o interlocutor mais agradável para Lióvin, porém já fora, segundo havia explicado, participar de um sarau, mas, na realidade, assistir ao balé. Lióvin tivera apenas um minutinho para lhe dizer que estava feliz, que o amava e nunca, jamais se esqueceria daquilo que Oblônski fizera por ele. O olhar e o sorriso de Stepan Arkáditch mostraram que compreendia devidamente esse sentimento de seu amigo.

— Pois então, não está na hora de morrer? — perguntou Stepan Arkáditch, ao apertar, todo enternecido, a mão de Lióvin.

— Nnnãão! — disse Lióvin.

Dária Alexândrovna, quando se despedia dele, também o parabenizou, aparentemente, dizendo:

— Estou tão feliz com seu novo encontro com Kitty! Temos de prezar nossas amizades antigas.

Contudo, Lióvin se melindrou com essas palavras de Dária Alexândrovna. Ela nem podia entender como tudo isso era sublime e fora de seu alcance, e não deveria sequer ousar mencioná-lo.

Lióvin se despediu dos anfitriões, mas, para não ficar só, grudou-se em seu irmão.

— Aonde você vai?

— A uma reunião.

— Vou com você. Posso?

— Por que não? Vamos — disse Serguei Ivânovitch, sorridente. — O que é que tem hoje?

— O que tenho? Estou feliz! — respondeu Lióvin, abaixando o postigo da carruagem que os transportava. — Fica bem aí? Um abafo desses... Estou feliz, sim! Por que você nunca se casou?

Serguei Ivânovitch sorriu.

— Fico muito contente: parece que é uma boa mo... — começou a falar.

— Não fale, não fale, não fale! — gritou Lióvin, pegando-o, com ambas as mãos, pela gola e fechando-lhe a peliça. "É uma boa moça" era uma frase tão simples e trivial, tão discordante do seu sentimento.

Serguei Ivânovitch deu uma risada alegre, o que raramente lhe ocorria.

— Mas, ainda assim, pode-se dizer que estou muito contente com isso.

— Pode-se amanhã, amanhã e ponto-final! Nada, nada: silêncio![20] — disse Lióvin e, fechando-lhe outra vez a peliça, acrescentou —: Amo muito você! Posso então ir àquela reunião?

— É claro que pode.

— De que vão falar hoje? — indagou Lióvin, sorrindo o tempo todo.

Chegaram àquela reunião. Lióvin ouvia o secretário ler, gaguejo sobre gaguejo, o protocolo que nem ele próprio entendia, pelo visto, mas percebia, olhando para o rosto do tal secretário, quão bom era aquele homem gentil e bondoso. Percebia isso ao vê-lo confuso e desconcertado com a leitura do protocolo. Depois começaram as palestras. Discutiam-se a inversão de certas quantias e a instalação de certos tubos, e Serguei Ivânovitch acabou provocando dois membros do grêmio e falou, vitoriosa e longamente, sobre alguma coisa, e depois outro membro, de início meio tímido, escreveu algo sobre um papelzinho e respondeu a Serguei Ivânovitch com uma intervenção cáustica, mas boazinha. E depois Sviiájski (ele também estava lá) disse, por sua vez, algo bonito e nobre. Escutando-os, Lióvin percebia claramente que não havia nada disso, nem quantias invertidas nem tubos instalados, e que eles não estavam nem um pouco zangados um com o outro, mas eram todos tão gentis e bondosos, e que tudo se fazia tão bem, tão cortesmente, em seu meio. Sua conversa não atrapalhava ninguém e agradava a todos. E, o que era notável aos olhos de Lióvin, ele conseguia agora ver cada um deles por dentro: atentando em indícios pequenos e antes imperceptíveis, descortinava a alma de cada um e via, às claras, que todos eram bons. E todos gostavam, em particular, de Lióvin, daquela feita, e gostavam muitíssimo dele. Dava para ver isso, pois lhe falavam com tanto carinho e, mesmo que nem todos o conhecessem, miravam-no tão afáveis.

— Está contente, não está? — perguntou-lhe Serguei Ivânovitch.

---

[20] Cita-se um trecho do conto *Diário de um louco*, de Nikolai Gógol (1809-1852).

— Muito. Nunca imaginei que fosse tão interessante! É bom mesmo, é ótimo!

Sviiájski se achegou a Lióvin e convidou-o a tomar chá em sua casa. E Lióvin não conseguiu entender nem mesmo lembrar o motivo pelo qual andava aborrecido com Sviiájski, por que implicava com ele. A inteligência e a bondade daquele homem eram extraordinárias.

— Ah, ficaria muito feliz! — disse Lióvin e perguntou pela sua esposa e sua cunhada. Então, devido a um estranho entrosamento de ideias, porquanto a cunhada de Sviiájski estava ligada, em sua imaginação, à ideia do casamento, pensou que não havia outras pessoas, senão a esposa e a cunhada de Sviiájski, a quem ele pudesse contar, tão bem como a elas duas, sobre a sua felicidade. Entusiasmou-se com o ensejo de visitá-las.

Sviiájski foi indagando sobre os negócios de Lióvin em sua fazenda, sem antever, como de praxe, a mínima possibilidade de encontrar neles algo que já não tivesse sido encontrado na Europa, mas agora isso não causava a Lióvin nenhuma contrariedade. Ele intuía, pelo contrário, que Sviiájski tinha razão, que todos aqueles negócios eram ínfimos, e notava a surpreendente suavidade, se não a ternura, com a qual Sviiájski evitava insistir em sua opinião. As damas de Sviiájski estavam sobremodo amáveis. Parecia a Lióvin que já sabiam de tudo e simpatizavam com ele, mas não falavam a respeito por mera delicadeza. Ficou em sua casa por uma, duas, três horas, conversando sobre vários assuntos, mas só pensando naquilo que lhe enchia a alma e despercebendo que a família toda já se enfastiara dele e queria, havia muito tempo, ir dormir.

Sviiájski acompanhou-o até a antessala, bocejando e pasmando-se com aquele estado esquisito em que via seu companheiro. Eram quase duas horas da madrugada. Voltando ao hotel, Lióvin se assustou com a ideia de lhe restarem ainda dez horas que teria de passar a sós com sua sofreguidão. O lacaio, que estava de plantão e não dormia, acendeu as velas para ele e já queria sair do quarto, mas Lióvin o deteve. Esse lacaio, chamado Yegor, em quem Lióvin antes não reparava, era um bom sujeito: muito inteligente e, o principal, bondoso.

— É difícil não dormir assim, hein, Yegor?

— Fazer o quê? O trabalho da gente é esse. Há mais sossego nas casas da senhoria, mas pagam melhor por aqui.

Lióvin ficou sabendo que Yegor tinha uma família, três meninos e uma filha, costureira, que ele queria casar com o balconista de um cabresteiro.

Aproveitando a ocasião, comunicou a Yegor sua ideia de que a parte mais importante de um casamento era o amor: onde houvesse amor, haveria sempre felicidade, pois a felicidade estava sempre dentro das pessoas.

Yegor escutou-o com atenção e, pelo visto, entendeu plenamente a ideia de Lióvin, mas fez, para confirmá-la, uma observação inesperada, dizendo que, quando servia aos bons patrões, estava sempre contente com aqueles senhores e agora estava também contente com seu patrão, ainda que fosse um francês.

"Um homem admiravelmente bondoso", pensou Lióvin.

— E você, Yegor, quando se casou, amava sua mulher?

— Como não a amaria? — respondeu Yegor.

E Lióvin via que ele também estava extasiado e pretendia expressar todos os seus sentimentos íntimos.

— Minha vida também é de pasmar. Eu, desde pequeno... — começou Yegor, de olhos brilhantes, obviamente contagiado pela euforia de Lióvin, como quem se deixasse contagiar pelos bocejos.

Mas, nesse exato momento, tocou uma campainha; Yegor se retirou e Lióvin ficou sozinho. Não comera quase nada durante o jantar, recusara o chá e a ceia na casa dos Sviiájski, porém não podia nem pensar em cear. Passara a última noite em claro, porém tampouco podia pensar em dormir. Seu quarto estava fresco, mas ele se sufocava com o calor. Abrindo ambos os postigos, sentou-se sobre a mesa, defronte à janela. Entreviam-se, por trás de um telhado coberto de neve, uma cruz com ramagens e correntes, e, acima dela, o triângulo erguido de Auriga[21] com sua Capella de viva cor amarelada. Olhando ora para a cruz, ora para a estrela, Lióvin sorvia o ar puro e gélido, que fluía continuamente para seu quarto, e, como se estivesse sonhando, observava as imagens e lembranças que surgiam em sua imaginação. Por volta das quatro horas, ouviu os passos no corredor e abriu a porta para ver de quem eram. O jogador Miáskin, seu conhecido, retornava do clube. Vinha sombrio, fechando a cara e pigarreando. "Pobre, coitado!", pensou Lióvin, e as lágrimas brotaram em seus olhos por afeto e compaixão que sentia por esse homem. Queria falar com ele, consolá-lo, mas, lembrando que vestia apenas a camisa de baixo, mudou de ideia e sentou-se outra vez junto do postigo aberto, a fim de se banhar no ar frio e de mirar aquela cruz singular, silenciosa, mas tão significativa aos seus olhos, e aquele astro vivamente amarelo que subia aos céus. Pelas sete horas vieram, barulhentos, os enceradores, ouviu-se o som dos sinos que anunciavam uma próxima missa, e Lióvin sentiu que começava a gelar. Fechou os postigos, lavou-se, pôs suas roupas e saiu do hotel.

---

[21] Constelação do hemisfério celestial norte, cuja estrela principal (alfa) é chamada Capella.

## XV

As ruas estavam ainda desertas. Lióvin se dirigiu à casa dos Chtcherbátski. A entrada principal permanecia trancada, estava tudo dormindo. Ele voltou ao hotel, entrou novamente em seu quarto e mandou servir o café da manhã. O lacaio diurno, que substituíra Yegor, trouxe o café. Lióvin queria puxar conversa com ele, mas tocou a campainha e o lacaio foi embora. Lióvin tentou provar do café e colocar um pedacinho de *kalatch* na boca, porém sua boca não sabia, decididamente, o que fazer com aquele *kalatch*. Lióvin cuspiu o *kalatch* fora, pôs o casaco e saiu de novo. Eram quase dez horas, quando se aproximou, pela segunda vez, do portão dos Chtcherbátski. A casa deles acabava de despertar, e o cozinheiro ia às compras. Lióvin teria ainda, pelo menos, duas horas de espera a aturar.

Vivera toda aquela noite e toda a manhã de modo totalmente inconsciente, vendo-se totalmente excluído das condições da vida material. Não comera durante um dia inteiro, passara duas noites sem dormir, ficara, por várias horas, despido num frio hibernal, porém não apenas se sentia alerta e saudável como nunca, mas também completamente independente do seu corpo: movimentava-se sem forçar os músculos e achava-se capaz de fazer qualquer coisa. Tinha plena certeza de que voaria para cima ou deslocaria o canto de um prédio, se isso fosse necessário. Gastou o resto do tempo vagando pelas ruas, consultando volta e meia seu relógio e olhando para todos os lados.

E nunca veria depois o que viu então. Foram, em especial, as crianças a caminho da escola, os pombos acinzentados a descerem do telhado para a calçada e as *saicas*[22] polvilhadas de farinha, postas à mostra por uma mão invisível, que o deixaram enternecido. Aquelas *saicas*, bem como os pombos e dois meninos, eram seres extraterrenos. Tudo isso sobreveio ao mesmo tempo: um menino se achegou correndo a um pombo e olhou, risonho, para Lióvin; o pombo estralou as asas e adejou, fulgindo aos raios do sol, em meio aos cristais de neve que oscilavam no ar; o cheiro de pão assado rompeu por uma janela e as *saicas* apareceram no mostruário. E tudo isso foi tão maravilhoso que Lióvin ficou rindo e chorando de alegria. Após uma grande volta pelo beco Gazêtny e pela Kislovka, regressou mais uma vez ao hotel e, colocando o relógio em sua frente, quedou-se sentado à espera do meio-dia. No quarto vizinho, ouviam-se uma conversa sobre as máquinas e trapaças e uma tosse matinal. Aquelas pessoas não entendiam que o ponteiro já estava próximo do meio-dia. Eis que o ponteiro chegou lá. Lióvin saiu porta afora.

---

[22] Espécie de pão de trigo, geralmente adocicado (em russo).

Os cocheiros pareciam saber de tudo. Cercaram-no, todos de caras felizes, altercando entre si e oferecendo seus serviços. Ao prometer, para não magoar os demais cocheiros, que andaria com eles também, Lióvin pediu que um deles o levasse até a casa dos Chtcherbátski. O cocheiro estava encantador com aquela gola branca da camisa, que assomava por baixo do seu cafetã e moldava seu pescoço forte, vermelho e rígido.

O trenó desse cocheiro era alto e ágil (nunca mais Lióvin tornaria a usar um trenó tão bom), e seu cavalo também era ótimo: esforçava-se para correr o mais rápido possível, se bem que não avançasse nem um pouco. O cocheiro conhecia a casa dos Chtcherbátski; arredondando os braços e gritando "xó!" com especial deferência pelo seu cliente, freou ao pé do portão. O porteiro dos Chtcherbátski sabia, com certeza, de tudo. Dava para adivinhar isso pelo sorriso de seus olhos e pelo tom com que disse:

— Faz tanto tempo que o senhor não vem, Konstantin Dmítritch!

Não apenas sabia de tudo, mas se rejubilava, tanto assim que Lióvin reparou nisso, e fazia esforços para dissimular seu júbilo. Olhando nos olhos dele, senis e afáveis, Lióvin chegou mesmo a descobrir uma nova faceta de sua felicidade.

— Já acordaram?

— Entre, por favor! Pode deixar lá... — disse o porteiro, sorrindo, quando Lióvin ia voltar e pegar sua *chapka*. Isso significava alguma coisa.

— A quem manda que o anuncie? — perguntou um lacaio.

Esse lacaio, conquanto fosse jovem, servisse havia pouco e parecesse janota, era um moço muito bondoso e também entendia tudo.

— À princesa... ao príncipe... à princesinha... — disse Lióvin.

A primeira pessoa que viu era a *Mademoiselle* Linon. Ela ia atravessando a sala; seus cachinhos e seu rosto todo estavam radiosos. Mal Lióvin começou a falar com ela, ouviram-se, de repente, os passos e o farfalhar de um vestido detrás da porta, e a *Mademoiselle* Linon se esmaeceu aos seus olhos, e o alegre pavor de sua felicidade próxima apoderou-se dele. A *Mademoiselle* Linon azafamou-se e, deixando Lióvin só, dirigiu-se à outra porta. Mal ela saiu, ressoaram pelo parquete aqueles passos rápidos, amiudados, ligeiros, e sua felicidade, sua vida e ele mesmo, a melhor parte dele, aquilo que procurava e desejava havia tanto tempo veio depressa, tão depressa assim, ao seu encontro. Aliás, ela não veio, mas, transportada por uma força invisível, esvoaçou ao encontro de Lióvin.

Ele via somente seus olhos claros e francos, assustados com a mesma alegria amorosa que enchia o coração dele. Esses olhos brilhavam, cada vez mais próximos, ofuscando-o com sua luz de amor. Kitty ficara tão perto dele que o tocava. Seus braços se ergueram e pousaram-lhe nos ombros.

Ela fez tudo quanto pôde fazer: aproximou-se dele, correndo, e abandonou-se toda, tímida e feliz. Lióvin abraçou-a e apertou os lábios à sua boca, que procurava por um beijo.

Ela tampouco dormira naquela noite e passara toda a manhã à espera dele. Seus pais concordavam sem discussão, felizes porque ela estava feliz. Esperava por Lióvin. Queria ser a primeira a revelar-lhe a sua felicidade e a dele. Aprontava-se para encontrá-lo sozinha e alegrava-se com essa ideia, e ficava tímida, e sentia vergonha, e não sabia, ela mesma, o que faria. Ouvindo os passos e a voz dele, esperara detrás da porta até a *Mademoiselle* Linon sair da sala. E a *Mademoiselle* Linon saiu. E foi então que, sem refletir nem perguntar mais a si mesma o que faria e como, Kitty se aproximou dele e fez aquilo que fez.

— Vamos ver a *maman*! — disse ela, pegando-lhe a mão. Lióvin ficou por muito tempo sem dizer nada: nem tanto por temer profanar, com alguma palavra, a sublimidade de seu sentimento quanto por sentir, cada vez que buscava dizer algo, que um pranto de felicidade estava prestes a escapar-lhe e abafar quaisquer palavras. Tomando a mão de Kitty, beijou-a.

— Será verdade? — disse enfim, com uma voz cavernosa. — Não posso acreditar que você me ama!

Kitty sorriu ante esse "você" e a timidez com que Lióvin olhava para ela.

— Sim! — respondeu, lenta e solenemente. — Estou tão feliz!

Sem largar a mão dele, passou para o salão. Ao vê-los juntos, a princesa ficou ofegante e logo se pôs a chorar, e logo se pôs a rir, e veio correndo, com um passo tão enérgico pelo qual Lióvin nem esperava, ao encontro deles, e abraçou a cabeça de Lióvin, beijando-o e molhando-lhe as faces com lágrimas.

— Então acabou! Que alegria! Ame-a! Que alegria... Kitty!

— Logo se entenderam! — disse o velho príncipe, afetando indiferença, porém Lióvin percebeu, quando se dirigiu a ele, que seus olhos estavam úmidos. — Há muito tempo... sempre quis isso! — prosseguiu, segurando a mão de Lióvin e puxando-o para perto de si. — Ainda quando essa leviana meteu na cabeça...

— Papai! — exclamou Kitty, tapando-lhe a boca com as mãos.

— Não vou, não! — disse ele. — Estou muito, muito fe... Ah, como sou bobo!...

Ele abraçou Kitty, beijou o rosto, a mão e, outra vez, o rosto dela, e benzeu-a.

E Lióvin se sentiu dominado por um novo sentimento de amor pelo velho príncipe, aquele homem que antes estranhava, quando viu Kitty beijar, longa e ternamente, a mão carnuda do pai.

## XVI

Sentada numa poltrona, a princesa sorria em silêncio; o príncipe viera sentar-se ao seu lado. Kitty se mantinha perto da poltrona de seu pai, ainda sem largar a mão dele. Todos estavam calados.

A princesa foi a primeira a descrever tudo com palavras, transformando todos os pensamentos e sentimentos em questões de vida cotidiana. E todos acharam isso, no primeiro momento, igualmente estranho e até mesmo doloroso.

— Quando será? Temos de abençoá-los e divulgar a notícia. Quando será o casamento? O que pensa, Alexandr?

— É ele — disse o velho príncipe, apontando para Lióvin —, é ele quem manda e desmanda.

— Quando? — disse Lióvin, enrubescendo. — Amanhã. Se me perguntassem, diria: a bênção hoje, e o casamento amanhã.

— Basta aí, *mon cher*: bobagens!

— Então daqui a uma semana.

— Mas ele parece louco.

— Não, por quê?

— Misericórdia! — disse a mãe, sorrindo jovialmente ante tanta pressa. — E o dote?

"Haverá mesmo dote e todas aquelas coisas?", pensou Lióvin, atemorizado. "Aliás, será que podem o dote e a bênção e tudo o mais... será que isso pode estragar a minha felicidade? Nada pode estragá-la!" Olhou para Kitty e notou que essa ideia do dote não a deixava nem um pouco melindrada. "Pois aquilo é necessário" — pensou.

— É que não sei de nada, apenas exprimi meu desejo — respondeu, pedindo desculpas.

— Então veremos. Agora podemos abençoar e divulgar. É isso.

A princesa se achegara ao marido, beijara-o e já queria sair, mas ele a deteve, abraçando-a, e ternamente, como um jovem apaixonado, beijou-a, sorridente, diversas vezes. Decerto o velho casal se confundira por um minutinho e não sabia muito bem se eles mesmos estavam outra vez enamorados ou apenas a filha deles. Quando o príncipe e a princesa saíram, Lióvin se aproximou da sua noiva e tomou-lhe a mão. Agora que dominava suas emoções e conseguia falar, precisava dizer muita coisa a ela. Contudo, acabou dizendo o que não precisava.

— Já sabia que tudo seria assim! Nunca tive esperanças, mas estava, cá dentro, sempre seguro — disse. — Acredito que isso foi predeterminado.

— E eu? — disse Kitty. — Mesmo quando... — ela se interrompeu e voltou a falar, mirando-o, resoluta, com seus olhos francos — mesmo quando repeli a minha felicidade. Sempre amei só o senhor, mas estava apaixonada. Preciso dizer... O senhor pode esquecer isso?

— Talvez seja melhor assim. A senhorita também deve perdoar muita coisa a mim. Preciso dizer-lhe...

Era uma das coisas que Lióvin resolvera confessar para ela. Resolvera dizer-lhe, desde os primeiros dias, duas coisas: que não era tão casto quanto ela e, além disso, que era ateu. Seria algo penoso, mas ele achava que lhe cumprisse deixar ambas as coisas bem claras.

— Não, agora não: mais tarde! — concluiu.

— Está bem, que seja mais tarde, porém terá de dizer. Não tenho medo de nada. Preciso saber de tudo. E agora, está decidido.

Ele acrescentou:

— Está decidido que a senhorita se casará comigo, seja eu como for, que não desistirá de mim? Sim?

— Sim, sim.

Quem interrompeu a conversa deles foi a *Mademoiselle* Linon, que veio, sorrindo de modo falso, mas terno, felicitar sua querida pupila. Ainda nem tinha ido embora, quando vieram, com suas felicitações, os domésticos. A seguir, vieram os parentes, e eis que começou aquela ditosa confusão da qual Lióvin não sairia mais até o segundo dia de seu casamento. Sentia-se constantemente embaraçado, entediado, porém sua felicidade se tornava cada vez mais intensa. Sentia, o tempo todo, que tinha de assumir muitas obrigações que ignorava ainda e fazia tudo quanto lhe exigissem, e tudo isso lhe trazia felicidade. Pensava que seu noivado não se pareceria em nada com todos os outros, que as condições ordinárias de noivado haveriam de estragar essa sua felicidade especial, mas acabou fazendo o mesmo que todos os noivos fazem, e sua felicidade só aumentava com isso, tornando-se cada vez mais especial, e não existira nem existia nada que se assemelhasse a ela.

— Agora vamos comer bombons — dizia a *Mademoiselle* Linon, e Lióvin ia comprar bombons.

— Pois bem, estou muito contente — dizia Sviiájski. — Aconselho que encomende os buquês na loja de Fomin.

— É preciso encomendar buquês? — E Lióvin ia à loja de Fomin.

Seu irmão lhe dizia que tinha de arranjar um empréstimo, pois haveria muitas despesas, presentes a comprar...

— É preciso comprar presentes? — E Lióvin cavalgava até a joalheria de Fulda.

Tanto na confeitaria, quanto nas lojas de Fomin e Fulda, via que já esperavam por ele, que se alegravam com sua vinda e festejavam sua felicidade a par de todas as pessoas com quem estava lidando naqueles dias. O extraordinário era não apenas que todas elas gostassem de Lióvin, mas que até as pessoas antes indiferentes, frias e antipáticas, que o admiravam agora, concordassem em tudo com ele, tratassem seu sentimento com suavidade e delicadeza e compartilhassem sua convicção de ser o homem mais feliz do mundo, porquanto sua noiva era o cúmulo da perfeição. Kitty também sentia o mesmo. Quando a condessa Nordstone se permitira aludir para ela que seu noivo poderia ser algo melhor, ficara tão exaltada e provara que nem podiam existir, no mundo inteiro, homens melhores que Lióvin de forma tão persuasiva que a condessa Nordstone se vira obrigada a reconhecer isso e, desde então, não acolhia mais Lióvin, na presença de Kitty, sem um sorriso de admiração.

A explicação prometida a Kitty foi o único evento penoso daquela época. Aconselhando-se com o velho príncipe e recebendo a permissão dele, Lióvin entregou à noiva o diário onde estava descrito aquilo que o afligia. De resto, escrevera o tal diário a fim de mostrá-lo à sua futura noiva. Eram duas as coisas que o atormentavam: sua impureza e sua descrença da religião. Kitty nem reparou nessa descrença, uma vez confessada: tinha fé, jamais duvidara das verdades religiosas, mas a aparente impiedade do noivo não lhe ocasionou transtorno algum. Conhecia, graças ao seu amor, toda a alma dele e vislumbrava, na alma dele, tudo quanto queria, e pouco lhe importava que esse estado de espírito fosse chamado de ímpio. Quanto à outra confissão de Lióvin, fê-la chorar amargamente.

Não fora sem uma luta interior que Lióvin entregara seu diário a Kitty. Sabia que não podia nem devia haver segredos entre eles dois e decidira, portanto, que deveria ser assim mesmo. Contudo, não se dera conta do impacto que isso poderia causar, não se pusera no lugar da moça. Só quando veio, naquela noite, à sua casa, antes de irem ao teatro, entrou no quarto de Kitty e viu seu semblante choroso, estarrecido com aquele mal irreparável que ele fizera, amado e lastimoso, compreendeu que precipício separava o vergonhoso passado dele da sua pureza imaculada e ficou arrasado com o feito.

— Leve embora, leve esses cadernos horríveis! — disse ela, empurrando os cadernos que estavam em sua frente, postos em cima da mesa. — Por que os deu para mim?... Não, ainda assim, é melhor — acrescentou, condoendo-se do seu ar desesperado. — Mas é horrível, horrível!

Cabisbaixo, Lióvin estava calado. Não tinha nada a dizer.

— Você não me perdoará — sussurrou.

— Não, já lhe perdoei, mas isso é horrível!

Entretanto, a felicidade de Lióvin era tão grande que essa confissão não a perturbou, mas apenas a revestiu de um novo matiz. Kitty lhe perdoara, mas, desde então, ele se considerava ainda menos digno de sua noiva, curvando-se ainda mais, no sentido moral, em sua frente, e mais ainda valorizava essa sua felicidade desmerecida.

## XVII

Recapitulando em sua memória, espontaneamente, as impressões das conversas que levara durante e após o jantar, Alexei Alexândrovitch regressava ao seu quarto solitário. As palavras sobre o perdão, ditas por Dária Alexândrovna, só lhe tinham causado desgosto. A questão se devia ou não aplicar a regra cristã ao seu caso pessoal era por demais complicada para abordá-la assim de passagem, e tal questão já fora, aliás, resolvida por Alexei Alexândrovitch, havia tempos, de modo negativo. O que mais lhe atiçara a imaginação, de tudo quanto se dissera ali, tinha sido a frase daquele bobo e bonzinho Túrovtsyn: "agiu como um varão: desafiou e matou!". Todos aparentavam solidarizar-se com isso, embora não o explicitassem por mera educação.

"De resto, esse assunto está encerrado: não preciso mais pensar nele", disse Alexei Alexândrovitch consigo. Então, pensando apenas na próxima partida e na futura inspeção, entrou em seu quarto e perguntou ao porteiro, que o acompanhava, onde estava seu lacaio; o porteiro disse que seu lacaio acabara de sair. Alexei Alexândrovitch mandou servir o chá, sentou-se à mesa e, pegando o guia de Froom,[23] ficou ponderando o itinerário de sua viagem.

— Dois telegramas — disse o lacaio que voltara, ao entrar no quarto. — Peço que Vossa Excelência me desculpe: só saí agorinha.

Alexei Alexândrovitch tomou os telegramas e deslacrou-os. O primeiro deles comunicava a notícia de Striómov ter sido designado para aquele cargo que Karênin almejava obter. Alexei Alexândrovitch jogou o telegrama, levantou-se e, todo vermelho, foi andando pelo quarto. *"Quos vult perdere dementat"*,[24] disse, tendo por *quos* aquelas pessoas que haviam contribuído para tal designação. Não se aborrecia por não ter obtido o cargo em questão, por ter sido obviamente preterido, mas se espantava por elas desperceberem que Striómov, falastrão e fraseador, era menos do que qualquer outro capaz de

---

[23] O livro *Froom's Railway Guide for Russia & the Continent of Europe*, editado em 1870 e amplamente usado por viajantes, continha os itinerários ferroviários da Rússia e de toda a Europa.

[24] [Deus] enlouquece a quem quer destruir (em latim).

preencher esse cargo. Não conseguia compreendê-las. Como não enxergavam que destruíam a si mesmas, que minavam seu *prestige*[25] com essa designação?

"Outra coisa do mesmo tipo", disse bilioso consigo, abrindo o segundo telegrama. Era uma mensagem de sua mulher. A assinatura "Anna", feita com um lápis azul, foi a primeira coisa que lhe saltou aos olhos. "Estou morrendo: peço, imploro que venha. Morrerei mais tranquila, se perdoada", leu Karênin. Sorriu com desdém e jogou esse telegrama também. De serem mentiras e artimanhas, conforme lhe parecera no primeiro momento, não podia haver nem sombra de dúvida.

"Não há mentira que a faça parar. Ela vai dar à luz. Talvez esteja com alguma doença das parturientes. Mas qual seria o objetivo deles? Legitimar o recém-nascido, comprometer a mim e impedir o divórcio", pensava ele. "Mas o que é que se diz lá? Estou morrendo..." Releu o telegrama e, de repente, ficou aturdido com o sentido direto do que se dizia nele. "E se for verdade?", disse consigo. "Se for verdade que, no momento dos sofrimentos e da próxima morte, ela está sinceramente arrependida, e se eu mesmo, tomando isso por um engodo, não atender ao pedido dela? Será não apenas algo cruel, e todos me condenarão, como também será algo estúpido da minha parte."

— Piotr, pare aí um carro. Vou a Petersburgo — disse ao seu lacaio.

Alexei Alexândrovitch decidiu que iria a Petersburgo e veria sua esposa. Se a doença dela fosse uma mentira, não diria nada e partiria de novo. Se ela estivesse, de fato, doente, prostrada no leito de morte, e quisesse vê-lo antes de morrer, perdoar-lhe-ia, caso a encontrasse ainda viva, ou prestaria as últimas homenagens a ela, caso chegasse tarde demais.

Pelo caminho, não pensava mais no que tinha a fazer.

Com aquela sensação de cansaço e desasseio que produz uma noite passada num vagão, Alexei Alexândrovitch ia para casa, através da neblina matinal de Petersburgo, passava pela deserta avenida Nêvski e olhava para a frente sem refletir naquilo que esperava por ele. Nem podia refletir naquilo, porque, ao imaginar o futuro próximo, não conseguia afastar a suposição de que a morte de Anna viesse a sanar de vez toda a dificuldade de sua situação. Os padeiros, as lojas trancadas, os cocheiros noturnos, os garis a varrerem as calçadas surgiam, de relance, ante seus olhos, e Karênin observava tudo isso tentando abafar em seu âmago os pensamentos sobre o que esperava por ele e que ele não ousava desejar, mas, ainda assim, desejava. A carruagem se acercou da sua casa. Um carro de aluguel e outra carruagem, cujo cocheiro dormia, estavam junto ao portão. Entrando na antessala, Alexei Alexândrovitch fez como quem externasse uma decisão, guardada nalgum canto distante do

---

[25] Prestígio (em francês).

cérebro, e depois se familiarizasse com ela. Constava dessa decisão: "Se for mentira, vou tratá-la com calmo desprezo e partirei em seguida. Se for verdade, respeitarei as conveniências".

O porteiro abrira a porta antes ainda que Alexei Alexândrovitch tocasse a campainha. Aquele porteiro chamado Petrov, vulgo Kapitônytch, tinha um ar estranho com a velha sobrecasaca que trajava, sem gravata e de chinelos.

— Como está a patroa?

— Ontem deu à luz com sucesso.

Alexei Alexândrovitch parou e ficou pálido. Agora entendia claramente com quanta força desejava a morte dela.

— E a saúde?

Kornéi, de avental matutino, desceu correndo a escada.

— Está muito mal — respondeu. — Houve uma reunião de doutores ontem, e agora um doutor está aqui.

— Pegue as bagagens — disse Alexei Alexândrovitch e, sentindo certo alívio com a notícia de existir, todavia, alguma esperança de que sua esposa acabasse falecendo, entrou na antessala.

Um casaco militar pendia no cabideiro. Reparando nele, Alexei Alexândrovitch perguntou:

— Quem está lá?

— Um doutor, uma parteira e o conde Vrônski.

Alexei Alexândrovitch passou para os cômodos interiores. Não havia ninguém na sala de estar; ouvindo o som de seus passos, uma parteira saiu, de touca com fitas lilás, do seu gabinete.

Veio ao encontro de Alexei Alexândrovitch e, com a desenvoltura ligada à proximidade da morte, tomou-lhe a mão e conduziu-o ao quarto de dormir.

— Graças a Deus, o senhor chegou! Só fala do senhor, o tempo todo — disse ela.

— Tragam o gelo, rápido! — ressoou dentro do quarto a voz imperiosa do médico.

Alexei Alexândrovitch dirigiu-se, primeiro, ao gabinete de sua mulher. Sentado numa cadeira baixa, de lado para o espaldar, rente à mesa dela, Vrônski chorava a tapar o rosto com as mãos. Levantou-se num ímpeto, depois de ouvir a voz do doutor, afastou as mãos do rosto e viu Alexei Alexândrovitch. À vista do marido, ficou tão confuso que se sentou novamente, retraindo a cabeça entre os ombros como se quisesse desaparecer. Não obstante, fez um esforço sobre si mesmo, levantou-se outra vez e disse:

— Ela está morrendo. Os médicos disseram que não havia mais esperanças. Estou todo em seu poder, mas permita que eu fique... Aliás, estou em seu poder, estou...

Vendo Vrônski chorar, Alexei Alexândrovitch sentiu um acesso daquele transtorno espiritual que experimentava ao ver os sofrimentos de outrem e, virando o rosto, apressou-se a ir, sem escutá-lo até o fim, à saída. Ouvia-se, no quarto de dormir, a voz de Anna que dizia algo. Sua voz estava alegre, animada, e soava com entonações por demais nítidas. Ao entrar no quarto, Alexei Alexândrovitch se achegou à cama. Anna estava deitada, de frente para ele. Suas faces ardiam, rubras, seus olhos brilhavam; suas pequenas mãos brancas, que assomavam dos punhos de sua blusa, brincavam, retorcendo-o, com um canto do cobertor. Parecia que ela estava não só desperta e saudável, mas também no melhor estado de espírito. Falava depressa, e sua voz sonora tinha entonações singularmente precisas e emocionadas:

— Porque Alexei — estou falando de Alexei Alexândrovitch (que sina estranha, terrível: ambos se chamam Alexei, não é mesmo?) —, Alexei não me recusaria. Eu esqueceria, ele perdoaria... Mas por que é que ele não vem? Ele é bondoso, nem ele mesmo sabe como é bondoso. Ah, meu Deus, que agonia! Deem-me logo água, venham! Ah, mas para ela, para minha menina, isso será ruim! Está bem: vão arrumar uma ama de leite para ela, vão logo! Concordo, sim: até mesmo seria melhor. Ele chega, ele fica triste de vê-la. Levem minha filha embora!

— Anna Arkádievna, ele chegou. Aqui está ele! — dizia a parteira, buscando chamar a atenção dela para Alexei Alexândrovitch.

— Ah, quanta bobagem! — prosseguia Anna, sem ver o marido. — Mas tragam-na para mim, a menina, tragam-na aqui! Ele não chegou ainda. Estão dizendo que não vai perdoar porque não o conhecem. Ninguém o conheceu mesmo. Só eu, mas foi difícil até para mim. Os olhos dele, precisam saber, são os mesmos de Serioja, e eu não consigo vê-los por isso. Já serviram o almoço para Serioja? Pois eu sei que todos vão esquecer. E ele não esqueceria. Temos de mandar Serioja dormir no quarto lateral e pedir que Mariette durma com ele.

De súbito, ela se contraiu e se calou, e assustada, como se esperasse por um golpe e tentasse defender-se, levou as mãos ao seu rosto. Acabara de ver o marido.

— Não, não — voltou a falar —, não tenho medo dele, tenho medo da morte. Venha aqui, Alexei. Estou com pressa, porque não tenho mais tempo, porque me resta viver só um pouco: já vai começar a febre, então não vou entender mais nada. Agora entendo, sim, entendo tudo e vejo tudo.

O semblante de Alexei Alexândrovitch, todo franzido, exprimia seu sofrimento; pegando a mão de Anna, queria dizer algo, mas não conseguia articulá-lo: seu lábio inferior tremia, mas ele lutava ainda com sua emoção e apenas de vez em quando olhava para sua mulher. E, cada vez que olhava para Anna, via seus olhos, que o fitavam com tanta ternura amorosa e extática quanta nunca lobrigara neles.

— Espere, você não sabe... Esperem, esperem... — ela se interrompeu, como se estivesse juntando suas ideias. — Sim... — começou repetidas vezes — sim, sim, sim. Eis o que queria dizer. Não se surpreenda comigo. Ainda sou a mesma... Mas há outra mulher dentro de mim: tenho medo dela. Ela se apaixonou por aquele homem, e eu queria odiar você e não podia tirar aquela outra mulher da cabeça. Aquela não era eu. Agora sou de verdade, sou eu inteira. Agora estou morrendo e sei que vou morrer, pergunte para ele. Agora sinto: estão aqui, estes *puds*, nos braços, nas pernas, nos dedos. Como meus dedos estão enormes! Mas isto vai acabar logo... Só preciso de uma coisa: perdoe-me, perdoe de verdade! Sou horrorosa, mas a babá me disse que a santa mártir — como é que se chamava? — era pior ainda. Eu também vou para Roma — há ermidas por lá —; então não vou atrapalhar mais ninguém, só levarei Serioja e minha menina comigo... Não, você não pode perdoar! Eu sei: não se pode perdoar isto! Não, não, vá embora: você é bom demais! — Com uma mão quente, ela segurava a mão do marido; com a outra, repelia-o.

Aquele transtorno espiritual de Alexei Alexândrovitch ia crescendo e agora estava tão forte que ele não resistia mais; sentiu, de improviso, que algo tomado por um transtorno espiritual era, pelo contrário, uma beatitude de alma, e que ela o agraciara repentinamente com uma nova, jamais vivenciada felicidade. Não pensava que a lei cristã, que queria seguir ao longo de sua vida, ordenava-lhe perdoar a seus inimigos e amá-los, porém um ditoso sentimento de amor e perdão, que tinha agora pelos seus inimigos, enchia a alma dele. Ajoelhado, pusera a cabeça sobre o braço dobrado de Anna, que o queimava, igual ao fogo, através da sua blusa, e soluçava como uma criança. Ela abraçou a cabeça do marido, que se tornava aos poucos calva, aproximou-se dele e, com um orgulho desafiador, ergueu os olhos.

— Ele está aqui, eu sabia! Agora, adeus a todos, adeus!... Eles vieram de novo... por que é que não vão embora?... Mas tirem essas peliças de cima de mim!

O médico retirou as mãos dela, colocou-a prudentemente sobre o travesseiro e cobriu-a até o pescoço. Obediente, ela se deitou de costas e fixou um olhar fúlgido em sua frente.

— Lembre-se de uma coisa: só precisava de seu perdão e não quero mais nada, mais nada... Por que ele não vem? — indagou, dirigindo-se, através da porta soaberta, a Vrônski. — Vem cá, vem! Dá tua mão para ele.

Vrônski se achegou à borda da cama e, vendo-a, tornou a tapar o rosto com as mãos.

— Abre o rosto, olha para ele. É um santo — disse Anna. — Mas abre o rosto, abre! — repetiu, zangada. — Alexei Alexândrovitch, abra o rosto dele! Quero vê-lo.

Segurando as mãos de Vrônski, Alexei Alexândrovitch afastou-as do rosto, terrível com aquele sofrimento e aquela vergonha que expressava.

— Dê sua mão para ele. Perdoe-lhe.

Sem conter as lágrimas, que lhe corriam dos olhos, Alexei Alexândrovitch estendeu sua mão a Vrônski.

— Glória a Deus, glória a Deus — disse Anna —: agora está tudo pronto. É só esticar um pouco as pernas. Assim... está ótimo. Como aquelas flores não têm graça: não se parecem com as violetas, de jeito nenhum — continuou, apontando para o papel de parede. — Meu Deus, meu Deus! Quando é que isso vai acabar? Deem-me morfina. Dê-me logo morfina, doutor! Meu Deus, meu Deus!

Ela se debatia em sua cama.

Aquele doutor e os outros médicos diziam que era uma febre puerperal, que levava noventa e nove dentre cem doentes à morte. Anna passou o dia todo febril, ora delirante, ora desacordada. Por volta da meia-noite, estava sem sentidos e quase sem pulso.

Receava-se que morresse a qualquer momento.

Vrônski tinha ido para casa, mas de manhã voltou, pedindo notícias, e Alexei Alexândrovitch disse, ao encontrá-lo na antessala:

— Fique aqui: pode ser que ela pergunte pelo senhor — e conduziu o jovem, pessoalmente, para o gabinete de sua mulher.

Pela manhã, houve de novo agitação, ansiedade, viveza em pensar e falar, mas tudo resultou, como antes, num desmaio. O mesmo se deu no terceiro dia também, e o médico disse que havia esperança. Naquele dia, Alexei Alexândrovitch passou do quarto de dormir para o gabinete, onde estava Vrônski, e, trancando a porta, sentou-se defronte a ele.

— Alexei Alexândrovitch — disse Vrônski, pressentindo que teria de se explicar —, eu não posso falar, não entendo nada. Tenha piedade de mim! Por mais que o senhor sofra, acredite que estou sofrendo o dobro.

Queria levantar-se, mas Alexei Alexândrovitch pegou-lhe a mão.

— Peço que me escute até o fim: isso é necessário. Preciso explicar ao senhor meus sentimentos, os que me têm guiado, para que não se iluda quanto a mim. O senhor sabe que decidi reclamar o divórcio e até mesmo dei início a esse processo. Não lhe escondo que, abrindo o processo, estava indeciso, aflito; confesso-lhe que me via perseguido pelo desejo de me vingar do senhor e dela. Quando recebi o telegrama, vim para cá com os mesmos sentimentos; até lhe digo mais: queria que ela morresse. Contudo... — calou-se, meditativo, pensando se lhe revelaria seu sentimento ou não. — Contudo, vi-a e perdoei. E foi a felicidade desse perdão que me indicou meu dever. Perdoei sem ressalvas. Quero oferecer minha outra face, quero tirar a camisa, quando me tomam o cafetã, e só rogo a Deus que não me prive dessa felicidade de perdoar! — As lágrimas estavam nos olhos dele, cujo olhar claro e sereno deixara Vrônski atônito. — Esta é minha situação. O senhor pode mesclar-me com a lama, pode fazer que o mundo inteiro ria de mim, mas não abandonarei a minha mulher e nunca lhe direi sequer uma palavra que o censure — continuou. — Meu dever está nitidamente traçado para mim: cumpre-me ficar com ela e ficarei. Se ela quiser ver o senhor, vou informá-lo disso, mas agora, creio eu, seria melhor que o senhor fosse embora.

Karênin se levantou, e um soluço interrompeu suas falas. Vrônski também ficara em pé e, curvando-se sem se endireitar mais, olhava de soslaio para ele. Estava abatido. Não compreendia aquele sentimento de Alexei Alexândrovitch, porém intuía que era algo superior e até mesmo inacessível para ele com sua visão de mundo.

## XVIII

Após sua conversa com Alexei Alexândrovitch, Vrônski saiu da casa dos Karênin e parou no terraço de entrada, lembrando a custo onde estava e aonde precisava ir a pé ou de carruagem. Sentia-se envergonhado, humilhado, culpado e privado de toda possibilidade de se lavar da humilhação. Sentia-se fora daquela trilha que tinha seguido, com orgulho e desenvoltura, até então. Tudo quanto lhe parecia tão estável, os hábitos e as regras de sua vida, tudo se revelara, de súbito, falso e inaplicável. O marido — aquele marido ludibriado que antes tomava por um ser miserável, por um estorvo fortuito e algo cômico de sua felicidade — fora inesperadamente conclamado por ela mesma e ascendera a uma altura digna de veneração, e, uma vez lá no alto, aquele marido não se mostrara nem malvado, nem hipócrita, nem ridículo, mas bondoso, singelo e majestoso. Vrônski não podia deixar de senti-lo. Os papéis haviam mudado num átimo. Vrônski se dava conta da sublimidade dele e de sua própria humilhação, sabia que estava errado enquanto o marido tinha razão. Percebia que o marido era magnânimo, inclusive em sua desgraça, enquanto ele mesmo era vil e mesquinho em seu ludíbrio. Contudo, a consciência de sua vileza perante aquele homem, que desprezava sem justa causa, não passava de uma partícula do seu infortúnio. Sentia-se inexprimivelmente infeliz, porquanto sua paixão por Anna, que parecia esfriar-se nesses últimos tempos, ficara mais forte do que nunca, agora que ele estava ciente de tê-la perdido para sempre. Vira-a toda, durante sua doença, conhecera a alma dela e tivera a impressão de nunca a ter amado até então. E justo agora que a conhecia, que a amava como devia amá-la, fora humilhado em sua frente, perdendo-a para sempre e deixando para ela tão só uma lembrança infame. E a mais horrível teria sido aquela situação ridícula e vergonhosa em que Alexei Alexândrovitch o pusera ao despregar-lhe as mãos do rosto enrubescido. Ele estava às portas da casa dos Karênin, como que desvairado, e não sabia o que tinha a fazer.

— Manda chamar uma carruagem? — perguntou o porteiro.
— Sim, uma carruagem.

Voltando para casa após três noites insones, Vrônski se deitou de bruços sobre o sofá, sem se despir, cruzando as mãos e colocando a cabeça em cima delas. Sua cabeça estava pesada. As mais esdrúxulas ideias, lembranças e visões revezavam-se nela com extraordinárias clareza e rapidez: via ora aquele remédio que servira à doente, acabando por transbordar a colher, ora as mãos brancas da parteira, ora a pose estranha que Alexei Alexândrovitch havia tomado no chão, defronte à cama.

"Dormir! Esquecer!", disse a si mesmo, com a tranquila certeza, a de um homem saudável, de que, uma vez cansado e sonolento, não demoraria a adormecer. E, realmente, no mesmo instante tudo se confundiu em sua cabeça, e ele foi imergindo num abismo letárgico. As ondas daquele mar de vida inconsciente já se cerravam em cima da sua cabeça, quando de supetão, como se uma fortíssima descarga elétrica o atingisse, ele estremeceu, tanto que todo o seu corpo se soergueu sobre as molas do sofá, e, apoiando-se nos braços, ficou de joelhos, tomado de susto. Seus olhos estavam arregalados, como se não tivesse dormido nem um pouco. O peso na cabeça e o torpor nos membros, que sentia um minuto antes, sumiram de vez.

"O senhor pode mesclar-me com a lama", ouvia as palavras de Alexei Alexândrovitch e via-o em sua frente, bem como o semblante de Anna, corado de febre, cujos olhos brilhantes não o fitavam mais com amor e ternura, mas se fixavam em seu marido. Via também o próprio vulto, que lhe parecia tolo e ridículo ao passo que Alexei Alexândrovitch lhe afastava as mãos do rosto. Esticando outra vez as pernas, desabou sobre o sofá, ficou na mesma posição e fechou os olhos.

"Dormir! Dormir!", repetia consigo, porém, de olhos fechados, via o semblante de Anna melhor ainda, tal como o vira naquela tarde memorável, pouco antes de sua corrida.

— Isso não existe nem vai existir, e ela quer apagar isso da sua memória. E eu não consigo viver sem isso. Como é que a gente se reconcilia, como se reconcilia? — disse em voz alta e pôs-se a repetir, inconscientemente, essas palavras. A repetição das palavras impedia o surgimento de novas imagens e recordações que ele sentia aglomeradas em sua cabeça. No entanto, essa repetição coagiu a imaginação dele por pouco tempo. Os melhores momentos tornaram a surgir, um por um, com extraordinária rapidez, e eis que aflorou, ao mesmo tempo, sua recente humilhação. "Tira as mãos", dizia a voz de Anna. Ele afastava as mãos do rosto e sentia que sua expressão estava envergonhada e apalermada.

Ainda estava deitado, tentando pegar no sono, embora sentisse que não havia mais nem a mínima esperança, e não cessava de repetir baixinho umas palavras casuais, referentes a um dos seus pensamentos, para coibir desse modo a aparição de novas visões. Apurou os ouvidos e apreendeu essas palavras, que se repetiam num estranho cochicho insano: "Não soube valorizar, não soube aproveitar; não soube valorizar, não soube aproveitar".

"O que é isso? Será que estou enlouquecendo?", disse consigo. "Talvez... Por que é que enlouquecem, por que é que se matam, se não for por isso?", respondeu a si mesmo e, reabrindo os olhos, viu com espanto, ao lado da sua cabeça, um travesseiro bordado por Vária, a esposa de seu irmão. Tocou na borla do travesseiro e tentou lembrar-se de Vária, de seu último encontro com ela. Era, porém, doloroso pensar em qualquer outra coisa. "Não, preciso dormir!" Puxou o travesseiro e apertou sua cabeça contra ele, só que precisava ainda fazer um esforço para manter os olhos fechados. Sentou-se num pulo. "Para mim, acabou", disse consigo. "Tenho de pensar no que vou fazer. O que me resta?" Seu pensamento abrangeu rapidamente toda a sua vida, exceto o amor por Anna.

"Minha ambição? Serpukhovskói? A sociedade? A corte?" Não conseguia ater-se a nada. Tudo isso fazia sentido antes, mas agora não existia mais nada disso. Ele se levantou do sofá, tirou a sobrecasaca, afrouxou o cinto e, abrindo seu peito veloso para respirar melhor, andou pelo quarto. "Assim é que se enlouquece", repetiu, "assim é que se mata... para não sentir mais vergonha", acrescentou devagar.

Acercou-se da porta e fechou-a; depois, de olhar fixo e dentes cerrados, foi até a mesa, pegou seu revólver, examinou-o, apontou para si o cano carregado e ficou pensativo. Quedou-se ali, por uns dois minutos, imóvel, abaixando a cabeça com a expressão de intensos esforços mentais, segurando o revólver e cogitando. "Por certo", disse então, como se conduzido pelo lógico, prolongado e nítido decurso de seus pensamentos a uma conclusão indubitável. Mas, na realidade, esse "por certo", tão convincente para ele, não ia além de uma consequência da repetição do mesmo círculo de ideias e lembranças que já percorrera, dezenas de vezes, nessa última hora. Eram as mesmas lembranças de sua felicidade perdida para sempre, a mesma ideia de que nada fazia mais sentido em seu futuro, a mesma consciência da humilhação sofrida. A ordem dessas imagens e sensações também era a mesma.

"Por certo", repetiu, quando seu pensamento adentrou, pela terceira vez, o mesmo círculo vicioso de ideias e lembranças; então apertou o revólver ao lado esquerdo do peito e, contraindo com força a mão toda, como se cerrasse repentinamente o punho, puxou o gatilho. Não ouviu o som do disparo, mas foi derrubado por uma forte pancada no peito. Queria arrimar-se na borda da mesa, deixou o revólver cair, cambaleou e sentou-se no chão, olhando, com pasmo, à sua volta. Não reconhecia seu quarto, mirando por baixo as pernas encurvadas da mesa, a cesta de papéis e a pele de tigre. Foram os passos rápidos e rangentes de seu criado a atravessar a sala de estar que o fizeram voltar a si. Com um esforço mental, entendeu que estava no chão e, vendo as manchas de sangue sobre a pele de tigre e sobre seu braço, entendeu que atirara em si mesmo.

— Que bobo! Não acertei — disse, buscando às apalpadelas seu revólver. O revólver estava por perto, mas ele continuava a buscá-lo. Enquanto o buscava, esticou-se todo para outro lado e, perdendo o equilíbrio, tombou ensanguentado.

Seu elegante criado de costeletas, que já se queixara diversas vezes, para seus conhecidos, de ter nervos frágeis, ficou tão assustado ao ver seu senhor prosternado no chão que o deixou lá, encharcado de sangue, e correu clamando por socorro. Uma hora depois chegou Vária, a cunhada de Vrônski, e, auxiliada por três médicos que mandara procurar por toda parte e que acudiram todos ao mesmo tempo, colocou o ferido na cama e ficou em sua casa para cuidar dele.

## XIX

O erro cometido por Alexei Alexândrovitch — o de não ter refletido, preparando-se para o encontro com sua mulher, sobre a hipótese de que, sinceramente arrependida e perdoada, Anna não viesse a falecer — apresentou-se a ele, dois meses depois de seu retorno de Moscou, com toda a evidência. Entretanto, não havia errado apenas por não refletir sobre tal hipótese, mas, de igual modo, por desconhecer, antes daquele dia em que encarara sua mulher moribunda, seu próprio coração. Foi ao lado da cama de sua mulher doente que se entregou, pela primeira vez na vida, àquele sentimento de compaixão enternecida, provocada nele pelos sofrimentos de outrem, que antes o envergonhava como uma fraqueza prejudicial: sentindo pena dela, arrependendo-se de ter desejado sua morte e, máxime, rejubilando-se de lhe ter perdoado, ele se sentiu de repente não só consolado de seus sofrimentos, mas ainda tão sereno, no fundo da alma, como nunca se sentira antes. Percebeu de repente que a própria fonte de seus sofrimentos era a de seu júbilo espiritual, pois aquilo que parecia não ter solução, quando ele censurava, condenava e odiava, ficava simples e claro quando ele perdoava e amava.

Perdoara à sua mulher e compadecia-se dela por seus sofrimentos e sua contrição. Perdoara a Vrônski e compadecia-se dele também, sobretudo ao ouvir falarem de seu rompante desesperado. Compadecia-se de seu filho, ainda mais do que antes, e reprovava agora a si mesmo por lhe ter dedicado tão pouca atenção. Mas pela menina recém-nascida tinha um sentimento algo singular, tratando-a não só com piedade, mas também com ternura. De início, apenas se apiedava daquela fraquinha recém-nascida que, sem ser sua filha, ficara abandonada durante a doença da mãe e certamente teria morrido, se ele não a tivesse acalentado, e nem sequer percebeu como se apegara a ela. Diversas vezes ao dia, entrava no quarto da pequenina e ficava ali sentado por muito tempo, de sorte que a ama de leite e a babá, inicialmente tímidas em sua presença, acostumaram-se a ele. Às vezes, passava meia hora olhando, silencioso, para a carinha da criança adormecida, avermelhada que nem açafrão, aveludada, enrugadinha, e observando os movimentos da testa franzida e das mãozinhas roliças, de dedos dobrados, que esfregavam, com seu reverso, os olhinhos e o intercílio dela. Era, em especial, nesses momentos que Alexei Alexândrovitch se sentia completamente tranquilo, em paz consigo mesmo, e não vislumbrava, em sua situação, nada de incomum, nada que lhe cumprisse mudar.

Todavia, à medida que o tempo ia passando, percebia cada vez mais claramente que, por mais natural que essa situação fosse agora para ele, não o deixariam permanecer nessa situação. Intuía que, além da bem-afortunada força espiritual a dirigir sua alma, existia outra força, brutal, tão imperiosa quanto a primeira, ou ainda mais imperiosa, a dirigir sua vida, e que essa força não lhe concederia a humilde serenidade pela qual ele ansiava. Sentia que todos o miravam com um assombro interrogativo, que não o compreendiam e esperavam por alguma ação sua. Reparava, em particular, na fragilidade de suas relações conjugais e no caráter antinatural delas.

Extinta a sentimentalidade em face da morte próxima, Alexei Alexândrovitch notou que Anna tinha medo dele, incomodava-se com ele e não conseguia encará-lo olho no olho. Parecia que desejava, mas não ousava, dizer-lhe algo e, pressentindo também, pelo visto, que suas relações não poderiam continuar, esperava igualmente por alguma ação sua.

Em fins de fevereiro, aconteceu que a filha recém-nascida de Anna, cujo nome também era Anna, ficou doente. Indo pela manhã ao quarto dela e mandando convidar um médico, Alexei Alexândrovitch foi ao Ministério. Voltou para casa, ao desincumbir-se das suas tarefas, pelas quatro horas da tarde. Mal entrou na antessala, viu um lacaio bonitão, de galões e capinha de pele de urso, que segurava um manto branco de pele de cão americano.

— Quem está lá? — perguntou Alexei Alexândrovitch.

— A princesa Yelisaveta Fiódorovna Tverskáia — respondeu o lacaio, e pareceu a Alexei Alexândrovitch que estava sorrindo.

Em todo aquele tempo difícil, Alexei Alexândrovitch percebera que seus conhecidos mundanos, principalmente as mulheres, interessavam-se sobremodo por ele e pela sua esposa. Lobrigava, em todas aquelas pessoas, uma alegria que disfarçavam a custo, a mesma alegria que já vira nos olhos de seu advogado e agora via nos do lacaio. Parecia que todas elas se regozijavam com algo, que festejavam o casamento de alguém. Quando se deparavam com ele, perguntavam, custando a disfarçar sua alegria, pela saúde de Anna.

Tanto em razão das lembranças relacionadas a ela quanto porque Alexei Alexândrovitch não gostava dela em geral, a presença da princesa Tverskáia lhe era desagradável. Foi direto aos quartos das crianças. No primeiro desses quartos Serioja, deitando-se de peito em cima da mesa, colocando os pés sobre a cadeira e pipilando jovialmente, desenhava alguma coisa. A governanta inglesa, que substituíra a francesa durante a doença de Anna, estava sentada, tricotando *une mignardise*[26] ao lado dele. Levantou-se depressa, fez uma reverência e cutucou Serioja.

Alisando os cabelos do filho com uma mão, Alexei Alexândrovitch respondeu à pergunta que a governanta lhe fizera sobre a saúde de sua esposa e perguntou pelo que o doutor tinha dito sobre a *baby*.[27]

— O doutor disse que não havia perigo algum e prescreveu banhos, senhor.

— Mas ainda está sofrendo — disse Alexei Alexândrovitch, atentando para o choro da bebê no quarto vizinho.

— Acho que a ama de leite não é boa, senhor — replicou a inglesa, categórica.

— Por que a senhorita acha? — questionou ele, parando.

— Assim foi na casa da condessa Paul, senhor. Vinham tratando de uma criança, e depois se soube que estava apenas com fome: a ama não tinha leite, senhor.

Alexei Alexândrovitch ficou pensativo, imóvel por alguns segundos, e logo entrou no outro quarto. A bebê estava deitada, atirando a cabecinha para trás, contorcendo-se no colo da ama, e não queria nem tomar o farto seio oferecido, nem se calar, não obstante o duplo chiado da ama e da babá que se inclinavam sobre ela.

— Não está melhor? — perguntou Alexei Alexândrovitch.

---

[26] Cordão ornamentado, galão destinado a enfeitar roupas (em francês).
[27] Bebê, neném (em inglês).

— Tá muito inquieta — respondeu, sussurrando, a babá.
— A *Miss* Edward diz que talvez a ama esteja sem leite — comentou ele.
— Eu cá também acho, Alexei Alexândrovitch.
— Então por que não fala?
— Falar com quem? Anna Arkádievna ainda tá doentinha — disse a babá, rabugenta.

Essa babá era uma antiga criada da família. E pareceu a Alexei Alexândrovitch que aquelas simples palavras dela aludiam à sua situação.

A bebê chorava cada vez mais alto, ofegante e rouca. Com um gesto enérgico, a babá se aproximou dela, pegou-a das mãos da ama e começou a niná-la, andando pelo quarto.

— É preciso pedir que o doutor examine a ama — disse Alexei Alexândrovitch.

Saudável em aparência e bem-vestida, a ama se assustou, pensando que a dispensariam, murmurou algo consigo mesma e, cobrindo seu peito volumoso, sorriu, com desdém, por alguém duvidar da sua capacidade de gerar leite. E pareceu a Alexei Alexândrovitch que havia, naquele sorriso também, uma alusão escarninha à sua situação.

— Coitada da criancinha! — disse a babá, chiando para a menina, e continuou a andar.

Sentado numa cadeira, Alexei Alexândrovitch olhava, com ares de dor e tristeza, para a babá, que andava de um lado para o outro.

Quando a pequenina, que finalmente se acalmara, foi colocada num berço profundo, e a babá se afastou dela ao arrumar seu travesseirinho, Alexei Alexândrovitch se levantou e, penando em pisar nas pontas dos pés, achegou-se à criança. Por um minuto, ficou calado, fitando-a com a mesma expressão triste; de súbito, um sorriso surgiu em seu rosto, movendo-lhe os cabelos e a pele da testa, e, cauteloso como estava, ele saiu do quarto.

Uma vez na sala de jantar, tocou a campainha e mandou o criado que entrara ir chamar outra vez o médico. Desgostava-se com sua mulher por não cuidar daquela criança maravilhosa e não queria, nesse estado de desgosto, nem a ver nem se encontrar com a princesa Betsy; porém sua mulher poderia ficar surpresa por ele não ter ido ao seu quarto, como fazia de praxe, e, assim sendo, Alexei Alexândrovitch fez um esforço sobre si mesmo e foi até lá. Enquanto se aproximava, por uma alcatifa macia, das portas, ouviu sem querer uma conversa que não lhe apetecia ouvir.

— Se ele não fosse partir, eu compreenderia a sua recusa e a dele também. Mas seu marido deve estar acima disso — dizia Betsy.

— Não é pelo meu marido: não quero por mim mesma. Não fale assim! — respondia, emocionada, a voz de Anna.

— Sim, mas você não pode não querer despedir-se do homem que quase se matou por sua causa...

— É bem por isso que não quero.

Alexei Alexândrovitch se deteve, com uma expressão assustada e confusa, e quis voltar para trás antes que fosse visto. Contudo, mudou de ideia, pensando que isso seria indigno, virou-se de novo, pigarreou e dirigiu-se à porta. As vozes se calaram, e ele entrou no quarto.

Vestindo um roupão cinza, Anna, cujos cabelos negros estavam bem curtos e eriçavam-se, como uma basta escova, em sua cabeça redonda, estava sentada num canapé. Como todas as vezes que ela via o marido, seu rosto ficou repentinamente desanimado: abaixou a cabeça e, ansiosa, olhou de esguelha para Betsy. Paramentada de acordo com a última moda extremosa, Betsy usava um chapéu que pairava sobre a sua cabeça, igual a um quebra-luz suspenso acima de uma lâmpada, e um vestido azulado, com nítidas raias oblíquas no corpete, de um lado, e na saia, do outro lado. Sentada perto de Anna, mantinha reto seu torso comprido e achatado e saudou Alexei Alexândrovitch, ao inclinar a cabeça, com um sorriso jocoso.

— Ah! — disse, como que surpresa. — Fico muito contente de que esteja em casa. O senhor não aparece em lugar algum, e não o vejo desde a doença de Anna. Ouvi falarem de tudo, de seu desvelo. Sim, o senhor é um marido exemplar! — prosseguiu, aparentando imponência e cortesia, como se lhe outorgasse uma ordem por cuidar, tão magnânimo, de sua esposa.

Com uma mesura fria, Alexei Alexândrovitch beijou a mão de Anna e perguntou pela sua saúde.

— Parece que estou melhor — respondeu ela, evitando o olhar do marido.

— Sim, mas sua tez parece febril — disse ele, acentuando a palavra "febril".

— Conversamos demais, nós duas — replicou Betsy —, e sinto que é um egoísmo da minha parte. Já, já vou embora.

Ela se levantou, mas Anna, corando de chofre, pegou-lhe depressa a mão.

— Não: fique, por favor. Tenho de lhe dizer... não, a você — dirigiu-se a Alexei Alexândrovitch, e um rubor se espalhou pelo pescoço e pela testa dela. — Não quero nem posso esconder nada de você — disse, por fim.

Alexei Alexândrovitch estralou os dedos e abaixou a cabeça.

— Betsy dizia que o conde Vrônski queria visitar nossa casa, para se despedir antes da sua partida para Tachkent.[28] — Não olhava para o marido e apressava-se, aparentemente, a dizer tudo, por mais difícil que isso fosse para ela. — Eu respondi que não poderia recebê-lo.

---

[28] Cidade na Ásia Central, atualmente a capital do Uzbequistão.

— Você disse, minha amiga, que isso dependeria de Alexei Alexândrovitch — corrigiu-a Betsy.

— Mas não, eu não posso mesmo recebê-lo! Aliás, isso não levaria a... — Ela se calou, de improviso, e olhou para seu marido de modo interrogativo (Karênin não olhava para ela). — Numa palavra, não quero...

Alexei Alexândrovitch deu um passo, querendo tomar a mão dela.

Com seu primeiro movimento, Anna afastou a sua mão da dele, úmida e coberta de grossas veias intumescidas, que a buscava, mas depois, constrangendo visivelmente a si mesma, apertou-lhe a mão.

— Muito lhe agradeço a confiança, porém... — disse ele, sentindo, embaraçado e desgostoso, que não poderia discutir, na frente da princesa Tverskáia, aquilo que conseguia resolver tão fácil e claramente em seu íntimo. Via nela uma encarnação da força brutal que havia de dirigir sua vida aos olhos da sociedade e que o impedia de se entregar ao seu sentimento de amor e perdão. Ficou imóvel, olhando para a princesa Tverskáia.

— Adeus, pois, minha graça — disse Betsy ao levantar-se. Beijou Anna e saiu. Alexei Alexândrovitch foi acompanhá-la.

— Alexei Alexândrovitch! Conheço-o como um homem realmente magnânimo — disse Betsy, parando no salãozinho e tornando a apertar, com uma força significativa, a mão dele. — Sou uma estranha, mas gosto tanto de Anna e respeito tanto o senhor que me permito um conselho. Aceite-o. Alexei é a honra em carne e osso, e ele está partindo para Tachkent.

— Agradeço-lhe, princesa, sua compaixão e seus conselhos, mas a questão se minha esposa pode receber alguém, ou não pode, será resolvida por ela mesma.

Conforme seu hábito, disse isso ao soerguer, com dignidade, as sobrancelhas, porém logo pensou que, fossem quais fossem as palavras ditas, não podia haver dignidade alguma nessa situação sua. E foi quando Betsy olhou para ele, após sua frase, com um sorriso discreto, sarcástico e maldoso que se convenceu disso.

## XX

Despedindo-se de Betsy no salãozinho, Alexei Alexândrovitch voltou ao quarto de sua mulher. Anna estava deitada, mas, ao ouvir seus passos, sentou-se rapidamente de novo e olhou assustada para ele. Via-se que tinha chorado.

— Muito lhe agradeço sua confiança em mim — repetiu ele em russo, bem docilmente, a frase dita em francês na presença de Betsy e veio sentar-se ao seu lado. Quando falava russo, tratando-a por "você", esse "você" provocava em Anna uma irritação irreprimível. — E muito lhe agradeço essa sua decisão. Eu também acho que, uma vez que o conde Vrônski vai embora daqui, não tem nenhuma necessidade de vir à nossa casa. Aliás...

— Mas eu já disse! Por que repetir? — De súbito, Anna interrompeu-o com a irritação que não conseguira dominar. "Nenhuma necessidade", pensou, "de se despedir da mulher amada, por causa de quem aquele homem queria morrer e acabou consigo, da mulher que não pode viver sem ele. Nenhuma necessidade mesmo!". Ela cerrou os lábios e abaixou seus olhos brilhantes, fitando as mãos do marido, cobertas de veias intumescidas, que esfregavam devagar uma à outra.

— Não vamos nunca falar nisso — acrescentou, mais tranquila.

— Permiti que você resolvesse essa questão e estou muito contente de ver... — começou Alexei Alexândrovitch.

— ... Que meu desejo coincide com o seu — finalizou Anna, depressa, irritada por ele falar tão lentamente enquanto ela já sabia, de antemão, tudo o que lhe diria.

— Sim — confirmou Alexei Alexândrovitch —, e a princesa Tverskáia se intromete, de modo totalmente impróprio, nas mais delicadas questões familiares. Em especial, ela...

— Não acredito em nada daquilo que falam dela — atalhou Anna — e sei que ela gosta sinceramente de mim.

Alexei Alexândrovitch deu um suspiro e calou-se por algum tempo. Inquieta, ela remexia as borlas de seu roupão, mirando-o, vez por outra, com aquela aflitiva sensação de aversão física que reprochava amiúde a si mesma, sem poder superá-la. Agora queria uma só coisa: ficar livre de sua odiosa presença.

— Mandei agorinha buscar o médico — disse Alexei Alexândrovitch.

— Estou bem... Por que precisaria de um médico?

— Não, é a pequena que está chorando, e dizem que a ama tem pouco leite.

— Então por que não deixou que eu a amamentasse, quando fiquei implorando? Tanto faz (Alexei Alexândrovitch entendeu o que significava esse "tanto faz"): ela é uma criança, e vão acabar com ela. — Tocando a campainha, Anna mandou que trouxessem a bebê. — Pedi que me deixassem amamentá-la, mas não me deixaram e agora me censuram ainda por isso.

— Não censuro você...

— Censura, sim! Meu Deus, por que não morri? — E ela ficou soluçando. — Desculpe-me: estou irritada, estou injusta — disse, ao recobrar-se. — Mas vá embora...

"Não, isso não pode continuar assim", disse consigo Alexei Alexândrovitch, todo resoluto, quando saiu do quarto de sua mulher.

Nem a insustentabilidade de sua situação aos olhos da sociedade, nem o ódio de sua esposa por ele, nem, de modo geral, o poderio daquela misteriosa força brutal que dirigia sua vida, indo de encontro à sua disposição espiritual, e exigia que se submetesse à vontade dela e passasse a tratar Anna de outra maneira, nunca se tinham apresentado a ele tão evidentes como agora. Percebia claramente que a sociedade toda, e sua esposa também, exigiam que fizesse alguma coisa, mas não conseguia entender que coisa seria aquela. Sentia que uma fúria se desencadeava, por esse motivo, em sua alma, destruindo sua tranquilidade e todo o mérito de seu feito. Acreditava que seria melhor Anna romper as relações amorosas com Vrônski, porém, como todo mundo achava que era impossível, dispunha-se, inclusive, a admitir novamente tais relações, contanto que ela não envergonhasse seus filhos, não os perdesse nem mudasse de posição social. Por mais imoral que isso fosse, seria, ainda assim, preferível ao divórcio, que a poria numa situação infamante e sem saída, arrancando a ele próprio tudo quanto amava. No entanto, sentia-se impotente: sabia desde já que todos estavam contra ele e não o deixariam fazer o que lhe parecia agora tão natural e tão bom, mas antes o forçariam a fazer aquilo que, sendo mau, parecia conveniente à sociedade.

## XXI

Mal Betsy havia saído do salãozinho, Stepan Arkáditch, que acabava de passar pelo armazém de Yelisséiev em busca de ostras frescas, deparou-se com ela às portas.

— Ah, princesa! Que encontro agradável! — rompeu a falar. — Estive em sua casa.

— Encontro por um minutinho, que estou de saída — disse Betsy, sorrindo e calçando uma luva.

— Espere, princesa, não ponha essa luva: permita beijar sua mãozinha. Nada me deixa tão agradecido, nessa retomada dos antigos costumes, quanto o beija-mão. — Ele beijou a mão de Betsy. — Quando nos veremos?

— O senhor não merece — respondeu Betsy, sorridente.

— Mereço, sim, e muito, pois me tornei o mais sério dos homens. Resolvo não só os problemas de minha família, mas também os das outras famílias — disse ele, com um ar significativo.

— Ah, estou muito feliz! — respondeu Betsy, ao aventar logo que se tratava de Anna. E, retornando ao salãozinho, eles se postaram num canto. — Ele vai trucidá-la — cochichou Betsy, enfática. — Isso é impossível, impossível...

— Fico contente de a senhora pensar assim — disse Stepan Arkáditch, balançando a cabeça com uma expressão grave e dolorosamente compassiva. — Foi por isso que vim a Petersburgo.

— A cidade toda fala nisso — disse Betsy. — A situação está insustentável. Ela vem definhando. E ele não compreende que é uma daquelas mulheres que não podem brincar com seus sentimentos. Das duas uma: ou o marido a leva embora daqui, toma uma atitude enérgica, ou então se divorcia dela. Mas viver assim é um sufoco.

— Sim, sim... justamente — dizia Oblônski, suspirando. — Foi por isso que vim. Quer dizer, não exatamente por isso... Fui promovido a *Kammerherr*[29] e tive de agradecer. Mas o que importa mesmo é resolver aquele problema.

— Pois bem, que Deus o ajude! — concluiu Betsy.

Acompanhando-a até a antessala, beijando outra vez a mão dela, acima da luva, bem lá onde latejava o pulso, e dizendo-lhe ainda tantas bobagens indecorosas que ela não sabia mais se deveria ficar zangada ou radiante, Stepan Arkáditch foi aos aposentos de sua irmã. Encontrou-a chorosa.

Apesar daquele estado de espírito, faiscante de alegria, em que se achava, Stepan Arkáditch assumiu logo, com plena naturalidade, um tom condoído e poeticamente exaltado, condizente com o humor dela. Perguntou pela sua saúde e como ela passara a manhã.

— Muito, muito mal. A manhã e o dia inteiro, e todos os dias passados e futuros — disse Anna.

— Parece-me que te rendes à melancolia. Tens de retomar fôlego, tens de encarar a vida. Sei que é difícil, mas...

— Pelo que dizem por aí, as mulheres amam os homens mesmo pelos seus defeitos... — De súbito, Anna se pôs a falar. — Só que eu o odeio pelas suas virtudes. Não posso mais viver com ele. Vê se me entendes: a cara dele me exaspera fisicamente, sinto raiva ao vê-lo. Não posso viver com ele, não mesmo. O que tenho a fazer? Já estava infeliz e pensava que não poderia ficar mais infeliz ainda, porém não podia nem imaginar esta horrível situação em que estou hoje. Não sei se vais acreditar: sabendo que é um homem bondoso, um homem excelente, que não valho sequer uma unha dele, eu o odeio ainda assim. Odeio por aquela sua magnanimidade. E não me resta mais nada, senão...

Ela queria dizer "a morte", mas Stepan Arkáditch não a deixou terminar a frase.

— Estás doente e irritada — disse —; acredita que exageras demais. Não há nada nisso que seja tão horrível assim.

---

[29] Título honorífico dos funcionários da corte real e das pessoas próximas da corte (em alemão).

E Stepan Arkáditch sorriu. Ninguém se permitiria sorrir, se estivesse em seu lugar e defrontasse um desespero como aquele (ou então seu sorriso viria a parecer ultrajante), mas o sorriso dele exprimia tanta bondade e ternura quase feminina que não ultrajava, mas antes serenava e apaziguava. Suas mansas falas pacificadoras, bem como seus sorrisos, produziam um efeito calmante e suavizante, iguais ao óleo de amêndoas. E Anna não demorou a percebê-lo.

— Não, Stiva — disse. — Estou perdida, perdida! Até pior do que perdida. Ainda não me perdi, não posso dizer que está tudo acabado; sinto, pelo contrário, que não acabou. Estou como uma corda esticada, que já vai rebentar. Mas ainda não acabou... e acabará terrivelmente.

— Não é nada: basta afrouxar, aos poucos, essa corda. Não há situação sem saída.

— Tenho pensado nisso. A saída é uma só...

Captando o olhar assustado dela, Stepan Arkáditch entendeu outra vez que essa única saída, a seu ver, seria a morte e não deixou que terminasse a frase.

— Nada disso — redarguiu —: deixa que eu te fale. Não podes ver essa tua situação como eu a vejo. Permite explicar, com sinceridade, a minha opinião — discretamente, voltou a esboçar um sorriso oleoso. — Começarei do início: tu te casaste com um homem vinte anos mais velho. E te casaste sem amor ou sem teres conhecido o amor. Suponhamos que tenha sido um erro.

— Um erro terrível! — disse Anna.

— Mas repito: é um fato consumado. Depois tiveste, digamos assim, a desgraça de te apaixonar por outro homem. É uma desgraça, sim, mas também é um fato consumado. E teu marido reconheceu e perdoou isso. — Calava-se após cada frase, esperando pelas objeções dela, mas Anna não respondia nada. — É assim mesmo. Agora a questão é a seguinte: será que podes continuar vivendo com teu marido? Será que tu queres isso? Será que ele quer isso?

— Não sei de nada, de nada!

— Mas tu mesma disseste que não podias mais suportá-lo.

— Não disse, não. Retiro o que disse. Não sei de nada, não entendo nada.

— Sim, mas espera...

— Tu não podes compreender. Sinto que estou caindo, de cabeça para baixo, num precipício, porém não tenho de me salvar. Nem posso, aliás.

— Não faz mal: a gente estende uma rede, a gente te apanha. Eu te compreendo: compreendo que não te atreves a expressar teu desejo, teu sentimento.

— Não quero nada, nada mesmo... apenas que tudo acabe logo.

— Mas ele repara nisso e sabe disso. Talvez andes pensando que sofre lá menos do que tu mesma? Estão sofrendo os dois... e o que é que pode resultar disso? Mas o divórcio desamarra todos os nós! — Assim, não sem esforço, é que Stepan Arkáditch exprimiu sua ideia principal, olhando, de modo significativo, para ela.

Anna não respondeu nada: fez apenas um gesto negativo com sua cabeça raspada. Todavia, pela expressão de seu rosto a reaver, de chofre, sua resplandecente beleza antiga, ele percebeu que não queria isso, tão só porque tamanha felicidade lhe parecia impossível.

— Estou com tanta pena dos dois! E como ficaria feliz se resolvesse tudo isso! — disse Stepan Arkáditch, sorrindo com uma audácia maior. — Não digas, não digas nada! Só se Deus me permitisse falar do mesmo jeito que estou sentindo! Vou conversar com ele.

Mirando-o com seus olhos que brilhavam, pensativos, Anna não disse mais nada.

## XXII

Com aquela expressão um tanto solene que assumia ao ocupar a poltrona de presidente em sua repartição, Stepan Arkáditch entrou no gabinete de Karênin. Cruzando as mãos detrás das costas, Alexei Alexândrovitch andava pelo cômodo e refletia sobre o mesmo tema que Stepan Arkáditch havia discutido com a esposa dele.

— Não o atrapalho? — perguntou Stepan Arkáditch, experimentando de chofre, ao ver seu cunhado, uma sensação de embaraço que não lhe era costumeira. Para dissimular esse embaraço, tirou uma cigarreira de couro que acabara de comprar, e que se abria de modo diferente, e, ao cheirá-la por fora, pegou um cigarrozinho.

— Não. Precisa de alguma coisa? — respondeu, a contragosto, Alexei Alexândrovitch.

— Sim, eu queria... eu preciso fa... sim, eu preciso falar com você — disse Stepan Arkáditch, sentindo, meio surpreso, uma timidez inabitual.

Essa sensação parecia tão inopinada e esquisita que Stepan Arkáditch nem acreditou que era a voz de sua consciência a sugerir que ele tencionava fazer algo ruim. Com um esforço sobre si mesmo, superou a timidez que se apossara dele.

— Espero que acredite em meu amor pela irmã e nesses sinceros afeto e respeito que tenho por você — disse, enrubescendo.

Alexei Alexândrovitch parou de andar, sem responder nada, porém o semblante dele espantou Stepan Arkáditch com sua expressão de vítima resignada.

— Tinha a intenção... queria falar sobre minha irmã e sobre a situação recíproca de vocês dois — disse Stepan Arkáditch, ainda resistindo ao acanhamento inabitual.

Alexei Alexândrovitch fitou-o com um sorriso tristonho; depois, sem responder, acercou-se da escrivaninha, pegou uma carta que começara a escrever e estendeu-a ao seu cunhado.

— O tempo todo, penso no mesmo. E eis o que comecei a escrever, achando que me expressava melhor por escrito e que minha presença a deixava irritada — disse, entregando a carta.

Com a carta na mão, Stepan Arkáditch olhou, surpreso e perplexo, naqueles olhos baços, que se fixavam nele, e pôs-se a ler:

— "Percebo que minha presença incomoda a senhora. Por mais penoso que me seja ficar convencido disso, percebo que é assim mesmo e não pode deixar de ser assim. Não a acuso, e seja Deus testemunha de que, ao vê-la durante sua doença, eu resolvi esquecer, do fundo de minha alma, tudo quanto se passara entre nós dois e começar uma vida nova. Não me arrependo nem me arrependerei jamais do que fiz; queria, no entanto, uma só coisa — seu bem, o bem de sua alma —, mas agora estou vendo que não a consegui. Diga-me a senhora o que a tornaria realmente feliz, o que lhe daria uma paz espiritual. Entrego-me, por inteiro, à sua vontade e ao seu sentimento de justiça."

Devolvendo a carta, Stepan Arkáditch olhava ainda para seu cunhado, com a mesma perplexidade e sem saber o que lhe diria. Esse silêncio constrangia tanto ambos os homens que um tremor entortou dolorosamente os lábios de Stepan Arkáditch, enquanto, calado como estava, ele não despregava os olhos do rosto de Karênin.

— É isso que eu gostaria de dizer para ela — arrematou Alexei Alexândrovitch, virando-lhe as costas.

— Sim, sim... — dizia Stepan Arkáditch, não conseguindo responder devido aos espasmos de choro que lhe contraíam a garganta. — Sim, sim. Compreendo vocês — articulou, por fim.

— Quero saber o que ela deseja — disse Alexei Alexândrovitch.

— Receio que ela mesma não se dê conta de sua situação. Não consegue julgar — respondeu Stepan Arkáditch, acalmando-se aos poucos. — Está abatida, justamente abatida pela magnanimidade que você tem demonstrado. Se ler essa carta, não terá forças para dizer qualquer coisa que seja: só vai abaixar mais ainda a cabeça!

— Sim, mas o que fazer nesse caso? Como elucidar... como revelar o desejo dela?

— Creio que depende de você, se é que me permite falar de minha opinião, indicar diretamente aquelas medidas que achar necessárias para sair desse impasse.

— Ou seja, você acha que é preciso sair dele? — interrompeu-o Alexei Alexândrovitch. — Mas como? — acrescentou, agitando, com um gesto incomum, as mãos diante dos olhos. — Não enxergo nenhuma saída que seja possível.

— Cada impasse tem uma saída — disse Stepan Arkáditch e, animado, ficou em pé. — Houve um momento em que você queria romper com ela... Se agora tiver a certeza de que não podem viver mutuamente felizes...

— A felicidade pode ser vista sob vários ângulos. Mas suponhamos que eu aceite qualquer coisa e não queira mais nada. Como seria, então, a saída deste nosso impasse?

— Se quiser mesmo saber a minha opinião — disse Stepan Arkáditch, com o mesmo sorriso suavizante, untado de maciez amendoada, que dirigira a Anna. Esse bondoso sorriso era tão convincente que, sentindo-se fraco e submetendo-se à sua fraqueza, Alexei Alexândrovitch consentiu involuntariamente em acreditar naquilo que lhe dissesse Stepan Arkáditch. — Ela nunca falará a respeito. Mas uma coisa é possível, sim, um desejo dela é real — continuou Stepan Arkáditch —: cessar as relações conjugais e apagar todas as respectivas lembranças. A meu ver, é necessário que vocês se conscientizem, nessa situação sua, de suas novas relações mútuas. E essas relações só podem ser estabelecidas com a liberdade de ambas as partes.

— Com o divórcio — interrompeu-o, com asco, Alexei Alexândrovitch.

— Sim, acredito que seria o divórcio. Sim, o divórcio — repetiu, enrubescendo, Stepan Arkáditch — seria, em todos os sentidos, a saída mais razoável para um casal que se encontre na mesma situação de vocês. O que fazer, se os esposos acharem que não podem mais viver juntos? Isso pode acontecer a qualquer momento... — Com um profundo suspiro, Alexei Alexândrovitch fechou os olhos. — Só existe uma questão, a saber, se um deles se dispõe a contrair outro matrimônio. Se não se dispuser a tanto, tudo se torna bem simples — disse Stepan Arkáditch, cada vez mais desembaraçado.

De feições crispadas, Alexei Alexândrovitch murmurou algo consigo mesmo, cheio de emoção, mas não respondeu nada. Já ponderara, milhares e milhares de vezes, tudo quanto parecia tão simples a Stepan Arkáditch. E acabara por achá-lo não só bastante complexo, mas até mesmo impossível em absoluto. O divórcio, cujos detalhes já lhe eram familiares, parecia agora irrealizável, porquanto a dignidade própria e o respeito pela religião não lhe permitiam concordar com a acusação de adultério fictício nem, menos ainda, admitir que sua esposa, perdoada e amada por ele, fosse acusada e desonrada. De resto, o divórcio lhe parecia também irrealizável por outros motivos, ainda mais importantes.

O que seria de seu filho, uma vez consumado o divórcio? Não se poderia deixá-lo com a mãe. Essa mãe divorciada teria sua nova família ilegítima, em que a condição do enteado e a educação dele seriam, segundo toda probabilidade, ruins. Ficaria, então, com o pai? Ciente de que seria uma vingança da sua parte, ele não queria isso. Contudo, além do mais, o divórcio parecia a Alexei Alexândrovitch impossível, especialmente porque, ao consumá-lo, ele levaria Anna à perdição. Ainda guardava, em seu âmago, as palavras ditas por Dária Alexândrovna em Moscou, as de que, optando pelo divórcio, ele pensava apenas em si mesmo, mas não pensava que assim a destruiria para sempre. E, ligando essas palavras ao seu perdão e àquela afeição que tinha pelas crianças, compreendia-as agora de outra maneira. Em sua visão atual, se anuísse em divorciar-se de Anna, se lhe concedesse a tal de liberdade, ficaria, ele mesmo, privado da última conexão com a vida dessas crianças, que amava tanto, e arrebataria à sua esposa o último arrimo no caminho do bem e ocasionaria a perdição dela. Sabia que, uma vez divorciada, ela se juntaria a Vrônski e que essa junção seria ilegal e delituosa, pois uma mulher não podia casar-se de novo, conforme rezava a lei da igreja, enquanto seu marido estivesse vivo. "Ela se juntará a Vrônski, e depois, um ou dois anos mais tarde, ele vai abandoná-la, ou então ela própria terá outro amante", pensava Alexei Alexândrovitch. "E, concordando com esse divórcio ilegal, eu serei culpado de sua perdição." Já tinha pensado nisso centenas de vezes e estava persuadido de que o divórcio não apenas não era bem simples, como lhe dizia seu cunhado, mas era, pelo contrário, absolutamente impossível. Não acreditava em nenhuma palavra de Stepan Arkáditch, podia opor milhares de objeções a cada palavra dele, porém o escutava, sentindo que se expressava, por meio de tais palavras, aquela poderosa força brutal que dirigia sua vida, à qual lhe cumpria obedecer.

— Só se questiona como, com quais condições, é que você consentiria em reclamar o divórcio. Ela não quer nada, não ousa pedir nada, mas conta, em tudo, com sua magnanimidade.

"Meu Deus! Meu Deus, por quê?", pensou Alexei Alexândrovitch, rememorando os detalhes daquele divórcio quando o marido assumia a culpa toda, e, com o mesmo gesto que fizera Vrônski, tapou, envergonhado, o rosto com as mãos.

— Entendo que está emocionado. Mas, se pensar direitinho...

"E a quem te bater na face direita oferece também a esquerda, e a quem te tirar o cafetã entrega também a camisa", pensou Alexei Alexândrovitch.

— Sim, sim! — exclamou, com uma voz guinchante. — Vou assumir esse vexame, vou entregar até meu filho, mas... não seria melhor desistir disso tudo? Aliás, faça o que quiser...

E, virando-se de modo que o cunhado não pudesse mais ver seu rosto, ele se sentou numa cadeira próxima à janela. Estava amargurado, estava envergonhado, mas, junto com esse amargor e essa vergonha, sentia enternecimento e alegria perante a sublimidade da sua resignação.

Stepan Arkáditch também ficou sensibilizado. Calou-se por algum tempo.

— Acredite em mim, Alexei: ela apreciará sua magnanimidade — disse a seguir. — Mas parece que era a vontade de Deus — acrescentou. Ao dizer isso, sentiu que era uma tolice, e foi a custo que se absteve de sorrir com essa tolice sua.

Alexei Alexândrovitch queria responder algo, porém o choro lhe coibiu a fala.

— É uma desgraça fatal, e precisamos reconhecê-la. Eu reconheço essa desgraça como um fato consumado e procuro ajudar vocês dois — disse Stepan Arkáditch.

Saindo do gabinete de seu cunhado, Stepan Arkáditch estava sensibilizado, mas isso não o impedia de se sentir todo contente por ter resolvido bem o problema, já que tinha plena certeza de que Alexei Alexândrovitch não renunciaria às palavras ditas. Ainda se misturava com esse seu prazer a ideia de que, uma vez encerrado o assunto, ele faria à sua esposa e aos amigos íntimos a mesma pergunta: "Qual a diferença entre mim e o imperador? O imperador autoriza um divórcio, e ninguém se sente melhor com isso, mas eu cá arranjei aquele divórcio ali, e três pessoas se sentiram bem melhor..." ou "Qual a semelhança entre mim e o imperador? Quando... Aliás, inventarei algo melhor que isso", disse a si mesmo, sorrindo.

## XXIII

A ferida de Vrônski era perigosa, mesmo sem a bala ter atingido o coração. Por alguns dias, ele ficou entre a vida e a morte. Quando, pela primeira vez, conseguiu falar, só Vária, a esposa de seu irmão, estava no quarto dele.

— Vária! — disse Vrônski, fitando-a com severidade. — Atirei em mim por acaso. E faça o favor de nunca falar nisso e de pedir a todos que não falem. Senão, seria tolo demais!

Sem responder às suas palavras, Vária se inclinou sobre ele e, com um sorriso feliz, olhou para seu rosto. Os olhos de Vrônski não estavam mais febris e, sim, claros, mas sua expressão parecia severa.

— Graças a Deus! — disse ela. — Não sente mais dor?

— Só um pouco, aqui... — Ele apontou para o peito.

— Pois deixe que eu troque o curativo.

Calando-se e contraindo seus largos zigomas, Vrônski olhava para Vária enquanto ela trocava o curativo. Quando terminou, ele disse:

— Não estou delirando: faça, por favor, que não se diga por aí que atirei em mim de propósito.

— Mas ninguém diz isso. Apenas espero que não vá mais atirar por acaso — disse Vária, com um sorriso indagativo.

— Não vou mais, com certeza, só que seria melhor...

E ele sorriu, melancólico.

Apesar dessas palavras e desse sorriso, que deixaram Vária tão assustada, Vrônski sentiu, quando se curou da inflamação e foi convalescendo, que estava totalmente livre de certa parte do seu pesar. Parecia ter lavado, com seu feito, a desonra e a humilhação que vinha aturando. Agora conseguia pensar tranquilamente em Alexei Alexândrovitch. Reconhecia toda a magnanimidade dele e não se sentia mais humilhado. Retomara, ademais, a antiga trilha de sua vida. Achava de novo possível encarar as pessoas, sem se envergonhar com isso, e viver de acordo com seus hábitos. O único sentimento que não podia arrancar do seu coração, embora não cessasse de combatê-lo, era um lamento que beirava o desespero, o de tê-la perdido para sempre. Havia tomado, no íntimo, a firme decisão de que agora, ao redimir sua culpa perante o marido de Anna, desistiria dela e nunca mais se imiscuiria, dali em diante, entre ela, cheia de contrição, e aquele marido, porém não podia arrancar do coração o lamento de ter perdido o amor de Anna nem apagar da memória os momentos de felicidade que vivera com ela, aqueles momentos, tão pouco apreciados então, que agora o perseguiam com todo o seu encanto.

Serpukhovskói arranjara para ele um cargo em Tachkent, e Vrônski aceitara essa proposta sem a mínima hesitação. Contudo, à medida que se aproximava a hora de partir, sentia-se cada vez mais aflito com o sacrifício destinado àquilo que considerava seu dever.

A ferida se fechara, e ele já saía de casa, preparando-se para ir a Tachkent.

"Vê-la uma só vez e depois me enterrar, morrer", pensava e, fazendo visitas de despedida, expressou essa ideia a Betsy. Por sua incumbência, Betsy foi à casa de Anna e trouxe de lá uma resposta negativa.

"Melhor assim", pensou Vrônski, ao receber essa notícia. "Era uma fraqueza, que teria esgotado minhas últimas forças."

No dia seguinte, foi Betsy em pessoa quem veio, pela manhã, à casa dele e anunciou que Oblônski lhe mandara uma notícia boa: Alexei Alexândrovitch se divorciaria de Anna, e portanto ele podia ir vê-la.

Esquecendo-se de todas as suas decisões, mesmo sem se dar ao trabalho de acompanhar Betsy até a porta nem perguntar quando poderia ver Anna e onde estava o marido dela, Vrônski foi logo à casa dos Karênin. Subiu correndo a escada, sem que ninguém nem nada lhe dessem na vista, e a passos rápidos, mal se contendo para não correr, entrou no quarto de Anna. E, sem notar nem mesmo imaginar se havia ou não alguém lá, abraçou-a e cobriu de beijos o rosto, as mãos e o pescoço dela.

Anna se preparava para esse encontro, pensava naquilo que lhe diria, mas simplesmente não teve tempo para fazer qualquer coisa que fosse: ficou dominada pela paixão dele. Queria acalmá-lo, acalmar a si mesma, mas era tarde demais. Contagiou-se com seu sentimento. Tremiam-lhe tanto os lábios que não conseguiu, por muito tempo, dizer meia palavra.

— Tu me possuis, sim: sou tua — balbuciou, afinal, e apertou a mão dele ao seu peito.

— Havia de ser assim! — disse ele. — Enquanto estivermos vivos, haverá de ser assim. Agora sei disso.

— É verdade — dizia ela, ficando cada vez mais pálida e abraçando-lhe a cabeça. — Mas há nisso algo terrível, depois de tudo o que aconteceu.

— Tudo passará, tudo passará e seremos tão felizes! Se nosso amor pudesse ficar mais forte ainda, ficaria mais forte, sim, porque há nele algo terrível — disse Vrônski, erguendo a cabeça e mostrando, com um sorriso, seus dentes compactos.

E ela não pôde deixar de retribuir seu sorriso, não por ter dito aquelas palavras, mas por mirá-la com olhos apaixonados. Pegara a mão dele e alisava, com essa mão, suas faces um tanto frias e seus cabelos raspados.

— Não te reconheço mais com esses cabelos curtinhos. Ficaste tão linda! Um garotinho. Mas como estás pálida!

— Sim, estou muito fraca — disse ela, sorrindo. E seus lábios tornaram a tremer.

— Vamos para a Itália, e ficarás boa — disse ele.

— Será possível que vivamos como marido e mulher, só nós dois, que tenhamos nossa família? — perguntou ela, olhando bem de perto nos olhos dele.

— Só me surpreendo ao pensar que antes podia ser diferente.

— Stiva diz que meu marido concorda com tudo, mas eu não posso aceitar essa magnanimidade — disse Anna, cujo olhar não se fixava mais, pensativo, no rosto de Vrônski. — Não quero aquele divórcio: agora tanto faz para mim. Apenas não sei que decisão ele vai tomar sobre Serioja.

Vrônski não conseguia entender, de modo algum, como ela podia, naquele momento de seu encontro, lembrar-se do filho e refletir sobre o divórcio. Importava-se mesmo com essas coisas?

— Não fales disso, não penses nisso — pediu, virando a mão dela na sua e procurando atrair-lhe a atenção, porém Anna não olhava mais para ele.

— Ah, por que não morri? Seria melhor assim! — disse em seguida. Não estava soluçando, mas as lágrimas lhe escorriam pelas faces, e ela tentava sorrir para não o entristecer.

Recusar aquele cargo em Tachkent, lisonjeiro e perigoso, seria, conforme as antigas noções de Vrônski, algo infamante e impossível. Mas agora, sem hesitar por um minuto sequer, ele o recusou e, percebendo que os superiores lhe reprovavam essa conduta, solicitou logo que o reformassem.

Um mês depois, Alexei Alexândrovitch ficou, sozinho com o filho do casal, em seu apartamento, e Anna partiu com Vrônski para o estrangeiro. Resoluta como estava, não se divorciou nem anuiu ao divórcio.

# quinta
# PARTE

## I

A princesa Chtcherbátskaia considerava impossível organizar o casamento antes da Quaresma, que começaria dentro de cinco semanas, já que metade do dote não ficaria pronta nesse prazo; porém, tampouco deixava de concordar com Lióvin, em cuja opinião seria tarde demais após a Quaresma, visto que uma velha tia do príncipe Chtcherbátski estava muito doente e poderia morrer em breve, de sorte que o luto atrasaria ainda o casamento. Por isso é que, resolvendo dividir o dote em duas partes, o dote grande e o dote pequeno, a princesa consentiu em celebrar o casamento antes da Quaresma. Decidiu que prepararia toda a parte pequena do dote agora mesmo, e a parte grande, mais tarde, e ficou muito zangada com Lióvin, que não conseguia, de modo algum, responder-lhe seriamente se anuía a tanto ou não. Essa decisão era ainda mais apropriada porque o jovem casal iria, logo depois do casamento, para a fazenda, onde os componentes do dote grande não lhe seriam necessários.

Lióvin permanecia naquele mesmo estado de loucura em que lhe parecia que ele próprio e sua felicidade constituíam o principal e único objetivo de todo o existente, que ora não lhe cumpria mais refletir em nada nem cuidar de coisa nenhuma, e que tudo se fazia e seria feito pelos outros em seu benefício. Sequer tinha planos ou metas de sua vida futura, deixando que os outros se incumbissem dessa tarefa e sabendo, desde já, que tudo daria certo. Seu irmão Serguei Ivânovitch, Stepan Arkáditch e a princesa orientavam-no quanto àquilo que devia fazer. E ele estava de pleno acordo com tudo quanto lhe propusessem. Seu irmão contraiu um empréstimo para ele, a princesa aconselhou que saísse de Moscou após o casamento. Stepan Arkáditch sugeriu que o casal fosse para o estrangeiro. Lióvin concordou com tudo. "Façam o que quiserem, se isso os entretiver. Eu cá estou feliz, e minha felicidade não pode ser maior nem menor, façam aí o que fizerem", andava pensando. Quando participou a Kitty o conselho de Stepan Arkáditch, o de irem para o estrangeiro, ficou todo surpreso porque ela não concordou, tendo certas exigências próprias com relação à futura vida conjugal. Kitty estava ciente de Lióvin ter um negócio em sua fazenda e de gostar daquele negócio. Além de não entender, pelo que ele percebia, qual era seu negócio, nem se dispunha a entendê-lo. Isso não a impedia, porém, de achar aquele negócio bem importante. Assim sendo, Kitty sabia que eles morariam na fazenda e não queria ir para o estrangeiro, onde não pretendia morar, mas para onde seria sua casa. Lióvin surpreendeu-se com essa explícita intenção, mas, uma vez que não se importava com nada mesmo, pediu logo que Stepan Arkáditch partisse, como se fosse a obrigação dele, para a fazenda e arranjasse lá tudo quanto pudesse, com aquele bom gosto que tinha de sobra.

— Mas escute — disse Stepan Arkáditch a Lióvin ao voltar da fazenda, onde havia arranjado tudo para a vinda do jovem casal —: será que você pode comprovar a sua religiosidade?

— Não. Por quê?

— Sem isso, não tem como se casar na igreja.

— Ai, ai, ai! — exclamou Lióvin. — Faz uns nove anos, parece, que não jejuo nem comungo. Não pensei nisso.

— Essa é boa! — disse Stepan Arkáditch, rindo. — E ainda me chama de niilista! Só que não pode ser assim. Você precisa da comunhão.

— Mas como? Só faltam quatro dias.

Stepan Arkáditch arranjou isso também. E Lióvin entrou em jejum. Para ele, que não tinha fé e, ao mesmo tempo, respeitava as crenças de outrem, era muito difícil assistir a diversos rituais religiosos e participar deles. Agora que estava sensível a tudo, nesse amolecimento espiritual que vivenciava, a necessidade de fingir parecia-lhe não apenas penosa, mas até mesmo totalmente impossível. Agora que estava tão glorioso, que florescia tanto, precisaria mentir ou então blasfemar, mas não se sentia capaz nem disto nem daquilo. Contudo, por mais que indagasse a Stepan Arkáditch se podia obter a certidão de religiosidade sem ter jejuado nem comungado, Stepan Arkáditch insistia que era inviável.

— O que é que custa jejuar por dois dias? E ele é um velhinho muito amável e inteligente. Vai extrair esse seu dente de modo que você nem perceba.

Indo à primeira missa, Lióvin tentou refrescar, em seu íntimo, as lembranças juvenis daquele forte sentimento religioso que tivera entre os dezesseis e dezessete anos, porém se convenceu logo de que isso lhe seria absolutamente impossível. Tentou ver em tudo um hábito oco, privado de toda e qualquer relevância, algo semelhante à costumeira troca de visitas, mas acabou sentindo que nem isso poderia fazer em caso algum. Tratava a religião como a tratava a maioria dos seus contemporâneos, ou seja, da maneira mais imprecisa. Não conseguia acreditar e, ao mesmo tempo, não tinha plena firmeza em sua convicção de tudo isso ser inacreditável. Portanto, sem poder acreditar na significância do que estava fazendo nem tratá-lo de forma indiferente, como uma simples formalidade, ele ficou, ao longo de todo o jejum, embaraçado e cheio de vergonha por fazer algo que nem sequer entendia, algo que era, conforme lhe dizia uma voz interior, falso e indecente.

Durante a missa, ora escutava as orações, buscando revesti-las de um significado que não divergisse das suas próprias opiniões, ora se esforçava para não mais escutá-las, sentindo que não as compreendia e tinha de criticá-las, e entregava-se às suas ideias, observações e recordações, as quais rodopiavam em sua cabeça, com uma viveza extraordinária, enquanto ele estava em pé, ocioso no meio da igreja.

Assistiu à missa diurna, depois à missa vespertina; cumpriu todas as regras noturnas e, no dia seguinte, acordou mais cedo que de costume e, sem tomar chá, foi à igreja, às oito horas da manhã, para cumprir as regras matinais e confessar.

Não havia ninguém na igreja, além de um soldado indigente, duas velhinhas e alguns clérigos.

Um jovem diácono, cuja fina sotaina moldava nitidamente as metades de seu dorso comprido, recebeu-o e, acercando-se logo de uma mesinha posta rente à parede, começou a ler as regras. À medida que lia, sobretudo ao repetir, frequente e rapidamente, as mesmas palavras: "Tende piedade, Senhor", que soavam como "piedads, piedads", Lióvin sentia que seu pensamento estava vedado e lacrado, que não se devia tocar nem remexer nele agora, senão haveria uma confusão, e, portanto, continuava postado atrás do diácono, sem lhe dar ouvidos, e refletia em seus assuntos pessoais. "É pasmosa aquela expressividade que a mão dela tem!", pensava, recordando como eles estavam sentados, na véspera, à mesa lateral. Não tinham nada a dizer um ao outro, como quase sempre lhes ocorria nesse meio-tempo, e ela, colocando a mão sobre a mesa, abria-a e fechava-a, e depois se punha a rir, observando o movimento de sua mão. Recordou como beijara essa mão e depois se quedara mirando as linhas que convergiam na palma rosada. "De novo *piedads*", pensou Lióvin, benzendo-se, com uma mesura, e olhando para o dorso flexível do diácono, que se curvava. "Depois ela tomou minha mão e ficou examinando as linhas... e disse que minha mão era bonita." Olhou para sua mão e para a mão curta do diácono. "Sim, vai acabar daqui a pouco", pensou. "Não, parece que recomeçaram outra vez", prosseguiu, atentando nas orações. "Não, já está acabando: eis que ele se inclina até o chão. Sempre se faz isso pelo fim do ofício."

Tomando discretamente, com a mão a girar no canhão de *plys*,[1] uma nota de três rublos, o diácono disse que ia anotar e, ressoando os passos

---

[1] Tecido felpudo e macio, espécie de veludo (em sueco).

de suas botas novinhas pelo lajeado da igreja vazia, passou para o altar. Ao cabo de um minuto, assomou dali e acenou para Lióvin. Até então vedado, o pensamento tornou a mexer-se na cabeça de Lióvin, mas ele se apressou a abafá-lo. "Darei um jeitinho", pensou, aproximando-se do ambão.[2] Subiu uns degraus e, virando-se para a direita, avistou o sacerdote. Aquele velhinho, de barba rala, meio embranquecida, e olhos bondosos e fatigados, estava perto do facistol[3] e folheava um missal. Saudando Lióvin com uma leve mesura, pôs-se logo a ler orações, em tom rotineiro. Ao terminar, inclinou-se até o chão e voltou-se para Lióvin.

— Aqui Cristo fica em sua frente, invisível, e recebe a confissão sua — disse, apontando para o crucifixo. — O senhor acredita em tudo quanto nos ensina a santa igreja apostólica? — continuou, desviando os olhos do rosto de Lióvin e cruzando as mãos embaixo da sua estola.[4]

— Tenho duvidado... duvido de tudo — balbuciou Lióvin, com uma voz desagradável para ele mesmo, e calou-se.

O sacerdote esperou por alguns segundos, disposto a ver se não lhe diria alguma coisa a mais, fechou os olhos e respondeu depressa, salientando o "o" com um sotaque típico de Vladímir:[5]

— As dúvidas são inerentes à fraqueza humana, porém nos cumpre rezar para que nosso Deus misericordioso nos fortaleça. Que pecados especiais é que tem? — acrescentou sem o mínimo intervalo, como quem fizesse questão de não perder seu tempo à toa.

— Meu principal pecado é a dúvida. Descreio de tudo e, na maior parte das vezes, fico na dúvida.

— A dúvida é inerente à fraqueza humana... — O sacerdote repetiu as mesmas palavras. — De que é que principalmente está duvidando?

— De tudo. Às vezes, duvido mesmo de que Deus exista — disse Lióvin, sem querer, e horrorizou-se com a indecência do dito. Contudo, as palavras de Lióvin não pareciam ter impressionado o sacerdote.

— Como se poderia duvidar de que Deus existe? — respondeu ele rapidamente, com um sorriso quase imperceptível.

Lióvin estava calado.

---

[2] Estrado, posteriormente substituído pelo púlpito, em que se faziam sermões e cânticos litúrgicos.

[3] Estante para livros religiosos.

[4] Larga tira de pano que os sacerdotes passam por trás do pescoço, cruzando as pontas dela sobre o peito.

[5] Antiga cidade localizada na parte europeia da Rússia, a leste de Moscou.

— Como o senhor pode descrer da existência do Criador, desde que contempla as criações dele? — O sacerdote falava rápido, num tom costumeiro. — Quem foi que adornou o firmamento com astros? Quem revestiu a terra de sua beleza? Como seria tudo, se o Criador não existisse? — continuou, fixando em Lióvin um olhar interrogativo.

Lióvin percebia que seria vergonhoso travar uma disputa filosófica com um clérigo, portanto respondeu só aquilo que concernia diretamente a essa questão.

— Não sei — respondeu.

— Não sabe? Então como duvida de que Deus criou tudo? — disse o sacerdote, jovialmente perplexo.

— Não compreendo nada — disse Lióvin, enrubescendo e sentindo que suas falas eram estúpidas e não poderiam deixar de ser estúpidas numa situação dessas.

— Reze a Deus e peça a Ele. Até os pais santos tinham dúvidas e pediam que Deus lhes fortalecesse a fé. O diabo é muito poderoso, e nós não devemos ceder a ele. Reze a Deus, peça a Deus. Reze a Deus — repetiu o sacerdote, apressadamente.

Calou-se por algum tempo, como se estivesse refletindo.

— Ouvi dizerem que o senhor estava para desposar a filha de meu paroquiano e filho espiritual, príncipe Chtcherbátski? — acrescentou, sorridente. — É uma bela moça!

— Sim — respondeu Lióvin, corando com a alusão do sacerdote. "Por que precisa indagar sobre isso na hora da confissão?", pensou.

E, como se reagisse ao seu pensamento, o sacerdote lhe disse:

— O senhor está para se casar, e pode ser que Deus o agracie com uma prole, não é? Então que tipo de educação poderá dar aos seus filhinhos, se não vencer antes essa tentação diabólica que o leva para a descrença? — perguntou, com um suave reproche. — Se amar seu filho, não desejará, como um bom pai, que seu póstero seja apenas rico, opulento e honrado: desejará igualmente que venha a ser salvo, que a luz da verdade espiritual o ilumine. Não é mesmo? O que é que vai responder, pois, quando esse menino inocente lhe perguntar: "Paizinho, quem foi que criou tudo o que me encanta neste mundo: a terra, as águas, o sol, as flores, as ervas?" Será que o senhor vai responder: "Não sei"? Não pode deixar de sabê-lo, já que Deus, nosso Senhor, explicitou-lhe isso em Sua graça suprema. Ou digamos que seu filho lhe perguntará: "O que espera por mim na vida póstuma?". O que o senhor dirá para ele, se não sabe de nada? Como é que responderá ao seu filho? Vai entregá-lo aos charmes do mundo e do diabo? Isso é ruim! — disse e calou-se, inclinando a cabeça para um lado e fitando Lióvin com seus olhos bondosos e dóceis.

De pronto, Lióvin não respondeu nada: não porque não queria discutir com um clérigo, mas antes porque ninguém lhe fazia ainda tais perguntas. Até que seus filhinhos lhe perguntassem acerca disso, teria bastante tempo para ponderar suas respostas.

— Está ingressando numa época de sua vida — prosseguiu o sacerdote — em que deverá escolher um caminho e segui-lo. Reze a Deus, para que Ele o ajude, misericordioso que é, e tenha piedade do senhor — concluiu. — "Senhor Deus nosso, Jesus Cristo, pela bem-aventurança e generosidade de Seu amor ao homem, seja perdoado esse Seu filho..." — E, terminando a oração absolvente, o sacerdote benzeu Lióvin e despediu-se dele.

Voltando para casa naquele dia, Lióvin se sentia alegre porquanto seu estado constrangedor chegara ao fim sem que ele precisasse mentir. Restava-lhe, ademais, uma vaga lembrança de que o discurso daquele velhinho gentil e bondoso não era, de forma alguma, tão bobo quanto lhe parecera inicialmente, e que havia nisso algo que ele teria de assimilar.

"É claro que não será agora", pensava Lióvin, "mas depois, um dia, quem sabe...". Agora sentia, mais do que antes, que sua alma não estava totalmente serena e pura, e que ele tratava a religião da mesma maneira que discernia claramente e desaprovava em outrem, da maneira pela qual censurava seu companheiro Sviiájski.

Indo com sua noiva passar a tarde na casa de Dolly, Lióvin estava sobremodo alegre e, para explicar a Stepan Arkáditch esse estado de excitação em que se encontrava, disse que estava alegre como um cachorro ensinado a pular através de um aro, que compreendera afinal e fizera o que devia fazer, e agora, guinchando e abanando o rabinho, pulava, enlevado, sobre as mesas e as janelas.

## II

No dia do casamento, Lióvin não viu sua noiva, conforme o hábito (a princesa e Dária Alexândrovna insistiam rigorosamente em serem respeitados todos os hábitos), e ficou almoçando em seu hotel, em companhia de três solteiros reunidos por mero acaso: Serguei Ivânovitch; Katavássov, seu colega universitário e agora professor de ciências naturais, com quem Lióvin cruzara no meio da rua, arrastando-o para seu almoço, e seu padrinho de casamento Tchírikov, juiz de paz moscovita que acompanhava Lióvin em suas caças aos ursos. O almoço foi muito alegre. Serguei Ivânovitch estava de ótimo humor e divertia-se com a originalidade de Katavássov. Sentindo que sua originalidade era compreendida e apreciada, Katavássov não parava de exibi-la. Tchírikov participava, jovial e bem-disposto, de cada conversa.

— Mas que sujeito esclarecido — dizia Katavássov, arrastando as palavras como costumava fazer em suas aulas — é que era nosso amigo Konstantin Dmítritch. Estou falando de ausentes, porque ele não está mais aqui. Gostava de ciências então, ao sair da universidade, e tinha alguns interesses humanos; só que agora metade dos seus talentos serve para ludibriar a si mesmo, e outra metade, para justificar esse ludíbrio.

— O senhor é o inimigo mais ferrenho do matrimônio que já vi — disse Serguei Ivânovitch.

— Não sou inimigo, não. Sou a favor da divisão do trabalho. As pessoas que não sabem fazer nada devem fazer outras pessoas, e as demais pessoas, contribuir para a educação e a felicidade delas. É assim que penso. "Muitos querem misturar aqueles dois ofícios, mas não sou um deles".[6]

— Como ficarei feliz ao saber que você também se apaixonou! — disse Lióvin. — Convide-me, por favor, para seu casamento.

— Já estou apaixonado.

— Sim, por uma siba.[7] Você sabe — Lióvin se dirigiu ao seu irmão — que Mikhail Semiônytch escreve um tratado sobre a alimentação e...

— Não confunda as coisas aí! Pouco importa de que se trata. É que, de fato, gosto muito da siba.

— Mas ela não o impedirá de amar sua mulher.

— Ela não impedirá: é minha mulher quem vai impedir.

— Como assim?

— Ainda vai ver. Você gosta de sua fazenda, de caça... Vai ver mesmo!

— Pois Arkhip disse hoje que havia um mundaréu de alces em Prúdnoie e dois ursos também — comentou Tchírikov.

— Não, você vai caçá-los sem mim.

— Verdade pura — disse Serguei Ivânovitch. — Daqui em diante, adeus à caça aos ursos, que sua mulher não vai permitir!

Lióvin sorriu. A ideia de que sua mulher não lhe permitiria caçar os ursos era tão agradável que ele estava prestes a desistir, para todo o sempre, daquele prazer de caçá-los.

— Ainda assim, é pena que matem os dois ursos sem você. Lembra como foi da última vez, em Khapílovo? Seria uma caça maravilhosa — disse Tchírikov.

---

[6] Cita-se um trecho da comédia *A desgraça de ser inteligente*, de Alexandr Griboiédov (1795-1829).

[7] Nome comum aos moluscos cefalópodes do gênero *Sepia*, de corpo achatado e concha interna reduzida, providos de bolsa pela qual segregam e ejetam substância que escurece a água para confundir os inimigos (*Dicionário Caldas Aulete*).

Lióvin não queria desapontá-lo dizendo que nenhures podia haver nada de bom sem Kitty, portanto não respondeu nada.

— Não foi à toa que se estabeleceu esse hábito de se despedir da vida solteira — disse Serguei Ivânovitch. — Por mais feliz que fique, é pena que vá perder sua liberdade.

— Confesse que tem aquela vontadezinha do noivo de Gógol, a de pular da janela![8]

— Tem, com certeza, mas não vai confessar! — replicou Katavássov, com uma risada sonora.

— Pois bem, a janela está aberta... Vamos agora para Tver! Uma só ursa, dá para apanhá-la na toca. Sério: vamos pegar o trem das cinco! E eles que façam o que quiserem — disse, sorrindo, Tchírikov.

— Não, juro por Deus — respondeu Lióvin, também sorridente — que não consigo encontrar, cá na alma, esse lamento da liberdade perdida!

— Mas agora há tanto caos, nessa sua alma, que não encontrará nada mesmo — disse Katavássov. — Espere aí: quando se acostumar um pouquinho, vai encontrá-lo!

— Não: eu sentiria, ao menos um pouco, que, além do meu sentimento (não quis dizer, na frente dele, "do meu amor")... e da minha felicidade, seria penoso se perdesse a liberdade... Pelo contrário, estou feliz justamente com essa perda.

— Está mal mesmo. Não tem jeito! — disse Katavássov. — Brindemos, pois, à sua cura ou desejemos somente que, pelo menos, um centésimo dos seus devaneios se realize. Então já será a maior felicidade que jamais existiu na face da terra!

Logo após o almoço, os convidados se retiraram a fim de trocarem, na hora certa, de roupas para o casamento.

Uma vez só, relembrando as conversas desses solteiros, Lióvin tornou a questionar, em seu íntimo, se lamentava mesmo, no fundo da alma, a perda da liberdade de que eles tinham falado. Sorriu com essa questão. "Liberdade? Por que precisaria de liberdade? A felicidade consiste apenas em amá-la, em desejar o que ela deseja, em pensar o que ela pensa, ou seja, em não ter liberdade alguma — seria essa a felicidade!"

"Mas será que conheço os pensamentos, os desejos, os sentimentos dela?", cochichou-lhe, de súbito, uma voz. O sorriso sumiu do seu rosto; ele ficou pensativo. E, de repente, teve uma sensação esquisita. Sentiu medo e dúvida, passou a duvidar de tudo.

---

[8] Alusão ao protagonista da comédia *O casório*, de Nikolai Gógol, que fugiu no dia de seu casamento, saltando de uma janela, e desapareceu.

"E se ela não me ama? Se ela se casa comigo apenas para se casar com alguém? Se ela mesma não sabe o que está fazendo?", perguntava a si mesmo. "Pode mudar de ideia e compreender, depois de casada, que não me ama, que nunca teve amor por mim." E várias ideias estranhas, as mais malignas ideias sobre Kitty foram surgindo em sua mente. Ficou tão enciumado por causa de Vrônski quanto um ano antes, como se o baile em que a vira com Vrônski datasse da véspera. Chegou a supor que ela lhe ocultasse alguma coisa.

Levantou-se num pulo. "Não pode ser assim, não!", disse consigo, desesperado. "Vou à casa dela, vou perguntar, direi pela última vez: estamos livres, não seria melhor pararmos? Qualquer coisa seria melhor do que uma desgraça eterna, um vexame, uma traição!!!" Com desespero no coração, zangado com todas as pessoas, consigo mesmo e com sua noiva, saiu do hotel e foi à casa dela.

Ninguém esperava por ele. Encontrou Kitty nos cômodos dos fundos. Sentada sobre um baú, ela deliberava, com sua criada, a respeito de alguma coisa, revolvendo os vestidos de várias cores, espalhados pelos espaldares das cadeiras e amontoados no chão.

— Ah! — exclamou, ao vê-lo, e ficou toda radiante de alegria. — Como você, como é que o senhor (tratava-o, até esse último dia, ora por "você", ora por "senhor") está aí? Não esperava! Estou mexendo aqui com meus vestidos de moça: qual deles daria a quem...

— Ah, é? Muito bem — disse ele, fixando um olhar sombrio em sua criada.

— Saia, Duniacha, que vou chamá-la depois — disse Kitty. — O que você tem? — perguntou, tratando-o resolutamente por "você" desde que a criada saíra. Ao reparar em sua expressão estranha, emocionada e mal-humorada, sentiu medo.

— Estou angustiado, Kitty! Não posso ficar angustiado sozinho — respondeu Lióvin, com uma voz que revelava seu desespero, parando na frente dela e olhando, com súplica, em seus olhos. Já percebia, pelo seu rosto franco e amoroso, que sua intenção de lhe dizer aquilo não resultaria em nada, mas, ainda assim, precisava que ela mesma o dissuadisse. — Vim para dizer que ainda temos tempo. Ainda podemos desfazer e refazer tudo isso.

— O quê? Não entendo nada. O que tem?

— O que disse mil vezes, o que não posso deixar de achar... É que não a mereço. Você não pode ter consentido em casar-se comigo. Pense um pouco. Está enganada. Pense bem nisso. Não pode ser que você me ame... Se... É melhor que me diga — Ele falava sem olhar para Kitty. — Ficarei infeliz. Que todos digam o que quiserem: qualquer coisa é melhor do que uma desgraça... Qualquer coisa, contanto que se faça agora, enquanto tivermos tempo...

— Não entendo — respondeu ela, assustada. — Quer dizer que é melhor desistir... que não devemos?

— Se você não me ama, sim.

— Está louco! — exclamou Kitty, enrubescendo de tanto desgosto.

Todavia, o rosto de Lióvin estava tão lastimável que ela conteve esse seu desgosto e, jogando os vestidos fora de uma poltrona, sentou-se ao lado dele.

— O que está achando? Diga tudo.

— Acho que você não pode amar-me. Por que é que me amaria?

— Meu Deus! O que é que posso?... — disse ela e ficou chorando.

— Ah, o que fiz! — exclamou Lióvin e, ajoelhado em sua frente, pôs-se a beijar as mãos dela.

Quando a princesa entrou no quarto, cinco minutos depois, encontrou-os totalmente reconciliados. Kitty não apenas persuadira seu noivo de que o amava, mas até mesmo lhe explicara, respondendo à sua pergunta, por que o amava. Dissera-lhe que o amava por compreendê-lo inteiramente, por saber o que ele devia amar, e porque tudo quanto ele amasse era bom. E Lióvin achara isso perfeitamente claro. Quando a princesa entrou no quarto, eles estavam sentados, juntinhos, sobre o baú, revolviam os vestidos e discutiam sobre aquele vestido marrom que Kitty usava quando Lióvin a pedira em casamento, e que agora ela queria oferecer para Duniacha, insistindo Lióvin que não desse aquele vestido a ninguém, mas oferecesse para Duniacha um vestido azul.

— Como você não entende? Ela é morena, e esse vestido não combina com ela... Já calculei tudo aqui.

Ao saber por que Lióvin viera, a princesa se zangou, meio brincando, meio para valer, e mandou-o de volta para casa, dizendo que ele precisava trocar de roupas, que Kitty ia fazer seu penteado e que Charles já estava para chegar.

— Ela não tem comido nada nesses últimos dias e já ficou meio feiinha, e você ainda vem perturbá-la com suas bobagens — disse-lhe. — Vá embora, meu queridinho, vá logo.

Confuso, envergonhado, mas acalmado, Lióvin voltou para seu hotel. Seu irmão, Dária Alexândrovna e Stepan Arkáditch, todos com trajes de gala, já esperavam por ele, querendo abençoá-lo com um ícone. Não tinham mais tempo a perder. Dária Alexândrovna teria ainda de ir para casa, buscar seu filho engomadinho e frisadinho que levaria o ícone atrás da noiva. Depois teria de mandar uma carruagem à casa do padrinho e outra carruagem, que usaria Serguei Ivânovitch, de volta... Havia, de modo geral, muitos problemas bem complicados a resolver. Uma só coisa era indubitável: não tinham mais tempo a perder, pois já eram seis horas e meia.

A bênção icônica não deu certo. Stepan Arkáditch tomou uma pose comicamente solene, ao lado de sua mulher, pegou o ícone e, mandando que Lióvin se curvasse até o chão, abençoou-o, com um sorriso bondoso e jocoso, e beijou-o três vezes; fazendo o mesmo, Dária Alexândrovna ficou logo azafamada, querendo ir embora e confundindo de novo os itinerários predefinidos das carruagens.

— Então vamos fazer o seguinte: você vai, em nossa carruagem, buscá-lo, e Serguei Ivânovitch, se tivesse a bondade de ir lá e mandasse depois trazer o padrinho...

— Pois bem, ficaria muito contente.

— E a gente volta logo com ele. Despachou as malas? — disse Stepan Arkáditch.

— Despachei — respondeu Lióvin, mandando que Kuzmá trouxesse suas roupas.

### III

Uma multidão de pessoas, principalmente mulheres, rodeava a igreja iluminada por ocasião do casamento. As que não tinham conseguido entrar espremiam-se, aos empurrões, rente às janelas, discutindo e olhando através das grades.

Os gendarmes já haviam disposto mais de vinte carruagens ao longo da rua. Se bem que fizesse muito frio, um oficial de polícia estava à entrada, vestindo um rútilo uniforme. As carruagens não cessavam de chegar; ora as damas cobertas de flores, que soerguiam as caudas de seus vestidos, ora os cavalheiros, que tiravam seus bonés ou chapéus negros, ingressavam na igreja. Lá dentro, já estavam acesos ambos os lustres e todas as velas a arderem diante dos ícones. O fulgor de ouro sobre o fundo vermelho da iconóstase,[9] os entalhos dourados dos ícones, a prata dos candelabros e castiçais, as lajes do piso, as pequenas esteiras, os pendões suspensos no coro, os degraus do ambão, os velhos livros enegrecidos, as batinas e os *stikhars*[10] — tudo se banhava em luz. Do lado direito da igreja aquecida, em meio a casacas e gravatas brancas, uniformes e roupas de *stoff*,[11] veludo e cetim, penteados e

---

[9] Na prática cotidiana dos cristãos ortodoxos, um tríptico portátil coberto de imagens de santos e instalado no espaço mais visível de uma habitação ou, no caso, de uma igreja.

[10] Vestes retas e compridas, de mangas largas, usadas pelos clérigos durante as cerimônias religiosas.

[11] Tecido encorpado e ornamentado de seda ou lã (em alemão).

flores, ombros e braços nus e luvas compridas, levava-se uma conversa reservada, mas animada, cujo som repercutia bizarramente sob a cúpula alta. Cada vez que se ouvia o guincho da porta aberta, a multidão parava de falar, e todos viravam a cabeça, esperando pela chegada dos noivos. Todavia, a porta já se abrira mais de dez vezes, e quem entrava era um convidado, ou então uma convidada, que se uniam, atrasados, àquele círculo de eleitos, do lado direito, ou uma intrusa que se juntava, ao enganar ou sensibilizar o oficial de polícia, à turba de estranhos, do lado esquerdo. Tanto os parentes quanto os aderentes já tinham atravessado todas as fases da espera.

Achavam, a princípio, que os noivos chegariam em poucos minutos, sem ligarem a mínima importância ao seu atraso. Depois começaram a olhar amiúde para a porta, comentando que algo podia ter acontecido. Enfim o atraso se tornou constrangedor, de sorte que os parentes e convidados já insistiam em fingir que se preocupavam apenas com sua conversa e nem pensavam nos noivos.

O arquidiácono pigarreava impaciente, como se recordasse quão valioso era seu tempo, e seus pigarros faziam as vidraças estremecerem. Os coristas, que estavam entediados, ora testavam a voz ora assoavam o nariz. O sacerdote mandava ora o sacristão, ora o diácono perguntarem se o noivo já havia chegado e acercava-se volta e meia, de sotaina lilás e cinto bordado, da porta lateral, esperando por ele. Afinal, uma das damas consultou seu relógio e disse: "Mas isso é estranho!", e todos os presentes se agitaram, passando a expressar em voz alta seus pasmo e descontentamento. Um dos padrinhos foi informar-se sobre o que teria acontecido. Nesse ínterim, Kitty já estava pronta havia muito tempo: de vestido branco, com véu comprido e grinalda de flores de laranjeira, estava no salão da casa dos Chtcherbátski, com sua madrinha e irmã Lvova, e olhava pela janela, esperando em vão, por mais de meia hora, pela notícia de que seu noivo chegara à igreja.

Enquanto isso, Lióvin, já de calça, mas sem colete nem casaca, andava pelo seu quarto, de lá para cá, assomando repetidamente pela porta e examinando o corredor. Não avistava, porém, a pessoa pela qual esperava, lá no corredor, e retornava desesperado ao quarto e, agitando as mãos, dirigia-se a Stepan Arkáditch, que fumava com toda a tranquilidade.

— Será que alguém já ficou numa situação tão horrivelmente ridícula? — dizia ele.

— Sim, é tolo — confirmava Stepan Arkáditch, com um sorriso suavizante. — Mas se acalme: agora vão trazer.

— Não, mas como? — dizia Lióvin, com uma fúria reprimida. — E esses ridículos coletes abertos! É impossível! — dizia, olhando para a frente amarfanhada de sua camisa. — E se minhas bagagens já foram levadas para a estação ferroviária? — exclamou, com desespero.

— Então vai usar a minha.
— Demorou a dizer isso!
— Não é bom ser ridículo... Espere, que tudo se arranja.

O problema era que Kuzmá, o velho criado de Lióvin, trouxera a casaca, o colete e tudo o que seria necessário para Lióvin se vestir, mas...

— E a camisa? — exclamou Lióvin.

— O senhor está de camisa — respondeu Kuzmá, com um sorriso imperturbável.

Nem pensara em separar uma camisa limpa e, recebendo a ordem de empacotar todos os pertences de seu patrão e de levá-los à casa dos Chtcherbátski, de onde os recém-casados partiriam, na mesma noite, para a fazenda, fizera exatamente aquilo, ou seja, empacotara tudo à exceção da casaca. A camisa, que Lióvin pusera pela manhã, estava amassada, e não seria possível usá-la embaixo de um colete aberto. A casa dos Chtcherbátski ficava longe. Mandaram então comprar uma camisa nova. O lacaio voltou pouco depois: estava tudo fechado aos domingos. Mandaram trazer uma camisa da casa de Stepan Arkáditch: era por demais folgada e curta. Mandaram, por fim, que abrissem as malas na casa dos Chtcherbátski. Esperava-se pelo noivo na igreja, e ele, como uma fera enjaulada, andava pelo seu quarto, espiava o corredor e cogitava, horrorizado e desesperado, no que dissera a Kitty e no que ela podia pensar agora.

Finalmente, o culpado Kuzmá irrompeu, sem fôlego, no quarto, com uma camisa nas mãos.

— Foi por pouco. Já colocavam tudo numa carroça — disse Kuzmá.

Ao cabo de três minutos, sem consultar o relógio para não avivar as feridas, Lióvin corria em disparada pelo corredor.

— Não adianta correr, não — dizia Stepan Arkáditch, sorridente, acompanhando-o sem pressa alguma. — Tudo se arranja, tudo... sou eu que lhe digo.

## IV

— Chegaram! — Lá vem ele! — Qual dos dois? — Aquele mais novo, hein? — E ela, menina, está mais morta que viva! — dizia-se no meio da multidão, quando Lióvin, ao encontrar sua noiva à entrada, ingressou na igreja com ela.

Stepan Arkáditch já participara a razão do atraso à sua esposa, e os convidados estavam sorrindo e cochichando entre si. Lióvin não via ninguém nem nada: fitava sua noiva sem lhe despregar os olhos.

Todos diziam que ela perdera a graça, nesses últimos tempos, e não estava, no dia de seu casamento, nem de longe tão bonita como de praxe, mas Lióvin não pensava assim. Olhava para seu penteado alto, com aquele comprido véu branco e várias flores brancas, para o franzido de sua gola alta, que escondia seu longo pescoço de ambos os lados, de maneira especialmente pudica, porém o deixava aberto de frente, e para sua cintura pasmosamente fina, e achava sua noiva mais linda do que nunca, não porque essas flores, esse véu, esse vestido encomendado em Paris, acrescentavam algo à sua beleza, mas porque, apesar dessa opulência proposital de seu traje, o rosto querido, o olhar e os lábios dela expressavam a mesma veracidade ingênua que lhe era tão peculiar.

— Já pensava que você queria fugir — disse ela, sorrindo para Lióvin.

— O que se deu comigo foi tão bobo: estou com vergonha de falar! — respondeu ele, corando, e teve de se voltar para Serguei Ivânovitch, que viera.

— Essa foi boa, sua história com a camisa! — disse Serguei Ivânovitch, balançando de leve a cabeça e sorrindo.

— Foi, sim — replicou Lióvin, sem entender o que lhe diziam.

— Pois bem, Kóstia: agora precisamos resolver — disse Stepan Arkáditch, fingindo que estava assustado — um problema bem importante. É justo agora que você está em condição de avaliar toda a envergadura dele. Perguntam para mim se vão acender as velas usadas ou as novas. A diferença é de dez rublos — adicionou, juntando os lábios num sorrisinho. — Tomei minha decisão, mas temo que você não concorde.

Lióvin compreendeu que era uma brincadeira, mas não conseguiu nem sorrir.

— Pois seriam as velas usadas ou as novas? Eis a questão.

— As novas, sim, as novas!

— Fico muito contente. Resolvido o problema! — disse Stepan Arkáditch, sorridente. — Mas como é que as pessoas se apalermam nessa situação — dirigiu-se a Tchírikov, quando Lióvin, ao mirá-lo distraído, achegou-se à sua noiva.

— Veja aí, Kitty, se será a primeira a pisar sobre o tapete — disse a condessa Nordstone, aproximando-se do casal. — Mas o senhor pregou uma peça — dirigiu-se a Lióvin.

— Não estás com medo, estás? — perguntou Maria Dmítrievna, a velha tia.

— Não te sentes bem? Estás pálida. Espera, inclina a cabeça! — disse Lvova, a irmã de Kitty, e, arredondando seus lindos braços roliços, ajeitou, com um sorriso, as flores na cabeça dela.

Dolly também se aproximou da irmã: queria dizer algo, mas não conseguia, apenas chorava e ria de modo antinatural.

Kitty mirava todos com o mesmo olhar ausente de Lióvin. A todos os discursos que se destinavam a ela, só podia responder com um sorriso feliz, agora tão natural para ela.

Nesse meio-tempo, os clérigos se vestiram, e o sacerdote avançou, com o diácono, até o facistol instalado no átrio da igreja. O sacerdote disse algo a Lióvin. Lióvin não ouviu direito o que dissera o sacerdote.

— Tome a mão da noiva e conduza-a — disse-lhe o padrinho.

Lióvin demorou a entender o que lhe exigiam. Ficaram, por muito tempo, a corrigi-lo e já queriam desistir, porquanto tomava a mão errada ou então com a mão errada, quando ele compreendeu, finalmente, que precisava tomar com a mão direita, sem mudar de posição, a mão direita da noiva. Tão logo tomou sua mão, como se devia tomá-la, o sacerdote deu alguns passos à frente do casal e parou junto ao facistol. Com o zumbido das conversas e o ruge-ruge das caudas, a multidão de parentes e aderentes seguiu-os. Alguém se inclinou para ajeitar a cauda do vestido da noiva. Fez-se tamanho silêncio, ali na igreja, que se podia ouvir as gotas de cera caírem das velas.

O sacerdote velhinho, cujas mechas embranquecidas, brilhosas como a prata, estavam puxadas de ambos os lados, por trás das orelhas, e comprimidas pela sua *kamilavka*,[12] tirara as mãozinhas senis de baixo da sua pesada casula prateada, com uma cruz de ouro nas costas, e remexia em algo, ao lado do facistol.

Stepan Arkáditch aproximou-se prudentemente dele, sussurrou algumas palavras e, piscando para Lióvin, voltou para seu lugar.

O sacerdote acendeu duas velas ornadas de flores, segurando-as, com a mão esquerda, meio oblíquas, de modo que a cera pingava delas bem devagar, e virou-se para os nubentes. Era o mesmo sacerdote que confessara Lióvin. Fixou um olhar cansado e triste nos noivos, suspirou e, retirando a mão direita de baixo da sua casula, benzeu o noivo com ela e depois, da mesma maneira, porém com certo matiz de delicada ternura, tocou, juntando os dedos, a cabeça curvada de Kitty. A seguir, entregou-lhes as velas e, pegando o incensório, afastou-se lentamente deles.

"Será verdade?", pensou Lióvin, olhando para sua noiva. Via-a de perfil, um tanto de cima, e já sabia, pelo estremecer quase imperceptível de seus lábios e cílios, que ela sentira o olhar dele. Não se virou, mas o franzido de sua gola alta moveu-se, subindo até sua pequena orelha rosada. Lióvin percebeu que um suspiro entorpecera em seu peito e que sua mãozinha enluvada, a que segurava a vela, passara a tremer.

Toda aquela correria por causa da camisa, o atraso, a conversa com os parentes e conhecidos, o aborrecimento deles, a situação ridícula do noivo — tudo sumiu num átimo, e Lióvin sentiu alegria e medo.

---

[12] Barrete usado por clérigos (em russo).

O arquidiácono bonito e alto, de *stikhar* prateado, cujos cachos penteados se encrespavam de ambos os lados da cabeça, avançou com desenvoltura e, soerguendo rotineiramente, com dois dedos, sua *orar*,[13] veio postar-se defronte ao sacerdote.

"A-ben-ço-ai, So-be-ra-no!", ouviram-se, uma por uma, as palavras solenes e vagarosas, fazendo oscilarem as ondas de ar.

"Deus seja louvado ora e sempre, e por todos os séculos", respondeu o sacerdote velhinho, com uma voz mansa e cantante, enquanto remexia ainda algo sobre o facistol. E elevou-se, potente e harmonioso, e encheu toda a igreja, desde as janelas até as abóbadas, e reforçou-se, e deteve-se por um instante, e extinguiu-se, pouco a pouco, o pleno acorde do coro invisível.

Rezava-se, como sempre, pela paz suprema, pela salvação, pelo sínodo e pelo imperador; rezava-se igualmente pelos servos de Deus Konstantin e Yekaterina, que celebravam as núpcias.

"Para que se lhes dê um amor perfeito, sereno, e para que nosso Senhor os ajude, rezemos..." — A igreja toda parecia respirar com a voz do arquidiácono.

Lióvin ouvia aquelas palavras, e elas o deixavam estupefato. "Como eles adivinham que preciso de ajuda, justamente de ajuda?", pensava, rememorando todos os seus recentes medos e dúvidas. "O que eu sei? O que eu posso, nessa área intimidadora", pensava, "sem que alguém me ajude? É justamente de ajuda que preciso agora".

Quando o diácono terminou a *ectênia*,[14] o sacerdote se dirigiu aos nubentes, com um livro na mão:

— "Deus sempiterno, que unistes os remotos" — lia, com sua voz mansa e cantante — "e lhes destes a união de amor indestrutível, que abençoastes Isaque e Rebeca e apontais para os herdeiros de Vosso preceito: abençoai também esses servos Vossos, Konstantin e Yekaterina, edificando-os para fazerem o bem. Como sois nosso Deus bondoso e misericordioso, glorificamos-Vos, Pai e Filho e Espírito Santo, ora e sempre, e por todos os séculos." — "A-amém!" — O canto do coro invisível tornou a espraiar-se pelos ares.

"Que unistes os remotos e lhes destes a união de amor... Como são profundas essas palavras, e como elas condizem com o que se sente neste momento!", pensou Lióvin. "Será que ela sente o mesmo que eu?"

E, virando-se, encontrou o olhar de Kitty.

E, pela expressão daquele olhar, concluiu que ela compreendia tudo, como ele mesmo. Entretanto, não era bem assim: ela quase não entendia as palavras

---

[13] Fita estreita e comprida, feita de brocado ou similar tecido colorido e usada por clérigos ortodoxos (em russo).

[14] Oração que faz parte da liturgia ortodoxa (em russo).

litúrgicas nem sequer as escutava durante a cerimônia nupcial. Não conseguia escutá-las nem entendê-las, tão forte era aquele único sentimento que lhe enchia a alma e não cessava de crescer. Tal sentimento era a felicidade da plena realização de tudo quanto se realizara, ainda um mês e meio antes, em sua alma, de tudo quanto a alegrara e atormentara ao longo de todas essas seis semanas. Naquele dia em que no salão de sua casa moscovita, trajando seu vestido marrom, ela se achegou a ele, calada, e se entregou a ele, naquele dia, e naquela exata hora, acontecera, em sua alma, uma ruptura completa com toda a sua vida anterior, e começara outra vida, nova e totalmente ignorada por ela, se bem que continuasse, na realidade, sua vida antiga. Essas seis semanas haviam sido o tempo mais feliz e mais doloroso para ela. Toda a sua vida, todos os seus desejos e esperanças focavam-se unicamente naquele homem que lhe era, por enquanto, incompreensível, ao qual a ligava um sentimento ainda mais incompreensível do que o próprio homem, um sentimento que os aproximava e depois os afastava um do outro, mas, não obstante, ela continuava a viver nas mesmas condições de sua vida antiga. Levando essa vida antiga, horrorizava-se consigo mesma, com sua indiferença absoluta e insuperável em relação a todo o seu passado, às coisas e aos costumes, às pessoas que a amavam desde sempre, à sua mãe magoada com a indiferença da filha, ao seu querido pai, tão carinhoso, que antes ela amava mais do que a tudo no mundo. Ora se horrorizava com essa indiferença, ora se alegrava com aquilo que a tornara indiferente. Não podia pensar em nada, nem desejar nada, que estivesse fora da sua vida com aquele homem, porém sua vida nova não existia ainda, e ela nem sequer conseguia imaginá-la com clareza. Só esperava, tímida e alegre, por algo novo e desconhecido. E agora sua espera, e toda aquela incógnita, e seu arrependimento de ter abdicado da sua vida anterior, estavam para acabar de vez, e algo novo começaria em breve. Aquilo não podia deixar de intimidá-la, por ser ainda desconhecido, porém, medonho ou não, aquilo já acontecera, seis semanas antes, em sua alma, e agora só restava sacramentar o que já se realizara, havia tanto tempo, em sua alma.

Voltando-se outra vez para o facistol, o sacerdote se esforçou para apanhar o minúsculo anelzinho de Kitty e, solicitando que Lióvin lhe desse a mão, colocou-o na primeira articulação de seu dedo. "Casa-se o servo de Deus Konstantin com a serva de Deus Yekaterina." E, colocando o anel grande no dedinho de Kitty, rosado e frágil de lastimar, o sacerdote repetiu essa frase.

Diversas vezes, os nubentes tentaram adivinhar o que lhes cumpria fazer e, todas as vezes, erraram: o sacerdote cochichava para corrigi-los. Fazendo finalmente o que devia fazer, benzeu-os com os anéis e tornou a entregar o grande anel a Kitty e o pequeno a Lióvin; os noivos se confundiram de novo e passaram, duas vezes, esses anéis de mão em mão, porém não fizeram, ainda assim, o que deviam ter feito.

Dolly, Tchírikov e Stepan Arkáditch anteciparam-se para ajudá-los. Houve uma confusão, acompanhada de sussurros e sorrisos, mas a expressão facial dos noivos, solenemente enternecida, não se alterou: pelo contrário, eles pareciam ainda mais sérios e altivos do que antes, enquanto entrelaçavam, desajeitados, as mãos, e o sorriso com que Stepan Arkáditch disse baixinho para cada um colocar agora sua aliança gelou involuntariamente em seus lábios. Sentiu que, fosse qual fosse o sorriso, só poderia ofendê-los.

— "Criastes abinício o sexo masculino e o feminino", leu o sacerdote, após a troca de alianças, "e, pela Vossa vontade, a mulher se une ao marido para ajudá-lo e para continuarem a linhagem humana. E Vós, Deus, nosso Senhor, que derramastes a verdade sobre Vossa prole e fizestes Vossos servos e nossos pais, por Vós eleitos de geração em geração, conhecerem Vosso preceito, cuidai de Vosso servo Konstantin e de Vossa serva Yekaterina, e consagrai-lhes o casamento com fé e concórdia, verdade e amor..."

Cada vez mais claramente, Lióvin percebia que todos os seus planos matrimoniais, todos os sonhos de como construiria sua vida futura, que tudo isso não passava de uma criancice, tratando-se mesmo de algo que ele não entendera até então e, agora que se operava em sua vida, entendia menos ainda. As vibrações iam subindo em seu peito, e as lágrimas insubmissas enchiam seus olhos.

## V

Toda Moscou estava na igreja, todos os parentes e conhecidos. E durante a cerimônia nupcial, no meio das mulheres e moças ataviadas e dos homens de gravatas brancas, casacas e uniformes, todos reunidos naquela igreja esplendidamente iluminada, transcorria uma conversa ininterrupta, conveniente e baixa, travada, sobretudo, por homens, enquanto as mulheres se absorviam na observação de todos os detalhes do ritual sacrossanto, sempre tão comovente para elas.

No círculo mais próximo da noiva estavam as duas irmãs dela: Dolly e a irmã mais velha, aquela tranquila beldade Lvova que viera do estrangeiro.

— Por que é que *Marie* está de lilás no casamento? Até parece que o vestido dela é preto — dizia Kórsunskaia.

— Com a tez que ela tem, é sua única salvação... — comentava Drubetskáia.
— Fico surpresa com este casamento noturno. Aqueles comerciantes...

— É mais bonito assim. Eu também me casei à noitinha — respondeu Kórsunskaia, suspirando ao lembrar como estava linda daquela feita, de que maneira ridícula seu marido estava apaixonado e como era tudo diferente agora.

— Dizem que quem for padrinho mais de dez vezes nunca se casará. Eu já queria ser padrinho pela décima vez, para me garantir, só que a vaga estava preenchida — dizia o conde Siniávin à bonitinha princesa Tchárskaia, que pretendia casar-se com ele.

Tchárskaia lhe respondeu apenas com um sorriso. Olhava para Kitty, pensando em como e quando ela mesma ficaria, com o conde Siniávin, em seu lugar, e como lhe recordaria então essa brincadeira.

Chtcherbátski dizia à velha dama de honor[15] Nikoláieva que tencionava colocar a coroa nupcial sobre o aplique de Kitty para que ela fosse feliz.

— Nem precisava daquele aplique — respondia Nikoláieva, tendo, havia tempos, decidido que, se o velho viúvo que ela andava caçando viesse a desposá-la, o casamento seria o mais simples possível. — Não gosto desse *faste*.[16]

Serguei Ivânovitch conversava com Dária Dmítrievna, a quem asseverava, brincando, que o costume de viajar após o casamento tornava-se cada vez mais difundido porque os recém-casados sempre se sentiam um pouco envergonhados.

— Seu irmão pode ficar orgulhoso. Ela é uma gracinha. Creio que o senhor está com inveja.

— Eu já passei por isso, Dária Dmítrievna — respondeu ele, e seu rosto tomou repentinamente uma expressão grave e triste.

Stepan Arkáditch contava para sua cunhada um trocadilho sobre divórcio.

— É preciso ajeitar a grinalda — replicou a cunhada, sem escutá-lo.

— Que pena ela ter ficado tão feiinha — dizia a condessa Nordstone a Lvova. — Ainda assim, o noivo não vale um mindinho dela. Não é verdade?

— Não, eu gosto muito dele. Não porque é meu futuro *beau-frère* — respondeu Lvova. — E como ele se porta bem! E portar-se bem nessa situação, sem ser ridículo, é tão difícil. Mas ele não está ridículo nem tenso: dá para ver que está enternecido.

— Parece que a senhora já esperava por isso.

— Quase. Ela sempre o amou.

— Pois bem: vamos ver qual dos dois será o primeiro a pisar sobre o tapete. Já aconselhei Kitty.

— Tanto faz — retorquiu Lvova. — Somos todas esposas submissas: é nosso traço familiar.

---

[15] Dama que fazia parte da corte de uma rainha ou imperatriz.
[16] Ostentação de luxo e riqueza (em francês).

— E eu, quando me casei com Vassíli, pisei antes dele, de propósito. E você, Dolly?

Dolly se mantinha ao lado delas, ouvia sua conversa, mas não lhes respondia. Estava comovida. As lágrimas lhe brotavam nos olhos, e ela não poderia dizer nada sem romper logo a chorar. Alegrava-se vendo Kitty e Lióvin; rememorando seu próprio casamento, olhava para Stepan Arkáditch, radiante de jovialidade, esquecia-se de todo o presente e só se lembrava de seu primeiro amor ingênuo. Não se lembrava apenas de si mesma, como também de todas as mulheres que conhecia de perto; lembrava-se delas naquele único momento solene em que se casavam na igreja, iguais a Kitty, de coração cheio de amor, de esperança, de medo, renunciando ao seu passado para entrarem num misterioso futuro. Dentre todas aquelas noivas que ressurgiam em sua memória, estava também sua querida Anna, de cujo suposto divórcio ela ouvira recentemente falarem com tantas minúcias. Anna também se casara um dia, imaculada, com véu e flores de laranjeira. E o que se dava com ela agora?

— É estranhíssimo — murmurou Dolly.

Não eram somente as irmãs, amigas e parentas que observavam todos os detalhes do ritual sacrossanto: as mulheres estranhas, as espectadoras, observavam-no com uma emoção que as deixava sem fôlego, temendo perder um só gesto, uma mímica instantânea dos noivos, e não respondiam, aborrecidas, aos homens indiferentes, que gracejavam ou falavam de outras coisas, ou então, muitas vezes, nem sequer ouviam o discurso deles.

— Por que está chorosa assim? Será que se casa sem querer?

— Sem querer, com um valentão daqueles? É um príncipe, não é?

— E aquela de cetim branco, é a irmã dela? Não, mas escuta o diácono bradar: "... reverencie a seu marido".[17]

— Os coristas são do monastério de Tchúdovo?

— São do Sínodo.

— Perguntei a um lacaio. Diz que ele vai levá-la para sua fazenda. É riquíssimo, pelo que dizem. Foi por isso que a casaram com ele.

— Não, é um bom casalzinho.

— E a senhora vinha afirmando, Maria Vlássievna, que as crinolinas se usavam agora soltas. Pois veja aquela dali, com o vestido *puce*:[18] dizem que é uma embaixatriz... Olhe só com que chique se veste: assim e depois assado.

— Mas como a noiva é bonitinha, enfeitada que nem uma ovelhinha![19] Mas, digam vocês o que disserem, tenho pena daquela nossa irmã.

---

[17] Efésios, 5:33.
[18] Cor de pulga (em francês), isto é, castanho-avermelhado.
[19] Quer dizer, uma ovelhinha que será logo sacrificada.

Assim se falava na multidão de espectadoras que se tinham insinuado na igreja.

## VI

Quando o ritual inicial terminou, um dos clérigos estendeu no meio da igreja, diante do facistol, um pano de seda rosa, o coro se pôs a cantar um salmo complexo e sofisticado, em que se revezavam, chamando um pelo outro, o baixo e o tenor, e o sacerdote se voltou para os nubentes, apontando-lhes aquele tapete rosa. Ambos tinham ouvido dizer amiúde que quem fosse o primeiro a pisar em cima seria o chefe da família, porém não puderam lembrar-se disso, nem Lióvin nem Kitty, quando foram dar esses poucos passos. Tampouco ouviram as objeções, feitas em voz alta, e as discussões de que, segundo alguns teriam notado, o noivo fora o primeiro a pisar sobre o tapete, ou então, na opinião de outros, eles haviam pisado juntos.

Após as perguntas costumeiras sobre a vontade de se casarem, e se não eram prometidos a outrem, e suas respostas, que soavam estranhamente até mesmo para eles dois, começou um novo ofício. Kitty escutava as palavras da oração, querendo entender o significado delas, mas não conseguia. À medida que transcorria o ritual, uma sensação de triunfo e de luminosa alegria transbordava, cada vez mais, sua alma, distraindo-lhe a atenção toda.

Rezava-se "para que se lhes dessem virtudes e frutos do ventre para o bem, e para que se rejubilassem ao verem seus filhos e suas filhas". Dizia-se de passagem que Deus fizera a mulher da costela de Adão e que "por isso deixará o homem pai e mãe, e unir-se-á a sua mulher; e serão os dois uma só carne",[20] e que "grande é este mistério";[21] pedia-se que Deus os agraciasse com fecundidade e que os abençoasse, iguais a Isaque e Rebeca, José, Moisés e Séfora, e que lhes permitisse ver os filhos de seus filhos. "Tudo isso tem sido belo", pensava Kitty, ouvindo essas palavras; "tudo isso nem poderia ser diferente". E um sorriso feliz, com que se contagiava involuntariamente quem olhasse para ela, fulgia em seu semblante desanuviado.

— Coloque bem! — ouviram-se os conselhos, quando o sacerdote pôs as coroas nupciais e Chtcherbátski, cuja mão tremia em sua luva de três botões, ficou segurando a coroa sobre a cabeça de Kitty.

— Coloque! — sussurrou ela, sorrindo.

---

[20] Mateus, 19:5.
[21] Efésios, 5:32.

Lióvin olhou para ela e surpreendeu-se com o álacre fulgor que se vislumbrava em seu rosto. E o mesmo sentimento se transmitiu, sem que o quisesse, para ele. Sentiu-se, como ela, iluminado e jubiloso.

Ambos ouviram com alegria a leitura da epístola apostólica e a voz do arquidiácono, que se tornou retumbante com o último versículo, pelo qual os intrusos aguardavam com tanta impaciência. Beberam, com alegria, o tépido vinho tinto, vertido numa copa achatada e misturado com água, e alegraram-se mais ainda quando o sacerdote abriu sua casula e, tomando-lhes as mãos, fez que dessem uma volta ao facistol, ao passo que o baixo entoava "Regozijai-vos, Isaías". Segurando as coroas, enredando-se na cauda do vestido da noiva, também sorrindo e alegrando-se por algum motivo, Chtcherbátski e Tchírikov ora ficavam para trás, ora esbarravam nos nubentes, quando o sacerdote parava. Aquela faísca de felicidade, que se acendera em Kitty, parecia transmitir-se a todos os que estavam na igreja. E parecia a Lióvin que o sacerdote e o diácono, iguais a ele, também queriam sorrir.

Tirando as coroas das suas cabeças, o sacerdote leu a última oração e felicitou o casal. Lióvin olhou para Kitty: ainda nunca a vira assim. Aquele novo brilho feliz, que se via em seu rosto, tornava-a encantadora. Lióvin queria dizer-lhe alguma coisa, mas não sabia se a cerimônia já estava concluída. Foi o sacerdote quem o tirou do embaraço. Esboçando um meigo sorriso, disse baixinho:

— Beije sua mulher, e a senhora também beije seu marido... — E tomou as velas das suas mãos.

Lióvin beijou cautelosamente os lábios dela, que estavam sorrindo, estendeu-lhe a mão e, sentindo uma intimidade nova e estranha, foi sair da igreja. Não acreditava, nem podia acreditar, que fosse verdade. Só quando seus olhares se entrecruzavam, surpresos e tímidos, chegava a acreditar nisso por sentir que eles já eram uma só carne.

Na mesma noite, após a ceia, os recém-casados partiram para a fazenda.

## VII

Já fazia três meses que Vrônski e Anna viajavam juntos pela Europa. Ao visitarem Veneza, Roma e Nápoles, acabavam de chegar a uma pequena cidade italiana onde pretendiam passar algum tempo.

Um bonito gerente, com uma raia que dividia, a partir do pescoço, seus bastos cabelos untados com brilhantina e um molho de berloques pendente sobre a barriguinha arredondada, de fraque e camisa de cambraia, folgada e branca, conversava com um senhor que o abordara, respondendo-lhe com rispidez, pondo as mãos nos bolsos e entrefechando desdenhosamente os olhos. Ouvindo, do outro lado da entrada, os passos de alguém a subir a escada, o gerente se virou e avistou o conde russo, que ocupava os melhores aposentos do hotel; então, cortesmente, tirou as mãos dos bolsos, fez uma mesura e explicou que o mensageiro já passara e que o *palazzo*[22] ficara alugado. O diretor estaria pronto a assinar o contrato.

— Ah, é? Fico muito contente — disse Vrônski. — E a senhora está aí, não está?

— Tinha saído para passear, mas já voltou — respondeu o gerente.

Vrônski tirara seu chapéu macio, de abas largas, e enxugara com um lenço a testa suada e os cabelos crescidos até o meio das suas orelhas, que lhe tampavam, puxados para trás, a calvície. Depois, olhando com distração para aquele senhor que ainda estava lá e atentava nele, já queria entrar no hotel...

— Esse homem é russo e tem perguntado pelo senhor — disse o gerente.

Aborrecido por não poder esquivar-se de quem o conhecesse e, ao mesmo tempo, disposto a arranjar, pelo menos, alguma diversão em meio à monotonia de sua vida, Vrônski tornou a olhar para o homem, que se afastara e ficara parado. De súbito, os olhos de ambos brilharam.

— Goleníchtchev!

— Vrônski!

De fato, era Goleníchtchev, que estudara com Vrônski no Corpo de Pajens. Aderira, ainda no Corpo, ao partido liberal e, terminando os estudos e recebendo uma titulação civil, nunca servira em repartição alguma. Separados ao sair do Corpo, os companheiros se tinham encontrado, desde então, apenas uma vez.

Naquela ocasião, Vrônski compreendera que Goleníchtchev exercia certa atividade liberal e por demais intelectual, pretendendo, em decorrência disso, desdenhar o serviço e a condição social dele. Portanto, ao encontrar Goleníchtchev, Vrônski peitara-o de maneira fria e orgulhosa, como sabia peitar as pessoas, dando a entender que "você pode gostar ou não gostar deste meu modo de viver, mas eu cá não ligo a mínima para isso: você me deve respeito, se é que deseja ser meu amigo". Quanto a Goleníchtchev, reagira àquele tom de Vrônski com desdenhosa indiferença. Tal encontro teria, aparentemente, de afastá-los ainda mais um do outro. Contudo, mal se reconheceram agora, ficaram radiantes e até mesmo trocaram exclamações lépidas. Vrônski nem imaginava que se animaria tanto ao deparar-se com Goleníchtchev: decerto não sabia, ele mesmo, como estava entediado. De pronto, esqueceu-se daquela impressão desagradável que lhe causara o último encontro e, de semblante

---

[22] Mansão, palacete, palácio (em italiano).

aberto e jovial, estendeu a mão ao seu antigo companheiro. A mesma expressão jubilosa substituiu a expressão de inquietude no rosto de Goleníchtchev.

— Como estou feliz de encontrar você! — disse Vrônski, mostrando, num sorriso amigável, seus dentes compactos e brancos.

— E eu ouvi falarem de Vrônski, só que não sabia qual era. Estou muito, muito feliz!

— Vamos entrar. Pois bem, o que anda fazendo?

— Já vai para dois anos que moro aqui. Estou trabalhando.

— Ah, é? — perguntou Vrônski, curioso. — Vamos entrar.

E, conforme o hábito arraigado dos russos, em vez de dizer, precisamente em russo, o que queria esconder dos criados, passou a falar francês.

— Conhece Karênina? Temos viajado juntos. Vou encontrá-la — disse em francês, encarando Goleníchtchev com toda a atenção.

— Hein? Não sabia disso — respondeu Goleníchtchev, indiferente (se bem que soubesse de tudo). — Faz muito tempo que chegou? — acrescentou.

— Eu? Faz quatro dias — disse Vrônski, voltando a mirar atentamente seu companheiro.

"Sim, é um homem decente e vê o assunto como se deve vê-lo", pensou, ao compreender o que expressava o rosto de Goleníchtchev e por que ele mudara de conversa. "Posso apresentá-lo a Anna, pois a visão dele é correta."

Ao longo daqueles três meses que passara com Anna no estrangeiro, ele perguntava a si mesmo, sempre que conhecia alguém, como essa pessoa via seu relacionamento com Anna e, na maioria das vezes, percebia que os homens o viam sob um ângulo correto. Entretanto, se perguntassem a ele mesmo, ou então a quem visse aquilo "como se devia vê-lo", em que consistia concretamente a sua visão correta, eles todos ficariam muito embaraçados.

No fundo, quem via aquilo, na opinião de Vrônski, "como se devia vê-lo", não tinha nenhuma visão específica, mas apenas o tratava como as pessoas bem-educadas tratam, de modo geral, todas as questões complicadas, ou mesmo insolúveis, que cercam de todos os lados a vida delas, ou seja, comportava-se apropriadamente, evitando quaisquer alusões e perguntas constrangedoras. Fazia de conta que compreendia plenamente o significado e a significância daquela situação toda, que a aceitava de bom grado, se não chegava a aprová-la, mas considerava supérfluo e despropositado esquadrinhá-la.

Vrônski adivinhou logo que Goleníchtchev era uma daquelas pessoas e ficou duplamente satisfeito com isso. De fato, Goleníchtchev se comportava na presença de Karênina, desde que entrara no quarto dela, exatamente como Vrônski desejava que se comportasse. Era óbvio que evitava, sem o menor esforço, todas as conversas que poderiam gerar algum embaraço.

Ainda não conhecia Anna e ficou admirado com sua beleza e, mais ainda, com aquela simplicidade que revelava em aceitar sua condição. Ela enrubesceu, quando Vrônski entrou com Goleníchtchev, e esse rubor infantil, que cobriu seu rosto aberto e lindo, impressionou-o de forma agradável. Mas o que lhe agradou especialmente é que logo e, pelo visto, de propósito, para evitar mal-entendidos na frente de um homem estranho, ela chamou Vrônski simplesmente de Alexei e disse que se mudariam juntos para uma casa recém--alugada, apelidada, naquele lugar, de *palazzo*. Goleníchtchev gostou dessa maneira, sincera e simples, de aceitar sua condição. Vendo essa conduta de Anna, alegremente benévola e enérgica, Goleníchtchev, que conhecia tanto Vrônski quanto Alexei Alexândrovitch, achou que a entendia bem. Achou, sim, que entendia aquilo que nem ela mesma conseguia entender: como podia, ao tornar seu marido tão infeliz, ao abandoná-lo, bem como seu filho, e perder sua boa reputação, sentir-se ainda enérgica, alegre e feliz.

— Essa casa consta do guia — disse Goleníchtchev, referindo-se ao *palazzo* alugado por Vrônski. — Há um belo quadro de Tintoretto[23] por lá: algo de sua última fase.

— Sabe de uma coisa? O tempo está ótimo, então vamos lá e vejamos, mais uma vez, a casa — propôs Vrônski, dirigindo-se a Anna.

— Ficaria feliz... Já vou pegar meu chapéu. Está dizendo que faz calor? — disse ela, parando à porta e olhando para Vrônski de modo interrogativo. E, outra vez, um vivo rubor cobriu-lhe o rosto.

Vrônski entendeu, por aquele olhar dela, que Anna não sabia que tipo de tratamento ele queria dispensar a Goleníchtchev e temia não se portar conforme fosse de seu agrado.

Vrônski fixou nela um longo olhar cheio de ternura.

— Não faz muito calor, não — disse.

E pareceu a Anna que entendera tudo e, o principal, que ele a aprovava; então sorriu para Vrônski e, rapidamente, saiu porta afora.

Os companheiros se entreolharam, e ambos os rostos exprimiram certa confusão, como se Goleníchtchev, que evidentemente admirava Anna, quisesse dizer algo a respeito dela, mas não encontrasse palavras, e Vrônski também quisesse o mesmo, mas hesitasse.

— É isso... — começou Vrônski, só para encetar alguma conversa. — Pois você mora aí? Continua fazendo o que fazia antes? — prosseguiu, ao lembrar que, segundo lhe haviam contado, Goleníchtchev escrevia alguma coisa...

---

[23] Jacopo Robusti, popularmente conhecido como Tintoretto (c. 1518-1594): grande pintor italiano, um dos principais representantes do maneirismo e um dos precursores do Barroco.

— Sim, estou escrevendo a segunda parte de "Dois princípios" — disse Goleníchtchev, ruborizando-se de tanto prazer ante essa pergunta. — Ou seja, para ser mais exato, ainda não estou escrevendo, mas apenas me preparando, colhendo os dados. Ela será bem mais ampla, vai abranger quase todas as questões. Lá na Rússia, não se quer entender que somos os herdeiros do Império Bizantino — desdobrou uma explanação prolongada e acalorada.

De início, Vrônski ficou envergonhado por não conhecer nem o primeiro artigo sobre aqueles "dois princípios", do qual seu autor lhe falava como de algo notório. Mas depois, quando Goleníchtchev se pôs a relatar suas ideias e Vrônski pôde acompanhá-las, passou a escutar com certo interesse, mesmo sem conhecer "Dois princípios", pois Goleníchtchev falava muito bem. Não obstante, quedou-se pasmado e triste com aquela emoção atiçada que provocava em Goleníchtchev o tema em questão. Mais ele falava e mais refulgiam seus olhos, e mais ele se apressava a refutar os argumentos de seus pretensos oponentes, e mais inquieta e melindrada se tornava a expressão de seu rosto. Lembrando-se daquele garoto magrinho, vivaz, bondoso e nobre, sempre o melhor dos alunos, que Goleníchtchev havia sido no Corpo de Pajens, Vrônski não atinava com os motivos dessa irritação nem gostava dela. Sobretudo, não gostava do fato de Goleníchtchev, homem de boas relações, colocar-se no mesmo nível daqueles escribas que o irritavam e de se zangar com eles. Valia mesmo a pena? Vrônski se aborrecia com isso, mas intuía, ainda assim, que Goleníchtchev não estava feliz e sentia pena dele. Sua desgraça, que beirava a insanidade, transparecia em seu rosto animado, assaz bonito, enquanto ele, mesmo sem reparar na chegada de Anna, continuava a expor, ansiosa e ardorosamente, suas ideias.

Quando Anna entrou, de chapéu e capinha, e parou ao lado de Vrônski, manejando sua sombrinha com rápidos gestos da linda mão, ele se sentiu aliviado ao livrar-se daqueles olhos de Goleníchtchev, que o fitavam como se reclamassem de algo, e olhou, com amor renovado, para sua amiga encantadora, cheia de vida e alegria. Ao recobrar-se com certo esforço, Goleníchtchev ficou, primeiro, sombrio e tristonho, mas Anna, que estava (como de praxe naquele tempo) carinhosa com todos, logo o alentou com seu tratamento cordial e alegre. Testando vários temas possíveis, puxou conversa sobre pintura, da qual ele falava muito bem, e passou a ouvi-lo com atenção. Eles caminharam até a mansão alugada e examinaram-na.

— Estou muito contente com uma coisa — disse Anna a Goleníchtchev, quando estavam voltando. — Alexei terá um bom *atelier*.[24] Vê se ocupas aquele cômodo — disse a Vrônski, em russo e tratando-o por "tu", pois já entendera

---

[24] Ateliê, estúdio (em francês).

que Goleníchtchev se tornaria, em seu recolhimento, uma pessoa próxima e que não se precisava esconder nada dele.

— Você está pintando? — perguntou Goleníchtchev, virando-se rapidamente para Vrônski.

— Sim, já estudei, há muito tempo, e agora recomeço aos poucos — respondeu Vrônski, corando.

— Ele é muito talentoso — disse Anna, com um sorriso feliz. — Não sou conhecedora, bem entendido! Só que os conhecedores disseram o mesmo.

## VIII

Nesse primeiro período de sua libertação e de sua rápida convalescença, Anna estava imperdoavelmente feliz e cheia de vitalidade. Não se sentia menos feliz ao lembrar-se dos sofrimentos de seu marido. Por um lado, essa lembrança era horrível demais para evocá-la. Por outro lado, a felicidade que lhe trouxera a desgraça de seu marido era grande demais para se arrepender dela. A lembrança de tudo quanto lhe sobreviera após a doença, de como ela se reconciliara com o marido e depois rompera com ele, de como soubera do ferimento de Vrônski, vira-o reaparecer, preparara-se para o divórcio, abandonara a casa do marido, despedira-se do seu filho... tudo isso aparentava ser um sonho febril do qual ela acordara, a sós com Vrônski, no estrangeiro. A lembrança daquele mal que causara ao seu marido suscitava-lhe um sentimento parecido com uma aversão, com algo que teria sentido quem se afogasse e viesse a repelir outra pessoa, também prestes a afogar-se e agarrada a ele. Tal pessoa se afogara mesmo. Decerto era ruim, mas nisso consistia a única salvação e seria melhor nem recordar esses detalhes horripilantes.

A única ideia leniente em relação ao que ela tinha feito surgira-lhe então, no primeiro momento da ruptura, e, quando ela se lembrava agora de todo o acontecido, apenas essa ideia lhe vinha à mente. "Desgracei fatalmente a vida daquele homem", andava pensando, "porém não quero aproveitar-me de sua desgraça. Eu também sofro e sofrerei ainda, perdendo o que mais prezava: minha boa reputação e meu filho. Fiz algo ruim; portanto, não quero felicidade, não quero divórcio e vou sofrer por estar desonrada e ficar longe do meu filho". Contudo, por mais francamente que Anna desejasse sofrer, não sofria. Nem por sombras estava desonrada. Graças àquele tato que os amantes tinham de sobra, nunca se metiam em situações melindrosas, evitando, lá no estrangeiro, a companhia das damas russas, mas encontravam, por toda parte, homens dispostos a fingir que compreendiam suas relações mútuas ainda melhor do que eles mesmos as compreendiam. Nem a separação do filho, que Anna amava tanto, afligia-a nesse primeiro momento. A filha que tivera com Vrônski era uma gracinha, e Anna se apegara tanto a ela, desde que só lhe restava essa menina, que raramente se lembrava do filho.

 A sede de viver, que aumentara com sua convalescença, estava tão forte, e as condições de sua vida pareciam tão novas e prazenteiras, que Anna se sentia imperdoavelmente feliz. Quanto mais conhecia Vrônski, tanto mais o amava. Amava-o por ser como era e por amá-la. Comprazia-se constantemente em possuí-lo inteiro. Sempre se deleitava com a proximidade dele. Todos os traços de seu caráter, do qual ela se inteirava cada vez mais, agradavam-lhe de modo inexprimível. A aparência dele, mudada desde que andava à paisana, era tão atraente para ela como o seria para uma mocinha enamorada. Em tudo o que Vrônski dizia, pensava e fazia, ela vislumbrava algo especial, nobre e sublime. Ela mesma se assustava amiúde com a admiração que tinha pelo amante: buscava e não conseguia achar nele nada que deixasse de ser belo. Não se atrevia a revelar-lhe a consciência de sua própria nulidade em comparação a ele. Achava que, ciente disso, Vrônski se decepcionaria logo com ela, e nada seria agora mais temível para Anna, embora não tivesse nenhuma razão para temê-lo, do que perder seu amor. Todavia, não podia deixar de agradecer a Vrônski o tratamento que lhe dispensava, nem de mostrar quanto o valorizava. Ele, que na visão de Anna tinha uma vocação tão determinada para as atividades estatais, em que haveria de desempenhar um papel de destaque, sacrificara sua ambição por ela, sem nunca manifestar nem o mínimo arrependimento. Tratava-a, mais do que antes, com uma cortesia amorosa e não se esquecia, nem por um minutinho, de fazer que ela nunca se apercebesse do embaraço inerente à sua situação. Aquele homem tão viril não apenas nunca a contradizia, mas nem sequer tinha vontade própria: parecia não fazer outra coisa senão atender, logo de antemão, a todas as vontades dela. E Anna não podia deixar de valorizar isso, conquanto a própria tensão dessa solicitude com que Vrônski a tratava, a própria atmosfera de cuidados em que Vrônski a envolvia, chegassem, por vezes, a incomodá-la.

 Nesse ínterim, Vrônski não estava plenamente feliz, embora tudo o que anelava havia tanto tempo estivesse realizado. Não demorou a perceber que a realização de seu anelo não passava de um grão de areia, se comparada àquele monte de felicidade que tinha antevisto. Ao realizá-lo, deu-se conta daquele eterno erro cometido por quem achar que a realização de seu desejo há de torná-lo feliz. No primeiro momento, ao amasiar-se com Anna e vestir um traje civil, sentiu toda a graça da liberdade geral, que antes desconhecia, e da liberdade no amor; quedou-se contente, mas por pouco tempo. Logo em seguida, reparou naqueles novos anelos que vinham surgindo em sua alma e ficou angustiado. Independentemente da sua vontade, passou a agarrar cada capricho efêmero, tomando-o por um anelo e uma meta. Precisava ocupar de alguma forma as dezesseis horas diurnas, visto que, lá no estrangeiro, eles viviam completamente livres, fora daquele círculo das conveniências sociais que preenchiam seu tempo em Petersburgo. Não se podia nem pensar naqueles prazeres da vida solteira que atraíam Vrônski durante suas antigas viagens para o estrangeiro, pois uma só tentativa desse tipo já havia causado a Anna uma tristeza inesperada e contrária ao ambiente de uma ceia com seus conhecidos. Tampouco se podia, dada a ambiguidade de sua situação, manter amizades no meio dos habitantes locais e dos russos. Suas visitas aos lugares de interesse, que já tinham sido, aliás, todos vistos, não se revestiam para ele, um russo inteligente, daquela inexplicável significância que os ingleses sabem tão bem atribuir a tais diversões.

Então, igual a um bicho esfomeado que pega, em seu caminho, qualquer objeto na esperança de ser comestível, Vrônski foi agarrando, de modo absolutamente inconsciente, ora a política, ora os novos livros, ora as pinturas.

Como tinha desde cedo um talento para pintar e começara, sem saber como gastar seu dinheiro, a colecionar gravuras, acabou optando pela pintura, praticando-a no intuito de empregar o resto de seus anelos ociosos que demandavam satisfação.

Capaz de compreender as artes e de imitá-las com gosto e precisão, pensou que tinha o que era necessário para um artista e, hesitando, por algum tempo, em escolher o gênero de seus quadros futuros — religioso, histórico ou então realista —, pôs-se a pintar. Entendia de todos os gêneros e podia inspirar-se em qualquer um deles, mas nem imaginava que um artista pudesse ignorar, de maneira geral, quais eram aqueles gêneros e inspirar-se diretamente naquilo que estava em seu íntimo, sem se preocupar em suas obras pertencerem a um gênero definido. Como, sem saber disso, não se inspirava diretamente na vida real, mas, indiretamente, na vida já representada pelas artes, inspirava-se rápida e facilmente, e conseguia, de igual modo rápido e fácil, tornar suas obras bem semelhantes àquele gênero que lhe apetecia imitar.

O estilo que mais apreciava, dentre todos os outros, era o francês, gracioso e espetacular, e foi nesse estilo que ele começou a pintar um retrato de Anna, vestida à italiana, e esse retrato pareceu, a ele mesmo e a todos os que o viram, excelente.

## IX

Aquele velho *palazzo* abandonado, com molduras no teto alto e afrescos nas paredes, com pisos cobertos de mosaicos e pesadas cortinas de *stoff* amarelo nas enormes janelas, com vasos em cima das consolas e lareiras, portas entalhadas e salas obscuras e repletas de quadros — a própria aparência daquele *palazzo*, desde que os amantes moravam nele, induzia Vrônski a um equívoco aprazível, fazendo-o pensar que não era apenas um fazendeiro russo, um *Jägermeister*[25] afastado do seu serviço, mas, acima de tudo, um culto apreciador e protetor das artes, além de um modesto pintor que renunciara à sociedade, às relações sociais e às suas ambições pela mulher amada.

Desde que o casal morava naquele *palazzo*, o papel escolhido por Vrônski vinha dando certo e, ao conhecer, por intermédio de Goleníchtchev, várias pessoas interessantes, ele se mantinha inicialmente tranquilo. Pintava estudos artísticos, sob a orientação de um professor italiano, e pesquisava a vida italiana na Idade Média. Essa vida medieval italiana seduzia-o tanto, nesses últimos tempos, que até mesmo passou a usar seu chapéu à maneira medieval e a jogar uma manta por cima do ombro, o que lhe caía, aliás, muito bem.

— Pois a gente vive aqui e não sabe de nada — disse certa feita a Goleníchtchev, que viera, pela manhã, à sua casa. — Você viu o quadro de Mikháilov? — perguntou, estendendo-lhe um jornal russo que acabara de receber e apontando para o artigo sobre um pintor russo, morador da mesma cidade, que teria finalizado um quadro exposto, havia muito tempo, aos mais diversos boatos e já comprado de antemão. O autor do artigo censurava o governo e a Academia de Belas-Artes por terem negado a esse pintor admirável toda e qualquer recompensa ou ajuda.

— Vi — respondeu Goleníchtchev. — É claro que ele tem algum talento, mas segue um rumo completamente falso. Trata Cristo da mesma maneira de Ivânov, Strauss e Renan,[26] além da pintura religiosa.

— O que representa aquele quadro? — perguntou Anna.

— Cristo perante Pilatos. Cristo não passa de um judeu, representado com todo o realismo da nova escola.

E, questionado acerca do tema daquele quadro, Goleníchtchev foi discorrendo sobre um dos seus assuntos prediletos:

— Não entendo como eles podem cometer um erro tão grosseiro. Cristo já se encarnou, de certa forma, na arte dos grandes anciães. Então, se quiserem pintar um revolucionário ou um sábio, em vez de Deus, que tirem da história Sócrates, Franklin, Charlotte Corday,[27] mas nem pensem em pintar Cristo.

---

[25] Mestre de caça (em alemão): título palaciano, correspondente ao de servidor público da terceira classe.

[26] O pintor russo Alexandr Ivânov (1806-1858), o teólogo alemão David Strauss (1808-1874) e o filósofo francês Ernest Renan (1823-1892) tendiam a tratar Jesus Cristo como um personagem meramente histórico.

[27] Marie-Anne Charlotte Corday d'Armont (1768-1793): assassina de Jean-Paul Marat, um dos líderes da Revolução Francesa de 1789.

Escolhem justamente aquela figura que não se pode escolher para um quadro, e depois...

— Mas é verdade que aquele Mikháilov está tão pobre assim? — perguntou Vrônski, pensando que, fosse o quadro bom ou ruim, deveria, como um mecenas russo, ajudar o pintor.

— Não acho. É um retratista exímio. Vocês viram o retrato de Vassíltchikova que ele pintou? Só que não quer mais ser retratista, ao que parece, e talvez passe mesmo por maus bocados. Estou dizendo que...

— Não poderíamos pedir que fizesse o retrato de Anna Arkádievna? — indagou Vrônski.

— Por que faria meu retrato? — disse Anna. — Depois daquele retrato que você pintou, não quero outros retratos. É melhor que ele retrate Ânia (assim ela chamava sua filhinha). Ali está ela... — acrescentou, olhando através da janela para uma linda italiana, a ama de leite, que acabava de levar a criança até o jardim, e logo passando a fitar, às esconsas, Vrônski. Aquela linda ama de leite, que lhe servia de modelo para um dos seus quadros, era o único pesar oculto na vida de Anna. Pintando-a, Vrônski admirava a beleza medieval dela, e Anna nem ousava confessar a si mesma que temia enciumar-se por causa da ama de leite e, portanto, tratava-a com especial carinho e mimava seu filho pequeno.

Vrônski também olhou através da janela, encarou Anna e, virando-se logo para Goleníchtchev, disse:

— Será que você conhece aquele Mikháilov?

— Já o encontrei. É um esquisitão, não tem instrução alguma. É um daqueles selvagens "homens novos" que encontramos agora a cada passo, sabem? Um daqueles livres-pensadores que foram criados, *d'emblée*,[28] nos moldes da descrença, da negação e do materialismo. Antigamente — Goleníchtchev falava sem notar, ou sem querer notar, que Anna e Vrônski também queriam falar —, antigamente o livre-pensador ainda podia ser alguém educado de acordo com a religião, a lei, a moral, alguém que lutava e labutava e, assim, chegava às suas ideias, porém agora está surgindo aquele novo tipo de livres-pensadores inatos, que crescem sozinhos e, mesmo sem terem ouvido dizer que já houve algumas leis morais e religiosas, que já houve algumas autoridades, acabam por negar diretamente qualquer coisa que existir. São livres-pensadores selvagens, e ele é um deles. Parece que é filho de um lacaio moscovita e que não teve nenhuma educação. Quando ingressou na Academia e construiu um renome, quis, sem ser tolo, aprender alguma coisa a mais. Então recorreu àquilo que tomava por uma fonte de sabedoria, às revistas. E, vejam se me entendem:

---

[28] Desde o início, desde logo (em francês).

antigamente quem quisesse estudar — suponhamos, um francês — teria lido todos os clássicos, os teólogos e os trágicos, os historiadores e os filósofos, e todo aquele trabalho intelectual que tivesse pela frente, sabem? Mas aquele homem descobriu logo a literatura negativa, assimilou, bem depressa, todo o resumo da ciência negativa, e ficou pronto. E não só isso: há uns vinte anos, teria achado naquela literatura alguns indícios da luta contra as autoridades, contra as doutrinas milenares, e, percebendo tal luta, teria compreendido que já existira algo diferente, porém agora descobriu logo uma literatura que nem sequer se dá ao luxo de discutir com as doutrinas ultrapassadas, mas diz apenas que não existe nada, que é tudo uma *évolution*,[29] uma seleção natural, uma luta pela sobrevivência, e ponto-final. Eu, em meu artigo...

— Sabem de uma coisa? — disse Anna, que trocava, já havia bastante tempo, olhares discretos com Vrônski, ciente de que ele não se interessava pela instrução daquele pintor, mas tão somente queria encomendar-lhe um retrato e, desse modo, ajudá-lo. — Sabem de uma coisa? — interrompeu, resoluta, Goleníchtchev, que não parava de falar. — Vamos à casa dele!

Calando-se, Goleníchtchev aceitou sua proposta com todo o gosto. Mas, visto que o pintor residia num bairro distante, ficou decidido irem de carruagem.

Ao cabo de uma hora, Anna com Goleníchtchev e Vrônski, que se sentara no banco dianteiro de uma caleça, chegaram até um prédio novo, mas feio, que se encontrava naquele bairro distante. Quando a esposa do zelador lhes disse, saindo para recebê-los, que Mikháilov deixava os estranhos entrarem no estúdio dele, mas agora estava em casa, a dois passos de lá, pediram que entregasse ao pintor seus cartões de visita e solicitasse a permissão de verem suas obras.

## X

O pintor Mikháilov trabalhava como de praxe, quando lhe trouxeram os cartões do conde Vrônski e de Goleníchtchev. Pela manhã, havia pintado um grande quadro em seu estúdio. Ao voltar para casa, zangara-se com sua mulher por não saber negociar com a locadora, que vinha cobrando o aluguel.

— Já lhe disse vinte vezes para não se explicar com ela. Você é boba por natureza e, quando começa a falar italiano, chega a ser triplamente boba — disse-lhe, após uma longa altercação.

---

[29] Evolução (em francês): alusão sarcástica às teorias materialistas de Charles Darwin (1809-1882).

— Se você nunca paga, a culpa não é minha! Se eu tivesse dinheiro...

— Deixe-me em paz, pelo amor de Deus! — exclamou Mikháilov com uma voz chorosa e, tapando os ouvidos, foi ao quarto onde trabalhava, detrás de um tabique, e trancou a porta. "Que besta!", disse consigo. Sentando-se à mesa, abriu uma pasta e logo retomou, com especial entusiasmo, o desenho que estava esboçando.

Só trabalhava com tanto ardor e tamanho sucesso quando sua vida não ia bem e, sobretudo, quando brigava com sua mulher. "Ah, se eu caísse mesmo nalgum buraco!", pensava, levando seu trabalho adiante. Desenhava um homem tomado de fúria. Já fizera esse desenho antes, mas ficara descontente com ele. "Não, aquele ali era melhor... Onde está?" De cara amarrada, saiu do quarto e, sem olhar para sua mulher, perguntou à filha mais velha onde estava aquele papel que deixara com elas. A folha com o desenho que abandonara não demorou a ser encontrada, toda suja e manchada de estearina. Ainda assim, ele pegou o desenho, colocou-o em cima da mesa, distanciou-se dele e, entrefechando os olhos, passou a mirá-lo. De chofre, sorriu e agitou jovialmente os braços.

— Isso aí, isso aí! — murmurou e, pegando o lápis, tornou a desenhar com rapidez. A mancha de estearina dava uma postura nova àquele homem que desenhava.

Enquanto esboçava essa postura nova, recordou de improviso o rosto enérgico, de queixo proeminente, do comerciante que lhe vendia charutos, e eis que dotou seu homem daquele rosto e daquele queixo. Ficou rindo de alegria. A imagem morta, forjada, tornara-se repentinamente viva, e não seria mais possível alterá-la. Determinada de modo claro e indubitável, essa imagem vivia. Podia-se corrigir o desenho, conforme as proporções daquela figura; podia-se e mesmo se devia mudar a posição das pernas, redesenhar a do braço esquerdo, puxar os cabelos do homem para trás. Contudo, fazendo tais emendas, o pintor não modificava a imagem, mas apenas eliminava aquilo que a camuflava, como se retirasse os véus que impediam de vê-la toda. E cada nova linha revelava, cada vez mais, a figura inteira, em toda a sua força enérgica, tal e qual como ela se mostrara, de supetão, para ele, por causa daquela mancha de estearina. Terminava cuidadosamente o desenho quando lhe trouxeram dois cartões de visita.

— Já vou, já vou!

Ele saiu do quarto.

— Mas chega, Sacha, não se aborreça! — disse à sua mulher, com um sorriso terno e tímido. — Você estava errada. Eu estava errado. Vou arrumar tudo... — E, fazendo as pazes com sua mulher, vestiu seu casaco oliváceo, com gola de veludo, e seu chapéu para ir ao estúdio. Já se esquecera de seu desenho bem-sucedido. Agora se emocionava e se alegrava com a visita que aqueles influentes russos, vindos de carruagem, fariam ao seu ateliê.

Quanto ao quadro que estava agora lá, estendido num cavalete, só tinha, no fundo da alma, uma opinião a respeito dele: ninguém nunca pintara um quadro que se assemelhasse àquele. Não achava que sua obra fosse melhor do que as de Rafael,[30] mas sabia que ninguém nunca reproduzira o que ele queria e conseguia reproduzir em seu quadro. Tinha plena certeza disso, sabia disso havia muito tempo, desde que começara a pintá-lo, porém a visão de outras pessoas, fosse ela qual fosse, revestia-se, ainda assim, de imensa importância para ele, comovia-o em seu íntimo. Qualquer comentário, por menor que fosse, manifestando que alguém via, pelo menos, uma partícula daquilo que ele mesmo via em seu quadro, ocasionava-lhe uma profunda emoção. Sempre atribuía aos avaliadores uma compreensão mais ampla do que era sua própria compreensão e sempre esperava que lhe dissessem algo que ele próprio não enxergava em sua obra. E parecia-lhe amiúde que o lobrigava nos comentários de quem visse seus quadros.

Aproximava-se a passos rápidos da porta de seu estúdio e, apesar de toda a sua emoção, ficou atônito ao ver Anna postada, em meio àquela suave iluminação, à sombra do portão. Ela escutava o discurso acalorado de Goleníchtchev e, ao mesmo tempo, queria, pelo visto, olhar para o pintor que estava chegando. Mikháilov nem percebeu como, acercando-se deles, apanhara e engolira essa impressão, assim como o queixo do comerciante que lhe vendia charutos, e como a guardara em certo lugar de onde a tiraria mais tarde, quando viesse a precisar dela. As visitas, já decepcionadas antecipadamente com o relato de Goleníchtchev sobre aquele pintor, decepcionaram-se ainda mais com a aparência dele. De estatura média, compleição robusta e andar desengonçado, usando um chapéu marrom, um casaco oliváceo e uma calça estreita, se bem que as calças folgadas estivessem na moda havia tempos, Mikháilov produziu uma impressão desagradável, especialmente com seu rosto largo e bem ordinário e sua timidez misturada com a vontade de exibir uma atitude digna.

— Façam o favor — disse ele, buscando parecer indiferente, e, uma vez na antessala, tirou uma chave do bolso e destrancou a porta.

---

[30] Rafael Sanzio (1483-1520): um dos mais célebres representantes da Renascença italiana e um dos maiores artistas plásticos de todos os tempos.

## XI

Ao entrar no estúdio, o pintor Mikháilov voltou a mirar suas visitas e acabou anotando, em sua memória, o feitio do rosto de Vrônski e, sobretudo, o de seus zigomas. Muito embora sua intuição artística não parasse de trabalhar, abastecendo-o de observações, e ele próprio se sentisse cada vez mais emocionado, vendo chegar o momento em que sua obra seria avaliada, juntava, com rapidez e sagacidade, os pormenores sutis e compunha deles uma visão geral dessas três pessoas. Aquele outro (Goleníchtchev) era um russo que morava ali. Mikháilov não se lembrava mais de seu sobrenome, nem do lugar onde o conhecera, nem do assunto de suas conversas. Lembrava-se apenas do seu rosto, como se lembrava de todos os rostos que já tinha visto um dia, e também de ser uma das caras guardadas em sua imaginação, naquele seu enorme compartimento atulhado de caras falsamente imponentes, mas inexpressivas. Os cabelos compridos e a testa muito aberta revestiam seu rosto de aparente imponência, porém sua expressão pífia, toda concentrada sobre o estreito intercílio, era inquieta e algo pueril. Vrônski e Karênina deviam ser, segundo Mikháilov conjeturava, aqueles ricos fidalgos russos que não entendiam nada de artes, mas se fingiam, iguais a todos os russos ricos, de amadores e apreciadores. "Decerto já viram toda a velharia e agora estão rodando os ateliês dos pintores novos, daquele charlatão alemão e do tolo pré-rafaelita[31] inglês, e vêm para cá só para terem um panorama completo", pensava ele. Conhecia muito bem a maneira dos diletantes (quanto mais inteligentes eram, tanto piores se tornavam), a de visitarem os estúdios dos pintores contemporâneos com a única finalidade de ter o direito de dizer que as artes estavam em declínio e que, quanto mais se olhava para os quadros modernos, tanto mais se percebia como os grandes mestres antigos continuavam inimitáveis. Esperava por tudo isso, vislumbrava isso tudo nos rostos dos visitantes, naquela indiferente negligência com que falavam entre si, examinavam os manequins e bustos e andavam, com toda a desenvoltura, de lá para cá, na expectativa de verem sua obra. Não obstante, ao passo que revolvia seus estudos, subia as cortinas e tirava o lençol do quadro, Mikháilov se sentia bem ansioso, ainda mais que, apesar de todos aqueles ricos fidalgos russos terem de ser, em sua opinião, idiotas e animais, gostava de Vrônski e, sobretudo, de Anna.

— Aqui está... façam o favor — disse, afastando-se com seu andar desengonçado e apontando para o quadro. — É a exortação de Pilatos: Mateus,

---

[31] Membro da chamada Irmandade Pré-Rafaelita, grupo artístico fundado na Inglaterra em 1848, que seguia os preceitos dos mestres renascentistas.

capítulo XXVII — comentou, sentindo que seus lábios tremiam de emoção. Recuando, postou-se atrás deles.

Durante alguns segundos, enquanto os visitantes examinavam, silenciosos, seu quadro, Mikháilov também o examinava, e seu olhar estava indiferente e alienado. Nesse momento, acreditava de antemão que a sentença mais justa, a definitiva, seria proferida pelos seus visitantes, notadamente por eles, tão desprezados pelo pintor um minuto antes. Já se esquecera de tudo quanto vinha pensando desse seu quadro ao longo dos três anos que passara a pintá-lo; já se esquecera de todos os seus méritos, indubitáveis para ele mesmo, e agora o fitava com um olhar novo, indiferente e alienado, o de seus visitantes, sem enxergar nele nada de bom. Via, em primeiro plano, o semblante desgostoso de Pilatos e o plácido semblante de Cristo, e, em segundo plano, os vultos da guarda de Pilatos e o rosto de João, absorto em contemplar o que estava acontecendo. Cada rosto, que com tantos esforços, com tantas falhas e emendas, crescera em seu âmago e adquirira seu próprio caráter excepcional; cada rosto, que lhe trouxera tanto sofrimento e tanta alegria, e todos aqueles rostos, tantas vezes deslocados para preservar a harmonia do total, todos os matizes do colorido e todas as tonalidades, que ele conseguira a duras penas — tudo junto, visto pelos olhos de seus visitantes, parecia-lhe agora uma banalidade mil vezes repetida. O rosto que lhe era mais caro, o de Cristo, o centro do quadro, que o deixara tão enlevado quando o idealizara, não significava mais nada, agora que via seu quadro com os olhos deles. Via uma boa (e nem tão boa assim, já que enxergava claramente um montão de defeitos) reprodução daqueles inúmeros Cristos de Ticiano, Rafael, Rubens, dos mesmos soldados e do mesmo Pilatos. Era tudo banal, pobre, obsoleto e até mesmo chamativo e tosco, ou seja, mal pintado. Eles teriam razão em dizer aquelas frases falsamente elogiosas, na presença do pintor, e em ter pena dele, em escarnecê-lo, quando fossem embora.

Mikháilov não aguentava mais o silêncio (se bem que durasse apenas por um minuto). Para rompê-lo e mostrar que não estava emocionado, dirigiu-se forçadamente a Goleníchtchev.

— Parece que já tive o prazer de conhecê-lo — disse-lhe, olhando ansiosamente ora para Anna, ora para Vrônski, a fim de não perder nenhum detalhe de suas expressões faciais.

— É claro: a gente se encontrou na casa de Rossi, lembra? Foi no sarau onde recitava aquela senhorita italiana, a nova Rachel[32] — Goleníchtchev se pôs a falar todo desenvolto, tirando sem o menor lamento o olhar da pintura e dirigindo-se ao seu autor.

---

[32] Élisabeth-Rachel Félix (1821-1858): famosa atriz dramática franco-suíça.

Contudo, ao perceber que Mikháilov esperava pela sua opinião sobre a obra, disse:

— Seu quadro tem progredido bastante, desde que o vi pela última vez. E agora mesmo, como daquela vez, a figura de Pilatos me deixa singularmente comovido. Entendo tão bem aquele homem, um bom sujeito, mas burocrata até a medula dos ossos, que não sabe o que está fazendo. Apenas me parece...

De súbito, todo o rosto de Mikháilov ficou animado e radiante: seus olhos fulgiram. Queria dizer algo, mas não conseguiu, tomado de emoção, e fez de conta que estava pigarreando. Por menos que valorizasse a capacidade crítica de Goleníchtchev, por mais fútil que considerasse sua observação justa, a de que o rosto de Pilatos expressava bem a natureza burocrática dele, por mais que se melindrasse com essa observação nula, que era a primeira enquanto as observações relevantes ficavam para depois, Mikháilov se sentiu extático com essa observação. Ele também pensava, a respeito de Pilatos, o mesmo que dissera Goleníchtchev. O fato de ser apenas um daqueles milhões de argumentos que, na firme convicção de Mikháilov, seriam todos corretos não diminuiu, para ele, o valor da observação feita. Ficou gostando de Goleníchtchev, em razão dessa observação sua, e logo passou do abatimento ao êxtase. De imediato, o quadro todo ressuscitou aos olhos dele, com toda a inexprimível complexidade da vida nele exposta. Mikháilov tentou novamente dizer que era essa sua visão pessoal de Pilatos, porém seus lábios tremiam, insubmissos, e ele não conseguia falar. Vrônski e Anna também diziam alguma coisa com aquela voz baixa que, tanto para não magoar o pintor quanto para não dizer alto alguma bobagem, tão fácil de dizer em se tratando das artes, costuma soar em exposições artísticas. Mikháilov achou que estavam igualmente impressionados com sua obra. Aproximou-se deles.

— Como surpreende a imagem de Cristo! — disse Anna. Gostava dessa imagem mais do que de tudo quanto visse e percebia que era o centro do quadro; portanto, seu elogio teria de agradar ao pintor. — Dá para ver que ele se condói de Pilatos.

Era, outra vez, um daqueles milhões de argumentos corretos que se podia aplicar ao quadro e à imagem de Cristo. Anna lhe dissera que Cristo se condoía de Pilatos. O semblante de Cristo devia expressar, inclusive, uma condolência, porquanto ele sentia amor, estava sublimemente tranquilo, pronto para a morte e consciente de as palavras serem inúteis. Havia, decerto, algo burocrático em Pilatos e algo condolente em Cristo, um dos quais representava a vida carnal, e o outro, a vida espiritual. Tudo isso surgiu de relance, a par de muitas outras ideias, na mente de Mikháilov. E, jubiloso, seu rosto ficou novamente extático.

— Sim, mas como foi pintado o personagem: quanto vácuo! Daria para passear ao redor dele — replicou Goleníchtchev, obviamente disposto a mostrar, com essa objeção, que não aprovava nem a forma nem o conteúdo do tal personagem.

— Pois é, uma mestria arrebatadora! — disse Vrônski. — Como se destacam aquelas figuras em segundo plano! Essa é a técnica — prosseguiu, dirigindo-se a Goleníchtchev e aludindo a uma das suas conversas em que se queixara de não poder dominar a mesma técnica.

— Sim, sim, é admirável! — concordaram Goleníchtchev e Anna.

Apesar daquele estado eufórico em que se encontrava Mikháilov, seu coração se contraiu dolorosamente com tal referência à sua técnica, e, de repente, ele fez uma carranca e passou a mirar Vrônski com rancor. Ouvia amiúde essa palavra, "técnica", mas decididamente não entendia o que ela significava. Sabia que concernia a uma capacidade mecânica de pintar e desenhar, fosse qual fosse o conteúdo. Repetidas vezes percebia, mesmo quando elogiado com toda a sinceridade, que a tal de técnica era oposta ao mérito interior, como se fosse viável pintar bem o que era ruim. Sabia que se precisava de muita atenção e prudência para não danificar a obra ao descortiná-la e para lhe tirar todas as cortinas, porém não havia nisso nenhuma arte, nenhuma mestria. Se uma criancinha, ou então a cozinheira dele, também enxergassem o que ele próprio enxergava, elas também chegariam a reproduzir o que lhes desse na vista. Mas nem o pintor técnico mais experiente e habilidoso conseguiria reproduzir, tão só com essa capacidade mecânica, coisa nenhuma, a menos que já tivesse descoberto antes os limites do conteúdo. Além do mais, Mikháilov via que, de qualquer modo, quem falasse em técnica não poderia elogiá-lo por se esmerar nela. Em todos os quadros que pintara ou continuava pintando, havia vários defeitos que lhe maceravam os olhos, provindos daquela imprudência com a qual o autor os descortinava, e que não se podia mais corrigir agora sem estragar a obra inteira. E, quase em todos os vultos e rostos, ele divisava ainda as sobras daquelas cortinas, que não tirara completamente, a rebaixarem o quadro inteiro.

— A única objeção que posso fazer, caso o senhor me permita... — notou Goleníchtchev.

— Ah, sim: estou muito contente e peço que o senhor... — disse Mikháilov, afetando um sorriso.

— É que, em seu quadro, Ele não é um deus humano e, sim, um homem divino. Aliás, eu sei que o senhor queria exatamente isso.

— Não poderia pintar um Cristo que não estivesse em minha alma — disse Mikháilov, lúgubre.

— Sim, mas nesse caso, se o senhor me permitir que exprima a minha opinião... Seu quadro é tão bom que minha objeção não pode prejudicá-lo, e depois... é apenas uma opinião pessoal. Seu quadro é diferente; a razão dele, como tal, é diferente. Mas tomemos, por exemplo, Ivânov.[33] Eu acho que, se Cristo é reduzido à condição de um personagem histórico, Ivânov deveria ter optado por outro tema histórico, um tema novo, jamais explorado.

— Mas, sendo esse o maior de todos os temas que as artes exploram...

— Se procurarmos, encontraremos outros temas também. Mas o problema é que as artes não admitem discussão nem raciocínio. E, quando se vê o quadro de Ivânov, o crente e o descrente ficam questionando se é um deus ou não. Isso destrói a unidade da impressão.

— Por quê? A meu ver, para as pessoas esclarecidas — disse Mikháilov —, não pode haver discussão alguma.

Goleníchtchev discordou disso e, insistindo em sua ideia inicial, relativa à unidade da impressão necessária para as artes, colocou Mikháilov contra a parede.

Todo agitado, Mikháilov não tinha nada a dizer em defesa de sua opinião.

## XII

Anna e Vrônski estavam, havia bastante tempo, trocando olhares, por lamentarem a sábia prolixidade de seu companheiro, e eis que Vrônski passou, sem esperar pelo dono do estúdio, a examinar outro quadro, cujo tamanho era menor.

— Ah, que graça, mas que gracinha! Uma maravilha! Que beleza! — Os amantes se puseram a falar juntos.

"De que é que gostaram tanto assim?", pensou Mikháilov. Já se esquecera daquele quadro feito três anos antes. Não se lembrava mais de todos os sofrimentos e êxtases que vivenciara pintando aquele quadro, no qual se absorvia inteiramente, noite e dia, ao longo de vários meses seguidos; tirara-o da cabeça, como sempre fazia ao terminar suas obras. Não gostava nem mesmo de olhar para ele, colocando-o à mostra apenas por esperar pela visita de um inglês que desejava comprá-lo.

— É assim... um estudo meu já antigo — disse.

— Mas como é bom! — exclamou Goleníchtchev, que também se rendera, pelo visto, ao encanto daquela obra.

---

[33] Alusão ao quadro épico *A aparição de Cristo perante o povo*, de Alexandr Ivânov, guardado na Galeria Tretiakov, em Moscou.

À sombra de um salgueiro, dois garotos estavam pescando com suas varas. Um deles, o mais velho, acabara de lançar o anzol e retirava, zeloso, o flutuador de trás de uma moita, todo absorto nisso; outro garoto, mais novo que ele, estava deitado na relva, pondo sua cabeça lourinha, de cabelos emaranhados, em cima das mãos cruzadas, e não despregava seus pensativos olhos azuis da água. Em que estaria pensando?

A admiração provocada por aquele seu quadro reatiçou, no íntimo de Mikháilov, sua recente emoção, porém ele temia esse sentimento ocioso, não gostava dele por se referir ao passado e, assim sendo, embora se comprouvesse em ouvir tais elogios, quis chamar a atenção de suas visitas para o terceiro quadro.

No entanto, Vrônski perguntou se aquela obra estava à venda. Agora que Mikháilov se sentia de novo emocionado, essa indagação mercantil causou-lhe um dissabor dos grandes.

— Está à venda, sim — respondeu, carrancudo.

Quando as visitas foram embora, Mikháilov se sentou em face do quadro a representar Pilatos e Cristo e ficou repetindo, em sua mente, o que fora dito ou, sem ser dito, subentendido por essas pessoas. E, coisa estranha: o que tinha tamanho peso para ele, quando os visitantes estavam lá e o pintor assumia mentalmente seu ponto de vista, perdeu, de repente, toda e qualquer importância. Agora examinava o quadro com seu próprio olhar artístico e acabou reavendo aquela plena certeza da perfeição e, portanto, da significância de sua obra que lhe era necessária para desenvolver uma tensão sobreposta a todos os demais interesses, pois só com essa tensão ele conseguia trabalhar.

Não, a perna de Cristo não era, naquele escorço, como deveria ser. Mikháilov pegou sua paleta e começou a pintar. Corrigindo a perna, olhava, o tempo todo, para a figura de João, situada em segundo plano, que suas visitas nem tinham notado, mas que era, segundo lhe constava, o cúmulo da perfeição. Mal deu conta da perna, quis emendar aquela figura também, mas se sentiu por demais ansioso para tanto. Não conseguia trabalhar, de igual modo, nem quando estava frio nem quando se enternecia em excesso e passava a ver tudo com uma clareza demasiada. Só existia um degrau, naquela passagem da frieza à inspiração, em que seu trabalho era possível, mas agora ele estava por demais emocionado. Já ia cobrir o quadro, porém se deteve e, sorrindo ditosamente com um lençol nas mãos, contemplou, por muito tempo ainda, a figura de João. Enfim, como que entristecido por ter de abandonar o quadro, cobriu-o com esse lençol e, cansado, mas feliz, foi para casa.

Na volta de seu estúdio, Vrônski, Anna e Goleníchtchev estavam sobremodo alegres e animados. Falavam de Mikháilov e de suas pinturas. A palavra "talento", com a qual designavam uma capacidade inata, quase física, independente da razão ou do coração, e queriam resumir tudo quanto fosse vivenciado por um artista, era muito frequente em sua conversa, sendo-lhes necessária para descrever algo que visavam discutir sem terem a mínima noção disso. Diziam, pois, que o talento do pintor era inegável, mas não podia desenvolver-se por falta de instrução, o infortúnio comum de nossos pintores russos. Ainda assim, o quadro que representava dois garotos permanecia em sua memória, e eles tornavam, volta e meia, a recordá-lo.

— Mas que graça! Como foi que ele conseguiu, e com tanta simplicidade? Nem ele mesmo entende como aquilo é bom. Não posso deixar aquele quadro escapar: vou comprá-lo sem falta — dizia Vrônski.

## XIII

Mikháilov vendeu seu pequeno quadro para Vrônski e consentiu em pintar o retrato de Anna. Veio, no dia marcado, e começou a trabalhar.

A partir da quinta sessão, o retrato passou a fascinar quem o visse, e principalmente Vrônski, por ser não só parecido, mas, sobretudo, belíssimo. Todos se surpreendiam por Mikháilov ter encontrado aquela beleza especial. "Seria preciso conhecê-la e amá-la, como eu a amo, para apanhar essa expressão de sua alma, a mais encantadora de todas!", pensava Vrônski, embora só tivesse descoberto tal expressão encantadora ao olhar para o retrato dela. Contudo, a expressão era tão verdadeira que ele mesmo, e todos os outros, achavam que a conhecessem desde sempre.

— Eu passei tanto tempo penando e não consegui nada — dizia Vrônski a respeito do seu próprio retrato —, e ele olhou uma vez e pintou. Essa é a tal de técnica.

— Isso vem aos poucos — consolava-o Goleníchtchev, em cuja percepção Vrônski tinha um talento e, o mais importante, uma instrução que sublimava sua visão artística. Estava também convencido de que Vrônski tinha talento porque precisava do apoio e dos elogios de Vrônski aos seus artigos e às suas ideias, e percebia que os elogios e o apoio deviam ser recíprocos.

Na casa dos outros — e, sobretudo, naquele *palazzo* de Vrônski —, Mikháilov se comportava de modo bem diferente do que em seu estúdio. Demonstrava uma cortesia inamistosa, como se temesse aproximar-se das pessoas que não respeitava. Chamava Vrônski de "Vossa Magnificência" e nunca ficava para almoçar, ainda que Anna e Vrônski o convidassem, nem vinha com outro propósito senão o de pintar. Anna lhe manifestava um carinho maior do que aos outros, agradecida por tê-la retratado. Vrônski estava mais que amável com ele e parecia interessado em saber o que o pintor pensava de seu próprio quadro. Goleníchtchev não perdia nenhuma oportunidade de inculcar a Mikháilov umas ideias "autênticas" sobre a arte. Todavia, Mikháilov tratava-os todos com igual frieza. Anna sentia, ao captar o olhar dele, que gostava de mirá-la, porém o pintor evitava falar com ela. Quando Vrônski se punha a conversar sobre as pinturas dele ou então lhe mostrava seu próprio quadro, teimava em permanecer calado e, obviamente, aborrecia-se com as conversas de Goleníchtchev, se bem que não o contradissesse.

Em suma, com esse seu tratamento reservado e inamistoso, se não hostil, Mikháilov causou-lhes a todos uma impressão muito desagradável, tão logo eles o conheceram de perto. Sentiram alívio quando as sessões terminaram, o lindo retrato ficou em suas mãos e o pintor cessou de vir à sua casa.

Goleníchtchev foi o primeiro a exprimir a ideia que todos eles tinham, a de que Mikháilov estava, pura e simplesmente, com inveja de Vrônski.

— Suponhamos que não tenha inveja por ser talentoso, mas está com raiva por ser um palaciano, bem rico e, para completar, um conde (pois eles odeiam tudo isso), e porque faz, sem muito esforço, o mesmo que ele tem feito a vida toda, e quem sabe ainda se não faz isso melhor do que ele! O principal é que tem a instrução que lhe falta a ele.

Vrônski defendia Mikháilov, porém, no fundo da alma, acreditava nisso, porquanto, em sua opinião, quem pertencesse àquele outro mundo inferior havia de invejá-lo.

O retrato de Anna, a imagem da mesma modelo pintada por ele mesmo e por Mikháilov, deveria evidenciar, para Vrônski, toda a diferença que existia entre eles dois, mas Vrônski não a enxergava. Só quando Mikháilov finalizou o retrato de Anna é que parou de retratá-la por sua vez, pensando que outro retrato seria agora dispensável. Continuou, todavia, a pintar seu quadro de cunho medieval. Tanto ele mesmo quanto Goleníchtchev e, sobretudo, Anna achavam-no muito bom, já que se assemelhava aos quadros famosos bem mais do que a pintura de Mikháilov.

Nesse meio-tempo, Mikháilov, embora se empolgasse muito com o retrato de Anna, estava contente, ainda mais do que eles, com o fim das sessões, porque não precisava mais escutar a logorreia artística de Goleníchtchev e podia tirar da cabeça os quadros de Vrônski. Sabia que não era possível proibir Vrônski de se divertir com a pintura; sabia que ele e os demais diletantes tinham pleno direito de pintar o que quisessem, mas se irritava com isso. Não se pode proibir um homem de fazer uma grande boneca de cera para beijá-la depois. Entretanto, se tal homem viesse, com sua boneca, sentar-se na frente de um apaixonado e começasse a acariciar sua boneca, como este acaricia a mulher amada, o apaixonado se irritaria com isso também. Vendo os quadros de Vrônski, Mikháilov tinha a mesma sensação repulsiva: estava para rir, sentia desgosto e pena, ficava ofendido.

A paixão de Vrônski pela pintura e pela Idade Média não durou muito. Seu gosto pelas artes impediu-o de terminar sua obra. Ele parou de pintar. Intuía vagamente que os defeitos de seu quadro, discretos a princípio, resultariam chocantes se ele o levasse adiante. Ocorreu-lhe o mesmo que ocorrera a Goleníchtchev, o qual sentia que não tinha nada a dizer e ludibriava constantemente a si mesmo, alegando que sua ideia não estava ainda pronta, que a amadurecia e colhia os dados. Mas, posto que Goleníchtchev se apoquentasse e se zangasse com isso, Vrônski não conseguia ludibriar nem torturar a si mesmo e, sobretudo, não era capaz de se zangar. Com toda a firmeza inerente à sua índole, parou de pintar sem explicar nada nem procurar por justificativas.

E eis que, sem essa ocupação, a vida lhe pareceu, bem como a Anna surpresa com sua decepção, tão enfadonha naquela cidade italiana, o *palazzo* se tornou, de súbito, tão evidentemente velho e sujo, com aquelas feias e já costumeiras manchas nas cortinas, rachaduras nos pisos e camadas de argamassa que se desprendiam das cornijas, e Goleníchtchev, o professor italiano e o viajante alemão, sempre os mesmos, enfastiaram-nos tanto que os amantes não podiam mais viver como dantes. E decidiram voltar para a Rússia e morar no campo. Em Petersburgo, Vrônski pretendia concluir a partilha dos bens com seu irmão, e Anna, rever seu filho. Decidiram também passar o verão naquela grande fazenda que pertencia à família de Vrônski.

## XIV

Lióvin estava casado havia cerca de três meses. Estava feliz, sim, porém não era aquela felicidade pela qual esperara. A cada passo, desiludia-se dos seus sonhos antigos e descobria algum novo encanto inopinado. Estava feliz, porém, ao ingressar na vida conjugal, percebia, a cada passo, que era algo bem diferente daquilo que tinha imaginado. Volta e meia experimentava o que teria experimentado um homem que admirasse de longe o curso fluido e sereno de um barquinho a cruzar um lago e depois entrasse, ele próprio, nesse barquinho. Percebia que não lhe bastava ficar lá sentado, sem se balançar de um lado para o outro, mas que ainda lhe cumpria pensar, sem se esquecer, nem por um minutinho, de que precisava ir adiante, de que havia água sob os seus pés e, portanto, ele devia remar, por mais que doessem suas mãos inacostumadas. Ser-lhe-ia fácil apenas olhar de longe para o tal barquinho, mas dirigi-lo, por mais que se alegrasse com isso, seria muito difícil.

Quando era solteiro e observava, vez por outra, a vida conjugal de outrem, cheia de afazeres miúdos, de brigas e de ciúmes, apenas sorria, desdenhoso, no fundo da alma. Sua própria vida conjugal não só não poderia ter, segundo a convicção dele, nada de semelhante, mas nem sequer as formas externas dessa vida chegariam, pelo que lhe parecia, a assemelhar-se minimamente às da vida alheia. E de repente, em vez disso tudo, sua vida conjugal não só não tinha nada de especial, mas, pelo contrário, compunha-se toda daqueles mesmos detalhes ínfimos que ele desprezava tanto, desde antes, e que agora adquiriam, contra sua vontade, uma importância extraordinária e irrefutável. E Lióvin via que lidar com todos aqueles detalhes não era, nem por sombra, tão fácil como vinha imaginando. Embora se considerasse informado, com a maior precisão possível, sobre a vida conjugal, imaginava-a espontaneamente, igual a todos os homens, tão só como um prazer amoroso, que nada deveria estorvar e do qual ele não seria distraído por nenhuma preocupação ínfima. Achava que devesse fazer seu trabalho e descansar dele em meio à felicidade de seu amor. Sua esposa devia ser amada, sem mais nem menos. Contudo, igual a todos os homens, Lióvin esquecia que sua esposa também precisava trabalhar. E se espantava ao ver essa charmosa, poética Kitty guardar em sua mente — não apenas nas primeiras semanas, mas até mesmo nos primeiros dias de sua vida conjugal — todos aqueles móveis, toalhas, colchões para visitas, bandejas, cozinheiros, almoços, etc., e tomar conta deles. Ainda na época do noivado, ficara surpreso com a determinação que ela demonstrara em recusar a viagem para o estrangeiro e resolver irem juntos para a fazenda, como se estivesse ciente de algo imprescindível e pudesse, a par de seu amor, pensar em outras coisas. Então Lióvin se ofendera com isso e voltava agora a melindrar-se, algumas vezes, com as ocupações e preocupações ínfimas de sua esposa. No entanto, via que ela necessitava disso. E, posto que não atinasse com os motivos e caçoasse, de vez em quando, daqueles seus afazeres, não deixava de admirá-los por amar Kitty. Caçoava um pouco do seu modo de dispor os móveis trazidos de Moscou, de arrumar diferentemente os quartos do casal, de pendurar as cortinas, de preparar um cômodo para as futuras visitas e para Dolly, de destinar um cantinho à sua nova criada, de encomendar um almoço ao velho cozinheiro, de abrir uma discussão com Agáfia Mikháilovna, dispensando-a de cuidar das provisões. Via que o velho cozinheiro sorria, admirando Kitty enquanto ouvia suas ordens canhestras e incumpríveis; via que Agáfia Mikháilovna abanava a cabeça, meditativa e carinhosa, ao escutar as novas propostas da jovem senhora em relação à dispensa; via que Kitty estava especialmente bonita quando vinha, ridente e chorosa, reclamar de sua criada Macha, que a tratava, por hábito, como uma moça solteira, e declarava que, por essa razão, ninguém lhe obedecia. Gostava disso tudo, se bem que o estranhasse um pouco e pensasse que seria melhor se Kitty não o fizesse.

Lióvin desconhecia aquela sensação de mudança que ela tinha depois de querer por vezes, na casa dos pais, repolho com *kvas* ou alguns bombons e não ter acesso a tais comidas, podendo agora encomendar o que quisesse, comprar montes de bombons, gastar tanto dinheiro quanto lhe aprouvesse e arranjar qualquer torta que desejasse. Agora sonhava, animadinha, com a visita de Dolly e seus filhos, notadamente porque ofereceria a cada uma das crianças seu doce predileto e porque Dolly apreciaria toda aquela ordem em que ela pusera sua casa. Sentia-se, mesmo sem saber por quê nem para quê, irresistivelmente atraída pelos afazeres domésticos. Intuindo a próxima chegada da primavera e sabendo que haveria também dias chuvosos, construía, como podia, seu ninho, apressando-se, ao mesmo tempo, a construí-lo e a aprender sua construção.

Essas miúdas preocupações de Kitty, tão contrárias àquele ideal da sublime felicidade que Lióvin vislumbrava no começo de sua vida conjugal, eram uma das suas decepções; não obstante, essas preocupações, que ele não podia deixar de amar mesmo sem entender seu sentido, eram também um dos seus novos encantos.

Outra decepção, e outro encanto também, eram as brigas do casal. Lióvin nunca chegara a imaginar que entre ele e sua mulher pudessem existir quaisquer relações que não fossem ternas, respeitosas e amorosas, mas eis que, logo nos primeiros dias, eles discutiram a ponto de Kitty dizer que ele não a amava, que só amava, aliás, a si próprio, de chorar e de agitar as mãos.

Essa primeira briga aconteceu porque Lióvin fora ver um novo sítio e voltara dali com meia hora de atraso, querendo pegar um atalho e acabando por se extraviar. Só pensava nela, enquanto voltava para casa, em como ela o amava, em como ele estava feliz, e, quanto mais se aproximava da fazenda, tanto mais ardente se tornava sua paixão por ela. Irrompeu no quarto sentindo o mesmo ou, talvez, algo mais intenso ainda do que a emoção com que tinha ido à casa dos Chtcherbátski para pedi-la em casamento. De chofre, reparou na expressão sombria, nunca vista antes, de seu semblante. Queria beijar Kitty, mas ela o empurrou.

— O que tens?

— Estás alegre aí... — começou ela, afetando uma peçonhenta tranquilidade. Mas, tão logo abriu a boca, os reproches de um absurdo ciúme, tudo quanto a afligira nessa meia hora que passara sentada, sem se mover, no parapeito da janela, jorraram para fora. Foi só então que ele compreendeu, pela primeira vez, com plena clareza o que não compreendia desde que a levara, ao celebrarem o matrimônio, embora daquela igreja. Compreendeu que não apenas a tinha ao seu lado, mas ignorava agora onde terminava sua mulher e começava ele mesmo. Inteirou-se disso com aquela pungente sensação de duplicidade que experimentara na ocasião. Ficou ofendido no primeiro momento, mas logo em seguida sentiu que ela não podia ofendê-lo, por ser ele próprio. Sentiu, naquele primeiro momento, algo semelhante ao que sentiria um homem que recebesse um forte e repentino golpe por trás e se virasse, furioso e vingativo, para encontrar o culpado, mas se convencesse rápido de que atingira, por mero acaso, a si mesmo, não tinha mais com quem se zangar e precisava aguentar e mitigar sua dor.

Nunca mais sentiria isso com a mesma força, mas daquela primeira vez demorou muito a recompor-se. Um sentimento natural exigia que se justificasse, que provasse a culpa de sua mulher, mas, provando-lhe essa culpa, Lióvin tê-la-ia deixado ainda mais irritada e aumentaria a ruptura que ocasionara o conflito todo. Era apenas esse sentimento habitual que o incitava a tirar a culpa de si e transferi-la para Kitty, porém outro sentimento seu, mais intenso, compelia-o a fazer as pazes o mais depressa possível, antes que a ruptura ocorrida ficasse maior ainda. Ao aceitar tal acusação injusta, ele teria sofrido, porém, ao magoá-la com suas justificativas, aturaria um sofrimento maior. Igual a quem se sentisse, meio dormente, atormentado por uma dor, Lióvin queria arrancar e jogar fora seu ponto dolorido, mas percebia, quando se recompunha, que o ponto dolorido era ele mesmo. Devia apenas tentar ajudar esse ponto a suportar a dor, e tentou fazer isso.

Eles se reconciliaram. Admitindo, mas não assumindo sua culpa, Kitty passou a tratar seu marido com uma ternura maior, e o casal vivenciou uma nova e redobrada felicidade de amor. Todavia, isso não impediu que tais embates se repetissem, inclusive diversas vezes e pelos motivos mais imprevistos e fúteis. Amiudados, esses embates aconteciam também porque os cônjuges ignoravam ainda o que importava a um e ao outro, e por estarem ambos, em todo aquele primeiro período, frequentemente mal-humorados. Quando um deles ficava bem-humorado, e o outro, mal-humorado, a harmonia não se rompia, mas, quando ambos estavam de mau humor, as brigas estouravam por motivos tão incompreensíveis, devido à sua futilidade, que eles mal conseguiam lembrar mais tarde por que haviam brigado. É verdade que, quando estavam ambos bem-humorados, sua vida se tornava feliz em dobro. Ainda assim, o primeiro período foi um tempo bastante difícil para eles.

Ao longo de todo aquele primeiro período, sentia-se vivamente certa tensão, como se a corrente que os ligava fosse puxada ora para um lado, ora para o outro. De modo geral, aquela lua de mel, aquele mês subsequente ao casamento que, na visão tradicional de Lióvin, haveria de ser tão ditoso, não apenas veio desprovida de mel, mas ficou, na memória de ambos os cônjuges, como o momento mais penoso e humilhante de sua vida. Posteriormente eles tentariam, de igual maneira, apagar da sua memória todas as circunstâncias feias e vergonhosas desse momento mórbido em que raras vezes se viam em seu estado normal, raras vezes eram eles mesmos.

Foi somente no terceiro mês de seu convívio que na volta de Moscou, onde tinham passado um mês inteiro, sua vida se tornou mais calma.

## XV

Acabando de regressar de Moscou, o casal estava contente com seu recolhimento. Lióvin escrevia, sentado à escrivaninha em seu gabinete. Com aquele vestido lilás escuro que usara nos primeiros dias depois de casada, que tornava a usar agora e que era especialmente memorável e valioso para seu marido, Kitty se acomodara no sofá — naquele mesmo antigo sofá de couro que sempre ficara no gabinete do avô e do pai de Lióvin — e fazia *broderie anglaise*.[34] Enquanto pensava e escrevia, ele não cessava de sentir, todo alegre, a presença dela. Não abrira mão de sua fazenda nem do livro em que pretendia expor os fundamentos de um novo modelo econômico, mas, assim como tais ocupações e ideias lhe pareciam antes pequenas e insignificantes em comparação com aquela treva que envolvia toda a vida dele, agora lhe pareciam igualmente desimportantes e pífias em comparação com sua vida futura, iluminada pelo fulgor de sua felicidade. Continuava trabalhando, porém agora sentia que o centro de gravidade da sua atenção ficara deslocado e que, portanto, ele enxergava tudo de outro modo e com maior nitidez. Antes suas ocupações salvavam-no da própria vida. Antes ele percebia que, sem elas, sua vida seria triste demais. E agora necessitava das mesmas ocupações para que sua vida não se tornasse monótona de tanta alegria. Revendo seus papéis, recapitulando o que havia escrito, entusiasmou-se ao ver que valia a pena levar esse trabalho adiante. Era algo novo e útil. Achou que muitas das suas ideias antigas fossem supérfluas e radicais em excesso, mas acabou preenchendo várias lacunas, tão logo refrescou a obra toda em sua memória. Agora estava compondo um novo capítulo, dedicado às causas da improficuidade da agricultura na Rússia. Provava que a pobreza da Rússia decorria não só da distribuição incorreta das propriedades rurais e de seus rumos errôneos como também, nesses últimos tempos, daquela civilização externa que fora transplantada, de forma anormal, para a Rússia, tendo-se em vista, principalmente, as vias de comunicação, as estradas de ferro, que vinham provocando a centralização urbana, danosa para a agricultura, e propiciavam o crescimento do luxo, da indústria fabril, do crédito bancário

---

[34] Bordado inglês (em francês).

e da paralela agiotagem na Bolsa de valores. Parecia-lhe que, com o desenvolvimento normal da economia, todos esses fenômenos ocorriam apenas depois de grandes esforços terem sido investidos na agricultura, quando ela já se encontrava em condições regulares ou, pelo menos, regulamentadas; que a economia de um país devia crescer uniformemente e, sobretudo, de maneira que os demais ramos dela não deixassem a agricultura para trás; que as vias de comunicação deviam corresponder a determinada situação da agricultura e que, com nosso uso perverso das terras, as estradas de ferro, cuja necessidade não era econômica e, sim, política, tinham surgido antes da hora e, sem favorecerem, de acordo com as expectativas a elas ligadas, nossa agricultura, ultrapassavam-na e, dando largas ao desenvolvimento da indústria e do crédito bancário, faziam-na parar. Destarte, assim como o desenvolvimento unilateral e precoce de um só órgão de qualquer animal estorvaria o desenvolvimento geral dele, o crédito, as vias de comunicação e o fortalecimento das atividades fabris, indubitavelmente necessários na Europa, onde se implantavam na hora certa, apenas prejudicavam o desenvolvimento geral da economia russa, relegando a questão mais relevante e mais urgente, a questão agrícola, a segundo plano.

Ao passo que Lióvin escrevia tudo isso, Kitty pensava naquela atenção antinatural que seu marido tinha focado no jovem príncipe Tchárski, que a galanteara, com muita indelicadeza, às vésperas de sua partida de Moscou. "Ele está com ciúmes!", pensava. "Meu Deus, como ele é bom e bobinho. Está com ciúmes de mim! Se soubesse que eles todos são, para mim, iguais ao cozinheiro Piotr...", pensava, fitando com uma estranha sensação de propriedade a nuca e o pescoço vermelho de seu marido. "Se bem que faça pena distraí-lo (ainda terá bastante tempo!), preciso ver sua cara. Vai sentir mesmo que estou olhando para ele? Quero que se vire agora... Quero, sim!" E ela abriu mais ainda os olhos, buscando reforçar assim a ação de seu olhar.

— Pois eles atraem todos os fluidos e geram um brilho falso — murmurou Lióvin, parando de escrever, e, sentindo que Kitty olhava para ele e sorria, virou a cabeça.

— O quê? — perguntou, também sorridente, e levantou-se.

"Virou-se", pensou ela.

— Não é nada: queria apenas que te virasses — disse, mirando-o e tentando adivinhar se estava aborrecido, ou não, por ela tê-lo distraído.

— Mas como estamos bem, nós dois! Eu, pelo menos... — disse Lióvin, achegando-se a ela com um radiante sorriso feliz.

— E eu estou tão bem! Não vou mais a lugar algum, sobretudo a Moscou.

— Em que estavas pensando?

— Eu? Eu pensava... Não, não, vai escrever, não te distraias — disse Kitty, franzindo os lábios. — E eu preciso agora recortar esses buraquinhos, estás vendo?

Ela pegou uma tesoura e começou a recortar.

— Não, diz aí, o que é? — pediu ele, sentando-se perto de Kitty e acompanhando, com seu olhar, o movimento circular da pequena tesoura.

— Ah, em que eu pensava? Pensava em Moscou e nessa tua nuca.

— Por que é que estou, justo eu, tão feliz? Isto não é natural. É bom demais — disse Lióvin, beijando a mão dela.

— Para mim, é o contrário: quanto melhor, tanto mais natural.

— Tens aí uma trancinha — disse ele, virando-lhe delicadamente a cabeça. — Uma trancinha, sim. Aqui está, vês?... Não, não, estamos ocupados!

Não faziam mais nada e, como que ambos culpados, afastaram-se bruscamente um do outro, quando Kuzmá entrou dizendo que o chá estava servido.

— O carteiro veio da cidade? — perguntou Lióvin a Kuzmá.

— Acabou de vir, está tirando as cartas.

— Vem logo — disse Kitty, saindo do gabinete —, senão vou ler as cartas sem ti. E vamos tocar piano a quatro mãos.

Uma vez só, Lióvin colocou seus cadernos numa nova pasta, comprada por ela, e foi lavar as mãos em seu novo lavabo, cujos utensílios, todos novos e elegantes, também haviam aparecido com ela. Sorria aos seus pensamentos e, ao mesmo tempo, abanava a cabeça de modo reprobatório: uma sensação semelhante ao arrependimento deixava-o angustiado. Havia algo vergonhoso, amimalhado — algo de Cápua,[35] segundo ele mesmo o denominava — em sua vida atual. "Não é bom viver desse jeito", pensava. "Já vai fazer três meses, daqui a pouco, que não faço quase nada. Foi só agorinha que, pela primeira vez, retomei seriamente esse meu trabalho, e daí? Mal retomei e abandonei. Até minhas ocupações costumeiras ficaram quase abandonadas. Quase não ando mais pela fazenda, nem a pé nem a cavalo. Ou não quero deixá-la sozinha, ou então vejo que ela está com tédio. Pois eu pensava que, antes do casamento, vivia assim, mais ou menos, que minha vida não contava tanto, e que viveria para valer só depois de casado! Só que já vai fazer três meses, daqui a pouco, e eu nunca tinha passado meu tempo de modo tão ocioso nem tão inútil! Não pode ser, não: preciso recomeçar. É claro que ela não tem culpa. Não tenho por que a censurar. Eu mesmo preciso ser mais firme, consolidar minha independência masculina. Se não fizer isso, acabaremos, nós dois, mal-acostumados... É claro que ela não tem culpa", dizia consigo.

---

[35] Alusão à cidade italiana de Cápua, cujos habitantes eram considerados, na Antiguidade greco-romana, extremamente ociosos e levianos.

Entretanto, é difícil que uma pessoa descontente não censure alguém e, antes de tudo, quem estiver mais próximo dela, em razão daquilo que a descontenta. E vinha à cabeça de Lióvin uma ideia vaga, a de que não era ela mesma culpada (nem poderia, aliás, ter culpa de nada), mas antes a educação dela, por demais superficial e frívola ("aquele idiota do Tchárski: sei que ela queria freá-lo, mas não sabia como"). "Não, além do interesse pela casa (que ela tem de fato), pelas suas toaletes e pela *broderie anglaise*, ela não tem nenhum interesse sério. Não se interessa nem pelos meus negócios, nem pela fazenda, nem pelos mujiques, nem pela música, em que é bastante versada, nem pela leitura. Não faz nada e fica absolutamente satisfeita." Lióvin condenava isso, no fundo da alma, porém não entendia ainda que Kitty se preparava para aquela fase que começaria quando ela se tivesse tornado, simultaneamente, a mulher de seu marido, a dona de sua casa e a mãe de seus filhos, que ia conceber, amamentar e educar. Não entendia que ela sabia disso por intuição e, preparando-se para aquele terrível labor, não censurava a si mesma pelos minutos de desleixo em meio à sua felicidade amorosa, dos quais desfrutava agora que construía alegremente seu ninho futuro.

## XVI

Quando Lióvin subiu a escada, sua mulher estava sentada entre um novo samovar prateado e um novo aparelho de chá e, tendo servido uma chávena à velha Agáfia Mikháilovna, também acomodada junto à sua mesinha, lia uma carta de Dolly, com quem se correspondia constante e frequentemente.

— Pois a senhorinha me sentou aqui, mandou ficar perto dela, está vendo? — disse Agáfia Mikháilovna, olhando para Kitty com um sorriso benévolo.

Em suas palavras, Lióvin percebeu o desfecho do drama que se passava, nesses últimos tempos, entre Agáfia Mikháilovna e Kitty. Viu que, apesar de todo o dissabor causado a Agáfia Mikháilovna pela sua nova patroa, que lhe tomara o timão da casa, Kitty conseguira vencê-la e fizera que a velha governanta se apegasse a ela.

— E eu li tua carta — disse Kitty, estendendo-lhe uma carta crivada de erros. — Parece que é daquela mulher de teu irmão... — comentou. — Não a li, não! E esta carta é dos meus e de Dolly. Imagina só! Dolly levou Gricha e Tânia para o baile infantil dos Sarmátski: Tânia foi uma marquesa.

Entretanto, Lióvin não a escutava mais; enrubescendo, pegou a carta de Maria Nikoláievna, a antiga amante de seu irmão Nikolai, e começou a lê-la. Era a segunda carta escrita por Maria Nikoláievna. Em sua primeira carta, ela contava que fora expulsa, sem culpa alguma, pelo irmão de Lióvin e acrescentava, com uma tocante ingenuidade, que não pedia nem queria nada, embora vivesse outra vez na miséria, mas apenas se mortificava com a ideia de que Nikolai Dmítrievitch acabaria perecendo sem ela, por ter uma saúde bem frágil, e rogava que seu irmão cuidasse dele. Agora escrevia outra coisa. Tinha reencontrado Nikolai Dmítrievitch, voltara a amasiar-se com ele em Moscou e fora, em sua companhia, para uma cidade interiorana onde ele havia arranjado um cargo, só que, uma vez lá, ele brigara com seu superior e quisera retornar a Moscou, mas, pelo caminho, adoecera tanto que dificilmente se recuperaria... Era isso que ela escrevia. "Lembra-se, o tempo todo, do senhor, e não temos mais um tostão aqui."

— Lê o que Dolly escreve sobre ti — Kitty se pôs a falar, sorridente, porém se calou de súbito, reparando em como mudara a expressão do marido.

— O que tens? O que foi?

— Ela escreve para mim que Nikolai, meu irmão, está morrendo! Vou lá.

De chofre, Kitty também mudou de cor. O que pensava de Tânia fantasiada de marquesa, de Dolly, tudo isso desaparecera.

— Quando é que vais? — perguntou ela.

— Amanhã.

— Eu vou contigo... posso? — prosseguiu ela.

— Kitty, mas o que é isso? — disse Lióvin, em tom de reproche.

— Como assim, "o que é"? — Kitty ficou sentida por ele reagir à sua proposta de má vontade e como que desgostoso. — Por que é que não iria? Não te atrapalharei. Eu...

— Vou lá porque meu irmão está morrendo — disse Lióvin. — E tu mesma, por que...

— Por quê? Pela mesma razão que tu.

"Até neste momento, tão importante para mim, ela só pensa que ficará enfadada sozinha", pensou Lióvin. E tal pretexto, em se tratando de um assunto tão sério, deixou-o zangado.

— Isso é impossível — disse, austero.

Vendo que iam brigar, Agáfia Mikháilovna colocou de mansinho a chávena e saiu. Kitty nem sequer reparou nisso. O tom com que seu marido pronunciara aquelas últimas palavras era especialmente ofensivo, já que ele não acreditava, pelo visto, no que ela havia dito.

— Pois eu te digo que, se fores lá, eu também irei contigo, irei sem falta — rompeu a falar, irada e ansiosa. — Por que é impossível? Por que dizes que é impossível?

— Porque temos de ir Deus sabe aonde, com todas aquelas estradas, pousadas. Tu me atrapalharás, sim — dizia Lióvin, tentando conservar seu sangue-frio.

— Nem um pouco. Aliás, não preciso de nada. Aonde tu podes ir, eu também posso...

— Mas nem que seja só porque aquela mulher está lá, e tu não podes chegar perto dela.

— Não sei nem quero saber quem está lá nem o quê. Só sei que o irmão de meu marido está morrendo, que meu marido vai para junto dele, e eu também irei com meu marido para...

— Kitty! Não te zangues! Pensa aí: este assunto é tão importante que me dói achar que o mistures com tua fraqueza, que apenas não queres ficar sozinha. Pois bem: se ficares entediada, então vai a Moscou.

— Isso mesmo: sempre me atribuis esses pensamentos maus, baixos — disse ela, com lágrimas de mágoa e ira. — Não é nada, nenhuma fraqueza, nada... Sinto que meu dever é ficar perto de meu marido quando ele está sofrendo, mas tu me magoas de propósito e, de propósito, não queres entender que...

— Não, é terrível! Como se eu fosse um escravo! — exclamou Lióvin, levantando-se sem ter mais forças para conter a sua irritação. Mas, no mesmo instante, percebeu que batia em si mesmo.

— Então por que te casaste? Estarias livre agora... Por que fizeste isso, já que te arrependes? — exclamou ela, erguendo-se num pulo e correndo à sala de estar.

Quando Lióvin foi atrás dela, Kitty estava soluçando.

Ele se pôs a falar, querendo escolher palavras que pudessem, se não a dissuadir, ao menos deixá-la mais calma. Todavia, Kitty não o escutava nem concordava com nada. Lióvin se inclinou sobre ela e pegou sua mão indócil. Beijou-lhe a mão, os cabelos, de novo a mão: ela se mantinha calada. Mas, quando lhe segurou, com ambas as mãos, o rosto, dizendo: "Kitty!", ela se recobrou de repente, chorou mais um pouco e reconciliou-se com ele.

Ficou decidido que partiriam juntos no dia seguinte. Lióvin disse à sua mulher que acreditava em seu desejo de acompanhá-lo tão só para lhe ser útil, concordou que a presença de Maria Nikoláievna ali, ao lado de seu irmão, não tinha nada de inconveniente, porém, no fundo da alma, permaneceu descontente com ela e consigo mesmo. Estava descontente com sua mulher porque ela não consentira em deixá-lo partir sozinho, sendo isso necessário (e como lhe era estranho pensar que, havia pouco descrente de sua felicidade por ser amado, ele se sentia agora infeliz porque Kitty o amava em demasia!), e descontente consigo mesmo por não ter insistido até o fim. Ainda menos acreditava, no fundo da alma, que ela não se importasse com a concubina de seu irmão, pensando, com temor, em todas aquelas rixas que poderiam acontecer. O próprio fato de sua mulher, sua Kitty, ter de ficar no mesmo quarto com uma rapariga fazia-o estremecer de asco e medo.

## XVII

O hotel da cidade interiorana, onde Nikolai Lióvin estava acamado, era um daqueles hotéis provincianos que são erigidos segundo os modelos mais novos e primorosos, com as melhores intenções de serem limpos, confortáveis e até mesmo elegantes, porém, com uma rapidez extraordinária, acabam transformados pela sua clientela em sujas bodegas que se pretendem modernas e aprimoradas, tornando-se, por causa dessa pretensão sua, piores ainda do que os hotéis igualmente sujos, mas já antigos. Aquele hotel se encontrava em tal estado: o soldado de uniforme sebento, que fumava um cigarrozinho à entrada e devia bancar o porteiro; a escadaria escura e feia, com o corrimão de ferro-gusa, que atravessava o prédio de par em par; o insolente criado de fraque sujo; a sala de jantar cuja mesa estava enfeitada com um ramalhete tão empoeirado que as flores pareciam feitas de cera; o desasseio, a poeira e o desleixo visíveis por toda parte, e, ao mesmo tempo, a azáfama daquele hotel, bem moderna e presunçosa como a das estradas de ferro — tudo isso ocasionou aos Lióvin, logo após sua lua de mel, uma sensação extremamente penosa, sobretudo porque essa falsa sensação imposta pelo hotel não combinava, de modo algum, com o que esperava por eles dois.

Como de praxe, depois de lhes perguntarem quanto se disporiam a pagar pelo quarto, ficou claro que nenhum quarto bom estava disponível: um dos bons aposentos estava ocupado pelo inspetor das ferrovias, outro por um advogado vindo de Moscou, outro ainda pela princesa Astáfieva que voltava da sua fazenda. Sobrava apenas um quarto sujo, prometendo-se que, até o anoitecer, um quarto contíguo ficaria desocupado. Aborrecido com sua mulher, pois ocorria exatamente aquilo que tinha previsto, e obrigado, justo no momento de sua chegada, quando seu coração disparava com aquela angústia que lhe causava a doença de seu irmão, a cuidar dela em vez de ir correndo ao quarto de Nikolai, Lióvin acompanhou Kitty até o quarto que lhes fora oferecido.

— Vai logo, vai! — disse ela, lançando-lhe um olhar tímido e queixoso.

Mal ele saiu porta afora, calado como estava, deparou-se com Maria Nikoláievna, que já soubera de sua chegada, mas não ousava entrar em seu aposento. Ela estava precisamente tal e qual como Lióvin a vira em Moscou: o mesmo vestido de lã, os braços desnudos, o pescoço e o mesmo rosto bondoso e abobalhado, um pouco mais roliço e bexiguento.

— Como ele está? Como está, hein?

— Muito mal. Não se levanta mais. Estava esperando pelo senhor. Ele... O senhor... com sua esposa...

No primeiro momento, Lióvin não entendeu o que a constrangia, mas ela lhe explicou tudo de imediato.

— Eu vou embora, vou ficar na cozinha — balbuciou. — Ela ficará contente. Ela ouviu falar... viu a gente, lá fora, e lembra como a gente...

Lióvin compreendeu que ela se referia à sua esposa e não soube como lhe responder.

— Vamos, vamos! — disse então.

Mas, assim que deu o primeiro passo, a porta de seu quarto abriu-se e Kitty olhou para fora. Lióvin enrubesceu, envergonhado e aborrecido com sua mulher, que colocara o casal nessa situação embaraçosa, porém Maria Nikoláievna enrubesceu mais ainda. Contraiu-se toda, ruborizou-se até chorar e, agarrando com ambas as mãos as pontas de seu lenço, passou a enrolá-las com seus dedos avermelhados, sem saber o que diria ou faria.

Logo de início, Lióvin avistou uma expressão de ávida curiosidade no olhar que Kitty fixava naquela mulher horrorosa, incompreensível para ela, mas isso durou apenas um instante.

— Pois enfim? Como ele está? — dirigiu-se Kitty, primeiro ao seu marido e depois àquela mulher.

— Pois enfim não dá para falar no corredor! — rebateu Lióvin, olhando com desgosto para um senhor que passava, de pernas trêmulas como quem corresse ao banheiro, pelo corredor.

— Venha cá, entre... — disse Kitty dirigindo-se a Maria Nikoláievna, que já estava menos confusa, mas, reparando na cara assustada de seu marido: — ou então vão lá, vocês dois, e depois mandem alguém para me chamar — concluiu, retornando ao quarto. E Lióvin foi ver seu irmão.

Nem por sombras esperava pelo que veria e sentiria ao vê-lo. Imaginava que fosse encontrar o mesmo estado de vãs esperanças que era, conforme lhe constava, próprio dos tísicos e que o comovera tanto durante a visita outonal do irmão. Imaginava que fosse encontrar alguns indícios físicos, e mais definidos, da morte próxima: uma fraqueza maior, uma magreza maior, nem que o estado geral continuasse quase o mesmo. Imaginava que fosse sentir a mesma pena de perder seu querido irmão e o mesmo pavor da morte que sentira então, mas agora em maior grau. Preparava-se para tudo isso, porém encontrou algo bem diferente.

Num imundo cubículo, cujo papel de parede estava manchado de escarros, detrás de cujo tabique frágil ouvia-se uma conversa ininterrupta, cujo ar estava impregnado de um fedor sufocante de esgoto, um corpo jazia, embaixo de um cobertor, numa cama afastada daquele tabique. Um dos braços estendia-se por sobre o cobertor; nem se podia entender como a mão desse braço, enorme feito um ancinho, estava presa ao antebraço comprido, fino e liso em toda a sua extensão. Posta num travesseiro, a cabeça se virava para um lado. Lióvin via aqueles cabelos, suados e ralos, sobre as têmporas, bem como aquela testa coberta por uma pele esticada, que parecia transparente.

"Não pode ser que esse corpo horrível seja meu irmão Nikolai!", pensou Lióvin. Entretanto, tão logo chegou mais perto e viu o rosto do homem, qualquer dúvida se tornou impossível. Embora o rosto estivesse horrivelmente mudado, mal Lióvin olhou para aqueles olhos, ainda vivos, erguidos quando ele entrara, mal se apercebeu de um leve movimento da boca, debaixo daquele bigode viscoso, compenetrou-se de uma verdade aterradora: esse cadáver era seu irmão vivo.

Severos, os olhos brilhantes se fixaram nele, como se o censurassem, quando Lióvin entrou. E foi esse olhar que estabeleceu logo uma ligação viva entre os vivos. De pronto, Lióvin sentiu aquele reproche contido no olhar do irmão e arrependeu-se de sua felicidade.

Quando Konstantin lhe tomou a mão, Nikolai ficou sorrindo. Seu sorriso estava fraco, quase imperceptível, mas, apesar desse sorriso, a expressão severa de seus olhos permaneceu a mesma.

— Não pensavas que me encontrarias assim? — disse ele, a custo.

— Sim... não... — dizia Lióvin, enredando-se em suas palavras. — Por que é que não me avisaste antes, quer dizer, ainda quando eu estava para me casar? É que me informava em toda parte...

Precisava falar, só para não ficar calado, mas não sabia de que lhe cumpria falar, ainda mais que seu irmão não respondia nada: apenas não despregava os olhos dele, obviamente perscrutando o significado de cada palavra. Lióvin contou ao irmão que sua mulher viera com ele. Nikolai ficou contente, mas disse que receava assustá-la com sua situação. Ambos se calaram. De súbito, Nikolai se moveu e desandou a falar. Julgando pela expressão de seu rosto, Lióvin esperava por algo especial, importante e significativo, porém Nikolai se pôs a falar de sua saúde. Acusava o médico, lamentava que aquele famoso doutor moscovita não estivesse por perto, e Lióvin entendeu que ainda tinha esperanças.

Aproveitando o primeiro instante de silêncio, Lióvin se levantou, querendo livrar-se, ao menos por um minutinho, de seu sentimento penoso, e disse que ia chamar sua mulher.

— Está bem: vou mandar que limpem um pouco aqui. Está tudo sujo e fedorento, eu acho. Macha! Vem arrumar o quarto! — O doente se esforçava para falar. — E, quando terminares de arrumar, vai embora daqui — acrescentou, olhando de modo interrogativo para seu irmão.

Lióvin não respondeu nada. Uma vez no corredor, deteve-se. Dissera que ia chamar sua mulher, mas agora, dando-se conta do que vinha sentindo, resolveu tentar, pelo contrário, exortá-la a não visitar o doente. "Por que se atormentaria, igual a mim?", pensou.

— Como ele está, como? — perguntou Kitty, cujo rosto estava assustado.

— Ah, isso é terrível, terrível! Por que é que vieste comigo? — respondeu Lióvin.

Por alguns segundos, Kitty se quedou calada, fitando seu marido com timidez e compaixão. Depois se achegou a ele e segurou-lhe, com ambas as mãos, o cotovelo.

— Leva-me até ele, Kóstia: se formos lá juntos, não nos sentiremos tão mal assim! Apenas me leva, por favor, e vai embora — pedia Kitty. — Vê se me entendes: quando te vejo, a ti, e não o vejo, a ele, fico muito mais aflita. Lá poderei ser, quem sabe, útil para ti e para ele. Deixa-me ir lá, por favor! — implorava ao seu marido, como se a felicidade de toda a sua vida dependesse disso.

Lióvin se viu obrigado a concordar: mais tranquilo e já totalmente esquecido de Maria Nikoláievna, foi outra vez, com Kitty, ao quarto de seu irmão.

A passos suaves, olhando amiúde, compassiva e corajosa, para seu marido, Kitty entrou naquele quarto e, virando-se sem pressa, fechou silenciosamente a porta. Depois se aproximou depressa, a passos inaudíveis, da cama do enfermo e, postando-se de maneira que ele não precisasse mover a cabeça, logo segurou, com sua mão jovem e fresca, a ossada da enorme mão dele, apertou-a e, com aquela meiga animação, condolente, mas não ofensiva, própria tão só das mulheres, começou a falar com ele.

— Encontrávamo-nos lá em Soden, mas não nos conhecíamos — disse. — O senhor nem imaginava que eu viria a ser sua irmã.

— Será que não me reconheceria mais? — perguntou Nikolai, que ficara radiante ao vê-la entrar.

— Reconheceria, sim. Como o senhor fez bem em avisar-nos! Não houve um dia sequer em que Kóstia não se lembrasse do senhor e não se preocupasse.

Contudo, o alívio do enfermo durou pouco. Kitty não terminara ainda de falar quando uma expressão severa e reprobativa, a daquela inveja que um moribundo sente de quem está saudável, ressurgiu em seu rosto.

— Temo que o senhor não esteja muito bem aqui — disse Kitty, evitando seu olhar penetrante e examinando o quarto. — Devemos pedir outro quarto ao hoteleiro — dirigiu-se ao seu marido. — Assim ficaríamos mais perto um do outro.

## XVIII

Lióvin não podia olhar tranquilamente para seu irmão, não conseguia portar-se com calma e naturalidade na presença dele. Quando entrava no quarto do enfermo, seus olhos e sua atenção ficavam inconscientemente turvados, e ele não via nem percebia mais os detalhes daquela situação em que seu irmão estava. Sentia um cheiro horripilante, via a imundice, a desordem e o sofrimento, ouvia os gemidos e entendia que não poderia consertar tudo isso. Nem lhe acudia a ideia de esquadrinhar todos os detalhes da situação do enfermo, de pensar em como seu corpo estava deitado, lá embaixo do cobertor, em como estavam colocadas, dobrando-se todas, aquelas canelas, coxas e costas emagrecidas, e de inventar algum meio de colocá-las um pouco melhor, de fazer algo para que seu irmão, mesmo sem ficar aliviado, não sofresse tanto assim. Sentia calafrios ao longo do dorso quando se punha a pensar em todos esses detalhes. Estava plenamente convicto de que não havia nada a fazer, nem para prolongar a vida nem para aplacar os sofrimentos. E essa consciência sua, a de que nenhuma ajuda seria possível, era percebida pelo enfermo, deixando-o irritado. Portanto, Lióvin se sentia pior ainda. Martirizava-se por estar no quarto de seu irmão, mas, quando saía de lá, martirizava-se ainda mais. E volta e meia, sob diversos pretextos, saía do quarto e reentrava nele, sem ter forças para ficar só.

Entrementes, Kitty pensava, sentia e agia de modo bem diferente. Ao ver o enfermo, apiedara-se dele. E a piedade não provocara em sua alma feminina a mesma sensação de horror e repulsa que tinha então seu marido, mas antes a vontade de agir, de inteirar-se de todos os detalhes relativos ao enfermo e de ajudá-lo. E, como não tinha nem sombra de dúvida de que lhe cumpria ajudá-lo, tampouco duvidou de que podia mesmo ajudá-lo, e foi agindo de imediato. Os mesmos detalhes que horrorizavam seu marido, tão logo ele pensava a respeito, atraíram de imediato a atenção dela. Mandou chamarem um médico e comprarem remédios numa farmácia, fez a criada, que viera com ela, e Maria Nikoláievna varrerem o chão, tirarem a poeira, lavarem as roupas, pôs-se a lavar, a limpar, ela mesma, veio colocar algo embaixo do cobertor. Conforme as ordens dela, várias coisas eram trazidas para o quarto do enfermo ou levadas embora. Ela mesma ia amiúde ao seu quarto, sem se importar com os senhores que vinham ao seu encontro, tirava lençóis, fronhas, toalhas, camisas e carregava tudo isso ao quarto de Nikolai.

O carrancudo lacaio que servia, na sala de jantar, o almoço dos engenheiros vinha diversas vezes, chamado por ela, e não podia deixar de cumprir suas ordens, pois eram dadas com uma insistência tão carinhosa que não havia como deixar de cumpri-las. Lióvin desaprovava aquilo tudo: não acreditava que assim se pudesse prestar a mínima ajuda ao doente. Temia, em especial, que o doente se zangasse. Contudo, posto que parecesse indiferente, ele não se zangava, mas apenas se envergonhava e, de modo geral, mostrava-se interessado naquilo que Kitty estava fazendo. Ao trazer um médico, segundo ela pedira, Lióvin abriu a porta e viu o enfermo no exato momento em que lhe trocavam, também por ordem de Kitty, as roupas de baixo. A comprida ossada branca do dorso, com enormes escápulas salientes, costelas e vértebras em relevo, estava desnuda, e Maria Nikoláievna, auxiliada pelo lacaio, retorcia a manga de sua camisa e tentava em vão enfiar nela o braço comprido dele, que pendia inerte. Kitty, que se apressou a fechar a porta quando Lióvin entrou, não olhava para aquele lado, porém o enfermo ficou gemendo, e ela se aproximou rápido dele.

— Depressa aí — pediu ela.
— Não venha, não — murmurou o enfermo, zangado —, eu vou...
— O que diz? — perguntou Maria Nikoláievna.

Todavia, Kitty o ouvira bem e compreendera que estava com vergonha e que se acanhava ao ficar nu em sua frente.

— Não estou olhando, não estou! — disse, ajeitando o braço dele. — E você, Maria Nikoláievna, passe do outro lado e ajeite também — acrescentou.

— Vai, por favor, e pega aquele frasquinho que está em minha bolsinha — dirigiu-se ao seu marido. — Está no bolso lateral, sabes? Trata de trazê-lo, por favor; enquanto isso, a gente arruma tudo aqui.

Voltando com o frasco na mão, Lióvin encontrou o enfermo acomodado em sua cama, e tudo quanto o rodeava, totalmente mudado. Aquele cheiro horripilante fora substituído pelo de vinagre e perfume: esticando os lábios e enfunando as bochechas coradas, Kitty soprava num tubinho. Não havia mais poeira visível, um tapete estava estendido debaixo da cama. Diversos frascos, um garrafão d'água, as roupas de baixo, de que o doente ia precisar, e a *broderie anglaise* de Kitty estavam dispostos, em plena ordem, sobre a mesa. Em cima da outra mesa, próxima à cama de Nikolai, estavam um copo d'água, uma vela e alguns remédios. E o enfermo, banhado e penteado, jazia nos lençóis limpos, sobre os travesseiros erguidos, vestindo uma camisa também limpa, com uma gola branca em redor do pescoço morbidamente fino, e olhava para Kitty, sem despregar os olhos, com uma expressão novamente esperançosa.

Encontrado num clube e trazido por Lióvin, o médico não era o mesmo que cuidava de Nikolai e do qual ele reclamava. Esse novo doutor tirou seu estetoscópio e auscultou o doente, balançou a cabeça, prescreveu um remédio e explicou, de forma especialmente minuciosa, primeiro como se tomava aquele remédio e, depois, que dieta se precisava seguir. Recomendou os ovos crus, ou pouco cozidos, e a água de Seltz com leite fresco de certa temperatura. Quando o médico foi embora, o enfermo disse algo ao seu irmão, mas Lióvin só ouviu as últimas palavras: "tua Kátia", e compreendeu, apenas pelo olhar que Nikolai fixava nela, que a elogiava. Chamou em seguida por Kátia, pois era assim que se referia a ela.

— Já estou bem melhor — disse. — Teria convalescido há muito tempo, com a senhora perto de mim. Como estou bem! — Pegou a mão dela e puxou-a para junto dos lábios, porém, como se temesse que seu beijo fosse descontentá-la, mudou de ideia e não fez outra coisa senão alisar a mão de Kitty antes de soltá-la. Kitty tomou a mão dele com ambas as mãos e apertou-a de leve.

— Agora me virem para o lado esquerdo e vão dormir — sussurrou Nikolai.

Ninguém ouviu o que dizia, exceto Kitty. Ela o entendia por atentar mentalmente, o tempo todo, naquilo que lhe era necessário.

— Para o outro lado — disse ao seu marido. — Ele sempre dorme assim. Vira-o, tu mesmo, que é maçante chamar pelos criados. Eu não consigo. E você pode ajudar? — dirigiu-se a Maria Nikoláievna.

— Estou com medo — respondeu Maria Nikoláievna.

Por mais que Lióvin se intimidasse ao abraçar esse corpo horrível, ao tocar, embaixo do cobertor, nos membros que preferia ignorar, acabou cedendo à influência de sua mulher e, com a mais resoluta das expressões faciais que ela conhecia, estendeu os braços e abraçou-o, mas, apesar de toda a sua força, ficou espantado com o estranho peso desses membros extenuados. Enquanto ele virava o irmão, cujo enorme braço descarnado lhe cingia o pescoço, Kitty revirou, rápida e cautelosamente, o travesseiro, deu umas pancadinhas nele, para deixá-lo mais fofo, e ajeitou a cabeça do enfermo e seus cabelos ralos, grudados outra vez na têmpora.

O enfermo segurou a mão de seu irmão. Lióvin sentiu que queria fazer algo com essa mão, que a puxava com algum intento. Tomado de estupor, entregou-lhe a mão. Sim, Nikolai puxou sua mão até a boca e beijou-a. Lióvin passou a tremer, soluçante, e, incapaz de articular meia palavra, saiu do quarto.

## XIX

"Ocultaste estas coisas aos sábios e entendidos, e as revelaste aos pequeninos":[36] assim pensava Lióvin de sua mulher, falando com ela na mesma noite.

---

[36] Mateus, 11:25.

Lióvin não pensava nesse ditado evangélico por se considerar sábio e entendido. Não se considerava sábio, porém não podia ignorar que excedia sua mulher e Agáfia Mikháilovna em inteligência; tampouco podia ignorar que, refletindo sobre a morte, juntava todas as suas forças espirituais. Sabia, outrossim, que muitas das grandes mentes masculinas, cujas ideias referentes àquele tema ele tinha lido, refletiam sobre ela por sua vez, mas não sabiam nem um centésimo do que sabiam, acerca da morte, sua mulher e Agáfia Mikháilovna. Por mais diferentes que fossem essas duas mulheres, Agáfia Mikháilovna e Kátia, conforme a chamava seu irmão Nikolai e ele próprio se comprazia agora em chamá-la, eram bem parecidas no tocante àquele assunto. Sabiam ambas, com toda a certeza, o que era a vida e o que era a morte, e, mesmo sem conseguirem responder, de maneira alguma, às perguntas que se apresentavam a Lióvin nem sequer entendê-las, não contestavam a significância desse fenômeno, que viam com os mesmos olhos, não só concordando entre si, mas também partilhando essa sua visão com milhões de pessoas. A prova de saberem, com toda a certeza, o que era a morte consistia em saberem, sem um segundo de hesitação, como deviam tratar os moribundos e não ter medo deles. Quanto a Lióvin e aos outros, ignoravam aparentemente, se bem que pudessem dizer muita coisa a respeito da morte, por que a temiam e, decididamente, ignoravam também como se devia agir quando alguém estivesse morrendo. Se Lióvin ficasse agora a sós com seu irmão Nikolai, apenas o miraria, apavorado, aguardaria, mais apavorado ainda, e não poderia fazer mais nada.

Como se isso não bastasse, ignorava como devia falar, olhar, andar. Achava insultante, impossível falar de outras coisas, mas tampouco podia falar da morte, de coisas funestas. Nem conseguia permanecer calado. "Se eu olhar para ele, vai imaginar que o examino, que tenho medo; se não olhar, vai imaginar que penso em outras coisas. Se eu andar nas pontas dos pés, ele ficará aborrecido; se pisar com o pé inteiro, eu mesmo ficarei envergonhado." E Kitty não pensava nem tinha, pelo visto, tempo para pensar em si mesma; pensava no enfermo, porque sabia de algo, e tudo vinha dando certo. Contava-lhe sobre sua vida e sobre seu casamento, sorria e condoía-se dele, afagava-o e falava em casos de convalescença, e tudo vinha dando certo: destarte, ela sabia de algo. A prova de que as atividades dela e de Agáfia Mikháilovna não eram instintivas, animais, irracionais, consistia em exigirem para o moribundo, tanto Kitty quanto Agáfia Mikháilovna, algo que fosse além dos cuidados físicos e do alívio de seus sofrimentos, algo mais importante do que os cuidados físicos, algo que nada tinha a ver com as condições físicas em geral. Referindo-se a um ancião finado, Agáfia Mikháilovna dissera: "Pois bem: teve a hóstia e os santos óleos, graças a Deus; permita Deus que cada qual morra assim". Da mesma forma, Kátia não só cuidava, o tempo todo, dos lençóis, das macerações e da bebida de Nikolai, mas, logo no primeiro dia, chegara a convencê-lo de que precisava comungar e receber a extrema-unção.

Voltando do quarto de Nikolai para passar a noite em seus aposentos, Lióvin estava sentado, de cabeça baixa, sem saber o que tinha a fazer. Mesmo que nem se tratasse de jantarem, de se prepararem para dormir, de pensarem naquilo que fariam mais tarde, não conseguia sequer conversar com sua esposa: sentia-se envergonhado. E Kitty, pelo contrário, estava mais ativa do que de costume. Estava, inclusive, mais animada do que de costume. Mandou servir o jantar, arrumou, ela mesma, os pertences do casal, ajudou a fazer as camas e não se esqueceu de polvilhá-las de pó pérsico. Revelava a excitação e a destreza em refletir que se revelam em homens às vésperas de uma batalha, de uma luta, nos perigosos e decisivos momentos de sua vida, naqueles momentos em que, de uma vez por todas, o homem demonstra seu valor e dá a entender que não viveu debalde, que todo o passado dele foi apenas o prelúdio àqueles momentos.

Dera conta de tudo e, antes mesmo da meia-noite, todas as coisas estavam em ordem, especialmente limpas e postas no lugar certo, de sorte que esse quarto de hotel lembrava agora uma casa, assemelhando-se aos aposentos dela: as camas estavam arrumadas; as escovas, os pentes e os espelhozinhos, retirados das malas; as toalhinhas, estendidas.

Lióvin achava que seria imperdoável comer, dormir, até mesmo falar agora; sentia que cada movimento seu era indecente. E Kitty remexia ainda suas escovinhas, mas fazia tudo isso de modo que não houvesse nisso nada de ofensivo.

Entretanto, não conseguiram comer e passaram muito tempo sem dormir: aliás, nem se deitaram.

— Estou muito feliz porque o convenci, a ele, de receber amanhã a extrema-unção — dizia Kitty, sentando-se, sem tirar a blusa, diante do seu espelho dobrável e passando um pente fino pelos seus cabelos macios e perfumados. — Nunca vi isso, mas sei, porque a mamãe me contou, que algumas orações curam.

— Pensas realmente que ele possa convalescer? — disse Lióvin, olhando para a estreita raia de seus cabelos, sumida cada vez que o pente deslizava, de trás para frente, pela sua cabecinha redonda.

— Perguntei ao doutor, e ele disse que Nikolai não viveria mais de três dias. Mas será que eles lá podem saber? Ainda assim, estou muito contente porque o convenci — disse Kitty, olhando de esguelha, através dos cabelos desfeitos, para seu marido. — Tudo pode acontecer — concluiu, com aquela expressão peculiar, um pouco maliciosa, que aparecia em seu rosto sempre que ela falava da religião.

Após aquela conversa sobre a religião, que datava da época de seu noivado, nem ele nem ela tornavam nunca a falar disso, mas Kitty cumpria todos os ritos, indo à igreja e rezando, com a mesma consciência, constante e serena, de que assim precisava fazer. Tinha plena certeza, embora seu marido sustentasse o contrário, de que era tão cristão quanto ela própria, ou ainda mais, não passando tudo o que falava a respeito da religião de uma grotesca piada masculina, como se falasse da sua *broderie anglaise*: a gente boa costura os buraquinhos, mas ela os faz de propósito, etc.

— Pois aquela mulher, Maria Nikoláievna, não soube arranjar tudo isso — comentou Lióvin. — E... devo confessar que estou muito, mas muito feliz por teres vindo comigo. És tão pura que... — Segurou a mão dela, porém não a beijou (parecia-lhe indecente beijar a mão dela nessa iminência da morte), mas apenas a apertou, com um ar confuso, olhando em seus olhos que clareavam.

— Sofrerias tanto, se estivesses sozinho — respondeu ela e, erguendo os braços, que lhe taparam as faces coradas de prazer, enrolou suas tranças sobre a nuca e prendeu-as com grampos. — Não — continuou —, ela não sabia... E eu, felizmente, aprendi muita coisa em Soden.

— Será que houve, por lá, doentes iguais a ele?

— Piores ainda.

— Para mim, é terrível que não consiga parar de lembrar como ele era, quando jovem... Nem vais acreditar: era um rapaz maravilhoso, mas eu não o compreendia então.

— Acredito, sim, acredito mesmo. Sinto que seríamos amigos, eu e ele... — disse Kitty, assustando-se, a seguir, com o dito e olhando para seu marido com lágrimas nos olhos.

— É claro que seriam — respondeu ele, triste. — É justamente uma daquelas pessoas de quem se diz que não são deste mundo.

— Só que temos ainda muitos dias pela frente e precisamos dormir — disse Kitty, ao consultar seu relógio minúsculo.

## XX
## A MORTE

No dia seguinte, o enfermo comungou e recebeu a extrema-unção. Durante o ritual, Nikolai Lióvin rezou com ardor. Em seus grandes olhos, fixos no ícone posto em cima de uma mesa de jogo coberta de uma toalha multicolor, exprimiam-se tanta súplica passional e tanta esperança que Lióvin se horrorizou ao ver isso. Sabia que essa súplica passional e essa esperança não fariam outra coisa senão tornar o final da vida, que seu irmão amava tanto, mais penoso ainda. Lióvin conhecia seu irmão e o curso de seus pensamentos; sabia que não perdera a fé porque lhe era mais fácil viver sem ela, mas porque, passo a passo, as modernas explicações científicas dos fenômenos deste mundo haviam desbancado as crenças, e sabia, portanto, que sua redenção atual não era legítima nem consciente, mas apenas temporária, interesseira, provocada pela sua louca esperança de se curar. Lióvin sabia também que Kitty reforçara ainda tal esperança, contando-lhe sobre algumas convalescenças extraordinárias de que ouvira falarem. Ciente de tudo isso, Lióvin sentia uma dor lacerante ao ver aquele lastimoso olhar cheio de esperança e aquela mão descarnada, que se erguia a custo e fazia o sinal da cruz ante a testa coberta de pele bem esticada, aqueles ombros protuberantes e aquele peito oco, estertorante, que já não podiam mais encerrar a vida pela qual implorava o enfermo. Durante o sacramento, Lióvin também rezava e fazia o que, sendo descrente, havia feito em mil ocasiões. Rogava, dirigindo-se a Deus: "Fazei, se Vós existirdes, que esse homem (porquanto o mesmo se repetia diversas vezes) fique curado: assim salvareis a ele e a mim".

Após a extrema-unção, o enfermo se sentiu repentinamente bem melhor. Não tossiu nenhuma vez, ao longo de uma hora inteira, mas sorria, beijava as mãos de Kitty, agradecendo-lhe com lágrimas nos olhos, e dizia que estava bem, não sentia nenhuma dor, queria comer e recobrava as forças. Até se levantou sozinho, quando lhe serviram uma sopa, e pediu que trouxessem também uma costeleta. Por mais desenganado que estivesse, por mais óbvio que fosse, para quem o mirava, que não podia convalescer, Lióvin e Kitty passaram aquela hora na mesma excitação, feliz e tímida por temerem ambos que se iludissem.

— Está melhor. — Sim, e muito. — É assombroso. — Nada de assombroso. — Ainda assim, está melhor — diziam baixinho, sorrindo um para o outro.

A ilusão durou pouco. O enfermo adormeceu tranquilo, mas, meia hora depois, ficou acordado pela sua tosse. E, de repente, esvaíram-se todas as esperanças daquelas pessoas que o rodeavam e dele próprio. A realidade do sofrimento, sem sombra de dúvida nem mesmo de recordação das esperanças passadas, acabou por destruí-las em Lióvin, Kitty e Nikolai.

Sem se lembrar mais daquilo em que acreditara meia hora antes, como se tal lembrança o deixasse envergonhado, o enfermo pediu que lhe trouxessem um frasco de iodo, coberto de papel picotado, para inalar as evaporações. Lióvin estendeu-lhe o frasco, e o mesmo olhar cheio de ardente esperança com que ele recebera a extrema-unção cravou-se agora em seu irmão, exigindo que confirmasse as palavras do doutor, as de que as inalações de iodo faziam milagres.

— Kátia não está aí, hein? — perguntou ele, rouco, olhando ao redor quando Lióvin confirmou, a contragosto, as palavras do doutor. — Não? Então posso dizer... Foi para ela que fiz essa comédia toda. Ela é tão boazinha, mas nós dois não podemos mentir. É nisto que acredito, sim — disse e, segurando o frasco com sua mão ossuda, começou a respirar fundo.

Pelas oito horas da noite, quando Lióvin tomava chá com sua mulher, Maria Nikoláievna irrompeu, ofegante, no quarto deles. Estava pálida, seus lábios tremiam.

— Está morrendo! — sussurrou ela. — Que medo: talvez morra já...

Todos correram ao quarto do enfermo. Ele estava sentado, apoiando-se numa das mãos, em sua cama; curvava o dorso comprido e deixava cair a cabeça.

— O que estás sentindo? — perguntou em voz baixa Lióvin, após uma breve pausa.

— Sinto que estou partindo — disse Nikolai, a custo, mas com uma nitidez singular, como se espremesse devagar a si mesmo para fazer as palavras saírem. Não erguia mais a cabeça, apenas dirigia os olhos para cima sem alcançar, todavia, o rosto de seu irmão. — Kátia, saia daqui! — disse a seguir.

Levantando-se rápido, Lióvin cochichou imperiosamente e fez Kitty sair.

— Estou partindo — repetiu Nikolai.

— Por que pensas assim? — indagou Lióvin, só para dizer alguma coisa.

— Porque estou partindo — respondeu seu irmão, que parecia ter gostado dessa expressão. — É o fim.

Maria Nikoláievna se aproximou dele.

— Seria melhor que se deitasse, aí ficaria aliviado — disse.

— Daqui a pouco, ficarei deitadinho, quietinho... — murmurou o enfermo — mortinho — acrescentou, num tom sarcástico e zangado. — Pois bem: deitem-me, se quiserem.

Lióvin deitou seu irmão de costas, sentou-se ao lado dele e, mal respirando, fitou-lhe o rosto. O moribundo jazia de olhos fechados, porém os músculos se moviam, vez por outra, em sua testa, como os de alguém que se absorvesse em refletir. Lióvin também refletia, involuntariamente, com seu irmão, pensando no que se operava agora nele, mas, apesar de todos os esforços mentais que empenhava em acompanhá-lo, via, pela expressão de seu rosto calmo e severo, pelo tremor de um músculo acima de sua sobrancelha, que o moribundo estava assimilando precisamente aquilo que permanecia, como dantes, obscuro para Lióvin.

— Sim, sim, é isso — pronunciou, lenta e pausadamente, o moribundo. — Esperem. — Calou-se de novo. — É isso! — gemeu, de repente apaziguado, como se tudo enfim se resolvesse para ele. — Oh, meu Deus! — disse, com um profundo suspiro.

Maria Nikoláievna apalpou-lhe os pés.

— Estão esfriando — sussurrou.

Por muito, muitíssimo tempo, segundo pareceu a Lióvin, o doente se manteve imóvel. No entanto, ainda estava vivo e suspirava por vezes. Lióvin já se cansara de sua tensão mental. Sentia que, apesar de toda a sua tensão mental, não conseguia compreender o que era "isso". Sentia que o moribundo o deixara, havia tempos, para trás. Não conseguia mais ponderar a própria questão da morte, mas cogitava, sem querer, naquilo que teria de fazer proximamente, logo em seguida: fechar os olhos do finado, vesti-lo, encomendar o caixão. E, coisa estranha: permanecia absolutamente impassível, sem lamentar a perda de seu irmão nem, menos ainda, sentir pena dele. Se sentia mesmo, nessa hora, algo pelo seu irmão, era a inveja daquele conhecimento que o moribundo possuía agora, mas que ele próprio não podia alcançar.

Quedou-se, por muito tempo ainda, sentado perto de Nikolai, esperando pelo seu fim. Mas o fim não chegava. A porta se abriu, e apareceu Kitty. Lióvin se levantou para detê-la, porém, no momento em que ficou em pé, ouviu o moribundo se mover.

— Não vás — disse Nikolai, estendendo a mão. Também lhe estendendo a sua, Lióvin mandou, com um gesto enérgico, que sua mulher saísse.

Assim sentado, segurando a mão do moribundo, passou meia hora, uma hora inteira, mais uma hora. Agora nem por sombra pensava na morte. Perguntava a si mesmo o que estava fazendo Kitty, quem se hospedava no quarto vizinho, se o médico tinha uma casa própria. Estava com fome, queria dormir. Devagarinho, retirou sua mão e apalpou os pés do enfermo. Os pés estavam frios, mas ele respirava ainda. De novo, Lióvin quis sair, nas pontas dos pés, mas o enfermo se moveu novamente e pediu:

— Não vás.

..................

Amanheceu; o estado do enfermo era o mesmo. Livrando cautelosamente a mão, Lióvin saiu, sem olhar para o moribundo, e foi dormir. Quando acordou, não recebeu a notícia de seu irmão ter falecido, pela qual esperava, mas soube que o doente estava em sua situação anterior. Tornara a sentar-se, a tossir, a comer; pusera-se a conversar, cessando outra vez de falar sobre a morte, esperando que viesse a convalescer, e ficara ainda mais irritadiço e lúgubre do que antes. Nem o irmão, nem Kitty, ninguém podia acalmá-lo. Zangava-se com todos, implicava com todos, censurava a todos pelos seus sofrimentos e exigia que trouxessem um famoso doutor de Moscou. Todas as vezes que lhe perguntavam como se sentia, retrucava, com igual expressão de rancor e reproche:

— Sofrendo horrivelmente, insuportavelmente!

O enfermo sofria cada vez mais, sobretudo por causa das macerações cutâneas que não se podia mais curar, e ficava cada vez mais zangado com as pessoas que o rodeavam, acusando-as de tudo e, principalmente, de não trazerem o doutor moscovita para ele. Kitty tentava ajudá-lo, tranquilizá-lo como pudesse, porém se esforçava em vão, e Lióvin percebia que ela mesma estava exausta, moral e fisicamente, conquanto não o reconhecesse. Aquela sensação de morte que Nikolai provocara em todos, despedindo-se da vida naquela noite em que chamara pelo irmão, ficou destruída. Todos sabiam que ele morreria, inevitável e proximamente, que já estava morto pela metade. Todos desejavam uma só coisa — que ele morresse o mais depressa possível — e todos, dissimulando isso, traziam-lhe frascos com remédios, buscavam por medicamentos e médicos, ludibriando a si mesmos e um ao outro. Aquilo tudo era uma mentira, uma mentira asquerosa, ofensiva e blasfema. E, tanto pelo feitio de seu caráter quanto por amar o moribundo mais do que todos os outros o amavam, Lióvin se sentia sobremodo aflito com essa mentira.

Pensando, havia bastante tempo, em reconciliar os irmãos antes que um deles morresse, Lióvin escrevera para Serguei Ivânovitch e, recebendo sua resposta, leu-a para o enfermo. Serguei Ivânovitch escrevia que não podia ir lá pessoalmente, mas pedia, usando de frases tocantes, que seu irmão lhe perdoasse.

O enfermo não disse nada.

— Como é que vou responder? — inquiriu Lióvin. — Espero que não te zangues com ele?

— Não, nem um pouco! — respondeu Nikolai, aborrecido com essa pergunta. — Escreve aí para ele me mandar um doutor.

Passaram-se ainda três dias angustiantes: o enfermo estava na mesma situação. Agora todos os que o viam desejavam que morresse logo: os lacaios daquele hotel e seu dono, e todos os hóspedes, e o médico, e Maria Nikoláievna, e Lióvin, e Kitty. Apenas o enfermo não exprimia esse desejo, mas, pelo contrário, zangava-se por não lhe terem trazido o doutor moscovita, continuava tomando os remédios e falava sobre a vida. Só naqueles raros momentos em que o ópio o distraía, por um instante, dos sofrimentos ininterruptos, ele dizia às vezes, meio letárgico, aquilo que se revelava, mais do que em todas as outras almas, em sua alma: "Ah, tomara que eu morra logo!". Ou então: "Quando isso vai acabar?".

Aumentando gradualmente, os sofrimentos cumpriam sua tarefa e preparavam Nikolai para a morte. Não havia posição em que não sofresse, não havia sequer um minuto em que ficasse esquecido, não havia ponto nem membro de seu corpo que não o atormentassem doendo. Até as lembranças, as impressões, as ideias daquele seu corpo suscitavam-lhe agora a mesma aversão que o corpo em si. O aspecto de outras pessoas, as falas delas e suas próprias recordações — tudo isso o fazia apenas sofrer. Os que o rodeavam apercebiam-se disso e abstinham-se, inconscientemente, de fazer gestos por demais livres, de conversar, de explicitar suas vontades na frente dele. A vida de Nikolai resumia-se toda numa só sensação de sofrimento, num só desejo de não sofrer mais.

Decerto se operava nele aquela reviravolta que devia obrigá-lo a encarar a morte como a satisfação de seus desejos, como uma felicidade. Antigamente, todos os seus desejos provocados por sofrimentos ou privações, tais como a fome, o cansaço, a sede, eram satisfeitos pelas atividades do corpo que traziam prazer, mas agora esses sofrimentos, essas privações, não encontravam satisfação alguma, e a própria tentativa de mitigá-los causava-lhe novos sofrimentos. Portanto, todos os seus desejos se fundiam num só, no desejo de se libertar de todos os sofrimentos e da fonte deles, ou seja, do corpo. Contudo, faltavam-lhe termos para expressar esse seu desejo de libertação e, consequentemente, ele não falava nisso, mas reclamava, por hábito, a satisfação dos desejos que não podiam mais ser satisfeitos. "Virem-me para outro lado", pedia e, logo a seguir, exigia que o colocassem de novo como estava. "Tragam o caldo. Levem o caldo embora. Contem alguma coisa para mim: por que estão calados?" E, assim que se começava a falar, fechava os olhos e manifestava cansaço, indiferença e aversão.

No décimo dia depois de chegar àquela cidade, Kitty adoeceu. Sentiu dor de cabeça, ficou vomitando e não conseguiu, ao longo da manhã toda, levantar-se da cama.

O médico explicou que as causas de sua doença eram a estafa e a comoção, e recomendou-lhe que se mantivesse em repouso.

Todavia, após o almoço, Kitty se levantou e foi, como sempre, ao quarto de Nikolai com seu bordado. O enfermo mirou-a severamente, quando ela entrou, e sorriu com desdém, quando ela disse que estava adoentada. Naquele dia, não fazia outra coisa senão assoar o nariz e lamuriar.

— Como se sente? — perguntou Kitty.

— Pior — disse ele, a custo. — Está doendo!

— Onde lhe dói?

— Pelo corpo todo.

— Hoje acaba tudo, vai ver — disse Maria Nikoláievna, sussurrando, mas de maneira que o enfermo, muito sensível conforme notara Lióvin, devia ouvi-la. Com um chitão, Lióvin mandou que se calasse e olhou para o enfermo. Nikolai ouvira essas palavras, mas elas não lhe tinham causado nenhuma impressão. Seu olhar continuava exprobrador e tenso como antes.

— Por que você acha? — perguntou Lióvin, quando ela foi, atrás dele, ao corredor.

— Começou a catar — disse Maria Nikoláievna.

— Como assim, "catar"?

— Assim, ó — disse ela, puxando as pregas de seu vestido de lã. Realmente, Lióvin havia notado que, durante todo aquele dia, o doente estava puxando as suas roupas, como se procurasse retirar algo do seu corpo.

A previsão de Maria Nikoláievna foi correta. Ao anoitecer, o enfermo não tinha mais forças para erguer os braços: apenas olhava para a frente, sem que mudasse a expressão concentrada de seu olhar. Mesmo quando seu irmão ou Kitty vinham inclinar-se sobre ele, de modo que os visse, tal expressão não mudava. Kitty mandou chamarem um padre, para ministrar os últimos sacramentos.

Enquanto o padre rezava, o moribundo não externava nenhum indício de vida; seus olhos estavam fechados. Lióvin, Kitty e Maria Nikoláievna mantinham-se perto da sua cama. O padre nem terminara de rezar quando o moribundo se esticou todo, suspirou e abriu os olhos. Finalizada a oração, o padre aplicou a cruz à sua testa fria, depois a envolveu lentamente em sua estola e, passando uns dois minutos de pé, em pleno silêncio, tocou naquela enorme mão exangue e gélida.

— Foi-se — disse o padre, querendo afastar-se, mas, de repente, o bigode viscoso do morto estremeceu, e eis que se ouviram no fundo de seu peito, bem nítidos em meio àquele silêncio, os sons bruscos e claros:

— Ainda não... Logo.

E, um minuto depois, seu rosto se desanuviou, um sorriso apareceu embaixo do bigode, e as mulheres reunidas ali começaram, ansiosas como estavam, a lavar o cadáver.

O aspecto de seu irmão e a proximidade da morte renovaram, na alma de Lióvin, a mesma sensação de pavor ante a morte, misteriosa e, ao mesmo tempo, próxima e inevitável, que se apossara dele naquela noite outonal em que Nikolai viera visitá-lo. Agora essa sensação estava ainda mais forte do que antes; ainda menos do que antes, ele se sentia capaz de compreender o sentido da morte, e sua iminência se apresentava a ele ainda mais tétrica; porém agora, graças à proximidade de sua mulher, essa sensação não o deixava desesperado: a despeito da morte, ele sentia a necessidade de viver e de amar. Sentia que seu amor o salvava do desespero e que, ameaçado pelo desespero, esse amor se tornava ainda mais puro e mais intenso.

Mal se realizou, em sua presença, um mistério, o da morte que ficara sem solução, surgiu outro mistério, igualmente insolúvel, que o incitou a amar e a viver.

O médico acabou confirmando suas suposições referentes a Kitty. Ela se sentia indisposta por estar grávida.

## XXI

Desde aquele momento em que Alexei Alexândrovitch depreendera das suas conversas com Betsy e com Stepan Arkáditch que lhe cumpria apenas deixar sua esposa em paz, sem mais embaraçá-la com sua presença, e que sua esposa desejava o mesmo, sentia-se tão perdido que não podia resolver nada sozinho, não sabia, ele próprio, o que queria agora e, caindo nas mãos de quem se incumbia, com tanto prazer, de seus negócios, anuía a qualquer coisa. Só quando Anna já tinha saído de sua casa e a inglesa mandou perguntar-lhe se ela deveria almoçar com ele ou em separado é que entendeu claramente, pela primeira vez, em que situação se encontrava e ficou horrorizado com essa situação.

O mais difícil, nessa situação sua, era que ele não conseguia, de modo algum, conectar e conciliar seu passado com o que ocorria agora. Aliás, não era aquele passado em que vivera feliz com sua mulher que o atormentava. Já havia vivenciado, sofrendo, a transição daquele passado para a consciência da traição de sua mulher: essa transição fora penosa, mas compreensível para ele. Se sua mulher o tivesse abandonado então, logo ao declarar-lhe sua traição, ele teria ficado triste, infeliz, porém não estaria agora nessa situação ininteligível e sem saída em que se via de fato. Não conseguia, de modo algum, reconciliar seu passado recente, seu enternecimento, seu amor pela esposa doente e pela filha de outrem com o que ocorria agora, ou seja, com a desgraça de ficar, em recompensa por tudo isso, sozinho, desonrado, ridicularizado, e de perceber que ninguém precisava dele, mas todos o desprezavam.

Durante os primeiros dois dias que se seguiram à partida de sua esposa, Alexei Alexândrovitch continuou, como de praxe, recebendo suas visitas, falando com o chefe de seu gabinete, indo ao Comitê e almoçando em sua sala de jantar. Sem atinar com a razão pela qual fazia isso, empregava, nesses dois dias, todas as forças de sua alma unicamente em manter uma aparência tranquila e até mesmo indiferente. Respondendo às perguntas que concerniam aos pertences e quartos de Anna Arkádievna, esforçava-se sobremaneira para fingir que o acontecido não o apanhara de surpresa nem encerrava em si nada que o distinguisse de toda uma série de eventos comuns, e atingia esse seu objetivo: ninguém vislumbrava nele indícios de desespero. Contudo, no segundo dia após a partida, quando Kornéi lhe entregou a conta de uma casa de modas, que Anna se esquecera de pagar, e disse que o gerente daquela casa estava ali, Alexei Alexândrovitch mandou chamá-lo.

— Desculpe-me por ousar incomodar Vossa Excelência. Mas, se mandar que me dirija à sua digníssima esposa, faça o favor de me comunicar o endereço dela.

Alexei Alexândrovitch ficou meditativo, pelo que pareceu ao gerente, e de improviso, virando-lhe as costas, sentou-se à sua escrivaninha. Apoiando a cabeça nas mãos cruzadas, passou muito tempo nessa posição; mais de uma vez, tentou falar, mas se calou em seguida.

Compreendendo os sentimentos de seu patrão, Kornéi pediu ao gerente que retornasse em outra ocasião. Uma vez só, Alexei Alexândrovitch entendeu que não tinha mais forças para desempenhar seu papel de homem firme e tranquilo. Despediu a carruagem que esperava por ele, mandou que não recebessem mais ninguém e não foi almoçar.

Sentiu que não suportaria aquela pressão geral do desprezo encarniçado que via, com toda a clareza, no rosto daquele gerente, de Kornéi e, sem exceção alguma, de todas as pessoas que encontrara nos últimos dois dias. Sentiu que não poderia repelir o ódio de tais pessoas, as quais não o odiavam por ser mau (nesse caso, ele faria questão de melhorar), mas por estar vergonhosa e asquerosamente infeliz. Sentiu que por isso mesmo, porque seu coração estava em frangalhos, elas o tratariam sem dó nem piedade. Sentiu que as pessoas acabariam por suprimi-lo: assim os cachorros esganam um cão que, todo dilacerado, guincha de dor. Sabendo que o único meio de se salvar daquelas pessoas consistia em ocultar-lhes suas feridas, ele tentara fazê-lo, de forma inconsciente, nos últimos dois dias, mas agora não tinha mais forças para levar adiante essa sua luta desigual.

Seu desespero aumentava ainda com a consciência de que estava completamente só a enfrentar sua desgraça. Não apenas em Petersburgo é que não havia ninguém que pudesse escutá-lo contar de tudo quanto estava sentindo e viesse a ter pena dele, não em sua qualidade de alto funcionário público ou membro da alta-roda, mas tão somente na de quem aturasse um sofrimento: nenhures é que havia alguém que fosse capaz disso.

Alexei Alexândrovitch crescera como órfão. Eram dois irmãos: não se lembravam do pai, e a mãe deles morrera quando Alexei Alexândrovitch tinha dez anos. Seu patrimônio era modesto. Fora o tio Karênin, servidor influente e outrora queridinho do finado imperador, quem os criara.

Ao terminar seus cursos ginasial e universitário com medalhas, Alexei Alexândrovitch abraçara de pronto, com a ajuda do tio, uma importante carreira pública, dedicando-se, desde então, exclusivamente à sua ambição pessoal. Nem no ginásio, nem na universidade, nem, mais tarde, em seu serviço Alexei Alexândrovitch atara relações amicais com ninguém. Seu irmão era a pessoa mais próxima dele, no sentido espiritual, mas servia no

Ministério das Relações Exteriores e vivia constantemente no estrangeiro, vindo a falecer, ali mesmo, logo após o casamento de Alexei Alexândrovitch.

Quando ele governava uma província, a tia de Anna, uma rica senhora interiorana, fizera aquele homem já vivido, mas novo como governador, conhecer a sobrinha dela e assim o colocara numa situação em que só lhe restava pedir a moça em casamento ou então abandonar a cidade. Alexei Alexândrovitch hesitara por muito tempo. Havia tantos argumentos favoráveis àquela decisão quantos contrários a ela, mas não existia nenhum motivo determinante que o compelisse a abrir mão da sua regra de, "na dúvida, abster-se".[37] Entretanto, a tia de Anna inculcara-lhe, por intermédio de um conhecido, que já estava comprometendo a moça e que precisava, por dever da honra, pedi-la em casamento. Ao fazer tal pedido, Karênin entregara à sua noiva, e depois à sua esposa, todo o sentimento de que era capaz.

Aquele afeto que sentia por Anna banira da sua alma a derradeira necessidade de relações cordiais com outras pessoas. E agora ninguém, dentre todos os seus conhecidos, estava ao seu lado. Tinha muito daquilo que se chama de relações sociais, mas nenhuma amizade. Havia muitas pessoas que Alexei Alexândrovitch poderia convidar para um almoço, a quem poderia solicitar que participassem de algum negócio de seu interesse ou apoiassem algum dos seus requerentes, com quem poderia discutir francamente as ações dos subalternos e superiores, porém suas relações com essas pessoas restringiam-se a uma só área, estritamente delimitada por costumes e práticas, da qual lhe seria impossível sair. Havia um colega universitário, de quem ele se aproximara mais tarde e com quem poderia conversar sobre seu pesar íntimo, mas esse colega exercia então as funções de curador num longínquo distrito escolar. Quanto às pessoas que residiam em Petersburgo, as mais próximas seriam, provavelmente, o chefe de seu gabinete e o doutor.

Mikhail Vassílievitch Sliúdin, o chefe de seu gabinete, era um homem inteligente, bondoso e honesto, e Alexei Alexândrovitch percebia que o tratava com simpatia, porém sua colaboração no âmbito oficial pusera entre eles, nos últimos cinco anos, uma barreira a estorvar quaisquer explicações pessoais.

Terminando de assinar os papéis, Alexei Alexândrovitch ficou por muito tempo calado, olhando, vez por outra, para Mikhail Vassílievitch, e tentou várias vezes puxar conversa com ele, mas não conseguiu. Já preparara a frase inicial: "O senhor ouviu falar de meu problema?", mas acabou dizendo, como de hábito: "Cuide, pois, disso para mim...", e deixou-o ir embora.

---

[37] Tradução literal do ditado francês *Dans le doute, abstiens-toi*.

A outra pessoa seria o doutor, que também o tratava com simpatia, porém eles dois já tinham chegado, havia tempos, ao acordo tácito de que estavam ambos muito atarefados e apressados.

Quanto às suas amigas e, sobretudo, à condessa Lídia Ivânovna, que era sua melhor amiga, Alexei Alexândrovitch nem pensava nelas. Todas as mulheres, em sua mera condição de mulheres, causavam-lhe medo e aversão.

## XXII

Alexei Alexândrovitch se esquecera da condessa Lídia Ivânovna, mas ela não se esquecera dele. Naquele momento mais árduo de seu desespero solitário, veio à sua casa e, sem ser anunciada, entrou em seu gabinete. Viu-o na mesma posição em que se quedara sentado, apoiando a cabeça nas mãos cruzadas.

— *J'ai forcé la consigne*[38] — disse ela, entrando a passos rápidos e arfando de emoção e locomoção igualmente intensas. — Ouvi falarem de tudo! Alexei Alexândrovitch! Meu amigo! — prosseguiu, apertando-lhe forte, com ambas as mãos, a mão e olhando, com seus belos olhos pensativos, nos olhos dele.

Carrancudo, Alexei Alexândrovitch se soergueu e, retirando sua mão, ofereceu uma cadeira à sua visita.

— Gostaria de se sentar, condessa? Não recebo ninguém, porque estou doente, condessa — disse, e seus lábios tremeram.

— Meu amigo! — repetiu a condessa Lídia Ivânovna, sem desviar os olhos de Karênin, e, de repente, as partes interiores de suas sobrancelhas ficaram erguidas, formando um triângulo em sua testa; o rosto dela, feio e amarelo, tornou-se mais feio ainda, porém Alexei Alexândrovitch intuiu que se apiedava dele e estava para chorar. Então ficou enternecido: pegou a mão roliça de sua visita e começou a beijá-la.

— Meu amigo! — disse ela, com uma voz embargada pela emoção. — O senhor não deve ceder ao seu infortúnio. Seu pesar é grande, mas o senhor deve encontrar um consolo.

— Estou derrotado, estou morto, não sou mais um homem! — disse Alexei Alexândrovitch, soltando a mão dela, mas continuando a olhar em seus olhos cheios de lágrimas. — Minha situação é horrível, porque não acho em parte alguma, nem mesmo dentro de mim, sequer um ponto de apoio.

— Encontrará um apoio, mas não o procure em mim, conquanto eu lhe peça que acredite em minha amizade — respondeu ela, suspirando. — Nosso

---

[38] Quebrei o embargo (em francês).

arrimo é o amor, aquele amor que Ele nos legou. O fardo que Ele nos dá é leve — disse, com aquele olhar extático que Alexei Alexândrovitch conhecia tão bem. — Ele vai arrimá-lo e ajudá-lo.

Embora ela se enternecesse perante seus próprios sentimentos sublimes, expressando, com suas palavras, aquele pendor místico, novo e exaltado, que acabava de se difundir em Petersburgo e que Alexei Alexândrovitch considerava supérfluo, ele se aprazia em ouvi-la agora.

— Sou fraco. Estou destruído. Não previ nada e hoje não entendo nada.

— Meu amigo — repetia Lídia Ivânovna.

— Não é a perda do que não tenho mais hoje, não — continuou Alexei Alexândrovitch. — Não fico lamentando. Contudo, não posso deixar de me envergonhar, na frente das pessoas, com esta situação em que estou. Isso é mau, só que não posso, não posso...

— Não foi o senhor quem fez esse sublime ato de perdão, que tenho admirado a par de toda a sociedade: foi Ele, que habita em seu coração — disse a condessa Lídia Ivânovna, erguendo extasiada os olhos. — Portanto, não pode ficar envergonhado com esse seu ato.

Sombrio, Alexei Alexândrovitch retorceu as mãos e passou a estralar os dedos.

— É preciso que saiba de todos os detalhes — disse, com uma voz fina. — As forças humanas têm seus limites, condessa, e encontrei o limite das minhas forças. Hoje, passei o dia inteiro forçado a dar ordens, ordens domésticas, em decorrência (ele acentuou a palavra "decorrência") desta minha nova condição solitária. Os criados, a governanta, as contas... Foi esse fogo miúdo que me queimou: não tive forças para aguentar isso. Na hora do almoço... quase deixei de almoçar ontem. Não podia suportar a maneira como meu filho olhava para mim. Não me perguntava pelo que tudo isso significava, mas queria perguntar, e eu não podia suportar o olhar dele. Meu filho tinha medo de me encarar, mas não é só isso...

Alexei Alexândrovitch queria mencionar a conta que lhe haviam trazido, porém sua voz ficou trêmula, e ele se calou. Não conseguia lembrar-se daquela conta escrita num papelzinho azul, que se referia a um chapeuzinho com fitas, sem se condoer de si mesmo.

— Entendo, meu amigo — disse a condessa Lídia Ivânovna. — Entendo tudo. Não encontrará ajuda nem consolo em mim, mas, ainda assim, estou aqui só para ajudá-lo como puder. Se pudesse livrá-lo de todas essas tarefas pífias e humilhantes... Entendo que lhe são necessárias uma palavra feminina, uma ordem feminina. O senhor me encarrega disso?

Calado, agradecido, Alexei Alexândrovitch apertou a mão dela.

— Vamos cuidar de Serioja juntos. Não sou muito forte em assuntos práticos. Mas me encarregarei deles, serei sua ecônoma. Não me agradeça. Não sou eu quem faz isso...

— Não posso deixar de agradecer à senhora.

— Mas, meu amigo, não ceda àquele sentimento de que estava falando, não se envergonhe com o que é a maior sublimação cristã: quem se humilha acaba enaltecido. Aliás, nem poderia agradecer a mim. Tem de agradecer a Ele, pedindo-Lhe que o ajude. Só nEle é que encontraremos paz e consolo, salvação e amor — disse ela e, dirigindo os olhos para o céu, pôs-se a rezar, conforme Alexei Alexândrovitch deduziu do seu silêncio.

Agora que Alexei Alexândrovitch escutava suas falas, achava naturais e consoladoras aquelas expressões que antes lhe pareciam, mesmo sem aborrecê-lo, supérfluas. Não gostava desse novo espírito exaltado. Era crente, porém se interessava pela religião especialmente em seu sentido político, de sorte que essa nova doutrina lhe era desagradável em princípio, por dar margem a certas interpretações novas e, dessa forma, abrir as portas à discussão e à análise. Antes tratava essa nova doutrina com frieza, até mesmo com hostilidade, mas nunca discutia com a condessa Lídia Ivânovna, que se empolgava com ela, buscando ignorar, calado, suas provocações. Agora, pela primeira vez, escutava as palavras dela com prazer, sem refutá-las em seu íntimo.

— Muito, muito lhe agradeço o que tem feito e dito — replicou, quando ela terminou de rezar.

A condessa Lídia Ivânovna tornou a apertar ambas as mãos de seu amigo.

— Agora vou agir — disse após uma breve pausa, sorrindo e enxugando o resto das lágrimas. — Vou falar com Serioja. Só recorrerei ao senhor em último caso. — E ela se levantou e saiu.

A condessa Lídia Ivânovna foi ao quarto de Serioja e lá, molhando com lágrimas as faces do garotinho assustado, disse-lhe que seu pai era um santo e que sua mãe havia morrido.

Assim, cumpriu a sua promessa. Encarregou-se, realmente, de todas as tarefas relacionadas à economia doméstica de Alexei Alexândrovitch. Todavia, não exagerava dizendo que não era forte em assuntos práticos. Precisava-se alterar todas as ordens dela, por serem irrealizáveis, e quem as alterava era Kornéi, o camareiro de Alexei Alexândrovitch, que dirigia agora, sem ninguém se dar conta disso, toda a casa de Karênin, comunicando-lhe tranquila e prudentemente, na hora de vesti-lo, o que tinha a comunicar. Não obstante, a ajuda de Lídia Ivânovna era útil no mais alto grau: ela fornecera a Alexei Alexândrovitch um apoio moral, dando-lhe a entender que o tratava com amor e respeito e, sobretudo, quase chegando, conforme se consolava em pensar, a transformá-lo num cristão, ou seja, a fazer desse crente impassível e preguiçoso um adepto firme e ardoroso daquela nova interpretação da doutrina cristã que se difundia ultimamente em Petersburgo. Alexei Alexândrovitch convenceu-se disso sem muito esforço. Igual a Lídia Ivânovna e às outras pessoas que compartilhavam suas crenças, ele não possuía nenhuma profundeza imaginativa, aquela capacidade espiritual que torna as ideias geradas pela imaginação reais a ponto de precisarem ser adequadas às outras ideias e à própria realidade. Não via nada de impossível nem de absurdo na ideia de que a morte, existente para os ímpios, não existia para ele, bem como na de que, portador da fé absoluta de cuja plenitude ele mesmo estava julgando, não tinha mais pecado na alma e usufruía desde já, em sua vida terrena, a salvação mais completa.

É verdade que Alexei Alexândrovitch percebia vagamente o caráter leviano e errôneo dessa visão de sua fé, ciente de que, quando, sem atribuir seu perdão à graça de uma força superior, entregara-se àquele seu sentimento espontâneo, experimentara uma felicidade maior do que experimentava agora, pensando, a cada minuto, que Cristo habitava em sua alma e que, ao assinar os papéis oficiais, ele cumpria a vontade de Cristo. No entanto, Alexei Alexândrovitch necessitava pensar assim; necessitava tanto alcançar, em meio à sua humilhação, uma altura, pelo menos imaginária, onde, desprezado por todos, ele pudesse desprezar a todos, que se agarrava, como se fosse sua salvação verdadeira, àquela salvação falsa.

## XXIII

A condessa Lídia Ivânovna, quando era ainda uma mocinha extática, ficou casada com um folgazão rico e nobre, cheio de bonomia e depravadíssimo. No segundo mês desse casamento, o marido abandonou-a, passando a retribuir as declarações amorosas, que ela lhe prodigalizava, tão só com escárnio, se não com hostilidade, tanto assim que quem conhecesse o coração bondoso do conde, sem lobrigar nenhum defeito em sua extática Lídia, não conseguia explicar tal atitude para si mesmo. Desde então eles viviam separados, embora não se divorciassem, e, todas as vezes que o marido se encontrava com ela, tratava-a com um desdém peçonhento, invariável, cujo motivo não se podia compreender.

Fazia já muito tempo que a condessa Lídia Ivânovna não estava mais apaixonada pelo marido, mas, desde que se apartara dele, nunca deixara de estar apaixonada por alguém. Estava apaixonada por várias pessoas de vez, tanto por homens quanto por mulheres; estava apaixonada por quase todas as pessoas que se destacavam em qualquer área possível. Estava apaixonada por todas as novas princesas e todos os novos príncipes que se aparentavam com a família do czar; estava apaixonada por um metropolita, um vigário e um padrezinho. Estava também apaixonada por um jornalista, por três eslavos, por Komissárov;[39] por um ministro, um doutor, um missionário inglês e, de quebra, por Karênin. Todos esses amores, ora enfraquecidos, ora recrudescidos, enchiam o coração dela, mantinham-na ocupada e não a impediam de se envolver nas mais ramificadas e complicadas relações palacianas e mundanas. Contudo, desde que acolhia Karênin, após a desgraça que o atingira, sob a sua proteção especial, desde que trabalhava na casa de Karênin, cuidando de seu bem-estar, percebia que todos os demais amores não eram sérios e que agora ela estava apaixonada mesmo, e tão somente, por Karênin. O sentimento que tinha agora por ele parecia-lhe mais forte do que todos os sentimentos precedentes. Analisando seu sentimento e comparando-o com os precedentes, via às claras que não se teria apaixonado por Komissárov, se ele não tivesse salvado a vida do soberano, que não se teria apaixonado por Ristić,[40] se a questão eslava não existisse, mas que amava Karênin como tal, pela sua alma sublime e impenetrável, pelo som agudo de sua voz, tão agradável para ela graças às suas entonações cantantes, pelo seu olhar fatigado, pela sua índole e pelas suas mãos brancas, macias, com veias túmidas. Não apenas se alegrava ao encontrá-lo, mas também procurava, no rosto dele, sinais daquela impressão que supostamente lhe ocasionava. Queria que ele gostasse não só do discurso, mas também de toda a personalidade dela. Visando impressioná-lo, cuidava agora de suas roupas mais do que nunca. Surpreendia-se a sonhar com aquilo que aconteceria se acaso nenhum deles dois estivesse casado. Enrubescia de emoção quando Karênin entrava no quarto; não conseguia dissimular um sorriso arrebatado quando Karênin lhe dizia algo gentil.

Já fazia vários dias que a condessa Lídia Ivânovna andava muito angustiada. Ficara sabendo que Anna, com Vrônski, estava em Petersburgo. Devia, pois, salvar Alexei Alexândrovitch do encontro com ela, devia salvá-lo até mesmo da consciência aflitiva de que aquela mulher horrível estava na mesma cidade e que ele podia encontrá-la a qualquer momento.

Por intermédio de seus conhecidos, Lídia Ivânovna perscrutava as intenções daquelas pessoas abomináveis (assim é que chamava Anna e Vrônski) e procurava orientar, dia após dia, todos os movimentos de seu amigo, para que não pudesse cruzar com elas. Um jovem oficial, companheiro de Vrônski, que, pretendendo receber, com o auxílio da condessa Lídia Ivânovna, uma concessão, mantinha-a informada, disse que ambos haviam terminado seus negócios e partiriam no dia seguinte. Lídia Ivânovna já se acalmava aos poucos,

---

[39] Óssip Komissárov (1838-1892): camponês russo que impediu, em 1866, o atentado ao imperador Alexandr II, empurrando o braço de Dmítri Karakózov, que estava prestes a atirar nele.

[40] Jovan Ristić (1831-1889): político e diplomata sérvio que se opunha à influência turca e austríaca nas terras eslavas.

quando lhe trouxeram, logo na manhã seguinte, um bilhete cuja letra ela reconheceu com pavor. Era a letra de Anna Karênina. O papel do envelope era grosso, como o de uma estampa; havia, numa comprida folha amarela, um monograma enorme, e o cheiro da carta era maravilhoso.

— Quem foi que entregou?

— O mensageiro do hotel.

Por muito tempo, a condessa Lídia Ivânovna não pôde sentar-se para ler a carta. Teve, de tão inquieta, um acesso de dispneia, a que estava sujeita. Quando se aquietou, leu a seguinte mensagem escrita em francês:

*Madame la Comtesse*,[41] os sentimentos cristãos, de que seu coração está cheio, dão-me, pelo que sinto, a imperdoável coragem de escrever à senhora. Estou infeliz com a separação de meu filho. Imploro-lhe que me permita vê-lo, apenas uma vez, antes de minha partida. Perdoe-me por lembrá-la de mim. Não me dirijo a Alexei Alexândrovitch e, sim, à senhora somente porque não quero fazer esse homem magnânimo sofrer com minha lembrança. Sei que me entenderá, por ser amicíssima dele. A senhora mandará Serioja para meu hotel, ou deixará que eu mesma vá, numa hora marcada, à casa de Alexei Alexândrovitch, ou então me informará quando e onde poderei vê-lo fora de casa? Não presumo a recusa, pois conheço a magnanimidade daquela pessoa de quem isso depende. A senhora nem pode imaginar o anseio de ver meu filho que estou sentindo; portanto, não pode imaginar a gratidão que sua ajuda me suscitará.

Anna.

Tudo naquela carta deixou a condessa Lídia Ivânovna irritada: o conteúdo, a alusão à tal de magnanimidade e, sobretudo, o tom, que lhe parecera insolente.

— Diga que não haverá resposta — disse a condessa Lídia Ivânovna e, abrindo logo o *buvard*, escreveu para Alexei Alexândrovitch dizendo que esperava vê-lo, por volta de uma hora da tarde, no palácio onde se faria uma recepção oficial.

"Preciso falar-lhe sobre um assunto importante e penoso. Lá, combinaremos o local. O melhor seria conversarmos em minha casa, onde mandarei servir-lhe seu chá. Isso é necessário. Ele nos dá nossa cruz. Ele nos dá também nossas forças", acrescentou, a fim de prepará-lo, ao menos um pouco, de antemão.

A condessa Lídia Ivânovna costumava endereçar a Alexei Alexândrovitch dois ou três bilhetes por dia. Gostava desse processo de se comunicar com ele, revestido da elegância e do mistério que faltavam às suas relações pessoais.

---

[41] Senhora condessa (em francês).

## XXIV

A recepção estava terminando. Antes de partirem, os convidados discutiam a última notícia do dia: as condecorações distribuídas e as promoções de altos funcionários.

— Se a condessa Maria Boríssovna fosse ministra da Guerra, e a princesa Vatkóvskaia, comandante do Estado-Maior, já pensou? — dizia um velhinho grisalho, de uniforme bordado de ouro, dirigindo-se a uma dama de honor bonita e alta que lhe indagava acerca das promoções.

— E se eu fosse ajudante de campo? — respondia a beldade, sorrindo.

— A senhora já tem uma designação. Vai atuar na área espiritual. E seu ajudante será Karênin.

— Boa tarde, príncipe! — disse o velhinho, apertando a mão de um homem que se aproximara deles.

— Estavam falando de Karênin, não é? — perguntou o príncipe.

— Ele e Putiátov receberam as ordens de Alexandr Nêvski.

— Achava que ele já tivesse essa ordem.

— Não. Olhe só para ele — disse o velhinho apontando, com seu chapéu bordado, para Karênin, que estava à entrada da sala, com seu uniforme palaciano e sua nova faixa vermelha por cima do ombro, em companhia de um dos membros mais influentes do Conselho de Estado. — Contente e radiante que nem um vintém de cobre — acrescentou, parando a fim de apertar a mão de um *Kammerherr* bonito e musculoso.

— Não, ele envelheceu — replicou o fidalgo.

— Devido aos seus afazeres. Não faz outra coisa agora senão redigir aqueles projetos. Não deixará o coitado sair antes que lhe relate tudo, item por item.

— Como assim, "envelheceu"? *Il fait des passions*.[42] Acho que a condessa Lídia Ivânovna anda ciumenta por causa de sua mulher.

— Espere aí! Por gentileza, não fale mal da condessa Lídia Ivânovna.

— Faz mal que ela esteja apaixonada por Karênin?

— Mas é verdade que Karênina está por aqui?

— Não está aqui, no palácio, mas em Petersburgo. Encontrei-os ontem, ela e Alexei Vrônski, andando *bras dessus bras dessous*[43] pela Morskáia.[44]

— *C'est un homme qui n'a pas...*[45] — O *Kammerherr* se pôs a falar, mas se deteve, cumprimentando um parente do czar que passava por perto.

---

[42] Ele desperta paixões (em francês).
[43] De braços dados (em francês).
[44] Rua na parte aristocrática de São Petersburgo.
[45] É um homem que não tem... (em francês).

Assim os cortesãos proseavam, o tempo todo, sobre Alexei Alexândrovitch, censurando-o e zombando dele, enquanto ele próprio, ao barrar a passagem de um membro do Conselho de Estado, relatava-lhe item por item, sem se interromper por um só minutinho para não deixar seu interlocutor escapar, um projeto financeiro.

Quase no mesmo momento em que a esposa abandonara Alexei Alexândrovitch, acometera-o também o mais amargo dos infortúnios que podem acometer um servidor público: a ascensão de sua carreira chegara ao fim. Tal coisa acontecera mesmo, e todos se apercebiam bem disso, mas Alexei Alexândrovitch em pessoa não entendia ainda que sua carreira estava acabada. Fosse em razão de seu conflito com Striómov ou do revés que envolvia sua mulher, fosse simplesmente porque Alexei Alexândrovitch já alcançara aquele limite que lhe fora predestinado, todos se conscientizaram, naquele ano, de que suas atividades oficiais não durariam muito. Ainda exercia um cargo importante, ainda participava de toda espécie de comissões e de comitês, porém não passava de um homem absolutamente esgotado, de quem nada mais se esperava. Fossem quais fossem os discursos e as propostas dele, escutavam-no como se já conhecessem todas aquelas propostas, havia tempos, e achassem-nas todas desnecessárias.

Entretanto, Alexei Alexândrovitch não se dava conta disso, mas, pelo contrário, percebia melhor do que antes, uma vez afastado de sua participação direta nas atividades governamentais, os defeitos e erros inerentes ao trabalho de outrem, considerando seu dever indicar os meios de corrigi-los. Pouco depois de se separar da sua esposa, ficou redigindo um memorando relativo ao novo sistema judicial, o primeiro daqueles inúmeros memorandos sobre todos os ramos de gestão, dos quais ninguém precisava, que ele estaria fadado a redigir.

Não apenas Alexei Alexândrovitch não se dava conta de sua situação desesperadora no âmbito oficial, não apenas deixava de se entristecer com ela, mas estava, mais do que nunca, satisfeito com suas atividades.

"Quem não é casado cuida das coisas do Senhor, em como há de agradar ao Senhor, mas quem é casado cuida das coisas do mundo, em como há de agradar à sua mulher",[46] diz o apóstolo Paulo, e Alexei Alexândrovitch, que agora se norteava, em tudo quanto fizesse, pelas Escrituras, lembrava-se amiúde desse texto. Parecia-lhe que, ao perder sua mulher, ele servia a Deus, com seus projetos, muito mais do que antes.

A impaciência evidente de seu interlocutor, ansioso por ir embora de lá, não preocupava Alexei Alexândrovitch; só parou de lhe relatar seu projeto

---

[46] 1 Coríntios, 7:32-33.

quando, aproveitando a vinda daquele parente do czar, o membro do Conselho escapuliu dele.

Uma vez só, Alexei Alexândrovitch abaixou a cabeça, juntando suas ideias, depois se virou, distraído, e caminhou rumo à porta, ao lado da qual esperava encontrar a condessa Lídia Ivânovna.

"Mas como eles todos são fortes e fisicamente saudáveis", pensava, olhando para o *Kammerherr* musculoso, cujas suíças estavam bem penteadas e perfumadas, e para o pescoço vermelho do príncipe, cujo uniforme estava abotoado de baixo a cima, perto de quem ele teria de passar. "É justo aquele ditado de que tudo, neste mundo, é o mal", pensou, voltando a olhar, de soslaio, para as panturrilhas do *Kammerherr*.

Caminhando devagar, pé ante pé, Alexei Alexândrovitch saudou, com seus costumeiros ares de cansaço e dignidade, aqueles senhores, que falavam dele, e passou a olhar através da porta aberta, procurando com os olhos a condessa Lídia Ivânovna.

— Hein, Alexei Alexândrovitch! — disse o velhinho, com maldoso brilho nos olhos, quando Karênin se acercou dele e, com um gesto frio, inclinou a cabeça. — Ainda não parabenizei o senhor — prosseguiu, apontando para a faixa que Karênin acabara de receber.

— Obrigado — respondeu Alexei Alexândrovitch. — Que belo dia é hoje — adicionou, ressaltando, conforme seu hábito, o termo "belo".

Sabia que estavam zombando dele; aliás, nem esperava por nada além da hostilidade: já se acostumara a tanto.

Avistando, junto da porta, os ombros amarelos da condessa Lídia Ivânovna, que sobrepujavam o seu corpete, e seus belos olhos pensativos, que chamavam por ele, Alexei Alexândrovitch sorriu, entreabrindo os dentes brancos e sempre frescos, e foi ao encontro dela.

A toalete de Lídia Ivânovna custara-lhe muitos esforços, igual a todos os trajes que usava nesses últimos tempos. Agora o objetivo de sua toalete diferia muito daquele a que teria visado trinta anos antes. Então lhe apetecia ataviar-se de alguma maneira, e quanto mais, melhor. Agora, pelo contrário, estava tão ataviada, contrariamente à sua idade e ao feitio de seu corpo, que tratava apenas de tornar suportável o contraste entre tais atavios e sua aparência física. Atingia esse seu objetivo, com relação a Alexei Alexândrovitch, e parecia-lhe atraente. Era, aos olhos dele, a única ilhota de não apenas afeição e carinho, mas até mesmo de amor, naquele mar de escárnio e hostilidade que o circundava.

Passando pela fileira de olhares jocosos, ele estava naturalmente atraído pelo seu olhar amoroso, como uma planta estaria atraída pela luz.

— Meus parabéns — disse-lhe ela, apontando com os olhos para sua faixa.

Contendo um sorriso de prazer, Karênin deu de ombros, fechando os olhos, como se dissesse que isso não poderia alegrá-lo. A condessa Lídia Ivânovna sabia muito bem que era uma das maiores alegrias dele, conquanto Karênin nunca o reconhecesse em público.

— Como está nosso anjo? — perguntou a condessa Lídia Ivânovna, referindo-se a Serioja.

— Não posso dizer que esteja plenamente contente com ele — disse Alexei Alexândrovitch, soerguendo as sobrancelhas e reabrindo os olhos. — Sítnikov tampouco está contente (Sítnikov era um pedagogo incumbido da educação mundana de Serioja). Como já lhe disse, há nele certa frieza para com as questões cruciais que devem tocar a alma de qualquer adulto e de qualquer criança — Alexei Alexândrovitch começou a explanar suas ideias concernentes ao único assunto pelo qual se interessava, fora de seu serviço: a educação de seu filho.

Ao retornar, com a ajuda de Lídia Ivânovna, à vida e às suas atividades, Alexei Alexândrovitch sentira que lhe cumpria dedicar-se à educação do filho, que morava com ele. Sem nunca ter abordado nenhuma questão educacional, Alexei Alexândrovitch passara algum tempo a estudar tal matéria em teoria. Lendo diversos livros antropológicos, pedagógicos e didáticos, elaborara um plano de educação e, convidando o melhor pedagogo petersburguense para realizá-lo, procedera ao trabalho. E esse trabalho o mantinha constantemente ocupado.

— Sim, mas seu coração? Vejo nele o coração do pai, e uma criança que tiver um coração desses não pode ser má — disse a condessa Lídia Ivânovna, exaltada.

— Sim, pode ser... Quanto a mim, estou cumprindo a minha obrigação: é tudo o que posso fazer.

— O senhor vem à minha casa, não vem? — perguntou a condessa Lídia Ivânovna, após um breve silêncio. — Precisamos falar de um assunto triste para o senhor. Daria tudo para livrá-lo de certas lembranças, porém os outros não pensam assim. Recebi uma carta dela. Ela está aqui, em Petersburgo.

Alexei Alexândrovitch estremeceu com essa menção à sua mulher, mas seu rosto se revestiu logo daquela imobilidade cadavérica que traduzia sua absoluta incapacidade de lidar com esse assunto.

— Esperava por isso — disse ele.

A condessa Lídia Ivânovna fitava-o com enlevo, e as lágrimas de admiração provocadas pela grandeza de sua alma brotavam nos olhos dela.

## XXV

Quando Alexei Alexândrovitch entrou no gabinete da condessa Lídia Ivânovna, pequeno e confortável, repleto de porcelanas antigas e de retratos, a própria anfitriã não estava ainda presente. Trocava de roupas.

Sobre uma mesa redonda, coberta por uma toalha, havia um aparelho de chá chinês e uma chaleira prateada a álcool. Correndo um olhar distraído pelos inúmeros retratos familiares que adornavam o gabinete, Alexei Alexândrovitch sentou-se à mesa e abriu o Evangelho posto em cima dela. O ruge-ruge de um vestido de seda atraiu-lhe a atenção.

— Pois bem: agora é que ficaremos em paz — disse a condessa Lídia Ivânovna, apressando-se a passar, com um sorriso emocionado, entre a mesa e o sofá — e conversaremos tomando este nosso chá.

Ditas algumas palavras introdutórias, a condessa Lídia Ivânovna entregou a Alexei Alexândrovitch, arfante e enrubescida, a carta que recebera.

Ao ler essa carta, ele se calou por muito tempo.

— Não acho que me caiba o direito de negar o pedido dela — disse timidamente, reerguendo os olhos.

— Meu amigo! O senhor não enxerga o mal em ninguém!

— Pelo contrário: vejo que tudo é o mal. Só que será isso justo?...

Seu rosto expressava indecisão e busca por um conselho, por um apoio, por uma tutela nessa situação incompreensível para ele.

— Não — interrompeu-o a condessa Lídia Ivânovna. — Tudo tem seus limites. Compreendo a imoralidade — disse, não muito sincera, pois nunca pudera compreender o que levava as mulheres a serem imorais —, mas não compreendo aquela crueldade toda. E, ainda por cima, voltada contra quem? Contra o senhor! Como ela consegue ficar na mesma cidade? Não, quanto mais se vive, tanto mais se aprende. Eu cá estou aprendendo a compreender a sublimidade do senhor e a baixeza dela.

— Mas quem vai atirar a pedra?[47] — questionou Alexei Alexândrovitch, contente, em aparência, com seu papel. — Perdoei tudo e, portanto, não posso privá-la daquilo que é sua necessidade afetiva, do seu amor pelo filho...

— Seria um amor, meu amigo? Estaria ela sincera? Suponhamos que o senhor tenha perdoado, que continue perdoando... mas teríamos nós o direito de influenciar a alma desse anjo? Ele acha que sua mãe faleceu. Está rezando por ela e pede a Deus que perdoe os pecados dela... É melhor assim. Senão, o que ele acabará pensando?

---

[47] Alusão à sentença de Jesus Cristo, concernente à adúltera perdoada: "Aquele dentre vós que está sem pecado seja o primeiro que lhe atire uma pedra" (João, 8:7).

— Não pensei nisso — disse Alexei Alexândrovitch, aparentemente concordando com ela.

Tapando o rosto com as mãos, a condessa Lídia Ivânovna ficou calada. Estava rezando.

— Se o senhor pedir que o aconselhe — prosseguiu, terminando de rezar e abrindo o rosto —, não o aconselho a fazer isso. Será que não vejo como o senhor está sofrendo, como isso faz todas as suas feridas sangrarem? Suponhamos que se esqueça, como sempre, de si mesmo. Mas, então, aonde é que isso pode levar? Aos novos sofrimentos da sua parte, aos sofrimentos dessa criança? Se ainda restasse nela algo humano, nem ela mesma insistiria nisso. Não o aconselho, pois, a fazer isso, decididamente, e, se o senhor me permitir, vou escrever para ela.

Alexei Alexândrovitch anuiu a tanto, e a condessa Lídia escreveu, em francês, a carta seguinte:

Prezada Senhora,
Sua lembrança pode suscitar dúvidas em seu filho, as quais não poderão ser esclarecidas sem que se introduza na alma infantil dele o espírito de condenação no tocante àquilo que há de lhe ser sagrado. Assim sendo, rogo que interprete a recusa de seu marido como uma manifestação do amor cristão. Fico rezando para que o Supremo tenha piedade da senhora.
Condessa Lídia.

Tal carta atingiu aquele objetivo secreto que a condessa Lídia Ivânovna escondia até de si mesma. Deixou Anna profundamente ofendida.

Quanto a Alexei Alexândrovitch, ele não conseguiu nesse dia, voltando da casa de Lídia Ivânovna, dedicar-se às suas tarefas habituais nem reaver aquela serenidade espiritual, a de uma pessoa crente e salva, que vinha sentindo antes.

A lembrança de sua mulher, que estava tão culpada para com ele, perante a qual ele mesmo estava, conforme lhe dizia com toda a justiça a condessa Lídia Ivânovna, tão santo, não deveria angustiá-lo; porém, ele não se sentia tranquilo: não conseguia compreender o livro que lia nem afastar as pungentes recordações de sua vida com ela, daqueles erros que, como lhe parecia agora, tinha cometido em suas relações conjugais. Rememorando como aceitara, na volta daquela corrida de cavalos, a confissão da infidelidade (só tendo exigido, em particular, que ela se comportasse com aparente decência, em vez de desafiar seu amante para um duelo), aflige-se como quem estivesse arrependido. Também se aflige ao lembrar-se daquela carta que escrevera para Anna; eram, sobretudo, seu perdão, do qual ninguém precisava, e os cuidados dispensados à filha de outrem que lhe queimavam agora o coração, deixando-o envergonhado e contrito.

Sentia a mesma vergonha, a mesma contrição, agora que recapitulava todo o seu passado e relembrava aquelas palavras desajeitadas que usara, após longas hesitações, para pedi-la em casamento.

"Mas qual seria a minha culpa?", dizia consigo. E essa questão provocava em seu íntimo, invariavelmente, outra questão: será que elas sentiam de outra maneira, amavam de outra maneira e se casavam de outra maneira, aquelas outras pessoas, aqueles Vrônski, Oblônski... aqueles *Kammerherren* de panturrilhas grossas? Imaginava toda uma fileira de tais pessoas viçosas e vigorosas, isentas de dúvidas, que despertavam, a toda hora e por toda parte, sua curiosidade involuntária. Tratava de afastar essas ideias, de persuadir-se de que não vivia para essa vida presente e temporária, mas para a vida eterna, de que só havia paz e amor em sua alma. Contudo, o fato de ter cometido, como lhe parecia, alguns erros ínfimos, nessa sua vida ínfima e temporária, atormentava-o como se não existisse aquela eterna salvação em que ele acreditava. De qualquer modo, essa tentação durou pouco, e logo se restabeleceu, na alma de Alexei Alexândrovitch, aquela sublime serenidade graças à qual ele conseguia esquecer o que não queria mais recordar.

## XXVI

— E aí, Kapitônytch? — disse Serioja, voltando de um passeio, corado e alegre, na véspera de seu aniversário e entregando sua *poddiovka* pregueada ao velho porteiro, que sorria, alto como era, àquele pingo de gente. — Será que o servidor da tipoia passou hoje? Meu pai o recebeu?

— Recebeu, sim. Mal o ajudante dele saiu, fui anunciar — respondeu o porteiro, piscando jovialmente. — Deixe que eu tire.

— Serioja! — objetou o preceptor eslavo, assomando às portas que levavam para dentro da casa. — Tire você mesmo.

Todavia, Serioja não lhe deu atenção, embora ouvisse a sua voz fraca. Continuou postado ali, segurando a faixa do porteiro e fitando-o bem de frente.

— E meu pai fez para ele o que era preciso?

O porteiro inclinou afirmativamente a cabeça. O tal servidor da tipoia, que já viera sete vezes a fim de pedir algo a Alexei Alexândrovitch, interessava tanto Serioja quanto o porteiro. Certa feita, Serioja se deparara com ele na antessala e ouvira-o suplicar que o porteiro anunciasse sua visita, dizendo que estava para morrer, junto com seus filhos.

Desde então, Serioja atentava naquele servidor cada vez que o encontrava na antessala.

— E depois, ele ficou alegre? — perguntou ao porteiro.

— Alegre é pouco! Saiu daqui quase pulando.

— Será que trouxeram alguma coisa? — perguntou Serioja, após uma pausa.

— Pois é, senhorzinho — cochichou o porteiro, abanando a cabeça. — Uma coisinha ali, da condessa.

De pronto, Serioja entendeu que o porteiro se referia ao presente mandado pela condessa Lídia Ivânovna por ocasião de seu aniversário.

— O que está dizendo? Onde?

— Kornéi levou aquilo para o gabinete. Deve ser uma coisinha boa!

— É grande? Seria assim?

— Um pouco menor, mas boa mesmo.

— Um livro?

— Não, uma coisa. Vá indo, vá indo, que Vassíli Lukitch está chamando — disse o porteiro, ouvindo os passos do preceptor, que se aproximavam, abrindo devagar a mãozinha que lhe segurava, com a luva tirada pela metade, a faixa e piscando a inclinar a cabeça em direção a Vúnitch.

— Vassíli Lukitch, só um minutinho! — respondeu Serioja, com aquele sorriso lépido e amoroso que sempre vencia o preceptor responsável.

Serioja estava alegre demais, e tudo estava por demais feliz ao seu redor, para deixar de compartilhar com seu amigo porteiro uma excelente notícia que soubera, enquanto passeava no jardim de Verão,[48] de uma sobrinha da condessa Lídia Ivânovna. Essa notícia animadora lhe parecia tanto mais importante que coincidia com a boa notícia recebida pelo servidor da tipoia e sua própria alegria com os brinquedos que acabavam de trazer. Serioja achava que, num dia como aquele, cumpria a todos ficarem alegres e felizes.

— Sabe que meu pai recebeu a ordem de Alexandr Nêvski?

— Claro que sei. Já vieram parabenizá-lo.

— E aí: ele está contente?

— Como não estaria, com um regalo do czar? Mereceu, pois — disse o porteiro, sério e severo.

Serioja ficou pensativo, mirando o semblante do porteiro, já conhecido até os mínimos detalhes, e, sobretudo, seu queixo a pender entre as costeletas grisalhas, que ninguém via, exceto Serioja que nunca olhava para ele senão de baixo para cima.

---

[48] Pequeno jardim público, situado no centro histórico de São Petersburgo, onde gostavam de passear os fidalgos metropolitanos.

— Bem... e já faz muito tempo que sua filha não vem?

A filha do porteiro era uma bailarina.

— Como viria nos dias úteis? Ela também está estudando. E você, senhorzinho, tem de estudar; então, vá indo.

Entrando em seu quarto, Serioja não se pôs logo a fazer os deveres de casa, mas contou ao seu preceptor a suposição de que o presente trazido fosse uma máquina. — O que o senhor acha? — perguntou-lhe.

Entretanto, Vassíli Lukitch só achava que ele devia aprender sua lição de gramática, pois outro professor viria às duas horas.

— Não, Vassíli Lukitch, diga-me apenas — perguntou o garoto, já sentado à sua mesinha e segurando seu livro didático —: o que está acima daquela ordem de Alexandr Nêvski? Sabe que meu pai recebeu a ordem de Alexandr Nêvski?

Vassíli Lukitch respondeu que a ordem de Vladímir estava acima da de Alexandr Nêvski.

— E acima dela?

— É a ordem de Andrei Pervozvânny que fica acima de todas.

— E acima da de Andrei?

— Eu não sei.

— Como assim: nem o senhor sabe? — E, apoiando-se nos cotovelos, Serioja mergulhou numa reflexão.

Seus pensamentos eram muito diversos e complexos. Pensava em como seu pai receberia, de uma vez só, as ordens de Vladímir e de Andrei, como ficaria, por conseguinte, bem mais bondoso em sua aula desse dia, e como ele próprio receberia, quando adulto, todas as ordens, inclusive aquela, ainda por inventar, que seria superior à de Andrei. Assim que a tivessem inventado, ele a mereceria. E, se inventassem depois algumas ordens mais altas, ele seria digno delas também.

O tempo transcorreu em meio àquelas meditações e, quando o professor veio, a lição referente aos complementos nominais e verbais não estava aprendida, de sorte que o professor se quedou não apenas aborrecido, mas até mesmo entristecido. Serioja se sensibilizou com essa tristeza do professor. Não se sentia culpado de não ter aprendido sua lição, porém, fossem quais fossem os seus esforços, não conseguia, decididamente, aprendê-la: enquanto o professor lhe explicava as regras, acreditava naquelas explicações todas e parecia entendê-las, mas, tão logo ficava sozinho, não conseguia, de modo algum, recordar nem compreender que aquela curtinha e tão conhecida locução "de repente" era um complemento circunstancial. Arrependia-se, ainda assim, de ter entristecido seu professor e queria consolá-lo.

Escolheu um momento em que seu professor estava calado, de olhos fixos no livro didático.

— Mikhail Ivânytch, quando é seu aniversário? — perguntou, de improviso.

— Seria melhor se o senhor pensasse em seu trabalho; quanto ao aniversário, não significa nada para um ser racional. Apenas um dia igual a todos os outros, quando temos de trabalhar.

Serioja olhou atentamente para o professor, para a rala barbicha dele, para os óculos que haviam descido abaixo daquela marquinha em seu nariz, e ficou tão pensativo que não ouviu mais nenhuma das suas explicações. Entendia que o professor não pensava o que estava dizendo, percebia isso pelo tom das suas falas. "Mas por que eles todos combinaram falar nisso tudo de igual maneira, falar em tudo o que há de mais chato e inútil? Por que ele me afasta desse jeito, por que não gosta de mim?", perguntava, tristonho, a si mesmo e não conseguia inventar nenhuma resposta.

## XXVII

Indo o professor embora, haveria uma aula do pai. Antes que seu pai viesse, Serioja ficou sentado à mesa, brincando com seu canivete e refletindo. Uma das ocupações prediletas de Serioja era a busca de sua mãe na hora de passear. O garoto não acreditava em morte, de modo geral, nem, sobretudo, na morte de sua mãe, apesar de Lídia Ivânovna lhe ter dito aquilo, confirmado também pelo pai, e era a razão pela qual, mesmo informado de que sua mãe teria morrido, buscava por ela na hora de passear. Toda mulher cheiinha e graciosa, de cabelos escuros, era a mãe dele. Quando via uma dessas mulheres, crescia em sua alma uma sensação de ternura, tanto assim que lhe faltava ar e as lágrimas lhe brotavam nos olhos. Esperava que essa mulher se achegasse logo a ele, erguendo o véu. Todo o rosto dela ficaria então à mostra; ela sorriria, abraçando o garoto; ele sentiria seu cheiro, a suavidade de sua mão, e ficaria chorando de tão feliz, como naquela noite em que se deitara aos pés da mãe, e ela lhe fazia cócegas, e ele mordiscava, às gargalhadas, a sua mão branca, coberta de anéis. Quando a babá lhe dissera por acaso, mais tarde, que sua mãe não estava morta, quando seu pai e Lídia Ivânovna tinham explicado, porém, que ela estava morta para Serioja por ser má (só que ele não podia, de modo algum, acreditar nisso, porque amava sua mãe), continuara a buscar por ela, a esperar pelo seu retorno. Naquele mesmo dia, era uma dama de véu lilás, ali no jardim de Verão, que ele espiava de coração desfalecente, achando que fosse sua mãe, enquanto ela se aproximava seguindo a mesma vereda. Aquela dama sumira sem se aproximar dele... Agora mais do que nunca, Serioja sentia um acesso de amor por ela; esquecendo-se de tudo à espera do pai, cortou toda a borda da mesa com seu canivete, olhando bem para a frente, com brilho nos olhos, e pensando nela.

— Seu pai está vindo! — Foi Vassíli Lukitch quem o distraiu. Serioja pulou da cadeira, achegou-se ao pai e, beijando-lhe a mão, fitou-o com atenção, procurando pelos indícios de sua alegria ao receber a ordem de Alexandr Nêvski.

— Fez um bom passeio? — disse Alexei Alexândrovitch, sentando-se em sua poltrona, puxando o livro do Antigo Testamento e abrindo-o. Mesmo tendo dito ao filho, mais de uma vez, que todo cristão devia saber a história sagrada de cor e salteado, consultava volta e meia o livro, quando se tratava do Antigo Testamento, e Serioja se apercebia disso.

— Sim, papai, foi bem divertido — respondeu Serioja, sentando-se outra vez, virando-se na cadeira e balançando-a, o que lhe era proibido. — Vi Nádenka (essa Nádenka era uma sobrinha de Lídia Ivânovna, criada em sua casa). Ela me disse que o senhor tinha recebido uma nova estrela. Está contente, papai?

— Primeiro, não se balance, por favor — disse Alexei Alexândrovitch. — E, segundo, não se preza a recompensa e, sim, o trabalho. Eu gostaria que você entendesse isso. Se ficar trabalhando ou estudando só para obter uma recompensa, esse trabalho há de lhe parecer difícil, mas, se trabalhar (dizia Alexei Alexândrovitch, recordando como se arrimara na consciência de seu dever em cumprir uma entediante tarefa matinal, a qual consistia em assinar cento e dezoito papéis) com amor pelo seu trabalho, aí encontrará, nele mesmo, sua recompensa.

Brilhantes de ternura e alegria, os olhos de Serioja apagaram-se e abaixaram-se ao toparem com o olhar de seu pai. Era aquele mesmo tom, conhecido havia tempos, com que o pai sempre se dirigia a ele, com que Serioja aprendera já a lidar. Seu pai sempre falava com ele — e Serioja se dava conta disso — como se falasse com um garoto imaginário, um daqueles garotos que estavam nos livros, mas não se assemelhavam, nem um pouco, a Serioja. E, sempre que falava com seu pai, Serioja fazia questão de fingir que era aquele garoto livresco.

— Espero que entenda isso — disse o pai.

— Sim, papai — respondeu Serioja, fingindo que era o garoto imaginário.

A lição consistia em decorar alguns versículos do Evangelho e recapitular as noções do Antigo Testamento. Serioja sabia passavelmente aqueles versículos do Evangelho, porém, no momento em que os recitava, ficou olhando para o frontal de seu pai: esse osso se encurvava tanto na têmpora que o garoto se confundiu e tomou o final de um versículo pelo começo do outro, contendo ambos a mesma palavra. Era evidente, para Alexei Alexândrovitch, que seu filho não compreendia o que recitava; ele ficou irritado com isso.

Franzindo o sobrolho, pôs-se a explicar o que Serioja tinha ouvido diversas vezes, mas nunca soubera decorar, justamente por entendê-lo com toda a clareza, igual à locução "de repente", que era um complemento circunstancial. Fixando um olhar assustado em seu pai, Serioja pensava numa só coisa: será que seu pai o obrigaria, ou não, a repetir o que acabava de contar, como já acontecera algumas vezes? E essa ideia deixava Serioja tão intimidado que ele não entendia mais nada. Felizmente, seu pai não o obrigou a repetir aquilo tudo, começando logo a aula do Antigo Testamento. Serioja relatou bem os eventos em si, mas, quando precisou responder às perguntas sobre as consequências de alguns desses eventos, não pôde dizer mais nada, embora já tivesse sido castigado por causa dessa mesma lição. E a passagem a respeito da qual não pôde dizer mais nada, gaguejando e cortando a mesa e balançando a cadeira, referia-se aos patriarcas antediluvianos. Não conhecia nenhum dos tais patriarcas, exceto Enoque que fora levado ainda vivo para o céu. Antes se lembrava ao menos de alguns nomes, porém agora não se lembrava de nenhum deles, especialmente porque Enoque era seu personagem favorito, em todo o Antigo Testamento, e porque sua mente ligava, ao fato de Enoque ter sido levado vivo para o céu, toda uma longa série de pensamentos, aos quais o garoto se entregava nesse momento, de olhos fixos na corrente do relógio de seu pai e num dos botões do colete paterno, apenas pela metade inserto na casa.

Quanto à morte, da qual lhe falavam com tanta frequência, Serioja descria completamente dela. Não acreditava que suas pessoas amadas pudessem morrer, nem, sobretudo, que ele mesmo acabaria morrendo algum dia. Aquilo era absolutamente impossível e incompreensível aos olhos dele. Diziam-lhe, no entanto, que todos haveriam de morrer; Serioja indagava mesmo àquelas pessoas em quem confiava, e elas também confirmavam aquilo; até sua babá o confirmava, embora de má vontade. Contudo, Enoque não morrera e, assim sendo, nem todos morriam. "Então por que é que qualquer pessoa não poderia merecer a mesma graça de Deus e ser levada viva para o céu?", pensava Serioja. As pessoas ruins, ou seja, aquelas de quem Serioja não gostava, podiam morrer, sim, mas as pessoas boas podiam ser todas como Enoque.

— Pois então, quais foram aqueles patriarcas?
— Enoque, Enos...
— Você já disse isso. Ruim, Serioja, muito ruim. Se não procurar saber o que for o mais necessário para um cristão — disse seu pai, levantando-se —, então o que é que pode interessá-lo? Estou descontente com você, e Piotr Ignátitch (era o pedagogo-mor) também está descontente... Preciso castigá-lo.

Ambos, o pai e o pedagogo, estavam descontentes com Serioja, e realmente ele estudava de mal a pior. Entretanto, não se podia afirmar que fosse um garoto inapto a estudar. Era, pelo contrário, muito mais apto do que aqueles alunos que seu pedagogo lhe citava como exemplo. Do ponto de vista paterno, ele não queria aprender o que lhe ensinavam, mas, no fundo, nem podia aprendê-lo. Não podia por haver em sua alma outras exigências, mais imprescindíveis para ele do que as de seu pai e de seu pedagogo. E tais exigências estavam em franca contradição, e Serioja se opunha abertamente a quem o educasse.

Tinha nove anos, era uma criança, porém conhecia sua própria alma e dava-lhe valor, guardava-a, como a pálpebra guarda o olho, e não deixava ninguém, salvo se possuísse a chave de amor, entrar em seu íntimo. Os preceptores se queixavam dele, dizendo que não queria estudar, mas sua alma transbordava de sede de saber. E ele aprendia com Kapitônytch, com sua babá, com Nádenka, com Vassíli Lukitch, deixando os preceptores de lado. A água que o pai e o pedagogo gostariam de ver girando as rodas deles infiltrara-se, havia muito tempo, em sua alma e movia outras engrenagens.

O pai castigou Serioja, proibindo-o de se encontrar com Nádenka, a sobrinha de Lídia Ivânovna, só que tal castigo foi feliz para Serioja. Vassíli Lukitch, que estava bem-humorado, mostrou-lhe como se faziam os moinhos de vento. A tarde inteira passou em meio ao trabalho e aos sonhos com um moinho em que se pudesse dar cambalhotas: agarrar suas pás com as mãos, ou então amarrar-se àquelas pás, e ficar girando assim. Serioja não pensou em sua mãe ao longo de toda essa tarde, mas, uma vez na cama, lembrou-se subitamente dela e rezou, como podia, para que sua mãe parasse de se esconder e, no dia seguinte, viesse felicitá-lo pelo seu aniversário.

— O senhor sabe, Vassíli Lukitch, que coisa pedi a mais, quando rezava?
— Que seus estudos melhorem?
— Não.
— Alguns brinquedos?
— Não. O senhor não vai adivinhar. Uma coisa ótima, mas secreta! Quando a tiver, aí lhe contarei. Não adivinhou?
— Não consigo, não. Diga você — replicou Vassíli Lukitch, sorrindo: algo que lhe ocorria bem raramente. — Deite-se, pois, que vou apagar a velinha.
— E eu vejo melhor ainda, sem a velinha, o que estou vendo e o que pedi quando rezava. Quase revelei meu segredo! — disse, com uma risada alegre, Serioja.

Quando a velinha foi levada embora, Serioja viu e sentiu sua mãe. Ela estava lá, junto da sua cama, e afagava-o com um olhar amoroso. Mas eis que surgiram aqueles moinhos, seu canivete... tudo se embaralhou, e ele caiu no sono.

## XXVIII

Chegando a Petersburgo, Vrônski e Anna hospedaram-se num dos melhores hotéis. Vrônski moraria num quarto separado, no andar de baixo, e Anna, com sua filhinha, a ama de leite e a criada, no andar de cima, num grande apartamento composto de quatro cômodos.

Logo no dia de sua chegada, Vrônski foi ver seu irmão. Encontrou na casa dele sua mãe, que viera de Moscou a negócios. A mãe e a cunhada receberam-no como de hábito: indagavam-lhe sobre a sua viagem ao estrangeiro, falavam de seus conhecidos comuns, mas não mencionavam, com uma palavra sequer, seu relacionamento com Anna. Quanto ao seu irmão, perguntou-lhe a respeito, indo visitá-lo na manhã seguinte, e Alexei Vrônski lhe disse abertamente que tomava esse seu relacionamento com Karênina por um casamento, que esperava conseguir o divórcio dela para então desposá-la e que a considerava, até lá, uma esposa igual a qualquer outra, pedindo ao seu irmão que o transmitisse à sua mãe e à sua cunhada.

— Se a sociedade reprova isto, tanto faz para mim — disse Vrônski —; porém, se meus próximos desejarem manter as relações de parentesco comigo, terão de manter as mesmas relações com minha mulher.

O irmão mais velho, que sempre respeitava as opiniões do irmão mais novo, não sabia muito bem se ele estava com a razão ou não, antes que a própria sociedade viesse a resolver tal questão, mas pessoalmente, por sua parte, não tinha nada contra aquilo tudo. Foi com Alexei aos aposentos de Anna.

Na presença de seu irmão, bem como na frente de todos, Vrônski tratava Anna por "senhora", como se fosse uma boa amiga dele, mas subentendia-se que seu irmão estava a par de seu relacionamento e falava-se sobre a mudança de Anna para sua fazenda.

Apesar de sua vasta experiência mundana, Vrônski se induzia, por causa de sua situação atual, a um estranho equívoco. Devia compreender, certamente, que a sociedade fechara suas portas para os amantes, porém agora surgiam em sua cabeça umas vagas ideias de que isso só teria acontecido nos tempos idos, que presentemente, com todo esse progresso rápido (agora Vrônski era, sem se dar conta disso, partidário de todo e qualquer progresso), as convicções sociais não eram mais as mesmas e que a aceitação deles dois pela sociedade era uma questão ainda por resolver. "É claro", pensava Vrônski, "que a corte não vai aceitá-la, mas as pessoas próximas podem e devem entender isso perfeitamente".

Um homem pode passar várias horas a fio de pernas cruzadas, sentado na mesma posição, caso saiba que nada o impede de mudar de posição; no entanto, se ele souber que lhe cumpre ficar sentado assim, de pernas cruzadas, acabará tendo convulsões, e suas pernas vão tremer e tentar esticar-se naquela direção em que lhe apeteça esticá-las. Era exatamente o que Vrônski sentia em relação à sociedade. Embora soubesse, no fundo da alma, que as portas da sociedade estavam fechadas para eles, vinha testando a sociedade na esperança de que ela mudasse de opinião e aceitasse o casal em seu seio. Contudo, não demorou a perceber que, aberta para ele mesmo, a sociedade estava fechada para Anna. As mãos estendidas para cumprimentá-lo retiravam-se, como naquela brincadeira de gato e rato, perante Anna.

Uma das primeiras damas da alta-roda petersburguense que Vrônski visitou foi sua prima Betsy.

— Até que enfim! — Ela se alegrou com sua visita. — E Anna? Como estou feliz! Onde vocês se hospedaram? Imagino até que ponto, depois dessa sua viagem maravilhosa, estão horrorizados com nossa Petersburgo; imagino a lua de mel que tiveram em Roma. E o divórcio? Já arranjaram tudo?

Vrônski viu o arroubo de Betsy diminuir quando ela soube que o divórcio não se realizara ainda.

— Serei apedrejada, eu sei — disse ela —, mas vou ver Anna; sim, vou vê-la sem falta. Vocês não ficam aí por muito tempo?

De fato, ela visitou Anna no mesmo dia, só que seu tom não estava mais como antes. Decerto se orgulhava de sua coragem e desejava que Anna apreciasse essa sua fiel amizade. Passou com ela, no máximo, dez minutos, falando sobre as notícias mundanas, e disse, já indo embora:

— Vocês não me disseram quando seria o divórcio. Suponhamos que eu mesma tenha jogado a minha touca por cima do moinho, mas os outros, aqueles de gola engomada, continuarão a puni-los com sua frieza até vocês se casarem. Aliás, é tão fácil fazer isso agora! *Ça se fait.*[49] Partem, pois, na sexta-feira? Não nos veremos mais, que pena...

Vrônski podia entender, pelo tom de Betsy, o que devia esperar da alta-roda, porém fez uma tentativa a mais em sua família. Não contava com sua mãe, sabendo que, tão encantada com Anna logo depois de conhecê-la, sua mãe estava agora inexorável para com esse pivô da crise de sua carreira. Depositava, nada obstante, muita esperança em Vária, a esposa de seu irmão. Parecia-lhe que Vária não atiraria a primeira pedra, mas viria, singela e resoluta, encontrar-se com Anna e acabaria por aceitá-la.

No dia seguinte à sua chegada, Vrônski foi ver a cunhada e, encontrando-a sozinha, expressou-lhe, às claras, essa vontade sua.

— Bem sabe, Alexei — disse Vária, ao escutá-lo —, como eu gosto de você e como estou pronta a fazer de tudo para ajudá-lo; todavia, fiquei calada por

---

[49] Isso se faz (em francês).

saber que não poderia ser útil para você nem para Anna Arkádievna — disse articulando com especial zelo as palavras "Anna Arkádievna". — Não pense, por favor, que eu a condeno. Nunca; pode ser, inclusive, que eu fizesse o mesmo, se estivesse no lugar dela. Não entro nem posso entrar nos detalhes — prosseguiu, olhando timidamente para o rosto sombrio de Vrônski. — Mas temos que dar nomes reais às coisas. Você quer que eu vá visitá-la, que a receba em minha casa e assim a reabilite aos olhos da sociedade, mas, veja se me entende, não posso fazer isso. Minhas filhas estão crescendo... preciso conviver com a sociedade pelo bem de meu marido. Digamos que irei visitar Anna Arkádievna; ela entenderá que não posso recebê-la em minha casa, ou então devo fazê-lo de modo que ela não se depare com quem tenha uma visão diferente, e ficará, ela mesma, ofendida. Não posso arrimá-la...

— Eu cá não acho que ela tenha decaído mais do que centenas de mulheres que vocês recebem aí — Vrônski interrompeu-a, mais carrancudo ainda, e levantou-se, calado, ao compreender que a decisão de sua cunhada era inalterável.

— Alexei! Não se zangue comigo. Entenda, por favor, que não tenho culpa — respondeu Vária, mirando-o com um sorriso acanhado.

— Não me zango com você — disse ele, no mesmo tom sombrio —, mas sinto o dobro de dor. O que mais me dói é que nossa amizade fica desfeita com isso. Digamos, não fica desfeita, mas enfraquecida. Você entende que, para mim também, não pode ser de outra maneira.

E, dito isso, ele saiu porta afora.

Vrônski compreendeu que suas tentativas ulteriores seriam inúteis, cumprindo-lhe passar alguns dias em Petersburgo como numa cidade alheia, evitando quaisquer encontros com seus conhecidos antigos a fim de se esquivar das ofensas e contrariedades, tão dolorosas para ele. Uma das principais contrariedades ocasionadas pela sua estada em Petersburgo consistia em Alexei Alexândrovitch e seu nome aparentarem estar por toda parte. Não se podia falar de coisa alguma sem a conversa enveredar para o lado de Alexei Alexândrovitch; não se podia ir a lugar algum sem cruzar com ele. Assim, pelo menos, é que parecia a Vrônski, igual a quem sentisse dor num dos dedos e tivesse a impressão de tocar em tudo, como que de propósito, justamente com esse seu dedo endolorido.

Sua estada em Petersburgo parecia a Vrônski ainda mais penosa por vislumbrar em Anna, nesse tempo todo, algum humor novo, incompreensível para ele. Ora estava visivelmente apaixonada pelo seu amante, ora se tornava fria, irritadiça e impenetrável. Afligia-se com algo, escondia algo dele e parecia nem reparar naquelas ofensas que envenenavam a vida de Vrônski e deviam, com sua intuição aguçada, deixá-la ainda mais aflita.

## XXIX

Uma das metas daquela viagem à Rússia consistia, para Anna, em rever seu filho. Desde o dia em que deixara a Itália, pensava o tempo todo, cheia de ansiedade, no futuro encontro com ele. E, quanto mais se aproximava de Petersburgo, tanto mais feliz e significativo lhe parecia esse encontro. Anna nem sequer indagava a si mesma como o organizaria. Achava natural e simples ver seu filho, quando ficasse na mesma cidade que ele; porém, mal chegou a Petersburgo, imaginou de repente, com plena clareza, sua posição atual na alta sociedade metropolitana e compreendeu que seria difícil organizar um encontro desses.

Já fazia dois dias que estava em Petersburgo. Não parava nem por um minuto de pensar em seu filho, mas ainda não o tinha visto. Sentia que não lhe cabia o direito de ir diretamente àquela casa, onde poderia cruzar com Alexei Alexândrovitch. Podia acabar enxotada e ofendida. A própria ideia de escrever para seu marido, de tomar contato com ele, causava-lhe sofrimento: ela só conseguia ficar tranquila quando não pensava em seu marido. Não lhe bastava saber quando seu filho saía de casa, aonde ia, e vê-lo durante um dos passeios: preparava-se tanto para encontrá-lo, tinha tanta coisa a dizer para ele, queria tanto abraçá-lo, beijá-lo... A velha babá de Serioja poderia ajudá-la e aconselhá-la, mas já não morava na casa de Alexei Alexândrovitch. Anna passou dois dias inteiros hesitando e procurando pela babá.

Ciente da proximidade de Alexei Alexândrovitch com a condessa Lídia Ivânovna, Anna decidiu, no terceiro dia, escrever uma carta para ela, carta essa que lhe custou muitos esforços, dizendo propositalmente que a permissão de rever seu filho dependeria da magnanimidade de seu marido. Sabia que, se tal carta fosse mostrada ao seu marido, ele continuaria desempenhando seu papel de magnânimo e atenderia ao pedido dela.

O mensageiro encarregado de levar a carta trouxe-lhe a resposta mais inopinada e cruel, a de que não haveria resposta alguma. Jamais Anna se sentira tão humilhada quanto naquele momento em que, chamando pelo mensageiro, ouviu seu minucioso relato de como se quedara ali esperando e como lhe fora dito, no fim das contas: "Não haverá nenhuma resposta". Anna se sentia humilhada, ofendida, mas percebia que, do seu próprio ponto de vista, a condessa Lídia Ivânovna tinha razão. Seu pesar era maior ainda por ser um pesar solitário. Ela não podia nem queria compartilhá-lo com Vrônski. Sabia que, mesmo sendo o principal responsável pela sua desgraça, ele tomaria esse seu encontro com o filho por algo desimportante. Sabia que ele nunca seria capaz de abranger toda a profundeza de seu sofrimento; sabia que, pelo tom frio com que ele haveria de falar disso, chegaria a odiá-lo.

E temia isso mais do que tudo neste mundo, ocultando-lhe, por conseguinte, tudo o que concernia ao seu filho.

Anna passou o dia inteiro no hotel, inventando meios de se encontrar com Serioja, e resolveu finalmente escrever para seu marido. Já estava compondo aquela carta, quando lhe trouxeram um bilhete de Lídia Ivânovna. O silêncio da condessa deixara-a submissa e conformada, mas seu bilhete e tudo quanto se lia nas entrelinhas dele causaram-lhe tanta irritação, com aquele revoltante rancor confrontado com sua legítima e passional ternura pelo seu filho, que ela se rebelou contra os outros e cessou de acusar a si mesma.

"Essa frieza é puro fingimento!", dizia consigo. "Eles querem apenas torturar o menino e me ofender a mim: será que me renderei a tanto? De jeito nenhum! Ela é pior do que eu. Eu, pelo menos, não estou mentindo." De pronto, ela decidiu que logo no dia seguinte, no dia em que Serioja faria aniversário, iria diretamente à casa de seu marido, subornaria ou enganaria a criadagem e, a qualquer preço, veria seu filho e destruiria aquele horroroso ludíbrio no qual eles haviam induzido o pobre menino.

Anna foi a uma loja de brinquedos, comprou vários presentes e repensou seu plano de ações. Iria lá de manhã cedo, às oito horas, quando Alexei Alexândrovitch estivesse, por certo, ainda deitado. Teria algum dinheiro nas mãos, entregando-o ao porteiro e ao lacaio para que lhe permitissem entrar, e diria, sem erguer o véu, que vinha por incumbência do padrinho de Serioja, a fim de felicitá-lo e de deixar uns brinquedos junto da sua cama. Apenas não preparou as palavras que diria ao filho. Por mais que pensasse nisso, não conseguia inventar nada.

No dia seguinte, às oito horas da manhã, Anna desceu sozinha de um carro de aluguel e tocou a campainha à entrada principal de sua antiga casa.

— Uma senhora qualquer. Vai ver o que está querendo — mandou Kapitônytch, ainda sem sua libré, de casaco e galochas, olhando, através da janela, para uma dama de véu, que estava ao lado da porta.

Mal o ajudante do porteiro, um rapaz que Anna desconhecia, acabou de abrir a porta, ela entrou e, tirando do seu regalo uma nota de três rublos, apressou-se a enfiá-la na mão dele.

— Serioja... Serguei Alexéitch — disse, querendo já avançar. Ao examinar a nota bancária, o ajudante do porteiro deteve-a perto da outra porta de vidro.

— Quem é que deseja ver? — perguntou-lhe.

Sem ouvir essas palavras, ela não respondeu nada.

Reparando no embaraço da visitante, Kapitônytch foi pessoalmente falar com ela, deixando-a passar e perguntando pelo que desejava.

— Da parte do príncipe Skorodúmov, para ver Serguei Alexéitch — murmurou Anna.

— Ele não se levantou ainda — disse o porteiro, olhando atentamente para ela.

Nem por sombra Anna imaginava que, sem ter sofrido nenhuma mudança, a antessala daquela casa, onde ela morara por nove anos, fosse impressioná-la tanto assim. As lembranças felizes e dolorosas ressurgiram, uma por uma, em sua alma e, por um instante, ela se esqueceu do motivo de sua visita.

— Digna-se a aguardar? — questionou Kapitônytch, ajudando-a a tirar sua peliça.

Tirada a peliça, olhou para o rosto dela, reconheceu-a e saudou-a, calado, com uma profunda mesura.

— Faça Vossa Excelência o favor... — disse-lhe então.

Anna queria responder, porém sua voz se recusou a articular quaisquer sons que fossem; confusa e suplicante, mirou o velho porteiro e foi subindo, a passos rápidos e ligeiros, a escadaria. Curvando-se todo para a frente, tropeçando de degrau em degrau com suas galochas, Kapitônytch correu atrás de Anna, tentou adiantar-se a ela.

— O preceptor está lá... quem sabe se não está despido. Vou anunciar.

Anna continuava subindo a escadaria bem conhecida, sem entender o que lhe dizia o velho.

— Por aqui, à esquerda... faça favor. Desculpe pela desordem. Ele dorme agora na antiga sala dos sofás — dizia o porteiro, ofegante. — Digne-se Vossa Excelência a dar um tempinho: já vou ver — disse e, antecipando-se a Anna, entreabriu uma alta porta e sumiu por trás dela. Anna parou, esperando. — Acabou de acordar — disse o porteiro, assomando outra vez à porta.

E, no mesmo instante em que o porteiro dizia isso, Anna ouviu o som de um bocejo infantil. E, tão somente por esse bocejo, reconheceu o filho e viu-o, como se estivesse lá, em sua frente.

— Deixe-me passar, vá embora! — disse, passando pela alta porta. Uma cama estava à direita daquela porta, e um menino, que acabara de acordar, estava sentado naquela cama, só de blusinha desabotoada, espreguiçando-se com o corpo todo, refestelando-se e terminando de bocejar. Seus lábios se juntaram, formando um sorriso feliz e modorrento, e foi com esse sorriso que o menino tornou a cair, lenta e dengosamente, sobre o seu travesseiro.

— Serioja! — sussurrou Anna, ao passo que se achegava, silenciosa, ao filho.

Durante toda a ausência, dominada por aquele acesso de amor que vivenciava nos últimos tempos, imaginava-o sempre como uma criança de quatro anos: fora nessa idade que mais o amara. Agora ele não estava mais nem como naquele momento em que se separara dele: crescido, emagrecido, distava ainda mais dos seus quatro anos. O que era aquilo? Como seu rosto estava magro, como seus cabelos estavam curtos! Como seus braços eram compridos! Como seu filho mudara desde que ela não estava mais ao seu lado! Entretanto, era ele mesmo, com aquela forma de sua cabeça, seus lábios, seu pescocinho macio, seus ombrinhos largos.

— Serioja! — repetiu Anna, falando ao ouvido dele.

O menino se soergueu de novo, apoiando-se num cotovelo, moveu a cabeça, com aqueles cabelos emaranhados, de um lado para o outro, como se procurasse por algo, e abriu os olhos. Sereno e perplexo, ficou olhando, por alguns segundos, para sua mãe, que estava imóvel em sua frente, e depois, com um repentino sorriso feliz, tornou a fechar os olhos, ainda cheios de sono, e a cair, mas não para trás e, sim, para os braços dela.

— Serioja! Meu querido menino! — balbuciou Anna, sufocando-se e abraçando o corpo gorducho do filho.

— Mamãe! — sussurrou ele, movendo-se sob os seus braços para roçar neles com várias partes do corpo.

Sorrindo, todo sonolento, sem abrir os olhos, passou as mãozinhas roliças do espaldar de sua cama para os ombros da mãe, apertou-se a ela, banhando-a naquele suave cheiro, naquela quentura, que só podem emanar de uma criança a despertar, e ficou esfregando o rosto em seu pescoço, em seus ombros.

— Eu sabia — disse, reabrindo os olhos. — Hoje é meu aniversário. Eu sabia que tu virias. Já me levanto.

E, dito isso, voltou a adormecer.

Anna olhava avidamente para ele; via como seu filho crescera e mudara em sua ausência. Reconhecia e, ao mesmo tempo, não reconhecia os pés dele, nus e tão grandes agora, que estavam descobertos, reconhecia aquelas faces emagrecidas, aqueles cachos, agora aparados, sobre a nuca, que lhe beijara tantas vezes. Apalpando aquilo tudo, não conseguia dizer uma só palavra: sufocava-se com seu pranto.

— Por que estás chorando, mamãe? — perguntou Serioja, enfim acordado. — Mamãe, por que estás chorando? — gritou, com uma voz chorosa.

— Eu? Não vou mais chorar... Estou chorando de alegria. Faz tanto tempo que não te vejo. Não vou mais, não vou — disse Anna, engolindo as lágrimas e virando-lhe as costas. — Pois bem: está na hora de te vestires — acrescentou, recobrando-se, após uma breve pausa; depois se sentou, sem soltar a mão do filho, numa cadeira ao lado de sua cama, sobre a qual estavam as roupas dele.

— Como te vestes sem mim? Como... — queria dizer, num tom simples e animado, mas não conseguiu e virou-lhe de novo as costas.

— Não me lavo com água fria, que o papai manda assim. Não viste ainda Vassíli Lukitch? Ele está chegando. Mas te sentaste em cima das minhas roupas! — Serioja se pôs a gargalhar.

Mirando-o, Anna sorriu.

— Mamãe, queridinha, mãezinha! — gritou ele, voltando a abraçá-la sofregamente. Era como se apenas agora, vendo aquele sorriso materno, compreendesse o acontecido. — Não precisas disso — dizia, tirando o chapéu dela. E, como se a visse pela primeira vez sem chapéu, beijava-a novamente, louco de alegria.

— O que foi que pensaste de mim? Não pensaste que eu estivesse morta?

— Nunca acreditei nisso.

— Não acreditaste, meu amiguinho?

— Sabia, sabia! — Ao repetir essa sua frase dileta, Serioja pegou a mão dela, que lhe alisava os cabelos, e, apertando a palma da mão à sua boca, começou a beijá-la.

## XXX

Enquanto isso, Vassíli Lukitch, que não entendera de início quem era aquela dama e acabara informado de ser a tal mãe que tinha abandonado o marido e que ele próprio, contratado depois de sua partida, não conhecia, estava pensando, hesitante, se lhe cabia entrar no quarto de Serioja ou então avisar Alexei Alexândrovitch. Chegou por fim à conclusão de que seu dever consistia em despertar Serioja na hora fixa e que, portanto, ele não precisava saber quem estava com o garoto, sua mãe ou quem quer que fosse, mas antes cumprir esse seu dever. Vestiu-se, foi até a porta e abriu-a.

Contudo, as carícias da mãe e do filho, os sons de suas vozes e as palavras que eles diziam — tudo isso fez que ele mudasse de intenção. Balançou a cabeça, suspirou e tornou a fechar a porta. "Esperarei mais dez minutinhos", disse consigo, pigarreando e enxugando as lágrimas.

Entrementes, uma grande agitação ocorria no meio dos domésticos. Todos sabiam que viera a patroa, que Kapitônytch a deixara entrar e que agora ela estava no quarto do filho, costumando o patrão em pessoa ir ver Serioja por volta das nove horas, e todos compreendiam que o encontro dos cônjuges seria impossível e que era necessário impedi-lo de acontecer. Kornéi, o camareiro, perguntava, ao descer para a guarita do porteiro, quem e como a deixara entrar; ciente de que fora Kapitônytch quem a recebera e acompanhara, passou a repreendê-lo. O velho porteiro teimava em calar-se, mas, quando Kornéi lhe disse que seria bom despedi-lo por causa do feito, arrojou-se ao seu encontro e, agitando os braços diante da sua cara, rompeu a falar:

— E você não a deixaria entrar, hein? Serviu aí por dez anos, não viu nada além de mimos, por parte dela, e agora iria assim e diria: queira, por favor, dar o fora! Está entendendo bem de política, hein? Pois é... Melhor seria olhar para essa sua carantonha, antes de roubar do patrãozinho e de levar aquelas peliças de guaxinim!

— Soldado! — disse Kornéi, com desdém, e virou-se para a babá, que entrava. — Julgue você mesma, Maria Yefímovna: deixou entrar, não falou com ninguém — dirigiu-se a ela. — Já, já Alexei Alexândrovitch sai e vai direto ver o menino.

— Eta, que coisa! — dizia a babá. — Será que pode, Kornéi Vassílievitch, deter o patrãozinho de algum jeito? E eu corro lá e levo a patroa embora. Eta, que coisa!

Quando a babá entrou no quarto, Serioja contava para sua mãe como tinham caído, ele e Nádenka, rolando por aquela encosta, e como tinham dado três cambalhotas. Anna ouvia os sons de sua voz, via seu rosto que mudava de expressão, sentia o toque de sua mão, porém não entendia o que seu filho estava dizendo. Tinha de ir embora, tinha de abandoná-lo: era só isso que pensava e sentia. Ouviu os passos de Vassíli Lukitch, que se aproximara da porta e ficara pigarreando, ouviu também os passos da babá que viera, mas permaneceu sentada ali, como que petrificada, sem ter forças para se levantar ou dizer qualquer coisa.

— Patroa, minha queridinha! — disse a babá, achegando-se a Anna e beijando-lhe as mãos e os ombros. — Quanta alegria é que dá Deus ao nosso aniversariante! A senhora não mudou nem um pouco.

— Ah, babá, minha querida, eu nem sabia que você estava em casa — respondeu Anna, ao recuperar por um minuto os sentidos.

— Não moro mais aqui, moro com minha filha; só vim parabenizar o menino, Anna Arkádievna, queridinha!

De súbito, a babá se pôs a chorar e voltou a beijar a mão de sua patroa.

Todo sorridente, de olhos brilhantes, Serioja se agarrava com uma das mãos à sua mãe e, com a outra, à sua babá, pateando o tapete com seus roliços pezinhos nus. A ternura que sua querida babá demonstrava à sua mãe deixava-o enlevado.

— Mamãe! Ela vem aqui muitas vezes e, quando vem... — começou a falar, mas se calou em seguida, notando que a babá dissera algo, em voz baixa, à sua mãe e que o semblante materno exprimia agora um susto e uma espécie de vergonha, algo que não combinava, nem de longe, com ela.

Anna se aproximou de Serioja.

— Filhinho! — disse. Não conseguia dizer "adeus", porém a expressão de seu rosto disse bem isso, e o garoto entendeu. — Filhinho, meu Kútik! — Anna pronunciou o nome pelo qual o chamava quando criança. — Não te esquecerás de mim, não? Tu... — Não conseguiu acrescentar mais nada.

Quantas palavras que poderia ter dito ao filho é que inventaria depois! Mas agora não soube nem pôde dizer mais nada. Ainda assim, Serioja compreendeu tudo o que sua mãe queria dizer para ele. Compreendeu que ela estava infeliz e que o amava. Compreendeu até mesmo o que a babá cochichara. Ouvira as palavras: "Sempre pelas nove horas..." e compreendera que se tratava de seu pai e que sua mãe não podia topar com ele. Entendia bem isso, mas não conseguia entender por que o semblante materno parecia assustado e envergonhado... Mesmo sem ser culpada, ela tinha medo de seu pai e sentia vergonha de alguma coisa. Queria dirigir-lhe uma pergunta que esclarecesse tal dúvida, mas não se atreveu a tanto: percebia que sua mãe estava sofrendo e tinha pena dela. Calado, apertou-se a ela e sussurrou:

— Espera só um pouquinho. Ele vai demorar.

Anna afastou-o de si, querendo entender se dizia mesmo o que pensava, e entendeu, pela expressão medrosa de sua carinha, que não apenas se referia ao pai, mas como que lhe perguntava, a ela, o que precisava pensar a respeito do pai.

— Serioja, meu amiguinho — disse ela —, ama-o: ele é melhor que eu, mais bondoso que eu, e sou culpada para com ele. Quando cresceres, entenderás.

— Ninguém é melhor que tu!... — exclamou Serioja, desesperado, choroso, e, segurando-lhe os ombros, estreitou-a espasmodicamente com seus bracinhos trêmulos de tensão.

— Querido, meu pequenino! — balbuciou Anna e ficou chorando, com o mesmo choro fraco e pueril de seu filho.

Nesse momento, a porta se abriu; entrou Vassíli Lukitch. Ouviram-se, detrás da outra porta, os passos de Karênin, e a babá cochichou, assustada:

— Está vindo — e estendeu a Anna seu chapéu.

Serioja desabou sobre a cama e, soluçante, tapou o rosto com ambas as mãos. Anna afastou as mãos dele, tornou a beijar seu rosto molhado de lágrimas e saiu, a passos rápidos, porta afora. Alexei Alexândrovitch vinha ao seu encontro. Ao vê-la, parou e inclinou a cabeça.

Apesar de ter dito agorinha que era melhor e mais bondoso do que ela mesma, bastou-lhe um só olhar, abarcando instantaneamente todo o vulto de seu marido com todos os seus detalhes, para os sentimentos de aversão e de ódio por ele, bem como os ciúmes por causa do filho, virem apoderar-se dela. Com um gesto brusco, Anna abaixou o véu e, acelerando o passo, saiu quase correndo do quarto.

Nem sequer desempacotou os brinquedos, que escolhera na véspera, com tanto amor e tanta tristeza, naquela loja, e trouxe-os de volta para seu hotel.

## XXXI

Por mais que Anna desejasse rever seu filho, por mais que se obstinasse em pensar no encontro, em prepará-lo, nem por sombra imaginava que esse encontro fosse impressioná-la tanto assim. Ao voltar para seu quarto solitário, lá no hotel, quedou-se por muito tempo sem entender por que estava naquele quarto. "Sim, acabou-se tudo: estou sozinha de novo", disse consigo e, sem tirar o chapéu, sentou-se numa poltrona ao lado da lareira. De olhos fixos no relógio de bronze, que estava numa mesa posta entre duas janelas, ficou pensando.

Sua criada, uma francesinha trazida do estrangeiro, entrou propondo que ela trocasse de roupas. Mirando-a com perplexidade, Anna disse:

— Mais tarde.

Um lacaio veio oferecer-lhe café.

— Mais tarde — repetiu ela.

A ama italiana, que acabava de vestir sua filhinha, entrou com ela e trouxe-a para Anna. Gorduchinha, bem alimentada, a menina fez o que costumava fazer quando via a mãe: revirou seus bracinhos nus, com aquelas dobrinhas minúsculas, de palmas para baixo e, sorrindo com sua boquinha desdentada, começou a agitar as mãozinhas, igual a um peixe que move as nadadeiras, passando-as pelas pregas engomadas, farfalhantes, de sua saiazinha bordada. Não se podia deixar de sorrir, de beijá-la, de lhe estender um dedo, que ela pegava aos pipilos, enquanto todo o seu corpo saltitava; não se podia deixar de lhe dar o lábio, que ela pegava com a boquinha, como se o beijasse. E Anna fez tudo isso: colocou a menina no colo, fê-la saltitar um pouco, beijou a bochecha fresquinha e os cotovelinhos desnudos dela, porém, ao olhar para essa criança, entendeu, mais claramente ainda, que seu sentimento por ela não era nem amor em comparação àquilo que sentia por Serioja. Era tudo lindo nessa menina, mas, por algum motivo, nada disso lhe enternecia o coração. Dedicara ao seu primogênito, conquanto não amasse o pai dele, todas as forças de seu amor insatisfeito; e essa menina, nascida nas condições mais árduas, não recebeu nem um centésimo daqueles cuidados que recebera seu filho. Ademais, nada passava ainda, nessa menina, de uma expectativa, e Serioja quase chegava a ser um homem, um homem amado: já se embatiam nele as ideias e emoções; ele já entendia sua mãe, amava-a e julgava-a, conforme Anna pensava ao rememorar as palavras e os olhares do filho. E ela estava separada dele para todo o sempre, não apenas física como também espiritualmente, e essa separação não podia ser revertida.

Devolvendo sua filha à ama de leite, Anna deixou-a sair e abriu um medalhão onde guardava o retrato de Serioja, feito quando ele tinha quase a mesma idade que a menina. Levantou-se, tirou o chapéu e pegou um álbum, que estava em cima da mesa, onde havia fotografias de seu filho em outras idades. Queria comparar essas fotografias entre si, começando a retirá-las do álbum. Retirou-as todas. Restava apenas uma fotografia, a mais recente e a melhor. Serioja estava sentado numa cadeira, de camisa branca; seus olhos estavam sérios, mas sua boca sorria. Era a mais peculiar e a mais bonita expressão dele. Com suas hábeis mãos brancas, cujos dedos afilados estavam agora especialmente tensos, Anna unhou várias vezes o cantinho daquela fotografia, mas não conseguiu retirá-la do álbum. Sua faquinha de recortar as páginas não estava em cima da mesa, e ela puxou a fotografia vizinha (era um retrato de Vrônski, feito em Roma, em que ele tinha cabelos compridos e usava um chapéu redondo) e empurrou com ela a fotografia do filho. "Sim, lá está ele!", disse Anna, fitando o retrato de Vrônski, e recordou, de improviso, quem provocara sua desgraça atual. Não se lembrara dele nenhuma vez, ao longo de toda aquela manhã. Entretanto, agora que via esse rosto másculo, nobre, tão familiar e amado, sentiu repentinamente um acesso inesperado de amor por ele.

"Mas onde é que está? Como é que me deixa sozinha com meus sofrimentos?", pensou de súbito, com reproche, esquecendo-se de lhe ter ocultado tudo quanto dissesse respeito ao seu filho. Mandou chamá-lo de imediato, pedindo que viesse vê-la; de coração desfalecente, inventava aquelas palavras com que lhe diria tudo, imaginava aquelas manifestações amorosas dele que haveriam de consolá-la, enquanto esperava pela sua vinda. O lacaio voltou dizendo que Vrônski estava com uma visita, mas subiria logo, e que mandara perguntar se ela podia recebê-lo com o príncipe Yachvin, que acabara de vir a Petersburgo. "Não virá só, embora não me tenha visto desde o almoço de ontem", pensou Anna; "não virá de maneira que eu possa contar tudo para ele, mas trará aquele Yachvin". Veio-lhe, de repente, uma ideia estranha: será que Vrônski não a amava mais?

E, recapitulando os eventos dos últimos dias, ela achava que percebesse em tudo a confirmação dessa ideia terrível: no dia anterior, ele não almoçara no hotel; insistira em ocuparem quartos separados em Petersburgo; até mesmo agora vinha visitá-la em companhia de alguém, como se evitasse ficar a sós com ela.

"Mas ele deve dizer isso para mim. Eu preciso saber disso. Se souber disso, saberei o que fazer", dizia Anna a si mesma, sem ter forças para imaginar a situação em que ficaria ao convencer-se de sua indiferença. Pensando que Vrônski não a amava mais, via-se à beira do desespero e sentia-se, por conseguinte, toda exaltada. Tocou a campainha, chamando pela criada, e foi à saleta íntima. Enquanto se vestia, cuidava de sua toalete mais do que em todos os últimos dias, como se ele, deixando de amá-la, pudesse apaixonar-se de novo por ela, se acaso usasse o vestido ou o penteado que lhe caíssem bem.

Ouviu o som da campainha antes que terminasse de se arrumar.

Quando Anna entrou na sala de estar, não foi Vrônski e, sim, Yachvin quem a saudou com os olhos. Vrônski examinava as fotografias de seu filho, esquecidas em cima da mesa, e não se apressava a olhar para ela.

— Já nos conhecemos — disse Anna, colocando sua mãozinha na mão enorme de Yachvin, que estava confuso (o que era muito estranho com sua altura descomunal e seu rude semblante). — A gente se conheceu no ano passado, naquela corrida de cavalos. Passe-me isso — disse ao retirar de Vrônski, com um gesto rápido, as fotografias de Serioja, que ele examinava nesse meio-tempo, e fixando nele, de modo significativo, seus olhos brilhantes. — E neste ano, as corridas têm sido boas? Assisti, em vez delas, às corridas da via Corso, em Roma. Aliás, o senhor não gosta daquela vida estrangeira — adicionou, com um afável sorriso. — Conheço o senhor e conheço todos os seus gostos, embora o tenha encontrado poucas vezes.

— Sinto muito, pois estes meus gostos são, em sua maioria, ruins — disse Yachvin, mordendo a ponta esquerda de seu bigode.

Ao conversar por algum tempo e notar que Vrônski consultara seu relógio, Yachvin perguntou se Anna se demoraria ainda em Petersburgo e, desencurvando seu corpo agigantado, pegou o quepe.

— Acho que não — respondeu ela, embaraçada, ao olhar para Vrônski.

— Pois não nos veremos mais? — disse Yachvin, levantando-se e perguntando a Vrônski —: Onde você almoça?

— Venha almoçar comigo — propôs Anna resolutamente, como se estivesse zangada consigo mesma por causa de seu embaraço, mas logo enrubesceu, como sempre enrubescia ao revelar seu estado a uma pessoa desconhecida. — O almoço daqui não é bom, mas o senhor vai, pelo menos, revê-lo. Alexei não gosta de ninguém, nesse seu regimento, tanto quanto gosta do senhor.

— Ficaria feliz — replicou Yachvin, com um sorriso pelo qual Vrônski percebeu que gostara muito de Anna.

Ao cumprimentá-la, Yachvin saiu; Vrônski ficou para trás.

— Também vais com ele? — disse-lhe Anna.

— Já estou atrasado — respondeu Vrônski. — Vá descendo! Já o alcanço — gritou para Yachvin.

Anna pegou-lhe a mão; não desviava mais os olhos dele, procurando, no meio dos seus pensamentos, algum pretexto para impedi-lo de ir embora.

— Espera um pouco: tenho de te dizer algo — e, segurando a mão curta dele, apertou-a ao seu pescoço. — Ah, sim: não fiz mal em convidá-lo para o almoço?

— Fizeste muito bem — disse ele, com um sorriso tranquilo, entremostrando seus dentes compactos e beijando-lhe a mão.

— Alexei, ainda me tratas como antes? — perguntou Anna, ao apertar com ambas as mãos a mão dele. — Estou sofrendo aqui, Alexei. Quando é que vamos embora?

— Logo, logo. Nem vais acreditar como a vida daqui tem sido difícil para mim também — disse Vrônski, retirando-lhe sua mão.

— Vai, podes ir! — disse ela, ressentida, e afastou-se rapidamente dele.

## XXXII

Quando Vrônski retornou ao hotel, Anna não estava lá. Uma dama viera buscá-la, conforme lhe disseram, pouco depois de sua partida, e ambas tinham saído. Que ela saíra sem lhe dizer aonde ia, que ainda não estava de volta, que fizera, pela manhã, outra visita sem ter falado com ele — tudo isso, a par daquela expressão em seu rosto, estranhamente exaltada, que ela exibira de manhã e daquele tom hostil com que quase lhe arrancara, na frente de Yachvin, as fotografias de seu filho, deixou-o muito pensativo. Vrônski decidiu que precisava explicar-se com Anna. Ficou esperando por ela na sala de estar. Contudo, Anna não regressou sozinha: trouxe uma das suas tias, a velha princesa Oblônskaia, que jamais se casara. Era aquela mesma dama que viera pela manhã e levara Anna às compras. Anna parecia desperceber a expressão facial de Vrônski, inquieta e interrogativa, e contava-lhe, toda alegre, o que tinha comprado nessa manhã. Vrônski via que algo especial se operava em seu íntimo: em seus olhos brilhantes, quando se fixavam de relance nele, havia uma atenção concentrada; suas falas e seus movimentos exprimiam aquela rapidez enervada e aquela graciosidade que tanto o atraíam, nos primeiros momentos de seu namoro, e tanto o alarmavam e assustavam agora.

O almoço foi servido para quatro pessoas. Todos já estavam presentes, indo passar para a pequena sala de jantar, quando veio Tuszkiewicz com uma mensagem da princesa Betsy endereçada a Anna. A princesa Betsy pedia desculpas por não ter vindo despedir-se de Anna; estava indisposta, mas pedia que Anna fosse à casa dela entre as seis e meia e as nove horas. Vrônski olhou para Anna ao saber desse horário, indicativo das medidas que teriam sido tomadas para ela não encontrar ninguém lá, porém Anna parecia nem ter reparado nisso.

— É muita pena que não possa visitá-la justamente entre as seis e meia e as nove horas — disse ela, com um leve sorriso.

— A princesa ficará muito triste.

— Eu também.
— Decerto vocês vão ouvir Patti?[50] — perguntou Tuszkiewicz.
— Patti? O senhor me dá uma boa ideia. Eu iria mesmo, se pudesse arranjar um camarote.
— Posso arranjar um — ofereceu-se Tuszkiewicz.
— Ficaria muito, mas muito grata ao senhor — disse Anna. — Será que não gostaria de almoçar conosco?

Vrônski encolheu de leve os ombros. Decididamente, não entendia o que Anna estava fazendo. Por que trouxera aquela velha princesa, por que convidava Tuszkiewicz para o almoço e, a coisa mais surpreendente, por que o mandava arranjar um camarote? Pensava mesmo que poderia, naquela sua situação, assistir ao recital de Patti, onde estariam todos os seus conhecidos da alta-roda? Fixou nela um olhar sério, mas ela lhe respondeu com o mesmo olhar desafiador, meio lépido, meio atrevido, cujo significado Vrônski não conseguiu entender. Durante o almoço, Anna se comportou com certa animação agressiva, como se coqueteasse perante Tuszkiewicz e Yachvin. Quando o almoço terminou, Tuszkiewicz foi arranjar um camarote e Yachvin saiu para fumar, Vrônski desceu com ele ao seu quarto. Ficou lá por algum tempo, depois subiu correndo a escada. Anna já estava trajando seu vestido claro, de seda e veludo, que tinha encomendado em Paris, bem decotado; uma cara renda branca, que pusera sobre a cabeça, emoldurava-lhe o rosto e destacava sobremaneira a sua beleza vistosa.

— Está mesmo disposta a ir ao teatro? — perguntou Vrônski, evitando olhar para ela.
— Por que me pergunta desse jeito medroso? — retorquiu Anna, outra vez ressentida porque ele não a mirava. — Por que não iria?

Parecia não compreender o que ele dizia.
— Não há, bem entendido, motivo algum — disse Vrônski, sombrio.
— É isso aí que lhe digo — prosseguiu ela, despercebendo propositalmente a ironia de seu tom e calçando, com toda a tranquilidade, sua comprida luva perfumada.
— Anna, pelo amor de Deus, o que é que tem? — disse ele, acordando-a com a mesma frase que lhe dirigia outrora seu marido.
— Não entendo o que me pergunta.
— Bem sabe que não pode ir lá.
— Por quê? Não irei lá sozinha. A princesa Varvara foi trocar de roupas; ela irá comigo.

Com ares de espanto e desespero, ele deu de ombros.

---

[50] Carlotta Patti (1835-1889): famosa cantora de ópera italiana.

— Será que não sabe... — começou a argumentar.

— Nem quero saber! — quase gritou ela. — Nem quero. Se me arrependo do que fiz? Não, não e não. E se fosse a mesma coisa de novo, seria a mesma coisa de novo. Para nós, para mim e para ti, só uma coisa é importante: se a gente se ama ainda. Não há outros argumentos. Por que moramos aqui separados e não nos vemos mais? Por que não posso ir lá? Eu te amo, e nada mais me importa — disse ela em russo, com um estranho, incompreensível para ele, brilho nos olhos —, a menos que tenhas mudado! Por que é que não olhas para mim?

Vrônski olhou para ela. Via toda a beleza de seu rosto e seu traje de gala, que lhe caía sempre tão bem. Mas agora eram notadamente sua beleza e sua elegância que o irritavam.

— Meu sentimento não pode mudar, você sabe disso, porém eu lhe peço que não vá ao teatro, eu lhe imploro... — Vrônski tornou a falar francês, com terna súplica na voz e frieza nos olhos.

Sem escutar as palavras dele, Anna captou aquele olhar frio e respondeu, melindrada:

— Pois eu insisto que me explique por que não devo ir!

— Porque isso pode acarretar... — Ele ficou gaguejando.

— Não entendo coisa nenhuma. Yachvin *n'est pas compromettant*,[51] e a princesa Varvara não é nada pior do que as outras damas. Lá vem ela.

## XXXIII

Pela primeira vez, Vrônski estava aborrecido com Anna, quase zangado por ela não entender propositadamente a sua situação. Tal desgosto era maior ainda porque ele não conseguia explicitar-lhe a causa de sua sensação. Se lhe dissesse abertamente o que vinha pensando, diria assim: "Aparecer no teatro com essas roupas, em companhia de uma princesa que todo mundo conhece, significaria não só aceitar sua condição de mulher perdida, mas também desafiar a alta sociedade, ou seja, renegá-la para todo o sempre".

Ele não podia dizer isso a Anna. "Mas como ela pode não entender isso, e o que é que se dá com ela?", dizia consigo. Percebia que seu respeito por ela diminuía, ao mesmo tempo em que aumentava sua consciência de ela ser muito bonita.

Ensombrecido, voltou para seu quarto e, sentando-se perto de Yachvin, que esticara suas pernas compridas por sobre uma cadeira e tomava conhaque com água de Seltz, mandou que lhe servissem a mesma bebida.

---

[51] Não é comprometedor (em francês).

— Pois estava falando no Poderoso de Lankóvski? É um bom cavalo, e aconselho que você o compre — disse Yachvin, mirando o rosto soturno de seu companheiro. — O traseiro dele está meio caído, mas, quanto às pernas e à cabeça, nem se poderia desejar nada melhor.

— Acho que vou comprá-lo — respondeu Vrônski. Entusiasmava-se com essa conversa sobre os cavalos, mas não se esquecia, nem por um minuto, de Anna, prestando involuntariamente atenção ao som de passos, que se ouvia no corredor, e olhando amiúde para o relógio, que estava em cima da lareira.

— Anna Arkádievna mandou dizer ao senhor que ia ao teatro.

Yachvin derramou mais um cálice de conhaque naquela água chiante, bebeu e levantou-se, abotoando a túnica.

— Pois então, vamos? — disse, ao mostrar, com um leve sorriso sob o bigode, que entendia o motivo dessa soturnidade de Vrônski, mas não ligava a ela nem a mínima importância.

— Eu não vou — respondeu Vrônski, sombrio.

— Mas eu preciso ir, já que prometi. Pois bem, até a vista. Venha você também e fique na plateia: pegue a poltrona de Krassínski — acrescentou Yachvin, saindo.

— Não: estou ocupado.

"A esposa da gente já dá trabalho, mas a esposa do outro, mais trabalho ainda!", pensou Yachvin, quando saía do hotel.

Uma vez só, Vrônski se levantou da sua cadeira e foi andando pelo quarto. "O que será hoje? O quarto recital... Yegor está lá, com sua mulher, e a mãe também, provavelmente. Isso quer dizer que toda Petersburgo está lá. Agora ela entra, tira a peliça e se exibe na frente de todos. Tuszkiewicz, Yachvin, a princesa Varvara...", ficou imaginando. "E eu mesmo, hein? Ou estou com medo, ou então incumbi Tuszkiewicz de cuidar dela? Seja como for, é tolo, tolo... Por que é que ela me coloca numa situação dessas?", disse consigo, agitando a mão.

Com esse gesto, acertou a mesinha, sobre a qual estavam as garrafas d'água de Seltz e de conhaque, e quase a derrubou. Queria segurar a mesinha, porém a deixou cair, empurrou-a, desgostoso, com o pé e tocou a campainha.

— Se quiser trabalhar para mim — disse ao camareiro que entrou —, lembre-se das suas tarefas. Isso não pode acontecer de novo. Precisa arrumar tudo.

O camareiro, que não se sentia culpado de nada, estava para se defender, porém, ao olhar para seu patrão, compreendeu pelo rosto dele que só lhe restava permanecer calado. Apressou-se a pedir desculpas, ajoelhou-se sobre o tapete e começou a separar as louças inteiras das despedaçadas.

— Essa não é sua tarefa: mande o lacaio arrumar e prepare a minha casaca.

Vrônski entrou no teatro às oito horas e meia. O espetáculo estava em seu auge. Um velho camaroteiro tirou a peliça de Vrônski e, reconhecendo-o, chamou-o de "Vossa Magnificência" e sugeriu que não se preocupasse com a senha do vestiário, mas apenas chamasse depois por Fiódor. Não havia ninguém no corredor iluminado, além de outros camaroteiros e dois lacaios, com peliças nas mãos, que escutavam por trás da porta. Ouviam-se, através dessa porta entreaberta, os sons da orquestra, que tocava *staccato*,[52] e de uma voz feminina, que articulava nitidamente uma frase musical. A porta se abriu, deixando passar um camaroteiro azafamado, e eis que aquela frase surpreendeu, chegando ao fim, os ouvidos de Vrônski. Contudo, a porta se fechou logo em seguida, e Vrônski não pôde ouvir o fim da frase, nem a cadência, mas deduziu dos aplausos a trovejarem detrás da porta que a cadência estava finalizada. Quando entrou na sala fartamente iluminada por lustres e bicos de gás esculpidos em bronze, a ovação continuava ainda. Fulgindo com seus ombros nus e diamantes, inclinando-se e sorrindo, a cantatriz recolhia no palco, com o auxílio do tenor que lhe segurava a mão, os ramalhetes lançados desajeitadamente por cima da rampa, depois se achegava a um senhor, cujos cabelos, brilhosos de tão laqueados, estavam separados por uma raia, que lhe estendia algo através da rampa, com seus braços compridos, e todo o público da plateia, assim como o dos camarotes, agitava-se, estirava-se para a frente, gritava e aplaudia. Postado em cima do seu tablado, o maestro ajudava a repassar as flores e ajeitava sua gravata branca. Uma vez no meio da plateia, Vrônski parou e começou a examinar a sala. Agora menos do que nunca atentava para aquele ambiente familiar, costumeiro, para o palco, para o barulho, para todo aquele rebanho versicolor de espectadores, tão conhecido que se tornava desinteressante, reunido no teatro lotado.

As mesmas de sempre eram as damas, acompanhadas por oficiais que se mantinham na parte traseira dos camarotes; as mesmas eram Deus sabe quais pessoas de sobrecasacas, uniformes e vestidos aparatosos; a mesma era a multidão suja que enchia a torrinha, e só havia, em toda aquela multidão, nos camarotes e nas primeiras fileiras da plateia, umas quarenta pessoas verdadeiras, homens e mulheres. E Vrônski atentou logo para tais oásis e logo tomou contato com eles.

Um ato acabava de terminar quando ele entrou; portanto, sem passar pelo camarote de seu irmão, Vrônski desceu até a primeira fileira de poltronas e parou, junto da rampa, com Serpukhovskói, que o avistara de longe e, ao

---

[52] Estilo de interpretação musical, também chamado de "destacado", em que as notas de curta duração soam de forma clara e nítida por conta das pausas instantâneas que as destacam.

passo que dobrava o joelho e dava batidinhas na rampa com o salto de sua bota, chamara por ele com um sorriso.

Vrônski ainda não vira Anna: era de propósito que não olhava para o lado dela. Não obstante sabia, pela direção dos olhares, onde ela estava. Lançava olhadas discretas ao seu redor, mas não procurava por Anna: esperando pelo pior, procurava, com os olhos, por Alexei Alexândrovitch. Felizmente para ele, Alexei Alexândrovitch não estava, daquela feita, no teatro.

— Pouca coisa militar é que sobrou em você! — disse-lhe Serpukhovskói. — Parece um diplomata, um artista... alguém desse tipo.

— Sim: quando voltei para casa, enverguei esta minha casaca — respondeu Vrônski, sorrindo e tirando, bem devagar, seu binóculo.

— Confesso que, nesse ponto, tenho inveja de você. Eu mesmo, quando volto do estrangeiro e ponho isto — Serpukhovskói tocou em suas agulhetas —, fico lamentando a minha liberdade.

Serpukhovskói não se importava mais, havia bastante tempo, com a carreira de Vrônski, porém gostava dele como dantes e agora o tratava com especial amabilidade.

— É pena você ter perdido o primeiro ato...

Escutando com um só ouvido, Vrônski dirigia seu binóculo para a frisa, a seguir para o balcão superior, e examinava os camarotes. De súbito, ao lado de uma dama de turbante e de um calvo velhote, cuja imagem oscilava, algo nervosa, na lente do binóculo que se movia aos poucos, viu o semblante de Anna, orgulhoso, assombrosamente lindo e sorridente em sua moldura de rendas. Ela estava no quinto camarote da frisa, a vinte passos dele. Sentada na parte dianteira, virava-se de leve e dizia algo a Yachvin. A postura de sua cabeça, naqueles ombros bonitos e largos, o brilho de seus olhos e de todo o seu rosto, reservado, mas excitado, lembravam-no exatamente daquela mulher que ele encontrara num baile em Moscou. Só que agora sentia essa sua beleza de modo bem diferente. Não havia mais nada de misterioso no sentimento que tinha por ela e, assim sendo, sua beleza, embora o atraísse mais do que antes, chegava agora a ofendê-lo. Anna não olhava para o lado dele, mas Vrônski intuía que já o tinha visto.

Quando Vrônski tornou a dirigir seu binóculo para aquele lado, notou que a princesa Varvara estava toda rubra, dava risadas forçadas e não cessava de olhar para o camarote vizinho! Quanto a Anna, também fitava algo, batendo com seu leque dobrado no veludo vermelho, porém não via e, obviamente, nem desejava ver o que ocorria no camarote ao lado. O rosto de Yachvin tinha a mesma expressão que ele sempre tomava ao perder num jogo. De cara amarrada, enfiava cada vez mais a ponta esquerda de seu bigode na boca e olhava também, de soslaio, para aquele camarote vizinho.

Naquele camarote, do lado esquerdo, estavam os esposos Kartássov. Vrônski os conhecia e sabia que Anna também os conhecia. Kartássova, uma mulher baixinha e magra, ficara em pé no meio do camarote e, virando as costas a Anna, punha uma mantilha que lhe estendia seu marido. Seu rosto estava pálido e sombrio; ela falava com muita emoção. Kartássov, um senhor gordo e calvo, olhava amiúde para Anna e tentava acalmar sua esposa. Quando ela saiu do camarote, demorou a segui-la, buscando, com os olhos, pelo olhar de Anna, aparentemente disposto a cumprimentá-la. No entanto, Anna, que parecia não reparar nele de propósito, virara-se para trás e dizia algo a Yachvin, cuja cabeça raspada se inclinava em sua direção. Kartássov se retirou sem tê-la cumprimentado, e seu camarote ficou vazio.

Vrônski não compreendeu o que se passara, de fato, entre os Kartássov e Anna, mas aventou que Anna tivesse sofrido algum tipo de humilhação. Aventou isso pelo que vira e, sobretudo, pela expressão facial de Anna: sabia que ela juntara suas últimas forças para aguentar o papel assumido. E desempenhava esse papel de aparente tranquilidade com pleno sucesso. Quem a desconhecesse, quem ignorasse em que meio ela vivia e não ouvisse todas aquelas frases de condolência, revolta ou pasmo que lhe dirigiam outras mulheres, vendo-a aparecer num lugar público, tão vistosa assim com seu traje de rendas e toda a sua beleza, admirava a serenidade e a beleza dessa mulher, sem imaginar que ela se sentia como uma pessoa levada ao pelourinho.

Sabendo que algo acontecera, mas ignorando o que fora precisamente, Vrônski estava todo aflito e, esperando que viesse a descobrir alguma coisa, foi ao camarote de seu irmão. Ao escolher de propósito a passagem oposta ao camarote de Anna, deparou-se, quando saía da plateia, com o comandante de seu antigo regimento, que conversava com dois conhecidos seus. Vrônski ouviu alguém pronunciar o nome de Karênina e percebeu que o comandante se apressara a mencionar, em voz alta, o dele mesmo, fixando um olhar significativo em seus interlocutores.

— Ah, Vrônski! Quando é que vem ao regimento? Não podemos deixá-lo partir sem uma festinha. Você é carne de nossa carne — disse o comandante.

— É pena que eu esteja sem tempo... Quem sabe, da próxima vez — respondeu Vrônski e, correndo pela escada, foi ao camarote de seu irmão.

A velha condessa, mãe de Vrônski, com aqueles seus cachinhos da cor do aço, estava no camarote. Vária e a princesinha Sorókina encontraram Vrônski no corredor do balcão superior.

Ao acompanhar a princesinha Sorókina até a mãe de Vrônski, Vária estendeu a mão ao cunhado e logo se pôs a falar-lhe sobre aquilo que o interessava. Estava tão emocionada como Vrônski raramente a via.

— Acho que isso é baixo e indigno, e que a *Madame* Kartássova não tinha o menor direito... A *Madame* Karênina... — começou a falar.

— Mas o que houve? Eu não sei.
— Como assim: você não ouviu?
— Entenda-se bem que serei o último a saber disso.
— Será que existe uma criatura mais maldosa do que aquela Kartássova?
— Mas o que foi que ela fez?
— Meu marido me contou... Ela ofendeu Karênina. O marido dela começou a falar com Karênina, do camarote vizinho, e Kartássova fez uma cena horrível. Dizem que gritou algo ofensivo e saiu.

— Conde, sua *maman* está chamando pelo senhor — disse a princesinha Sorókina, assomando à porta do camarote.

— Esperava por você — disse-lhe sua mãe, com um sorriso irônico. — Nunca mais o vi.

O filho percebeu que ela não conseguia dissimular aquele sorriso jovial.

— Boa noite, *maman*. Já vinha ver a senhora — disse-lhe, friamente.

— Por que é que não vai *faire la cour à madame Karénine*?[53] — acrescentou sua mãe, quando a princesinha Sorókina se afastou deles. — *Elle fait sensation. On oublie la Patti pour elle*.[54]

— *Maman*, já pedi que a senhora não me falasse disso — respondeu ele, sombrio.

— Falo da mesma coisa que todo mundo.

Vrônski não respondeu mais nada e, dizendo algumas palavras à princesinha Sorókina, saiu do camarote. Encontrou seu irmão ao lado da porta.

— Ah, Alexei! — disse seu irmão. — Que vileza! Ela é uma boba, e nada mais... Queria ir vê-la agora. Vamos juntos.

Vrônski não o escutava. A passos rápidos, enveredou pela escada: sentia que precisava fazer algo, mas não sabia o quê. O desgosto por Anna colocar ambos numa situação tão ambígua assim, bem como a pena que sentia dela por causa de seus sofrimentos, deixavam-no angustiado. Ao descer para a plateia, dirigiu-se à frisa onde estava Anna. Era Striómov quem se mantinha à entrada da frisa e conversava com ela.

— Não há mais tenores. *Le moule en est brisé*...[55]

Vrônski saudou Anna com uma mesura e parou para cumprimentar Striómov.

— Parece que veio atrasado e não ouviu a melhor ária — disse Anna, olhando para Vrônski, segundo ele achou, com um ar desdenhoso.

— Sou mau apreciador — respondeu Vrônski, fitando-a com rispidez.

---

[53] Cortejar a senhora Karênina (em francês).
[54] Ela é sensacional. Esquecemos a tal de Patti por causa dela (em francês).
[55] O molde deles está quebrado (em francês).

— Igual ao príncipe Yachvin — continuou ela, sorrindo. — Ele acha que Patti canta alto demais.

— Obrigada — concluiu, pegando, com sua mãozinha de luva comprida, um cartaz apanhado por Vrônski, e foi nesse momento que seu lindo semblante se contraiu de improviso. Ela se levantou e se recolheu no interior de seu camarote.

Notando que, durante o ato seguinte, esse camarote permanecia vazio, Vrônski saiu da plateia e, provocando o chiado de todo o teatro que se calara aos sons de uma cavatina,[56] foi para casa.

Anna já estava em casa. Quando Vrônski entrou em seus aposentos, encontrou-a sozinha, usando o mesmo traje com que fora ao teatro. Sentada na primeira poltrona, junto da parede, olhava bem para a frente. Mirou-o de relance e logo tomou a mesma pose.

— Anna — disse ele.

— Você é culpado de tudo, você! — exclamou Anna, com notas chorosas de desespero e fúria na voz, e ficou em pé.

— Eu lhe pedi, eu lhe implorei que não fosse lá: sabia que você ficaria chateada...

— Chateada? — exclamou ela. — Foi horrível! Por mais que eu viva, não me esquecerei daquilo. Ela disse que era um vexame ficar sentada perto de mim.

— Palavras de uma mulher estúpida — disse ele. — Mas para que se arriscar, provocar?...

— Detesto essa sua calma. Você não deveria levar-me até esse ponto. Se me amasse mesmo...

— Anna! O que a questão de meu amor tem a ver com isso?...

— Pois sim: se você me amasse como eu o amo, se você sofresse como eu sofro... — disse Anna, olhando para ele com susto.

Vrônski se condoía dela, mas, ainda assim, estava desgostoso. Assegurava-lhe que a amava por perceber que apenas isso podia agora tranquilizá-la; não a admoestava verbalmente, porém a admoestava no fundo de sua alma.

E ela hauria aquelas expressões de seu amor, tão ordinárias, na visão dele próprio, que até se envergonhava de proferi-las, e acalmava-se pouco a pouco. Logo no dia seguinte, feitas as pazes, o casal reconciliado partiu para a fazenda.

---

[56] Pequena ária de feitio simples e não repetitivo.

sexta
PARTE

I

Dária Alexândrovna e seus filhos passavam o verão em Pokróvskoie, na casa de sua irmã Kitty Lióvina. O casarão de sua própria fazenda estava caindo aos pedaços, de sorte que Lióvin e sua esposa acabaram por convencê-la a passar o verão com eles. Stepan Arkáditch aprovou plenamente essa decisão. Dizia lamentar muito que seu serviço o impedisse de morar, com sua família, na casa de veraneio, o que seria o cúmulo da felicidade para ele, e, permanecendo em Moscou, vinha por vezes passar um dia ou dois em sua propriedade. Além de Oblônskaia, com todos os filhos e uma governanta, a velha princesa também estava hospedada, naquele verão, na fazenda de Lióvin, tendo por dever acompanhar sua filha inexperiente que estava grávida. Ademais, fora Várenka, a amiga estrangeira de Kitty, que cumprira a promessa de visitá-la, quando ela estivesse casada, e agora se hospedava em sua casa. Todas essas pessoas eram ligadas, por parentesco ou amizade, à esposa de Lióvin. E, posto que Lióvin gostasse delas todas, sentia um pouco de pena daquele seu antigo mundinho e de sua própria ordem contrariada pelo afluxo "do elemento Chtcherbátski", como ele dizia consigo mesmo. Dentre seus parentes, era apenas Serguei Ivânovitch quem passava aquele verão em sua casa, porém não era um homem do tipo "Lióvin" e, sim, do tipo "Kóznychev", tanto assim que o espírito de Lióvin como tal evaporava-se por completo.

Na casa de Lióvin, deserta havia muito tempo, moravam agora tantas pessoas que quase todos os cômodos estavam ocupados, e quase todo santo dia a velha princesa tinha de recontá-las, quando se sentavam à mesa, e de transferir o décimo terceiro neto, ou então a neta,[1] para uma mesinha separada. E Kitty, que se empenhava em cuidar dos afazeres domésticos, andava bastante ocupada com a aquisição de frangos, perus e patos, que, com aquele apetite estival dos hóspedes e das crianças, deviam ser muitos.

---

[1] Alusão à antiga superstição russa, segundo a qual treze pessoas não devem ficar juntas à mesma mesa.

Toda a família estava almoçando. Os filhos de Dolly, com sua governanta e Várenka, faziam planos de ir colher cogumelos. Serguei Ivânovitch, respeitado e quase idolatrado por todos os presentes em virtude de sua inteligência e de seus conhecimentos, deixou-os surpresos ao intrometer-se nessa conversa.

— Levem-me também com vocês. Adoro colher cogumelos — disse ele, olhando para Várenka — e acho que é um ótimo passatempo.

— Pois bem: estamos muito felizes — respondeu Várenka, enrubescida. Kitty trocou um olhar significativo com Dolly. Essa proposta do inteligente e sábio Serguei Ivânovitch, a de ir colher cogumelos com Várenka, confirmava certas conjeturas de Kitty, que a interessavam sobremaneira nesses últimos tempos. Ela se apressou a puxar conversa com sua mãe, para que seu olhar não fosse notado. Após o almoço, Serguei Ivânovitch se sentou, com sua xícara de café, sob a janela da sala de estar, continuando uma conversa que acabara de encetar com seu irmão e olhando, de vez em quando, para a porta, por onde passariam as crianças que iam colher cogumelos. Lióvin se sentou ao lado de seu irmão, sobre o parapeito da janela.

Kitty estava de pé, junto de seu marido, aparentando esperar pelo fim dessa conversa desinteressante para lhe dizer algo.

— Você tem mudado em vários sentidos, desde que se casou, e para melhor — disse Serguei Ivânovitch, sorrindo para Kitty e, pelo visto, não se empolgando demais com a conversa encetada —, mas continua fiel à sua paixão pelos temas mais paradoxais que tem defendido.

— Não é bom, Kátia, que fiques em pé — disse Lióvin à sua mulher, achegando uma cadeira e mirando-a de modo significativo.

— Aliás, não temos mais tempo — acrescentou Serguei Ivânovitch, ao ver as crianças que vinham correndo.

À frente de todas galopava ao seu encontro, de meias bem esticadas, Tânia, que agitava uma cestinha e o chapéu de Serguei Ivânovitch.

Ao acorrer toda desenvolta a Serguei Ivânovitch, com olhos brilhantes que tanto se pareciam com os belos olhos de seu pai, a garota lhe entregou o chapéu e fez de conta que queria colocá-lo na cabeça dele, atenuando essa sua desenvoltura com um sorriso meigo e tímido.

— Várenka está esperando — disse e colocou cautelosamente o chapéu, pois o sorriso de Serguei Ivânovitch dava a entender que podia fazer isso.

Trajando um vestido amarelo de chita, com um lenço branco a cingir a cabeça, Várenka estava às portas.

— Já vou, Varvara Andréievna, já vou — disse Serguei Ivânovitch, terminando de tomar seu café e pondo um lenço e uma charuteira em seus bolsos.

— Mas que gracinha é minha Várenka, hein? — dirigiu-se Kitty ao seu marido, tão logo Serguei Ivânovitch se levantou. Falava de maneira que Serguei

Ivânovitch pudesse ouvi-la e, obviamente, fazia isso de propósito. — E como é linda, nobremente linda! Várenka! — gritou Kitty. — Vocês vão à floresta do moinho? A gente também vai lá.

— Decididamente te esqueces de tua situação, Kitty — comentou a velha princesa, passando apressadamente pela porta. — Não podes gritar desse jeito.

Mal ouviu o apelo de Kitty e a censura de sua mãe, Várenka se aproximou dela a passos rápidos e ligeiros. A rapidez de seus movimentos, o rubor que cobria seu rosto animado — tudo mostrava que algo extraordinário ocorria em seu âmago. Kitty sabia o que era aquilo, tão extraordinário assim, e ficava de olho nela. Agora chamava por Várenka apenas para abençoá-la, mentalmente, na iminência daquele importante acontecimento que, segundo Kitty imaginava, teria lugar nesse dia, após o almoço, ali na floresta.

— Estou muito feliz, Várenka, mas poderia ficar mais feliz ainda se acontecesse uma coisa... — sussurrou, beijando sua amiga.

— E o senhor vai conosco? — perguntou Várenka, confusa como estava, a Lióvin. Fingia não ter ouvido o que lhe fora dito.

— Vou, sim, mas só até a minha eira, e ficarei lá.

— Mas que vontade é a tua? — questionou Kitty.

— Tenho de ver as novas carroças e de contá-las — disse Lióvin. — E tu mesma estarás onde?

— No terraço.

## II

Foi no terraço que se reuniu toda a turma feminina. As mulheres gostavam de ficar sentadas ali, depois do almoço, e agora tinham ainda uma tarefa complementar. Além de costurarem blusinhas e tricotarem cueiros, algo que elas faziam todas, estavam de olho nas geleias preparadas conforme um novo, para Agáfia Mikháilovna, método, sem adição de água. Kitty implantava esse novo método usado em sua família. Encarregada disso, Agáfia Mikháilovna, para quem tudo quanto se fizesse na casa dos Lióvin devia ser bom, adicionara, não obstante, água nas geleias de morangos caseiros e silvestres, alegando que não se podia agir de outra maneira, e acabara sendo desmascarada. Agora a geleia de framboesa era preparada a olhos vistos, e Agáfia Mikháilovna devia ser persuadida de que, mesmo sem adição de água, essa geleia ficaria ótima.

De rosto enrubescido e entristecido, cabelos emaranhados e braços magros e nus até os cotovelos, Agáfia Mikháilovna balançava, em círculo, uma bacia de geleia sobre um fogareiro, olhando soturnamente para aquela framboesa e desejando, do fundo de sua alma, que se cristalizasse e se empedernisse.

A velha princesa, consciente de que a ira de Agáfia Mikháilovna havia de se focar nela, como na principal conselheira acerca do preparo das geleias, fazia questão de fingir que tinha outras ocupações e não se importava com a framboesa, falava de outras coisas, porém lançava olhares enviesados para o fogareiro.

— Quem compra vestidos para minhas criadas, bem baratinhos, sou eu mesma — dizia a princesa, continuando o colóquio em curso... — Não precisa agora tirar a espuma, minha querida? — acrescentou, dirigindo-se a Agáfia Mikháilovna. — Não te cabe mexer com isso, e faz muito calor — admoestou Kitty.

— Eu faço — disse Dolly e, levantando-se, começou a passar cautelosamente uma colher pelo açúcar espumante. Vez por outra, para desgrudá-lo da colher, tamborilava com ela num prato, já recoberto daquela espuma de várias cores, rosada e amarela, mesclada com xarope sanguíneo. "Como eles vão lamber isto, tomando chá!", pensava em seus filhos, ao recordar como ela mesma, quando criança, ficava pasmada de ver os adultos fazerem pouco caso do que havia de mais gostoso, daquela espuma.

— Stiva diz que é bem melhor dar dinheiro... — Enquanto isso, Dolly se intrometeu nessa conversa interessante sobre a melhor forma de presentear as pessoas. — Só que...

— Como assim, "dar dinheiro"? — rebateram, simultaneamente, a velha princesa e Kitty. — As criadas valorizam isso.

— Eu, por exemplo, comprei no ano passado, para nossa Matriona Semiônovna, um vestido... Não foi de *popeline*,[2] mas de um tecido desses — disse a princesa.

— Lembro que, no dia de seu aniversário, ela usou aquele vestido.

— Uma gracinha de ornamento, simples e nobre. Eu também gostaria de usar um vestido igual, se ela não tivesse um. Como o vestido de Várenka, bonitinho e bem em conta.

— Parece que agora está pronta — disse Dolly, deixando a geleia cair da colher.

— Quando forma rosquinhas, aí sim, está pronta. Faça ferver mais um pouco, Agáfia Mikháilovna.

— Essas moscas! — disse Agáfia Mikháilovna, irritada. — Vai ficar do mesmo jeito — arrematou.

— Ah, como é bonitinho, não o espantem! — exclamou de súbito Kitty, olhando para um pardal que pousara sobre o corrimão, virara um raminho de framboesa e passara a bicá-lo.

---

[2] Popelina, tecido de seda e lã lustrosa (em francês).

— Sim, mas fica longe do fogareiro — disse sua mãe.

— *À propos*³ de Várenka — Kitty se pôs a falar francês (aliás, como elas sempre faziam para Agáfia Mikháilovna não entender a conversa). — A senhora sabe, *maman*, que hoje espero, não sei por quê, pela decisão? Entende bem pela qual. Como isso seria bom!

— Mas como é esperta essa comadre! — disse Dolly. — Como os coloca juntinhos, prudente, mas habilmente...

— Não, diga, *maman*, o que a senhora pensa disso?

— O que eu pensaria? Ele (tratava-se de Serguei Ivânovitch) sempre pôde conseguir a melhor noiva da Rússia; agora não está mais tão novo assim, mas eu sei que, mesmo agora, muitas moças se casariam com ele... Ela é muito boa, porém ele poderia...

— Não, veja se entende, mamãe: não se poderia inventar nada melhor, nem para ele, nem para ela. Em primeiro lugar, ela é uma graça! — disse Kitty, dobrando um dedo.

— Ele gosta muito dela, por certo — confirmou Dolly.

— Em segundo lugar, a posição social dele é tal que a fortuna e a posição social de sua mulher são absolutamente desnecessárias para ele. Só necessita de uma boa mulher, tranquila e carinhosa.

— Pois sim, com ela é que poderia viver tranquilo — confirmou Dolly.

— Em terceiro lugar, ela precisa amá-lo. E ama, sim... Quer dizer, seria tão bom, se o amasse!... Espero que eles voltem logo da floresta e resolvam tudo. Vou adivinhar num instante, pelos olhos deles. Eu ficaria tão feliz! O que pensas, Dolly?

— Não te inquietes, hein! Não precisas, nem um pouco, ficar inquieta — disse a mãe.

— Não estou inquieta, mamãe. Apenas me parece que ele a pedirá hoje em casamento.

— Ah, isso é tão estranho, como e quando um homem pede em casamento... Existe algum obstáculo, e eis que se rompe — disse Dolly, com um vago sorriso, lembrando-se de seu passado com Stepan Arkáditch.

— Mamãe, como foi que o papai a pediu em casamento? — perguntou, de repente, Kitty.

— Não houve nada de extraordinário, foi tudo muito simples — respondeu a princesa, porém todo o seu rosto ficou radiante com essa lembrança.

— Não, mas como foi? A senhora já o amava, antes de lhe permitirem falar com ele?

---

³ A propósito (em francês).

Kitty achava uma graça especial em poder agora conversar com sua mãe, de igual para igual, sobre esses assuntos, os mais importantes na vida de uma mulher.

— É claro que o amava. Ele vinha à nossa fazenda.

— Mas como isso ficou decidido, hein, mamãe?

— Talvez aches que vocês dois inventaram algo novo aí? Sempre a mesma coisa: decidimos com olhadelas, sorrisos...

— Como a senhora falou bem, mamãe! Justamente, com olhadelas e sorrisos — confirmou Dolly.

— Mas que palavras ele dizia?

— E que palavras Kóstia dizia para ti?

— Ele escrevia a giz. Foi surpreendente... Parece que se passou há tanto tempo! — disse Kitty.

E as três mulheres se quedaram pensando no mesmo. Kitty foi a primeira a romper o silêncio. Recordou-se de todo aquele inverno precedente ao seu casamento e de seu namorico com Vrônski.

— Só uma coisa... é a antiga paixão de Várenka — comentou ela, estabelecendo um natural paralelo entre as duas situações. — Eu queria contar, de algum modo, para Serguei Ivânovitch, prepará-lo. Eles todos, os homens — acrescentou —, andam muito ciumentos de nosso passado.

— Nem todos — disse Dolly. — Estás julgando pelo teu marido. Ele se tortura, até hoje, com aquelas lembranças de Vrônski. Não? Não é verdade?

— É verdade — respondeu Kitty, sorrindo com seus olhos meditativos.

— Apenas não sei — foi a velha princesa quem defendeu o desvelo materno que dedicara à sua filha — que passado teu poderia apoquentá-lo. Vrônski te cortejou, e daí? Isso acontece a qualquer moça.

— Mas não falamos agora disso — respondeu Kitty, enrubescendo.

— Não, permite-me — prosseguiu a mãe. — E depois, tu mesma não quiseste que eu falasse com Vrônski. Lembras?

— Ah, mamãe! — disse Kitty, com uma expressão de dor.

— Não dá para segurar as moças, nos dias de hoje... mas teu relacionamento nem poderia ter ido mais longe do que devia: eu mesma teria duelado com ele. De resto, minha alma, não podes ficar angustiada. Lembra-te disso, por favor, e acalma-te.

— Estou totalmente calma, *maman*.

— Que sorte é que teve Kitty, quando chegou Anna — disse Dolly —, e que azar teve ela mesma. Bem ao contrário! — adicionou, surpresa com sua própria ideia. — Então Anna estava tão feliz, e Kitty se achava infeliz. E agora está tudo às avessas! Penso frequentemente nela.

— Tens mesmo em quem pensar! Uma mulher abjeta, abominável, desalmada — disse sua mãe, incapaz de esquecer que Kitty não se casara com Vrônski e, sim, com Lióvin.

— Quanta vontade é que a senhora tem de falar disso — replicou Kitty, aborrecida. — Eu cá não penso nisso nem quero pensar... Nem quero pensar — repetiu, ouvindo os passos familiares de seu marido que ressoavam pelos degraus do terraço.

— Nem queres pensar em quê? — perguntou Lióvin, entrando.

Ninguém lhe respondeu, e ele mesmo não repetiu a pergunta.

— Lamento ter invadido seu reino feminino — disse Lióvin, olhando descontente para todas e compreendendo que a conversa se referia a um dos temas inabordáveis em sua presença.

Por um segundo, percebeu que compartilhava o sentimento de Agáfia Mikháilovna, o descontentamento de que a geleia de framboesa fosse feita sem água e daquela alheia influência dos Chtcherbátski em geral. Contudo, ficou sorrindo e achegou-se a Kitty.

— Então? — perguntou, mirando-a com a mesma expressão com que todos se dirigiam agora a ela.

— Tudo certo, tudo em paz — respondeu Kitty, sorridente. — E tu, como estás?

— Dá para carregar o triplo da carroça comum. Já vamos buscar as crianças? Mandei atrelar.

— Você quer levar Kitty de charrete? — indagou-lhe a sogra, em tom de reproche.

— Mas vamos devagarinho, princesa.

Lióvin nunca a chamava de *maman*, como fazem os genros, e isso desagradava à princesa. Todavia, por mais que amasse e respeitasse a sogra, Lióvin não conseguia, sem profanar os seus sentimentos pela finada mãe, chamá-la assim.

— Venha conosco, *maman* — propôs Kitty.

— Não quero nem ver essa insensatez.

— Então vou caminhando. É bom para mim... — Kitty se levantou e, acercando-se do marido, pegou-lhe a mão.

— Tudo é bom, mas sem exagerar — disse a princesa.

— Pois bem, Agáfia Mikháilovna, a geleia está pronta? — questionou Lióvin, sorrindo para Agáfia Mikháilovna e tentando animá-la. — Fica boa, se feita dessa nova maneira?

— Deve ficar boa. Eu acho que ferveu demais.

— Melhor assim, Agáfia Mikháilovna, que não vai azedar: nosso gelo já se derreteu todo, e não temos onde guardar as geleias — disse Kitty, entendendo

desde já o intento de seu marido e dirigindo-se à velha com a mesma intenção.
— Por outro lado, suas conservas em salmoura são tão boas que a mamãe diz nunca ter provado nada igual — acrescentou, sorrindo e ajeitando-lhe o lenço.
Agáfia Mikháilovna olhou para Kitty de cara fechada.
— Não me console, senhorinha. Basta olhar para vocês dois, e logo fico alegre — disse, e essa afoiteza em tratar Lióvin por "você" deixou Kitty sensibilizada.
— Venha colher cogumelos conosco, para nos mostrar os melhores lugares. — Agáfia Mikháilovna sorriu e abanou a cabeça, como se dissesse: "Até que gostaria de me zangar com vocês, mas não posso".
— Siga, por gentileza, meu conselho — disse a velha princesa. — Coloque em cima um papelzinho e molhe-o com rum: nunca haverá mofo, mesmo sem gelo.

## III

Kitty se alegrava sobremaneira com o ensejo de ficar sozinha com seu marido, porque entrevira uma sombra de tristeza passar de relance pelo rosto dele, que espelhava tão vivamente tudo quanto estivesse ao seu redor, naquele momento em que entrara no terraço e perguntara, sem obter resposta, pelo tema da conversa.
Quando o casal foi caminhando à frente dos outros, perdeu a casa de vista e enveredou por uma estrada plana, poeirenta e coberta de espigas de centeio e de grãos espalhados, ela se apoiou com maior firmeza no braço de Lióvin e apertou-o junto a si. Ele já se esquecera de sua momentânea impressão desagradável e, uma vez a sós com Kitty, experimentava, agora que não cessava nem por um minuto de pensar na gravidez dela, aquele prazer, ainda novo para ele e jubiloso, absolutamente livre da sensualidade, de ficar junto de sua mulher amada. Não tinha nada a dizer, mas queria ouvir a voz de Kitty, cujo som mudara durante a gravidez, assim como seu olhar. Havia, naquela voz e naquele olhar, uma branda seriedade, igual à das pessoas que se concentram constantemente em sua única ocupação predileta.
— Não ficarás cansada desse jeito? Apoia-te mais em mim — disse Lióvin.
— Não: estou tão feliz de podermos ficar a sós e confesso: por mais que goste da companhia delas, sinto saudades das nossas tardes de inverno, quando estava só contigo.
— Aquilo era bom, mas isto é melhor ainda. Ambos são bons — disse ele, apertando-lhe a mão.
— Sabes de que estávamos falando, quando entraste?

— Das geleias?

— Sim, das geleias também, mas depois falamos de como se pedia em casamento.

— Ah, é? — disse Lióvin, escutando antes o som de sua voz que as palavras ditas por ela, pensando o tempo todo no caminho deles, que agora passava pela floresta, e evitando os lugares onde ela poderia pisar em falso.

— E também de Serguei Ivânytch e de Várenka. Tu percebeste?... Desejo muito que isso se faça — prosseguiu Kitty. — O que pensas disso? — E olhou para o rosto dele.

— Nem sei o que pensar — respondeu Lióvin, sorrindo. — Nesse sentido, acho Serguei muito estranho. Aliás, já contei...

— Sim, ele estava apaixonado por aquela moça que morreu...

— Aquilo aconteceu quando eu era menino; conheço a história toda pelos cochichos. Lembro-me dele naquela época. Ele estava pasmosamente gentil. Mas, desde então, tenho observado como meu irmão se comporta com as mulheres: é amável, chega a gostar de algumas delas, porém se percebe que, para ele, não são mulheres, mas tão somente pessoas em geral.

— Sim, mas agora, com Várenka... Parece que há alguma coisa...

— Talvez haja mesmo... Mas é preciso conhecê-lo... É um homem singular, admirável. A vida que tem levado é meramente espiritual. Sua alma é por demais pura e sublime.

— Como assim? Será que isso vai rebaixá-lo?

— Não, mas ele se habituou tanto àquela sua vida espiritual que não sabe lidar com a realidade, e Várenka, feitas as contas, é a realidade.

Lióvin costumava agora expressar suas ideias com plena retidão, sem se dar ao trabalho de plasmá-las em termos apropriados; sabia que, nesses momentos amorosos como o presente, bastava uma alusão para sua esposa compreender o que ele queria dizer. Ela compreendeu.

— Sim, mas a realidade que está nela não é a mesma que está em mim: entendo bem que ele nunca me amaria. Mas ela é toda espiritual...

— Não, ele te ama tanto, e isso me é sempre tão agradável, saber que os meus te amam...

— Sim, ele tem sido bom para mim, mas...

— Mas não como o finado Nikólenka... Vocês se amavam de verdade... — finalizou Lióvin. — Por que não falar nisso? — continuou. — Às vezes, censuro a mim mesmo: tudo se esquece, com o tempo. Ah, que homem terrível e belo foi ele... Pois bem, de que é que a gente falava? — disse Lióvin, após uma pausa.

— Tu achas que ele não pode apaixonar-se — comentou Kitty, traduzindo essa ideia para sua própria língua.

— Não é que não possa apaixonar-se — disse Lióvin, sorridente —, mas não possui aquela fraqueza que é necessária... Sempre o invejei e mesmo agora, feliz como estou, ainda o invejo.

— Invejas porque ele não pode apaixonar-se?

— Invejo porque ele é melhor do que eu — respondeu Lióvin, sorrindo. — Ele não vive para si mesmo. Toda a vida dele está sujeita a um dever. Portanto, ele pode viver tranquilo e satisfeito.

— E tu? — perguntou Kitty, com um sorriso jocoso, mas cheio de amor.

Não conseguia de forma alguma exprimir aquela sequência de ideias que a fazia sorrir; todavia, sua última conclusão era a de seu marido, que admirava o irmão e humilhava a si mesmo ao comparar-se a ele, não ser franco. Kitty sabia que tal falta de franqueza provinha do seu amor pelo irmão, daquela vergonha que Lióvin sentia por estar demasiadamente feliz e, sobretudo, da sua persistente vontade de se tornar melhor. Gostava disso em seu marido e, por essa razão, estava sorrindo.

— E tu? Com que é que andas insatisfeito? — inquiriu, com o mesmo sorriso.

Sua desconfiança no tocante à insatisfação dele consigo mesmo animava Lióvin: de modo inconsciente, ele desafiava sua mulher a explicar-lhe os motivos dessa desconfiança sua.

— Estou feliz, mas insatisfeito comigo... — disse.

— Mas como podes estar insatisfeito, se estiveres feliz?

— Como é que te diria?... Não desejo nada, cá na alma, além de que tu não tropeces agora. Ah, mas não podes pular desse jeito! — interrompeu a conversa, admoestando-a por ter feito um movimento rápido demais a fim de passar por cima de um galho que barrava a vereda. — Mas, quando fico pensando em mim mesmo e quando me comparo com outras pessoas, especialmente com meu irmão, percebo que sou mau.

— Por quê? — prosseguiu Kitty, com seu sorriso inalterável. — Será que tu não te empenhas, igualmente, em favor dos outros? E teus sítios, e tua fazenda, e teu livro?...

— Não, eu percebo, principalmente agora: se não sou como deveria ser — disse Lióvin, apertando a mão dela —, a culpa é tua. Meu empenho é assim, de mentirinha. Se eu pudesse amar todas essas causas como te amo a ti... mas, nestes últimos tempos, tenho agido como quem repete uma lição decorada.

— E o que me dizes a respeito de meu pai? — perguntou Kitty. — Ele também é mau por não ter feito nada em prol de uma causa universal?

— Ele? Não. Mas é preciso ter aquelas simplicidade, lucidez e bondade que tem teu pai... Será que eu mesmo tenho isso em mim? Não faço nada e fico aflito. E foste tu que fizeste isso tudo. Quando estavas longe, quando não havia disso — ele lançou um olhar por sobre a sua barriga, e Kitty entendeu esse olhar —, gastava todas as minhas forças com meu trabalho; só que agora não posso mais e fico envergonhado. Tenho agido precisamente como quem repete uma lição decorada, tenho fingido...

— Será que gostarias de tomar agora o lugar de Serguei Ivânytch? — questionou Kitty. — Será que gostarias de te dedicar a essa causa universal, de apreciar essa lição decorada, igual a ele, e nada mais?

— É claro que não — disse Lióvin. — Aliás, estou tão feliz que não entendo mais nada... Pois tu achas que ele a pedirá em casamento ainda hoje? — acrescentou, ao calar-se por algum tempo.

— Acho e não acho. Mas quero tanto que isso se faça! Espera aí... — Ela se inclinou e colheu uma margarida silvestre, que crescia à margem da vereda. — Conta as pétalas: se pedirá, se não pedirá... — disse, estendendo-lhe a florzinha.

— Pedirá, não pedirá — dizia Lióvin, ao passo que arrancava aquelas pétalas brancas, estreitas, todas niveladas.

— Não, não! — Olhando com emoção para seus dedos, Kitty pegou-lhe a mão e fê-lo parar. — Arrancaste duas.

— Pois então, esta pequenina não conta — disse Lióvin, arrancando a última pétala, curtinha e menor do que as outras. — Eis que a charrete alcança a gente.

— Não estás cansada, Kitty? — gritou a princesa.

— Nem um pouco.

— Senão, podes subir, que os cavalos são dóceis e vão devagar.

Contudo, não valia a pena subir à charrete. Estavam quase chegando e foram todos a pé.

## IV

Com um lenço branco sobre os cabelos negros, rodeada de crianças, alegre e carinhosa no meio delas e, obviamente, emocionada por estar prestes a explicar-se com um homem de quem gostava, Várenka parecia muito atraente. Andando perto dela, Serguei Ivânovitch não se cansava de admirá-la. Quando a mirava, rememorava todas aquelas falas gentis que ouvira dela, todas as coisas boas que sabia a seu respeito, e ficava cada vez mais consciente de aquele sentimento que tinha por ela ser algo singular, experimentado havia muito tempo e apenas uma vez, em sua primeira juventude. Crescendo sem parar, a sensação de alegria por estar perto da moça tornou-se tão intensa que, ao colocar na cestinha dela um enorme *podberiózovik* de caule fino e bordas viradas para dentro, que acabava de colher, ele olhou direto nos olhos de Várenka e, avistando o rubor de uma lépida e tímida emoção a cobrir-lhe o rosto, também se confundiu e, calado, sorriu para ela com um sorriso capaz, por si só, de exprimir muita coisa.

"Se for assim", disse consigo, "preciso refletir e tomar uma decisão, mas não me entregar, como um garotinho, à paixão do momento".

— Agora vou colher cogumelos sem depender de ninguém, que minhas aquisições são imperceptíveis — disse em voz alta e passou, sozinho, da beira daquela floresta, onde eles andavam pela relva sedosa, baixinha, em meio às velhas bétulas dispersas, para dentro da mata, onde os troncos cinzentos dos choupos e as moitas escuras de aveleira intercalavam-se com os troncos brancos das bétulas. Dando uns quarenta passos e contornando uma moita de evônimo em plena flor, com seus brinquinhos rosados e avermelhados, Serguei Ivânovitch, ciente de que não o viam mais, quedou-se parado. O silêncio era absoluto à sua volta. Apenas ao topo das bétulas, embaixo das quais ele se postara, zumbiam, como um enxame de abelhas, as incansáveis moscas, e as vozes da criançada também se ouviam de vez em quando. De chofre, o contralto de Várenka, que chamava por Gricha, ressoou perto de lá, à margem da floresta, e um sorriso alegre surgiu no rosto de Serguei Ivânovitch. Ele se deu conta desse sorriso, balançou a cabeça em reprovação ao seu estado atual, tirou um charuto e tentou acendê-lo. Fez várias tentativas, esfregando os fósforos no tronco de uma bétula. A suave película da casca branca grudava-se naqueles fósforos, e o fogo se apagava. Por fim, um dos fósforos pegou fogo, e a fumaça aromática do charuto estendeu-se para frente e para cima, como uma larga toalha ondulante, no interstício entre a moita e os galhos pendentes da bétula. Enquanto acompanhava com os olhos essa faixa de fumaça, Serguei Ivânovitch caminhava bem devagar, refletindo em seu estado.

"Por que não?", pensava. "Se fosse uma faísca, uma paixão, se eu sentisse apenas essa atração, essa atração mútua (até que posso chamá-la de "mútua"), mas percebesse que ela vem de encontro a todo o meu estilo de vida, se eu sentisse que, ao entregar-me a essa paixão, acabaria traindo minha vocação e meu dever... porém não há nada disso. O único argumento contrário é que, quando perdi *Marie*, disse para mim mesmo que permaneceria fiel à memória dela. É a única coisa que posso dizer contra meu sentimento... É importante", dizia consigo Serguei Ivânovitch, intuindo, ao mesmo tempo, que tal argumento não podia ter, pessoalmente para ele, nenhuma importância, mas tão só estragava seu papel poético aos olhos de outrem. "Além disso, por mais que procure, não encontrarei nada que possa dizer contra este meu sentimento. Se escolhesse apenas com o juízo, não poderia encontrar ninguém que fosse melhor."

Por mais que recordasse as mulheres e moças conhecidas, não conseguia recordar nenhuma em quem se reunissem, até esse ponto e tão precisamente, todas as qualidades que ele gostaria, raciocinando com frieza, de ver em sua esposa. Ela possuía todo o encanto e todo o frescor da juventude, porém não era mais uma criança e, se o amava mesmo, amava-o de modo consciente, como deve amar uma mulher: era uma coisa. E outra coisa: não apenas estava longe da mundanidade, mas aparentava ter aversão pelo círculo mundano, embora o conhecesse bem e patenteasse todas aquelas maneiras próprias de uma mulher mundana sem as quais Serguei Ivânovitch nem imaginava a companheira de sua vida. A terceira coisa: ela era religiosa, mas não espontaneamente religiosa e boazinha de forma infantil, como, por exemplo, Kitty; sua vida se baseava em convicções religiosas. Até os menores detalhes, Serguei Ivânovitch vislumbrava nela tudo quanto desejava ver em sua esposa: sendo pobre e solitária, ela não traria uma multidão de parentes, nem a consequente influência deles, para a casa de seu marido, como fizera Kitty, mas deveria tudo ao seu marido — algo que ele sempre desejara também para sua futura vida conjugal. E essa moça, que reunia em si todas essas qualidades, amava Serguei Ivânovitch. Discreto como era, ele não podia desperceber isso. E a amava por sua vez. A única alegação contrária era a idade dele. Contudo, sua linhagem era longeva, ele não tinha sequer um fio de cabelo branco, ninguém achava que tivesse mais de quarenta anos e, pelo que ele lembrava, Várenka tinha dito que só na Rússia os cinquentões se consideravam anciãos, enquanto na França um homem de cinquenta anos achava-se *dans la force de l'âge*[4] e um quarentão passava por *un jeune homme*.[5] Mas o que significava a contagem dos anos, se ele sentia que sua alma era tão juvenil como vinte anos atrás? Não seria a juventude aquele sentimento que experimentava agora, depois de regressar, por outra vereda, à beira da floresta e de avistar, à luz viva dos raios oblíquos do sol, o vulto gracioso de Várenka, com seu vestido amarelo e uma cestinha na mão, que caminhava, a passos ligeiros, ao lado do tronco de uma velha bétula, quando aquela imagem de Várenka ficou amalgamada com as do aveal amarelo, iluminado pelos raios oblíquos do sol, cuja beleza o surpreendera, e da velha floresta distante, também pontilhada de amarelidão, que se derretia ao longe, além daquele aveal, e sumia no espaço azul? Seu coração vibrou de alegria. Uma sensação de enternecimento apossou-se dele. Sentiu que sua decisão estava tomada. Várenka, que acabava de se agachar para apanhar um cogumelo, endireitou-se, com um movimento flexível, e

---

[4] Na flor da idade (em francês).
[5] Um jovem (em francês).

olhou para trás. Jogando o charuto fora, Serguei Ivânovitch foi resoluto ao seu encontro.

## V

"Varvara Andréievna, quando eu era ainda muito novo, imaginei o ideal de uma mulher que amaria e me comprazeria em chamar de minha esposa. Vivi uma vida longa e agora, pela primeira vez, encontrei o que vinha procurando na senhorita. Amo-a e ofereço-lhe minha mão."[6]

Serguei Ivânovitch dizia isso a si mesmo, enquanto já estava a dez passos de Várenka. Pondo-se de joelhos e cobrindo um cogumelo com as mãos, para que Gricha não o pegasse, ela chamava pela pequena Macha.

— Aqui, aqui! Venham, pequenos! São muitos! — dizia, com sua bonita voz peitoral.

Ao reparar em Serguei Ivânovitch, que se aproximava, não se levantou nem mudou de posição; porém, tudo lhe dizia que ela sentia sua aproximação e estava alegre de vê-lo.

— Pois o senhor achou alguma coisa? — perguntou Várenka, virando na direção dele seu lindo rosto sereno e sorridente, emoldurado pelo seu lenço branco.

— Nem um cogumelo — disse Serguei Ivânovitch. — E a senhorita?

Ela não respondeu, ocupando-se das crianças que a rodeavam.

— Aquele também, perto do galho... — Apontou para Macha um pequeno *syroiéjka*,[7] cujo elástico chapeuzinho rosa estava cortado ao meio por uma ervinha seca, embaixo da qual ele repontava. Levantou-se, quando Macha colheu o *syroiéjka* ao parti-lo em duas metades brancas. — Isso me lembra da minha infância — acrescentou, afastando-se das crianças com Serguei Ivânovitch.

Calados, eles deram alguns passos. Várenka percebia que ele queria falar; adivinhava de que falaria e ficava toda emocionada, alegre e tímida ao mesmo tempo. Afastaram-se tanto que ninguém mais poderia ouvir a sua conversa, mas ele demorou a iniciá-la. Várenka se sentia melhor calada. Seria mais fácil dizerem o que lhes apetecia dizer após um silêncio do que após uma conversa sobre os cogumelos. Entretanto, como que sem querer ou contrariando sua própria vontade, Várenka disse:

---

[6] Oferta de "mão e coração" era uma fórmula tradicional com que se pedia em casamento.
[7] Cogumelo típico das florestas russas, cujo nome científico é *russula*.

— Então, o senhor não achou nada mesmo? Aliás, sempre há menos cogumelos no meio da floresta.

Serguei Ivânovitch suspirou, sem responder nada. Aborrecera-se por ela falar novamente dos cogumelos. Queria fazê-la voltar àquelas primeiras palavras, ditas a respeito de sua infância, porém se calou por algum tempo e, como se também contrariasse sua própria vontade, respondeu às últimas palavras dela.

— Só ouvi comentarem que os boletos cresciam principalmente pelas ourelas, só que não saberia discernir um boleto.

Ainda se passaram alguns minutos; eles se afastaram mais ainda das crianças e ficaram completamente sós. O coração de Várenka batia tão forte que ela ouvia suas batidas e sentia que estava corando, empalidecendo, corando de novo.

Casar-se com um homem igual a Kóznychev, depois de sua permanência na casa da senhora Schtal, parecia-lhe o cúmulo da felicidade. Além disso, tinha quase certeza de que estava apaixonada por ele. E agora esse nó se desataria. Ela estava com medo. Temia tanto o que ele diria quanto o que não diria.

Eles tinham de se explicar, agora ou nunca mais; Serguei Ivânovitch também se apercebia disso. Tudo no olhar, no rubor e nos olhos baixos de Várenka revelava uma espera ansiosa. Vendo isso, Serguei Ivânovitch se apiedava dela. Sentia, inclusive, que não dizer nada significaria agora ofendê-la. Repetia depressa, em sua mente, todos os argumentos a favor da decisão que havia tomado. Repetia também aquelas palavras com que pretendia expressar seu pedido, mas, em vez daquelas palavras, questionou de repente, por alguma razão inopinada:

— Qual seria a diferença entre um boleto e um *podberiózovik*?

Os lábios de Várenka tremiam de emoção, quando ela respondeu:

— Os chapeuzinhos são parecidos, mas as raízes são diferentes.

E, tão logo essas palavras foram ditas, ambos entenderam que estava tudo perdido, que nunca diriam o que precisavam dizer, e sua recíproca emoção, que acabara de chegar ao mais alto grau, passou a diminuir.

— A raiz de um *podberiózovik* lembra a barba de um moreno que não a faz há dois dias — disse Serguei Ivânovitch, já tranquilo.

— Sim, é verdade — respondeu Várenka, sorrindo, e o rumo de seu passeio mudou espontaneamente. Eles se acercaram das crianças. Várenka sentia dor e vergonha, mas, apesar disso, estava aliviada.

Ao passo que voltava para casa e recapitulava seus argumentos, Serguei Ivânovitch concluiu que se equivocara em seu raciocínio. Ele não podia trair a memória de *Marie*.

— Calma, crianças, devagar! — gritou Lióvin, quase zangado, para as crianças, postando-se entre elas e sua mulher para protegê-la, quando toda a turminha se arrojou, aos berros de alegria, ao seu encontro.

Seguindo as crianças, Serguei Ivânovitch e Várenka também saíram da floresta. Kitty nem precisava fazer perguntas: pelas expressões de ambos os rostos, tranquilas e um tanto envergonhadas, ela compreendeu que seus planos tinham falhado.

— E aí? — perguntou seu marido, quando o casal voltava para casa.

— Não pega — disse Kitty. Seu sorriso e sua maneira de falar traziam à memória seu pai, o que Lióvin notava nela amiúde e com prazer.

— Como assim, "não pega"?

— Assim mesmo — disse Kitty, pegando a mão do marido, levando-a até a boca e tocando nela com os lábios cerrados. — Como se beija a mão do prelado.

— Que negócio é que não pega, hein? — perguntou Lióvin, rindo.

— O deles dois. É desse jeitinho que se beija...

— Lá vêm os mujiques...

— Não, eles não viram.

## VI

Enquanto as crianças tomavam chá, os adultos estavam sentados na sacada e conversavam como se nada tivesse acontecido, embora todos, especialmente Serguei Ivânovitch e Várenka, soubessem muito bem que sobreviera uma circunstância muito importante, ainda que negativa. Tinham ambos a mesma sensação, semelhante àquela de um aluno reprovado num exame e obrigado a repetir o ano, ou então expulso para sempre da sua escola. Todos os presentes, que também percebiam ter ocorrido alguma coisa, falavam animadamente sobre quaisquer assuntos alheios. Lióvin e Kitty sentiam-se muito felizes e apaixonados naquela tarde. E, visto que sua felicidade amorosa encerrava uma alusão desagradável a certas pessoas que também queriam, mas não podiam, alcançá-la, estavam um tanto envergonhados.

— Escutem o que estou dizendo: *Alexandre* não virá — disse a velha princesa.

Esperava-se por Stepan Arkáditch, que devia chegar com o trem vespertino, e o velho príncipe escrevera que viria, talvez, com ele.

— E eu sei o porquê — continuou a princesa —: ele diz que é preciso deixarmos os jovens a sós, depois de casados.

— E o papai nos deixou mesmo. Não o vemos mais — disse Kitty. — Só que não somos tão jovens assim. Já estamos tão velhos!

— Mas, se ele não vier, eu também me despedirei de vocês, meus filhos — disse a princesa, com um triste suspiro.

— Nem fale nisso, mamãe! — retorquiram ambas as filhas.

— Pensem só como ele está! Pois agora...

De súbito, sem ninguém esperar por isso, a voz da velha princesa ficou trêmula. As filhas se calaram e trocaram uma olhada. "*Maman* sempre encontra algo triste a pensar", disseram uma à outra com essa olhada. Não sabiam que, por melhor que se sentisse a princesa na casa de sua filha, por mais necessária que julgasse sua presença ali, andava dolorosamente entristecida consigo mesma e com seu marido, desde que sua última filha amada casara-se e o ninho familiar deles permanecia vazio.

— O que é, Agáfia Mikháilovna? — De repente, Kitty se dirigiu a Agáfia Mikháilovna, que entrara com ares imponentes e misteriosos.

— É o jantar...

— Está ótimo — disse Dolly. — Manda fazer o jantar, e eu vou recapitular, com Gricha, a lição dele. É que não fez coisa nenhuma hoje.

— A culpa é minha! Não, Dolly, eu mesmo vou — disse Lióvin, ao levantar-se rapidamente.

Gricha, que já estudava no ginásio, devia recapitular suas lições no verão. Dária Alexândrovna, que ainda em Moscou aprendia o latim com seu filho, seguia a regra de recapitular com ele, enquanto estivessem na casa dos Lióvin, os temas mais difíceis da aritmética e do latim, e de recapitulá-los ao menos uma vez por dia. Lióvin se incumbira de substituí-la, porém, ao ouvir certa feita uma lição de Lióvin e notar que ele não ensinava da mesma forma que o pedagogo moscovita, Dolly declarou com firmeza, embora se constrangesse e tentasse não ofender seu anfitrião, que tinha de ensinar como o pedagogo, usando o livro didático, e que seria melhor ela própria voltar a fazê-lo pessoalmente. Lióvin se aborrecia tanto com Stepan Arkáditch, pois, devido à sua leviandade, não era ele, mas a mãe, quem controlava o ensino, do qual não entendia patavina, quanto com os pedagogos que cuidavam tão mal de seus alunos; todavia, prometeu à cunhada que ensinaria conforme ela preferisse. E continuou dando aulas a Gricha, abrindo mão dos seus métodos e usando o livro escolar — razão pela qual ensinava sem muita vontade e esquecia amiúde o horário das aulas. Foi isso o que ocorreu agora.

— Não, eu mesmo vou, Dolly: fique sentada — disse Lióvin. — Vamos fazer tudo com o livro na mão, item por item. Mas, quando chegar Stiva, a gente vai caçar; então faltarei à aula.

E foi ensinar Gricha.

Várenka disse o mesmo a Kitty. Até naquela feliz e confortável casa dos Lióvin, Várenka sabia ser útil.

— Vou encomendar o jantar, e você fica aí — disse ela, levantando-se para falar com Agáfia Mikháilovna.

— Sim, sim, de fato: não acharam mais frangos. Mande assar os nossos... — começou Kitty.

— Vamos decidir com Agáfia Mikháilovna... — E Várenka se retirou, seguindo a governanta.

— Que gracinha de moça! — disse a princesa.

— Não só uma gracinha, *maman*, mas uma joia sem igual.

— Pois hoje esperam por Stepan Arkáditch? — perguntou Serguei Ivânovitch, que não queria, obviamente, continuar essa conversa sobre Várenka. — É difícil encontrar dois cunhados menos parecidos um com o outro do que seus maridos — disse, com um sorriso arguto. — Um deles é desenvolto apenas na sociedade, onde se sente como um peixe na água; o outro, esse nosso Kóstia, também é vivaz, desenvolto e sensível a tudo, mas, logo que aparece na sociedade, entorpece ou então se debate, todo desajeitado, como um peixe fora da água.

— Sim, é muito leviano — disse a princesa, dirigindo-se a Serguei Ivânovitch. — Eu queria, notadamente, pedir para o senhor convencê-lo de que ela, Kitty, não pode mais ficar aqui, mas precisa sem falta voltar a Moscou. Ele diz que vai convidar um médico...

— Ele fará tudo, *maman*, ele concordará com tudo — disse Kitty, contrariada por sua mãe transformar Serguei Ivânovitch no árbitro de sua vida conjugal.

Em meio a essa conversa, ouviram-se os bufidos de cavalos e o barulho de rodas a passarem pela brita da alameda.

Mal Dolly se levantou para ir ao encontro de seu marido, Lióvin saltou, lá embaixo, da janela do quarto onde estudava Gricha e levou o menino consigo.

— É Stiva! — gritou Lióvin, debaixo da sacada. — Já terminamos, Dolly, não se preocupe! — acrescentou e, qual um garotinho, correu em disparada ao encontro da carruagem.

— *Is, ea, id, ejus, ejus, ejus!*[8] — gritava Gricha, saltitando pela alameda.

— Vem mais alguém. Deve ser o papai! — bradou Lióvin, parando à entrada da alameda. — Kitty, não desças aquela escada íngreme, dá a volta.

Contudo, Lióvin errara ao tomar quem estava na caleça com Oblônski pelo velho príncipe. Quando se aproximou da caleça, não avistou, ao lado de Stepan Arkáditch, o príncipe e, sim, um jovem bonito e corpulento, que usava um gorro escocês cujas fitas compridas estavam amarradas por trás. Era Vássenka Veslóvski, primo de segundo grau dos Chtcherbátski, um jovem brilhante, petersburguês e moscovita ao mesmo tempo, "sujeito excelentíssimo e caçador apaixonadíssimo", conforme o apresentou Stepan Arkáditch.

---

[8] Formas genéricas e declinações do pronome demonstrativo latino (*ipse, ipsa, ipsum*).

Nada confuso por causa da decepção que gerara ao substituir o velho príncipe, Veslóvski cumprimentou jovialmente Lióvin, lembrando-o de que já se conheciam, depois levantou Gricha, passou-o por cima do pointer inglês, que Stepan Arkáditch trazia consigo, e assentou-o dentro da carruagem.

Sem subir à caleça, Lióvin caminhou atrás dela. Estava um pouco aborrecido com a ausência do velho príncipe, de quem gostava cada vez mais à medida que o conhecia melhor, e com a vinda daquele Vássenka Veslóvski, um homem totalmente estranho e dispensável. Achou-o ainda mais estranho e dispensável quando se acercou do terraço de entrada, onde se reunira toda uma multidão animada de adultos e crianças, e viu Vássenka Veslóvski beijar, com um ar sobremodo galante e carinhoso, a mão de Kitty.

— Somos *cousins*,⁹ eu e sua esposa, e, além do mais, velhos amigos — disse Vássenka Veslóvski, tornando a apertar, com toda a força, a mão de Lióvin.

— Pois então, há caça? — Foi Stepan Arkáditch quem se dirigiu a Lióvin, apressando-se a saudar cada um dos presentes. — Nós dois temos as intenções mais cruentas. Mas ele, *maman*, não vem a Moscou desde então. Pega aí, Tânia, é para ti! Vá buscar, por favor: está na caleça, lá atrás... — dizia, voltando-se para todos os lados. — Como ficou fresquinha, hein, Dóllenka? — dizia à sua mulher, beijando-lhe outra vez a mão, segurando-a com uma das suas mãos e alisando-a com a outra.

Lióvin, cujo estado de espírito fora, um minuto antes, o melhor possível, agora mirava todos de cara amarrada e não gostava mais de nada.

"Quem foi que ele beijou ontem com esses lábios?", pensou, observando os afagos que Stepan Arkáditch prodigalizava à mulher.

Olhou para Dolly, e ela também lhe pareceu antipática. "Ela não acredita no amor dele. Então por que é que está tão contente assim? Que coisa asquerosa!", pensou Lióvin.

Olhou para a princesa, de quem gostava tanto havia um minuto, e detestou a sua maneira de cumprimentar aquele Vássenka das fitas compridas, como se o acolhesse em sua própria casa.

Até mesmo Serguei Ivânovitch, que também viera ao terraço de entrada, pareceu-lhe desagradável com aquela falsa benevolência que manifestara ao encontrar Stepan Arkáditch, porquanto Lióvin sabia que seu irmão não gostava de Oblônski nem o respeitava.

E Várenka lhe pareceu repelente, por sua vez, ao cumprimentar, com aquela sua aparência de *sainte nitouche*,¹⁰ o senhorzinho recém-chegado, não pensando, lá no íntimo, em outras coisas senão em arranjar um marido.

---

⁹ Primos (em francês).
¹⁰ Santinha, hipócrita (em francês).

E quem mais o desagradava era Kitty, que aceitara o tom de jovialidade com o qual aquele senhorzinho tratava, como se fosse uma festa para ele mesmo e para todos, sua visita à fazenda, e o que mais lhe desagradava era aquele sorriso singular com que ela respondia aos sorrisos dele.

Conversando ruidosamente, todos entraram na casa, porém, tão logo ficaram sentados, Lióvin virou-lhes as costas e saiu.

Kitty percebia que algo acontecera com seu marido. Queria escolher um momento oportuno para lhe falar em particular, mas ele se apressou a deixá-la, dizendo que precisava ir ao escritório. Fazia bastante tempo que não achava seu negócio agrícola tão importante quanto agora. "Para eles lá, tudo é festa", pensava, "mas nós aqui temos uns negócios nada festivos, que não esperam e sem os quais não podemos viver".

## VII

Só quando mandaram chamá-lo para jantar é que Lióvin voltou para casa. Postadas na escadaria, Kitty e Agáfia Mikháilovna deliberavam sobre os vinhos que seriam servidos.

— Por que estão fazendo esse *fuss*[11] todo? Manda servir os de sempre.

— Não, Stiva não bebe... Espera, Kóstia, o que tens? — disse Kitty, indo atrás dele, mas Lióvin não esperou por ela: inexorável, a passos largos, foi à sala de jantar e logo se intrometeu numa animada conversa geral, mantida por Vássenka Veslóvski e Stepan Arkáditch.

— Pois então, amanhã vamos à caça? — perguntou Stepan Arkáditch.

— É claro que vamos — disse Veslóvski, mudando de cadeira e sentando-se de lado, em cima da sua perna roliça.

— Estou muito feliz: vamos mesmo. E você já caçou este ano? — Lióvin se dirigiu a Veslóvski, atentando para a perna dele, mas falando com aquela falsa amabilidade que Kitty conhecia tão bem e que destoava tanto da sua índole. — Não sei se encontraremos narcejas, mas as galinholas são muitas. Só que precisamos ir bem cedo. Não se cansará porventura? Você não está cansado, Stiva?

— Eu, cansado? Ainda nunca me cansei. Não vamos dormir a noite toda! Vamos dar uma volta.

— Realmente: não vamos dormir! Está ótimo! — confirmou Veslóvski.

— Oh, disso a gente não duvida: você não dorme nem deixa os outros dormirem — disse Dolly ao seu marido, com aquela ironia quase imperceptível

---

[11] Alvoroço, rebuliço (em inglês).

com a qual o tratava agora em qualquer ocasião. — Para mim, já está na hora... Vou dormir sem jantar.

— Não, fique conosco, Dóllenka — disse Oblônski, sentando-se ao seu lado, àquela grande mesa ao redor da qual eles jantavam. — Ainda lhe contarei tantas coisas!

— Está bem, eu fico.

— Sabe que Veslóvski foi visitar Anna? E vai visitá-la outra vez. É que eles dois moram a apenas setenta verstas daqui. Eu também vou lá, sem falta. Venha cá, Veslóvski!

Achegando-se às damas, Vássenka se sentou junto de Kitty.

— Ah, conte, por favor! O senhor foi visitá-la? Como ela está? — dirigiu-se a ele Dária Alexândrovna.

Sentado à outra ponta da mesa, falando sem parar com a princesa e Várenka, Lióvin se apercebia daquela conversa animada e misteriosa que transcorria entre Dolly, Kitty e Veslóvski. Além de tal conversa ser misteriosa, ele via o semblante de sua mulher exprimir um sentimento sério quando ela fitava, sem despregar os olhos, o rosto bonito de Vássenka que contava algo com muito entusiasmo.

— A fazenda deles é excelente — contava Vássenka sobre Vrônski e Anna. — Não me encarrego, bem entendido, de julgar a respeito, mas a gente se sente, quando está na casa deles, como em sua própria família.

— O que é que eles pretendem fazer?

— Parece que no inverno vão para Moscou.

— Como seria bom nós todos irmos visitá-los! Quando é que você vai? — perguntou Stepan Arkáditch a Vássenka.

— Vou passar o mês de julho com eles.

— E você também vai? — Stepan Arkáditch se dirigiu à sua esposa.

— Já faz muito tempo que quero ir lá e faço questão de ir — respondeu Dolly. — Eu a conheço bem e tenho pena dela. É uma mulher tão boa! Irei sozinha, quando você for embora, e não atrapalharei ninguém com isso. Até seria melhor, se eu fosse lá sem você.

— Perfeito — disse Stepan Arkáditch. — E você, Kitty?

— Eu? Por que iria lá? — replicou Kitty, toda enrubescida. E olhou para seu marido.

— Mas você conhece Anna Arkádievna? — indagou-lhe Veslóvski. — É uma mulher muito atraente.

— Sim — respondeu Kitty, enrubescendo ainda mais. Uma vez de pé, aproximou-se do seu marido.

— Então, amanhã vais à caça? — perguntou-lhe.

Nesses poucos minutos, seus ciúmes já tinham ido bem longe, em especial por causa daquele rubor que cobrira as faces de Kitty enquanto ela falava com Veslóvski. Agora que escutava as palavras dela, Lióvin já as interpretava à sua maneira. Ficaria muito surpreso ao lembrar-se disso mais tarde, porém agora achava bem claro que, perguntando-lhe Kitty se ia à caça, queria apenas saber se proporcionaria tal prazer a Vássenka Veslóvski, por quem, na visão de Lióvin, ela já estava apaixonada.

— Vou, sim — respondeu Lióvin, cuja voz antinatural pareceu asquerosa a ele próprio.

— Não, é melhor ficarem amanhã em casa, por um dia só, já que Dolly não vê seu marido há muito tempo, e partirem depois de amanhã — disse Kitty.

"Não me separes dele. Tanto faz, para mim, se tu vais embora ou não, mas deixa que me deleite com a companhia desse jovem charmoso", era assim que Lióvin traduzia agora o sentido das suas falas.

— Ah, se quiseres, ficaremos amanhã em casa — respondeu Lióvin, com uma amabilidade especial.

Enquanto isso, nem por sombras aventando todo aquele suplício ocasionado pela sua presença, Vássenka se levantou, logo depois de Kitty, e, acompanhando-a com um olhar meloso e carinhoso, veio atrás dela.

Lióvin reparou nesse olhar. Ficou pálido e sentiu, por um minuto, falta de ar. "Como se permite olhar assim para minha mulher?", pensou, enfurecido.

— Vamos amanhã, hein? Por favor, vamos — disse Vássenka, sentando-se numa cadeira e, conforme seu hábito, dobrando outra vez a perna.

Os ciúmes de Lióvin foram mais longe ainda. Já imaginava ser aquele marido ludibriado de quem a esposa e o amante precisam apenas para lhes fornecer o conforto e os prazeres da vida... Não obstante, indagava a Vássenka, cortês e hospitaleiro, acerca das suas caças, do seu rifle, das suas botas, e acabou consentindo em partirem logo no dia seguinte.

Por sorte, a velha princesa encurtou-lhe os sofrimentos ao levantar-se e aconselhar Kitty a ir para a cama. Todavia, nem assim um novo sofrimento deixou de acometê-lo. Despedindo-se da anfitriã, Vássenka quis novamente beijar-lhe a mão, porém Kitty enrubesceu e, com uma ingênua rispidez que sua mãe lhe reprovaria mais tarde, disse ao retirar sua mão:

— Em nossa casa, isso não se faz.

Aos olhos de Lióvin, estava culpada de ter admitido tais relações e ainda mais culpada por demonstrar agora, meio sem jeito, que não gostava delas.

— Mas que vontade de dormir é que vocês têm! — disse Stepan Arkáditch, que, após vários copos de vinho emborcados ao longo do jantar, exibia seu humor mais gentil e poético. — Veja só, Kitty, veja — dizia, apontando para a lua que subia por trás das tílias — que graça! Veslóvski, está na hora da serenata. Sabe que bela voz ele tem? Cantamos juntos, pelo caminho. Ele trouxe consigo duas romanças maravilhosas, novinhas em folha. Como seria bom se as cantasse com Varvara Andréievna!

Quando todos foram dormir, Stepan Arkáditch passou ainda muito tempo andando com Veslóvski pela alameda. Suas vozes, que ensaiavam aquela nova romança, ressoavam por toda parte.

Ouvindo essas vozes, Lióvin estava sentado numa poltrona, no quarto de sua mulher, e teimava em não responder, carrancudo, às suas perguntas sobre o que se dava com ele; só quando ela mesma inquiriu, com um sorriso cheio de timidez: "Será que não gostaste de alguma coisa em Veslóvski?", rompeu a falar e desembuchou tudo. Melindrava-se com o que estava dizendo e, portanto, ficava ainda mais irritado.

Postado na frente dela, ao passo que seus olhos fulgiam terrivelmente embaixo das sobrancelhas franzidas, apertava os braços fortes ao peito, como se empregasse todas as suas forças em conter sua ira. A expressão de seu rosto teria sido austera, até mesmo cruel, se não denotasse também um sofrimento que a deixava enternecida. Seus zigomas tremiam, sua voz se interrompia.

— Entende que não tenho ciúmes: é uma palavra abjeta. Não posso ter ciúmes nem acreditar que... Não sei dizer o que tenho sentido, mas é horrível... Não estou enciumado, mas ofendido, humilhado porque alguém ousa pensar, ousa olhar para ti com aqueles olhos...

— Com que olhos? — dizia Kitty, tentando rememorar com o maior desvelo possível todos os discursos e gestos daquela tarde, com todas as suas nuanças.

Achava, no fundo da alma, que algo tivesse ocorrido naquele exato momento em que Vássenka se sentara ao seu lado, à outra ponta da mesa, porém não se atrevia a reconhecê-lo nem em seu íntimo, menos ainda a dizê-lo ao seu marido e aumentar, dessa maneira, o sofrimento dele.

— O que é que pode haver de tão atraente em mim, tal como estou?...

— Ah! — exclamou ele, agarrando a sua cabeça. — Nem devias falar nisso!... Pois então, se estivesses atraente, aí...

— Mas não, Kóstia, mas espera, escuta! — dizia Kitty, mirando-o com uma expressão dolorosa e compassiva. — O que é que podes pensar? Não há mais outras pessoas para mim, não há mais, não há!... Queres que eu não veja mais ninguém, é isso?

No primeiro momento, achara seus ciúmes insultantes, ficara desgostosa por lhe ser proibida a mínima diversão, a mais inocente de todas; porém agora sacrificaria, com todo o gosto, não só essas bagatelas, mas literalmente tudo para que ele se acalmasse, para livrá-lo do sofrimento que vinha aturando.

— Vê se entendes como esta minha situação é horrível e cômica — continuou ele, com um sussurro desesperado. — Ele está em minha casa e, na verdade, não tem feito nada de indecoroso, tirante aquela desenvoltura toda e aquelas pernas dobradas. Ele toma aquilo pela melhor conduta que existe, por isso eu tenho de tratá-lo amavelmente.

— Mas, Kóstia, estás exagerando — dizia Kitty, alegrando-se, no fundo da alma, com aquela força de seu amor por ela que se expressava agora em seus ciúmes.

— E o mais horrível de tudo é que tu, como estás agora e sempre, é tão sagrada para mim, é que estamos tão felizes, nós dois, é que nossa felicidade é tão especial, e, de repente, vem essa droga... Não é droga, não: por que o xingaria? Não tenho nada a ver com ele. Mas por que é que a minha, a tua felicidade...

— Entendo por que isso aconteceu, sabes? — começou Kitty.

— Por quê, por quê?

— Vi como olhavas para nós, quando conversávamos ao jantar.

— E daí, e daí? — perguntou Lióvin, assustado.

Kitty lhe contou sobre o tema daquela sua conversa. Enquanto contava, sufocava-se de emoção. Por algum tempo, Lióvin permaneceu calado, depois olhou para o rosto de sua mulher, tão pálido e receoso, e subitamente agarrou de novo a sua cabeça.

— Eu te torturei, Kátia! Minha querida, perdoa-me! É uma loucura! Kátia, sou tão culpado! Será que podia sofrer tanto por causa dessa bobagem?

— Não, sinto pena de ti.

— De mim? De mim? Mas quem sou? Um louco!... E tu mesma, o que tens a ver com isso? É terrível pensar que qualquer pessoa estranha pode estragar esta nossa felicidade.

— Por certo: é bem isso que ofende...

— Não, mas então eu, pelo contrário, vou deixá-lo morar aqui o verão inteiro, de propósito, e vou cobri-lo de mimos — dizia Lióvin, beijando as mãos de Kitty. — Vais ver. Amanhã... Sim, está decidido: amanhã vamos à caça.

## VIII

No dia seguinte, antes ainda que as damas acordassem, dois carros de caça, um carroção e uma carroça pequena, estavam à entrada da casa, e a Laska, depois de entender, logo de manhãzinha, que seu dono ia à caça, depois de ganir e pular até dizer chega, estava sentada no carroção, junto do cocheiro, e fitava, de modo inquieto e reprovador pelo atraso, aquela porta de onde os caçadores demoravam tanto a sair. O primeiro a sair foi Vássenka Veslóvski, que calçava um par de botas novas e grandes, cobrindo-lhe as pernas até o meio das coxas roliças, vestia um blusão verde, cintado de uma nova cartucheira com forte cheiro de couro, usava seu gorro munido de fitas e portava um novíssimo rifle inglês sem bandoleira nem asinhas para prendê-la. A Laska correu ao seu encontro, saudou-o com cabriolas, perguntou-lhe, de seu jeito canino, se os outros demorariam ainda, mas não recebeu nenhuma resposta e, retornando ao seu posto de espera, entorpeceu-se de novo, revirando um pouco a cabeça e soerguendo uma das suas orelhas. Afinal, a porta se abriu com estrondo: saiu voando, girando e dando meias-voltas no ar, o Craque, aquele pointer mosqueado de Stepan Arkáditch, e depois apareceu Stepan Arkáditch em pessoa, com uma espingarda nas mãos e um charuto na boca. "*Tout beau, tout beau*, Craque!",[12] gritava com carinho para seu cão, que punha as patas na barriga e no peito dele, puxando-lhe a bolsa de caça. De calça batida e casaco curto, Stepan Arkáditch era todo remendos e retalhos. Usava uma espécie de chapéu que caía aos pedaços, porém sua espingarda do novo tipo era como um brinquedo; embora bastante gastas, a bolsa e a cartucheira dele também eram irrepreensíveis.

Antes Vássenka Veslóvski não compreendia essa genuína vaidade dos caçadores: andar maltrapilho, mas usar os equipamentos de caça da melhor qualidade. Agora a compreendeu, olhando para Stepan Arkáditch que resplandecia, apesar de maltrapilho, com toda a sua elegante, cevada e jovial figura senhoril, e resolveu que também se aprontaria assim para a próxima caça.

— E nosso anfitrião, onde está? — perguntou em seguida.
— Acabou de se casar — disse, sorrindo, Stepan Arkáditch.
— E sua mulher é uma gracinha.
— Ele já estava vestido. Deve ter dado mais um pulinho no quarto dela.

Stepan Arkáditch acertou em cheio. Lióvin deu mais um pulinho no quarto de sua esposa para lhe perguntar outra vez se já perdoara a sua tolice da véspera e para lhe pedir, outrossim, que tomasse, por Cristo, muito cuidado e, principalmente, ficasse longe das crianças, sempre capazes de empurrá-la. Queria, ademais, que sua esposa tornasse a confirmar que não se zangava com ele porque ia passar dois dias fora de casa; pedia, afinal, que lhe enviasse sem falta, logo no dia seguinte, um bilhetinho pelo seu mensageiro, escrevendo só duas palavras para ele saber, pelo menos, se ela estava bem.

Kitty estava, como sempre, angustiada com a futura ausência de seu marido, que duraria dois dias, porém, ao vê-lo tão animado, ainda maior e mais forte em aparência, com suas botas de caça e seu blusão branco, ao perceber aquela

---

[12] Devagar, calma, Craque (em francês).

fulgurante excitação de caçador que nem sequer compreendia, esqueceu-se da sua tristeza ante o regozijo dele e despediu-se alegremente de Lióvin.

— Desculpem, cavalheiros! — disse ele, ao sair correndo da casa. — Levam o lanche? Por que o cavalo ruivo ficou do lado direito? Mas... não importa. Deixa, Laska, senta aí!... Misture com o rebanho solteiro — dirigiu-se a um vaqueiro que esperava por ele ao pé do terraço de entrada, querendo perguntar pelo que faria com as novilhas. — Desculpem, que lá vem outro engraçadinho.

Saltando do carroção, em que já estava sentado, Lióvin se aproximou do carpinteiro contratado que vinha, com uma braça na mão, ao terraço de entrada.

— Ontem não foi ao escritório e hoje me retém aqui! O que é?

— Mande fazer um lanço a mais. É só acrescentar três degraus. E vamos ajustar tudo direitinho. A escada fica bem mais segura.

— Seria mais seguro se você me escutasse — respondeu Lióvin, com desgosto. — Já disse para instalar as vigas e depois assentar os degraus. Agora não dá para emendar. Faça como eu mandei: construa uma nova escada.

O problema era que, construindo uma casa dos fundos, o carpinteiro estragara a escada, pois a montara em separado, sem ter calculado a altura, de forma que os degraus estavam, após a instalação da escada pronta, todas em declive. Agora o carpinteiro achava que poderia repará-la ao acrescentar três degraus.

— Mas ela fica bem melhor.

— Onde é que fica, com esses seus três degraus?

— Tenha piedade — disse o carpinteiro, com um sorriso cheio de desdém. — Vai cair que nem uma luva. Assim que pegar, cá embaixo — arrematou, com um gesto persuasivo —, vai subindo, subindo, e fica lá em cima.

— Só que esses três degraus aumentarão o comprimento também... Como é que ela fica, hein?

— É assim, pois, subindo, subindo... e chega lá — O carpinteiro teimava em convencê-lo.

— Chega ao teto e bate na parede, ouviu?

— Tenha piedade. É que vai subindo de baixo. Vai subindo, subindo, e fica lá em cima.

Com a vareta de sua espingarda, Lióvin se pôs a desenhar uma escada no solo.

— Agora está vendo?

— Como o senhor mandar — disse o carpinteiro, cujos olhos clarearam repentinamente: acabou entendendo, por certo, de que se tratava. — Parece que terei de fazer uma nova.

— Então faça mesmo como eu mandei! — gritou Lióvin, subindo outra vez ao carroção. — Vamos! Segure os cães, Filipp!

Ao deixar para trás todos os problemas matrimoniais e domésticos, Lióvin se sentia agora tão feliz por estar vivendo e tão ansioso que não queria nem falar. Além do mais, experimentava aquela tensão intensa e concentrada que sente qualquer caçador a chegar perto do lugar onde vai caçar. Se alguma coisa o preocupava nesse momento, eram apenas as questões se haveria aves no pântano de Kólpen, como se sairia a Laska em comparação com o Craque e como ele mesmo atiraria na ocasião. Tomara que não se envergonhasse na frente do recém-chegado! E se Oblônski atirasse melhor do que ele? Isso também lhe passava pela cabeça.

Oblônski, que tinha a mesma sensação, também conversava pouco. Só Vássenka Veslóvski é que não parava de tagarelar com alegria. Agora que o escutava, Lióvin sentia vergonha ao recordar com quanta injustiça o tratara na véspera. Vássenka era, de fato, um bom sujeito: simples, bondoso e muito alegre. Se Lióvin o tivesse conhecido antes de se casar, decerto seria seu amigo íntimo. Sua maneira festiva de tratar a vida e, de certo modo, a desenvoltura de sua elegância pareciam-lhe um pouco desagradáveis. Era como se Vássenka atribuísse a si mesmo uma significância grande e indubitável por ter unhas compridas e usar aquele gorro, a par de outras coisas similares, porém se podia relevar tudo isso em vista de sua bonomia e sua probidade. Lióvin gostava dele por ser bem-educado, ter uma pronúncia impecável, tanto francesa como inglesa, e pertencer ao seu próprio meio.

Vássenka se encantara com o cavalo que estava do lado esquerdo, proveniente das estepes adjacentes ao Don. Não poupava elogios a respeito dele.

— Como é bom montar um cavalo de estepes e cavalgar através das estepes, hein? Não é verdade? — dizia.

Imaginava aquele "montar um cavalo de estepes" como algo selvagem e poético, mas não ia além disso; todavia, sua ingenuidade, sobretudo associada à sua beleza, ao seu meigo sorriso e à graciosidade dos seus movimentos, era muito atraente. Simpatizasse Lióvin com sua índole ou tentasse descobrir todas as suas boas qualidades a fim de se redimir do recente pecado, comprazia-se com sua companhia.

Ao passarem umas três verstas, Veslóvski se pôs, de repente, a procurar seus charutos e sua carteira, sem saber se os perdera ou apenas deixara em cima da mesa. Havia trezentos e setenta rublos naquela carteira, e ele não podia, portanto, negligenciá-la.

— Sabe de uma coisa, Lióvin? Vou montar esse cavalo do Don e cavalgar até a fazenda. Será ótimo, hein? — disse, já se dispondo a montá-lo.

— Não, por quê? — respondeu Lióvin, estimando o peso de Vássenka em, pelo menos, seis *puds*. — Vou mandar meu cocheiro.

Foi o cocheiro quem montou o cavalo de estepes, e Lióvin substituiu-o na boleia.

## IX

— Pois bem: como é o nosso itinerário? Conte direito — disse Stepan Arkáditch.

— Nosso plano é o seguinte: agora vamos até Gvózdevo. Lá em Gvózdevo, há um pântano cheio de narcejas, do lado de cá, e para além de Gvózdevo há outros pântanos maravilhosos, com galinholas e narcejas também. Agora faz calor; vamos, pois, chegar lá à noitinha (faltam umas vinte verstas) e pernoitar no campo, e depois, amanhã, enveredar por aqueles pântanos grandes.

— E não teríamos nada pelo caminho?

— Teríamos, sim, só que faz calor e a gente vai perder tempo. Há dois lugarezinhos bons, mas, quanto à caça...

Apetecia a Lióvin pessoalmente visitar aqueles lugarezinhos, porém se encontravam perto da sua casa, ou seja, ele podia visitá-los a qualquer momento; ademais, eram pequenos, de sorte que três homens não teriam como atirar à vontade. Assim, ao dizer que não sabia se haveria caça por lá, não disse toda a verdade. Acercando-se de um brejo, Lióvin já queria passar direto, mas o olho de Stepan Arkáditch, um caçador experiente, logo avistou esse terreno alagadiço que se via a partir da estrada.

— Daremos uma voltinha? — perguntou, apontando para o brejo.

— Por favor, Lióvin! Que lugarzinho excelente! — começou a pedir Vássenka Veslóvski, tanto assim que Lióvin não pôde recusar.

Mal os caçadores pararam, os cães foram correndo, um mais rápido que o outro, rumo ao brejo.

— Craque! Laska!...

Os cães voltaram.

— Teremos pouco espaço, nós três. Eu fico aqui — disse Lióvin, esperando que seus companheiros não encontrassem nada além daqueles pavoncinos afugentados pelos cães que voavam, balançando-se de um lado para o outro no ar e soltando gritos lastimosos como prantos, acima do pântano.

— Não! Vamos, Lióvin, vamos todos juntos! — chamava Veslóvski.

— Juro que ficaremos apertados. Vem cá, Laska! Laska! Não precisam de outro cão, precisam?

Permanecendo ao lado da carroça, Lióvin espiava os caçadores com inveja. Eles atravessaram o brejo todo. Não havia, naquele brejo, outras aves senão uma galinhola e os pavoncinos, um dos quais foi abatido por Vássenka.

— Estão vendo que não menti sobre esse pântano — disse Lióvin. — Só perderam tempo.

— Não, ainda assim, foi divertido. Você viu? — dizia Vássenka Veslóvski, subindo, todo desajeitado, ao carroção com seu rifle e o pavoncino morto nas mãos. — Como é que acertei este daqui, hein? Não é verdade? Mas será que a caça verdadeira ainda vai demorar?

De súbito, os cavalos arrancaram, Lióvin bateu a cabeça contra o cano de uma das espingardas, e ela disparou. De fato, havia disparado um pouco antes, mas foi o que pareceu a Lióvin. O motivo era que Vássenka Veslóvski costumava puxar um dos gatilhos, quando atirava, e segurar o outro. A bala se meteu no solo, sem causar prejuízo a ninguém. Stepan Arkáditch balançou a cabeça e riu, com admoestação, de Veslóvski. Lióvin, por sua vez, não se dispôs a admoestá-lo. Primeiro, toda e qualquer censura viria a parecer o fruto do perigo que passara e do galo que acabara de surgir na testa de Lióvin; em segundo lugar, Veslóvski ficou, de início, tão ingenuamente aflito e depois rompeu a rir com uma bonomia tão contagiosa, zombando de seu alvoroço geral, que Lióvin tampouco se absteve de uma risada.

Quando eles se acercaram do outro pântano, que era bastante grande e haveria de lhes tomar muito tempo, Lióvin pediu novamente que não descessem da carroça, mas Veslóvski tornou a exortá-lo. Como esse pântano também era estreito, Lióvin, em sua qualidade de anfitrião hospitaleiro, deteve-se outra vez ao lado dos carros.

Mal adentraram aquele outro brejo, o Craque disparou rumo aos cômoros. Vássenka Veslóvski foi o primeiro a correr atrás do cão. Antes mesmo que Stepan Arkáditch chegasse lá, uma narceja alçou voo. Veslóvski não a acertou, e a narceja pousou sobre um relvado. Veslóvski insistiu em persegui-la. O Craque encontrou-a e ficou por perto; Veslóvski matou a narceja e voltou para junto dos carros.

— Agora você vai lá, e eu fico com os cavalos — disse.

Era a inveja de caçador que já se apossava de Lióvin. Passando as rédeas para Veslóvski, ele enveredou pelo brejo.

A Laska, que gania tristemente havia muito tempo como se reclamasse da injustiça, correu para a frente, rumo àquele promissor acúmulo de cômoros que Lióvin conhecia e onde o Craque ainda não enfiara o nariz.

— Por que não a faz parar? — gritou Stepan Arkáditch.

— Ela não assusta — respondeu Lióvin, contente com a cadela, ao passo que se apressava a segui-la.

As buscas da Laska, à medida que se aproximava dos cômoros conhecidos, ficavam cada vez mais sérias. Foi apenas por um instante que ela se distraiu com um passarinho dos pântanos. A Laska deu uma volta diante dos cômoros, começou outra volta e, de repente, estremeceu e quedou-se imóvel.

— Vá indo, Stiva, vá indo! — gritou Lióvin, ao sentir seu coração vibrar cada vez mais forte. De supetão, como se um tapador deslizasse abrindo seu tenso ouvido de par em par, todos os sons, fossem próximos, fossem remotos, passaram a atingi-lo caótica, mas energicamente. Lióvin ouvia os passos de Stepan Arkáditch, tomando-os por um distante tropel de cavalos, ouvia o estalo de um cantinho do cômoro que se desprendera, com as raízes, mal ele pisara em cima, confundindo esse som com o do voo de uma narceja. Ouvia também atrás de si, a pouca distância, um esdrúxulo chapinhar na lama, do qual nem se dava conta.

Escolhendo o lugar exato onde pisaria, chegava perto da Laska.

— *Pille!*[13]

Não foi uma narceja e, sim, uma galinhola que irrompeu de baixo da cadela. Lióvin moveu o cano da espingarda, mas, enquanto mirava o alvo, o mesmo som, como se alguém chapinhasse na lama, aumentou, aproximou-se, e eis que se juntou a ele, estranhamente alta, a voz de Veslóvski. Lióvin percebeu que seu rifle estava apontado no encalço da galinhola, porém não deixou de atirar.

Ao certificar-se de ter errado, Lióvin olhou para trás e viu que os cavalos atrelados ao carroção não estavam mais na estrada, mas já no meio do brejo.

Querendo ver a caça de perto, Veslóvski deixara que eles entrassem no pântano e atolassem.

— Que diabo o trouxe? — disse Lióvin consigo, caminhando até o carroção atolado. — Para que você veio? — dirigiu-se secamente a Veslóvski e, chamando pelo cocheiro, pôs-se a retirar os cavalos.

Estava desgostoso, tanto por terem estragado seu tiro quanto porque seus cavalos estavam atolados e, o principal, porque nem Stepan Arkáditch nem Veslóvski ajudavam a retirá-los nem a desatrelá-los, pois nenhum dos dois fazia sequer a menor ideia de como se atrelavam. Sem uma palavra em resposta às declarações de Vássenka, o qual lhe assegurava que o terreno estava inteiramente seco, Lióvin se esforçava com o cocheiro, ambos calados, para retirar os cavalos. Todavia, depois de se empolgar com o trabalho e notar como Veslóvski puxava, zeloso e persistente, o carroção pela borda, tanto assim que por fim ela se lascou, Lióvin censurou a si mesmo por tê-lo tratado, sob o influxo daquele seu sentimento da véspera, com excessiva frieza e, passando

---

[13] Ataca, avança (em francês).

então a tratá-lo com especial cordialidade, tentou expiar-se da sua rispidez. Quando voltara tudo ao normal e os carros estavam outra vez na estrada, mandou servir o lanche.

— *Bon appétit, bonne conscience! Ce poulet va tomber jusqu'au fond de mes bottes...*¹⁴ — Foi Vássenka, novamente animado, quem lançou mão desse gracejo francês enquanto terminava de comer o segundo frango. — Pois agora nossas calamidades se acabam: agora tudo irá de vento em popa. Só que me cabe, a mim, ficar na boleia, para redimir esta minha culpa. Não é verdade, hein? Não, não, sou Automedonte.¹⁵ Vão ver como os transportarei! — respondeu, sem largar as rédeas, quando Lióvin pediu que deixasse o cocheiro dirigir o carroção. — Não, eu tenho de redimir minha culpa e estou muito bem na boleia. — E foi dirigindo.

Lióvin receava um pouco que acabasse trucidando os cavalos, sobretudo o ruivo do lado esquerdo que não sabia frear, porém se rendeu, mesmo sem querer, à sua alegria, ficou escutando ora as romanças que Veslóvski cantava ao longo de todo o caminho, sentado na boleia, ora as histórias, representadas com vários personagens em cena, de como se conduziam os carroções à inglesa, de modo *four in band*.¹⁶ E foi assim que depois de lancharem, todos no mais jovial estado de espírito, eles chegaram ao pântano de Gvózdevo.

## X

Vássenka apressava tanto os cavalos que os caçadores chegaram ao pântano cedo demais, quando fazia ainda calor.

Chegando àquele pântano importante, o destino principal do passeio, Lióvin cogitava involuntariamente em como poderia livrar-se de Vássenka para ninguém lhe estorvar a caça. Stepan Arkáditch parecia desejar o mesmo, e Lióvin via seu rosto exprimir aquela ansiedade que um verdadeiro caçador sempre sente no começo da caça e, ao mesmo tempo, certa malícia benevolente que lhe era peculiar.

— Como é que a gente vai? O pântano é ótimo, pelo que vejo, e há gaviões — disse Stepan Arkáditch, apontando para duas aves grandes que pairavam sobre a espadana.¹⁷ — Onde houver gaviões, por certo há caça.

---

¹⁴ Bom apetite, consciência limpa. Este frango me regozija até o fundo da alma (literalmente: cairá até o fundo das minhas botas) (em francês).
¹⁵ Cocheiro de Aquiles descrito na *Ilíada* de Homero.
¹⁶ Quatro em linha (em inglês).
¹⁷ Planta aquática ou palustre, muito comum nos pântanos europeus.

— Estão vendo, cavalheiros... — disse Lióvin, um tanto carrancudo, estirando o cano das suas botas e examinando os cartuchos de sua arma. — Estão vendo aquela espadana? — Ele apontou para uma ilhota a negrejar, coberta de escuro verdor, no meio de um enorme prado úmido, ceifado pela metade, que se estendia do lado direito do rio. — O pântano começa aqui mesmo, bem em nossa frente, onde a relva fica mais verde... estão vendo? Continua do lado direito, onde andam aqueles cavalos: há cômoros por ali, dá para abater umas narcejas; depois vai além daquela espadana, até o amieiral e o moinho. Há uma enseada ali, percebem? É o melhor recanto. Um dia, matei dezessete galinholas naquele lugar. Iremos, com nossos dois cães, em direções opostas e depois nos encontraremos lá, perto do moinho.

— Pois bem: quem vai à direita e quem à esquerda? — questionou Stepan Arkáditch. — O lado direito está mais largo: vão vocês dois; e eu dobrarei à esquerda — disse, com aparente distração.

— Perfeito! Vamos botá-lo no chinelo. Vamos, hein, vamos! — concordou Vássenka.

Lióvin teve de anuir, e eles se separaram.

Tão logo entraram no pântano, ambos os cães foram buscando juntos, puxando para o lado da água, cuja cor amarela tirava à ferrugem. Lióvin conhecia essa busca da Laska, cautelosa e indefinida; conhecia também o local e esperava por uma revoada de galinholas.

— Fique perto de mim, Veslóvski, fique perto! — disse baixinho, dirigindo-se ao companheiro, que chapinhava na lama enquanto o seguia: após o disparo acidental, lá no pântano de Kólpen, a direção de seu rifle suscitava-lhe um interesse espontâneo.

— Não vou atrapalhá-lo, não: deixe de pensar em mim.

Contudo, Lióvin pensava nele sem querer e lembrava as palavras que Kitty dissera na hora da despedida: "Cuidado para não matarem um ao outro". Os cães se aproximavam cada vez mais, um à frente do outro, tomando cada um sua própria trilha; essa espera por galinholas era tão inquietante que até o ruído de seu salto retirado da lama recordava a Lióvin um grito de galinhola, tanto assim que ele empunhava e apertava a coronha de sua espingarda.

"Zás! Zás!" — ressoou em seus ouvidos. Fora Vássenka quem atirara no bando de patos que sobrevoava o pântano e, justamente no momento menos apropriado, chegava perto dos caçadores. Mal Lióvin compreendeu o que ocorrera, uma galinhola silvou, cortando os ares, seguida por outra, pela terceira e, finalmente, por umas oito aves a alçarem voo de uma só vez.

Stepan Arkáditch alvejou uma delas naquele exato momento em que começava a ziguezaguear, e a galinhola tombou, como uma bolinha de carne, no lamaçal. Oblônski mirou sem pressa outra ave que voava baixo, rumo à espadana; assim que ecoou seu disparo, essa galinhola também despencou: dava para vê-la saltitar pela espadana ceifada, agitando uma asa, branca por baixo, que não fora atingida.

Lióvin não teve a mesma sorte: atirou quando a primeira galinhola estava já muito perto e não a acertou; continuou a mirá-la, enquanto subia voando, mas nesse instante outra ave adejou, bem aos seus pés, e distraiu-o, de modo que Lióvin atirou novamente em vão.

Quando se puseram a recarregar as armas, apareceu outra galinhola ainda, e Veslóvski, cujo rifle já estava pronto, disparou, rente às águas, duas cargas de chumbo miúdo. Stepan Arkáditch apanhou as galinholas que matara, fixando em Lióvin seus olhos brilhantes.

— Agora nos separamos de novo — propôs Stepan Arkáditch e, claudicando da perna esquerda, mantendo sua espingarda de prontidão e assobiando para seu pointer, caminhou para um lado. Lióvin e Veslóvski foram para o lado oposto.

Acontecia sempre que Lióvin se exaltava, caso seus primeiros tiros não acertassem o alvo, ficava aborrecido e atirava mal o dia todo. Era isso que se dava agora também. Havia lá muitas e muitas galinholas. Elas não paravam de esvoaçar, sob as patas dos cães e os pés dos caçadores, e Lióvin podia abater, pelo menos, algumas delas, porém, quanto mais atirava, tanto mais se envergonhava ante Veslóvski, que disparava seu rifle com alegria, a torto e a direito, não acertava coisa nenhuma nem se embaraçava nada com isso. Lióvin se apressava, não se continha, ficava cada vez mais exaltado e, afinal de contas, quase não esperava mais, ao atirar, que conseguisse matar uma galinhola. Parecia que até a Laska reparava nisso. Estava agora menos diligente em suas buscas e olhava para os caçadores como se os censurasse ou ficasse toda perplexa. Os tiros se sucediam rápidos. Imersos na fumaça de pólvora, os caçadores só tinham três galinholas pequenas e leves na ampla rede da sua bolsa de caça. Ainda por cima, uma dessas galinholas fora abatida por Veslóvski e a outra por ambos os companheiros. Nesse meio-tempo, os tiros de Stepan Arkáditch, não muito frequentes, mas, pelo que parecia a Lióvin, muito significativos, ouviam-se do outro lado do pântano, e praticamente cada um desses tiros vinha acompanhado pelo grito: "Craque, Craque, *apporte!*".[18]

Era isso que deixava Lióvin ainda mais ansioso. As galinholas voavam, o tempo todo, sobre a espadana. Os estalos que faziam no solo e os grasnidos que soltavam no ar ouviam-se, incessantes, de todos os lados; as aves que já tinham alçado voo e pairado no alto pousavam agora na frente dos caçadores.

---

[18] Traz (em francês).

Em vez daqueles dois gaviões que estavam lá no começo, dezenas de rapineiros piavam agora a sobrevoar o pântano.

Ao atravessarem a maior parte do pântano, Lióvin e Veslóvski chegaram àquele local onde passavam, às raias compridas que se perdiam na espadana, os limites do campo ceifado pelos mujiques, marcados ora por suas pisadas, ora por renques de ervas cortadas. Metade daquele campo já estava ceifada.

Embora fosse parca a esperança de acharem tantas aves naquele espaço ceifado quantas no prado virgem, Lióvin havia prometido a Stepan Arkáditch que o alcançaria logo e foi adiante, com seu companheiro, através das faixas ceifadas e cheias de ervas.

— Ei, caçadores! — gritou para eles um dos mujiques sentados ao lado de uma carroça desengatada. — Venham merendar com a gente! Venham tomar vinho!

Lióvin virou a cabeça.

— Venham, hein! — bradou um mujique barbudo e alegrete, de cara vermelha, arreganhando seus dentes brancos e soerguendo uma caneca esverdeada que brilhava ao sol.

— *Qu'est-ce qu'ils disent?*[19] — perguntou Veslóvski.

— Convidam a tomar vodca. Decerto estavam partilhando os prados. Eu tomaria... — disse Lióvin, não sem malícia, esperando que Veslóvski, tentado pela vodca, ficasse com os mujiques.

— Mas por que nos convidam a nós?

— Por nada: estão alegres. E se você ficasse com eles? Seria interessante.

— *Allons, c'est curieux.*[20]

— Vá mesmo, vá, que saberá depois chegar ao moinho! — gritou Lióvin e, ao olhar para trás, viu com prazer que Veslóvski, curvando-se, tropeçando com seus pés cansados e estendendo a mão a segurar seu rifle, saía do pântano e caminhava ao encontro dos mujiques.

— Venha também! — gritava o mujique para Lióvin. — Força aí! Vai provar do pastelzinho! Assim, ó!

Lióvin queria muito tomar um pouco de vodca e comer um pedaço de pão. Estava enfraquecido e sentia que custava a arrancar seus pés cambaleantes do lamaçal; por um minuto, ficou hesitando. De chofre, a Laska parou. E todo o seu cansaço se esvaiu logo, e ele foi através do lamaçal, bem facilmente, aproximando-se da cadela. Uma galinhola esvoaçou aos seus pés; atirando, Lióvin matou-a, porém a Laska se mantinha no mesmo lugar. "*Pille!*" Outra

---

[19] O que eles dizem? (em francês).
[20] Vamos, é curioso (em francês).

galinhola adejou sob as patas da cadela. Lióvin atirou de novo. Em todo caso, não era seu dia de sorte: não acertou essa segunda ave e, quando foi procurar pela primeira que matara, tampouco a encontrou. Revirou toda a espadana; a Laska nem acreditava que seu dono tivesse abatido uma galinhola e, quando ele mandava trazê-la, fazia de conta que procurava por ela, mas não procurava.

Mesmo na ausência de Vássenka, a quem Lióvin atribuía a culpa de seu malogro, a caça não melhorou. Havia muitas galinholas por lá também, mas Lióvin não conseguia acertar nenhuma delas.

Os raios oblíquos do sol estavam ainda quentes; suas roupas ensopadas de suor grudavam no corpo; sua bota esquerda, cheia d'água, pesava e chapinhava; as gotas de suor escorriam pelo seu rosto sujo dos resíduos de pólvora; sua boca estava amarga, o cheiro de pólvora e ferrugem enchia-lhe o nariz, os grasnidos das galinholas não cessavam de ressoar em seus ouvidos; não dava mais para tocar nos canos de sua espingarda, tanto haviam incandescido; as batidas de seu coração estavam rápidas, entrecortadas; suas mãos tremiam de emoção, seus pés fatigados tropeçavam e cambaleavam, ao passo que ele andava pelos cômoros e pelo lamaçal. Ainda assim, Lióvin andava e atirava. Por fim, após uma falha vergonhosa, jogou a espingarda e o chapéu à terra.

"Não, tenho de me acalmar!", disse consigo. Apanhou a espingarda e o chapéu, chamou pela Laska, que ficou junto da sua perna, e saiu do pântano. Uma vez no terreno seco, sentou-se num cômoro, tirou as botas, esvaziou aquela que estava cheia d'água; em seguida, voltou a aproximar-se do pântano, bebeu muita água com sabor de ferrugem, molhou os canos incandescentes e lavou o rosto e as mãos. Ao refrescar-se, caminhou novamente até o local onde pousara a galinhola, com a firme intenção de não se exaltar mais.

Ansiava pela tranquilidade, mas não se tranquilizava. Seu dedo apertava o gatilho antes que ele mirasse uma ave. Atirava cada vez pior.

Só tinha cinco galinholas na bolsa de caça, quando chegou ao amieiral onde pretendia encontrar Stepan Arkáditch.

Antes de ver Stepan Arkáditch, viu o cão dele. Todo preto de fétido lodo palustre, o Craque assomou por trás da raiz retorcida de um amieiro e, com ares de vencedor, acorreu para cheirar a Laska. Logo atrás do Craque, o vulto imponente de Stepan Arkáditch surgiu à sombra dos amieiros. Vermelho e todo suado, de gola aberta, vinha ao encontro de Lióvin e claudicava como antes.

— Então? Atirou tantas vezes! — disse, com um sorriso alegre.

— E você? — perguntou Lióvin. Nem precisava perguntar, aliás, porque já via sua bolsa repleta de caça.

— Um pouco.

Tinha abatido catorze aves.

— Que pântano excelente! Por certo, foi Veslóvski quem o atrapalhou. Vocês dois caçando com um só cão... não deu certo — disse Stepan Arkáditch, moderando aquele seu triunfo.

## XI

Quando Lióvin e Stepan Arkáditch vieram à isbá daquele mujique que costumava acolher Lióvin, Veslóvski já estava lá. Sentado no meio da isbá, agarrava-se com ambas as mãos ao banco, enquanto um soldado, o irmão da dona da casa, puxava suas botas enlameadas e dava suas risadas cheias de alegria contagiosa.

— Acabei de chegar. *Ils ont été charmants.*[21] Imaginem só: serviram comes e bebes para mim. Que pão, um milagre! *Délicieux!*[22] Quanto à vodca, nunca bebi nada mais saboroso! E não quiseram cobrar por nada. Disseram apenas "deixa pra lá" ou algo assim.

— Por que cobrariam? Tavam regalando o senhor. A vodca deles não é pra vender — disse o soldado, ao tirar-lhe enfim a bota molhada com a meia enegrecida.

Apesar da imundice daquela isbá, enxovalhada pelas botas dos caçadores e pelos cães sujos que lambiam os beiços, do cheiro de brejo e de pólvora a enchê-la, da falta de facas e garfos, os caçadores tomaram seu chá e jantaram com tanto apetite quanto só poderia ter suscitado uma caça. Depois se lavaram e foram, todos limpos, ao feneiro de chão varrido, onde os cocheiros haviam preparado as camas dos senhores.

Embora já tivesse escurecido, nenhum dos caçadores estava com sono.

Ao oscilar entre as recordações e as lorotas sobre os tiros, os cães e as caçadas de outrora, a conversa se referiu finalmente ao tema que interessava a todos. Tendo Vássenka exprimido diversas vezes sua admiração com a graça desse pernoite e o aroma do feno, com o encanto do carroção quebrado (achava-o quebrado porque estava agora de varal para baixo), a gentileza dos mujiques que lhe tinham oferecido vodca e os cães deitados cada um aos pés de seu dono, Oblônski lhe contou sobre os deleites da caça na fazenda de Maltus, que visitara no verão passado. Aquele Maltus era um renomado magnata ferroviário. Stepan Arkáditch contou sobre os pântanos que Maltus comprara, na província de Tver, e conservara exemplarmente, sobre os carros que transportavam os caçadores e os *dogcarts*[23] dele, bem como sobre a tenda, armada à beira do pântano, onde fora servido o café da manhã.

---

[21] Eles têm sido encantadores (em francês).
[22] Delicioso (em francês).
[23] Pequenas viaturas destinadas ao transporte dos cães de caça (em inglês).

— Não compreendo você — disse Lióvin, soerguendo-se sobre o seu leito de feno. — Como é que não sente nojo daquelas pessoas? Entendo que um café da manhã regado a Laffitte é muito agradável, mas será que você não se enoja notadamente com aquele luxo? Tais pessoas arranjam seu dinheirão como os nossos arrendatários,[24] de modo que angariam também o desprezo dos outros, mas não se importam com esse desprezo e depois usam o que adquiriram desonestamente para se eximir do desprezo angariado.

— Absolutamente justo! — replicou Vássenka Veslóvski. — Justíssimo! É claro que Oblônski faz isso por mera *bonhomie*,[25] porém os outros dizem: "Oblônski andou visitando...".

— De jeito nenhum... — Lióvin percebeu que Oblônski sorria ao dizê-lo. — Apenas não o considero nem um pouco mais desonesto do que qualquer um dos nossos ricos comerciantes e fidalgos. Tanto estes quanto aqueles ganharam sua fortuna da mesma maneira, pensando e trabalhando.

— Sim, mas que trabalho tem sido aquele? Seria um trabalho obter uma concessão e revendê-la em seguida?

— Seria, sim, com certeza. O sentido desse trabalho é que, se não houvesse atividades como essa, não haveria estradas de ferro.

— Só que não é o mesmo trabalho de um mujique ou de um cientista.

— Admitamos que não, mas é um trabalho, ainda assim, porquanto sua execução traz, como resultado, uma estrada de ferro. Ah, sim, você acha que as estradas de ferro são inúteis!

— Não, é outra questão: estou disposto a reconhecer que são úteis. Mas toda aquisição que não seja proporcional ao trabalho efetuado é desonesta.

— E quem determinaria tal proporção?

— O que se adquire por vias desonestas, com astúcia — disse Lióvin, sentindo que não sabia demarcar claramente o honesto e o desonesto —: digamos, a aquisição de casas bancárias. Esse mal — prosseguiu —, a aquisição de imensas fortunas sem trabalho, como faziam os arrendatários, apenas mudou de forma. *Le roi est mort, vive le roi!*[26] Mal conseguimos abolir o arrendamento, surgiram as estradas de ferro e os bancos, ou seja, outras fortunas de quem não trabalha.

— Sim, tudo isso até que pode ser justo e lúcido... Deitado, Craque! — gritou Stepan Arkáditch para seu cão, que se coçava e revolvia o feno todo; decerto estava convencido de seu ponto de vista ser justo, portanto continuou

---

[24] Comerciantes que arrendavam do Estado o direito de vender uma mercadoria monopolizada, por exemplo, o vinho.

[25] Bonomia (em francês).

[26] O rei está morto, viva o rei (em francês).

num tom pausado e calmo: — Todavia, você não separou o trabalho honesto do desonesto. Se meu ordenado é superior ao do chefe de meu gabinete, embora ele conheça o serviço melhor do que eu, isso é desonesto?

— Não sei.

— Pois eu lhe digo: se você, trabalhando em sua fazenda, apura, suponhamos, cinco mil rublos de lucro, enquanto o mujique que nos acolhe aqui, por mais que se esforce, ganha no máximo cinquenta rublos, isso é precisamente tão desonesto quanto meu ordenado ser superior ao do chefe de meu gabinete e a renda de Maltus ser superior ao salário de um mestre ferroviário. Eu vejo, por outro lado, que a sociedade trata essas pessoas, sem fundamento algum, de maneira hostil: até me parece que há inveja no meio...

— Não, é injusto — comentou Veslóvski. — Não pode ser inveja, mas há mesmo algo sujo nesse negócio todo.

— Não, espere — prosseguiu Lióvin. — Você diz que é injusto eu ganhar cinco mil, e o mujique, cinquenta rublos, e está com a razão. É injusto, de fato, e eu percebo isso, mas...

— É assim mesmo. Por que é que a gente come, bebe, caça e não faz mais nada, e ele trabalha o tempo todo, eternamente? — disse Vássenka, que se dava conta disso, obviamente, pela primeira vez na vida e, destarte, pensava nisso com plena sinceridade.

— Percebe, sim, só que não vai entregar sua fazenda a ele — disse Stepan Arkáditch, que parecia reptar Lióvin de propósito.

Havia surgido, nesses últimos tempos, uma espécie de hostilidade secreta entre os dois cunhados, como se, depois de casados com duas irmãs, eles rivalizassem em viver um melhor do que o outro, e agora essa hostilidade se traduzia numa conversa que vinha tomando um matiz cada vez mais pessoal.

— Não vou entregar a fazenda porque ninguém exige que a entregue; e, mesmo se eu quisesse entregá-la — respondeu Lióvin —, não poderia nem teria a quem.

— Entregue-a ao nosso mujique: ele não vai recusar.

— Pois bem, mas como a entregaria? Iria com ele ao cartório e faria uma escritura?

— Não sei, não, mas, se estiver convencido de que não tem o direito de...

— Não estou convencido de nada. Pelo contrário, sinto que não tenho o direito de desistir da minha fazenda, que tenho obrigações para com a terra e a família.

— Não, espere: se acha mesmo que essa desigualdade é injusta, então por que não está agindo de forma apropriada?...

— Estou agindo, sim, mas de forma negativa, naquele sentido de que não procuro aumentar a diferença social que existe entre mim e ele.

— Não, veja se me desculpa: é um paradoxo.

— Sim, essa sua explicação se parece com um sofisma[27] — confirmou Veslóvski. — Ah, nosso anfitrião! — saudou o mujique que, ao ranger do portão, entrava no feneiro. — Ainda não está dormindo, hein?

— Dormindo coisa nenhuma! Pensava que esses nossos senhores dormiam, mas ouvi que estavam batendo papo. Tenho que pegar um gancho aí. Será que não morde? — acrescentou, ao pisar cautelosamente com seus pés descalços.

— Mas onde é que vai dormir?

— Vamos levar os cavalos ao *notchnóie*...[28]

— Ah, que noite! — disse Veslóvski, mirando o canto da isbá e o carroção desatrelado que se desenhavam, à fraca luzinha do arrebol, na grande moldura do portão ora aberto. — Mas escutem: as vozes femininas é que estão cantando ali, e juro que cantam bem. Quem é que canta, hein, camarada?

— As moças do sítio, aqui pertinho.

— Vamos dar uma volta! Não dormiremos de qualquer jeito. Vamos, Oblônski!

— Como faria para ficar deitado e sair? — respondeu, espreguiçando-se, Oblônski. — É tão bom ficar deitadinho.

— Então vou só — disse Veslóvski, levantando-se depressa e calçando as botas. — Até breve, cavalheiros. Se for divertido, vou chamá-los. Vocês me brindaram com a caça, e não me esquecerei de retribuir.

— Um bom sujeito, não é verdade? — disse Oblônski, quando Veslóvski saiu e o mujique fechou o portão atrás dele.

— Bom, sim — respondeu Lióvin, que continuava a pensar no tema da conversa recente. Parecia-lhe que, na medida do possível, deixara bem claros seus pensamentos e sentimentos, porém ambos os companheiros, homens sinceros e nada tolos, diziam que se consolava com sofismas e paradoxos. Estava confuso com isso.

— Isso aí, meu amigo. Das duas uma: ou reconhecer que a presente ordem social é justa e, nesse caso, defender seus direitos; ou confessar que vive gozando de vantagens injustas, como eu mesmo faço, e gozar delas com todo o prazer.

— Não, se isso fosse injusto, você não poderia usufruir esses bens com prazer... Eu, pelo menos, não poderia. O principal, para mim, é sentir que não sou culpado.

---

[27] Argumento ou raciocínio aparentemente lógico, mas na verdade falso e enganoso (*Dicionário Caldas Aulete*).

[28] Pasto noturno (em russo).

— E se fôssemos mesmo dar uma voltinha? — perguntou Stepan Arkáditch, aparentemente cansado de forçar a mente. — Não dormiremos tão cedo. Vamos lá, vamos!

Lióvin não respondia. A palavra dita no decorrer da conversa, a de que ele agia com justiça apenas no sentido negativo, deixava-o curioso. "Será que se pode ser justo apenas de modo negativo?", indagava a si mesmo.

— Mas como está forte o cheiro de feno fresco! — disse Stepan Arkáditch, ao soerguer-se em sua cama. — Não vou dormir, de jeito nenhum. Vássenka está tramando alguma coisa por lá. Ouve as gargalhadas e a voz dele? Será que a gente sai também? Vamos!

— Não vou, não — respondeu Lióvin.

— Faz isso também por princípios? — inquiriu Stepan Arkáditch, sorrindo e procurando, na escuridão, pelo seu boné.

— Não é por princípios, mas... por que eu iria lá?

— Pois saiba que se prejudicará, e muito — arrematou Oblônski, que encontrara seu boné e ficara em pé.

— Como assim?

— Será que não vejo como se comporta com sua mulher? Ouvi vocês discutirem uma questão de suma importância: ia passar dois dias caçando ou não ia. Tudo isso é bom como um idílio,[29] mas não vai durar a vida inteira. O homem deve ser independente, já que tem seus próprios interesses masculinos. O homem deve ser varonil — disse Oblônski, reabrindo o portão.

— Ou seja, ir cortejar aquelas raparigas do sítio? — perguntou Lióvin.

— Por que não iria, se fosse algo divertido? *Ça ne tire pas à conséquence.*[30] Minha mulher não vai padecer com isso, e eu me distrairei um pouco. O mais importante é você respeitar o sacrossanto lar, para que nada aconteça em casa. E não se amarrar os braços!

— Talvez — disse Lióvin, secamente, e deitou-se de lado. — Amanhã teremos de partir bem cedo, só que eu não vou despertar ninguém: irei sozinho ao raiar do sol.

— *Messieurs, venez vite!*[31] — ouviu-se a voz de Veslóvski, que estava voltando. — *Charmante!*[32] Fui eu quem a descobriu. *Charmante*, uma Gretchen[33] purinha, e já nos conhecemos. Juro que é uma gracinha! — contava, exibindo um ar

---

[29] Sonho, devaneio que não tem nada a ver com a realidade.
[30] Isso não é sério, não leva a consequências (em francês).
[31] Venham rápido, cavalheiros (em francês).
[32] Encantadora (em francês).
[33] Namorada de Fausto (personagem da tragédia *Fausto*, de Johann Wolfgang von Goethe), moça de beleza e castidade angelicais.

tão contente como se ela fosse "uma gracinha" especialmente para ele e como se ele aprovasse quem lhe reservara essa gracinha.

Lióvin fingiu que adormecera; Oblônski, que calçara as botas e acendera um charuto, saiu do feneiro, e logo as vozes dos companheiros se calaram.

Lióvin passou muito tempo sem dormir. Ouvia seus cavalos mastigarem o feno, depois o dono da casa se aprontar, com seu filho mais velho, e partir para o *notchnóie*; mais tarde, ouviu aquele soldado e seu sobrinho, o caçulinha do dono da casa, irem dormir do outro lado do feneiro, e o menino relatar ao tio, com uma vozinha fininha, a impressão que lhe tinham causado os cães, achando-os enormes e pavorosos; mais tarde ainda, o menino perguntava quem esses cães iam apanhar e o soldado lhe dizia, com uma voz rouca e sonolenta, que no dia seguinte os caçadores enveredariam pelo pântano e disparariam as espingardas, e depois, querendo livrar-se dessas perguntas do menino, atalhou: "Dorme, Vaska, dorme, senão..." e logo se pôs a roncar, e tudo se aquietou, ouvindo-se apenas o relinchar dos cavalos e o grasnar de uma galinhola. "Será que tão só de modo negativo?", repetiu Lióvin, em seu íntimo. "E daí? Não tenho culpa." E ficou pensando no dia por vir.

"Irei amanhã cedinho e farei questão de não me exaltar mais. Há montes de galinholas ali. Há também narcejas. E, quando voltar para casa, haverá um bilhete de Kitty. Sim, pode ser que Stiva tenha razão: não sou varonil com ela, sou um maricão, mas... fazer o quê? Outra vez, algo negativo!"

Modorrento como estava, ouviu o riso e o falar alegre de Veslóvski e de Stepan Arkáditch. Por um instante, descerrou os olhos: a lua havia nascido, e eles dois estavam ao portão aberto, vivamente iluminados pelo luar, e conversavam. Stepan Arkáditch dizia algo sobre o frescor da moça, comparando-a com uma noz fresquinha que acabava de ser descascada, e Veslóvski soltava aquelas suas risadas contagiosas e repetia as palavras que lhe teria dito algum mujique: "Arrume a sua de algum jeito". Lióvin murmurou, sonolento:

— Cavalheiros, amanhã ao raiar do sol! — e adormeceu.

## XII

Acordando mesmo ao raiar do sol, Lióvin tentou despertar seus companheiros. Deitado de bruços, estendendo uma das pernas ainda de meia, Vássenka dormia tão profundamente que não se podia arrancar-lhe nenhuma resposta. Oblônski também se negou, sem acordar por completo, a sair tão cedo assim. Até a Laska, que dormira enrodilhada num canto do feneiro, levantou-se a contragosto e passou a espreguiçar, indolente, as suas patas traseiras e a esticá-las uma após a outra. Calçando as botas, pegando a espingarda e abrindo devagarinho o portão rangente do feneiro, Lióvin saiu. Os cocheiros dormiam ao lado dos carros, os cavalos cochilavam. Só um deles comia preguiçosamente sua aveia, espalhando-a com o focinho por toda a gamela. A manhã estava ainda cinzenta.

— Por que se levantou tão cedo, *kassátik*?[34] — A velha dona da casa, que acabava de sair da isbá, dirigiu-se a Lióvin num tom amigável, como se fosse um amigo de longa data.

— Vou caçar, titia. Será que passo por aqui até o pântano?

— Direto, pelos fundos, por perto das nossas eiras, meu caro. Há uma senda ali, onde cresce o cânhamo.

Pisando cautelosamente com seus pés descalços e bronzeados, a velha acompanhou Lióvin e afastou, para deixá-lo passar, uma cerca rente às eiras cobertas.

— Por aqui, chega direto ao pântano. Nossos rapazes levaram lá os cavalos, ontem à noite.

A Laska corria por aquela senda, toda alegre; Lióvin seguia-a a passos rápidos e ligeiros, lançando olhadas frequentes para o céu. Queria que o sol nascesse depois que ele tivesse chegado ao pântano. Entretanto, o sol não se atrasava. A meia-lua, ainda fulgente quando ele saíra do feneiro, agora tremeluzia apenas, como um pedaço de mercúrio; a estrela-d'alva, que antes não se podia deixar de avistar, agora teria de ser procurada no firmamento; aquelas manchas esparsas por um campo longínquo, antes bem imprecisas, agora se viam nitidamente. Eram medas de centeio. Ainda invisível sem a luz do sol, o orvalho a salpicar o cânhamo alto e perfumoso, cujas plantas masculinas já haviam sido extirpadas, molhava os pés de Lióvin e seu blusão acima da cintura. Os mínimos sons se ouviam naquele silêncio transparente do amanhecer. Uma abelhinha voou junto da sua orelha, zumbindo como uma bala. Olhando com mais atenção, ele viu outra abelha, depois a terceira. Todas elas apareciam por trás da cerca de um colmeal, sobrevoavam o cânhamo e sumiam rumo ao pântano. A senda conduziu-o ao pântano sem rodeios. Dava para reconhecer esse local de longe, pelos vapores que dele subiam, ora mais densos, ora mais ralos, de sorte que a espadana e os pequenos salgueiros oscilavam, como se fossem ilhotas, por sobre aqueles vapores. Alguns garotos e mujiques, que tinham levado os cavalos ao pasto noturno, estavam deitados, à beira do pântano e pelas margens da estrada, e dormiam todos, enquanto amanhecia, envoltos em seus cafetãs. Três cavalos acorrentados andavam por perto. Um deles fazia suas correntes tinirem. A Laska avançava ao lado de seu dono: gania para que a soltasse e, vez por

---

[34] Queridinho, amiguinho (em russo).

outra, olhava para trás. Passando ao lado daqueles mujiques adormecidos e acercando-se da primeira poça, Lióvin examinou os cartuchos e soltou a cadela. Um dos cavalos, um pardo *tretiak* bem nutrido, recuou ao vê-la e, empinando o rabo, deu um bufido. Os demais cavalos também se assustaram: chapinhando a água com suas pernas acorrentadas e produzindo, com seus cascos tirados da lama espessa, um som semelhante ao bater de palmas, saíram aos saltos do pântano. A Laska parou, mirando jocosamente esses cavalos e fixando um olhar interrogativo em Lióvin. Alisando-lhe o pelo, ele assobiou para sinalizar que já podia começar a caça.

Animada e ansiosa, a Laska correu pelo lamaçal que se agitava embaixo dela.

Ao adentrar correndo o pântano, a Laska percebeu logo, em meio aos cheiros de raízes, de ervas palustres, de águas estagnadas, que já conhecia, e não obstante o cheiro de esterco equino, que não conhecia ainda, o cheiro de aves espalhado por todo aquele local, daquelas mesmas aves cheirosas que mais lhe chamavam a atenção. Em vários pontos, sobre o musgo e as bardanas do pântano, tal cheiro estava muito forte, porém não se podia definir onde ele aumentava ou diminuía. Para encontrar o caminho certo, precisava-se ir adiante, na direção em que soprava o vento. Sem sentir mais o movimento das suas patas, alarmada como estava, a Laska partiu galopando, de modo que podia parar, se houvesse necessidade, a qualquer salto, para o lado direito, para longe da aragem matinal a soprar do leste, e depois se virou ao encontro dela. Aspirando o ar com suas ventas dilatadas, logo farejou não apenas os rastros das aves, mas a presença delas próprias: estavam bem ali, em sua frente, e não era uma ave só, mas muitas aves de vez. A Laska passou a trotar mais devagar. As aves estavam ali, porém ela não conseguia ainda encontrar o lugar exato. Para encontrá-lo, começou a correr em círculo, mas, de repente, a voz do dono distraiu-a. "Laska, aqui!", disse ele, apontando-lhe outro caminho. A Laska se deteve, como que perguntando se não seria melhor continuar como tinha começado, mas ele repetiu a ordem, com uma voz irritada, e apontou para alguns cômoros submersos onde não podia haver nem sombra de aves. A cadela obedeceu, fazendo de conta que procurava a fim de agradar ao seu dono, revirou todos aqueles cômoros, voltou para onde estivera e logo sentiu outra vez o cheiro das aves. Agora que o dono não a atrapalhava mais, sabia o que fazer: sem olhar para o solo, tropeçando, amolada, nos altos cômoros e pisando na lama, mas conseguindo logo retirar as suas patas flexíveis e fortes, iniciou um novo círculo que devia esclarecer tudo para ela. Ansiava por aquele cheiro, cada vez mais próximo e definido, e acabou por compreender, de chofre e bem claramente, que uma das aves estava lá, detrás de um cômoro, a cinco passos dela, e eis que parou defronte ao cômoro e todo o seu corpo se enrijeceu. Com suas patas curtas, não conseguia ver nada pela frente, porém sabia, só pelo cheiro, que a ave estava a, no máximo, cinco passos de distância. Mantinha-se imóvel, sentindo-a cada vez mais, deliciando-se com sua espera. Seu rabo, todo esticado de tensão, estremecia apenas bem na pontinha. Sua boca estava entreaberta, suas orelhas se soerguiam; uma das orelhas se virara pelo avesso enquanto ela corria. A Laska respirava a custo, mas prudentemente, e, mais prudente ainda, movendo antes os olhos que a cabeça inteira, olhava para seu dono. Com uma expressão familiar, mas de olhos sempre medonhos, Lióvin caminhava através dos cômoros, tropeçando amiúde, mas, como lhe parecia a ela, muito devagar. Parecia-lhe que seu dono caminhava devagar, enquanto, na verdade, ele corria.

Ao reparar naquela singular busca da Laska, quando ela se apertava toda ao solo, aparentava rastejar, arrastando as patas traseiras como se nadasse, e soabria a boca, Lióvin entendeu que se aproximava das narcejas; então rezou mentalmente a Deus, para acertar ao menos a primeira ave, e correu atrás dela. Uma vez perto da Laska, olhou para a frente, da sua altura, e viu o que ela farejava. Uma narceja havia pousado no interstício dos cômoros e, virando a cabeça, apurava os ouvidos. A seguir, desdobrou um pouco as asas, tornou a dobrá-las e, sacudindo desajeitadamente a cauda, sumiu por trás do cômoro.

— *Pille, pille!* — gritou Lióvin, ao empurrar o traseiro da Laska.

"Mas não posso ir", pensou a Laska. "Aonde é que vou? Eu as sinto daqui, mas, se avançar, não entenderei nada, nem onde estão nem como são." Mas eis que o dono lhe deu outro empurrão, com o joelho, e cochichou inquieto: "*Pille*, Lássotchka, *pille!*".

"Pois bem: se é isso que ele quer, vou fazer isso mesmo, só que agora não me garanto mais", pensou ela e, com todas as forças, disparou avançando por entre os cômoros. Já não farejava, apenas via e ouvia sem entender nada.

A dez passos daquele lugar, com um suculento grasnido e um som especial, como que protuberante, próprio das asas dessa ave, uma narceja alçou voo. E, logo após o disparo, tombou do alto, e seu peito branco estalou contra o lamaçal. Outra narceja, detrás de Lióvin, esvoaçou antes que a cadela a alcançasse.

Quando Lióvin se voltou para aquele lado, a ave já estava longe. Todavia, conseguiu abatê-la. Ao voar por uns vinte passos, a segunda narceja subiu como uma flecha e depois, como uma bolinha arremessada, caiu rolando, com um baque pesado, sobre uma ilhota seca.

"Agora é que vai dar certo!", pensou Lióvin, guardando ambas as narcejas, gordas e ainda quentes, em sua bolsa de caça. "Hein, Lássotchka, vai dar certo?"

Quando Lióvin recarregou a espingarda e seguiu adiante, o sol, embora não se visse ainda por trás das nuvens, já havia nascido. Ao perder todo o seu fulgor, a meia-lua alvejava no céu como uma nuvenzinha; já não se enxergava mais nenhuma estrela. As poças miúdas, antes prateadas por causa do orvalho, estavam agora douradas. Toda a água palustre tinha a cor do âmbar. O colorido azul das ervas tornara-se verde-amarelado. As avezinhas do pântano pululavam sobre as moitas próximas de um riacho, as quais lançavam, brilhantes de orvalho, uma comprida sombra. Um gavião acabara de acordar e, pousado em cima de uma das medas, virava a cabeça de um lado para o outro e fitava, mal-humorado, o pântano. As gralhas voavam rumo ao campo, e um garotinho descalço já vinha levando os cavalos para junto do velho, que se coçava ao dormir embaixo do seu cafetã. A fumaça dos tiros branquejava, como leite, sobre o verdor das ervas.

Um dos garotos se achegou correndo a Lióvin.

— Ó, titio, os patos tavam aqui ontem! — gritou, seguindo-o de longe.

E, vendo aquele garoto que lhe manifestava sua aprovação, Lióvin regozijou-se duplamente em matar logo a seguir, uma por uma, ainda três galinholas.

## XIII

Aquela superstição dos caçadores, a de que, se não deixassem escapar nem o primeiro bicho nem a primeira ave, a caçada seria boa, revelou-se verídica.

Exausto e faminto, mas feliz, Lióvin retornou à casa de seu hospedeiro por volta das dez horas da manhã, depois de percorrer umas trinta verstas, com dezenove peças de volataria vermelha[35] e um pato que amarrara ao cinturão por não caber mais em sua bolsa de caça. Seus companheiros, acordados havia bastante tempo, já tinham desjejuado ao sentirem fome.

— Esperem, esperem: eu sei que são dezenove — dizia Lióvin, recontando pela segunda vez as narcejas e galinholas já desprovidas daqueles ares imponentes que tinham ao alçarem voo, entortadas e ressequidas, manchadas de sangue coagulado, com pescoços torcidos.

Sua contagem estava certa, e a inveja de Stepan Arkáditch agradava a Lióvin. Também lhe agradou a vinda do mensageiro que acabara de trazer um bilhete de Kitty:

"Estou bem de saúde e alegre. Se estiveres com medo por minha causa, podes ficar ainda mais tranquilo do que antes. Tenho um novo guarda-costas, Maria Vlássievna (era uma parteira, uma pessoa nova e importante na vida conjugal de Lióvin). Ela veio para me visitar. Achou que eu estava completamente saudável, e nós a deixamos morar conosco até que tu mesmo voltasses.

---

[35] Grupo de aves ao qual pertencem as galinholas e as narcejas.

Estamos todos animados, em plena saúde, e não te apresses, por favor, se tua caça for boa: fica aí por mais um dia."

Essas duas alegrias — sua caça bem-sucedida e a mensagem de sua mulher — eram tão grandes que duas pequenas contrariedades ocorridas logo em seguida não causaram a Lióvin muito desgosto. Uma delas era que o ruivo cavalo lateral aparentava estar cansado demais, desde o dia anterior, não comia ração e parecia triste. O cocheiro dizia que estava esgotado.

— Acabamos com ele, Konstantin Dmítritch — dizia. — Foram dez verstas que correu pelo lamaçal, sem tirar nem pôr!

A outra contrariedade, a qual azedara no primeiro momento seu bom humor, mas depois o faria rir muito, era que de todas as provisões fornecidas por Kitty, com tanta abundância que aparentemente não se poderia consumi-las nem durante uma semana, não sobrava mais nada. Quando voltava, exausto e faminto, da sua caça, Lióvin sonhava tão resolutamente com pasteizinhos que, ao aproximar-se daquela casa, já sentia o cheiro deles, já percebia o sabor deles na boca, como se os farejasse igual à Laska, e logo mandou que Filipp lhe servisse uma porção. Então se esclareceu que não só não havia pasteizinhos, mas nem sequer frangos.

— Que apetite, hein? — disse Stepan Arkáditch, rindo e apontando para Vássenka Veslóvski. — Eu mesmo não sofro de falta de apetite, mas aquilo ali é assombroso...

— *Mais c'était délicieux!*[36] — elogiou Veslóvski a carne de vaca que tinha comido.

— Fazer o quê? — replicou Lióvin, olhando soturnamente para Veslóvski. — Filipp, sirva, pois, aquela carne de vaca.

— Já comeram a carne também: joguei o osso aos cachorros — respondeu Filipp.

Lióvin ficou tão aborrecido que disse, com amargor:

— Se tivessem deixado, pelo menos, alguma coisinha para mim! —, e sentiu vontade de chorar.

— Vá estripar as aves — dirigiu-se, com uma voz trêmula, a Filipp, procurando nem olhar mais para Vássenka — e coloque urtigas. E peça que me tragam leite, pelo menos.

Só mais tarde, depois de tomar muito leite, é que se envergonhou por ter exprimido seu dissabor para uma pessoa estranha e passou a rir dessa sua revolta de barriga vazia.

Ao entardecer, foram caçar outra vez (até mesmo Veslóvski matou algumas aves) e, de noite, voltaram para casa.

---

[36] Mas estava uma delícia (em francês).

O percurso de volta foi tão jovial quanto o de ida. Veslóvski ora cantava, ora se lembrava, com deleite, das suas aventuras em meio àqueles mujiques que lhe tinham servido vodca e dito: "Deixa pra lá", ou então daquelas nozes noturnas que descascava com uma mocinha do sítio e do mujique que lhe perguntara se era casado e, ciente de que não era, dissera: "Pois não corra atrás da mulher do outro, mas, em primeiro lugar, arrume a sua de algum jeito". Essas palavras lhe pareciam especialmente engraçadas.

— Em suma, estou contentíssimo com nosso passeio. E você, Lióvin?

— Estou muito contente — respondeu Lióvin, com sinceridade. Alegrava-se, sobretudo, por não apenas ter deixado de sentir a hostilidade que experimentara, em relação a Vássenka Veslóvski, lá em casa, mas, pelo contrário, por tratá-lo agora da maneira mais amistosa.

## XIV

No dia seguinte, às dez horas, depois de rodar a fazenda toda, Lióvin bateu à porta do quarto onde se hospedava Vássenka.

— *Entrez!*[37] — gritou-lhe Veslóvski. — Desculpe-me, que acabei de fazer as minhas *ablutions*[38] — disse, sorrindo, ao aparecer em sua frente tão só com roupas de baixo.

— Fique à vontade, por favor... — Lióvin se sentou perto da janela. — Dormiu bem?

— Como um morto. Hoje será um excelente dia para caçar!

— Sim. Toma chá ou café?

— Nem um nem outro. Vou lanchar mesmo. Juro que estou com vergonha. As damas já acordaram, eu acho? Seria bom darmos agora uma voltinha. Mostre-me seus cavalos!

Ao passearem pelo jardim, visitarem a cocheira e mesmo fazerem juntos alguns exercícios nas barras, Lióvin retornou com o hóspede à casa, acompanhando-o até a sala de estar.

— Ótima caça, e quantas impressões! — disse Veslóvski, achegando-se a Kitty que estava sentada ao lado do samovar. — Que pena as damas serem privadas desses prazeres!

"O que fazer, já que precisa falar, de algum jeitinho, com a anfitriã?", disse Lióvin consigo mesmo. Achou novamente ter percebido algo errado naquele sorriso, naquela expressão triunfante com que o hóspede se dirigia a Kitty...

---

[37] Entre (em francês).
[38] Abluções, lavagem parcial do corpo (em francês).

A velha princesa, sentada do outro lado da mesa com Maria Vlássievna e Stepan Arkáditch, chamou por Lióvin e começou a falar-lhe sobre a mudança para Moscou, no intento de prepararem o parto de Kitty e o apartamento do jovem casal. Assim como desagradavam a Lióvin, às vésperas de seu casamento, todas aquelas preparações cuja tacanhez profanava a grandeza do que vinha acontecendo, as preparações para o próximo parto, cuja data se calculava, de certa maneira, nos dedos, pareciam-lhe ainda mais ignominiosas. Ele se esforçava o tempo todo para não ouvir aquelas conversas relativas ao método de pôr as fraldas do futuro bebê, fazia questão de se virar para não ver aquelas faixas de tricô, intermináveis e misteriosas, aqueles minúsculos triângulos de linho aos quais Dolly atribuía uma importância particular, etc. O próprio fato de nascimento do seu filho (tinha plena certeza de que nasceria um filho), que lhe prometiam sem que pudesse acreditar nele — tão desmedido lhe parecia esse fato! —, apresentava-se a Lióvin, por um lado, como uma felicidade enorme e, por conseguinte, inimaginável e, por outro lado, como um acontecimento tão enigmático que o pretenso conhecimento daquilo que estava por vir e a consequente preparação para um evento aparentemente comum, realizado por pessoas comuns, deixavam-no humilhado e revoltado.

Contudo, a princesa não compreendia seus sentimentos, alegando que não se dispunha a pensar nem a falar nisso por ser leviano e insensível, e, portanto, não lhe dava sossego. Encarregou Stepan Arkáditch de visitar o futuro apartamento e, logo em seguida, chamou por Lióvin.

— Não sei de nada, princesa. Faça o que quiser — disse ele.

— Temos que decidir quando vocês se mudam.

— Juro-lhe que não sei. Sei que milhões de bebês nascem fora de Moscou e sem médicos... então, por quê...

— Bom, se for isso...

— Não é isso, não... O que prefere Kitty?

— Não dá para falar disso com Kitty! Você não quer que eu a assuste, quer? Esta primavera, por exemplo, Nathalie Golítsyna morreu por erro daquele obstetra incompetente!

— Farei conforme a senhora disser — respondeu Lióvin, sombrio.

A princesa se pôs a explicar-lhe o assunto, porém ele não a escutava. Conquanto se melindrasse com essa conversa, não estava sombrio por causa dela, mas devido àquilo que via ao lado do samovar.

"Não, é impossível", pensava, olhando ora para Vássenka, que se inclinara sobre Kitty e lhe dizia algo, com seu sorriso bonito, ora para ela mesma, toda corada e emocionada.

Havia naquela postura de Vássenka, no sorriso e no olhar dele, algo impuro. Como se não bastasse, Lióvin enxergou algo impuro na postura e no olhar de Kitty também. E, outra vez, a luz se apagou em seus olhos. De novo, como na antevéspera, ele se sentiu de improviso, sem a menor transição, arremessado daquelas alturas da felicidade, da paz e da dignidade para o mesmo precipício do desespero, da cólera e da humilhação. Voltou a sentir aversão a todos e a tudo.

— Pois então, princesa, faça conforme quiser — disse, olhando novamente para eles.

— Pesada é a *chapka* de Monomakh![39] — comentou, brincando, Stepan Arkáditch. Decerto não aludia somente à conversa de Lióvin com a princesa, mas também ao motivo de sua inquietação em que acabara de reparar. — Como vem tarde hoje, hein, Dolly!

Todos se levantaram para cumprimentar Dária Alexândrovna. Vássenka se levantou apenas por um minuto: com aquela falta de educação própria dos jovens modernos perante as damas, fez uma leve mesura e, soltando uma risadinha, levou adiante a sua conversa.

— Macha acabou comigo. Dormiu mal e está muito birrenta hoje — disse Dolly.

A conversa que se travara entre Vássenka e Kitty concernia ao mesmo assunto da antevéspera: eles falavam sobre Anna e questionavam se o amor se sobrepunha mesmo às conveniências mundanas. Essa conversa desagradava a Kitty, inquietando-a tanto com o tema abordado em si quanto com o tom adotado por Veslóvski e, sobretudo, com aquele efeito que haveria de provocar, segundo já lhe constava, em seu marido. Todavia, ela era singela e inocente demais para saber como interrompê-la ou, pelo menos, dissimular aquele patente prazer que lhe proporcionava a atenção manifesta de seu jovem interlocutor. Queria interromper essa conversa, mas não sabia o que tinha a fazer. Sabia que tudo quanto fizesse seria notado pelo marido e depois teria uma interpretação negativa. E, realmente, quando ela indagou a Dolly pelo que tinha Macha, e Vássenka passou a mirar Dolly com indiferença, esperando pelo fim desse colóquio que o deixava entediado, tal indagação se assemelhou, aos olhos de Lióvin, a uma artimanha falsa e asquerosa.

— Vamos, então, colher cogumelos hoje? — perguntou Dolly.

— Vamos, por favor, e eu também vou — disse Kitty, enrubescendo. Queria perguntar, por mera amabilidade, se Vássenka ia colher cogumelos, mas não perguntou. — Aonde vais, Kóstia? — dirigiu-se confusa ao marido, que passava, todo resoluto, perto dela. E essa expressão confusa acabou confirmando todas as conjeturas de Lióvin.

---

[39] Expressão idiomática russa que se refere ao peso metafórico da coroa, com alusão ao Grande Príncipe de Kiev Vladímir Monomakh (1053-1125), ou, neste contexto específico, à responsabilidade assumida por um homem casado.

— O maquinista veio enquanto eu não estava aqui: ainda não o vi — disse ele, sem olhar para Kitty.

Desceu ao andar de baixo, porém, antes de sair do gabinete, ouviu os passos de sua mulher, que conhecia tão bem: com uma rapidez imprudente, Kitty descia atrás dele.

— O que há? — perguntou-lhe, num tom seco. — Estamos ocupados.

— Peço desculpas — dirigiu-se ela ao maquinista alemão —: preciso dizer umas palavras ao meu marido.

O alemão já estava para se retirar, mas Lióvin lhe disse:

— Não se preocupe.

— O trem parte às três? — inquiriu o alemão. — Receio que me atrase.

Sem responder, Lióvin saiu do gabinete com sua mulher.

— Pois bem: o que a senhora tem a dizer-me? — perguntou em francês.

Não a encarava nem mesmo queria ver que, naquele seu estado, ela parecia deplorável, aniquilada, e que seu rosto estava todo trêmulo.

— Eu... eu quero dizer que não se pode viver assim, que é um sofrimento... — balbuciou Kitty.

— Há gente aqui, na copa — retrucou Lióvin, zangado. — Não faça cenas.

— Pois vamos lá!

Eles estavam num quarto que se abria para dois cômodos diferentes. Kitty queria que passassem para o quarto vizinho. Mas ali estava a inglesa, que dava uma aula a Tânia.

— Pois vamos ao jardim!

Uma vez no jardim, eles se depararam com um mujique a limpar uma das veredas. E sem pensar mais que esse mujique via o rosto choroso dela e o rosto angustiado dele, nem se dar conta de terem ares de quem fugisse de alguma desgraça, avançaram a passos rápidos, sentindo que lhes cumpria dizer tudo um ao outro, dissuadir um ao outro, ficar a sós e, dessa maneira, livrar-se daquele suplício que aturavam.

— Não podemos viver assim, é uma tortura! Eu estou sofrendo, tu estás sofrendo... Por quê? — disse Kitty, quando chegaram enfim a um banquinho distante, na esquina de uma alameda de tílias.

— Mas vê se me dizes uma só coisa: houve, naquele tom dele, algo indecente, impuro, humilhante e odioso? — dizia Lióvin, tomando, na frente de sua mulher, a mesma pose, de punhos cerrados diante do peito, que já tomara, certa noite, na frente dela.

— Houve, sim — respondeu ela, com uma voz trêmula. — Mas, Kóstia, tu acreditas que eu não tenha culpa? Queria, já pela manhã, assumir uma atitude dessas, só que tais pessoas... Por que ele veio? Como estávamos felizes! — dizia, sufocada pelos soluços que agitavam todo o seu corpo avolumado.

E, surpreso, o jardineiro via... se bem que nada os perseguisse, que não tivessem de quem fugir nem pudessem ter encontrado nenhuma alegria especial naquele banquinho... o jardineiro via que, voltando ambos para casa, eles passavam em sua frente com rostos apaziguados e radiantes.

## XV

Ao acompanhar sua mulher até o andar de cima, Lióvin foi aos aposentos de Dolly. Dária Alexândrovna estava, por sua parte, muito abalada naquele dia. Andava pelo quarto e dizia, zangada, para a menina que soluçava num canto:

— E ficas de castigo, aí no canto, o dia todo, e vais almoçar sozinha, e não verás nenhuma boneca, e não vou costurar aquele vestido novo que te prometi — dizia, sem saber mais como a puniria. — Não, que mocinha torpe! — dirigiu-se a Lióvin. — De onde é que lhe vêm aqueles pendores perversos?

— Mas o que ela fez? — perguntou Lióvin, assaz indiferente. Queria aconselhar-se com a cunhada acerca de seu problema e, portanto, ficou desgostoso por vir em má hora.

— Ela foi, com Gricha, àquelas moitas de framboesa, e lá... nem consigo dizer o que ela fez. Que coisas abjetas! A *Miss* Elliot se arrependerá mil vezes. Não se importa com nada, aquela máquina... *Figurez-vous qu'elle...*[40]

E Dária Alexândrovna relatou o delito de Macha.

— Isso não prova nada: não são pendores perversos, mas apenas uma travessura — Lióvin tentou acalmá-la.

— Mas você mesmo está triste, não está? Por que é que veio? — indagou Dolly. — O que se faz por aí?

E, pelo tom dessa indagação, Lióvin percebeu que lhe seria fácil dizer o que tencionava dizer.

— Não estava com todos: estava no jardim, a sós com Kitty. Brigamos pela segunda vez desde que... Stiva chegou aqui.

Dolly fixou nele um olhar inteligente e compreensivo.

— Mas diga, com a mão na consciência: será que houve... não por parte de Kitty, mas daquele senhor ali... algum tom que pudesse ser desagradável... não desagradável, mas até mesmo horrível, ultrajante para o marido?

— Como é que lhe diria?... Fica no canto, fica! — dirigiu-se Dolly a Macha que, avistando um sorriso quase imperceptível no rosto de sua mãe, estava

---

[40] Imagine que ela... (em francês).

para se virar. — Na opinião da sociedade, ele se comporta como todos os jovens. *Il fait la cour à une jeune et jolie femme,*⁴¹ e um marido mundano só pode ficar lisonjeado com isso.

— Sim, sim — disse Lióvin, sombrio —, mas você reparou?

— Não só eu, mas Stiva também reparou. Ele me disse às claras, depois do chá: *je crois que Veslóvski fait un petit brin de cour à Kitty.*⁴²

— Perfeito: agora estou tranquilo. Vou enxotá-lo — disse Lióvin.

— O que tem, ficou louco? — exclamou Dolly, assustada. — O que tem, Kóstia? Veja se cria juízo! — continuou, rindo. — Pois bem, agora podes ir ver Fanny — disse a Macha. — Não, se você quiser mesmo, vou falar com Stiva. Ele o levará embora. Podemos dizer que você espera por outras visitas. E, digamos assim, ele não combina conosco.

— Não, não, eu mesmo vou...

— Será que vai brigar?...

— Nem um pouco. Até me animarei com isso — disse Lióvin, cujos olhos realmente brilhavam de alegria. — Perdoe-a, Dolly, venha! Ela não fará mais aquilo — referiu-se à pequena transgressora, que não tinha ido ver Fanny, mas se postara, toda indecisa, diante da mãe, fitando-a de soslaio e tentando captar o olhar dela.

A mãe olhou para a menina. Macha rompeu a chorar, apertando o rostinho aos joelhos da mãe, e Dolly colocou sua mão fina e terna na cabeça da filha.

"O que é que temos em comum, nós e ele?", pensou Lióvin, indo procurar por Veslóvski.

Ao passar pela antessala, mandou atrelar a caleça para ir à estação ferroviária.

— Uma das molas arrebentou ontem — respondeu o lacaio.

— Então o *tarantás*, mas que andem rápido. Onde está o hóspede?

— Foi ao seu quarto.

No momento em que Lióvin encontrou Vássenka, ele acabara de tirar seus pertences da mala e, rodeado das partituras de novas romanças, experimentava as polainas para ir cavalgar.

Houvesse algo peculiar na expressão facial de Lióvin ou Vássenka em pessoa tivesse intuído que *ce petit brin de cour*⁴³ empreendido por ele não condizia com essa família, quedou-se um pouco (na exata medida em que um homem mundano seria capaz de se constranger) constrangido com a entrada do anfitrião.

— Está cavalgando de polainas?

---

⁴¹ Ele está cortejando uma jovem e bonita mulher (em francês).
⁴² Acho que Veslóvski corteja um pouquinho Kitty (em francês).
⁴³ Aquele pequeno galanteio (em francês).

— Sim: é muito mais limpo — disse Vássenka, pondo sua perna roliça em cima de uma cadeira, afivelando o fecho de baixo e sorrindo com alegria e bonomia.

Era, sem dúvida, um bom sujeito, de modo que Lióvin sentiu pena dele e ficou envergonhado, em sua qualidade de anfitrião, ao notar certa timidez no olhar de Vássenka.

Havia, sobre a mesa, um pedaço daquele pau que eles tinham quebrado juntos, pela manhã, tentando soerguer as barras emperradas na hora da ginástica. Lióvin pegou esse pedaço e, sem saber como encetaria a conversa, pôs-se a torcer sua ponta fendida.

— Eu queria... — Ele se calou, mas, de repente, lembrou-se de Kitty, de tudo quanto acontecera, e disse, encarando-o com ousadia —: Mandei atrelar os cavalos para o senhor.

— Mas como assim? — começou Vássenka, perplexo. — Aonde é que eu iria?

— O senhor iria à estação ferroviária — disse Lióvin, soturno, ao passo que beliscava a ponta do pau.

— O senhor vai embora ou aconteceu alguma coisa?

— Acontece que espero por outras visitas — disse Lióvin, quebrando, cada vez mais depressa, a ponta do pau lascado com seus dedos fortes. — Aliás, não espero por ninguém, nem aconteceu coisa nenhuma, mas apenas lhe peço que parta. Pode explicar esta minha falta de cortesia como lhe aprouver.

Vássenka se aprumou.

— Peço que me explique... — disse com dignidade, ao entender finalmente de que se tratava.

— Não posso explicar nada — respondeu Lióvin em voz baixa, bem devagar, esforçando-se para conter o tremor de seus zigomas. — E seria melhor se o senhor não me perguntasse.

E, como a ponta fendida já estava totalmente quebrada, Lióvin agarrou as pontas grossas do pau, rasgou-o ao meio e tratou de apanhar o pedaço que caía.

Foram, por certo, aquelas mãos cheias de tensão nervosa, os músculos que apalpara pela manhã, enquanto eles faziam ginástica, aqueles olhos brilhantes, a voz baixa e os zigomas trementes que convenceram Vássenka mais do que quaisquer falas. Ele deu de ombros e, sorrindo com desdém, fez uma mesura.

— Será que eu poderia ver Oblônski?

Nem o gesto nem o sorriso do hóspede deixaram Lióvin irritado. "O que tem mais a fazer?", pensou ele.

— Agora mesmo o mando para cá.

— Mas que absurdo! — dizia Stepan Arkáditch, informado pelo seu companheiro de que o expulsavam daquela casa. Encontrara Lióvin no jardim, onde ele passeava esperando pela partida do hóspede. — *Mais c'est ridicule!*⁴⁴ Que mosca o picou? *Mais c'est du dernier ridicule!*⁴⁵ O que foi que você achou, se esse jovem...

Contudo, aquela picada de mosca continuava, pelo visto, doendo, porquanto Lióvin empalideceu de novo, tão logo Stepan Arkáditch se dispôs a esclarecer o motivo da briga, e apressou-se a interrompê-lo:

— Por favor, não procure pelos motivos! Não posso agir de outra maneira! Estou muito envergonhado em sua frente e na frente dele. Mas acho que, se ele partisse, não ficaria tão abatido assim; quanto a mim mesmo e à minha esposa, a presença dele é desagradável para nós dois.

— Mas é ofensivo para ele! *Et puis,*⁴⁶ *c'est ridicule.*

— E, para mim, é ofensivo e doloroso! Só que não tenho culpa de nada, nem preciso sofrer!

— Pois eu não esperava isso da sua parte! *On peut être jaloux, mais à ce point, c'est du dernier ridicule!*⁴⁷

Lióvin se virou depressa, enveredando sozinho pela alameda, e foi andando de lá para cá. Pouco depois, ouviu o barulho do *tarantás* e viu, parado detrás das árvores, Vássenka, que, sentado numa pilha de feno (por mero azar, não havia assentos naquele *tarantás*), com seu gorro escocês, passou, saltitando de sacolejo em sacolejo, ao longo da alameda.

"O que é isso ainda?", pensou Lióvin, quando o lacaio saiu correndo da casa e deteve o *tarantás*. Era o maquinista alemão de quem Lióvin se esquecera por completo. Despedindo-se, ele dizia algo a Veslóvski; em seguida, subiu ao *tarantás*, e eles partiram juntos.

Stepan Arkáditch e a princesa estavam indignados com o rompante de Lióvin. E ele próprio se sentia não apenas *ridicule* no mais alto grau, mas também culpado, de todas as formas possíveis, e infamado; porém, ao relembrar o que ele e sua mulher tinham aturado, perguntava a si mesmo como agiria da próxima vez e respondia, em seu íntimo, que agiria de igual maneira.

Nada obstante, no fim desse mesmo dia, todos, à exceção da princesa, que ainda não desculpara Lióvin de sua façanha, ficaram excepcionalmente animados e lépidos, como as crianças após um castigo ou então os adultos ao cabo de uma penosa recepção oficial, tanto assim que, de noite, já se falava

---

⁴⁴ Mas é ridículo (em francês).
⁴⁵ Mas é absolutamente ridículo (em francês).
⁴⁶ E depois... (em francês).
⁴⁷ Pode-se ser ciumento, mas a esse ponto... (em francês).

daquele expurgo de Vássenka, na ausência da princesa, como de um evento pretérito. E Dolly, que herdara do pai a capacidade de narrar histórias cômicas, fazia Várenka cair de riso ao contar, pela terceira e quarta vez, com diversos acréscimos humorísticos, como ela se aprontava para usar, diante do hóspede, seus novos lacinhos de fita e já estava pronta a entrar na sala de estar, mas, de repente, ouvira o barulho de um carroção. E quem estava naquele carroção? Vássenka em pessoa, com seu gorro escocês, suas romanças e suas polainas, sentado numa pilha de feno.

— Você devia mandar, pelo menos, atrelar uma carruagem! Mas não... E depois ouço: "Esperem!". Pois bem, penso, sentiram pena dele. E vejo: puseram aquele gordo alemão na mesma carroça e levaram os dois embora... Já eram os meus lacinhos de fita!...

## XVI

De acordo com sua intenção, Dária Alexândrovna foi visitar Anna. Lamentava muito entristecer sua irmã e contrariar o cunhado, pois entendia como os Lióvin estavam certos em não desejarem manter nenhuma relação com Vrônski, porém considerava uma obrigação rever Anna e demonstrar-lhe que seus sentimentos amigáveis não podiam mudar com a mudança da situação de sua amiga.

Para não depender dos Lióvin durante a sua viagem, Dária Alexândrovna mandou alugar os cavalos na aldeia, mas Lióvin ficou ciente disso e veio admoestá-la:

— Por que acha que sua visita me desagrada? E, mesmo se isso me desagradasse, o desagrado seria maior ainda porque não toma os meus cavalos — dizia-lhe. — Você não me disse nenhuma vez que estava realmente para ir lá. E, se alugar os cavalos na aldeia, isso será, primeiro, desagradável para mim e, o principal, se eles consentirem mesmo em levá-la, acabará ficando no meio do caminho. Eu tenho cavalos aqui. E você os aceitará, salvo se estiver com vontade de me magoar.

Dária Alexândrovna teve de concordar e, no dia marcado, Lióvin preparou para sua cunhada quatro cavalos e uma muda extra, composta de animais de trabalho e de sela, bastante feia, mas apta a levar Dária Alexândrovna aonde ela queria num dia só. Agora que a princesa, disposta a ir embora, e a parteira também precisavam de cavalos, cedê-los seria algo complicado para Lióvin, porém, cumprindo seu dever de hospitalidade, ele não podia admitir que, hospedada em sua casa, Dária Alexândrovna alugasse os cavalos fora e, além do mais, sabia que aqueles vinte rublos cobrados da sua cunhada por essa viagem eram bem importantes para ela. Lióvin tratava os negócios financeiros de Dária Alexândrovna, que iam de mal a pior, como se fossem suas próprias contas a pagar.

Seguindo o conselho de Lióvin, Dária Alexândrovna partiu antes do amanhecer. A estrada estava boa, a caleça era sólida, os cavalos corriam bem, e quem viajava sentado na boleia, ao lado do cocheiro, não era um lacaio qualquer, mas um empregado confiável, que Lióvin mandara por motivos de segurança. Dária Alexândrovna ficou cochilando e só acordou quando a caleça já se aproximava de uma estalagem, onde seria preciso mudar de cavalos.

Ao tomar chá na casa daquele mesmo mujique abastado que acolhera Lióvin, quando este fora visitar Sviiájski, e conversar com o mulherio sobre as crianças e com o velho mujique sobre o conde Vrônski, muito elogiado por ele, Dária Alexândrovna seguiu adiante às dez horas da manhã. Lá em casa, preocupada com seus filhos, nunca tinha tempo livre para refletir. Em compensação, agora que passaria quatro horas viajando, todos os pensamentos antes retidos aglomeraram-se, de improviso, em sua cabeça, e ela fez o que nunca fizera antes: repensou toda a sua vida sob os ângulos mais diversos. Acabou estranhando seus próprios pensamentos. De início, pensou em seus filhos: embora a velha princesa e, principalmente, Kitty (com quem ela contava em primeiro lugar) tivessem prometido ficar de olho neles, estava inquieta. "E se Macha voltar a fazer aquelas suas artes, e se um cavalo machucar Gricha, e se Lily tiver uma indigestão maior ainda?" Mas depois as questões hodiernas foram substituídas pelas do futuro próximo. Ela se pôs a pensar que teria de alugar, no inverno por vir, um novo apartamento em Moscou, de trocar os móveis do salão e de encomendar uma peliçazinha para a filha mais velha. Foram surgindo, a seguir, as questões de um futuro um tanto mais distante: como ela faria que seus filhos se arranjassem na vida?

"As meninas ainda ficariam bem", pensava, "mas os meninos? É claro que eu ajudo Gricha a estudar, mas é apenas porque estou livre agora, eu mesma, porque não tenho mais filhos. Não se pode, bem entendido, contar com Stiva. Então, com o auxílio da gente boa, ajudarei todos os meus filhos, porém, se engravidar de novo...". E eis que lhe veio a ideia de ser injusto aquele ditado de que a mulher estava amaldiçoada para "em dor dar à luz filhos".[48] "Dar à luz, não é nada, mas andar grávida... isso é que é um suplício!", pensou, ao recordar sua última gravidez e a morte de seu último bebê. Recordou-se também de sua conversa com uma moçoila, ali na estalagem. Quando lhe perguntara se tinha filhos, aquela moça bonita respondera alegremente:

---

[48] Gênesis, 3:16.

— Tive uma menina, só que Deus me desamarrou: foi na Quaresma que a enterrei.
— Mas então, sente muita falta dela? — continuara Dária Alexândrovna.
— Por que sentiria? Meu velho já tem muitos netos. Só dão trabalho, não deixam a gente fazer mais nada. Como se fosse uma amarra...

Essa resposta parecera a Dária Alexândrovna execrável, apesar de a moça ser bonita e simpática, mas agora, sem querer, ela se lembrava das suas palavras. E tais palavras cínicas encerravam um quinhão da verdade.

"E, de modo geral", pensava Dária Alexândrovna, rememorando todos esses quinze anos de sua vida conjugal: "a gravidez, os enjoos, a mente embrutecida, a indiferença por tudo e, o principal, a feiura. Até Kitty, essa novinha e bonitinha Kitty, ficou tão feia assim, e eu, quando grávida, fico horrorosa, sei disso. O parto, as dores, terríveis dores... aquele último instante... depois a amamentação, aquelas noites insones e, de novo, as dores terríveis...".

Dária Alexândrovna estremeceu tão só de relembrar a dor em seus mamilos gretados, que ela sentia ao amamentar quase todos os filhos. "Depois vêm as doenças dos filhos, com aquele medo constante; depois vêm a educação, os pendores perversos (ela se recordou daquele delito que a pequena Macha cometera nas moitas de framboesa), os estudos, o latim... Tudo isso é tão obscuro e difícil. E, acima de tudo, a morte desses mesmos filhos." E ressurgiu, em sua imaginação, a horrenda lembrança da morte de seu último filhinho recém-nascido, que não cessava de afligir seu coração materno: o crupe que o matara, o enterro, a indiferença geral em face daquele pequeno caixão rosa e sua própria dor solitária, que lhe dilacerava o coração diante daquela testinha pálida, daqueles cabelinhos frisados nas têmporas, daquela boquinha aberta, como que de surpresa, entrevista no caixão naquele momento em que o fechavam com uma tampinha rosa, bordada de galões em forma de cruzes.

"E para que serve aquilo tudo? Aonde é que aquilo tudo levará? Será que eu, sem um minuto de paz, ora grávida, ora lactante, sempre zangada e rabugenta, atormentada, eu mesma, e atormentando os outros, desprezada pelo marido, viverei assim a vida toda, e meus filhos crescerão infelizes, mal-educados e miseráveis? E agora, não fosse este verão passado na casa dos Lióvin, nem sei como nós viveríamos! É claro que Kóstia e Kitty são tão delicados que não se percebe quase nada, mas isso não pode continuar. Eles mesmos terão filhos e não poderão mais ajudar; eles já estão apertados. Pois então será meu pai, que não deixou quase nada para si mesmo, quem me ajudará? Quer dizer, nem criar meus filhos sozinha eu posso: só se os outros me ajudarem, só se me humilhar. E assim será se imaginarmos o êxito mais feliz, se nenhum dos meus filhos morrer e se eu os educar todos de algum jeito. Na melhor das hipóteses, apenas não serão cafajestes. É tudo o que posso desejar. E quantos sofrimentos por causa disso, quantos esforços... Toda a minha vida se perdeu!" Lembrou-se outra vez daquilo que lhe dissera a moçoila e, outra vez, sentiu asco ao lembrar-se daquilo; todavia, não pôde deixar de reconhecer que as falas dela continham um quinhão da cruel verdade.

— Ainda estamos longe, Mikháila? — perguntou Dária Alexândrovna ao empregado, querendo distrair-se desses pensamentos que a intimidavam.

— Dizem que, a partir dessa aldeia, seriam umas sete verstas.

Descendo por uma rua da aldeia, a caleça se aproximava de uma pontezinha. Em meio a uma conversa sonora e animada, várias camponesas alegres passavam por essa pontezinha, com *sviáslos*[49] enrolados nos ombros. Por um momento, pararam ali, fitando a caleça com curiosidade. Todos aqueles rostos voltados para ela pareceram a Dária Alexândrovna saudáveis e joviais, desafiadores com sua alegria de viver. "Todos vivem, todos se deliciam com a vida", continuou pensando, ao deixar aquelas mulheres para trás, subir uma ladeira e tornar a balançar-se suavemente, no ritmo do trote de seus cavalos, sobre as molas macias da velha caleça, "e eu, como se saísse de uma prisão, deixo aquele ambiente, que me mata com sua rotina, e só agora me recomponho por um só instante. Todo mundo está vivendo: aquelas mulheres, e minha irmã Natalie, e Várenka, e Anna, que vou visitar — todo mundo, menos eu. E eles ainda censuram Anna. Por quê? Seria eu mesma melhor do que ela? Pelo menos, tenho um marido que amo. Isto é, não o amo como gostaria de amá-lo, mas o amo, ainda assim, e Anna não tem amado o marido dela. Então, seria culpada de quê? Ela quer viver. Foi Deus que colocou essa vontade em nossas almas. Quem sabe se eu também não teria feito aquilo. Até agora não sei se fiz bem em dar ouvidos a ela, naquele tempo horrível, quando me visitou em Moscou. Era bem naquele tempo que eu devia abandonar o marido e recomeçar a vida. Poderia amar e ser amada de verdade. Será que estou melhor agora? Não o respeito. Preciso dele...", pensava acerca de seu marido, "e o aguento perto de mim. Seria isso melhor? Ainda se podia gostar de mim naquele tempo, ainda me sobrava minha beleza...", Dária Alexândrovna continuava a pensar e queria mirar-se num espelho. Havia um espelhinho portátil em seu saquinho; ela quis retirá-lo, porém, ao olhar para as costas do cocheiro e do empregado, que sacolejavam na boleia, sentiu que se envergonharia, caso algum deles virasse a cabeça, e desistiu de tirar o espelhinho.

Todavia, mesmo sem se mirar no espelho, pensou que nem agora seria tarde demais e recordou-se de Serguei Ivânovitch, que a tratava com especial cortesia, e daquele bondoso Túrovtsyn, companheiro de Stiva, que

---

[49] Cordão de palha usado para atar feixes de feno (regionalismo russo).

a ajudava a cuidar dos filhos com escarlatina e parecia apaixonado por ela. Havia também outro homem, muito novo ainda, que a achava, segundo lhe comunicara jocosamente seu marido, bem mais bonita do que suas irmãs. E Dária Alexândrovna imaginava os romances mais passionais e impossíveis. "Anna fez uma coisa certíssima, e eu cá não vou censurá-la de modo algum. Ela está feliz, torna um homem feliz, não vive reprimida, ao contrário de mim, mas continua, por certo, tão viçosa, inteligente, aberta a tudo como sempre", pensava, e um sorriso contente e malicioso enrugava-lhe os lábios, notadamente porque, refletindo sobre o romance de Anna, Dária Alexândrovna idealizava em paralelo um romance que ela mesma teria, quase idêntico ao de Anna, com um homem imaginário, representativo de vários homens conhecidos e apaixonado por ela. Confessaria tudo para seu marido, como o fizera Anna... E ficava sorrindo ao imaginar o pasmo e a confusão que tal notícia ocasionaria a Stepan Arkáditch.

Imersa naqueles sonhos, chegou à bifurcação da estrada mestra que dava acesso à fazenda Vozdvíjenskoie.

## XVII

O cocheiro fez os quatro cavalos pararem e olhou para o lado direito, para um campo de centeio onde alguns mujiques estavam sentados perto de uma carroça. O empregado já queria descer da boleia, porém mudou de ideia e gritou, imperioso, para um dos mujiques, solicitando, com um gesto enérgico, que se aproximasse. O ventinho, que acompanhara a caleça em movimento, aquietou-se quando ela parou; os moscardos vieram picar os cavalos suados, que tentavam furiosamente afastá-los. O tinir metálico de uma gadanha afiada, que se ouvia ao lado daquela carroça, interrompeu-se. O mujique se levantou e veio até a caleça.

— Eta, preguiça! — gritou o empregado, zangando-se com o mujique que pisava bem devagar, com seus pés descalços, pelas bossas da estrada vicinal, poeirenta e mal transitável. — Vem logo, anda!

O velho de cabelos crespos, atados com uma faixa de entrecasca, e costas encurvadas, escuras de suor, apertou o passo e, acercando-se da carruagem, pôs a mão bronzeada em seu para-lama.

— A Vozdvíjenskoie, a casa senhoril? Pra ver o conde? — repetiu. — É só passar por aquele *izvolok*,[50] né? Depois virar à esquerda. Direto, pela avinida, chega lá. Mas quem é que quer ver? O dito-cujo?

---

[50] Outeiro de encostas compridas e pouco íngremes (regionalismo russo).

— Mas ele está em casa, meu queridinho? — perguntou Dária Alexândrovna, num tom hesitante por não saber como se informar, nem mesmo com um mujique, sobre Anna.

— Tá, sim, talvez — disse o mujique, cujos pés descalços imprimiam sobre a poeira um nítido rastro da planta com cinco dedos. — Tá, sim — repetiu, aparentemente disposto a conversar mais. — Ontem vieram outras visitas também. Montões de visitas... O quê? — Voltou-se para um rapaz que estava junto da carroça e gritava algo. — Pois é... Passaram por aqui, faz pouco, pra ver a ceifa... e todos a cavalo, né? Agora tão em casa, talvez. E cês são daonde?...

— A gente vem de longe — respondeu o cocheiro, firmando-se na boleia. — Pois fica perto daqui?

— Tô dizendo que fica. Assim que passar... — dizia o velho, apalpando o para-lama da caleça.

Foi um rapaz jovem, robusto, forte que veio também.

— Será que tem algum campo pra ceifar? — perguntou.

— Não sei, queridinho.

— Indo à esquerda, chega direto lá, né? — dizia o mujique. Parecia deixar os viajantes irem embora de má vontade, querendo conversar mais.

O cocheiro fez os cavalos avançarem, porém, tão logo a caleça foi rodando, o mujique rompeu a gritar:

— Para! Ei, amigão! Espera aí! — O rapaz também gritava. O cocheiro parou a caleça.

— Tão vindo, né? Tão lá, na frente! — bradou o mujique. — Mas como andam rápido! — acrescentou, apontando para quatro cavaleiros e duas pessoas que vinham de *char à bancs*[51] pela mesma estrada vicinal.

Eram Vrônski com seu jóquei, Veslóvski e Anna, todos montados, e a princesinha Varvara que vinha de *char à bancs* com Sviiájski. Tinham dado um passeio, a fim de verem as novas máquinas de ceifar em ação.

Quando a carruagem parou, os cavaleiros foram a passos lentos. Quem ia à frente de todos eram Anna e Veslóvski. Anna cavalgava a passos cadenciados, montando um atarracado *cob*[52] inglês de crina aparada e rabo curto. Sua linda cabeça, com aqueles cabelos negros que assomavam sob um alto chapéu, seus ombros roliços, sua fina cintura envolta numa amazona preta e toda a postura dela, tranquila e graciosa, deixaram Dolly espantada.

No primeiro momento, achou que fosse indecente Anna andar a cavalo. Com a imagem de uma dama montada associava-se, na visão de Dária

---

[51] Grande carruagem coberta por um toldo e aberta dos lados, espécie de ônibus com vários assentos (em francês).

[52] Raça de cavalo, chamada de *Coulored Cob* ou *Gypsy Horse*.

Alexândrovna, a ideia de um leve coquetismo próprio das jovens, o qual destoava, a seu ver, da condição atual de Anna; porém, tão logo a viu de perto, ela se conformou com essa cavalgada. Não obstante toda a elegância de Anna, estava tudo tão simples, sereno e digno na atitude, nas roupas e nos movimentos dela que nada poderia ser mais natural.

Ao lado de Anna, montando um cavalo militar, cinza e vigoroso, esticando suas pernas gordas para a frente e admirando, pelo visto, a si mesmo, avançava Vássenka Veslóvski, com seu gorro escocês de fitas ao vento, e Dária Alexândrovna não conseguiu dissimular um jubiloso sorriso ao reconhecê-lo. Vrônski cavalgava atrás deles. Montava um puro-sangue baio escuro, que decerto se assanhara ao galopar, e freava-o manejando a brida.

Um homenzinho vestido de jóquei vinha atrás dele. Sentados num *char à bancs* novinho em folha, puxado por um grande trotão murzelo, Sviiájski e a princesinha seguiam os cavaleiros.

No momento em que Anna reconheceu Dolly naquela figurinha que se encolhia no canto de uma velha caleça, seu rosto se alumiou de repente com um sorriso de alegria. Soltou um ai, estremecendo em sua sela, e fez o cavalo galopar. Mal se aproximou da caleça, pulou do cavalo, sem que ninguém a ajudasse, e correu, segurando a sua amazona, ao encontro de Dolly.

— Já pensava nisso e nem ousava pensar. Que alegria! Você nem pode imaginar a minha alegria! — dizia, ora apertando seu rosto ao de Dolly e beijando-a, ora recuando, toda sorridente, e olhando para ela. — Que alegria, Alexei! — disse ao virar-se para Vrônski, que apeara do cavalo e também se aproximava delas.

Tirando seu alto chapéu cinza, Vrônski se achegou a Dolly.

— Nem vai acreditar em como estamos felizes com sua visita — disse, revestindo cada palavra pronunciada de especial significância e mostrando, num sorriso, seus dentes compactos e brancos.

Sem apear do cavalo, Vássenka Veslóvski tirou seu gorro para cumprimentar a visita e agitou, cheio de entusiasmo, as fitas acima de sua cabeça.

— Essa é a princesa Varvara — respondeu Anna ao olhar interrogativo de Dolly, quando o *char à bancs* chegou perto deles.

— Ah, é? — disse Dária Alexândrovna, cujo semblante manifestou um desprazer espontâneo.

A princesinha Varvara era uma das tias de seu marido: Dolly a conhecia havia muito tempo, mas não a respeitava. Sabia que a princesinha passara a vida inteira morando de favor na casa de alguns parentes ricos, porém o fato de morar agora na casa de Vrônski, ou seja, de uma pessoa totalmente estranha, fez que tomasse as dores desses parentes de seu marido e ficasse sentida. Ao reparar na expressão facial de Dolly, Anna se embaraçou, enrubesceu, soltou a sua amazona e tropeçou nela.

Acercando-se do *char à bancs* parado, Dária Alexândrovna saudou, com frieza, a princesinha Varvara. Sviiájski também era seu conhecido. Ele perguntou como vivia aquele camarada esquisitão com sua jovem esposa e, lançando uma rápida olhadela aos cavalos de raça duvidosa e à caleça de para-lamas consertados, propôs às damas subirem ao *char à bancs*.

— E eu usarei esse *véhicule*[53] — concluiu. — Meu cavalo é dócil, e a princesa conduz às mil maravilhas.

— Não, fiquem como estavam — disse Anna, aproximando-se da carruagem —, e nós duas vamos de caleça. — Pegou o braço de Dolly e levou-a embora.

Dária Alexândrovna ficou deslumbrada com a elegância nunca vista daquela carruagem, com aqueles cavalos magníficos, com aqueles rostos, cheios de fineza e brilho, que a rodeavam. Contudo, o que mais a impressionava era a mudança que se operara naquela bem conhecida e amada Anna. Outra mulher, menos atenta, que não a conhecesse desde antes e, sobretudo, não tivesse as mesmas ideias que inquietavam Dária Alexândrovna pelo caminho, não teria vislumbrado em Anna nada de especial. Mas agora Dolly se pasmava com aquela beleza passageira, flagrada no rosto de Anna, que as mulheres deixam transparecer apenas em seus momentos de amor. Tudo em seu rosto — a nitidez das covinhas nas faces e no queixo, a comissura dos lábios, o sorriso que aparentava voar ao redor de seu rosto, o fulgor dos olhos, a graça e a rapidez de seus movimentos, a sonoridade da voz e até mesmo aquela maneira caprichosa e carinhosa de responder a Veslóvski, que lhe pedia a permissão de montar seu *cob* a fim de ensiná-lo a galopar começando da perna direita — tudo era muito atraente, e parecia que Anna sabia disso e se alegrava com isso.

Quando as mulheres subiram à caleça, ficaram ambas subitamente confusas. Anna se confundiu com aquele olhar atentamente indagador que Dolly fixava nela; Dolly se envergonhou involuntariamente, após aquelas palavras de Sviiájski sobre o tal de *véhicule*, com sua caleça velha e suja em que Anna se sentara ao seu lado. O cocheiro Filipp e o empregado tinham a mesma sensação. Para esconder seu constrangimento, o empregado se azafamava, ajudando as damas a subir, mas o cocheiro Filipp se quedara sombrio e se dispusera de antemão a desobedecer àquela supremacia patente. Sorriu com ironia, olhando para o trotão murzelo e constatando, desde já, em sua mente que um murzelo daqueles só prestava, quando atrelado a um *char à bancs*, para dar uma voltinha e não conseguiria percorrer, num dia tão quente, quarenta verstas sem ser substituído por outro cavalo.

---

[53] Carro, veículo (em francês).

Todos os mujiques já estavam em pé, junto de sua carroça, e observavam, alegres e curiosos, a recepção da visita, tecendo seus comentários.

— Tão contentes, que não se viam por um tempão — disse o velho de cabelos crespos e atados com uma faixa de entrecasca.

— E se botar aquele garanhão murzelo pra carregar os feixes, hein, tio Guerássim? Aí seria moleza!

— Olha só: aquela de *portki*[54] é uma mulher? — perguntou um dos mujiques, apontando para Vássenka Veslóvski que usava uma sela feminina.

— Não, é um mujique. Olha como ele montou jeitoso!

— Então, moçada, não vamos mais tirar a sesta, não?

— Que sesta é essa? — disse o velho, ao olhar de viés para o sol. — Metade do dia já se foi, né? Pega as gadanhas, vem trabalhar!

## XVIII

Anna fitava o rosto de Dolly, magro e exaurido, coberto de rugazinhas em que entravam grãos de poeira, e queria dizer o que vinha pensando, dizer notadamente que Dolly havia emagrecido; porém, ao lembrar que ela própria ficara mais bela ainda e que o olhar de Dolly confirmava isso, deu um suspiro e passou a falar de si mesma.

— Você olha para mim — disse — e pensa se posso estar feliz nesta situação minha? Bem, e daí? Fico envergonhada ao reconhecer isto, mas estou... estou imperdoavelmente feliz. Foi algo milagroso que se deu comigo, como num sonho, quando você sente medo, está apavorada e, de repente, acorda e percebe que todos aqueles horrores foram embora. Eu acordei. Tenho vivenciado algo pungente, terrível, e já faz muito tempo, especialmente desde que moramos aqui, estou tão feliz!... — continuou, olhando para Dolly com um sorriso tímido e interrogativo.

— Que bom! — respondeu Dolly, sorrindo, mas sua resposta foi espontaneamente mais fria do que ela desejava. — Estou muito feliz por você. Por que é que não me escrevia?

— Por quê?... Porque não tinha coragem... Você se esquece de minha situação...

— Não tinha a coragem de escrever para mim? Se soubesse como eu mesma... Eu acho...

Dária Alexândrovna queria narrar o que tinha pensado pela manhã, mas achou, por algum motivo, que agora tal narração não seria conveniente.

---

[54] Calças (regionalismo russo).

— Aliás, falaremos nisso mais tarde. O que são todas aquelas construções? — perguntou, querendo mudar de assunto e apontando para os telhados vermelhos e verdes que assomavam por trás do verdor das cercas vivas de acácia e lilás. — Parece uma cidadezinha.

Entretanto, Anna não lhe respondeu.

— Não, não! O que está achando da minha situação, o que pensa dela, o quê? — perguntou, por sua vez.

— Creio que... — Dária Alexândrovna se pôs a falar, mas nesse momento Vássenka Veslóvski, que fizera o *cob* começar o galope da perna direita, cavalgou ao lado das damas, escarrapachando-se, de jaqueta curtinha, sobre a camurça de sua sela feminina.

— Anda bem, Anna Arkádievna! — gritou.

Anna nem sequer olhou para ele; nesse meio-tempo, Dária Alexândrovna tornou a imaginar que não lhes convinha travar, lá na caleça, uma conversa tão longa assim e, portanto, acabou resumindo a sua ideia.

— Não tenho nenhuma opinião — disse. — Sempre gostei de você e, quando gostamos de uma pessoa, gostamos dela inteira, tal como é, mas não como gostaríamos que fosse.

Desviando os olhos do rosto de sua amiga, entrefechando-os (era um novo hábito dela, que Dolly ainda desconhecia), Anna ficou pensativa. Queria entender plenamente o significado dessas palavras e, ao entendê-lo, em aparência, como queria, voltou a olhar para Dolly.

— Se você tem alguns pecados — disse —, todos eles serão perdoados pela sua visita e por essas palavras.

E Dolly viu as lágrimas brotarem nos olhos de Anna. Calada, apertou-lhe a mão.

— Pois então, que construções são aquelas? São tantas! — repetiu, após um minuto de silêncio, sua pergunta.

— São as casas dos funcionários, o haras, as cavalariças — respondeu Anna. — E lá começa o parque. Tudo isso estava abandonado, mas Alexei renovou tudo. Ele adora essa fazenda e (algo que eu nem imaginava) está apaixonado pelos negócios. De resto, a natureza dele é tão rica! Faz qualquer coisa com tanto esmero! Não apenas não se entedia, mas trabalha com entusiasmo. Ele... como eu o conheço... ele se tornou um excelente proprietário, arrazoado e até mesmo parcimonioso em seus negócios. Mas apenas em seus negócios. Quando se trata de gastar dezenas de milhares, não fica economizando — contava, com aquele sorriso alegre e malicioso com que as mulheres contam amiúde das ocultas, descobertas tão só por elas, qualidades do homem amado. — Está vendo aquele prédio grande? É o novo hospital. Acho que custará mais de cem mil. Agora é o *dada*⁵⁵ dele. E sabe de onde isso lhe veio? Os mujiques pediram que lhes cedesse os prados por um preço menor, pelo que parece, mas ele se recusou a cedê-los e eu o censurei por sovinice. Não foi, bem entendido, só isso, mas... tudo junto: começou a construir esse hospital para mostrar que não era sovina, entende? *C'est une petitesse*,⁵⁶ se quiser, mas é por isso que o amo ainda mais. E agora verá a casa. Pertenceu ainda ao avô dele, mas nunca mudou do lado de fora.

— Que casa bonita! — disse Dolly, olhando com pasmo involuntário para uma bela mansão guarnecida de colunas, que aparecia em meio às cores viçosas das velhas árvores do jardim.

— Bonita, não é verdade? E a vista, lá de cima, é maravilhosa.

A caleça entrou num pátio pavimentado de brita e ornado de um canteiro de flores escarificado, que dois operários recamavam com esponjosas pedras rústicas, e parou embaixo de um pórtico.

— Ah, eles já chegaram! — disse Anna, ao ver os cavalos de sela que os criados tiravam de perto do pórtico. — Como é bom aquele cavalo, não é verdade? É um *cob*, o meu favorito. Traga-o aqui e dê-me um torrão de açúcar. Onde está o conde? — dirigiu-se a dois lacaios de gala, que acabavam de acorrer à entrada. — Ah, sim, lá está ele! — disse ao avistar Vrônski, que vinha acompanhado por Veslóvski.

— Onde vai acomodar a princesa? — perguntou Vrônski em francês, dirigindo-se a Anna; sem esperar pela sua resposta, voltou a cumprimentar Dária Alexândrovna e, dessa feita, beijou-lhe a mão. — Acho que no grande quarto com varanda.

— Oh, não, é longe demais! É melhor que fique no quarto lateral: assim nos veremos mais vezes. Vamos lá, vem — disse Anna, dando um cubo de açúcar, trazido pelo lacaio, ao seu cavalo favorito. — *Et vous oubliez votre devoir*⁵⁷ — disse a Veslóvski, que também estava à entrada.

— *Pardon, j'en ai tout plein les poches*⁵⁸ — respondeu ele, sorrindo e metendo os dedos no bolso de seu colete.

— *Mais vous venez trop tard*⁵⁹ — disse Anna, enxugando com seu lencinho a mão que o cavalo lhe salivara ao pegar o açúcar. Depois se voltou para Dolly: — Fica por muito tempo? Por um dia só? É impossível!

---

⁵⁵ Xodozinho, brinquedo preferido (em francês).
⁵⁶ É pouca coisa (em francês).
⁵⁷ E o senhor se esquece do seu dever (em francês).
⁵⁸ Perdão, meus bolsos estão cheios disso (em francês).
⁵⁹ Mas vem tarde demais (em francês).

— Foi assim que prometi, e meus filhos... — replicou Dolly, sentindo-se confusa tanto porque lhe cumpria retirar seu saquinho da caleça quanto por saber que seu rosto devia estar muito empoeirado.

— Não, Dolly, meu amorzinho... Pois bem, a gente vê depois. Vamos, vamos! — E Anna levou Dolly para o quarto dela.

Não era aquele aposento pomposo oferecido por Vrônski, mas um quarto pelo qual, segundo comentou Anna, Dolly teria de desculpá-la. Contudo, até mesmo esse quarto, pelo qual Anna pedia desculpas, estava repleto de um luxo em que Dolly nunca havia vivido e que lhe recordava os melhores hotéis vistos no estrangeiro.

— Mas como estou feliz, minha alma! — disse Anna, ainda de amazona, que se sentara por um minutinho ao lado de Dolly. — Conte-me sobre os seus, venha! Só vi Stiva de relance, mas ele nem poderia contar sobre os filhos. Como está minha querida Tânia? Já ficou grande, eu acho?

— Sim, muito grande — respondeu brevemente Dária Alexândrovna, surpresa, ela própria, por falar de seus filhos nesse tom frio. — Vivemos muito bem, lá na casa dos Lióvin — arrematou em seguida.

— Pois se eu soubesse — disse Anna — que você não me desprezava... Então vocês todos viriam à nossa casa. É que Stiva e Alexei são bons amigos, e de longa data — acrescentou e, de repente, ficou corada.

— Sim, mas estamos tão bem... — respondeu Dolly, confusa.

— Aliás, se digo besteiras, é porque estou alegre. Só uma coisa, meu amorzinho: fiquei tão feliz de ver você! — disse Anna, beijando-a outra vez. — Ainda não me disse o que, nem de que maneira, pensava de mim, mas eu quero saber de tudo. Estou feliz, ainda assim, porque me verá tal como sou. E, o mais importante: não quero que andem pensando por aí que pretendo provar alguma coisa. Não tenho nada a provar, apenas quero viver sem causar mal a ninguém... exceto a mim mesma. Tenho o direito de fazer isso, não é verdade? Aliás, seria uma conversa longa: ainda vamos conversar bem sobre todas aquelas coisas. Agora vou trocar de roupas e mandarei uma criada para você.

## XIX

Uma vez só, Dária Alexândrovna examinou o quarto com um olhar patronal. Tudo quanto vira ao aproximar-se da casa e atravessá-la, e tudo quanto via agora, nesse quarto seu, causava-lhe a impressão de abundância, de garridice e daquele moderno luxo europeu sobre os quais ela lera apenas em romances ingleses, sem jamais tê-los visto na Rússia e, ainda por cima, numa fazenda. Era tudo novíssimo, desde o papel de parede francês até a alfombra que recobria o quarto inteiro. A cama tinha um colchãozinho de molas e uma cabeceira feita por encomenda; as fronhas de suas almofadinhas eram de *kanaus*.[60] O lavabo de mármore, o toucador, o canapé, as mesas, o relógio de bronze sobre a lareira, as cortinas e os reposteiros — tudo era moderno e custava caro.

A camareira ajanotada, que veio oferecer seus serviços de vestido e penteado melhores que os de Dolly, era tão moderna e cara quanto o ambiente todo. Se bem que lhe agradasse por ser gentil, asseada e prestativa, Dária Alexândrovna não se sentia à vontade na frente dela: envergonhava-se da blusinha remendada que trouxera, por azar, sem reparar nisso. Envergonhava-se em especial daqueles mesmos remendos e rasgos cerzidos dos quais se orgulhava tanto em casa. Estava bem claro, ali em casa, que seriam necessários vinte e quatro *archins* de *nansouk*,[61] de sessenta e cinco copeques cada, para fazer seis blusinhas como a dela, o que somaria, sem contar a costura nem o acabamento, mais de quinze rublos, ou seja, esses quinze rublos seriam poupados. Contudo, na presença da camareira ela se sentia, se não cheia de vergonha, ao menos algo sem graça.

Assim, Dária Alexândrovna sentiu grande alívio quando Ânnuchka, sua conhecida de longa data, entrou no quarto. Era a dona da casa quem precisava da camareira ajanotada, de sorte que Ânnuchka ficou às ordens de Dária Alexândrovna.

Ânnuchka estava obviamente felicíssima com a vinda da senhora e não parava de conversar. Dolly notou que lhe apetecia explicitar seu ponto de vista sobre a situação de sua patroa, especialmente sobre o amor do conde por Anna Arkádievna e a fidelidade dele, porém fez questão de silenciá-la todas as vezes que começava a falar daquilo.

— Cresci ao lado de Anna Arkádievna, ela é mais preciosa, para mim, do que tudo. Pois é... não cabe à gente julgar. Só que amar daquele jeito parece...

— Então mande, por favor, lavar isto, se puder — interrompia-a Dária Alexândrovna.

— Está bem. Temos cá duas mulheres que lavam roupinhas finas, em separado, mas as roupas de cama são todas lavadas na máquina. O conde se preocupa com tudo. Mas que marido é aquele...

Dolly ficou contente quando Anna entrou em seu quarto e deu cabo, com sua vinda, daquela tagarelice de Ânnuchka.

Anna trajava um vestido de cambraia, bem simples. Dolly examinou esse vestido simples com atenção. Sabia o que significava e com quanto dinheiro se adquiria tal simplicidade.

---

[60] Tecido encorpado de algodão ou seda (em russo).
[61] Tecido de algodão, fino e resistente (em francês).

— Velha conhecida — disse Anna, referindo-se a Ânnuchka. Não estava mais constrangida. Portava-se livremente, com plena tranquilidade. Dolly percebia que já se recuperara completamente daquela impressão provocada pela sua visita e adotara um tom indiferente e superficial, como se a porta do compartimento onde se guardavam os sentimentos e pensamentos íntimos dela estivesse agora trancada.

— E como está sua menina, Anna? — perguntou Dolly.

— Annie? (Assim ela chamava sua filha Anna.) Está boazinha. Engordou bastante. Quer vê-la? Vamos, que a mostrarei para você. Tivemos tantos problemas — começou a contar — com as babás! Achamos uma italiana, ama de leite. Até que boa, mas tão bronca! Já queríamos mandá-la embora, mas a menina se acostumou tanto a ela que ainda a deixamos morar conosco.

— Mas como vocês se arranjaram? — Dolly já se dispunha a perguntar pelo nome que levaria a menina, porém, ao notar que o rosto de Anna se ensombrecera de súbito, alterou o sentido de sua pergunta. — Como ela se arranjou? Não está mais mamando?

Mas Anna compreendeu tudo.

— Queria fazer outra pergunta, não é? Queria perguntar pelo sobrenome dela, não queria? Isso atribula Alexei. Ela não tem sobrenome. Ou seja, ela é Karênina — disse Anna, entrefechando os olhos a ponto que só se viam os cílios cerrados dela. — Aliás — seu rosto se desanuviou de repente —, falaremos disso tudo mais tarde. Vamos, que lhe mostro minha filhinha. *Elle est très gentille.*[62] Já está engatinhando.

O luxo, que surpreendia Dária Alexândrovna em todos os cômodos daquela casa, pungiu-a mais ainda no quarto da criança. Havia lá carrinhos encomendados na Inglaterra e andadores, e um sofá parecido com uma mesa de sinuca, para a pequena engatinhar nele, além de balanços e banheirinhas de novo modelo especial. Tudo isso era inglês, confortável e sólido, e custava, pelo visto, uma fortuna. O quarto era espaçoso, de teto bem alto, e claro.

Quando elas entraram, a menina estava sentada, apenas de camisolinha, numa pequena poltrona, junto da mesa, e almoçava comendo um caldo com que já manchara todo o peitinho. Quem lhe dava de comer e, aparentemente, também comia com ela, era uma moça russa que cuidava daquele quarto. Nem a ama de leite nem a babá estavam ali: tinham ido ao quarto vizinho, onde se ouvia a conversa delas, naquele estranho francês que só podiam usar para se comunicar uma com a outra.

Ouvindo a voz de Anna, uma inglesa alta e bem-vestida, de rosto desagradável e expressão suspeita, apressou-se a entrar no quarto, sacudindo seus

---

[62] Ela é uma gracinha (em francês).

cachos louros, e pôs-se de imediato a argumentar em sua defesa, se bem que Anna não a acusasse de nada. A cada palavra de Anna essa inglesa repetia diversas vezes, cheia de ansiedade: "*Yes, my lady*".[63]

Dária Alexândrovna gostou muito daquela menina de sobrancelhas pretas e cabelos escuros, toda corada, com um corpo fortinho, avermelhado, coberto de pele de galinha, e isso apesar da carranca severa que ela tinha feito ao olhar para uma pessoa desconhecida. Até mesmo sentiu inveja daquele ar saudável da pequenina. Gostou também da maneira como ela engatinhava: nenhum dos seus próprios filhos engatinhara assim. Uma vez sentadinha na alfombra, sobre o seu vestidinho dobrado por trás, essa menina parecia encantadora. Fitava os adultos com seus olhos negros, brilhantes, tal e qual um bichinho, obviamente feliz de que a admirassem, e sorria; depois, esticando as perninhas e apoiando-se energicamente nos braços, avançava depressa todo o seu traseirinho e voltava a estender os bracinhos para a frente.

Todavia, o aspecto geral do quarto e, sobretudo, aquela inglesa não agradaram nem um pouco a Dária Alexândrovna. Apenas com a suposição de que uma governanta boa não serviria a uma família tão inconveniente como a de Anna é que explicou para si mesma o fato de Anna, que conhecia bem as pessoas, ter podido colocar ao lado de sua filha uma inglesa tão antipática e mal-encarada. Além disso, logo deduziu de algumas palavras ditas em sua presença que Anna, a ama de leite, a babá e a criança não se davam bem uma com a outra, e que essa visita materna era algo inabitual. Anna queria dar um brinquedo à sua filhinha, mas não conseguiu encontrá-lo.

E, o mais espantoso, Anna não soube responder quantos dentes a menina já tinha, confundindo-se por ignorar que dois dentinhos a mais acabavam de nascer.

— Às vezes, fico triste porque nem parece que necessitam de mim aqui — disse Anna, saindo do quarto e soerguendo a cauda de seu vestido para não tocar nos brinquedos postos rente à porta. — Não era assim com meu filho.

— Eu achava que fosse o contrário — notou timidamente Dária Alexândrovna.

— Oh, não! Pois você sabe que vi Serioja, não sabe? — disse Anna, entrefechando os olhos como se mirasse algo ao longe. — Aliás, falaremos disso mais tarde. Não vai acreditar: sou como um faminto a quem ofereceram, de repente, um almoço completo e que não sabe por onde começar. Esse almoço completo é você, são nossas conversas futuras que eu não poderia levar com mais ninguém, e não sei, portanto, qual dessas conversas seria a primeira. *Mais je ne vous ferai grâce de rien.*[64] Tenho de dizer tudo mesmo. Ah, sim:

---

[63] Sim, senhora (em inglês).
[64] Mas não a dispensarei de nada (em francês).

preciso descrever para você a sociedade que encontrará em nossa casa — prosseguiu. — Começarei pelas damas. A princesa Varvara. Você a conhece; eu sei o que você e Stiva pensam dela. Stiva diz que o único objetivo de sua vida consiste em comprovar a sua superioridade em relação à tia Katerina Pávlovna; tudo isso é verdade, mas ela é boa, e sou muito grata a ela. Houve um momento, lá em Petersburgo, em que precisei de *un chaperon*.[65] E foi então que topei com ela. Mas juro que é uma boa pessoa. Tem facilitado, e muito, a minha situação. Você não entende, pelo que vejo, toda a dificuldade de minha situação... lá em Petersburgo — finalizou. — Aqui estou perfeitamente tranquila e feliz. De resto... que isso fique para depois. Continuo com a minha lista. Aí vem Sviiájski, decano da nobreza e homem muito decente, porém ele quer alguma coisa de Alexei. Agora que moramos no campo, Alexei pode vir a exercer, com sua riqueza, uma grande influência, entende? A seguir, vem Tuszkiewicz: você já o viu, ele andava com Betsy. Quando ela o despediu, veio para cá. Como diz Alexei, é uma daquelas pessoas que são muito agradáveis, se as tomarmos pelo que elas gostariam de parecer, *et puis, comme il faut*,[66] no dizer da princesa Varvara. Depois vem Veslóvski... você o conhece, por certo. Um garoto muito gentil — disse ela, e um sorriso malicioso enrugou-lhe os lábios. — Mas que selvageria foi aquela história com Lióvin? Veslóvski contou tudo para Alexei, e nem estamos acreditando. *Il est très gentil et naïf*[67] — acrescentou, com o mesmo sorriso. — Os homens precisam de diversões, e Alexei precisa de público: é por isso que dou valor a toda essa turma. É mister que nossa casa esteja animada, alegre, e que Alexei não deseje nada de novo. Temos ainda nosso gerente, um alemão: é um bom homem e conhece seu ofício. Alexei o valoriza muito. Há ainda um médico, bem jovem: não que seja totalmente niilista, mas... você sabe... come com a faca... enfim, um médico muito bom. Há também um arquiteto... *Une petite cour*.[68]

## XX

— Pois enfim: aqui está Dolly, princesa, que a senhora queria tanto ver — disse Anna, ao entrar com Dária Alexândrovna no grande terraço de alvenaria onde estava sentada à sombra, diante de um bastidor no qual fazia um bordado para a poltrona do conde Alexei Kiríllovitch, a princesinha Varvara. — Ela diz

---

[65] Nesse contexto, dama de companhia (em francês).
[66] E depois, tem boas maneiras (em francês).
[67] Ele é muito gentil e ingênuo (em francês).
[68] Uma pequena corte (em francês).

que não quer comer nada antes do almoço; mande, porém, que sirvam um lanche, e eu vou buscar Alexei e trazê-los todos para cá.

A princesinha Varvara recebeu Dolly com um ar carinhoso e algo protetor, passando logo a explicar-lhe que viera morar na casa de Anna porque a amava, desde sempre, mais do que sua irmã Katerina Pávlovna, aquela mesma que tinha criado Anna, e que agora, vendo-a abandonada por todos, ela considerava seu dever ajudá-la nessa fase de transição, a mais penosa de todas.

— Quando o marido lhe conceder o divórcio, voltarei, aí sim, para meu retiro, mas agora posso ser útil e estou cumprindo meu dever, por mais difícil que seja, ao contrário dos outros. E como você é boazinha, como fez bem em vir aqui! Eles vivem como os melhores consortes do mundo, em absoluto: é Deus quem vai julgá-los, não somos nós. Será que Biriuzóvski com Avênieva... Será que Nikândrov em pessoa, e Vassíliev com Mamônova, e Lisa Neptúnova... Ninguém disse nada em todos aqueles casos, disse? E, afinal de contas, todos consentiram em aceitá-los. E depois, *c'est un intérieur si joli, si comme il faut. Tout à fait à l'anglaise. On se réunit le matin au breakfast et puis on se sépare.*[69] Cada um faz o que lhe apetecer, até o almoço. O almoço é servido às sete horas. Stiva fez muito bem em mandá-la para cá. Ele deve ficar perto desse casal. Você sabe que, auxiliado pela sua mãe e pelo seu irmão, o conde pode conseguir qualquer coisa. Ademais, eles fazem muita coisa boa. Ele não lhe contou sobre aquele seu hospital? *Ce sera admirable,*[70] com tudo vindo de Paris.

Essa conversa foi interrompida por Anna, que encontrara toda a turma masculina na sala de sinuca e retornava, na companhia dos homens, ao terraço. Ainda restava muito tempo até o almoço, a tarde estava excelente, e foram oferecidos, portanto, diversos modos de passarem essas duas horas restantes. Havia muitos passatempos, lá em Vozdvíjenskoie, e todos eram bem diferentes dos de Pokróvskoie.

— *Une partie de lawn tennis*[71] — propôs Veslóvski, com seu sorriso bonito. — Jogaremos de novo com a senhora, Anna Arkádievna.

— Não, está quente demais. É melhor dar uma volta pelo jardim e um passeio de barco, para mostrar a costa a Dária Alexândrovna — propôs Vrônski.

— Concordo com tudo — disse Sviiájski.

— Acredito que, para Dolly, um passeio seria a coisa mais agradável, não é verdade? E depois poderíamos andar de barco — comentou Anna.

---

[69] ... é um ambiente tão bonito, tão digno. Totalmente à moda inglesa. Reunimo-nos de manhã, ao desjejum, e depois nos separamos (em francês).

[70] Aquilo será admirável (em francês).

[71] Uma partida de tênis (em francês).

Assim ficou decidido. Veslóvski e Tuszkiewicz foram à casinha de banho, prometendo que preparariam o barco e esperariam pelos outros.

Enveredaram por uma alameda em duplas: Anna com Sviiájski, Dolly com Vrônski. Dolly estava um tanto confusa e preocupada com aquele âmbito, totalmente novo para ela, em que se encontrava. No sentido abstrato, teórico, não apenas justificava, mas até mesmo aprovava a conduta de Anna. Como fazem amiúde as mulheres impecavelmente morais, porém cansadas da monotonia de sua vida moral, não apenas escusava, de longe, um amor condenável, mas até mesmo sentia inveja dele. Além disso, amava Anna com todo o seu coração. Todavia, na realidade, ao vê-la no meio daquelas pessoas que lhe eram alheias, com aquele bom tom inabitual aos olhos de Dária Alexândrovna, estava um tanto constrangida. E quem lhe desagradava especialmente era a princesinha Varvara, que perdoava tudo a tais pessoas em razão do conforto usufruído por elas.

De forma geral e abstrata, Dolly aprovava a conduta de Anna, porém não se comprazia em ver o homem que motivara essa conduta. De resto, nunca gostara de Vrônski. Achava-o orgulhoso em demasia e não enxergava nele nenhuma qualidade, à exceção de sua riqueza, da qual ele pudesse orgulhar-se. Contudo ali, em sua casa, impressionava-a ainda mais do que antes, quisesse ela ou não, de sorte que Dolly não se sentia descontraída em sua frente. A sensação que tinha na presença de Vrônski era semelhante àquela que experimentara diante da camareira, por causa daquela blusinha. Assim como ficara, se não envergonhada, ao menos embaraçada com seus remendos diante da camareira, estava constantemente, se não envergonhada, ao menos embaraçada com toda a sua pessoa, diante de Vrônski.

Confusa como estava, Dolly procurava por um tema a discutirem. Embora pensasse que, com aquela sua soberba, ele não se aprazeria em ouvi-la elogiar sua casa e seu jardim, não encontrou nenhum outro assunto para encetar a conversa e disse-lhe, ainda assim, que gostava muito de sua casa.

— Sim, é uma construção muito bonita e feita num bom estilo antigo — disse Vrônski.

— Gostei muito do pátio em face da entrada. Ele já estava assim?

— Oh, não! — respondeu ele, e seu rosto ficou radioso de prazer. — Se a senhora tivesse visto aquele pátio na primavera!

E começou, primeiro com reserva e depois com uma empolgação cada vez maior, a chamar-lhe a atenção para as mais diversas minúcias decorativas da casa e do jardim. Percebia-se que, empenhando muitos esforços em aperfeiçoar e enfeitar a sua fazenda, Vrônski sentia necessidade de ostentá-los perante uma pessoa recém-chegada e francamente se alegrava com os elogios de Dária Alexândrovna.

— Se a senhora não estiver cansada e quiser ver o hospital, ele fica perto daqui. Vamos... — disse, olhando para o rosto dela a fim de se convencer mesmo de que sua visita não se sentia enfadada. — Você também vai, Anna? — dirigiu-se à sua companheira.

— Nós vamos, não é verdade? — perguntou Anna a Sviiájski. — *Mais il ne faut pas laisser le pauvre Veslóvski et Tuszkiewicz se morfondre là dans le bateau.*[72] Temos de mandar chamá-los. Sim, é o monumento que ele deixará aqui — disse Anna, dirigindo-se a Dolly com o mesmo sorriso entendido, malicioso, com que já lhe falara antes daquele hospital.

— Oh, sim, é uma obra capital! — disse Sviiájski. Mas, para não parecer que bajulasse Vrônski, logo acrescentou uma objeção levemente crítica —: Entretanto, fico admirado, conde — disse —, de o senhor, que faz tanta coisa, no sentido sanitário, em favor do povo, ser tão indiferente em relação às escolas.

— *C'est devenu tellement commun, les écoles*[73] — replicou Vrônski. — A senhora entende: não foi por isso que fiquei interessado, mas assim, por veneta. Se formos ao hospital, temos de virar aqui — dirigiu-se a Dária Alexândrovna, indicando uma saída lateral da alameda.

As damas abriram as sombrinhas e tomaram uma vereda lateral. Ao virarem ainda várias vezes e passarem por uma portinhola, Dária Alexândrovna viu em sua frente, no alto de uma colina, um grande edifício vermelho, de feitio singular, cuja construção estava quase finalizada. O telhado de ferro, ainda não pintado, brilhava de ofuscar ao sol rutilante. Ao lado desse prédio quase pronto construía-se outro prédio, circundado de andaimes, e os operários de aventais, subindo aos tablados, punham tijolos, derramavam argamassa das suas bacias e ajustavam a alvenaria com niveladores.

— Mas como esse seu trabalho avança rápido! — disse Sviiájski. — Quando estive aqui pela última vez, ainda não havia telhado.

— Ficará tudo pronto no outono. Por dentro, o acabamento está quase no fim — disse Anna.

— E aquela nova construção, o que é?

— Lá ficarão o consultório do doutor e uma farmácia — respondeu Vrônski, ao avistar o arquiteto de casaco curto, que se aproximava dele, e, pedindo desculpas às damas, foi ao seu encontro.

Contornou o tanque, do qual os operários tiravam a cal, e parou ao lado do arquiteto. Travou-se uma conversa acalorada.

---

[72] Mas não devemos deixar o coitado do Veslóvski e Tuszkiewicz mofarem ali, no barco (em francês).

[73] Isso se tornou tão banal, as escolas (em francês).

— É que o frontão vai ficar mais baixo — respondeu a Anna, que lhe perguntou qual era o problema.

— Eu disse que precisavam levantar os alicerces — notou Anna.

— Sim, claro, seria melhor assim, Anna Arkádievna — disse o arquiteto —, só que agora é tarde demais.

— Eu me interesso muito por isso, sim — respondeu Anna a Sviiájski, que se pasmara com sua erudição arquitetônica. — É preciso que essa nova construção corresponda ao hospital. Mas ela foi inventada mais tarde e começada sem projeto algum.

Ao terminar sua conversa com o arquiteto, Vrônski veio acompanhar as damas e conduziu-as para o interior do hospital.

Ainda que estivessem acabando as cornijas, do lado de fora, e pintando o andar de baixo, a parte de cima já estava quase pronta. Subindo uma larga escada, cujos corrimãos eram de ferro-gusa, até o patamar, eles entraram na primeira sala espaçosa. As paredes estavam rebocadas, como se fossem de mármore, os janelões inteiriços, já embutidos nos caixilhos; apenas o parquete não estava ainda acabado, e os marceneiros, ocupados em aplainar um dos quadrados soerguidos, pararam de trabalhar a fim de tirar as cordinhas que lhes cingiam os cabelos e de saudar os patrões.

— Este é o consultório — disse Vrônski. — Aqui teremos uma estante, uma mesa, um armário e nada além disso.

— Por aqui, vamos passar por aqui. Não chegue perto da janela — disse Anna, conferindo se a tinta já havia secado. — Alexei, a tinta já secou — acrescentou.

Passaram do consultório para o corredor. Lá, Vrônski mostrou às visitas a ventilação de novo modelo que acabara de ser instalada. A seguir, mostrou as banheiras de mármore e as camas munidas de molas especiais. Depois mostrou, uma por uma, as enfermarias, a despensa e a peça de guardar roupas de cama; depois os fornos de novo tipo, depois os carrinhos que não fariam barulho ao transportarem o que fosse necessário pelo corredor e muitas outras coisas. Sviiájski apreciava tudo como quem estivesse a par de todos os aprimoramentos modernos. Dolly se surpreendia apenas com aquilo que nunca vira antes e, querendo entender tudo, fazia perguntas detalhadíssimas, o que proporcionava um visível prazer a Vrônski.

— Acho, sim, que será o único hospital corretamente organizado, em toda a Rússia — disse Sviiájski.

— Haverá também uma maternidade, não é? — perguntou Dolly. — É tão necessária no campo. Eu, muitas vezes...

Apesar de sua amabilidade, Vrônski interrompeu-a.

— Não é uma maternidade e, sim, um hospital destinado a todo e qualquer doente, exceto se for infeccioso — disse. — Mas veja só isto... — e achegou a Dária Alexândrovna uma cadeira de rodas recentemente encomendada para quem estivesse convalescendo. — Veja bem... — Sentou-se nessa cadeira e começou a manobrá-la. — O paciente não pode andar, porque ainda está fraco ou tem alguma doença das pernas, mas precisa de ar fresco, e eis que anda assim, rodando...

Dária Alexândrovna se interessava por tudo, gostava muito de tudo, mas, em particular, gostava de Vrônski com esse seu entusiasmo natural e ingênuo. "Sim, é um homem muito bom e simpático", pensava, vez por outra, sem escutá-lo, mas olhando para ele, assimilando a expressão dele e mentalmente se colocando no lugar de Anna. Gostava tanto de Vrônski, nessa sua empolgação atual, que entendia bem como Anna pudera apaixonar-se por ele.

## XXI

— Não, acho que a princesa está cansada e que os cavalos não lhe interessam — disse Vrônski a Anna, que propusera caminharem até o haras, onde Sviiájski queria ver um novo garanhão. — Vocês podem ir, e eu acompanharei a princesa até a casa. E vamos conversar — prosseguiu, dirigindo-se a Dolly —, se for de seu agrado.

— Não entendo nada de cavalos e... ficarei muito feliz — respondeu Dária Alexândrovna, um tanto surpresa.

Havia percebido, pela cara de Vrônski, que ele queria alguma coisa dela. Não se enganara. Tão logo regressaram ao jardim, passando pela mesma portinhola, Vrônski olhou para onde fora Anna e, convencido de que ela não poderia ouvi-los nem vê-los, começou:

— A senhora adivinhou que eu gostaria de lhe falar, não é? — disse, mirando-a com olhos ridentes. — Se não me engano, é amiga de Anna... — Tirou o chapéu e, pegando seu lenço, enxugou a cabeça, que ficava aos poucos calva.

Dária Alexândrovna não respondeu nada, apenas olhou, assustada, para ele. Sentiu, quando se quedaram a sós, um medo inopinado: foram seus olhos ridentes e a expressão severa de seu rosto que a intimidaram.

As mais diversas conjeturas sobre o assunto dessa conversa surgiram na mente dela: "Ele me convidará a vir morar, com meus filhos, em sua casa, e eu terei de recusar o convite, ou então me pedirá que faça companhia a Anna em Moscou... Será que se trata de Vássenka Veslóvski e seu relacionamento com Anna? Ou talvez de Kitty e do que ele se sente culpado?". Previa só coisas desagradáveis, mas não adivinhou o tema que Vrônski queria abordar.

— A senhora influencia tanto Anna, ela gosta tanto da senhora — disse ele. — Ajude-me.

Perplexa e tímida, Dária Alexândrovna fitava seu rosto enérgico, amiúde iluminado, ora inteira, ora parcialmente, pelo sol e depois, outra vez, ensombrado pelos galhos das tílias, e esperava pelo que diria a seguir, porém Vrônski estava calado, ao passo que caminhava, roçando na brita com sua bengala, ao lado dela.

— Desde que a senhora, a única mulher dentre os antigos amigos de Anna (não conto a princesa Varvara), veio à nossa casa, tenho imaginado que não fez isso por achar esta nossa situação normal, mas porque entende toda a dificuldade desta situação e, não obstante, gosta dela como dantes e quer ajudá-la. Será que a compreendo bem? — perguntou, mirando-a de relance.

— Oh, sim — respondeu Dária Alexândrovna, fechando a sua sombrinha —, mas...

— Não — interrompeu ele e, de forma involuntária, esquecendo-se de que constrangia assim sua interlocutora, parou e fê-la parar também. — Ninguém percebe mais profunda e dolorosamente do que eu toda a dificuldade da situação atual de Anna. E a senhora há de entendê-lo, se é que me concede a honra de me tomar por alguém dotado de coração. Sou eu o pivô dessa situação e, portanto, percebo como é penosa.

— Entendo — disse Dária Alexândrovna, admirando espontaneamente a sinceridade e a firmeza com que ele dissera aquilo. — Mas temo que, justamente por se achar o pivô dessa situação, o senhor esteja exagerando — continuou. — A situação dela na sociedade é penosa, sim, eu entendo.

— Na sociedade é um inferno! — disse ele rapidamente, todo sombrio. — Nem se pode imaginar sofrimentos morais que sejam piores do que os aturados por ela, naquelas duas semanas, em Petersburgo... e peço-lhe que acredite em mim.

— Sim, mas aqui, até que nem Anna... nem o senhor venham a precisar da sociedade...

— A sociedade! — disse Vrônski, com desdém. — Por que é que eu precisaria da sociedade?

— Até então, e isso pode durar para sempre, estarão felizes e sossegados. Percebo, quando olho para Anna, que está feliz, perfeitamente feliz, e ela mesma já me contou disso — replicou Dária Alexândrovna, sorridente. E, sem querer, ficou duvidando, ao dizê-lo, de que Anna estivesse realmente feliz.

Vrônski, por sua parte, não parecia duvidar disso.

— Sim, sim — confirmou. — Sei que ela se animou depois de todos aqueles sofrimentos: agora está feliz. Está feliz com o presente. E eu mesmo?... Eu tenho medo daquilo que espera por nós... Desculpe: a senhora quer ir?

— Não, tanto faz.
— Então nos sentemos aqui.

Dária Alexândrovna se sentou num banco que estava no canto de uma alameda. Vrônski se postou em sua frente.

— Bem vejo que ela está feliz — repetiu, e aquela dúvida de que Anna estivesse feliz mesmo voltou, mais forte ainda, a inquietar Dária Alexândrovna. — Mas será que podemos continuar assim? Se fizemos bem, se fizemos mal, é outra questão, porém a sorte está lançada — disse, passando do russo para o francês —: estamos ligados pela vida afora. Ligados pelos laços de amor, os mais sagrados para nós dois. Temos uma filha, poderemos ter outros filhos também. Contudo, a lei e todas as condições de nossa situação são tais que vêm surgindo milhares de empecilhos que ela, descansando agora, em sua alma, de todas as dores e provações, não vê nem quer ver. Dá para entender isso. Mas eu cá, eu não posso deixar de vê-los. Minha filha, em termos da lei, não é minha filha, mas a de Karênin. E eu não quero essa mentira! — disse, com um enérgico gesto de negação, e olhou, soturno e indagador, para Dária Alexândrovna.

Ela não respondeu nada, apenas olhou para ele. Vrônski continuou:

— E, se amanhã nascer um filho meu, ele também será Karênin, em termos da lei, e não vai herdar nem meu nome nem minha fortuna e, por mais que estejamos felizes em nossa família, por mais filhos que venhamos a ter, não haverá nenhum vínculo entre mim e eles. Serão todos Karênin. Veja se entende o peso e o horror de minha situação! Tentei falar disso com Anna. Ela só fica irritada. Não compreende, e eu não consigo explicar tudo para ela. Agora olhe por outro lado. Estou feliz com o amor dela, mas preciso ter outras ocupações. Encontrei esta ocupação minha e me orgulho desta ocupação, e creio que é mais nobre do que os negócios de meus antigos companheiros na corte ou no serviço militar. E, sem sombra de dúvida, não vou trocá-la pelos negócios deles. Estou trabalhando aqui, sem sair da fazenda; estou feliz, contente, e nós dois não precisamos de mais nada para a felicidade. Gosto deste trabalho meu. *Cela n'est pas un pis-aller*,[74] mas, pelo contrário...

Dária Alexândrovna notou que, nessa passagem de seu discurso, ele se confundira: não entendia muito bem essa digressão sua, mas intuía que, pondo-se agora a falar de suas ideias pessoais, sem poder discuti-las com Anna, estava dizendo tudo, e que a questão de suas atividades naquela fazenda pertencia à mesma categoria das ideias pessoais que a questão de suas relações com Anna.

---

[74] Não é a pior saída (em francês).

— Pois então, continuo — disse ele, ao recobrar-se. — O mais importante é que, trabalhando, eu preciso ter a convicção de que meu trabalho não morrerá comigo, de que terei herdeiros, só que não tenho tal convicção. Imagine, pois, como se sente um homem que sabe de antemão que os filhos dele e de sua mulher amada não serão dele mesmo, mas de alguém lá, de quem os odeia a ambos, de quem não se importa com eles. Mas isso é terrível!

Calou-se, aparentemente tomado de forte emoção.

— Sim, é claro que entendo isso. Mas o que é que Anna pode fazer? — disse Dária Alexândrovna.

— Sim, isso me leva ao objetivo de nossa conversa — disse Vrônski, fazendo um esforço para se acalmar. — Anna pode, isso depende dela... Nem que só se peça ao imperador que autorize a adoção, o divórcio é imprescindível. E isso depende de Anna. O marido dela anuiu ao divórcio: foi quando o marido da senhora quase arranjou tudo. Sei que agora também anuiria. Bastaria Anna escrever para ele. Naquela ocasião, ele respondeu às claras que, se Anna quisesse, não recusaria. Entenda-se bem — comentou, sombrio — que é um daqueles fariseus requintes de crueldade dos quais só quem fosse desalmado seria capaz. Sabe quanto sofrimento causa a Anna qualquer lembrança dele e, conhecendo-a bem, exige que lhe escreva uma carta. Entendo como ela está sofrendo. Todavia, os motivos são tão relevantes que é preciso *passer par-dessus toutes ces finesses de sentiment. Il y va du bonheur et de l'existence d'Anne et de ses enfants.*[75] Nem falo de mim mesmo, embora esteja mal, muito mal — disse, como se estivesse ameaçando alguém pelo seu mal-estar. — Pois então, princesa, agarro-me descaradamente à senhora, como à minha âncora de salvação. Ajude-me a persuadi-la a escrever para ele e a solicitar o divórcio!

— Sim, é claro — disse Dária Alexândrovna, meditativa, ao relembrar vivamente seu último encontro com Alexei Alexândrovitch. — Sim, é claro — repetiu, resoluta, ao pensar em Anna.

— Use de sua influência sobre ela, faça que escreva aquela carta. Não quero, quase não posso falar com Anna sobre isso.

— Está bem, vou falar com ela. Mas como é que ela mesma não pensa? — disse Dária Alexândrovna, recordando de súbito, por alguma razão, aquele novo, estranho hábito de Anna, o de entrefechar os olhos. Recordou-se também de que Anna entrefechava os olhos exatamente quando se tratava do lado íntimo de sua vida. "Como se fechasse os olhos para sua vida, querendo desperceber certas coisas", pensou Dolly. — Falarei com ela sem falta, por ela e por mim mesma — respondeu em voz alta, quando Vrônski lhe agradeceu.

Levantando-se do banco, eles foram em direção à casa.

---

[75] ... passar por cima de todas essas finezas sentimentais. Trata-se da felicidade e da existência de Anna e dos filhos dela (em francês).

## XXII

Ao reencontrar Dolly na volta do passeio, Anna olhou atentamente para os olhos dela, como se perguntasse pela conversa que tivera com Vrônski, porém não lhe fez nenhuma pergunta verbal.

— Parece que está na hora de almoçar — disse. — Ainda nem nos vimos uma à outra. Conto com esta noite. Mas agora tenho de ir trocar de roupas. Acho que você também. Ficamos todas sujas naquela obra.

Dolly foi ao seu quarto e sentiu vontade de rir. Não tinha mais roupas a envergar, pois já pusera seu melhor vestido, porém, no intuito de marcar a sua preparação para o almoço de qualquer maneira que fosse, pediu que a camareira lhe escovasse o vestido, mudasse os manguitos e o lacinho de fita, além de colocar rendas em sua cabeça.

— É tudo o que pude fazer — disse, sorrindo, a Anna, que usava seu terceiro vestido, também excepcionalmente simples, quando tornou a vê-la.

— Sim, somos bem cerimoniosos aqui — disse Anna, como se pedisse desculpas pelo seu traje. — Alexei ficou contente com sua visita, como raramente fica com alguma coisa. Decididamente, está apaixonado por você — acrescentou. — Mas você não se cansou?

Não tiveram tempo, antes do almoço, para falar de nada. Ao entrarem no salão, encontraram a princesinha Varvara e os homens de sobrecasacas negras, que já estavam ali. O arquiteto usava uma casaca. Vrônski apresentou à visita o médico e o gerente de sua fazenda. Apresentara-lhe o arquiteto ainda no hospital.

Um gordo mordomo, cujo semblante redondo e bem liso brilhava igual ao nó engomado de sua gravata branca, anunciou que a refeição estava servida, e as damas ficaram em pé. Vrônski pediu que Sviiájski oferecesse o braço a Anna Arkádievna, aproximando-se, a seguir, de Dolly. Veslóvski antecipou-se a Tuszkiewicz para oferecer o braço à princesinha Varvara, de sorte que Tuszkiewicz foi à mesa em companhia do gerente e do médico.

A refeição, a sala de jantar, as louças, a criadagem, os vinhos e pratos não apenas correspondiam ao estilo geral do luxo moderno daquela casa como pareciam ainda mais luxuosos e modernos do que todo o resto. Dária Alexândrovna observava esse luxo desconhecido e, como dona de casa que era (conquanto nem pretendesse utilizar nenhuma das coisas vistas ali em sua própria casa, tanto aquilo tudo estava, em matéria de luxo, acima do seu estilo de vida), esmiuçava involuntariamente todos os detalhes e perguntava a si mesma quem e como fizera aquilo tudo. Vássenka Veslóvski, o marido dela e até mesmo Sviiájski, bem como muitas outras pessoas que ela conhecia, nunca pensavam a respeito e acreditavam, sem precisarem de provas, naquilo que todo anfitrião decente fazia questão de demonstrar às suas visitas, ou seja, que tudo quanto estivesse tão bem arrumado na casa dele não lhe custara nem o menor esforço, mas se fizera sozinho. No entanto, Dária Alexândrovna sabia que nem sequer um mingauzinho se faria assim para o desjejum de seus filhos e que, portanto, uma propriedade tão magnífica e complexa necessitava de uma atenção reforçada. Então, julgando pelo olhar que Alexei Kiríllovitch lançara à mesa, pelo sinal que fizera, ao inclinar a cabeça, para seu mordomo e pela escolha que oferecera a ela própria entre a *botvínia*[76] e a sopa tradicional, compreendeu que tudo aquilo era feito e mantido pelos esforços do proprietário em pessoa. Nem parecia que Anna se preocupava com aquilo mais do que, por exemplo, Veslóvski. Tanto Sviiájski, a princesinha e Veslóvski quanto Anna eram hóspedes, de igual maneira, e desfrutavam alegremente do que fora preparado para eles.

Anna desempenhava o papel de anfitriã tão somente ao conduzir a conversa. E essa conversa, bastante complicada para uma anfitriã àquela mesa pequena, na presença de tais pessoas como o gerente e o arquiteto, pessoas que pertenciam a um meio completamente distinto e, procurando não se intimidar ante o luxo inabitual, não conseguiam participar por muito tempo da conversa geral, era conduzida por Anna com seu costumeiro tato, de modo natural e até mesmo prazenteiro, conforme notava Dária Alexândrovna.

Falava-se de como Tuszkiewicz e Veslóvski andavam juntos de barco, e eis que Tuszkiewicz se pôs a contar sobre a última regata do Iate Clube de Petersburgo. Esperando até que se interrompesse, Anna se dirigiu logo ao arquiteto para tirá-lo do seu silêncio.

— Nikolai Ivânytch ficou impressionado — disse, referindo-se a Sviiájski — ao ver como a nova obra tem crescido desde que esteve aqui pela última vez. Só que eu mesma vou lá todos os dias e, todos os dias, fico pasmada com a velocidade da construção!

— É bom trabalhar com Sua Magnificência — disse, sorrindo, o arquiteto (era um homem consciente de sua própria dignidade, equilibrado e respeitoso). — É bem diferente das autoridades de nossa província. Apresento meu relatório ao conde, a gente conversa, e tudo se resolve com três palavras, mas aquelas ali já teriam usado uma resma de papel.

— Métodos americanos — disse Sviiájski, sorridente.

— Sim, os prédios são construídos lá de forma racional...

Passaram a conversar sobre os abusos governamentais nos Estados Unidos, porém Anna sugeriu logo outro tema para tirar o gerente do seu silêncio.

---

[76] Um dos típicos pratos russos: sopa fria que leva *kvas*, beterraba, peixe nobre, pepinos, ovos cozidos.

— Você já viu, algum dia, as máquinas de ceifar? — dirigiu-se a Dária Alexândrovna. — Nós acabávamos de vê-las, quando a encontramos. Foi a primeira vez que eu mesma as vi.

— Mas como elas funcionam? — perguntou Dolly.

— Iguaizinhas às tesouras. Uma tábua e muitas tesourinhas. É bem assim. Com suas lindas mãos brancas, cobertas de anéis, Anna pegou uma faquinha e um garfo, pondo-se a mostrar. Decerto percebia que nada dessa explicação sua seria entendido, mas, ciente de suas falas serem agradáveis e suas mãos, bonitas, continuou explicando.

— Mais se parecem com os canivetes — disse Veslóvski, flertando, sem despregar os olhos dela.

Anna esboçou um sorriso, mas não lhe respondeu.

— Não é verdade, Karl Fiódorytch, que se parecem com tesouras? — dirigiu-se ao gerente.

— *O ja* — respondeu o alemão. — *Es ist ein ganz einfaches Ding*[77] — e começou a explanar o funcionamento da máquina.

— É pena que não enfeixe. Vi uma, na exposição de Viena, que enfeixava com arame — disse Sviiájski. — Aquelas máquinas seriam mais proveitosas.

— *Es kommt drauf an... Der Preis vom Draht muss ausgerechnet werden.*[78] — Uma vez envolvido na conversa geral, o alemão se dirigiu a Vrônski: — *Das lässt sich ausrechnen, Erlaucht...*[79] — Já punha a mão no bolso, onde guardava um lápis e um caderninho no qual calculava tudo, mas, ao lembrar que estava almoçando e notar o frio olhar de Vrônski, aquietou-se. — *Zu complicirt, macht zu viel Klopot*[80] — concluiu.

— *Wünscht man Dochots, so hat man auch Klopots*[81] — disse Vássenka Veslóvski, provocando o alemão. — *J'adore l'allemand*[82] — voltou a dirigir-se a Anna, com o mesmo sorriso.

— *Cessez*[83] — respondeu Anna, brincando de admoestá-lo.

— Pensávamos que o encontraríamos no campo, Vassíli Semiônytch — dirigiu-se ao médico, um homem doentio. — O senhor estava lá?

— Estava, sim, mas me evaporei — replicou o médico, com certo humor negro.

---

[77] Oh, sim... É uma coisa muito simples (em alemão).
[78] Isso depende... O preço do arame deve ser calculado (em alemão).
[79] Isso pode ser calculado, Excelência (em alemão).
[80] Muito complicado, haverá muita coisa a fazer (em alemão).
[81] Quem quiser lucrar tem de labutar (em alemão macarrônico).
[82] Adoro a língua alemã (em francês).
[83] Pare (em francês).

— Ou seja, deu um bom passeio.
— Ótimo!
— E como está a saúde daquela velha? Espero que não esteja com tifo.
— Ainda que não esteja com tifo, não tem lá grandes esperanças.
— Que pena! — disse Anna e, ao pagar, dessa maneira, seu tributo de cortesia aos estranhos, passou a falar com os próximos.
— Em todo caso, a julgar pelo relato da senhora, seria difícil construir uma máquina dessas, Anna Arkádievna — disse Sviiájski, em tom de gracejo.
— Não, por quê? — respondeu Anna, cujo sorriso significava ela saber que sua explicação do funcionamento daquela máquina continha algo sedutor, notado também por Sviiájski. Esse novo traço de coquetismo juvenil foi, para Dolly, uma surpresa desagradável.
— Em compensação, os conhecimentos arquitetônicos de Anna Arkádievna são admiráveis — disse Tuszkiewicz.
— Pois é: ouvi ontem Anna Arkádievna falar sobre as ranhuras e os rodapés — confirmou Veslóvski. — Será que falei direito?
— Nada de admirável, desde que se vê e se ouve tanta coisa — disse Anna. — E o senhor não sabe, talvez, nem de que são feitas as casas?
Dária Alexândrovna percebia que Anna estava descontente com aquele tom leviano de sua conversa com Veslóvski, porém o adotava, ela mesma, sem querer.
Quanto a Vrônski, sua conduta diferia muito, nesse caso, da de Lióvin. Aparentava não ligar a mínima importância à verborragia de Veslóvski e, pelo contrário, incitava-o a gracejar.
— Diga aí, Veslóvski, com que se juntam os tijolos?
— Com cimento, bem entendido.
— Bravo! Mas o que é o cimento?
— É assim... algo como uma papa... não, como uma pasta — disse Veslóvski, desencadeando uma gargalhada geral.
A conversa dos presentes, à exceção do médico, do arquiteto e do gerente, imersos num tristonho silêncio, não se interrompia, ora fluindo, ora se aferrando a alguém e tocando-o no vivo. Até Dária Alexândrovna ficou melindrada e tanto se exaltou que enrubesceu e só mais tarde se esforçou para recordar se não dissera algo desnecessário e desagradável. Sviiájski aludiu a Lióvin, contando das suas estranhas opiniões sobre a nocividade das máquinas para a economia russa.
— Não tenho o prazer de conhecer esse senhor Lióvin — disse Vrônski, sorrindo —, mas, possivelmente, ele nunca viu as máquinas que vem condenando. E, se acaso viu e testou uma dessas máquinas, fez isso de qualquer jeito, e não foi uma máquina estrangeira, mas uma das russas. Que outras opiniões poderiam existir?

— Seriam opiniões turcas — disse Veslóvski, todo risonho, dirigindo-se a Anna.

— Não posso defender as opiniões dele — retorquiu Dária Alexândrovna, corando —, mas posso dizer que é um homem muito instruído e, se ele estivesse aqui, saberia o que responder para vocês, mas eu cá não sei.

— Gosto muito dele, e somos grandes amigos — continuou Sviiájski, com um sorriso bondoso. — *Mais pardon, il est un petit peu toqué*:[84] afirma, por exemplo, que nem o *zemstvo* nem os juízes de paz são necessários, nem quer participar de nada.

— É nossa indiferença russa — disse Vrônski, vertendo água com gelo de um garrafão para uma fina tacinha —: desperceber os deveres que nos impõem os nossos direitos e negar, portanto, esses deveres.

— Não conheço nenhum homem que seja mais rigoroso em cumprir seus deveres — declarou Dária Alexândrovna, irritada com esse tom soberbo de Vrônski.

— Eu, pelo contrário... — prosseguiu Vrônski, que essa conversa tocara, por alguma razão, no vivo — eu, pelo contrário, tal como vocês me veem, fico muito grato pela honra que me foi concedida, ao ser eleito, graças a Nikolai Ivânytch (ele apontou para Sviiájski), juiz de paz a título honorífico. Acredito que, para mim, o dever de participar de uma sessão, de debater o pleito de algum mujique sobre o seu cavalo, é tão importante quanto tudo o que posso fazer. E também ficarei honrado se for eleito vereador. Só posso retribuir com isto aquelas vantagens de que estou desfrutando como fazendeiro. Infelizmente, não se compreende a significância que os fazendeiros graúdos deveriam ter em nosso Estado.

Dária Alexândrovna estranhava aquela firmeza de quem está sempre certo, com a qual Vrônski falava à sua mesa. Lembrou que Lióvin, pensando o contrário, também era tão firme assim ao deliberar à sua mesa. Contudo, ela gostava de Lióvin e, portanto, tomava o partido dele.

— Então, conde, podemos contar com o senhor em nossa próxima sessão? — questionou Sviiájski. — Só que precisamos ir mais cedo, para chegarmos lá até o dia oito. E se o senhor me fizesse a honra de ir à minha fazenda?

— Pois eu concordo um pouco com seu *beau-frère* — disse Anna. — Mas não da mesma maneira que ele — acrescentou, sorrindo. — Receio que tenhamos, nestes últimos tempos, muitos deveres sociais. Antigamente havia tantos servidores que se precisava de um servidor especial para cada tarefa; da mesma forma, temos agora um homem público a cada passo. Só faz seis meses que Alexei está aqui, mas já é membro de cinco ou seis instituições

---

[84] Mas perdão: ele está um pouquinho tantã (em francês).

públicas diferentes, pelo que me parece: tutor, juiz de paz, vereador, jurado e algo como encarregado de cavalos. *Du train que cela va*,⁸⁵ gastará todo o seu tempo com isso. E temo que, com essa quantidade de tarefas, seja apenas uma aparência. Quantos cargos é que o senhor tem, Nikolai Ivânytch? — dirigiu-se a Sviiájski. — Parece que mais de vinte?

Anna falava brincando, porém seu tom denotava certa irritação. Dária Alexândrovna, que observava atentamente Anna e Vrônski, logo reparou nisso. Reparou também naquela expressão séria e pertinaz que o semblante de Vrônski assumira bem no início dessa conversa. Ao reparar nisso e ver que a princesinha Varvara se apressara logo, para mudar de assunto, a falar de seus conhecidos petersburguenses, além de lembrar-se de como Vrônski mencionara, fora de propósito, as suas atividades, ali no jardim, Dolly compreendeu que se ligava a essa questão de atividades sociais alguma desavença íntima entre Anna e Vrônski.

Almoço, vinhos, talheres — estava tudo excelente, mas era algo que Dária Alexândrovna tinha visto nos almoços de gala e grandes bailes, dos quais já se desacostumara, com o mesmo caráter impessoal e tenso, de sorte que, revisto num dia qualquer e num pequeno círculo de pessoas, isso lhe causou uma impressão desagradável.

Depois do almoço, ficaram sentados no terraço. Depois passaram a jogar *lawn tennis*. Dividindo-se em dois grupos, os jogadores se postaram no *croquet-ground*⁸⁶ exemplarmente aplainado e apisoado, de ambos os lados de uma rede esticada entre os postezinhos dourados. Dária Alexândrovna tentou jogar, mas demorou bastante a entender o jogo e, quando o entendeu afinal, cansou-se tanto que se sentou ao lado da princesinha Varvara e ficou apenas olhando para os jogadores. Tuszkiewicz, seu parceiro, também se cansou, porém os outros continuaram a jogar por muito tempo. Sviiájski e Vrônski jogavam bem e levavam o jogo a sério. Atentavam para a bolinha a voar para o lado deles, corriam habilmente, sem se apressar nem se atrapalhar, ao seu encontro, aproveitavam o momento propício para saltar e, aparando a bolinha, de modo destro e certeiro, com as raquetes, lançavam-na de volta por cima da rede. Veslóvski jogava pior do que os demais. Exaltava-se muito, mas, em compensação, animava os jogadores com sua alegria. Não parava de rir nem de gritar. Igual aos outros homens, pedira às damas a permissão de tirar a sobrecasaca, e agora seu corpo grande e bonito, bem como as mangas brancas de sua camisa, seu rosto suado, todo vermelho, e seus movimentos impetuosos gravavam-se na memória de quem estava por perto.

---

⁸⁵ Pelo andar da carruagem (em francês).
⁸⁶ Quadra de croqué (em inglês).

Quando, naquela noite, Dária Alexândrovna foi dormir, tudo quanto via, tão logo fechasse os olhos, era Vássenka Veslóvski a agitar-se no *croquet--ground*.

Todavia, na hora do jogo, Dária Alexândrovna estava desanimada. Não gostava daquele flerte que continuava, nesse meio-tempo, entre Vássenka Veslóvski e Anna, nem daquela generalizada falsidade dos adultos que jogavam, na ausência das crianças, um jogo infantil. Mas, para não desconcertar os jogadores e passar o tempo de alguma maneira, ela descansou um pouco e tornou a jogar, fazendo de conta que estava alegre. Pareceu-lhe, ao longo de todo aquele dia, que estava atuando num teatro, ao lado de atores melhores do que ela, e que sua atuação precária estragava a peça toda.

Viera com a intenção de passar lá dois dias, caso se sentisse à vontade. Contudo, na mesma noite, durante o jogo, decidiu que iria embora no dia seguinte. Aquelas aflitivas preocupações maternas, que odiara tanto pelo caminho, apresentavam-se a ela agora, ao cabo de todo um dia passado sem elas, sob outro ângulo e atraíam-na.

Quando, depois do chá vespertino e do passeio noturno de barco, Dária Alexândrovna entrou sozinha em seu quarto, despiu o vestido e sentou-se para arrumar, antes de dormir, seus cabelos ralos, sentiu um imenso alívio.

Até lhe desagradava a ideia de que logo Anna viria falar com ela. Queria ficar a sós com seus pensamentos.

## XXIII

Dolly já estava para se deitar, quando Anna, com seu traje noturno, entrou em seu quarto.

Ao longo daquele dia, Anna se propunha diversas vezes a falar com ela sobre assuntos íntimos, mas, todas as vezes, parava ao dizer algumas palavras. "Mais tarde, falaremos de tudo a sós. Tenho tanta coisa a dizer para você", prometia.

Agora que estavam a sós, Anna não sabia o que dizer. Sentada perto da janela, olhava para Dolly e remexia em sua memória todos aqueles acúmulos de assuntos íntimos que lhe pareciam inesgotáveis, porém não encontrava nada. Achava, nesse momento, que tudo já fora dito.

— Mas então... como está Kitty? — perguntou afinal, com um profundo suspiro, e olhou para Dolly como quem tivesse alguma culpa. — Diga-me a verdade, Dolly: ela não está zangada comigo?

— Zangada? Não — respondeu, sorrindo, Dária Alexândrovna.

— Mas ela me odeia, despreza?

— Oh, não! Só que você sabe: isso não se perdoa.

— Sim, sim — disse Anna, virando-lhe as costas e olhando pela janela aberta. — Mas a culpa não era minha. E de quem era a culpa? O que significa a culpa? E poderia mesmo ser outra coisa? O que acha, hein? Você poderia mesmo não ser a esposa de Stiva?

— Juro que não sei. Mas veja se me diz uma coisa...

— Sim, sim, mas não terminamos de falar sobre Kitty. Ela está feliz? Dizem que ele é um homem muito bom.

— Seria pouco dizer que é muito bom. Não conheço nenhum homem que seja melhor.

— Ah, como estou contente! Estou muito contente! Seria pouco dizer que é um homem muito bom — repetiu Anna.

Dolly ficou sorrindo.

— Conte-me sobre você mesma, venha! Temos uma longa conversa pela frente. Eu falava com... — Dolly não sabia como chamar Vrônski. Ficaria sem graça ao chamá-lo de conde ou de Alexei Kiríllovitch.

— Com Alexei — completou Anna. — Eu sei que vocês conversaram. Mas gostaria de lhe perguntar diretamente o que está pensando de mim, desta minha vida.

— Como é que diria assim tão de repente? Juro que não sei.

— Não, diga-me ainda assim... Está vendo a minha vida. Mas não se esqueça de que nos viu no verão, quando veio para cá e nos encontrou com outras pessoas... Só que estamos aqui desde o início da primavera, vivíamos absolutamente sós e continuaremos vivendo sós, e eu não desejo nada melhor do que isso. Mas imagine que estou vivendo sozinha, sem ele, sozinha... e há de ser assim. Tudo me indica que isso se repetirá várias vezes, que ele vai passar metade do seu tempo fora de casa — disse Anna, levantando-se e vindo sentar-se ao lado de Dolly. — É claro — interrompeu-a, quando Dolly ia objetar —, é claro que não vou retê-lo à força. Aliás, não o retenho. Logo haverá uma corrida, os cavalos dele vão participar, ele irá até lá, e eu ficarei muito contente. Mas pense um pouco em mim, imagine a minha situação... Não vale a pena nem tocar nisso! — Ela sorriu. — De que é que ele falou com você?

— Falou da mesma coisa que eu também gostaria de discutir, de modo que é fácil, para mim, ser a advogada dele. Será que temos a possibilidade... será que podemos... — Dária Alexândrovna gaguejou — corrigir, melhorar essa situação sua... Você sabe o que penso disso... Mas, em todo caso, se fosse possível, vocês teriam de se casar...

— Ou seja, seria o divórcio? — perguntou Anna. — Você sabe que a única mulher que me visitou em Petersburgo foi Betsy Tverskáia? Conhece-a, não conhece? *Au fond c'est la femme la plus dépravée qui existe.*[87] Ela teve um caso com Tuszkiewicz, enganando seu marido da maneira mais asquerosa. E ela me disse que não queria nem saber de mim enquanto minha situação estivesse inconveniente. Não pense aí que eu esteja comparando... Conheço você, meu amorzinho... só me lembrei disso sem querer... Pois então, o que foi que ele disse para você? — repetiu a pergunta.

— Disse que estava sofrendo por você e por si mesmo. Talvez você diga que é um egoísmo, mas como esse egoísmo é legítimo e nobre! Ele quer, primeiro, legalizar a filha e ser o marido de você, ter o direito de possuí-la.

— Mas que mulher escravizada pode ser escrava no mesmo grau que eu sou em minha situação? — interrompeu Anna, sombria.

— E o principal que ele quer... quer que você não sofra.

— Isso é impossível! E depois?

— E depois, a coisa mais legítima, ele quer que seus filhos tenham o nome dele.

— Que filhos são esses? — disse Anna, entrefechando os olhos sem mirar Dolly.

— Annie e outros filhos que vocês vierem a ter...

— Quanto a isso, ele pode ficar tranquilo: não terei outros filhos.

— Como pode dizer que não terá?...

— Não terei porque não quero mais filhos.

E, apesar de toda a sua emoção, Anna sorriu ao reparar naquela ingênua expressão de curiosidade, pasmo e horror que aparecera no rosto de Dolly.

— O doutor me disse, após minha doença...

.....................

— Não pode ser! — disse Dolly, arregalando os olhos. Para ela, foi uma daquelas descobertas cujas consequências e conclusões são tão enormes que apenas se sente, no primeiro momento, que não dá para abranger tudo de uma vez, mas será necessário pensar a respeito por muito e muito tempo. Tal descoberta, que de repente lhe explicara todas aquelas famílias, antes herméticas para ela, que só tinham um ou dois filhos, suscitara-lhe tantas ideias, reflexões e sensações contraditórias que Dolly não tinha nada a responder e apenas fixava em Anna seus olhos arregalados de tamanho assombro. Era precisamente aquilo com que ela havia sonhado na mesma manhã, pelo caminho, mas agora, ciente de ser algo possível, estava horrorizada. Sentia que era uma solução demasiado simples de um problema demasiado complexo.

— *N'est-ce pas immoral?*[88] — Foi a única frase que articulou, após uma pausa.

---

[87] No fundo, é a mulher mais depravada que existe (em francês).
[88] Isso não é imoral? (em francês).

— Por quê? Só tenho duas opções, pense bem: ou andar grávida, isto é, doente, ou ser amiga, companheira de meu marido, que será, de qualquer jeito, meu marido — disse Anna, num tom propositadamente superficial e leviano.

— É isso, é isso — dizia Dária Alexândrovna, ouvindo os mesmos argumentos que tinha citado para si própria, mas já não os achando tão convincentes como antes.

— Para você, para outras mulheres — dizia Anna, como se adivinhasse os pensamentos dela —, ainda pode haver uma dúvida, mas para mim... Veja se me entende: não sou a esposa dele; ele me ama enquanto me ama. E com que é que eu manteria esse amor? Com isto?

Ela estendeu suas mãos brancas diante da barriga.

Com uma rapidez extraordinária, como sói ocorrer em momentos de emoção, as ideias e recordações espremiam-se na cabeça de Dária Alexândrovna. "Eu mesma", pensava ela, "não atraía Stiva; ele me trocou por outras mulheres, mas aquela primeira com quem ele me traiu não o reteve por estar sempre bonita e jovial. Ele abandonou aquela mulher e escolheu uma outra. Seria possível que Anna atraísse e retivesse assim o conde Vrônski? Se ele procurar por isso, encontrará toaletes e maneiras ainda mais atraentes e joviais. E, por mais brancos, por mais lindos que sejam os braços nus dela, por mais belos que sejam todo o seu corpo roliço e seu rosto excitado no meio desses cabelos negros, ele encontrará algo melhor ainda, como tem procurado e encontrado este meu repulsivo, desprezível e bonzinho marido".

Dolly não respondeu nada, apenas deu um suspiro. Anna reparou nesse suspiro, que exprimia seu desacordo, e continuou falando. Ainda tinha argumentos guardados, tão fortes que não haveria mais nada capaz de rebatê-los.

— Está dizendo que é ruim? Mas temos de raciocinar — continuou. — Você se esquece de minha situação. Como é que poderia desejar mais filhos? Não me refiro aos sofrimentos, pois eles não me assustam. Mas pense aí: quem serão esses meus filhos? Umas criaturas infelizes que terão um nome estranho. Pelo próprio fato de terem nascido, ficarão obrigadas a envergonhar-se com sua mãe, com seu pai e com seu nascimento.

— Mas é justamente por isso que o divórcio seria necessário.

Contudo, Anna não a escutava mais. Queria explicitar todos aqueles argumentos que tantas vezes usara para convencer a si mesma.

— Então por que me foi concedida a razão, já que não usufruo dela para deixar de pôr essas criaturas infelizes no mundo?

Olhou para Dolly e, sem esperar pela sua resposta, prosseguiu:

— Sempre me sentiria culpada perante esses meus filhos desgraçados — disse. — Se não existirem, não serão, pelo menos, infelizes; e, se estiverem infelizes, a culpa disso será só minha.

Eram os mesmos argumentos que Dária Alexândrovna citara para si própria, porém agora ela os ouvia, mas não os compreendia. "Como seria culpada perante alguém que não existe?", pensava. E, de improviso, teve uma ideia: seria melhor para seu xodozinho Gricha, em qualquer caso imaginável, se ele nunca tivesse nascido? E achou-a tão esquisita e tão insana que sacudiu a cabeça para dissipar esse caos de pensamentos malucos a turbilhonarem nela.

— Não, eu não sei, mas isso é ruim, sim — disse apenas, com expressão de repulsa no rosto.

— Sim, mas não esqueça quem é você e quem sou eu... E, além disso — acrescentou Anna, como se admitisse que, não obstante a riqueza de seus argumentos e a escassez das objeções de Dolly, isso não fosse bom mesmo —, não se esqueça do mais importante: agora não estou na mesma situação que você. Para você a questão é se não deseja mais ter filhos e, para mim, se desejo ter filhos em geral. A diferença é grande. Entende que não posso desejar isso em minha situação?

Dária Alexândrovna não objetava mais. Sentiu, de súbito, que se afastara muito de Anna: agora existiam, entre as duas amigas, certas questões em que elas nunca se entenderiam e que seria melhor nem sequer abordarem.

## XXIV

— Então precisa ainda mais corrigir essa sua situação, se possível — disse Dolly.

— Se possível, sim — respondeu Anna, de súbito, com uma voz bem diferente, baixa e triste.

— O divórcio seria impossível? Disseram para mim que seu marido concordava.

— Dolly! Eu não quero falar sobre isso.

— Está bem, não vamos falar — apressou-se a dizer Dária Alexândrovna, que acabava de notar a expressão de sofrimento no rosto de Anna. — Percebo apenas que está vendo as coisas de modo sombrio.

— Eu? Nem um pouco. Ando muito alegre e contente. Você mesma viu: *je fais des passions*.[89] Veslóvski...

— Sim, para dizer a verdade, não gostei daquele tom de Veslóvski — disse Dária Alexândrovna, buscando mudar de assunto.

— Ah, não é nada! Aquilo faz cócegas em Alexei, quando muito, mas aquele menino está todo em minhas mãos: posso manipulá-lo como quiser,

---

[89] Desperto paixões (em francês).

entende? É igualzinho a seu Gricha... Dolly! — De chofre, ela mudou de tom. — Está dizendo que vejo as coisas de modo sombrio. Só que não pode entender. É horrível demais. Procuro nem ver certas coisas.

— Mas precisa vê-las. Precisa fazer tudo o que puder.

— Poderia fazer o quê? Nada. Você diz que tenho de me casar com Alexei e que não penso nisso. Eu não penso nisso? — repetiu Anna, e seu rosto se ruborizou todo. Uma vez em pé, desencurvou o peito, deu um profundo suspiro e começou a andar, com seus passos ligeiros, pelo quarto, de lá para cá, parando às vezes. — Eu não penso? Não há dia nem hora em que não pense e não me reprove por pensar... já que dá para enlouquecer de pensar nisso. Enlouquecer — repetiu. — Quando penso nisso, não adormeço mais sem morfina. Mas... tudo bem, falaremos tranquilamente. Dizem para mim: o divórcio. Primeiro, ele não se divorciará de mim. Agora está sob a influência da condessa Lídia Ivânovna.

Estirando-se em sua cadeira, Dária Alexândrovna acompanhava o andar de Anna, virando e revirando a cabeça, e seu rosto manifestava sofrimento e compaixão.

— Tem de tentar — disse em voz baixa.

— Suponhamos que eu tente. O que significa isso? — questionou Anna, decerto expressando as ideias que repensara mil vezes e aprendera de cor. — Isso significa que, muito embora tenha ódio por ele, eu me reconheço, ainda assim, culpada para com ele e me humilho a ponto de lhe escrever por considerá-lo magnânimo... Suponhamos que eu faça um esforço, que eu faça isso. Ou receberei uma resposta ofensiva, ou então uma anuência. Tudo bem, recebi a anuência dele... — Nesse momento Anna, que estava num canto distante do quarto, deteve-se a mexer com a cortina da janela. — Receberei a anuência, e meu fi... filho? Pois eles não vão entregá-lo para mim. Pois ele vai crescer, sentindo desprezo por mim, na casa do pai que abandonei. Parece que amo de igual maneira, e amo a ambos mais do que a mim mesma, dois seres: Serioja e Alexei. Será que me entende?

Veio postar-se no meio do quarto, diante de Dolly, apertando o peito com ambas as mãos. De penhoar branco, seu vulto parecia sobremodo alto e largo. Ao inclinar a cabeça, ela olhava de soslaio, com seus olhos úmidos e brilhantes, para Dolly, que tremia toda de emoção, tão pequena, magrinha e lastimosa com sua blusinha remendada e sua touca de dormir.

— Só que amo esses dois seres juntos, mas um deles exclui o outro. Não consigo uni-los, mas preciso somente disso. E, sem isso, nada me importa. Nada me importa mesmo. E vai terminar de alguma forma, e não posso, portanto, nem gosto de falar disso. Então não me censure, não me julgue por nada. Você não pode entender, com sua pureza, tudo quanto me faz sofrer.

Anna se aproximou, sentou-se ao lado de Dolly e, fitando com ares de culpa o rosto dela, pegou-lhe a mão.

— O que está pensando? O que pensa de mim? Não me despreze. Não mereço que me desprezem. Apenas estou infeliz. Se alguém está infeliz, sou eu — disse e, virando-lhe as costas, ficou chorando.

Uma vez só, Dolly rezou a Deus e foi para a cama. Apiedava-se de Anna, com toda a sua alma, enquanto lhe falava, porém agora não conseguia forçar a si mesma a pensar nela. Eram as lembranças de sua casa e de seus filhos que surgiam, com uma graça bem singular e bem nova, cheias de um brilho desconhecido, em sua imaginação. Aquele seu mundinho lhe parecia agora tão belo e precioso que Dolly não queria, em caso algum, passar nem um dia a mais fora dele. Acabou decidindo que partiria sem falta no dia seguinte.

Nesse ínterim, Anna retornou ao seu gabinete, pegou um cálice e verteu nele várias gotas de certo remédio que incluía uma dose considerável de morfina; ao engoli-las, passou algum tempo sentada, imóvel, e depois, acalmada, serena e bem-disposta, foi ao quarto do casal.

Quando entrou no quarto, Vrônski olhou para ela com atenção. Procurava pelos sinais daquela conversa que, passando tanto tempo no quarto de Dolly, Anna devia, conforme ele imaginava, ter levado com sua amiga. Todavia, não vislumbrou nada em sua expressão excitada, mas reservada e como que dissimulada, além da beleza que, apesar de familiar para ele, ainda o cativava, da consciência dessa beleza e da vontade de impressioná-lo com essa beleza. Vrônski não queria indagar sobre a conversa, mas esperava que ela mesma lhe revelasse alguma coisa. Anna disse apenas:

— Estou feliz de teres gostado de Dolly. Gostaste dela, não é verdade?

— Mas eu a conheço há tempos. Parece que é muito boa, *mais excessivement*[90] *terre-à-terre*. Ainda assim, fiquei muito contente.

Ele segurou a mão de Anna e mirou-a, olho no olho, de modo interrogativo.

Ela compreendeu esse olhar de outro modo e sorriu para ele.

Na manhã seguinte, conquanto os anfitriões a exortassem a ficar, Dária Alexândrovna se aprontou para ir embora. Com seu cafetã nada novo e seu chapéu parecido com o de um postilhão, o cocheiro de Lióvin, carrancudo e resoluto, conduziu a caleça de para-lamas consertados, puxada pelos cavalos de raça duvidosa, até o pátio toldado e recoberto de areia.

A despedida da princesinha Varvara e dos homens desagradou a Dária Alexândrovna. Ao fim de apenas um dia, tanto ela quanto os anfitriões percebiam claramente que não combinavam entre si e que seria melhor não se verem

---

[90] ... mas excessivamente prosaica (em francês).

mais. Só Anna estava triste. Sabia que, após a partida de Dolly, ninguém mais viria despertar novamente as emoções que esse encontro provocara em sua alma. Ela sentira dor ao atiçar tais emoções, porém sabia que era a melhor parte de sua alma e que a vida levada por ela fazia essa parte sumir bem depressa, igual a uma clareira tomada pelo mato.

Enveredando através dos campos, Dária Alexândrovna sentiu um prazeroso alívio e quis perguntar aos seus acompanhantes se haviam gostado da casa de Vrônski, mas, de repente, o cocheiro Filipp começou a falar por vontade própria:

— Que são ricaços, são mesmo, mas só deram três medidas de aveia. Juntaram tudo o que as galinhas deixaram, até o último grãozinho. E o que são essas três medidas? É só bicar um pouquinho. E os zeladores vendem aquela aveia por quarenta e cinco copeques. Na casa da gente é outra coisa: damos pra quem vier tanta aveia quanta pode comer.

— Um senhorzinho sovina — confirmou o empregado.

— Mas gostou dos cavalos dele? — perguntou Dolly.

— Os cavalos são bons, nem falo. E a comida tá boa. Só que me pareceu meio chato por lá, Dária Alexândrovna; não sei o que a senhora achou... — disse o cocheiro, virando seu rosto bonito e bondoso para ela.

— Eu também achei. Será que voltaremos para casa à noite?

— Temos que voltar.

Quando voltou para casa e encontrou todos com boa disposição, além de especialmente charmosos, Dária Alexândrovna contou, muito animada, sobre a sua viagem, sobre a ótima recepção de que desfrutara, sobre o luxo e o bom gosto com que os Vrônski viviam, sobre as suas diversões. Não deixou ninguém dizer meia palavra contra eles.

— É preciso que conheçam Anna e Vrônski (agora o conheço melhor do que antes) para entender como são gentis e simpáticos — dizia, dessa vez totalmente sincera, esquecendo-se daquela indefinível sensação de desprazer e acanhamento que tivera ali.

## XXV

Nas mesmas condições, ou seja, sem tomarem quaisquer providências para realizar o divórcio, Vrônski e Anna viveram, lá na fazenda, todo o verão e parte do outono. Haviam decidido que não iriam a lugar algum, porém sentiam ambos que, quanto mais tempo passassem a sós, máxime no inverno e sem hóspedes, tanto mais cedo se fartariam dessa vida e teriam de alterá-la.

Em aparência, eles viviam tão bem que nem poderiam desejar nada melhor: estavam bem abastados, saudáveis, tinham uma filha e suas respectivas ocupações. Na ausência dos hóspedes, Anna continuava cuidando de si mesma e lia muitos livros, fossem romances ou obras sérias que estavam em voga. Encomendava todos os livros mencionados com louvor nas revistas e nos jornais estrangeiros que recebia, e depois, dedicando-lhes aquela atenção especial, própria apenas de quem vive recolhido, lia-os todos. Além disso, lançava mão de livros e artigos específicos a fim de estudar todas as matérias das quais se ocupava Vrônski, de sorte que amiúde ele recorria diretamente a ela com diversas questões agrícolas, arquitetônicas e, vez por outra, até mesmo referentes à manutenção de haras e aos esportes. Surpreendia-se com a erudição e a memória de Anna: inicialmente, ficava desconfiado e solicitava provas, e ela encontrava nos livros as respostas necessárias e mostrava-as para ele.

Igualmente se interessava pela construção do hospital. Não só ajudava, mas também inventava e arranjava muita coisa pessoalmente. Contudo, a principal das suas tarefas era ela mesma, naquela exata medida em que Vrônski lhe dava valor e ela podia substituir para o amante tudo quanto ele abandonara. Vrônski apreciava esse desejo que se tornara o único objetivo de sua vida, o de não apenas lhe agradar como também lhe servir, mas, ao mesmo tempo, enfastiava-se daquelas redes amorosas em que Anna buscava envolvê-lo. O tempo ia passando, e ele se via cada vez mais envolto naquelas redes e queria cada vez mais, se não escapar delas, ao menos conferir se não restringiam a sua liberdade. Não fosse tal desejo, sempre crescente, de ser livre, de não ter cenas todas as vezes que lhe cumpria ir à cidade para participar de uma reunião ou uma corrida, Vrônski ficaria plenamente satisfeito com sua vida. O papel que escolhera, o de um daqueles ricos fazendeiros que deveriam formar o núcleo da aristocracia russa, não apenas era de seu agrado, mas lhe proporcionava um prazer cada dia maior, agora que vivia assim havia meio ano. E seus negócios, que achava cada dia mais interessantes e empolgantes, iam de vento em popa. Apesar da enorme quantia que gastara com o hospital, as máquinas, as vacas compradas na Suíça e muitas outras coisas, ele tinha certeza de que não desbaratava, mas, pelo contrário, aumentava seu patrimônio. Onde quer que se tratasse de ganhar dinheiro, de vender madeira, cereais ou lã, de arrendar terras, Vrônski estava firme e sabia, como o homem de fibra que era, manter o preço. Em seus grandes negócios, tanto nessa quanto noutras fazendas, aplicava as táticas mais simples e menos arriscadas, sendo parcimonioso e calculista, no mais alto grau, em gerir suas tarefas miúdas. Não obstante toda a astúcia e toda a habilidade do alemão, que o incitava a fazer compras e sempre calculava de modo a mostrar-lhe, primeiro, um preço exorbitante e a aludir em seguida que, pensando bem, poderia gastar menos e assim conseguir um lucro momentâneo, Vrônski não cedia à sua lábia. Escutava o gerente, fazia perguntas e concordava com ele, mas tão só quando as coisas encomendadas ou construídas eram as mais modernas, ainda desconhecidas na Rússia e capazes de causar admiração. Além disso, só resolvia gastar muito quando tinha dinheiro de sobra e, ao passo que gastava seu dinheiro, esclarecia todos os pormenores da compra e insistia em gastá-lo unicamente com o melhor. Portanto, quem visse como iam seus negócios entenderia logo que não desbaratava mesmo e, sim, aumentava seu patrimônio.

Em outubro haveria eleições para a Câmara da nobreza da província de Káchin, onde se encontravam as propriedades de Vrônski, Sviiájski, Kóznychev, Oblônski e uma pequena parte da fazenda de Lióvin.

Em razão de várias circunstâncias, inclusive em face daquelas pessoas que delas participavam, essas eleições atraíam a atenção pública. Falava-se muito nelas, preparava-se para elas. Os moscovitas, petersburgueses e estrangeiros, que nunca tinham visto uma só eleição, reuniam-se para presenciá-las.

Fazia bastante tempo que Vrônski prometia a Sviiájski ir às eleições.

Na véspera das eleições, Sviiájski, que visitava frequentemente Vozdvíjenskoie, apareceu na casa de Vrônski.

Fora ainda na antevéspera que Vrônski quase brigara com Anna por causa dessa eventual viagem. Era o outono, a época mais difícil e tediosa no campo, e Vrônski, que se preparava para disputar um cargo, anunciou sua partida a Anna com uma expressão por demais severa e fria, como nunca lhe falara antes. Para sua surpresa, Anna recebeu essa notícia com muita tranquilidade, perguntando apenas quando ele voltaria. Mirando-a com atenção, ele não compreendia tamanha tranquilidade. Ela sorriu em resposta ao seu olhar. Vrônski já conhecia essa capacidade dela, a de imergir em si mesma, e sabia que isso só ocorria quando ela tomava alguma decisão sem compartilhar seus planos com ele. Tinha medo disso, mas queria tanto evitar uma cena que fingiu (e, até certo ponto, confundiu francamente o real com o desejado) que confiava na sensatez dela.

— Espero que não fiques entediada?

— Também espero — disse Anna. — Recebi ontem uma caixa de livros da loja de Gautier. Não ficarei entediada, não.

"Se quiser adotar esse tom, melhor assim", pensou Vrônski. "Senão, seria de novo a mesma coisa." E, sem se explicar sinceramente com ela, foi às eleições.

Era a primeira ocasião, desde o princípio de seu namoro, em que se despedia dela sem se terem explicado até o fim. Por um lado, estava preocupado com isso; por outro lado, achava que assim seria melhor. "No começo haverá, como agora, algo incerto, esconso, mas depois ela se acostumará. Em todo caso, posso entregar tudo para ela, à exceção desta minha independência masculina", pensava.

## XXVI

Em setembro, pouco antes do parto de Kitty, Lióvin se mudara para Moscou. Fazia já um mês que morava lá, desocupado, quando Serguei Ivânovitch, que tinha uma propriedade rural na província de Káchin e participava ativamente da organização das próximas eleições, dispôs-se a ir prestigiá-las. Convidou também seu irmão, detentor de uma bola[91] no distrito de Selezniovo. Além do mais, Lióvin movia em Káchin um processo tutelar e indenizatório, de suma importância para sua irmã que vivia no estrangeiro.

Estava ainda indeciso, mas Kitty, que o via entediado em Moscou e sugeria que fosse às eleições, encomendou para ele, contra sua vontade, um uniforme fidalgo cujo preço era de oitenta rublos. E foram principalmente aqueles oitenta rublos desembolsados pelo uniforme que estimularam Lióvin a ir. Ele foi a Káchin.

Lióvin estava em Káchin havia quase seis dias, frequentando diariamente a Câmara da nobreza e cuidando do processo de sua irmã, que não evoluía. Todos os dirigentes estavam ocupados com as eleições por vir, de modo que não se podia resolver nem o menor problema relacionado com a tutela. A outra tarefa, a indenização de que se tratava, também colidia com obstáculos. Após longos esforços empenhados em revogar o embargo pecuniário, o dinheiro estava pronto a ser recebido, porém o tabelião, um homem muito prestativo, não podia legalizá-lo sem a assinatura do presidente, e o presidente fora participar de uma sessão sem ter designado quem o substituísse. Todos esses esforços, andanças de uma repartição para outra, conversas com várias pessoas muito bondosas e generosas, capazes de entender plenamente quão desagradável era a situação do requerente, mas incapazes de ajudá-lo — toda essa tensão, que não gerava nenhum resultado, causava a Lióvin uma sensação aflitiva, semelhante àquela deplorável impotência que sentimos em sonhos, quando nos apetece usarmos da força física. Tal sensação surgia diversas vezes, falando ele com seu advogado cheio de bonomia. O advogado aparentava fazer todo o possível e concentrar todas as suas forças mentais para tirar Lióvin do seu impasse. "Tente fazer assim", dizia amiúde: "vá a tal e tal lugar", e logo elaborava todo um projeto que permitiria contornar aquele fatal princípio que estorvava tudo. Mas, em seguida, acrescentava: "Vão impedi-lo, ainda assim, mas o senhor deve tentar". E Lióvin tentava, saindo a pé ou de carro. Todos o acolhiam gentil e cordialmente, mas acontecia que

---

[91] O autor se refere à votação efetuada por meio de bolas brancas e pretas, ou colocadas em partes distintas da urna.

o empecilho contornado ressurgia ao cabo do caminho e voltava a barrar a passagem. A coisa mais dolorosa era que Lióvin não conseguia entender, de maneira alguma, contra quem estava lutando, quem se aproveitava dos atrasos de seu litígio. Parecia que ninguém sabia disso, nem mesmo seu advogado. Se Lióvin pudesse entender, como entendia por que não se aproximava da bilheteria de uma estrada de ferro senão se colocando numa fila, não estaria desgostoso nem aborrecido, porém, quanto àqueles obstáculos que enfrentava no decorrer do processo, ninguém era capaz de lhe explicar a finalidade deles.

Contudo, Lióvin havia mudado muito desde seu casamento: estava paciente e, se não compreendia por que tudo isso era assim, dizia consigo que, sem saber de tudo, não poderia julgar a respeito, que provavelmente era algo necessário, e procurava não ficar revoltado.

Agora que presenciava as eleições e participava delas, procurava também não criticar nem discutir, mas apenas compreender, na medida do possível, aquele assunto do qual se ocupavam, com tanta seriedade e paixão, certas pessoas boas e honestas, que ele respeitava. Uma vez casado, Lióvin havia descoberto tantos assuntos novos e sérios, que antes lhe pareciam ínfimos porque os tratava com leviandade, que agora pressupunha e procurava um significado relevante na questão das eleições também.

Serguei Ivânovitch explicou para ele o sentido e a importância da reviravolta que as eleições deveriam trazer. O decano da nobreza, em cujas mãos se encontravam, em termos da lei, diversas atividades públicas, importantes para a província toda — as tutelas (aquelas mesmas que agora faziam Lióvin sofrer), as contribuições enormes da fidalguia, os ginásios feminino, masculino e militar, a instrução pública segundo a nova legislação e, finalmente, o *zemstvo* —, esse decano Snetkov era uma homem do velho tipo aristocrático, que dilapidara uma imensa fortuna, um homem bondoso, honesto à sua maneira, mas completamente inapto a compreender as necessidades dos tempos modernos. Em todos os assuntos, tomava sempre o partido da nobreza, opondo-se diretamente ao progresso da instrução pública e transformando o *zemstvo*, cujo papel teria de ser importantíssimo, numa espécie de casta. Era mister colocar no lugar dele um homem diferente, moderno e prático, totalmente novo, e encaminhar os negócios de forma a extrair de todos os direitos outorgados à nobreza, tida como um elemento do *zemstvo* e não apenas como nobreza em si, todas aquelas vantagens de autogestão que pudessem ser extraídas deles. Na opulenta província de Káchin, que sempre se antecipava em tudo às outras regiões, acumulavam-se agora forças tais que seus negócios, se organizados corretamente, poderiam servir de exemplo para as demais províncias e para toda a Rússia. Portanto, essas eleições se revestiam de muita significância. Tencionava-se colocar no lugar de Snetkov ou Sviiájski ou, melhor ainda, o ex-professor Nevedóvski,[92] homem de notável inteligência e grande amigo de Serguei Ivânovitch.

Abrindo a reunião, o governador da província discursou perante os fidalgos, pediu que não elegessem quem parecesse simpático, mas quem merecesse ser eleito e fosse trabalhar para o bem da pátria, e disse esperar que a nobre fidalguia de Káchin chegasse a cumprir religiosamente seu dever, como nas eleições anteriores, e a justificar a alta confiança do monarca.

Terminado o discurso, o governador saiu da sala; os fidalgos seguiram-no, animados e barulhentos, alguns até exaltados, e rodearam-no enquanto ele vestia sua peliça e levava uma conversa amigável com o decano da nobreza. Querendo inteirar-se de tudo e não deixar nada passar, Lióvin também estava lá, no meio da multidão, e ouvia o governador dizer: "Comunique, por favor, a Maria Ivânovna que minha esposa lamenta muito ter de visitar o orfanato". Depois os fidalgos pegaram jovialmente suas peliças e foram todos à catedral.

Lá na catedral, Lióvin erguia a mão, igual a todos os outros, e, repetindo as frases do arcipreste, jurava, com os juramentos mais horripilantes, cumprir tudo quanto o governador esperava que cumprisse. As práticas eclesiásticas sempre influenciavam Lióvin e, quando ele proferia as palavras "beijo a cruz" e mirava aquela multidão de jovens e velhos a repetirem o mesmo, sentiu-se enternecido.

Nos dias segundo e terceiro, discutiam-se as contribuições da fidalguia e a verba destinada ao ginásio feminino, questões desprovidas, conforme explicava Serguei Ivânovitch, de toda e qualquer relevância, e Lióvin, ocupado com suas andanças por causa do processo em curso, não lhes deu atenção. No quarto dia, houve uma reunião em que se conferiu o uso do orçamento local. Foi lá que o novo partido teve seu primeiro embate com o antigo. A comissão incumbida de verificar o orçamento relatou à Câmara que todas as verbas estavam em ordem. O decano da nobreza ficou em pé, agradecendo a confiança aos fidalgos presentes, e derramou umas lágrimas. Os fidalgos aclamaram-no aos brados e vieram apertar-lhe a mão. E foi nesse meio-tempo que um fidalgo pertencente ao partido de Serguei Ivânovitch disse ter ouvido o boato de que a comissão não tinha revisado o orçamento por considerar uma revisão dessas insultante para o decano da nobreza. Um dos membros da comissão confirmou isso por mera imprudência. Então um senhorzinho bem baixo, aparentemente bem novo, mas muito sarcástico, anunciou que o decano da nobreza gostaria, quiçá, de relatar pessoalmente o uso das verbas e que a excessiva delicadeza dos membros da comissão chegava a privá-lo

---

[92] Ironicamente, o nome do candidato significa, em russo, "aquele que não sabe de nada".

da tal satisfação moral. Os membros da comissão desistiram, pois, da sua declaração, e Serguei Ivânovitch passou a provar logicamente a necessidade de reconhecerem que tinham conferido as verbas ou deixado de conferi-las, e acabou desenvolvendo esse dilema nos mínimos detalhes. Quem refutava os argumentos dele era o orador do partido rival. Depois se pronunciaram Sviiájski e, outra vez, o senhorzinho sarcástico. A discussão foi longa e não resultou em nada. Lióvin ficou surpreso por terem gasto tamanho tempo em discutir, sobretudo porque, ao perguntar a Serguei Ivânovitch se supunha mesmo que as verbas tivessem sido desviadas, Serguei Ivânovitch respondeu:

— Oh, não! É um homem honesto. Contudo, essa antiga prática da gestão patriarcal e familiar dos negócios fidalgos devia ser abalada.

No quinto dia, elegiam-se os decanos da nobreza distritais. Esse dia foi bastante tumultuado em certos distritos. Sviiájski foi eleito, no distrito de Selezniovo, sem escrutínio, por aclamação unânime, e nesse dia houve um almoço na casa dele.

## XXVII

No sexto dia ocorreriam as eleições para a Câmara. As salas grande e pequena estavam cheias de fidalgos uniformizados. Muitos deles só tinham vindo no dia marcado. Os conhecidos que não se viam havia tempos, por morarem na Crimeia, em Petersburgo ou no estrangeiro, encontravam-se nessas salas. À mesa das reuniões, sob o retrato do soberano, discutiam-se várias questões.

Tanto na sala grande quanto na sala pequena, os fidalgos se agrupavam por facções: percebia-se, pela hostilidade e desconfiança dos olhares, pelas conversas que se interrompiam com a aproximação das pessoas estranhas, pelo comportamento de quem se recolhia até mesmo num corredor distante para segregar, que cada grupo tinha algo a esconder dos outros. Pela aparência externa, os fidalgos se dividiam nitidamente em dois tipos: os velhos e os novos. Os velhos trajavam, em sua maioria, os antigos uniformes abotoados, com espadas e chapéus, ou então os uniformes especiais que lhes cabiam por terem servido na marinha, na cavalaria ou na infantaria. Os uniformes dos fidalgos velhos eram de feitio antigo, com pufezinhos nos ombros, e pareciam pequenos, curtos e estreitos, como se não prestassem mais para seus usuários. Quanto aos fidalgos novos, usavam os uniformes desabotoados, bastante compridos, de ombros largos, com coletes brancos, ou então os uniformes de gola preta e louros bordados, distintivos do Ministério da Justiça. Alguns desses jovens estavam também com uniformes palacianos a enfeitarem, de lugar em lugar, a multidão toda.

Entretanto, essa divisão em novos e velhos não coincidia com a divisão partidária. Havia no meio dos novos, segundo as observações de Lióvin, quem pertencesse ao partido antigo, enquanto alguns dos fidalgos mais idosos, pelo contrário, cochichavam com Sviiájski e, obviamente, eram adeptos veementes do partido novo.

Postado na sala pequena, onde se fumava e se lambiscava, perto de um grupo de seus partidários, Lióvin atentava no que eles diziam e concentrava em vão as forças de sua mente para compreendê-lo. Serguei Ivânovitch era um centro ao redor do qual se reuniam outras pessoas. Agora escutava Sviiájski e Khliústov, um dos decanos distritais que aderia ao seu partido. Khliústov não consentia em ir, junto com seu distrito, apoiar a candidatura de Snetkov, mas Sviiájski exortava-o a fazer isso, e Serguei Ivânovitch aprovava tal plano. Lióvin não entendeu por que o partido rival queria apoiar a candidatura daquele decano contra o qual votaria.

Stepan Arkáditch, que acabava de beber e de lambiscar, acercou-se deles, com seu uniforme de *Kammerherr*, enxugando a boca com um lenço de cambraia, cheiroso e ornamentado.

— A gente se posiciona — disse, alisando ambas as suíças —, Serguei Ivânytch!

E, atentando naquela conversa, alinhou-se com a opinião de Sviiájski.

— Bastaria um só distrito, e Sviiájski é, obviamente, da oposição — pronunciou as palavras que todos, exceto Lióvin, compreenderam. — Pois bem, Kóstia: parece que você também tomou gosto? — acrescentou, dirigindo-se a Lióvin, e segurou o braço dele. Lióvin gostaria mesmo de tomar gosto por aquilo tudo, mas não entendia de que se tratava: dando alguns passos para se afastarem dos colegas, exprimiu a Stepan Arkáditch sua perplexidade em relação à candidatura do decano.

— *O sancta simplicitas!*[93] — disse Stepan Arkáditch e explicou para Lióvin, breve e claramente, a essência da questão.

Se todos os distritos votassem, como nas últimas eleições, em tal decano, ele seria eleito ao receber todas as bolas brancas, só que não se precisava disso. Agora que oito distritos apoiavam sua candidatura, Snetkov podia retirá-la caso dois distritos se opusessem a ela. Então, o partido antigo poderia eleger outro membro, e o plano todo iria por água abaixo. Mas, se apenas o distrito de Sviiájski estivesse contra sua candidatura, Snetkov insistiria nela. Até mesmo seria bem votado, com bolas extras na urna, de sorte que o partido rival se enredaria em contas e, quando fosse votar num dos nossos, também jogaria umas bolas extras.

---

[93] Oh, santa ingenuidade (em latim).

Lióvin entendeu, mas nem tanto: quis fazer mais algumas perguntas, porém, de repente, todos se puseram a falar e, com muito barulho, foram à sala grande.

— O que há? Quem? O quê — A procuração? Para quem? Por quê? — Estão contestando? — Não é uma procuração. — A candidatura de Fliórov foi impugnada. — E daí, se ele é investigado? — Desse jeito, ninguém mais pode ser eleito. Que baixaria! — Mas é a lei! — era o que Lióvin ouvia de vários lados. Com todos os que se apressavam e temiam deixar algo passar, entrou na sala grande e, empurrado pelos fidalgos, achegou-se à mesa das reuniões, onde transcorria uma acalorada discussão entre o decano da nobreza, Sviiájski e outros figurões.

## XXVIII

Lióvin estava bastante longe deles. Um dos fidalgos, cuja respiração rouca e ofegante soava ao seu lado, e outro, cujas solas grossas não paravam de ranger, impediam-no de ouvir bem. Ouvia apenas a voz macia do decano, seguida pela voz guinchante do senhorzinho sarcástico e pela voz de Sviiájski. Eles discutiam, pelo que Lióvin podia entender, o significado de certo artigo da lei e da palavra "investigado".

A multidão se abriu, dando passagem a Serguei Ivânovitch que se aproximava da mesa. Esperando até o senhorzinho sarcástico terminar sua arenga, Serguei Ivânovitch disse que, em sua opinião, o mais seguro a fazer seria conferir o respectivo artigo da lei e pediu que o secretário localizasse aquele artigo. Constava dele que, caso houvesse desacordo, era necessário pôr o assunto em votação.

Ao ler o artigo, Serguei Ivânovitch começou a explicar o significado dele, mas, de improviso, um fazendeiro alto e gordo, de dorso um tanto curvado e bigode pintado, que trajava um uniforme estreito, munido de uma gola a escorar-lhe por trás o pescoço, veio interrompê-lo. Achegou-se à mesa e, batendo nela com seu anel, vociferou:

— Votar! Às bolas! Nada de conversa! Às bolas!

Diversas vozes se puseram a falar simultaneamente, e o fidalgo alto, titular daquele anel, passou a gritar cada vez mais furioso. Contudo, não se podia discernir as suas palavras.

Aliás, ele dizia o mesmo que propunha Serguei Ivânovitch: decerto o odiava, a par de todo o seu partido, e esse sentimento de ódio transmitira-se a todo o partido dele e acabara provocando o afluxo da mesma fúria, embora um pouco mais comedida, por parte dos adversários. Começou uma gritaria e tudo se confundiu por um minuto, tanto assim que o decano da nobreza teve de clamar pela ordem.

— Votar, votar! Quem for fidalgo vai entender. Estamos derramando o sangue... A confiança do monarca... Não contar com o decano, não é um feitor... Mas não é isso, não... Ora vamos, às bolas! Que vileza!... — esses gritos de raiva ouviam-se, desenfreados, de todos os lados. Os olhares e rostos estavam ainda mais raivosos e desenfreados do que as falas, exprimindo um ódio irreconciliável. Lióvin nem por sombras compreendia de que se tratava: pasmava-se com aquele ardor em analisarem a questão se deviam pôr o problema de Fliórov em votação. Esquecera-se, como lhe explicaria depois Serguei Ivânovitch, do silogismo seguinte: necessitava-se, para o bem de todos, depor o decano da nobreza em exercício; cumpria-se, para depô-lo, conseguir a maioria dos votos; devia-se, para conseguir a maioria dos votos, conceder o direito de votar a Fliórov; precisava-se afinal, para reconhecê-lo capaz de votar, garantir o entendimento daquele artigo da lei.

— É que um só voto pode resolver tudo e, se quisermos servir ao bem público, precisamos de seriedade e coerência — concluiu Serguei Ivânovitch.

Todavia, Lióvin se esquecera disso e sentia angústia ao ver aqueles homens tão bons e respeitados por ele num arroubo tão maldoso e feio. Para se livrar dessa penosa sensação, não esperou pelo desfecho da discussão e foi à sala onde não havia ninguém, salvo alguns lacaios que se agitavam perto do bufê. Vendo os lacaios enxugarem as louças e colocarem os pratos e cálices em seus devidos lugares, avistando os rostos deles, tranquilos e animados, Lióvin se sentiu inesperadamente aliviado, como se tivesse saído de um cômodo fétido e ficado ao ar livre. Pôs-se a andar de lá para cá, olhando com prazer para aqueles lacaios. Gostou muito de ver um lacaio de costeletas grisalhas desdenhar de seus colegas mais novos, que caçoavam dele por sua vez, e ensiná-los a dobrar os guardanapos. Já queria ir conversar com esse velho lacaio, quando o secretário das tutelas, um velhinho que se especializava em saber o nome e patronímico de todos os fidalgos da província, veio distraí-lo.

— Tenha a bondade, Konstantin Dmítritch — disse-lhe —, que seu irmãozinho anda à procura do senhor. Estão votando a opinião.

Ao entrar na sala, Lióvin recebeu uma bolinha branca e caminhou, atrás de seu irmão Serguei Ivânovitch, até a mesa junto da qual se mantinha, com ares de imponência e ironia, empunhando a sua barba e cheirando-a, Sviiájski. Serguei Ivânovitch meteu a mão numa caixa, pôs sua bola em algum lugar e, deixando Lióvin passar, parou ao seu lado. Lióvin se aproximou da mesa, mas se esqueceu totalmente do que tinha a fazer e, todo confuso, perguntou a Serguei Ivânovitch: "Onde é que a ponho?". Perguntou em voz baixa, enquanto outras pessoas falavam por perto, de modo que esperava não ouvirem essa sua pergunta. No entanto, a conversa se interrompeu, e a pergunta indecente foi ouvida. Serguei Ivânovitch franziu o sobrolho.

— Depende das convicções de cada um — disse, severo.

Algumas pessoas sorriram. Lióvin enrubesceu, apressou-se a passar a mão por baixo da tampa de *suknó* e colocou a bola do lado direito, já que a segurava com a mão direita. Mal colocou a bola, lembrou que tinha de segurá-la com a mão esquerda; passou a mão esquerda, porém era tarde demais para mudar de voto. Ainda mais confuso, retirou-se depressa para as fileiras mais distantes.

— Cento e vinte e seis a favor! Noventa e oito contra! — ressoou a voz do secretário, que não articulava a letra "erre". Depois se ouviu uma risada: havia, lá na urna, um botão e duas nozes. O fidalgo foi autorizado a votar, e o partido novo venceu.

Nada obstante, o partido antigo não se deu por vencido. Lióvin ouviu pedirem pela candidatura de Snetkov e percebeu que uma multidão de fidalgos se reunia em volta do decano da nobreza, que dizia algo. Lióvin se acercou dele. Respondendo aos fidalgos, Snetkov falava sobre a confiança da nobreza, sobre o amor por ele, que desmerecia, pois todo o seu mérito consistia em ser leal aos fidalgos a quem dedicara doze anos de seu serviço. Amiúde repetia as mesmas palavras: "Tenho servido na medida das minhas forças, leal e sincero; prezo e agradeço...". Calou-se subitamente, sufocado pelo choro, e saiu da sala. Fosse tal choro provocado pela consciência da injustiça com que o tratavam, pelo amor que devotava à fidalguia ou pela tensão geral que aturava ao ver-se cercado por inimigos, a emoção dele revelou-se contagiosa, deixando a maioria dos fidalgos enternecida, e Lióvin também sentiu ternura por Snetkov.

O decano da nobreza deparou-se com ele às portas.

— Desculpe-me, por favor — disse, como se não o conhecesse, mas, ao reconhecer Lióvin, sorriu-lhe com timidez. Pareceu a Lióvin que queria dizer outra coisa, porém não conseguia, de tão comovido. A expressão de seu rosto, assim como todo o seu vulto uniformizado, com cruzes e calças brancas, recamadas de galões, e seu andar apressado, fez Lióvin pensar num bicho perseguido, consciente de sua situação ser desesperadora. Essa expressão facial do decano deixou Lióvin especialmente sensibilizado porque apenas na véspera, indo discutir a questão de sua tutela, ele visitara sua casa e vira-o em toda a grandeza de homem bondoso e bem casado. Sua casa grande, cheia de antigos móveis de família; seus velhos lacaios, nada garbosos, até mesmo sujinhos, mas respeitosos — sem dúvida, os servos de outrora que permaneciam ao lado do dono; sua esposa gorducha e boazinha, de touca arrendilhada e xale turco, que afagava sua neta bem bonitinha, a filha de sua filha; seu filho, um rapagão da sexta série que acabara de voltar do ginásio e, cumprimentando o pai, beijara sua mão grande; o discurso do próprio anfitrião, imponente, mas carinhoso, e os gestos afáveis dele — tudo isso suscitara a Lióvin, no dia anterior, espontâneas deferência e simpatia. Agora se sentia enternecido ante esse velho, condoía-se dele e queria dizer-lhe algo agradável.

— Então o senhor será novamente nosso decano? — perguntou.

— Não acho — disse o decano, olhando ao redor como quem estivesse assustado. — Estou cansado, sou velho. Há candidatos mais dignos e mais novos do que eu, que eles sirvam agora.

E o decano saiu pela porta lateral.

Chegou o momento mais solene. Devia-se proceder imediatamente às eleições. Os líderes de ambos os partidos calculavam, uma por uma, as bolas brancas e pretas.

A discussão acerca de Fliórov garantiu ao partido novo não só o voto de Fliórov, mas também um tempo extra, de sorte que três fidalgos, impossibilitados de participar da votação pelas intrigas do partido antigo, foram trazidos à Câmara. Os partidários de Snetkov haviam embebedado dois desses fidalgos, sequiosos por vinho, e surripiado o uniforme do terceiro.

Ciente disso, o partido novo conseguiu, durante a discussão acerca de Fliórov, mandar alguns fidalgos, com um carro de aluguel, uniformizar aquele votante e trazer à Câmara, pelo menos, um dos embebedados.

— Trouxe um só, depois de jogar um balde d'água em cima dele — disse um fazendeiro, aproximando-se de Sviiájski. — Tudo bem, serve.

— Não está bêbado demais? — disse Sviiájski, balançando a cabeça. — Será que vai cair?

— Não, ele está bem. Tomara que não beba nada por aqui... Eu disse ao copeiro que não lhe servisse nem um pingo.

## XXIX

A estreita sala onde se fumava e se lambiscava estava repleta de fidalgos. A emoção ia crescendo, a inquietude se percebia em todos os rostos. Quem mais se inquietava eram os líderes, que conheciam todos os detalhes e tinham contado as bolas. Eram os comandantes da batalha por vir. Quanto aos demais, pareciam soldados rasos que se preparavam para a batalha e, não obstante, buscavam ainda por diversões. Uns lambiscavam, de pé ou sentados à mesa, outros andavam, de lá para cá, pela sala comprida, fumando cigarros e conversando com seus companheiros que havia muito tempo não viam.

Lióvin estava sem fome e não fumava, tampouco queria conversar com seus conhecidos, ou seja, com Serguei Ivânovitch, Stepan Arkáditch, Sviiájski e outros, porque era Vrônski quem lhes falava animadamente, postado ao lado deles com seu uniforme de *Stallmeister*.[94] Ainda na véspera, Lióvin o vira na Câmara e agora fazia questão de evitá-lo. Para não se encontrar com Vrônski, foi até a janela e ficou sentado, olhando para vários grupos e atentando naquilo que se dizia ao seu redor. Estava triste, especialmente por ver todos animados, atarefados ou preocupados, enquanto só ele e um ancião decrépito e desdentado, que trajava o uniforme da marinha e, vindo sentar-se ao seu lado, ceceava o tempo todo, estavam indiferentes e desocupados.

— É um tratante daqueles! Já disse para ele, mas não... É claro! Não conseguiu juntar nem em três anos — dizia energicamente um fazendeiro baixo, de dorso um tanto curvado e cabelos laqueados que cobriam a gola bordada de seu uniforme, pateando com os saltos de suas botas novinhas, calçadas, pelo visto, tão só para as eleições. Fixou um olhar aborrecido em Lióvin e virou-lhe bruscamente as costas.

— Foi uma tramoia, sim, nada mais a dizer — notou, com uma vozinha fina, um fazendeiro mais baixo ainda.

Logo em seguida, toda uma multidão de fazendeiros, que rodeava um general gordo, aproximou-se rapidamente de Lióvin. Esses fazendeiros pareciam buscar por um lugarzinho onde sua conversa não fosse ouvida.

— Como ele ousa dizer que eu mandei furtar suas calças? Acho que as vendeu para beber. Estou cuspindo para ele, com aquele seu principado. Que não se atreva mais a falar assim, que é uma porcaria!

— Mas espere aí! Eles vêm citando um artigo — dizia-se em outro grupo —: a esposa deve ser cadastrada como fidalga.

— Que diabos de artigo, hein? Sinceramente falando, somos fidalgos por sermos nobres. Haja confiança em nós!

— Vamos lá, Excelência, que há *fine champagne*.[95]

Outro grupo andava atrás de um fidalgo que gritava o tempo todo: era um dos embebedados.

— Sempre aconselhei Maria Semiônovna a arrendar aquelas terras; não fosse assim, não teria renda nenhuma — dizia, com uma voz agradável, um fazendeiro de bigode grisalho, uniformizado como coronel do antigo Estado-maior. Era aquele mesmo fazendeiro que Lióvin encontrara na casa de Sviiájski. Logo o reconheceu. O fazendeiro também olhou para Lióvin com atenção, e eles se cumprimentaram.

---

[94] Chefe das estrebarias palacianas (em alemão): no Império Russo, servidor da 3ª classe próximo da corte imperial.

[95] Conhaque de alta qualidade (em francês).

— Muito prazer! É claro! Lembro-me bem do senhor. Foi no ano passado, na casa de Nikolai Ivânovitch, o decano...

— E como vai a sua propriedade? — perguntou Lióvin.

— Do mesmo modo, ou seja, de prejuízo em prejuízo — respondeu o fazendeiro, que se postara ao seu lado. Embora sorrisse com resignação, seu rosto tranquilo expressava a certeza de que devia ser assim mesmo. — Mas como o senhor veio parar em nossa província? — inquiriu a seguir. — Veio participar deste nosso *coup d'état*?[96] — prosseguiu, articulando firme, mas erroneamente, as palavras francesas. — Toda a Rússia está aqui: aqueles *Kammerherren* e, praticamente, os ministros... — Ele apontou para o imponente vulto de Stepan Arkáditch, que andava, com suas calças brancas e seu uniforme de *Kammerherr*, em companhia do general.

— Tenho de lhe confessar que compreendo muito mal o sentido dessas eleições para a Câmara — disse Lióvin.

O fazendeiro olhou para ele.

— Mas o que é que teria a compreender? Não há nenhum sentido mesmo. Uma instituição que já desabou, mas continua avançando somente por inércia. Veja só esses uniformes todos... E são eles que ainda lhe dizem: não é uma reunião dos fidalgos e, sim, dos juízes de paz, dos vereadores e assim por diante.

— Então por que o senhor vem participar disso? — perguntou Lióvin.

— Primeiro, por hábito. E, depois, porque tenho de manter boas relações. É, de certa forma, uma obrigação moral. Enfim, para dizer a verdade, tenho um interesse particular. Meu genro quer ser eleito vereador. A família dele não é rica, e quem precisa ajudá-lo sou eu. E aqueles senhores ali, por que é que vêm cá? — disse, apontando para o senhorzinho sarcástico que tinha falado à mesa das reuniões.

— É a nova geração da fidalguia.

— A nova geração, sim. Mas não da fidalguia. Eles são proprietários rurais, e nós somos fazendeiros. Eles mesmos se matam como fidalgos.

— Mas o senhor diz que é uma instituição decaída.

— Ainda que esteja decaída de fato, merece um tratamento um pouco mais respeitoso. Snetkov, por exemplo... Sejamos bons ou não, mas crescemos por mil anos. Imagine aí: o senhor tem de plantar um jardinzinho defronte à sua casa, de planejá-lo, e eis que uma árvore centenária está crescendo naquele lugar... É uma árvore velha e carcomida, só que, ainda assim, o senhor não vai derrubá-la por causa desses seus canteirozinhos de flores, mas planejará

---

[96] Golpe de Estado (em francês).

os canteirozinhos de maneira a aproveitar essa árvore. Não conseguirá fazê-la crescer de novo num ano só — disse, prudentemente, e logo mudou de tema. — E sua fazenda, como está?

— Não muito bem. Uns cinco por cento.

— Sim, mas o senhor se esquece de si mesmo. É claro que também vale alguma coisa, não vale? Eu lhe contarei sobre mim. Apurava, antes de ser fazendeiro, três mil rublos em meu serviço. Agora trabalho mais do que naquele serviço e recebo, igual ao senhor, cinco por cento de lucro, mas agradeço a Deus. Nem que meu próprio trabalho se faça em vão.

— Então por que trabalha ainda? Se é que só tem prejuízos...

— Trabalho, ainda assim! O que mais faria? Já me acostumei e sei que tenho de trabalhar. E lhe direi mais — continuou o fazendeiro, encostando-se no parapeito da janela e, obviamente, tomando gosto pela conversa —: meu filho não tem interesse algum pelo meu negócio. Será, por certo, um cientista. Dessa maneira, ninguém levará o negócio adiante. Mas eu trabalho... Acabei de plantar um jardim.

— Sim, sim — disse Lióvin —, é perfeitamente justo. Sempre percebo que minha fazenda não traz lucros certos, mas trabalho, ainda assim... por sentir certa obrigação para com a terra.

— Digo-lhe o seguinte — continuou o fazendeiro. — Tinha um vizinho, um comerciante. A gente passeava, um dia, pela minha fazenda, pelo jardim. "Não, Stepan Vassílitch", disse ele, "está tudo em ordem por aí, mas esse seu jardinzinho ficou meio largado". E meu jardinzinho estava bem. "Por mim, já teria derrubado aquela tília. E sem demorar! Tem aí mil tílias, e cada uma daria duas boas camadas de entrecasca. A entrecasca é valorizada, hoje em dia, e do restante se faria uma ótima lenhazinha."

— E, com esse dinheiro, ele compraria gado, ou então uns lotezinhos bem em conta, e arrendaria esses lotezinhos todos para os mujiques — arrematou sorrindo Lióvin, que já se deparara diversas vezes com o mesmo tipo de cálculo. — E juntaria uma fortuna. Quanto ao senhor e a mim, queira Deus apenas que não percamos os nossos bens e que os deixemos para nossa prole.

— Ouvi dizerem que o senhor está casado — disse o fazendeiro.

— Estou, sim — respondeu Lióvin, com orgulhoso prazer. — Mas é algo estranho — prosseguiu. — Vivemos assim mesmo, sem cálculos, como se fôssemos incumbidos de guardar, iguais àquelas antigas vestais,[97] algum fogo.

O fazendeiro sorriu, embaixo do seu bigode embranquecido.

---

[97] Sacerdotisas da deusa romana Vesta, cuja missão consistia em manterem o fogo sagrado dela e serem virgens a vida inteira.

— Em nosso meio também há quem pretenda implantar a indústria agrícola, como, por exemplo, esse nosso companheiro Nikolai Ivânytch ou, faz pouco tempo, o conde Vrônski, só que isso não tem levado a nada, até agora, senão a desbaratar o cabedal todo.

— Então por que nós mesmos não agimos como os comerciantes? Por que não derrubamos o jardim para vendermos as entrecascas? — questionou Lióvin, retornando àquela ideia que o arrebatara.

— Porque estamos guardando, como o senhor disse, algum fogo aí. Do contrário, não seria um negócio nobre. E não é bem aqui, nestas eleições, que se faz o nosso negócio nobre, mas ali, em nosso cantinho. Existe também um instinto de casta, e ele sugere o que devemos fazer e o que não devemos. Até os mujiques: olho para eles, de vez em quando, e vejo que um bom mujique procura arrendar tanta terra quanta pode lavrar. Por mais imprestável que seja aquela terra, não deixa de lavrá-la. Também vive sem cálculos. E também só tem prejuízos.

— Como nós mesmos — disse Lióvin. — Muito, mas muito prazer em revê-lo — acrescentou ao ver Sviiájski, que se acercava dele.

— A gente se encontra pela primeira vez desde aquela visita — disse o fazendeiro —, por isso é que conversamos tanto.

— Reprovam, pois, o novo sistema? — perguntou Sviiájski, sorrindo.

— Mais ou menos.

— Só para desabafar.

## XXX

Tomando o braço de Lióvin, Sviiájski levou-o até seu grupo.

Agora não se podia mais evitar Vrônski. Ele estava lá, junto de Stepan Arkáditch e Serguei Ivânovitch, e abertamente encarava Lióvin, que vinha ao seu encontro.

— Fico muito feliz. Parece que tive o prazer de vê-lo... na casa da princesa Chtcherbátskaia — disse, estendendo-lhe a mão.

— Sim, eu me lembro bem do nosso encontro — replicou Lióvin e, corando até o rubor, logo se virou e começou a falar com seu irmão.

Com um leve sorriso, Vrônski continuou falando com Sviiájski: certamente não tinha a mínima vontade de conversar com Lióvin, porém Lióvin não cessava de olhar para ele, ao passo que proseava com seu irmão, inventando algum pretexto para se intrometer na conversa e expiar sua grosseria.

— Qual é o problema agora? — perguntou, olhando outra vez para Sviiájski e Vrônski.

— É Snetkov. É preciso que ele desista ou concorde — respondeu Sviiájski.
— Mas, afinal, ele concordou ou não?
— O problema é que não fez nem isso nem aquilo — disse Vrônski.
— E, se ele desistir, quem vai lançar sua candidatura? — perguntou Lióvin, mirando Vrônski de esguelha.
— Quem quiser — disse Sviiájski.
— O senhor vai lançar? — indagou Lióvin.
— Qualquer um, menos eu — disse Sviiájski, confundindo-se e lançando uma olhadela medrosa para o senhorzinho sarcástico que estava por perto, ao lado de Serguei Ivânovitch.
— Então quem? Nevedóvski? — prosseguiu Lióvin, sentindo que se complicara.

Contudo, isso seria pior ainda: Nevedóvski se candidatava assim como Sviiájski.

— Qualquer um mesmo, menos eu — respondeu o senhorzinho sarcástico.

Era Nevedóvski em pessoa. Sviiájski apresentou Lióvin para ele.

— Também está empolgado, não está? — disse Stepan Arkáditch, piscando para Vrônski. — Parece uma corrida de cavalos. Podemos apostar.

— Sim, a gente se empolga com isso — disse Vrônski. — E, uma vez na luta, quer lutar até o fim. É uma luta! — concluiu, franzindo o sobrolho e contraindo seus fortes zigomas.

— Mas esse Sviiájski sabe o que faz! Tudo fica tão claro com ele.
— Oh, sim — respondeu Vrônski, distraído.

Houve uma pausa, durante a qual Vrônski olhou para Lióvin, para suas pernas e seu uniforme, depois para seu rosto (tinha, afinal de contas, de olhar para alguém ou alguma coisa) e, reparando no olhar sombrio que Lióvin fixava nele, disse a fim de dizer algo:

— E como é que o senhor, morador permanente da zona rural, não é um juiz de paz? Não usa o uniforme de juiz de paz.

— É que, para mim, o juizado de paz é uma instituição estúpida — respondeu Lióvin, soturnamente. Esperava, o tempo todo, pela oportunidade de falar com Vrônski para se redimir da grosseria que cometera no primeiro encontro.

— Não creio que seja assim, pelo contrário — disse Vrônski, com uma serena perplexidade.

— É um brinquedo — interrompeu-o Lióvin. — Não precisamos desses juízes de paz. Não tive nenhum pleito em oito anos. E aquele pleito que tive acabou virado às avessas. O juiz de paz mora a quarenta verstas de mim. Pleiteando dois rublos, tenho de contratar um advogado que cobra quinze.

E ele contou como um mujique furtara a farinha do moleiro e, quando o moleiro lhe dissera aquilo às claras, tentara processá-lo por calúnia. Era uma história despropositada e boba, e Lióvin reparou nisso enquanto a contava.

— Oh, que caso singular! — disse Stepan Arkáditch, com o mais melífluo dos seus sorrisos. — Mas vamos lá: parece que a candidatura saiu...

E eles se retiraram.

— Não entendo — disse Serguei Ivânovitch, ao notar o feito desastrado de seu irmão —, não entendo como se pode ser a tal ponto privado de qualquer tato político. É isso aí que nós, russos, não temos mesmo. O decano da nobreza é nosso adversário, mas você é o *ami cochon*[98] dele e vem apoiando sua candidatura. E o conde Vrônski... Não faço dele meu amiguinho: ele me convidou para o almoço, mas não vou lá; porém, ele é dos nossos, então por que o transformaria em meu inimigo? E depois você pergunta a Nevedóvski se sua candidatura será votada. Isso não se faz.

— Ah, mas não entendo coisa nenhuma! E tudo isso não passa de uma bobagem — retrucou Lióvin, de cara amarrada.

— Está dizendo que não passa de uma bobagem, mas, logo que vem falar nisso, confunde tudo.

Lióvin se calou, e eles entraram juntos na sala grande.

Mesmo que aventasse uma armadilha preparada para ele e que nem todos o apoiassem, o decano da nobreza resolveu, ainda assim, insistir em sua candidatura. Todos os presentes ficaram calados, e o secretário declarou, alto e bom som, que a candidatura de Mikhail Stepânovitch Snetkov, capitão de cavalaria imperial e atual decano da nobreza, seria votada.

Os decanos distritais foram circulando, com pratinhos em cima dos quais estavam as bolas, entre as suas mesas e a mesa das reuniões. A votação começou.

— Ponha do lado direito — cochichou Stepan Arkáditch para Lióvin, enquanto ele se acercava com seu irmão, seguindo o decano distrital, dessa mesa. Todavia, Lióvin não se lembrava mais dos cálculos que lhe tinham explicado e receava que, dizendo "do lado direito", Stepan Arkáditch estivesse enganado. Feitas as contas, Snetkov era um adversário. Aproximando-se da urna, ele segurava a bola com a mão direita, mas, quando já estava bem perto, pensou que tivesse errado, passou a bola para a mão esquerda e, evidentemente, acabou por colocá-la do lado esquerdo. Um perito em eleições, que se mantinha ao lado da urna, era capaz de adivinhar, apenas pelo movimento dos cotovelos, onde as bolas seriam colocadas. Não teve com que exercitar a sua sagacidade e, descontente, fez uma careta.

---

[98] Amigo do peito (em francês).

Estavam todos calados, ao passo que se contavam as bolas. Depois uma voz solitária anunciou o número de votos favoráveis e contrários.

A candidatura do decano atual ficou aprovada por maioria considerável. Ruidosamente, todos se precipitaram às portas. Snetkov entrou na sala, e os fidalgos o rodearam e parabenizaram.

— Agora acabou? — perguntou Lióvin a Serguei Ivânovitch.

— Está apenas começando... — Foi Sviiájski quem respondeu, sorridente, em vez de Serguei Ivânovitch. — O pretendente pode granjear mais votos.

Lióvin já se esquecera completamente disso. Só agora estava lembrando que havia certa astúcia no meio, porém achava enfadonho lembrar qual era. Desanimado, quis sair dessa multidão. Como ninguém lhe dava atenção nem aparentava precisar dele, foi devagarinho à sala pequena, onde se lambiscava, e sentiu grande alívio ao ver novamente aqueles lacaios. O lacaio velhinho perguntou se lhe apetecia comer alguma coisa, e Lióvin aceitou a proposta. Ao comer uma costeleta com feijão e conversar com o lacaio sobre os seus antigos patrões, não quis voltar para a sala, onde não se sentia à vontade, e foi passear pela galeria.

A galeria estava cheia de damas ajanotadas, que se inclinavam por cima da balaustrada e tentavam não deixar escapar uma só palavra daquilo que se dizia embaixo. Os elegantes advogados, os professores ginasiais de óculos e os oficiais estavam ao lado daquelas damas, sentados ou em pé. Por toda parte, falava-se das eleições, de como o decano ficara atribulado e como as discussões eram boas; num dos grupos, Lióvin ouviu alguém elogiar seu irmão. Uma dama dizia a um advogado:

— Como estou feliz de ter ouvido Kóznychev! Valeu a pena ficar com fome. Que graça! Quanta clareza! E dá para ouvir tudo. Em seu tribunal, ninguém fala assim. Só Maidel, talvez, mas não é, nem de longe, tão eloquente.

Encontrando um espaço perto da balaustrada, Lióvin também se inclinou para ver e ouvir.

Todos os fidalgos estavam sentados, detrás dos pequenos tabiques, nos compartimentos de seus distritos. Um homem uniformizado proclamava, com uma voz alta e fina, no meio da sala:

— Vota-se a candidatura do pretendente ao posto de decano da nobreza Yevguêni Ivânovitch Opúkhtin, tenente de cavalaria!

Houve um silêncio sepulcral, ouvindo-se apenas uma voz fraca e senil:

— Desistiu!

— Vota-se a candidatura do pretendente Piotr Petróvitch Bol, servidor da sétima classe — prosseguiu o homem.

— Desistiu! — respondeu uma voz jovem e estridente.

A resposta "desistiu" acompanhou todas as réplicas posteriores. Assim se passou cerca de uma hora. Debruçado na balaustrada, Lióvin olhava e escutava. Inicialmente se surpreendia e queria compreender o que isso significava; mais tarde, persuadido de que não podia compreendê-lo, ficou entediado. Depois, relembrando a emoção e a fúria que vira em todos os rostos, ficou desgostoso: quis ir embora e foi descendo a escada. Ao passar pela antessala da galeria, deparou-se com um triste ginasiano de pálpebras azuladas, que andava de um lado para o outro, e na escada encontrou um casal, uma dama, que descia rapidamente em seus saltinhos, e o destro ajudante do procurador.

— Já lhe disse que não se atrasaria — comentou ele, quando Lióvin se afastou para deixar a dama passar.

Lióvin já estava no último lanço da escadaria e tirava do bolso de seu colete a senha numerada do vestiário, onde pegaria sua peliça, quando o secretário o deteve:

— Tenha a bondade, Konstantin Dmítritch, que estão votando.

Votava-se a candidatura de Nevedóvski, que se negara tão resolutamente a lançá-la.

Lióvin se achegou à porta da sala: estava trancada. O secretário bateu à porta, que se abriu, e dois fazendeiros enrubescidos saíram correndo, quase esbarrando em Lióvin.

— Não aguento mais — disse um desses fazendeiros enrubescidos.

Quem assomou por trás deles foi o decano da nobreza. Seu rosto estava medonho de tão exausto e apreensivo.

— Disse para você não deixar ninguém sair! — gritou, dirigindo-se ao porteiro.

— Deixei entrar, Excelência!

— Meu Deus! — Com um profundo suspiro, o decano da nobreza abaixou a cabeça e, movendo penosamente as pernas em suas calças brancas, caminhou, pelo meio da sala, até a mesa das reuniões.

Nevedóvski teve bolas extras, conforme se presumia, e foi eleito decano da nobreza. Muitos estavam alegres, muitos contentes e felizes, se não extáticos; muitos, pelo contrário, descontentes e pesarosos. O antigo decano da nobreza não conseguia dissimular seu desespero. Quando Nevedóvski saía da sala, a multidão veio rodeá-lo e seguiu-o extasiada, como havia seguido, no primeiro dia, o governador, que dera início às eleições, e depois Snetkov, cuja candidatura fora pré-aprovada.

## XXXI

O decano da nobreza eleito e vários membros do triunfante partido novo almoçaram, no mesmo dia, na casa de Vrônski.

Vrônski veio participar dessas eleições tanto porque se enfadava em sua fazenda e tinha de reclamar o direito de ser independente aos olhos de Anna quanto no intuito de retribuir, com seu apoio nas eleições para a Câmara da nobreza, toda aquela solicitude com que Sviiájski o ajudara nas eleições do *zemstvo*, e, máxime, a fim de cumprir rigorosamente todos os deveres de fidalgo e fazendeiro responsável cuja posição havia escolhido. Todavia, nem por sombras imaginava que tais eleições acabariam por absorvê-lo, que ele ficaria tão entusiasmado e saberia desempenhar tão bem seu papel. Era um homem absolutamente novo naquele círculo de fidalgos, mas parecia ter sucesso e não se iludia pensando que já adquirira certa influência no meio deles. O que propiciava essa influência eram sua riqueza e sua ascendência nobre, seus belos aposentos urbanos, cedidos por um conhecido de longa data, chamado Chirkov, que se ocupava de negócios financeiros e fundara uma próspera casa bancária em Káchin, seu excelente cozinheiro, que Vrônski trouxera da fazenda, sua amizade com o governador, companheiro e, ainda por cima, apadrinhado de Vrônski, e, antes de tudo, suas relações simples e sempre iguais com todo mundo, as quais não demoraram em fazer a maioria dos fidalgos mudar de opinião acerca de seu pretenso orgulho. Ele mesmo percebia que, além daquele senhor amalucado, casado com Kitty Chtcherbátskaia, que lhe dissera *à propos de bottes*,[99] com uma fúria ridícula, muitas coisas disparatadas, cada fidalgo que viesse a conhecer tornava-se seu partidário. Via claramente (e ouvia os outros reconhecerem isso) que contribuíra bastante para a vitória de Nevedóvski. E agora, comemorando a eleição de Nevedóvski à sua mesa, experimentava uma agradável sensação de júbilo pelo eleito. Aliás, empolgava-se tanto com as eleições em si que pensava, inclusive, em lançar sua própria candidatura dentro de três anos, contanto que estivesse casado até lá, como se, depois de ganhar um troféu por intermédio de seu jóquei, tivesse vontade de cavalgar pessoalmente.

Agora que se comemorava a vitória do jóquei, Vrônski ocupava um lugar de honra à mesa, e quem estava sentado à sua direita era o governador da província, um general cortesão. Para todos, era o dono da província e aquele que dera início às eleições, fizera um solene discurso e vinha provocando em algumas pessoas, conforme percebia Vrônski, não só deferência como também servilismo, mas, para Vrônski, era Máslov, o Katka, como fora apelidado

---

[99] Sem razão válida (em francês).

no Corpo de Pajens, que se embaraçava em sua presença e que ele buscava *mettre à son aise*.[100] Nevedóvski, cujo semblante juvenil permanecia inabalavelmente sarcástico, estava sentado à sua esquerda: Vrônski tratava-o de modo simples, mas respeitoso.

Sviiájski enfrentava seu fracasso com alegria. Nem sequer era um fracasso seu, como ele dissera ao dirigir-se, com uma taça na mão, a Nevedóvski, porquanto nem se poderia achar um representante melhor daquele novo rumo que a fidalguia precisava tomar. Portanto, dissera ele, tudo o que fosse honesto haveria de apoiar essa vitória e de festejá-la.

Stepan Arkáditch também estava feliz de ter passado um tempinho tão bom e de ver todos contentes. Recapitulavam-se, ao longo desse magnífico almoço, os principais episódios das eleições. Sviiájski imitou comicamente o discurso choroso do antigo decano e comentou, dirigindo-se a Nevedóvski, que Sua Excelência teria de adotar outro, mais sofisticado do que o choro, meio de conferir o orçamento. Houve um fidalgo galhofeiro que contou, por sua vez, como alguns lacaios de meias teriam sido convocados para o baile do decano da nobreza, de sorte que agora deveriam ser mandados embora, salvo se o novo decano consentisse em dar um baile com lacaios de meias.

Durante o almoço, os presentes não paravam de se referir a Nevedóvski, tratando-o de "nosso decano da nobreza" e de "Sua Excelência". Faziam isso com o mesmo prazer com que chamariam uma jovem mulher de *Madame* e citariam, logo a seguir, o nome de seu marido. Nevedóvski fingia que não apenas estava indiferente, mas até mesmo desprezava esse título, porém era óbvio que estava feliz e refreava a si mesmo para não manifestar um enlevo incompatível com aquele novo âmbito liberal em que todos se encontravam.

Vários telegramas foram enviados, na hora do almoço, a quem se interessasse pelo desdobrar das eleições. E Stepan Arkáditch, que estava todo alegre, endereçou a Dária Alexândrovna o telegrama seguinte: "Nevedóvski eleito com doze bolas extras. Felicitações. Compartilhe". Ditou a mensagem em voz alta, notando: "Tenho que animá-los". Quanto a Dária Alexândrovna, não fez outra coisa, ao recebê-la, senão suspirar por causa do rublo gasto com o telegrama e compreender que fora mandado já pelo fim do almoço. Sabia que Stiva tinha a fraqueza de *faire jouer le télégraphe*[101] ao final das boas refeições.

Estava tudo, a começar pelo excelente almoço e pelos vinhos não fornecidos pelos comerciantes russos, mas engarrafados logo no estrangeiro, muito nobre, simples e jovial. Vinte convivas tinham sido escolhidos por Sviiájski no meio dos correligionários afetos a ideias modernas e liberais, que eram,

---

[100] Deixar à vontade (em francês).
[101] Botar o telégrafo a funcionar (em francês).

ao mesmo tempo, íntegros e argutos. Brindava-se, também de forma assaz espirituosa, tanto ao novo decano da nobreza quanto ao governador, ao diretor do banco e "ao nosso amável anfitrião".

Vrônski estava contente. Nem tinha esperado por tanta cortesia numa província.

A animação cresceu ainda pelo fim do almoço. O governador pediu que Vrônski fosse prestigiar um concerto em benefício da confraria religiosa, organizado pela sua esposa, que desejava conhecê-lo.

— Teremos um baile, e você verá nossa beldade. Realmente, será uma graça.

— *Not in my line* — respondeu Vrônski, que gostava dessa expressão, mas depois sorriu e prometeu que iria.

Pouco antes de saírem da mesa, quando todos estavam fumando, o mordomo de Vrônski aproximou-se dele com uma carta numa bandeja.

— O mensageiro trouxe de Vozdvíjenskoie — disse, com um ar significativo.

— Ele se parece espantosamente com o vice-procurador Sventítski — disse um dos convivas em francês, olhando para o mordomo, enquanto Vrônski lia, sombrio, a carta.

Era uma carta de Anna. Antes mesmo de lê-la, Vrônski já sabia de que se tratava nela. Supondo que as eleições durassem cinco dias, havia prometido que voltaria na sexta-feira. Agora era sábado, e ele sabia que a carta continha reproches por não ter voltado a tempo. Pelo visto, o bilhete que enviara a Anna na noite anterior ainda não foi recebido por ela.

O conteúdo da carta era exatamente aquele previsto, mas sua forma inopinada deixou-o especialmente contrariado. "Annie está muito doente, o doutor diz que pode ser uma inflamação. Sozinha, estou perdendo a cabeça. A princesa Varvara me atrapalha mais do que me ajuda. Esperei por ti anteontem e ontem, e agora mando alguém para me informar onde estás e como estás. Eu mesma queria ir, mas mudei de ideia por saber que isso te causaria contrariedade. Dá-me alguma resposta, para eu saber o que fazer."

A criança estava doente, mas ela mesma queria vir. Sua filha estava doente, mas ela usava daquele tom hostil.

A ingênua alegria das eleições e o amor penoso e lúgubre, ao qual lhe cumpria retornar, assombraram Vrônski com seu contraste. No entanto, ele devia voltar e, com o primeiro trem noturno, partiu para sua fazenda.

## XXXII

Antes de Vrônski ir às eleições, refletindo naquelas cenas que se repetiam com cada partida do amante e só podiam afugentá-lo em vez de aumentar seu apego, Anna decidira fazer todos os esforços possíveis sobre si mesma para suportar calmamente a ausência dele. Contudo, aquele olhar frio e severo que Vrônski fixara nela, quando viera anunciar-lhe a sua partida, deixara-a magoada, e toda a calma de Anna evaporara-se antes ainda que ele tivesse partido.

Sozinha, ela se recordou mais tarde daquele olhar, que expressava seu direito de ser livre, e, como sempre, chegou ao mesmo ponto, à consciência de sua humilhação. "Ele tem o direito de ir quando e aonde quiser. Não apenas de ir, mas também de me abandonar. Ele tem todos os direitos, e eu não tenho nenhum. Mas, ciente disso, ele não deveria fazê-lo. Contudo, o que foi que fez?... Olhou para mim com aquela expressão fria e severa. Entenda-se bem que é algo indefinível, impalpável, mas antes isso não acontecia, e aquele olhar é muito significante", pensou ela. "Aquele olhar significa que começa o esfriamento."

E, muito embora ela se convencesse de que começava o esfriamento, não tinha, ainda assim, nada a fazer, não podia alterar, de modo algum, suas relações com Vrônski. Ainda conseguia, como dantes, retê-lo apenas com seu amor e sua beleza. E, como dantes, suas tarefas de dia e a morfina de noite chegavam ainda a abafar os pensamentos terríveis sobre o que aconteceria se ele deixasse de amá-la. Havia, de resto, mais um meio, o de não retê-lo, pois não desejava, afinal, nada além de seu amor, mas se aproximar dele, ficando numa situação em que não a abandonasse. Esse meio envolvia o divórcio e o casamento. E Anna se dispôs a tanto e resolveu anuir na primeira ocasião em que ele ou Stiva lhe falassem a respeito.

Passou sozinha, em meio a tais pensamentos, cinco dias, aqueles mesmos que ele devia permanecer fora de casa.

Os passeios, as conversas com a princesinha Varvara, as visitas ao hospital e, principalmente, a leitura — a leitura de um livro após o outro — preenchiam seu tempo. Contudo, no sexto dia, quando o cocheiro regressou sem Vrônski, Anna sentiu que não conseguia mais, de maneira alguma, parar de pensar nele e no que estaria fazendo ali. Foi nesse exato momento que sua filha adoeceu. Anna ficou cuidando dela, mas nem isso a distraiu, ainda mais que a doença não era perigosa. Por mais que se esforçasse, não podia amar essa menina nem, muito menos, fingir que a amava. No mesmo dia, ficando sozinha ao escurecer, Anna sentiu tamanho medo na ausência de Vrônski que resolveu ir à cidade, porém, ao pensar bem nisso, escreveu aquela carta contraditória para ele e, sem tê-la relido, mandou que o mensageiro a entregasse.

Recebendo, na manhã seguinte, o bilhete dele, arrependeu-se de ter escrito aquela carta. Esperava, atemorizada, pelo mesmo olhar severo que Vrônski fixara nela antes de partir, sobretudo quando descobrisse que a doença de sua filha não era perigosa. Ainda assim, estava contente de ter escrito para ele. Agora confessava a si mesma que Vrônski se enfastiava dela, que lamentaria abrir mão da sua liberdade para ficar ao lado dela, mas, não obstante, estava feliz com sua próxima vinda. Mesmo que se enfastiasse de fato, ficaria com ela, de modo que o veria e saberia de cada movimento seu.

Estava sentada na sala de estar, sob um abajur, e lia um novo livro de Taine,[102] escutando os sons da ventania lá fora e esperando, a cada minuto, pela chegada da carruagem. Pareceu-lhe diversas vezes que tinha ouvido o barulho das rodas, porém ela se enganou; por fim, ouviram-se não apenas esse barulho como também os gritos do cocheiro e um surdo ruído no pátio toldado. Até a princesinha Varvara, que jogava paciência, confirmou isso, e Anna se levantou, toda enrubescida, mas em vez de descer a escada, como já fizera duas vezes, ficou parada. De súbito, sentiu-se envergonhada com seu ludíbrio e, mais ainda, receosa quanto ao encontro com seu amante. A mágoa já se esvaíra; Anna só temia agora a expressão de seu descontentamento. Recordou que, desde a antevéspera, sua filha não estava mais doente. Até se aborreceu com a menina, convalescida precisamente naquele momento em que ela mandara sua carta. Depois se lembrou dele, de que estava de volta, inteiro, com aqueles olhos, com aquelas mãos. Ouviu a voz dele. Então se esqueceu de tudo e correu, alegre, ao seu encontro.

— Como está Annie? — perguntou ele timidamente, lá embaixo, olhando para Anna que descia correndo.

Estava sentado numa cadeira, e o lacaio lhe retirava a bota ainda quente.

— Não foi nada: está melhor.

— E tu? — disse ele, recompondo-se.

Com ambas as mãos, ela segurou a mão de Vrônski, puxando-a até sua cintura sem despregar os olhos dele.

— Pois bem, estou muito feliz — disse Vrônski, examinando com frieza o corpo e o penteado de Anna, bem como o vestido que ela pusera, sabidamente para lhe agradar.

Gostava disso tudo, porém já havia gostado tantas vezes! E aquela expressão severa de que ela tinha tamanho medo petrificou-se em seu rosto.

— Pois bem, estou muito feliz. Tens passado bem? — disse, enxugando sua barba molhada com um lenço e beijando a mão dela.

---

[102] Hippolyte Taine (1828-1893): filósofo e historiador francês.

"Tanto faz", pensou Anna, "contanto que ele esteja aqui, pois, quando está aqui, não pode nem ousa deixar de me amar".

A tarde foi alegre e animada, embora a princesinha Varvara se queixasse de Anna ter tomado morfina na ausência de Vrônski.

— Mas o que faria? Não conseguia dormir... Os pensamentos me atormentavam. Quando ele está em casa, não tomo nunca. Quase nunca.

Vrônski contava sobre as eleições, e Anna soube levá-lo, com suas perguntas, a falar do que sempre o alegrava: de seu sucesso. Contou para ele sobre tudo quanto lhe interessasse em casa. E todas as notícias dela foram as mais agradáveis.

Todavia, quando eles ficaram a sós ao anoitecer, Anna percebeu que voltara a dominá-lo completamente e quis apagar a penosa impressão de seu olhar em resposta àquela carta. Então lhe disse:

— Mas confessa que ficaste aborrecido ao receber minha carta e não acreditaste em mim!

Tão logo disse isso, compreendeu que, apesar de tratá-la agora de forma tão amorosa, ele não lhe perdoara sua carta.

— Sim — disse ele. — Tua carta foi tão estranha. Annie estava doente, mas tu mesma pretendias vir à cidade.

— Era tudo verdade.

— Não duvido disso.

— Estás duvidando, sim. Estás descontente, pelo que vejo.

— Nem por um minuto. É verdade que estou descontente, mas apenas porque me parece que tu não queres admitir estes meus deveres...

— Teu dever de ir ao concerto?...

— Não vamos falar nisso — disse ele.

— Por que é que não vamos? — retorquiu ela.

— Quero dizer apenas que pode haver algum negócio, alguma necessidade. Agora, por exemplo, terei de ir a Moscou, por questões familiares... Ah, Anna, por que te irritas tanto assim? Por acaso, não sabes que não consigo viver sem ti?

— Se for assim — disse Anna, com uma voz repentinamente alterada —, essa nossa vida te pesa... Vens por um dia, sim, e depois partes de novo, como fazem...

— Anna, isso é cruel. Estou pronto a dedicar toda a minha vida...

Entretanto, ela não o escutava mais.

— Se fores a Moscou, eu também irei. Não vou ficar aqui. Temos de nos separar ou de viver juntos.

— Pois tu sabes que esse é meu único desejo. Mas, para isso...

— Eu preciso conseguir o divórcio? Vou escrever para ele. Bem vejo que não posso viver assim... Mas irei contigo a Moscou.

— Parece que me ameaças. Mas eu não desejo nada tanto quanto ficar, o tempo todo, ao teu lado — respondeu Vrônski, sorrindo.

E foi um olhar frio e maldoso de um homem acossado e desesperado que aflorou de relance em seus olhos, quando ele pronunciava essas ternas palavras.

Anna percebeu seu olhar e adivinhou corretamente o significado dele.

"Assim sendo, é uma desgraça!", dizia esse olhar. Foi uma impressão instantânea, mas Anna não se esqueceria nunca mais dela.

Anna escreveu uma carta para seu marido, solicitando-lhe o divórcio; em fins de novembro, despediu-se da princesinha Varvara, que precisava ir a Petersburgo, e mudou-se para Moscou com Vrônski. Esperando todos os dias pela resposta de Alexei Alexândrovitch e pelo divórcio que viria logo em seguida, viviam agora maritalmente, como um casal legítimo.

sétima
# PARTE

I

Fazia cerca de três meses que os Lióvin moravam em Moscou. Já expirara, havia bastante tempo, aquele prazo em que, de acordo com os cálculos mais seguros de quem entendesse do assunto, Kitty teria dado à luz, porém sua gravidez continuava ainda, sem nada indicar que o parto estava mais próximo agora do que dois meses antes. E o médico, e a parteira, e Dolly, e a mãe, e, sobretudo, Lióvin, incapaz de imaginar sem pavor o que estava por vir, começavam a ficar impacientes e preocupados; apenas Kitty se sentia perfeitamente tranquila e feliz.

Agora percebia claramente como se formava, em seu âmago, o novo sentimento de amor pelo seu bebê, vindouro, mas já parcialmente real para ela, e deleitava-se em atentar nesse sentimento. Agora o bebê não era mais parte integrante dela, mas vivia, de vez em quando, sua própria vida independente. Amiúde isso lhe causava incômodo, mas, ao mesmo tempo, ela tinha vontade de rir dessa nova e estranha alegria.

Todas as pessoas amadas estavam ao seu lado: tratavam-na com tanto carinho, cuidavam tanto dela, fazendo que só visse o agradável em todas as coisas, que, se Kitty não soubesse nem pressentisse que isso devia acabar em breve, nem desejaria uma vida melhor ou mais prazenteira. O único detalhe a estragar, aos olhos dela, a graça dessa vida era seu marido não ser mais como ela gostava que fosse e como havia sido, de fato, lá na fazenda.

Kitty gostava daquele tom calmo, gentil e hospitaleiro que ele adotava no campo. Mas, uma vez na cidade, parecia constantemente inquieto e tenso, como se receasse que alguém viesse implicar com ele ou, pior ainda, ofender sua esposa. Lá na fazenda, evidentemente convicto de estar em seu lugar, nunca se apressava nem se quedava desocupado. Aqui na cidade, apressava-se o tempo todo, como que temendo deixar algo escapulir, e não tinha ocupação alguma. E Kitty sentia pena dele. Sabia que os outros não o achavam nada lastimável; pelo contrário, quando Kitty olhava para ele na presença dos outros, como se olha, por vezes, para uma pessoa amada no intento de vê-la como se fosse estranha e de captar a impressão que ela causa a outrem, percebia, chegando a ficar enciumada e assustada, que não apenas não suscitava lástima, mas era muito atraente graças à sua lisura, à sua amabilidade, um tanto antiquada e tímida, em tratar as mulheres, ao seu corpo robusto e principalmente, conforme lhe parecia a ela, ao seu rosto bem expressivo. Contudo, Kitty não o via apenas por fora, mas também por dentro, intuindo que na cidade Lióvin não era autêntico, e não saberia definir seu estado de outra maneira. Às vezes, censurava-o, no fundo da alma, por não saber viver na cidade; às vezes, reconhecia que lhe era realmente difícil arranjar sua vida urbana de modo a contentar-se com ela.

O que faria, afinal de contas? Não gostava de jogar baralho. Não frequentava clubes. Quanto à companhia de homens joviais, como Oblônski, Kitty já sabia o que ela significava... significava beber e, depois de beberem, ir a outros lugarezinhos também. Nem podia imaginar, sem se apavorar, aonde os homens iam nesses casos. Visitar a alta sociedade? Mas Kitty estava ciente de que, para tanto, ele teria de se comprazer em aproximar-se de várias mulheres jovens, o que ela não poderia desejar em hipótese alguma. Ficar em casa com ela, sua mãe e suas irmãs? Mas Kitty sabia: por mais que ela própria se divertisse com suas conversas agradáveis, sempre as mesmas — "Aline-Nadine", como o velho príncipe chamava àquelas conversas de irmã para irmã —, Lióvin devia entediar-se com elas. O que é que lhe restava fazer? Continuar escrevendo aquele seu livro? Ele tentou, aliás, concluí-lo, indo logo de início à biblioteca, fazendo anotações e colhendo dados para seu livro, porém confessou finalmente a Kitty que, quanto mais ocioso estava, tanto menos tempo tinha à sua disposição. Além disso, queixava-se a ela de ter falado demais sobre seu livro, desde que passara a morar na cidade, razão pela qual todas as suas ideias se confundiam e deixavam de ser interessantes.

A única vantagem dessa vida urbana consistia em não haver, aqui na cidade, nenhuma briga entre eles dois. Fossem as condições de sua vida diferentes, estivessem eles mesmos agora mais cautelosos e sensatos nesse sentido, não altercavam mais, uma vez em Moscou, por causa dos ciúmes que temiam tanto na hora de se mudarem para a cidade.

Até mesmo aconteceu, nesse sentido, algo bem importante para ambos, a saber, um encontro de Kitty com Vrônski.

A velha princesa Maria Boríssovna, madrinha de Kitty, que desde sempre gostava muito dela, insistiu em revê-la. Embora não saísse por estar grávida, Kitty foi visitar, com seu pai, aquela respeitável velhinha, deparando-se na casa dela com Vrônski.

O único deslize que Kitty podia reprovar a si mesma, quando daquele encontro, era que por um instante, mal reconhecera as feições, tão familiares outrora, do homem que estava agora à paisana, ela ficara ofegante e sentira o sangue afluir ao seu coração e um vivo rubor invadir seu semblante. Mas tudo isso durou tão somente alguns segundos. Seu pai, que se pusera de propósito a conversar com Vrônski em voz alta, nem terminara ainda sua conversa, e ela já estava plenamente disposta a olhar para ele, a falar com ele, se necessário, no mesmo tom que adotava falando com a princesa Maria Boríssovna, e, o principal, a portar-se de maneira que tudo, até a última entonação e o menor sorriso, fosse aprovado pelo seu marido, cuja presença invisível ela imaginava sentir naquele momento.

Trocou, pois, algumas palavras com Vrônski, até mesmo sorriu com serenidade em resposta à piada dele sobre as eleições chamadas de "nosso parlamento". (Cumpria-lhe sorrir a fim de mostrar que compreendia bem essa piada.) No entanto, voltou-se logo para a princesa Maria Boríssovna e não olhou mais nenhuma vez para ele, até que Vrônski se levantasse para se despedir dela: foi só então que tornou a mirá-lo, mas, obviamente, apenas por ser descortês ignorar quem se despedisse.

Estava grata ao seu pai por não lhe ter dito nada acerca de seu encontro com Vrônski, adivinhando por aquela ternura especial que lhe dispensava após a visita, durante um passeio habitual, que estava contente com ela. E ela mesma estava contente consigo. Nem por sombra aventara que teria aquela força toda para encerrar algures, no fundo da alma, todas as lembranças de seu antigo sentimento por Vrônski e não só parecer, mas ser, em relação a ele, completamente indiferente e serena.

Lióvin enrubesceu muito mais do que sua esposa, quando Kitty lhe disse que encontrara Vrônski na casa da princesa Maria Boríssovna. Foi dificílimo contar-lhe sobre isso, e ainda mais difícil continuar falando nos pormenores de seu encontro: Lióvin não perguntava nada, limitando-se a fitá-la de cara fechada.

— Que pena não teres ido ali — disse ela. — Não porque não estavas comigo: eu não teria ficado tão natural ao teu lado... Agora me envergonho muito mais com isso, muito, mas muito mais... — dizia, toda rubra e prestes a chorar. — Mas é pena não teres podido espiar por um buraquinho.

Seus olhos francos disseram a Lióvin que estava contente consigo mesma, e, apesar de vê-la tão rubra assim, ele se acalmou num átimo e passou a fazer perguntas. Kitty nem desejava outra coisa. Quando se inteirou de tudo, inclusive daquele detalhe de que ela não pudera deixar de corar, apenas no primeiro segundo, mas depois falara com Vrônski tão singela e desenvolta como teria falado com qualquer um por ali, Lióvin se animou bastante e disse que estava muito feliz e não repetiria mais a asneira cometida nas eleições, mas faria questão, tão logo se encontrasse com Vrônski, de tratá-lo com a maior cortesia possível.

— Dói tanto pensar que haja um homem antipático, quase um inimigo, que seria penoso encontrar — disse Lióvin. — Estou muito, muito feliz.

## II

— Então vai, por favor, visitar os Bol — disse Kitty ao seu marido, quando ele veio às onze horas, antes de sair de casa, ao quarto dela. — Sei que almoças no clube e que o *papa* te cadastrou. Mas o que vais fazer pela manhã?

— Apenas ver Katavássov — respondeu Lióvin.

— Por que tão cedo assim?

— Ele prometeu que me apresentaria a Mêtrov. Eu gostaria de falar com ele sobre o meu trabalho: é um conhecido cientista petersburguense — disse Lióvin.

— Sim, foi o artigo dele que elogiaste tanto? Bom, e depois? — perguntou Kitty.

— Depois, quem sabe, irei ao tribunal tratar do pleito de minha irmã.

— E ao concerto? — insistiu ela.

— Por que iria lá sozinho?

— Não, vai lá: serão tocadas aquelas novas peças... Estavas tão interessado nelas. Eu mesma iria sem falta.

— Seja como for, ainda estarei em casa antes do almoço — disse ele, consultando o relógio.

— Então põe a sobrecasaca, para ir direto à casa da condessa Bol.

— Será que preciso mesmo ir vê-los?

— Ah, sim, precisas! Ele já esteve aqui. Não custa nada! Vais lá, ficas sentadinho, falas sobre o tempo por uns cinco minutos, depois te levantas e partes.

— Nem vais acreditar: já me desacostumei tanto disso tudo que até fico meio envergonhado. Como assim? Vem um homem estranho, fica sentado sem nenhum propósito, acaba atrapalhando os anfitriões, logo se aborrece, ele mesmo, e vai embora.

Kitty se pôs a rir.

— Mas tu fazias visitas, quando eras solteiro? — disse.

— Fazia, sim, mas sempre me envergonhava, e agora estou tão desacostumado que, juro por Deus, prefiro não almoçar por dois dias a fazer uma só visita. Quanta amolação! É que me parece, o tempo todo, que eles ficarão chateados e dirão: por que é que vieste à toa?

— Eles não ficarão chateados. Isso eu lhe garanto — disse Kitty, encarando-o às risadas. Segurou a mão dele. — Pois bem, até breve... Vai, por favor.

Lióvin já queria sair, beijando a mão de sua esposa, quando ela o reteve.

— Sabes, Kóstia, que só me restam agora cinquenta rublos?

— Tudo bem: sacarei mais dinheiro no banco. Quanto? — disse ele, com aquela expressão descontente que Kitty já conhecia.

— Não, espera... — Ela continuou segurando a mão dele. — Falemos nisso, que estou preocupada. Parece que não gasto demais da conta, mas o dinheiro se esvai todo. Estamos fazendo algo errado.

— Nada disso — respondeu ele, pigarreando e mirando-a de soslaio.

Ela conhecia também esse pigarrear. Era um indício de sua forte irritação, não com ela, mas consigo mesmo. De fato, Lióvin estava irritado, não porque muito dinheiro fora gasto, mas por ser lembrado de algo que não dava certo e que ele, ciente disso, queria esquecer.

— Mandei que Sokolov vendesse o trigo e cobrasse adiantado pelo moinho. Teremos dinheiro, em todo caso.

— Não, mas receio que tenhamos gastado demais, em geral...

— Nada disso, nada disso — repetiu ele. — Pois bem: até logo, meu amorzinho.

— Não, é verdade: lamento, por vezes, ter dado ouvidos à *maman*. Como viveríamos bem na fazenda! Todos já se cansaram de mim, e estamos gastando demais...

— Nada disso, mas nada! Ainda não me aconteceu, nenhuma vez desde que sou casado, dizer que seria melhor vivermos de outra maneira...

— Verdade? — perguntou Kitty, olhando nos olhos dele.

Lióvin dissera aquilo sem pensar, tão só para consolá-la. Mas, quando olhou para ela e viu esses olhos bonitos e francos que se fixavam nele interrogativos, repetiu o mesmo com todo o coração. "Decididamente me esqueço dela", pensou. E se recordou do que esperava por eles num futuro bem próximo.

— Será logo? O que estás sentindo? — sussurrou, pegando-lhe ambas as mãos.

— Pensei nisso tantas vezes que agora não penso mais nem sei nada.

— E não tens medo?

Ela sorriu com desdém.

— Nem um pingo — disse.

— Pois, se precisares de mim, estarei na casa de Katavássov.

— Não vai acontecer nada, nem penses nisso. Vou passear, com o *papa*, pelo bulevar. Vamos visitar Dolly. Esperarei por ti antes do almoço. Ah, sim! Tu sabes que a situação de Dolly está ficando decididamente insustentável? Ela vive coberta de dívidas, não tem mais um vintém. Ontem conversamos, com a *maman* e Arsêni (assim ela chamava o marido de sua irmã Lvova), e resolvemos pedir que passassem, tu e ele, um sabão em Stiva. É decididamente impossível! Não podemos nem falar disso com o *papa*... Mas, se tu e ele...

— O que é que poderíamos fazer? — indagou Lióvin.

— De qualquer modo, fala com Arsêni quando o vires. Ele te contará o que decidimos.

— Se for lidar com Arsêni, concordo de antemão com tudo. Então vou vê-lo. A propósito: se decidir ir ao concerto, irei com Natalie mesmo. Pois bem, até já.

Passando ele pelo terraço de entrada, o velho criado Kuzmá, que lhe servia desde sua época de solteiro e agora administrava seus bens urbanos, fê-lo parar.

— Trocaram as ferraduras do Bonitão (era um cavalo trazido da fazenda, que se costumava atrelar do lado esquerdo do varal), mas ele continua mancando — disse-lhe. — O que o senhor manda fazer?

Nos primeiros tempos passados em Moscou, Lióvin ainda se interessava pelos cavalos trazidos do campo. Queria utilizá-los da melhor maneira possível e sem excessivas despesas, porém acabou percebendo que seus próprios cavalos lhe custavam mais do que os alheios e recorria, vez por outra, aos carros de aluguel.

— Mande buscar um *konoval*:[1] talvez seja um calo.

— E para Katerina Alexândrovna? — perguntou Kuzmá.

Agora Lióvin não se surpreendia mais, como nos primeiros dias de sua permanência em Moscou, ao ouvir que, para ir da Vozdvíjenka à Sívtsev Vrájek,[2] era preciso atrelar um par de cavalos fortes a um pesado coche, depois transportar esse coche, através de um lamaçal nevoso, por um quarto de versta e passar quatro horas à espera dos passageiros, pagando por isso cinco rublos. Agora isso lhe parecia bem natural.

— Mande o cocheiro alugar dois cavalos para nosso coche — respondeu Lióvin.

— Às suas ordens.

Então, resolvendo tão simples e rapidamente, graças às vantagens da vida urbana, um problema que lhe teria exigido, lá no campo, tantos esforços e diligências pessoais, Lióvin saiu porta afora, chamou por um carro de aluguel, acomodou-se nele e foi à rua Nikítskaia. Já não pensava em seus gastos pelo caminho, mas refletia no futuro encontro com um cientista petersburguense, estudioso de sociologia, e na conversa que teria com ele a respeito de seu livro.

Era somente nos primeiros tempos passados em Moscou que aquelas despesas, estranhas para quem morasse no campo, improdutivas, mas inevitáveis,

---

[1] Curandeiro de cavalos (em russo): o termo se emprega, nesse contexto, de forma irônica, pois também pode designar quem mata os cavalos.

[2] Ruas do centro histórico de Moscou, muito próximas uma da outra.

que vinham surgindo de todos os lados, deixavam Lióvin perplexo. Agora estava habituado a assumi-las. Dera-se com ele, nesse sentido, o que se dá, dizem por aí, com os bebedores: o primeiro copo vem como um facão, o segundo como um falcão e, depois do terceiro, só há passarinhos miúdos. Quando Lióvin trocara a primeira nota de cem rublos a fim de comprar librés para o lacaio e o porteiro, chegara à conclusão espontânea de que essas librés, absolutamente desnecessárias, mas fatalmente imprescindíveis a julgar pelo espanto da princesa e de Kitty com sua alusão à dispensabilidade de tais librés, haveriam de lhe custar dois peões anuais, ou seja, cerca de trezentos dias úteis, da Semana Santa até a Quaresma, sendo cada um desses dias marcado por um trabalho extenuante de sol a sol, e aquela nota de cem rublos viera-lhe mesmo como um facão. Contudo, a nota seguinte, trocada a fim de comprar provisões para um almoço dos familiares que custaria vinte e oito rublos, essa nota seguinte, embora o lembrasse ainda de vinte e oito rublos equivalerem a dez quartas de aveia, que seus camponeses, suando e gemendo, tinham ceifado, enfeixado, carregado, debulhado, ventilado, sobressemeado e ensacado, fora muito mais fácil de trocar. E agora as notas que ele trocava não lhe suscitavam mais, havia muito tempo, iguais pensamentos e voavam como os passarinhos miúdos. Deixara de avaliar, havia muito tempo, se o trabalho efetuado para adquirir o dinheiro correspondia ao prazer que proporcionava o comprado com esse dinheiro. Os cálculos econômicos, relativos a determinado preço abaixo do qual não se podia vender determinados cereais, também foram esquecidos. O centeio, cujo preço ele mantivera estável por tanto tempo, foi vendido mais barato do que valera um mês antes, com cinquenta copeques de prejuízo em cada quarta. Nem sequer a previsão de que, com tamanhos gastos, seria impossível viver o ano inteiro sem contrair dívidas, nem sequer essa previsão tinha agora alguma significância. Apenas uma coisa lhe era necessária: ter dinheiro no banco, sem questionar de onde viera esse dinheiro, de modo a saber sempre com que compraria, no dia seguinte, carne de vaca. Até então havia calculado bem e tido, a todo momento, dinheiro no banco. Só que agora sua conta bancária estava vazia, e ele não sabia direito onde conseguiria mais dinheiro. Fora isso mesmo que o entristecera por um minuto, quando Kitty lhe falara sobre o dinheiro. Todavia, ele não tinha tempo para cogitar nisso. Ia de carruagem, pensando em Katavássov e no próximo encontro com Mêtrov.

## III

Durante essa sua estada em Moscou, Lióvin se reaproximara do professor Katavássov, seu antigo companheiro universitário, que não via mais desde o seu casamento. Gostava de Katavássov graças à clareza e à simplicidade de sua visão de mundo. Atribuía essa clareza de sua visão de mundo à pobreza espiritual de Katavássov, que atribuía, por sua vez, as ideias ilógicas de Lióvin à sua falta de disciplina mental. Não obstante, Lióvin se comprazia com a clareza de Katavássov, que se comprazia, por sua vez, com a abundância de suas ideias ilógicas, tanto assim que ambos gostavam de se encontrar e de discutir.

Lióvin havia lido para Katavássov alguns trechos de sua obra, e Katavássov gostara deles. No dia anterior, encontrando Lióvin numa palestra pública, Katavássov dissera que o aclamado Mêtrov, cujo artigo agradava tanto a Lióvin, estava em Moscou e revelava muito interesse pelo que Katavássov lhe contava sobre o livro de Lióvin. No dia seguinte, às onze horas, Mêtrov estaria na casa dele e ficaria felicíssimo de conhecer Lióvin.

— Decididamente se tem corrigido, meu amigo: é agradável ver isso — disse Katavássov, recebendo Lióvin em sua pequena sala de estar. — Ouço a campainha tocar e penso: não pode ser que ele venha a tempo... E aí, o que pensa dos montenegrinos?[3] São guerreiros por natureza.

— O que houve? — perguntou Lióvin.

Ao relatar-lhe, em poucas palavras, a notícia da hora, Katavássov passou para o gabinete e apresentou Lióvin a um homem de estatura baixa, compleição robusta e fisionomia muito simpática. Era Mêtrov em pessoa. Por algum tempo, a conversa se referiu à política e ao que se pensava, nas altas esferas de Petersburgo, desses eventos recentes. Mêtrov citou as palavras supostamente ditas a respeito deles pelo soberano e por um dos ministros, que teria tirado de uma fonte segura. Katavássov alegou, por sua vez, que o soberano dissera seguramente algo oposto. Lióvin tentou idealizar uma situação em que ambas as frases pudessem ser ditas, e a conversa relacionada a esse tema chegou ao fim.

— Pois ele quase terminou um livro sobre as condições naturais do trabalhador agrícola em relação à terra — disse Katavássov. — Não me especializo nisso, mas gostei, como naturalista, de ele não tomar a humanidade por algo alheio às leis zoológicas, mas, pelo contrário, enxergar a sua dependência do meio ambiente e procurar as leis de seu desenvolvimento nessa dependência.

— É muito interessante — replicou Mêtrov.

---

[3] Alusão à guerra da Rússia contra o Império Otomano (1877-1878) em defesa dos búlgaros, sérvios e outros povos eslavos massacrados pelos turcos.

— Na verdade, comecei a escrever um livro sobre a agricultura, mas depois, involuntariamente, passei a analisar o principal instrumento da agricultura, que é o operário — disse Lióvin, enrubescendo —, e obtive resultados totalmente inesperados.

E Lióvin se pôs, cauteloso como quem sondasse um terreno, a relatar suas opiniões. Sabia que Mêtrov tinha escrito um artigo voltado contra a doutrina político-econômica aceita por todos, porém ignorava até que ponto poderia contar com seu interesse por essa nova visão dele próprio e não conseguia adivinhá-lo pelo rosto inteligente e tranquilo do cientista.

— Mas onde é que o senhor vê essas qualidades particulares do operário russo? — indagou Mêtrov. — Em suas qualidades, por assim dizer, zoológicas, ou naquelas condições em que ele se encontra?

Lióvin percebia que já se expressara, nessa indagação, uma ideia da qual ele discordava, porém continuou a relatar seu ponto de vista, dizendo que o operário russo tratava a terra de uma maneira absolutamente distinta da inerente a outros povos. E, para provar essa sua premissa, apressou-se a acrescentar que tal posição do povo russo provinha, segundo ele, de ser consciente da sua vocação de povoar espaços orientais, enormes, mas ora desocupados.

— É fácil que nos deixemos enganar com essa conclusão sobre a vocação geral de todo um povo — disse Mêtrov, interrompendo Lióvin. — O estado do operário sempre dependerá de suas relações com a terra e o capital.

E, não permitindo que Lióvin finalizasse seu raciocínio, Mêtrov se propôs a explicar-lhe as peculiaridades de sua própria teoria.

Lióvin não entendeu em que consistiam essas peculiaridades, até porque nem se esforçara para entender: percebia que Mêtrov, apesar daquele seu artigo a desmentir a doutrina dos economistas, não diferia tanto assim dos outros ao considerar a situação do operário russo apenas sob a ótica do capital, do salário e da renda. Embora tivesse de reconhecer que na parte oriental da Rússia, a maior de todas, a renda equivalia ainda a zero, que o salário se traduzia, para nove décimos da população russa, composta de oitenta milhões de pessoas, somente em não morrerem de fome e que o capital nem sequer existia ainda, senão em forma das ferramentas mais primitivas, insistia em considerar todo e qualquer operário exclusivamente sob essa ótica, mesmo discordando, em vários assuntos, dos economistas e tendo elaborado uma nova teoria salarial, que relatou, afinal de contas, a Lióvin.

Lióvin escutava de má vontade e, logo de início, objetava. Queria interromper Mêtrov a fim de explicitar sua própria ideia, que haveria, a seu ver, de tornar desnecessária toda a discussão ulterior. Mas depois, convencido de eles terem visões tão diferentes dessa matéria que nunca chegariam a compreender um ao outro, limitou-se a escutar sem mais objeções. Conquanto não se interessasse mais, nem um pouco, pelo que dizia Mêtrov, experimentava, ainda assim, certo prazer em escutá-lo. O que lisonjeava seu amor-próprio era um homem tão instruído, com tanto gosto, atenção e confiança em seu domínio do tema, ressaltando às vezes todo um aspecto deste com uma só alusão, compartilhar essas suas ideias com ele. Atribuía isso ao seu mérito pessoal, sem saber que Mêtrov, depois de falar com todas as pessoas próximas, deleitava-se especialmente em relatar o mesmo assunto a qualquer novo ouvinte que aparecesse e, de modo geral, gostava de falar com qualquer um sobre esse assunto, empolgante, mas ainda nebuloso para ele próprio.

— Assim chegaremos atrasados — disse Katavássov, consultando o relógio tão logo Mêtrov concluiu seu relato. — Sim, hoje há uma reunião da Sociedade dos amantes da zoologia em homenagem aos cinquenta anos de Svíntitch — respondeu, em seguida, à pergunta de Lióvin. — Íamos até lá, Piotr Ivânytch e eu. Prometi falar da pesquisa zoológica do homenageado. Vamos juntos, que será muito interessante.

— Sim, realmente, está na hora — disse Mêtrov. — Venha conosco, e depois, se quiser, iremos à minha casa. Gostaria muito de conhecer seu trabalho.

— Não vale a pena. É uma coisinha à toa, ainda por concluir. Mas ficarei feliz de participar dessa reunião.

— Ouviu, meu amigo? Ele tem uma opinião à parte — disse Katavássov, que envergava sua casaca em outro cômodo.

Aí se puseram a discutir a questão universitária.

Naquele inverno, em Moscou, a questão universitária era um assunto bem importante. Três velhos professores haviam enfrentado, numa sessão do Conselho, seus colegas jovens, os quais tinham uma opinião à parte. Uns achavam tal opinião horrível, outros afirmavam que era a mais simples e justa, de sorte que os professores se dividiam agora em dois partidos.

Havia quem acusasse os adversários de fraude, delação e ludíbrio, como o fazia Katavássov, e quem os censurasse por molecagem e desrespeito às autoridades. Se bem que não fosse universitário, Lióvin já ouvira falarem e falara em diversas ocasiões, vindo a Moscou, sobre esse assunto e tinha uma opinião própria a respeito dele: tomou parte da conversa, que se desdobrou pelo caminho e perdurou até os três homens chegarem ao antigo prédio da Universidade.

A reunião já tinha começado... Katavássov e Mêtrov sentaram-se à mesa coberta de *suknó*, ao lado dos outros seis homens, um dos quais se encurvava sobre um texto manuscrito e lia alguma coisa. Lióvin se sentou numa das cadeiras vagas, dispostas em volta da mesa, e perguntou sussurrando a um estudante sentado lá mesmo o que se lia. Fixando em Lióvin um olhar descontente, o rapaz disse:

— A biografia.

Ainda que Lióvin não se interessasse pela biografia do cientista, escutou sem querer e acabou descobrindo alguns detalhes novos e interessantes da vida dessa celebridade.

Quando o conferencista terminou a leitura, o presidente da reunião agradeceu-lhe e declamou os versos do poeta Ment, que recebera por ocasião do jubileu, agradecendo também, em poucas palavras, ao vate. Depois Katavássov leu, com sua voz forte e estridente, um comunicado sobre a obra científica do aniversariante.

Quando Katavássov também terminou, Lióvin consultou o relógio, viu que já eram quase duas horas da tarde e pensou que não teria mais tempo para ler, antes do concerto, seu trabalho para Mêtrov. Aliás, não lhe apetecia mais lê-lo. Pensara, durante a reunião, na recente conversa. Agora estava claro para ele que, apesar de as ideias de Mêtrov terem, quiçá, alguma significância, suas próprias ideias também eram significantes; essas ideias poderiam ser assimiladas e levar a algum resultado apenas se cada um deles escolhesse e seguisse um caminho à parte, mas a partilha dessas ideias não levaria decerto a nada. E, decidindo recusar o convite de Mêtrov, Lióvin se achegou a ele no fim da reunião. Mêtrov apresentou Lióvin ao presidente, com quem discutia a notícia política. Então contou ao presidente o mesmo que tinha contado a Lióvin, e Lióvin fez as mesmas objeções que tinha feito pela manhã, expondo a seguir, só para diversificar, uma nova opinião que acabava de lhe vir à mente. A conversa se referiu outra vez à questão universitária. Como Lióvin já ouvira tudo isso, apressou-se a dizer a Mêtrov que lamentava não poder aceitar seu convite, despediu-se dele e foi à casa de Lvov.

## IV

Casado com Natalie, a irmã de Kitty, Lvov passara a vida inteira nas capitais e no estrangeiro, onde fora criado e servira como diplomata.

Um ano antes, havia deixado o serviço diplomático (e não o fizera em razão de algum conflito, já que nunca conflitava com ninguém) e ingressado no serviço palaciano em Moscou, a fim de garantir a melhor educação possível aos seus dois filhos.

Apesar do mais incisivo contraste de seus hábitos e suas convicções, apesar de Lvov ser mais velho que Lióvin, eles se tornaram muito próximos naquele inverno e chegaram a gostar um do outro.

Lvov estava em casa, e Lióvin entrou em seu quarto sem ser anunciado.

De sobrecasaca comprida, cintada, e sapatos de camurça, Lvov estava sentado numa poltrona e lia um livro posto num atril, usando um *pince-nez*[4] com lentes azuis e afastando delicadamente a sua mão bonita, que segurava um charuto queimado pela metade.

Seu belo semblante, fino e ainda jovem, ao qual os cabelos prateados, brilhosos e encrespados davam uma expressão de especial nobreza, ficou radiante quando ele viu Lióvin.

— Perfeito! Já queria mandar buscá-lo. Pois bem, como está Kitty? Sente-se aí, fique à vontade... — Ele se levantou e achegou uma cadeira de balanço. — Leu a última circular no *Journal de St.-Pétersbourg*?[5] Achei-a excelente — disse, com certo sotaque francês.

Lióvin contou do que se dizia, segundo Katavássov, em Petersburgo e, falando um pouco sobre política, mencionou seu encontro com Mêtrov e sua participação na reunião festiva. Lvov ficou muito interessado.

— Invejo o senhor por ter acessos àquele interessante meio científico — comentou. E, levando a conversa adiante, logo passou, como de praxe, a falar francês, uma língua que lhe era mais cômoda. — Na verdade, nem tenho tempo livre. O que me priva disso são meu serviço e a educação de meus filhos; ademais, não me envergonho em dizer que minha própria instrução deixa muito a desejar.

— Não creio que seja assim — disse Lióvin, sorridente e, como sempre, sensibilizado com essa baixa autoestima, que não era afetada por vontade de parecer ou até mesmo de ser humilde, mas, pelo contrário, absolutamente sincera.

— Ah, mas como não? Agora percebo como a minha instrução é deficiente. Para educar meus filhos, tenho muita coisa a refrescar em minha memória ou simplesmente a aprender. É que não basta haver quem ensine: é preciso haver alguém que observe, como os peões e o feitor são necessários em sua fazenda. Agora leio isto — apontou para a gramática de Busláiev[6] aberta sobre o atril —: exigem que Micha saiba... mas é tão difícil! Veja se me explica: ele diz aqui...

Lióvin tentou explicar-lhe que não se podia entender, mas antes decorar aquilo, porém Lvov não concordou com ele.

— Pois é: o senhor está rindo disso!

---

[4] Espécie de óculos cuja armação se prendia ao intercílio, sem ter hastes (em francês).

[5] *Jornal de São Petersburgo*: periódico editado a partir de 1842, em francês, e pautado pelos interesses da mais alta aristocracia russa.

[6] Trata-se de um dos tratados gramaticais de Fiódor Busláiev (1818-1897), o maior estudioso de língua russa no século XIX.

— Pelo contrário: nem pode imaginar como, olhando para o senhor, sempre me inteiro do que espera por mim mesmo, notadamente quanto à educação dos filhos.

— Mas não tem nada a aprender comigo — disse Lvov.

— Apenas sei — replicou Lióvin — que nunca vi crianças mais educadas do que seus filhos nem gostaria de ter filhos melhores do que eles.

Decerto Lvov queria abster-se de manifestar sua alegria, mas não se conteve e ficou radiante.

— Tomara que sejam melhores do que eu. É tudo quanto desejo. O senhor não sabe ainda quanto trabalho — começou a esmiuçar — dão os garotos que foram, como meus filhos, mimados lá no exterior.

— O senhor dará conta disso tudo. Esses garotos são tão talentosos. O principal é a educação moral. É bem disso que me inteiro ao ver seus filhos.

— O senhor diz: a educação moral. Mas nem dá para imaginar como isso é complicado! Mal se supera um problema, surgem outros problemas, e a luta continua. Se não tivéssemos arrimo na religião — lembra-se de nossa conversa acerca disso? —, nenhum pai conseguiria por si só, sem esse arrimo, educar seus filhos!

Essa conversa, cujo tema era, desde sempre, interessante para Lióvin, foi interrompida pela beldade Natália Alexândrovna, que entrou já vestida para ir ao concerto.

— Não sabia que o senhor estava aí — disse ela, não apenas não se arrependendo de ter interrompido essa conversa tão familiar, da qual se enfastiara havia tempos, mas até mesmo se alegrando visivelmente por tê-la interrompido. — Como está Kitty? Vou almoçar hoje em sua casa. É o seguinte, Arsêni — dirigiu-se ao seu marido —: você pegará o coche...

E os cônjuges se puseram a planejar o que fariam naquele dia. Como o marido precisava ir encontrar alguém, por motivos de trabalho, e a mulher ia ao concerto e depois à sessão pública do Comitê do Sudeste, tinham muitas questões a ponderar e a resolver. Lióvin, em sua qualidade de pessoa próxima, devia participar desses seus planos. Ficou decidido que Lióvin iria com Natalie ao concerto e à sessão pública, e que depois o coche viria apanhar Arsêni em seu escritório, indo ele buscar sua esposa e levá-la à casa de Kitty; se porventura lhe restasse ainda algo a fazer, mandaria o coche de volta, e seria Lióvin quem levaria a cunhada à sua casa.

— Ele me tem mimado — disse Lvov à sua esposa —: assegura que nossos filhos são exemplares, mas eu mesmo sei que têm tantos defeitos.

— Arsêni vai aos extremos, sempre digo isso — respondeu a esposa. — Se procurarmos pela perfeição, nunca ficaremos contentes. O *papa* diz a verdade: quando nos educavam a nós, só havia um exagero, o de nos manterem nos entrepisos enquanto nossos pais moravam no andar de cima. Agora fazem o contrário: trancam os pais na despensa e deixam o andar de cima para os filhos, como se os pais não devessem mais viver e os filhos tivessem direito a tudo.

— E se for mais agradável assim? — disse Lvov, com seu belo sorriso, tocando na mão dela. — Quem não a conhecer vai pensar que não é a mãe deles e, sim, a madrasta.

— Nunca é bom exagerar — disse tranquilamente Natalie, colocando a faquinha de recortar páginas sobre a mesa, em seu devido lugar.

— Pois bem: venham cá, filhos perfeitos — disse Lvov a dois lindos garotos que acabavam de entrar no quarto, cumprimentando Lióvin e acercando-se do pai para lhe fazer, aparentemente, alguma pergunta.

Lióvin queria conversar com esses garotos, ouvir o que diriam ao pai, mas Natalie se pôs a falar com ele; logo entrou um colega de Lvov, chamado Makhótin, de uniforme palaciano, vindo para irem juntos encontrar alguém, e eis que começou uma conversa ininterrupta sobre a Herzegóvina, a princesinha Korzínskaia, a Duma[7] e a morte fulminante de Apráksina.

Lióvin já se esquecera da sua incumbência. Lembrou-se dela ao passar para a antessala.

— Ah, sim, Kitty me incumbiu de lhes dizer algo sobre Oblônski — disse, quando Lvov se deteve na escadaria para se despedir dele e de sua esposa. — Pois é: a *maman* quer que nós, *les beaux-frères*, passemos um sabão nele — arrematou, corando e sorrindo. — Afinal, por que é que seria eu?

— Eu mesma passarei aquele sabão nele — respondeu Lvova, também sorrindo, ao envergar sua *rotonde*[8] branca, feita de peles de cão, à espera do fim dessa conversa. — Vamos, então.

## V

O concerto diurno se compunha de duas peças muito interessantes.

Uma delas era a fantasia "O rei Lear na estepe", a outra, um quarteto dedicado à memória de Bach.[9] Ambas as peças eram novas, pertenciam a uma vertente moderna, e Lióvin tinha vontade de formar uma opinião própria a respeito delas. Ao acompanhar sua cunhada até a poltrona, postou-se junto

---

[7] Câmara dos Deputados no Império Russo.

[8] Espécie de capa hibernal, de forma arredondada e sem mangas, usada por mulheres (em francês).

[9] Johann Sebastian Bach (1685-1750): músico alemão, um dos maiores compositores e organistas de todos os tempos.

de uma coluna e dispôs-se a escutar da maneira mais atenta e conscienciosa possível. Na intenção de não se distrair nem estragar sua impressão, buscava não olhar para as mãos agitadas do regente de gravata branca, sempre capazes de distrair tão desagradavelmente a atenção musical, nem para as damas, que tinham atado, especialmente para o concerto e com tanto zelo, as fitas de seus chapéus por cima das orelhas, nem para todas aquelas pessoas, ora desocupadas, ora ocupadas com os mais diversos interesses à exceção da música. Buscava evitar qualquer encontro com quem fosse versado em música ou falasse demais: apenas se mantinha lá, olhando para baixo e para frente, e apurava os ouvidos.

Todavia, quanto mais escutava a fantasia sobre o rei Lear, tanto mais distante se sentia da possibilidade de formar alguma opinião definida. A expressão musical de um sentimento surgia volta e meia, parecia cada vez mais densa, porém se desmembrava, logo a seguir, em fragmentos mal esboçados de novas expressões musicais ou, vez por outra, apenas em sons de complexidade extraordinária, se bem que nada os interligasse além de certo capricho do compositor. Aliás, esses fragmentos de expressões musicais em si, que até mesmo pareciam bons de vez em quando, acabavam gerando um efeito desagradável por serem totalmente inopinados e não se embasarem em nada. A alegria, a tristeza, o desespero, a ternura e o regozijo vinham sem nenhum direito a tanto, iguais às emoções de um louco. E, como as emoções de um louco, sumiam de supetão.

Durante toda a interpretação da fantasia, Lióvin teve a sensação de um surdo a observar quem estivesse dançando. Ficou estarrecido, quando a peça terminou, e sentiu-se exausto ao ter concentrado em demasia sua atenção não recompensada com nada. De todos os lados, ouviram-se fortes aplausos. Todos se levantaram e foram andando, falando. Lióvin também foi andando à procura dos especialistas, querendo dissipar, com as impressões de outrem, sua própria perplexidade, e ficou feliz ao avistar um desses peritos, bastante notável, que conversava com seu conhecido Pestsov.

— É surpreendente! — dizia Pestsov, com seu baixo profundo. — Boa tarde, Konstantin Dmítritch. É sobretudo metafórico e, por assim dizer, escultural, e rico em cores aquele trecho em que se sente a aproximação de Cordélia, em que a mulher, *das ewig Weibliche*,[10] chega a lutar com o destino. Não é verdade?

— Mas por que seria justo Cordélia? — perguntou Lióvin, tímido e completamente esquecido de que a fantasia representava o rei Lear na estepe.

---

[10] A eterna feminilidade (em alemão).

— Aparece Cordélia... aqui está! — disse Pestsov, tamborilando com os dedos no cartaz acetinado que segurava e passando-o para Lióvin.

Foi só então que Lióvin se recordou do título dessa fantasia, apressando-se a ler os versos de Shakespeare traduzidos para o russo e impressos no verso do cartaz.

— Sem isso, não dá para acompanhar — disse Pestsov, dirigindo-se a Lióvin, porque seu interlocutor já se retirara e ele não tinha mais com quem conversar.

No entreato, Lióvin e Pestsov travaram uma discussão sobre as vantagens e desvantagens da vertente musical de Wagner.[11] Lióvin provava que o erro de Wagner e de todos os sucessores dele consistia em sua música tender à invasão de outras áreas artísticas, dizendo que a poesia cometia o mesmo erro ao descrever as feições dos personagens, o que caberia antes à pintura, e mencionando, como um exemplo desse erro, um escultor que tivera a ideia de talhar o mármore em forma de sombras das imagens poéticas a rodearem a figura de um poeta erguida num pedestal.[12] "Aquelas sombras ali são tão pouco sombras que o escultor faz mesmo que se agarrem à escada", comentou Lióvin. Gostou dessa frase, mas não conseguiu lembrar se já não a dissera antes, e precisamente a Pestsov, de sorte que, ao dizê-la, ficou confuso.

Pestsov lhe provava, por sua vez, que a arte era uma só e podia alcançar as suas expressões máximas apenas na síntese de todos os gêneros.[13]

Lióvin nem chegou a ouvir a segunda peça do concerto. Parado ao seu lado, Pestsov lhe falou quase o tempo todo, criticando essa peça em razão de sua excessiva simplicidade, adocicada e falsa, e comparando-a com a simplicidade da pintura pré-rafaelita. Quando saía, Lióvin encontrou ainda várias pessoas conhecidas, com as quais conversou sobre política, música e os amigos que tinham em comum; deparou-se também com o conde Bol, tendo já esquecido que lhe devia uma visita.

— Então vá visitá-lo agora mesmo — disse-lhe Lvova, a quem ele participara essa notícia —: talvez não o recebam... E depois venha à sessão pública. Ainda me encontrará lá.

---

[11] Richard Wagner (1813-1883): grande compositor alemão, famoso por suas inovações em vários gêneros musicais, notadamente em ópera.

[12] O autor se refere ao projeto de um monumento a Púchkin, que o escultor Mark Antokólski (1843-1902) apresentou à Academia de Belas-Artes de São Petersburgo em 1875.

[13] Um dos postulados estéticos de Wagner.

# VI

— Talvez não recebam visitas? — perguntou Lióvin, entrando no vestíbulo da residência da condessa Bol.

— Recebem, sim: seja bem-vindo — disse o porteiro, tirando resolutamente a peliça dele.

"Que dissabor", pensou Lióvin, suspirando ao retirar uma das suas luvas e desamassar seu chapéu. "Por que é que vim para cá? De que é que vou falar com eles?"

Passando pelo primeiro salão, Lióvin se deparou, logo às portas, com a condessa Bol, que dava, de rosto severo e preocupado, uma ordem ao seu doméstico. Ao ver Lióvin, ela sorriu e pediu que entrasse no cômodo vizinho, uma pequena sala de estar onde se ouviam algumas vozes. Estavam naquela sala as duas filhas da condessa e um coronel moscovita que Lióvin conhecia, todos sentados nas poltronas. Lióvin se achegou a eles, cumprimentou-os e sentou-se ao lado do sofá, colocando seu chapéu sobre o joelho.

— Como está sua esposa? O senhor foi ao concerto? Nós não pudemos. A mamãe teve de ir à missa de réquiem.

— Sim, ouvi falar... Que morte fulminante — disse Lióvin.

Veio a condessa; sentou-se no sofá e também lhe perguntou pela esposa e pelo concerto.

Lióvin respondeu e tornou a comentar a morte fulminante de Apráksina.

— Aliás, a saúde dela sempre foi frágil.

— O senhor esteve ontem na Ópera?

— Estive, sim.

— Lucca[14] foi excelente.

— Excelente, sim — repetiu Lióvin e, como não se importava em absoluto com o que se pensaria a respeito dele, começou a recontar o que ouvira dizer por aí, centenas de vezes, sobre as peculiaridades do talento dessa cantatriz. A condessa Bol fazia de conta que o escutava. Quando ele falou o suficiente e se calou, o coronel, que estava calado até então, começou a falar por sua vez. Também comentou acerca da ópera e da iluminação. Por fim, mencionou a pretensa *folle journée*[15] na casa de Tiúrin, deu uma risada, levantou-se ruidosamente e foi embora. Lióvin também se levantou, mas percebeu, pela expressão da condessa, que ainda não estava na hora de se retirar. Precisava ficar por mais uns dois minutinhos. Sentou-se de novo.

---

[14] Pauline Lucca (1841-1908): cantatriz austríaca que se apresentou na Rússia na década de 1870.

[15] Jornada louca (em francês): nome atribuído pela aristocracia russa aos saraus e jantares informais e animados.

Todavia, pensando o tempo todo em como aquilo tudo era bobo, não encontrava nenhum assunto a discutir e permanecia calado.

— O senhor não vai à sessão pública? Dizem que é muito interessante — começou a condessa.

— Não, mas prometi à minha *belle-sœur* que a buscaria — disse Lióvin.

Fez-se silêncio. A mãe e as filhas trocavam olhares.

"Pois bem: parece que agora está na hora", pensou Lióvin, levantando-se. As damas lhe apertaram a mão e pediram que transmitisse *mille choses*[16] à sua esposa.

O porteiro lhe perguntou, trazendo a sua peliça:

— Onde se digna a morar? — e logo anotou o endereço num grande caderno bem encapado.

"Tanto faz para mim, entenda-se bem, mas, ainda assim, é uma vergonha e uma bobagem das grandes", pensou Lióvin, consolando-se com a ideia de que todo mundo fazia o mesmo, e foi à sessão pública do Comitê, onde devia encontrar sua cunhada, que levaria para casa.

Havia muita gente naquela sessão pública do Comitê, inclusive quase toda a alta-roda. Lióvin chegou a tempo para ouvir um relatório geral que era, segundo todos diziam, muito interessante. Terminada a leitura do tal relatório, a alta-roda se reuniu, e Lióvin encontrou tanto Sviiájski, que o convidou a prestigiar sem falta, na mesma tarde, uma conferência na Sociedade da agricultura, onde seria divulgada uma declaração sensacional, quanto Stepan Arkáditch, que acabava de voltar de uma corrida de cavalos, além de vários outros conhecidos. Assim, Lióvin falou e ouviu falarem bastante daquela sessão, de uma nova peça teatral e de um processo. Errou feio, enquanto falava do processo (decerto pelo cansaço e pela falta de atenção que já vinha sentindo), e depois se lembraria diversas vezes, com desgosto, desse seu erro. Falando da próxima punição de um estrangeiro julgado na Rússia e do que não seria correto expulsá-lo do país a fim de puni-lo, repetiu o que lhe dissera, no dia anterior, um conhecido com quem ele estava conversando.

— Creio que mandá-lo para o exterior seria o mesmo que jogar um lúcio[17] n'água para castigá-lo — disse Lióvin. Apenas mais tarde se recordou de que tal ideia, que ouvira de um conhecido seu e agora tentava impor como uma invenção própria, era de uma fábula de Krylov[18] e que seu conhecido a tinha descoberto num folhetim jornalístico.

Ao levar sua cunhada para casa e encontrar Kitty alegre e bem-disposta, Lióvin foi ao clube.

---

[16] Mil coisas (em francês): neste contexto "mil saudações".
[17] Peixe carnívoro que habita os rios de vários países europeus, inclusive da Rússia.
[18] Ivan Andréievitch Krylov (1769-1844): famoso satírico e fabulista russo.

## VII

Lióvin chegou ao clube no momento mais adequado. Os sócios e convidados vinham ao mesmo tempo. Lióvin não ia ao clube havia muitos anos, desde a época em que morava em Moscou, ao terminar seu curso universitário, e frequentava a alta sociedade. Lembrava-se do clube em si, dos pormenores externos de sua organização, mas já se esquecera completamente daquela impressão que o clube lhe suscitava outrora. Ainda assim, tão logo dispensou o carro de aluguel no meio do largo pátio semicircular e subiu ao terraço de entrada, e o porteiro de faixa no ombro veio recebê-lo, abrindo inaudivelmente a porta em sua frente e saudando-o com uma mesura; tão logo avistou, uma vez no vestíbulo, as galochas e peliças dos sócios cientes de ser menos trabalhoso tirarem suas galochas à entrada, em vez de levarem-nas para o andar de cima; tão logo ouviu o misterioso toque de campainha a antecedê-lo e viu sobre o patamar, enquanto subia o declive de uma escada atapetada, uma estátua e o terceiro porteiro entrado em anos, um conhecido seu que trajava a libré do clube, que lhe abria as portas no andar de cima, sem se apressar nem se delongar, e mirava com atenção quem viesse — a impressão suscitada outrora pelo clube, uma impressão de repouso, abastança e conveniência, apossou-se de Lióvin.

— Seu chapéu, por favor — disse-lhe o porteiro, visto que Lióvin se esquecera da regra interna de deixar os chapéus no vestíbulo. — Faz tempo que não vem. O príncipe cadastrou o senhor ontem. E o príncipe Stepan Arkáditch não chegou ainda.

Aquele porteiro conhecia não só Lióvin, mas também todos os seus parentes e aderentes, mencionando de pronto algumas dessas pessoas próximas.

Atravessando a primeira sala, com vários biombos e um tabique do lado direito, lá onde atendia o fruteiro, Lióvin passou à frente de um velho, que andava bem devagar, e entrou na sala de jantar, lotada e barulhenta.

Caminhou ao longo das mesas, já quase ocupadas, examinando os presentes. Via os mais diversos homens, aqui e acolá: os velhos e os jovens, os que mal conhecia e os que lhe eram íntimos. Não havia ali nenhum semblante irritado ou angustiado. Parecia que todos deixavam seus problemas e afazeres no vestíbulo, ao lado de seus chapéus, e dispunham-se a fruir paulatinamente os bens materiais da vida. Estavam ali Sviiájski e Chtcherbátski, Nevedóvski e o velho príncipe, Vrônski e Serguei Ivânovitch.

— Por que vem atrasado, hein? — perguntou o príncipe, sorrindo e estendendo-lhe a mão por cima do ombro. — Como está Kitty? — acrescentou, ajeitando o guardanapo que prendera ao botão de seu colete.

— Está bem, obrigado: elas três almoçam em casa.

— Ah, sim, Aline-Nadine! Pois bem: não temos mais vagas por aqui. Vá logo àquela mesa e pegue rapidinho um assento — disse o príncipe, voltando-se para tomar cautelosamente um prato de *ukhá*[19] de donzelas.[20]

— Venha aqui, Lióvin! — gritou, um pouco adiante, uma voz amigável. Era Túrovtsyn. Estava sentado junto de um jovem militar, havendo, ao seu lado, duas cadeiras viradas. Lióvin se aproximou deles com alegria. Sempre gostara, aliás, daquele farrista Túrovtsyn, cheio de bonomia, a quem se ligava a lembrança da declaração de amor que fizera a Kitty, mas agora, depois de tantas conversas tensamente intelectuais, sua cara bondosa lhe era sobremaneira agradável.

— Para você e Oblônski. Ele está para chegar.

Aquele militar de olhos joviais, sempre risonhos, e costas extremamente retas, era o petersburguês Gáguin. Túrovtsyn apresentou-os um ao outro.

— Oblônski se atrasa todas as vezes.

— Ah, lá vem ele!

— Você acabou de chegar? — perguntou Oblônski, acercando-se dos homens. — Saudações! Já tomou vodca? Então, vamos...

Lióvin se levantou e foi com ele até uma grande mesa repleta de vodcas e iguarias de todos os tipos. Aparentemente se podia escolher, entre duas dezenas de entradas, algo que fosse de seu agrado, porém Stepan Arkáditch pediu um petisco bem especial, e um dos lacaios de libré ali postados trouxe-o de imediato. Tomando um cálice de vodca, os amigos retornaram à sua mesa.

Logo em seguida, ainda na hora da *ukhá*, o champanhe foi servido para Gáguin, e ele mandou encher as quatro taças. Lióvin aceitou o vinho oferecido e pediu outra garrafa. Estava com fome, regozijando-se muito em comer e beber; ainda mais se regozijava em participar das conversas simples e animadas de seus interlocutores. Gáguin contou, em voz baixa, uma nova anedota petersburguense, e tal anedota, embora indecente e tola, foi tão engraçada que Lióvin se pôs a gargalhar tão alto que seus vizinhos olharam para ele.

— É do mesmo gênero que "É bem isso que não tolero!". Você conhece? — indagou Stepan Arkáditch. — Ah, mas é uma gracinha! Traga mais uma garrafa — disse ao lacaio e começou a contar.

— Piotr Ilitch Vinóvski cumprimenta os cavalheiros — interrompeu-o um lacaio velhinho, trazendo duas finíssimas taças de champanhe, que terminava de espumar, e dirigindo-se a Stepan Arkáditch e Lióvin. Stepan Arkáditch pegou uma das taças e, olhando para um homem de cabelos ruivos, bigodudo

---

[19] Sopa de peixe, um dos pratos mais tradicionais da culinária russa.
[20] Pequenos peixes de água doce, chamados de "nalims" em russo, cujo nome científico é *Lota lota*.

e um tanto calvo, que estava sentado na outra ponta da mesa, saudou-o, sorridente, com uma mesura.

— Quem é? — perguntou Lióvin.

— Já o encontrou uma vez em minha casa, lembra? Um bom sujeito.

Lióvin repetiu o gesto de Stepan Arkáditch, empunhando outra taça.

A anedota contada por Stepan Arkáditch também foi muito engraçada. Lióvin contou, por sua vez, uma anedota qualquer, que também agradou aos convivas. Depois passaram a conversar sobre os cavalos e a corrida daquele dia, elogiando a audácia com que o Atlásny de Vrônski arrebatara o primeiro lugar. Lióvin nem percebeu como o almoço chegara ao fim.

— Ah! Lá estão eles! — disse Stepan Arkáditch, já pelo fim do almoço, inclinando-se por cima do espaldar de sua cadeira e estendendo a mão a Vrônski, que vinha ao seu encontro com um alto coronel da guarda imperial. O semblante de Vrônski irradiava a mesma bonomia jovial, própria dos visitantes daquele clube em geral. Ele colocou alegremente a mão no ombro de Stepan Arkáditch, sussurrou-lhe algo e, com o mesmo sorriso alegre, estendeu a mão a Lióvin.

— Muito feliz em encontrá-lo — disse. — Procurei pelo senhor daquela feita, nas eleições, mas me disseram que já tinha ido embora — continuou, dirigindo-se a ele.

— Sim, fui embora no mesmo dia. Acabamos de falar em seu cavalo. Meus parabéns — disse Lióvin. — Ele corre muito rápido.

— Mas o senhor também cria os cavalos.

— Eu, não: foi meu pai que teve um haras. Mas eu sei e me lembro disso.

— Onde almoçou? — perguntou Stepan Arkáditch.

— Estamos à segunda mesa, detrás das colunas.

— Vieram felicitá-lo — comentou o alto coronel. — O segundo prêmio imperial... Se eu tivesse tanta sorte com o baralho quanta ele tem com os cavalos!... Pois bem, não temos mais tempo áureo a perder: vou à "infernal"[21] — concluiu, afastando-se da mesa.

— É Yachvin — respondeu Vrônski a Túrovtsyn, ao sentar-se numa cadeira livre ao lado deles. Despejou a taça que lhe fora servida e pediu outra garrafa. Fosse sob o influxo da impressão provinda do clube ou do vinho bebido, Lióvin se pôs a falar com Vrônski sobre a melhor raça de gado e ficou muito feliz por não sentir mais nenhuma hostilidade àquele homem. Até mesmo lhe disse, entre outras coisas, que sua mulher o encontrara, segundo ela própria havia contado, na casa da princesa Maria Boríssovna.

---

[21] A sala "infernal" do Clube Inglês, descrito neste capítulo, destinava-se aos jogos de azar.

— Ah, essa princesa Maria Boríssovna é uma graça! — disse Stepan Arkáditch e contou, a respeito dela, uma anedota que fez todos rirem. Foi Vrônski em pessoa quem gargalhou com tanta bonomia que Lióvin se sentiu totalmente reconciliado com ele.

— Acabaram, não é? — disse Stepan Arkáditch, levantando-se e sorrindo. — Vamos!

## VIII

Ao sair da mesa, sentindo seus braços se balançarem, no ritmo de seu palmilhar, com especiais cadência e desenvoltura, Lióvin foi com Gáguin, através de várias salas de teto alto, rumo à da sinuca. Quando passava pela grande sala, deparou-se com seu sogro.

— Pois então? O que acha deste nosso templo do ócio? — perguntou o príncipe, tomando-lhe o braço. — Vamos dar uma volta.

— Eu já queria andar e olhar um pouco. É interessante.

— Interessante para você, sim. Só que meu interesse é diferente do seu. Está olhando para aqueles velhotes — disse o príncipe, ao apontar para um sócio encurvado, de lábio descaído, que vinha, mal conseguindo avançar em suas botas macias, ao encontro deles — e pensa que já nasceram azulões.

— Como assim, "azulões"?

— É que não conhece a palavra. É um dos termos de nosso clube. Quando um ovo é cozido demais, acaba ficando meio azul, sabe? O mesmo se dá com esta gente nossa: quem frequenta demais o clube acaba promovido a azulão. Pois é: você está rindo aí, mas a gente já se apronta para azular. Conhece o príncipe Tchetchênski? — perguntou o sogro, e Lióvin adivinhou, pela expressão de seu rosto, que estava para contar algo engraçado.

— Não o conheço, não.

— Como não? É o príncipe Tchetchênski, bem conhecido. Aliás, não importa. Sempre joga sinuca por aqui. Ainda não tinha azulado, uns três anos atrás, e andava pavoneando. Chamava os outros de azulões. Só que vem, um dia, ao clube, e nosso porteiro... Conhece Vassíli? É aquele gordo ali. Adora os *bons mots*.[22] Pois o príncipe Tchetchênski pergunta para ele: "E aí, Vassíli, quem foi que já chegou? Quantos azulões, hein?". E o porteiro responde: "O senhor é o terceiro". Pois é, mano: é assim mesmo.

Proseando e saudando os conhecidos que encontravam, Lióvin atravessou, com o príncipe, todas as salas: a grande, onde as mesas já estavam montadas

---

[22] Ditos humorísticos, facécias (em francês).

e os parceiros habituais tinham começado seu joguinho; a dos sofás, onde se jogava xadrez e Serguei Ivânovitch conversava, sentado, com alguém; a da sinuca, onde uma partida transcorria, animada e regada a champanhe, num canto próximo do sofá, com a participação ativa de Gáguin; a "infernal", vista só de passagem, onde Yachvin já se acomodara a uma das mesas, rodeado por uma turma de apostadores. Procurando não fazer barulho, entraram também na sala de leitura, meio escura, onde um jovem de cara zangada, sentado debaixo dos abajures, pegava um jornal depois do outro e um general calvo absorvia-se em ler.

Entraram, a seguir, naquela sala que o príncipe chamava de inteligente. Havia lá três senhores que discutiam ardorosamente a última notícia política.

— Tenha a bondade, príncipe: está tudo pronto — disse um dos seus parceiros, ao encontrá-lo naquela sala, e o príncipe se retirou. Lióvin se sentou e ficou escutando, porém, mal rememorou todas as conversas da mesma manhã, sentiu-se de chofre muito entediado. Levantou-se depressa e saiu à procura de Oblônski e Túrovtsyn, cuja companhia seria divertida.

Túrovtsyn estava na sala da sinuca, sentado num alto sofá, com uma caneca nas mãos, enquanto Stepan Arkáditch conversava com Vrônski ao lado da porta, num canto distante do cômodo.

— Não é que ela esteja enfadada, mas, com aquela situação incerta, indefinida... — ouviu Lióvin. Já queria afastar-se às pressas, mas Stepan Arkáditch chamou por ele.

— Lióvin! — disse Stepan Arkáditch, e Lióvin notou que seus olhos brilhavam, não de lágrimas, mas daquela umidade que sempre vinha à tona quando ele estava ébrio ou enternecido em demasia. Agora estava ébrio e enternecido ao mesmo tempo. — Não vá embora, Lióvin! — insistiu, apertando-lhe com força o cotovelo: obviamente, queria retê-lo a qualquer preço.

— É um amigo sincero, talvez o melhor dos amigos meus — disse a Vrônski. — E você também se torna cada vez mais próximo e mais caro para mim! E eu sei disso e desejo que vocês dois sejam próximos e unidos, porque são ambos bons homens.

— Assim, só nos resta trocarmos um beijo — disse Vrônski, gracejando com bonomia e estendendo a mão.

Lióvin se apressou a pegar aquela mão estendida e a apertá-la vigorosamente.

— Estou muito, muito feliz — disse, apertando-lhe a mão.

— Garçom, uma garrafa de champanhe — pediu Stepan Arkáditch.

— Eu também estou muito feliz — disse Vrônski.

Todavia, apesar do desejo de Stepan Arkáditch e do desejo recíproco deles dois, não tinham nenhum assunto a abordar e davam-se conta disso.

— Sabe que ele não conhece Anna? — disse Stepan Arkáditch a Vrônski. — Faço questão de apresentá-lo a ela. Vamos, Lióvin!

— Será? — perguntou Vrônski. — Ela ficará felicíssima. Eu voltaria para casa agora mesmo — acrescentou —, só que Yachvin me deixa preocupado: quero ficar aqui até que ele termine de jogar.

— Por quê? Está indo mal?

— Perde o tempo todo, e só eu posso refreá-lo.

— Que tal uma piramidezinha? Vai jogar, Lióvin? Excelente! — disse Stepan Arkáditch. — Ponha a piramidezinha — dirigiu-se ao marcador.

— Está pronta há muito tempo — respondeu o marcador, que já fizera um triângulo de bolas em cima da mesa e agora rolava, para se distrair, a bola vermelha.

— Então, vamos lá!

Após a partida, Vrônski e Lióvin foram sentar-se à mesa de Gáguin, e Lióvin apostou, seguindo a proposta de Stepan Arkáditch, nos ases. Quanto a Vrônski, ora estava sentado àquela mesa, cercado pelos seus conhecidos que vinham sem trégua cumprimentá-lo, ora ia à "infernal" para ver Yachvin. Lióvin se deleitava em descansar da estafa mental que sentira pela manhã. Alegrava-se por ter cessado de tratar Vrônski com hostilidade, e essa impressão de calma, decência e prazer não o deixava mais.

Terminada a partida, Stepan Arkáditch segurou o braço de Lióvin.

— Vamos, então, ver Anna? Agora mesmo, não é? Ela está em casa. Faz tempo que prometi levar você para lá. Aonde é que pretendia ir esta noite?

— A nenhum lugar, na verdade. Prometi a Sviiájski que iria à Sociedade da agricultura. Creio que podemos ir, sim — disse Lióvin.

— Está ótimo: vamos! Pergunte aí se meu coche já chegou — dirigiu-se Stepan Arkáditch a um dos lacaios.

Lióvin se acercou da mesa, desembolsou quarenta rublos perdidos com os ases em que apostara, pagou as mensalidades do clube, sobre as quais fora informado por um lacaio velhinho que se encostava lá numa ombreira e estava misteriosamente ciente dessas mensalidades, e caminhou através de todas as salas, ao passo que seus braços se balançavam de certa maneira especial, rumo à saída.

## IX

— O carro de Oblônski! — gritou o porteiro, com um baixo zangado. A carruagem chegou, e ambos os homens entraram nela. Só no primeiro momento, enquanto ela passava pelo portão do clube, Lióvin guardava ainda a impressão de calma, prazer e da indubitável decência do ambiente; porém, tão logo a carruagem enveredou pela rua e ele sentiu-a sacolejar num pavimento irregular, ouviu o grito furioso de um cocheiro encontrado pelo caminho, viu as tabuletas vermelhas, parcamente iluminadas, de um botequim e uma lojinha, tal impressão se desvaneceu, e Lióvin se pôs a refletir em suas ações e perguntou a si mesmo se sua visita a Anna seria uma ação boa. O que diria Kitty? Contudo, Stepan Arkáditch não lhe permitiu refletir e, como se adivinhasse as suas dúvidas, dissipou-as todas.

— Como estou contente — disse — de você ir conhecê-la. Dolly quer isso há muito tempo, sabia? De resto, Lvov também já tem ido visitá-la. Ainda que seja minha irmã — prosseguiu —, posso dizer abertamente que é uma mulher admirável. Você vai ver. A situação dela é muito difícil, sobretudo agora.

— Por que sobretudo agora?

— Estamos negociando o divórcio com o marido dela. O marido concorda, só que existem umas complicações quanto ao filho do casal, e esse negócio todo, que devia ter acabado havia tempos, já se arrasta por três meses. Uma vez consumado o divórcio, ela se casará com Vrônski. Como é bobo aquele velho costume de rodopiar, aquele "Rejubilai-vos, Isaías",[23] em que ninguém acredita e que estorva a felicidade das pessoas! — replicou Stepan Arkáditch. — Então a situação deles ficará definida, como a minha e a sua.

— Mas o que há de complicado nisso? — inquiriu Lióvin.

— Ah, é uma história longa e tediosa! Tudo isso é tão impreciso em nossas plagas. Mas o problema é que, esperando por esse divórcio em Moscou onde todos a conhecem, bem como o marido dela, Anna mora aqui há três meses: não sai de casa, não vê nenhuma mulher conhecida, salvo Dolly, porque não quer, veja você se entende, que a visitem por caridade; até mesmo aquela besta, a princesinha Varvara, já foi embora, por achar isso escandaloso. Pois bem: nenhuma outra mulher, se estivesse na mesma situação, poderia encontrar meios de resistir. E ela... Você vai ver como ela arranjou a vida, como está tranquila e digna. À esquerda, naquela viela, defronte à igreja! — gritou Stepan Arkáditch, metendo-se no postigo da carruagem. — Ufa, que calorão! — disse ao abrir mais ainda, conquanto fizesse doze graus negativos, a sua peliça aberta de par em par.

— Mas ela tem uma filha, não tem? Decerto está cuidando da filha? — disse Lióvin.

— Parece que você imagina qualquer mulher apenas como uma fêmea, *une couveuse*[24] — disse Stepan Arkáditch. — Se estiver ocupada, cuidará sem falta de seus filhos. Não, ela cuida muito bem daquela menina, mas,

---

[23] Frase de uma das orações que acompanhavam a cerimônia nupcial da Igreja Ortodoxa.
[24] Galinha choca (em francês).

aparentemente, nem dá para notá-la. Quanto às suas ocupações, em primeiro lugar ela escreve. Reparo, desde já, nesse seu sorriso irônico, só que você está errado. Escreve um livro infantil e não fala com ninguém a respeito, mas leu alguns trechos para mim, e eu mostrei o manuscrito a Vorkúiev... aquele editor, sabe... e também escritor, pelo que parece. Ele entende disso e diz que é uma coisa magnífica. Está pensando, talvez, que seja uma escritora? Nem de longe. Antes de tudo, é uma mulher dotada de sentimentos: você vai ver. Agora toma conta de uma garota inglesa e de toda uma família.

— É algo filantrópico, não é?

— Mas você só quer ver o lado ruim de tudo! Não é filantropia, são sentimentos. Morava com eles, quer dizer, com Vrônski, um treinador inglês, mestre de seu ofício, mas beberrão. Ficou bebendo demais, teve *delirium tremens*[25] e abandonou a família. Anna viu isso, foi ajudá-los, criou hábito e agora se incumbe da família toda, e não assim, de cima para baixo, só lhes dando dinheiro, mas ensinando russo aos garotos, para que possam entrar no ginasial, e cuidando da garota. Aliás, você mesmo vai vê-la.

A carruagem entrou num pátio, e Stepan Arkáditch tocou energicamente a campainha das portas junto das quais havia um trenó. Em seguida, sem perguntar ao doméstico que abrira as portas se a patroa estava em casa, adentrou o vestíbulo. Lióvin seguiu-o, duvidando cada vez mais de sua ação ser realmente boa.

Ao mirar-se num espelho, Lióvin percebeu que estava vermelho; tinha plena certeza, porém, de que não estava embriagado e foi subindo, atrás de Stepan Arkáditch, uma escada alcatifada. Uma vez no andar de cima, Stepan Arkáditch perguntou a um lacaio, que o saudara como um próximo, quem estava com Anna Arkádievna e recebeu a resposta de que era o senhor Vorkúiev.

— Onde estão?

— No gabinete.

Atravessando uma pequena sala de jantar, cujas paredes estavam forradas de madeira escura, Stepan Arkáditch e Lióvin entraram, pisando numa alcatifa macia, no gabinete imerso em penumbra, iluminado apenas por uma lâmpada munida de amplo abajur escuro. Outra lâmpada refratora, acesa numa das paredes, alumiava o grande retrato de uma mulher pintada em pé, no qual Lióvin prestou involuntariamente atenção. Era o retrato de Anna, feito por Mikháilov na Itália. No momento em que Stepan Arkáditch contornou um tremó e a voz de um homem que estava falando calou-se, Lióvin olhou para aquele retrato a sobressair, com essa brilhante iluminação, em sua moldura e não pôde mais desviar os olhos dele. Acabou mesmo esquecendo onde

---

[25] Nome científico da psicose alcoólica (em latim).

estava: sem escutar a conversa, fitava aquele retrato maravilhoso. Não era um quadro e, sim, uma mulher viva, encantadora, de cabelos negros e cacheados, de ombros e braços nus, com um leve sorriso meditativo sobre os lábios matizados por uma suave penugem, que fixava nele, vitoriosa e meiga, um olhar que o deixava confuso. Não era uma mulher viva apenas por ser mais linda do que uma mulher viva poderia ser.

— Fico muito feliz — ouviu Lióvin, de súbito, uma voz próxima que se dirigia obviamente a ele, a voz daquela mesma mulher cujo retrato estava admirando. Ao sair de trás do tremó, Anna vinha ao seu encontro, e Lióvin via, naquela penumbra do gabinete, a mulher retratada, de vestido azul-escuro com ornamentos versicolores: não assumia a mesma pose nem tinha a mesma expressão, mas se encontrava à mesma altura de sua beleza que o pintor havia captado ao retratá-la. Era menos deslumbrante na realidade, mas em compensação, sendo agora real, exibia algo novo e atraente, que seu retrato não evidenciava.

## X

Vinha ao seu encontro, sem esconder a alegria de vê-lo. E transpareciam, naquela tranquilidade com que lhe estendeu sua mão pequena, mas enérgica, e apresentou Lióvin a Vorkúiev, e depois apontou para uma menina bonitinha, de cabelos arruivados, que estava sentada lá mesmo, fazendo deveres de casa, e a quem Anna chamou de sua pupila, as maneiras que lhe eram familiares e agradáveis, as de uma mulher pertencente à alta sociedade, sempre tranquila e natural.

— Fico muito, muito feliz — repetiu Anna, e, por algum motivo, essas palavras simples revestiram-se para Lióvin de um significado bem especial. — Conheço o senhor há tempos e gosto do senhor, tanto por ser amigo de Stiva quanto pela sua mulher... Eu a conheci por pouco tempo, mas ela me deixou a impressão de uma flor fascinante, justo de uma flor. E logo, logo ela se tornará mãe!

Falava com desenvoltura, sem se apressar, passando o olhar, vez por outra, de Lióvin para seu irmão, e Lióvin intuía que era boa a impressão produzida por ele e que lhe seria fácil e agradável lidar com Anna, como se a conhecesse desde criança.

— Se nos instalamos, eu com Ivan Petróvitch, no gabinete de Alexei — disse ela, respondendo à pergunta de Stepan Arkáditch se poderia fumar —, foi justamente para fumar. — Olhou para Lióvin e, sem perguntar se ele fumava, puxou uma cigarreira de tartaruga e tirou uma *pakhitoska*.

— Como está agora a tua saúde? — perguntou seu irmão.

— Está boa. Só os nervos, como sempre.

— É extraordinariamente bom, não é verdade? — disse Stepan Arkáditch, percebendo que Lióvin olhava, de vez em quando, para o retrato.

— Não vi nenhum retrato melhor do que esse.

— E a semelhança também é extraordinária, não é verdade? — notou Vorkúiev.

Lióvin passou os olhos do retrato para o original. Um brilho singular iluminou o rosto de Anna, tão logo ela sentiu seu olhar. Lióvin enrubesceu e, para dissimular o embaraço, quis perguntar se vira Dária Alexândrovna havia muito tempo, porém, no mesmo instante, Anna se pôs a falar:

— Acabamos de conversar, eu com Ivan Petróvitch, sobre os últimos quadros de Váchtchenkov. O senhor já os viu?

— Vi, sim — respondeu Lióvin.

— Mas peço desculpas por interrompê-lo: o senhor queria dizer que...

Lióvin perguntou se vira Dolly havia muito tempo.

— Ela me visitou ontem: está muito zangada com o ginásio, por causa de Gricha. Parece que o professor de latim tem sido injusto com ele.

— Vi esses quadros, sim. Não gostei muito deles... — Lióvin retomou a conversa que ela encetara.

Agora não falava mais naquele tom displicente que tinha adotado pela manhã. Cada palavra sua adquiria, se dirigida a ela, uma importância particular. Era agradável falar com Anna, ainda mais agradável escutá-la. A conversa de Anna era não apenas natural e inteligente, mas negligentemente inteligente: sem dar nenhum valor às suas próprias ideias, ela valorizava muito as de seu interlocutor.

Passaram a conversar sobre uma nova vertente artística, sobre as novas ilustrações da Bíblia feitas por um pintor francês.[26] Vorkúiev acusou o pintor de seu realismo beirar a vulgaridade. Lióvin disse que os franceses haviam levado o convencional artístico aos extremos e que, portanto, atribuíam um mérito especial àquele retorno ao realismo: viam a poesia apenas em não mentirem.

Nenhuma das coisas inteligentes ditas por Lióvin ainda nunca lhe proporcionara maior prazer do que essa. O semblante de Anna ficou, de improviso, todo radiante, tão logo ela se compenetrou de sua ideia. Deu uma risada.

— Estou rindo — disse — como se ri ao ver um retrato bem parecido. O que o senhor disse vem a caracterizar perfeitamente a arte francesa de nossos

---

[26] Trata-se do pintor Gustave Doré (1832-1883), que ilustrou, além da Bíblia, várias obras da literatura clássica (*A divina comédia*, de Dante, *Dom Quixote*, de Cervantes, *Contos*, de Charles Perrault, entre outras).

dias, a pintura e até mesmo a literatura: Zola, Daudet...[27] Mas pode ser que sempre se faça assim: a princípio, eles constroem suas *conceptions*[28] a partir de figuras forjadas e convencionais, e depois, quando todas as *combinaisons*[29] estão feitas e essas figuras forjadas acabam enfastiando, começam a inventar algumas figuras mais naturais e justas.

— Pois isso é totalmente justo! — exclamou Vorkúiev.

— Então vocês foram ao clube? — dirigiu-se Anna ao seu irmão.

"Sim, sim, essa é uma mulher!", pensava Lióvin, esquecendo-se de tudo e teimando em fitar seu lindo rosto animado, que acabava de mudar repentina e completamente. Não ouviu o que ela dissera, inclinando-se para seu irmão, mas ficou espantado com a mudança de sua expressão. Antes tão belo em sua serenidade, aquele rosto passou, de súbito, a expressar uma estranha curiosidade, ira e altivez. Mas isso durou apenas um minuto. Anna entrefechou os olhos, como quem recordasse alguma coisa.

— Aliás, isso não interessa a ninguém — disse, voltando-se para a inglesa —: *Please, order the tea in the drawing-room.*[30]

A menina se levantou e saiu.

— Mas, então, ela fez a prova? — indagou Stepan Arkáditch.

— Às maravilhas! Essa garota é muito inteligente e tem uma índole afetuosa.

— Acabarás gostando dela mais do que da tua própria filha.

— Eis um homem que está falando. Não existe "mais" nem "menos" no amor. Amo minha filha com um amor, e a ela, com outro.

— Pois eu digo a Anna Arkádievna — intrometeu-se Vorkúiev — que, se dedicasse apenas um centésimo da energia que dedica a essa inglesa à causa geral da educação das crianças russas, faria algo grande e útil.

— Diga o que disser, não pude. O conde Alexei Kiríllytch me incentivou muito (ao pronunciar as palavras "o conde Alexei Kiríllytch", olhou para Lióvin, tímida e suplicante, e ele respondeu, de modo involuntário, com um olhar respeitoso e afirmativo) a cuidar da escola em sua fazenda. Fui lá algumas vezes. As crianças são bem bonitinhas, mas não consegui apegar-me àquela tarefa. O senhor diz "a energia". A energia se baseia no amor. E não há de onde tirar o amor, não se ordena amar. Só que cheguei a amar essa menina, nem eu mesma sei por quê.

---

[27] Os escritores Émile Zola (1840-1902) e Alphonse Daudet (1840-1897) eram, na época descrita, os principais representantes do realismo literário francês.

[28] Conceitos (em francês).

[29] Combinações (em francês).

[30] Peça, por favor, que sirvam o chá na sala de visitas (em inglês).

Tornou a olhar para Lióvin. Seu sorriso e seu olhar, tudo lhe dizia que seu discurso se destinava tão só a ele, porquanto Anna prezava a opinião dele e, ao mesmo tempo, sabia de antemão que haveriam de se entender.

— Entendo perfeitamente — replicou Lióvin. — Não se pode dedicar o coração à escola nem a semelhantes instituições em geral: acredito que é bem por isso que aquelas atividades filantrópicas sempre dão resultados tão ínfimos.

Ela ficou calada, depois sorriu.

— Sim, sim — confirmou. — Eu nunca consegui. *Je n'ai pas le cœur assez large*[31] para amar todo um abrigo cheio de meninas safadinhas. *Cela ne m'a jamais réussi.*[32] E há tantas mulheres que fazem disso uma *position sociale*.[33] Agora mais do que nunca... — disse, com uma expressão triste e confiante, aparentando falar com seu irmão, porém se dirigindo, de fato, apenas a Lióvin. — Agora que preciso tanto de alguma ocupação, não consigo mesmo... — De repente, franziu o sobrolho (Lióvin compreendeu que se zangava consigo, notadamente por se referir a si própria) e mudou de assunto. — Eu sei — disse a Lióvin — que o senhor é um mau cidadão e sempre o defendi como pude.

— Como foi que a senhora me defendeu?

— Conforme os ataques. Aliás, não gostariam de tomar chá? — Ela se levantou e pegou um livro encapado de marroquim.

— Dê-o para mim, Anna Arkádievna — pediu Vorkúiev, apontando para o livro. — Vale muito a pena.

— Oh, não: tudo isso é tão inacabado.

— Contei para ele — foi Stepan Arkáditch que se dirigiu à sua irmã, apontando para Lióvin.

— Não deverias ter contado. Meus escritos são como aquelas cestinhas de vime que me vendia, às vezes, Lisa Mertsálova, feitas nos presídios. Ela se encarregava dos presídios em sua sociedade filantrópica — dirigiu-se a Lióvin. — Aqueles infelizes tinham uma paciência miraculosa.

E Lióvin avistou mais um traço dessa mulher de que tanto gostara. Além de inteligente, graciosa e linda, ela era sincera. Não queria esconder dele toda a dificuldade de sua situação. Dito isso, suspirou e, de repente, seu rosto se tornou austero e como que petrificado. Com tal expressão facial, ela parecia ainda mais bela do que antes, porém essa expressão era nova: estava fora daquele círculo de expressões, radiosas de tão felizes e compartilhando

---

[31] Meu coração não é amplo o suficiente... (em francês).
[32] Comigo, isso nunca deu certo (em francês).
[33] Posição social (em francês).

sua felicidade com quem as visse, que o pintor captara ao retratá-la. Lióvin voltou a mirar o retrato e o semblante de Anna, enquanto ela conduzia seu irmão, segurando-lhe a mão, através das altas portas do gabinete, e sentiu tanta ternura por ela e tanta pena dela que se quedou pasmado.

Anna pediu que Lióvin e Vorkúiev fossem à sala de visitas, detendo-se para discutir algo com seu irmão. "Seria o divórcio, Vrônski, o que ele tem feito no clube ou, porventura, eu mesmo?", pensava Lióvin. Estava tão ansioso por saber de que ela falava com Stepan Arkáditch que quase não escutava Vorkúiev contar-lhe sobre os méritos daquele romance escrito por Anna Arkádievna para as crianças.

Enquanto tomavam chá, continuavam a mesma conversa de conteúdo rico e agradável. Não apenas não houve um momento sequer em que tivessem de procurar por um tema a abordarem, mas, pelo contrário, eles sentiam que, mal conseguissem dizer o que lhes apetecia, prefeririam ficar calados, escutando as falas dos outros. E tudo quanto se dizia, fosse ela mesma, Vorkúiev ou Stepan Arkáditch quem o dissesse, tudo isso adquiria, na visão de Lióvin, um significado peculiar, graças à atenção de Anna e às suas observações.

Acompanhando essa conversa interessante, Lióvin a admirava o tempo todo, apreciava a beleza e a inteligência, a instrução e, não obstante, a singeleza e a cordialidade dela. Escutava, falava e, o tempo todo, pensava nela, em sua vida interior, buscando adivinhar as suas emoções. Se bem que a tivesse condenado antes, com tanto rigor, chegava a absolvê-la agora, devido a uma estranha sequência de pensamentos, e, ao mesmo tempo, sentia pena dela e temia que Vrônski não a compreendesse plenamente. Por volta das onze horas, quando Stepan Arkáditch se levantou para ir embora (Vorkúiev se retirara ainda mais cedo), pareceu a Lióvin que só acabava de chegar. Foi com desgosto que ele também se levantou.

— Adeus — disse-lhe ela, segurando a sua mão e fitando-o, olho no olho, com seu olhar magnético. — Estou muito feliz, que *la glace est rompue*.[34]

Soltando-lhe a mão, entrefechou os olhos.

— Diga à sua esposa que gosto dela como dantes e que, se ela não puder relevar esta situação minha, desejo que nunca me perdoe. Para me perdoar, precisaria viver o que eu vivi, mas Deus a livre disso!

— Sem falta, sim, vou dizer... — respondia Lióvin, corando.

---

[34] ... o gelo está quebrado (em francês).

## XI

"Que mulher surpreendente, gentil e infeliz", pensava ele, saindo com Stepan Arkáditch ao ar frio.

— Bem que eu lhe disse, hein? — Vendo que Lióvin estava totalmente vencido, Stepan Arkáditch se dirigiu a ele.

— Sim — respondeu Lióvin, pensativo —, é uma mulher extraordinária! Além de inteligente, é tão cordial. Tenho muita pena dela!

— Agora, se Deus quiser, tudo se resolve. Pois bem, não condene as pessoas daqui em diante — disse Stepan Arkáditch, abrindo as portinholas da carruagem. — Até mais, que nossos caminhos são diferentes.

Pensando incessantemente em Anna, em todas aquelas conversas tão simples que tivera com ela, e relembrando, ao mesmo tempo, todas as minúcias de sua expressão facial, abrangendo cada vez mais a sua situação e apiedando-se dela cada vez mais, Lióvin voltou para casa.

Tão logo chegou, Kuzmá lhe comunicou que Katerina Alexândrovna estava bem, que as irmãzinhas dela acabavam de ir embora, e depois lhe entregou duas cartas. Foi ali mesmo, na antessala, que Lióvin as leu para não se distrair mais tarde. Uma dessas cartas era de Sokolov, seu feitor. Sokolov escrevera que não podia vender o trigo, pois lhe ofereciam somente cinco rublos e meio, nem tinha mais onde conseguir dinheiro. A outra carta era de sua irmã. Ela admoestava Lióvin por não ter concluído ainda seu pleito.

"Não faz mal: venderemos por cinco rublos e meio, já que não pagam mais", a primeira questão, que antes lhe parecia tão complicada, foi resolvida por Lióvin de imediato e com prodigiosa facilidade. "É de pasmar como estou ocupado aqui, o tempo todo!", pensou a respeito da outra carta. Sentiu-se culpado perante sua irmã: realmente, não cumprira até agora a incumbência dela. "Hoje tampouco fui ao tribunal, até porque não tive tempo mesmo." Decidindo então que faria tudo no dia seguinte, foi ver sua esposa. Indo ao seu quarto, recapitulou depressa, em sua memória, todo o dia passado. Todos os eventos daquele dia eram conversas, aquelas conversas que tinha ouvido e das quais tinha participado. Referiam-se todas a tais assuntos que ele nunca teria abordado, caso estivesse sozinho em sua fazenda, mas que se tornavam muito interessantes na cidade. E todas aquelas conversas eram boas; apenas em duas ocasiões é que pareciam um tanto ruinzinhas. Em primeiro lugar, ele dissera algo sobre o lúcio, e depois... havia algo errado nessa terna compaixão que vinha sentindo por Anna.

Lióvin encontrou sua mulher tristonha e entediada. O almoço das três irmãs fora muito alegre, porém mais tarde elas esperaram por ele, esperaram tomadas de tédio, e eis que as irmãs foram embora e Kitty ficou sozinha.

— Pois bem, e tu mesmo fizeste o quê? — perguntou ela, notando que o olhar do marido estava algo singular, suspeitamente brilhante. Ainda assim, para não o impedir de contar tudo, ocultou-lhe seu interesse e, com um sorriso de aprovação, passou a escutá-lo narrar o que fizera naquela noite.

— Bom... fiquei muito feliz ao encontrar Vrônski. Foi bem fácil lidar com ele. Vê se me entendes: tentarei, a partir de agora, nunca mais vê-lo, contanto que deixemos esse constrangimento todo para trás — disse Lióvin e, lembrando que, decidido a nunca mais ver Vrônski, fora imediatamente ver Anna, ruborizou-se. — Nós cá dizemos que o povo anda bebendo, só que não sei quem bebe mais: o povo ou esta classe nossa. O povo bebe, pelo menos, nas festas, mas...

Mas Kitty não se interessava pelo seu raciocínio sobre a bebedeira do povo. Viu que ele se ruborizara e quis saber o porquê.

— Está bem... e depois foste aonde?

— Stiva me pediu tanto que fosse visitar Anna Arkádievna...

E, dito isso, Lióvin ficou ainda mais rubro, e aquelas dúvidas de sua visita à casa de Anna ter sido boa ou nem tanto foram sanadas em definitivo. Agora ele sabia que não precisava ter feito isso.

Os olhos de Kitty abriram-se de certo modo estranho e fulgiram, mal Lióvin mencionara o nome de Anna, porém, fazendo um esforço sobre si mesma, ela dissimulou sua emoção e conseguiu iludi-lo.

— Ah, é? — disse apenas.

— Não te zangarás, por certo, com essa visita. Stiva me pediu tanto, e Dolly também queria que eu fosse... — continuou Lióvin.

— Oh, não — respondeu Kitty, mas ele viu em seus olhos aquele esforço que infligia a si mesma e que não lhe agourava nada de bom.

— Ela é muito gentil e muito, muito infeliz... É uma boa mulher — dizia Lióvin, contando sobre Anna, sobre as suas ocupações e o que mandara dizer à esposa.

— Sim, claro, é muito infeliz — disse Kitty, quando ele terminou. — De quem recebeste a carta?

Ele respondeu de quem e, confiante em seu tom pacífico, foi tirar as roupas.

Quando voltou, encontrou Kitty sentada na mesma poltrona. Quando se achegou a ela, Kitty encarou-o e rompeu a chorar.

— O que tens, o quê? — perguntou ele, sabendo desde já o que era.

— Tu te apaixonaste por aquela mulher asquerosa, ela te enfeitiçou! Vi isso nesses teus olhos. Sim, sim! Aonde é que isso pode levar? Ficaste bebendo naquele clube, bebendo e jogando, e depois foste... foste à casa de quem? Não, vamos embora daqui... Vou embora amanhã.

Lióvin passou muito tempo acalmando sua mulher. Só conseguiu acalmá-la, por fim, quando reconheceu que se submetera àquela sensação de piedade, misturada com o vinho, e cedera à astuciosa influência de Anna. Prometeu, a seguir, que a evitaria. A única confissão que fez com plena sinceridade era que, morando em Moscou havia tanto tempo e não se ocupando de outras coisas senão de conversas, comes e bebes, acabara por cair em desvario. Os cônjuges conversaram até as três horas da madrugada. Foi tão só às três horas que se reconciliaram a ponto de poderem dormir.

## XII

Ao despedir-se das suas visitas, Anna não se sentou, mas se pôs a andar pelo quarto, de lá para cá. Embora tivesse passado a noite inteira fazendo, de modo inconsciente (conforme se comportava, nesses últimos tempos, com quaisquer homens jovens), todo o possível para provocar em Lióvin um sentimento de amor por ela e soubesse que conseguira provocar tal sentimento na medida em que isso era viável em relação a um homem casado, honesto, e numa noite só, embora tivesse gostado muito de Lióvin (apesar daquele brusco contraste que existia, do ponto de vista masculino, entre Vrônski e Lióvin, ela, como mulher, vislumbrava neles aquele traço comum pelo qual Kitty também se apaixonara tanto por Vrônski quanto por Lióvin), cessou de pensar nele assim que o viu sair porta afora.

Era a mesma, se bem que tivesse diversas aparências, a ideia constante que a perseguia agora. "Se posso influenciar assim os outros, inclusive aquele homem casado que ama sua mulher, então por que ele me trata com tanta frieza? Aliás, não é que me trate com frieza: ele me ama, sei disso. Existe, porém, algo novo que nos separa agora. Por que ele não está aqui, a noite toda? Teria mandado Stiva dizer que não podia deixar Yachvin e tinha de observar o jogo dele. Que tipo de criança seria aquele Yachvin? Suponhamos que seja verdade: ele nunca mente. Mas há, nessa verdade, algo diferente. Ele se entusiasma com o ensejo de me mostrar que tem outros deveres também. Sei disso, concordo com isso. Mas para que me provar isso? Ele quer provar que seu amor por mim não deve restringir sua liberdade. Só que eu não preciso de provas, preciso de amor. Ele deveria compreender quão penosa tem sido esta minha vida, aqui em Moscou. Será que estou vivendo? Não estou vivendo, mas esperando pelo desfecho que se adia o tempo todo. Outra vez não tive resposta! E Stiva diz que não pode ir ver Alexei Alexândrovitch. E eu mesma não posso escrever de novo para ele. Não consigo fazer nada, nem começar nada, nem mudar nada: assim me retenho, fico esperando, inventando diversões — a família daquele inglês, a escrita, a leitura —, mas tudo isso não passa de um engodo, é a mesma coisa que minha morfina. Ele deveria ter pena de mim", dizia, sentindo as lágrimas de piedade por si mesma brotarem em seus olhos.

Ouviu Vrônski tocar impetuosamente a campainha e apressou-se a enxugar essas lágrimas; não só enxugou as lágrimas, mas se sentou junto de um candeeiro e abriu um livro, fingindo que estava calma. Precisava mostrar-lhe que estava descontente por ele não ter voltado antes, conforme prometera, mostrar-lhe apenas seu descontentamento, mas, de maneira alguma, seu pesar e, sobretudo, sua autopiedade. Ela podia condoer-se de si mesma, porém ele não podia ter pena dela. Não queria lutar, censurava seu amante por estar disposto à luta, mas eis que se dispunha involuntariamente a enfrentá-lo.

— Não ficaste entediada, ficaste? — disse Vrônski, risonho e animado, ao aproximar-se dela. — Que paixão terrível é o jogo!

— Não fiquei entediada, não; aliás, já faz tempo que aprendi a não me entediar. Stiva esteve aqui e Lióvin também.

— Sim, eles queriam visitar-te. Pois então, gostaste de Lióvin? — perguntou ele, sentando-se ao seu lado.

— Muito. Eles acabaram de sair. E o que fez Yachvin?

— Começou ganhando dezessete mil. Chamei por ele. Yachvin já estava para ir embora de lá, mas voltou... e agora está quebrado.

— Então por que é que ficaste lá? — questionou Anna e, de repente, ergueu os olhos. A expressão de seu rosto era fria e malévola. — Disseste para Stiva que te detinhas para levar Yachvin embora. Mas acabaste por deixá-lo ali.

A mesma expressão fria, a de quem estivesse pronto para a luta, transpareceu igualmente no rosto dele.

— Primeiro, não pedi que ele dissesse coisa alguma para ti; segundo, nunca minto. E, o principal, quis ficar lá e fiquei — disse Vrônski, sombrio. — Por que, Anna, por quê? — prosseguiu após um minuto de silêncio, inclinando-se em sua direção e abrindo a mão na esperança de Anna colocar sua mão sobre ela.

Anna gostou dessa terna proposta. Contudo, uma estranha força maliciosa não a deixava entregar-se ao seu desejo, como se as regras da luta não lhe permitissem a rendição.

— É claro que quiseste ficar e ficaste. Andas fazendo tudo quanto quiseres. Mas por que me dizes isso? Por quê? — dizia ela, cada vez mais exaltada. — Será que alguém contesta os teus direitos? Só que tu queres ter sempre razão: então tem!

A mão dele tornou a cerrar-se; ele se inclinou para trás, e seu rosto tomou uma expressão ainda mais teimosa do que antes.

— Para ti, é uma questão de teimosia — disse ela, mirando-o com atenção e, de improviso, achando o nome daquela expressão facial que a irritava tanto —, exatamente de teimosia. Insistes em ser vencedor comigo, mas eu... — Anna sentiu outra vez pena de si mesma e, por pouco, não desandou a chorar. — Se soubesses de que se trata para mim! Quando eu sinto, como agora, que tu me tratas com hostilidade, justo com hostilidade... se soubesses o que isso significa para mim! Se soubesses como fico próxima de uma desgraça nesses momentos, que medo tenho de mim, de mim mesma! — Virou-lhe as costas para que não a visse em prantos.

— Mas de que estamos falando? — perguntou ele, amedrontado com essa manifestação de seu desespero. Voltou a inclinar-se para ela, pegou-lhe a mão e beijou-a. — Por quê? Será que procuro diversões fora de casa? Será que não evito a companhia de outras mulheres?

— Oh, sim! — retorquiu ela.

— Então diz o que devo fazer para que fiques tranquila! Estou pronto a fazer qualquer coisa para te tornar feliz — disse Vrônski, comovido com seu desespero. — O que não faria para te livrar desses pesares, como agora, Anna! — arrematou.

— Não é nada, nada! — disse ela. — Nem eu mesma sei se é por causa dessa vida solitária ou dos nervos... Está bem, não vamos mais falar disso. Como foi a corrida de cavalos? Não me contaste ainda — continuou, buscando dissimular seu júbilo por tê-lo vencido apesar de tudo.

Vrônski mandou servir a ceia e passou a narrar-lhe os pormenores da corrida, mas, pelo seu tom e pelos olhares que se tornavam cada vez mais frios, Anna percebeu que não lhe perdoara essa vitória, que a mesma teimosia contra a qual ela havia lutado dominava-o novamente. Agora seu tratamento era mais frio do que antes: ele parecia arrependido de ter-se deixado vencer. E, relembrando aquela frase que lhe trouxera a vitória, notadamente "Estou à beira de uma desgraça horrível e tenho medo de mim mesma!", ela compreendeu que sua arma era perigosa e que não se poderia usá-la de novo. Ao mesmo tempo, sentiu que se arraigara entre eles, ao lado do amor que os ligava, o espírito maligno de uma luta obstinada, que não conseguia mais expulsar do coração de seu amante nem, menos ainda, do seu próprio coração.

## XIII

Não há condições a que uma pessoa não possa acostumar-se, principalmente se vir todos os seus próximos viverem da mesma maneira. Lióvin nem teria acreditado, três meses antes, que conseguiria adormecer tranquilamente nas condições em que vivia agora, ou seja, que levando uma vida inútil e desregrada, gastando, para completar, demais da conta, depois de uma bebedeira (não tinha outros termos para denominar o ocorrido no clube) e daquele desastrado encontro amigável com o homem pelo qual sua esposa estivera outrora apaixonada, depois de uma visita, ainda mais desastrada, à casa de uma mulher que não poderia chamar senão de perdida, depois de se sentir instantaneamente atraído por aquela mulher e magoar sua esposa, conseguiria adormecer tranquilamente em tais condições. Todavia, cedendo ao influxo do cansaço, da noite insone e do vinho que bebera, mergulhou num sono profundo e sereno.

Às cinco horas, foi acordado pelo ranger da porta aberta. Sobressaltado, olhou ao redor. Kitty não estava na cama ao seu lado. Entretanto, uma luz se movia detrás do tabique, e Lióvin ouvia os passos de sua mulher.

— O que há?... O quê? — balbuciou, sonolento. — Kitty! O que tens?

— Nada — respondeu ela, saindo de trás do tabique com uma vela na mão. — Nada. Estive indisposta — disse, com um sorriso especialmente meigo e significativo.

— O que é? Começou, começou? — perguntou ele, assustado. — Temos de chamar o médico! — E começou a vestir-se às pressas.

— Não, não — disse ela, sorrindo e retendo-o com a mão. — Não é nada, com certeza. Apenas fiquei um pouco indisposta. Mas já passou.

E, achegando-se à cama, ela apagou a vela, deitou-se e permaneceu em silêncio. Embora achasse suspeitos aquele silêncio de sua mulher, que parecia prender a respiração, e, sobretudo, aquela singular expressão de ternura e excitação com que ela lhe dissera "Não é nada" ao sair de trás do tabique, estava com tanto sono que logo adormeceu outra vez. Só mais tarde é que se lembrou da sua respiração silenciosa e compreendeu tudo o que se passava em sua alma, tão amada e preciosa, enquanto Kitty, imóvel à espera do evento mais importante na vida de uma mulher, estava deitada ao lado dele.

Foram sua mão, que lhe tocou o ombro, e seu sussurro que o despertaram às sete horas. Lamentando ter de acordá-lo e querendo falar com ele, Kitty parecia relutante.

— Kóstia, não te assustes. Não é nada. Mas parece que... Temos de chamar Lisaveta Petrovna.

A vela estava acesa de novo. Sentada na cama, Kitty segurava o tricô de que se ocupava nesses últimos dias.

— Não te assustes, por favor, não é nada. Não tenho medo, nem um tantinho — disse, ao ver o rosto assustado de seu marido, e apertou a mão dele ao seu peito, depois aos seus lábios.

Ele pulou da cama, apressado, sem sentir seu próprio corpo nem despregar os olhos dela, pôs o roupão e parou sem cessar de mirá-la. Precisava sair do quarto, mas não conseguia distanciar-se do seu olhar. Por mais que amasse aquele rosto e conhecesse as expressões e os olhares de Kitty, ainda nunca a vira assim. Imaginava ser tão abjeto e repugnante aos seus olhos, mal recordava a mágoa que lhe causara na véspera, ao perceber como ela estava agora! Seu rosto corado, emoldurado pelos cabelos macios, espetados sob a touca de dormir, irradiava alegria e coragem.

Por menos afetada e convencional que fosse, em geral, a índole de Kitty, Lióvin se quedou, ainda assim, estarrecido ante o que se desnudava agora em sua frente, agora que todos os véus estavam tirados de vez e o próprio cerne da alma brilhava nos olhos dela. E essa mulher que ele amava chegava a revelar-se ainda mais em sua simplicidade nua e crua. Kitty o fitava sorrindo; de súbito, sua sobrancelha tremelicou, ela ergueu a cabeça e, achegando-se depressa ao marido, pegou-lhe a mão e apertou-se toda a ele, banhando-o em sua respiração quente. Estava sofrendo e parecia queixar-se a Lióvin de seus sofrimentos. E no primeiro momento Lióvin achou, por hábito, que a culpa fosse dele. Havia, porém, uma ternura no olhar de Kitty, e essa ternura significava que ela não apenas não o censurava, mas o amava por tais sofrimentos. "Se não for eu, então quem é culpado disso?", pensou ele involuntariamente, buscando pelo culpado desses sofrimentos para castigá-lo, mas não encontrou culpado algum. Talvez se pudesse apenas, na ausência do culpado, ajudá-la, fazer que não sofresse mais, porém nem isso era possível ou necessário. Ela sofria, queixava-se e triunfava de seus sofrimentos, e alegrava-se com eles e até mesmo os amava. Lióvin percebia que se operava, na alma de sua mulher, algo belo, mas não conseguia compreender o que era. Aquilo estava acima da sua compreensão.

— Mandei avisar a *maman*. E tu vais logo buscar Lisaveta Petrovna... Kóstia!... Não é nada, já passou.

Afastando-se dele, Kitty tocou a campainha.

— Bem, agora podes ir, que Pacha está chegando. Não estou mal.

Pasmado, Lióvin a viu pegar outra vez o tricô, que havia trazido à noite, e recomeçar a tricotar.

Enquanto Lióvin saía por uma porta, ouviu uma criada entrar pela outra. Parou ao lado da porta e ouviu Kitty dar ordens detalhadas àquela criada e deslocar, auxiliada por ela, a cama de casal.

Ele se vestiu e, ao passo que atrelavam os cavalos, porquanto os cocheiros ainda não tinham chegado, correu de novo ao quarto, e não correu nas pontas dos pés, mas, pelo que lhe pareceu, como quem tivesse asas. Duas criadas estavam lá, empenhando-se em mudar algum móvel de lugar; Kitty andava pelo quarto e tricotava, juntando depressa as malhas, e dava ordens.

— Já vou buscar o doutor. Mandei trazer Lisaveta Petrovna, mas vou passar pela casa dela também. Será que precisas de mais alguma coisa? Sim, e Dolly?

Kitty olhou para ele sem escutar, aparentemente, o que lhe dizia.

— Sim, sim. Vai, vai — respondeu rapidamente, franzindo o sobrolho e agitando a mão.

Lióvin já passava pela sala de estar, quando um gemido súbito e queixoso, logo interrompido, ressoou no quarto. Parado, ele precisou de tempo para entender quem gemera.

"Sim, foi ela", disse consigo e, segurando a cabeça, precipitou-se escada abaixo.

— Piedade, Senhor: perdoai, ajudai! — repetia as palavras que repentinamente surgiam em seus lábios. E não repetia essas palavras, descrente que era, tão só com os lábios. Agora, nesse exato momento, sabia que nem todas as suas dúvidas nem mesmo a própria impossibilidade racional de ter fé, da qual ele estava consciente em seu íntimo, nem por sombras o impediam de se dirigir a Deus. Agora tudo isso se desprendia, igual às cinzas que caem, da sua alma. A quem mais se dirigiria, senão Àquele em cujas mãos se encontravam, pelo que sentia, ele mesmo, sua alma e seu amor?

O cavalo não estava ainda pronto, e foi então que, apercebendo-se da singular tensão de suas forças físicas e mentais em face daquilo que lhe cumpria fazer, não esperou mais, a fim de não gastar sequer um minuto em vão, mas saiu de casa a pé e mandou Kuzmá ir atrás dele.

Cruzou, na esquina da rua, com um carro de aluguel que vinha apressado. Era Lisaveta Petrovna que estava sentada, com seu *salope*[35] de veludo e um lenço a envolver a cabeça, no pequeno trenó. "Graças a Deus, graças a Deus!", murmurou ele, jubiloso por reconhecer aquele rostinho emoldurado pelos cabelos louros cuja expressão estava agora tão séria que parecia mesmo severa. Não mandou o cocheiro parar, mas foi correndo ao lado do trenó.

— Só umas duas horas? Não mais do que isso? — perguntou ela. — O senhor vai encontrar Piotr Dmítritch em casa, somente não o apresse. E traga ópio da farmácia.

— Pois a senhora acha que ela ficará bem, não acha? Perdoai-nos, Senhor, ajudai-nos! — gaguejou Lióvin, avistando seu cavalo, que passava pelo portão. Saltando ao trenó, sentou-se ao lado de Kuzmá e mandou ir à casa do médico.

---

[35] Espécie de largo manto feminino (corruptela do arcaico termo francês).

# XIV

O médico ainda estava dormindo, e seu lacaio disse que "se deitara tarde e não mandara acordá-lo, mas se levantaria em breve". Esse lacaio limpava os vidros dos candeeiros e parecia todo absorto nisso. A princípio, Lióvin ficou surpreso com tanta atenção do lacaio aos vidros e tanta indiferença ao que se passava, porém logo mudou de ideia e compreendeu que ninguém conhecia seus sentimentos, nem tinha a obrigação de conhecê-los, cumprindo-lhe, portanto, agir mais calma, ponderada e resolutamente ainda para atravessar esse paredão da indiferença e alcançar sua meta. "Não me apressar nem perder nada de vista", dizia Lióvin consigo mesmo, sentindo suas forças físicas e mentais aumentarem em vista de tudo quanto ia fazer.

Ciente de que o doutor não se levantara ainda, Lióvin recapitulou diversos planos que lhe vinham à mente e escolheu o seguinte: mandar Kuzmá, com um bilhete, buscar outro médico e logo ir comprar ópio numa farmácia, e, caso o doutor continuasse dormindo quando ele tivesse voltado, subornar o lacaio ou então forçá-lo, se porventura teimasse, a acordar o doutor sem dó nem piedade.

O magro farmacêutico que lacrava, ali na farmácia, uns remédios em pó para um cocheiro que estava esperando, e fazia isso com a mesma indiferença do lacaio a limpar os vidros, recusou-lhe o ópio. Tentando não se apressar nem se exaltar, Lióvin citou os nomes do médico e da parteira, explicou o motivo pelo qual precisava de ópio e começou a exortá-lo. O farmacêutico foi aconselhar-se em alemão e, recebendo, por trás de um tabique, a anuência em vender o ópio, tirou um frasco e um funil, verteu devagar uma dose num recipiente pequeno, colou uma etiqueta, lacrou o recipiente, apesar de Lióvin lhe pedir que não o fizesse, e quis ainda empacotá-lo. Lióvin não conseguiu aguentar isso: arrancou resolutamente o ópio das mãos do farmacêutico e saiu correndo por uma grande porta envidraçada. O doutor continuava dormindo, e o lacaio, agora absorto em desenrolar um tapete, negou-se a acordá-lo. Sem se apressar, Lióvin tirou uma nota de dez rublos e, articulando devagar as palavras, mas não gastando tempo em vão, estendeu essa nota ao lacaio e explicou que Piotr Dmítritch (quão importante e poderoso é que lhe parecia agora esse Piotr Dmítritch, antes tão ínfimo!) prometera atender a qualquer momento, que certamente não ficaria zangado e que o lacaio devia chamá-lo de imediato.

O lacaio concordou, subiu a escada e pediu que Lióvin aguardasse na sala de espera.

Lióvin ouviu o doutor andar e tossir detrás da porta, lavar-se e dizer alguma coisa. Passaram-se uns três minutos, porém Lióvin achou que esperava havia mais de uma hora. Não podia ficar lá parado.

— Piotr Dmítritch, Piotr Dmítritch! — disse, com uma voz suplicante, ao soabrir a porta. — Desculpe-me, pelo amor de Deus. Atenda-me como está. Já faz duas horas que...

— Já vou, já vou! — respondeu uma voz, e Lióvin percebeu, estupefato, que o doutor lhe falava sorrindo.

— Só um minutinho...

— Já vou.

Passaram-se mais dois minutos, enquanto o doutor calçava as botas, e mais dois minutos, enquanto o doutor se vestia e penteava os cabelos.

— Piotr Dmítritch! — Lióvin voltou a falar com a mesma voz lastimosa, mas, nesse momento, o doutor apareceu em sua frente, vestido e penteado. "Essas pessoas não têm consciência", pensou Lióvin. "Ele se penteia lá, e a gente está perecendo!"

— Bom dia! — disse-lhe o doutor, estendendo a mão e como que desafiando Lióvin com sua tranquilidade. — Não se apresse. Pois então?

Tentando ser o mais detalhista possível, Lióvin se pôs a relatar todos os pormenores supérfluos do estado de sua mulher, interrompendo volta e meia seu relato com súplicas para o doutor ir logo com ele.

— Mas não se apresse tanto assim! O senhor sabe que nem precisa de mim, na verdade, só que eu tenho prometido e talvez vá mesmo até sua casa. Seja como for, não há pressa. Sente-se, por favor. Aceitaria um cafezinho?

Lióvin encarou-o, perguntando com esse olhar se o doutor caçoava dele. Contudo, o doutor nem pensava em caçoar.

— Sei disso, sei — comentou, sorrindo —: eu mesmo sou um pai de família, e nós, os maridos, somos a gentinha mais deplorável nesses momentos. Tenho uma paciente... bem, o marido dela se esconde, quando do parto, na cavalariça.

— Mas o que o senhor acha, Piotr Dmítritch? Acha que o êxito pode ser bom?

— Tudo indica que será bom mesmo.

— Pois o senhor vem logo? — indagou Lióvin, olhando com raiva para um criado que vinha trazendo o café.

— Daqui a uma horinha.

— Não, pelo amor de Deus!

— Então me deixe, pelo menos, tomar o café.

O doutor se dispôs a tomar seu café. Ambos ficaram calados.

— Mas como aqueles turcos estão apanhando, hein? O senhor leu o telegrama de ontem? — perguntou o doutor, mastigando um brioche.

— Não aguento mais, não! — exclamou Lióvin, pulando da sua cadeira. — O senhor vem daqui a um quarto de hora, não vem?

— Daqui a meia hora, vou, sim.
— Palavra de honra?

Ao voltar para casa, Lióvin encontrou a princesa; foram juntos até a porta do quarto. A princesa estava para chorar, as mãos dela tremiam. Quando viu Lióvin, abraçou-o e ficou chorando.

— Méu amorzinho, Lisaveta Petrovna, mas como... — disse, segurando a mão de Lisaveta Petrovna, que saíra ao encontro deles com um semblante radioso e preocupado.

— Está indo bem — respondeu ela —, mas peça que ela se deite. Assim ficará mais fácil.

Desde aquele momento em que acordara e compreendera de que se tratava, Lióvin se propunha a trancafiar todos os seus pensamentos e sentimentos, e, sem refletir nem antever nada, sem perturbar sua mulher, mas, pelo contrário, acalmando-a com firmeza e fomentando a coragem dela, a suportar tudo quanto estivesse por vir. Não permitira a si próprio nem pensar no que aconteceria, em como terminaria, mas se preparara no íntimo, ao informar-se sobre a habitual duração disso tudo, para pacientar, refreando seu coração, por umas cinco horas seguidas, o que lhe parecera viável. Mas, quando voltou da casa do médico e viu outra vez os sofrimentos de sua mulher, passou a repetir amiúde "Senhor, perdoai-nos e ajudai-nos!", a suspirar e a olhar para cima, temendo que não suportasse, rompesse a chorar ou simplesmente fugisse. Ficou arrasado. Entretanto, passou-se apenas uma hora.

E eis que se passaram, depois dessa hora, outra hora, e duas horas, e três horas, e finalmente todas as cinco horas definidas como o limite máximo da sua paciência, mas a situação continuava sendo a mesma. E Lióvin pacientava, porquanto não tinha mais nada a fazer senão pacientar, e pensava, a cada minuto, que já havia chegado àquele extremo da paciência e que logo, logo seu coração se partiria de tanto sofrimento compartilhado.

Passavam-se minutos e horas, e outras horas ainda, e suas sensações de sofrimento e de pavor iam crescendo, ficavam cada vez mais intensas.

Todas aquelas condições de vida normais, em cuja ausência não se podia nem imaginar coisa alguma, não existiam mais para Lióvin. Ele não estava mais consciente do tempo. Ora os minutos, aqueles minutos em que ela chamava pelo marido e ele segurava sua mão suada, a qual se cerrava com uma força descomunal e, logo em seguida, repelia a mão dele, transformavam-se em horas, ora as horas se transformavam em minutos. Ficou surpreso ao saber, quando Lisaveta Petrovna lhe disse que acendesse uma vela detrás dos biombos, que já eram cinco horas da tarde. Aliás, se lhe dissessem que eram apenas dez horas da manhã, não se surpreenderia tanto assim. Não sabia onde estivera nesse meio-tempo, tampouco o que ocorrera nem quando.

Via o rosto dela, todo inflamado, que ora exprimia perplexidade e dor, ora ficava sorridente como que para acalmá-lo. Via também a princesa, vermelha e tensa, com os caracóis desfeitos daquela sua cabeleira grisalha, que chorava e se esforçava, mordendo os lábios, para dissimular o choro, via Dolly, via o doutor, que fumava um grosso cigarro após o outro, via Lisaveta Petrovna, cujo rosto estava firme, resoluto e tranquilizador, via o velho príncipe, que andava, de cara sombria, pelo salão. Contudo, não sabia como eles chegavam e partiam, nem onde estavam. A princesa estava ora no quarto, com o doutor, ora no gabinete onde uma mesa fora de repente servida, ou então não era a princesa, mas Dolly. Depois Lióvin se lembrou de ter sido enviado para algum lugar. Mandaram-no, em certo momento, deslocar a mesa e o sofá. Fez tudo com desvelo, pensando que ela necessitava disso, e só mais tarde veio a saber que arrumara a cama para si mesmo. Depois foi mandado para o gabinete, a fim de fazer alguma pergunta ao doutor. O doutor respondeu e logo se pôs a falar da desordem na Duma. Depois o mandaram para o quarto onde estava a princesa, a fim de pegar um ícone adornado de prata dourada, e ele subiu, auxiliado pela velha camareira da princesa, para tirar uma lamparina de cima de um armário, porém a deixou cair, e a camareira tentou acalmá-lo no tocante à sua mulher e à lamparina quebrada, e ele levou o ícone consigo e, colocando-o zelosamente por trás dos travesseiros, fincou-o à cabeceira de Kitty. Contudo, não sabia onde, quando e por que fizera tudo isso. Tampouco entendia por que a princesa lhe segurava a mão e pedia, mirando-o com lástima, que se acalmasse, e Dolly pedia que comesse um pouco, levando-o embora do quarto, e até mesmo o doutor olhava para ele de modo sério e compassivo, propondo que tomasse umas gotinhas.

Sabia e sentia apenas que estava ocorrendo algo semelhante ao que ocorrera um ano antes, naquele hotel da cidade interiorana, no leito de morte de seu irmão Nikolai. Aquilo tinha sido uma desgraça, e isto viria a ser uma alegria, mas tanto aquela desgraça quanto esta alegria estavam igualmente fora de todas as condições de vida normais, como se fossem, no meio de sua vida normal, dois orifícios através dos quais se entremostrava algo supremo. E tudo se fazia da mesma maneira penosa, angustiante, e da mesma maneira inconcebível, ao passo que ele contemplava aquilo supremo, sua alma se alçava a tais alturas que antes nem sequer intuía, onde o juízo não podia mais acompanhá-la.

"Senhor, perdoai-nos e ajudai-nos!", repetia ele, sem parar, em seu âmago, percebendo que, apesar de sua alienação prolongada e aparentemente completa, clamava a Deus tão singelo e confiante como em sua infância e sua primeira juventude.

Tinha, ao longo desse tempo todo, dois humores distintos. Quando não estava com ela, mas com o doutor, que fumava seus grossos cigarros, um após o outro, e apagava-os sobre a borda de um cinzeiro repleto de cinzas, com Dolly e o príncipe, enquanto se discutiam o almoço, a política ou a doença de Maria Petrovna, Lióvin se esquecia repentina e totalmente, por um minuto, do que estava ocorrendo e vinha a sentir-se como quem acordasse; porém, tão logo se via diante de sua mulher, à cabeceira dela, seu coração estava para estourar com o mesmo sofrimento compartilhado, mas não estourava ainda, e ele não cessava de rezar a Deus. E, cada vez que um grito vindo do quarto retirava Lióvin do seu instantâneo olvido, ele se submetia novamente àquele mesmo estranho equívoco que o dominara no primeiro momento; cada vez que ouvia um grito, levantava-se num salto e corria pedir desculpas, mas recordava, pelo caminho, que não tinha culpa alguma e só queria protegê-la, ajudá-la. Então, olhando para ela, percebia de novo que não podia ajudá-la e ficava apavorado e repetia: "Senhor, perdoai-nos e ajudai-nos!". E, à medida que passava o tempo, ambas as emoções se tornavam mais e mais fortes: ainda mais se aquietava, esquecendo-se totalmente dela, quando não estava por perto, ainda mais se afligia a seguir com os sofrimentos de Kitty e sua própria impotência em face deles. Então se levantava de novo, queria fugir para algum lugar e corria ao quarto dela.

Às vezes, quando Kitty voltava a chamar por ele, chegava a acusá-la. Depois, vendo seu rosto resignado e sorridente, ouvindo-a dizer: "Acabei contigo!", passava a acusar Deus, mas, ao lembrar-se de Deus, logo rogava que lhes perdoasse, que se apiedasse deles.

## XV

Ele não sabia se era tarde ou cedo. Todas as velas estavam para se consumir. Dolly acabara de entrar no gabinete, propondo ao doutor que se deitasse. Sentado, Lióvin escutava o doutor falar de um charlatão magnetizador e olhava para as cinzas de seu cigarro. Relaxava por ser um daqueles períodos de repouso. Esquecera-se totalmente do que vinha acontecendo. Escutava as falas do doutor e conseguia compreendê-las. Ouviu-se, de súbito, um grito que não se parecia com nada. Foi tão pavoroso que Lióvin nem sequer pulou da cadeira, mas apenas encarou o doutor sem retomar fôlego, perplexo e assustado. O doutor apurou os ouvidos, inclinando a cabeça para um lado, e sorriu com aprovação. Era tudo tão extraordinário que nada mais espantava Lióvin. "Decerto há de ser assim", pensou ele, ainda sentado. Mas de quem fora aquele grito? Lióvin se levantou, entrou correndo, nas pontas dos pés, no quarto, contornou Lisaveta Petrovna e a princesa, postou-se em seu lugar à cabeceira. O grito se extinguira, mas algo teria mudado. Ele não via, não entendia, nem mesmo queria ver e entender tal mudança, porém se dava conta dela ao fitar o rosto de Lisaveta Petrovna. Esse rosto estava severo, pálido, resoluto como dantes, mas os maxilares tremiam de leve e os olhos se fixavam, atentos, em Kitty.

O rosto de Kitty, inflamado e exausto, com uma madeixa grudada na testa suada, virava-se para ele à procura de seu olhar. As mãos dela estavam erguidas, como se buscassem pelas mãos do marido. Ela agarrou, com suas mãos úmidas, as mãos geladas de Lióvin, ela as apertou ao seu rosto.

— Fica aqui, não saias! Não tenho medo, não tenho! — dizia rapidamente. — Mamãe, pegue meus brincos. Eles me atrapalham. E tu não estás com medo? Logo, logo, Lisaveta Petrovna...

Falava depressa, muito depressa, e tentava sorrir. De chofre, seu rosto se contraiu, ela empurrou o marido.

— Não, é terrível! Vou morrer, vou morrer! Vai embora daqui, sai! — gritou, e foi o mesmo grito que não se parecia com nada.

Segurando a cabeça, Lióvin saiu correndo do quarto.

— Não é nada, nada: está tudo bem! — foi Dolly quem o disse atrás dele.

Ainda assim, dissessem eles lá o que dissessem, Lióvin já sabia que estava tudo perdido. Ficou no quarto vizinho, de pé, apertando a cabeça à ombreira da porta, ouvindo algo que nunca ouvira antes, guinchos e berros, ciente de aquilo que estava berrando ter sido outrora Kitty. Havia muito tempo, não queria mais nenhum filho. Chegava a odiá-lo agora. Nem mesmo queria que ela continuasse a viver: queria apenas que esses sofrimentos atrozes cessassem.

— Doutor! O que é isso, afinal? O que é isso? Meu Deus! — disse, pegando a mão do médico, que entrara.

— Está no fim — respondeu o médico. E seu rosto parecia tão sério, quando ele articulou essa frase, que Lióvin entendeu "está no fim" como "está morrendo".

Perdendo a cabeça, irrompeu no quarto. A primeira coisa que viu foi o semblante de Lisaveta Petrovna, ainda mais sombrio e severo. O semblante de Kitty não existia: era algo horrendo, tanto pelo seu aspecto enrijecido quanto pelo som a jorrar de lá, que se via agora naquele lugar onde estava antes. Lióvin apertou o rosto contra a madeira da cama, sentindo que seu coração estourava. O tétrico grito não se interrompia: ficou ainda mais tétrico e, como se atingisse o derradeiro grau do terror, extinguiu-se subitamente. Lióvin não acreditava em seus ouvidos, porém não tinha como duvidar: o grito não ressoava mais, ouvindo-se agora uma silenciosa azáfama, alguns sussurros e ansiosos suspiros, e eis que a voz dela, entrecortada, mas viva e terna, uma voz feliz, disse baixinho: "Acabou".

Lióvin ergueu a cabeça. Deixando os braços caírem, exânimes, sobre o cobertor, singularmente bela e serena, Kitty o mirava sem dizer nada, queria e não podia sorrir para ele.

E, ao sair repentinamente daquele ambiente misterioso e pavoroso, do outro mundo em que vivera aquelas vinte e duas horas, Lióvin se sentiu passar, num instante, para seu mundo antigo, comum, mas radiante agora de tanta luz nova e feliz que nem conseguiu suportar essa luz. Todas as cordas retesas estavam rompidas. Os soluços e as lágrimas de alegria, pelos quais ele nem por sombras esperara, prorromperam nele com tanta força, sacudindo todo o seu corpo, que o impediram por muito tempo de falar.

Ajoelhado defronte à cama, ele segurava a mão de sua mulher e a levava aos lábios e a beijava, e essa mão lhe retribuía os beijos com um sutil movimento dos dedos. Enquanto isso, lá aos pés da cama, bruxuleava nas mãos hábeis de Lisaveta Petrovna, como uma flâmula a oscilar sobre um candeeiro, a vida de um ser humano que jamais existira antes e que viveria dali em diante, com o mesmo direito e a mesma significância pessoal, e geraria, igual a todos, seus semelhantes.

— Está vivo! Está vivo! E, ainda por cima, é um menino! Não se preocupe! — Lióvin ouviu a voz de Lisaveta Petrovna, cuja mão trêmula dava tapinhas nas costas do recém-nascido.

— Mamãe, é verdade? — perguntou a voz de Kitty. Foram tão só os prantos da princesa que se ouviram em resposta.

E foi em meio àquele silêncio que se ouviu, como uma resposta indubitável à pergunta materna, uma voz bem diferente de todas as outras vozes que conversavam discretamente no quarto. Era um grito corajoso e atrevido que não se importava com nada, o grito de um novo ser humano que viera não se sabia de onde.

Se alguém lhe tivesse dito mais cedo que Kitty morrera, que ele próprio morrera com ela, que seus filhos eram anjos, que Deus estava na frente deles, Lióvin não se teria surpreendido com nada, porém agora, regressando ao mundo real, fazia imensos esforços mentais para compreender que ela estava viva, saudável, e que aquela criatura a guinchar com tanta ânsia era seu filho. Kitty estava viva, seus sofrimentos haviam cessado. E ele sentia uma felicidade inexprimível. Compreendia isso, e isso lhe bastava para a felicidade. E seu filhinho? De onde viera, por que razão, quem seria?... Lióvin não conseguia entendê-lo, ainda não se acostumara a essa ideia. Tomava-a por algo excessivo, descomunal, e precisaria de tempo para aceitá-la.

# XVI

Por volta das dez horas, o velho príncipe, Serguei Ivânovitch e Stepan Arkáditch estavam sentados na casa de Lióvin e, tendo já conversado sobre a parturiente, falavam agora de outras coisas. Lióvin escutava-os e, recordando com tais conversas, de modo involuntário, o ocorrido, o que precedera a essa manhã, recordava também como ele próprio fora na véspera, antes que tudo isso se desse com ele. Parecia-lhe que cem anos haviam transcorrido desde então. Ele se sentia numa altura inalcançável, procurando descer de lá para não magoar seus interlocutores. Enquanto falava, não cessava de pensar em sua mulher, nas minúcias do estado atual dela, no filho recém-nascido, tentando acostumar-se à ideia de que ele existia. Todo o âmbito feminino, que se revestira, aos seus olhos, de um significado novo, ainda ignoto, quando de seu casamento, agora se sublimava tanto em sua mente que ele não conseguia mais abarcá-lo com sua imaginação. Escutava uma conversa sobre o almoço servido no clube, justo no dia anterior, e pensava: "O que ela está fazendo agora, será que adormeceu? Como se sente? Em que pensa? Será que meu filho Dmítri está chorando?". E foi bem no meio dessa conversa, ou melhor, no meio de uma frase que ele se levantou depressa e saiu do quarto.

— Mande que me avisem se posso vê-la — pediu o príncipe.

— Está bem, já mando — respondeu Lióvin e, sem se deter, foi ao quarto de Kitty.

Ela não dormia, mas conversava baixinho com sua mãe, planejando ambas o próximo batizado. Toda arrumada, penteada, com uma bonita touquinha enfeitada de algo azul, estava deitada de costas, colocando os braços sobre o cobertor, e seu olhar, mal se cruzava com o dele, atraía-o para junto da cama. Claro desde sempre, esse olhar clareava ainda mais à medida que ele se aproximava. Seu rosto manifestava aquela mesma transição do terreno ao celestial que transparece no rosto dos finados, só que não era a despedida e, sim, o encontro. Uma emoção semelhante à vivenciada no momento do parto voltou, de repente, a dominar o coração dele. Kitty segurou-lhe a mão e perguntou se tinha dormido. Ele não conseguia responder: apenas se virava, consciente de sua fraqueza.

— E eu cochilei, Kóstia! — disse-lhe Kitty. — E agora estou tão bem! Olhava para ele, mas, de improviso, sua expressão mudou.

— Traga-o para mim — disse, ouvindo o pipilo de seu filhinho. — Traga-o, Lisaveta Petrovna, e ele também o verá.

— É isso aí, que o papai também veja — disse Lisaveta Petrovna, erguendo e trazendo algo estranho, vermelho e oscilante. — Espere, que a gente se arruma primeiro... — E Lisaveta Petrovna colocou aquilo vermelho e oscilante em cima da cama, pôs-se a desembrulhar o neném, depois a embrulhá-lo de novo, levantando-o e virando-o com um só dedo, polvilhando-o com algo.

De olhos naquele ser minúsculo e lastimável, Lióvin se esforçava em vão para encontrar em sua alma, pelo menos, alguns indícios de afeto paterno. Por ora, sentia tão só aversão a ele. Mas, uma vez desnudo, quando surgiram aqueles bracinhos tão finos, aquelas perninhas açafroadas, também com dedinhos e até mesmo com o dedão diferente dos outros dedos, e quando Lióvin viu Lisaveta Petrovna apertar, como duas pequenas molas molinhas, aqueles bracinhos eretos, encerrando-os em roupas de linho, sentiu tamanha pena daquele ser e tamanho medo de ela prejudicá-lo que lhe reteve a mão.

Lisaveta Petrovna desandou a rir.

— Não tenha medo, não tenha medo!

Quando o neném ficou todo enfaixado e transformado num boneco durinho, Lisaveta Petrovna revirou-o, como se estivesse orgulhosa do trabalho feito, e afastou-se para que Lióvin pudesse ver o filho em sua plena beleza.

Sem desviar os olhos, Kitty também o fitava de lado.

— Passe-o para mim, venha! — disse e até mesmo se soergueu na cama.

— O que faz, Katerina Alexândrovna? Não pode fazer isso! Espere aí, que lhe passo o bebê. Mas antes mostraremos ao papai como somos fortinhos!

E Lisaveta Petrovna estendeu a Lióvin, com uma mão só (a outra segurava, com as pontinhas dos dedos, a nuca que se balançava), aquela estranha criatura vermelha e oscilante cuja cabeça se escondia por trás da borda de sua fralda. Ela tinha, porém, o nariz, os olhos enviesadinhos e os lábios a beijocarem.

— Que linda criança! — disse Lisaveta Petrovna.

Angustiado, Lióvin deu um suspiro. Aquela linda criança lhe suscitava apenas lástima e aversão. Era uma sensação bem diferente daquela que ele imaginara. Enquanto Lisaveta Petrovna acomodava o neném sobre o peito da mãe inexperiente, virou-lhe as costas.

De súbito, uma risada fê-lo erguer a cabeça. Era Kitty que ria. O neném mamava em seu peito.

— Chega, hein, chega! — dizia Lisaveta Petrovna, mas Kitty não o soltava. O filho adormeceu em seu colo.

— Agora olha — disse Kitty, colocando o neném de modo que Lióvin pudesse vê-lo. De chofre, aquela carinha que parecia senil ficou ainda mais enrugada, e eis que o neném espirrou.

Sorrindo, esforçando-se para conter as lágrimas de enternecimento, Lióvin beijou sua mulher e saiu do quarto escuro.

O que estava sentindo por aquela criaturinha não era o que antevira. Não havia nenhuma alegria nem satisfação em seu sentimento: pelo contrário, era um novo temor que o afligia. Estava consciente dessa nova área de sua vulnerabilidade. E essa consciência era tão pungente, logo de início, seu medo de que a frágil criaturinha pudesse ser prejudicada era tão forte que não se percebia, por causa deles, a estranha sensação de absurdo regozijo e mesmo de orgulho que Lióvin experimentara ao ver o neném espirrar.

## XVII

Os negócios de Stepan Arkáditch iam de mal a pior.

Dois terços do dinheiro ganho com vendas de madeira já haviam sido gastos, e ele cobrava do comprador adiantado, com dez por cento de desconto, quase todo o valor do último terço. Tal comprador não lhe pagava mais, visto que até mesmo Dária Alexândrovna reclamara nesse mesmo inverno, pela primeira vez e às claras, o direito de usufruir do seu patrimônio e assim se negara a assinar o contrato referente à venda do último terço daquela madeira. Todo o salário se gastava com as despesas caseiras e o pagamento de várias pequenas dívidas que nunca se saldavam. Destarte, não sobrava mais dinheiro algum.

Isso era desagradável, vergonhoso e, na visão de Stepan Arkáditch, não devia perdurar. A causa disso, segundo imaginava, consistia em seu ordenado ser exíguo demais. O cargo que ele exercia fora, por certo, excelente havia cinco anos, mas agora não o satisfazia como dantes. Petrov, o diretor de um banco, apurava doze mil; Sventítski, um dos acionistas, dezessete mil; Mítin, que fundara aquele banco, cinquenta mil de renda. "É óbvio que fiquei dormindo e que eles se esqueceram de mim!", raciocinava Stepan Arkáditch com seus botões. Passou a bisbilhotar, prestando muita atenção, e conseguiu encontrar, pelo fim do inverno, outro cargo excelente. Assaltou-o, primeiro, sem sair de Moscou, por intermédio de suas tias, de seus tios e companheiros, e depois, quando a ideia já estava amadurecida, foi para Petersburgo pessoalmente, logo em princípios da primavera. Era um daqueles cargos de todos os portes que garantem entre mil e cinquenta mil de renda anual e são mais numerosos, hoje em dia, do que eram antes as sinecuras favoráveis à propina, o de membro comissionado da Agência Conjunta do Balanço de créditos recíprocos das Ferrovias Meridionais[36] e das respectivas casas bancárias. Igual a todos os cargos do mesmo tipo, esse cargo presumia conhecimentos tão amplos e atividades tão intensas que seria difícil uma só pessoa abrangê-los todos. E,

---

[36] Alusão irônica às numerosas corporações, de nomes altissonantes e utilidade duvidosa, que surgiam ao passo que se desenvolvia o capitalismo russo, contribuíam para uma desenfreada especulação na Bolsa e faliam logo em seguida.

como não havia ninguém que possuísse todas essas qualidades, seria melhor, em qualquer caso, que tal cargo não fosse exercido por um homem esperto e, sim, por um homem honesto. Quanto a Stepan Arkáditch, era não apenas um homem honesto (em letras comuns), mas também um homem *honesto* (em letras itálicas), com aquela conotação especial que essa palavra adquire em Moscou, quando dizem: "estadista honesto, escritor honesto, jornal honesto, instituição honesta, corrente honesta" no sentido de que tal pessoa ou instituição não apenas não são desonestas, mas podem, numa ocasião propícia, alfinetar o governo. Stepan Arkáditch frequentava, lá em Moscou, tais meios onde essa palavra era usada e, considerado um homem *honesto*, tinha maiores chances de obter o cargo em questão do que os demais pretendentes.

Esse cargo traria de sete a dez mil rublos por ano, e Oblônski poderia exercê-lo sem desistir da sua função no serviço público. Dependia de dois ministros, de uma dama e de dois judeus, cumprindo a Stepan Arkáditch, embora todas essas pessoas já estivessem preparadas, visitá-las em Petersburgo. Além do mais, ele prometera à sua irmã Anna que receberia de Karênin uma resposta definitiva acerca do divórcio. Então, pedindo que Dolly lhe emprestasse cinquenta rublos, partiu para Petersburgo.

Sentado no gabinete de Karênin, escutando-o ler um memorando sobre os motivos do estado precário das finanças russas, Stepan Arkáditch esperava apenas pelo fim dessa leitura para falarem de seu próprio assunto e de Anna.

— Sim, é muito justo — disse, quando Alexei Alexândrovitch tirou o *pince-nez*, sem o qual não conseguia agora ler, e fixou um olhar interrogativo em seu ex-cunhado —; isso é muito justo no que concerne aos detalhes, mas, ainda assim, o princípio de nossa época é a liberdade.

— Sim, mas estou defendendo outro princípio, que inclui o da liberdade também — disse Alexei Alexândrovitch, ressaltando a palavra "inclui" e pondo o *pince-nez* de volta a fim de reler, para seu ouvinte, uma passagem que se referia a tanto.

Ao revolver o manuscrito, de caligrafia bonita e margens enormes, voltou a ler aquela passagem convincente.

— Estou contra o sistema protecionista, mas não em benefício de alguns particulares e, sim, para que o bem-estar geral das classes inferiores e superiores seja assegurado de igual maneira — comentou, mirando Oblônski por cima do seu *pince-nez*. — Mas eles não conseguem entender isso: andam ocupados tão só com os interesses pessoais e gostam de frases bombásticas.

Stepan Arkáditch sabia que, quando Karênin passava a falar das ações e ideias "deles", ou seja, de quem não queria aceitar seus projetos e era a razão principal de todas as mazelas da Rússia, estava prestes a terminar; portanto, consentiu logo e de bom grado em abrir mão do princípio da liberdade e concordou plenamente com ele. Alexei Alexândrovitch se calou, folheando, todo meditativo, seu manuscrito.

— Ah, sim, a propósito — disse Stepan Arkáditch —: queria pedir, qualquer dia desses, que você trocasse com Pomórski, se acaso o encontrasse, uma palavrinha, dizendo que eu gostaria muito de ocupar aquele novo cargo de membro comissionado da Agência Conjunta do Balanço de créditos recíprocos das Ferrovias Meridionais.

Já se familiarizara com o nome do cargo, que era tão precioso ao seu coração, e costumava pronunciá-lo sem erros e bastante rápido.

Ao indagar-lhe em que consistiam as tarefas dessa nova instituição, Alexei Alexândrovitch ficou pensativo. Cismava se não havia, dentre as atividades dela, algo contrário aos seus próprios planos. Mas, posto que as atividades dessa nova instituição eram por demais complexas e os projetos dela abarcavam uma área muito vasta, não conseguiu entendê-lo na hora e, tirando o *pince-nez*, disse:

— É claro que posso falar com ele... Mas por que é que você mesmo deseja obter esse cargo?

— Os vencimentos são bons, até nove mil rublos, e meus recursos aqui...

— Nove mil — repetiu Alexei Alexândrovitch, carregando o cenho. A alta cifra dos vencimentos lembrou-o de que, por esse lado, as pretensas atividades de Stepan Arkáditch contrariariam o principal objetivo de seus projetos, sempre tendentes à parcimônia. — Eu acho, e já escrevi uma nota a respeito disso, que tais vencimentos exorbitantes representam, em nossos dias, os indícios da falsa *assiette*[37] econômica de nossa gestão.

— Mas o que você quer? — retorquiu Stepan Arkáditch. — Pois bem, suponhamos que o diretor de um banco receba dez mil: é que vale tanto. Ou, digamos, um engenheiro ganha vinte mil... A vida é assim, queira ou não!

— Acredito que o salário é o valor pago por certa mercadoria, e esse valor deve ser sujeito à lei de demanda e oferta. E se porventura o salário se distanciar dessa lei, como, por exemplo, quando eu vejo dois engenheiros saírem da mesma faculdade, ambos igualmente instruídos e competentes, e um deles passar a ganhar quarenta mil, enquanto o outro se contentar com dois mil, ou quando as companhias promovem a diretores de bancos, com vencimentos descomunais, todos aqueles advogados ou hussardos que não têm nenhum conhecimento específico, eu chego à conclusão de que o salário não é definido conforme a lei de demanda e oferta, mas com evidente parcialidade. E há nisso um abuso, significativo por si só e capaz de influenciar negativamente o serviço público. Acredito que...

---

[37] Base de cálculo (em francês).

Stepan Arkáditch se apressou a interromper o discurso do ex-cunhado.

— Sim, mas veja se concorda: uma instituição nova e, sem dúvida, útil está para ser instaurada. Queira ou não, a vida é assim! O que se preza em especial é que o negócio seja gerido de forma *honesta* — disse Stepan Arkáditch, grifando a última palavra em itálico.

Todavia, essa conotação moscovita do termo "honesto" era incompreensível para Alexei Alexândrovitch.

— A honestidade é apenas uma qualidade negativa — disse ele.

— Ainda assim, você me prestaria um favor dos grandes — insistiu Stepan Arkáditch —, se dissesse uma palavrinha a Pomórski. Sem compromisso, no meio de uma conversa...

— Pois isso depende mais de Bolgárinov, pelo que me parece — respondeu Alexei Alexândrovitch.

— Bolgárinov, por sua parte, está de pleno acordo — disse Stepan Arkáditch, corando.

Corou após tal menção a Bolgárinov por ter ido, na mesma manhã, visitar aquele judeu e guardado uma lembrança desagradável de sua visita. Stepan Arkáditch sabia, com toda a certeza, que o negócio ao qual pretendia dedicar-se era novo, dinâmico e honesto, porém nessa manhã, quando Bolgárinov o fizera, obviamente de propósito, passar duas horas esperando por ele em sua antessala, ao lado de outros requerentes, sentira-se de improviso acabrunhado.

Achara, quiçá, vergonhoso que ele, um descendente de Riúrik, o príncipe Oblônski, tivesse esperado por duas horas na antessala de um *jid*,[37] ou então que já não seguisse apenas o exemplo dos ancestrais, servindo ao governo, mas ingressasse, pela primeira vez na vida, numa área nova, mas se sentira deveras acabrunhado. Ao longo dessas duas horas passadas à espera de Bolgárinov, ficara andando, todo desenvolto, pela antessala, alisando as suas suíças, puxando conversas com outros requerentes e inventando um trocadilho de como esperava pelo *jid*, mas se empenhando, de fato, em esconder sua sensação dos outros e mesmo de si próprio.

Fosse qual fosse essa sensação, ficara o tempo todo envergonhado e aborrecido, sem ele mesmo saber por que motivo: porque seu trocadilho não dava certo: "Esperei pelo judeu, mas o *jid* se escafedeu"[38] ou porque outras coisas davam errado. E quando, no fim das contas, Bolgárinov o recebera com uma cortesia extraordinária, visivelmente rejubilado pela sua humilhação, e por

---

[38] Apelido pejorativo dos judeus na Rússia.
[39] Consta do original um jogo de palavras intraduzível, tendo o verbo russo "esperar, aguardar" (дожидаться) e o substantivo "jid" (жид) a mesma raiz.

pouco não lhe negara o pedido, Stepan Arkáditch se apressara a esquecê-lo o mais depressa possível. E só agora, ao lembrar-se disso, é que corou.

## XVIII

— Agora tenho outro assunto, e você sabe qual é. Trata-se de Anna — disse Stepan Arkáditch após uma breve pausa, ao rechaçar essa impressão desagradável.

Tão logo Oblônski pronunciou o nome de Anna, o semblante de Alexei Alexândrovitch mudou por inteiro: ficou lívido e passou a exprimir cansaço em vez da recente animação.

— O que é que o senhor quer de mim? — disse ele, virando-se em sua poltrona e fechando o *pince-nez* no intercílio.

— Alguma decisão, Alexei Alexândrovitch, qualquer decisão que seja. Agora não me dirijo a você ("como a um esposo ofendido" — queria dizer Stepan Arkáditch, mas, receando que estragasse a negociação toda com isso, optou por outras palavras) como a um homem de Estado (o que não veio a calhar), mas como a um homem, simplesmente, um homem bondoso e um cristão. Você tem de se condoer dela — arrematou.

— Por que me condoeria? — disse baixinho Karênin.

— Tem de se condoer, sim. Caso você a visse, igual a mim (é que passei o inverno todo com ela), sentiria muita pena. A situação de Anna é horrível, exatamente horrível.

— Pois eu achava — respondeu Alexei Alexândrovitch, com uma voz sobremodo fina, quase guinchante — que Anna Arkádievna tivesse tudo quanto quisesse ter.

— Ah, Alexei Alexândrovitch, pelo amor de Deus, não vamos recriminá-la! O que se passou já se foi, e você sabe o que ela deseja e aguarda: é o divórcio.

— Mas eu supunha que Anna Arkádievna desistisse do divórcio se eu lhe impusesse a obrigação de deixar nosso filho comigo. Essa foi minha resposta, e pensei que o assunto estivesse esgotado. Aliás, dou-o por esgotado! — guinchou Alexei Alexândrovitch.

— Mas, pelo amor de Deus, não se exalte — disse Stepan Arkáditch, tocando no joelho do ex-cunhado. — O assunto não está esgotado. Se me permitir que o recapitule, aconteceu o seguinte: quando de sua separação, você foi tão magnânimo quanto se pode sê-lo. Você concedeu tudo a ela: a liberdade e até mesmo o divórcio. E ela valorizou aquele feito seu. Não duvide, não: valorizou, com certeza! A ponto que, naqueles primeiros momentos, não refletiu nem pôde refletir, por se sentir culpada perante você, em todas as consequências. Então abriu mão de tudo. Só que a realidade e o tempo mostraram como a situação dela era penosa e insustentável.

— A vida de Anna Arkádievna não pode interessar a mim — interrompeu-o Alexei Alexândrovitch, erguendo as sobrancelhas.

— Permita-me que não acredite — objetou, mansamente, Stepan Arkáditch. — A situação dela é penosa sem nenhum benefício para quem quer que seja. Você dirá que ela mereceu isso. Anna sabe disso e não fica pedindo, mas diz abertamente que não se atreve a pedir nada. Só que eu mesmo e todos nós, todos os próximos que a amamos, nós lhe pedimos e lhe imploramos! Por que ela está sofrendo? Quem é que ganha com isso?

— Espere aí: parece que o senhor me coloca na posição de réu — disse Alexei Alexândrovitch.

— Mas não, não é isso, nem um pouquinho, veja se me entende — prosseguiu Stepan Arkáditch, tocando dessa vez no braço do ex-cunhado, como se estivesse seguro de seus toques poderem abrandá-lo. — Só digo uma coisa: a situação dela é penosa, e você pode aliviá-la sem perder nada. Vou arranjar tudo de tal maneira que nem repare... É que você prometeu!

— Aquela promessa foi feita antes. E eu achava que a questão de nosso filho resolvesse o problema. Além disso, esperava que Anna Arkádievna fosse magnânima o suficiente para... — Alexei Alexândrovitch estava pálido e falava a custo, seus lábios tremiam.

— E ela confia plenamente em sua magnanimidade. Ela pede, implora que faça uma só coisa, que a tire daquela situação insustentável em que permanece. Nem pede mais que lhe devolva o filho. Você é um homem bondoso, Alexei Alexândrovitch. Ponha-se, por um instante, no lugar dela. A questão do divórcio é, naquela situação de Anna, uma questão de vida ou morte. Não fosse aquela promessa sua, ela teria aceitado a situação, teria ficado lá na fazenda. Mas você prometeu, ela escreveu para você e veio morar em Moscou. E eis que está morando em Moscou, onde cada encontro é como uma facada no coração para ela, há seis meses, esperando dia após dia pela sua decisão. Pois é o mesmo que manter um condenado à morte, meses e meses, com a corda no pescoço, prometendo que talvez morra mesmo ou talvez venha a ser poupado. Tenha piedade dela, e depois eu me encarrego de arranjar tudo de tal maneira... *Vos scrupules...*[40]

— Não estou falando disso, disso não... — interrompeu-o, com asco, Alexei Alexândrovitch. — Mas pode ser que tenha prometido algo que não tinha o direito de prometer.

— Então se nega a cumprir sua promessa?

---

[40] Seus escrúpulos (em francês).

— Jamais me neguei a cumprir uma promessa possível, mas gostaria de ter tempo para ponderar até que ponto ela é possível.

— Não, Alexei Alexândrovitch! — Ao levantar-se com ímpeto, Oblônski rompeu a falar. — Não quero acreditar nisso! Ela é tão infeliz como poderia ser infeliz uma mulher, e você não pode negar uma...

— Na medida em que minha promessa for possível! *Vous professez d'être un libre-penseur.*[41] Mas eu, como um homem crente, não posso agir, em circunstâncias tão graves assim, contrariamente à lei cristã.

— Mas as sociedades cristãs e esta nossa sociedade também, que me conste, admitem o divórcio — disse Stepan Arkáditch. — O divórcio é admitido também pela nossa igreja. E nós vemos...

— É admitido, sim, mas não nesse sentido.

— Não o reconheço, Alexei Alexândrovitch — disse Oblônski, calando-se por algum tempo. — Não foi você (e não fomos nós que apreciamos isso?) quem perdoou tudo e, movido notadamente pelo seu sentimento cristão, ficou pronto a sacrificar tudo? Você mesmo disse: entrego o cafetã, quando me tirarem a camisa, e agora...

— Eu peço... — De súbito Alexei Alexândrovitch se levantou, todo pálido, de mandíbula tremente, e disse com sua voz guinchante: — eu peço que termine... que termine logo essa conversa.

— Ah, não! Perdoe-me, se o magoei, perdoe-me, venha! — respondeu Stepan Arkáditch, sorrindo sem graça e lhe estendendo a mão. — Apenas vim transmitir, como um embaixador, o pedido dela.

Alexei Alexândrovitch também lhe estendeu a mão, pensou um pouco e disse:

— Preciso refletir e buscar por conselhos. Depois de amanhã é que lhe darei minha resposta definitiva — concluiu, acudindo-lhe uma ideia.

## XIX

Stepan Arkáditch já queria ir embora, quando Kornéi veio anunciar:

— Serguei Alexéitch!

— Quem é Serguei Alexéitch? — perguntou Stepan Arkáditch, mas logo recordou quem era.

— Ah, Serioja! — disse. — Quando ouvi "Serguei Alexéitch", pensei que fosse o diretor do departamento. — "Anna me pediu, aliás, que o visse" — ocorreu-lhe em seguida.

---

[41] Você se declara um livre-pensador (em francês).

Então se lembrou daquela expressão tímida, suplicante, com que Anna dissera ao despedir-se dele: "Seja como for, vai vê-lo. Procura saber direitinho onde ele está, quem está perto dele. E, Stiva... se fosse possível que... Achas que é possível?". Stepan Arkáditch compreendera o que significava aquele "se fosse possível que...": seria mesmo possível formalizar o divórcio de modo a deixar o filho com ela?... Agora via claramente que não se podia nem pensar nisso, mas, ainda assim, estava contente de ver seu sobrinho. Alexei Alexândrovitch lembrara o ex-cunhado de que nunca se falava com o garoto sobre sua mãe e pedira que não lhe dissesse meia palavra a respeito dela.

— Ficou muito doente após aquele encontro com a mãe que não tínhamos previsto — dissera Alexei Alexândrovitch. — Temíamos mesmo pela vida dele. Mas foram um tratamento razoável e os banhos de mar no verão que restabeleceram a sua saúde, e depois o matriculei, aconselhado pelo doutor, numa escola. E, realmente, a influência dos colegas tem sido benéfica para ele: está completamente sadio e estuda bem.

— Mas que valentão é esse? De fato, não é mais um Serioja qualquer, mas o grande Serguei Alexéitch! — disse, sorrindo, Stepan Arkáditch, ao olhar para um garoto bonito e fortinho, de blusão azul e calça comprida, que entrara bem desenvolto. Esse garoto parecia saudável e jovial. Cumprimentou seu tio como um homem estranho, porém se ruborizou, tão logo o reconheceu, e, como se ficasse sentido e zangado com algo, virou-lhe apressadamente as costas. Achegando-se ao pai, entregou-lhe seu boletim escolar.

— Bem, isso é passável — disse o pai. — Pode ir.

— Ele emagreceu e cresceu bastante: deixou de ser uma criança, tornou-se um rapazinho... Gosto disso — comentou Stepan Arkáditch. — Será que te lembras de mim?

O garoto olhou de relance para o pai.

— Lembro, sim, *mon oncle*[42] — respondeu, mirando seu tio, e baixou novamente os olhos.

Pedindo que se aproximasse, o tio segurou a mão dele.

— Pois então, como tens passado? — perguntou, querendo conversar sem saber o que lhe diria.

Enrubescendo sem responder, o garoto retirava devagarinho sua mão da de seu tio. Assim que Stepan Arkáditch lhe soltou a mão, fixou um olhar interrogativo em seu pai e, qual um pássaro a deixar a gaiola, saiu rapidamente do gabinete.

Serioja vira sua mãe pela última vez havia um ano. Desde então, nunca ouvira mais nem falarem dela. No mesmo ano fora matriculado numa escola,

---

[42] Meu tio (em francês).

chegara a conhecer seus colegas e a gostar deles. Os sonhos com sua mãe e as lembranças dela, que o haviam deixado doente ao reencontrá-la, já não o atribulavam agora. Quando lhe ressurgiam, ele se esforçava para afastá-los, achando que eram vergonhosos e próprios só das meninas, mas não dos rapazes e companheiros de escola. Sabia que uma briga separara seus pais, sabia também que era fadado a viver com o pai e buscava acostumar-se a essa ideia.

Ver o tio, parecido com sua mãe, foi desagradável para ele, notadamente por lhe ter suscitado aquelas mesmas lembranças que achava vergonhosas. Ficou ainda mais contrariado porque algumas palavras que ouvira, enquanto aguardava à porta do gabinete, e, sobretudo, as expressões faciais do pai e do tio fizeram-no adivinhar que eles deviam ter falado de sua mãe. Então, para não condenar o pai, com quem vivia e de quem dependia, e, o mais importante, a fim de não se render àquela sensibilidade que lhe parecia tão humilhante, Serioja procurou não olhar para o tio, que viera perturbar sua paz, nem se entregar às recordações trazidas por ele.

Entretanto, mal Stepan Arkáditch saiu do gabinete, logo atrás do garoto, e, avistando-o na escada, chamou por ele e perguntou pelo que fazia, lá em sua escola, nos intervalos das aulas, Serioja se pôs a falar com o tio na ausência do pai.

— Agora temos uma estrada de ferro — respondeu a essa pergunta. — É assim, sabe? Dois alunos se sentam num banco: são passageiros. Aí um aluno fica em cima daquele banco, de pé. E os outros se atrelam todos ao banco e o puxam, com os cintos ou com as mãos mesmo, através de todas as salas. As portas já ficam abertas de antemão. Então é muito difícil ser o condutor!

— É aquele que fica de pé? — indagou Stepan Arkáditch, sorridente.

— Sim: ele tem de ser esperto e corajoso, sobretudo se o trem parar de repente ou se um dos nossos cair.

— Não é brincadeira, não — disse Stepan Arkáditch, olhando, com tristeza, naqueles olhos tão animados, iguais aos da mãe e agora não mais pueris, não totalmente inocentes. E, bem que tivesse prometido a Alexei Alexândrovitch nem mencionar Anna, não aguentou.

— Será que te lembras da tua mãe? — inquiriu repentinamente.

— Não lembro mais, não — apressou-se a responder Serioja e, todo rubro, abaixou a cabeça. E seu tio não conseguiu mais fazê-lo articular uma só palavra.

Meia hora depois, o preceptor eslavo encontrou seu pupilo naquela escada e passou muito tempo sem entender se estava zangado ou chorava.

— O senhorzinho se machucou, talvez, quando caiu? — perguntou o preceptor. — Pois eu já disse que era um jogo perigoso. Precisarei contar ao patrão.

— Nem que me machucasse, ninguém daria por isso. Tenho toda a certeza.

— Então o que há?

— Deixe-me em paz! Se me lembro, se não me lembro... O que ele tem a ver com isso? Por que eu teria de me lembrar dela? Deixe-me em paz, afinal! — Dessa vez, o garoto não se dirigia mais ao seu preceptor, mas ao mundo inteiro.

## XX

Como de praxe, Stepan Arkáditch não andava à toa por Petersburgo. Além de se ocupar dos negócios, ou seja, do divórcio de sua irmã e daquele seu cargo, necessitava, como de praxe, "refrescar-se" na capital, como ele mesmo dizia, após o bolor moscovita.

Apesar de seus *cafés chantants*[43] e ônibus, Moscou continuava sendo um paul estagnado. Stepan Arkáditch reparava nisso o tempo todo. Quando estava em Moscou, sobretudo ao lado de sua família, perdia o ânimo. E, quando permanecia em Moscou por muito tempo, chegava mesmo a preocupar-se com os achaques e reproches de sua esposa, com a saúde e a educação de seus filhos, com os mesquinhos interesses de seu serviço. Eram suas dívidas, inclusive, que o deixavam inquieto. Contudo, mal partia para Petersburgo e passava um tempinho naquele meio que frequentava, onde as pessoas viviam, exatamente viviam e não vegetavam como em Moscou, esses pensamentos se derretiam num átimo, iguais à cera que se derrete em face do fogo, e desapareciam todos.

Sua esposa?... Acabara de conversar com o príncipe Tchetchênski. A par de sua família legítima, sua mulher e seus filhos já crescidos e pajens, o príncipe Tchetchênski tinha outra família e alguns filhos bastardos. Ainda que a primeira família também fosse boa, o príncipe se sentia mais feliz com a segunda. Convidava, pois, seu filho mais velho a visitar essa segunda família e dizia a Stepan Arkáditch que considerava tais visitas úteis e propícias ao desenvolvimento do filho. E o que se diria a respeito disso em Moscou?

Seus filhos? Em Petersburgo os filhos não atrapalhavam a vida dos pais. Os filhos eram criados em internatos, e aquela ideia selvagem que se propagava em Moscou (era Lvov, por exemplo, quem a professava), a de todo o luxo da vida pertencer aos filhos e todos os trabalhos e afazeres caberem aos pais, nem sequer existia. Entendia-se bem na metrópole que o homem, particularmente um homem esclarecido, tinha de viver para si mesmo.

Seu serviço! O serviço público metropolitano tampouco se assemelhava àquele jugo tenaz e falto de remuneração que se carregava em Moscou: esse

---

[43] Cabarés, restaurantes com programação musical (em francês).

serviço era interessante. Um encontro, um favorzinho, uma palavra arguta ou então a capacidade de teatralizar umas piadas, e eis que alguém consolidava de supetão a sua carreira, como Briántsev, que Stepan Arkáditch vira no dia anterior e que agora era um figurão dos primeiros. Era um serviço interessante, sim.

Mas o que produzia em Stepan Arkáditch um efeito deveras apaziguante era a visão petersburguense dos negócios financeiros. Bartniánski, que gastava pelo menos cinquenta mil com aquele *train*[44] que vinha levando, dissera-lhe na véspera algo maravilhoso acerca disso.

Conversando com ele à espera do almoço, Stepan Arkáditch havia dito a Bartniánski:

— Parece que você tem sido íntimo de Mordvínski... É capaz de me prestar um favor: diga, por gentileza, a ele uma palavrinha sobre mim. Há um cargo que eu gostaria de ocupar. Lá na Agência...

— De qualquer jeito, não conseguirei decorar... Mas que vontade é que você tem de se meter nessas tramoias ferroviárias com os *jids*?... Queira ou não, é uma safadeza!

Stepan Arkáditch não lhe respondera que a vida era assim: Bartniánski não teria compreendido.

— Preciso de dinheiro, não tenho de que viver.

— Mas está vivo, hein?

— Estou, sim, mas as dívidas...

— Verdade? E são muitas? — perguntara Bartniánski, compadecido.

— Muitas mesmo: uns vinte mil.

Bartniánski soltara uma lépida gargalhada.

— Oh, que homem feliz! — exclamara. — Estou devendo um milhão e meio, não tenho um tostão furado, mas, como você percebe, ainda consigo sobreviver!

E não eram apenas suas palavras, mas a própria realidade que provava para Stepan Arkáditch a justiça dessa visão. Jivakhov devia trezentos mil e tampouco tinha um tostão furado, porém vivia, e como vivia! O conde Krivtsov era tido, havia tempos, por morto e enterrado, mas sustentava ainda duas amantes. Petróvski desbaratara cinco milhões, mas continuava levando a mesma vida e, como se não bastasse, mexia com a gestão financeira e recebia vinte mil de ordenado. Além do mais, o efeito que Petersburgo produzia em Stepan Arkáditch era fisicamente agradável. Chegava a rejuvenescê-lo. Ali em Moscou ele reparava, vez por outra, em seus cabelos grisalhos, adormecia depois do almoço, espreguiçava-se, subia as escadas a passos lentos, todo

---

[44] Modo de vida (em francês).

ofegante, sentia tédio na companhia de jovens mulheres, não dançava mais nos bailes. Entretanto lhe parecia, sempre que vinha a Petersburgo, que sua ossatura se tornava dez anos mais nova.

Sentia em Petersburgo o mesmo que mencionara, também no dia anterior, o sexagenário príncipe Piotr Oblônski, que acabava de voltar do estrangeiro.

— Não sabemos viver aqui — comentara Piotr Oblônski. — Será que acreditas em mim? Passei o verão em Baden e juro que me sentia ali um mocinho. Logo que vejo uma mulher novinha, penso naquilo... Almoço, tomo um calicezinho, e tanta força, tanto vigor... Voltei para a Rússia (precisava ir ver minha esposa e, ainda por cima, lá na fazenda), e nem vais acreditar: vesti meu roupão, apenas duas semanas mais tarde, e parei de me arrumar para o almoço. Pensar em mulheres novinhas, que nada! Fiquei tão caduco que só me restava salvar esta minha alma. Depois fui a Paris e eis que me recompus novamente.

Stepan Arkáditch se apercebia dessa diferença, assim como Piotr Oblônski. Ficava tão desleixado em Moscou que, se demorasse demais em sair de lá, acabaria realmente, quem sabe, por cuidar da salvação de sua alma. E, uma vez em Petersburgo, sentia-se de novo um homem decente.

Existia por muito tempo, entre a princesa Betsy Tverskáia e Stepan Arkáditch, um relacionamento meio estranho. Stepan Arkáditch brincava sempre de cortejá-la, dizendo-lhe, também por mera brincadeira, as coisas mais obscenas, ciente de que ela se comprazia especialmente em ouvi-las. Visitou a princesa no dia seguinte à sua conversa com Karênin e, sentindo-se sobremodo jovem, fora por acaso tão longe em seus galanteios cômicos e suas lorotas que não sabia mais como voltar atrás, pois, infelizmente, não apenas não gostava de Betsy como até mesmo se enojava dela. Quanto àquele tom, havia surgido porque ela gostava muito de Stepan Arkáditch.

Destarte, ele ficou todo entusiasmado com a vinda da princesa Miagkáia, que interrompeu, bem na hora certa, seu encontro a sós.

— Ah, o senhor também está aí? — disse ela, vendo Stepan Arkáditch. — E como está sua pobre irmã? Não olhe para mim dessa maneira — acrescentou. — Desde que todos passaram a atacá-la, todos aqueles que são cem mil vezes piores do que ela, tenho achado que sua irmã fez uma coisa linda. E não consigo perdoar a Vrônski, que não me avisou quando ela estava em Petersburgo. Teria ido à casa dela e aparecido com ela por toda parte. Diga-lhe, por favor, que a adoro. E conte-me sobre ela, venha!

— Sim, a situação dela é difícil, ela... — começou Stepan Arkáditch, cuja singeleza o fizera tomar a sério o pedido da princesa Miagkáia de "contar sobre sua irmã". A princesa Miagkáia não tardou a interrompê-lo, conforme seu hábito, e pôs-se a contar ela mesma.

— Sua irmã fez o que todos, além de mim, fazem, mas escondem, só que não quis mentir e fez uma coisa linda. E fez algo melhor ainda, já que deixou para lá, veja se o senhor me desculpa, aquele seu cunhado amalucado. Todos viviam dizendo que era tão inteligente, tão sábio, apenas eu cá dizia que era tolo. Agora que ele anda com Lídia e com Landau, todos dizem que é maluco, e eu gostaria mesmo de discordar de todos, mas, desta vez, não posso.

— Explique-me, por favor — pediu Stepan Arkáditch —, o que isso quer dizer. Fui vê-lo ontem, para tratar do assunto de minha irmã, e reclamei uma resposta definitiva. Ele não me respondeu e disse que ia refletir, mas hoje, pela manhã, eu recebi, em vez daquela resposta, o convite de visitar esta noite a condessa Lídia Ivânovna.

— É isso mesmo, é isso! — respondeu com alegria a princesa Miagkáia. — Eles vão perguntar pela opinião do tal de Landau.

— Como assim, "do tal de Landau"? Por quê? Quem é Landau?

— Como, o senhor não conhece *Jules Landau, le fameux Jules Landau, le clairvoyant*?[45] Ele também é maluco, mas dele depende o destino de sua irmã. É isso que acontece quando se vive no interior: o senhor não sabe de coisa nenhuma. O tal de Landau foi, veja se me entende, o *commis*[46] de uma loja em Paris e teve, um dia, de ir ao médico. Adormeceu na sala de espera daquele médico e passou a aconselhar, enquanto dormia, todos os outros pacientes. E foram uns conselhos formidáveis. E depois a esposa de Yúri Meledínski (será que conhece esse doente?) ficou sabendo daquele Landau e convidou-o para sua casa. Agora ele está tratando do marido dela. Não o ajudou de jeito nenhum, que eu saiba, pois o marido continua tão alquebrado quanto antes, mas o casalzinho acredita nele e anda com ele por toda parte. Agora estão na Rússia. E todos correm atrás dele, por aqui, e ele trata de todos. Curou a condessa Bezzúbova, e ela gostou tanto dele que até o adotou.

— Como assim, "adotou"?

— Assim mesmo: adotou como um filho. Não é mais nenhum Landau lá, mas o conde Bezzúbov. Aliás, não importa, só que Lídia (gosto muito de Lídia, mas ela tem um parafuso a menos) correu também, naturalmente, atrás de Landau, e agora não resolvem nada sem ele, nem ela mesma nem Alexei Alexândrovitch, e o destino de sua irmã está, portanto, nas mãos daquele Landau ou, noutros termos, do conde Bezzúbov.

---

[45] Jules Landau, o famoso Jules Landau, o clarividente (em francês).
[46] Atendente (em francês).

## XXI

Após um excelente almoço e uma farta dose de conhaque tomada na casa de Bartniánski, Stepan Arkáditch se atrasou um pouco em chegar à casa da condessa Lídia Ivânovna.

— Quem está ainda com a condessa? Aquele francês? — perguntou ao porteiro, mal reparou no sobretudo familiar de Alexei Alexândrovitch e num casaco bizarro, algo ingênuo, com colchetes.

— Alexei Alexândrovitch Karênin e o conde Bezzúbov — respondeu o porteiro, num tom severo.

"A princesa Miagkáia adivinhou", pensou Stepan Arkáditch, enveredando pela escada. "Que coisa estranha! Seria bom, entretanto, aproximar-me dela. Sua influência é enorme. Se disser uma palavrinha a Pomórski, aí dará tudo certo."

Ainda estava bem claro lá fora, porém na saleta íntima da condessa Lídia Ivânovna, cujas cortinas estavam fechadas, já luziam as lâmpadas.

Sentados a uma mesa redonda, embaixo de um candeeiro, a condessa e Alexei Alexândrovitch conversavam baixinho sobre alguma coisa. Um homenzinho magro, de quadril feminino e joelhos um tanto côncavos, muito pálido, mas atraente com seus bonitos olhos brilhantes e cabelos compridos que se espalhavam pela gola de sua sobrecasaca, mantinha-se em pé, do outro lado da mesa, e examinava a parede com vários retratos. Ao saudar a anfitriã e Alexei Alexândrovitch, Stepan Arkáditch voltou a mirar, de modo involuntário, aquele desconhecido.

— *Monsieur Landau!* — A condessa se dirigiu a ele num tom suave e cauteloso, que deixou Oblônski estarrecido. Depois os apresentou um ao outro.

Landau se virou depressa, achegou-se a Stepan Arkáditch, colocou, sorridente, sua mão inerte e suada na mão que Stepan Arkáditch lhe estendia e, afastando-se logo dele, tornou a examinar os retratos. A condessa e Alexei Alexândrovitch trocaram olhares significativos.

— Estou muito feliz de vê-lo, especialmente agora — disse a condessa Lídia Ivânovna, indicando a Stepan Arkáditch uma cadeira ao lado de Karênin.

— Apresentei-o ao senhor como Landau — continuou, em voz baixa, olhando para o francês e, logo a seguir, para Alexei Alexândrovitch —, mas, de fato, é o conde Bezzúbov, como provavelmente já sabe. Só que ele não gosta desse título.

— Sim, já ouvi falar — respondeu Stepan Arkáditch. — Dizem que ele curou totalmente a condessa Bezzúbova.

— Ela me visitou hoje: está tão lastimável! — a condessa se dirigiu a Alexei Alexândrovitch. — Essa separação é horrível para ela. É um golpe tão duro!

— Mas é certo que ele esteja partindo? — questionou Alexei Alexândrovitch.

— Sim, ele vai a Paris. Ouviu uma voz ontem — disse a condessa Lídia Ivânovna, olhando para Stepan Arkáditch.

— Ah, é, uma voz? — repetiu Oblônski, sentindo que devia comportar-se com a maior prudência possível nesse ambiente, onde se passava ou haveria de se passar algo singular, algo cuja chave estava ainda fora de seu alcance.

Houve um minuto de silêncio, depois do qual a condessa Lídia Ivânovna disse a Oblônski com um fino sorriso, igual a quem abordasse o tema principal da conversa:

— Conheço o senhor há tempos e estou muito feliz de conhecê-lo melhor. *Les amis de nos amis sont nos amis.*[47] Contudo, para sermos amigos, precisamos refletir no estado de espírito de nosso amigo, e receio que o senhor não o faça em relação a Alexei Alexândrovitch. Entende de que estou falando — disse, erguendo seus lindos olhos meditativos.

— Em parte, condessa, entendo que a situação de Alexei Alexândrovitch... — disse Oblônski, que não entendia muito bem de que se tratava e desejava, portanto, falar de maneira geral.

— A mudança não se refere à situação aparente — objetou com rigor a condessa Lídia Ivânovna, sem desviar, nesse meio-tempo, um olhar amoroso de Alexei Alexândrovitch, que se levantara e se aproximara de Landau —: foi o coração dele que mudou. Um coração novo lhe foi dado, e receio que o senhor não tenha abrangido plenamente a mudança que se operou nele.

— Quer dizer, posso imaginar essa mudança em traços gerais. Sempre fomos amigos, e agora... — disse Stepan Arkáditch, respondendo, com um olhar terno, ao olhar da condessa e conjecturando qual daqueles dois ministros estaria mais próximo dela para saber a qual dos dois concerniria o pedido que já, já lhe faria.

— A mudança que se operou nele não pode diminuir seu sentimento de amor ao próximo; pelo contrário, a mudança que se operou nele deve aumentar esse amor. Mas temo que o senhor não me compreenda. Gostaria de tomar chá? — prosseguiu ela, ao apontar, com os olhos, para o lacaio que trouxera o chá numa bandeja.

— Não inteiramente, condessa. É claro que a desgraça dele...

— Sim, aquela desgraça que se transformou numa felicidade suprema quando seu coração se renovou e se compenetrou dela — disse a condessa, fixando seu olhar amoroso em Stepan Arkáditch.

"Poderei pedir, creio eu, que diga uma palavrinha aos dois ministros", pensou Stepan Arkáditch.

---

[47] Os amigos de nossos amigos são nossos amigos (em francês).

— Oh, sem dúvida, condessa — replicou —, mas acredito que essas mudanças são tão íntimas que ninguém, nem mesmo a pessoa mais próxima, gosta de falar delas.

— Pelo contrário! Temos de conversar e de acudir um ao outro.

— Sim, com certeza, mas existe tamanha diferença de convicções e, além disso... — alegou Oblônski, com um meigo sorriso.

— Não pode existir diferença alguma nessas questões da sacrossanta verdade!

— Oh, não, certamente, mas... — Confuso, Stepan Arkáditch se calou. Entendera que se tratava da religião.

— Parece-me que ele está para adormecer — sussurrou expressivamente Alexei Alexândrovitch, aproximando-se de Lídia Ivânovna.

Stepan Arkáditch se voltou para Landau. Ele estava sentado perto da janela, apoiando-se no braço e no espaldar de uma poltrona e abaixando a cabeça. Ao perceber os olhares que se fixavam nele, reergueu a cabeça com um sorriso puerilmente ingênuo.

— Não preste atenção — disse Lídia Ivânovna e, com um movimento ligeiro, achegou uma cadeira para Alexei Alexândrovitch. — Tenho notado... — começou a dizer algo, mas eis que um lacaio entrou na sala com uma carta nas mãos. Lídia Ivânovna leu rapidamente esse bilhete e, pedindo desculpas, escreveu, com extraordinária agilidade, a resposta, entregou-a ao lacaio e retornou à mesa. — Tenho notado — retomou a conversa encetada — que a gente moscovita, sobretudo os homens, trata a religião com a maior indiferença possível.

— Oh, não, condessa: pelo que me parece a mim, os moscovitas têm a reputação de ser a gente mais firme nisso — respondeu Stepan Arkáditch.

— Sim: pelo que percebo, o senhor é, infelizmente, um desses homens indiferentes — dirigiu-se a ele, com um sorriso cansado, Alexei Alexândrovitch.

— Como é que pode ser indiferente? — exclamou Lídia Ivânovna.

— Não que seja indiferente nesse sentido: estou esperando — disse Stepan Arkáditch, com o mais suavizante dos seus sorrisos. — Não acho que o tempo dessas questões tenha chegado para mim.

Alexei Alexândrovitch e Lídia Ivânovna entreolharam-se.

— Nunca podemos saber se esse tempo chegou para nós ou não — disse Alexei Alexândrovitch, com rispidez. — Não nos cabe refletir se estamos prontos ou ainda não estamos. A graça não se norteia pela argumentação humana: às vezes, não alcança quem se esforçar, mas quem estiver despreparado como Saulo.

— Não, parece que não vai ser agora — disse Lídia Ivânovna, que observava, nesse ínterim, os movimentos do francês.

Landau se levantou e se acercou deles.

— Permitirão que os escute? — perguntou.

— Oh, sim: eu não queria atrapalhá-lo — disse Lídia Ivânovna, fitando-o com ternura. — Sente-se conosco.

— Apenas temos de manter os olhos abertos, para não nos privarmos da luz — continuou Alexei Alexândrovitch.

— Ah, se o senhor conhecesse a felicidade que nós sentimos, cuja presença aventamos sempre em nossa alma! — disse a condessa Lídia Ivânovna, com um sorriso de bem-aventurança.

— Mas pode ser que o homem se sinta, por vezes, incapaz de subir a essas alturas — objetou Stepan Arkáditch, sentindo-se hipócrita ao reconhecer tais alturas religiosas, mas não se arriscando, ao mesmo tempo, a confessar seu livre-pensamento perante uma pessoa que poderia, com uma só palavra dita a Pomórski, garantir-lhe aquele cargo cobiçado.

— Quer dizer, pois, que o homem se vê impedido pelo pecado? — indagou Lídia Ivânovna. — Só que é uma opinião falsa. O pecado não existe mais para os crentes, o pecado já foi redimido. *Pardon* — acrescentou, olhando para o lacaio que entrara com outro bilhete nas mãos. Leu-o e respondeu oralmente —: A Grande Princesa pode vir amanhã, diga isso... Não há pecado para quem tiver fé — continuou a conversa.

— Está bem, mas "a fé sem obras é morta"[48] — disse Stepan Arkáditch, ao relembrar essa frase da Catequese e defendendo, nem que fosse apenas com seu sorriso, a sua independência.

— Assim se diz na epístola do apóstolo Tiago — comentou Alexei Alexândrovitch, dirigindo-se a Lídia Ivânovna num tom algo reprovador, decerto por se tratar de um assunto que eles já haviam discutido diversas vezes. — Quantos danos é que causou a interpretação errônea dessa passagem! Nada nos aparta mais da fé do que tal interpretação. "Não tenho obras, portanto não posso ter fé", posto que isso não se diga nenhures. O que se diz é o contrário.

— Trabalhar para Deus, salvar a alma penando e jejuando... — disse, com desprezo e asco, a condessa Lídia Ivânovna — essas são as noções selvagens de nossos monges. Mas isso não foi dito em lugar algum. Isso é bem mais simples e fácil — adicionou, olhando para Oblônski com o mesmo sorriso alentador com que animava, na corte, as damas de honor jovens e confusas com aquele âmbito novo.

— Quem nos salvou foi Cristo, que sofreu por nós. Somos salvos pela fé — confirmou Alexei Alexândrovitch, aprovando, com um olhar, as palavras dela.

---

[48] Tiago, 2:26.

— *Vous comprenez l'anglais?*⁴⁹ — perguntou Lídia Ivânovna e, recebendo uma resposta afirmativa, levantou-se e foi revirando os livros que estavam numa prateleira.

— Quero ler *Safe and Happy* ou então *Under the Wing*⁵⁰ — disse, lançando uma olhada interrogativa para Karênin. Encontrou o respectivo livro e, sentando-se de novo em seu lugar, abriu-o. — É muito breve. Descrevem-se o caminho pelo qual se chega à fé e aquela felicidade superior a tudo quanto for terreno, que enche, nesse meio-tempo, a alma. Um homem crente não pode ser infeliz, porque não está sozinho. Aliás, o senhor verá. — Já se dispunha a ler, mas o lacaio entrou novamente. — Borozdiná? Diga que venha amanhã às duas horas... Sim — disse, marcando com o dedo um trecho do livro, dando um suspiro e olhando, bem para a frente, com aqueles seus lindos olhos meditativos. — É assim que funciona uma fé verdadeira. O senhor conhece Marie Sânina? Sabe que desgraça a acometeu? Ela perdeu seu único filho. Estava desesperada. E o que ocorreu depois? Encontrou aquele amigo e agora agradece a Deus a morte de seu filho. Essa é a felicidade que traz a fé!

— Oh, sim, é muito... — disse Stepan Arkáditch, contente de poder retomar fôlego enquanto se lia. "Não, seria melhor, pelo jeito, não pedir nada a ela hoje", pensava. "Tomara que consiga sair daqui sem me confundir por completo."

— O senhor ficará entediado — disse a condessa Lídia Ivânovna, dirigindo-se a Landau —, já que não sabe inglês, mas isso é breve.

— Oh, eu entenderei — disse Landau, com o mesmo sorriso, e fechou os olhos.

Alexei Alexândrovitch e Lídia Ivânovna trocaram olhares significativos, e a leitura começou.

## XXII

Stepan Arkáditch se sentia totalmente desnorteado com esses discursos que ouvia, estranhos e novos para ele. De modo geral, os requintes da vida petersburguense ocasionavam-lhe um efeito estimulante, retirando-o da estagnação moscovita, porém ele só compreendia tais requintes e gostava deles nas áreas que lhe eram familiares, enquanto naquele ambiente alheio ficara perplexo, se não assombrado, e não conseguira atinar com tudo. Ao passo

---

⁴⁹ O senhor compreende o inglês? (em francês).
⁵⁰ *Salvo e feliz e Debaixo da asa* (em inglês): livretos religiosos, inspirados nos sermões do missionário inglês Granville Waldegrave, barão Radstock (1833-1913), e muito populares na época descrita.

que escutava as falas da condessa Lídia Ivânovna e percebia o olhar de Landau, belo como era, ingênuo ou talvez (ele mesmo não sabia) maroto, que se fixava nele, Stepan Arkáditch chegava a sentir certo peso singular na cabeça.

As mais diversas ideias se entrelaçavam em sua mente. "Marie Sânina está feliz porque seu filho morreu... Seria bom fumar um pouco agora... Para se salvar, a gente só precisa ter fé, e os monges não sabem o que devem fazer para tanto, mas a condessa Lídia Ivânovna sabe, sim... Por que é que sinto tamanho peso na cabeça? Por causa do conhaque ou porque tudo isso é muito estranho? Ainda assim, parece que não fiz, até agora, nada de indecoroso. Seja como for, não posso mais pedir nada a ela. Dizem por aí que eles obrigam a rezar. Tomara que não me obriguem também! Isso já seria tolo demais. Que disparate é que ela está lendo, mas... a pronúncia dela é boa. Landau é Bezzúbov. Por que seria Bezzúbov?" De repente, Stepan Arkáditch sentiu que sua mandíbula se retorcia irresistivelmente num bocejo. Então alisou as suíças, ocultando esse bocejo, e animou-se. Mas logo em seguida percebeu que já pegara no sono e até mesmo estava prestes a roncar. Voltou a si no momento em que a voz da condessa Lídia Ivânovna disse: "Está dormindo".

Stepan Arkáditch acordou com susto, achando-se culpado e apanhado em flagrante. Contudo, logo se consolou ao ver que as palavras "está dormindo" não se referiam a ele, mas a Landau. O francês adormecera da mesma maneira que Stepan Arkáditch. Só que o sono de Stepan Arkáditch, segundo ele pensava, teria ofendido os anfitriões (de resto, nem sequer nisso ele pensava, tão esdrúxula lhe parecia a situação toda), e o de Landau causou a ambos, especialmente à condessa Lídia Ivânovna, um arroubo extraordinário.

— *Mon ami*[51] — disse Lídia Ivânovna, soerguendo cautelosamente, para não fazer barulho, as pregas de seu vestido de seda e, excitada como estava, não chamando mais Karênin de Alexei Alexândrovitch e, sim, de "*mon ami*" —, *donnez-lui la main. Vous voyez?*[52] Chitão! — ordenou ao lacaio que entrara de novo. — Não receber!

O francês dormia, ou então fingia que dormia, encostando a cabeça no espaldar da poltrona, e sua mão suada, posta em seu joelho, fazia gestos débeis como se tentasse pegar alguma coisa. Alexei Alexândrovitch se levantou, quis aproximar-se dele com cautela, mas esbarrou na mesa, e afinal colocou sua mão na mão do francês. Stepan Arkáditch também se levantou e, arregalando os olhos para acordar se acaso continuasse dormindo, ficou olhando ora para um, ora para o outro. Tudo isso se passava na realidade. Stepan Arkáditch sentia sua cabeça cada vez mais enferma.

---

[51] Meu amigo (em francês).
[52] ... dê-lhe a mão. Está vendo? (em francês).

— *Que la personne qui est arrivée la dernière, celle qui demande, qu'elle sorte! Qu'elle sorte!*⁵³ — articulou o francês, sem abrir os olhos.

— *Vous m'excuserez, mais vous voyez... Revenez vers dix heures, encore mieux demain.*⁵⁴

— *Qu'elle sorte!*⁵⁵ — repetiu o francês, com impaciência.

— *C'est moi, n'est-ce pas?*⁵⁶

E, recebendo uma resposta afirmativa, Stepan Arkáditch se esqueceu tanto do pedido que ia endereçar a Lídia Ivânovna quanto do problema de sua irmã: querendo apenas escapar de lá o mais depressa possível, saiu nas pontas dos pés e, como quem fugisse de uma casa infectada, correu para a rua e ficou, por muito tempo, conversando e gracejando com um cocheiro a fim de recuperar logo os sentidos.

Foi no teatro francês, aonde chegou durante o último ato, e depois num botequim tártaro, onde tomou champanhe, que Stepan Arkáditch conseguiu respirar um pouco de ares próprios dele. Não obstante, sentiu-se indisposto ao longo de toda aquela noite.

Ao retornar à casa de Piotr Oblônski, que o hospedava em Petersburgo, Stepan Arkáditch encontrou um bilhete de Betsy. Ela escrevia que queria muito finalizar a conversa iniciada e pedia-lhe que viesse no dia seguinte. Mal terminou de ler, franzindo a cara, esse bilhete, ouviram-se embaixo os passos lerdos de várias pessoas que carregavam algo pesado.

Stepan Arkáditch foi ver o que era. Era aquele rejuvenescido Piotr Oblônski. Estava tão embriagado que não conseguia subir a escada, porém, ao avistar Stepan Arkáditch, mandou que o pusessem em pé e, agarrando-se a ele, acompanhou-o até seu quarto e, uma vez lá, começou a contar como havia passado a noite, mas não demorou a adormecer.

Stepan Arkáditch estava todo desanimado, o que se dava com ele bem raramente, e passou muito tempo sem dormir. Tudo quanto rememorava era asqueroso, porém a mais abjeta das suas recordações, como se fosse algo torpe, era sua visita à casa da condessa Lídia Ivânovna.

No dia seguinte, ele recebeu de Alexei Alexândrovitch uma recusa categórica de se divorciar de Anna e compreendeu que sua decisão se embasava no que aquele francês tinha dito, na véspera, em sua letargia real ou fingida.

---

⁵³ Que a pessoa que foi a última a chegar, aquela que está pedindo, saia! Que saia! (em francês).

⁵⁴ O senhor me desculpará, mas está vendo... Volte pelas dez horas ou, melhor ainda, amanhã (em francês).

⁵⁵ Que saia! (em francês).

⁵⁶ Sou eu, não sou? (em francês).

## XXIII

Para que se empreenda algo na vida conjugal, são necessárias uma ruptura definitiva ou uma harmonia amorosa entre os cônjuges. Quando as relações conjugais estão indefinidas, ou seja, quando não há nem isto nem aquilo, nenhuma ação pode ser empreendida.

Muitas famílias permanecem, por anos e anos, em sua situação costumeira, odiosa para ambos os cônjuges, tão só por não existirem ruptura nem harmonia.

E essa vida moscovita em meio ao calor e à poeira, quando o sol não luzia mais de modo primaveril, mas estivalmente, e todas as árvores dos bulevares estavam, havia muito tempo, cobertas de folhas, e aquelas folhas já estavam todas empoeiradas, era insuportável para Vrônski e Anna. Todavia, sem se mudarem, conforme tinham decidido antes, para Vozdvíjenskoie, eles continuavam morando em Moscou, que provocava asco em ambos, por não haver mais, nesses últimos tempos, tal harmonia em suas relações.

A irritação que os separava não tinha nenhuma razão aparente, e todas as tentativas de se explicarem mutuamente não apenas não a suprimiam, mas, pelo contrário, aumentavam-na. Era uma irritação íntima, ocasionada, para Anna, pela diminuição do amor dele e, para ele próprio, pelo arrependimento de se ter colocado, por causa de Anna, numa situação difícil, que ela vinha tornando mais difícil ainda em vez de descomplicá-la. Nenhum dos amantes explicitava o motivo de sua irritação, porém cada qual achava que o outro estava errado e ambos aproveitavam qualquer pretexto para provar isso um ao outro.

Para Anna, ele se resumia inteiramente, com todos os seus hábitos, pensamentos e desejos, com todo o seu feitio espiritual e físico, numa só coisa, em seu amor por mulheres, e esse amor que devia, conforme ela intuía, concentrar-se unicamente nela mesma, esse amor diminuíra. Assim sendo, conforme ela deduzia, Vrônski devia transferir certa parte desse amor para outras mulheres, ou então para outra mulher, e isso a deixava enciumada. Não se enciumava, aliás, com tal ou tal mulher, mas devido à diminuição de seu amor em si. Ainda sem ter objeto de ciúmes, buscava por ele e, com a mínima alusão, transferia seus ciúmes de um objeto para outro. Ora se enciumava por causa daquelas mulheres vulgares com quem ele podia, graças às ligações atadas quando era solteiro, voltar a relacionar-se com tanta facilidade; ora se enciumava com as mulheres da alta-roda que ele podia conhecer; ora imaginava uma mocinha que Vrônski queria, talvez, desposar ao romper com ela. E era esse último tipo de ciúmes que mais a atormentava, sobretudo porque ele próprio lhe dissera imprudentemente, num momento de confidências, que sua mãe o entendia tão pouco que até mesmo se permitia exortá-lo a desposar a princesinha Sorókina.

Enciumada, Anna se indignava com ele e procurava em tudo algum motivo de indignação. Acusava-o de tudo quanto fosse aflitivo na situação dela. Aquela penosa sensação de espera que vivenciara, suspensa entre céus e terra, em Moscou, a morosidade e a indecisão de Alexei Alexândrovitch, seu próprio recolhimento — ela atribuía tudo isso a Vrônski. Se ele a amasse, compreenderia toda a dificuldade de sua situação e haveria de tirar Anna dela. Era também de Vrônski a culpa de ela não morar na fazenda e, sim, em Moscou. Ele não conseguia viver confinado, como Anna o desejava, em sua fazenda. Precisando de companhia, acabara por colocá-la nessa situação terrível cuja dificuldade não queria agora compreender. Era culpado, outrossim, de ela ficar separada, para todo o sempre, de seu filho.

Nem sequer aqueles raros momentos de ternura que surgiam entre eles tendiam a acalmá-la: agora vislumbrava na ternura de seu amante certo matiz de tranquilidade, de segurança, que não existira antes e lhe causava irritação.

Já havia escurecido. Sozinha à espera de Vrônski, que fora participar de um almoço de solteiros, Anna andava de lá para cá pelo seu gabinete (era o cômodo onde menos se ouvia o barulho vindo da calçada) e recapitulava, com todos os pormenores, as expressões da briga ocorrida na véspera. Recuando para passar das memoráveis palavras insultuosas da altercação àquilo que as ensejara, chegou enfim ao início da conversa toda. Quedou-se, por muito tempo, sem acreditar que a discórdia tivesse começado com um colóquio tão inofensivo e tão distante de ambos os corações. Eis o que ocorrera, de fato. Tudo se iniciara quando ele zombara dos ginásios femininos, achando que fossem desnecessários, e ela os defendera. Então ele destratara a educação feminina em geral e dissera que Hannah, a protegida inglesa de Anna, não precisava nem um pouco estudar física.

Isso deixou Anna irritada. Ela entreviu nisso uma alusão desdenhosa às suas ocupações. Inventou, pois, e pronunciou uma frase com que pudesse desforrar-se da dor causada por ele.

— Não espero que você atente em mim, em meus sentimentos, como faria um homem que me amasse: contava apenas com sua delicadeza — disse.

Realmente, ele corou de desgosto e disse algo desagradável. Anna não se lembrava mais do que lhe respondera, porém ele disse, de súbito, com evidente propósito de fazê-la sofrer por sua vez:

— É verdade que não me interessa seu apego àquela menina, pois vejo que não é natural.

Essa crueldade, com que Vrônski arrasava o mundinho construído, a duras penas, por ela a fim de suportar sua vida triste, essa injustiça com que a acusava de fingimento e afetação, fizeram-na explodir.

— Lamento muito que só o vulgar e o material sejam compreensíveis e naturais para você — disse, saindo do quarto.

Quando ele veio revê-la na noite anterior, não se recordaram da briga passada, mas perceberam ambos que, mesmo esquecida, ela não fora apagada.

E nesse dia Vrônski não estava em casa, e Anna se sentia tão solitária e sofria tanto por ter brigado com ele que desejava esquecer tudo, perdoar tudo e reconciliar-se com seu amante, queria inculpar a si mesma e absolvê-lo.

"Eu mesma sou culpada. Sou irritadiça, ciumenta sem justa causa. Farei as pazes com ele, depois iremos para a fazenda, e lá ficarei mais calma", dizia consigo.

"Não é natural", recordou, de improviso, nem tanto a frase que mais a ofendera quanto a intenção de lhe causar dor.

"Eu sei o que ele quis dizer; quis dizer que não é natural amar a filha de outrem sem amar minha própria filha. O que é que entende de amor por filhos, de meu amor por Serioja, que sacrifiquei por ele? Mas aquela sua vontade de fazer que eu sofra! Não, ele ama outra mulher: não poderia ser outra coisa."

E vendo que, no intuito de se acalmar, ela percorria de novo aquele círculo que já percorrera tantas vezes seguidas e retornava à sua irritação de sempre, horrorizou-se consigo mesma. "Será que não posso? Será que não tenho como me controlar?", disse consigo e retornou ao começo. "Ele é sincero, honesto, ele me ama. Eu também o amo, e o divórcio sairá um dia desses. De que é que estou precisando ainda? Preciso ser tranquila e confiante, tenho de me refrear. Sim, agora mesmo, logo que ele chegar, direi que a culpa tem sido minha, embora não tenha culpa de nada, e partiremos juntos."

Então, para não pensar mais nisso nem se render à irritação, Anna tocou a campainha e mandou trazer os baús. Propunha-se a empacotar seus pertences, visando ir para a fazenda.

Vrônski chegou às dez horas.

## XXIV

— Pois então, foi divertido? — perguntou ela, vindo ao seu encontro com uma expressão contrita e dócil.

— Como de praxe — respondeu ele, ao entender, com uma só olhada, que Anna estava num dos seus bons momentos. Já se acostumara a essas transições e agora se alegrava sobremodo com isso, porque chegara, ele mesmo, muito bem-humorado.

— O que é que estou vendo? Mas isso aí é ótimo! — disse, apontando para os baús que estavam na antessala.

— Sim, temos que ir embora. Fui dar um passeio e me senti tão bem que quis ir para a fazenda. Não há nada mesmo que te retenha?

— É tudo o que desejo. Volto logo, e a gente conversa: é só trocar de roupas. Manda servir o chá.

E ele entrou no gabinete.

Havia algo ultrajante em sua frase: "Mas isso aí é ótimo!", como se falasse com uma criança que parara de pirraçar, e ainda mais ultrajante era aquele contraste entre o tom dela, todo confuso, e o de Vrônski, cheio de presunção. Por um instante, Anna sentiu a vontade de lutar que a dominava, mas fez um esforço sobre si mesma, a fim de reprimir essa vontade, e acolheu Vrônski com igual alegria.

Quando ele veio, contou-lhe, usando algumas palavras preparadas de antemão, sobre o dia passado e seus planos de partida.

— É como se uma inspiração me tomasse, sabes? — dizia. — Por que esperar pelo divórcio aqui? Não daria na mesma, se estivéssemos na fazenda? Não consigo esperar mais. Não quero ter esperanças, não quero nem ouvir falarem nesse divórcio. Decidi que isso não influenciaria mais a minha vida. Concordas comigo?

— Oh, sim! — disse Vrônski, mirando com inquietude o rosto emocionado dela.

— O que foi que vocês fizeram, quem esteve ali? — perguntou Anna, após uma pausa.

Vrônski nomeou os convivas.

— O almoço foi excelente, houve uma regata e outras coisas agradáveis, só que em Moscou não se vive sem o *ridicule*. Apareceu uma dama, a instrutora de natação da rainha sueca, e ficou mostrando sua arte.

— Como assim, nadando? — questionou Anna, ensombrada.

— Com um *costume de natation*[57] vermelho: velha, feiosa... Mas quando é que a gente vai?

— Que fantasia estúpida! Pois então, ela nada de algum jeito especial? — disse Anna, sem ter respondido.

— Nada de especial, decididamente. Estou dizendo que foi mesmo uma estupidez. Mas quando é que pretendes partir?

Anna sacudiu a cabeça como se quisesse afastar um pensamento desagradável.

— Quando vamos lá? Quanto mais cedo, melhor. Não teremos tempo para partir amanhã. Vamos depois de amanhã.

— Sim... não, espera. Depois de amanhã é domingo: preciso visitar a *maman* — disse Vrônski, confundindo-se porque, mal pronunciara o nome

---

[57] Traje de natação (em francês).

de sua mãe, sentira um olhar atento e desconfiado que se fixava nele. Seu embaraço confirmou as suspeitas de Anna. Enrubescendo, afastou-se dele. Não era mais a instrutora da rainha sueca e, sim, a princesinha Sorókina, a qual morava com a condessa Vrônskaia, num sítio próximo a Moscou, que surgia agora na mente de Anna.

— Não poderias visitá-la amanhã? — perguntou.

— Não posso, não. Não dá para receber amanhã as procurações e o dinheiro referentes àquele negócio que vou começar — respondeu ele.

— Se for assim, não iremos nunca.

— Por quê?

— Não irei mais tarde. Na segunda-feira ou nunca mais.

— Mas por quê? — disse Vrônski, como que pasmado. — Isso não faz sentido!

— Não faz sentido para ti, porque não te importas nem um pouco comigo. Não queres compreender esta minha vida. A única pessoa que me retém aqui é Hannah. Mas tu dizes que estou fingindo. Disseste ontem que eu não amava minha filha, mas fingia que amava essa inglesa, que isso não era natural! Pois eu gostaria de saber que vida poderia ser natural aqui para mim!

Por um instante, ela se recobrou e ficou horrorizada por ter traído a sua intenção. Contudo, mesmo ciente de ser autodestrutiva, não pôde conter-se, não pôde deixar de lhe demonstrar o quanto estava errado, não pôde submeter-se a ele.

— Nunca disse isso: disse que não simpatizava com esse amor repentino.

— Por que não dizes a verdade, já que te gabas tanto de tua retidão?

— Nunca me gabo nem minto — disse ele em voz baixa, reprimindo a ira que crescia em seu âmago. — É muita pena não respeitares...

— O respeito foi inventado para esconder aquele vão onde deveria ficar o amor. Pois se não me amas, é melhor e mais honesto que digas isso.

— Não, isso se torna insuportável! — exclamou Vrônski, levantando-se da cadeira. E, parando na frente dela, articulou lentamente: — Por que vens testando a minha paciência? — disse como quem pudesse dizer ainda muitas coisas, porém se continha. — Ela tem seus limites.

— O que é que o senhor quer dizer com isso? — exclamou Anna, fitando, com pavor, aquela patente expressão de ódio que se revelava em toda a sua fisionomia e, sobretudo, em seu olhar cruel e ameaçador.

— Quero dizer... — começou ele, mas se interrompeu em seguida. — Tenho de perguntar o que a senhora quer de mim!

— O que é que posso querer? Só posso querer que o senhor não me abandone, como está pensando aí — disse Anna, entendendo tudo quanto ele não lhe dissera. — Aliás, não é isso que quero: é secundário. Quero o amor, mas não o tenho. Assim sendo, está tudo acabado!

Ela se dirigiu à porta.

— Espera! Es... pera! — disse Vrônski, sem alisar a dobra soturna de suas sobrancelhas, mas segurando o braço de Anna. — O que é isso? Disse que precisávamos adiar a partida por três dias, tu respondeste que eu estava mentindo e era um homem desonesto...

— Disse, sim, e repito: um homem que me censura por ter sacrificado tudo por minha causa — insistiu ela, relembrando as frases de outra briga passada — é pior ainda do que um homem desonesto. É um homem sem coração!

— Não, a paciência tem limites! — gritou Vrônski e soltou rápido o braço dela.

"Ele me odeia, isso é claro", pensou Anna e, calada, sem virar a cabeça, saiu do quarto a passos claudicantes.

"Ele ama outra mulher, isso é mais claro ainda", disse consigo, entrando em seu quarto. "Quero o amor, mas não o tenho. Assim sendo, está tudo acabado!", repetiu as palavras que havia dito. "E tenho que acabar mesmo."

"Mas como?", fez essa pergunta no íntimo, sentando-se numa poltrona em face do seu espelho.

Indagava a si própria aonde iria agora, à casa de sua tia, onde fora criada, à de Dolly ou, pura e simplesmente, sozinha para o estrangeiro; imaginava o que ele estava fazendo, sozinho em seu gabinete; conjeturava se era uma briga fatal, se a reconciliação seria ainda possível; pensava no que diriam a respeito dela todos os antigos conhecidos petersburguenses, em como Alexei Alexândrovitch consideraria tudo isso... E muitos outros pensamentos relativos ao que aconteceria agora, depois dessa ruptura, vinham à sua mente, mas Anna não se entregava, com toda a sua alma, a tais pensamentos. Havia uma ideia vaga em sua alma, a única a interessá-la, mas ela não conseguia assimilar essa ideia. Lembrando-se outra vez de Alexei Alexândrovitch, lembrou-se também de sua doença após o parto e daquele sentimento que não a deixava então em paz. "Por que não morri?", rememorou suas palavras e sensações de então. E, subitamente, compreendeu o que estava em sua alma. Sim, era uma ideia que resolveria tudo por si só. "Morrer, sim!..."

"A vergonha e a desonra de Alexei Alexândrovitch e de Serioja, e minha própria vergonha horrível, tudo isso se redime com a morte. Se eu morrer, ele se arrependerá e ficará lamentando, amando, sofrendo por minha causa." E, com um sorriso petrificado que expressava sua compaixão por si mesma, ela permaneceu sentada naquela poltrona, tirando os anéis da sua mão esquerda e pondo-os de volta, enquanto imaginava, vivamente e sob diversos ângulos, os sentimentos de Vrônski posteriores à morte dela.

Os passos que se aproximavam, os passos dele, distraíram-na. Como que absorta em guardar seus anéis, nem sequer se voltou para ele.

Vrônski se achegou a ela e, pegando-lhe a mão, disse baixinho:

— Anna, vamos embora depois de amanhã, se quiseres. Concordo com tudo.

Ela estava calada.

— Então? — perguntou Vrônski.

— Tu mesmo sabes — disse ela e, no mesmo instante, desfez-se em prantos por não poder aguentar mais. — Deixa-me, deixa! — balbuciava por entre os soluços. — Vou embora amanhã... Farei mais do que isso. Quem sou? Uma mulher depravada. Uma pedra no teu pescoço. Não quero que sofras, não quero! Eu te libertarei. Não me amas mais, amas outra mulher.

Vrônski lhe implorava que se acalmasse, assegurava que não havia nem sombra de razão para ficar enciumada, que nunca deixara nem deixaria de amá-la, que a amava mais do que antes.

— Anna, por que é que torturas tanto a ti mesma e a mim? — dizia, beijando as mãos dela. Agora seu rosto exprimia ternura, e parecia a Anna que ouvia o som de choro em sua voz, e ela sentia suas lágrimas molharem-lhe o braço. E eis que, num átimo, o desespero ciumento de Anna transformou-se numa ternura apaixonada e também desesperada: ela o abraçava, cobria de beijos a cabeça, o pescoço e as mãos dele.

## XXV

Intuindo que a reconciliação estava consumada, Anna se animou de manhã a preparar sua partida. Mesmo sem terem decidido se partiriam na segunda ou na terça-feira, já que na véspera haviam cedido um ao outro, ela se preparava ativamente para a viagem e nem por sombras se importava agora com a data precisa: um dia a menos ou a mais não faria diferença alguma. Estava de pé, diante de um baú aberto, e separava as coisas que levaria consigo quando Vrônski, já todo vestido, entrou em seu quarto antes da hora habitual.

— Vou logo ver a *maman*; ela poderá enviar aquele dinheiro para mim com Yegórov. E amanhã estarei pronto a partir — disse ele.

Por mais bem-humorada que estivesse Anna, melindrou-se um pouco com essa menção à visita que Vrônski faria ao sítio de sua mãe.

— Não, eu mesma precisarei de um tempinho — disse, pensando logo a seguir: "Então era possível, de algum jeito, fazer tudo como eu queria". — Não, faz conforme resolveste. Fica na sala de jantar: logo estarei lá, só tenho de separar umas roupas que não servem mais — disse, passando para Ânnuchka, que já segurava um montão de trapos, mais alguma coisa.

Vrônski comia seu bife, quando ela veio à sala de jantar.

— Nem vais acreditar em como me enfastiei desses cômodos — disse, sentando-se ao lado dele para tomar seu café. — Não existe nada mais horroroso do que essas *chambres garnies*.[58] Não têm expressão própria, não têm alma. Essas pêndulas, essas cortinas e, principalmente, esse papel de parede... são um pesadelo. Penso na Vozdvíjenskoie como se fosse uma terra prometida. Ainda não mandaste os cavalos para lá?

— Não, eles partem depois de nós. E tu mesma vais sair hoje?

— Queria ir à casa de Wilson. Tenho de entregar uns vestidos para ela. Pois está decidido: amanhã mesmo? — disse Anna com uma voz alegre, mas, de repente, seu rosto mudou.

O camareiro de Vrônski veio pedir o recibo para um telegrama vindo de Petersburgo. Não havia nada de especial em Vrônski receber uma mensagem, mas ele disse, como se quisesse esconder algo de Anna, que o respectivo carimbo estava em seu gabinete e voltou-se apressadamente para ela.

— Sem falta terminarei tudo amanhã.

— De quem é essa mensagem? — perguntou Anna, sem escutá-lo.

— De Stiva — respondeu ele, a contragosto.

— Então por que não a mostraste para mim? Que segredo é que pode haver entre mim e Stiva?

Vrônski chamou pelo seu camareiro e mandou que trouxesse o telegrama.

— Não quis mostrá-lo porque Stiva tem a mania de telegrafar. Mas por que telegrafaria, se nada está resolvido ainda?

— É sobre o divórcio?

— Sim, mas ele escreve que não conseguiu, por enquanto, nada. Prometeu que daria, um dia desses, a resposta definitiva. Vem ler tu mesma.

Anna pegou o telegrama com as mãos trêmulas e leu exatamente o mesmo que Vrônski acabara de dizer. Ainda se acrescentava no fim: havia pouca esperança, mas Stiva faria tudo o que fosse possível e impossível.

— Eu disse ontem que não me interessava mais quando conseguiria o divórcio, nem mesmo se o conseguiria de fato — replicou Anna, corando. — Não tinhas nenhuma necessidade de esconder isso de mim. — "Da mesma maneira é que ele pode esconder e esconde de mim sua correspondência com outras mulheres", pensou.

— E Yachvin queria vir esta manhã, com Vóitov — disse Vrônski. — Parece que ganhou de Pevtsov tudo e até mais do que ele pode pagar: cerca de sessenta mil.

— Não — continuou ela, irritando-se porque Vrônski lhe mostrava com tal mudança de assunto, tão manifestamente, que ela estava irritada —: o

---

[58] Quartos mobiliados (em francês).

que é que te leva a crer que essa notícia me interesse a ponto de te cumprir escondê-la? Já disse que não queria mais pensar nisso e gostaria que te importasses com isso tão pouco quanto eu.

— Eu me importo com isso porque gosto de clareza — disse ele.

— A clareza não está na aparência, mas no amor — retorquiu ela, cada vez mais irritada, nem tanto com as palavras quanto com o tom friamente tranquilo de seu amante. — Por que queres isso?

"Meu Deus, de novo esse amor", pensou ele, com uma carranca.

— Mas tu sabes por quê. Por ti e pelos filhos que teremos — respondeu.

— Não teremos mais filhos.

— É muita pena — disse ele.

— Precisas disso por causa dos filhos, mas será que nem pensas em mim? — retrucou ela, totalmente esquecida de Vrônski ter dito "por ti e pelos filhos". De resto, nem sequer o ouvira.

A questão de eles poderem ainda ter filhos era polêmica e, havia muito tempo, deixava-a irritada. Explicando para si mesma essa vontade dele, a de ter outros filhos, Anna pensava que não prezasse sua beleza.

— Ah, mas eu disse: por ti. Antes de tudo, por ti! — repetiu Vrônski, cujo semblante se contraía como se ele sentisse dor. — É que tenho certeza de o motivo dessa tua irritação ser ligado, principalmente, à tua situação indefinida.

"Sim, agora ele parou de fingir e dá para ver todo o seu frio ódio por mim", pensou Anna, sem escutar as palavras dele, mas fitando, apavorada, aquele juiz frio e cruel que transparecia, desafiando-a, em seus olhos.

— O motivo não é esse — respondeu —, e nem sequer entendo como o motivo da minha irritação, segundo dizes aí, pode ser esse, já que estou inteiramente em teu poder. Como é que minha situação poderia ser indefinida? É o contrário!

— Lamento muito que não queiras entender — interrompeu-a Vrônski, teimando em expressar uma ideia sua —: a situação está indefinida porque te parece que sou livre.

— Quanto a isso, podes ficar completamente tranquilo — disse ela e, virando-lhe as costas, começou a beber seu café.

Ergueu a xícara, afastando o mindinho, e levou-a à boca. Após alguns goles, olhou para Vrônski e compreendeu perfeitamente, pela expressão facial dele, que se enojava com sua mão e seu gesto, e com o som que faziam seus lábios.

— Para mim, não faz diferença alguma o que pensa tua mãe nem como ela quer arranjar teu casamento — disse Anna, colocando, com a mão trêmula, sua xícara em cima da mesa.

— Mas não falamos disso agora.

— Sim, falamos disso mesmo. E acredita que uma mulher sem coração, seja ela velha ou não, seja tua mãe, seja uma estranha, não me interessa a mim, e nem quero saber dela.

— Peço-te, Anna, que não desrespeites minha mãe!

— Se uma mulher não consegue adivinhar, com o coração, em que consistem a felicidade e a honra de seu filho, é que essa mulher não tem coração.

— Repito meu pedido: não fales, nesse tom desrespeitoso, de minha mãe, que eu mesmo respeito — disse ele, elevando a voz e mirando-a com austeridade.

Ela não respondeu. Olhando atentamente para Vrônski, para seu rosto e suas mãos, relembrou com todos os detalhes a cena da reconciliação, que se passara na véspera, e as carícias passionais dele. "Aquelas carícias, justamente as mesmas, ele já prodigalizou e vai prodigalizar, e quer prodigalizar a outras mulheres!", pensou então.

— Não amas tua mãe. Isso tudo são frases, frases e frases! — disse, olhando para ele com ódio.

— Se for assim, é preciso...

— É preciso decidir, e eu decidi — arrematou ela e já queria sair, mas foi nesse momento que Yachvin entrou na sala de jantar. Anna cumprimentou-o e parou.

Por que, quando uma tempestade se desencadeava em sua alma, quando ela se sentia prestes a dar uma guinada cujas consequências poderiam ser terríveis, por que precisava, nesse exato momento, fingir-se na frente de um homem estranho que ficaria, mais cedo ou mais tarde, ciente de tudo? Ela não sabia, porém, refreando logo essa sua tempestade interior, voltou a sentar-se e começou a falar com Yachvin.

— E esse seu negócio, como anda? Cobrou a dívida? — perguntou-lhe.

— Anda bem: parece que não vou receber tudo, mas tenho de partir na quarta-feira. E vocês, partem quando? — disse Yachvin, entrefechando os olhos ao encarar Vrônski e, obviamente, adivinhando que o casal acabara de brigar.

— Parece que depois de amanhã — disse Vrônski.

— Já faz tempo, aliás, que se preparam.

— Mas agora está decidido — disse Anna, cravando bem nos olhos de Vrônski um olhar que lhe dizia às claras que nem pensasse em eventual reconciliação. — Será que não tem pena daquele infeliz Pevtsov? — continuou a falar com Yachvin.

— Nunca me perguntei, Anna Arkádievna, se tinha pena ou não. O mesmo se dá na guerra: a gente não se pergunta se sente pena ou não. É que todo o meu patrimônio está aqui — Yachvin apontou para seu bolso lateral —, e agora sou um homem rico, mas pode ser que vá hoje ao clube e saia de lá arruinado. Quem se dispõe a jogar comigo quer tirar a minha camisa, e eu, a dele. Lutamos, pois, um contra o outro, e isso nos dá prazer.

— E se o senhor estivesse casado — disse Anna —, o que seria de sua esposa?

Yachvin deu uma risada.

— Por isso mesmo, talvez, é que não me casei nem quis jamais me casar.

— E Helsingfors?[59] — questionou Vrônski, intrometendo-se na conversa e olhando para Anna, que sorrira.

Com esse olhar, o semblante de Anna assumiu de chofre uma expressão fria e ríspida, como se ela lhe dissesse: "Não está esquecido. É o mesmo".

— Será que o senhor se apaixonou? — perguntou a Yachvin.

— Oh, meu Deus, quantas vezes! Mas, veja se me entende, um homem pode jogar à vontade, mas de maneira que possa sempre largar o jogo quando chegar o tempo de seu *rendez-vous*.[60] E eu cá faço amor, mas de maneira que não me atrase, de noite, para a mesa de jogo. Assim é que me viro.

— Não falo daquilo ali, não: falo do que é verdadeiro... — Ela queria dizer "daquele seu Helsingfors", mas não quis repetir a palavra dita por Vrônski.

Chegou Vóitov, que pretendia comprar um garanhão; Anna se levantou e saiu da sala.

Antes que saísse de casa, Vrônski foi ao seu quarto. Ela queria fingir que procurava por algo em sua mesa, mas se envergonhou com tal fingimento e fixou no rosto dele um olhar direto e frio.

— O que deseja? — perguntou-lhe em francês.

— Pegar a certidão do Gambetta, que vendi — disse ele, num tom a explicitar mais claramente ainda do que suas palavras: "Não tenho tempo para me explicar, e isso não levaria a nada".

"Não tenho nenhuma culpa para com ela", pensava Vrônski. "Se quer castigar a si mesma, *tant pis pour elle*."[61] Contudo, enquanto ele saía, pareceu-lhe que Anna dissera algo, e seu coração vibrou, de repente, com pena dela.

— O que foi, Anna? — perguntou.

— Não foi nada — respondeu ela, fria e calma como antes.

"Se não for nada, então *tant pis*", pensou Vrônski, gelando outra vez. Virou-se e foi embora. Quando saía, viu o rosto de Anna no espelho: ela estava pálida, seus lábios tremiam. Quis deter-se e dizer alguma palavra consoladora, porém

---

[59] O nome sueco da cidade de Helsinki, comumente usado na Rússia daquela época.
[60] Encontro, especialmente íntimo (em francês).
[61] Tanto pior para ela (em francês).

as pernas o levaram para fora do quarto antes de ele inventar o que lhe diria. Passou o dia inteiro fora de casa e, quando voltou, tarde da noite, uma criada disse que Anna Arkádievna estava com dor de cabeça e pedira que ninguém entrasse em seu quarto.

## XXVI

Ainda nunca eles haviam passado um dia inteiro assim, amuados um com o outro. Essa foi a primeira vez. E não foi um amuo. Foi uma evidente manifestação de arrefecimento por parte dele. Será que se podia olhar para ela como Vrônski olhara ao entrar em seu quarto para pegar aquela certidão? Olhar para ela, ver que seu coração se partia de desespero e logo sair em silêncio, com aquela expressão indiferente e tranquila? Não apenas os sentimentos dele estavam arrefecidos: ele a odiava porque amava outra mulher, e isso era óbvio.

Ao recordar todas as palavras cruéis que Vrônski lhe dissera, Anna inventava ainda outras palavras, as que desejava, sem dúvida, mas não podia dizer-lhe, ficando cada vez mais irritada.

"Não a retenho..." — Ele poderia ter dito isso. "A senhora pode ir aonde quiser. Não quis divorciar-se do seu marido porque deseja provavelmente voltar a viver com ele. Então volte. Dou-lhe dinheiro, se precisar. De quantos rublos é que precisa?"

Todas as palavras mais cruéis que um homem grosseiro poderia dizer foram ditas por Vrônski em sua imaginação, e ela não lhe perdoou essas palavras, como se realmente as tivesse dito.

"Mas não foi apenas ontem que ele me jurou seu amor, ele, esse homem sincero e honesto? E não me desesperei tantas vezes à toa?", dizia em seguida a si mesma.

À exceção da visita à casa de Wilson, que lhe tomara duas horas, Anna passou todo esse dia atormentada por dúvidas: se estava tudo acabado ou existia ainda uma esperança de reconciliação, se ela devia partir de imediato ou tinha de vê-lo mais uma vez. Passou o dia todo à espera dele e eis que à noite, indo ao seu quarto, mandou dizerem a Vrônski que estava com dor de cabeça e resolveu no íntimo: "Se ele vier, diga o que lhe disser a camareira, então ele me ama ainda. Se não vier, isso significa que está tudo acabado: aí decidirei o que vou fazer!..."

Ouviu, à noite, o barulho de sua caleça que parava, seu toque de campainha, seus passos e sua conversa com a criada: ele acreditou no que lhe fora dito, não quis mais saber de nada e foi ao seu quarto. Desse modo, estava tudo acabado.

E a morte, como o único meio de fazer o amor renascer em seu coração, de castigá-lo e de ser vitoriosa na luta travada pelo espírito maligno que se arraigara no coração dela, apresentou-se a Anna clara e nitidamente.

Agora não fazia mais diferença se ela iria ou deixaria de ir para a Vozdvíjenskoie, se seu marido lhe concederia o divórcio ou não: tudo isso era agora desnecessário. Ela precisava de uma só coisa: castigá-lo.

Quando verteu a dose rotineira de ópio em seu copo e pensou que bastaria apenas tomar o frasco inteiro para morrer, isso lhe pareceu tão fácil e simples que ela se pôs outra vez a cismar, prazerosamente, em como Vrônski ficaria atribulado, contrito, como amaria a memória dela quando já fosse tarde demais. Deitada em sua cama, de olhos abertos, mirando, à luz de uma vela prestes a apagar-se, a cornija moldada do teto, coberta em parte pela sombra de um biombo, imaginava vivamente o que ele sentiria quando ela mesma não existisse mais e fosse apenas uma lembrança. "Como pude dizer aquelas palavras cruéis para ela?", diria Vrônski. "Como pude sair do quarto sem lhe dizer nada? Só que agora ela não existe mais. Ela foi embora para sempre. Está lá...". De súbito, a sombra do biombo foi oscilando, cobrindo toda a cornija e o teto inteiro, e outras sombras irromperam, vindo do outro lado, ao encontro dela; esvaíram-se por um instante, mas depois se adensaram de novo, com rapidez renovada, estremeceram, juntaram-se todas, e a escuridão ficou plena. "A morte!", pensou Anna. E foi tamanho o pavor que se apossou dela que não conseguiu, por muito tempo, compreender onde estava nem achar os fósforos, com suas mãos trêmulas, e acender outra vela no lugar da que se consumira e se apagara. "Não, é só uma coisa: viver! É que o amo. É que ele me ama também! Isso já aconteceu e vai passar", dizia, sentindo as lágrimas, provocadas pela alegria de retornar à vida, escorrerem pelas suas faces. E, para se salvar desse seu medo, ela foi, apressada, ao gabinete dele.

Vrônski estava lá, profundamente adormecido. Anna se achegou a ele e passou muito tempo a fitá-lo, iluminando seu rosto por cima. Agora que dormia, ela o amava tanto que não pôde conter, ao vê-lo, as lágrimas de ternura; sabia, porém, que fixaria nela, se porventura acordasse, o mesmo olhar frio, cheio de autoconfiança, e que, antes de lhe falar sobre seu amor, ela teria de lhe provar quão culpado era. Então, sem acordá-lo, Anna voltou ao seu quarto e, após outra dose de ópio, caiu no sono ao amanhecer, e seu sono era pesado, mas incompleto, de sorte que ela estava, o tempo todo, consciente de si.

Foi já pela manhã que um pesadelo horrível, o qual se repetia amiúde em seus sonhos ainda antes de seu envolvimento com Vrônski, surgiu de novo em sua frente e fê-la acordar. O mesmo mujique velhinho de barba eriçada fazia algo, inclinando-se sobre uma chapa de ferro e murmurando as mesmas palavras francesas que não significavam nada, e ela sentiu, como sempre sentia ao reviver esse pesadelo (e era isso que o tornava horrível), que o mujique nem reparava nela, mas fazia algo medonho com aquele ferro e, assim, fazia algo medonho com ela mesma. Acordou banhada em suor gélido.

Quando se levantou, relembrou, como quem olhasse através de uma névoa, o dia passado.

"Houve uma briga. Aconteceu o que já tinha acontecido diversas vezes. Eu disse que estava com dor de cabeça, e ele não entrou. Amanhã iremos embora daqui: preciso vê-lo e preparar a nossa partida", disse consigo. Sabendo que ele estava em seu gabinete, foi vê-lo. Passando pela sala de estar, ouviu uma carruagem parar à entrada, olhou pela janela e viu um coche do qual assomava uma moça novinha, de chapeuzinho lilás, dando ordens ao lacaio, que tocava a campainha. Após uma conversa na antessala, alguém subiu a escada, e eis que os passos de Vrônski ressoaram ao lado da sala de estar. Ele descia a escada a passos rápidos. Anna se postou novamente à janela. Eis que ele saiu, sem chapéu, e aproximou-se do coche. A moça de chapeuzinho lilás entregou-lhe um pacote. Sorrindo, Vrônski lhe disse algo. A carruagem partiu; ele voltou a subir correndo a escada.

A névoa que encobria tudo em sua alma dissipou-se de supetão. Os sentimentos da véspera pungiram outra vez o coração dolorido dela. Agora nem conseguia entender como pudera humilhar-se a ponto de passar o dia inteiro na casa dele, sob o mesmo teto que ele. Foi direto ao gabinete para lhe anunciar a sua decisão.

— Foi Sorókina que passou, com sua filha, para me entregar o dinheiro e os papéis da *maman*. Não consegui recebê-los ontem. E como está tua cabeça, melhor? — disse Vrônski tranquilamente. Não desejava nem ver nem compreender a expressão solene e lúgubre de seu rosto.

Anna olhava para ele com atenção, calada como estava, imóvel no meio do cômodo. Vrônski também olhou para ela, franziu instantaneamente o sobrolho e continuou lendo uma carta. Ela se virou e, devagar, foi saindo do gabinete. Vrônski podia ainda fazê-la voltar, mas ela já tinha chegado à porta e ele permanecia calado, ouvindo-se tão somente o farfalhar de uma folha de papel que virava.

— Ah, sim, a propósito — disse, quando ela já estava perto da porta —: amanhã partiremos mesmo? Não é verdade?

— O senhor, sim, mas eu, não — respondeu ela, voltando-se para Vrônski.

— Anna, é impossível viver desse jeito...

— Para o senhor, sim, mas para mim, não — repetiu ela.

— Isso se torna insuportável!

— O senhor... o senhor se arrependerá — disse ela e saiu.

Assustado com a expressão desesperada que acompanhara essas palavras, ele se levantou num pulo, querendo correr atrás dela, porém se recobrou, sentou-se de novo e, cerrando com força os dentes, carregou o cenho. Essa ameaça de fazer algo, indecente como ele a considerava, deixara-o irritado. "Já fiz de tudo", pensou, " e agora só me resta um meio: não prestar atenção". Aprontou-se a ir primeiro à cidade e depois, novamente, à casa de sua mãe, pois necessitava de sua assinatura na procuração.

Anna ouviu o som de seus passos no gabinete e na sala de jantar. Chegando à sala de estar, ele parou. Mas não entrou no quarto dela, apenas mandou entregarem o garanhão a Vóitov em sua ausência. Depois ela ouviu o barulho de sua caleça: a porta se abriu, e ele saiu outra vez. Logo a seguir, retornou à antessala, e eis que alguém subiu correndo a escada. Foi o camareiro quem voltou para buscar as luvas que ele esquecera. Anna se acercou da janela e viu-o pegar as luvas, sem olhar para o camareiro, tocar nas costas do cocheiro e dizer algo para ele. Depois, sem olhar para as janelas, ele tomou sua pose costumeira dentro da caleça, cruzou as pernas e, calçando uma luva, sumiu por trás da esquina.

## XXVII

"Partiu! Acabou-se tudo!", disse Anna consigo, postada à janela, e foi então, em resposta à sua cisma, que as impressões de trevas ante a vela apagada e de seu tétrico sonho encheram-lhe, todas juntas, o coração de pavor frio.

"Não pode ser, não!", exclamou ela e, atravessando o cômodo, tocou com força a campainha. Sentia agora tanto medo de ficar só que, sem esperar pela vinda do criado, saiu ao encontro dele.

— Vá saber aonde foi o conde — pediu.

O criado respondeu que o conde fora às estrebarias.

— Mandou dizer que, se a senhora quisesse sair, a caleça voltaria logo.

— Está bem. Espere, que vou escrever um bilhete. Mande Mikháila, com esse bilhete, para as estrebarias. Depressa!

Anna se sentou e escreveu:

"Perdão. Volta para casa: tenho de me explicar contigo. Vem, pelo amor de Deus, que estou com medo."

Lacrou o bilhete e entregou-o ao criado.

Agora temia ficar sozinha: saiu logo atrás do criado e foi ao quartinho de sua filha.

"O que é isso? Não é ele... Onde estão seus olhos azuis, seu sorriso bonito e tímido?", esse foi o primeiro pensamento dela quando viu sua menina corada, rechonchudinha, de cabelos negros, em vez de Serioja que, com a confusão atual de suas ideias, esperava ver naquele quartinho. Sentada junto à mesa, a menina batia nela, forte e teimosamente, com uma rolha e fitava a mãe com o olhar bobinho de seus olhos negros como dois cássis. Dizendo à inglesa que estava muito bem e partiria, no dia seguinte, para a fazenda, Anna se sentou perto da menina e começou a girar, em sua frente, aquela rolha do garrafão. De chofre, uma risada alta e sonora da filha e um movimento que ela fizera com a sobrancelha lembraram-na tão vivamente de Vrônski que se levantou apressada e, contendo os prantos, saiu porta afora. "Será que está tudo acabado? Não pode ser, não", pensava. "Ele vai voltar. Mas como é que me explicará aquele sorriso, aquela animação toda depois de falar com ela? Aliás, mesmo que não explique, acreditarei nele. Se não acreditar, terei apenas um meio... só que não quero usá-lo."

Consultou seu relógio. Doze minutos se tinham passado. "Ele já recebeu o bilhete e agora vem para casa. Falta pouco, ainda uns dez minutinhos... E se ele não voltar? Não pode ser, não. É preciso que não me veja de olhos inchados. Vou lavar o rosto. Sim, sim: será que me penteei hoje ou não?", perguntou Anna a si mesma. Não conseguiu recordar e apalpou a cabeça. "Estou penteada, sim, mas decididamente não lembro quando me arrumei." Não acreditou nem sequer no toque de sua mão, acercando-se do tremó para ver se estava mesmo penteada ou não. Estava, sim, porém não conseguia lembrar quando se penteara. "Quem é essa?", pensou, ao mirar o rosto que se refletia no espelho, todo inflamado, de olhos estranhamente brilhantes e assustados, fixos nela. "Mas essa sou eu!", compreendeu de repente e sentiu, enquanto se examinava inteira, os beijos dele em seu corpo, estremecendo e encolhendo os ombros. Depois levou sua mão aos lábios e beijou-a.

"O que é isso? Será que estou enlouquecendo?" E ela foi ao seu quarto de dormir, que Ânnuchka limpava nesse momento.

— Ânnuchka — começou, parando na frente de sua camareira e olhando para ela, sem saber o que lhe diria a seguir.

— A senhora queria visitar Dária Alexândrovna — disse a camareira, como se a tivesse entendido.

— Dária Alexândrovna? Sim, vou visitá-la.

"Quinze minutos de ida, quinze minutos de volta. Ele está chegando, chegará logo." Anna tirou o relógio e consultou-o de novo. "Como é que ele pôde ir embora e me deixar numa situação dessas? Como é que pode viver sem se reconciliar comigo?" Ela se aproximou da janela e ficou olhando para a rua. Pelo horário, ele já devia ter voltado. No entanto, o cálculo podia estar incorreto... E Anna se pôs a rememorar quando ele partira e a recontar os minutos.

Quando foi conferir seu relógio com a grande pêndula, chegou alguém. Olhando pela janela, Anna viu a caleça dele. Contudo, ninguém subia a escada; algumas vozes se ouviam embaixo. Fora o mensageiro que voltara na carruagem de Vrônski. Anna desceu para falar com ele.

— Não encontraram o conde. Tinha ido pela estrada Nijegoródskaia.

— O que quer? O quê?... — Anna se dirigiu a Mikháila, mujique corado e jovial que lhe devolvia o bilhete.

"Mas ele não o recebeu", lembrou em seguida.

— Vá, com esse mesmo bilhete, ao sítio da condessa Vrônskaia. Sabe onde é? E traga logo a resposta — disse ao mensageiro.

"E eu mesma, o que é que vou fazer?", pensou. "Sim, é verdade: vou à casa de Dolly, senão ficarei louca. Ah, sim, ainda posso telegrafar." Redigiu um telegrama:

"Preciso conversar, venha imediatamente."

Ao enviar o telegrama, foi vestir-se. Já toda pronta e de chapéu, tornou a olhar nos olhos daquela tranquila Ânnuchka, que havia engordado um pouco. Era uma compaixão manifesta que se via em seus olhos cinza, pequenos e meigos.

— Ânnuchka, minha querida, o que é que eu faço? — balbuciou Anna, soluçando e deixando-se cair numa poltrona.

— Por que se preocupa tanto, Anna Arkádievna? São coisas que acontecem. Vá lá para se distrair — disse a camareira.

— Eu vou, sim — respondeu Anna, ao recobrar-se, e ficou em pé. — E, se um telegrama chegar em minha ausência, mande-o à casa de Dária Alexândrovna... Não, eu mesma estarei de volta.

"Não tenho que pensar, não, mas antes fazer alguma coisa, tenho que ir embora: o principal é sair desta casa", disse consigo, atentando, intimidada, naquele borbulhar pavoroso que sentia em seu coração. Depois se apressou a sair e subiu à caleça.

— Aonde manda que a leve? — perguntou Piotr, antes de se sentar na boleia.

— À Známenka, à casa dos Oblônski.

## XXVIII

O tempo estava claro. O chuvisco miúdo e denso, que caíra durante a manhã inteira, acabava de cessar. Os telhados de ferro, as lajes dos passeios, as pedras das calçadas, as rodas, o couro, o cobre e o latão das carruagens — tudo isso brilhava intensamente ao sol de maio. Eram três horas da tarde, o momento da maior movimentação nas ruas.

Sentada num canto da confortável caleça, que se balançava de leve, ao trote rápido dos cavalos cinza, sobre as suas molas elásticas, Anna recapitulava os eventos dos últimos dias, enquanto as rodas não paravam de girar estrepitosamente e as impressões se revezavam depressa ao ar livre, e acabou vendo a sua situação bem diferente da que se apresentava a ela em casa. Agora nem a ideia da morte lhe parecia tão nítida e medonha assim, nem a própria morte era iminente aos seus olhos. Agora ela censurava a si mesma pela humilhação à qual se rebaixara. "Fico implorando que ele me perdoe. Já me submeti a ele. Já me reconheci culpada. Por quê? Será que não posso viver sem ele?" E, sem responder à pergunta como viveria sem ele, pôs-se a ler os letreiros. "Escritório e armazém. Dentista. Sim, direi tudo a Dolly. Ela não gosta de Vrônski. Sentirei vergonha e dor, mas lhe direi tudo. Ela gosta de mim, e vou seguir o conselho que me der. Não me submeterei a ele, não deixarei que me eduque. Filíppov: *kalatchs*. Dizem que eles lá mandam a massa para Petersburgo. A água moscovita é tão boa. E os poços e crepes de Mytíchtchi!"[62] E Anna lembrou como, havia muito, muito tempo, quando tinha apenas dezessete anos, saíra com sua tia no dia da Trindade.[63] "Fomos a cavalo. Era eu mesma, aquela mocinha de mãos vermelhas? Quantas coisas que então me pareciam belas, mas inacessíveis, são ínfimas agora, e aquilo que eu tinha na época ficou inacessível para sempre. Teria acreditado então que pudesse chegar a uma humilhação dessas? Como ele se sentirá orgulhoso e contente ao receber meu bilhete! Mas vou provar para ele... Como aquela tinta cheira mal. Por que é que eles pintam e constroem tanto? Modas e roupas...", continuava lendo. Um homem saudou-a com uma mesura. Era o marido de Ânnuchka. "Nossos parasitas", relembrou ela as palavras de Vrônski. "Nossos? Por que logo 'nossos'? É horrível que não se possa desarraigar o passado. Não se pode desarraigá-lo, porém se pode esconder seus vestígios. E vou escondê-los." De súbito, recordou-se do seu passado com Alexei Alexândrovitch, de como o apagara da sua memória. "Dolly pensará que estou abandonando o segundo marido e portanto, quem sabe, não estou com a razão. Será que quero estar com a razão? Nem posso!", balbuciou Anna, sentindo vontade de chorar. Contudo, passou logo a refletir no que fazia aquelas duas moças sorrirem com tanta alegria. "Na certa, é o amor. Elas não sabem como isso é triste, como é baixo... Bulevar e crianças. Três meninos correm, brincando de cavalinho. Serioja! Perderei tudo e não o terei de volta. Perderei tudo, sim, a menos que ele volte. Talvez tenha perdido o trem, talvez já esteja em casa. Queres de

---

[62] Pequena cidade nos arredores de Moscou.
[63] Quinquagésimo dia após a Páscoa, na prática religiosa dos cristãos ortodoxos.

novo ser humilhada?", disse consigo. "Não: entrarei na casa de Dolly e direi abertamente a ela: estou infeliz e tenho merecido isso, sou culpada, mas, ainda assim, estou infeliz — ajude-me! Estes cavalos, esta caleça — como me vejo abominável dentro desta caleça — é tudo dele. Só que não vou mais vê-los."

Inventando as palavras com que diria tudo a Dolly e machucando propositalmente seu coração, Anna se dirigiu à escada.

— Alguém está em casa? — perguntou, uma vez na antessala.

— Katerina Alexândrovna Lióvina — respondeu um lacaio.

"Kitty! Aquela mesma Kitty por quem Vrônski estava apaixonado", pensou Anna, "aquela mesma de quem ele se lembrava com amor. Está arrependido de não se ter casado com ela. E de mim ele se lembra com ódio: está arrependido de se ter amasiado comigo".

Quando chegou Anna, as irmãs estavam discutindo a amamentação. Dolly veio sozinha receber a visita, que nesse momento atrapalhava a conversa delas.

— Pois você ainda não foi embora? Eu mesma queria visitá-la — disse. — Hoje recebi uma carta de Stiva.

— Nós também recebemos um telegrama — replicou Anna, olhando ao redor para ver Kitty.

— Ele escreve que não pode entender o que Alexei Alexândrovitch deseja precisamente, mas não voltará sem resposta.

— Eu pensava que alguém estivesse aí com você. Posso ler essa carta?

— Sim, Kitty está aqui — disse Dolly, confusa —: ficou no quarto de crianças. Ela esteve muito doente.

— Ouvi falar. Posso ler a carta?

— Já vou trazê-la. Mas ele não recusa; pelo contrário, Stiva tem esperanças — disse Dolly, parando às portas.

— Não tenho mais esperanças nem quero tê-las — disse Anna.

"O que é isso? Kitty acha que ficará humilhada caso se encontre comigo?", pensou, ao ficar sozinha. "Pode ser que ela tenha razão. Mas não será ela, outrora apaixonada por Vrônski, não será ela quem me mostrará isso, ainda que seja verdade! Sei que, nesta situação minha, nenhuma mulher decente poderia encontrar-se comigo. Sei que, desde aquele primeiro momento, tenho sacrificado tudo por ele! E eis aqui a recompensa! Oh, como o odeio! Por que foi que vim para cá? Estou pior ainda, sinto ainda mais dor..." Ela ouvia as vozes das duas irmãs, que conversavam no quarto vizinho. "O que é que direi, pois, a Dolly agora? Consolar Kitty com minha própria desgraça, submeter-me à proteção dela? Não... ademais, Dolly não entenderia coisa nenhuma. E nem tenho nada a dizer a Dolly. Apenas seria interessante ver Kitty e mostrar para ela como desprezo a todos e a tudo, como não me importo agora com nada."

Dolly entrou com uma carta nas mãos. Anna leu a carta e devolveu-a, calada, a Dolly.

— Já sabia disso tudo — concluiu. — E isso não me interessa nem um pouco.

— Mas por quê? Eu, pelo contrário, tenho esperanças — disse Dolly, mirando Anna com curiosidade. Ainda nunca a vira nesse estranho estado de irritação. — Quando é que parte? — perguntou.

Entrefechando os olhos, Anna olhava bem para a frente e não lhe respondia.

— Por que Kitty se esconde de mim? — indagou, olhando para a porta e corando.

— Ah, que bobagem! Ela está amamentando, e aquilo não dá muito certo, e eu a aconselhei... Ela ficará muito feliz. Já vai aparecer — disse Dolly sem jeito, porque não sabia mentir. — Lá está ela.

Ciente de que viera Anna, Kitty não queria sair do quarto, mas Dolly acabou por convencê-la. Juntando as forças, Kitty saiu e, toda rubra, achegou-se a Anna e estendeu-lhe a mão.

— Estou muito feliz — disse, com uma voz trêmula.

Kitty estava confusa por causa da luta que se travava, em seu íntimo, entre a hostilidade àquela mulher depravada e o desejo de tratá-la com indulgência, porém, tão logo viu o semblante de Anna, bonito e simpático como era, toda a sua hostilidade sumiu num instante.

— Não me surpreenderia se a senhora não quisesse encontrar-se comigo. Já me acostumei a tudo. A senhora esteve doente? Sim, está mudada — disse Anna.

Kitty percebia que Anna a via com maus olhos. Explicava essa hostilidade com a situação incômoda em que Anna, sua antiga protetora, estava agora em sua presença, chegando a ter pena dela.

As mulheres conversaram sobre a doença, sobre o bebê, sobre Stiva, porém nada disso, obviamente, interessava Anna.

— Vim para me despedir de você — disse ela, levantando-se.

— Quando é que vocês partem?

Sem responder, Anna se dirigiu outra vez a Kitty.

— Sim, estou muito feliz por tê-la visto — disse, sorrindo. — Tenho ouvido tanta coisa a seu respeito, de todos os lados, até mesmo de seu marido. Ele me visitou, e gostei muito dele — acrescentou, com evidente má intenção. — Onde está agora?

— Foi à fazenda — respondeu Kitty, enrubescendo.

— Transmita minhas lembranças a ele, transmita sem falta.

— Sem falta! — repetiu Kitty ingenuamente, olhando com compaixão nos olhos de Anna.

— Adeus, Dolly! — Beijando Dolly e apertando a mão de Kitty, Anna se apressou a sair.

— É sempre a mesma, tão atraente como antes. Muito bonita! — disse Kitty, ficando a sós com sua irmã. — Só que há nela algo de lamentar! De lamentar mesmo!

— Não, hoje há nela algo diferente — notou Dolly. — Quando a acompanhei até a antessala, achei que estava para chorar.

## XXIX

Subindo à caleça, Anna se sentia pior ainda do que ao sair de casa. Agora se juntava àqueles sofrimentos uma sensação de ofensa e repúdio, que ela percebera bem claramente quando de seu encontro com Kitty.

— Para onde manda que a leve? Para casa? — perguntou Piotr.

— Sim, para casa — disse ela, mesmo sem pensar agora para onde iria.

"Como elas me examinavam, como se fosse algo medonho, incompreensível, exótico! De que é que ele pode contar ao outro com tanto ardor?", pensava, olhando para dois pedestres. "Será que se pode contar ao outro do que se sente? Eu mesma queria contar a Dolly: ainda bem que não contei... Como ela ficaria alegre com minha desgraça! Esconderia aquilo, mas o principal sentimento dela seria o júbilo de me ver castigada pelos meus prazeres, que sempre invejara. E Kitty se alegraria mais ainda. Como a vejo toda por dentro! Ela sabe que tratei seu marido mais gentilmente do que de costume. Está enciumada e sente ódio por mim. E me despreza, além disso. Aos olhos dela, sou uma mulher imoral. Pois, se fosse uma mulher imoral, poderia ter feito que seu marido se apaixonasse por mim... se acaso quisesse. Aliás, queria mesmo. E aquele ali está contente consigo...", pensou a respeito de um senhor gordo e corado que a tomara por uma conhecida sua, vindo ao encontro dela, e soerguera seu chapéu lustroso sobre a cabeça calva e também lustrosa, mas se apercebera, logo a seguir, de que estava enganado. "Ele achava que me conhecesse a mim. Mas me conhece tão pouco como qualquer um me conhece no mundo inteiro. Nem eu mesma me conheço. Conheço as minhas apetências, como dizem os franceses. Eles lá querem aquele sorvete imundo. É disso que têm toda a certeza", pensava, olhando para dois garotos a pararem um sorveteiro, que tirava um vasilhame de cima da sua cabeça e enxugava o rosto suado com a ponta de uma toalha. "Nós todos queremos algo doce, gostoso. Se não houver bombons, aquele sorvete imundo também serve. E Kitty é assim: se não for Vrônski, será Lióvin. E tem inveja de mim. E me odeia. E todos nós odiamos um ao outro. Eu odeio Kitty, e ela me odeia a mim. Essa é que é a verdade. Tiútkin, *coiffeur*... *Je me fais coiffer par Tiútkin*...[63] Será bem isso que lhe direi, quando ele voltar", pensou, sorrindo, mas recordou no mesmo instante que agora não tinha mais a quem dizer coisas engraçadas. "Aliás, não há nada que seja engraçado, alegre. É tudo abjeto. Os sinos dobram anunciando a missa vespertina, e vejam só como aquele comerciante se benze direitinho, como se temesse deixar alguma coisa cair! Para que servem aquelas igrejas, aquele dobrar dos sinos, aquela mentira? Apenas para fazer de conta que nós todos não nos odiamos, como aqueles cocheiros que xingam com tanta raiva. Yachvin diz: ele quer tirar a minha camisa, e eu, a dele. Essa é que é a verdade!"

Foi em meio a tais pensamentos, empolgantes a ponto de fazê-la esquecer até mesmo a sua situação, que Anna se viu chegando à entrada de sua casa. Ao ver o porteiro, que viera ao seu encontro, lembrou-se apenas de ter enviado um bilhete e um telegrama.

— Alguma resposta? — perguntou ela.

— Já vou olhar — respondeu o porteiro; pegou o fino envelope quadrado de um telegrama, que estava em cima de sua escrivaninha, e entregou-o a Anna. "Não posso chegar antes das dez horas. Vrônski", leu ela.

— E o mensageiro voltou?

— De jeito nenhum — respondeu o porteiro.

"Ah, se for assim, já sei o que tenho a fazer", disse Anna consigo e, sentindo uma ira indefinida e uma intenção vingativa que a dominavam, subiu correndo a escada. "Eu mesma é que vou atrás dele. Antes de partir para sempre, direi tudo a ele. Nunca odiei ninguém tanto quanto aquele homem!", pensava. Ao avistar o chapéu dele no cabideiro, estremeceu de asco. Não entendia que o telegrama dele era a resposta ao seu próprio telegrama e que ele não recebera ainda seu bilhete. Imaginava que ele conversava agora, todo tranquilo, com a mãe e Sorókina, que se alegrava com os sofrimentos dela. "Sim, preciso ir logo", disse a si mesma, ainda sem saber aonde iria. Queria afastar-se o mais depressa possível dos sentimentos que experimentava nessa casa horrível. Os domésticos, as paredes, os móveis dessa casa — tudo lhe suscitava aversão e cólera, tudo a oprimia com seu peso.

"Sim, preciso ir à estação ferroviária; senão, ir direto para lá e flagrá-lo." Anna conferiu, em vários jornais, os horários dos trens. O trem noturno partiria às oito horas e dois minutos. "Sim, tenho tempo." Mandou atrelar outros cavalos e começou a colocar em sua bolsa de viagem aquelas coisas de que necessitaria nos próximos dias. Sabia que não voltaria mais para essa

---

[63] ... cabeleireiro. Faço meus penteados com Tiútkin (em francês).

casa. Havia tomado, em meio aos planos que lhe vinham à mente, uma vaga decisão de enveredar, depois daquilo que aconteceria ali na estação, ou então no sítio da condessa, pela estrada Nijegoródskaia e de ficar na primeira cidade que alcançasse.

O almoço estava servido; ela se aproximou da mesa, cheirou o pão e o queijo, persuadiu-se de que o cheiro de tudo quanto fosse comestível deixava-a enojada, mandou trazer a caleça e saiu porta afora. A casa já projetava uma sombra através da rua toda, e a tardinha estava clara e ainda quente ao sol. Ânnuchka, que a acompanhava com seus pertences nas mãos, e Piotr, que os colocava na caleça, e o cocheiro, que parecia aborrecido, todos lhe causavam nojo, todos a irritavam com suas falas e seus movimentos.

— Não vou precisar de você, Piotr.
— E a passagem?
— Faça como quiser: para mim, tanto faz — disse ela, desgostosa.

Piotr saltou à boleia e, pondo a mão na cintura, mandou ir à estação ferroviária.

## XXX

"Ei-la de novo! De novo compreendo tudo", disse Anna consigo, logo que a caleça se pôs em marcha e, balançando-se sobre os calhaus da calçada, tornou a rodar estrepitosamente, ao passo que suas impressões se alternavam outra vez, vindo uma após a outra.

"Pois bem: qual foi meu último pensamento, tão agradável assim?", tentou lembrar. "Foi Tiútkin, aquele *coiffeur*? Não foi, não. Ah, sim, foi o que dizia Yachvin: a luta pela sobrevivência e o ódio são o único elo que liga as pessoas. Não, é à toa que vocês vão lá...", dirigiu mentalmente a uma turma que decerto rumava para o campo, naquela carruagem puxada por quatro cavalos, a fim de se divertir. "Nem o cachorro que levam vai ajudá-los. Não fugirão de si mesmos." Lançou uma olhada àquela direção para onde se voltava Piotr e viu um operário fabril, semimorto de tão bêbado, que meneava a cabeça, levado não se sabia aonde por um guarda. "Antes seria aquele lá", pensou então. "Nem eu nem o conde Vrônski encontramos tal prazer, se bem que esperássemos muita coisa dele". E, pela primeira vez, Anna focou aquela luz viva, sob a qual examinava tudo, em suas relações com Vrônski, nas quais evitara pensar antes. "O que foi que ele procurou em mim? Nem tanto o amor quanto a satisfação de sua vaidade." Lembrou-se das suas palavras, daquela expressão facial, semelhante à de um perdigueiro submisso, que ele tinha nos primeiros tempos de seu romance. E agora tudo confirmava isso.

"Sim, havia nele um regozijo de fatuidade vitoriosa. Havia amor também, com certeza, mas a parte maior era seu orgulho de ter conseguido. Ele se jactava de mim. Depois aquilo passou. Não tem mais de que se jactar. Antes se envergonharia comigo agora do que se jactaria. Já me tomou tudo o que pôde tomar e não precisa mais de mim. Está enfastiado e busca apenas não me tratar desonestamente. Ontem deixou escapar que almejava pelo divórcio e pelo casamento para queimar seus navios. Ele me ama, mas como? *The zest is gone*.⁶⁴ E aquele quer espantar todo mundo e anda muito contente consigo mesmo...", pensou, olhando para um feitor corado que montava um cavalo de picadeiro. "Já não lhe pareço mais tão deliciosa assim, não. Se o abandonar, ele ficará contente no fundo da alma."

Não era uma suposição sua: ela percebia isso com toda a clareza sob aquela luz penetrante que lhe revelava agora o sentido da vida e das relações humanas.

"Meu amor se torna cada vez mais passional e egoístico, e o amor dele se esmaece cada vez mais: por isso é que nos separamos", continuou a pensar. "E não dá para consertar isso. Tudo se resume nele para mim, e exijo que se entregue a mim cada vez mais. E ele anseia cada vez mais por me deixar. Vínhamos um ao encontro do outro, antes de sermos amantes, e depois fomos, incontidamente, em direções opostas. E não dá para mudar isso. Ele me diz que sou absurdamente ciumenta, e eu mesma já disse comigo que era absurdamente ciumenta, mas isso não é verdade, não. Não sou ciumenta: estou descontente. Mas..." Ela abriu a boca e mudou de lugar dentro da caleça, por causa da emoção que lhe suscitara uma ideia inesperada. "Se, pelo menos, eu pudesse ser algo maior do que uma amante sedenta apenas pelas carícias dele... Só que não quero nem posso ser nada além disso. E provoco aversão nele, com este desejo meu, e ele provoca fúria em mim, e não poderia ser de outra maneira. Não sei, por acaso, que ele não me enganaria, que não se interessa por Sorókina, que não está apaixonado por Kitty, que não me trairá? Sei disso tudo, porém não fico aliviada. Se ele, sem me amar mais, for bondoso e carinhoso comigo tão só por obrigação, se não existir aquilo que desejo, será algo mil vezes pior do que qualquer fúria! Será um inferno! E não será, mas já é. Já faz muito tempo que ele não me ama mais. E, onde termina o amor, começa o ódio. Não conheço nenhuma dessas ruas. Umas colinas, pelo caminho, e tantas casas, mas tantas... E, nessas casas, tantas pessoas, mas tantas... São incontáveis e não acabam mais, e todas se odeiam mutuamente. Pois bem: nem que eu invente o que desejo para ser feliz. E daí? Consigo o divórcio, Alexei Alexândrovitch me devolve Serioja, e depois me

---

⁶⁴ O enlevo se foi (em inglês).

caso com Vrônski." Ao lembrar-se de Alexei Alexândrovitch, ela não demorou a vê-lo com extraordinária viveza, como se estivesse em pessoa diante dela: imaginou o olhar mortiço de seus olhos dóceis e apagados, as veias azuis de suas mãos brancas, suas entonações e seu estralo de dedos, e, relembrando aquele sentimento que existia entre eles dois e também era chamado de amor, estremeceu de asco. "Pois bem: conseguirei o divórcio e me casarei com Vrônski. E Kitty deixará então de olhar para mim como olhou agorinha? Não. E Serioja deixará de perguntar pelos meus dois maridos ou de pensar neles? E qual será o novo sentimento entre mim e Vrônski que vou inventar? Será possível algo que, sem ser felicidade, deixe apenas de ser sofrimento? Não e não!", respondeu a si mesma, agora sem a mínima hesitação. "É impossível! Somos separados pela própria vida: eu faço a infelicidade dele, ele faz a minha, e não seríamos corrigidos, nem ele nem eu. Todas as tentativas foram feitas, mas o parafuso se desgastou. Uma mendiga com uma criança, sim. Ela pensa lá que alguém sente pena dela. Será que nós todos não fomos largados neste mundo tão só para nos odiarmos e, sendo assim, torturarmos a nós mesmos e a outrem? Os ginasianos passam ali: estão rindo. Serioja?", recordou, de improviso. "Eu também achava que o amava e me derretia toda com aquela minha ternura. Só que vivi sem ele, troquei meu filho por outro amor e não reclamei da troca, enquanto me deleitava com esse amor." E recordou, enojada, tudo quanto chamasse de "esse amor". E a clareza, com que via agora sua vida e a de todas as pessoas, deixou-a feliz. "E eu mesma, e Piotr, e o cocheiro Fiódor, e aquele comerciante, e toda aquela gente que mora lá, perto do Volga, para onde convidam esses anúncios... somos todos iguais, em toda parte e sempre", pensou, quando a caleça já se aproximava do baixo prédio da estação Nijegoródskaia e os carregadores vinham correndo ao seu encontro.

— Manda que compre sua passagem até Obirálovka? — perguntou Piotr.

Anna já havia esquecido completamente aonde e para que iria, tanto assim que custou muito a entender essa pergunta.

— Sim — respondeu, passando-lhe o porta-níqueis, e desceu da caleça com um saquinho vermelho no ombro.

Dirigindo-se, no meio da multidão, à sala da primeira classe, ficou relembrando, pouco a pouco, todos os detalhes de sua situação, bem como as decisões entre as quais hesitava. E, outra vez, tanto a esperança quanto o desespero passaram a avivar as feridas, antigas e doloridas, de seu coração exausto, que palpitava terrivelmente. Sentada num sofá em forma de estrela, à espera do trem, ela olhava com asco para quem entrava e saía (todos lhe causavam asco nesse momento) e imaginava ora como chegaria àquela estação e escreveria um bilhete para ele, e o que, notadamente, escreveria nesse bilhete, ora como ele se queixava agora à sua mãe, sem se dar conta dos sofrimentos dela, de sua situação, e como ela entraria no quarto, e o que lhe diria então. Pensava também em como a vida poderia ainda ser feliz, em como o amava e o odiava a ele, tão dolorosamente assim, em como eram terríveis as batidas de seu coração.

## XXXI

Soou o sinal; passaram dois jovens feiosos, desbragados e apressados, mas, ao mesmo tempo, atentos à impressão que produziam; Piotr também passou pela sala, com sua libré e seus sapatões, com aquele seu rosto obtuso, animalesco, e achegou-se a ela para acompanhá-la até o vagão. Os jovens barulhentos calaram-se enquanto Anna caminhava pela plataforma ao seu lado, e um deles comentou com o outro, em voz baixa, a respeito dela, dizendo sem dúvida algo obsceno. Ela subiu ao degrau alto e foi sentar-se sozinha num dos compartimentos, sobre um sofá de molas outrora branco, mas agora todo manchado. Estremecendo sobre aquelas molas, seu saquinho ficou imóvel. Com um sorriso aparvalhado, Piotr soergueu, plantado defronte à janela, seu chapéu com galões para se despedir dela; um condutor insolente fechou a porta e encaixou a tranqueta. Uma dama bem feia, que usava uma *tournure*[65] (Anna despiu mentalmente essa mulher e ficou horrorizada com sua feiura), e uma menina passaram embaixo, correndo e rindo de modo artificial.

— Está tudo com Katerina Andréievna, *ma tante*![66] — gritou a menina.

"Até essa menina está desfigurada e se requebra assim", pensou Anna. Para não ver mais ninguém, levantou-se depressa e sentou-se perto da janela oposta daquele vagão vazio. Um mujique sujo e horroroso, cujos cabelos emaranhados se espetavam sob um casquete, passou rente a essa janela, inclinando-se para as rodas do vagão. "Há algo familiar nesse horrível mujique", pensou Anna. Então se lembrou do seu sonho e, tremendo de medo, afastou-se até a porta fronteira. O condutor abria-a para deixar entrar um casal.

— A senhora deseja sair?

Anna não respondeu. Nem o condutor nem os passageiros repararam na expressão de terror que tinha seu rosto debaixo do véu. Ela retornou ao seu canto e ficou sentada. O casal se acomodou do outro lado, examinando seu vestido dissimulada, mas atentamente. Tanto o marido quanto a mulher

---

[65] Saia munida de armação metálica, destinada a avolumar a região glútea (em francês).
[66] Minha tia (em francês).

pareciam asquerosos a Anna. O marido perguntou se ela permitia fumar, não para fumar, evidentemente, mas a fim de encetar uma conversa. Quando ela concordou, pôs-se a conversar em francês com sua esposa, posto que precisasse falar menos ainda do que fumar. Ambos diziam besteiras, fingidos como eram, tão só para fazê-la ouvir. Anna percebia claramente como estavam fartos um do outro e como se detestavam. E não se poderia deixar de detestar essa gentinha feia e ordinária.

Ouviu o segundo sinal e, logo depois, a movimentação das bagagens, o ruído, os gritos e risos. Estava tão claro para Anna que ninguém tinha ali nenhum motivo de se alegrar que aqueles risos a irritavam a ponto de lhe causar dor, tanto assim que ela quis tapar os ouvidos para não os ouvir mais. Ressoou finalmente o terceiro sinal, ouviram-se o apito e o guincho da locomotiva; esticou-se uma corrente, e o marido se benzeu. "Seria interessante perguntar pelo que subentende quando faz isso", pensou Anna, mirando-o com fúria. Olhava através da janela, sem atentar em sua vizinha, para as pessoas que estavam na plataforma, esperando pela partida do trem, e pareciam recuar aos poucos. Estremecendo regularmente sobre as junções dos trilhos, o vagão em que estava Anna rodou ao longo da plataforma, de um muro de alvenaria, de um disco, de outros vagões; suas rodas foram tamborilando nos trilhos, com um som cada vez mais suave e oleoso, acompanhado de um leve tinido, a luz viva do sol poente iluminou a janela e uma aragem veio brincar com a cortina. Anna se esqueceu de seus vizinhos e, respirando o ar fresco ao passo que sentia a fluida oscilação do vagão, tornou a refletir.

"Sim, onde foi que parei? Pensava que não conseguia inventar uma situação em que a vida não fosse um sofrimento, que nós todos fôramos criados para sofrer, que sabíamos todos disso e não fazíamos outra coisa senão inventar meios de nos iludirmos. Mas, quando vemos a verdade, o que nos resta fazer?"

— A razão foi concedida ao homem para se livrar do que o atormenta — disse a dama em francês, obviamente contente com essa frase e disposta a exibir sua habilidade linguística.

Essas palavras como que responderam aos pensamentos de Anna.

"Para se livrar do que o atormenta", repetiu ela. E, olhando para o marido de faces vermelhas e sua macilenta cara-metade, intuiu que essa mulher doentia se achava incompreendida, que seu marido a enganava e mantinha tal opinião nela. Era como se Anna focasse a luz naquele casal e visse a história dos cônjuges e todos os recantos de suas almas. Entretanto, não havia lá nada de interessante, e ela continuou refletindo.

"Sim, isso me atormenta muito, e a razão me foi concedida para me livrar disso, ou seja, tenho de me livrar. Então por que não apago a vela, já que não resta mais nada para ver, já que sinto nojo ao ver tudo isso? Mas como? Por que aquele condutor corre de lá para cá; por que eles gritam, os jovens do outro vagão? Por que falam, por que riem? Nada é verdadeiro: é tudo mentira, engodo, mal!..."

Quando o trem chegou à estação, Anna saiu com uma turba de passageiros e, evitando-os como se fossem leprosos, parou na plataforma, tentando lembrar por que viera ali e o que tencionava fazer. Agora tudo o que antes lhe parecia possível era tão difícil de compreender, sobretudo em meio à multidão buliçosa de todas aquelas pessoas horripilantes que não a deixavam em paz. Ora os carregadores acorriam oferecendo-lhe seus serviços, ora os jovens fitavam-na, batendo os saltos nas tábuas da plataforma e conversando em voz alta, ora quem vinha ao seu encontro tentava deixá-la passar e colidia com ela. Ao recordar que queria seguir viagem se não houvesse resposta, chamou por um dos ferroviários e perguntou se não estava lá um cocheiro com o bilhete endereçado ao conde Vrônski.

— O conde Vrônski? Um doméstico dele esteve aqui agorinha. Veio buscar a princesa Sorókina e sua filha. E como é a cara desse cocheiro?

Enquanto Anna falava com o ferroviário, o cocheiro Mikháila, corado e risonho, com sua bonita *poddiovka* azul e uma corrente por cima, aparentando orgulho de ter cumprido tão bem a incumbência de sua patroa, aproximou-se dela e entregou-lhe um bilhete. Anna deslacrou-o, e seu coração se contraiu antes ainda que ela o tivesse lido.

"Lamento muito não ter recebido teu bilhete mais cedo. Voltarei às dez horas", escrevera Vrônski, com uma letra descuidada.

"É isso mesmo! Já esperava por isso!", disse ela, no íntimo, com um sorriso maldoso.

— Está bem: vá para casa, vá — murmurou, dirigindo-se a Mikháila. Falava baixo, pois a rapidez das batidas de seu coração impedia-a de respirar. "Não deixarei que me atormentas, não!", pensou, não destinando essa ameaça ao cocheiro nem a si própria, mas a quem a fazia sofrer, e caminhou pela plataforma, ao longo dos prédios da estação.

Duas camareiras que andavam pela plataforma retorceram os pescoços, olhando para Anna, e comentaram, em voz alta, acerca de sua toalete. "São de verdade", disseram a respeito das rendas que ela usava. Aqueles jovens tampouco a deixavam em paz: encarando-a, rindo e gritando algo com vozes falsas, passaram novamente ao lado dela. O gerente da estação perguntou de passagem se ela voltaria a pegar o trem. Um garoto que vendia *kvas* não despregava os olhos dela. "Meu Deus, aonde é que vou?", pensava Anna, cada vez mais distante do seu vagão. Deteve-se ao fim da plataforma. As damas e crianças que riam e falavam bem alto, acabando de encontrar um senhor de óculos, calaram-se, quando a viram por perto, e começaram a examiná-la.

Acelerando o passo, Anna se afastou delas e foi até a borda da plataforma. Um trem de carga vinha chegando. Pareceu-lhe, com as vibrações da plataforma, que estava outra vez no vagão.

E, de repente, ela se lembrou do homem que fora esmagado no dia de seu primeiro encontro com Vrônski e compreendeu o que tinha a fazer. Desceu, a passos rápidos e ligeiros, aqueles degraus que levavam da bomba d'água aos trilhos e postou-se junto ao trem que rodava em sua frente. Olhava para a parte inferior dos vagões, para os parafusos e para as correntes, para as altas rodas de ferro-gusa do primeiro vagão, que avançava bem devagar, e procurava tanto estimar, a olho, a distância entre as rodas dianteiras e traseiras como adivinhar o momento em que o meio dessa distância estaria diante dela.

"Atirar-me lá!", dizia consigo, olhando para a areia mesclada com carvão que cobria, à sombra do vagão em marcha, os dormentes da via férrea. "Lá, bem no meio: assim o castigarei, a ele, e me livrarei de todos e de mim mesma".

Queria cair embaixo do primeiro vagão, cujo meio estava em sua frente, porém o saquinho vermelho, que ela começara a tirar do ombro, atrapalhou-a, e eis que já era tarde demais: o meio do vagão havia passado. Teve de esperar pelo vagão seguinte. Ficou dominada por uma sensação semelhante àquela que experimentava quando se dispunha, banhando-se no rio, a entrar n'água e fez um sinal da cruz. Esse gesto habitual provocou em sua alma toda uma série de lembranças juvenis e infantis, e a treva que envolvia tudo aos seus olhos rasgou-se de súbito e, por um instante, a vida se apresentou a ela com todas as alegrias passadas, tão luminosas. No entanto, ela não desviava os olhos das rodas do segundo vagão, que se aproximava. E foi justamente no momento em que o meio da distância a separar essas rodas estava diante dela que jogou fora seu saquinho vermelho, encolheu a cabeça entre os ombros, caiu embaixo do vagão, apoiando-se nas mãos, e, com um sutil movimento de quem fosse levantar-se em seguida, ficou de joelhos. No mesmo instante, apavorou-se com o que estava fazendo. "Onde estou? O que faço? Por quê?" Quis reerguer-se, saltar para trás, mas algo enorme lhe empurrou a cabeça, algo inexorável a arrastou pelas costas. "Perdoai-me tudo, Senhor!", disse ela, sentindo que a luta era já impossível. Murmurando algumas palavras, o mujiquezinho forjava seu ferro. E a vela, à luz da qual ela lera um livro cheio de aflições e mentiras, de pesares e males, reacendeu-se com um brilho mais forte do que nunca, alumiou tudo quanto estava antes imerso na escuridão, deu um estalo, passou a tremeluzir e apagou-se para sempre.

oitava
PARTE

I

Passaram-se quase dois meses. O cálido verão já chegava à metade, mas só agora é que Serguei Ivânovitch se aprontava para sair de Moscou.

Certos eventos tinham ocorrido, nesse ínterim, na vida de Serguei Ivânovitch. Fazia cerca de um ano que finalizara seu livro intitulado *Ensaio geral sobre as bases e formas estatais na Europa e na Rússia*, fruto de seis anos de trabalho. Alguns capítulos desse livro, bem como sua introdução, publicavam-se em periódicos, outras partes eram lidas por Serguei Ivânovitch para as pessoas de seu meio, de sorte que as ideias expostas nessa obra não podiam mais ser totalmente ignoradas pelo público. Ainda assim, Serguei Ivânovitch esperava que o lançamento de seu livro haveria de produzir uma séria impressão na sociedade e, se não uma revolução científica, ao menos um alvoroço no âmbito das ciências.

Lapidado com muito esmero, o livro fora lançado no ano anterior e distribuído entre os livreiros.

Sem perguntar a ninguém pela sua obra, respondendo a contragosto e com falsa indiferença aos seus amigos, que lhe indagavam sobre as vendas do livro, e nem sequer consultando os livreiros para saber como ele se vendia, Serguei Ivânovitch observava, com toda a atenção possível, aquela primeira impressão que seu livro vinha gerando na sociedade e na literatura.

Mas eis que se passou uma semana, depois outra semana, depois a terceira, e nenhuma impressão se fez perceptível na sociedade; apenas seus amigos, especialistas e pesquisadores, falavam às vezes, decerto por mera amabilidade, de seu livro. Quanto aos demais conhecidos, que não se interessavam por essa obra de conteúdo acadêmico, nem se referiam a ela em suas conversas. A sociedade, que se preocupava agora com outros problemas, também se mostrava absolutamente indiferente. Nem os literatos disseram, ao longo de um mês inteiro, meia palavra a respeito do livro.

Serguei Ivânovitch calculara minuciosamente o tempo necessário para resenhá-lo, porém se passou um mês, depois outro, sem que o silêncio fosse rompido.

Tão só n'*O besouro do Norte*, num folhetim humorístico sobre o cantor Drabânti que teria perdido a voz, foram ditas oportunamente umas desdenhosas palavras acerca do livro de Kóznychev, das quais se deduzia que esse livro já havia sido condenado e ridicularizado por todo mundo.

Enfim um artigo crítico apareceu, no decorrer do terceiro mês, numa revista séria. Serguei Ivânovitch conhecia, inclusive, o autor desse artigo. Encontrara-o, certa feita, na casa de Golubtsov.

O autor do artigo era um folhetinista bem jovem, doente, muito desenvolto como escritor, mas extremamente pouco instruído e tímido em suas relações pessoais.

Apesar de seu pleno desprezo pelo autor, Serguei Ivânovitch procedeu à leitura de seu artigo com pleno respeito. O artigo era horrível.

Fora certamente de caso pensado que o folhetinista interpretara o livro todo como era impossível interpretá-lo. Todavia, selecionara as citações com tanta esperteza que quem não tivesse lido o próprio livro (e era óbvio que quase ninguém o lera) ficaria totalmente convicto de que a obra toda não passava de um conjunto de palavras altissonantes, empregadas, ainda por cima, de forma despropositada (o que demonstravam os pontos de interrogação), e que o autor da obra era um ignorante completo. E tudo isso se dizia com tanta argúcia que até mesmo Serguei Ivânovitch em pessoa gostaria de ser tão arguto assim, mas nisso é que consistia o cúmulo do horror.

Embora verificasse, com muita escrupulosidade, a justiça dos argumentos do resenhista, Serguei Ivânovitch não atentou, nem por um minuto, naqueles defeitos e erros que ele escarnecera, sendo por demais evidente que os escolhera de propósito, mas logo se pôs a rememorar, mesmo sem querer e nos mínimos detalhes, seu encontro e sua conversa com o autor do artigo.

"Será que o ofendi de alguma maneira?", perguntava a si mesmo. E, recordando como corrigira na ocasião uma das frases daquele jovem, a qual revelava a crassa ignorância dele, Serguei Ivânovitch conseguiu explicar o sentido de seu artigo.

Houve, depois daquele artigo, um silêncio sepulcral, tanto na imprensa quanto no meio leitor, a respeito do livro, e Serguei Ivânovitch entendeu que a obra elaborada durante seis anos, com tanto amor e tamanho esforço, passara despercebida.

A situação de Serguei Ivânovitch tornava-se ainda mais difícil porque, ao terminar seu livro, ele não tinha mais trabalhos de gabinete, que antes preenchiam a maior parte do seu tempo.

Serguei Ivânovitch era inteligente, instruído, saudável, ativo, mas não sabia para onde direcionar toda a sua atividade. As conversas que levava em salões, congressos, reuniões, comitês, ou seja, em todos os lugares onde se pudesse conversar, ocupavam certa parte do seu lazer; entretanto, como quem morava por muito tempo numa cidade, ele não se permitia mergulhar por inteiro naquelas conversas, ao contrário de seu inexperiente irmão, que o fazia quando vinha a Moscou. Destarte, sobravam-lhe ainda lazeres e forças mentais.

Por sorte, foi nesse exato momento, particularmente difícil por causa do malogro sofrido pelo seu livro, que as questões relativas aos sectários, aos amigos americanos, à fome em Samara, à exposição e ao espiritismo foram substituídas pela questão eslava, que antes só começava a despontar na sociedade, e Serguei Ivânovitch, que desde antes era um dos simpatizantes dessa questão, dedicou-lhe toda a sua energia.

Não se falava nem se escrevia nesse meio-tempo, no ambiente social a que pertencia Serguei Ivânovitch, sobre nada além da questão eslava e da guerra dos sérvios. Tudo quanto faz, de ordinário, a multidão ociosa para matar o tempo fazia-se agora em prol dos eslavos. Bailes, concertos, almoços, alocuções, trajes femininos, cervejas e botequins — tudo testemunhava a compaixão pelos eslavos.

Serguei Ivânovitch discordava, em pormenores, de muitas coisas ditas e escritas sobre esse tema. Percebia que a questão eslava se transformara num daqueles passatempos em voga que sempre se revezavam em fornecer à sociedade alguma ocupação; percebia também que havia muitas pessoas a abordarem essa questão por ganância ou presunção. Reconhecia que os jornais publicavam diversas matérias inúteis e exageradas com o único objetivo de chamar atenção e derrotar os concorrentes. Via que, com esse enlevo geral da sociedade, tomavam a dianteira e gritavam mais do que os outros todos os fracassados e preteridos: comandantes sem tropas, ministros sem ministérios, jornalistas sem revistas, líderes de partidos sem partidários. Via muitas coisas levianas e ridículas, mas enxergava e reconhecia igualmente um entusiasmo indubitável, que unira todas as classes sociais e não cessava de crescer, com o qual não se podia deixar de simpatizar. O massacre de correligionários, de irmãos eslavos, provocara compaixão por oprimidos e revolta contra opressores. O heroísmo dos sérvios e montenegrinos, que lutavam por uma grande causa, suscitara ao povo inteiro o desejo de ajudar aqueles irmãos com ações e não apenas com falas.

Ao mesmo tempo, havia outro fenômeno que animava Serguei Ivânovitch: era a manifestação da opinião pública. A sociedade deixara esse seu desejo bem claro. A alma do povo encontrara uma expressão, conforme dizia Serguei Ivânovitch. E, quanto mais se dedicava ao assunto, tanto mais evidente achava que este acabaria tomando proporções gigantescas, constituindo toda uma época.

Entregando-se inteiramente àquela grande causa, não se lembrava mais do seu livro. Agora estava ocupado o tempo todo, de modo que nem conseguia responder a todas as cartas e solicitações destinadas a ele.

Ao trabalhar toda a primavera e parte do verão, propôs-se a visitar a fazenda de seu irmão apenas no mês de julho.

Pretendia descansar lá, por umas duas semanas, e deleitar-se em ver, naquele santuário do povo que era o interior rural, a elevação do espírito popular, da qual não tinha sombra de dúvida, assim como todos os habitantes das capitais e grandes cidades. Disposto, havia tempos, a cumprir uma promessa feita a Lióvin, a de visitar também sua fazenda, Katavássov viajava com ele.

## II

Mal Serguei Ivânovitch e Katavássov chegaram à estação da ferrovia de Kursk,[1] por demais lotada e animada naquele dia, desceram da carruagem e olharam para o lacaio a segui-los com suas bagagens, chegaram também quatro carros de aluguel que traziam os voluntários. Várias damas vieram saudá-los, com ramalhetes nas mãos, e foram entrando no prédio da estação, acompanhadas pela multidão que se precipitou atrás delas.

Foi uma daquelas damas que saudavam os voluntários quem se dirigiu, ao sair da sala, a Serguei Ivânovitch.

— O senhor também veio para se despedir? — perguntou em francês.

— Não, princesa, eu mesmo vou viajar. Quero ver meu irmão e descansar um pouco. E a senhora sempre se despede de alguém? — disse Serguei Ivânovitch, com um sorriso quase imperceptível.

— Como não? — respondeu a princesa. — É verdade que já mandamos oitocentos homens? Malvínski não acreditou em mim.

— Mais de oitocentos. Incluindo aqueles que não partiram diretamente de Moscou, já são mais de mil — disse Serguei Ivânovitch.

— Pois é, bem que eu disse! — replicou a dama, entusiasmada. — É verdade também que as doações somam agora cerca de um milhão?

— Muito mais, princesa.

— E o telegrama de hoje? Os turcos foram derrotados outra vez.

— Sim, já o li — respondeu Serguei Ivânovitch. Referiam-se ao último telegrama a confirmar que, durante três dias a fio, os turcos haviam sido derrotados em todos os pontos, que estavam fugindo e que se esperava, no dia seguinte, um combate decisivo.

---

[1] Cidade russa que se encontra a sul de Moscou.

— Ah, sim, há um belo jovem que quer ir para a guerra, sabe? Nem sei por que ficou impedido. Eu gostaria de pedir ao senhor, pois conheço aquele jovem: escreva, por favor, um bilhete. Foi a condessa Lídia Ivânovna quem o recomendou.

Ao indagar-lhe detalhadamente sobre aquele jovem que queria ir para a guerra, Serguei Ivânovitch foi à sala da primeira classe, escreveu um bilhete endereçado a quem de direito e entregou-o à princesa.

— O conde Vrônski, que todos conhecem, também viaja nesse trem, sabe? — disse a princesa, com um sorriso triunfante e significativo, quando ele a reencontrou e lhe entregou o bilhete.

— Ouvi dizerem que também ia para a guerra, mas não sabia quando. Então viaja mesmo nesse trem?

— Eu o vi. Está por aqui; apenas sua mãe veio para se despedir dele. De qualquer modo, é a melhor coisa que poderia fazer.

— Oh, sim, é claro.

Enquanto eles conversavam, a multidão se arrojou, passando ao seu lado, até a mesa de refeições. Eles também mudaram de lugar e ouviram a voz sonora de um senhor que discursava, com uma taça na mão, perante os voluntários. "Servir em defesa da fé, da humanidade, dos nossos irmãos!", dizia, cada vez mais alto, aquele senhor. "É para um grande feito que os abençoa nossa mãezinha Moscou. *Živio!*",[2] concluiu, num tom retumbante e choroso.

Todos bradaram "*Živio!*", e outra multidão irrompeu na sala e por pouco não derrubou a princesa.

— O que acha, senhora princesa, hein? — disse, todo radiante, Stepan Arkáditch, que de improviso surgira no meio dessa multidão. — Ele falou tão bem, tão cordialmente, não é verdade? Bravo! E o senhor, Serguei Ivânytch? Se dissesse algumas palavras assim, de todo o coração, seria um incentivo, sabe? Fala tão bem — acrescentou, com um sorriso meigo, respeitoso e cauteloso, puxando de leve o braço de Serguei Ivânovitch.

— Não, já estou de partida.

— Aonde vai?

— À fazenda de meu irmão — respondeu Serguei Ivânovitch.

— Então verá minha esposa? Já escrevi para ela, mas o senhor a verá antes. Diga-lhe, por favor, que me viu e que está *all right*.[3] Ela vai entender. Aliás, diga-lhe, por gentileza, que fui nomeado membro comissionado da Agência... Pois bem, ela entenderá! *Les petites misères de la vie humaine*,[4] sabe?

---

[2] Viva! (em sérvio).
[3] Tudo certo (em inglês).
[4] Os probleminhas da vida humana (em francês).

— dirigiu-se à princesa, como quem pedisse desculpas. — E Miagkáia, não Lisa, mas a Bibiche, manda mil rifles e doze enfermeiras. Já contei ao senhor?

— Ouvi falar, sim — respondeu Kóznychev, de má vontade.

— É pena que esteja partindo — disse Stepan Arkáditch. — Amanhã servimos o almoço para dois homens, Dimer-Bartniánski de Petersburgo e nosso Gricha Vesselóvski. Ambos vão para a guerra. Vesselóvski acaba de se casar. É um valentão! Não é verdade, princesa? — dirigiu-se à dama.

Sem responder, a princesa olhou para Kóznychev. Entretanto, a vontade de se livrar dele, que aparentava a par de Serguei Ivânovitch, não deixou Stepan Arkáditch nem um pouco confuso. Ele sorria, ora mirando a pluma do chapéu da princesa, ora olhando ao seu redor, como se recordasse alguma coisa. Ao avistar uma dama que passava com uma caneca nas mãos, chamou por ela e colocou uma nota de cinco rublos naquela caneca.

— Não consigo ver calmamente essas canecas, enquanto tiver dinheiro — disse. — E o telegrama de hoje, hein? Como são bravos os montenegrinos!

— O que está dizendo? — exclamou, quando a princesa lhe disse que Vrônski viajaria naquele trem. Por um instante, o rosto de Stepan Arkáditch ficou triste, porém, um minuto mais tarde, quando ele entrou, vibrando de leve a cada passo e alisando as suíças, na sala onde estava Vrônski, já se esquecera completamente dos prantos desesperados sobre o cadáver de sua irmã e via em Vrônski apenas um herói e um companheiro de longa data.

— Sejam quais forem seus defeitos, não se pode deixar de lhe fazer justiça — disse a princesa a Serguei Ivânovitch, tão logo Oblônski se afastou deles. — Essa é uma índole genuinamente russa, eslava! Só receio que Vrônski se aborreça ao vê-lo. Diga o que disser, estou sensibilizada com o destino daquele homem. Fale com ele pelo caminho — pediu a seguir.

— Sim, talvez, se for possível.

— Nunca gostei dele. Mas aquilo há de redimir muita coisa. Ele não só vai para a guerra, mas também leva seu esquadrão por conta própria.

— Ouvi falar, sim.

Ressoou o sinal. Todos se espremeram às portas.

— Lá vem ele! — comentou a princesa, apontando para Vrônski que passava de braços dados com sua mãe, usando um comprido casaco e um chapéu negro de abas largas. Oblônski caminhava ao seu lado, falando animadamente com ele.

Sombrio, Vrônski olhava bem para a frente, como se não ouvisse o que lhe dizia Stepan Arkáditch.

Voltou-se, decerto por indicação de Oblônski, para onde estavam a princesa e Serguei Ivânovitch e, calado, soergueu o chapéu. Seu rosto envelhecido, que patenteava sofrimento, parecia petrificado.

Uma vez na plataforma, Vrônski deixou sua mãe passar e, ainda calado, entrou no compartimento do vagão.

Ouviram-se na plataforma "Deus, resguardai o czar..."[5] e depois os brados "Hurra!" e "*Živio!*". Um dos voluntários, um homem alto e muito novo, de peito cavado, atraía especial atenção com suas saudações, que fazia agitando um chapéu de feltro e um ramalhete sobre a cabeça. Por trás dele assomavam, também saudando a multidão, dois oficiais e um homem idoso, de barba grande, que usava um boné ensebado.

## III

Ao despedir-se da princesa, Serguei Ivânovitch entrou, junto com Katavássov que se aproximara dele, num vagão lotado, e o trem partiu.

Na estação de Tsarítsyno o trem foi recebido com um harmônico coro de jovens que cantavam "Glória". Os voluntários saudavam de novo a multidão, assomando pelas janelas, mas Serguei Ivânovitch não atentava mais neles: lidara tanto com os voluntários que já conhecia seu tipo geral, e o restante não lhe interessava. Quanto a Katavássov, que não tivera a oportunidade de observá-los por causa de seus trabalhos científicos, ficou muito interessado e passou a indagar-lhe acerca deles.

Serguei Ivânovitch aconselhou-o a ir à segunda classe para falar pessoalmente com os voluntários. Logo na estação seguinte, Katavássov pôs esse conselho em prática.

Passou, nessa estação, para o vagão de segunda classe e conheceu os voluntários. Sentados à parte, num canto do vagão, eles falavam em voz alta e, obviamente, sabiam que a atenção dos passageiros e de Katavássov, que acabara de entrar, estava focada neles. Quem esgoelava mais do que todos era aquele rapaz alto, de peito cavado. Parecia bêbado e contava um caso que ocorrera em seu estabelecimento. Um oficial já não muito novo, que vestia uma malha austríaca inerente ao uniforme da guarda imperial, estava sentado em sua frente. Escutava o contador, sorria e fazia-o parar. O terceiro voluntário, que trajava o uniforme da artilharia, estava sentado ao lado deles, em cima de uma mala. O quarto dormia.

Puxando conversa com aquele jovem, Katavássov soube que era um rico comerciante moscovita, dono de uma vultosa fortuna que dilapidara antes de completar vinte e dois anos. Katavássov não gostou dele por ser amimalhado

---

[5] A frase inicial do hino russo.

e fisicamente débil: aparentava ter plena certeza, sobretudo agora que estava embriagado, de realizar uma façanha heroica e ostentava-se da maneira mais repulsiva.

O outro homem, um oficial reformado, também causou a Kataróssov uma impressão desagradável. Parecia alguém que provara de tudo. Já trabalhara nas estradas de ferro, já fora gerente e fundara, ele mesmo, algumas fábricas; falava de qualquer coisa sem sombra de necessidade e utilizava, sem nenhum propósito, termos científicos.

Foi ao contrário deles que o terceiro voluntário, o artilheiro, agradou muito a Kataróssov. Era um homem humilde que falava baixo, parecia venerar tanto a erudição do oficial reformado da guarda quanto o heroico sacrifício do comerciante e não contava nada sobre si próprio. Quando Kataróssov lhe perguntou o que o instigara a ir para a Sérvia, deu uma resposta modesta:

— Se todos vão, eu também vou. A gente tem de ajudar os sérvios também. Estou com pena deles.

— Sim, são principalmente os artilheiros que faltam por lá — disse Kataróssov.

— Só que servi pouco tempo na artilharia; quem sabe se não me mandam para a infantaria ou para a cavalaria.

— Como assim, "para a infantaria", se precisam, em primeiro lugar, de artilheiros? — perguntou Kataróssov, deduzindo da idade desse artilheiro que já devia ter uma patente considerável.

— Não servi muito tempo na artilharia: sou um alferes reformado — disse o homem, pondo-se a explicar por que não passara nas provas do oficialato.

Tudo isso provocou em Kataróssov uma sensação angustiante, de modo que, quando os voluntários saíram, numa das estações, para beber, ele quis conversar com outra pessoa a fim de verificar sua impressão desfavorável. Um dos passageiros, um velhinho de casaco militar, prestara o tempo todo atenção à conversa de Kataróssov com os voluntários. Ficando a sós com esse velhinho, Kataróssov se dirigiu a ele.

— Sim, como são diferentes as condições de todos aqueles homens que vão lá — disse, num tom vago, querendo explicitar a sua opinião e, ao mesmo tempo, sondar a do velhinho.

Era um militar que participara de duas campanhas. Sabia o que era um militar e, julgando pela aparência e pelas falas daqueles senhores, sem mencionar a afoiteza com que viravam seus cantis pelo caminho, considerava-os maus militares. Além disso, morava numa cidade interiorana e queria contar que, da sua cidade, apenas um soldado, beberrão e ladrão perdido, que ninguém mais contratava para trabalhar, tinha ido para a guerra. Contudo, sabendo por experiência própria que era perigoso, com a disposição atual da sociedade, manifestar uma opinião contrária à opinião geral e, sobretudo, criticar os voluntários, olhava para Katavássov com desconfiança.

— Por que não? Precisa-se de gente naquelas bandas: dizem que os oficiais sérvios não prestam para nada.

— Oh, sim, mas aqueles ali serão valentões — disse Katavássov, rindo tão só com os olhos. E eles começaram a discutir a última notícia militar e dissimularam ambos, um na frente do outro, sua perplexidade a respeito de quem seria combatido no dia seguinte, visto que os turcos, de acordo com essa última notícia, estavam derrotados em todos os pontos. Assim, sem ter exprimido suas respectivas opiniões, eles se despediram.

De volta para seu vagão, Katavássov relatou a Serguei Ivânovitch, usando sem querer de subterfúgios, as suas observações referentes aos voluntários, das quais decorria que eram todos valentes rapazes.

Na estação de uma grande cidade os voluntários foram recebidos, outra vez, com cantos e brados; apareceram outra vez as coletoras e os coletores de doações com suas canecas nas mãos, e as damas provincianas ofereceram seus ramalhetes aos voluntários e foram, atrás deles, ao refeitório, porém tudo isso já foi bem mais fraco e menor do que em Moscou.

## IV

Quando o trem parou naquela cidade provinciana, Serguei Ivânovitch não foi ao refeitório, mas se pôs a andar de lá para cá pela plataforma.

Ao passar, pela primeira vez, perto do compartimento de Vrônski, notou que sua janela estava fechada com uma cortina. No entanto, ao passar lá de novo, viu a velha condessa sentada à janela. A condessa chamou por Kóznychev.

— Estou indo, pois, para acompanhá-lo até Kursk — disse ela.

— Ouvi falar, sim — respondeu Serguei Ivânovitch, detendo-se rente à janela e olhando para dentro. — Que belo rasgo da parte dele! — acrescentou, percebendo que Vrônski não estava no compartimento.

— E o que mais teria a fazer após aquela desgraça?

— Que coisa terrível! — disse Serguei Ivânovitch.

— Ah, o que aturei! Mas entre cá... Ah, o que aturei! — repetiu ela, quando Serguei Ivânovitch entrou no vagão e veio sentar-se ao seu lado, num sofá. — Nem se pode imaginar aquilo! Ele não falou com ninguém por seis semanas; comia apenas quando eu lhe implorava. E não podíamos deixá-lo sozinho nem por um minuto. Tínhamos levado tudo o que ele poderia usar para se matar; estávamos no andar de baixo, porém não dava para prevermos nada. O senhor já sabe que ele atirou em si e que foi também por causa dela, não sabe? — disse a velhinha, franzindo o sobrolho com essa lembrança. — Sim, ela terminou justamente como devia terminar uma mulher daquelas. Até a morte que escolheu foi vil e baixa.

— Não nos cabe julgar, senhora condessa — disse Serguei Ivânovitch, com um suspiro —, mas entendo como a senhora tem sofrido.

— Ah, nem me fale! Eu morava em minha fazenda, e Aliocha veio para me visitar. Trouxeram um bilhete. Ele escreveu a resposta e logo a despachou. Nem sabíamos que ela estava lá mesmo, em nossa estação. De noite, mal fui ao meu quarto, minha Mary me disse que uma dama se jogara, ali na estação, embaixo do trem. Foi como se eu tivesse levado um golpe! Compreendi que era ela. A primeira coisa que disse foi: não digam nada a Aliocha. Mas já lhe haviam dito. O cocheiro dele estivera na estação e vira tudo. Quando corri para o quarto, Aliocha já estava transtornado: era um horror olhar para ele. Não disse meia palavra e foi cavalgando para lá. Não sei o que aconteceu lá, mas o trouxeram de volta como que morto. Eu nem o teria reconhecido. *"Une prostration complète"*,[6] disse o doutor. E depois começou quase um frenesi. Ah, não adianta falar! — disse a condessa, agitando a mão. — Que tempo horrível! Não, diga o que disser, foi uma mulher ruim. Mas que paixões desesperadas foram aquelas? Só queria provar algo extraordinário. E eis que provou. Acabou consigo e destruiu dois belos homens, seu marido e meu filho infeliz.

— E o que fez o marido dela? — perguntou Serguei Ivânovitch.

— Adotou a filha daquela mulher. Logo de início, Aliocha concordou com tudo, mas agora está sofrendo muito por ter passado sua filha para uma pessoa estranha. Só que não pode mais desistir da sua palavra. Karênin veio ao enterro. Esforçamo-nos para fazer que não se encontrasse com Aliocha. Para ele, para o marido, é mais fácil assim. Ela o desamarrou. Mas meu pobre filho se entregou a ela inteiramente. Abandonou tudo: sua carreira, a mim também, e foi então que aquela mulher não se condoeu dele, mas, de propósito, terminou de matá-lo. Não, diga o que disser, a própria morte dela foi a de uma mulher abjeta e sem religião. Que Deus me perdoe, mas, quando vejo a ruína de meu filho, não posso deixar de odiar a memória dela.

— E como ele está agora?

— Foi Deus que nos ajudou com essa guerra dos sérvios. Sou velha, não entendo nada disso, mas foi Deus quem mandou isso para ele. É claro que eu, a mãe dele, estou com medo, e, o principal, dizem que *ce n'est pas très bien vu à Pétersbourg*.[7] Mas fazer o quê? Era o único meio de reerguê-lo. Yachvin, o companheiro dele, perdeu tudo no jogo e resolveu ir para a Sérvia. Veio

---

[6] Uma prostração completa (em francês).
[7] Isso não é muito bem visto em Petersburgo (em francês).

falar com Aliocha e acabou por convencê-lo. Agora se preocupa com isso. Fale com ele, por favor, que eu quero distraí-lo um pouco. Anda tão triste. E, como se não bastasse, está com dor de dente. Ficará muito feliz, se encontrar o senhor. Por favor, fale com ele: está passeando daquele lado.

Serguei Ivânovitch disse que também ficaria muito feliz e passou para o outro lado do trem.

## V

Atravessando a oblíqua sombra vespertina dos sacos amontoados na plataforma, Vrônski, com seu casaco comprido e seu chapéu enterrado, andava como um bicho dentro da jaula: dava uns vinte passos, sem retirar as mãos dos bolsos, e retornava depressa. Acercando-se dele, Serguei Ivânovitch supôs que Vrônski o visse, mas fizesse de conta que não o via. Não se importou com isso: estava acima de toda e qualquer desavença particular com ele.

Nesse momento Vrônski era, aos olhos de Serguei Ivânovitch, uma figura importante, ligada a uma grande causa, e Kóznychev considerava seu dever estimulá-lo e aprová-lo. Achegou-se a ele.

Vrônski parou, fitou-o com atenção, reconheceu-o e, dando alguns passos ao encontro de Serguei Ivânovitch, apertou-lhe bem fortemente a mão.

— Talvez o senhor não tenha vontade de me ver — disse Serguei Ivânovitch —, mas será que eu não tenho como lhe ser útil?

— Nenhum encontro poderia ser menos desagradável para mim do que um encontro com o senhor — disse Vrônski. — Desculpe-me. Não há nada que me agrade nesta vida.

— Compreendo e gostaria de lhe oferecer meus serviços — disse Serguei Ivânovitch, mirando o semblante de Vrônski, que expressava um sofrimento patente. — Não precisa de uma carta para Ristić ou para Milan?[8]

— Oh, não! — respondeu Vrônski, que parecia entendê-lo a custo. — Se o senhor não se importa, vamos andando. Faz tanto calor nos vagões. Uma carta? Não, obrigado: não preciso de recomendações para morrer. A menos que me recomende aos turcos... — disse, sorrindo tão só com a boca. Seus olhos continuavam a expressar desgosto e sofrimento.

— Sim, mas talvez seja mais fácil manter contatos, que lhe serão, ainda assim, necessários, com uma pessoa prevenida. Aliás, como o senhor quiser. Fiquei muito contente quando ouvi falarem de sua decisão. Há tantas acusações

---

[8] Milan Obrenović IV (1854-1901): príncipe e rei da Sérvia de 1868 a 1889.

contra os voluntários que um homem como o senhor fará que cresçam na opinião pública.

— Um homem como eu — disse Vrônski — é bom porque a vida não vale nada para ele. Bem sei que minha energia física bastaria para atacar um *carré*[9] com o sabre na mão, para pisoteá-lo ou então cair no meio dele. Estou feliz de haver uma causa pela qual poderia sacrificar minha vida: não digo que não precise mais dela, porém ela me enoja. Creio que ainda será útil para alguém... — E ele fez um movimento impaciente com o zigoma, pois a dor de dentes, surda, mas ininterrupta, impedia-o mesmo de falar com a expressão que queria mostrar a outrem.

— O senhor renascerá, é isso que lhe predigo — replicou Serguei Ivânovitch, sentindo-se enternecido. — Livrar seus irmãos de um jugo é um objetivo digno tanto de morte quanto de vida. Que Deus lhe dê sucesso externo e paz interior — acrescentou, estendendo-lhe a mão.

Vrônski apertou com força a mão que Serguei Ivânovitch lhe estendera.

— Sim, ainda posso servir para alguma finalidade como instrumento. Mas, como homem, estou destruído — disse pausadamente.

A dor agonienta num dente ainda sadio, que lhe enchia a boca de saliva, impedia-o de falar. Ele se calou, olhando para as rodas de um tênder que deslizava lenta e suavemente pelos trilhos.

De súbito, algo bem diferente, antes uma angústia íntima, geral e dolorosa, que uma dor propriamente dita, forçou-o a esquecer, por um instante, sua dor dentária. Ao olhar para o tênder e os trilhos, influenciado pela conversa com um conhecido que não encontrava desde sua desgraça, lembrou-se subitamente dela, ou seja, daquilo que ainda sobrava dela quando irrompera, como louco, no alojamento da estação ferroviária. Lembrou-se do corpo ensanguentado, ainda cheio de vida recente, estendido na mesa daquele alojamento, numa pose impudica, e cercado por homens estranhos; lembrou-se da cabeça intacta, atirada para trás, com suas tranças pesadas e aqueles cachinhos sobre as têmporas, e do lindo rosto, de boca vermelha e entreaberta, em que se petrificara uma expressão bizarra, lastimosa nos lábios e tétrica nos olhos vidrados que permaneciam abertos, a expressão que parecia traduzir, com todas as letras, aquela frase terrível, a de que ele se arrependeria, dita por ela na hora da briga.

E Vrônski tentava recordá-la como ela fora então, quando a encontrara, também numa estação ferroviária, pela primeira vez: misteriosa, encantadora, amorosa, buscando e oferecendo felicidade, mas não cruelmente vingativa

---

[9] Tropa disposta em forma de um quadrado (em francês).

como ficara no último minuto. Tentava recordar os melhores momentos que passara com ela, mas esses momentos estavam envenenados para sempre. Só se lembrava de sua ameaça, triunfante e agora realizada, do arrependimento prometido de que ninguém precisava, agora inesquecível. Não sentia mais dor de dente, e os soluços lhe contraíam o rosto.

Ao passar duas vezes, calado, rente aos sacos e recuperar seu sangue-frio, dirigiu-se tranquilamente a Serguei Ivânovitch:

— O senhor não viu outro telegrama, depois do de ontem? Sim, eles foram derrotados pela terceira vez, mas se espera que haja amanhã um combate decisivo.

E, ao falarem ainda sobre a coroação do rei Milan e as imensuráveis consequências a que isso poderia levar, eles retornaram aos seus vagos após o segundo sinal.

## VI

Sem saber quando poderia sair de Moscou, Serguei Ivânovitch deixara de telegrafar pedindo que seu irmão mandasse buscá-lo. Lióvin não estava em casa quando Katavássov e Serguei Ivânovitch, ambos enegrecidos pela poeira, chegaram por volta do meio-dia, num pequeno *tarantás* alugado na estação, à entrada de sua mansão em Pokróvskoie. Kitty, que estava sentada na sacada com seu pai e sua irmã, reconheceu o cunhado e desceu correndo para cumprimentá-lo.

— Como não se envergonha de não nos ter avisado? — disse, estendendo a Serguei Ivânovitch sua mão e oferecendo-lhe a testa.

— Fizemos uma ótima viagem e não incomodamos vocês — respondeu Serguei Ivânovitch. — Estou tão empoeirado que tenho medo de tocá-la. Andava tão ocupado que nem sabia quando escaparia. E por aqui está tudo na mesma — disse, sorrindo —: deliciam-se com sua pacata felicidade, longe das correntezas, nessa límpida enseada. Eis que nosso companheiro Fiódor Vassílitch também decidiu finalmente vir comigo.

— Não sou nenhum tição: já, já me lavo e fico parecido com uma pessoa — disse Katavássov, brincalhão como sempre, estendendo a mão e exibindo, por causa do rosto enegrecido, um sorriso especialmente fúlgido.

— Kóstia ficará muito feliz. Ele foi ao sítio. Já devia ter voltado.

— Só mexe com sua fazenda, hein? É uma enseada mesmo — disse Katavássov. — E nós, lá na cidade, não vemos nada que não seja a guerra dos sérvios. Pois bem: o que é que meu companheiro pensa a respeito dela? Não é certamente a mesma coisa que pensam os outros.

— Mas ele pensa assim, igual a todos... — respondeu Kitty, olhando para Serguei Ivânovitch com leve embaraço. — Então mandarei buscá-lo. E o papai está aqui conosco. Acabou de voltar do estrangeiro.

Mandando que fossem buscar Lióvin, conduzissem os visitantes empoeirados aos lavabos, contíguos ao gabinete e ao antigo quarto de Dolly, e servissem um lanche, Kitty se aproveitou do direito de se locomover depressa, do qual se vira privada ao longo de sua gravidez, e regressou correndo à sacada.

— São Serguei Ivânovitch e o professor Katavássov — disse.

— Oh, como será difícil nesse calor! — comentou o príncipe.

— Não, papai, ele é muito gentil, e Kóstia gosta muito dele — disse Kitty, sorrindo e como que exortando seu pai, ao lobrigar uma expressão jocosa no rosto dele.

— Mas eu cá não digo nada.

— Vai, minha querida — dirigiu-se Kitty à sua irmã —, vai entretê-los. Eles encontraram Stiva na estação: ele está bem. E eu vou rapidinho ver Mítia.[10] Não o amamentei, como que por azar, desde a hora do chá. Já está acordado e, quem sabe, chora. — Sentindo o afluxo do leite, foi, a passos rápidos, ao quarto do filho.

E, realmente, não que tivesse adivinhado (sua ligação com o pequenino ainda não se rompera), mas intuíra, por esse afluxo do leite, que ele estava com fome. Sabia que estava chorando antes ainda de entrar no quarto. E, realmente, seu filho chorava. Ao ouvir sua voz, Kitty acelerou o passo. Todavia, quanto mais ela se apressava, tanto mais alto ele chorava: sua voz era boa, saudável, mas exprimia fome e impaciência.

— Já faz tempo, babá, que está chorando? — perguntou ansiosamente, sentando-se numa cadeira e preparando-se para amamentá-lo. — Mas passe-o logo para mim, venha! Ah, babá, como você está mole: depois é que vai amarrar essa touca!

O neném se esganiçava com seu choro sedento.

— Mas não pode, mãezinha! — replicou Agáfia Mikháilovna, quase sempre presente no quarto do recém-nascido. — Temos que arrumá-lo como se deve. Agu, agu! — cantava sobre ele, sem dar atenção à mãe.

A babá trouxe o pequenino. Agáfia Mikháilovna, cujo rosto se desfazia todo de enternecido, também veio.

— Ele sabe, já sabe. Juro por Deus, mãezinha Katerina Alexândrovna, que me reconheceu! — gritou mais alto do que o neném.

---

[10] Forma diminutiva e carinhosa do nome russo Dmítri.

Mas Kitty não escutava as palavras dela. Sua impaciência ia crescendo, assim como a de seu filho. E foi por causa dessa impaciência que gastou muito tempo em vão. O neném pegava o que não precisava pegar e ficava zangado.

Afinal de contas, após um berro desesperado de quem sufocava, após um engasgo à toa, tudo se arranjou: mãe e filho se acalmaram juntos e se quedaram em silêncio.

— Mas ele também, coitadinho, está todo suado — sussurrou Kitty, apalpando o neném. — Por que acha que ele sabe reconhecê-la? — acrescentou, vendo os olhinhos dele, que pareciam brejeiros debaixo da touca atada, as bochechinhas que se inflavam regularmente e a mãozinha de palma avermelhada que ele movia em círculos. — Não pode ser! Se ele reconhecesse alguém, reconheceria a mim — disse Kitty, em resposta à afirmativa de Agáfia Mikháilovna, com um sorriso.

Sorriu por saber no fundo do coração, embora dissesse que ele não podia ainda reconhecer as pessoas, que não apenas reconhecia, sim, Agáfia Mikháilovna, mas sabia e compreendia tudo, sabia e compreendia também várias coisas que ninguém mais sabia e ela mesma, sua mãe, acabara sabendo e viera a compreender tão só graças a ele. Para Agáfia Mikháilovna, para a babá, para o avô, até mesmo para o pai, Mítia era um ser vivo que precisava somente de cuidados materiais; porém, aos olhos da mãe, era um ser moral, já havia bastante tempo, e ela vivenciara toda uma história de relações espirituais com ele.

— Quando acordar, aí, se Deus quiser, a senhora mesma verá. Logo que faço assim, ele fica todo clarinho, meu pequerrucho. Clarinho que nem um dia de sol — dizia Agáfia Mikháilovna.

— Está bem, está bem, depois veremos — sussurrou Kitty. — Agora pode ir: ele está pegando no sono.

## VII

Agáfia Mikháilovna saiu nas pontas dos pés; a babá abaixou a cortina, dispersou as moscas que estavam sob a musselina a cobrir o berço, enxotou um vespão que se debatia contra os vidros da janela e depois se sentou abanando a mãe e o filho com um galho murcho de bétula.

— Que calor, mas que calor! Tomara que Deus nos mande uma chuvinha — disse em voz baixa.

— Sim, sim, shh... — respondeu Kitty, balançando-se de leve e apertando com ternura o bracinho roliço, como que cingido, à altura da mão, por um fiozinho, que Mítia agitava o tempo todo, devagarinho, ora fechando os olhos, ora os reabrindo. Esse bracinho deixava Kitty confusa: queria beijá-lo, mas não o fazia por medo de acordar o pequenino. Enfim o bracinho parou de se mover; os olhinhos se fecharam. Só de vez em quando, continuando a fazer o mesmo, o neném soerguia os cílios compridos e curvos, e fixava em sua mãe os olhos que pareciam negros e úmidos naquela penumbra. A babá também parou de agitar o galho e ficou cochilando. Ouviram-se, lá em cima, a voz tonitruante do velho príncipe e as gargalhadas de Katavássov.

"Na certa, falam demais sem mim", pensou Kitty, "mas, ainda assim, é pena que Kóstia não esteja em casa. Decerto foi novamente ao colmeal. Se bem que me sinta triste, porque fica tantas vezes ali, estou feliz. Isso o diverte. Agora parece mais alegre, melhor do que na primavera. Andava tão sombrio e sofria tanto que eu chegava a temer por ele. Mas como é engraçado!", cochichou, sorridente.

Ela sabia o que atormentava seu marido. Era a descrença dele. Nem que lhe perguntassem se acreditava mesmo que na vida futura seu marido seria danado, exceto se reouvesse a fé, e Kitty devesse concordar que seria danado, sim, a descrença dele não a tornava infeliz; então, reconhecendo que nenhum ímpio poderia ser salvo e amando a alma de seu marido mais do que a tudo no mundo, ela sorria a pensar nessa descrença e chamava-o, em seu âmago, de engraçado.

"Por que é que vem lendo, há um ano inteiro, todas aquelas filosofias?", pensava. "Se tudo isso está escrito em seus livros, então ele pode compreendê-lo. E, se a verdade não é dita neles, por que alguém os leria? Ele mesmo diz que gostaria de ter fé. Por que é que não tem? Decerto porque pensa demais. E pensa demais por causa de nosso recolhimento. Está sempre sozinho, sozinho. Não pode discutir tudo conosco. Acho que essas visitas serão de seu agrado, principalmente Katavássov. Kóstia gosta de filosofar com ele", concluiu, e logo pensou qual seria o melhor lugar onde Katavássov pudesse dormir: em separado ou no mesmo quarto com Serguei Ivânovitch. E veio-lhe, de repente, uma ideia que a fez estremecer de inquietude e até mesmo despertar Mítia, que a mirou, portanto, todo sisudo. "Parece que a lavadeira não trouxe ainda roupas de cama, e os lençóis já são todos usados pelos hóspedes. Se eu não cuidar disso, Agáfia Mikháilovna deixará Serguei Ivânovitch dormir num lençol usado": esse pensamento bastou para o sangue afluir ao rosto de Kitty.

"Vou cuidar disso, sim!", decidiu e, retornando aos seus pensamentos anteriores, lembrou que ainda não terminara de refletir em algo íntimo, bem importante, e procurou recordar o que era. "Sim: Kóstia não tem fé", acabou pensando, com um sorriso.

"Não tem fé, e daí? É melhor que sempre seja descrente do que igual à *Madame* Schtal ou a mim mesma, tal como eu queria ser então no estrangeiro. Ele não fingiria daquele jeito, não."

E era uma recente manifestação de sua bondade que ressurgia agora, tão viva, na mente de Kitty. Fora recebida, havia duas semanas, uma carta em que Stepan Arkáditch pedia perdão a Dolly. Implorava que salvasse sua honra, que vendesse a propriedade dela para saldar suas dívidas. Desesperada, Dolly odiava o marido, desprezava-o e apiedava-se dele, estava prestes a reclamar-lhe divórcio, a rejeitar seu pedido, mas acabou consentindo em vender parte dessa propriedade. Desde então, Kitty se lembrava amiúde, com um sorriso de enternecimento involuntário, do embaraço de Lióvin, das tentativas canhestras e repetidas que ele fizera para abordar esse assunto a preocupá-lo e, finalmente, da decisão que tomara ao inventar o único meio de ajudar Dolly sem melindrá-la, incentivando Kitty a passar-lhe sua própria parte da propriedade, algo que ela mesma nem pensara em fazer.

"Que espécie de ímpio é que ele seria? Com esse coração, com esse medo de magoar alguém, nem que seja uma criança! Tudo para os outros, nada para si mesmo. Serguei Ivânovitch pensa seriamente que o dever de Kóstia é ser o feitor dele. E sua irmã também pensa assim. Agora Dolly está, com todos os filhos, sob a tutela de Kóstia. E todos aqueles mujiques que vêm, todo santo dia, importuná-lo, como se ele tivesse a obrigação de atendê-los."

"Sim, sê apenas como teu pai, igualzinho a ele", disse Kitty, passando Mítia para a babá e aplicando os lábios à bochechinha dele.

## VIII

Desde aquele momento em que, vendo seu querido irmão agonizar e morrer, Lióvin examinara, pela primeira vez, as questões de vida e morte pelo prisma das suas novas convicções, segundo as definia, das convicções que imperceptivelmente haviam substituído, no período entre seus vinte e trinta e quatro anos, as crenças de sua infância e de sua primeira juventude, tinha pavor nem tanto de morrer também quanto de viver ignorando completamente o que era a morte, de onde, por que e para que ela vinha. O organismo e sua destruição, a indestrutibilidade da matéria, a lei da conservação da força, a evolução, tais eram os termos que lhe substituíam a fé de outrora. Tais termos e as noções a eles relacionadas eram muito bons para os exercícios intelectuais, porém não tinham nada a ver com a vida cotidiana, e Lióvin se sentiu de repente como se sentiria um homem que tivesse trocado sua quente peliça por trajes de musselina e, pela primeira vez exposto ao frio, acabasse por se convencer em definitivo, não por meio de reflexões, mas com toda a sua essência, de estar praticamente nu e de sua morte ser próxima, iminente e cruel.

Desde aquele momento, embora não se desse conta disso e continuasse a viver como dantes, Lióvin não cessava mais de sentir medo dessa sua ignorância.

Ademais, sentia vagamente que as chamadas convicções dele não apenas eram uma ignorância completa como também redundavam num modo de pensar que tornava impossível o conhecimento daquilo que lhe cumpria saber.

Logo de início, seu casamento, as novas alegrias e tarefas que conhecera, chegavam a abafar totalmente esses pensamentos, porém nos últimos tempos, vivendo Lióvin em Moscou, após o parto de sua mulher, sem ocupação alguma, essa questão, que precisava ser resolvida, apresentava-se a ele de maneira cada vez mais frequente e angustiante.

Era a questão seguinte: "Desde que não reconheço aquelas explicações que o cristianismo tem para as questões da minha vida, então quais são as explicações que reconheço?". E, vasculhando todo o arsenal das suas convicções em busca de respostas, ele não encontrava nem sequer algo parecido com uma resposta.

Assemelhava-se a um homem que procurasse por comida nas lojas de brinquedos e armas.

De forma involuntária, inconsciente, procurava agora em cada livro, em cada conversa, em cada pessoa, algo que se referisse a essas questões e ajudasse a resolvê-las.

E o que mais o surpreendia e afligia nesse meio-tempo era que a maioria das pessoas de seu meio e sua idade não enxergava nem sombra de mal em ter substituído, como ele mesmo fizera, suas antigas crenças pelas novas convicções, iguais às dele, e vivia plenamente satisfeita e tranquila. Assim, como se não bastasse a questão principal, Lióvin se torturava ainda com outras questões, perguntando no íntimo se tais pessoas eram sinceras, se não estavam fingindo, se compreendiam de outra maneira, mais claramente do que ele mesmo, as respostas dadas pela ciência às indagações que o absorviam. Empenhava-se, pois, em estudar tanto as opiniões daquelas pessoas como os livros que continham aquelas respostas.

A única coisa que descobriu, depois de se interessar por essas questões, era que se iludia ao supor, arrimando-se nas reminiscências de seu âmbito juvenil, universitário, que a religião já tivesse caído em desuso e não existisse mais. Todas as pessoas realmente boas que lhe eram próximas tinham fé. E o velho príncipe e Lvov, de quem gostava tanto, e Serguei Ivânovitch e todas as mulheres da família eram crentes, e sua esposa tinha a mesma fé que ele próprio tivera em sua tenra infância, e noventa e nove centésimos do povo russo, ou seja, todo aquele povo cuja vida lhe impunha o maior respeito, eram crentes.

Outra coisa era que, ao ler muitos livros, Lióvin ficou persuadido de as pessoas que compartilhavam suas convicções não lhes atribuírem nenhum significado concreto, mas tão somente, sem explicação alguma, negarem aquelas questões cuja resolução seria vital para ele, buscando resolver questões absolutamente diferentes, incapazes de atraí-lo e relativas, por exemplo, ao desenvolvimento dos organismos, à interpretação mecânica da alma, etc.

Além disso, fora algo extraordinário que se dera com ele durante o parto de sua mulher. Descrente como era, Lióvin se pusera a rezar e, no exato momento em que rezara, tivera fé. Mas, terminado esse momento, não conseguia mais localizar essa sua sensação na vida cotidiana.

Não conseguia reconhecer que soubera então a verdade e agora estava enganado: tão logo começava a pensar nisso com calma, tudo se espedaçava. Tampouco conseguia reconhecer que se enganara nesse momento: valorizava o estado de espírito que tivera então e, se acaso o tomasse por resultado de sua fraqueza, esse momento seria profanado. Vivenciava uma penosa discórdia consigo mesmo e concentrava todas as forças de sua alma para superá-la.

## IX

Esses pensamentos angustiantes perturbavam-no com maior ou menor força, mas nunca o deixavam em paz. Lióvin lia, pensava e, quanto mais lia e pensava, tanto mais distante se via do seu objetivo.

Nesses últimos tempos, morando ora em Moscou, ora no campo, ele se convenceu de que não poderia encontrar nenhuma resposta nas obras dos materialistas e releu, ou então leu pela primeira vez, as de Platão e Spinoza, Kant e Schelling, Hegel e Schopenhauer, ou seja, daqueles filósofos que não explicavam a vida sob a ótica materialista.

As ideias deles lhe pareciam fecundas, enquanto lia suas obras ou tentava desmentir outras doutrinas, sobretudo a materialista; porém, quando se punha a ler acerca das questões fundamentais ou tentava resolvê-las sozinho, sempre se repetia a mesma coisa. Seguindo uma definição pronta dos termos abstrusos, como "espírito, vontade, liberdade, substância", e adentrando propositalmente essa armadilha verbal, tramada pelos filósofos ou por ele próprio, chegava aos poucos a entender algo. Não obstante, tão logo se esquecia da artificial sequência de ideias e transitava entre a vida real e aquilo que o satisfazia enquanto raciocinava de acordo com essa sequência, toda a construção artificial se desmoronava de supetão, igual a um castelo de cartas, e ficava bem claro que se compunha dos mesmos termos embaralhados e não dependia de nada mais importante, nesta vida, do que a razão como tal.

Certa feita, lendo Schopenhauer, substituiu a "vontade" dele pelo "amor", e essa nova filosofia o consolou por uns dois dias, até que a abandonasse, porém ela também veio abaixo, mal a examinou a partir da vida real, e transformou-se enfim num traje de musselina incapaz de aquecê-lo.

Seu irmão Serguei Ivânovitch aconselhou-o a ler as obras teológicas de Khomiakov.[11] Lióvin leu o segundo tomo das obras de Khomiakov e, apesar de seu tom polêmico, elegante e espirituoso, que o repelira a princípio, quedou-se impressionado com sua doutrina eclesiástica. Pasmou-se, antes de tudo, com a ideia de que a assimilação das verdades divinas não era dada a um indivíduo, mas a um conjunto de indivíduos unidos pelo amor, isto é, à Igreja. Ficou entusiasmado com essa ideia, porquanto era mais fácil acreditar numa igreja existente e ativa nos dias atuais, que aglomerava todas as crenças humanas e, presidida por Deus, era sacrossanta e impecável, e depois assimilar, por intermédio dela, a fé em Deus, na Criação, no Pecado Original, na Redenção, do que começar logo acreditando em Deus, naquele Deus remoto e misterioso, na Criação, etc. Todavia, lendo mais tarde uma história da Igreja escrita por um autor católico e uma história da Igreja escrita por um autor ortodoxo e vendo que ambas as Igrejas, impecáveis em sua essência, negavam reciprocamente uma à outra, decepcionou-se com a doutrina eclesiástica de Khomiakov também, e eis que essa construção se reduziu a cinzas por sua vez, da mesma maneira que as construções filosóficas.

Passou toda a primavera fora de si, vivenciou momentos terríveis.

"Sem saber o que sou e por que estou aqui, não posso viver. Só que não posso sabê-lo e, por conseguinte, não posso viver", dizia Lióvin consigo. "No meio do tempo infinito, da matéria infinita, do espaço infinito, é que se destaca, como uma bolhinha, um organismo, e essa bolhinha se mantém lá por algum tempo e depois estoura, e essa bolhinha sou eu."

Era uma aflitiva inverdade, mas era o único e derradeiro resultado dos trabalhos seculares da mente humana nessa área.

Era aquela última crença em que se embasavam todas as pesquisas da mente humana em quase todos os domínios. Era uma convicção que reinava, e Lióvin acabou por assimilá-la involuntariamente, mesmo sem saber quando nem como, por ser, apesar de tudo, a mais clara de todas as demais explicações.

Mas não era apenas uma inverdade: era um cruel escárnio de uma força maligna, de uma força contrária e má à qual não se podia obedecer.

Ele tinha de se livrar dessa força. E qualquer pessoa podia livrar-se dela. Ele tinha de acabar com essa dependência do mal. E só havia um meio de fazê-lo: a morte.

---

[11] Alexei Stepânovitch Khomiakov (1804-1860): filósofo e poeta russo, que pregava a união de todas as pessoas crentes no seio de uma igreja universal.

E Lióvin, esse feliz pai de família e homem saudável, ficou algumas vezes tão próximo do suicídio que esconderam uma cordinha, para não se enforcar com ela, e passou a ter medo de andar com seu rifle, para não se matar a tiro.

Contudo, não se matou a tiro nem se enforcou: continuou vivendo.

## X

Quando Lióvin se perguntava o que era e por que vivia, não achava respostas e ficava desesperado; porém, quando deixava de pensar nisso, era como se já soubesse o que era e por que vivia, pois chegava a agir e a viver com firmeza e determinação. Aliás, nesses últimos tempos, vivia com maiores firmeza e determinação do que antes.

Regressando, em princípios de junho, à sua fazenda, retomou logo suas tarefas habituais. Os negócios agrícolas, as relações mútuas com mujiques e vizinhos, os afazeres domésticos, os problemas de sua irmã e de seu irmão dos quais se incumbira, o relacionamento com sua esposa e com os parentes dela, os cuidados dispensados ao recém-nascido, a nova caça às abelhas pela qual se interessava desde a primavera — tudo isso lhe tomava todo o seu tempo.

Esses negócios não o ocupavam porque Lióvin os justificava para si mesmo, como fazia anteriormente, com alguns argumentos gerais: pelo contrário, decepcionado com o fracasso de suas ações em prol da causa comum, por um lado, e demasiado absorto tanto em seus pensamentos quanto na própria abundância das tarefas de toda espécie que se acumulavam ao seu redor, por outro lado, ele nem sequer pensava agora naquela causa comum e ocupava-se de seus negócios tão só por achar que devia fazer o que estava fazendo, que não podia viver de outra maneira.

Antigamente (isso começara quase na infância e depois crescera sem parar até a completa maturidade dele), quando Lióvin se propunha a fazer algo que fosse benéfico para todos, para a humanidade, para a Rússia, para sua província, para toda a sua comunidade rural, percebia que lhe era agradável pensar nisso, porém as respectivas atividades eram sempre desajeitadas, sem ele ter plena certeza de serem necessárias, e, parecendo tão grandes de início, iam minguando aos poucos até se reduzirem a nada. Agora que, uma vez casado, Lióvin se limitava cada vez mais a viver para si mesmo, não experimentava nenhuma alegria ao pensar em suas atividades, mas se sentia convicto de serem necessárias e via-as transcorrer bem melhor do que antes, tornando-se cada vez mais amplas.

Agora, quisesse ou não, ele lavrava a terra cada vez mais fundo, como se fosse um arado vivo, de sorte que não podia mais parar sem ter entortado o sulco.

Viver com sua família da mesma forma que costumavam viver seus pais e avós, ou seja, mantendo as mesmas condições de educação e educando seus filhos de acordo com essas condições, era indubitavelmente necessário. Era tão necessário como almoçar ao sentir fome; destarte, tanto como preparar o almoço, cumpria-lhe administrar sua máquina econômica em Pokróvskoie de tal modo que ela gerasse lucros. Cumpria-lhe, tão indubitavelmente quanto pagar suas dívidas, explorar as terras de sua família de tal modo que seu filho lhe agradecesse, ao herdá-las dele, assim como Lióvin agradecia ao seu avô, que construíra e semeara aquilo tudo. E, para tanto, ele não devia arrendar suas terras a outrem e, sim, explorá-las pessoalmente, criando gado, adubando campos, plantando bosques.

Não podia deixar de se preocupar com os problemas de Serguei Ivânovitch, de sua irmã, de todos aqueles mujiques que vinham por hábito pedir-lhe conselhos, como não poderia abandonar uma criança que já estivesse em seu colo. Precisava cuidar do conforto de sua cunhada, que convidara junto com seus filhos, e de sua esposa com o recém-nascido, e não podia deixar de passar com eles todos, pelo menos, uma pequena parte do dia.

E tudo isso, a par de sua caça à volataria e daquela nova caça às abelhas, preenchia a vida de Lióvin, a qual não tinha, quando refletia nela, sentido algum.

Mas, além de saber com toda a certeza *o que* lhe cumpria fazer, Lióvin sabia *como* lhe cumpria fazer tudo isso e que negócio era mais importante do que os outros.

Sabia que precisava contratar seus peões pela menor recompensa possível, mas que não devia escravizá-los adiantando uma quantia menor do que realmente valia seu trabalho, conquanto isso fosse muito proveitoso. Até que podia vender palha aos mujiques, quando da escassez de forragens, embora se condoesse deles, porém devia erradicar, por mais lucrativas que fossem, a estalagem e a bodega. Tinha de castigar, com todo o rigor possível, quem cortasse a sua floresta, mas não podia multar quem deixasse o gado pastar em sua lavoura nem apreender, ainda que isso aborrecesse os vigias e extinguisse o medo, esse gado a pisoteá-la.

Devia socorrer Piotr, que pagava ao usurário dez por cento ao mês, emprestando-lhe algum dinheiro, mas não podia perdoar nem sequer postergar o *obrok*[12] dos maus pagadores. Não podia fazer vista grossa ao feitor, caso tal prado não fosse ceifado e as ervas perecessem debalde, mas tampouco podia mandar ceifar oitenta *deciatinas* onde haviam sido plantadas as arvorezinhas

---

[12] Imposto cobrado pelos latifundiários dos camponeses que lhes arrendavam terras (em russo).

de um bosque futuro. Não podia relevar a ausência de um lavrador que tivesse abandonado seu trabalho devido à morte de seu pai, por mais que se apiedasse dele, e tinha de lhe diminuir o salário, descontando vários meses de falta, que custavam caro, mas tampouco podia deixar de pagar mesadas aos velhos domésticos que não prestavam mais para nada.

Lióvin sabia também que, voltando para casa, devia, antes de tudo, ir ver sua esposa, que estava indisposta, enquanto os mujiques que esperavam por ele havia três horas podiam esperar mais um pouco, e que, fosse qual fosse o prazer proporcionado pela instalação de uma colmeia, tinha de abrir mão desse prazer e de ir, deixando um velho colmeeiro instalá-la sozinho, tratar com os mujiques que o encontrassem no colmeal.

Ignorava se agia bem ou mal e não apenas deixaria agora de provar qualquer coisa que fosse, mas até mesmo evitaria quaisquer conversas e reflexões acerca disso.

As reflexões provocavam dúvidas, impedindo-o de enxergar o que devia ou não devia fazer. E quando não refletia, mas apenas vivia, sentia o tempo todo a presença de um árbitro infalível em sua alma, e era esse árbitro quem decidia qual das duas ações viáveis seria melhor ou pior, e Lióvin reparava em suas falhas tão logo as cometia.

Assim vivia, sem saber nem vislumbrar a própria possibilidade de saber o que era e com que propósito estava neste mundo, e afligia-se com essa ignorância a ponto de temer o suicídio, porém, ao mesmo tempo, continuava firme em traçar seu caminho na vida, particular e bem definido.

## XI

No dia em que Serguei Ivânovitch chegou a Pokróvskoie, Lióvin estava vivenciando um dos seus momentos mais árduos.

Era o período das lides mais urgentes, quando o povo inteiro revela tanto espírito de sacrifício em seu labor de extrema intensidade quanto não se revela em nenhuma outra circunstância de sua vida, e que seria muito valorizado se as pessoas a manifestarem tais qualidades chegassem, elas mesmas, a valorizá-las, se esse labor não se repetisse todos os anos e se suas consequências não fossem tão triviais.

Proceder à colheita do centeio e da aveia, guardar a safra, terminar de ceifar os prados, lavrar novamente os campos em barbeito, debulhar as sementes e semear os cereais de inverno — tudo isso aparenta ser simples e corriqueiro; todavia, para concluir tudo isso a tempo, é necessário que todos os camponeses, jovens ou velhos, trabalhem sem trégua, ao longo dessas três ou quatro semanas a fio, fazendo o triplo de seu trabalho ordinário, alimentando-se de *kvas*, cebola e pão preto, debulhando e carregando braçadas de espigas à noite e dormindo apenas duas ou três horas por dia. E isso se faz, todos os anos, pela Rússia afora.

Ao passar a maior parte de sua vida no campo, visceralmente ligado ao povo, Lióvin sempre se sentia, nesse período de labuta, dominado pela excitação geral dos camponeses.

Indo logo de manhãzinha observar a primeira semeação de centeio e transportar medas de aveia, voltou para casa quando sua esposa e sua cunhada acabavam de acordar, tomou o café com elas e depois caminhou até o sítio, onde começava a funcionar uma nova debulhadora que se destinava ao preparo de sementes.

Passou o dia inteiro conversando com o feitor e os mujiques ou, quando estava em casa, com sua mulher, com Dolly e os filhos dela, com seu sogro, mas, ao mesmo tempo, pensando sem parar naquilo que o preocupava nesse momento, a par dos trabalhos agrícolas, e procurando em tudo alguma relação com suas questões: "O que sou eu, afinal, e onde estou e por que estou aqui?".

Postado à sombra de uma eira recém-construída, em cujas varas transversais de aveleira, que se espremiam contra as vigas alisadas, feitas de álamo-tremedor, embaixo do telhado de palha, ainda havia umas folhinhas cheirosas, Lióvin olhava através do portão aberto, onde se elevava e turbilhonava a poeira seca e amarga da debulha, ora para o relvado da eira, iluminado pelo tórrido sol, e a palha fresca que acabava de ser retirada do palheiro, ora para as andorinhas de cabeça versicolor e peitinho branco, as quais voavam, com leve sibilo, sob o telhado e, agitando as asas, detinham-se naquelas faixas de luz do portão, ora para os camponeses, que pululavam dentro da eira escura e poeirenta, e vários pensamentos estranhos surgiam em sua mente.

"Por que se faz tudo isso?", pensava ele. "Por que estou plantado aqui, por que os obrigo a trabalhar? Por que eles todos se esforçam e buscam exibir, diante de mim, seus esforços? Por que peleja tanto aquela velha Matriona, minha conhecida? (Fiquei tratando dela, quando uma trave a atingiu durante um incêndio)", pensava, mirando uma magra camponesa que remexia os grãos com um ancinho, enquanto seus pés descalços, tesos e negros de tão bronzeados, pisavam o chão do malhadouro, desnivelado e áspero. "Então ela se curou, porém, entre hoje e amanhã ou, quem sabe, daqui a uns dez anos, será enterrada, e nada sobrará nem dela, nem daquela janota de *poniova* vermelha que separa as espigas da moinha com movimentos tão destros e suaves assim. Ela também será enterrada, e aquele *mêrin* malhado também, dentro em pouco...", pensava, olhando para um cavalo de barriga inchada e ventas dilatadas que pisava, ofegante, na roda oblíqua a girar sob os seus pés. "Ele também será enterrado, e Fiódor que carrega aquelas braçadas de espigas, com sua barba encrespada, cheia de moinha, e sua camisa rasgada sobre o ombro branco, também irá para a cova. Mas ele espalha as braçadas e manda por lá e grita com o mulherio e ajusta, com um movimento rápido, a correia da roda daquela máquina. E, o principal, não só eles todos, mas eu também serei enterrado, e não sobrará mais nada. Por quê?"

Pensando dessa maneira, ele consultava ao mesmo tempo seu relógio, a fim de calcular quantos grãos seriam debulhados numa hora. Precisava saber disso para determinar a tarefa diária.

"Já se passou quase uma hora, mas eles só começam a terceira meda", pensou Lióvin. Achegou-se a Fiódor e, gritando mais alto do que estrondeava a máquina, disse-lhe que não juntasse tantas espigas.

— Está botando muitas de uma vez, Fiódor! A máquina emperra, está vendo? Por isso é que não anda rápido. Espalhe aí!

Enegrecido pela poeira que grudava em seu rosto suado, Fiódor gritou algo em resposta, porém continuou descumprindo a ordem de Lióvin. Então ele mesmo se aproximou do tambor, afastou Fiódor e passou a colocar as espigas.

Ao trabalhar até o almoço dos mujiques, que já estava próximo, saiu da eira com o carregador e ficou conversando com ele, ambos parados ao lado de uma meda amarela de centeio colhido, caprichadamente disposta no malhadouro.

O carregador era de uma aldeia longínqua, cuja gleba Lióvin cedia antes a uma *artel* camponesa. Agora a arrendava para um dos domésticos.

Lióvin se pôs a falar com o carregador Fiódor sobre aquela gleba e perguntou se Platon, um mujique abastado e sério da mesma aldeia, não a arrendaria porventura no próximo ano.

— Tá cara demais, Konstantin Dmítritch: Platon não vai conseguir — respondeu o mujique, tirando espigas de baixo da sua camisa suada.

— Mas como é que Kiríllov consegue?

— E como é que Mitiukha (era assim, pejorativamente, que o mujique chamava o doméstico) não daria um jeito, Konstantin Dmítritch? Aperta, mas pega o que é dele. Não tem pena do roceiro! Será que o titio Fokânytch (assim chamava o velho Platon) vai também esfolar o povinho, hein? Às vezes, vende fiado; às vezes, perdoa as dívidas. E fica no prejuízo. Vive como a gente deve viver.

— Mas por que é que perdoa as dívidas?

— Porque os homens são todos diferentes: um vive só pra sua fartura, como o tal de Mitiukha, só enche a sua pança ali, mas Fokânytch é um velho justo. Ele vive pra sua alma. Não se esquece de Deus.

— Como assim, "não se esquece de Deus"? Como assim, "vive para sua alma"? — quase gritou Lióvin.

— Sabemos bem como: pela verdade, pela lei de Deus. É que os homens são diferentes. O senhor, por exemplo, também não vai magoar o povinho...

— Sim, sim, adeus! — murmurou Lióvin, sufocado pela emoção. Virou-se, pegou a bengala e foi depressa rumo à sua casa.

Uma nova sensação alegre apossou-se de Lióvin. Tão logo o mujique lhe disse que Fokânytch vivia para sua alma, pela verdade e pela lei de Deus, diversos pensamentos imprecisos, mas significativos, como que irromperam em massa, antes trancafiados algures, e foram rodopiando em sua cabeça, precipitando-se todos ao mesmo objetivo e deslumbrando-o com sua luz.

## XII

A passos largos, Lióvin seguia a estrada mestra e atentava nem tanto para suas ideias (ainda não conseguia discerni-las uma da outra) quanto para seu estado moral, no qual nunca se vira antes.

As palavras ditas por aquele mujique haviam impulsionado sua alma como uma descarga elétrica, e sua alma transformara e reunira subitamente todo um enxame de pensamentos isolados, esparsos e impotentes, que sempre o absorviam. Tais pensamentos o absorviam, sem ele reparar nisso, até mesmo no momento em que falava agorinha sobre o arrendamento da gleba.

Sentia algo novo em sua alma e, prazerosamente, sondava essa nova sensação, ainda sem saber o que era de fato.

"Não viver para suas necessidades e, sim, para Deus. Para que Deus? Para Deus. Será que se pode dizer algo mais absurdo do que o que ele disse? Ele disse que não se devia viver para suas necessidades, ou seja, que não deveríamos viver para aquilo que compreendemos, aquilo que nos atrai, aquilo que desejamos, mas antes para algo incompreensível, para aquele Deus que ninguém consegue entender nem definir. E depois? Será que não entendi essas palavras absurdas de Fiódor? Será que duvidei, ao entendê-las, de sua justiça, será que as achei tolas, confusas ou vagas?

"Não: entendi as palavras dele, precisamente como ele mesmo as entende, entendi-as plenamente e melhor do que tenho entendido qualquer coisa nesta vida; jamais duvidei nem poderia duvidar disso. E não apenas eu, mas todos... O mundo inteiro é que entende plenamente só isso, não duvida só disso e sempre concorda com isso.

"Fiódor diz que Kiríllov, o doméstico, vive para sua pança. Isso é compreensível e razoável. Somos todos dotados de razão e, portanto, nenhum de nós poderia viver com outro propósito senão para sua pança. E, de repente, o mesmo Fiódor afirma que é mau vivermos para nossa pança, que temos de viver pela verdade, pela lei de Deus, e eis que me basta apenas essa alusão para entendê-lo! Eu mesmo e milhões de pessoas que viveram há séculos e vivem agora, os mujiques, os humildes de espírito e os sábios que têm refletido e escrito acerca disso, repetindo o mesmo em sua linguagem obscura — todos nós estamos de acordo quanto a uma só coisa: para que precisamos viver e o que é bom. Compartilho com todas as pessoas apenas um conhecimento firme, indubitável e claro, e este meu conhecimento não pode ser explicado pela razão, pois está fora dela, não tem nenhuma causa nem pode ter nenhuma consequência.

"Se o bem possui alguma causa, deixa de ser o bem; se leva a alguma consequência, ou seja, ganha alguma recompensa, igualmente deixa de ser o bem. Assim sendo, o bem está fora da própria cadeia de causas e consequências.

"É bem disso que sei, e nós todos sabemos disso.

"Andei procurando por milagres, lamentei não ter visto nenhum milagre capaz de me convencer. Mas ei-lo aqui, o milagre, o único milagre possível, permanente, que me rodeia de todos os lados, do qual nem me apercebi!

"Será que pode haver um milagre maior do que esse?

"Será que encontrei a solução de tudo, será que agora meus sofrimentos chegam ao fim?", pensava Lióvin, caminhando pela estrada poeirenta, sem sentir calor nem cansaço, consciente apenas de ter aplacado seu longo sofrimento. Essa sensação era tão prazerosa que lhe parecia incrível. Sufocado pela emoção, não teve mais forças para ir adiante: abandonou a estrada, entrou na floresta e sentou-se, à sombra dos álamos-tremedores, sobre a relva que não fora ceifada. Tirou o chapéu de sua cabeça suada e deitou-se, apoiado num braço, sobre aquela relva silvestre, tão viçosa e densa.

"Sim, tenho que me recompor e raciocinar", pensava, olhando com atenção para a relva virgem, que estava em sua frente, e observando os movimentos de um besourinho verde que subia a haste de uma agróstea e se via impedido de subi-la por uma folha de *snítka*. "Repetir tudo do começo", dizia consigo, afastando a folha de *snítka* para que não atrapalhasse o besourinho e abaixando outra haste para ajudá-lo a continuar sua escalada. "O que me alegra tanto? O que descobri?

"Antes eu dizia que em meu corpo, no corpo desta relva e daquele besourinho (eis que não quis subir a outra haste, desdobrou as asinhas e foi voando embora) transcorria, conforme as leis físicas, químicas e fisiológicas, a transformação da matéria. E que se operava dentro de nós todos, bem como dos álamos e das nuvens e dessas manchas de névoa, um desenvolvimento. Qual desenvolvimento, o desenvolvimento de quê? Um desenvolvimento e uma luta sem fim?... Como se pudesse haver uma direção, uma luta no infinito! Então me espantava porque, fossem quais fossem os esforços de minha mente nesse caminho, não conseguia, de modo algum, desvendar o sentido da vida, o sentido de minhas vontades e aspirações. Mas o sentido de minhas vontades está totalmente claro, ainda mais que eu vivo, o tempo todo, de pleno acordo com ele, e foi por isso que fiquei surpreso e feliz quando aquele mujique o formulou para mim: viver para Deus, para minha alma.

"Não descobri coisa nenhuma. Apenas soube o que já estava sabendo. Compreendi aquela força que não só me tinha dado a vida, lá no passado, como também me dava a vida agora. Fiquei livre das ilusões, conheci meu mestre."

E Lióvin recapitulou, em traços gerais, todo o curso de suas ideias nesses últimos dois anos, o qual começara pela clara e evidente ideia da morte que lhe viera diante de seu querido irmão incuravelmente doente.

Ao entender naquele momento, pela primeira vez, que não havia no futuro, nem para ele mesmo nem para qualquer pessoa que fosse, nada além dos sofrimentos, da morte e do eterno olvido, concluíra que não se podia viver assim, que lhe cumpria ou explicar sua vida de maneira a não a tomar mais pelo maldoso deboche de um demônio ou então se matar a tiro.

Contudo, ele não fizera nem isto nem aquilo, mas continuara vivendo, pensando e sentindo; até mesmo se casara, nesse meio-tempo, e chegara a experimentar muitas alegrias e ficara feliz enquanto não cogitava sobre o sentido de sua vida.

O que, pois, isso significava? Isso significava que ele vivia bem, mas pensava mal.

Ele vivia (sem se dar conta disso) conforme aquelas verdades espirituais que assimilara com o leite materno, mas pensava não apenas deixando de reconhecer aquelas verdades como também se esforçando para contorná-las.

Agora percebia claramente que só podia viver graças às crenças segundo as quais tinha sido criado.

"O que eu teria sido, como teria vivido a minha vida, se não possuísse tais crenças, se não soubesse que tinha de viver para Deus e não para minhas necessidades? Teria roubado, mentido, matado. Nada daquilo que perfaz as máximas alegrias da minha vida teria existido para mim." E, por mais que forçasse a imaginação, não conseguia nem imaginar aquele ser animalesco que ele mesmo teria sido sem saber para que vivia.

"Procurava pela resposta à minha indagação. Só que o pensamento não podia responder a essa indagação minha, que é incomensurável. A resposta me foi dada pela própria vida, mediante o meu conhecimento do que era bom e do que era ruim. Mas não adquiri esse conhecimento de forma alguma: ele me foi dado, como a todas as outras pessoas, e *dado* porque não tinha onde o adquirir.

"Onde foi que consegui isso? Será que cheguei a saber por mero raciocínio que devia amar meu próximo em vez de esganá-lo? Isso me foi dito na infância, e acreditei nisso com todo o prazer por me terem dito o que já estava em minha alma. Mas quem foi que descobriu isso? Não foi a razão humana. A razão descobriu a luta pela sobrevivência e a lei que mandava esganar todos os que estorvassem a satisfação de nossos desejos. Essa foi uma conclusão racional. Mas a razão não pode ter descoberto o amor ao próximo, porque não é racional.

"Sim, o orgulho", disse consigo, deitando-se de bruços e começando a atar um nó de hastes de erva, porém de modo que não se quebrassem.

"E não só o orgulho da mente, mas também a tolice da mente. E, o principal, a astúcia, exatamente a astúcia da mente. Exatamente a malícia da mente", reiterou.

## XIII

E Lióvin se lembrou de uma recente cena com Dolly e seus filhos. As crianças, que estavam sós, começaram a assar framboesas sobre as velas e a verter jatos de leite na boca. Apanhando-as em flagrante, sua mãe se pôs a inculcar-lhes, na presença de Lióvin, que os adultos penavam muito para obter o que elas estavam destruindo, que penavam especialmente por elas, que, se continuassem a quebrar as chávenas, não teriam mais como tomar chá e, se derramassem assim o leite, não teriam mais o que comer e morreriam de fome.

E Lióvin ficou estarrecido ante a desconfiança tranquila e tristonha com que as crianças escutavam as palavras de sua mãe. Se estavam desanimadas, não o estavam por acreditar numa só daquelas palavras, mas apenas porque se interrompera seu jogo, tão divertido. Nem sequer poderiam acreditar por não poderem imaginar todo o volume do que viviam usando nem entender, consequentemente, que destruíam a própria fonte de sua vida.

"Tudo isso existe por si só", teriam pensado, "e não há nada de interessante nem de importante nisso, já que sempre existiu e existirá. E será sempre a mesma coisa. Não temos de pensar nisso, já que isso está feito, mas queremos inventar algo que seja nosso, alguma novidade. Inventamos, por exemplo, de colocar umas framboesas nessa chávena e de assá-las sobre uma vela; inventamos também de alguém verter leite, como se fosse um chafariz, direto na boca do outro. Isso é divertido, é novo e nem um pouco pior do que beber dessas chávenas".

"Será que não fazemos isso, nós todos, será que eu mesmo não fazia isso quando raciocinava tentando descobrir o significado das forças naturais e o sentido da existência humana?", continuou ele pensando.

"Será que todas as teorias filosóficas não fazem o mesmo ao conduzirem o homem pelo caminho racional, que lhe é estranho e alheio, ao conhecimento daquilo que ele já sabe há tempos e sabe com tanta certeza que nem poderia viver sem aquilo? Será que não se percebe claramente, no desenvolvimento das teorias de todo e qualquer filósofo, que ele sabe de antemão, tão convencido quanto o mujique Fiódor e de igual maneira absurda, em que consiste o principal sentido de nossa vida e quer apenas retornar, por aquele duvidoso caminho racional, ao que já sabemos nós todos?

"E se deixassem essas crianças viverem sós, para que obtenham tudo, façam as louças, ordenhem a vaca, e assim por diante? Será que teriam então traquinado? Teriam morrido de fome. Venham, hein, deixem nós mesmos vivermos com nossas paixões, com nossas ideias, sem a menor noção de nosso único Deus e Criador! Ou então sem nos darem a noção do bem nem explicarem o que é o mal moral.

"Venham construir alguma coisa sem essas noções!

"Estamos destruindo apenas porque estamos moralmente saciados. Somos crianças, e nada mais!

"Como é que tenho este meu lépido conhecimento que compartilho com aquele mujique, o único que me proporciona a paz da alma? Onde foi que o arranjei?

"Eu, criado como um cristão e ciente de Deus, tendo preenchido toda a minha vida com aqueles bens espirituais que me deu a cristandade, compenetrado desses bens e vivendo deles, sou igual a essas crianças: não os compreendo, mas os destruo aos poucos, ou seja, quero destruir a fonte de minha existência. Contudo, assim que chega um momento decisivo de minha vida, recorro a Ele, igual às crianças que buscam por sua mãe quando estão com frio e com fome, e acabo sentindo, ainda menos do que as crianças censuradas pela mãe por suas travessuras infantis, que minhas próprias tentativas infantis, as de reclamar de barriga cheia, não significam nada.

"Não abrangi o que sei com a razão, não: isso me foi dado, isso me foi revelado, e sei disso pelo meu coração, graças à fé naquilo, o mais importante, que professa a Igreja".

"Igreja? Igreja!", repetiu Lióvin, em seu âmago. Virou-se, deitado como estava, e, apoiando-se numa das mãos, olhou para longe, para um rebanho que descia a margem oposta do rio.

"Mas será que posso acreditar em tudo quanto professa a Igreja?", pensava, testando a si mesmo e inventando algo que pudesse aniquilar sua atual serenidade. Começou a rememorar propositalmente aquelas doutrinas religiosas que lhe pareciam, desde sempre, as mais esquisitas e não cessavam de tentá-lo.

"A Criação? Mas como é que eu mesmo explicava a existência? Pela existência em si? Pela inexistência?... O diabo e o pecado?... E como explicaria o mal?... O Redentor?...

"Só que não sei de nada, de nada mesmo, nem posso saber, a não ser daquilo que me foi dito, como a todos."

Agora lhe parecia que nenhuma das crenças religiosas destruía o principal: a fé em Deus e no bem tido como a única destinação do homem.

Cada uma das crenças religiosas podia ser alicerçada nessa fé em servir a verdade em vez das necessidades materiais. E, sem contradizê-la de modo algum, cada uma das crenças era, pelo contrário, imprescindível para que se realizasse aquele maior dos milagres, constantemente presente no mundo, que consiste na possibilidade de cada pessoa, junto com milhões de outras pessoas dessemelhantes, de sábios e alienados, de crianças e velhos — junto com todos, com aquele mujique e Lvov e Kitty, com os mendigos e czares —, compreender indubitavelmente a mesma verdade e construir aquela vida espiritual, a única digna de ser vivida, que nós todos prezamos.

Deitado de costas, ele mirava agora o céu alto e desanuviado. "Não sei porventura que não é uma cúpula redonda e, sim, um espaço infinito? Seja como for, por mais que aperte os olhos e force a vista, não posso vê-lo senão redondo e limitado, e, mesmo ciente de ser um espaço infinito, estou indubitavelmente certo de ver aquela abóbada sólida e azul, estou mais certo ainda do que forçando a vista para ver além dela."

Lióvin não pensava mais, apenas tinha a impressão de atentar em algumas vozes misteriosas que conversavam, inquietas e animadas, uma com a outra.

"Será que tenho fé?", pensou, receando acreditar em sua felicidade. "Meu Deus, agradeço-Vos!", disse, engolindo os soluços que o dominavam e enxugando, com ambas as mãos, as lágrimas que lhe enchiam os olhos.

## XIV

Lióvin continuava a olhar para a frente e via aquele rebanho; em seguida, viu a sua charrete puxada pelo Voronói[13] e o cocheiro que se aproximara do rebanho e conversava com o pastor; depois ouviu, já não muito longe de si, o barulho das rodas e os bufidos de um cavalo bem nutrido, porém estava tão absorto em suas reflexões que nem pensou no motivo pelo qual o cocheiro vinha buscá-lo.

Só se lembrou disso quando o cocheiro chegou bem perto e chamou por ele.

---

[13] O nome do cavalo significa "Murzelo" em russo.

— Foi a patroa que me mandou. Seu irmãozinho e outro senhor acabam de chegar.

Lióvin subiu à charrete e pegou as rédeas.

Como que acordado de um sonho, passou muito tempo sem se recompor. Fitava esse cavalo bem nutrido, com espuma pelas coxas e no pescoço onde os arreios lhe esfregavam a pele, fitava o cocheiro Ivan sentado ao lado dele e recordava que tinha esperado, de fato, pelo seu irmão, que sua mulher se preocupava, por certo, com sua longa ausência, e tentava adivinhar quem era aquele outro visitante a acompanhar seu irmão. Agora via seu irmão, sua mulher e o visitante desconhecido com outros olhos. Parecia-lhe que agora suas relações com todas as pessoas não seriam mais como antes.

"Não existirá mais aquela distância que sempre existiu entre mim e meu irmão: não vou mais altercar com ele; nunca mais vou brigar com Kitty; vou tratar o hóspede, seja ele quem for, com carinho e gentileza; assim é que vou tratar Ivan e os camponeses também... Tudo será diferente!"

Esticando as rédeas para refrear o forte cavalo que bufava de impaciência e como que insistia em acelerar a marcha, Lióvin olhava para Ivan, que estava sentado ao lado dele, alisando sem parar a sua camisa sem saber o que mais faria com as mãos ora desocupadas, e procurava um pretexto de conversarem. Queria dizer que Ivan não devia ter retesado demasiadamente a correia dorsal, mas isso se assemelharia a uma censura e ele visava uma conversa amigável. Entretanto, nada lhe vinha à cabeça além disso.

— Digne-se a guiar pela direita, que tem um cepo... — disse o cocheiro, puxando as rédeas.

— Não toque, por favor, nem me ensine! — retrucou Lióvin, irritado com essa intervenção do cocheiro. Do mesmo modo que sempre, tal intervenção o aborrecera, e logo ele se entristeceu por sentir como era errônea a conjetura de que, ante a realidade, sua disposição espiritual pudesse mudá-lo de imediato.

Quando faltava cerca de um quarto de versta até sua casa, Lióvin avistou Gricha e Tânia, que corriam ao seu encontro.

— Tio Kóstia! A mamãe está vindo, e o vovô também, e Serguei Ivânytch, e mais alguém — disseram eles, subindo à charrete.

— Mas quem é?

— Um homem medonho! E faz assim com as mãos — disse Tânia, pondo-se em pé e arremedando Katavássov.

— É velho ou novo? — perguntou Lióvin, rindo, já que os trejeitos de Tânia lhe recordavam certa pessoa.

"Ah, tomara que não seja um sujeito desagradável!", pensou a seguir.

Tão só ao passar a curva da estrada e ver quem vinha ao seu encontro, Lióvin reconheceu Katavássov com seu chapéu de palha, que caminhava agitando os braços exatamente como Tânia havia mostrado.

Katavássov adorava falar sobre filosofia, aprendendo suas noções com os naturalistas que nunca a tinham estudado, e nesses últimos tempos, lá em Moscou, Lióvin discutira bastante com ele.

Foi uma dessas discussões, quando Katavássov teria pensado estar com a razão, que relembrou em primeiro lugar, tão logo o reconheceu. "Não", pensou Lióvin. "Não vou mais discutir nem expressar levianamente as minhas ideias, de jeito nenhum."

Ao descer da charrete e cumprimentar seu irmão e Katavássov, Lióvin perguntou pela sua mulher.

— Levou Mítia para o Kolok (era um bosque contíguo à sua mansão). Quis acomodá-lo ali, já que faz muito calor dentro da casa — disse Dolly.

Lióvin sempre desaconselhara sua mulher a levar o recém-nascido para o bosque, achando isso perigoso, e tal notícia não era de seu agrado.

— Anda com ele de lá para cá — disse, sorrindo, o príncipe. — Até sugeri que tentasse levá-lo para alguma geleira.

— Ela queria ir ao colmeal. Pensava que você estivesse lá. É bem lá que vamos agora — comentou Dolly.

— Pois bem, o que anda fazendo? — indagou Serguei Ivânovitch, deixando os outros seguirem em frente e achegando-se ao irmão.

— Nada de especial. Trabalho, como sempre, em minha fazenda — respondeu Lióvin. — E você vai passar muito tempo conosco? Já nos cansamos de esperar por você.

— Umas duas semanas. Tenho muita coisa a fazer em Moscou.

Ditas essas palavras, os olhares dos irmãos se entrecruzaram e, apesar de sua vontade habitual e sobremodo intensa agora, a de manter relações amistosas e, principalmente, simples com seu irmão, Lióvin se sentiu envergonhado ao olhar para ele. Abaixou os olhos, sem saber o que mais lhe diria.

Rememorando os temas de uma possível conversa que seriam agradáveis para Serguei Ivânovitch e poderiam distraí-lo das discussões relativas à guerra dos sérvios e à questão eslava, às quais ele aludira mencionando suas ocupações em Moscou, Lióvin se pôs a falar do livro de Serguei Ivânovitch.

— Pois então, houve resenhas sobre seu livro? — perguntou-lhe.

Serguei Ivânovitch sorriu ao ouvir essa pergunta premeditada.

— Ninguém se importa com isso, e eu mesmo, menos do que todo mundo — disse. — Veja só, Dária Alexândrovna, vai chover — acrescentou, apontando com seu guarda-chuva para as nuvenzinhas brancas que haviam surgido sobre os cimos dos álamos.

E essas palavras bastaram para se restabelecer entre os irmãos aquele modo de se tratarem mutuamente, frio ainda que não chegasse a ser hostil, que Lióvin queria tanto evitar. Ele se aproximou de Katavássov.

— Como o senhor fez bem em vir para cá! — disse-lhe.

— Já me aprontava havia tempos. Agora vamos conversar, ver as coisas. O senhor leu Spencer?

— Não li até o fim — disse Lióvin. — Aliás, não preciso dele agora.

— Como assim? É interessante. Por quê?

— Porque me convenci em definitivo de que não acharia as soluções dos problemas que me interessavam nas obras dele e dos similares. Agora que...

De chofre, ficou surpreso com a expressão calma e alegre da cara de Katavássov e sentiu tanta pena de seu próprio humor, obviamente contrariado por essa conversa, que se lembrou de sua intenção e parou de falar.

— De resto, conversaremos depois — arrematou. — Se formos ao colmeal, temos de passar por aqui, por essa vereda — dirigiu-se a todos.

Tomando uma estreita vereda para chegarem a uma pequena clareira não ceifada, coberta, de um lado, pela vivaz e tufosa ivan-e-maria, no meio da qual cresciam umas espessas e altas moitas verde-escuras de veratro, Lióvin deixou suas visitas à sombra densa e friacha dos jovens álamos-tremedores, sobre os bancos e toros preparados especialmente para quem visitasse o colmeal e tivesse medo de abelhas, e depois caminhou até o colmeal a fim de trazer pão, pepinos e mel fresco às crianças e aos adultos.

Procurando reduzir seus movimentos bruscos ao mínimo, escutando o zumbido das abelhas que passavam voando, cada vez mais numerosas, ao seu lado, chegou à isbá situada ao fim da vereda. Quando já entrava no *sêni*, uma dessas abelhas ficou guinchando ao enredar-se em sua barba, mas ele a retirou com cuidado. Uma vez naquele *sêni* escuro, pegou sua rede suspensa numa estaquinha cravada na parede, envolveu-se nela, meteu as mãos nos bolsos e adentrou o recinto do colmeal, onde as colmeias antigas, todas conhecidas e cada qual com sua própria história, estavam dispostas no meio de um terreno ceifado, em linhas regulares, e amarradas com tiras de entrecasca às estacas, enquanto as colmeias novas, instaladas no mesmo ano, alinhavam-se rente à cerca. Às entradas dessas colmeias espremiam-se no mesmo lugar e rodopiavam, turvando a vista, as abelhas e os zangões a brincarem, ao passo que as abelhas-operárias voavam no meio deles, todas na mesma direção, ora indo colher néctar lá na floresta, numa tília em flor, ora trazendo o néctar colhido às suas colmeias.

Ressoavam em seus ouvidos, o tempo todo, os mais diversos sons produzidos ora por uma abelha-operária que voava rapidamente para cumprir sua tarefa, ora por um zangão que trombeteava festeiro, ora por aquelas abelhas-vigias que protegiam seu patrimônio dos inimigos e, alarmadas, estavam prontas a picar. O velho colmeeiro aplainava um aro, do outro lado da cerca, e não via Lióvin. Sem chamar por ele, Lióvin se postou no meio do colmeal.

Estava feliz com essa oportunidade de ficar sozinho para se distanciar da realidade, que já banalizara tanto seu êxtase.

Lembrou que já se zangara com Ivan, tratara com frieza seu irmão e tivera uma conversa leviana com Katavássov.

"Será que foi apenas um arroubo momentâneo, será que vai passar sem deixar rastros?", pensou.

Contudo, no mesmo instante, recuperou seu humor e sentiu, cheio de alegria, que algo novo e importante se operara nele. A realidade ofuscara tão só por um tempinho aquela calma espiritual que tinha encontrado: ela permanecia intacta em seu âmago.

Igual às abelhas que agora giravam à sua volta, ameaçando-o e distraindo-o, privando-o da plena tranquilidade física, e faziam que se contraísse todo para se esquivar delas, suas aflições circundavam-no desde aquele momento em que subira à sua charrete e privavam-no da liberdade espiritual, porém isso ocorria apenas enquanto elas o circundavam. Igual à sua força corporal que, apesar dessas abelhas, permanecia íntegra nele, sua força espiritual, da qual acabara de se inteirar, também estava intacta.

## XV

— Sabe, Kóstia, com quem Serguei Ivânovitch vinha para cá? — disse Dolly, ao regalar as crianças com pepinos e mel. — Com Vrônski! Ele vai para a Sérvia.

— E não vai lá sozinho, mas leva o esquadrão todo por sua conta — notou Katavássov.

— Isso combina com ele — disse Lióvin. — Será que os voluntários ainda vão para lá? — adicionou, olhando para Serguei Ivânovitch.

Sem responder, Serguei Ivânovitch retirava cuidadosamente, com sua faca de ponta cega, uma abelha ainda viva que estava presa no mel derramado de um favo branco, virado de borco no fundo de sua tigela.

— E como vão! Se o senhor tivesse visto como estava ontem a estação! — disse Katavássov, mastigando ruidosamente um pepino.

— Mas não dá para entender isso! Explique-me por Cristo, Serguei Ivânovitch, aonde vão todos aqueles voluntários, com quem lutam — pediu o velho príncipe, decerto continuando uma conversa encetada ainda na ausência de Lióvin.

— Com os turcos — respondeu Serguei Ivânovitch, com um sorriso pacato, acabando de libertar a abelha enegrecida pelo mel, que movia fracamente suas patinhas, e fazendo-a passar da ponta de sua faca para uma rija folha de álamo.

— Mas quem foi que declarou essa guerra aos turcos? Foram Ivan Ivânytch Ragózov e a condessa Lídia Ivânovna com a *Madame* Schtal?

— Ninguém declarou a guerra, porém as pessoas têm compaixão pelos sofrimentos dos próximos e querem ajudá-los — disse Serguei Ivânovitch.

— O príncipe não se refere à ajuda — alegou Lióvin, em defesa de seu sogro — e, sim, à guerra. O príncipe diz que os particulares não podem participar de uma guerra sem a permissão do governo.

— Veja, Kóstia, é uma abelha! Juro que seremos todos picados! — exclamou Dolly, agitando a mão para afastar uma vespa.

— Não é nenhuma abelha aí, é uma vespa — replicou Lióvin.

— Pois bem, pois bem: qual é sua teoria? — Katavássov se dirigiu, sorridente, a Lióvin, aparentando desafiá-lo para uma discussão. — Por que os particulares não têm esse direito?

— Minha teoria é assim: por um lado, a guerra é algo tão animalesco, cruel e terrível que nenhuma pessoa, ainda menos se for cristã, pode assumir uma responsabilidade pessoal pelo início de uma guerra, mas o governo, que se predispõe a tanto e acaba inevitavelmente travando guerras, pode, sim. Por outro lado, de acordo com a ciência e o bom senso, os cidadãos abrem mão de sua vontade pessoal nos negócios de Estado e, sobretudo, quando se trata de uma guerra.

Serguei Ivânovitch e Katavássov, cujos argumentos já estavam prontos, puseram-se a falar juntos.

— Mas o problema, meu querido, é que pode haver um caso em que o governo não cumpre a vontade dos cidadãos e a sociedade manifesta então essa sua vontade — disse Katavássov.

No entanto, Serguei Ivânovitch não aprovava, pelo visto, tal objeção. Franziu o sobrolho, ao ouvir as falas de Katavássov, e disse outra coisa:

— Não tem razão em colocar a questão dessa forma. Não há declaração de guerra, mas tão somente uma expressão de sentimentos humanos, cristãos. Matam lá nossos irmãos, do mesmo sangue e da mesma fé. Até suponhamos que não sejam nossos irmãos da mesma fé, mas apenas crianças, mulheres e velhos: ficamos revoltados com isso, e a gente russa corre para ajudar a interromper aqueles horrores. Imagine só: você passa por uma rua e vê uns bêbados espancarem uma mulher ou uma criança. Acredito que não perguntaria se foi declarada guerra àqueles bêbados, mas correria logo para acudir a vítima.

— Mas não mataria — disse Lióvin.

— Você é que mataria, sim.

— Não sei. Se visse aquilo, aí me entregaria à minha emoção imediata, só que não posso afirmar assim, de antemão. Aliás, não existe tal emoção imediata, ligada à opressão dos eslavos, nem pode existir.

— Para você, talvez não exista. Mas para os outros existe, sim — disse Serguei Ivânovitch, com uma carranca de desgosto. — Ainda estão vivas, no meio do povo, aquelas lendas sobre a gente ortodoxa que sofre sob o jugo dos "ímpios agarianos".[14] O povo soube dos sofrimentos de seus irmãos e começou a falar.

— Pode ser — disse Lióvin, reticente —, mas eu cá não percebo isso. Eu mesmo sou do povo, mas não sinto isso.

— Igual a mim — disse o príncipe. — Morava no exterior, lia os jornais de lá e confesso que, ainda antes daqueles horrores búlgaros, não entendia, de modo algum, por que todos os russos andavam tão apaixonados pelos irmãos eslavos e eu não sentia nem um pingo de amor por eles. Estava muito triste, pensava que era um monstro ou então que Karlsbad me influenciava dessa maneira. E, quando voltei para cá, fiquei mais tranquilo ao ver que, além de mim, havia quem não se interessasse pelos irmãos eslavos, mas tão só pela Rússia. Como Konstantin, por exemplo.

— As opiniões pessoais não significam nada — redarguiu Serguei Ivânovitch. — Ninguém se importa com as opiniões pessoais, desde que toda a Rússia, o povo inteiro, explicitou a sua vontade.

— Veja se me desculpa, mas não percebo isso! O povo não quer nem saber — disse o príncipe.

— Não, *papa*... como não quer saber? E no domingo, lá na igreja? — perguntou Dolly, prestando atenção nessa conversa. — Passe-me, por favor, a toalha — disse ao velho, que olhava, sorrindo, para as crianças. — Não pode ser mesmo que todos...

— Mas o que houve no domingo, naquela igreja? Mandaram que o padre lesse aquilo. Ele leu. E o povo não entendeu patavina: apenas ficou suspirando, como na hora de qualquer sermão — prosseguiu o príncipe. — E depois lhe disseram que recolhiam doações na igreja, para uma causa favorável à salvação da alma, e o povo tirou um copeque do bolso. E por que fez isso, nem ele mesmo sabe.

— O povo não pode deixar de saber: o povo está sempre consciente de seu destino, e essa consciência vem à tona nos momentos como o presente — disse Serguei Ivânovitch, olhando de esguelha para o velho colmeeiro.

Esse velho bonito, de barba negra, com fios brancos, e fartos cabelos prateados, estava imóvel, segurando uma tigela de mel e mirando do alto de sua estatura, calma e afavelmente, todos aqueles senhores. Decerto não entendia nem queria entender nada.

---

[14] Antiga denominação russa dos muçulmanos, tidos como descendentes de Agar (Gênesis, 16).

— É isso aí — respondeu às palavras de Serguei Ivânovitch, balançando imponentemente a cabeça.

— Então perguntem a ele, venham! Ele não sabe de nada nem pensa em nada — disse Lióvin. — Ouviu falar da guerra, Mikháilytch? — dirigiu-se ao colmeeiro. — Aquilo que foi lido na igreja, hein? O que está pensando? Temos de pelejar pelos cristãos?

— Por que a gente pensaria? Foi Alexandra Nikoláitch, nosso imperador, quem pensou por nós e vai pensar ainda em todos os negócios. É ele quem sabe... Trago mais pãozinho pros senhores? O garotinho quer mais? — dirigiu-se o velho a Dária Alexândrovna, apontando para Gricha que terminava de comer uma crosta de pão.

— Não preciso perguntar — disse Serguei Ivânovitch —: já vimos e continuamos vendo centenas e centenas de homens que largam tudo para servir a uma causa nobre, que vêm de todos os cantos da Rússia e exprimem, direta e claramente, sua ideia e seu objetivo. Trazem seus vinténs ou se apresentam em pessoa e dizem às claras por que vieram. O que significa isso?

— A meu ver — retorquiu Lióvin, que começava a exaltar-se —, significa que sempre há, no meio desses oitenta milhões de nosso povo, dezenas de milhares, e não centenas como agora, de homens socialmente desclassificados, de homens estouvados que estão sempre prontos a ir para o bando de Pugatchióv,[15] para a Khivá,[16] para a Sérvia...

— Pois eu lhe digo que não são centenas nem homens estouvados, mas são os melhores representantes do povo! — disse Serguei Ivânovitch, exasperado como quem defendesse seu último patrimônio. — E as doações? Nisso é que o povo inteiro exprime diretamente a sua vontade!

— Esse termo "povo" é tão impreciso... — disse Lióvin. — Os escribas de *vólosts*, os mestres-escolas e, talvez, um só dentre mil mujiques são os que podem saber de que se trata. E os oitenta milhões restantes, iguais a Mikháilytch, não apenas deixam de exprimir aquela sua vontade, mas nem sequer fazem a menor ideia de precisarem exprimi-la a respeito de qualquer coisa que seja. Pois então, que direito é que nos cabe de falar na "vontade do povo"?

## XVI

Experiente em dialética, Serguei Ivânovitch não ficou retrucando, mas logo transferiu a conversa para outra área.

---

[15] Alusão à rebelião popular (1773-1775) liderada pelo cossaco Yemelian Pugatchióv (1742-1775), que se fazia passar pelo finado imperador russo Piotr III.

[16] Alusão às expedições militares da Rússia cujo objetivo consistia em conquistar o emirado da Khivá (no território do atual Uzbequistão).

— Sim, caso você queira conhecer o espírito popular por via aritmética, é claro que lhe será muito difícil fazer isso. Nem sequer o voto direto foi implantado em nosso meio, nem pode ser implantado por não expressar a vontade do povo, mas existem, ainda assim, outras possibilidades. Isso se sente no ar, isso se sente pelo coração. Nem me refiro àquelas correntes profundas que entraram em movimento no mar estagnado do povo e que são bem perceptíveis para qualquer pessoa imparcial: é só você ver a nossa sociedade, no sentido estrito do termo. Todos os partidos da classe letrada, tão diversos e outrora hostis, juntaram-se um com o outro. Toda a animosidade acabou, todos os órgãos públicos dizem a mesma coisa, todo mundo percebe aquela força espontânea que se apodera de nós e nos leva na mesma direção.

— São os jornais que dizem todos a mesma coisa — notou o príncipe. — É verdade. E dizem a mesma coisa juntos, como as rãs que coaxam antes da tempestade. É por causa deles que não dá para ouvir nada.

— Quer sejam rãs, quer não sejam, eu não edito aqueles jornais nem quero defendê-los, mas falo da solidariedade espiritual de nossa classe letrada — disse Serguei Ivânovitch, dirigindo-se ao seu irmão.

Lióvin queria responder, mas o velho príncipe interrompeu-o.

— Só que podemos dizer outra coisa também sobre essa tal de solidariedade espiritual — disse. — Eis, por exemplo, meu genrozinho Stepan Arkáditch, que vocês conhecem. Agora está conseguindo o cargo de membro de uma comissão de um comitê e mais alguma coisa ali, já não lembro. Não tem nada a fazer naquele cargo — queiras ou não, Dolly, não é nenhum segredo! —, mas vai receber oito mil de ordenado. Tentem perguntar a ele se seu serviço é útil, e ele provará logo que sim, que é o serviço mais útil do mundo. E não vai mentir, já que não se pode contestar a utilidade daqueles oito mil.

— Sim, ele me pediu que contasse sobre a aquisição daquele cargo para Dária Alexândrovna — disse Serguei Ivânovitch, contrariado por achar que o príncipe falasse fora de propósito.

— Pois a solidariedade dos jornais é a mesma. Já me explicaram isso: mal começa uma guerra, eles lucram o dobro. Como é que não diriam então que o destino do povo e dos eslavos... e todo o mais?

— Não gosto de vários jornais, mas isso aí é injusto — disse Serguei Ivânovitch.

— Eu estipularia apenas uma condição — prosseguiu o príncipe. — Foi Alphonse Karr[17] quem escreveu perfeitamente sobre isso, às vésperas da

---

[17] Jean Baptiste Alphonse Karr (1808-1890): escritor e jornalista francês, autor de muitas obras satíricas e humorísticas.

guerra contra a Prússia. "Acham que a guerra é necessária? Está ótimo! Quem estiver a favor da guerra, que ingresse numa legião especial, na vanguarda, e que parta, à frente de todos, para o assalto, para o ataque!"

— Os jornalistas ficariam em maus lençóis — disse Katavássov, com uma risada, ao imaginar, naquela legião de elite, os jornalistas que conhecia.

— Pois eles fugiriam todos — comentou Dolly —: apenas atrapalhariam.

— Se fugissem, abriríamos fogo de metralha por trás ou botaríamos lá os nossos cossacos com chicotes — disse o príncipe.

— Mas o senhor está brincando, príncipe, e sua brincadeira é de mau gosto, veja se me desculpa — atalhou Serguei Ivânovitch.

— Não acho que seja uma brincadeira, é... — Lióvin se pôs a falar, mas Serguei Ivânovitch interrompeu-o.

— Cada membro da sociedade deve fazer sua parte, algo que lhe é intrínseco — disse. — E os intelectuais cumprem seu dever exprimindo a opinião pública. E essa solidária e plena expressão da opinião pública é um mérito da imprensa e, ao mesmo tempo, um fato entusiasmante. Teríamos ficado calados vinte anos atrás, mas agora se ouve a voz do povo russo, que está prestes a erguer-se todo, como um homem só, e a sacrificar-se pelos seus irmãos oprimidos: é um grande avanço e um sinal de sua força.

— Só que não apenas sacrificaria sua vida como também mataria os turcos — disse Lióvin, com timidez. — O povo se sacrifica e está sempre pronto a sacrificar-se pela sua alma e não para matar alguém lá — acrescentou, ligando involuntariamente essa conversa às ideias que tanto o atraíam.

— Como assim, "pela sua alma"? Essa é, veja se me entende, uma expressão difícil para um naturalista. O que é que seria a alma? — questionou Katavássov, sorridente.

— Ah, mas o senhor sabe!

— Juro por Deus que não faço a menor ideia disso! — rebateu Katavássov, com uma gargalhada ruidosa.

— "Não vim trazer paz, mas espada",[18] diz Cristo — objetou, por sua parte, Serguei Ivânovitch, citando mui simplesmente, como a coisa mais inteligível, aquele trecho do Evangelho que sempre deixara Lióvin por demais confuso.

— É isso aí — repetiu o velho, que se mantinha ao lado deles, em resposta a um olhar que se fixara casualmente nele.

— Não, meu querido, estamos vencidos, derrotados, sobrepujados! — gritou Katavássov, todo alegre.

Lióvin enrubesceu de desgosto, mas não porque estava derrotado e, sim, porque não se contivera e começara a discutir.

---

[18] Mateus, 10:34.

"Não posso discutir com eles, não!", pensou. "Eles usam aquela couraça impenetrável, e eu estou pelado."

Via que não conseguiria persuadir seu irmão nem Katavássov, porém tampouco enxergava a mínima possibilidade de concordar com eles. O que vinham professando era aquele mesmo orgulho da mente que quase o destruíra. Não podia consentir em dezenas de pessoas, inclusive seu irmão, terem o direito de dizer, baseando-se naquilo que lhes contavam centenas de voluntários linguarudos a afluírem para as capitais, que exprimiam, junto com os jornais, a vontade e a ideia do povo inteiro, e que essa ideia se traduzia em vingança e assassínio. Não podia concordar com isso por não vislumbrar a expressão de tais ideias no meio do povo, com o qual ele próprio convivia, nem percebê-las em si mesmo (e não podia deixar de se considerar senão uma das pessoas que compunham o povo russo) e, o principal, porque não sabia, igual ao povo inteiro, nem podia saber em que consistia o bem comum, mas sabia com toda a certeza que só era possível alcançar esse bem comum mediante a aplicação rigorosa daquela lei do bem, revelada a toda e qualquer pessoa, e não podia, portanto, desejar uma guerra nem justificá-la com os fins comuns, fossem estes quais fossem. Dizia, junto com Mikháilytch e o povo inteiro que manifestara sua ideia na lenda sobre a aclamação dos *variags*:[19] "Governai-nos e possuí-nos. Estamos felizes em prometer-vos nossa plena submissão. Assumimos todo o labor, todas as humilhações e todos os sacrifícios, porém não somos nós que julgamos e decidimos". E agora o povo, no dizer desses Sergueis Ivânytchs, renegava esse direito adquirido por um preço tão alto!

Queria perguntar ainda por que, sendo a opinião pública um árbitro infalível, a revolução e a comuna não eram tão legítimas quanto o movimento em defesa dos eslavos. Mas tudo isso redundava em ideias que não podiam resolver nada. Havia apenas uma coisa que ele percebia indubitavelmente: nesse exato momento, a discussão irritava Serguei Ivânovitch e era, portanto, ruim continuá-la. E Lióvin se calou e chamou a atenção das visitas para as nuvenzinhas que se acumulavam, dizendo que seria melhor voltarem para casa antes de começar a chuva.

## XVII

O príncipe e Serguei Ivânovitch subiram à charrete e foram embora; o resto do grupo foi para casa a pé, apertando o passo.

---

[19] Trata-se de Riúrik e seus irmãos Sineus e Truvor, guerreiros de origem escandinava, que foram aclamados, por volta de 862, governantes das antigas tribos russas.

Entrementes o nimbo, ora embranquecido, ora negrejante, avançava tão rápido que seria preciso acelerar mais ainda a marcha para chegar ao abrigo antes da chuva. As nuvens pretas e baixas, que o antecediam, corriam pelo céu com uma velocidade extraordinária, semelhantes a uma fumaça fuliginosa. Ainda faltavam uns duzentos passos até a mansão, mas já estava ventando e um aguaceiro podia cair a qualquer momento. Aos berros de susto e alegria, as crianças corriam à frente de todos. Lutando a custo com suas saias, que lhe grudavam nas pernas, Dária Alexândrovna já não caminhava, mas também corria, sem perder seus filhos de vista. Segurando os chapéus, os homens marchavam a passos largos. Já estavam perto da entrada, quando uma grande gota se partiu de encontro à borda de uma calha de ferro. As crianças e os adultos que as seguiam entraram correndo, com animada tagarelice, embaixo do teto que os protegeria todos.

— Katerina Alexândrovna? — perguntou Lióvin a Agáfia Mikháilovna, que os encontrara na antessala com capas e cobertores nas mãos.

— A gente pensava que estivesse com os senhores — disse ela.

— E Mítia?

— Está no Kolok; a babá também deve estar com eles.

Agarrando os cobertores, Lióvin correu ao Kolok.

Nesse breve intervalo, o nimbo já cobrira tanto o sol com sua parte mais grossa que a escuridão se parecia agora com a de um eclipse solar. Pertinaz, como se insistisse em seu direito de detê-lo, o vento fazia Lióvin parar e, arrancando folhas e flores das tílias e desnudando, estranha e horrorosamente, os galhos brancos das bétulas, curvava tudo para o mesmo lado: as acácias, as flores, as bardanas, as ervas e os cimos das árvores. Umas moças que trabalhavam no jardim passaram guinchando para se abrigar na casinha da criadagem. O véu branco da chuva torrencial já envolvera toda a floresta distante e metade do campo próximo, avançando depressa em direção ao Kolok. A umidade da chuva, cuja massa se desmembrava em gotículas, sentia-se no ar.

Inclinando a cabeça e defrontando o vento que lhe arrancava os cobertores, Lióvin já chegava correndo ao Kolok, já enxergava algo que branquejava detrás de um carvalho, quando tudo se iluminou de repente, como se a terra inteira pegasse fogo e o firmamento rebentasse sobre a sua cabeça. Arregalando seus olhos ofuscados, Lióvin viu com terror, através daquele véu denso da chuva que agora o separava do Kolok, primeiro o cimo verde de um carvalho, que conhecia no meio do bosque, mudar estranhamente de posição. "Será que se quebrou?" Mal Lióvin pensou nisso, o cimo do carvalho sumiu, deslocando-se cada vez mais rápido por trás das outras árvores, e ele ouviu o estrondo de um grande tronco que tombara sobre os outros troncos.

O clarão do raio, o som do trovão e a sensação de frio, que dominara todo o seu corpo num piscar de olhos, uniram-se para Lióvin num pavor instantâneo.

— Meu Deus! Meu Deus, tomara que não sejam eles! — disse Lióvin.

E, conquanto pensasse, no mesmo instante, em como era absurda sua oração para eles não serem mortos pelo carvalho que já desabara, repetiu-a sabendo que não poderia fazer nada melhor do que repetir essa oração absurda.

Ao chegar correndo àquele lugar onde eles costumavam ficar, não os encontrou.

Seus familiares estavam na outra ponta do bosque, sob uma velha tília, e chamavam por ele. Duas mulheres de vestidos escuros (trajavam vestidos claros ao saírem de casa) estavam em pé, inclinando-se sobre algo. Eram Kitty e a babá. A chuva já terminava, o céu começava a clarear, quando Lióvin acorreu a elas. A barra de saia da babá estava seca, mas o vestido de Kitty ficara encharcado e moldava-lhe o corpo todo. Embora não chovesse mais, elas continuavam com a mesma postura que tinham quando se desencadeara a tempestade. Estavam em pé, inclinando-se sobre um carrinho e segurando uma sombrinha verde.

— Vivos? Inteiros? Graças a Deus! — disse Lióvin, chapinhando a água que não escorrera ainda com seu sapato cheio d'água, que caía do seu pé, e acorrendo a elas.

O rosto de Kitty, vermelho e molhado, voltava-se para ele, e um sorriso tímido via-se debaixo de seu chapéu deformado.

— Mas como não tem vergonha! Não entendo como pode ser tão imprudente! — Desgostoso, Lióvin passou a exprobrá-la.

— Não tenho culpa, juro por Deus! Já queríamos ir embora daqui, mas ele ficou mexendo. Tivemos de trocá-lo. Acabamos de... — Kitty se pôs a pedir desculpas.

São e salvo, Mítia estava seco e dormia o tempo todo.

— Deus seja louvado! Nem sei o que estou dizendo!

Eles juntaram as fraldas molhadas; a babá tirou o neném do carrinho e levou-o nos braços. Caminhando ao lado de Kitty, Lióvin se sentia culpado de seu desgosto e, sem a babá ver isso, apertava de leve a mão de sua mulher.

## XVIII

Durante todo aquele dia, no decorrer das mais diversas conversas de que aparentava participar tão só com a parte externa de sua mente, Lióvin não cessava, apesar de decepcionado com a mudança que devia ter ocorrido nele, de perceber, cheio de alegria, a plenitude de seu coração.

Após a chuva, estava tudo por demais úmido para um passeio; além disso, os nimbos permaneciam no horizonte e circulavam aqui ou acolá, trovoando e negrejando, pelas margens do céu. O grupo todo passou o resto do dia em casa.

Não havia mais discussões, mas, pelo contrário, estavam todos, após o almoço, de ótimo humor.

A princípio, Katavássov divertiu as damas com suas piadas originais, sempre tão agradáveis quando se acabava de conhecê-lo, e depois, encorajado por Serguei Ivânovitch, contou umas das suas observações muito interessantes que se referiam às diferenças de índole e até mesmo de fisionomia das moscas caseiras, fêmeas e machos, e ao seu modo de viver. Serguei Ivânovitch também estava animado e relatou, incentivado pelo seu irmão na hora do chá, sua visão do futuro da questão oriental, fazendo isso de maneira tão simples e boa que todos se deleitaram em ouvi-lo.

Apenas Kitty não pôde escutá-lo até o fim: chamaram-na para banhar Mítia. Alguns minutos depois de sua saída, Lióvin também foi convidado para o quartinho do filho. Deixou seu chá e, lamentando ter interrompido uma conversa interessante e, ao mesmo tempo, inquietando-se com o motivo pelo qual precisavam dele, o que só acontecia em casos bem importantes, Lióvin foi até lá.

Sem ter ouvido na íntegra o plano de Serguei Ivânovitch, segundo o qual a comunidade eslava, composta de quarenta milhões de pessoas, devia, uma vez livre, aderir à Rússia para iniciarem juntas uma nova fase histórica, apesar de se interessar muito por esse plano, que representava algo inteiramente novo para ele, e ficar tão curioso quanto preocupado com as possíveis causas de sua ida ao quartinho do filho, não demorou a lembrar-se, tão logo se viu sozinho ao sair da sala de estar, das suas ideias matinais. E todos os argumentos relativos ao significado do elemento eslavo na história universal pareceram-lhe tão ínfimos, se comparados ao que se operava em sua alma, que se esqueceu num átimo disso tudo e recuperou o mesmo estado de espírito que vivenciara pela manhã.

Não recapitulava mais, como fazia antes, todo o curso de suas ideias (já que não precisava mais disso). Reavia logo a mesma sensação que o guiava, ligada a essas ideias, e eis que a reencontrava em sua alma, ainda mais intensa e nítida do que antes. Agora não sentia mais o que costumava sentir outrora, inventando meios de se apaziguar e devendo reconstituir para tanto o curso todo de suas ideias e detectar, feito isso, a sensação desejada. Agora, pelo contrário, essa sensação de alegria e paz estava mais viva do que antes, tanto assim que o sentimento deixava o pensamento para trás.

Atravessando o terraço, ele viu duas estrelas repontarem sobre o céu já escurecido e, de repente, lembrou: "Sim, quando olhava para o céu pensava que aquela abóbada que estava vendo não era uma inverdade, mas, ainda assim, omitia alguma coisa, escondia alguma coisa de mim mesmo", pensou. "Mas, seja como for, nada de objeções! É só pensar um pouco, e fica tudo esclarecido."

Já entrava no quartinho do filho quando se recordou daquilo que escondera de si próprio. Era a questão por que, consistindo a prova cabal da existência de uma divindade em sua revelação acerca do que era o bem, essa revelação se limitava somente à igreja cristã. O que, pois, tinham a ver com essa revelação as crenças dos budistas, dos maometanos, que também professavam e praticavam o bem?

Parecia-lhe que já tinha uma resposta a essas perguntas, porém, antes de expressá-la consigo mesmo, ele entrou no quartinho.

De mangas arregaçadas, Kitty estava ao lado de uma banheirinha onde se remexia o neném; ouvindo os passos de seu marido, virou o rosto e, com um sorriso, chamou por ele. Com uma das mãos, segurava a cabecinha daquele neném rechonchudo que flutuava de costas, escarranchando as perninhas; com a outra, espremia, contraindo regularmente o músculo, uma esponja sobre ele.

— Mas olha só, olha, vem! — disse, quando o marido se acercou dela. — Agáfia Mikháilovna tem razão. Ele reconhece a gente.

É que, desde aquele dia, Mítia já reconhecia mesmo, indubitável e obviamente, todos os seus próximos.

Assim que Lióvin se aproximou da banheirinha, demonstraram-lhe uma experiência que deu muito certo. A cozinheira, por quem haviam chamado de propósito, substituiu Kitty e inclinou-se sobre o neném. Ele franziu a carinha e fez um gesto negativo com a cabeça. Então Kitty se inclinou sobre ele, e o neném ficou radiante, pegou a esponja com suas mãozinhas e começou a bufar, soltando seus lábios um som tão jovial e bizarro que não só Kitty e a babá como também Lióvin se quedaram, de súbito, encantados.

O neném foi tirado, com uma mão só, da banheirinha, enxaguado mais uma vez, envolto num lençol, enxugado e, após um grito estridente, entregue à mãe.

— Bem... estou contente de que comeces a amá-lo — disse Kitty ao marido, sentando-se calmamente, com o neném sobre o peito, em seu lugar habitual. — Estou muito contente. Isso já me deixava um pouco triste. Andavas dizendo que não sentias nada por ele.

— Não, será que eu dizia mesmo isso? Dizia apenas que estava decepcionado.

— Como assim? Decepcionado com ele?

— Não que estivesse decepcionado com ele, mas antes com esse meu sentimento: esperava por algo maior. Esperava que desabrochasse em mim, como uma surpresa, um sentimento novo e prazeroso. E de repente, em vez disso, senti asco e pena...

Kitty escutava com atenção, mirando-o por cima do neném e colocando em seus dedos finos os anéis que tirara para banhar Mítia.

— E, principalmente, muito mais medo e pena do que prazer. Mas foi hoje, depois desse susto durante a tempestade, que entendi como o amava.

Kitty ficou sorridente.

— Levaste um susto grande? — disse. — Eu também me assustei, mas, agora que tudo já passou, sinto mais medo ainda. Vou ver aquele carvalho. E Katavássov é uma gracinha! E o dia inteiro foi, aliás, tão agradável. E tu mesmo tratas tão bem Serguei Ivânytch, quando queres... Vai falar com eles, vai. Aqui sempre faz calor, depois do banho, e há tanto vapor...

## XIX

Ao sair do quartinho e ficar só, Lióvin relembrou logo aquela ideia em que havia algo confuso. Em vez de ir à sala de estar, onde se ouviam diversas vozes, deteve-se no terraço e, debruçado em seu parapeito, olhou para o céu.

Já estava muito escuro e, lá no sul para onde ele olhava, não havia mais nuvens. Os nimbos permaneciam do lado oposto. Os relâmpagos fulguravam ali, acompanhados por trovoadas distantes. Lióvin escutava os respingos caírem regularmente das tílias de seu jardim e fitava aquele triângulo de estrelas que bem conhecia e a Via Láctea a cortá-lo, ramificada, ao meio. Com cada relâmpago, não só a Via Láctea como também as estrelas fúlgidas desapareciam, porém, tão logo esse relâmpago se apagava, ressurgiam nos mesmos lugares, como que atiradas por uma mão certeira.

"O que é que me desconcerta?", disse Lióvin consigo, desde já pressentindo que a solução de suas dúvidas, embora não soubesse ainda qual era, estava pronta em sua alma.

"Sim, a única manifestação da divindade, evidente e indubitável, são as leis do bem apresentadas ao mundo como uma revelação, essas leis que sinto cá dentro, cujo reconhecimento não me aproxima das outras pessoas, mas me conecta a elas, queira ou não, de sorte que formemos uma sociedade de crentes chamada de igreja. Pois bem... e os judeus, os maometanos, os confucianos,[20] os budistas — o que seriam todos eles?", dirigiu a si mesmo aquela pergunta concreta que lhe parecia perigosa.

---

[20] Adeptos das doutrinas filosóficas e morais do pensador chinês Confúcio (551-479 a.C.).

"Será que essas centenas de milhões de pessoas estão privadas daquele melhor de todos os bens sem o qual a vida não faz sentido?" Ele se quedou pensativo, mas logo se corrigiu: "O que é, pois, que estou perguntando?", disse em seu íntimo. "Estou perguntando pela correlação entre a divindade e todas as crenças diversificadas da humanidade inteira. Estou perguntando pela manifestação geral de Deus perante o mundo inteiro, com todas aquelas nebulosidades. O que é, pois, que ando fazendo? Um conhecimento inatingível para a razão é revelado a mim, pessoalmente, é aberto ao meu coração, é indubitável, mas eu cá teimo ainda em exprimir esse conhecimento com a razão e a fala.

"Não sei porventura que as estrelas não se movem?", indagou a si mesmo, olhando para um planeta luminoso que já mudara de lugar em relação ao galho mais alto da bétula. "Contudo, ao observar o deslocamento das estrelas, não consigo imaginar a rotação da Terra e tenho razão em dizer que as estrelas se movem.

"Será que os astrônomos poderiam compreender e calcular qualquer coisa que fosse, caso tomassem em consideração todos os movimentos da Terra, tão complexos e distintos um do outro? Todas as assombrosas conclusões deles, referentes às distâncias, aos pesos, aos movimentos e às anomalias dos corpos celestes, são baseadas apenas no aparente movimento dos astros ao redor da Terra imóvel, nesse mesmo movimento que está agora em minha frente e sempre foi assim para milhões de pessoas, ao longo dos séculos, e sempre será igual e poderá ser verificado. E, quão ociosas e precárias seriam as conclusões dos astrônomos que não se embasassem nas observações do céu visível em relação a um só meridiano e um só horizonte, tão ociosas e precárias viriam a ser minhas próprias conclusões que não tivessem por base essa compreensão do bem que sempre foi e será igual para todos, que me foi revelada pelo cristianismo e sempre poderá ser verificada em minha alma. Quanto à questão sobre as demais crenças e seu relacionamento com a divindade, não tenho o direito nem a possibilidade de resolvê-la."

— Ah, não foste até lá? — disse de chofre a voz de Kitty, que ia à sala de estar pelo mesmo caminho. — Não estás, por acaso, aborrecido com alguma coisa? — perguntou ela, encarando-o com atenção à luz das estrelas.

Aliás, nem teria visto o rosto dele, se um relâmpago não o tivesse iluminado, ofuscando as estrelas, outra vez. Viu todo o rosto de seu marido à luz desse relâmpago e, percebendo que estava tranquilo e sereno, sorriu para ele.

"Está entendendo", pensou Lióvin, "está sabendo o que tenho pensado. Digo a ela ou não? Vou dizer, sim". Mas, no mesmo instante em que quis começar a falar, Kitty se pôs a falar também.

— Eis o que é, Kóstia! Faz um favor — disse ela —: vai ao quarto de quina e vê como o arrumaram para Serguei Ivânovitch. Estou preocupada. Será que colocaram lá um novo lavabo?

— Está bem, verei sem falta — disse Lióvin, levantando-se e beijando sua mulher.

"Não preciso dizer, não", pensou, quando ela foi caminhando à sua frente. "É um segredo necessário tão só para mim, importante e impossível de exprimir com palavras.

"Essa nova sensação não me transformou, não me tornou feliz, não me iluminou de repente, como eu tinha sonhado, do mesmo modo que o sentimento pelo meu filho. Tampouco houve alguma surpresa. Só que a fé — talvez não seja a fé, pois não sei bem o que é —, só que essa sensação também penetrou imperceptivelmente, a duras penas, em minha alma e ficou arraigada nela.

"Ainda me zangarei com o cocheiro Ivan; ainda vou discutir, expressar minhas ideias fora de propósito; ainda haverá um muro entre o santuário de minha alma e as outras pessoas, inclusive minha esposa; ainda vou inculpá-la deste meu medo e ficarei arrependido disso; ainda não vou entender, com a razão, por que estou rezando e continuarei a rezar, porém agora minha vida, cada minuto da minha vida, aconteça o que acontecer comigo, toda a minha vida, enfim, não apenas deixará de ser absurda, como já foi antes, mas terá o sentido indubitável do bem, aquele exato sentido com o qual poderei revesti-la!"

© *Copyright* desta tradução: Editora Martin Claret Ltda., 2019.
Título original: Анна Каренина.

Direção
MARTIN CLARET

Produção editorial
CAROLINA MARANI LIMA / MAYARA ZUCHELI

Diagramação
GIOVANA QUADROTTI

Projeto gráfico e direção de arte
JOSÉ DUARTE T. DE CASTRO

Capa
FLAVIA CASTANHEIRA

Tradução e notas
OLEG ALMEIDA

Revisão
ALEXANDER B. A. SIQUEIRA

Impressão e acabamento
GEOGRÁFICA EDITORA

---

Dados Internacionais de Catalogação na Publicação (CIP)
(Câmara Brasileira do Livro, SP, Brasil)

Tolstói, Leon, 1828 - 1910
Anna Karênina / romance em oito partes / Leon Tolstói; tradução do russo e notas: Oleg Almeida. — São Paulo: Martin Claret, 2019.

Título original: Анна Каренина.
ISBN 978-85-440-0237-7

1. Romance russo I. Almeida, Oleg II. Título.

19-30020 CDD-891.73

Índices para catálogo sistemático:

1. Romances: Literatura russa 891.73
Cibele Maria Dias - Bibliotecária - CRB-8/9427

---

EDITORA MARTIN CLARET LTDA.
Rua Alegrete, 62 — Bairro Sumaré — CEP: 01254-010 — São Paulo — SP
Tel.: (11) 3672-8144 — www.martinclaret.com.br
5ª reimpressão - 2025